増補版 三田文学 名作選

創刊八二〇号

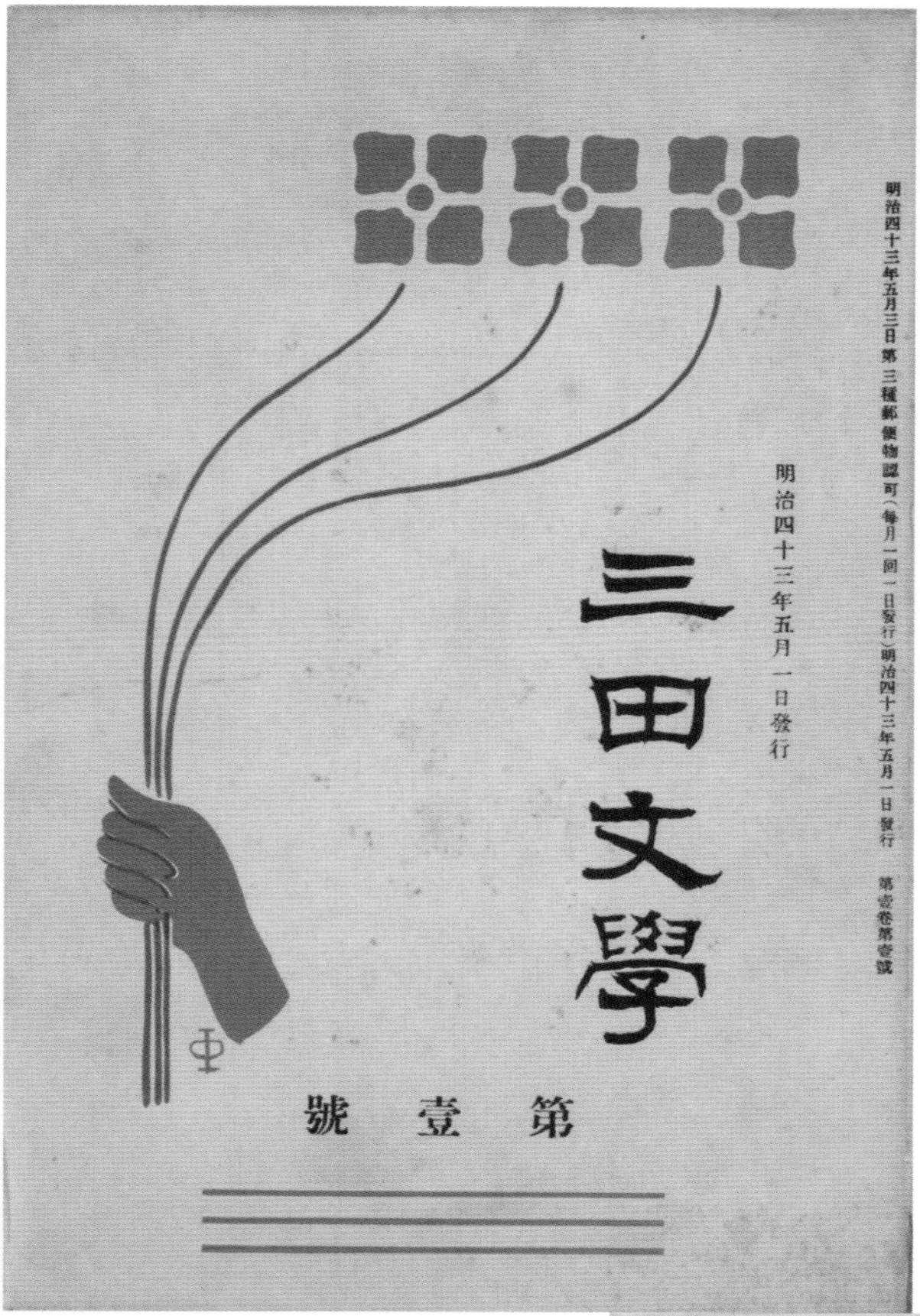

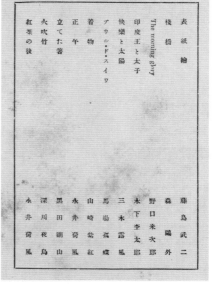

創刊号（明治43年5月号）表紙・目次
編輯兼発行人・永井荷風。表紙・藤島武二。

増補版 三田文学名作選 創刊八二〇号

小説

大正2年 5月号
表紙・橋口五葉

大正3年 1月号
表紙・五百歌左二郎

大正4年 5月号
表紙・平岡権八郎

大正5年 5月号
表紙・森田恒友

評論

昭和5年 1月号
表紙・近藤光紀

昭和3年 4月号
表紙・丹下富士男

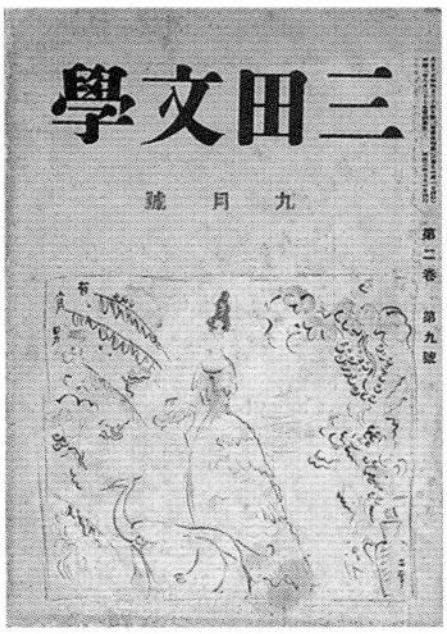

昭和2年 9月号
表紙・富沢有為男

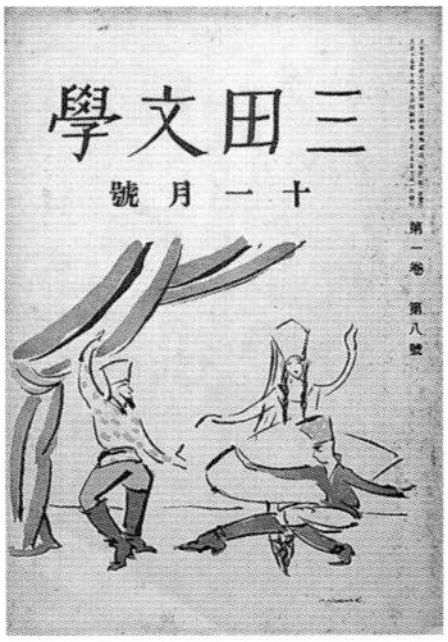

大正15年 11月号
表紙・西脇マージョリー
題字・小村雪岱

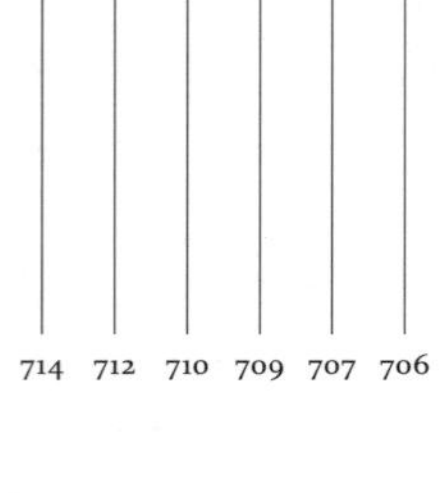

昭和15年 5月臨時増刊
表紙・小村雪岱

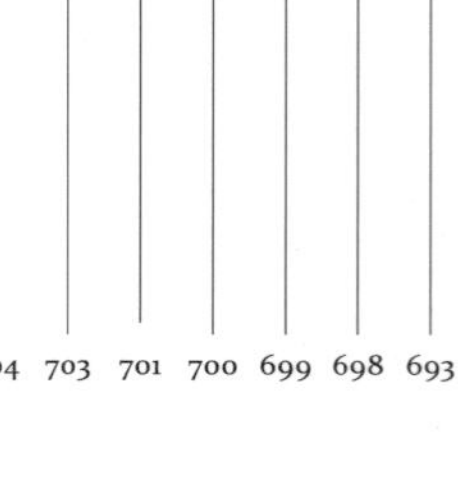

昭和15年 5月号
表紙・鈴木信太郎

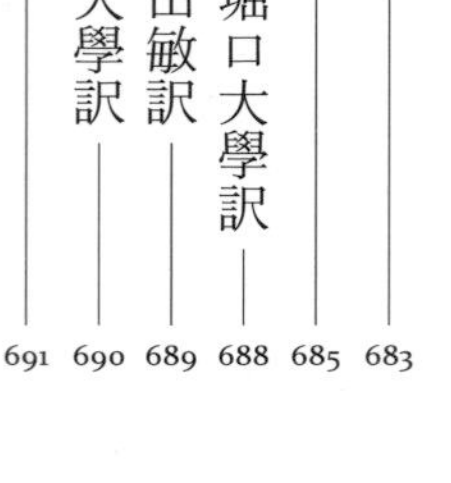

昭和11年 10月号
表紙・鈴木信太郎

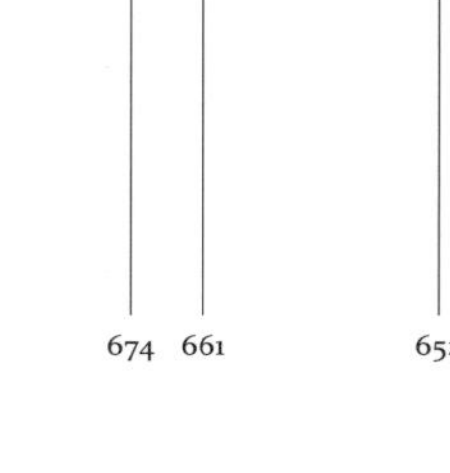

昭和10年 6月号
表紙・鈴木信太郎

昭和19年 4・5月合併号
表紙作者の記載なし

昭和21年 1月号
戦後最初の号
表紙作者の記載なし

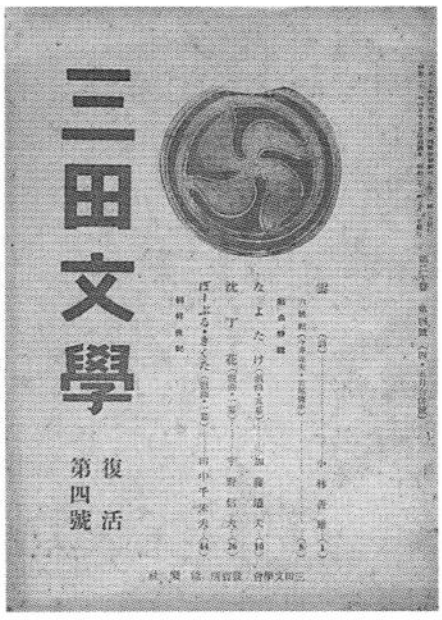

昭和21年 5月号
表紙作者の記載なし

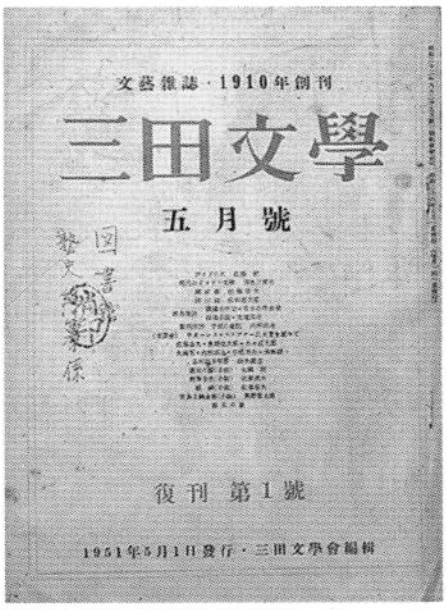

昭和26年 5月号
表紙・木々高太郎

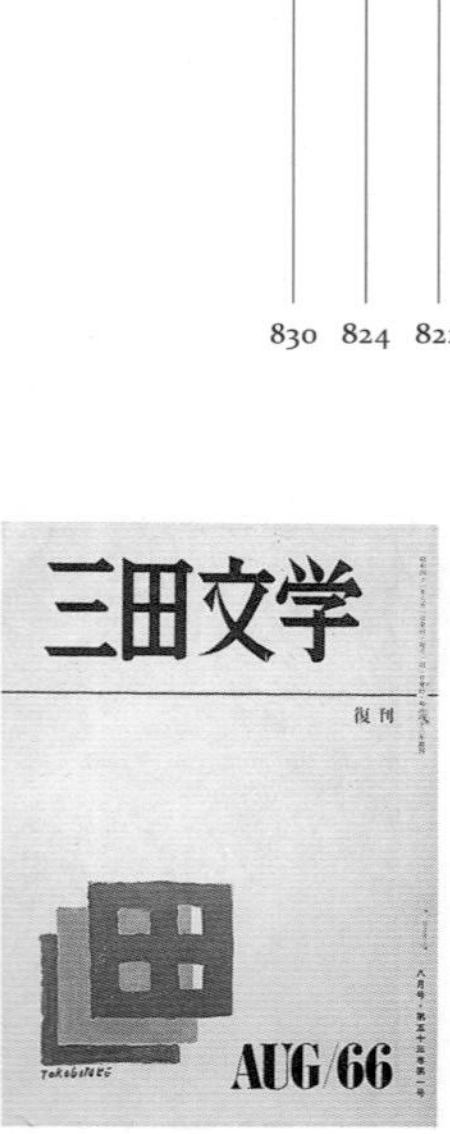

昭和41年 8月号
表紙・高畠達四郎

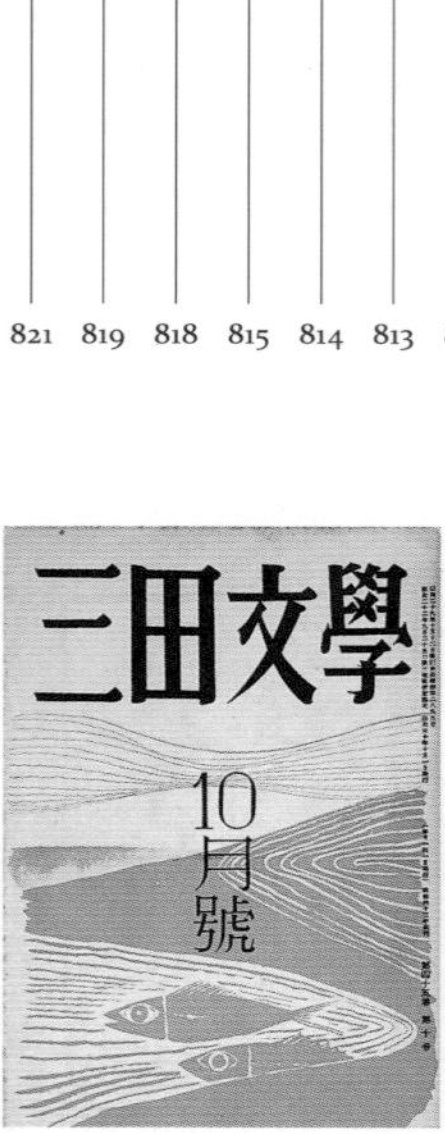

昭和30年 10月号
表紙・稗田一穂

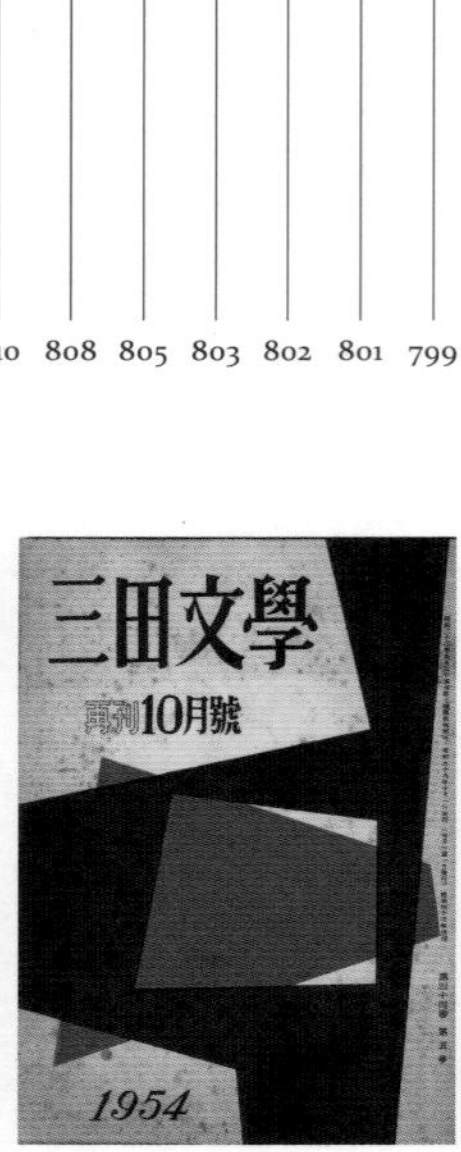

昭和29年 10月号
表紙・串田孫一

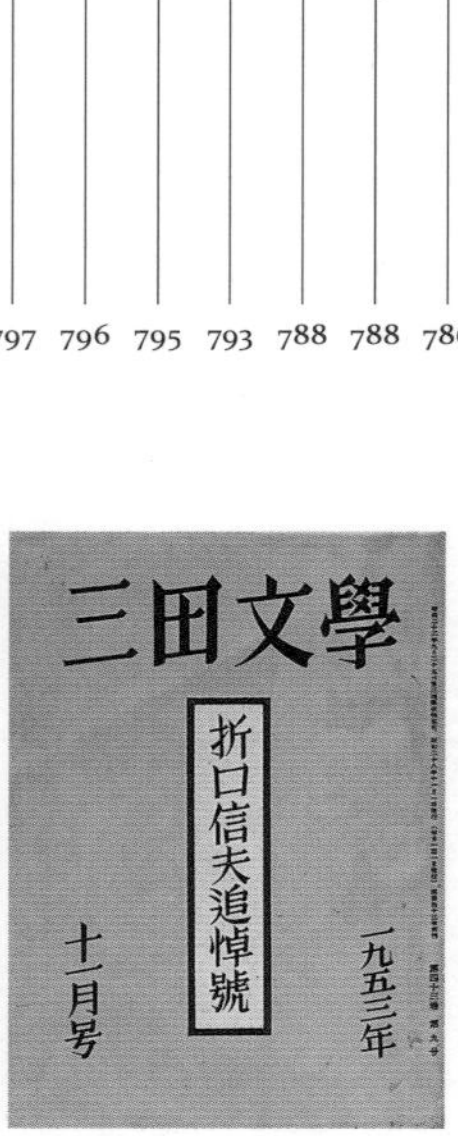

昭和28年 11月号
表紙作者の記載なし

追悼

〈装幀〉服部一成　〈表紙イラストレーション〉前田ひさえ
〈写真協力〉朝日新聞社・共同通信社・慶應義塾大学図書館・三田評論・藤田三男編集事務所・秋山ツネ・日本近代文学館・神奈川近代文学館
〈写真〉吉竹めぐみ・稲井勲・相田昭

平成29年　夏季号
表紙・デザイン服部一成
イラストレーション前田ひさえ

平成22年　春季号
創刊100年記念号
表紙・鈴木信太郎

昭和60年　春季号
季刊となった最初の号
表紙・矢島高光

昭和43年　1月号
表紙・編集部

「三田文學」に掲載された作品が収録された単行本
神奈川近代文学館所蔵

増補版
三田文学
名作選

創刊八二〇号

普請中

明治43年6月号

森鷗外

もり・おうがい
（文久2年〜大正11年）
東京医学校（現東大医学部）卒。「三田文学」創刊に深く関わり、上田敏と共に荷風を推薦した。自身も「妄想」「灰燼」等の創作や翻訳を積極的に寄稿。没後には「鷗外先生追悼号」が出た。

渡辺参事官は歌舞伎座の前で電車を降りた。

雨あがりの道の、ところ〴〵に残つてゐる水溜まりを避けて、木挽町の河岸を、逓信省の方へ行きながら、たしか此辺の曲がり角に看板のあるのを見た筈だがと思ひながら行く。

人通りは余り無い。役所帰りらしい洋服の男五六人のがや〳〵話しながら行くのに逢つた。それから半衿の掛かつた着物を着た、お茶屋の姉えさんらしいのが、何か近所へ用達しにでも出たのか、小走りに摩れ違つた。また幌を掛けた儘の人力車が一台跡から駈け抜けて行つた。

果して精養軒ホテルと横に書いた、割に小さい看板が見附かつた。

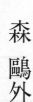

河岸通りに向いた方は板囲ひになつてゐて、横町に向いた寂しい側面に、左右から横に登るやうに出来てゐる階段がある。階段は尖を切つた三角形になつてゐて、その尖を切つた処に戸口が二つある。渡辺はどれから這入るのかと迷ひながら、階段を登つて見ると、左の方の戸口に入口と書いてある。靴が大分泥になつてゐるので、丁寧に掃除をして、硝子戸を開けて這入つた。中は広い廊下のやうな板敷で、ここには外にあるのと同じやうな、棕櫚の靴拭ひの傍に雑巾が広げて置いてある。渡辺は、己のやうなきたない靴を穿いて来る人が外にもあると見えると思ひながら、又靴を掃除した。

あたりはひつそりとして人気がない。唯少し隔たつた処から騒がしい物音がするばかりである。大工が這入つてゐるらしい物音である。外に板囲ひのしてあるのを思ひ合せて、普請最中だなと思ふ。

誰も出迎へる者がないので、真直に歩いて、衝き当つて、右へ行かうか左へ行かうかと考へてゐると、やつとの事で、給仕らしい男のうろついてゐるのに、出合つた。

『きのふ電話で頼んで置いたのだがね。』

『は。お二人さんですか。どうぞお二階へ。』

右の方へ登る梯子を教へてくれた。すぐに二人前の注文をした客と分かつたのは普請中殆ど休業同様にしてゐるからであらう。此辺まで入り込んで見れば、ます〳〵釘を打つ音や手斧を掛ける音が聞えて来るのである。

梯子を登る跡から給仕が附いて来た。どの室かと迷つて、背後を振り返りながら、渡辺はかう云つた。

『大分賑やかな音がするね。』

『いえ。五時には職人が帰つてしまひますから、お食事中騒々しいやうなことはございません。暫くこちらで。』

先へ駈け抜けて、東向きの室の戸を開けた。這入つて見ると、二人の客を通すには、ちと大き過ぎるサロンである。三所に小さい卓が置いてあつて、どれをも四つ五つ宛の椅子が取巻いてゐる。東の右の窓の下にソファもある。その傍には、高さ三尺許の葡萄に、暖室で大きい実をならせた盆栽が据ゑてある。

渡辺があちこち見廻してゐると、戸口に立ち留まつてゐた給仕が、『お食事はこちらで』と云つて、左側の戸を開けた。これは丁度好い室である。もうちやんと食卓が拵へて、アザレエやロドダンドロンを美しく組み合せた盛花の籠を真中にして、クウエエルが二つ向き合せて置いてある。今二人位は這入られよう、六人になつたら少し窮屈だらうと思はれる、丁度好い室である。

渡辺は稍〻満足してサロンへ帰つた。給仕が食事の室から直ぐに勝手の方へ行つたので、渡辺は始てひとりになつたのである。

金槌や手斧の音がぱつたり止んだ。時計を出して見れば、成程五時になつてゐる。約束の時刻までには、まだ三十分あるなと思ひながら、小さい卓の上に封を切つて出してある箱の葉巻を一本取つて、尖を切つて火を附けた。

不思議な事には、渡辺は人を待つてゐるといふ心持が少しもしない。その待つてゐる人が誰であらうと、殆ど構はない位である。あの花籠の向うにどんな顔が現れて来ようとも、殆ど構はない位である。渡辺はなぜこんな冷淡な心持になつてゐられるかと、自ら疑ふのである。

渡辺は葉巻の烟を緩く吹きながら、ソファの角の処の窓を開けて、外を眺めた。窓の直ぐ下には材木が沢山立て列べてある。ここが表口になるらしい。動くとも見えない水を湛へたカナルを隔てて、向側の人家が見える。多分待合か何かであらう。往来は殆ど絶えてゐて、その家の門に子を負うた女が一人ぼんやり佇んでゐる。右のはづれの方には幅広く視野を遮つて、海軍参考館の赤煉瓦がいかめしく立ちはだかつてゐる。

渡辺はソフアに腰を掛けて、サロンの中を見廻した。壁の所々には、偶然ここで落ち合つたといふやうな掛物が幾つも掛けてある。梅に鶯やら、浦島が子やら、鷹やら、どれも／＼小さい丈の短い幅なので、天井の高い壁に掛けられたのが、尻を端折つたやうに見える。食卓の拵へてある室の入口を挟んで、聯のやうな物の掛けてあるのを見れば、某大教正の書いた神代文字といふものである。日本は芸術の国ではない。

渡辺は暫く何を思ふともなく、何を見聞くともなく、唯烟草を呑んで、体の快感を覚えてゐた。

廊下に足音と話声とがする。戸が開く。渡辺の待つてゐた人が来たのである。麦藁の大きいアンヌマリイ帽に、珠数飾りをしたのを被つてゐる。鼠色の長い着物式の上衣の胸から、刺繍をした白いバチストが見えてゐる。ジユポンも同じ鼠色である。手にはヲランの附いた、おもちやのやうな蝙蝠傘を持つてゐる。渡辺は無意識に微笑を粧つてソフアから起き上がつて、葉巻を灰皿に投げた。女は、附いて来て戸口に立ち留まつてゐる給仕を一寸見返つて、その目を渡辺に移した。ブリユネツトの女の、褐色の、大きい目である。此目は昔度々見たことのある目である。併しその縁にある、指の幅程な紫掛かつた濃い暈は、昔無かつたのである。

『長く待たせて。』

独逸語である。ぞんざいな詞と不吊合に、傘を左の手に持ち替へて、おうやうに手袋に包んだ右の手の指尖を差し伸べた。渡辺は、女が給仕の前で芝居をするなと思ひながら、丁寧にその指尖を撮まんだ。そして給仕にかう云つた。

『食事の好い時はさう云つてくれ。』

給仕は引つ込んだ。

女は傘を無造做にソフアの上に投げて、さも疲れたやうにソフアへ腰を落して、卓に両肘を衝いて、黙まつて渡辺の顔を見てゐる。渡辺は卓の傍へ椅子を引き寄せて据わつた。暫くして女が云つた。

『大さう寂しい内ね。』

『普請中なのだ。さつき迄恐ろしい音をさせてゐたのだ。』

『さう。なんだか気が落ち着かないやうな処ね。どうせいつだつて気の落ち着くやうな身の上ではないのだけど。』

『一体いつどうして来たのだ。』

『おとつひ来て、きのふあなたにお目に掛かつたのだわ。』

『どうして来たのだ。』

『去年の暮からウラヂオストツクにゐたの。』

『それぢやあ、あのホテルの中にある舞台で遣つてゐたのか。』

『さうなの。』

『まさか一人ぢやあるまい。組合か。』

『組合ぢやないが、一人でもないの。あなたも御承知の人が一しよなの。』少しためらつて。『コジンスカイが一しよなの。』

『あのポラツクかい。それぢやあお前はコジンスカアなのだな。』

『嫌だわ。わたしが歌つて、コジンスキイが伴奏をする丈だわ。』

『それ丈ではあるまい。』

『そりやあ、二人きりで旅をするのですもの、丸つきり無しといふわけには行きませんわ。』

『知れた事さ。そこで東京へも連れて来てゐるのかい。』

『えゝ。一しよに愛宕山に泊まつてゐるの。』

『好く放して出すなあ。』

『伴奏させるのは歌丈なの』Begleiten《ベグライテン》といふ詞を使つたのである。伴奏ともなれば同行ともなる。『銀座であなたにお目に掛かつたと云つたら、是非お目に掛かりたいと云ふの。』

『真平だ。』

『大丈夫よ。まだお金は沢山あるのだから。』

『沢山あつたつて、使へば無くなるだらう。これからどうするのだ。』

『アメリカへ行くの。日本は駄目だつて、ウラヂオで聞いて来たのだから、当にはしなくつてよ。』

『それが好い。ロシアの次はアメリカが好からう。日本はまだそんなに進んでゐないからなあ。日本はまだ普請中だ。』

『あら。そんな事を仰やると、日本の紳士がかう云つたと、アメリカで話してよ。日本の官吏がと云ひませうか。あなた官吏でせう。』

「消息」欄より

○予告の如く永井荷風氏の『紅茶の後』は美装して籾山書店より出版された。
○与謝野寛氏は十一月八日フランスに向け横浜を発した。
○谷崎潤一郎氏の作品『麒麟』『少年』『幇間』『象』『信西』『刺青』は一纏めにされ『刺青』と題して本月初旬籾山書店より出版される。
○十一月十八日午後一時半より三田文学会秋季講演大会は慶應義塾大学第三十二番教室で開かれた。先づ川合教授の開会の辞に次で戸川秋骨氏の『文学会時代の追懐』小山内薫氏の『茶ばなし』鈴木三重吉氏の『二十分間』中村不折氏の『美術の鑑賞法』徳田秋江氏の『文学上より見たる「福翁自伝」』馬場孤蝶氏の『平凡主義』等夫れ〴〵興味あり且有益なる講演があつた。当日の聴講者凡七百。婦人の来聴者も非常に多かつた。七時頃閉会。
○それより構内の大和軒で講演者を主賓とした晩餐会が開かれた。教授、来賓、学生、卒業生合せて四十余名。種々感想談に夜を更かし是亦盛況を極めた。散会十一時。
〈明治四十四年十二月号〉

『うむ。官吏だ。』

『お行儀が好くつて。』

『恐ろしく好い。本当のフイリステルになり済ましてゐる。けふの晩飯丈が破格なのだ。』

『難有いわ。』さつきから幾つかの扣鈕をはづしてゐた手袋を脱いで、卓越しに右の平手を出すのである。渡辺は真面目に其手をしつかり握つた。手は冷たい。そしてその冷たい手が離れずにゐて、暈の出来た為めに一倍大きくなつたやうな目が、ぢつと渡辺の顔に注がれた。

『キスをして上げても好くつて。』

渡辺はわざとわしく顔を蹙めた。『ここは日本だ。』

叩かずに戸を開けて、給仕が出て来た。

『お食事が宜しうございます。』

『ここは日本だ』と繰り返しながら渡辺は起つて、女を食卓のある室へ案内した。丁度電燈がぱつと附いた。

女はあたりを見廻して、食卓の向側に据わりながら、『シヤンブル・セパレエ』と笑談のやうな調子で云つて、渡辺がどんな顔をするかと思ふらしく、背伸びをして覗いて見た。盛花の籠が邪魔になるのである。

『偶然似てゐるのだ。』渡辺は平気で答へた。

シエリイを注ぐ。メロンが出る。二人の客に三人の給仕が附き切りである。渡辺は『給仕の賑やかなのを御覧』と附け加へた。

『余り気が利かないやうね。愛宕山も矢つ張さうだわ。』肘を張るやうにして、メロンの肉を剝がして食べながら云ふ。

『愛宕山では邪魔だらう。』

『丸で見当違ひだわ。それはさうと、メロンはおいしいことね。』

『今にアメリカへ行くと、毎朝極まつて食べさせられるのだ。』

二人は何の意味もない話をして食事をしてゐる。とう／＼サラドの附いたものが出て、杯にはシヤンパニエが注がれた。

女が突然『あなた少しも妬んでは下さらないのね』と云つた。ゲルトネルプラツツの芝居がはねて、ブリユウル石階の上の料理屋の卓に、丁度こんな風に向き合つて据わつてゐて、おこつたり、中直りをしたりした昔の事を、意味のない話をしてゐながらも、女は想ひ浮べずにはゐられなかつたのである。女は笑談のやうに言はうと心に思つたのが、図らずも真面目に声に出たので、悔やしいやうな心持がした。

渡辺は据わつた儘に、シヤンパニエの杯を盛花より高く上げて、はつきりした声で云つた。

『Kosinski《コジンスキイ》 soll《ソル》 leben《レエベン》!』

凝り固まつたやうな微笑を顔に見せて、黙つてシヤンパニエの杯を上げた女の手は、人には知れぬ程顫つてゐた。

＊　＊　＊　＊　＊　＊　＊

まだ八時半頃であつた。燈火の海のやうな銀座通を横切つて、ヱエルに深く面を包んだ女を載せた、一輛の寂しい車が芝の方へ駈けて行つた。

明治44年1月号

朱日記

泉 鏡花

いずみ・きょうか
（明治6年〜昭和14年）
北陸英和学校を中退後上京、尾崎紅葉に入門。特異な作風で知られた。「三田文学」には「朱日記」のほか「三味線堀」「夕顔」「袖奇譚」などを寄稿した。

一

『小使《こづかひ》、小《こ》ウ使《づかひ》。』

程《ほど》もあらせず、……廊下《らうか》を急《いそ》いで、尤《もつと》も授業中《じゆげふちゆう》の遠慮《ゑんりよ》、静《しづか》に教員控所《けうゐんひかへじよ》の板戸《いたど》の前《まへ》へ敷居越《しきゐこし》に髯面《ひげづら》……と云《い》ふが頤頬《あごほゝ》などに貯《たくは》へたわけではない。不精《ぶしやう》で剃刀《かみそり》を当《あ》てないから、むじや〳〵として黒《くろ》い。胡麻塩頭《ごましほあたま》で、眉《まゆ》の迫《せま》つた渋色《しぶいろ》の真正面《まつしやうめん》を出《だ》したのは、苦虫《にがむし》と渾名《あだな》の古物《こぶつ》、但《たゞ》し人《ひと》の好《い》い漢《をとこ》である。

『へい。』

と唯云《たゞい》つたばかり、素気《そつけ》なく口《くち》を引結《ひんむす》んで真直《まつすぐ》に立《た》つて居《ゐ》る。

『おゝ、源助《げんすけ》か。』

其《そ》の職員室真中《しよくゐんしつまんなか》の大卓子《おほテーブル》、向側《むかふがは》の倚子《いす》に凭《か》ゝつた先生《せんせい》は、縞《しま》の布子《ぬのこ》、小倉《こくら》の袴《はかま》、羽織《はおり》は袖《そで》は白墨摺《はくぼくずれ》のあるのを背後《うしろ》の壁《かべ》に遣放《やりぱな》しに更紗《さらさ》の裏《うら》を捩《よぢ》つてぶらり。髪《かみ》の薄《うす》い天窓《あたま》を真俯向《まうつむ》けにして、土瓶《どびん》やら、茶碗《ちやわん》やら、解掛《ときか》けた風呂敷包《ふろしきづゝみ》、混雑《ごつた》に職員《しよくゐん》のが散《ち》ばつたが、其《そ》の控《ひか》へた前《まへ》だけ整然《せいぜん》として、硯箱《すゞりばこ》を右手《めて》へ引附《ひきつ》け、一冊覚書《いつさつおぼえがき》らしいのを熟《じつ》と視《なが》めて居《ゐ》たのが、抜上《ぬけあが》つた額《ひたひ》の広《ひろ》い鼻《はな》のすつと隆《たか》い、髯《ひげ》の無《な》い頤《おとがひ》の細《ほそ》い、眉《まゆ》のくつきりした顔《かほ》を上《あ》げた、雑所《ざいじよ》と云《い》ふ教頭心得《けうとうこゝろえ》。何《なに》か落着《おちつ》かぬ色で、

『此方《こつち》へ入《はい》れ。』

と胸《むね》を張《は》つて袴《はかま》の膝《ひざ》へ丁《ちやん》と手《て》を置《お》く。

意味《いみ》ありげな体《てい》なり。茶碗《ちやわん》を洗《あら》へ、土瓶《どびん》に湯《ゆ》を注《さ》せ、では無《な》さゝうな処《ところ》から、小使《こづかひ》も其《そ》の気構《きがまへ》で、卓子《テーブル》の角《かど》へ進《すゝ》んで、太《ふと》い眉《まゆ》をもじや〳〵と動《うご》かしながら、

『御《ご》用で？』

『何《なに》は、三《さん》右衛《ゑ》門《もん》は。』と聞《き》いた。

此《これ》は背《せ》の抜群《ばつぐん》に高《たか》い、年紀《とし》は源助《げんすけ》より大分《だいぶ》少《わか》いが、仔細《しさい》も無《な》からう、けれども発心《ほつしん》をしたやうに頭髪《とうはつ》をすつぺりと剃附《そりつ》けた青道心《あをだうしん》の、何時《いつ》も莞爾《にこ》々々《〳〵》した滑稽《おど》けた男《をとこ》で、矢張《やつぱ》り学《がく》校《かう》に居《ゐ》る、最《も》う一人《ひとり》の小使《こづかひ》である。

『同役《どうやく》（と何時《いつ》も云《い》ふ、士《さむらひ》の果《はて》か、仲間《ちうげん》の上《あが》りらしい。）は番《ばん》でござりまして、唯今水瓶《たゞいまみづがめ》へ水《みづ》を汲込《くみこ》んで居《を》りまするが。』

『水《みづ》を汲込《くみこ》んで、水瓶《みづがめ》へ……むゝ、此《こ》の風《かぜ》で。』

と云《い》ふ。閉込《しめこ》んだ硝子窓《がらすまど》がびり〳〵と鳴《な》つて、蒼空《あをぞら》へ灰汁《あく》を湛《たゝ》へて、上《うへ》から揺《ゆす》つて沸立《わきた》たせるやうな凄《すさ》まじい風《かぜ》が吹《ふ》く。其《そ》の窓《まど》を見向《みむ》いた片頬《かたほ》に、颯《さつ》と砂埃《すなほこり》を捲《ま》く影《かげ》がさして、雑《ざい》所《しよ》は眉《まゆ》を顰《ひそ》めた。

『此《こ》の風《かぜ》が、……何《なに》か、風《かぜ》……が烈《はげ》しいから火《ひ》の用心《ようじん》か。』

と唐突《だしぬけ》に妙《めう》な事《こと》を言出《いひだ》した。が、成程聞《なるほどき》く方《はう》も其《そ》の風《かぜ》なれば、然《さ》まで不思議《ふしぎ》とは思《おも》はぬ。

『否《いえ》、予《かね》てお諭《さと》しでもござりまするし、不断充分《ふだんじふぶん》に注意《ちうい》はしまするが、差当《さしあた》り、火《ひ》の用心《ようじん》と申《まを》すではござりませぬ。……やがて、』

と例《れい》の渋《しぶ》い顔《かほ》で横手《よこて》の柱《はしら》に掛《かゝ》つたボン〳〵時計《どけい》を睨《にら》むやうにじろり。と十一時《じ》……丁《ちやう》ど半《はん》。——小使《こづかひ》の心持《こゝろもち》では、時《じ》間《かん》が最《も》う些《ちつ》と経《た》つて居《ゐ》さうに思《おも》つたので、留《と》まつては居《を》らぬか、とさて瞻《みつ》めたもので。——風《かぜ》に紛《まぎ》れて針《はり》の音《おと》が全《まつた》く聞《き》こえぬ。

然《さ》う言《い》へば、全校《ぜんかう》の二階《かい》下階《した》、何《ど》の教場《けうぢやう》からも声一《こゑひと》つ、咳《しはぶき》半分響《はんぶんひゞ》いて来《こ》ぬ。一日中《にちぢゆう》また此《こ》の正午《ひる》に成《な》る一時間《じかん》ほど、寂莫《ひつそり》とするのは無《な》い。——其《それ》は小児《こども》たちが一心不乱《しんふらん》、目《め》まじろぎもせずにお弁当《べんたう》の時《とき》を待構《まちかま》へて、無駄《むだ》な足踏《あしぶ》みもせぬからで、静《しづか》なほど、組々《くみ〳〵》の、人一人《ひとひとり》の声《こゑ》も澄渡《すみわた》つて手《て》に取《と》るやうだし、広《ひろ》い職員室《しよくゐんしつ》の此《こ》の時計《とけい》のカチ〳〵などは、居《ゐ》ながら小使部屋《こづかひべや》でもよく聞《き》こえるのが例《れい》の処《ところ》を、ト瞻《みつ》めても針《はり》はソツとも響《ひゞ》かぬ。羅馬数字《ろうますうじ》も風《かぜ》の硝子窓《がらすまど》のぶるぶると震《ふる》ふのに釣《つ》られて、波《なみ》を揺《ゆす》つて見《み》える。が、分銅《ふんどう》だけは、調子《てうし》を違《ちが》へず、とうん〳〵と打《う》つ——時計《とけい》は留《と》まつたのではない。

『最《も》う、これ午餉《おひる》に成《な》りまするで、生徒方《せいとがた》が湯《ゆ》を呑《の》みに、どや〳〵と見《み》えますで。湯《ゆ》は沸《たぎ》らせましたが——いや何《ど》の小児《こども》衆《しゆ》も性急《せいきふ》で、渇《かわ》かし切《き》つてござつて、突然《いきなり》がぶりと喫《あが》りまするで、気《き》を着《つ》けて進《しん》ぜませぬと、直《ぢ》きに火傷《やけど》を。』

『火傷《やけど》を……ふむ。』

と長《なが》い顔《かほ》を傾《かたむ》ける。

二

『同役《どうやく》とも申合《まをしあ》はせまする事《こと》で。』

と対向《さしむか》ひの、可《か》なり年配《ねんぱい》の其《そ》の先生《せんせい》さへ、少《わか》く見《み》えるくらゐ老実《らうじつ》な語《くち》。

『加減《かげん》をして、うめて進《しん》ぜまする。其《そ》の貴方様《あなたさま》、水《みづ》をフト失《しつ》念《ねん》いたしましたから精々《せつせ》と汲込《くみこ》んで居《を》りまするが、何《なに》か、別《べつ》して三右衛門《さんゑむ》にお使《つかひ》でもござりますか、手前《てまへ》ではお間《ま》には合《あ》ひ兼《か》ね……』

と言懸《いひか》けるのを、遮《さへぎ》つて、傾《かたむ》けたまゝ頭《かぶり》を掉《ふ》つた。

『いや、三右衛門《さんゑむ》でなくつて丁《ちやう》ど可《い》いのだ、あれは剽軽《へうきん》だからな。……源助《げんすけ》、実《じつ》は年上《としうへ》のお前《まへ》を見掛《みか》けて、些《ち》と話《はなし》があるがな。』

出方《でかた》が出方《でかた》で、源助《げんすけ》は一倍《いちばい》まじりとする。

先生《せんせい》も少《すこ》し極《きま》つて、

『最《も》つと此方《これ》へ寄《よ》らんかい。』

と椅子《いす》をかたり。卓子《テーブル》の隅《すみ》を坐取《ざと》つて、身体《からだ》を斜《はす》に、袴《はかま》をゆらりと踏開《ふみひら》いて腰《こし》を落《おと》しつける、其《そ》の前《まへ》へ、小使《こづかひ》はもつそり進《すゝ》む。

『卓子《テーブル》の向《むか》ふ前《まへ》でも、砂埃《すなつぼこり》に掠《かす》れるやうで、話《はなし》がよく分《わか》らん、嘵舌《しやべ》るのに骨《ほね》が折《を》れる。えゝん。』と咳《しはぶき》をする下《した》から、烟草《たばこ》を塡《つ》めて、吸口《すひくち》をト頬《ほゝ》へ当《あ》てゝ、

『酷《ひど》い風《かぜ》だな。』

『はい、屋根《やね》も憂慮《きづか》はれまする………。此《こ》の二三年《ねん》と申《まを》したうござりまするが、何《ど》うござりませうぞ。五月《ぐわつ》も半《なか》ば、と申《まを》すに、北風《きたかぜ》の恁《か》う烈《はげ》しい事《こと》は、十年以来《ねんこのかた》にも、つひぞ覚《おぼ》えませぬ。幾干雪国《いくらゆきぐに》でも、貴下様《あなたさま》。最《も》うこれ布子《ぬのこ》から単衣《ひとへもの》と飛《と》びまする処《ところ》を、今日《こんにち》あたりは何《ど》ういたして、また襯衣《しやつ》に股引《もゝひき》などを貴方様《あなたさま》、下女《げぢよ》の宿下《やどさが》り見《み》まするやうに、古葛籠《ふるつゞら》を引覆《ひつくりかへ》しまするやうな事《こと》でござりまして、一寸戸外《ちよつとおもて》へ出《で》て御覧《ごらう》じませ。鼻《はな》も耳《みゝ》も吹切《ふきき》られさうで、何《なん》とも凌《しの》ぎ切《き》れませんではござりますまいか。

三右衛門《さんゑむ》なども、鼻《はな》の尖《さき》を真赤《まつか》に致《いた》して、えらい猿田彦《さるだひこ》にござります。はは。』

と変哲《へんてつ》もない愛相笑《あいさうわら》ひ。が、然《さ》う云《い》ふ源助《げんすけ》の鼻《はな》も赤《あか》し、これは如何《いか》な事《こと》、雑所先生《ざいしよせんせい》の小鼻《こばな》のあたりも紅《べに》が染《にじ》む。

『実際《じつさい》、厳《きび》しいな。』

と卓子《テーブル》の上《うへ》へ、烟管《きせる》を以《も》つたまゝ長《なが》く露出《むきだ》しに火鉢《ひばち》へ翳《かざ》した鼠色《ねずみいろ》の襯衣《しやつ》の腕《うで》を、先生《せんせい》、ぶる〳〵と震《ふる》はすと、歯《は》をくひしばつて引立《ひつた》てるやうにぐいと擡《もた》げて床板《ゆかいた》へ火鉢《ひばち》をどさり。で、足《あし》を踏張《ふんば》り、両腕《りやううで》をづいと扱《しご》いて、

『御免《ごめん》を被《かうむ》れ、行儀《ぎやうぎ》も作法《さはふ》も云《い》つちや居《を》られん、遠慮《ゑんりよ》は不作《ぶさ》法《はふ》だ。源助《げんすけ》、当《あた》れ。』

『はい、同役《どうやく》とも相談《さうだん》をいたしまして、昨日《きのふ》にも塞《ふさ》がうと思《おも》ひました、部屋《へや》（と溜《たまり》の事《こと》を云《い》ふ）炉《ろ》に又嚙《またかじ》りつきますやうな次第《しだい》にござります。』と中腰《ちゆうごし》に成《な》つて鉄火箸《かなひばし》で炭《すみ》を開《あら》けて、五徳《ごとく》を摺《づ》つて引傾《ひつかた》かつた銅《どう》の大薬鑵《おほやくわん》の肌《はだ》を、毛深《けぶか》い手《て》の甲《かふ》で無手《むず》と撫《な》でる。

『一杯沸《ばいたぎ》つたのを注《さ》しませうで――軈《やが》てお弁当《べんたう》でござりませう。貴下様組《あなたさまくみ》は、此《こ》の時間御休憩《じかんごきうけい》で？』

『源助《げんすけ》、其《そ》の事《こと》だ。』

『はい。』

と獅噛面《しかみつら》を後《あと》へ引込《ひつこ》めて目《め》を据《す》ゑる。

　雑所《ざいしよ》は前《まへ》のめりに俯向《うつむ》いて、一服吸《いつぷくす》つた後《あと》を、口《くち》でふつ／＼と吹落《ふきおと》して、雁首《がんくび》を取《と》つて返《かへ》して、吸殻《すひがら》を丁寧《ていねい》に灰《はひ》に突《つゝ》込《こ》み、

『閉込《しめこ》むで置《お》いても風《かぜ》が揺《ゆす》つて、吸殻一《すひがらひと》つも吹飛《ふきと》ばしさうで成《な》らん。危《あぶな》いよ、こんな日《ひ》は。』

と又一《またひと》つ灰《はい》を浴《あび》せた。瞳《ひとみ》を返《かへ》して、壁《かべ》の黒《くろ》い、廊下《らうか》を視《なが》め、

『可塩梅《いゝあんばい》に、其方《そつち》からは吹通《ふきとほ》さんな。』

『でも、貴方様《あなたさま》まるで野原《のはら》でござります。お児達《こたち》の歩行《ある》いた跡《あと》は、平一面《たひらいちめん》の足跡《あしあと》でござりまするが。』

『むゝ、まるで野原《のはら》……。』

と陰気《いんき》な顔《かほ》をして、伸上《のびあが》つて透《す》かしながら、

『源助《げんすけ》、時《とき》に、何《なに》、今小児《いまこども》を一人《ひとり》、少《すこ》し都合《つがふ》があつて、お前《まへ》達《たち》の何《なん》だ、小使溜《こづかひだまり》へ遣《や》つたつけが、何《なに》は、……部屋《へや》に居《ゐ》るか。』

『居《を》りまするで、悄乎《しよんぼり》としましてな、はい、……あの、嬢《ぢやう》ちやん坊《ぼつ》ちやんの事《こと》でござりませう、部屋《へや》に居《を》りますでござりますよ。』

三

『嬢《ぢやう》ちやん坊《ぼつ》ちやん。』

と先生《せんせい》は一寸口《ちよつとくち》の裡《うち》で繰返《くりかへ》したが、直《す》ぐに其《そ》の意味《こゝろ》を知《し》つて頷《うなづ》いた。今年九歳《ことしこゝのつ》に成《な》る、校内第一《かうないだい》の綺麗《きれい》な少年《せうねん》、浜宮浪《はまみやなみ》吉《きち》と、云《い》つて名《な》まで優《やさ》しい。色《いろ》の白《しろ》い、髪《かみ》の美《うつく》しいので、源《げん》助《すけ》はじめ、嬢《ぢやう》ちやん坊《ぼつ》ちやん、と呼《よ》ぶのであらう？……

『悄乎《しよんぼり》して居《ゐ》る。小使溜《こづかひだまり》に。』

『時《とき》ならぬ時分《じぶん》に、部屋《へや》へ茫乎《ぼんやり》と入《はい》つて来《き》て、お腹《なか》が痛《いた》むかのと言《い》うて聞《き》いたでござりますが、雑所先生《ざいしよせんせい》が小使溜《こづかひだまり》へ行《いつ》て居《ゐ》るやうに仰有《おつしや》つたとばかりで、悄《しほ》れ返《かへ》つて居《を》りまする。はてな、他《ほか》のものなら珍《めづ》らしうもござりませぬ。此《こ》の児《こ》に限《かぎ》つて、悪戯《いたづら》をして、課業中《くわげふちゆう》、席《せき》から追出《おひだ》されるやうな事《こと》はあるまいが、何《ど》うしたものぢや。……寒《さむ》いで、まあ、当《あた》りなさいと、炉《ろ》の縁《ふち》へ坐《すわ》らせまして、手前《てまへ》も胡座《あぐら》掻いて火《ひ》をほじり／＼、仔細《しさい》を聞《き》きましても何《なに》も言《い》はずに、恍惚《うつとり》したやうに鬱込《ふさぎこ》みまして、あの可愛《かあい》げに掻合《かきあ》はせた美《うつく》しい襟《えり》に、白《しろ》う、其《そ》のふつくらとした頤《あご》を附着《くつつ》けて頻《しき》りと其《そ》の懐中《ふところ》を覗込《のぞきこ》みますのを、ぢろ／＼見《み》ますと、浅黄《あさぎ》の襦袢《じゆばん》が開《はだ》けまするまで、艶々《つや／＼》露《つゆ》も垂《た》れるげな、紅《べに》を溶《と》いて玉《たま》にしたやうなものを、溢《こぼ》れまするほど、な貴方様《あなたさま》。』

『むゝ然《さ》う。』

と考《かんが》へるやうにして、雑所《ざいしよ》はまた頷《うなづ》く。

『手前《てまへ》、御存《ごぞん》じの少々近視眼《せう／＼ちかめ》で。其《それ》へ怯《か》う、霞《かすみ》が掛《かゝ》りました工合《ぐあひ》に、薄《うす》い綺麗《きれい》な紙《かみ》に包《つゝ》んで持《も》つて居《ゐ》るのを、何《なに》か干菓子《ひぐわし》でゞもあらうかと存《ぞん》じました処《ところ》。』

『茱萸《ぐみ》だ。』と云《い》つて雑所《ざいしよ》は居直《ゐなほ》る。話《はなし》が此所《こゝ》へ運《はこ》ぶのを待《まち》構《かま》へた体《てい》であつた。

『で、ござりまするな。目覚《めさ》める木《き》の実《み》で、いや、小児《こども》が夢《む》中《ちゆう》に成《な》るのも道理《だうり》でござります。』と感心《かんしん》した様子《やうす》に源助《げんすけ》は云《い》ふのであつた。

　青梅《あをうめ》も未《ま》だ苦《にが》い頃《ころ》、やがて、李《すもゝ》でも色《いろ》づかぬ中《うち》は、実際苺《じつさいいちご》と聞《き》けば、小蕪《こかぶ》のやうに干乾《ひから》びた青《あを》い葉《は》を束《たば》ねて売《う》る、黄色《きいろ》な実《み》だ、と思《おも》つて居《ゐ》る、恁《か》うした雪国《ゆきぐに》では、蒼空《あをぞら》の下《した》に、白《しろ》い日《ひ》で暖《あたゝか》く蒸《む》す茱萸《ぐみ》の実《み》の、枝《えだ》も撓《たわわ》々な処《ところ》など、大人《をとな》さへ、火《ひ》の燃《も》えるが如《ごと》く目《め》に着《つ》くのである。

『家《うち》から持《も》つてござつたか。教場《けうぢやう》へ出《で》て何《なん》の事《こと》ぢや、大方其《おほかたそ》の所為《せゐ》で雑所様《ざいしよさま》に叱《しか》られたものであらう。まあ大人《をとな》しくして居《ゐ》なさい、と然《さ》う云《い》うて遣《や》りまして、実《じつ》は何《なん》でござります。……あの児《こ》のお詫《わび》を、と間《ま》を見《み》て居《を》りました処《ところ》を、丁《ちやう》どお召《めし》でござりまして、……はい。何《なに》も小児《こども》でござります。日《ひ》頃《ごろ》が日頃《ひごろ》で、つひぞ世話《せわ》を焼《や》かした事《こと》の無《な》い、評判《ひやうばん》の児《こ》でござりまするから、今日《こんにち》の処《ところ》は、源助《げんすけ》、あの児《こ》に成《な》りかはりまして御訴訟《ごそしよう》。はい、気《き》が小《ちひ》さいかいたして、口《くち》も利《き》けずに、とぼんとして、可哀《かあい》や、病気《びやうき》にでも成《な》りさうに見《み》えまするがい。』と揉手《もみで》をする。

『何《ど》うだい、吹《ふ》く事《こと》は。酷《ひど》いぞ。』

　と窓《まど》と一所《いつしよ》に、肩《かた》をぶる〳〵と揺《ゆす》つて、卓子《テーブル》の上《うへ》へ烟管《きせる》を棄《す》てた。

『源助《げんすけ》。』

　と再度《さいど》更《あらたま》つて、

『小児《こども》が懐中《ふところ》の果物《くだもの》なんか、袂《たもと》へ入《い》れさせれば済《す》む事《こと》よ。何《ど》うも変《へん》に、気《き》に懸《かゝ》る事《こと》があつてな、小児処《こどもどころ》か、お互《たがひ》に、大人《をとな》が、とぼんと成《な》らなければ可《い》いが、と思《おも》ふんだ。

　昨日夢《きのふゆめ》を見《み》た。』

　と注《つ》いで置《お》きの茶碗《ちやわん》に残《のこ》つた、冷《つめた》い茶《ちや》をがぶりと飲《の》んで、

『昨日《きのふ》な、……昨夜《ゆふべ》とは言《い》はん。が、昼寝《ひるね》をして居《ゐ》て見《み》たのぢやない。日《ひ》の暮《く》れやうと云《い》ふ、そち此方《こち》、暗《くら》く成《な》つた山《やま》道《みち》だ。』

『山道《やまみち》の、夢《ゆめ》でござりまするな。』

『否《や》、実際山《じつさいやま》を歩行《ある》いたんだ。それ、日曜《にちえう》さ、昨日《きのふ》は――源《げん》助《すけ》、お前《まへ》は自《おの》づから得《え》て居《ゐ》る。私《わたし》は本《ほん》と首引《くびつぴ》きだが、本草《ほんさう》が好《か》物《ぶつ》でな、知《し》つてる通《とほ》り。で、昨日《きのふ》些《ち》と山《やま》を奥《おく》まで入《はい》つた。つひ浮々《うか〳〵》と谷々《たに〳〵》へ釣込《つりこ》まれて。

　こりや途中《とちゆう》で暗《くら》く成《な》らなければ可《い》いが、と山《やま》の陰《かげ》が些《ち》と憂慮《きづか》はれるやうな日《ひ》ざしに成《な》つた。其《それ》から急《いそ》いで引返《ひきかへ》したのよ。』

四

『山時分《やまじぶん》ぢやないから人《ひと》ツ子《こ》に逢《あ》はず、又茸狩《またたけがり》にだつて、あんなに奥《おく》まで行《ゆ》くものはない。随分路《ずゐぶんみち》でもない処《ところ》を潜《もぐ》つたからな。三ツばかり谷《たに》へ下《お》りては攀上《よぢのぼ》り、下《お》りては攀上《よぢのぼ》りした時《とき》は、些《ち》と心細《こゝろぼそ》く成《な》つた。昨夜《ゆふべ》は野宿《のじゆく》かと思《おも》つたぞ。

　でもな、秋《あき》とは違《ちが》つて、日《ひ》の入《いり》が遅《おそ》いから、まあ可《よ》かつた、漸《や》つと旧道《きうだう》に繞《めぐ》つて出《で》たのよ。

今日《けふ》とは違《ちが》つた嘘《うそ》のやうな上天気《じやうてんき》で、風《かぜ》なんか薬《くすり》にしたくもなかつたが、薄着《うすぎ》で出《で》たから晩方《ばんがた》は寒《さむ》い、それでも汗《あせ》の出《で》るまで、脚袢掛《きやはんがけ》で、すた〳〵来《く》ると、幽《かすか》に城《しろ》が見《み》えて来《き》た。城《しろ》の方《はう》にな、可厭《いや》な色《いろ》の雲《くも》が出《で》て居《ゐ》たには出《で》て居《ゐ》たよ――此《こ》の風《かぜ》に成《な》つたんだらう。

其《そ》の内《うち》に、物見《ものみ》の松《まつ》の梢《こずゑ》の尖《さき》が目《め》に着《つ》いた。もう目《め》の前《まへ》の峰《みね》を越《こ》すと、あの見霽《みはら》しの岳《をか》へ出《で》る、……後《あと》は一雪崩《ひとなだれ》にづる〳〵と屋敷町《やしきまち》の私《わたし》の内《うち》へ辷《すべ》り込《こ》まれるんだ、と吻《ほつ》と息《いき》をした。処《ところ》が又《また》、知《し》つてる通《とほ》り、あの一帳場《ひとちやうば》が、一方谷《いつぽうたに》、一方覆《いつぽうおつ》被《かぶ》さつた雑木林《ざふきばやし》で、妙《めう》に真昼間《まつぴるま》も薄暗《うすぐら》い、可厭《いや》な処《ところ》ぢやないか。』

『名代《なだい》な魔所《ましよ》でございます。』

『何《なに》か知《し》らんが。』

と両手《りやうて》で頤《あご》を扱《しご》くと、げつそり瘠《や》せたやうな顔色《かほつき》で、

『一《ひと》ツ切《きり》、洞穴《ほらあな》を潜《くゞ》るやうで、其《それ》まで、ちら〳〵城下《じやうか》が見《み》えた、大川《おほかは》の細《ほそ》い靄《もや》も、大橋《おほはし》の小《ち》さな灯《ひ》も、何《なに》も見《み》えぬ。ざわ〳〵ざわ〳〵と音《おと》がする。……樹《き》の枝《えだ》ぢや無《な》い、右《みぎ》のな、其《そ》の崖《がけ》の中腹《ちゆうふく》ぐらゐな処《ところ》を、熊笹《くまざゝ》の上《うへ》へむく〳〵と赤《あか》いものが湧《わ》いて、出《で》た。幾疋《いくひき》となく、やがて五六十、夕焼《ゆふやけ》が其処等《そこいら》を胡乱《うろ》つくやうに……皆猿《みんなさる》だ。

丘《をか》の隅《すみ》にや、荒《あ》れたが、それ山王《さんわう》の社《やしろ》がある。時々《とき〴〵》山奥《やまおく》から猿《さる》が出《で》て来《く》ると云《い》ふ処《ところ》だから、其《そ》の数《かず》の多《おほ》いにはぎよつとしたが、――別《べつ》に猿《さる》と云《い》ふに驚《おどろ》くこともなし、又猿《またさる》の面《つら》の赤《あか》いのに不思議《ふしぎ》はないがな、源助《げんすけ》。

何《どれ》も此《こ》れも何《ど》うだ、其《そ》の総身《そうしん》の毛《け》が真赤《まつか》だらう。然《しか》も数《かず》が、其処《そこ》へ来《き》た五六十疋《ごろくじつぴき》と云《い》ふ、そればかりぢやない。後《あと》へ後《あと》へと群続《むらがりつゞ》いて、裏山《うらやま》の峰《みね》へ尾《を》を曳《ひい》て、遥《はる》かに高《たか》い処《ところ》から、赤《あか》い滝《たき》を落《おと》し懸《か》けたのが、岩《いは》に潜《くゞ》つて又流《またなが》れる、其《そ》の末《すゑ》の開《ひら》いた処《ところ》が、目《め》の下《した》に見《み》える数《かず》よ。最《もつと》も遠《とほ》くの方《はう》は中《なか》絶《だ》えして、一ツ二ツづゝ続《つゞ》いたんだが、限《かぎ》りが知《し》れん、幾百《いくひやく》居《ゐ》るか。

で、何《なん》の事《こと》はない、虫眼鏡《むしめがね》で赤蟻《あかあり》の行列《ぎやうれつ》を山《やま》へ投懸《なげか》けて視《なが》めるやうだ。其《それ》が一《ひと》ツも鳴《な》かず、静《しづ》まり返《かへ》つて、さつ〳〵さつと動《うご》く、熊笹《くまざゝ》がざわつくばかりだ。

夢《ゆめ》だらう、夢《ゆめ》でなくつて。夢《ゆめ》だと思《おも》つて、源助《げんすけ》、まあ、聞《き》け。……

実《じつ》は夢《ゆめ》ぢやないんだが、現在見《げんざいみ》たと云《い》つても真個《ほんと》にはしまい。』

源助《げんすけ》は此《これ》を聞《き》くと、弥々《いよ〳〵》渋《しぶ》つて、頤《あご》の毛《け》をすく〳〵と立《た》てた。

『はあ。』

と息《いき》を内《うち》へ引《ひ》きながら、

『随分《ずゐぶん》、真個《ほんとう》にいたします。場所《ばしよ》がらでございまするで、雑所様《ざいしよさま》、なか〳〵源助《げんすけ》は疑《うたが》ひませぬ。』

『疑《うたが》はん、真個《ほんと》に思《おも》ふ。其処《そこ》でだ、源助《げんすけ》、序《つひで》に最《も》う一《ひと》ツ真個《ほんと》にして貰《もら》ひたい事《こと》がある。

其処《そこ》へな、背後《うしろ》の、暗《くら》い路《みち》をすつと来《き》て、私《わたし》に、ト並《なら》んだと思《おも》ふ内《うち》に、大跨《おほまた》に前《まへ》へ抜越《ぬけこ》したものがある。……

山遊《やまあそ》びの時分《じぶん》には、女《をんな》も駕籠《かご》も通《とほ》る。狭《せま》くはないから、肩《かた》摺《ず》れるほどではないが、まざ〳〵と足《あし》が並《なら》んで、はつと不意《ふい》に、此方《こつち》が立停《たちど》まる処《ところ》を、抜《ぬ》けた。

下闇《したやみ》ながら——此方《こつち》も最《も》う、僅《わつ》かの処《ところ》だけれど、赤《あか》い猿《さる》が夥《おびたゞ》しいので、人恋《ひとこひ》しい。で透《す》かして見《み》ると、判然《はつきり》とよく分《わか》つた。

其《それ》も夢《ゆめ》かな、源助《げんすけ》、暗《くら》いのに。——

裸体《はだか》に赤合羽《あかがつぱ》を着《き》た、大《おほ》きな坊主《ばうず》だ。』

『へい。』と源助《げんすけ》は声《こゑ》を詰《つ》めた。

『真黒《まつくろ》な円《まる》い天窓《あたま》を露出《むきだし》でな、耳元《みゝもと》を離《はな》した処《ところ》へ、其《そ》の赤合《あかがつ》羽《ぱ》の袖《そで》を鯱子張《しやちこば》らせる形《かたち》に、大《おほき》な肱《ひぢ》を、ト鍵形《かぎなり》に曲《ま》げて、柄《え》の短《みじか》い赤《あか》い旗《はた》を飜々《ひら〳〵》と見《み》せて、しやんと構《かま》へて、づん〳〵通《とほ》る。………』

旗《はた》は真赤《まつか》に宙《ちう》に煽《あふ》つ。

まさかとは思《おも》ふ………特《こと》に其《そ》の言《い》つた通《とほ》り人恋《ひとこひ》しい折《をり》からなり、対手《あひて》の僧形《そうぎやう》にも何分《なにぶん》か気《き》が許《ゆる》されて、

（御坊《ごばう》、御坊《ごばう》。）

と二声《ふたこゑ》ほど背後《うしろ》で呼《よ》んだ。』

五

『物凄《ものすご》さも前《さき》に立《た》つ。さあ、呼《よ》んだつもりの自分《じぶん》の声《こゑ》が、口《くち》へ出《で》たか出《で》んか分《わか》らないが、一《いち》も二《に》もない、呼《よ》んだと思《おも》ふと振向《ふりむ》いた。

顔《かほ》は覚《おぼ》えぬが、頤《あご》も額《ひたひ》も赤《あか》いやうに思《おも》つた。

（何方《どちら》へ？）

と、直《す》ぐに聞《き》いた。

ト竹《たけ》を破《や》ぶるやうな声《こゑ》で、

（城下《じやうか》を焼《や》きに参《まゐ》るのぢや。）と言《い》ふ。ぬいと出《で》て脚元《あしもと》へ、五《いつ》つ六《む》つ猿《さる》が届《とゞ》いた。赤《あか》い雲《くも》が捲《ま》いたやうにな源助《げんすけ》。』

『………。』小使《こづかひ》は口《くち》も利《き》かず。

『爾時《そのとき》、旗《はた》を衝《つ》と上《あ》げて、

（物見《ものみ》から些《ち》と見物《けんぶつ》なされ。）と云《い》ふと、上《あ》げた其《そ》の旗《はた》を横《よこ》に、飜然《ひらり》と返《かへ》して、指《さ》したと思《おも》へば、峯《みね》に並《なら》んだ向《むか》ふの岳《をか》の、松《まつ》の梢《こずゑ》へ颯《さつ》と飛移《とびうつ》つたかと思《おも》ふ、旗《はた》の煽《あふ》つやうな火《ひ》が松明《たいまつ》を投附《なげつ》けたやうに潑《ぱつ》と燃《も》え上《あが》る。顔《かほ》も真赤《まつか》に一面《めん》の火《ひ》に成《な》つたが、遥《はる》かに小《ちひ》さく、ちら〳〵と唯矢張《たゞやつぱ》り物見《ものみ》の松《まつ》の梢《こずゑ》の処《ところ》に、丁字頭《ちやうじがしら》が揺《ゆ》れるやうに、見《み》て、気《き》が静《しづま》ると、坊主《ばうず》も猿《さる》も影《かげ》も無《な》い。赤《あか》い旗《はた》も、花火《はなび》が落《お》ちる状《さま》になくなつたんだ。

小児《こども》が転《ころ》んで泣《な》くやうだ、他愛《たあい》がないぢやないか。さて然《さ》う成《な》つてから、急《きふ》に我《われ》ながら、世《よ》にも怯《おび》えた声《こゑ》を出《だ》して、

（わつ。）と云《い》つてな、三反《だん》ばかり山路《やまみち》の方《はう》へ宙《ちう》を飛《と》んで遁出《にげだ》したと思《おも》へ。

はじめて夢《ゆめ》が覚《さ》めた気《き》に成《な》つて、寒《さむ》いぞ、今度《こんど》は。がち〳〵震《ふる》へながら傍目《わきめ》も触《ふ》らず、坊主《ばうず》が立《た》つたと思《おも》ふ処《ところ》は爪立《つまたち》足《あし》をして、それから、お前《まへ》、前《まへ》の峯《みね》を引掻《ひつか》くやうに駆上《かけあが》つて、………ましくらに又摺落《またずりお》ちて、見霽《みはらし》へ出《で》ると、何《ど》うだ。夜《よ》が明《あ》けたやうに広々《ひろ〴〵》として、崖《がけ》のはづれから高《たか》い処《ところ》を、乗出《のりだ》し

て、城下《じやうか》を一人《ひとり》で月《つき》の客《きやく》と澄《す》まして視《なが》めて居《ゐ》る物見《ものみ》の松《まつ》の、丁《ちやう》ど、赤《あか》い旗《はた》が飛移《とびうつ》つた。と、今見《いまみ》る処《ところ》に、五日頃《いつかごろ》の月《つき》が出《で》て蒼白《あをじろ》い中《なか》に、松《まつ》の樹《き》はお前《まへ》、大蟹《おほがに》が海松房《みるふさ》を引被《ひつかつ》いて山《やま》へ這出《はひで》た形《かたち》に、しつとりと濡《ぬ》れて薄靄《うすもや》が絡《まと》つて居《ゐ》る。遥《はる》かに下《した》だが、私《わたし》の町内《ちやうない》と思《おも》ふあたりを……場末《ばすゑ》で遅廻《おそまは》りの豆腐屋《とうふや》の声《こゑ》が、幽《かすか》に聞《き》こえやうと云《い》ふのぢやないか。話《はなし》に成《な》らん。苟《いやしく》も小児《こども》を預《あつか》つて教育《けういく》の手伝《てつだひ》もしやうと云《い》ふものが、宛然狐《まるできつね》に魅《つま》まれたやうな気持《きもち》で、……家内《かない》にさへ、話《はなし》も出来《でき》ん。

帰《かへ》つて湯《ゆ》に入《はい》つて、寝《ね》たが、綿《わた》のやうに疲《つか》れて居《ゐ》ながら、何《なに》か、其《それ》でも寝苦《ねぐる》しくつて時々《とき〲》早鐘《はやがね》を撞《つ》くやうな音《おと》が聞《き》こえて、吃驚《びつくり》して目《め》が覚《さ》める、と寝汗《ねあせ》でぐつちより、其《それ》も半分《はんぶん》は夢心地《ゆめごゝち》さ。

明方《あけがた》から此《こ》の風《かぜ》さな。』

『正寅《しやうとら》の刻《こく》からでござりました、海嘯《つなみ》のやうに、どつと一時《いつとき》に吹出《ふきだ》しましたに因《よ》て存《ぞん》じて居《を》りまする。』と源助《げんすけ》の言《ことば》つき、恰《あたか》も口上《こうじやう》。何《なに》か、恐入《おそれい》つて居《ゐ》る体《てい》がある。

『夜《よ》があけると、此《こ》の砂煙《すなけむり》、でも人間《にんげん》、雲霧《くもきり》を払《はら》つた気持《きもち》だ。然《そ》して、赤合羽《あかがつぱ》の坊主《ばうず》の形《かたち》もちらつかん。やがて忘《わす》れてな、八時《じ》、九時《じ》、十時《じ》と何事《なにごと》もなく課業《くわげふ》を済《す》まして、此《こ》の十一時《じ》が読本《とくほん》の課目《くわもく》なんだ。

な、源助《げんすけ》。

授業《じゆげふ》に掛《かゝ》つて、読出《よみだ》した処《ところ》が、怪訝《をかし》い。消火器《せうくわき》の説明《せつめい》がしてある、火事《くわじ》に対《たい》する種々《いろ〳〵》の説備《せつび》のな。しかし最《も》う其《それ》さへ気《き》に成《な》らずに業《げふ》をはじめて、ものゝ十分《ぶん》も経《た》つたと思《おも》ふと、入口《いりくち》の扉《とびら》を開《あ》けて、ふらりと、あの児《こ》が入《はい》つて来《き》たんだ。』

『へい、嬢《ぢやう》ちやん坊《ぼつ》ちやんが。』

『然《さ》う。宮浜《みやはま》がな。おや、と思《おも》つた。あの児《こ》は、それ、墨《すみ》の中《なか》に雪《ゆき》だから一番目《ばんめ》に着《つ》く……朝、一二時間《じかん》とも丁《ちやん》と席《せき》に着《つ》いて授業《じゆげふ》を受《う》けたんだ。――此《こ》の硝子窓《がらすまど》の並《なら》びの、運動場《うんどうば》の矢張窓際《やつぱりまどぎは》に席《せき》があつて、……最《もつと》も二人並《ふたりなら》んだ内側《うちがは》の方《はう》だが。薩張《さつぱり》気《き》が着《つ》かずに居《ゐ》た、……成程《なるほど》、其《そ》の席《せき》が一《ひと》ツ穴《あな》に成《な》つて居《ゐ》る。

又《また》、箸《はし》の倒《たふ》れた事《こと》でも、沸返《にえかへ》つて騒立《さわぎた》つ連中《れんぢゆう》が、一人其《ひとりそれ》まで居《ゐ》なかつたのを、誰《たれ》もいつゝけ口《ぐち》をしなかつたも怪《あや》しいよ。

ふらりと廊下《らうか》から、時《とき》ならない授業中《じゆげふちゆう》に入《はい》つて来《き》たので、さすがに、わつと動揺《どよ》めいたが、其《そ》の音《おと》も戸外《おもて》の風《かぜ》に吹攫《ふきさら》はれて、どつと遠《とほ》くへ、山《やま》へ打《ぶ》つかるやうに持《も》つて行《ゆ》かれる。口《くち》や目《め》ばかり、ばら〳〵と、動《うご》いて、騒《さわ》いで、小児等《こどもら》の声《こゑ》は幽《かすか》に響《ひゞ》いた……』

六

『私《わたし》も不意《ふい》だから、変《へん》に気《き》を抜《ぬ》かれたやうに成《な》つて、とぼんと、あの可愛《かあい》らしい綺麗《きれい》な児《こ》を見《み》たよ。

密《そつ》と椅子《いす》の傍《そば》へ来《き》て愛嬌《あいけう》づいた莞爾《につこり》した顔《かほ》をして、

(先生姉《せんせいねえ》さんが。)

と云《い》ふ。……姉《ねえ》さんが来《き》て、今日《けふ》は火《ひ》が燃《も》える、大火事《おほくわじ》があつて危《あぶな》いから、早仕舞《はやじまひ》にしてお帰《かへ》りなさい、先生《せんせい》に然《さ》うお願《ねが》ひしてと言《い》ひますから……内《うち》へ帰《かへ》らして下《くだ》さい、と云《い》ふんです。含羞《はにか》む児《こ》だから、小《ちひ》さな声《こゑ》して。

風《かぜ》は此《これ》だ。

　聞《き》こえないで僥倖《さいはひ》。一寸《ちよいと》でも生徒《せいと》の耳《みゝ》へ入《はい》らうものなら、壁《かべ》を打抜《ぶちぬ》く騒動《さうどう》だらう。

最《も》うな、火事《くわじ》、と聞《き》くと頭《あたま》から、ぐら〳〵と胸《むね》へ響《ひゞ》いた。騒《さわ》がぬ顔《かほ》して、皆《みんな》には、宮浜《みやはま》が急《きふ》に病気《びやうき》に成《な》つたから今手当《いまてあて》をして来《く》る。予《かね》て言《い》ふ通《とほ》り静《しづか》にして居《ゐ》るやうに、と言聞《いひき》かして置《お》いて、精々《せい〴〵》落着《おちつ》いて、先《ま》づあの児《こ》を此《こ》の控所《ひかへじよ》へ連《つ》れ出《だ》して来《き》たんだ。

処《ところ》で、気《き》を静《しづ》めて、と思《おも》ふが、何分《なにぶん》、此《こ》の風《かぜ》だ。時々《とき〴〵》、くわつと赤《あか》く成《な》つたり、黒《くろ》く成《な》つたりする、な、源助《げんすけ》何《ど》うだ、こりや。』

　と云《い》ふ時言葉《ときことば》が途切《とぎ》れた。二人《ふたり》とも目《め》を据《す》ゑて瞻《みまも》るばかり、一時《ひとしきり》屋根《やね》を取《と》つて挫《ひし》ぐが如《ごと》く吹《ふ》き撲《なぐ》る。

『気《き》が騒《さわ》いで成《な》らんが。』

　と雑所《ざいしよ》は、確乎《しつか》と腕組《うでぐみ》をして、椅子《いす》の凭《かゝ》りに、背中《せなか》を摺着《すりつ》けるばかり、ぴたりと構《かま》へて、

『よく、宮浜《みやはま》に聞《き》いた処《ところ》が、本人《ほんにん》にも何《なん》だか分《わか》らん、姉《ねえ》さんと云《い》ふのが見知《みし》らぬ女《をんな》で、何《なに》も自分《じぶん》の姉《あね》と云《い》ふ意味《いみ》では無《な》いとよ。

　はじめて逢《あ》つたのか、と尋《たづ》ねる、と然《さう》ではない。此《こ》の七日《なぬか》ばかり前《まへ》ださうだ。

　授業《じゆげふ》が済《す》んで帰《かへ》ると成《な》る、大勢《おほぜい》列《れつ》を造《つく》つて、それな、門《もん》まで出《で》る。足並《あしなみ》を正《たゞ》さして、私《わたし》が一二と送《おく》り出《だ》す……

　すると、此《こ》の頃塗直《ごろぬりなほ》した、あの蒼《あを》い門《もん》の柱《はしら》の裏《うら》に、袖口《そでぐち》を口《くち》へ当《あ》てゝ、小児《こども》の事《こと》で形《かたち》は知《し》らん、頭髪《かみ》の房々《ふさ〴〵》とあるが、美《うつく》しい水晶《すゐしやう》のやうな目《め》を恁《か》う俯目《ふしめ》ながら清《すゞ》しう瞪《みは》つて、列《れつ》を一人々々《ひとり〴〵》見遁《みのが》すまいとするやうだつけ。

物見《ものみ》の松《まつ》は此処《こゝ》からも見《み》える……雲《くも》のやうなはそればかりで、よく〳〵晴《は》れた暖《あたゝか》い日《ひ》だつたと云《い》ふ……此《こ》の十四五日《にち》お天気《てんき》続《つゞ》きだ。

　私《わたし》も、毎日門外《まいにちもんぐわい》まで一同《どう》を連出《つれだ》すんだが、七日《なぬか》前《まへ》にも二日《ふつか》此方《こつち》も、つひぞ、そんな娘《むすめ》を見掛《みか》けた事《こと》はない。然《しか》もお前《まへ》、其《そ》の娘《むすめ》が、ちら〳〵と白《しろ》い指《ゆび》でめんない千鳥《ちどり》をするやうに、手招《てまね》きで引着《ひきつ》けるから、うつかり列《れつ》を抜《ぬ》けて其《そ》の傍《そば》へ寄《よ》つたさうよ。其《それ》を私《わたし》は何《なに》にも知《し》らん。

（宮浜《みやはま》の浪《なみ》ちやんだねえ。）

　と此《こ》の国《くに》のぢやない、本《ほん》で読《よ》むやうな言《ことば》で聞《き》くとさ。頷《うなづ》くと、

『好《い》いものを上《あ》げますから私《わたし》と一所《しよ》に、さあ、行《ゆ》きませう、皆《みんな》に構《かま》はないで。』

　と私等《わたしら》を構《かま》はぬ分《ぶん》に扱《あつか》つたは酷《ひど》い！　なあ、源助《げんすけ》。で、手《て》を取《と》られるから、ついて行《ゆ》くと、何処《どこ》か、学校《がくかう》から然《さ》まで遠《とほ》くはなかつたさうだ。荒《あ》れには荒《あ》れたが、大《おほ》きな背戸《ど》へ裏木戸《うらきど》から連込《つれこ》んで、茱萸《ぐみ》の樹《き》の林《はやし》のやうな中《なか》へ連《つ》れて入《はい》つた。目《め》の瞼《ふち》も赤《あか》らむまで、ほか〳〵としたと云《い》ふ。で、

自分《じぶん》にも取《と》れば、あの児《こ》にも取《と》らせて、而《そ》して言《い》ふ事《こと》が妙《めう》ではないか。

(沢山《たんと》お食《あが》んなさいよ。皆《みんな》、貴下《あなた》の阿母《おつか》さんのやうな美《うつく》しい血《ち》になるから。)

と言《い》つたんださうだ。土産《みやげ》にもくれた、帰《かへ》つて誰《だれ》が下《くだ》すつた、と父《おやぢ》に然《さ》う言《い》ひませうと聞《き》くと、

(貴下《あなた》のお亡《なく》なんなすつた阿母《おつかさん》のお友《とも》だちです。)

と言《い》つたつてな。あの児《こ》の母親《はゝおや》はなくなつた筈《はず》だ。が、此処《ここ》までは兎《と》に角無事《かくぶじ》だ、源助《げんすけ》。其《そ》の婦人《ふじん》が、今朝《けさ》また、此《こ》の学校《がくかう》へ来《き》たんだとな。』

源助《げんすけ》は、びくりとして退《さが》る。

『今度《こんど》は運動場《うんどうば》。で、十時《じ》の算術《さんじゆつ》が済《す》んだ放課《はうくわ》の時《とき》だ。風《かぜ》にもめげずに皆駆出《みんなかけだ》すが、あゝ云《い》ふ児《こ》だから、一人《ひとり》で、其《それ》でも遊戯《いうぎ》さな……石盤《せきばん》へ恁《か》う姉様《あねさま》の顔《かほ》を描《か》いて居《ゐ》ると、硝子戸《がらすど》越《ごし》に……夢《ゆめ》にも忘れない……其《そ》の美《うつく》しい顔《かほ》を見《み》せて、外《そと》へ出《で》るやう目《め》で教《をし》へる。……一度《ど》逢《あ》つたばかりだけれども小児《こども》は一目《ひとめ》顔《かほ》を見《み》ると、最《も》う其《そ》の心《こゝろ》が通《つう》じたさうよ。』

七

『宮浜《みやはま》はな、今日《けふ》は、其《そ》の婦人《ふじん》が紅《あか》い木《こ》の実《み》の簪《かんざし》を挿《さ》して居《ゐ》た、矢張《やつぱ》り茱萸《ぐみ》だらうと云《い》ふが、果物《くだもの》の簪《かんざし》は無《な》からう……小児《こども》の目《め》だもの、珊瑚《さんご》かも知《し》れん。

そんな事《こと》は兎《と》に角《かく》だ。

直《す》ぐに、嬉々《いそ〳〵》と廊下《らうか》から大廻《おほまは》りに、丁《ちやう》ど自分《じぶん》の席《せき》の窓《まど》の外《そと》。其《そ》の婦人《ふじん》の待《ま》つて居《ゐ》る処《ところ》へ出《で》ると、それ、散々《さん〴〵》に吹散《ふきち》らされながら、小児《こども》が一杯《ぱい》、ふら〳〵して居《ゐ》るだらう。

源助《げんすけ》、それ、近々《ちか〴〵》に学校《がくかう》で――頓《やが》て暑《あつ》さにはなるし――余《あま》り青苔《あをごけ》が生《は》えて石垣《いしがき》も崩《くづ》れたと云《い》ふので、井戸側《ゐどがは》を取替《とりか》へるに、石《いし》の大輪《おほわ》が門《もん》の内《うち》にあつたのを、小児《こども》だちが悪戯《いたづら》に庭《には》へ転《ころ》がし出《だ》したのがある。那個《あれ》だ。

大人《おとな》なら知《し》らず、円《まる》くて辷《すべ》るにせい、小児《こども》が三人《にん》や五人《にん》では一寸動《ちよつとうご》かぬ。其奴《そいつ》だが、婦人《ふじん》があの児《こ》を連《つ》れて、すつと通《とほ》ると、むくりと脈《みやく》を打《う》つたやうに見《み》えて、ころ〳〵と芝《しば》の上《うへ》を斜違《はすつか》ひに転《ころ》がり出《だ》した。

(やあい、井戸側《ゐどがは》が風《かぜ》で飛《と》ばい。)か何《なに》か哄《どつ》と吶喊《とき》を上《あ》げて、小児《こども》が皆其《みんなそれ》を追懸《おひか》けて一団《ひとかたまり》に黒《くろ》く成《な》つて駆出《かけだ》すと、其《そ》の反対《はんたい》の方《はう》へ、誰《だれ》にも見着《みつ》けられないで、済《す》まして、すつと行《い》つたと云《い》ふが、何《ど》うだ、此《これ》も変《へん》だらう。

横手《よこて》の土塀際《どべいぎは》の、あの棕櫚《しゆろ》の樹《き》の、ぱら〳〵と葉《は》が鳴《な》る蔭《かげ》へ入《はい》つて、黙《だま》つて背《せなか》を撫《な》でなぞしてな。

其処《そこ》で言聞《いひき》かされたと云《い》ふんだ。

(今《いま》に火事《くわじ》がありますから、早《はや》く内《うち》へお帰《かへ》んなさい。先生《せんせい》に然《さ》う云《い》つて、でも学校《がくかう》の教師《けうし》さん、そんな事《こと》がありますかッて肯《き》きなさらないかも知《し》れません。黙《だま》つてづん〳〵帰《かへ》つて可《よ》うござんす。怪我《けが》には替《か》へられません。けれども、後《あと》で叱《しか》れると不可《いけ》ませんから、なりたけお許《ゆる》しをうけてからになさいましよ。

時刻《じこく》はまだ大丈夫《だいぢやうぶ》だとは思《おも》ひますが、そんな、こんなで帰《かへ》りが後《おく》れて、途中《とちゆう》、もしもの事《こと》があつたら、此《これ》をめしあがれよ。然《さ》うすると烟《けむ》に捲《ま》かれませんから。）

と然《さ》う云《い》つてな。…………其処《そこ》で袂《たもと》から紙包《かみづゝ》みのを出《だ》して懐中《ふところ》へ入《い》れて、圧《おさ》へて、恁《か》う抱寄《だきよ》せるやうにして、而《そ》して襟《えり》を掻合《かきあは》せてくれたのが、其《そ》の茱萸《ぐみ》なんだ。

（私《わたし》がついて居《ゐ》られると可《いゝ》んだけれど、姉《ねえ》さんは今日《けふ》は大事《だいじ》な日《ひ》ですから。）

と云《い》ふ中《うち》にも、風《かぜ》のなぐれで、すつと黒髪《くろかみ》を吹《ふ》いて、まるで顔《かほ》が隠《かく》れるまで、むらむらと懸《かゝ》る、と黒雲《くろくも》が走《はし》るやうで、はらりと吹分《ふきわ》ける、と月《つき》が出《で》たやうに白《しろ》い頬《ほゝ》が見《み》えたと云《い》ふ

……………

けれども、見《み》えもせぬ火事《くわじ》があると、そんな事《こと》は先生《せんせい》には言憎《いひにく》い、と宮浜《みやはま》が頭《かぶり》を振《ふ》つたさうだ。

（では、浪《なみ》ちやんは、教師《けうし》さんのおつしやる事《こと》と、私《わたし》の言《い》ふ事《こと》と、どつちを真個《ほんとう》だと思《おも》ひます——）

こりや小児《こども》に返事《へんじ》が出来《でき》なかつたさうだが、然《さ》うだらう

……………なあ、無理《むり》はない、源助《げんすけ》。

（先生《せんせい》のお言《ことば》に嘘《うそ》はありません。けれども私《わたし》の言《い》ふ事《こと》は真個《ほんとう》です…………今度《こんど》の火事《くわじ》も、私《わたし》の気《き》で何《ど》うにも成《な》る。——私《わたし》が思《おもひ》あるものに身《み》を任《まか》せれば、火《ひ》は燃《も》えません。其《そ》のものが、思《おもひ》の叶《かな》はない仇《あだ》に、私《わたし》が心《こゝろ》一つから、沢山《たくさん》の家《いへ》も、人《ひと》も、なくなるやうに面当《つらあ》てにしますんだから。

まあ、此《これ》だつて、浪《なみ》ちやんが先生《せんせい》にお聞《き》きなされば、自分《じぶん》の身体《からだ》は何《ど》う成《な》つてなりとも、人《ひと》も家《いへ》も焼《や》けないやうにするのが道《みち》だ、とおつしやるでせう。

殿方《とのがた》の生命《いのち》は知《し》らず、女《をんな》の操《みさを》と云《い》ふものは人《ひと》にも家《いへ》にもかへられぬ。…………と私《わたし》は然《さ》う思《おも》ふんです。然《さ》う私《わたし》が思《おも》ふ上《うへ》は、火事《くわじ》がなければなりません。今云《いまい》ふ通《とほ》り、私《わたし》へ面当《つらあ》てに焼《や》くのだから。

まだ私《わたし》たち女《をんな》の心《こゝろ》は、貴下《あなた》の年《とし》では得心《とくしん》が行《ゆ》かないで、矢張《やつば》り先生《せんせい》がおつしやるやうに、我身《わがみ》を棄《す》てゝも、人《ひと》を救《すく》ふが道理《だうり》のやうに思《おも》ふでせう。

否《いゝえ》、違《ちが》ひます…………殿方《とのがた》の生命《いのち》は知《し》らず。）

「消息」欄より

△六月二十七日午後四時より島崎藤村氏を中心として三田文学会坐談会を芝浦いけすに催したり。教授学生卒業生等合せて二十余名。窓外の暴風暴雨を外《よそ》に歓談す。教授側よりは川合貞一氏、永井荷風氏、馬場孤蝶氏等出席。散会十時過ぎ。

〈明治四十四年八月号〉

と繰返《くりかへ》して、

（女《をんな》の操《みさを》と云《い》ふものは。）と熟《じつ》と顔《かほ》を凝視《みつ》めながら、

（人《ひと》にも家《いへ》にも代《か》へられない、と浪《なみ》ちやん忘《わす》れないでおいでなさい。今《いま》に分《わか》ります……紅《あか》い木《こ》の実《み》を沢山《たんと》食《た》べて、血《ち》の美《うつく》しく綺麗《きれい》な児《こ》には、其《そ》のかはり、火《ひ》の粉《こ》も桜《さくら》の露《つゆ》と成《な》つて、美《うつく》しく降《ふ》るばかりですよ。さ、行《い》らつしやい、早《はや》く。気《き》を着《つ》けて、私《わたし》の身体《からだ》も大切《たいせつ》な日《ひ》ですから。）

　と云《い》ふ中《うち》にも、裾《すそ》も袂《たもと》も取《と》つて空《そら》へ頭髪《かみ》ながら吹上《ふきあ》げさうだつたつてな。此《これ》だ、源助《げんすけ》、窓硝子《まどがらす》が波《なみ》を打《う》つ、あれ見《み》い。』

八

雑所先生《ざいしよせんせい》は一息吐《ひといきつ》いて、

『私《わたし》が問《と》ふのに答《こた》へてな、あの宮浜《みやはま》は予《かね》て記憶《きおく》の可《い》い処《ところ》を、母《はゝ》のない児《こ》だ。——優《やさ》しい人《ひと》の言《い》ふ事《こと》は、よく〳〵身《み》に染《し》みて覚《おぼ》えたと見《み》えて、まるで口移《くちうつ》しに暗誦《あんしよう》をするやうに此処《こゝ》で私《わたし》に告《つ》げたんだ。が、一々《いち〳〵》、ぞく〳〵膚《はだ》に粟《あは》が立《た》つた。雖然《けれども》、其《そ》の婦人《ふじん》の言《い》ふ、謎《なぞ》のやうな事《こと》は分《わか》らん。

　そりや分《わか》らんが、しかし詮《せん》ずるに火事《くわじ》がある一条《でう》だ。

（まるで嘘《うそ》とも思《おも》はんが、全《まつた》く事実《じじつ》ぢやなからう、兎《と》も角《かく》、小使溜《こづかひだまり》へ行《い》つて落着《おちつ》いて居《ゐ》なさい些《ちつ》と熱《ねつ》もある。）額《ひたひ》を撫《な》でゝ見《み》ると熱《あつ》いから、其処《そこ》で、あの児《こ》を其方《そちら》へ遣《や》つてよ。

　さあ、気《き》に成《な》るのは昨夜《ゆふべ》の山道《やまみち》の一件《けん》だ。……赤《あか》い猿《さる》、赤《あか》い旗《はた》な、赤合羽《あかがつぱ》を着《き》た黒坊主《くろばうず》よ。』

『緋《ひ》、緋《ひ》の法衣《ころも》を着《き》たでございます、赤合羽《あかがつぱ》ではございません。魔《ま》、魔《ま》の人《ひと》でございますが。』とガタ〳〵胴震《どうぶる》ひをしながら、躾《たしな》めるやうに言《い》ふ。

『さあ、何《なに》か分《わか》らぬが、あの、雪《ゆき》に折《を》れる竹《たけ》のやうに、パシリとした声《こゑ》して……何《なん》と云《い》つた。

（城下《じやうか》を焼《や》きに参《まゐ》るのぢや。）

　源助《げんすけ》、宮浜《みやはま》の児《こ》を遣《や》つたあとで、天窓《あたま》を引抱《ひつかゝ》へて、恁《か》う、風《かぜ》の音《おと》を忘《わす》れるやうに沈《じつ》と考《かんが》へると、ひよい、と火《ひ》を磨《す》るばかりに、目《め》に赤《あか》く映《うつ》つたのが、此《これ》なんだ。』

と両手《りやうて》で控帳《ひかへちやう》の端《はし》を取《と》つて、斜《なゝ》めに見《み》せると、楷書《かいしよ》で細字《さいじ》に認《したゝ》めたのが、輝《かゞや》く如《ごと》く、もそりと出《だ》した源助《げんすけ》の顔《かほ》に赫《くわ》つと照《て》つて見《み》えたのは、朱《しゆ》で濃《こ》く、一面《めん》の文字《もんじ》である。

『へい。』

『な、何《なに》からはじまつた事《こと》だか知《し》らんが、丁《ちやう》ど一週間前《しうかんまへ》から、不図《ふと》朱《しゆ》で以《もつ》て書《か》き続《つゞ》けた、こりや学校《がくかう》での、私《わたし》の日記《につき》だ。』

『昨日《きのふ》は日曜《にちえう》で抜《ぬ》けて居《ゐ》る。一週間《しうかん》。』

と颯《さつ》と紙《かみ》を刎《は》ねて、小口《こぐち》をぱら〳〵と繰返《くりかへ》すと、戸外《おもて》の風《かぜ》の渦巻《うづまき》に、一《ひと》ちぎれの赤《あか》い雲《くも》が卓子《テーブル》を飛《と》ぶ気勢《けはひ》する。

『此《こ》の前《まへ》の時間《じかん》にも（暴風《ばうふう》）と書《か》いて消《け》して（烈風《れつぷう》）を又消《またけ》して（颶風《ぐふう》）なり、と書《か》いた、矢張朱《やつぱりしゆ》で、見《み》な……。』

『然《しか》も変《へん》な事《こと》には、何《なに》を狼狽《うろたへ》たか、一枚半《まいはん》だけ、罫紙《けいし》で残《のこ》して、明日《あす》の分《ぶん》を、此処《こゝ》へ、これ（火曜《くわえう》）としたぜ。』

　と指《さ》す指《ゆび》が、ひつゝりのやうに、ぴくりとした。

『読本《とくほん》が火《ひ》の処《ところ》……源助《げんすけ》、何《ど》う思《おも》ふ。他《ほか》の先生方《せんせいがた》は皆《みん》な私《わたし》より偉《えら》いには偉《えら》いが年下《としゝた》だ。校長《かうちやう》さんもづゝとお少《わか》い。』

こんな相談《さうだん》は、故老《こらう》に限《かぎ》る、と思《おも》つて呼《よ》んだ。何《ど》うだらう。万《まん》一の事《こと》があるとなら、敢《あへ》て宮浜《みやはま》の児《こ》一人《ひとり》でない。……どれも大事《だいじ》な小児《こども》たち——其《そ》の過失《あやまち》で、私《わたし》が学校《がくかう》を留《や》めるまでも、地韜《ちだんだ》を踏《ふ》んでなりと直《す》ぐに生徒《せいと》を帰《かへ》したい。が、何《なん》でもない事《こと》のやうで、此《これ》が又《また》一大事《だいじ》だ。苟《いやし》くも父兄《ふけい》が信頼《しんらい》して、子《し》弟《てい》の教育《けういく》を委《ゆだ》ねる学校《がくかう》の分《ぶん》として、婦《をんな》、小児《こども》や、茱萸《ぐみ》ぐらゐの事《こと》で、臨時休業《りんじきうげふ》は沙汰《さた》の限《かぎ》りだ。

私一人《わたしひとり》の間抜《まぬけ》で済《す》まん。

第《だい》一然《さ》やうな迷信《めいしん》は、任《にん》として、私等《わたしら》が破《やぶ》つて棄《す》てゝ遣《や》らなけりや成《な》らんのだらう。然《さ》うかツてな、もしやの事《こと》があるとすると、何《なに》より恐《おそ》ろしいのは此《こ》の風《かぜ》だよ。ヂヤンと来《き》て見《み》ろ、全市《ぜんし》瓦《かはら》は数《かぞ》へるほど、板葺家根《いたぶきやね》が半月《はんつき》の上《うへ》も照込《てりこ》んで、焚附同様《たきつけどうやう》。——何《なん》と私等《わたしら》が高台《たかだい》の町《まち》では、時《とき》ならぬ水切《みづぎれ》がして居《ゐ》やうと云《い》ふ場合《ばあひ》ではないか。土《つち》の底《そこ》まで焼抜《やけぬ》けるぞ。

小児《こども》たちが無事《ぶじ》に家《いへ》へ帰《かへ》るのは十人《にん》に一人《ひとり》もむづかしい。

思案《しあん》に余《あま》つた、源助《げんすけ》。気《き》が気《き》でないのは、時《とき》が後《おく》れて驚破《すは》と言《い》つたら、赤《あか》い実《み》を吸《す》へ、と言《い》つたは心細《こゝろぼそ》い——一時半時《いつときはんじ》を争《あらそ》ふんだ。もし、ひよんな事《こと》があるとすると——何《ど》う思《おも》ふ、

何《ど》う思《おも》ふ、源助《げんすけ》、考慮《かんがへ》は。』

『尋《た》常、尋常《たゞ》ごとではござりません。』と、かつと卓子《テーブル》に拳《こぶし》を摑《つか》んで、

『城下《じやうか》の家《いへ》の、寿命《じゆみやう》が来《き》たでござりませう、争《あらそ》はれぬ、争《あらそ》はれぬ。』

と半分目《はんぶんめ》を眠《ねむ》つて、盲目《めくら》がするやうに、白眼《しろまなこ》で首《くび》を据《す》ゑて、天井《てんじやう》を恐《おそ》ろしげに視《なが》めながら、

『ものはあるげにござりまして……旧藩頃《きうはんごろ》の先主人《せんしゆじん》が夜学《やがく》の端《はし》に承《うけたま》はります。昔《むかし》、其《そ》の唐《から》の都《みやこ》の大道《だいだう》を一時《あるとき》、其《そ》の何《なん》でござりまして、怪《あや》しげな道人《だうじん》が、髪《かみ》を捌《さば》いて、何《なん》と、骨《ほね》だらけな蒼《あを》い胸《むね》を岸破岸破《がはがは》と開《あ》けました真中《まんなか》へ、人《ひ》、人《ひと》と云《い》ふ字《じ》を書《か》いたのを搔開《かつぱだ》けて往来中駆廻《わうらいぢゆうかけまは》つたげでござります。何時《いつ》かも同役《どうやく》にも話《はな》した事《こと》でござりまするが、何《なん》の事《こと》か分《わか》りません。唐《から》の都《みやこ》でも、皆《みん》なが不思議《ふしぎ》がつて居《を》りまするると、其日《そのひ》から三日目《かめ》に、年代記《ねんだいき》にもないほどな大火事《おほくわじ》が起《おこ》りまして。』

『源助《げんすけ》、源助《げんすけ》。』

と雑所《ざいじよ》大《おほ》きに急《せ》いて、

『何《なん》だ、それは。胸《むね》へ人《ひと》と云《い》ふ字《じ》を書《か》いたのは。』と係《かゝ》る折《をり》から、自分《じぶん》で考《かんが》へるのがまだるかしさうであつた。

『へい、まあ、一寸《ちよいと》した処《ところ》、早《はや》いが可《よ》うございます。此《こゝ》へ、人《ひと》と書《か》いて御覧《ごらん》じやりまし。』

風《かぜ》の、其《そ》の慌《あはたゞ》しい中《なか》でも、対手《あひて》が教頭心得《けうとうこゝろえ》の先生《せんせい》だけ、もの問《とは》れた心《こゝろ》の矜《ほこり》に、話《はなし》を咲《さか》せたい源助《げんすけ》が、薄汚《うすよご》れた襯衣《しやつ》の鈕《ぼたん》をはづして、ひく／＼とした胸《むね》を出《だ》す。

雑所《ざいじよ》も急心《せきごゝろ》に、ものをも言《い》はず有合《ありあ》はせた朱筆《しゆふで》を取《と》つて、乳《ちゝ》を分《わ》けて朱《あか》い人《ひと》。ト引《ひ》かれて、カチ／＼と、何《なに》か、歯《は》をくひしめて堪《こら》へたが、突込《つきこ》む筆《ふで》の朱《しゆ》が刎《は》ねて、勢《いきほひ》で、ぱつと胸《むな》毛《げ》に懸《かゝ》ると、火《ひ》を曳《ひ》くやうに毛《け》が動《うご》いた。

『あ熱々《つゝ》！。』

と唐突《だしぬけ》に躍《をど》り上《あが》つて、とんと尻持《しりもち》を支《つ》くと血声《ちごゑ》を絞《しぼ》つて、

『火事《くわじ》だ！　同役《どうやく》、三右衛門《さんうゑむ》、火事《くわじ》だ。』と喚《わめ》く。

『何《なん》だ。』

と、雑所《ざいじよ》も棒立《ぼうだ》ちに成《な》つたが、物狂《ものぐる》ほしげに、

『何故《なぜ》、投《な》げる。何故《なぜ》茱萸《ぐみ》を投附《なげつ》ける。宮浜《みやはま》。』

と声《こゑ》を揚《あ》げた。廊下《らうか》をばら〳〵と赤《あか》く飛《と》ぶのを、浪吉《なみきち》が茱《ぐ》萸《み》を擲《なげう》つと一目《ひとめ》見《み》たのは、矢《や》を射《い》る如《ごと》く窓硝子《まどがらす》を映《さ》す火《ひ》の粉《こ》であつた。

途端《とたん》に十二時《じ》、鈴《りん》を打《う》つのが、ブン〳〵と風《かぜ》に響《ひゞ》くや、一《ひと》つゞ、十二ケ所《しよ》、一時《じ》に起《おこ》る摺半鉦《すりばん》、早鐘《はやがね》。

早《は》や廊下《らうか》にも烟《けむ》りが入《はい》つて、暗《くら》い中《なか》から火《ひ》の空《そら》を透《す》かすと、学校《がくかう》の蒼《あを》い門《もん》が、真紫《まむらさき》に物凄《ものすご》い。

此《こ》の日《ひ》の大火《たいくわ》は、物見《ものみ》の松《まつ》と差向《さしむか》ふ、市《し》の高台《たかだい》の野《の》にあつた、本願寺末寺《ほんぐわんじまつじ》の巨刹《おほでら》の本堂床下《ほんだうゆかした》から炎《ほのほ》を上《あ》げた怪《あや》し火《び》で、

唯《たゞ》三《み》時《とき》が間《あひだ》に市《し》の約全部《やくぜんぶ》を焼払《やきはら》つた。

烟《けむり》は風《かぜ》よりも疾《と》く、日《ひ》は鳥《より》よりも迅《はや》く飛《と》んだ。

人畜《じんちく》の死傷少《ししやうすくな》からず。

火事《くわじ》の最中《さいちゆう》、雑所先生袴《ざいじよせんせいはかま》の股立《もゝだち》を高《たか》く取《と》つたは効々《かひ〴〵》しいが、羽織《はおり》も着《き》ず……布子《ぬのこ》の片袖引断《かたそでひつちぎ》れたなりで、足袋跣足《たびはだし》で、据眼《すゑまなこ》の面藍《おもてあゐ》の如《ごと》く、火《ひ》と烟《けむり》の走《はし》る大道《だいだう》を、蹌踉《ひよろ〳〵》と歩行《ある》いて居《ゐ》た。

屋根《やね》から屋根《やね》へ、――樹《き》の梢《こずゑ》から、二階《かい》三階《がい》が黒烟《くろけむ》りに漾《たゞよ》ふ上《うへ》へ、飜々《ひら〳〵》と千鳥《ちどり》に飛交《とびか》ふ、真赤《まつか》な猿《さる》の数《かず》を行《ゆ》く〳〵幾度《いくど》も見《み》た。

足許《あしもと》には、人《ひと》も車《くるま》も倒《たふ》れて居《ゐ》る。

唯《と》ある十字街《じがい》へ懸《かゝ》つた時《とき》、横《よこ》からひよこりと出《で》て、斜《はす》に曲《まが》り角《かど》へ切《き》れて行《ゆ》く、昨夜《ゆふべ》の坊主《ばうず》に逢《あ》つた。同《おな》じ裸《はだか》に、赤合羽《あかがつぱ》を着《き》たが、是《これ》ばかりは風《かぜ》をも踏固《ふみかた》めて通《とほ》るやうな確《しか》とした足《あし》取《どり》であつた。

が、赤旗《あかはた》を捲《ま》いて、袖《そで》へ抱《だ》くやうにして、聊《いさゝ》か逡巡《しゆん〴〵》の体《てい》して、

『焼《や》け過《す》ぎる、これは、焼《や》け過《す》ぎる。』

と口《くち》の裡《うち》で呟《つぶや》いたと思《おも》ふと最《も》う見《み》えぬ。顔《かほ》を見《み》られたら、

雑所《ざいじよ》は灰《はい》に成《な》らう。

垣《かき》も、隔《へだ》ても、跡《あと》はないが、倒《たふ》れた石燈籠《いしどうろう》の大《おほき》なのがある。何某《なにがし》の邸《やしき》の庭《には》らしい中《なか》へ、烟《けむり》に追《お》はれて入《はい》ると、枯木《かれき》に夕焼《ゆふやけ》のしたやうな、火《ひ》の幹《みき》、火《ひ》の枝《えだ》に成《な》つた大樹《たいじゆ》の下《もと》に、小《ちひ》さな足《あし》を投出《なげだ》して、横坐《よこすわ》りに成《な》つた、浪吉《なみきち》の無事《ぶじ》な姿《すがた》を見《み》た。

学校《がくかう》は、便宜《べんぎ》に隊《たい》を組《く》んで避難《ひなん》したが、皆《みな》ちり〴〵に成《な》つたのである。

唯《と》見《み》ると、恍惚《うつとり》した美《うつく》しい顔《かほ》を仰向《あふむ》けて、枝《えだ》からぱら〳〵と降懸《ふりかゝ》る火《ひ》の粉《こ》を、霰《あられ》は五合《ごんがふ》と掬《すく》ふやうに、綺麗《きれい》な袂《たもと》で受《う》けながら、

『先生《せんせい》、沢山《たくさん》に茱萸《ぐみ》が。』

と云《い》つて、﨟長《らふた》けるまで莞爾《につこり》した。

雑所《ざいじよ》は諸膝《もろひざ》に折《を》つて、倒《たふ》れるやうに、其《そ》の傍《かたはら》で息《いき》を吐《つ》いた。が、其処《そこ》では最《も》う、火《ひ》の粉《こ》は雪《ゆき》のやうに、袖《そで》へ掛《かゝ》つても、払《はら》へば濡《ぬれ》もしないで消《き》えるのであつた。

朝顔

明治44年6月号

久保田 万太郎

くぼた・まんたろう
(明治22年〜昭和38年)
慶應義塾大学文科の予科に在学中、「朝顔」を発表。小説・戯曲などを幅広く「三田文学」に寄稿した。塾文学部予科の作文の教師を務めたことがある。死後の著作権を塾に寄贈した。『末枯』『大寺学校』など。

一

九月に這入つて今日、徳松もとう／＼店から仕事を断はられた。

　月が変らない前、兄弟子の民三のやつてゐた不埒が知れて、ぴつたり仕事を断はられた時は、流石に不安を感じたが、民三は云はゞ渡り職人で、中途から店の仕事をするやうになつた者だからだらうと自ら慰めた。民三に比べると自分は何と云つても子飼ひからの店《たな》の弟子で、殊に死んだ先代の旦那に眼をかけて貰つた強味があるから、よし民三のやうに不埒が解つたとて、自分は決して民三のやうな運命に陥らうとは思はなかつたのであつた。それ故、徳松は帳場へ呼ばれて、『気の毒だけれど少し都合があつて、今日限り仕事はやれないから』と旦那から申し渡されたときには、不意に高い崖の上から突き落されたやうに思つた。

　それは盆前の事で、ふと金に詰まつた時店から廻つてゐて、丁度手許にあつた菖蒲革の二枚を売つて、融通をつけた。それが始まりで、それからは八月の末までに、一枚、二枚づゝ、金額にして三十円近いものを盗んで費消したが、是は自分ばかりでなく、下職として殆ど誰でもやる手段だと、徳松は信じてゐたので、それほどの『悪事』とは思はなかつた。併し店ではぢきその事実を発見したが、発見して尚看過する事は出来ないので、初めに民三を追ひ、次に徳松の仕事を断つた。

徳松はこの結果に遇つて、余りその思ひがけないのに、悲しむよりも、驚くよりも、先づ一時に腹立たしさのこみあげるのを覚えた。気の弱い癖に妙に腹立ち易い性質なので、一図に店――旦那の仕打が怨めしく憎らしくなつたまゝに、何の言訳もしないで、帳場の側を離れると、奥へ挨拶する事も忘れてすぐ店《たな》の見世を出た。暑い日の夕方で、もう余程西へ廻つた日脚が、薄朱い空の裾へ眩しいやうな銀色を溶かしてゐた。徳松の気分はその空を見ても苛々した。

徳松は、すぐその足で民三の処へ寄つた。徳松のつもりでは、同じ運命に陥つたのを知らせなければならないやうに思つたのである。それでなくても誰かに逢つて、事の顚末《いきさつ》を話して、店の不当な仕打を訴へなければ堪へられないやうであつたので、理も非も考へない先に、民三に逢つた。民三はもうすでに新らしい仕事をめつけて、それにかゝつてゐた。徳松がぼんやりその側へ座ると、

『なんだ、お前もやられたのか』と、卑しい笑ひ顔を見せた。

『随分莫迦にしねえな。併し、なつた以上は仕方がねえ。諦めるさ』

『諦めると云へば、それまでだけれど、どうも余りな仕打だと思ひます』と、徳松は不服らしく云つた。

『だからさ。店は勝手だつて云ふんだ。成程店のものをこかすんだから此方とらも悪いさ。悪いには違ひないが此方とらだつて、店に儲けさせるばかりが能ぢやないからね。店ぢやあどん〳〵儲ける。此方とらはいつもぴいぴいするぢやあ、引き合はねえ話だ。此方とらは何も店の為めに稼ぐんぢやぁねえからね。さうだらう』

『さうですとも』と徳松はそれに答へた。併し徳松自身は店で育つた身体ゆゑ店の為めと云ふやうな考へを絶えず忘れなかつたので、そんな事は決して考へなかつた。ふと民三と自分とは立場が違つてゐる事に気がついた。激した心持が薄らぐと心細い気がもうきざしてゐた。

『私は関はないけれどもお袋が気にするだらうと思つて』と徳松が云つた。

『だつていゝぢやねえか。店一軒袋物屋と云ふ訳ぢやなし、探しさへすれば仕事はいくらもある』

『店の仕事より外の仕事をした事は未だ一度もないんです』

『それは俺達とは違つてさうだらう。まつたくなくつて困るんなら、俺が分けてやつてもいゝぜ』と民三が云つた。

『えゝ』と徳松はその民三のやつてゐる仕事を見た。が、それは安物の寄せ集めなので恥《おと》しめられたやうに感じた。店の仕事が出来ないとなると、是からはこんな仕事をしなければならないのかと思つた。気が平静になると、ふと自分のやつた事の悪いのに気がついた。

二人は暫らく黙つてしまつた。軒端に見える夏の夕空が、水のやうに澄んで、その藍色の薄明りに、蚊柱が細々と立つてゐる。もう狭い家の中は暮れてゐた。

『暑いぢやねえか』と民三が云つた。

『土用中余り涼しすぎたから』と、徳松は云ひかけたが、『ち

や、また』と、気をかへて立ちかけた。

『まあいゝぢやねえか。遊んでいつたら』

『えゝ有難う』

『ぢやまた、ゆつくり来るといゝや。その中にはまたいゝ話が出来るかも知れねえ』と民三が送り出した。

徳松は、民三の言葉を碌にきかないで表へ出た。そして表へ出るとすぐ、再び民三の家へ来まいと思つた。路次の外は、暑かつた日の名残で、水のやうな靄に涵つてゐる中から明るい灯がちら〳〵見えた。ふと振り返へると路次口の土蔵の屋根に月がかくれてゐた。

なんだつて俺は民の所へなんか行つたのだらうと徳松は後悔した。常の気の弱い徳松に返ると自分のやつた事が何もかも間違つた事だと思つた。

『徳さん』と声をかけられて、徳松は振り返つた。そこには白い仕事着をきた床屋の親方が、硝子戸の中から半身出して外を見てゐた。

『やあ今晩』

『どちらへ』

『えゝ鳥渡店へ』徳松は覚えずかう答へた。

秋めいた涼しい風をとり入れた硝子戸の中では下剃が客の顔をすつてゐた。灯けて間もない瓦斯の白光が鏡の中を眩ゆい夜にしてゐた。

二

徳松の母親のお住は田舎廻りの女役者であつた。

徳松が店をしくじつた日の翌日、前々からの約束で、一座と一緒に板橋のさきまで行かなければならなかつた。併し昨夜暗い灯の下で、徳松が始終を話すのを聞くと、すぐにも店《たな》へ行つて様子を聞いて来たかつた。徳松のやつた仕事などは何にもお住は知らなかつたの故、誠実に勤めてゐるものと思つて、そんな不埒な事があらうとは夢にも思はなかつた。話をきいて初めて驚いた。

『だつて、まあ、なぜお前、そんな事をしちやつたんだらうねえ』と云はずには居られなかつた。

『だけどお前考へてお覧、それは何かお前の方にも理屈があるかも知れないけれど、何といつたつて、お店のものをそんな事したんだもの、お前が悪いには定《き》まつてゐるぢやないか』

『だつて不意に仕事を断はらなくたつて、もつとどうにか穏やかにして呉れたつて――』

『それは仕方がないやね。それはお前が、外から来たとか何んとか、云ふなら知らない事、十何年と云ふもの丹精して一人前にしてやつた者に、そんな真似をされたんだもの、余計お店《たな》ぢや怒つてゐなさるには違ひない。まるで裏切りされたやうなもんぢやないか』

『世話になつた事は俺だつてよく知つてゐる。だから俺だつて随分店の為めにはつくした積りなんだ』

『そんなら、なぜそんな悪い事をしたんだい。あゝいふ堅いお家《うち》だもの、曲つた事をしたものを黙つて置くかね。板橋行きがあしたでなければ、今夜にも行つて様子をきいて来るんだけれど』とお住はやるせないやうに云つた。

それにしてもお住は、三年前に年期が明けて、礼奉公も済まして徳松が帰つてきたのを見て、「もういゝ」と思つたと思ふと、またこんな心配が起つて来た。年をとつてまだ臙脂白粉と、縁が切れないのが、いゝ加減に辛いのに、そこへまた、こんな心配をしなければならないのが、如何にも悲しかつた。徳松によく似て、気の弱い、死んだ徳松の父親が子供だけは芸人にしたくないと云つて袋物屋の弟子にしたばかりにこんな苦労もしなければならないのだと考へた。初めの自分の思惑通り、音羽屋の弟子にするか、父親の商売の富本の師匠にでもしたのであつたなら、今時分こんな苦労をしずに済んだのであらう。あの時分なら未だ家の都合もよかつたから、何方にしても、好くいつてゐるに違ないと考へると今更のやうに口惜しくなつた。併し今、かう云ふ場合になつた以上は、どうともして店へ詫びを入れなければならないと考へた。板橋の興行は五日間だから、帰つて来たら早速、奥のおかみさんや、大きなおかみさんに頼み込んで見やうと決めたが、その夜はそんな事で床へ入つても遅くまで眠られなかつた。

翌朝、お住は二階を貸して置く義太夫の師匠に、いつも留守にする時のやうに何かと頼んで出掛けた。その家を出際に、

『私は帰つてきたら、直ぐお店へ行つて、大きなおかみさんによくお願ひする積りだがね。お前もちつと番頭さんや何かの所へ行つて、旦那の方の様子を聞いて御覧よね』

と呉々も言ひ置いた。徳松は遅く起きて丁度津軽塗の膳の前へ座つた所であつたが、出て行く母親の後姿を見ると、心配さして済まないと流石淋しい気がした。台所の下の竹垣にからました朝顔の輪が、もうたいへん小さくなつて、赤ばかり咲いてゐた。

お住は五年前に死んだ夫に似た、気の弱い一人の悴の事を思ひながら、浅草の堀田原から本郷まで歩いて、本郷から小さなガタ馬車に乗つた。一日一日と秋にうつつて行くのに、今日も昨日のやうに残暑がきびしい。赤い古毛布を腰にまきつけた御者が、屢々喇叭を吹きながら馬に鞭を加へた。やがて場末の町を出るともう畑や茅葺の屋根が見えだして濃い青空がどこまでも晴れてゐた。

お住は、今年もまた田舎は豊年でこの秋は芝居が忙しいのだらうと馬車の上で考へた。

三

その興行の初日の夜の狂言は、その一座が常によく演《だ》す『おその六三』で中幕は太閤記であつた。お住の菊八の役は六三の母親と羽柴久吉であつた。

其狂言の四幕目に、大工の六三が芸者のお園との間に起つた恋の誤解から、お園を殺して自分も死なうと決心して、それとなく母親に別れを告げる場がある。母親がその別離を辞むので、六三は手段の為めに、心にもない愛想尽かしを云つて、母親の腹を立てさせやうと力めた。永い間一人の母親を養ひ来つて、孝行だと世間に許された六三が口汚ない悪態をついて老いた母親を泣かせるので、それを手段と知らない弟子の与吉が二人の間に立つて傍から是を執りなした。

『死《くたば》りそくないの厄介婆、もう今日かぎり世話は出来ねえ。俺の出ていつたその跡で、俺の——俺の事なんか考へなさんなよ』

と悲しい涙をかくして、六三がかう云ふと、観客は——女の多い観客は、もうこの舞台の三人に同情して泣いてしまつた。

お住は、六三や与吉の言の中、火鉢の前に座つて、涙に暮れた科《しぐさ》で、うつむいてゐた。その姿が観客には、いかにも、いぢらしいと見えた。お住は幾度も演じ馴れた役なので、常には何とも思はなかつたが、今夜は心に愁があるので、さうやつてうつむいてゐる中にふと、徳松の事が思はれた。出掛けに呉々も言ひ残して来たけれど、徳松は店の様子を聞きにいつたであらうか。気が弱いので、兎角ものに失望し易い気性だから自暴《やけ》でも起しはしないであらうか。六三が罵つたやうに、親一人、子一人の果敢ない境涯で、若し今度の詫が叶はないやうな事があつたらどうしやう。年々に皺が殖えてくる顔に、臙脂や白粉を絶やさないで稼ぐ悲しい職業を考へるとふと涙が頬を伝ふのを覚えた。はつと思つて気がつくと、側に灯つてゐる暗い行燈や、火の気のない火鉢や、皿や茶碗を載せた膳や、裏を見せた汚ない障子や——今自分は舞台にゐるのだと気がついた。舞台の前に並んだ蠟燭の灯影が、涙に濡れて幾筋も幾筋も糸をひいて乱れる。お住は思はず六三に扮した座頭の役者の白粉の顔を見守もつた。

芝居がはねて、宿屋へ帰つたのは十二時過ぎであつた。黍畑の闇の径を、提灯つけて、一座の人達と一緒に歩いて居るうちに、ふと先刻舞台で覚えた悲しみを思ひ出した。

空はすつかり雨気を含んだやうに低く曇つてしまつてゐた。

『すつかり曇つてしまひましたわね』

とお園の役をする、若い女形の梅次が後から声をかけた。

『さうね。余り暑いから、明日は降るよ』

とお住は星一つない空を仰いだ。風はすこしも動かない。提灯を持つた人達はさゞめきながら、ずつと先を歩いてゐた。

『徳ちやんはこの頃お壮健《たつしや》ですの』と梅次が、ふと聞いた。

『徳? あゝさう〳〵お前さんとお友達だつたつけね』とお住はその時分を思ひ出した。

『役者にするつもりだつたから、毎日楽屋へ連れていつて、遊ばして置き〳〵したつけが』

『烟草入屋さんとかへ、奉公にいつたんですつてね』と梅次が聞いた。

『堅気にしやうと思つて奉公にやつたんだけれど——』

がね。あれからぢき奉公に行つてしまつた事を覚えてゐますわ』

『何でも徳ちやんの千松で、鶴千代をやつた事がありましたがね。あれからぢき奉公に行つてしまつたと聞いて、その時には泣いてしまつた事を覚えてゐますわ』

『役者にしてしまへば好かつたんだよ』と、お住は人知れず吐息をついた。

どこかで虫がないてゐた。宿へつくとお住はすぐ硯箱を借りて、店の大きなおかみさんと、徳松へ手紙を書き初めた。

さきへ寝た一座のもの丶一人が、一寝入して眼をさますと、蚊帳の外の行燈の灯影で、お住がまだ寝ないのを見付けた。

『まあお師匠さん。まだ寝ないんですか』

ときいた。蒸すからと云つてわざと一枚あけて置いた雨戸から吹込む黍の風がもう更けてしつとり露けかつた。お住は長い事くど〳〵書いた。

『何してるの。手紙?』

『あ丶』

『誰にやるの』

『い丶人にさ』

お住は思はずこんな冗談を云つた。

表書を書き終ると遠くで二時うつのが聞えた。戸をしめやうとして空を見ると、また、曇つたのが晴れかゝつて、天の川が軒に薄白くかゝつてゐる。お住はまた明日も暑いのだらうと思つた。

四

徳松はお住の手紙を三日目に受け取つた。お住があれほど言ひ置いて行つたのに、徳松はそれまでとう〳〵店の様子を聞きに行く事をしなかつた。お住が出て行つてから、晩になつたら、番頭の惣さんの家へ行くつもりでゐると歯がしく〳〵痛み出した。暑い日で古簾をかけた縁側のすぐ前に、裏の地主の家の庭の木に、秋蟬が一日鳴いてゐた。

徳松はつとめて自分の事を考へないやうにした。他人《ひと》には——母にも話さなかつた昨夜の悲しさと淋しさ、それは総て主家を追はれた事とその事が世間に聞えて身の箔が落ちるのであらうと云ふ悔恨であつた。すると又その悲しさと淋しさが薄らいで今度は職業を失つた事に気がついた。

『なんだつてこんな時に歯が痛むんだらう』とじり〳〵してきて、余計気が乱れてしまつた。終には自分は何を考へ得るのか解らなくなつた。

その翌日も歯が痛んだ。二階の義太夫の師匠が、仕度して呉れた食事も食ひたくなかつた。師匠は、自分も屢々歯で悩む覚えがあると云つて、種々薬をこしらへて呉れて、貼つたり、つけたりして呉れた。併しその親切が気の晴れぬ徳松には反つてうるさかつたので礼も云はないで黙つてゐた。

『もう、よござんすから、うつちやつて置いて下さい』と、思ひ切つて云ふと、

『歯が痛いと気がくさ〳〵して、むしやくしやするもんですよ』と師匠は慰めて二階へ上つて行つた。その、狭い階子を上つて行く後姿を見ると、強い言を云つたのが気の毒になつた。それから、とろりと眠つて眼がさめるともう日が暮れてゐて、師匠が灯けて呉れた洋燈の灯影が、薄暗く流れてゐた。二階へは弟子が来たと見えて、鈍い三味線の音が聞える。起きなりにその鈍い重い音を聞いて、その暗い灯影を見てゐると、自分は今この世の中で満足を得る事が出来ない身体だといふ悲しさを、つく〴〵覚えた。

すると翌朝、お住が板橋から、出した手紙が来た。ついぞ是まで出先から便りなど寄越した事はないので、徳松は何かと思つた。開けて見ると自分の事がどうも心配でならない、と書いてあつた。それで店の様子はどうか、せいぜい頼み込んで詫びの叶ふやうにしろと云ふ意味がくど〳〵書いてあつた。

この二三日、日が暮れると必ず曇る癖がついた。暑いと云つても九月の中旬故、宵に見える灯の数さへ減つて淋しくなつたが、今夜は観音様の命日なので、一枚だけ引いた戸の暗い軒に、赤い提灯を灯けた家がちらほらあつて、それがまた秋らしい景色であつた。薄白く曇つた空からはもう露が降ると見えて、夜風が湿つぽかつた。弱い稲妻が、真黒な本願寺の屋根を折々明くしてゐた。

徳松は電車通りを横ぎつて、公園へ抜けられる狭い抜裏を通つた。番頭の家は千束町にあつた。暗い抜裏には、鮨屋の暖簾が灯影を遮つてゐる隣にゆで小豆の行燈が夏の名残に、打水に濡れた敷石を赤くしてゐた。

二三人づゝ流行唄をうたつて通つた。

公園へ這入ると、活動写真の前は夏の遊楽の終りの群集で通り切れなかつた。二三日前に変つたペンキ絵の看板に、気を取られながら、押されながら歩くと右側の小屋から幕明の拍子木が鳴つて来た。徳松は思はず振り向いた。

『あゝいらつしやい。明烏夢泡雪。新内の出語――只今丁度いゝ所――』と木戸番が怒鳴つた。紫色に輝くアーク燈に照らし出された大看板の浦里時次郎の雪責が濃い色のペンキで書かれてある。髪を振り乱した女の顔や黒塀を乗り越えやうとする男が徳松には幼ない幻であつた。

また拍子木が鳴つた。

『あゝいらつしやい――』

徳松は思はずその声に誘はれた。まだ時間が早いからと考へて這入らうとした。

『徳さんぢやないか』

かう呼ばれて振り向くと、今訪ねやうと思つた番頭の惣さんが、すぐ側に立つてゐた。徳松ははつと思つた。

『やあ。惣さん』

『浦里時次郎かい。大分気楽だな』

『さうぢやないんです。今貴方の家へいかうと思つて』

『おや、何か用があるのかい』と惣さんは皮肉に笑つた。徳松は悪い所を見られてすぐ後悔した。気楽と嘲けられたのが何より辛かつたので、種々言訳した。

併しそれから惣さんに連れられて公園裏の小料理屋へ上つた。徳松は自体呑めない口ゆゑぢき酔つたが、酔ふと口が軽くなつて、精々自分を好いものにしやうと試みた。

『それは私《わし》も悪かつた。悪かつたけれど、私だつて先の旦那の時分から御厄介になつてゐるんです。仕事をさせないと云ひ切つて仕舞はない前に、何とか一言穏やかに云つて呉れゝばと思ふと――それが私には口惜しくつてね』

『それはお前が無理だ。是が、前に例のない事なら知らず、随分前にも是でしくじつた奴がゐるんだ。お前も知つてる筈だ。それに民の首を切つて直ぐだから、幾ら子飼からの弟子だと云つて斟酌する事は出来ないぢやないか。俺だつてまあ、お前と一緒に店で育つた人間だから、同情はしてゐるよ。民は憎いと思ふけれど、お前は憎いとは思へない。人情だからね』

『民さんとは本当に別なんですよ』

『だから民と一緒にやつたとは云はない。併し対手が対手だけに人は好い噂をしないからね』

徳松は民三の家へ寄つた事実を思て、思はず顔を赤くした。冷えた盃を干して紛らした。惣さんの云ふ事は一々又胸にこたへた。

『実云ふと俺にしろ、おかみさんにしろ、また大きなおかみさんにしろ、かうならない前に心配したんだ。併しどうする事も出来ないから、どうせ、後でお前が泣きついて来て、詫びをして呉れと云つて来るに違ひないから、さうしたら其時に骨を折つてやらうと思つてゐたんだ。所が、お前にそんな気色が見えないんだらう。実は皆《みんな》、お前の処置《しよち》振《ふ》りに驚いたのさ』

『だけど――』

『まあお聞きよ』と惣さんはそれを遮つた。

『あの時のお前の権幕つてなかつたぜ。旦那があゝ云ふと、ぷいと怒つてしまつて、奥へ挨拶もしないで、見世を飛びだしたらう。それからまあ、出直して俺の処へでも来るかと思へば、一日たつたつて、二日経《た》つたつて、来ないぢやないか。是は矢張り店へ弓をひく積りなんだらうと云ふ事になつて仕舞つたんだ。だから矢張り民と一つ穴だらうと、云はれるやうにもなるんだ』

『それで旦那の方の様子はどんな塩梅でせう』

『旦那？　旦那は怒つてるさ。怒つてるけれど、お前は大旦那が仕立てた男でもあるからと思つてゐるには違ない』

『私だつて、実際悪気があつてお詫びしに行かなかつたんぢやないんです。お袋は丁度板橋の方へ商売に行つてるから、何れお袋でも帰つて来たらと思つてゐたんです。実際お袋がすつかり心配しちやつてるんです』と徳松は低い声で云つた。

『お袋の心配してゐるのは知つてゐる。今日お袋の所から、大きなおかみさんの所へ手紙が来てゐた。大きなおかみさんだつて、お袋は可哀想だけれども、当人の根性が駄目ではと云つてゐるんだ』と云つて徳松の顔を見た。徳松は黙つて答へなかつた。

『それで、鳥渡、都合が悪くなつてゐるんで、直ぐには詫びたつて駄目なんだ。仕事がないから一月でも二月でも時機を待つ外はないんだ』

『一月か二月――』と徳松は顔をあげた。そして到底も見込がないのではないかと思つた。

『一月と云つたつて訳はない。その中には誰か、口を利く人を探して、骨を折つて貰つてやるよ。いゝぢやないか。その間お袋と一緒に田舎廻りをやつたら――袋物屋より面白くなるぜ』と惣さんは笑つた。併し徳松は笑ひもしないで外を見た。夜風が二階の屋根の松から、葭戸の中へ這入つてくる。階下《した》の座敷でひく三味線が、その風と一緒にしめやかに聞えた。徳松はそれを聞くと、いつになく旅にゐる母親の事が思はれた。尚もよくそれから惣さんに頼んでその晩は遅く帰つた。

　併し、五日たつてお住が帰つてきた時、徳松はお住が思つたよりも淋しさうでなかつた。そして徳松は板橋の興行の事に就て詳しく聞いた。

『お前お店の様子はどんな風だえ』とお住が聞くと、

『うむ惣さんに逢つて話して見たけれど、直ぐといふ訳にも行かないと云ふんだ』としか答へなかつた。お住は心配して、尚も二階の師匠に様子を聞くと、毎日よく家にゐたと云ふので、安心はしたけれど、その煮えきれないやうな様子が腑甲斐ないやうに思はれた。

　朝顔は枯れかけて、もう赤も紫も咲かなくなつた。その一日二日に、お住は大きなおかみさんを訪ねたが留守で逢へなかつた。その間徳松はお住から聞いた梅次の事を考へて、何がなし梅次に逢へないのが口惜しい気がしてならなかつた。

五

――徳松は母親の草履を持つて、梅次は師匠の草履を持つて、春もまだ浅い夜の楽屋を出て階子段を下りた。二人とも同じやうな黒衣《くろご》を着てゐた。

　舞台は今開いてゐる。小道具の部屋の前を通り抜けて、舞台の裏へ出た。金網の煤けた燈火の灯影から離れると舞台裏で、鼠色の闇の漂つた中に河岸の書割や岩組の張物が押し込まれてある。冴え返る夜の空気が冷たいので徳松も梅次も黙つてゐた。

　二人は揚幕の方へ廻つた。床の三味線の重い音が悲しさうに、賑やかな舞台から、この淋しい道具裏へ聞えてくる。書割の蔭からうかゞふと、白石噺の揚屋の幕で、もう終ちかくなつた舞台の心持が、美しい春の夜の灯の中に流れてゐる。金銀の織物の裲襠や、萌黄の着付や、緋の毛氈や――観客は息もつかずに見てゐる。

　梅次も徳松も自分達の行末を考へながら師匠や母親の芸を見て、その道具裏の暗さを忘れてゐた。――

徳松はこの頃、こんな古い記憶が思ひ出されてならなくなつた。華やかなる過去を思ふにつけても、今の境涯は余りに悲しかつた。その後屢々惣さんを訪ねたが、思ふやうに話を運んで呉れなかつた。半月たち一月たちしたうちに、もう気が進まなくなつて、終には足が遠のいた。

お住も随分熱心に大きなおかみさんに泣きつくやうに頼んだが、大きなおかみさんは徳松の心事を疑ぐつて『まあもう少し』とばかり要領を得ない答ばかり与へられた。初めの中は、行つても以前の通り芝居の話や浄瑠璃の話が出て、二時間位づゝ永居をして帰つたが、二度三度となるにつれて、台所口から這入ると女中が『徳さんのお母さん』と奥へ伝へられるのさへ、気のせいで、後めたく思はれるやうになつた。かうなると、徳松の煮えきれないやうな仕打に、意地を焼く気もなくなつて、また甲斐ない過去の仕損じが恨めしくなつた。

徳松は更にまた、色彩のある生活は何物よりも幸福だと思つた。併し徳松が仕事から離れて見ると、お住の収入ばかりでは現在の生活の困難が起つて来た。仕方がないので漸くある店の仕事をやる事にした。その仕事といふのは、前に民三の家で見て、こんな安仕事と思つたものよりも劣つてゐた。併し今はもう恥しめられるやうな気は、全く無くなつて居た。十二年も年期を入れて、印伝師に仕込まれた事を忘れて、後生大業に、その屑仕事をやつた。而もその屑仕事をやりながら、父親の生きてゐる時分の事を屢々思ひ出した。なぜあの時親の跡をついで芸人にならなかつたのだらうと思つた。而もその父のやつてゐた富本といふ声曲が廃滅してしまつた事を口惜しく思つた。

色彩のある華やかな生活——かうなると梅次の事の甘い、楽しい追懐が、夢にまで現はれた。

秋はだん〳〵深くなつて来た。裏の地主の庭の木が末枯れ初めると、向ふの家では足袋の内職を初めて、夜遅くまで、明るい灯が障子を染めるやうになつた。何々利生記をやつて大入をとつた近所の芝居も、昨日ぎりで閉場して、今日は浅葱色の幟も立たなくなつたので、色彩の少ない浅草の裏町は急に淋しくなつた。その間に徳松はふと、店の一人の娘の踊のさらひがあると云ふ噂をきいた。

その日徳松は妙に沈着《おちつ》かないで何物かに待たれてゐるやうな気がした。そわ〳〵して仕事をしても、ぢき倦きるので朝一度見終つた新聞を殆どさうと意識しないで繰返して見てゐると、二階では壺坂の稽古をしてゐた。曇つた日で時雨れさうな気合が薄暗い。丁度お住は昨日から千葉へ興行に行つて留守であつた。

徳松は知らぬ間に、その三味線について、さはりの一節を小音でうたつてゐたが、ふと気がついて止めた。踊のおさらひの場所へ行きたいなと思つた。去年までは踊のさらひとか夷講の時の素人芝居とか云ふと、いつも店で先立で働いたのは自分であつた事を思つた。そのおさらひの折の光景——幕の裏表につけられた燈火が、白粉の匂の溶けこんだ夜の気の中に朧めいて、狭い楽屋の中は鏡ばかり光つてゐる。鬘や衣裳や何やかやが散乱した間を彼方此方世話して歩く西川の師匠や、鏡台の前で踊り子の顔を作る役者や、楽屋に手伝つてゐた名取の芸者に懇意になつて、細い銀の烟管で烟草を吸ひつけて貰つた記憶が現在の幻になつて現はれた。徳松は遂に待たれる所へ行く心で表へ出た。

もう余程日が詰つてきたので、公園裏へくると暮方の風が冷めたくつて、枯木の中に赤い灯が見え出した。今、夜に入らうとする茶屋の二階や三階から、暮れやうとする一時の囃子の太鼓や三味線の音が乱れて踊の場《には》の遊楽は愈々酣であるやうに見えた。

茶屋の下の薄闇には大勢人の群れて立つてゐた。徳松もその群の中に交つて、その二階を仰いだ。空想から覚める事の出来なかつた徳松は、現在の境遇は全く忘れてゐて、未だ何物かに待たれる心は、二階に居る筈の友達に自分の此所にゐる事を知らせたかつた。おさらひの夜は、店の人達はすべて関係のある下職まで集まる事になつてゐた。

『誰か出て来ないかな』と徳松は思つた。灯けて間がなく薄赤い提灯の並んだ門から玄関まで、美しい秋の夜になつてゐる。玄関には着飾つた女が絶えず往来してゐた。『あれらの人の中に交りたい』と徳松は思つた。あの人の中には銀の烟管の芸者もゐるのであらう。今若しあの階子を上つて、旦那やおかみさんやその他の人々の前に現れたら、どんなに皆が驚くだらう。『徳さんが来た』と云つて皆は迎へて呉れるだらう。『よく来た、まあ呑め』と云つて旦那も喜んで呉れるだらう――と考へた。

今、一つ番組が済んだと見えて拍手が賑やかに起つた。その拍手に続いて起る囃子の音、徳松の幻想――著るしく劇的な調子を帯びた歓楽の幻想は愈々濃くなつた。

徳松は再び玄関の近くへ寄つて中を窺つた。誰か知つた者に逢へないかと思ひながら門の入口へ立つと途端に惣さんが二階から下りて来るのを認めた。

『あつ惣さん』と徳松は危うく声をかけやうとしてふと躊躇した。その躊躇したひまに惣さんの姿は見えなくなつた。

徳松は失望した。同時にふつと、自分は何物にも待たれてゐなかつた事に気がついた。空想から覚めると、徳松の心は一時に冷えるやうに覚えた。

四辺は全く暮れきつて、闇の中の群は大きくなつてゐた。徳松は嘗て覚えた悲しさと淋しさに又迫られて、すぐその群から離れた。曇つたまゝに暮れた空は暗い。茶屋の二階の灯は遠ざかるほど華やかであつた。

六

徳松は二三日たつて、兄弟子の勝次の家を訪ねた。お住はまだ千葉から帰つて来なかつた。が、徳松はお住が帰つて来ない中に、今までと違つた方面から心配して貰つて、店へ詫びの叶ふやうに運びをつけて置かうと思つたのであつた。あのおさらひの夜感じた悲しい思ひから、深い刺激をうけて、急に現在の淋しい、不足な境涯を脱却したくなつた。若し話が甘く運んで再び店の仕事をするやうになつたならば、お住がどんなにか喜ぶだらうと又考へた。

思へば九月の中旬から、もう今は十一月のすゑまで、三月《つき》といふもの不安であつた。併しなんとなく今度試みる方法は、成功するやうに思はれてならなかつた。

『よう珍らしいぢやないか』と勝次は、流石に面悴れのした徳松の顔を見て、常《いつも》のやうに笑ひながらかう云つた。

『えゝ、久しく御無沙汰しちやつて』と徳松は何だか手持無沙汰に感じた。

勝次は店の下職中で最も古かつた。十年一日の如くといふ言葉通りに、萍のやうに流転し易い下職の中に交つて、黙つて世の中の推移に従ひながら忠実に店の為めに貧乏しながら働いてゐた。徳松はそのにこやかな顔を見ると、なぜ、早くこの人を便らなかつたのかと思はずには居られなかつた。

『近頃、何をしてゐる』と勝次が聞いた。

『喰へないで仕方がありませんから、詰らない仕事をしてゐます』

『どうだね景気は』

『酷いやうですね』

『さうだらうな。店の方も酷いもんだぜ。俺も随分長い間、袋物屋をやつてるけれど、こんななつていふ事は無いね。それにこんどの不景気は酷くなるばかりで、直るあてがないんだから心細いや』

『困つちまひますね』と徳松はそれに応じた。

『と、云つて今更、久公のやうに商売替をする訳にも行かずね』

『へえ、久さんは何か初めたんですか』

『知らないのか。先月から道具屋になつちやつたよ』

『さうですか。ちつとも知らなかつた』と徳松は自分と同じやうに店で育つた友達の意外な噂を聞いて驚いた。

『古い仲間はみんな散々《ちり〴〵》になつてしまふ――』

と勝次は推移や変遷を考へて淋しい気がした。

『店だつて、もう、昔のやうには行かねえし』

と云つた。徳松も何だか果敢ない気がした。徳松の店の細工場の古い記憶は歴々とまだ残つてゐる。あの庭の松が二本手摺の際に出てゐる十畳の二階、そこには二十人近くの職人が何の機械の力も借りる事なしに『手』で仕事をしてゐた。年齢で云ふと、五十を越したものもあれば、徳松のやうに二十に満たないのもあつた。江戸の時代に、絵師や蒔絵師や鋳金師とひとしく呼ばれた烟草入の職人のまゝで残つた下層の生活は放縦であつた。その生活から漸く離れても、腕の刺青と、綽名だけは尚消えなかつた人は、その細工場の手摺に近く鶯籠を置いて、その手入をするのを慰めにしてゐた。春の日永に、秋の夜寒に、その鶯は裁屑や砥石や糊の香の中で啼いた。徳松は役者の子といふので皆から珍らしがられた。初めて目見得に行つたとき、明るい洋燈の灯の影で他人ばかりの中に唯一人投げ出された悲しみは今でも忘れる事が出来ないものである。

『随分変りましたね』と、徳松も現在の職業の衰頽を思つて淋しい気がした。

『今日は』と誰かゞ障子の外へ来た。

徳松はふと聞き覚えのある声だと思つた。すぐ店《たな》の見世の者だと知つて不味《まづ》いなと思つたが仕方がなかつた。

『まだ出来ないんですか』と仕事の催促に来た使の者は、障子を開けて、そこに徳松のゐるのを見ると、ふつと口を噤んだ。

『出来ねえよ』と勝次は膠もなく云つた。

『明日まではどうしてもかゝるつて惣さんに云つて呉れ』

『屋根屋さんをよして、仕事にちつと身を入れて下さいな』と使が云つた。

『冗談云ひなさんな。それは俺の所で云ふ事ぢやあない』

この対話を徳松は黙つて聞いてゐた。使はすぐ帰つた。

『秀さんは相変らずやつてるんですか』

『あれは病さ。癒りつこない。お前なんか若いから云ふが、勝負事ばかりはやらないがいゝぜ』と勝次は云つた。

『是からは民の奴のやうに立廻らなくつちや偽《うそ》かも知れねえな』と勝次は、徳松に気がつかずにかう云つた。徳松は思はずはつと思つた。

徳松は遂に云ひそびれて何も頼まずに帰つた。帰る時には、来たときの期待が灰のやうに頽れて、職人の生涯がみじめな、悲しいものゝやうに思はれて儚なかつた。

『下職なんてみじめなもんだな』と徳松はつくづく思つた。

家へ帰るとお住が予定より早く帰つてきた。それは千葉の興行が思はしくなかつたので更に銚子へ行く事になつたのであつた。

『今度は少し長くなるだらうと思ふけれど』とお住が云つた。徳松は何だか一緒にお住について行きたくなつた。併し自分から切り出して云ひ悪いので黙つてゐた。

すると夜になつて、

『お囃子が一人足りないんだけれど、お前どうせ遊んでゐるのなら、一緒に来て呉れないか』とお住が云つた。

『お店《たな》の方だつて、もうかう延び〳〵になつては、何日といふ当てもつかないんだから』

『その事なら心配しなくつても』と徳松は云つた。勝次の家へ訪ねた事などは何にも話さなかつた。それよりも直ぐに旅役者の放縦な生活を考へた。

『梅次も矢張一座なんだらう』と聞きかけたが、気がついて黙つた。もう秋は暮れるばかりになつて、朝顔の枯れ残りが悲しいものであつた。

みなかみ・たきたろう
（明治20年〜昭和15年）
慶應義塾大学理財科卒。「山の手の子」は「阿部省三」名で発表された。第一作品集『処女作』に収録の際「処女作」と改題。大正14年、「三田文学」復刊に尽力、「三田文学」の精神的支柱と呼ばれた。

山の手の子

明治44年7月号

水上 瀧太郎

お屋敷の子と生れた悲哀《かなしみ》を、泌み々々と知り初《そ》めたのは何《い》時《つ》からであつたらう。

一日《ひとひ》一日と限り無き喜悦《よろこび》に満ちた世界に近付いて行くのだと、未来を待つた少年の若々しい心も、時の進行《すゝみ》に連れて何時かしら、何気なく過ぎて来た帰らぬ昨日に、身も魂も投出して追憶の甘き愁に耽り度いと云ふ果敢無い慰藉《なぐさめ》を弄ぶやうになつてから、私は私に何時も斯う尋ねるのであつた。

山の手の高台もやがて尽きやうと云ふだらだら坂を丁度登り切つた角屋敷の黒門の中に生れた私は、幼き日の自分を其黒門と切離して想起《おもひおこ》すことは出来無い。私の家を終りとして丘の上は屋敷門の薄暗い底には何物か潜んで居るやうに、牢獄のやうな大きな構造《かまへ》の家が厳かめしい塀を連ねて、何処の家でも広く取囲んだ庭には鬱蒼と茂つた樹木の間に春は梅、桜、桃、李が咲揃つて、風の吹く日には何処の家の梢から散るのか見も知らぬ種々の花が庭に散り敷いた。そればかりではない、もう二十年も前に其の丘を去つた私の幼い心にも深く泌み込んで忘れられないのは、寂然《ひつそり》した屋敷々々から、花の頃月の宵などには申合せたやうに単調な懶《ものう》い、古びた琴の音が洩れ聞えて淋しい涙を誘ふのであつた。私は斯うした丘の上に生れた。静寂《しづか》な重苦しい陰鬱な此の丘の端《はづ》れから狭いだらだら坂を下ると、カラリと四囲《あたり》の空気は変つてせゝこましい、軒の低い家ばかりの場末の町が帯のやうに繁華な下町の真中へと続いて居た。

今も静に眼を閉て昔を描けば、坂の両側の小さな、つゝましやかな商家がとびとびながらも瞭然《はつきり》と浮んで来る。赤々と禿た、肥つた翁《おやぢ》が丸い鉄火鉢を膝子《ひざつこ》のやうに抱いて、睡《ねむ》た相に店番をして居た唐物屋は、長崎屋と云つた。其頃の人々には未だ見馴れなかつた西洋の帽子や、肩掛や、リボンや、種々の派手な色彩を掛連ねた店は子供の眼には寧ろ不可思議に映つた。其店で私は、動物、植物或は又滑稽《おどけ》人形の絵を切つて湯に浮かせ、つぶつぶと紙面に汗をかくのを待つて白紙に押付けると、其の獣や花や人の絵が奇麗に映る西洋押絵と云ふものを買ひに行つた。

『坊ちやん。今度はメリケンから上等舶来の押絵が参りましたよ。』

と禿頭は玻璃棚《がらすだな》からクルクルと巻いたのを出しては店先に拡げた。子供には想像も付かない遠い遠いメリケンから海を渡つて来た奇妙な慰藉品《なぐさめ》を私しは何《ど》んなに憧憬を以て見たらう。油絵で見る様な天使が大きな白鳥と遊んで居る有と有ゆる美しい花鳥を集めた異国を想像して何《ど》んなに懐《なつ》かしみ焦れたらう。実際在来《ありきたり》の独楽、凧、太鼓、そんな物に飽た御屋敷の子は珍物好《めづらしいものずき》の心から烈しい異国趣味に陥つて何でも上等舶来と云はれなければ喜ばなかつた。長崎屋の筋向の玩具《おもちや》屋《や》の、私はいゝ花客《おとくい》だつた。洋刀《サアベル》、喇叭、鉄砲を肩に、腰にした坊ちやんの勇しい姿を坂下の子等は何んなに羨しく妬しく見送つたらう。何時だつたか父母が旅中御祖母様《おばあさま》と御留守居の御褒美に西洋木馬を買つて頂いたのも其の家であつた。白斑の大きな木馬の鞍の上に小さい主人が、両足を蹈張つて跨がると、白い房々した鬣《たてがみ》を動かして馬は前後に揺れるのだつた。

『マア。玩具にまで何両と云ふ品が出来るのですかねえ、今時の子供は幸福《しあはせ》ですねえ。』

と御祖母様はニコニコして見てゐらつしやつた。玩具屋の側を次第に下つて行くと坂の下には絵双紙屋が在つた。此の店には千代紙を買ひに行く、私の姉のお河童《かつぱ》さんの姿も屢々見えた。芳年の三十六怪選の勇しくも物恐ろしい妖怪変化の絵や、三枚続の武者絵に、乳母や女中に手を曳かれた坊ちやんの足は幾度もその前で動かなくなつた。就中《なかにも》忘れられないのは古い錦絵で、誰の筆か滝夜叉姫の一枚絵。私が誕生日の祝物に何が欲《ほし》いと聞かれて、彼《あれ》と答へたので散歩がてらに父に連れられて行つた時『之は売物では御座いません』と六ケしい顔の亭主が云つてから亭王を憎いと思ふよりも一層姫の美しい姿絵が懐しくなつた。其他其処らには呉服屋、陶器屋《せとものや》、葉茶屋、なぞあつたやうだが私はそれらに付て懐しい何の思ひ出も無い。坂下も亦絵双紙屋の側の熊野神社。それと向合つた柳の木に軒燈の隠れた小さな煙草屋の外は矢張り記憶から消えて了つたけれども其の小さな煙草屋の玻璃棚が並べられて、僅に板敷を残した店先に、私の幼かつた姿が瞭然《はつきり》と佇むのである。

私の生れた黒門の内は、家も庭もしめじめと暗かつた。さる旗本の古屋敷で、往来から見ても塀の上に蒼黒い樹木の茂りが家を隠して居た。可成《かなり》広い庭も、大木が造る影に全体《すつかり》苔蒸して日中も夜のやうだつた。それでも流石に春は植込の花の木が思ひがけない庭の隅々にも咲いたけれど、やがて五月雨の頃にでもならうものなら絶間もなく降る雨はしとしと苔に泌みて一日や二日からりと晴ても乾く事ではなく、だゝつ広い家の踏めばぶよぶよと海のやうに思はれる室々の畳の上に蛞蝓《なめくじ》の落て匍ふやうなことも多かつた。物心つく頃から私は此の陰気な家を嫌つた。そして時たま乳母の脊に負はれて黒門を出る機会《をり》があると坂下のカラカラに乾き切つた往来で、独楽廻しやメンコをする町の子を見て、自分も乳母の手を離れて、あんなに多勢の友達と一緒に遊び度いと思ふ心を強くするのみであつた。乳母は、

『町つ子とお遊びになつてはいけません。』

と痩せた蒼白い顔を殊更真面目にして誡《いまし》めた。何故といふ事は無しに私は町つ子と遊んでは不可《いけ》ないものだと思つて居る程幼なかつた。其頃私は毎晩母の懐《ふところ》に抱かれて、竹取の翁が見付た小さいお姫様や、継母にいぢめられる可哀さうな落窪のお話を他人事《ひとごと》とは思はずに身にしみて、時には涙を溢して聞きながら何時かしら寝入るのであつたが或晩から私は乳母に添寝されるやうになつた。

『もう直き赤さんがお生れになると、新様はお兄いさんにお成になるのですから、お母様に甘つたれてゐらつしやつていけません。』

と云ひ聞かされて、私は小さい赤坊《あかんぼ》の兄になるのを嬉しくは思つたが母の懐に別れなければならない事の悲さに涙ぐまれて冷い乳母の胸に顔を押当てた。

間もなく母は寝所を出ない身となつた。家内の者は何かしら気忙しさうに、物言ひも声を潜めるやうになり相手をして呉れる事もなくなつた。私の乳母さへも年役に、若い女のともすれば騒ぎたがるのを叱りながら、そわそわ立働いて居て私をば顧る事が少くなつた。出産の準備《したく》に混乱した家の中で私は孤独《ひとり》をつくづく淋しいと思つた。お祖母様のお気に入で夜も廊下続きの隠居所に寝る姉も、其頃習ひ初めた琴を弾く事さへ止められて、一人で人形を抱へては、遊び相手を欲《ほし》がつて常は疳癪を恐れて避けて居る弟をもお祖母様の傍に呼んで飯事《まゝごと》の旦那様にするのであつたが、それも直きと私の方で飽が来てふとしたことから腕白が出ては姉を泣かすのでお祖母様や乳母に叱られる種となつた。腕白盛《いたづらざかり》の坊ちやんは『静にしてゐらつしやい』と云はれて人気の少ない、室の片隅に手遊品を並べても少時経つと厭になつて忙しい人々に相手を求めるので『ちつとお庭にでも出てお遊びなさい』と家の内から追ひ立てられる。

黒土の上に透間も無い苔は木立の間に形ばかり付いて居た小道をも埋めて踏めばじとじとと音も無く水の湧出る小暗い庭は、話に聞いた種々の恐ろしい物の住家のやうに思はれ、自由に遊び廻る気にはなれないので椽近い処で満《つま》らなくすくむで居た。けれども次第に馴れて来ると未だ見ぬ庭の木立の奥が何となく心を引くので、恐々ながらも幾年か箒目も入ら

ずに朽敗した落葉を踏んでは、未知の国土を探究する冒険家のやうに、不安と好奇心で日に日に少しづゝ繁つた枝を潜り々奥深く進入るやうになつた。手入をしない古庭は植物の朽た匂ひが充て居た。数知れぬ羽虫は到る所に影のやうに飛で居た。森閑とした木下闇に枯葉を踏む自分の足音が幾度か耳を脅した。蜘蛛の巣に顔を包まれては土蜘蛛の精を思ひ出して逃げかへつた。然し斯うして踏馴た道を知らず〳〵に造つて私は遂に我家の庭の奥底を究めたのであつた。暗緑のしめつぽい木立を抜けると、カラリと晴た日を充分《いつぱい》に受けて、其処はまばらに結つた竹垣も何時か倒れては居たが垣の外は打立てたやうな崖で、眼の下には坂下の町の屋根が遠く迄昼の光の中に連つて居る。その果てに品川の海が真蒼に輝いて居た。今迄思ひもかけなかつた眼新しい、広い景色を自分一人の力で見出した嬉しさに私は雨さへ降らなければ毎日一度は必ず崖の上に小さい姿を現はすやうになつた。そして馴るに従つて日一日と何かしら珍らしい物を発見した。熊野神社の大鳥居も見えた。三吉座といふ小芝居の白壁に幾筋かの贔負幟が風に吹かれて居るのを、一様に黒い屋根の間に見出した時は殊に嬉しかつた。芝居好の車夫の藤次郎が父の役所の休日には私の守をしながら、

『乳母《ばあや》には秘密《ないしよ》ですぜ。』

と云つては肩車に乗せて其の三吉座の立見に連れて行く。父母と共に行く歌舞伎座や新富座の緋毛氈の美しい桟敷とは打つて変つて薄暗い鉄格子の中から人の頭を越して覗いたケレン沢山の小芝居の舞台は子供の目には反つて不思議に面白かつた。殊に大向ふと云はず土間も桟敷も一斉に贔負々々の名を呼び立て、若しか敵役でも出やうものなら熱誠を籠めた怒罵の声が場内に充満《いつぱい》になる不秩序な賑やかさが心も躍るやうに思はせたのに違ひない。私は藤次郎の云ふまゝに乳母には隠れて度々連れて行つて貰つたものだつた。静寂な木立を後にして崖の上に立て居ると芝居の内部の鳴物の音が瞭然《はつきり》と耳に響くやうに思はれて彼の坂下の賑はひの中に飛で行き度い程一人ぼつちの自分がうら淋しく思はれた。

それは確に早春の事であつた。日毎に一人で訪づれる崖には一夜の中に著しく延びて緑を増す雑草の中に見る限りいたいた草の花が咲いて居た。其草の中にスクスクと抜出た虎杖《すかんぽ》を取る為に崖下に打続く裏長屋の子供等が、嶮しい崖の草の中をがさがさあさつて居た。小汚ない服装《みなり》をした鼻垂しではあつたが犬のやうに軽快な身のこなしで、群を作つて放肆《ほしいまゝ》に遊び廻つて居るのが遊相手の無い私には何《ど》んなに懐しくも羨しく思はれたらう。足の下を覗くやうに崖端へ出て、自分が一人ぼつちで立つて居る事を子供等に知つて貰ひ度いと思つたが此方から声を掛る程の勇気もなかつた。全く違つた国を見るやうに一挙一動の掛放れた彼等と、自分も同じやうに振舞ひ度いと思つて手の届く所に生へて居る虎杖《すかんぽ》を力充分《いつぱい》にやつと抜いて、子供達のするやうに青い柔い茎を嚙んでも見た。しくしくと冷め度い酸《すつぱ》い草の汁が虫歯の虚孔《うろ》に泌み入つた。

斯うした果敢ない子供心の遣瀬なさを感じながら日毎同じ場所に立つ御屋敷の子の白いエプロンを掛けた小さい姿を、やがて長屋の子等が崖下から認めた迄には、如何にかして、自分の存在を彼等に知らせやうとする瓦を積んでは崩すやうな取り止めも無い謀略《はかりごと》が幼い胸中に幾度か徒事《あだ》に廻らされたのであつたが遂々《とう〳〵》何の手段《てだて》をも自分からする事なく或日崖下の子の一人が私を見付てくれたが偶然上を見た子が意外な場所に佇む私を見るとさも吃驚《びつくり》したやうな顔をして仲間の者にひそひそと私語《さゝや》く気配だつた。かさかさ草の中を潜つて居た。子供の顔は人馴ぬ獣のやうに疑深い眼付で一様に私を仰ぎ見た。

其の翌日。もう長屋の子と友達になつたやうな気がして、何日もよりも勇んで私は崖に立つて待つて居た。やがてがやがや列を作つてやつて来た子供達も私の姿を見て怪しまなかつた。

『坊ちゃん、お遊びな。』

と軽く節を付けて昨日私を見付けた子が馴々しく呼んだ。私は何と答へていゝのか解らなかつた。『町つ子と遊んではいけません。』と云つた乳母の言葉を想起して何か大きな悪い事をしてしまつたやうに心を痛めた。それでも、

『坊ちゃんお出でよ。』

と気軽に呼ぶ子供に誘はれて、つい一言二言《ひとことふたこと》は口返へしをするやうになつたが悪戯子《いたづらつこ》も、流石に高い崖を攀登つて来る事は出来ないので大きな声で呼び交すより詮方《しかた》が無かつた。

此《こん》様な日が続いた或日、崖上の私を初めて発見した魚屋の金ちゃんは表門から町へ出て来いと云ふ智恵を私に与へた。暫時は不安心に思ひ迷つたが遊び度い一心から産婆や看護婦にまじつて乳母も女中達も産所に足を運んで居る最中を私の小さな姿は黒門を忍び出たのである。曾て一度も人手を離れて家の外を歩いた事の無かつた私は、烈しい車馬の往来が危《あぶな》つかしくて、折角出た門の柱に噛り付いて不可思議な世間の活動を臆病な眼で見て居るのであつた。

麗《うらゝか》な春の昼は、勢よく坂を馳下つて行く俥の輪があげる軽塵にも知られた。目まぐるしい坂下の町を暫眺めて居ると天から地から満ち溢れた日光の中を影法師のやうな一隊が横町から現はれて坂を上つて来た。

『坊ちゃんお遊びな。』

と遠くから声を揃へて迎へに来た町つ子を近々と見た時私は思はず門内に馳込んで了つた。汚ならしい着物の、埃まみれの顔の、眼ばかり光る鼻垂しは手々《てんで》に棒切を持つて居た。

『坊ちゃん、お出でな皆で遊ぶからよ。』

中では一番年増《としかさ》の金ちゃんは尻切草履を引ずつて門柱に手を掛けながら扉の陰《かげ》にかくれて恐々覗いて居る私を誘つた。坊ちゃんの小さい姿は町つ子の群に取巻かれて坂を下つた。

間も無く私は兄になつた。其の当座の混雑は、私をして自由に町つ子となる機会を与へた。或は邪魔者の居ない方がかゝる折には結句いゝと思つて家の者は知つても黙つて居た

のかも知れない。

比較的に気の弱いお屋敷の子は荒々しい町つ子に混つて負《ひけ》を取らないで遊ぶ事は出来なかつたが彼らは物珍しがつて私をばちやほやする。私は又何をしても敵《かな》ひそうもない喧嘩早い子供達を恐いとは思ひつゝも窮屈な陰気な家に居るよりも誰に咎められる事も無く気儘に土の上を馳廻るのが面白くて、遊びに疲れた別れ際に『明日もきつとお出で』と云はれるまゝに日毎に其の群に加つた。

私達の遊び場となつたのは熊野神社の境内と柳屋と云ふ烟草屋の店先とであつた。柳屋の店には何時でも若い娘が坐つて居た。何と云ふ名だつたか忘れてしまつたけれども色白の肥つた優しい女だつた。私は柳屋の娘と云ふと黄縞に黒襟で赤い帯を年が年中して居たやうに印象されて居る。弟の清ちやんは私が一番の仲よしで町ッ子の群の中では小ざつぱりした服装《なり》をして居た。そして私と清ちやんが年も背丈も誰よりも小さかつた。柳屋の姉弟にはお母さんが無く病身のお父さんが、何時でも奥で咳をして居た。店先には夏と限らずに椽台が出してあつたもので、私達ばかりか近所の店の息子や小僧が面白づくの烟草をふかしながら騒いで居た。

『彼奴等《あいつら》は清ちやんの姉さんを張りに来てやがるんだよ』

と云ふ金ちやんの言葉の意味は解らぬながらも私は娘の為に心を配はした。けれども果敢ない私の思ひ出の中心となるのは此の柳屋の娘ではなかつた。

都もやがて高台の花は風も無いので散尽す頃であつた。或日私は何時もの通り黒門を出て坂を小走りに馳下つた。其日に限つて私より先には誰も出て来て居ないので、私は暫く待つ積りで柳屋の椽台に腰かけた。店番の人も見えなかつたが程も無く清ちやんが奥から馳出して来る。続いて清ちやんの姉さんも出て来て、

『オヤ、坊ちやん一人ッきり』

と云ひながら私の傍に坐つた。派出な着物を着て桜の花簪をさして居た。私の頬にすれ／＼の顔には白粉が濃かつた。

『今日は皆遊びに来ないのかい』

『エヽ、町内の御花見で皆で向島に行くの。だから坊ちやんは又明日遊びにお出で』

娘は諭《さと》すやうに私の顔を覗き込んだ。

間もなく『今日は』と仇つぽい声を先にして横町から町内の人達だらう、若衆や娘がまじつて金ちやんも鉄公も千吉も今日は泥の付かない着物を着て出て来た。三味線を担いだ男も居た。

『アラ、今丁度出掛けやうと思つて居た処なの。如何《どう》もわざ／＼誘つて頂いて済みません』

清ちやんの姉さんはいそ／＼と立上つた。私は人々に顔を見られるのが気まりが悪くてまじ／＼して居た。

『どうも扮装《おつくり》に手間がとれまして困ります。サア出掛けやうぢやあがあせんか』

と赤い手拭を四角に畳んで禿頭に載せたぢゞいが剽軽な声

を出したので皆一度に吹出した。

『厭な小父《をぢ》さんねえ』

　と柳屋の娘は袂を振上て一寸睨んだ。どや／＼と歩き出す人々にまじつた娘は『明日お出で』と云つて私を振向いた。

『坊ちやんは行かないのかい、一緒にお出でよ』

　と金ちやんが叫んだけれども誰も何とも云つて呉る人は無かつた。私は埃を上げてさんざめかして行く後姿を淋しく見送つて居ると、人々の一番後に残つて、柳屋の娘と何か私語《さゝや》き合つて居た、先刻《さつき》『今日は』と真先に立つて来た娘がしげ／＼と私を振かへつて見て居たが小戻しして不意に私を抱き上げて何も云はないで頬ずりした。驚いて見上る私を蓮葉に眼で笑つて其のまゝ清ちやんの姉さんと手を引合つて人々の後を追つて行つた。それが金ちやんの姉のお鶴だと云ふ事は後で知つたが紫と白の派出な手綱染の着物の裾を端折ツて紅の長襦袢がすらりとした長い脛に絡んで居た。銀杏返に大きな桜の花簪は清ちやんの姉さんとお揃ひで襟には色染の桜の手拭を結んで居た姿は深く眼に残つた。私は一人悄然と町内のお花見の連中が春の町を練て行く後姿が、町角に消える迄立尽したがそれも見えなくなると俄に取残された悲しさに胸が迫つて来て思はず涙が浮んで来た。

　多数者の中で人々と共に喜び共に狂ふ事も出来ない淋しい孤独の生活を送る私の一生は御屋敷の子と生れた事実から切離す事の出来無い運命であつたのだ。小さな坊ちやんの姿は一人花見連とは反対に坂を登つて、やがて恨めしい黒門の中に吸はれた。

　珍《めづら》しい玩具も五日十日とたつ中には投出されたまゝ顧られなくなるやうに最初の中こそ『坊ちやん／＼』と囃《はや》し立てた子供も、やがて烟草屋の店先の柳の葉も延び切つた頃には全く私に飽て了つて坊ちやんは最早大将としての尊敬は失はれて金ちやんの手下の一人に過ぎなかつた。

『何んでえ弱虫』

　斯う云つて肱を張つて突かゝつて来る鼻垂しに逆らふ丈の力も味方も無かつた。けれども矢張毎日のやうに遊び仲間を求めて町へ出たのは小さい妹の為に家中の愛を奪はれ、乳母をさへも奪はれたが為に家を嫌つたよりもお鶴と云つた魚屋の娘に逢ひ度いためであつた。

　子供の眼には自分より年上の人、殊に女の年齢は全く測る事が出来ない。お鶴も柳屋の娘も私には唯娘であつたとばかりで其年頃を明確《はつきり》と云ふ事は思ひも及ばない事に属して居る。お鶴は烟草屋の柳の陰の椽台の女主人公であつた。色の蒼白い背丈の割合に顔の小さい女で私は今、そのすらりとした後姿を見せて蓮葉に日和下駄を鳴らして行くお鶴と、物を云はない時でも底深く漂ふ水のやうな涼しい眼を持つたお鶴とを殊更瞭然と想ひ出す事が出来る。

　きら／＼と暑い初夏の日がだらだら坂の上から真直に流れた往来は下駄の歯がよく冴えて響く。日に幾度となく撒水車が町角から現はれては、商家の軒下迄も濡して行くが、見る間に又乾き切つて白埃になつて了ふ。酒屋の軒には燕の子が嘴を揃へて巣に啼いた。氷屋が砂漠の緑地のやうに僅に涼しく眺められる。一日一日と道行く人の着物が白くなつて行くと柳屋の椽台は愈々賑やかになつた。派手な浴衣のお鶴も、街に影の落る頃きつと横町から姿を見せるのであつた。『今日は』と遠くから声を掛けて若衆の中でも構はずに割込んで腰を下した。

『坊ちやん。此処にゐらつしやい』

とお鶴は何時も私をば其膝に抱いて後から頬ずりしながら話の中心になつて居た。私はもう汗みづくになつて熊野神社の鳥居を廻つて鬼ごつこをする金ちやんに従つて行かうとはしないで、よくは解らぬながらも椽台の話を聞いて居た。勿論話は近所の噂で符徴まじりのものだつた。『お安くないね』『御馳走さま』と云ふやうな言葉を小耳に挟んで帰つて、乳母に叱られた事もあつた。若い娘の軽い口から三吉座の評判も屢々出た。お鶴は口癖のやうに、

『死んだと思つたお富たあ……お釈迦様でも気がつくめえ』

と一寸澄ましてやる声色は『ヨウ〳〵梅ちやんそつくり』と云ふ若者達の囃す中で聞かされて私も時たま人の居ない庭の中などでは小声ながら同じ文句を繰返した。尾上梅之助と云ふ若い役者が三吉座を覗く場末の町の娘子《むすめつこ》をしてどんなにか胸を躍らせたものであつたらう。藤次郎の背に乗つた私しは、『色男』『女殺し』と云ふ若者のわめきにまじる『いゝわねえ』『奇麗ねえ』と、感激に息も出来ない娘達の吐息のやうな私語《さゝやき》を聞き洩さなかつた。私も何時も奇麗な男になる梅之助が好きだつたけれど余りにお鶴がほめる時は微かに反感を懐いた。

『平生《ふだん》着馴た振袖から、髷も島田に由井ケ浜、女に化けて美人局《つゝもたせ》………。ねえ坊ちやん、梅之助が一番でせう』

と云つてお鶴は例のやうに頬を付ける。私は人前の気恥かしさに、

『梅之助なんか厭だい』

と云ふのだつた。実際連中は、お鶴が何時も私を抱いて居るので面白づくによく戯弄《からか》つた。

『お鶴さんは坊ちやんに惚れてるよ』

私は何かしら真赤になつてお鶴の膝を抜出やうとするとお鶴は故意《わざ》と力を入れて抱締める。

『左様ですねえ。私の旦那様だもの。皆焼いてるんだよ』

『嘘だい〳〵』

足をばたばたやりながら擦付ける頬を打たうとする、その手を取つてお鶴は『チユツ』と音をさせて唇で吸ふ。

『アヽ、私は坊ちやんに嫌はれて了つた』

さも落胆《がつかり》したやうに云ふのであつた。

やがて今日も坂上にのみ残つて薄明《うすらあかり》も坂下から次第に暮初めると誰からともなく口々に、

『夕焼小焼明日天気になあれ』

と子供等は歌ひながら彼処此処の横町や露路に遊び疲れた

足を物の匂ひの漂ふ家路へと夕餉の為めに散つて行く。

『お土産《みやげ》三つで気が済んだ』

と背中をどやして逃出す素早い奴を追掛けてお鶴も『明日又お出で』と云つて、別れ際に今日の終りの頬擦をして横町へ曲つて行く。

私は何時も父母の前にキチンと坐つて、食膳に着くのにさへ掟のある、堅苦しい家に帰るのが何だか心細く、遠ざかり行く子供の声を果敢ない別れのやうに聞きながら一人で坂を上つて黒門を這入つた。夕暮は遠い空の雲にさへ取止もない想《おもひ》を走らせてしつとりと心もうちしめり訳もなく涙ぐまれる悲しい癖をば幼い時から私は持つて居た。

玄関を這入ると古びた家の匂ひがプンと鼻を衝く。駄々広い家の真中に掛かる燈火の光の薄らぐ隅々には壁虫が死絶えるやうな低い声で啼く。家内を歩く足音が水底のやうに冷めたく心の中へも響いて聞える。世間では最も楽しい時と聞く晩餐時さへ厳めしい父に習つて行儀よく笑声を聞くこともなく終了《おしまひ》になつて了ふ、音楽の無い家の佗しさは又私の心であつた。お祖母様や乳母や誰彼に聞かされたお化の話は総て我家にあつた出来事ではないかと夜は何時でも微かな物音にさへ愕《おび》え易かつた。自然と私は朝を待つた。町つ子の気儘な生活を羨んだ。

カラリと晴れた青空の下に物皆が動いて居る町へ出ると蘇《よみ》生《がへ》つたやうに胸が躍つて全身の血が勢よく廻る。早くも街には夏が漲つて白く輝く夏帽子が坂の上、下へと汗を拭き〳〵消えて行く、殊更暑い日中を択んで菅笠を被つた金魚屋が『目高、金魚』と焼付くやうな人の耳に、涼しい水音を偲ばせる売声を競ふ後からだらりと白く乾いた舌を垂して犬がさも肉体を持余したやうについて行く。夏が来た〳〵。其の夏の熊野神社の祭礼も忘れられない思ひ出の一頁を占めねばならぬ。

町内の表通りの家の軒には何処も揃ひの提灯を出したが屋根と屋根との打続く坂下は奇麗に花々しく見えるのに、塀と塀とは続いても隣の家の物音さへ聞えない坂上は大きな屋敷門に提灯の配合《うつり》が悪く、反つて墓場のやうに淋しかつた。それればかりか私の家なぞは祭と云つても別段何をするのでもないのに引替て商家では稼業を休んでまでも店先に金屏風を立廻し、緋毛氈を敷き、曲りくねつた遠州流の生花を飾つて客を待つ。娘達も平生とは見違へる様に奇麗に着飾つて何かにつけてはれがましく仰山な声を上げる。若衆子供は夫々揃の浴衣で威勢よく馳廻る。ワツショウ〳〵と神輿《みこし》を担ぐ声はたゞさへ汗ばんだ町中の大路小路に暑苦しく聞える。斯う云ふ時に日頃町内から憎まれて居たり、祝儀の心附が少なかつたりした家は思はぬ返報《しかへし》をされるものだつた。坂上の屋敷へも鉄棒でガチヤン〳〵と地面を打つて脅す奴を真先に何れも酒気を吐いてワツシヨイワツシヨイと神輿を担ぎ込む。それをば、もう来る頃と待て居て若干《いくらか》祝儀を出すと又ワツシヨウ〳〵と温和《おとなし》く引上て行くが何時の祭の時だつたかお隣の大竹さんでは心付が少ないと云ふので神輿の先棒で板塀を滅茶々に衝破られた事があつたのを、我家も同じ目に逢はされはしないかと限りなき恐怖を以て私は玄関の障子を細目にあけながら乳母の袖の下に隠れて恐々神輿が黒門の外の明るい町へと引上て行くのを覗いたものだつた。子供連も手々《てんで》に樽神輿を担ぎ廻つて喧嘩の花を咲かせる。揃の浴衣に黄色く染めた麻糸に鈴を付けた襷をして、真新しい手拭を向ふ鉢巻にし、白足袋の足にまでも汗を流してヤツチョウヤツチョウと馳出すと背中の鈴がチャラチャラ鳴つた。女中に手を曳れて人込におど〳〵しながら町の片端を平生《ふだん》の服装《みなり》で賑はひを見物するお屋敷の子は、金ちゃんや清ちゃんの汗みづくになつて飛廻る姿をどんなに羨しくも悲しくも見送つたらう。

　やがて祭が終つても柳屋の店先はお祭の話ばかりだつた。向ふ横町の樽神輿と衝突した子供達の功名談を妬しい程勇ましいと思つた。若衆の間に評判される踊屋台にお鶴が出たと云ふ事は限りなく美しいものに憧るゝ私の心を喜ばせたと共に自分がそれを見なかつた口惜しさもいかばかり深いものであつたらう。けれども私は直ぐさも我が羨望の時だつた絵双紙屋の店先の滝夜叉姫の一枚絵をお鶴と結び付てしまつた。お鶴の膝に抱れながら私しは聞いた。

『お鶴さんは踊屋台に出て何をしたの』

『何《なん》だつたらう。当《あて》て御覧』

『滝夜叉かい』

『エヽ何故』

『だつて滝夜叉が一番いゝんだもの』

　お鶴は嬉しさうに笑つて又頬擦をするのだつた。真実《ほんと》にお鶴が滝夜叉姫になつたのか如何か。私の云ふまゝに、良い加減に左様だと答へたものなのか私は知らないが、古い錦絵の滝夜叉姫と踊屋台に立つたお鶴とは全く同一《おんなじ》だつたやうに思はれて、踊屋台を見なかつたにも拘はらず二十年後の今もなほ私はまざ〳〵と美しい絵にしてそれを幻に見る事が出来る。

　土用の中は海近い南の浜辺で暮した。一時として静まらぬ海の不思議が既に子供心を奪つて了つたので私は物欲い心持を知らずに過ぎた。けれども海岸の防風林にも無情《つれな》い風が日に〳〵吹きつのり別荘町も淋しくなる八月の末には都へ帰らなければならなかつた。帰つた当座は住馴た我家も何だか物珍しく思はれたが夏の緑に常よりも一層暗くなつた室の中に大人のやうにぐつたりと昼寝する辛棒も出来ないので私は又久し振で町をおとづれた。木蔭の少ない町中は瓦屋根にキラ〳〵と残暑が光つて亀裂の出来た往来は通魔《とほりま》のした後のやうに時々一人として行人の影を止めないで森閑として了ふ。柳屋の店先に立つた私を迎へたのは、店棚の陰に白い団扇を手にして坐つて居た清ちゃんの姉さん一人だつた。

『マア暫《しばらく》振りねえ。何処へ行つて居らしつたの。其様《そんな》に日に焼けて』

　娘はニコ〳〵して私を店に腰掛けさせ団扇で煽ぎながら話掛けた。

『誰も居ないのかい。清ちゃんも』

『エ、今しがた皆で蟬を取るつて崖へ行つたやうですよ』

『誰も来ないのかなあ』

満《つま》らなさうに私は繰返して云つた。

『誰もつて誰さ。アヽ解つた。坊ちゃんの仲よしのお鶴さんでせう。坊ちゃんはお鶴さんでなくつちやいけないんだねえ。私ともちつと仲よしにおなりな』

娘は面白さうに笑つた。

夕食の後家内の者は団扇を手に椽端で涼んで居る中、こつそりと私は未だ明い町へ抜出した。早くも燈火のついた柳屋の店先にはもう二三人若者が集つて居た。子供達は私を珍らしがつて種々と海辺の話を聞きたがつたがそれにも飽ると餓鬼大将の金ちゃんを真先に清ちゃん迄も口を揃へて、

『お尻の用心御用心』

とお互同志で着物の裾を捲り合つてキヤツ〳〵と悪戯《わるふざけ》を始めたが了ひには止め度がなくなつてお使にやられる通りすがりの見も知らぬ子のお尻を捲つてピチヤ〳〵と平手で叩いて泣かせる、若者は面白づくに嗾しかける。私は店先に腰かけて黙つて見て居たが小さな女の子までも同じ憂目に逢つてワアツと泣いて行くのを可哀さうに思つた。

間もなく町は灯になつて見る間にあはたゞしく日が沈めば何処からともなく暮初て坂の上のほんのり片明りした空に星がチロリ〳〵と現はれて烟草屋の柳に涼しい風の渡る夏の夜となる。

『お尻の用心御用心』

と調子付いた子供の声は益々高くなつてゆく。

『オイ〳〵彼処へ来たのはお鶴ちゃんだらう』

斯う云つた若者の一人は清ちゃんの姉さんが止めるのも聞かずに、面白がる仲間にやれ〳〵と云はれて子供達に命令《いひつ》けた。

『誰でもいゝからお鶴ちゃんの着物を捲つたら氷水をおごるぜ』

流石に金ちゃんは姉の事とて承知しなかつたが車屋の鉄公はゲラ〳〵笑ひながら電信柱の後に隠れる。私は息を殺してお鶴の為に胸を波打たせた。夜目に際立つて白い浴衣のすらりとした姿をチラ〳〵と店灯に浮上らせてお鶴は何時もの通り蓮葉に日和下駄をカラコロと鳴してやつて来る。やり過して地びたを這つて後へ廻つた鉄公の手がお鶴の裾にかゝつたかと思ふと紅が飜つて高く捲れた着物から真白な脛が見えた。同時に振返つたお鶴は鉄公の頭をピシヤ〳〵と平手でひつぱたいてクルリと踵をかへすと元来た方へカラコロとやがて横町の闇に消えてしまつた。気を呑まれた若者は白けた顔を見合せてをかしくもなく笑つた。私は強い味方を持てる気強さと滝夜叉のやうに凄い程美しい我がお鶴を堪らなく嬉しく懐しく思つたのであつたが待設けた人には逢はれぬ本意なさに未だ崩れない集りを抜けて帰つた。

暗闇の多い坂上の屋敷町は、私をして若い女や子供が一人で夜歩きすると何処からか出て来て生血を吸ふと云ふ野衾《のぶすま》の

話を想起させた。その話をして聞かせた乳母の里でも村一番の美しい娘が人に逢ひ度いとて闇夜に家を抜出して鎮守の森で待つて居る内に野衾に血を吸れて冷めたくなつて居たさうだ。氷を踏むやうな自分の足音が冷え初めた夜の町に冴え渡るのを心細く聞くにつけ野衾が今にも出やしないかとビク〳〵しながら、一人で夜歩きをした事をつく〴〵悔いたのであつた。覆ひかゝつた葉柳に蒼澄んだ瓦斯燈がうすぼんやりと照して居る我家の黒門は、固くしまつて扉に打つた鉄鋲が魔物のやうに睨んで居た。私は重い潜戸《くゞりど》を如何して這入る事が出来たのだつたらう。明い玄関の格子戸から家の内へ馳込むと中の間から飛んで出て来た乳母は緊《しつか》りと私を抱き締めた。

『新様貴方はマア何処に今頃迄遊んでゐらつしやつたのです』

あれ程云つて置くのに何故町へ出るのかと幾度か繰返して云ひ聞かせた後、

『もう二度と町つ子なんかとお遊びになるんぢやありません乳母《ばあや》がお母様に叱られ升』

と私しの涙を誘ふやうに掻口説くので、何時も私が云ふ事をきかないと『もう乳母《ばあや》は里へ帰つてしまひます』と云ふのが真実《ほんと》になりはしないかと思はれて知らず〳〵ホロリとして来たが、

『新次や新次や』

と奥で呼んでゐらつしやるお母様のお声の方に私は馳出して行つた。

御屋敷の子と生れた悲哀《かなしさ》は泌々と刻まれた。

『卑しい町の子と遊ぶと、何時の間にか自分も卑い者になつて了つてお父様のやうな偉い人にはなれません。これからはお母様の云ふ事を聞いてお家でお遊びなさい。それでも町の子と遊び度いなら町の子にしてしまひ升』

と云ふ母の誡《いましめ》を厳かに聞かされてから私は又掟の中に囚はれて居なければならなかつた。暫は宅中に玩具箱をひつくり

祖母の為に(志賀直哉氏)

氏は正にレベルを越えた立派な作家である。此作の如き去月小説界中特に注目に価さるべきものであるのみならず氏の近作中より又抜き出さるべき作であると思ふ。氏の作に於て取るべきは渾然たる其技巧よりも其目の附け処、狙ひ処にある。平凡な生活から特異な何物かをつかみ出してちやんと纏めて居る。主人公と祖母と白つ子の神経系は完全な triangle を形造つて居る。(白樺)
〈明治四十五年二月号「一月の小説と戯曲」井川滋〉

返して、数を尽して並べても『真田三代記』や『甲越軍談』の絵本を幼い手ぶりで彩つても、陰鬱な家の空気は遊び度い盛りの坊ちゃんを長く捕へては居られない。私は又雑草をわけ木立の中を犬のやうに潜つて崖端へ出て見はるかす町々の賑ひに果敢なく憧憬れる子となつた。

『何故御屋敷の坊ちゃんは町つ子と遊んではいけないのだらう。』

　斯う自分に尋ねて見たが如何しても解らなかつた。後年、此の時分の、解き難い謎を抱いて青空を流れる雲の行衛を見守つた遣瀬ない心持が、水のやうに湧き出して私は物の哀れを知初めると云ふ少年の頃に手飼の金糸雀の籠の戸をあけて折柄の秋の底迄も藍を湛えた青空に二羽の小鳥を放してやつた事がある。

　崖に射す日光は日に日に弱つて油を焦すやうだつた蟬の音も次第に消えて行くと夏もやがて暮初めて草土手を吹く風はいとゞ堪へ難く悲哀《かなしみ》を誘ふ。烈しかつた丈に逝く夏は肉体の疲れからも反つて身に泌みて惜まれる。木の葉も凋落する寂寥の秋が迫るに連れて癒し難き傷手に冷え／＼と風の泌むやうに何とも解らないながらも、幼心に行きて帰らぬものゝうら悲しさを私は泌々と知つたやうに思はれる。斯うして秋を迎へた私は果敢なくお鶴と別れなければならなかつた。

　或日私は崖下の子供達の声に誘はれて母の誡を破つて柳屋の店先の椽台に母よりも懐しかつたお鶴の膝に抱かれた。

『何故此頃はちつとも来なかつたの。私が嫌になつたんだよ憎らしいねえ。』

　と柔かい頬を寄せ、

『私もう坊ちゃんに嫌はれて満《つま》らないから芸者の子になつて了ふんだ。』

　と云つたお鶴の言葉はどんなに私を驚かしたらう。遠い下町の、華やかな淫らな街に売られて行くのを出世のやうに思つて面白さうに嬉しさうにお鶴の話すのを私はどんなに悲しく聞いたらう。然しそれも今は忘れやうとしても忘れる事の出来ない懐しい思ひ出となつて了つた。

　お鶴は既に、明日にも、買はれて行く可き家に連れて行かれる身であつた。其処は鉄道馬車に乗つて三時間もかゝつて行く隅田川の辺りで一町内全体《すつかり》芸者屋で、芸者の子になると美味物《おいしいもの》が食べられて、奇麗な着物は着たいほうだい、踊を踊つたり、三味線を弾いたりして毎日賑やかに遊んで居られるのだとお鶴は云つた。

『私もいゝ芸者になるから坊ちゃんも早く偉い人になつて沢《どつ》山《さり》お金を持つて私を買ひに来ておくれ。』

　お鶴は明日の日の幸福を確く信じて疑はない顔をして云つた。平生よりも一層はしやいで苦の無い声でよく笑つた。

『今度遊びに行つていゝかい。』

　と私が云つたのを、

『子供の癖に芸者が買へるかい。』

　と囃し立てた子供連にまじつてお鶴のはれた声も笑つた。

そして何時もよりも早く帰へると云ひ出して別れ際に、
『私を忘れちや厭だよ、きつと偉い人になつて遊びに来ておくれ。』
と幾度か頬擦をした結局《あげく》に野衾《のぶすま》のやうに私の頬を強く強く吸つた。『あばよ』
と云つて蓮葉にカラコロと歩いて行く姿が瞭然《はつきり》と私に残つた。

悄然と黒門の内に帰つた私は二度とお鶴に逢ふ時が無かつた。忘れる事の出来ないお鶴に就いて私の追想は余り屢々繰返へされたので、もう幼かつた当時の私の心持を其の儘に記す事は出来ないであらう。私は長じた後の日に彩つた記憶だと知りながら、お鶴に別れた夕暮の私を懐しいものとして忘れない。

『お鶴は行つて了ふのだ。』

と思ふと眼が霞んで何も見えなくなつて、今迄にお鶴が私《さゝ》語《や》いた断々《きれ〲》の言葉や、未だ残つて居る頬擦や接吻《くちつけ》の温《あたゝか》さ柔かさも総て涙の中に溶けて行つて私に残るものは悲哀《かなしみ》ばかりかと思はれる。堪へやうとしても洗ふ涙を紛《まぎ》らす為めに庭へ出て崖端に立つた。『お鶴の家は何処だらう』傾く日ざしが僅に残る、一様に黒い長屋造りの場末の町とて如何してそれが見分けられやう。悲哀《かなしみ》に満ちた胸を抱いて放肆《ほしいまゝ》に町へも出られない掟と誡めとに縛られる御屋敷の子は明日にもお鶴が売られて行く遠い下町に限りも知らず憧かれた。『子供には買へないと云ふ芸者になるお鶴と一日も早く大人《をとな》になつて遊び度い。』

見る見る落日の薄明《うすらあかり》も名残なく消えて行けば、

『蛙が鳴いたから帰へろ〱』

と子供の顔も黄昏れて水底のやうに初秋の夕霧が流れ渡る町々にチラ〱と灯がともると何処かで三味線の音が微かに聞え出した。ポツンポツンと絶え絶えに崖の上迄も通ふ音色を私は如何してもお鶴が弾くのだと思はないでは居られなかつた。そして何だか其の絃に身も魂も誘はれて行くやうにいとせめて遣瀬ない思ひが小さな胸に充分《いつぱい》になつた。『お鶴は行つて了ふのだ』『一人ぼつちになつて了ふのだ』とうら悲しさに迫り来る夜の闇の中に泣湿れて立つて居た。


ふと私は木立を越した家の方で『新様新様』と呼ぶ女中の声に気が付くと始めて闇に取巻かれうなだれて佇む自分を見出して夜の恐怖に襲はれた。息も出来ないで夢中に木立を抜けた私は椽側から座敷へ馳上ると突然《いきなり》端近に坐つて居た母の懐にひしと縋つて声も惜しまずに泣いた。涙が尽きるまで泣いた。

あゝ思ひ出の懐《なつ》かしさよ。大人になつて、偉い人になつて、沢山《どつさり》お金を持つて遊びに行くと誓つた私は御屋敷の子の悲哀《かなしみ》を抱いて掟られ縛められ僅に過し日を顧みて慰むのみである。お鶴は何処に居るのか知らないが過し日の果敢なき美しき追想に私はお鶴に別れた夕暮、母の懐に縋つて涙を流した心持をば、悲しくも懐かしくも嬉しき思ひ出として二十歳《はたち》の今日も泌み泌みと味ふことが出来るのである。

颷風

明治44年10月号

谷崎潤一郎

たにざき・じゅんいちろう
(明治19年〜昭和40年)
東京帝国大学国文科中退。在学中に第二次「新思潮」を創刊、「刺青」「麒麟」などを発表した。翌年「颷風」を「三田文学」に発表したが、この作により同号は発禁となった。伏せ字はその後も復元されていない。

直彦が二十四になる迄は、別に何の話もない。

彼は故郷の小田原に、一人の祖母を有する外、両親には生れると直ぐに死に別れ、係累もなければ心配もなく、極めて自由に、のんびりと育て上げられた。幼い時から気兼ね苦労は少しも知らず、卒直な、純潔な、云はゞカラッとした秋晴の天気のやうな、一点の曇りもない性質を持つて居た。

彼の職業は絵師であつた。故国《くに》の小学校を卒業すると間もなく出京して、某老大家の内弟子となり、二十二三の頃には、既に少壮日本画家の俊材として、世間から注目されて居た。

然し彼を知つて居る者は、彼の芸術よりも、寧ろ彼の美貌を羨んだ。六代目の目鼻を少しく和らげたやうな、水々しい、色白の顔立は、男が見ても惚れ〴〵とするくらゐであつた。

彼は其れ程の利器を持ちながら、道楽とか恋愛とか云ふ経験を少しも持つて居なかつた。いつも無邪気な、こだわりのない気分を抱いて、本職の絵画を精々《せッせ》と勉強した。彼の様子を垣間見て人知れず思ひを焦がす女があつても、そんな事には一向頓着しなかつた。同じ門下の友達が、不義理をして酒色に溺れたり、放埒の結果病気に罹つたりするのを見ると、馬鹿々々しいとさへ思はれた。同僚は彼を除け者にして、「坊ちやん」と云ふ仇名を附けて居た。

「あゝ云ふ男に限つて、一度女に嵌まつたら、手が附けられなくなるものだ。」

こんな観察を下す者もあつた。さうして機会があつたら、是非一度彼奴を誘惑してやらうぢやないか、と云ふ相談が、密々の間に企てられて居た。

丁度直彦が二十四歳と云ふ年の暮れに、宴会の崩れから、無理強ひに引き立てられて、彼は生れて始めて吉原の大籬《おほまがき》の敷居を跨いだ。泥酔の力を借りて二十有余年の貞操を破つた時は、唯好奇心を満足したと云ふ以外に、相手の女の鼻の孔を下から覗き込んで、少し不気味な所があると思つただけであつた。然し其れから二度三度と不思議に通ふ心が起つて、いつの間にか可笑しいと思つた小鼻の恰好に惹き附けられるやうな気持になつた。女は漸く二十一と云ふ年頃の名古屋生れで、若い芸術家の胸の中をも相応に解するくらゐの悧発な頭脳と、鋭い瞳とを備へて居たばかりでなく、なよ〳〵と背の高い執拗な力の下に相手を引き据ゑて、次第々々に心の上へ乗りかゝり自分より三つ年上とは云ひながら、まだ何事も知らぬ初心な男の、新鮮な溌剌とした生命の香気を恣にする術迄も知り抜いて居た。歓楽を味ふ戯れの心の蔭から、いつともなく真面目な恋が持ち上がつて、嫉妬邪推を逞しうする度毎に、見す〳〵相手の手管にかけられて行くのを知りながら、何とかしてあべこべに征服してやらうと焦れば焦るほど、弱点を透かされて一歩々々と思ふ壺へ嵌められてしまふばかりであつた。〇〇的にも女は常に勝ち誇つて、安々と皮肉な眼元で笑ひながら、若々しい発育を遂げた青年に殺到して行き、一と月と立たぬ間に彼を浅ましい無能力な状態に陥れた。

彼は時々眩暈の為めに昏倒しかけたり、顔から頸の周囲へかけて筋肉をぴくぴくと痙攣的に顫はせたり、後頭部に重い圧迫を感じて、始終白い痰のかたまりを吐き散らすやうになつた。其れ程になりながら、一方の〇〇は殆ど病的と思はれる迄に燃え上つて、疼《うづ》くやうに皮膚をつツ突き一と晩でも下宿に落ち着いては居られなかつた。

さう云ふ状態を暫く続けて居るうちに、だん〴〵血色が蒼褪め、頭が晦くなつて、何事をするにも慵い億劫な気分になり、遂には全く生活の興味や張り合ひを持たなくなつて、あれ程体内に根を張つて居た欲求の力さへも失つて了ひ、如何なる辛辣な刺戟を与へられても、erotic の感覚に出会はなくなつた時、今更の如く彼は竦然として非常な恐怖と寂寞とを覚え始めた。荒色に原づく精神の衰弱の結果、生きて行く根柢の命の力が稀薄になつて、やがて氷の解けるやうに心身が死滅して行く徴候ではあるまいか。斯う思ふと今にも癲癇の発作に五体をわな〳〵軋めかせて、泡を吹いて倒れさうな気持が、昂奮した神経を頻々と脅かし、矢も楯もたまらぬ恐ろしい日を送るやうになつた。歓楽の為めに命を捨てる事を惜しむのではなかつたが、僅か一と月ばかりのあツけない放蕩の為めに、脆くも官能を鈍らせて、豊富な前途を持つて居る若い命を、此のまゝ死滅させて了ふのは堪へ難く心寂しい事であつた。嘗ては自分の旺盛な〇〇を呪つたにも拘らず、今は其の〇〇〇〇〇〇〇を悲しく思つて、生きがひのないやうにさへ感じた。

彼は一旦凋みかゝつた命の根を培ひ、涸渇した体から再び鋭敏な〇〇の芽の萌え出づるやうに、暫く〇に遠ざかつて健康を回復した上、更に又豊かな生活の甘味をすゝり、強烈な刺戟に堪へ得る程の心を築き上げようと努めた。其の方法として、且は不義理の借財が嵩んだ為め、東京に居たゝまれない所もあつて、一日一枚づゝのスケッチを送ると云ふ条件の下に、新聞社や雑誌社から金を借り、兼ねてから憧れてゐた北国の冬を見がてら、凡そ六ヶ月の計画で大旅行の途に上る可く決心した。

いよ〳〵東京を立つと云ふ前夜、背広の洋服の上に厚い毛皮のマントを重ね、小型の鞄を肩から懸けて、細巻の洋傘を杖についた旅支度のまゝ、一時の別れを告げるために大門をくゞつた。さうして自分の境遇、心と体の状態、凡べて今迄隠してゐた事柄を、残らず女の前へさらけ出して、今度の旅立ちも畢竟するに此の恋故であると語つた。

「あなたは口でそんな上手を云つたつて、どうだかあてになりはしません。屹度いゝ奥様でも出来たのぢやないの。」

哀れな男の心中の切なさを知り抜いて居ながら、こんな見え透いたお世辞を云ふ程、勝ち誇つて居る相手の言葉を、わざと軽く受け流して、

「事に依つたら、そんな訳かも知れないさ。」

と云ひのめすやうな、づう〳〵しい真似を、其の女に対して、とても直彦はする事が出来なかつた。

「それでも北国には別品が居るさうだから、旅先が案じられるわ。」

女が重ねて、こんなお世辞を云つたとき、彼は思はず真面目になつて、

「たとへどんな美人が居ようと、己は決してお前以外の女に肌を許さうとは思はない。半年でも、一年でも、帰つて来る迄屹度辛抱して見せる。」

と、熱心な色を顔に浮べて誓つたが、直ぐと馬鹿にされて居るやうな気がして、口を噤んだ。

「それが本当なら嬉しいけれど。」

かう答へた女の心は、男が恐れ戦いて居る程、冷かな追従のつもりではなかつた。日本画家と云ふ風流な職業にふさはしい、直彦のこまやかな情愛と、優雅な顔だちと、滑かな肌の匂を、女は随分可愛いと思ふことさへあつた。唯あまりに卒直な、あまりに熱心な、男の惚れ方の可笑しさに、やゝともすれば其の感情を弄んで高い所から見下ろさうとする興味の方へ誘はれて了ひ、つひぞしみ〴〵した恋を味ふ気持になれないのが、此の社会の女の不仕合せであつた。其の夜も女は、男の切なる情《なさけ》に危くほろりとされさうになつたが、如何にも気の弱い、人の好さゝうな態度を見ると、本気になるのが馬鹿らしくなり、迷つた上にも迷はせて、悶えさせて、思ふさま操《あやつ》つてやりたいやうな心になつた。さうして影の如く衰へて居る男の体を鷲摑みにして、死人の四肢を揺す振るやうな激しい悪戯を敢てした後、

「ほんとにあなたは弱つて居るのね。田舎へ行つて体が丈夫になつたからつて、帰つて来る迄は、きつとお慎しみなさいよ。六月の間辛抱して居たか居ないか、嘘をついたつて其の

時には私にちゃんと判りますから。」
と、嚇かすやうな口調で云つた。冗談にもせよ、此れだけの言葉を与へて置けば、正直な男は必ず自分の云ひ附けを守るに違ひあるまい。かう思つて女は己れの一言の為めに、男が長い旅行の間、体内に〇〇〇〇〇〇〇の重荷を担《かつ》がせられつゝ、絶えず自分の事を忘れずに居る有様を想像して、心私かに微笑みを禁じ得なかつた。

　衰弱した上にも衰弱した体を、夜一夜悪夢に魘され通した明る日の朝、直彦は地獄の釜の蓋を開けられた亡者のやうに大門を這ひ出で、日本堤の霜を踏んで、三の輪から上野の停車場に着くと其のまゝ、福島行きの汽車に乗つた。其の時の彼は、実に惨《みじ》めな有様であつた。心身の疲弊困憊が絶頂に達して、唇蒼く眼鈍く、今迄多少の緊張力を持つて居た心の糸が悉く弛み、汽車の窓から移り行く戸外の風光を眺めても、入り代り立ち代る乗客の風俗を眼にしても、神経は少しも反撥されず、写生の筆を促すだけの感興は全然起らなかつた。何よりも寂しく感じたのは、ところ〳〵の繁華な停車場で、婀娜つぽい若い女達の姿が眼に触れても、温い人間らしい煩悩が些も起らないことであつた。今迄あれ程思ひ詰めて、今朝別れた女の事さへ、夢のやうに胸へ浮ぶだけで、なつかしいとも名残惜しいとも考へられなかつた。

　彼は此のまゝ永久に、彼の女に対する恋から覚め切つて了ふのが、如何にも心細く思はれてならなかつた。何とかして恋慕の情を胸の中に育《はぐゝ》ませようと努めて見た。走り行く車室の一隅に腰をかけて、どんよりと瞳を据ゑ、いろ〳〵と奇怪な想像を描きつゝ、erotic の感覚を呼び起さうとして見たが、殆んど何等の反応をも見ることが出来なかつた。

　一日も早く健康を回復して、焔々と燃え上るやうな〇〇〇〇を血肉のうちに貯蓄したい。さうしたならば、再び彼の女を恋ふる心も起るであらう。ゆたかな歓楽の世界が、更に眼の前に展けるであらう。――彼はこんな風に考へて、療養の為め、当分会津の東山温泉に滞留することに定めた。

　東京を出てから二週間ばかり、毎日一二枚の写生画を新聞社に送る外は何の仕事もなく、温泉宿の二階にごろ〳〵して居た。さうして日に幾度となく湯に漬かつては、温かにふやけた肌を、鏡の前でぴた〳〵と叩きながら、涸渇した蒼白の皮膚の下から、桜色の血潮が濁染み出るのを楽しみに見た。三度の食事にも舌を喜ばせると云ふよりは、貧弱な血液を豊かにする様な滋養物――〇〇の欠陥を補うて、一種の痛烈な鞭撻を弛んだ筋肉に加へるやうな刺戟物を、好き嫌ひの区別なく貪り食つた。さうして湯上りの空き腹へ送り込まれた其れ等の食物の、血となり、肉となり、骨となりつゝ、五体の隅々へ活力を瀰漫させ、充実させて行くのが、目に見えるやうな気がした。

　丁度一週間程立つた或る日の明け方であつた。彼は悪夢に襲はれたやうに、蒲団から飛び上つて、激しい動悸を感じながら、枕元の鏡の前へ走り寄つたが、其の顔は恐ろしく充血して、異常の紅味を帯びて居た。彼は夜間の魑魅魍魎が織り出した奇しき幻覚の為めに、暫く逢着しなかつた感覚を煽られて、東京の恋人を夢に見たのだと気が附いた。

それから後も悪夢は三日に上げず襲来して、其度毎に眠れる彼は、彼の○○に裏切りをされた。長らく○○を失つて居た体の中から、勃然として○○が恐ろしい○○を以て、頭を擡げ出したのであつた。彼は此の○○の傾向を喜び迎へ、ます／＼其れを○○するやうな食物をいやが上にも貪ると共に、蓄積された○○をabuseしないやうに、○○○○○○○○○○○○○○、○○○○○○○○○○○○○○○○、○○○○○○○○○○○○○、丁度一杯に満たされた甕の器を捧げるやうな気持で眠つた。

二週間目の末頃になると、例の悪夢にも襲はれない様になつて、勢のいゝvoluptuousの血液が、時々皮膚の裏を擽るやうに騒ぎ立つのが感じられた。

「祝福すべき○○よ」と彼は腹の底で繰り返さゞるを得なかつた。さうして、東京の恋人の容姿を想像しつゝ、涌然と猛り来る感覚を静かに味はつて、更に其の感覚の強かれ、激しかれとのみ望んだ。

長々御無沙汰致し候。当地は中々雪深く、寒気烈しく候へど、東京は如何に候や。其許には相変らずお達者にて、御繁昌の御事と存候。小生事当地の温泉宿に逗留して、随分養生仕り、すつかりからだも直り申候間、乍憚御安心下され度く、これから仙台盛岡近傍の名所古蹟を見物して、青森より秋田に出るつもりなれど、其れから先は、どうなる事やら一寸わかり不申候。其許に別れてよりまだ漸く半月ほどながら、もうそろ／＼東京の空がなつかしく相成り候。追々北へ／＼と進むにつれて、寒さも恋ひしさも亦一入ならんと今より思ひやられ候。事によらばたまらなくなりて中途から東京へ引き返すやうな始末になりはせぬかと、案じられ候へど、其れでは自分の（お互ひのとは決して申さず）為めにならず候へば、六月でも七月でも、出来るだけ辛抱可致候。然しいまだ其許にまさるやうな美人は一向見うけ申さず、よしや又どのやうな美人が居たところで、兼ねての御約束通り、小生は見向きも致すまじく候。まづは御無沙汰の御詫び旁々御報迄。

正月の三十一日の夜に、かう云ふ手紙を認めて、明くる日彼は東山を出発した。

先づ若松へ出て、猪苗代湖畔の風光を心行くばかり賞美した後、松島、仙台、塩釜から多賀城址附近の名所を仔細に調べ、月末迄には陸中の国境へ入つて、衣川や中尊寺の古蹟をゆつくりと見物する積りであつた。さうして始めの四五日の間は、芸術に対する興味も盛んで、随分と写生にも凝つたが、日を経るに従ひ、だんだん彼の頭には、或る濁つた忌まはしい考が一杯に充ち渡つて、とてもそんな事を楽しむ余裕がなくなつて来た。何を見、何を味ひ、何に触れても、結局其れが皆、忌まはしい考を脳中に惹き起す媒介者となるばかりであつた。――自分は今迄此れ程好色な人間ではなかつた筈だ。――彼は漸く回復したと思つた自分の健康に就いて、疑を抱き始め、あまり早急な、頻繁な発作を以て健康の証拠とするよりも、寧ろ病的な証拠と判ぜざるを得なくなつた。此れ程旺盛な○○○○を、全然圧迫するのは、却つて有害ではあるまいか。彼は斯うも考へたが、如何に激しい刺戟に会つても、恋人の前で誓つた約束を、破らうと云ふ気は毛頭なかつた。生れてから始めて、唯一人の最愛の女にのみ許した貴い肌を、旅先の見知らぬ女に左右なく汚されるのは、自分に対しても恋人に対しても、済まないやうな気がした。行く先々の宿屋や料理屋で、愛嬌のある女中と見れば彼は殊更其れに近附いて戯談《ざれごと》を戦《たゝか》はせ、自分が如何程誘惑に堪へ得るかを試すやうな事もして見た。さうして、東京の恋人が、どのくらゐ自分の心の上に威力を加へて居るかを測つて見ては、体の中に焔々と渦を巻いて燃え上る煩悩の炎をぢツと抑へて、云ひ知らぬ痛快を感じるのであつた。

然し十日二十日と立つうちに、やがて彼は desire の発作を痛快がつてばかりは居られなくなつた。此の様な生理上の不可抗力と悪戦苦闘しながら、二月も三月も旅行を続けて行く忍耐、又其の間に幾度も出会はなければならぬ諸種の誘惑を考へて見ると、先々の辛抱が覚束ない様にさへ思はれて来た。第一、頭が始終其の為めに煩はされて、肝心の職業たる芸術の方は、全く棄てられて了つて居た。今更彼は自分の意思を呪ひ、自分の体質を呪はない訳には行かなかつた。

「あゝ、己は仕様のない男だ。」

かう独語を云つて、あきらめたやうに書きかけた写生帖をポッケットへ突込むこともあつた。

或る日、彼は黒沢尻から盛岡へ行く汽車の中で、三人の癩病患者と乗り合はせた。其の中の三十五六になる一人の男は、ぴか／＼光る縞銘仙の衣類の上に、古い茶色のインバネスを纏ひ、病毒の為めにところ／＼崩れかゝつた凄じい容貌を持つて居た。他の二人は顔立の似てゐる所から見れば、其の妹であらう。まだ病毒は肌をこそ犯さね、此の患者に特有な dead white の皮膚の色と云ひ、墨を引いて胡麻化した薄い眉毛と云ひ、一と目見て其れと頷かれた。乗客の不愉快さうな眄《ながしめ》から逃れるやうに、三人の兄妹は肩をすぼめ、顔を背けて、室の一隅を占領してゐた。一番末の妹は、汽車にでも酔つたものと見え、始終両手を蟀谷《こめかみ》へあてて、うつむいて居たが、遂にげろ／＼と胸を鳴らして板の間へ吐瀉を始めるやうになつた。乗り合ひの人々は益々眉を顰めて、さも擯斥するやうに側方を向きながら、しかし時々ちらと娘の方を盗み視ることを禁じ得なかつた。

「お困りでせう。此れを上つて御覧なさい。」と、直彦は彼等の側へ近よつて、宝丹の曲物を出してやりながら、殊更娘の隣へぴたりと腰をかけ、いろ／＼と優しい同情のある言葉を浴びせかけた。娘の器量の人並勝れて美しい事も、水々しい肉附きも、癩病と云ふ越ゆべからざる垣根のある為めに、安心して近寄ることが出来るやうに思はれた。彼は物好きにも、世間から継子扱ひにされて頑《かたくな》になつた病者の感情を、和げるやうな親切を尽した。さうして言葉少なの彼等の口から、其の身上話を少しづゝ手繰り出さうと試みた。

正直らしい若い旅人の、奇特な心にほだされて、如何にも感に堪へぬやうに、兄姉は不仕合はせな自分達の境遇を語つた。彼等は北海道に移住した一家の後を追うて、昨夜東京の近在を出発したのであつた。兄は三十五、姉は二十八、妹は二十だと云つた。勿論妻も夫もなかつた。

「御急ぎの旅でなければ、盛岡あたりへ一と晩泊つて、あの辺を見物して入らつしやい。」

汽車に悩んで居る妹娘の傷はしさに、直彦はかうも云つた。すると男は顔を暗くして「急ぎと云ふではありませんが、行く先々の宿屋で嫌がられるのが辛うございますから。」と、云ひ難《にく》さうに答へて、現に自分がある宿場で、到る処宿を断わられ、危く野宿をしさうになつた苦い経験を話して聞かせた。

「どんなに辛くつても乗り通すつもりでございますが、船の都合で青森へは是非一と晩泊らなければなりません。何だか其れが今から思ひでございます。」

姉もこんな事を云つた。

汽車が盛岡へ着いても、直彦は何となく離れ難い心地がして、下車する気になれず、其の儘乗り越して了つた。一層今夜青森迄行つて、此の三人の難渋を救ひ、宿屋を周旋してやつたならば、と云ふ情さへ湧いた。彼は此の頃の一般の青年と同様に、義侠などゝ云ふ道徳上の心境を味はつたり、理解したりする能力を欠いて居たが、不思議にも此の三人の兄妹の為めならば、如何なる献身的の行為をも敢てしようと決心した。

盛岡を過ぎた頃から、日はどつぷり暮れて、スチームの温気の為めに、濁り腐つた室内の空気は、黄色い鈍い燈火の光を漂はせ、其の影に蹲る三人の姿を一入悲しくして見せた。其の悲しみは清く透き徹つた悲しみではなく、重く汚れた悲しみであつた。妹娘の気分はます／＼悪く、少し吐き気が止まつたかと思ふと、悪寒に襲はれたやうに、真青な顔をして時々ぶる／＼とふるへた。

戸外に降り積つて居る雪の、だん／＼深くなつて行くのが夜目にも見えて、真白な銀世界の青森の市街へ着いたのは夜の九時であつた。三人が気の毒がつて同行を拒むのを強ひて納得させ、直彦は兄妹と一緒に停車場前の旅館を訪れたが、何処の家でも、

「どうぞお上り下さいまし。」

と一旦は承知しつゝ、直ぐと三人の様子に眼を付けて、お伴れ様がお有りではちとお座敷が実はまだ塞がつて居りますとか、明いて居りました積りのお座敷が狭すぎますとか、居りましたとか、体よく断わられるばかりであつた。

其の夜は月があると見えて、曇つた空が鈍い鉛色の底光を含み、昼とも夜とも区別のつかない、もや／＼とした謎のやうな光を、寒国の市街へ投げて居た。一と冬の間に五六尺も降り固まつた往来の雪は、硝子のやうにつる／＼と凍つて四人は幾度か滑つて転びさうになり、互に手を把り合ふやうにして歩んだ。此の町の目貫の場所かとも見える大通りもすつ

かり戸が閉まつて、家々の軒端にはさも重たさうに雪がもたれかゝり、時々そよ〳〵と吹き渡る静かな夜風にも唇が痛む程の寒い威力が潜んで居た。

此の世から追放された亡者のやうに、眠れる街の辻々で迷ひながら、其れでも根気よく一軒々々宿屋を頼んで廻つたが、何の効もなかつた。妹娘は時々家列《やなみ》の暗い片隅に身を寄せて、ぺつたりと蹲踞《うづくま》つたまゝ、激しい嘔吐に肩をふるはせて、ひい〳〵と泣いた。其の度毎に直彦はマントの蔭へ娘を庇ひ入れて、背を揉んでやつたり、胸を撫でゝやつたりした。

「御志は有り難うございますが、何卒あなただけは御自由にお宿をお取りなすつて下さいまし。私共は野宿でも何でもする覚悟でございますから。」

と、言葉を尽して、三人は直彦に説いたが、かうなると意地になつても、此のまゝ別れる心はなかつた。

直彦の後に附いて、姉娘も到る処の宿屋の玄関へ立ち竦んでは、いろ〳〵と口説き立てた。

「おつれ様は別として、私達三人は決して人様と同じやうにもてなして頂かうとは存じません。唯もう屋根の下へ置いて下さりさへすれば、お座敷は愚か、夜具蒲団も拝借しようとは申しません。何なら御勝手口か、物置小屋の隅でなりと、雨風を凌がせて下さいまし。」

こんな哀れな言まで云つて、手を合はせるやうにしたが、頑な亭主や番頭の心を動かす事は出来なかつた。

漸く窮余の一策を思ひ付いて、直彦は綿のやうに疲れた三人を派出所へ連れて行き、難渋の模様を具陳して、警官の同情に訴へて見た。兄妹の不仕合はせな境遇や、血も涙もない宿屋の人々の応対振りを物語る時の彼の口物は自分ながら可笑しいと思ふ程、わざとらしい慷慨悲憤の調を帯びて、まるで新派の芝居に出て来さうであつた。

「かゝる残酷な事実が社会へ発表されゝば、青森市の不名誉です。私は是非ともあなた方の御尽力を待つて、今夜一と晩此の三人を安らかに眠らせるやうに計らひたいと存じます。」

と、肩を怒らし、声を澗らして、演説のやうに喋り立てゝ居るうちに、彼はすつかり昂奮して了つて、涙さへ流れた。

巡査も其の親切に動かされたと見え、彼等を始めに拒絶した停車場の旅館に談判して、「最初にお前の所に訪ねて行つたのだから、因縁だと思つて、泊めてやるが宜からう。此れも商売だから、あまり無慈悲なことを云ふものではない。」と稍圧制的に納得させたが、直彦はそんな事では中々承知せず、部室も蒲団も一切相当なものを与へるやうに談じつけて、三人を自分と一緒に、十畳の二階座敷へ案内させた。

何かつけて物怖ぢをする兄妹と、非人扱ひにする女中達を叱るやうにして、直彦は三人と一緒に湯にも入れば、酒をも取り寄せた。

もう夜は十一時近くであつた。空腹を癒やした四人は、囲爐の炭火に凍え切つた手足を暖めながら、円くなつて、今更何とはなしに嬉しげな、涙脆い感情に誘はれて、いろ〳〵と禮やらねぎらひやら慰藉やら、互に暖か味のある言葉を云ひ交した。直彦は世に珍しい義気のある青年のやうに、ふと自らも思ひ上り、兄妹からも打ち仰がれて、真心の籠つた感謝の念が、兄妹の顔にあり／＼と読めて居た。

「北海道の方へ御出での節は、どうぞおついでにお立ち寄り下さいまし。穢《むさ》い所ではございますが。」

かう云つて兄は名刺を直彦に渡した。妹娘もすつかり気分が直つたか、雪に汚れた白足袋を爐端へ脱いで、姉と一緒に凍えた素足を炭火へ翳した。其の白足袋の上からは、蒸されるやうな匂と共に、湯気が舞ひ上つた。寒気の為めに赤く爛れた女の足は、だん／＼桜色に生き／＼と輝き、甲を反らせたり、指を揉んだりする毎に、血が皮膚の下で動いて、つやのある鏡のやうな肌へ、火気がほんのりと紅く映つた。

悲しみと喜びの情緒が乱れて、眠られぬまゝ、四人は夜の更ける迄爐端を離れず、四方山の話に耽つた。不断自分達を卑しめ遠ざけるやうにする世間の人と、かうやつて打ちくつろいだ対談の出来るのが、兄妹には嬉しかつた。殊に二人の娘は、愚痴とは知りつゝ、自分達の不仕合はせな身の上を、繰り返して喞つのであつた。やがて潤味を持つた四つの瞳からは、涙がさめ／＼と流れて来た。

「世間には私達のやうな可哀さうな人間が居ると云ふことを、何卒忘れないで下さいまし。」

と爐端へ泣き崩れたまゝ、いろ／＼に慰められゝば慰められるほど、激しく嘘唏《しやく》り上げて、たうとう明くる日の明け方、船出の時刻の迫るまで、二人の姉妹は右から左から、直彦の膝元へ身を擦り寄せ、夜一夜掻き口説きつゝ眠らなかつた。

朝霧の中に消えて行く函館行の汽船の影を見送つて、腸に泌みるやうな寒気に慄へながら、直彦は暫く青森湾の海岸をさまよつた。

「何卒哀れな私達を忘れないで下さいまし。」

別れ際にかう繰り返した娘の言葉、終夜眼瞼を泣き脹らして、乱れ髪を朝風にそよがせながら、舷にしよんぼりと彳んだ青白い顔、凡べてが容易に頭の中を去らなかつた。

「今時のお若い方にも珍しいお心懸けの方。」だと云つた兄の言葉通り、彼は徹頭徹尾、単に義気のある青年として通して了つた。うら若い女の匂を嗅いだだけで、癩病と云ふ越ゆ可からざる垣根は、遂に超ゆることが出来なかつたのだ。かう思へば、昨夜の狂人じみた自分の行為が馬鹿らしくも感じられた。

大理石のやうな雪空の下に、暗い藍色の海の潮が寒さうに流れて、遠く函館の山影が、北極の氷山を望むやうに連なつて居た。津軽海峡を越えて来る風は、ひゆうひゆうと海岸通りを吹いて行つた。降るとはなしに細かいものが始終ちらほら降つて居たが、此の位の雪は当り前だと見えて、通行人は傘もさゝずに歩いて居た。

彼は寒風に逆ひながら、湾頭の桟橋の最端に進み、遥かに北海道の陸地と対して、暫く彳んで居た。黒沢尻から不思議な人々と連れ合ひになつて、僅一日の間に本州の果てまで長駆して了つた事を思へば、

「遠くも我は来つるかな。」

と云ふやうな感慨に打たれざるを得なかつた。桟橋の下は碧潭の如く、萌黄色の水を堪へて、雪はちら〳〵と其の中へ溶けて行つた。

此れから何処へ行つたものであらう、と埠頭にたつたまゝ彼は途方に暮れた。盛岡へ引き返すのも大義ではあるし、弘前の方へ廻るのも予定より早過ぎるし、再び何処かの湯治場に五六日滞在して、いまだ全癒に到らぬ心身の営養を計るのが上策であると思つた。さうして直ぐと又汽車に乗つて、青森から二た駅手前の浅虫温泉へ志した。

汽車の市街を離れるにつれて、昨夜気が付かなかつた津軽平野の朝の大雪景が、パノラマのやうに展けて来た。暗澹とした鼠地の空の中途に、くツきりと白い山脈が重畳して、其の麓から一望千里の皚々たる雪が、遠く遥かに野を蔽ひ、林を埋め、川を塞いで、人と馬とは砂糖に群がる蟻のやうに、点々として黒く小ひさく動いて居る。唯一面に真白な銀光が、窓硝子の外にきら〳〵と光つて、瞳の痛む程、車室の中は明るくなつた。

深く、厚く、大いなるシーツのやうに蔽ひ拡がつた雪の上を、一直線にする〳〵と走らせる橇の影も見えた。黒い外套頭巾に総身を包んで、藁沓を踏みしめ踏みしめ、朔風に逆ひながら、後ろ向きに平原を横切つて進んで行く人影もあつた。はら〳〵と寒さうに鬣《たてがみ》を振ひながら、長い列を作つて歩んで行く馬の蹄の先からは、雲が煙のやうに散乱して白く舞ひ上るのが見えた。凡べてが直彦には生れて始めての、荘厳な、清浄な、北国の光景であつた。

「おゝ、己は好い所へ来た。己の体の内に漲つて居る反逆的な、淫蕩な血潮も、此の厳粛な潔白な天地の間に置かれたら必ず鎮静するであらう。思へば己は恋人との誓約を忘れて、人もあらうに、忌まはしい癩病患者と、昨夜危く罪を犯さうとする所であつた。……されど、恋人よ、安んじ給へ、見渡す限り白皚々たる北国の浄罪界は、御身の心にかなはざる邪念妄想を、我が脳中より一掃しくれたり。御身は遂に我が生涯に於ける唯一人の女性なるべし。此の貴き浄罪界を見出し得たる予は真に幸福なり。謝す、謝す、我は北国の天地に謝す。」

彼は腹の中でかう叫んだ。さうして、近来にない爽やかな、軽快な気分になつて、浅虫の停車場に下車し、殊更人の踏み固めない柔い雪の上をさく〳〵と歩みつゝ、東奥館の門を潜つた。

其処は浅虫第一の温泉旅館であつた。彼の通された新しい八畳の座敷の椽外には、直ぐに波が打ち寄せて、遥かに同じ湾内の青森の市街を望むことが出来た。夜は寒風がひゆうひゆうと沖に呻つて、椽側に立て切つてある雨戸の微かな隙間からも、灰のやうな細かい吹雪が、暗い廊下に舞ひ込んで、渦を巻いた。爐を焚いて居る座敷の内へも、寒さはひた〳〵と襲つて来て、炭火にあたりながら、背中は水を浴びせられるやうな冷気を覚えた。

東津軽の海で獲れる魚類は皆まづかつた。鮑などは口へ入れると、ぐにやぐにやと蒟蒻のやうな歯ごたへがした。それでも北国の名物たるうるかやはららごや数の子のやうな、体内の血をそゝのかす塩辛い食物を食ふよりは心丈夫であつた。彼くらゐ食物と性慾との交渉を痛切に感じ、又其の為めに悩まされて居るものはなかつた。刺戟の強い食物を口にしたあとでは、必ず其れだけの影響が体に起り、ともすれば忌まはしい魔夢に駆られて、うつゝの間に血を搾られることさへあつた。唯此の土地の林檎の味ばかりは、舌ざはりが爽やかで、ひやひやとした甘汁が、熱く渇いた口腔を湿ほす時の快感——味覚よりも寧ろ触覚の快感を、彼は殊更喜んだ。東京辺の林檎と違つて、形も小ひさく、色つやも鈍く、稍青味を帯びて燻つてゐる皮を一枚剥げば、さながら津軽平野の皓雪の凝つたやうな純白の果実の肌が現れた。其の歯あたりのさく〳〵として気持の好いこと、固いこつ〳〵した実の中から、清水のやうに滲み出る露の新鮮な事は、とても東京の比ではなかつた。其の清浄な林檎の一片を、口中に含んでさへ居れば、如何なる邪念も妄想も起りさうではなかつた。

雪と林檎の外に、津軽の女の特徴のある美しさも、彼の注意から逃れることは出来なかつた。附木のやうに薄くて高い鼻、針のやうに細い眸、何処かに淋しみのある、憂を含んだ面長の顔は、至る処に見出だされた。浅虫の旅館の女中も其の一人であつた。かね〴〵卑しめて居た東北訛りの鼻にかゝる話振さへ、さう云ふ女の舌たるい唇から語られる時は、じめ〳〵とした哀愁に、旅情をそゝられるやうな気がした。

「北国の女」「雪国の恋」から甘い言葉、——長い〳〵一篇のローマンスを想ひ出させるやうな言葉を、ふと彼の耳元で、ひそ〳〵と囁く声が、日に二度も三度も聞えるやうになつた。

其の囁きは皆彼の体内に潜んでゐる反逆的な血の仕業であつた。清浄な林檎の汁も、血球の一滴々々が含んでゐる悪《あく》性《しやう》を、追ひ去ることは出来なかつた。日に幾度となく入浴する温泉の暖か味は、殊に其の血を育み助けた。時々彼は、人気のない、がらんとした浴室に、腰から下を槽の中へ浸したまゝ、透き徹つた湯の底で、さながら月光を浴びたやうに青白く光つてゐる太股のあたりを、恍惚と眺めることがあつた。彼は自分の容貌や体格が、女のやうな柔い曲線にふツくらと包まれてゐる事をよく知つて居た。餅肌と云ふのは、自分のやうな毛の少い、粘り気のある肌を云ふのであらうと思つた。

手拭をしめらせて、ざぶ〳〵と瀧のやうに体へ湯を注げば、其れが胸を伝はり、腹へ落ちて、臍の上へ流れて行く美しさ。二の腕のあたりには湯が脂で弾かれて玉のやうに結ぼれてゐた。連銭葦毛の駒の肌のやうに、皮膚の下からは、血が赤く濁染んで斑《ぶち》をなして居た。

彼は此れ程美しい、此れ程価値のある、万人の女が喜ぶ見事な肉体を、唯一人の恋人に悉く献げて了つた自分の真心の純潔を祝福すると共に、其の恋人の不可思議なる魅力をも、今更のやうに讃嘆し、渇仰した。

然し淫蕩を喜ぶ彼の血は、次第々々に頭を擡げて、折角築き上げた彼の、殊勝な心掛を、崩して行くのであつた。どうかすると、彼は湯殿の板の間へ大の字なりに打ち倒れて、「此の美しい見事な肉体」のヤリ場がないやうな気がした。三月に近い節制のお蔭で、日増しに水々と、はち切れる程太つて来た此の肉体を、残酷に眼の前へ放り出して眺めて居るのは、堪へ難い苦しみであつた。

逗留してから十日程立つた或る日の午後であつた。彼は例のやうにさくさくと音を立てゝ林檎を喰みながら、爽かな気分を味はつてゐたが、ふと林檎の実がいやにこつ〳〵して、頤が疲れるばかりか、嚙めば嚙む程あつさりして味もそツけもないのを、つまらなく感じた。さうして歯型の附いてゐる喰ひかけの果実を腹立たしさうに、椽外の浜辺へ投げ捨てゝ、浴室へ駈け込むや否や、ざんぶと湯槽の中へ躍り込み、独で散々暴れ廻つて其処ら中を水だらけにした揚句、へとへとに疲れて濡れた手足からぽた〳〵雫を垂らしながら、犬のやうに流しの板の間へつくばつたまゝ、暫くぢつと身動もしなかつた。

明くる日になつても、林檎は浜辺へ捨てられてあつたが、真白な肌が醜い鳶色に酸化して、汐風に吹かれてゐるのを見ると、彼は此の果実に欺かれて居たやうな気がした。さうして又湯殿へ身を横たへては、うつとりと物思ひに耽つた。

其の晩彼は珍らしくも泥酔する程酒を呷つて、急に宿の勘定を済ませ、再び浅虫の停車場から、七時の汽車で弘前へ向つた。乗客の疎らな三等室の片隅に、体を崩して凭れて居る彼の瞳は、獣のやうに輝いて、顔は凄じく朱を注いで居た。アルコールの火気に煽られ、良心の麻痺に乗じて、堤を破つたやうに体中に漲り渡つた放埒の血は、肉を爛らせ、皮膚に焼きつき、居ても立つても堪らぬやうな鞭撻を彼の四肢に加へた。青森を過ぎてから全く独で車室を占領して了つた直彦は、炎の渦に巻き込まれた人間のやうに、手足を悶え身を藻掻いて、腰掛の上へ大の字に臥そべつたり、仰向きのまゝ両足を上げて虚空を蹴つたり、一瞬間も落ち着いて坐つては居られなかつた。やがて彼は水蒸気が霜のやうに結ぼれて居る窓硝子へ、熱した頬をぺつたりと押し付け、ふうツと猛獣が嘯くやうな太い吐息を吐いた。それから掌《てのひら》で硝子の面をつる〳〵と擦つて、湯気に濡れた十本の指を、ほてつた顔へなすり付けた。しまひには片端から一枚々々硝子窓へべつたりと頬をあてゝ、鼻柱を押し潰しながら、戸外の景色をぢツと視詰めた。

西へ〳〵と進むにつれて、雪はます〳〵深く、家も人も樹木も見えない闇の中に柔かさうな白い塊がもく〳〵と起伏するばかりであつた。

弘前へ着いたのは九時頃であつた。彼は到る処の小料理屋や、そば屋で、覚めかけた酔を盛り返しながら、身を切るやうな鋭い寒気の流れる街を、熱した五体へぴツしより汗を搔いて、火のやうな息を吹き〳〵、あてどもなく歩き廻つた。幾度か氷に足を滑らせて、大道に転げたやうな覚えがあつた。真黒な魔者のやうな街が、果てしもなく森閑と続いて、遥か遠くの高い丘の上に、ちら〳〵ともつて居る華やかな燈火の数が沢山見えた。其の灯は泥酔してゐる直彦の姿を認めて、にこ〱と笑ひながら、手招きをして居るやうであつた。彼はかう云ふ淋しい田舎の街の一廓に、一と際燦爛と輝いて居る燈火の意味を能く知つて居た。

何処をどう歩いたか、何時俥に乗つたのか、凡べてはツきりした記憶はなかつた。暗い所から忽ち五彩の光の眩い所へ引き擦り込まれて、両側に並ぶ櫺子格子の隙間々々に、化粧の顔が窺はれた時、彼はさすがに二た月遇はぬ東京の恋しい巷の有様を想ひ浮べて、はツと胸を突かれた。それから或る楼閣の二階に上り、女のすゝめる苦しい酒を再び呷つたことまでは、朧ろげながら覚えて居た。

明くる日の朝早く、直彦は弘前の街はづれから、岩木川の流れに沿うて木造《きづくり》へ通ふ街道を、橇にも乗らず、雪を蹴立てゝ一目散に歩いて居た。珍らしく青々と晴れ渡つた平穏な天気であつた。津軽富士と呼ばれる岩木山が、一点の遮ぎる物もない広大な裾野を街道の左に拡げ、其の絶頂は、中天から頭上へ崩れ落ちさうな勢で、間近く、高く聳えて居た。電信柱の大半を埋める程の積雪は、四方八方から一面に燦然と反射して、歩きながら殆ど面を向けることは出来なかつた。

酒の力を借りて、煩悩の狂ふが儘になり行きを自然にまかせ、恋しい恋しい東京の人より外には冒させなかつた大事の肌を、危く許さうとした昨夜の女はどうであつたか。彼は想ひ出すだけでも、腹立たしく、浅ましく、情けなかつた。「北国の女」「東北の美人」かう云ふ言葉に対する幻覚は、一夜のうちに悉く破れて了つた。何処の遊廓の小格子にも見られるやうな、無智な、醜悪な、魯鈍な女に、此の美しい、此の純潔な肉体を、少しでも触れさせることの不快さに、夜一夜慄へ戦きながら、〇〇〇〇〇通して了つたが、それでもこて〱と塗つたお白粉や、あくどい髪の油の匂は、始終身の周囲に附き纏はつて胸をむかつかせた。

女は都育ちの優雅な風采を喜び、あらん限りの言葉や動作で、執拗にも〇〇〇とした。

「己はこんな処へ来る筈ではなかつたのだ。後生だから此のまゝ黙つて寝かしてくれろ。」

かう云ふ言ひ訳をする彼の腹の中では、極度の軽蔑、擯斥、憤懣の情が、煮えくり返つて居た。

「東京に恋しい人が置いてあるのだから。」

と、幾度か真実の事情を打ち明けようとしたが、それすら馬鹿々しさと腹立たしさが先へ立つて、口を開く勇気はなかつた。

腹立たしさ、情けなさは、まだ其れだけではなかつた。其れ程心に卑しめて居る女の前ですら、やゝともすれば二た月以来渇ゑに渇ゑて居る彼の血は、叛逆を企てようとした。さうして二た目と見られぬ女の容貌の何処か知らに、強ひて美点を見附け出させて、現実とは似ても似つかぬ、浅ましい、illusion を形作らせようとした。彼は嘔吐を催すやうな醜婦の媚を忍ぶよりも、此の血を制する努力の為めに、終夜歯を喰ひしばつて、悶え苦しんだ。

浅虫以来暫く御無沙汰仕候。もはや三月も半ばと相成り、東京はそろ〳〵お花見の時候かと存じ候へども、当地は雪いまだ四五尺の深さに積りて、とても都の人の思ひ及ばぬ寒さに候。名物にうまい物なしとやら、雪国の美人も来て見れば噂程の事も無之、何につけ、かにつけ、其の許のことのみ思ひ出され、恋ひしさあまり、いつそ一と飛びに汽車に乗りて帰京致さんかと思ふこと、度々に御座候。されど商売柄折角はる〴〵当地迄参りしつひでに、又と見られぬ大雪の冬景色寒国の風俗などを、写生もせずに帰るは残念なり、一つには最初のお約束通り意地を立て通したき所存もありて、辛抱致し居り候。其の日其の日のスケツチは、毎度新聞紙上にて御覧なされ候ことゝ推察致し候。先達手紙にてお話し申候気の毒な癩病患者の兄妹の絵も、其の後の新聞にて御覧なされ候事なるべし。小生はいまだに彼の兄妹の事が忘れかね候。さて此れよりはいよ〳〵青森の果ての果てなる、汽車も車も通はぬ寒い淋しい地方へ吹雪を冒して突貫致すつもり故、当分失礼致す可く、唯毎日の新聞にスケツチの出たる時は無事のしるしと御承知下され度く候。其の代りには定めて眼を驚かすやうな珍らしい景色も見られ、土産話もどつさり出来ることゝ存候。其許にも今が時候の変り目故、体を大切にして、随分息災に相暮し遊ばさる可く候。以上

彼は腹癒せに遊廓の二階で女を前に据ゑながら此の手紙を認め、其の儘忌まはしい弘前の街を、見物もせずに発足して了つた。

思へば、思へば、東京の女が恋しく、美しく、有難かつた。昨夜の軽々しい自分の行為を悔むと共に、矢も楯もたまらぬ恋慕の情が胸に湧いた。いつそ手紙へ書いたやうに、一と思ひに東京へ帰らうかとさへ思つて見たが、彼の律義な性質は、かう云ふ場合になつても、此の荘厳な大自然と芸術とを忽緒《なほざり》にして、其の上前借りをした新聞社や雑誌社との契約を、破棄する迄の決心は起させなかつた。必ず必ず六月の間は辛抱して見せよう。さうして一日々々と、恋人に会へる時節の近づくのを、憧れて待つて居よう。——彼にはかう云ふセンチメンタルな気分が、貴く楽しく感じられた。

一度誘惑に接触して、奔騰の勢を煽られながら、遂に満足を与へられなかつた血の憤りは、再び総身に狂ひ廻つて猛威を逞しうした。恋慕の情に駆られる側から、昨夜の女が今少し美しかつたらば、折角酔の力で作り上げたあれ程の機会を、むざ〳〵逃しはしなかつたのに、と云ふ口惜しさが執念く胸に蟠つて、津軽富士の神々しい白衣の姿を仰いでも、皚々たる満目の雪の野を眺めても、此の一事を忘れることは出来なかつた。

「吹雪よ、吹け、吹け、吹いて吹いて吹き通して、此の酔を覚ましてくれ。熱い熱い血液の騒擾を、骨の髄まで凍る程冷やしてくれ。」

隙さへあれば、邪念の芽を吹かうとする、放埒な、懶惰な筋肉に、彼は暫くの弛みをも与へることは出来なかつた。さうして橇にも乗らず、新しい雪の面を、鼬のやうに駈けつて

進んだ。どうかすると、我から雪の中へ身を転がして、外套も帽子も真白になる程、狂人のやうに犬掻きをした。

木造へ着いたのは其の日の夕方であつた。何処を見ても唯范漠たる大雪の底に、屍骸の如く葬られて、淋しく、頼りなく、孤立して居る部落の哀れさ。其処に住む人間は、自然の威力の下に打ち慄へつゝ、お互にしツかりと抱き合つて、暖を取りながら生活して居るのであつた。吹雪の為めに外の村落と交通の途絶するやうな事は幾日も続いた。

青空の見えたのは、直彦が弘前を出発した一日だけであつた。木造に五日、五所河原に七日と、彼は剛情にも凛烈な寒気と闘つて、西津軽の町々の冬景色を見物し写生して歩いた。灰煙のやうな吹雪が、一間先も見えない程に吹き荒む中を、後ろ向きになつて、全身の重味を肩へ持たせかけつゝ、進むこともあつた。颶風の渦に巻き込まれて棒立ちに立ち竦んだまゝ、窒息か、凍死か、二十五歳を一期として危く命数の尽きて了ひさうな思ひもした。無感覚になつた頬の皮へ、岩角か何かのやうに、雪がべつたり凍え付いて居る事もあつた。

「恋人よ、御身に対する恋慕の情を純粋にせんが為めに、斯く身命を賭して難行苦行する、此の殊勝なる我を見給へ。御身あるが故に、我は如何なる危険にも必ず打ち克つべし。」

紫色の唇を、歯の根も合はずわく／＼と顫はせながら、彼は祈るやうに此の言葉を繰り返した。

或る時は又橇に乗つて平原の尽きる所を究め、裏日本の海に沿うた鯵が沢、深浦、大戸瀬附近の傷々しい、恐ろしい風物を見た。

馬は橇を曳いて、真白なるコンクリートの上を、する／＼する／＼と走つた。行けども行けども雪は益々深く、野はいよ／＼広く、容易に海を見ることは出来なかつた。天井の低い、幅の狭い、マツチの箱のやうな橇は、四人も客が乗ると、窓が歪む程一杯にはち切れて、ぎし／＼鳴つた。其の窓さへ多くは吹雪の為めに開けられず、前後左右へ悉く保侶を垂れたが、剃刀のやうな風は其の隙間から吹き込こんで肌を刺した。さうして厚い保侶の中は昼も真暗であつた。

殊に陰鬱な黄昏の野に橇を走らせる時の恐ろしさ。日は暮れながら、漂渺とした雪明りが天地を領し、満目唯幽暗な鉛色の空と、皎々たる銀《しろがね》の沙漠が続くばかり、遥かに地平線の方から朔風が襲つて来る時、野面《のづら》の雪は陽炎のやうに白く烟つて、颺々蕩々と舞ひつゝ狂ひつゝ、さながら荒れたる海の姿であつた。

熔岩の流れのやうな積雪の下に埋没して、無数の太い垂氷《つらゝ》が、たら／＼と格子の如く軒に連つて居る農家もあつた。ちりん、ちりん、と淋しい鈴の音を寒林に響かせて、深い木立の奥を進む時、橇は忽ち柔い雪にさく／＼と喰ひ入つて、曳けども押せども動かなかつた。

「ほう！」

と、厳粛な深林の寂寞を破つて、咆吼する馬方の叱咤の声。びしツと鳴る鞭の響。ふう／＼と白い息を吐く馬の喘ぎ。其の騒ぎに驚いたのか、森の奥の梢の上から、ぱたりと餅をちぎつたやうに雪が落ちた。

日本海岸の景色は更に恐ろしかつた。古蒲団の綿に似た乱雲が、沖の方に重畳して、真黒な波は海の面に魔群の如く躍り立ち、密閉した家々の雨戸へ横なぐりに吹きつける莚のやうな雪の上へ、更に澎湃たる怒濤が崩れ落ちて、寒い潮を注ぎかけた。

恋人を慕ふ心が募れば募る程、饑渇を訴ふる性の欲求が昂まれば昂まる程、直彦の行動はます〳〵常軌を逸して、只管危険な、突飛な行動を喜ぶやうになつた。

「夏ならば格別、此の寒いのに、とても東京のお方などは行かれません。きつと途中で凍え死んで了ひます。」

彼は土地の人が斯く云つて止めるのも聴かず、日本海岸を浜づたひに、秋田県下の牡鹿半島へ盲進する計画を立て、三月の末に鯵が沢を深浦へ向つて出発した。彼の心は殆んど狂人のやうに荒んでゐた。

長い〳〵冬が開けて、厚く鎖した雪の下から、黒い土が顔を見せ始めた四月の上旬まで、直彦は何処を彷徨して居たのか、九死一生の苦しみを続けながら幸に無事であつたと見え、其の筆になる八郎潟附近のスケツチは、日々東京の新聞や雑誌に散見して居た。

絵に画いたやうな能代の港の美しさに心を惹かされ、彼は暫く其処に逗留して居たが、漸くうらゝかな日光が野山に溢れて、暖かさうな軟風が吹き渡る五月の月初の朧夜の頃、独り飄然として秋田の市《まち》へやつて来た。

北国の春は今が酣であつた。お城跡の公園の桜は満開で、綿のやうに咲きこぼれた暖い花の蔭に、月の光がほんのりと漂ひ、高台から見下ろす旧城下の街々は、濃い霞の立ち罩めた大空の下に、夢の如く眺められた。佐竹騒動や妲妃のお百の伝説と結び付いて、美しい、荒唐な、奇怪な聯想を生む秋田の街。水底を照らす漁火のやうに、春の夜のおぼろの空気を揺がせて、点々と連なる賑かな燈火の数々。長い間氷室《ひむろ》に鎖され、颱風に吹かれて、荒びに荒んだ直彦の心は、和《なご》やかな羊の毛皮のぬくまりで包まれたやうに、人間らしい一道の暖か味の萌え出づるのを覚えた。

彼は知らず識らず浮かれ出して、公園から河端の方へぶら〳〵と歩みを運んだ。夜《よる》は女の寝くたれ髪の如くに、ふツく

「消息」欄より

○十二月四日上田敏氏は三田文学会の倶楽部へ来られた。丁度永井荷風氏も居られ fireside で、文科の学生等に種々感興ある物語をされた。
〈明治四十五年一月号〉

らと、黒く街にたゆたひ、眼に見えぬ幾百千の香爐から立ち上る煙のやうなものが、しツとり家々の軒を焚きしめて居た。煙草を売る店先の娘や、宿屋の帳場に坐つて居る内儀や、かう云ふ素人の女までが、凡べて美人国の名に負かぬあでやかさとなつかさを以て眼に映つた。行き交ふ人々の顔には、孰れも恋の奴のやうな、恍惚《うつとり》と物に憧る丶表情が浮かんで見えた。

何時の間にか直彦は、芸者屋や料理屋の軒並みに続いて居る通りへ出た。花やかな両側の燈火は、龕燈《がんどう》の光のやうに帯をなして狭い往来に交叉し、格子の影が鮮かに地面へ映つて居た。窓の障子の擦硝子には、なまめかしい潰し島田や、銀杏返しの姿が漂つて、若い女の懐から発散するお白粉の匂は戸外へも洩れて来た。方々の二階座敷で弾いて居る陽気な三味線の音は、直彦の頭上へ雨のやうに降りかゝつた。

物珍らしい北国の春の夜の、溢るゝばかりの情趣は、暫く彼に恋人の事を忘れさせた。さうして二た月の冬籠りに、厳しい圧搾を受けて居た一方の欲求は、又してもむら／＼と湧き上るのであつた。

然し彼はもう弘前の過ちを再びしまいと心に誓つた。さうして、持ち上がつて来る邪念の頭を無理に抑へて、殆んど眼を塞ぎ、耳を閉ぢないばかりに、其の通りを駈け抜けて行つた。

「さらば懐しき秋田の街よ。汝が有する美女《たをやめ》も、我が純潔なる恋を汚すに力は足らざりき。さらば、一日も早く都に帰りて、汝の美しき、詩のやうなる、街の趣を我が恋人に物語らむ。」

訣別の言葉を後に残して、朝霧に隔たつて行く街の甍を振り顧りながら、彼は明くる日の明け方、街道をてくてくと徒歩で出発した。

誘惑に打ち克つた誇と喜びで、直彦の胸は一杯であつた。もう此れから東京へ着く迄、良心の力を鈍らせて、邪念の根を培ふ虞れのある場所へは一切近づくまい。飲酒も慎しみ、夜遊びも止めて、淫蕩な血液に襲撃の隙を与へないやうに、能ふ限り肉体の安逸を斥け、時と事情の許す限りは、飽く迄徒歩旅行を試みよう。彼はかう覚悟をきめて、昔の道中のやうに駅次々の泊りを重ね、毎日朝早くから日一杯歩き続けては、夕暮宿屋に着くと、綿のやうに疲れた手足を蒲団に伸ばして、ぐつすりと一と息に熟睡した。

四月も暮れて、青葉の風の吹き渡る時候となつた。鳥海山、月山、羽黒山の奇峰に群がる白雲の影は、早くも夏らしい光を裹《つゝ》んで、もく／＼と行く手の空にそゝり立つた。赤湯、上の山を始め、温泉の多い羽前の国に入つても、彼は一つ所に一日も停滞せず、水嵩の増した最上川の急流に瞳を注ぎ、見渡す限り鬱々と繁茂する桑畑の中の街道を、毎日々々歩いて居た。大人の丈よりも高く伸びた蒸し暑い桑の緑葉は、どうかすると直彦の全身を埋めて、空の外には何物をも見せなかつた。新庄、山形、米沢、かう云ふ市街へ出て来る度に、彼は小ひさくなつて、身を跼めるやうに通り抜けた。飯を喰ふ時と、写生をする時の外は、何事を思ひ、何事を見る暇もなかつた。激しい労働と、濃厚な熟睡とが、夜を日に継いだ。

赤岩の峠を越えて、眼下に輝く福島の街に直下したのは、五月半ばの夜の九時頃であつた。其の明くる日も、其の明くる日も、空は見事に晴れて、初夏の日光はじり〲と、漸く堪へ難い威力を示した。抑へに抑へ、包みに包んだ体内の〇〇は、もう其の絶頂に達して、手足の指の先に迄充ち〲と漲り亙り、如何なる些細の刺戟に触れても、忽ち総身の血を奔騰させた。雨のやうに降り注ぐ真昼の日を葉裏に受けて、青く光つて居る緑樹の林。其の間に隠見する若い女の、派手な甲斐絹のパラソル。見るからに柔かさうな、ふわ〲した乳色のフランネルの単衣。雫のしたゝるやうな濃い藍染めの中形の浴衣。――町の女の真白い肌を浮き立たせる、濃艶な緑色の反射を見る毎に、直彦は恐れ戦いた。

びつしより汗を掻いて、息を切らせながら、精々《せつせ》と歩いて居る最中でも、気紛れな血液の騒擾は、何等の刺戟の力をも借りず、殆んど無意味に、盲目的に、勃然と突発することが頻々と起つた。彼は魔者に追はれたやうに、夢中になつて眼がくらむ程駈け出した。蒸し〲と繁茂する草葉のいきれを嗅ぎながら、道端の木蔭に写生帖を開けて、鉛筆を手にしたまゝ、何も書かずに、ぼんやりと蹲踞つてゐることもあつた。気分を爽快にする為め、三日に上げず新しい晒し木綿を買つて、下帯を取り換へて見た。洋服の革帯や、股引の紐も出来るだけ堅く緊めた。タオルを湿して頬冠りをしたり、井戸の清水を熱した頭へ浴びせかけたりした。

「海へ行かう、海へ行かう。爽快な波の打ち寄せる浜辺へ出て、汐風に吹かれて見よう。」

彼はかう思つて、白河から奥州街道を左へ折れ、峻嶮な二十里の間道を、勿来の関へ志した。其の路の中途から、内股の附け根の辺に発生した根太《ねぶと》の為めに、彼は少からず苦しめられた。体内に鬱結して居た淫蕩の血が、真赤な腫れ物となつて、皮下に澱み、肉を破り、肌を腐らせつゝ、発散の途を求めるのであつた。其れでも彼は其の辛辣な疼痛の為めに、暫く性慾の要求を忘れることの出来るのを喜んだ。さうして、一歩々々にづきんづきんと脳天に響く痛みを堪へ、跛足を曳き曳き手負ひの野猪の駈けるやうに、心を励して峠を登つた。腫れ物の頭は二日目に歩きながら吹き切れて、膿汁がだく〲と脛に伝はつて流れた。彼は人気のない、山中の叢《くさむら》に洋袴《づぼん》を脱ぎ捨て、白く、ふつくらとした女のやうな裸体の臀部を、冷めたい青苔の上に据ゑて、苦しさうに呻きながら、腫れ物の頭を両手で押した。五ヶ月の旅の間、純潔な彼の心を呪つて居た悪性の血は、黄色い、赤黒い、毒々しい膿と化して、桜色の股の上を蚯蚓のやうに這ひながら、ぽた〲と地面へ落ちた。藪蚊や虻が夥しく其の上へ群がり集まつた。

漸く其れが直りかけると、今度は又左右の臀の下の方へ、新しい根太が二つ同時に発生した。辛うじて勿来の海岸に出で、浜街道を常陸の平潟の港に着いた頃には、意地にも我慢にも辛抱が仕切れなくなり、まだ日は高かつたが、とある旅館の門をくゞつた。

腫物は前のよりも一層大きく根を張つて居た。殆んど臀の半分が傷々しく腫れ上つて、歩くことは勿論、坐ることも足を伸ばす事も出来ず、唯仰向きに倒れて、立て膝をして居るより外はなかつた。づき／＼と体の節々が軋めくやうな痛みは、悪寒と発熱を伴つて、其の夜一と晩彼を眠らせなかつた。明くる日の朝の疼《うづ》き方はます／＼激しいので、彼は如何に焦つても、当分腰部のしこりの取れて了ふまで、ぢツと其処の二階に仰臥するべく余儀なくされた。おまけに腫れ物はどうしても他人の手を借らなければ、膿を押し出す事の出来ないやうな個処に発生して居た。

「さあ私が押して上げますから、足をお出しなさい。」

かう云つて、宿の女は毎日直彦を介抱してくれた。色の浅黒い、凛々しく締まつた顔立ちのぱつちりと眼元の冴えた年増であつた。銀杏返しに、洗晒しの絞りの浴衣を着て、お太鼓に結んだ黒繻子の腹合せの帯を、わざとだらしなく解けさうにして居る、上さんとも、女中とも、娘とも付かない、かう云ふ漁師町に見かけるやうな莫連者であつた。

「私は腫物《おでき》を押させて貰ふのが好きなの、こら、御覧なさい、面白いやうに膿が出ますよ。」

と、女は彼を俯向きに腹這はせて、寝衣の裾をさらりと頭へ捲くり上げ、遠慮会釈もなく根元を押した。苦しさのあまり、直彦が手足を悶えて逃げ出さうとすると、

「いけませんてばさ、男の癖に意久地のない、もう少しだから我慢なさいよ。云ふ言を聴かなければ、斯うして上げるから。」

と、背筋の上へ腰をかけて、大の男を抑へつけながら、

「まあ、大変だ。だくだくだく、……こんなに出て来るぢやありませんか。」

かう云つて、真黒な血膿《ちうみ》を絞り切るまで押した揚句、帯の間から桜紙を出して、ペツと腫物の頭へ唾を吐いて拭いてくれた。

「ほんとに貴君は肌が綺麗だこと、まるで女のやうだ。」

どうかすると、こんな事を云つて、痛がる男の臀をぺた／＼と叩いたり、

「弱虫さん。」

などゝからかひながら、指先で抓つたりした。

女の我が儘な、媚びるやうな態度や、浅黄色の、attractiveな皮膚の色は、直彦の胸を物狂はしく掻き乱した。彼は腫物を押されながら、不思議な痴情に駆られて、苦しさうに呻いたり、女の足に武者振り附いたりした。

「あなたに面白いものを見せて上げませうか。」

或る時女は懐から、濃い色彩刷の絵本を出して、

「なんぼ腫物が直つたからつて、早々立つて了ふのはあんまり現金だわ。ねえ、もう二三日遊んで居らつしやいな。」

かう云つて頻に引き留めたが、彼は帰ると云つてどうしても承知しなかつた。さうして其の日の夕暮に勘定を済ませ、女にも相当の祝儀を取らせて、平潟を発足した。

「旦那が行つちまつちや、君ちやんもがツかりだね。」

などゝ、他の女中に嬲られながら、女は街はづれまで直彦を

送つて来て、別れる時にこんな事を云つた。——
「あなた、田舎なんぞにぐづ〳〵して居ないで、早く東京へ御帰んなさい。好い人が首を長くして待つて居るんぢやありませんか。第一其の器量で、行く先々の女を迷はして歩くなんてほんとに罪だわ。あの絵本は記念にいつまでも取つて置いて下さいね。」

　腫物のかさぶたの一枚々々剝げ落ちると共に、暑さは日増しに加はつた。紺のセル地の洋服の上から、肌に焼き付くやうな日光に射られつゝ、彼は寸時も○○の使嗾を忘れることは出来なかつた。浜を歩きながら堪へ難くなつて海水に跳び込み、濡れた体を熱した沙の上にころがして、のたうち廻る事もあつた。人通りの少ない日盛りの田舎路に、木蔭を見附けて盗賊の如く忍び寄り、平潟の女がよこした色刷の絵本を、そつと開いて視詰めて居ることもあつた。夜眠つて居る時でさへ、始終切なさうに寝返りを打つて、臀を背中までむき出したり、股をくねらせたり、恐ろしく寝像の悪い風をしてゐた。水戸、石岡、土浦と、だん〴〵東京に近づくに従ひ、久し振りで恋人と会ふ夜の、○○○○○○頭の中を一杯に埋めて、景色も何も心に留まらなかつた。彼は歩きながらも浅ましい夢を眼前に描いた。

　我孫子から松戸へ着いて、江戸川を渡り、中川を溯れば、もう麦畑の彼方に浅草本所の市街が見え、大都会の底力を示すやうな、活動に充ちた煤煙が、若々しい勢で空に上つた。遮ぎる蔭もない往還の地面は、焙烙《はうろく》のやうに熱して、こつ〳〵に干涸らびた泥が、靴の底へ二三分の厚さに附着して居た。長らく歩き続けて居た所為であらう、水気《すゐき》が来たやうに脹れてむくんでゐる手の指を、彼は伸ばしたり縮めたりして見た。左右の足の裏には豆が出来て、腰の骨と、太股の筋《すぢ》は、歩く度に切なく痛んだ。眼も眩《くら》み、心も遠くなつて、殆んど大道へ倒れんばかりに疲労し切つた肉体を、唯性急な恋慕の情が引き擦つて行つた。

　金町で日が暮れて、夜の十時頃に千住の大橋を渡り、三の輪の通りから日本堤へ曲ると、恋しい廓の明りが見えた。あ

「消息」欄より

○松本泰氏、植松貞雄氏は文科を、水上瀧太郎氏は理財科を此度卒業された。

○慶應義塾創立五十年記念図書館は五月十八日に盛な開館式を挙げた。其巍然たる姿は数日間イルミネーションに装はれて三田の空を輝かした。

○小山内薫氏は七月号に其作を寄せられる筈。

〈明治四十五年六月号〉

のきらびやかな楼閣の光の海の中に、恋しい人が居るのだ。かう思つて暫く彼は見返り柳の影に佇んだまゝ、血のやうな燈火の色をうツとりと眺めた。うるはしい、気持の好い涙が、一杯に眼瞼《まぶた》の裏を暖めて、頬に流れた。やがて彼は其処から一目散に大門へ駈け出した。

「まあ、好く帰つて来て下すつた。あゝは云つても、事に依つたら、もう来ないかと思つて居ましたのに。」

女はかう云つて旅にやつれた直彦の様子を見た。彼は其の日の嬉しさに、長く伸びた髯を剃り、髪を刈るだけの余裕さへなかつた。日本海岸の吹雪に洗はれ、太平洋の汐風に曝され、六月の間肉体の内と外とに戦ひを続けた苦しみの影は、日に焼けて居る顔の色でも読む事が出来た。さうして、如何にも愛くるしい潤味を持つて居た瞳のつやはすつかり消えて、やゝともすればいら〳〵と狂ひ出しさうな、其の鋭い冴えた底光を含んで居た。其の光が酒の酔の廻るにつれて、いよ〳〵凄じく、狼のやうに輝くのを女は見た。

「今朝早く下総を立つて、浜街道を真直ぐに、北千住から、下宿へも帰らず、御覧のとほりの旅姿のまゝ此処へ駈けつけたのだ。」

と、直彦は感慨が胸に迫つたやうに云つた。彼は心の中で自分の節操を感謝し、恋人の美貌を賞讃するより外、喜ばしさ、忝けなさに神経が興奮して、土産話もろくろく物語ることは出来なかつた。半年の間遇はなかつた恋人の、眼《まなこ》の働き、唇の色、ゆたかな頬の曲線のゆらぎ、其の一つ〳〵の美しさを、今更確かめ得たやうに、時々女の顔を盗み視て、ひそかに恍惚とするのであつた。其の間も節制の縛しめを解かれた放埒の血は、彼を促して已まなかつた。ちりめんの袂の端や、髪の毛の一と筋に擽られても、shock が総身に走つて、鋭敏な皮膚はぴち〳〵と反撥した。

生き〳〵とした初夏の天地の恵みを受けて、女は正月別れた時よりも、豊かに肥え太り、其の皮膚は、大洗の海浜の焼け沙より熱く燃えて居た。直彦はさながら猛火の中に包まれて、瘧《おこり》を患ふる病人の如くに打ち慄へた。歓楽か、恐怖か、我ながら判らなかつた。

「ほんたうに半年の間辛抱して居ましたか。」

かう云ひながら、女は狡猾な手先の trick を投げ与へた。男の足の裏は、鮑のやうに蠢いた。

悍馬を馴らす伯楽のやうに、女は猛り狂ふ直彦を鞭撻し、狭窄し、翻弄し尽さうとした。剛情な抵抗力と、奸黠な技巧とは、半年の間の節操を操《あやつ》るに充分であつた。男は撲殺される野犬のやうな様をして、手に触るゝものを鷲掴みにした。

昏々と深い眠に落ちた儘、いつ迄立つても直彦は再び醒めなかつた。頭が悩乱し、五体が痺れた刹那、一挙に凝結したやうに冷めたくなつて死んで居るのであつた。屍体を臨検した医者は、恐ろしい興奮の結果、脳卒中を起したものと診断した。

戯作者の死

大正2年1、3、4月号

永井 荷風

ながい・かふう
（明治12年〜昭和34年）
高商付属外国語学校中退。米・仏留学後、請われて慶應義塾大学文学部教授に就任、「三田文学」主幹として誌面の充実に尽力した。「戯作者の死」は、のちに加筆され「散柳窓夕栄」と改題された。

一

戯作者柳亭種彦《げさくしやりうていたねひこ》は門弟一人《もんていひとり》を供《とも》にして、今日《けふ》しも人《ひと》知れずお目通《めどほ》りを願《ねが》つた芝日陰町《しばひかげちやう》なる遠山左衛門尉《とほやまさゑもんのじやう》のお屋敷《やしき》を出《で》ると、直様《すぐさま》芝口《しばぐち》の通《とほり》を真直《まつすぐ》に、折《をり》から丁度斜《ちやうどなゝめ》に照付《てりつ》ける激《はげ》しい夏《なつ》の夕日《ゆふひ》をも厭《いと》はず、汐留《しほどめ》の船宿《ふなやど》へとひたすら老体《らうたい》の歩《あゆ》みを急《いそが》せた。

船宿《ふなやど》の二階《かい》には通油町《とほりあぶらちやう》の絵本問屋《ゑほんどんや》鶴屋《つるや》の主人《あるじ》と、浮世絵《うきよゑ》師《し》五渡亭国貞《ごとていくにさだ》と、種彦《たねひこ》の門人《もんじん》で已《すで》に相応《さうおう》の戯作《げさく》をも公《おほやけ》にしてゐる柳下亭種員《りうかていたねかず》の三人《にん》とが、膝《ひざ》を突合《つきあは》し、腕《うで》を組《く》み、煙管《きせる》を啣《くは》へたまゝ、今《いま》か〳〵と老先生《らうせんせい》の帰りを待佗《まちわ》びてゐるのである。全《まつた》く人事《ひとごと》ではない。万《まん》が一にも此度《このたび》のお触《ふれ》によつて、修《にせ》紫田舎源氏《むらさきゐなかげんじ》の作者《さくしや》が誰《た》れいふとなく専《もつぱ》ら世《よ》に噂《うはさ》されるやう、厳《きび》しいお咎《とがめ》を受《う》けるといふ事《こと》になれば、その書物《しよもつ》に関係《くわんけい》のある一同《どう》も必《かなら》ず罪《つみ》に坐《ざ》せねばなるまい。版元鶴屋《はんもとつるや》の若《わか》い主人《あるじ》は、六七年前《ねんまへ》に酒《さけ》の為《た》めに死《し》んだ先代《せんだい》の親爺《おやぢ》から、度々《たび〴〵》話《はな》して聞《き》かされた寛政御改革《くわんせいごかいかく》の当時《たうじ》、黄表紙《きべうし》洒落本《しやれほん》類《るゐ》の御禁止《ごきんし》について、山東庵京伝《さんとうあんきやうでん》がその御法度《ごはつと》を破《やぶ》つた為《た》め五十日《にち》の手鎖《てぐさり》、版元蔦屋《はんもとつたや》は身代半減《しんだいはんげん》といふ憂目《うきめ》を見《み》た事《こと》なぞを、時々《とき〴〵》は其《そ》の低《ひく》い声《こゑ》までを顫《ふるは》して物語《ものがた》ると、国貞《くにさだ》はまた大恩《だいおん》ある死《し》んだ師匠《しやう》の豊国《とよくに》が絵本太閤記《ゑほんたいかふき》の挿絵《さしゑ》の事《こと》から、計《はか》らずも喜多川歌麿《きたかはうたまろ》と同《おな》じく遂《つひ》に入牢《じゆらう》に及《およ》んだ当時《たうじ》を追懐《つゐくわい》して、人《ひと》の身《み》の不幸《ふかう》を嘆《なげ》いた昨日《きのふ》の悪夢《あくむ》は、忽《たちま》ち今日《けふ》のわが身《み》に巡《めぐ》つて来《く》るのかと、既《すで》に顔《かほ》の色《いろ》まで変《か》へてゐるだけ、気《き》の早《はや》い江戸《えど》ッ子《こ》の心《こゝろ》の底《そこ》には、どうやら最《も》う覚悟《かくご》をきめてしまつたものか、声《こゑ》も稍《やゝ》荒々《あら〳〵》しく、「元禄《げんろく》の 英《はなぶさ》一蝶《てふ》は鳥《とり》も通《かよ》はぬ八丈《ちやう》ケ島《しま》へ流《なが》された。画工《ゑかき》が絵《ゑ》をかいて身《み》を滅《ほろ》ぼすなア、仕事師《しごとし》が火事場《くわじば》で死《し》ぬのも同《どう》然《ぜん》。なに悔《くや》むこたア無《ね》えのさ。」と叫《さけ》んだ位《くらゐ》である。

三縁山《えんざん》の鐘《かね》の音《ね》が耳元《みゝもと》近《ちか》く暮《くれ》六ッを告《つ》げ出《だ》した。けれども、日《ひ》の長《なが》い盛《さか》りの六月《ぐわつ》の空《そら》は、まだ昼間《ひるま》のまゝに青々《あを〳〵》と晴《は》れ渡《わた》つてゐて、向《むか》うに見渡《みわた》す唐津《からつ》侯《こう》のお屋敷《やしき》の海鼠壁《なまこかべ》と、高《たか》い火見櫓《ひのみやぐら》の側面《そくめん》には、真赤《まつか》な夕陽《ゆふひ》の影《かげ》が染《そ》めたやうに漂《たゞよ》つてゐる。頻《しき》りに騒々《さう〳〵》しく鴉《からす》の啼《な》く声《こゑ》の聞《きこ》えるのは御浜御殿《おはまごてん》の森《もり》の近《ちか》いためであらう。その高《たか》い石垣《いしがき》と森《もり》の茂《しげ》りとに遮《さへぎ》られて、海《うみ》は無論《むろん》見《み》るよしもないけれど、海《うみ》の近《ちか》い事《こと》を感《かん》じさせる強《つよ》い涼《すゞ》しい夕風《ゆふかぜ》は、汐留橋《しほどめばし》の下《した》を潜《くゞ》つて渦巻《うづま》くやうに押寄《おしよ》せて来《く》る上汐《あげしほ》の流《なが》れに乗《じよう》じて、忽然《こつぜん》日中《につちゆう》の暑《あつ》さを洗《あら》ひ去《さ》つてしまふ上《うへ》に、猶《なほ》も土用半《どようなかば》に立初《たちそ》めるといふ彼《か》の淋《さび》しい秋《あき》の心持《こゝろもち》をば、欄干《てすり》に下《さ》げた伊予簾《いよすだれ》を動《うご》かすその響《ひゞき》と、又河端《またかはばた》の柳《やなぎ》を斜《なゝめ》に吹払《ふきはら》ふ其《そ》の風情《ふぜい》の裏《うち》に、どこといふ事《こと》なくしみ〴〵と身《み》に浸《し》みさせる。恐《おそ》ろしい御触《おふれ》の一声《こゑ》に、虫《むし》けら同然《どうぜん》なる町人《ちやうにん》風情《ふぜい》の、頼《たよ》りない行末《ゆくすゑ》を気遣《きづか》ふ心《こゝろ》は、自《おのづ》と鋭《するど》く秋《あき》なる哀《あは》れを感《かん》ずるに適《てき》してゐたのであらう。

雨《あめ》の夜《よ》の百物語《ひやくものがたり》よりも更《さら》に気味《きみ》悪《わる》く、更《さら》に恐《おそ》ろしい寛政《くわんせい》の昔話《むかしばなし》も、代《かは》る〴〵につく溜息《ためいき》の中《うち》に途絶《とだ》えてしまつた。あまりに音高《おとたか》く、夕風《ゆふかぜ》の簾《すだれ》を打《う》つのに、再《ふたゝ》び欄干《てすり》に立出《たちい》で、それを巻上《まきあ》げようとした柳下亭種員《りうかていたねかず》は、此時《このとき》覚《おぼ》えず喜《よろこ》びの声《こゑ》を上《あ》げ、

「や、先生《せんせい》が……先生《せんせい》がお帰《かへ》りですぜ。」と叫《さけ》んだ。

煙草入《たばこいれ》を腰《こし》にさす間《ま》もなく、一同《どう》は夢中《むちゆう》に駈下《かけお》りて、種彦《たねひこ》翁《をう》を二階《かい》に請《しやう》じたのであるが、無事《ぶじ》に帰《かへ》られた余《あま》りの嬉《うれ》しさと、また厳然《げんぜん》として威儀《ゐぎ》を正《たゞ》した其《そ》の風采《ふうさい》とに、暫《しばら》くは何《なん》の言葉《ことば》も出《で》ずにゐた。真白《まつしろ》な髪《かみ》をうつくしく撫付《なでつ》け、袴羽織《はかまはおり》に大小《だいせう》をさした姿《すがた》は、いつも一同《どう》が堀田原《ほつたはら》の修紫楼《にせむらさきろう》で見受《みう》けるやうな、大和屋《やまとや》の親方《おやかた》そつくりな、意気《いき》な好《この》みの戯作者《げさくしや》ではなく、一度《たび》形《かたち》を正《たゞ》せばいかに身《み》を持崩《もちくづ》しても流石《さすが》に犯《をか》されぬお旗本《はたもと》八万騎《まんき》の一人《にん》たる高屋彦四郎《たかやひこしらう》。それを見《み》ると、侍《さむらひ》に対《たい》する町人《ちやうにん》の遺伝的恐怖心《ゐでんてききようふしん》が、自然《しぜん》と一同《どう》をして言語《げんご》をつゝしみ頭《かうべ》を垂《た》れさしてしまふのであつた。

種彦《たねひこ》は腰《こし》なる脇差《わきざし》を傍《かたはら》に、扇《あふぎ》を使《つか》ひながら静《しづか》に身《み》をくつろがせて、「いやどうも、大変《たいへん》にお待《また》せ申《まを》した。然《しか》しまア御安心《ごあんしん》なさい。遠山殿《とほやまどの》の仰《おほ》せでは、お役向《やくむき》がちがふ故《ゆゑ》しかとした事《こと》は申《まを》されぬが、万《まん》が一公儀《こうぎ》からお呼出《よびだ》しにでも相成《あひな》つた時《とき》には、此《こ》の方《はう》にても屹度《きつと》した御申開《おまをしひら》きを致《いた》せば、格別《かくべつ》のお咎《とが》めにもなるまいといふ事《こと》だ。」

「左様《さやう》で御在《ござい》ますか。それぢやアお上《かみ》ではまだ表向《おもてむ》き何《なん》とも別《べつ》にお調《しら》べがあつたといふ訳《わけ》でも無《な》いので御在《ござい》ますな。いや、其《そ》のお言葉《ことば》を聞《き》きまして、やつと胸《むね》が落《お》ち付《つ》きました。」版元《はんもと》は頻《しき》りと襟元《えりもと》の汗《あせ》を押《お》し拭《ぬぐ》ひながら「それでは先生《せんせい》。早速《さつそく》お船《ふね》の方《はう》へ御移《おうつ》りを願《ねが》ひませうか。失礼《しつれい》ながら丁度《ちやうど》夕涼《ゆふすゞ》

みの刻限《こくげん》かと存《ぞん》じまして、最前《さいぜん》木挽町《こびきちやう》の酔月《すゐげつ》から二品《しな》三品《しな》、取寄《とりよ》せて置《お》きまして御在《ござい》ます。」

「どうも鶴屋《つるや》さんの御心遣《おこゝろづか》ひにや、いつも〳〵お気《き》の毒《どく》でならん、それぢや、ゆつくり船中《せんちゆう》でお話《はな》し申《まを》すとしよう。」

席《せき》を立《た》つ種彦《たねひこ》を先《さき》にして、一同《どう》は簾《すだれ》を下《おろ》した屋根船《やねぶね》の中《なか》に坐《ざ》を占《し》めた。裸体《はだか》になつた二人《ふたり》の船頭《せんどう》——其一人《そのひとり》は背中《せなか》一面《めん》に般若《はんにや》の面《めん》、他《ほか》の一人《ひとり》は菊慈童《きくじどう》に菊《きく》の花《はな》を見事《みごと》に彫《ほ》つたのが、、もやひを解《と》くと共《とも》に、トンと一突《つき》、桟橋《さんばし》から舟《ふね》を突放《つきはな》すと、今《いま》が丁度盛《ちやうどさか》りの上汐《あげしほ》に送《おく》られて、一同《どう》を載《の》せた小舟《こぶね》は滑《すべ》るがやうに心持《こゝろもち》よく三十間堀《けんぼり》の堀割《ほりわり》をつたはつて、夕暮《ゆふぐれ》の空高《そらたか》く青竹《あをだけ》の色《いろ》の目《め》覚《さむ》るばかり美《うつく》しい竹河岸《たけがし》を左手《ひだりて》に眺《なが》め、今度《こんど》は一直線《ちよくせん》に八丁堀《ちやうぼり》の川筋《かはすぢ》を大川口《おほかはぐち》へと進《すゝ》んで行《ゆ》く。種彦《たねひこ》は胴《どう》の間《ま》の横木《よこぎ》に片肱《かたひぢ》をつき、建連《たてつら》なる土蔵《どざう》の白壁《しらかべ》に映《えい》ずる夕焼《ゆふやけ》の色《いろ》の、次第《しだい》〳〵に薄《うす》らいで行《ゆ》く両岸《りやうがん》の景色《けしき》を、簾越《すだれご》しに眺《なが》めながら、折々《をり〳〵》は橋板《はしいた》を小走《こばし》りに踏《ふ》む町娘《まちむすめ》の下駄《げた》の響《ひゞき》や、又《また》は行《ゆ》き交《か》ふ舟《ふね》の艪拍子《ろびやうし》や梶《かぢ》の音《おと》にも遮《さへぎ》られる程《ほど》な低《ひく》い声《こゑ》で、仔細《しさい》を語《かた》り聞《き》かせた。

そも〳〵先月《せんげつ》の初《はじ》め、御老中水野越前殿《ごらうぢゆうみづのゑちぜんどの》より寛政御改革《くわんせいごかいかく》の御趣意《ごしゆい》を其《そ》の儘《まゝ》に、此《こ》の度《た》び天下奢侈《てんかしやし》の悪風《あくふう》を矯正《けうせい》するといふ有難《ありがた》き御触《おふれ》が出《で》てから、世間《せけん》一般《ぱん》に何時《いつ》ともなく誰云《たれい》ひ出《だ》すともなく、草双紙読本類《くさざうしよみほんるゐ》の作者《さくしや》の中《なか》にも取分《とりわ》け、偐紫《にせむらさき》田舎源氏《ゐなかげんじ》の著作者《ちよさくしや》は、光源氏《ひかるげんじ》の昔《むかし》に例《たと》へて畏《おそ》れ多《おほ》くも大奥《おほおく》の秘事《ひじ》を漏《もら》したによつて、必《かなら》ず厳《きび》しいお咎《とが》めになるであらうとの噂《うはさ》が頗《すこぶ》る喧《やかま》しいのであつた。種彦《たねひこ》はわが身《み》の上《うへ》は勿論《もちろん》、若《も》しや其《そ》の為《た》めに罪《つみ》もない絵師《ゑし》や版元《はんもと》にまで禍《わざはひ》を及《およ》ぼしてはと、非常《ひじやう》に思煩《おもひわづら》つた末《すゑ》、斯《か》うなるからは誰《たれ》か公辺《こうへん》の知人《しりびと》に頼《たの》んで、事情《じじやう》を聞《き》くに如《し》くはないと思《おも》ひ定《さだ》め、嘗《かつ》て二丁町《ちやうまち》なぞでは殊《こと》の外懇意《ほかこんい》にした遠山金四郎《とほやまきんしらう》といふ旗本《はたもと》の放蕩児《はうたうじ》が、つひ半年《はんとし》ほど前《まへ》、どういふ訳《わけ》からか突然身持《とつぜんみもち》を改《あらた》め、家督《かとく》を継《つ》いで左衛門尉景元《さゑもんのじやうかげもと》と名乗《なの》るや否《いな》や、忽《たちま》ち御本丸《ごほんまる》へ出仕《しゆつし》するやうな身分《みぶん》になつたのを幸《さいは》ひ、是非《ぜひ》にも縋《すが》り付《つ》いて極内々《ごくない〳〵》に面会《めんくわい》を請《こ》うた次第《しだい》であつた。すると遠山《とほやま》は何《なに》か思《おも》ふ処《ところ》があつたと見《み》えて、喜《よろこ》んで種彦《たねひこ》を迎《むか》へ、単《たん》に一個人《こじん》の旗本《はたもと》となつて、昔《むかし》ながらの談笑《だんせう》の中《なか》にも、それとはなく泰平《たいへい》の世《よ》は既《すで》に過《す》ぎ恐《おそ》るべき外敵《ぐわいてき》は北境《ほくきやう》を犯《をか》さうとしてゐる今日《こんにち》、世《よ》は上下《じやうげ》とも積年《せきねん》の病弊《びやうへい》に苦《くる》しんでゐるさまを観《み》ては、われ人共《ひととも》に徳川《とくがは》の禄《ろく》を食《は》むもの、及《およ》ばずながら其《そ》れ〴〵一廉《かど》の御奉公《ごほうこう》を致《いた》さねばなるまいといふ武士《ぶし》の赤心《せきしん》を仄見《ほのみ》せ、此度上下御倹約《このたびじやうげごけんやく》の御触《おふれ》が出《で》た其《そ》の本旨《ほんし》のある処《ところ》を説明《せつめい》して、町人《ちやうにん》どもの誤解《ごかい》を招《まね》かぬやう、其《そ》れについては下民《げみん》の情《じやう》には殊更通暁《ことさらつうげう》してゐる足下等《そくから》は、それ〴〵陰《かげ》ながらお上《かみ》の御趣意《ごしゆい》を助《たす》けるやうにとの事《こと》であつた。

種彦《たねひこ》は無論《むろん》この会見《くわいけん》の一伍一什《いちぶしじふ》を残《のこ》りなく船中《せんちゆう》のものに打《うち》明《あ》けて話《はな》したのではない。殊《こと》に彼《かれ》は己《おの》れよりも余程《よほど》年下《としした》な遠山《とほやま》が、当世《たうせい》の旗本《はたもと》には似《に》も付《つ》かず、斯《か》くまで立派《りつぱ》な考《かんが》へを持《も》つてゐたのかと思《おも》つた時《とき》、我《わ》が身《み》の今日《こんにち》に引比《ひきくら》べて覚《おぼ》えず慚愧《ざんき》の念《ねん》に打《う》たれた事《こと》なぞは、よし語《かた》りたいとしても語《かた》り得《う》べき限《かぎ》りではないので、種彦《たねひこ》は川水《かはみづ》に洗《あら》ふ杯《さかづき》を取《と》りやりしながらも、妙《めう》に気《き》が滅入《めい》つて物思《ものおも》ひ深《ふか》くなるのであつた。其《それ》に反《はん》して船中《せんちゆう》の一同《どう》は格別《かくべつ》の御咎《おとがめ》もなからうといふ種彦《たねひこ》の一言《ごん》に、忽《たちま》ちがつかりする程安心《ほどあんしん》して仕舞《しま》ふ矢先《やさき》へ、知《し》らず〳〵に廻《めぐ》つて来《く》る酒《さけ》の酔《ゑひ》。日頃《ひごろ》から磊落《らいらく》な国貞《くにさだ》なぞは、自然《しぜん》と其《そ》の肥《ふと》つた腹《はら》の底《そこ》から湧《わ》き出《だ》して来《く》る滑稽諧謔《こつけいかいぎやく》の地口《ぢぐち》や洒落《しやれ》を禁《きん》じ得《え》ない位《ぐらゐ》である。丁度《ちやうど》折《をり》もよし、船《ふね》は狭《せま》い堀割《ほりわり》の間《あひだ》から、御船手屋敷《おふねでやしき》の石垣下《いしがきした》を廻《まは》つて、眼《め》も胸《むね》も一時《じ》に開《ひら》ける洋々《やう〳〵》たる佃《つくだ》の河口《かはぐち》へ出《で》た。

夏《なつ》の日《ひ》はもうたつぷりと暮《く》れかけて、空《そら》の果《はて》と水《みづ》の面《おもて》に漂《たゞよ》ふ黄昏《たそがれ》の微光《びくわう》に加《くは》へて、鉄砲洲《てつぱうず》の岸《きし》に添《そ》うて碇泊《ていはく》した千石積《ごくづみ》の、林《はやし》なす檣《ほばしら》の間《あひだ》に懸《かゝ》つた夕月《ゆふづき》の光《ひかり》に、佃島《つくだじま》から永代橋《えいたいばし》へかけての広々《ひろ〳〵》した眺望《ながめ》は、その頃《ころ》に丁度《ちやうど》渓斎英泉《けいさいえいせん》が、洒々《しや〳〵》たる水郷《すゐきやう》の風俗《ふうぞく》を描《ゑが》く為《た》めにと、線《せん》もぼかしも皆淡々《みなたんたん》たる一色《いろ》の藍摺《あゐずり》にした其《そ》の絵《ゑ》の通《とほ》り、青《あを》い〳〵夕靄《ゆふもや》の中《うち》に烟《けぶ》り渡《わた》つてゐる。佃《つくだ》の漁村《ぎよそん》からは草屋根《くさやね》の間《あひだ》に立昇《たちのぼ》る水烟《すゐえん》と共《とも》に悲《かな》し気《げ》な船歌《ふなうた》が聞《きこ》え、沖合遥《おきあひはる》けく波《なみ》を切《き》つて乗出《のりだ》して行《ゆ》く幾艘《いくさう》の大《おほ》船《ふね》の、動《やゝ》ともすれば眼界《がんかい》を全《まつた》く遮断《しやだん》する程《ほど》な、大《おほ》きな高《たか》い白《しら》帆《ほ》の間《あひだ》からは、深川《ふかがは》の岸《きし》をば思《おも》ひ切《き》つて海《うみ》の方《はう》へと突出《つきだ》して建《た》てた大新地《おほしんち》小新地《こしんち》の楼閣《ろうかく》が、一層《そう》の画趣《ぐわしゆ》を帯《お》びて見通《みとほ》される。其《そ》の美《うつく》しくも燦《きらめ》き初《そ》める燈火《とうくわ》の光《ひかり》を目掛《めが》けて、櫛《くし》の歯《は》の如《ごと》く並《なら》んだ桟橋《さんばし》へと漕《こ》ぎ寄《よ》せる屋根舟猪牙舟《やねぶねちよきぶね》の数々《かず〳〵》。彼方《かなた》此《こ》方《なた》に起《おこ》る絃歌《げんか》の響《ひゞき》に交《まじ》つては、折々《をり〳〵》手《て》に取《と》るやうに聞《きこ》える甲《かん》走《ばし》つた軽子共《かるこども》の呼声《よびごゑ》が、あの楼閣《ろうかく》の間《あひだ》に通《つう》ずる堀割《ほりわり》の猶奥深《なほおくふか》く、意気地《いきぢ》を競《きそ》ふ辰巳《たつみ》の風流《ふうりう》を、さぞかしと想像《さうざう》させるのであつた。

国貞《くにさだ》は自分《じぶん》が此頃《このごろ》一枚絵《まいゑ》にと描《か》いてやつた仲町《なかちやう》の女《をんな》の噂《うはさ》をしはじめると、鶴屋《つるや》の主人《あるじ》はかの土地《とち》を材料《ざいれう》にした為永春《ためながしゆん》水《すゐ》が近作《きんさく》の売行《うれゆき》を評判《ひやうばん》する。其《そ》の間《ま》もあらず一同《どう》を載《の》せた屋根舟《やねぶね》は、殊更《ことさら》に流《なが》れの強《つよ》い河口《かはぐち》の潮《うしほ》に送《おく》られて、瞬《また》く中《うち》に永代橋《えいたいばし》をくゞり抜《ぬ》けるや否《いな》や、三股《また》は高尾稲荷《たかをいなり》の鳥居《とりゐ》を彼方《かなた》に見捨《みす》て、君《きみ》に逢《あ》ふ夜《よ》の梶枕《かぢまくら》、暁方《あかつきかた》の雲《くも》の帯《おび》と、蜀山人《しよくさんじん》が吟咏《ぎんえい》のめりやすに、坐《そゞ》ろ天明《てんめい》の昔《むかし》をしのばせる仮宅《かりたく》の繁昌《はんじやう》も、今《いま》は唯《た》だ蘆《あし》のみ茂《しげ》る中洲《なかず》を過《す》ぎ、薄気味悪《うすきみわる》い船饅頭《ふなまんぢう》の人呼《ひとよ》ぶ声《こゑ》を、塒定《ねぐらさだ》めぬ水禽《みづとり》の鳴《な》く音《ね》かと怪《あや》しみつゝ、新大橋《しんおほはし》をも後《あと》にすると、さて一同《どう》の目《め》の前《まへ》には、天下《てんか》の浮世絵師《うきよゑし》が幾人《いくたり》よつて、幾度《いくた》び丹青《たんせい》を凝《こら》しても、到底描《たうていゑが》き尽《つく》されぬ両国橋《りやうごくばし》の夜景色《げしき》が切支丹《きりしたん》の魔術《まじゆつ》のやうに打展《うちひろ》げられた。

去年《きよねん》に比《くら》べると、今年《ことし》は諸事御倹約《しよじごけんやく》の御触《おふれ》が出《で》てから間《ま》もない為《た》めか、川《かは》一丸《まる》とか吉野丸《よしのまる》とか云《い》ふ提灯《ちやうちん》を下《さ》げ連《つら》ねた大《おほ》きな〳〵屋形船《やかたぶね》に、美女《びぢよ》と美酒《びしゆ》とを満載《まんさい》して、吹《ふ》けよ河風《かはかぜ》上《あが》れよ簾《すだれ》と、呑《の》め唄《うた》への豪奢《がうしや》を競《きそ》ふものゝ少《すくな》いだけに、小舷《こべり》に繻子《しゆす》の空解《そらどけ》も締《し》めぬが無理《むり》か、低唱浅酌《ていしやうせんしやく》の簾下《すだれおろ》した小舟《こぶね》の数《かず》は、却《かへ》つていつにも増《ま》して多《おほ》いやうに思《おも》はれた。両国橋《りやうごくばし》の橋間《はしま》は勿論《もちろん》、料理屋《れうりや》の立並《たちなら》ぶあたり一帯《たい》の河面《かはづら》は、さすがの大河《たいが》も込合《こみあ》ふ舟《ふね》に蔽《おほ》ひ尽《つく》され、流《なが》るゝ水《みづ》は舷《ふなばた》から玉臂《ぎよくひ》を伸《の》べて盃《さかづき》を洗《あら》ふ美人《びじん》の酒《さけ》に、湧《わ》いて同《おな》じく酒《さけ》となるかと思《おも》はれる位《くらゐ》である。鶴屋《つるや》の主人《あるじ》は「先生《せんせい》」とよびかけて、「いつ見《み》ても御府内《ごふない》の繁昌《はんじやう》は豪勢《がうせい》なもんで御在《ござい》ますな。何処《どこ》か一《ひと》ツその辺《へん》を桟橋《さんばし》へ着《つ》けようぢや御在《ござい》ませんか。いかゞです。亀井《かめゐ》戸《ど》の師匠《ししやう》。」と今度《こんど》は国貞《くにさだ》の方《はう》を見返《みかへ》りながら、「今日《けふ》見《み》たやうなお目出度《めでた》い晩《ばん》は御在《ござい》ませんや。何《な》にしろ一件《けん》が無事《ぶじ》に済《す》んだお祝《いはひ》も致《いた》したう御在《ござい》ますし………。」

けれども何《なん》と思《おも》つたか種彦《たねひこ》は、少《すこ》し気分《きぶん》が優《すぐ》れぬからとの口実《こうじつ》の下《もと》に、頭《かしら》を振《ふ》つて静《しづか》に辞退《じたい》した。舟《ふね》は川面《かはづら》の稍薄暗《やゝうすぐら》いお米蔵《こめぐら》の水門《すゐもん》外《そと》へと差掛《さしかゝ》る。燈火《ともしび》の光《ひかり》に代《かは》つて、十日《か》頃《ごろ》の月《つき》光《かげ》が行手《ゆくて》に見《み》える首尾《しゆび》の松《まつ》の姿《すがた》を、一層《そう》風情《ふぜい》深《ふか》く望《のぞ》ませるのである。

「どうだい。いつ見《み》てもあの松《まつ》の枝振《えだぶ》りばかりは、何《なん》とも云《い》ひやうがないね。」

「さうさ。御府内《ごふない》で名高《なだか》い松《まつ》の木《き》と云《い》つたら、まづ根岸《ねぎし》の御《お》行《ぎやう》の松《まつ》、亀井戸《かめゐど》の御腰掛松《おこしかけまつ》、妙見様《めうけんさま》の白蛇《はくじや》の松《まつ》、小奈木川《をなぎがは》の五本松《ほんまつ》、麻布《あざぶ》の一本松《ぽんまつ》、八景坂《けいざか》の鎧掛松《よろひかけまつ》、それから向島《むかうじま》の蓮《れん》華寺《げじ》にある末広《すゑひろ》の松《まつ》、青山《あをやま》の竜岩寺《りうがんじ》にも笠松《かさまつ》なんていふ名木《めいぼく》があるけれど、矢張《やつぱり》この首尾《しゆび》の松《まつ》に留《とゞ》めをさすね。何《なに》にしろ首尾《しゆび》といふ名前《なまへ》が頼《たの》もしい。」

「月《つき》あかり見《み》れば朧《おぼろ》の船《ふね》の内《うち》、あだな二上《あが》り爪弾《つめびき》に忍《しの》び逢《あ》ふたる首尾《しゆび》の松《まつ》………お誂《あつら》ひ向《む》きの道具立《だうぐだて》さね。」

若《わか》い門人共《もんじんども》は船首《へさき》に出《で》て、川風《かはかぜ》に酔顔《すゐがん》を吹《ふ》かせながら笑《わら》ひ興《きよう》ずる中《うち》にも、絶《た》えず行《ゆ》きちがふ屋根船《やねぶね》の、奥床《おくゆか》しく垂《た》れ込《こ》めた簾《すだれ》の内《うち》をば、それともなく伺《うかゞ》ひ見《み》ずには居《ゐ》られなかつた。何処《いづこ》からとも知《し》れず洩《も》れ聞《きこ》ゆる男女《だんぢよ》の私語《さゞめき》は、夜《よる》の水《みづ》を動《うご》かす閑寂《しめやか》な艪《ろ》の音《おと》に遮《さへぎ》られ、途切《とぎ》れ勝《が》ちなる爪弾《つめびき》の小唄《こうた》は、ざぶりと打込《うちこ》む夜網《よあみ》の音《おと》と、対岸《たいがん》なる椎木屋敷《しゐのきやしき》の河端《かはばた》を急《いそ》ぐ駕《か》籠《ご》搔《かき》の掛声《かけごゑ》の中《なか》に、その幽《かすか》なる余韻《よゐん》を消《け》して行《ゆ》く心憎《こゝろにく》さは、連《つらな》る水門《すゐもん》の奥深《おくふか》く、真暗《まつくら》な御米蔵《おこめぐら》の構内《こうない》に響渡《ひゞきわた》る寂々《しん〱》たる夜番《よばん》の拍子木《ひやうしぎ》に、一層《しほ》遣瀬《やるせ》なく若《わか》いものゝ心《こゝろ》を誘《いざな》ふやうに思《おも》はれたからである。お厩河岸《うまやがし》の渡《わた》しを越《こ》えると、夜《よる》の川面《かはづら》はます〱暗《くら》く淋《さび》しくなつて、大川橋《おほかはばし》の橋間《はしま》からは夜釣《よづり》の船《ふね》の燈火《ともしび》が狐火《きつねび》のやうに望《のぞ》まれる時《とき》、突然国貞《とつぜんくにさだ》が胴《どう》の間《ま》から手《て》を延《の》ばして若《わか》い者《もの》の袖《そで》を引《ひ》き、

「種員《たねかず》さん。一寸《ちよつと》あすこを見《み》さつしやい。どうだい。あれを見《み》なすつちや、今夜《こんや》は到底無事《とてもぶじ》にや帰《かへ》られまい。」と云《い》ふ。

若《わか》い門人等《もんじんら》は指《ゆび》ざゝれた彼方《かなた》をば月《つき》の光《ひかり》に透《すか》し見《み》ると共《とも》に、覚《おぼ》えず眼《め》を皿《さら》のやうにした。岸《きし》に近《ちか》く流《なが》れのまゝに泛《うか》ばしてある一艘《さう》の屋根船《やねぶね》の、閉《し》めきつた障子《しやうじ》の面《おもて》に、思《おも》ひも掛《か》けない男女《だんぢよ》の影絵《かげゑ》が、あられもない内《うち》の様子《やうす》を其儘朦朧《そのまゝもうろう》と映出《うつしだ》してゐたのである。然《しか》し日頃飽《ひごろあ》きるほど然《さ》ういふ姿《すがた》を描《か》き馴《な》れてゐる国貞《くにさだ》は、別《べつ》に何《なん》の珍《めづら》しい事《こと》がといふ調子《てうし》で、

「貴公達《きこうたち》はよく浮世絵師《うきよゑし》の書《か》いた絵《ゑ》を見《み》なすつちや、オヤ雪《ゆき》が降《ふ》つてるのに、こんな処《ところ》でこんな大《たい》それた行為《まね》ができるものか。これが所謂絵空事《いはゆるゑそらごと》だなんぞと云《い》ひなさるが、どうだね、地体恋《ちたいこひ》は曲者《くせもの》だよ。絵《ゑ》も及《およ》ばぬきはどい事《こと》をさせやす。はゝゝゝは。」と大声《おほごゑ》に笑《わら》ふのであつた。

種彦《たねひこ》も無論《むろん》それをば見知《みし》らない筈《はず》はなかつた。然《しか》し国貞《くにさだ》が此方《こなた》へ向《む》いて何《なに》か話掛《はなしか》けようとした時《とき》、彼《かれ》は独言《ひとりごと》のやうに、「成程世《なるほどよ》は末《すゑ》になつた。」と云《い》つたまゝ、大《おほ》きな溜息《ためいき》を洩《も》らし

たので、若《わか》い門人達《もんじんたち》は猶更恐縮《なほさらきようしゆく》して口《くち》を噤《つぐ》んでしまつた。

かゝる時《とき》、屋根船《やねぶね》は静《しづ》かに駒形堂《こまがただう》の岸《きし》なる禁殺碑《きんさつひ》の前《まへ》に着《つ》いたのである。

二

種彦《たねひこ》は遠《とほ》くもあらぬ堀田原《ほつたはら》の住家《すまゐ》まで是非《ぜひ》にもお送《おく》り申《まを》さねばといふ門人等《もんじんら》の親切《しんせつ》をも無理《むり》に断《ことわ》り、夜涼《よすゞ》みの茶屋《ちやや》々々賑《にぎは》ふ並木《なみき》の大通《おほどほり》を横《よこぎ》つて、唯《たゞ》一人《ひとり》薄暗《うすぐら》い町家《ちやうか》つゞきの小路《こうぢ》をば駕籠《かご》にも乗《の》らず、よた〳〵と歩《ある》いて行《い》つた。

彼《かれ》は先程《さきほど》から是非《ぜひ》にも人《ひと》を遠《とほ》ざけ、唯《たゞ》一人《ひとり》になつて深《ふか》く深《ふか》く己《おの》が身《み》の上《うへ》を考《かんが》へて見《み》ねばならぬ。この年《とし》まで云《い》はゞ何《なん》の気《き》もなく暮《くら》して来《き》た其《そ》の長《なが》い生涯《しやうがい》を回顧《くわいこ》して見《み》べき必要《ひつえう》に迫《せ》められてゐたのである。昔《むかし》は自分《じぶん》なぞよりはもう一層性《そうたち》の悪《わる》い無頼漢《ならずもの》のやうにも思《おも》つてゐた遠山金《とほやまきん》四郎《らう》が、今《いま》は公儀《こうぎ》のお役人衆《やくにんしゆ》となり、真心《まごころ》の底《そこ》から時勢《じせい》を憂《うれ》ひてゐる赤誠《せきせい》の至情《しじやう》に接《せつ》して見《み》ると、種彦《たねひこ》は対坐《たいざ》して話《はなし》をしてゐる間《うち》から、何時《いつ》となく一種《しゆ》云《い》ひやうのない苦《くる》しいやうな、切《せつ》ないやうな、気《き》恥《はづか》しいやうな心持《こゝろもち》になつたのだ。一体《たい》どういふ訳《わけ》で、どこから然《さ》ういふ心持《こゝろもち》が起《おこ》つて来《き》たものか、種彦《たねひこ》はそれをば先《ま》づ第《だい》一に考《かんが》へて見《み》なければならない。旗本《はたもと》の家《いへ》に生《うま》れたものが、御奉公《ごほうこう》の何《なん》たるか位《ぐらゐ》の事《こと》を、今更《いまさら》らしく人《ひと》に云《い》はれたとて驚《おどろ》く訳《わけ》もあるまい。子供《こども》の時《とき》から耳《みゝ》に胼胝《たこ》のできるほど云聞《いひきか》され、教《をし》へ諭《さと》された武士《さむらひ》の心得《こゝろえ》なぞは、此《こ》の年月《としつき》、唯《た》だお軽勘平《かるかんぺい》のやうな狂言戯作《きやうげんげさく》の筋立《すぢだて》にばかり必要《ひつえう》としてゐたのではないか。それが、どうして突然《とつぜん》に、意外《いぐわい》に、不思議《ふしぎ》に、真面目《まじめ》らしく自分《じぶん》の心《こゝろ》を騒《さわ》がし始《はじ》めたのであらう。思《おも》へば不図《ふと》芝居《しばゐ》帰《がへ》りの廿歳《はたち》の夜《よる》、野暮《やぼ》な屋敷《やしき》の大小《だいせう》の重苦《おもくる》しさを覚《おぼ》えて以来《いらい》、御奉公《ごほうこう》の束縛《そくばく》なき下民《げみん》の気楽《きらく》を羨《うらや》み、いつとしもなく身《み》を其《そ》の群《むれ》に投《とう》じて茲《こゝ》に早《はや》くも幾《いく》十年《ねん》。今日《けふ》といふ其日《そのひ》まで、遠山《とほやま》の屋敷《やしき》の玄関《げんくわん》に音《おと》づれる其日《そのひ》までは、夢《ゆめ》にだも見《み》ることを忘《わす》れてゐた武家《ぶけ》の住居《すまゐ》——寒気《さむけ》な程《ほど》にも質素《しつそ》に、悲《かな》しきまでも淋《さび》しい中《なか》に、云《い》ふに云《い》はれぬ森厳《しんげん》な気《き》を漲《みなぎ》らした玄関先《げんくわんさき》から座敷《ざしき》の有様《ありさま》。又《また》は其《そ》の道《みち》すがら、横手《よこて》遥《はるか》に幸橋《さいはひばし》の見附《みつけ》を眺《なが》めやつた江戸城外《えどじやうぐわい》の偉大《ゐだい》なる夕暮《ゆふぐれ》の光景《くわうけい》。それ等《ら》のものが偶然《ぐうぜん》に少年時代《せうねんじだい》の良心《りやうしん》の残骸《ざんがい》を呼覚《よびさま》したといふより外《ほか》は無《な》い。

種彦《たねひこ》は今更《いまさら》にどうとも仕様《しやう》のない晩蒔《おそまき》の煩悶《はんもん》をば、強《し》ひても狂歌《きやうか》や川柳《せんりう》のやうに茶化《ちやくわ》してしまはうと思《おも》ひながら、然《しか》し歩《ある》いて行《ゆ》く町《まち》のところ〳〵に床几《しやうぎ》を出《だ》した麦湯《むぎゆ》の姐《ねえ》さん達《たち》の厭《いや》らしい風俗《ふうぞく》それに戯《たはむ》れる若者《わかもの》の様子《やうす》を目撃《もくげき》しては、以前《いぜん》のやうに、これも彼《か》の式亭三馬《しきていさんま》が筆《ふで》のすさみの、其《そ》の儘《まゝ》だと、笑《わら》つてばかりは居《ゐ》られないやうな気《き》になるのであつた。我《わ》が家《や》に近《ちか》い桃林寺《たうりんじ》の裏手《うらて》では酒買《さけか》ひに行《ゆ》く小坊主《こぼうず》の大胆《だいたん》に驚《おどろ》き、大岡殿《おほをかどの》の塀外《へいそと》の暗《くら》さには、夜鷹《よたか》に挑《いど》む仲間《ちうげん》の群《むれ》に思《おも》はずも眼《め》を外向《そむ》けつゝ、彼《かれ》は漸《やうや》く其《そ》の家《いへ》の門《かど》にたどりついた。

直様《すぐさま》家内《かない》のものをも遠《とほ》ざけ、書《かき》ものをするからとて、二階《かい》の一間《ま》に閉《と》ぢ籠《こも》つたが、見廻《みまは》せば八畳《でふ》の座敷《ざしき》狭《せま》しと置並《おきなら》べた本箱《ほんばこ》の中《なか》の書籍《しよじやく》は勿論《もちろん》、床《とこ》の飾物《かざりもの》から屏風《びやうぶ》の絵《ゑ》に至《いた》るまで、凡《すべ》て修紫楼《にせむらさきろう》と自《みづか》ら題《だい》したこの住居《すまゐ》のありさまは自分《じぶん》が生《うま》れた質素《しつそ》な下谷《したや》御徒町《おかちまち》の組屋敷《くみやしき》に比《くら》べて、そも何《なん》と云《い》はうか。身《み》に帯《お》びる其《そ》れも極《ご》く軽《かる》い細身《ほそみ》の大小《だいせう》より外《ほか》には、物《もの》の役《やく》に立《た》つべき武器《ぶき》とては一ツもなく、日頃《ひごろ》身《み》に代《か》へても秘蔵《ひざう》するのは、古今《ここん》の淫書《いんしよ》、稗史《はいし》、小説《せうせつ》、過《す》ぎし世《よ》の婦女子《ふぢよし》の玩具《ぐわんぐ》、傾城遊女《けいせいいうぢよ》の手道具類《てだうぐるゐ》ばかり。嗚呼《ああ》、思《おも》へば唯《た》だうら〳〵と晴《はれ》渡《わた》る春《はる》の日《ひ》のやうな、文化文政《ぶんくわぶんせい》の泰平《たいへい》に沈湎《ちんめん》して、天下《てんか》の事《こと》は更《さら》なり、わが髪《かみ》の白《しろ》くなるのも打忘《うちわす》れ、世《よ》にいふ悪所場《あくしよば》をわが家《や》の如《ごと》く、今日《けふ》は吉原《よしはら》、明日《あす》は芝居《しばゐ》と、身《み》の上《うへ》知《し》らず遊《あそ》び歩《ある》いてゐた其《そ》の頃《ころ》には、どういふ訳《わけ》か、人《ひと》の道《みち》を忘《わす》れた放《はう》蕩惰弱《たうだじやく》なもの〻厭《いとは》しい身《み》の末《すゑ》が、入相《いりあひ》の鐘《かね》に散《ち》る花《はな》かとばかり美《うつく》しく思《おも》はれて、われとても何時《いつ》か一度《ど》は無常《むじやう》の風《かぜ》にさそはれるものならば、今《いま》も猶箕輪《なほみのわ》心中《しんぢゆう》と世《よ》に歌《うた》はれる藤枝下記《ふぢえだげき》、又歌比丘尼《またうたびくに》と相対死《あひたいじに》の浮名《うきな》を流《なが》した某家《ぼうけ》の侍《さむらひ》のやうに、せめて刹那《せつな》の麗《うるは》しい夢《ゆめ》に身《み》を果《はた》してしまつた方《はう》が、折節《をりふし》に聞《き》く宮古路《みやこぢ》が一節《ふし》にも、人事《ひとごと》ならぬ暗涙《あんるゐ》を催《もよほ》した事《こと》も度々《たび〳〵》であつた。　日毎《ひごと》に剃《そ》る月代《さかゆき》もまだその頃《ころ》には青々《あを〳〵》として美《うつく》しく、すらりとして丈高《せいたか》く、長《なが》い頤《おとがひ》に癖《くせ》のある細面《ほそおもて》の優《やさ》しさは、時《とき》の名優坂東三津五郎《めいいうばんどうみつごらう》を生写《いきうつ》しと、到《いた》る処《ところ》の茶屋々々《ちやや〴〵》に云囃《いひはや》される事《こと》が何《なに》よりも嬉《うれ》しく、わが名《な》をさへも三彦《ひこ》と書《か》き、いつかは老《おい》の寐覚《ねざめ》にも忘《わす》れがたない思出《おもひで》の夢《ゆめ》を辿《たど》つて、年毎《としごと》に書《かき》綴《つゞ》りては出《だ》す戯作《げさく》のかず〳〵。　心《こゝろ》なき世上《せじやう》の若者《わかもの》、淫奔《いたづら》なる娘《むすめ》の心《こゝろ》を誘《いざな》ひ、猶《なほ》それにても飽《あ》き足《た》らず、是非《ぜひ》にも弟子《でし》にと頼《たの》まれる勘当《かんだう》の息子達《むすこたち》からは師匠《ししやう》と仰《あふ》がれ、世《よ》を毒《どく》する艶《なまめか》しい文章《ぶんしやう》の講釈《かうしやく》、遊里劇場《いうりげきぢやう》の益《えき》もない故実《こじつ》の詮議《せんぎ》、今更《いまさら》にそれを悔《くや》んだとて何《なん》としやう。自分《じぶん》を育《そだ》てた時代《じだい》の空気《くうき》は余《あま》りに軟《やはらか》く余《あま》りに他愛《たあい》がなさ過《す》ぎたのだ。近頃《ちかごろ》日光《につくわう》の御山《おやま》が頻《しきり》に荒出《あれだ》して、何処《どこ》やらの天領《てんりやう》では蛍《ほたる》や蛙《かはづ》の合戦《かつせん》に不吉《ふきつ》の兆《しるし》が見《み》えたとやら。果《はた》せるかな、恐《おそ》ろしい異人《いじん》の黒船《くろふね》は津々浦々《つゝうら〳〵》を脅《おびや》かすと聞《き》くけれど、あ〻、此《こ》の身《み》は今更《いまさら》に何《なん》としやうもないではないか………

　種彦《たねひこ》は書《か》き掛《か》けた田舎源氏続篇《ゐなかげんじぞくへん》の草稿《さうかう》の上《うへ》に片肱《かたひぢ》をついたま〻、唯《た》だ茫然《ばうぜん》として天井《てんじやう》を仰《あふ》ぐばかりである。

三

　梯子段《はしごだん》に物優《ものやさ》しい跫音《あしおと》が聞《きこ》えて、葭戸越《よしづご》しにも軽《かろ》く匂《にほ》ふ仙《せん》女香《ぢよかう》の薫《かをり》と共《とも》に、紺《こん》の染色《そめいろ》も涼《すゞ》し気《げ》に竹《たけ》と福羅雀《ふくらすゞめ》を絞取《しぼりと》つた浴衣《ゆかた》を着《き》て、髪《かみ》を島田崩《しまだくづ》しに結《ゆ》つた若《わか》い女《をんな》の姿《すがた》が現《あらは》れた。

　種彦《たねひこ》は机《つくゑ》の上《うへ》に片肱《かたひぢ》をついたま〻、「お園《その》か。」と葭戸《よしづ》の方《はう》に振向《ふりむ》きながら、「もう亥刻《よつ》過《す》ぎだらうのに、階下《した》ではまた起《お》きてゐるのかい。」

　女《をんな》は漆塗《うるしぬり》の蓋《ふた》をした大《おほ》きな湯呑《ゆのみ》と、象牙《ざうげ》の箸《はし》を添《そ》へた菓子《くわし》皿《ざら》を種彦《たねひこ》の身近《みぢか》に置《お》きながら、片手《かたて》を畳《たゝみ》に少《すこ》し身《み》を捩《ねぢ》らせて、

「はい、只今《たゞいま》御新造様《ごしんぞさま》も最《も》うお休《やす》みになるからと、表《おもて》の戸閉《とじま》りをしてゐるで〻御在《ござい》ます。お煙草盆《たばこぼん》のお火《ひ》はよろしう御在《ござい》ますか。」

「何《なに》や彼《か》やとよく気《き》をつけてくれるから、どんなに家中《うちぢゆう》のも

のが助《たす》かるか知《し》れないよ。さ、お前《まへ》も一《ひと》つ摘《つま》んだらどうだ。廓《くるわ》で贅沢《ぜいたく》をしたものには、こんなお菓子《くわし》なぞは珍《めづら》しくもあるまいが、諸事《しよじ》御倹約《ごけんやく》の世《よ》の中《なか》、衣類《いるゐ》から食物《たべもの》まで、無益《むえき》な手《て》数《かず》を掛《か》けたものは、一切御禁止《いつさいごきんし》のお触《ふれ》だから、この都鳥《みやこどり》の落雁《らくがん》だつて、いつ食納《たべをさ》めになるか知《し》れない。今《いま》の中《うち》に遠慮《ゑんりよ》なく食《た》べて置《お》くがいゝ。」

「有難《ありがた》う御在《ござい》ます。もう先程階下《さきほどした》で御新造様《ごしんぞさま》から沢山頂戴《たくさんちやうだい》いたしました。さう申《まを》せば此頃《このごろ》は何《なん》だか大変世間《たいへんよのなか》が騒々《さう〴〵》しいさうで御在《ござい》ますが、此方様《こちらさま》に私《わたし》見《み》たやうなものが居《を》りまして、万一《もしも》の事《こと》でも御在《ござい》ましたらと、心配《しんぱい》でなりません。」

「何《なん》さ。その事《こと》ならちつとも気《き》を揉《も》むには当《あた》らない。初手《しよて》から云《い》はゞ私《わし》の酔興《すゐきよう》で、かうして隠《かくま》つて上《あ》げてゐるのだから、余計《よけい》な気兼《きがね》をせずと安心《あんしん》してゐなさるがいゝ。」

取上《とりあ》げる銀《ぎん》のべの長煙管《ながぎせる》に烟《けむり》を吹《ふ》きつゝ、種彦《たねひこ》はしみ〴〵と女《をんな》の様子《やうす》を打眺《うちなが》め、「人《ひと》は扮装形容《なりかたち》といふが、全《まつた》くわづかの中《うち》に変《かは》れば変《かは》るものさね。初《はじ》め中《うち》は兎角《とかく》に、さうざます、ありんすなぞと、里《さと》の訛《なまり》が耳《みゝ》についたが、今《いま》ぢや髪《かみ》も島田潰《しまだつぶし》。絞《しぼり》の浴衣《ゆかた》に昼夜帯《ちうやおび》を引掛《ひつかけ》にした其《そ》の様子《やうす》を見《み》ちや、よしんば仲町《なかちやう》の唄妓《はをり》か知《し》らと思《おも》ふものはあつても、誰一人《たれひとり》、これが吉《よし》原《はら》の華魁衆《おいらんしゆ》だと気《き》のつくものはあるまい。しかし先方《せんぱう》の話《はなし》がすつかり纏《まと》まるまでは、何《なん》にしても世《よ》を忍《しの》ぶ身体《からだ》、大事《だいじ》の上《うへ》にも大事《だいじ》を取《と》るに越《こ》した事《こと》はないから、あんまり外《そと》なぞへは出《で》なさらないがいゝ。もう暫《しばら》くの辛棒《しんぼう》だ。」

「はい。」と辞儀《じぎ》をしながら、女《をんな》は猶何《なほなに》やら傍《そば》にゐて身《み》の上《うへ》の事《こと》でも話《はな》したいやうな様子《やうす》であつたが、言葉《ことば》を絶《たや》すと共《とも》に其《そ》のまゝ腕《うで》を組《く》む種彦《たねひこ》の様子《やうす》に、女《をんな》は其《そ》の後姿《うしろすがた》も淋《さび》し気《げ》に、再《ふたゝ》び静《しづか》な足音《あしおと》を梯子段《はしごだん》の下《した》に消《け》してしまつた。

家中《うちぢゆう》はそれなり寂《しん》として物音《ものおと》を絶《たや》すと、今《いま》までは折々門《をり〳〵もん》外《ぐわい》の小路《こうぢ》を行《ゆ》く若《わか》い者《もの》の鼻唄《はなうた》も、いつか彼方此方《あちこち》に響《ひゞ》き出《だ》す夜廻《よまは》りの拍子木《ひやうしぎ》に打消《うちけ》されて、町中《まちなか》の夏《なつ》の夜《よ》は程近《ほどちか》い浅草《せんさう》寺《じ》の鐘《かね》の音《ね》につれて、唯只物静《たゞたゞものしづ》けく物優《ものやさ》しく更渡《ふけわた》つて行《ゆ》くのであつた。すると、毎夜《まいよ》種油《たねあぶら》の消費《つひえ》を惜《をし》まず三筋《みすぢ》も四筋《よすぢ》も燈《とう》心《しん》を投入《なげい》れた朱塗《しゆぬり》の円行燈《まるあんどう》が、今《いま》こそと云《い》はぬばかり、独《ひと》りこの修紫楼《にせむらさきろう》の夜《よ》をわがもの顔《がほ》に、其《そ》の光《ひかり》はいよ〳〵鮮《あざやか》に其《そ》の影《かげ》はいよ〳〵涼《すゞ》しく、唐机《たうづくゑ》の上《うへ》なる書掛《かきかけ》の草稿《さうかう》と、愛玩《あいぐわん》する文房具《ぶんばうぐ》のさま〴〵を照出《てらしだ》す……。

孟宗《まうそう》の根竹《ねだけ》に梅花《ばいくわ》を彫《ほ》つた筆筒《ふでづゝ》の中《なか》に乱《みだ》れさす長《なが》い孔雀《くじやく》の尾《を》は、燈火《ともしび》の反射《はんしや》に金光燦爛《きんくわうさんらん》として眼《め》を射《い》るばかり。長崎《ながさき》渡《わた》りの七宝焼《ぱうやき》の水入《みづいれ》は、其《そ》の焼付《やきつけ》の絵模様《ゑもやう》に遠洋未知《ゑんやうみち》の国《くに》の不思議《ふしぎ》を思《おも》はせ、赤銅色絵《しやくどういろゑ》の文鎮《ぶんちん》は象眼細工《ざうがんざいく》の繊巧《せんかう》を誇《ほこ》つてゐると、其《そ》の傍《かたはら》なる茄子形《なすびがた》の硯石《すゞりいし》には、紫檀《したん》の蓋《ふた》の面《おもて》に刻《こく》した主人《あるじ》が自作《じさく》の狂歌《きやうか》、

名人《めいじん》になれ〳〵茄子《なす》と思《おも》へども
とにかく下手《へた》は放《はな》れざりけり

といふ走書《はしりがき》の文字《もじ》までが、あり〳〵と読《よ》み下《くだ》される。

種彦《たねひこ》は忽《たちま》ち今《いま》までの恐怖《きようふ》と煩悶《はんもん》に引替《ひきか》へて、いかなる危険《きけん》を冒《をか》しても、この年月精魂《としつきせいこん》を籠《こ》めて書《か》きつゞけて来《き》た長《なが》い〳〵物語《ものがたり》を、今夜中《こんやぢゆう》にでも、一気《いつき》に完成《くわんせい》させてしまはなけれ

ばならぬやうな心持《こゝろもち》になるのであつた。思返《おもひかへ》すまでもなく、それは実《じつ》に文政《ぶんせい》の末《すゑ》つ頃《ごろ》、ふと己《おの》れがまだ西丸《にしまる》の御小性《おこしやう》を勤《つと》めてゐた頃《ころ》の若《わか》い美《うつく》しい世界《せかい》の思出《おもひだ》されるまゝに、其《そ》の華《はな》やかな記憶《きおく》の夢《ゆめ》を物語《ものがたり》に作《つく》りなして以来《いらい》、年毎《としごと》に売出《うりだ》す合《がふ》巻《くわん》の絵《ゑ》艸紙《ざうし》の数《かず》も重《かさな》つて、天保《てんぽう》の今日《こんにち》に至《いた》るまで早《はや》くも十幾《いく》年《ねん》といふ月日《つきひ》を閲《けみ》した。其《そ》の間《あひだ》といふものは、年毎《としごと》に咲《さ》く花《はな》は年毎《としごと》に散《ち》つて行《い》つても、又年毎《またとしごと》に鬢《びん》の毛《け》の白《しろ》さは、年毎《としごと》に刻《きざ》まれる額《ひたひ》の皺《しは》と共《とも》に増《まさ》つて行《い》つても、この修紫楼《にせむらさきろう》の夜更《よふけ》を照《てら》す円行燈《まるあんどう》のみは、十年《ねん》一日《にち》の如《ごと》くに夜《よる》とし云《い》へば、必《かなら》ず今見《いまみ》る通《とほ》りの優《やさ》しい艶《なまめか》しい光《ひかり》をわが机《つくゑ》の上《うへ》に投掛《なげか》けてくれたのではないか。種彦《たねひこ》は半《なか》ば呑掛《のみか》けた湯呑《ゆのみ》を下《した》に置《お》くと共《とも》に、墨摺《すみす》る暇《ひま》ももどかし気《げ》に筆《ふで》を把《と》つたが、やがて、小半時《こはんとき》もたゝぬ中《うち》に、忽《たちま》ち長大息《ちやうだいそく》を漏《もら》して、其《そ》のまゝ筆《ふで》を投捨《なげす》てゝしまつた。そして恐《おそ》るゝ如《ごと》くに机《つくゑ》から身《み》を遠《とほ》ざけ、どつさりと床《とこ》の柱《はしら》に背《せ》を投掛《なげか》けて、眼《め》をつぶり手《て》を拱《こまね》いたかと思《おも》ふと、またもや未練《みれん》らしく首《くび》を延《のば》して、此方《こなた》からしげ〳〵と机《つくゑ》の上《うへ》なる草稿《さうかう》を眺《なが》めやるのである。

突然《とつぜん》、庭《には》の彼方《かなた》に当《あた》つて、風《かぜ》の音《おと》とも思《おも》はれぬ怪《あや》しい物音《ものおと》がした。種彦《たねひこ》は慄然《りつぜん》として、わが影《かげ》にさへ恐《おそ》れを抱《いだ》く野犬《のいぬ》のやうに耳《みゝ》を聳《そばだ》てたが、すると物音《ものおと》はそれなり聞《きこ》えず、二階《かい》の夜《よる》は以前《いぜん》の通《とほ》り柔《やはら》かな円行燈《まるあんどう》の光《ひかり》ばかり。けれども種彦《たねひこ》が再《ふたゝ》び草稿《さうかう》の上《うへ》に眼《め》を注《そゝ》がうとする時今度《ときこんど》は何者《なにもの》か窃《ひそか》に忍寄《しのびよ》るやうな足音《あしおと》が聞《きこ》えたので、いよいよ顔《かほ》の色《いろ》を失《うしな》ふと共《とも》に、行燈《あんどう》の火《ひ》を吹消《ふきけ》すが早《はや》いか、一刀《いつたう》を手《て》にして、二階《かい》の丸窓《まるまど》をば音《おと》せぬやうに押開《おしひら》き庭《には》の方《かた》を見下《みおろ》した。半月《はんげつ》が丁度《ちやうど》斜《なゝ》めに悲《かな》し気《げ》に隣家《りんか》の屋根《やね》の上《うへ》に懸《かゝ》つてゐる。晴《は》れたる空《そら》には早《は》や充分《じゆうぶん》に秋《あき》の気《き》が満渡《みちわた》つてゐるせいか、天《あま》の川《がは》を始《はじ》め諸有《あらゆ》る星《ほし》の光《ひかり》は、落《お》ちかゝる半輪《はんりん》の月《つき》よりも却《かへつ》て明《あきら》かに、石燈籠《いしどうろう》の火《ひ》の消残《きえのこ》る小庭《こには》のすみ〴〵までを照《てら》してゐるやうに思《おも》はれた。犬《いぬ》の吠《ほ》ゆる声《こゑ》もない。怪《あや》し気《げ》な人影《ひとかげ》なぞは更《さら》に見当《みあた》らう筈《はず》もない。手入《ていれ》を怠《おこた》らぬ庭《には》の樹木《じゆもく》と共《とも》に、飛石《とびいし》の上《うへ》に置《お》いた盆栽《ぼんさい》の植木《うゑき》は、涼《すゞ》しい夏《なつ》の夜《よ》の露《つゆ》をばいかにも心地《こゝち》よげに吸《す》つてゐるらしく、穏《おだや》かなその影《かげ》をば滑《なめ》らかな苔《こけ》と土《つち》の上《うへ》に横《よこた》へてゐた。軒《のき》の風鈴《ふうりん》をさへ定《さだ》かには鳴《な》らし得《え》ぬ微風《そよかぜ》——河《かは》に近《ちか》い下町《したまち》の人家《じんか》の屋根《やね》を越《こ》して、唯《た》だ緩《ゆる》く大《おほ》しく流動《りうどう》してゐる夜気《やき》のそよぎは、窓《まど》から首《くび》を差延《さしのば》す種彦《たねひこ》が鬢《びん》の毛《け》を、何《なん》とも云《い》へぬ程爽《ほどさはや》かに軽《かろ》く吹《ふ》きなびかせる。種彦《たねひこ》はわが身《み》の安危《あんき》をも一時《じ》に忘《わす》れ果《は》てゝ仕舞《しま》つたやうに、暫《しばし》は唯茫然《たゞばうぜん》として、この得《え》も云《い》はれぬ夜《よる》の気《き》に打《う》たれてゐたが、する中《うち》、忽然《こつぜん》わが家《や》の縁先《えんさき》から、こは如何《いか》に、そつと庭《には》の方《はう》へと降立《おりた》つ幽霊《いうれい》のやうな白《しろ》い物《もの》の影《かげ》に驚《おどろ》かされた。

再《ふたゝ》び刀《かたな》を杖《つゑ》に、殆《ほとん》ど半身《はんしん》を屋根《やね》の方《はう》へ突出《つきだ》すと共《とも》に、首《くび》を延《のば》してよく〳〵見《み》れば、消《き》えんとして更《さら》に明《あか》く頻《しきり》と瞬《またゝ》きする石燈籠《いしどうろう》の火影《ほかげ》に、それは誰《たれ》あらう。先程湯呑《さきほどゆのみ》に都鳥《みやこどり》の菓子《くわし》を持添《もちそ》へて来《き》たかのお園《その》ではないか。仔細《しさい》あつて我家《わがや》にかくまふ其《それ》までは、新吉原佐野槌屋《しんよしはらさのつちや》の抱《かゝ》へ喜蝶《きてふ》と名乗《なの》つた其《そ》の女《をんな》である。おろ〳〵しつゝも庭《には》の柴折戸《しをりど》に進寄《すゝみよ》つて、音《おと》せぬやうに掻金《かきがね》をはづすと自《おのづか》ら開《ひら》く扉《とびら》の間《あひだ》から、手拭《てぬぐひ》に顔《かほ》をかくした物腰《ものごし》のやさし気《げ》な男《をとこ》が一人《ひとり》、這《は》はぬばかりに身《み》をかゞめて忍《しの》び入《い》つた。二人《ふたり》は少時《しばし》立《た》ちすくんだまゝ、互《たがひ》の姿《すがた》をさへ恐《おそ》るゝ如《ごと》く、息《いき》を凝《こら》して見合《みあ》つてゐたが、矢庭《やには》に相方《さうはう》から倒《たふ》れかゝるやうに寄添《よりそ》ひざま、ひしと抱合《いだきあ》つて、そのまゝ女《をんな》は男《をとこ》の胸《むね》に、男《をとこ》は女《をんな》の肩《かた》の上《うへ》に顔《かほ》を押当《おしあ》て、唯只声《たゞたゞこゑ》を呑《の》んで泣《なき》沈《しづ》んだらしい様子《やうす》である。

種彦《たねひこ》は最初《さいしよ》一目《め》見《み》るが早《はや》いが、忍入《しのびい》つた彼《か》の男《をとこ》といふは、程遠《ほどとほ》からぬ鳥越《とりごえ》に立派《りつぱ》な店《みせ》を構《かま》へた紙問屋《かみどんや》の若旦那《わかだんな》で、一時《じ》己《おの》れの弟子《でし》となつた処《ところ》から柳絮《りうじよ》といふ俳号《はいがう》をも与《あた》へたものである事《こと》を知《し》つてゐた。若旦那《わかだんな》柳絮《りうじよ》はいつぞや仲《なか》の町《ちやう》の茶屋《ちやや》に開《ひら》かれた河東節《かとうぶし》のお浚《さら》ひから病付《やみつ》きとなつて、三日《か》に上《あ》げぬ廓通《くるわがよ》ひの末《すゑ》はお極《きま》りの勘当《かんだう》となり、女《をんな》の仕送《しおく》りを受《う》けて、小梅《こうめ》の里《さと》の知人《しりびと》の家《いへ》に其日《そのひ》を送《おく》つてゐる始末《しまつ》。もしや此儘《このまゝ》打《うち》捨《す》てゝ置《お》いたなら、心中《しんぢゆう》もしかねまいと、種彦《たねひこ》は知己《ちかづき》の多《おほ》い廓《くるわ》の事《こと》とて、適当《てきたう》の人《ひと》を頼《たの》んで身請《みうけ》や何《なに》かの事《こと》は追手《おつて》の相談《さうだん》に、一先《ひとま》づ女《をんな》をわが家《や》に引取《ひきと》り、男《をとこ》の方《はう》へは親元《おやもと》の勘当《かんだう》ゆりるまで、少《すこ》しの間《あひだ》辛棒《しんばう》して身《み》をつゝしむやうに云含《いひふく》めて置《お》いたのである。然《しか》るをやつと半月《はんつき》たつかたゝぬに、若《わか》い二人《ふたり》はもう辛棒《しんばう》がしきれずに、いつ喋《しめ》し合《あは》したものか、互《たがひ》に時刻《じこく》を計《はか》つて忍逢《しのびあは》うといふ。誠《まこと》に怪《け》しからぬ事《こと》だと、種彦《たねひこ》は心《こゝろ》の中《うち》に憤《いきどほ》らうと思《おも》ひながら、自分《じぶん》にも幾度《いくたび》か覚《おぼ》えのある若《わか》い昔《むかし》を思《おも》ひ返《かへ》せば、何《なに》も彼《か》も無理《むり》はない事《こと》と訳《わけ》もなく同情《どうじやう》してしまはなければならぬ。それと共《とも》に、いかに恋《こひ》ゆゑとは云《い》ひながら、あゝまでに義理《ぎり》も身《み》も、打捨《うちす》てゝ構《かま》はぬ若《わか》い盛《さか》りの心《こゝろ》ほど、羨《うらや》ましいものはないと思《おも》ふのであつた。あゝ、あの勇《ゆう》気《き》の半分《はんぶん》ほども有《あ》るならば、自分《じぶん》は徳川《とくがは》の世《よ》の末《すゑ》がいかに成《なり》行《ゆ》かうと、或《あるひ》は自分《じぶん》の身《み》がいかに処罰《しよばつ》されやうと、そんな事《こと》には頓着《とんちやく》せず、自分《じぶん》の書《か》きたいと思《おも》ふところを、どし〳〵心《こゝろ》の行《ゆ》くまゝに書《か》く事《こと》ができたであらう。悲《かな》しむべきは何《なん》につけても、勇気《ゆうき》の失《う》せ行《ゆ》く老境《らうきやう》である……

通《とほ》り過《す》ぎる村雲《むらくも》がいつの間《ま》にか月《つき》を隠《かく》してしまつた。すると、最前《さいぜん》から瞬《またゝ》きしてゐた石燈籠《いしどうろう》の火《ひ》も心《こゝろ》あり気《げ》に、はたと消《き》えたのを幸《さいは》ひ、二人《ふたり》の男女《だんぢよ》は庭《には》の垣根《かきね》に身《み》を摺寄《すりよ》せて、互《たがひ》の顔《かほ》さへ見分《みわ》ぬ程《ほど》な闇《やみ》の夜《よ》を却《かへ》つて心安《こゝろやす》しと、積《つも》る思《おも》ひのありたけを、語《かた》り尽《つく》さうと急《あせ》れば、一時鳴《しきりな》く音《ね》を止《とゞ》めた虫《むし》さへも、今《いま》は二人《ふたり》が睦言《むつごと》を外《そと》へは漏《もら》さず庇《かば》ふがやうに、庭《には》一面《めん》に鳴《な》きしきる。やがて男《をとこ》は名残惜《なごりを》し気《げ》に幾度《いくたび》か躊躇《ためら》ひつゝも、漸《やうや》くに気《き》を取直《とりなほ》し、地《ち》に落《お》ちた手拭《てぬぐひ》に、再《ふたゝ》び顔《かほ》をかくして立《たち》上《あが》ると、女《をんな》も同《おな》じく落《お》ちたる櫛《くし》に心付《こゝろづき》ながら、乱《みだ》れた姿《すがた》をも恥《はぢ》らふ色《いろ》なく、猶少時《なほしばし》は寄添《よりそ》つて、いざ、男《をとこ》が出《で》て行《ゆ》く庭木《にはき》戸《ど》を閉《し》めた後《あと》さへ、まだなか〳〵其《そ》の場《ば》を立《た》ち去《さ》りかねた様《やう》子《す》であつた。

四

翌日《あくるひ》の朝《あさ》、種彦《たねひこ》は独《ひと》り下座敷《したざしき》の竹《たけ》の濡縁《ぬれえん》に出《で》て、顔《かほ》を洗《あら》ひ、そして食事《しよくじ》を済《す》ました後《のち》も、何《なに》を考《かんが》へるともなく、昨夜《ゆうべ》若《わか》い男女《だんぢよ》の忍《しの》び逢《あ》つたあたりの庭面《にはもせ》に茫然《ぼんやり》眼《め》を移《うつ》しながら、折々《をり〳〵》

毛抜《けぬき》で頤鬚《あごひげ》を抜《ぬ》いてゐた時《とき》である。虫喰《むしくひ》の古木《こぼく》に自筆《じひつ》で愛雀《あいじやく》軒《けん》といふ扁額《へんがく》をかゝげさせた庭《には》の柴折戸《しをりど》越《ご》しに、

「いや、先生《せんせい》、もうお目覚《めざめ》ですか。」

「大層《たいそう》お早《はや》いぢや御在《ござい》ませんか。」といひながら遠慮《ゑんりよ》なく戸《と》を明《あ》けて、門人《もんじん》の種員《たねかず》を先《さき》に、仙果《せんくわ》と名乗《なの》る他《た》の弟子《でし》が這入《はい》つて来《き》た。全《まつた》くいつもより、朝《あさ》はまだ余程早《よほどはや》かつたらしい。何故《なぜ》といふに二人《ふたり》が押開《おしひら》く柴折戸《しをりど》の裾《すそ》に触《ふ》れて、其処《そこ》の垣際《かきぎは》に茂《しげ》つた小笹《をざゝ》の葉末《はずゑ》からは、昨夜《ゆうべ》のまゝなる露《つゆ》の玉《たま》が、斜《なゝめ》にさし込《こ》む朝日《あさひ》の光《ひかり》にきら〳〵と輝《かがや》きながら苔《こけ》の上《うへ》にこぼれ落《お》ちた。

「朝起《あさおき》は老人《としより》のくせだ。お前《まへ》さん達《たち》こそ、今日《けふ》は珍《めづ》らしく早《はや》起《おき》をしたもんだ。それとも昨夜《ゆうべ》の幕《まく》の引《ひ》つ返《かへ》しといふ図《づ》かね。」

「てつきり恐縮《きようしゆく》と申上《まをしあ》げたい処《ところ》なんですが、近頃《ちかごろ》はどうして、なか〳〵そんな栄耀栄華《えいえうえいぐわ》は夢《ゆめ》にも見《み》られや致《いた》しません。お恥《はづか》しい次第《しだい》で御在《ござい》ますよ。」

「何《なん》にしても若《わか》い中《うち》の事《こと》さ。暑《あつ》い〳〵と云《い》つてる中《うち》にもうそろ〳〵秋風《あきかぜ》か知《し》ら。今朝《けさ》はいやに冷《ひや》つく程涼《ほどすゞ》しいやうぢやないか。」

「眼《め》にはさやかに見《み》えねども風《かぜ》の音《おと》にぞ驚《おどろ》かれぬる、で御在《ござい》ますね。」と云《い》ひながら種員《たねかず》は懐中《ふところ》の手拭《てぬぐひ》を出《だ》して、雪駄《せつた》をはいた裾《すそ》の塵《ちり》を払《はら》ひ、濡椽《ぬれえん》の上《うへ》に腰《こし》を下《おろ》したが、仙果《せんくわ》は丁度己《ちやうどおのれ》が佇《たゝず》んだ飛石《とびいし》の傍《そば》に置《お》いてある松《まつ》の鉢物《はちもの》に目《め》をつけ、女《をんな》の髪《かみ》にでも触《さは》れるやうな手付《てつき》で、盆栽《ぼんさい》の葉《は》を撫《な》でながら、

「木《ぼく》の太《ふと》さと云《い》ひ、枝振《えだぶり》と云《い》ひ、実《じつ》に見事《みごと》なもので御在《ござい》ますね。いつお手《て》に這入《はい》りました。」

「つひ此間《このあひだ》の事《こと》さ、請地村《うけぢむら》の長兵衛《ちやうべゑ》といふ松師《まつし》が、庭木戸《にはきど》へ掛《か》ける額《がく》を書《か》いてやつた其《そ》の返礼《へんれい》に届《とゞ》けてくれたのだが、売《うり》買《か》ひにしたらなか〳〵吾輩《こちとら》の手《て》に這入《はい》る品《しな》ぢや無《な》さゝうだね。」

「お大名《だいみやう》のお屋敷《やしき》へ行《い》つたつて、滅多《めつた》に此《こ》れ位《くらゐ》の名木《めいぼく》は見《み》られますまい、」と種員《たねかず》も今《いま》は啣煙管《くはへぎせる》のまゝ、庭《には》の方《はう》へ眼《め》を移《うつ》してゐたが、突然思《とつぜんおも》ひ出《だ》したやうに、「先生《せんせい》。かう云《い》ふ盆栽《ぼんさい》なんぞも当節《たうせつ》ぢや矢張《やつぱり》、雛人形《ひなにんぎやう》や錦絵《にしきゑ》なんぞと同《おな》じやうに、表向《おもてむき》には出《だ》せない品《しな》なんで御在《ござい》ませうか。」

「勿論《もちろん》その筈《はず》だらうよ。」種彦《たねひこ》は無造作《むざうさ》に云《い》ひ捨《す》てゝ銀《ぎん》の長《なが》煙管《ぎせる》で軽《かろ》く灰吹《はひふき》を叩《たゝ》いた。

「へーえ。やつぱり不可《いけ》ないんですかね。手前共《てまへども》にやどうもお上《かみ》の御趣意《ごしゆい》が分《わか》りかねますね。」

「なぜだい。無益《むえき》なものに贅《ぜい》を尽《つく》すなと申《まを》すのぢやないか。」

「それがで御在《ござい》ますよ。大《おほ》きな声《こゑ》ぢや申《まを》されませんが、私《わたくし》共《ども》の考《かんが》へますには、無益《むえき》なものにまで、手数《てかず》をかけて楽《たの》しみ喜《よろこ》ぶといふのが、即《すなは》ち天下《てんか》太平国土《たいへいこくど》安穏《あんをん》の致《いた》す処《ところ》で、こんな有難《ありがた》い瑞兆《ずゐてう》はないかと思《おも》ふんで御在《ござい》ます。明暦《めいれき》の大火事《おほくわじ》や天《てん》明《めい》の飢饉《ききん》のやうな凶年《きようねん》ばつかり続《つゞ》いた日《ひ》にや、いくら贅沢《ぜいたく》をしたくつても、まさか盆栽《ぼんさい》や歌俳諧《うたはいかい》で遊《あそ》んでも居《ゐ》られますまい。処《ところ》が当節《たうせつ》の御時勢《ごじせい》は下々《しも〴〵》の町人風情《ちやうにんふぜい》まで、鳥渡《ちよいと》雪《ゆき》でも降《ふ》つて御覧《ごらう》じろ、すぐに初雪《はつゆき》や犬《いぬ》の足跡《あしあと》梅《うめ》の花位《はなぐらゐ》の駄句《だく》を吟咏《くちずさ》

むと申《まを》すのは、全《まつた》く以《もつ》て治《をさ》まる御世《みよ》の兆《しるし》ぢや御在《ござい》ませんか。」

「成程《なるほど》、これア種員《たねかず》さんの云《い》ふ通《とほ》りだ。恐《おそ》れながら、手前《てまへ》も今度《こんど》の御趣意《ごしゆい》についちや腑《ふ》に落《お》ちない処《ところ》があるんだよ。」

盆栽《ぼんさい》に気《き》を取《と》られてゐた仙果《せんくわ》も、いつか椽側《えんがは》に腰《こし》をかけ、あたりに聞《き》く人《ひと》もないと思《おも》ふ安心《あんしん》から、種員《たねかず》と一緒《しよ》になつて遠慮《ゑんりよ》なくその思《おも》ふ処《ところ》を述《の》べようとする。

「下々《しもじも》の手前達《てまへたち》が兎《と》や角《かく》と、御政治向《ごせいぢむき》の事《こと》を取沙汰《とりさた》致《いた》すわけぢや御在《ござい》ませんが、ねえ、先生《せんせい》、昔《むかし》から唐土《もろこし》の世《よ》にも天下太平《てんかたいへい》の兆《しるし》には、奇麗《きれい》な鳳凰《ほうわう》とかいふ鳥《とり》が舞下《まひさが》ると申《まを》す事《こと》。然《しか》し当節《たうせつ》のやうにかう何《なに》も彼《か》も一概《がい》に、奇麗《きれい》なもの、手数《てかず》のかゝつたもの、無益《むえき》なものは相成《あひな》らぬと申《まを》してしまつた日《ひ》には、出《で》て来《き》たくも鳳凰《ほうわう》なんぞは卵《たまご》を生《う》む鶏《にはとり》ぢや御在《ござい》ませんから、出《で》て来《こ》られないわけぢや御在《ござい》ませんか。外《ほか》のものは兎《と》に角《かく》と致《いた》して、私《わたくし》は日本《につぽん》一お江戸《えど》の名物《めいぶつ》と、唐天竺《からてんぢく》まで名《な》の響《ひゞ》いた錦絵《にしきゑ》まで、御差止《おさしと》めに成《な》るなぞは、折角《せつかく》天下太平《てんかたいへい》のお祝《いは》ひを申《まを》しに出《で》て来《き》た鳳凰《ほうわう》の頸《くび》をしめて毛《け》をむしり取《と》るやうなものだと存《ぞん》じます。」

「はゝゝ。幾程《いかほど》お前達《まへたち》が口惜《くちを》しく存《ぞん》じても詮《せん》ない事《こと》だ。兎《と》角人《かくひと》の目《め》を引《ひ》く奇麗《きれい》なものは、何《なん》の彼《か》のと、はたから難癖《なんくせ》を付《つ》けられて妬《ねた》まれ易《やす》いものさ。下々《しもじも》の人情《にんじやう》も天下《てんか》の御政治《ごせいぢ》も、早《はや》い話《はなし》が皆同《みなおな》じ訳合《わけあひ》と、諦《あきら》めてしまへば其《そ》れで済《す》むこと。あんまり大《おほ》きな声《こゑ》をして、滅多《めつた》な事《こと》を云《い》ひなさるな。口《こう》舌元来禍之基《ぜつぐわんらいわざわひのもとゐ》。壁《かべ》にも耳《みゝ》のある世《よ》の中《なか》だぜ。まア〳〵長《なが》いものには巻《ま》かれてゐるが一番《ばん》だよ。」

「それアもう、被仰《おつしや》るまでもなく承知《しようち》して居《を》ります。つまらない饒舌《おしやべり》をして、掛替《かけがへ》のない首《くび》でも取《と》られた日《ひ》にや、御溜古《おたまりこ》法師《ぼし》が御在《ござい》ませんや。かういふ時《とき》にや、何《なに》か一首《しゆ》、巧《うま》い落首《らくしゆ》でもやつて内所《ないしよ》でそつと笑《わら》つてるのが関《せき》の山《やま》で御在《ござい》ますね。」

「落首《らくしゆ》といへば、さう〳〵、昨夜《ゆうべ》先生《せんせい》がお帰《かへ》りになつてから後《あと》で、鶴屋《つるや》の旦那《だんな》から聞《き》いた話《はなし》なんで御在《ござい》ますが、和泉町《いづみちやう》の一勇斎国芳《ゆうさいくによし》さんは、同《おな》じ歌川《うたがは》の流《ながれ》を汲《く》んだ名人《めいじん》でも国貞《くにさだ》さんとはまるで違《ちが》つた気性《きしやう》の人《ひと》ださうで、今度《こんど》の御政治向《ごせいぢむき》の事《こと》を描《か》いて、三枚摺《まいずり》にして出《だ》したとか云《い》ふ話《はなし》……。」

「さうかい。私《わし》はちつとも知《し》らなかつたが、あの男《をとこ》は普段《ふだん》から負《ま》けず嫌《ぎら》ひな任侠肌《きおひはだ》の男《をとこ》だから、如何《いか》さまその位《くらゐ》の事《こと》はしかねまいて。誰《たれ》しも一寸虫《ちよつとむし》の居処《いどころ》がよくないと、我身《わがみ》の安危《あんき》なぞは忘《わす》れてしまつて、つひ好《よ》くない悪戯《いたづら》がしたくなるもんさ。何《なん》の事《こと》はない、悪戯盛《いたづらざか》りの子供《こども》が、一度《ど》親爺《おやぢ》のお目玉《めだま》を喰《く》つたとなると、却《かへつ》て悪戯《いたづら》がして見《み》たくて堪《たま》らなくなるやうなもんさね。」

「大《おほ》きにさうで御在《ござい》ます。何《なに》が甘《うま》いと云《い》つて、世《よ》の中《なか》に隠《かく》し食《ぐ》ひの味《あぢ》ほど忘《わす》れられないものは無《な》いと申《まを》しますからねえ。」

「私《わし》なんぞも今日《けふ》までに、実《じつ》は幾度《いくたび》戯作《げさく》をやめようと思《おも》つたか知《し》れないのだが、持《も》つて生《うま》れた病《やまひ》と云《い》ふ奴《やつ》は、身《み》を果《はた》すまでは癒《なほ》らねえものだ。戯作《げさく》なんぞといふものは、高《たか》が女子供《をんなこども》の慰《なぐさ》みに読《よ》ませるものだから、罪《つみ》のない遊《あそ》び事《ごと》のやうに思《おも》つてゐるのは、つまり此方《こつち》の手前勝手《てまへがつて》。昔《むかし》から男女《なんによ》の情愛《じやうあい》、又《また》は根《ね》もない作《つく》り話《ばなし》なぞを書《か》く事《こと》は、今《いま》に初《はじ》まつた訳《わけ》ぢやない。抑《そもそ》も有徳院様《いうとくゐんさま》の御時代《ごじだい》からお上《かみ》ぢや甚《ひど》く嫌《きら》つたものだといふからね。終局《とゞ》のつまりは今度《こんど》のやうな手厳《てひど》い御禁止《ごきんし》を食《く》ふのも、実《じつ》を申《まを》せば当前《あたりまへ》の話《はなし》だらうよ。」

「何《なん》にしろ。いやな恐《おそ》ろしい世《よ》の中《なか》になりましたなア。この分《ぶん》ぢや、先生《せんせい》、到底《とても》田舎源氏《ゐなかげんじ》の後篇《こうへん》は、いつ拝見《はいけん》されるのか分《わか》りませんですね。」

「もう追々《おひ〳〵》に取《と》る年《とし》だ。世間《せけん》の取沙汰《とりさた》の、静《しづ》かになるのを待《ま》つてる中《うち》には、大方眼《おほかため》も見《み》えず、筆《ふで》を持《も》つ手《て》も利《き》かなくなつて仕舞《しま》ふだらうよ。」

淋《さび》しい微笑《びせう》と共《とも》に沈痛《ちんつう》な種彦《たねひこ》の言葉《ことば》はそれなり途切《とぎ》れてしまつた。二人《ふたり》の門弟《もんてい》も今《いま》は言出《いひだ》すべき言葉《ことば》なく、遣場《やりば》のない視線《しせん》をば、追々《おひ〳〵》に夏《なつ》の日《ひ》のさし込《こ》んで来《く》る庭《には》の方《はう》へ移《うつ》したが、すると偶然《ぐうぜん》にも其《そ》の垣根外《かきねそと》に、大方小塚原《おほかたこづかはら》の一月寺《げつじ》あたりから来《く》る虚無僧《こむそう》であらう、連管《れんくわん》に吹《ふ》き調《しら》べる尺《しやく》八の音《ね》が、一坐《ざ》の憂鬱《いううつ》をば一層深《そうふか》くさせるやうに、いとゞ物淋《ものさび》しく聞《きこ》え出《だ》すのであつた。

五

夏《なつ》の盛《さかり》の六月《ぐわつ》もいつか晦日近《みそかぢか》くなつた。お江戸《えど》の町々《まち〳〵》を呼《よび》歩《ある》くかの涼《すゞ》し気《げ》な蚊帳売《かやうり》の呼声《よびごゑ》と、定斎売《ぢやうさいうり》の環《くわん》の音《ね》と共《とも》に、依然《いぜん》として日盛《ひさかり》の暑《あつ》さには、無論《むろん》何《なん》の変《かは》りはないのであつたが、兎《と》に角《かく》に暦《こよみ》の表《おもて》だけではいよ〳〵秋《あき》といふ時節《じせつ》が来《く》ると、早《はや》くも道行《みちゆ》く若《わか》いものゝ口々《くち〴〵》には吉原《よしはら》の燈籠《とうろう》の噂《うはさ》が伝《つた》へられ、町中《まちなか》の家々《いへ〳〵》にも彼方此方《あちこち》と軒端《のきば》に下《さ》げる燈籠《とうろう》が目《め》につき出《だ》した。

土用《どよう》の明《あ》ける其《そ》の日《ひ》を期《き》して、池上《いけがみ》の本門寺《ほんもんじ》を初《はじ》め、諸処《しよしよ》の古寺《ふるでら》では宝物《ほうもつ》の虫干方々《むしぼしかた〴〵》諸人《しよにん》の拝観《はいくわん》を許《ゆる》す処《ところ》が多《おほ》い。種彦《たねひこ》の家《いへ》でも同《おな》じく其《そ》の頃《ころ》に毎年蔵書什器《まいとしざうしよじふき》の虫払《むしばらひ》をする、其《そ》の日《ひ》の夕刻《ゆふこく》からは極《ご》く親《した》しい友人《いうじん》や門弟《もんてい》が相集《あひあつま》つて、主人柳亭翁《あるじりうていをう》が自慢《じまん》の古書珍本《こしよちんぽん》の間《あひだ》に、酒《さけ》を酌《く》み、妓《ぎ》を聘《へい》して、俳諧又《はいかいまた》は柳風《りうふう》の運坐《うんざ》を催《もよほ》すのが例《れい》であつた。けれども今年《ことし》ばかりは、厳《きび》しい禁令《きんれい》の世《よ》の風《かぜ》に曝《さら》すといふ事《こと》が、いかにも空恐《そらおそ》ろしく思《おも》はれた処《ところ》から、種彦《たねひこ》はわが秘蔵《ひざう》の宝《たから》をも、よし虫《むし》が喰《く》ふならば喰《く》ふがまゝにと打捨《うちす》てゝ置《お》く事《こと》にした。

実際《じつさい》、種彦《たねひこ》はもう何《なに》をする元気《げんき》もなくなつて仕舞《しま》つたのである。老朽《おいく》ちて行《ゆ》く此《こ》の身体《からだ》とは反対《はんたい》に、年《とし》と共《とも》に却《かへつ》て若《わか》く華《はな》やかになり行《ゆ》く我《わ》が文名《ぶんめい》をば、さしもに広《ひろ》い大江戸《おほえど》は愚《おろ》か、三ケ津《づ》の隅々《すみ〴〵》までに喧伝《けんでん》せしめた一代《だい》の名著《めいちよ》も、あたら此儘《このまゝ》、完成《くわんせい》の期《き》なく打捨《うちす》てゝ仕舞《しま》はなければならぬのかと思《おも》ふと、如何《いか》にしても癒《いや》しがたい憂憤《いうふん》の情《ぢやう》は、多年《たねん》一夜《や》の休《やす》みもなく筆《ふで》を執《と》つて来《き》た精神《せいしん》の疲労《ひらう》を一時《いつとき》に呼起《よびおこ》し、有《あ》るかぎりの身内《みうち》の力《ちから》を根《ね》こそぎ奪《うば》ひ去《さ》つてしまつたやうな心持《こゝろもち》をさせるのである。禁令《きんれい》の打撃《だげき》に長閑《のどか》な美《うつく》しい戯作《げさく》の夢《ゆめ》を破《やぶ》られぬ昨日《きのふ》の日《ひ》と、禁令《きんれい》の打撃《だげき》に身《み》も心《こゝろ》も恐《おそ》れちゞんだ今日《けふ》の日《ひ》との間《あひだ》には、劃然《くわくぜん》として消《け》す事《こと》のできない境界《さかひ》が生《しやう》じた。

そして今日《けふ》といふ暗澹《あんたん》たる此方《こなた》の境《さかひ》から、花《はな》やかな昨日《きのふ》といふ彼方《かなた》の境《さかひ》を打眺《うちなが》めて見《み》ると、わが生涯《しやうがい》といふものは今《いま》や全《まつた》く過去《くわこ》に属《ぞく》して、已《すで》に業《すで》に其《そ》の終局《しうきよく》を告《つ》げてしまつたものとしか思《おも》はれない。何一《なにひと》ツ将来《しやうらい》に対《たい》して予期《よき》する力《ちから》のなくなつた心《こゝろ》の程《ほど》のいたましさは、己《おの》が書斎《しよさい》の書棚《しよだな》一ぱいに飾《かざ》つてある幾多《いくた》の著作《ちよさく》さへ、其等《それら》は早何《はやなん》となく、自分《じぶん》の著作《ちよさく》といふよりは、寧《むし》ろ、既《すで》に死《し》んでしまつた或《あ》る親《した》しい友人《ともだち》——其《そ》の生涯《しやうがい》の出来事《できごと》を自分《じぶん》は尽《こと〴〵》く知《し》り抜《ぬ》いて居《ゐ》る或《あ》る親《した》しい友人《ともだち》の遺著《ゐちよ》であるやうな心持《こゝろもち》がする。

種彦《たねひこ》は日毎《ひごと》教《をしへ》を乞《こ》ひにと尋《たづ》ねて来《く》る門弟達《もんていたち》をも、次第々々《しだい〴〵》に遠《とほ》ざけて、唯一人《たゞひとり》二階《かい》の一間《ひとま》に閉籠《とぢこも》つたまゝ、昼《ひる》となく夜《よる》となく、老眼鏡《らうがんきやう》の力《ちから》をたよりに、抑《そも〳〵》自分《じぶん》がまだ柳《やなぎ》の風成《かぜなり》なぞと名乗《なの》つて狂歌川柳《きやうかせんりう》を口吟《くちずさ》んで居《ゐ》た頃《ころ》の草双紙《くさざうし》から、最近《さいきん》の著作《ちよさく》の随筆用捨箱《ずゐひつようしやばこ》なぞに至《いた》るまで、凡《すべ》て立派《りつぱ》な套入《ちつい》れにしてある著作《ちよさく》の全部《ぜんぶ》をば、一冊々々《さつ〳〵》取出《とりだ》して読《よ》み返《かへ》しつゝ、あゝ、この双紙《さうし》を書《か》いた時分《じぶん》には何《なに》をして居《ゐ》た。あゝ此《こ》の物語《ものがたり》を書《か》いた頃《ころ》には自分《じぶん》はまだ何歳《なんさい》であつたかと、徒《いたづら》に耽《ふけ》る追憶《つゐおく》の夢《ゆめ》の中《うち》に、唯《たゞ》うつら〳〵とのみ其《そ》の日《ひ》其《そ》の夜《よ》を送《おく》り過《すご》した。宛《さなが》ら山吹《やまぶき》の花《はな》の、実《み》もなき色香《いろか》を誇《ほこ》るに等《ひと》しい放蕩《はうたう》の生涯《しやうがい》からは空《むな》しい痴情《ちじやう》の夢《ゆめ》の名残《なごり》はあつても、今《いま》にして初《はじ》めて知《し》る、老年《らうねん》の慰藉《なぐさみ》となるべき子孫《しそん》のない身一《みひと》ツの淋《さび》しさ果敢《はかな》さ。それを堪《た》へ忍《しの》ばうとするには、全《まつた》く益《えき》もない過去《くわこ》の追憶《つゐおく》に万事《ばんじ》を忘却《ばうきやく》するより外《ほか》はない……。七夕《たなばた》の祭《まつり》はいつか昨日《きのふ》と過《す》ぎた。小夜更《さよふ》けてから降《ふ》り出《だ》した小雨《こさめ》の、また何時《いつ》か知《し》ら止《や》んでしまつた翌朝《よくあさ》、空《そら》は初《はじ》めて、いかにも秋《あき》らしくどんよりと掻曇《かきくも》り、濡《ぬ》れた小庭《こには》の植込《うゑこみ》からは爽《さはやか》な涼風《すゞかぜ》が動《うご》いて来《く》るのに、種彦《たねひこ》は何《なん》といふ訳《わけ》もなく、瓦《かはら》焼《や》く烟《けむり》も哀《あは》れに、橋場《はしば》今戸《いまど》の河岸《かはぎし》に立初《たちそ》める秋《あき》の風情《ふぜい》の尋《たづ》ねて見《み》たく、臥床《ふしど》を出《で》るや否《いな》や、そこ〳〵に朝飯《あさはん》を準《とゝの》ふべく下座敷《したざしき》へ降《お》りて行《ゆ》かうとする、其《そ》の出合頭《であひがしら》にあわたゞしく梯子段《はしごだん》を馳上《かけあが》つて来《き》たのは、老《お》いたる我妻《わがつま》であつた。しかも容易《ようい》ならぬ事件《じけん》を種彦《たねひこ》に伝《つた》へたのである。

小雨《こさめ》そぼ降《ふ》る七夕《たなばた》の昨夜《ゆふべ》、かのお園《その》は何処《いづこ》へか出奔《しゆつぽん》してしまつたものと見《み》え、その寝床《ねどこ》は身抜《もぬけ》の殻《から》となり、残《のこ》したのは唯《た》だ男女《だんぢよ》が二通《つう》の手紙《てがみ》ばかりといふ事《こと》である。

種彦《たねひこ》は机《つくえ》の上《うへ》の眼鏡《めがね》取《と》る手《て》も遅《おそ》く、男女《だんぢよ》の手紙《てがみ》を読《よ》み下《くだ》した。海山《うみやま》にもかへがたき御恩《ごおん》を仇《あだ》にいたし候罪《つみ》とが、来世《らいせ》のほどもおそろしく存《ぞん》じまゐらせ候……とあつてお園《その》の方《はう》の手紙《てがみ》には、ただ二世《せ》も三世《せ》までも契《ちぎ》りし御方《おんかた》の御身上《おんみのうへ》に思《おも》ひがけない不幸《ふかう》が起《おこ》つた為《た》め、とても此世《このよ》では添《そ》はれぬ縁故《えんゆゑ》、一先《ま》づわが親里《おやざと》の知人《しりびと》をたより、其処《そこ》まで落延《おちの》びてから、心《こゝろ》安《やす》く未来《みらい》の冥加《みやうが》を祈《いの》り、共々《とも〴〵》にあの世《よ》へ旅立《たびだ》つと云《い》ふ事《こと》が、こま〴〵と物哀《ものあは》れに書《か》いてあつた。覚《おぼ》えず涙《なみだ》に曇《くも》る眼《まなこ》を拭《ぬぐ》ひながら、種彦《たねひこ》はやがて男《をとこ》の手紙《てがみ》を開《ひら》くに及《およ》んで初《はじ》めて其《そ》の事情《じじやう》を知《し》り得《え》た。先頃《さきごろ》から、これも要《えう》するに此度《このたび》の御政治向《ごせいぢむき》御改革《かいかく》の影響《えいきやう》と云《い》はねばならぬ。若旦那《わかだんな》の親元《おやもと》なる紙問屋《かみどんや》は、江戸中問屋《えどぢゆうどんや》十組《くみ》の株《かぶ》が突然《とつぜん》御廃止《おはいし》になつた為《た》め、それやこれやの手違《てちが》ひから俄《にはか》に莫大《ばくだい》の損失《そんしつ》を引起《ひきおこ》し、家蔵《いへくら》を人手《ひとで》に渡《わた》すも今日《けふ》か明日《あす》かといふ悲運《ひうん》に立至《たちいた》つた。親《おや》の家《いへ》が潰《つぶ》れてしまへば、頼《たの》みに思《おも》ふ番頭《ばんとう》から詫《わ》びを入《い》れて、身受《みうけ》の金《かね》を才覚《さいかく》して貰《もら》はうと云《い》ふ事《こと》も、もう出来《でき》ない。さらばと云《い》つて、今更《いまさら》にお園《その》をば憂《う》き川竹《かはたけ》の苦界《くがい》へ帰《かへ》す事《こと》は、何《なん》として忍《しの》び得《え》られよう。身受《みうけ》する力《ちから》も望《のぞ》みもなくなつて、唯《た》だいつまでも大金《たいきん》のか〻つた女《をんな》を、人《ひと》の家《いへ》に隠匿《かくま》つて置《お》いたなら、わが身《み》のみか、恩義《おんぎ》ある師匠《ししやう》にまでいかなる難義《なんぎ》を掛《か》けるか知《し》れまい。それ故事《ゆゑこと》の面倒《めんだう》にならぬ中《うち》わが身《み》一つの罪《つみ》を背負《せお》つて、死出《しで》の旅路《たびぢ》へ行《ゆ》く、後《あと》の供養《くやう》を頼《たの》むと云《い》ふのであつた。

種彦《たねひこ》は菱垣樽廻《ひしかきたるくわい》　船《せん》及《およ》び十組問屋《くみとひや》の御停止《ごちやうじ》から、さしもに手堅《てがた》い江戸中《えどぢゆう》の豪家《がうか》にして一朝《てう》に破産《はさん》するもの〻尠《すくな》い事《こと》を聞知《きゝし》つてゐた処《ところ》から、今更《いまさら》ながら目《ま》の当《あた》り此度《このたび》の法令《はふれい》の、恐《おそろ》しい上《うへ》にも恐《おそろ》しい事《こと》を思知《おもひし》るばかり、死《し》に〻行《ゆ》くといふ若《わか》いもの供《ども》の身《み》の上《うへ》については差《さし》づめ如何《いか》なる処置《しよち》を取《と》つてよいのやら、全《まつた》く途法《とはふ》に暮《く》れてしまつた。

六

全《まつた》くどうにも仕様《しやう》のないこの場合《ばあひ》に立至《たちいた》つては、今更《いまさら》のめ〳〵と柳絮《りうじよ》が親元《おやもと》の紙問屋《かみどんや》へ相談《さうだん》にも行《ゆ》かれず、同時《どうじ》に廓《くるわ》の方面《はうめん》にも、云《い》はゞそれとなく自分《じぶん》が身受《みうけ》の証人《しようにん》にもなつたやうな関係柄《くわんけいがら》、うつかりと顔出《かほだ》しは出来《でき》ぬ。と云《い》つて此儘知《このまゝし》らぬ顔《かほ》に打捨《うちす》て〻も置《お》かれまい。種彦《たねひこ》は思案《しあん》に暮《く》れたあまり、兎《と》に角家《かくいへ》を出《い》で、足《あし》の向《む》く方《はう》へ歩《ある》いて行《い》つて見《み》ようと思定《おもひさだ》めた。歩《ある》いて行《ゆ》く中《うち》には何《なん》とか、よい考《かんがへ》が出《で》るかも知《し》れぬと、たよりにならぬ事《こと》をたよりにするより仕様《しやう》がなかつた。

さま〴〵な物売《ものうり》の声《こゑ》と共《とも》に、その辺《へん》の櫺子窓《れんじまど》からは早《は》や稽《けい》古《こ》の唄三味線《うたしやみせん》が聞《きこ》え、新道《しんみち》の露地口《ろぢぐち》からは艶《なまめ》かしい女《をんな》が朝湯《あさゆ》に出《で》て行《ゆ》く町家《まちや》つゞきの横町《よこちやう》は、物案顔《ものあんじがほ》に俯向《うつむ》いて行《ゆ》く種《たね》彦《ひこ》をば、直様広《すぐさまひろ》い並木《なみき》の大通《おほどほり》へと導《みちび》いた。すると忽《たちま》ち河岸《かし》の方《はう》から颯《さつ》とばかり真正面《まとも》に吹《ふ》きつけて来《く》る川風《かはかぜ》の涼《すゞ》しさ、種《たね》彦《ひこ》はさすがに心《こゝろ》の憂苦《いうく》を忘《わす》れ果《は》てると云《い》ふではないが、思《おも》へばこの半月《はんつき》あまりは一歩《ひとあし》も戸外《そと》へ出《で》ず引籠《ひきこも》つてのみ居《ゐ》た時《とき》に比《くら》べると、おのづと胸《むね》も開《ひら》くやうな心持《こゝろもち》になり、少時《しばし》は何《なん》の気苦労《きぐらう》もない人《ひと》のやうに、目《め》に見《み》える空《そら》と町《まち》との有様《ありさま》をば、訳《わけ》もなく物珍《ものめづら》し気《げ》に眺《なが》めやるのであつた。

両側《りやうがは》ともに菜飯田楽《なめしでんがく》の行燈《あんどう》を出《だ》した二階立《かいだて》の料理屋《れうりや》と、往来《わうらい》を狭《せば》むるほどに立連《たてつらな》つた葭簀張《よしずばり》の掛茶屋《かけぢやや》、又《また》はさま〴〵なる大道店《だいだうみせ》の日傘《ひがさ》の間《あひだ》をば、士農工商《しのうこうしやう》、思《おも》ひ〳〵の扮装形容《みなりかたち》をした人々《ひと〴〵》が、後《あと》から〳〵と引《ひ》きも切《き》らずに歩《ある》いて行《ゆ》く。それはこの年月《としつき》、幾度《いくたび》と知《し》れず見馴《みな》れた上《うへ》にも見馴《みな》れた街《まち》の有《あり》様《さま》ながら、然《しか》しこ〻に住馴《すみな》れた江戸《えど》ッ児《こ》の、馬鹿《ばか》々〻《〴〵》しいほど物好《ものずき》な心《こゝろ》には、一日半日《にちはんにち》の間《あひだ》も置《お》きさへすれば、忽《たちま》ちにして十年《ねん》も見《み》なかつた故郷《ふるさと》のやうに、訳《わけ》もなく無限《むげん》の興味《きやうみ》を感《かん》じさせるのである。

早《は》や虫売《むしうり》の姿《すがた》が見《み》える。花売《はなうり》の荷《に》の中《なか》にはもう秋《あき》の七草《くさ》が咲《さ》き出《だ》したではないか。然《しか》し其様事《そんなこと》には目《め》もくれず、お蔵《くら》の役人衆《やくにんしゆ》らしいお侍《さむらひ》は仔細《しさい》らしい顔付《かほつき》に若党《わかたう》を供《とも》につれ、道《みち》の真中《まんなか》を威張《ゐば》つて通《とほ》ると、摺違《すれちが》ひざまに腰《こし》を曲《かゞ》めて急《いそ》し気《げ》に行《ゆき》過《すぎ》るのは、札差《ふださし》の店《みせ》に働《はたら》く手代《てだい》にちがひない。頭巾《づきん》を冠《かぶ》り手《て》に珠数《じゆず》を持《も》ち、杖《つゑ》つきながら行《ゆ》く老人《としより》は、門跡様《もんぜきさま》へでもお参《まゐ》りする有福《いうふく》な隠居《いんきよ》であらう。小猿《こざる》を背負《せお》つた猿廻《さるまはし》の後《あと》からは、包《つゝみ》をかついだ丁稚《でつち》小僧《こぞう》がつゞく。きいた風《ふう》な若旦那《わかだんな》は俳《はい》諧師《かいし》らしい十徳姿《とくすがた》の老人《らうじん》と連立《つれだち》つ、角《つの》かくしに日傘《ひがさ》を翳《かざ》した上《うは》つ方《がた》の御女中《おぢよちゆう》は、ちよこ〱走《ばし》りの薦僧下駄《こもそうげた》に小褄《こづま》を取《と》つた芸者《げいしや》と行交《ゆきちが》へば、三尺帯《じやくおび》に手拭《てぬぐひ》を肩《かた》にした近所《きんじよ》の若衆《わかもの》は、稽古《けいこ》本抱《ぼんかゝ》へた娘《むすめ》の姿《すがた》に振向《ふりむ》き、菅笠《すげがさ》に脚絆掛《きやはんがけ》の田舎者《ゐなかもの》は見返《みかへ》る商家《しやうか》の金看板《きんかんばん》にまで驚嘆《きやうたん》の眼《め》を瞠《みは》つて行《ゆ》くと、その建続《たちつゞ》く屋根《やね》の海《うみ》を越《こ》えては、二三羽《ば》の鳶《とび》が頻《しきり》と環《わ》を描《か》いて舞《ま》つてゐる空高《そらたか》く、何処《どこ》からともなく勇《いさ》ましい棟上《むねあ》げの木遣《きやり》の声《こゑ》が聞《きこ》えて来《く》るのであつた。稍太《やゝふと》く低《ひく》いけれども極《きは》めて力《ちから》のある音《おん》頭取《どとり》の声《こゑ》と、それにつゞいて、大勢《おほぜい》の中《なか》にも取分《とりわ》け一人二人《ひとりふたり》思《おも》ふさま甲高《かんだか》な若《わか》い美《うつく》しい声《こゑ》の交《まじ》つてゐる此《こ》の木遣《きやり》の唄《うた》は、折《をり》からの穏《おだやか》な秋《あき》の日《ひ》に対《たい》して、これぞ正《まさ》しく、大江戸《おほえど》の動《うご》かぬ富《とみ》を作《つく》り上《あ》げた町人《ちやうにん》の豪奢《がうしや》と、弓矢《ゆみや》はもう用《よう》をなさぬ太《たい》平《へい》の世《よ》の喜《よろこ》びとを、江戸《えど》中《ぢゆう》の町々《まち〱》へ歌《うた》ひ聞《きか》すものとしか思《おも》はれない。

　種彦《たねひこ》は唯《たゞ》どんよりした初秋《はつあき》の薄曇《うすぐも》り、此《こ》の勇《いさま》しい木遣《きやり》の声《こゑ》に心《こゝろ》を取《と》られながら、唯《たゞ》ぞろ〱と歩《ある》いてゐる町《まち》の人々《ひと〲》と相《あひ》前後《ぜんご》して、駒形《こまがた》から並木《なみき》の通《とほ》りを雷門《かみなりもん》の方《はう》へと歩《ある》いて行《ゆ》くと、何時《いつ》ともなしに、我《われ》も亦路行《またみちゆ》く人《ひと》と同《おな》じやうに、二百余《よ》年《ねん》の泰平《たいへい》に撫育《はぐゝ》まれた安楽《あんらく》な逸民《いつみん》であると云《い》はぬばかり、知《し》らず〱いかにも長閑《のどやか》な心《こゝろ》になつてしまふのであつた。今更《いまさら》にこと〲しく時勢《じせい》の非《ひ》なるを憂《うれ》ひたとて何《なん》にならう。天下《てんか》の事《こと》は微禄《びろく》な我々《われ〱》風情《ふぜい》が兎《と》や角思《かくおも》つたとて、何《なん》の足《たし》にもなら う筈《はず》はない。お上《かみ》にはそれ〲お歴々《れき〱》の方々《かた〲》が居《を》られるではないか。われ〱は唯《たゞ》其《そ》の御支配《ごしはい》の下《もと》に治《をさま》る御世《みよ》の楽《たの》しさを、歌《うた》にも唄《うた》ひ、絵《ゑ》にも写《うつ》して、いつ暮《く》れるとも知《し》れぬ長《なが》き日《ひ》を、われ人共《ひとども》に、夢《ゆめ》の如《ごと》く送過《おくりすご》すのが、せめてもの御奉公《ごほうこう》ではあるまいか。種彦《たねひこ》は丁度《ちやうど》、豊後節《ぶんごぶし》全盛《ぜんせい》の昔《むかし》に流行《りうかう》した文《ぶん》金風《きんふう》の遊冶郎《いうやらう》を見《み》るやう、両手《りやうて》を懐中《ふところ》に肩《かた》を落《おと》して、何処《どこ》を風《かぜ》がといふ見得《みえ》で、いつの程《ほど》にか、名高《なだか》い隅田川《すみだがは》といふ酒問《さかどん》屋《や》の前辺《まへあたり》まで来《き》たが、すると、忽《たちま》ち向《むか》うに見《み》える雷門《かみなりもん》の、新橋《しんばし》と書《か》いた大提灯《おほぢやうちん》の下《した》から、大勢《おほぜい》の人《ひと》がわい〱云《い》つて馳出《かけだ》して来《く》るのみか、女《をんな》の泣声《なきごゑ》までを聞付《きゝつ》けた。ソラ喧嘩《けんくわ》だ、人殺《ひとごろし》だといふが早《はや》いか、路行《みちゆ》く人々《ひと〲》は右方左方《うはうさはう》へ逃惑《にげまど》ふものもあれば、我遅《われおく》れじと馳《か》けつけるものもある。その後《あと》につゞいて町《まち》の犬《いぬ》が幾匹《いくひき》ともなく吠《ほ》えながら走《はし》る。

　種彦《たねひこ》は依然《いぜん》として両手《りやうて》を懐中《ふところ》に、この騒《さわ》ぎも繁華《はんくわ》な江戸《えど》ならでは見《み》られぬものと云《い》はぬばかり、街《まち》の角《かど》に立止《たちどま》つて眺《なが》めてゐたが、然《しか》し走交《はせちが》ふ群集《ぐんじゆ》に遮《さへぎ》られて、実《じつ》は何《なん》の事件《こと》やら一《いつ》向《かう》に見定《みさだ》める事《こと》が出来《でき》なかつたのである。

「先生《せんせい》。」と突然横合《とつぜんよこあひ》から声《こゑ》をかけたものがある。

「いや。仙果《せんくわ》に種員《たねかず》か。あの騒《さわ》ぎは一体《いつたい》どうしたといふんだ。」

「先生《せんせい》。大変《たいへん》な騒《さわ》ぎで御《ご》在《ざい》ます。奥山《おくやま》の姐《ねえ》さんが朝腹《あさつぱら》お客《きやく》を引込《ひきこ》まうとした処《ところ》を、隠密《をんみつ》に目付《めつか》つて縛《あげ》られたつていふ騒《さわ》ぎなんで………。」

「ふうむ。さうか。」と種彦《たねひこ》も流石《さすが》事件《じけん》の意外《いぐわい》なるに驚《おどろ》いた様子《やうす》。「奥山《おくやま》の茶見世《ちやみせ》なぞは昔《むかし》から好《よ》からぬ処《ところ》ときまつたものぢや無《な》いか。今更《いまさら》隠《かくし》売女《ばいぢよ》の一人《ひとり》や二人《ふたり》召捕《めしとら》へた処《ところ》で仕様《しやう》もあるまいに。」

「先生《せんせい》は其《そ》れぢや、まだ昨日《ゆうべ》からの騒《さわ》ぎを御存《ごぞん》じがないと見《み》えますな。」

「はて、昨日《ゆうべ》からの騒《さわ》ぎといふのは、それア何事《なにごと》だ。お前《まへ》さん達《たち》も知《し》つての通《とほ》り、私《わし》は先月以来《せんげついらい》、外《そと》へ出《で》るのは今日《けふ》が初《はじ》めて………。」

「実《じつ》は此《こ》れから二人《ふたり》してお邪魔《じやま》に上《あが》らうと思《おも》つてゐた処《ところ》なんで御在《ござい》ます。今日《けふ》はもうどこへ行《い》つても其《そ》の話《はなし》ばかりで御在《ござい》ますよ。昨日《きのふ》の晩花川戸《ばんはなかはど》の寄席《よせ》で娘浄瑠璃《むすめじやうるり》が縛《あげ》られる。それから今朝《けさ》になつて広小路《ひろこうぢ》の芸者家《げいしやや》で、女髪結《をんなかみゆひ》が三人《にん》まで御用《ごよう》になつたといふ騒《さわ》ぎ。何《なん》でもつひ二三日前《にちまへ》御本丸《ごほんまる》で御役《おやく》替《がへ》があつて、大目付《おほめつけ》の鳥居様《とりゐさま》が町奉行《まちぶぎやう》にお成遊《なりあそ》ばしてから、俄《にはか》に手厳《てきび》しい御詮議《ごせんぎ》が始《はじ》まつたとやら。手前供《てまへども》の町内《ちやうない》なんぞでも、名主《なぬし》や家主《いへぬし》が今朝《けさ》はもう五《いつ》ツ時分《じぶん》から御奉行所《ごぶぎやうしよ》へお伺《うかゞ》ひに出《で》るやうな始末《しまつ》で御在《ござい》ます。」

「成程《なるほど》、それは全《まつた》く容易《ようい》ならぬ事《こと》だ。」

「先生《せんせい》、まだ其《そ》ればかりぢや御在《ござい》ません。昨夜《ゆうべ》一寸櫓下《ちよつとやぐらした》の方《はう》へ参《まゐ》りましたら、何《なん》でも近《ちか》い中《うち》に御府内《ごふない》の岡場所《をかばしよ》は一《ひと》ツ残《のこ》らずお取払《とりはら》ひになるとか云《い》ふ騒《さわ》ぎで、さすがの辰巳《たつみ》も霜枯《しもが》れ同《どう》様《やう》、寂《さび》れきつて居《を》りやした。」

「さうか。世《よ》の中《なか》は三日《みつか》見《み》ぬ間《ま》の桜《さくら》ぢやない。とんな桜《さくら》を散《ち》らす夜嵐《よあらし》だのウ。」

「先生《せんせい》、兎《と》に角境内《かくけいだい》を一《ひと》まはり奥山辺《おくやまへん》までお供《とも》を致《いた》さうぢや御在《ござい》ませんか。」

「さうさな。人《ひと》の難儀《なんぎ》を見《み》て置《お》くのも、又何《またなに》か後《のち》の世《よ》の語草《かたりぐさ》にならうも知《し》れぬ。」

三人《にん》は歩《ある》き出《だ》した。雷門前《かみなりもんまへ》の雑踏《ざつたふ》は早《は》や何処《どこ》へやら消《き》え去《さ》つてしまつたが、其辺《そのへん》にはいづれも不安《ふあん》な顔色《かほいろ》をした人々《ひと〴〵》の、彼方此方《あちこち》と行交《ゆきか》ふ其《そ》の口々《くち〴〵》に、町木戸《まちきど》の大番屋《おほばんや》で召《めし》捕《とら》れた売女《ばいぢよ》の窮命《きうめい》されてゐる有様《ありさま》が、尾《を》に鰭《ひれ》を添《そ》へて、いかにも酷《むご》たらしく言伝《いひつた》へられてゐる最中《さいちゆう》であつた。種彦《たねひこ》を先《さき》に種員《たねかず》と仙果《せんくわ》は雷門《かみなりもん》を這入《はい》つて、早足《はやあし》に立並《たちなら》ぶ珠数屋《じゆずや》の店先《みせさき》を通過《とほりす》ぎ、二十軒茶屋《けんぢやや》の前《まへ》を歩《ある》いて行《い》つたけれど、いつも五月蝿《うるさい》ほどに客《きやく》を呼《よ》ぶ女供《をんなども》は、やがて仁王門《にわうもん》を這入《はい》つた楊《やう》子店《じみせ》も同《おな》じ事《こと》で、いづれも真青《まつさを》な顔《かほ》をして三人《にん》四人《にん》と寄合《よりあ》ひながら、何《なに》やらひそ〳〵話合《はなしあ》つてゐると、土地《とち》の顔役《かほやく》らしい男《をとこ》が、いかにも事《こと》あり気《げ》に彼方此方《かなたこなた》へと歩《ある》き廻《まは》つてゐた。然《しか》し何《なん》と云《い》つても流石《さすが》は広《ひろ》い観音《くわんおん》の境内《けいだい》、今方《いまがた》そんな騒《さわ》ぎのあつたとも心附《こゝろづ》かぬ参詣《さんけい》の群集《ぐんじゆ》は、相《あひ》も変《かは》らず本堂《ほんだう》の階《かい》段《だん》を上《あが》り下《お》りしてゐると、いつものやうに、これも念仏堂《ねんぶつだう》の横手《よこて》に陣取《ぢんど》つた松井源水《まつゐげんすゐ》、又《また》はかの風流志道軒《ふうりうしだうけん》の昔《むかし》より境内《けいだい》の名物《めいぶつ》となつた辻講釈《つじかうしやく》を始《はじ》めとして、其辺《そのへん》に同《おな》じやうな葭簀《よしず》張《ばり》の小屋《こや》を仕《し》つらへた乞食芝居《こじきしばゐ》や、桶抜《をけぬ》け籠抜《かごぬ》けなぞの軽業《かるわざ》師《し》も、追々《おひ〳〵》に見物《けんぶつ》を呼《よ》び集《あつ》めてゐる処《ところ》であつた。

一同《どう》はそれ等《ら》の小屋《こや》を後《あと》にして、俗《ぞく》に千本桜《ぼんざくら》と云《い》はれてゐる葉桜《はざくら》の立木《たちき》の間《あひだ》を横切《よこぎ》ると、さしもに広《ひろ》い金龍山《きんりうざん》の境内《けいだい》も茲《こゝ》に尽《つ》きやうとして、其辺《そのへん》には坐《そゞ》ろ本山開基《ほんざんかいき》の頃《ころ》の昔《むかし》を思《おも》はせる程《ほど》な大木《たいぼく》が、鬱々《うつ〳〵》として生茂《おひしげ》つてゐる間々《あひだ〳〵》に、土《ど》弓場《きうば》と水茶屋《みづぢやや》の小家《こいへ》は、幾軒《いくけん》となく其《そ》の低《ひく》い板葺《いたぶき》の屋根《やね》を並《なら》べてゐるのである。

毎夜《まいよ》頬冠《ほゝかぶり》して吉原《よしはら》の河岸通《かしどほり》をぞめいて歩《ある》く、其連中《そのれんちゆう》と同《おな》じやうな身《み》なりの男《をとこ》が、相《あひ》も変《かは》らず其《そ》の辺《へん》をぶらり〳〵歩《ある》いてゐたが、さすがに唯《たつ》た今方世《いまがたよ》にも恐《おそ》るべき騒動《さうどう》のあつた後《あと》とて、女供《をんなども》は一斉《せい》に声《こゑ》を潜《ひそ》め姿《すがた》を隠《かく》してしまつた処《ところ》から、いつもは姦《かしま》しい嬌音《けうおん》に打消《うちけ》されて其程《それほど》に耳立《みゝだ》たない裏田圃《うらたんぼ》の蛙《かはづ》の啼《な》く音《ね》と、梢《こずゑ》に騒《さわ》ぐ蝉《せみ》の声《こゑ》とが、今日《けふ》に限《かぎ》つて全《まつた》く此《こ》の境内《けいだい》を寺院《じゐん》らしく幽邃閑雅《いうすゐかんが》にさせてしまつたやうに思《おも》はれた。さながら人《ひと》なき家《いへ》の如《ごと》く堅《かた》くも表口《おもてぐち》の障子《しやうじ》を閉《し》めてしまつた土《ど》弓場《きうば》の軒端《のきば》には、折々《をり〳〵》時《とき》ならぬ病葉《わくらば》の一片二片《ひとひらふたひら》と閃《ひらめ》き落《お》ちるのが、殊更《ことさら》に哀深《あはれふか》く、葭簀《よしず》を立掛《たてか》けた水茶屋《みづぢやや》の床几《しやうぎ》には、徒《いたづら》に磨込《みがきこ》んだ真鍮《しんちう》の茶釜《ちやがま》にばかり、梢《こずゑ》を漏《も》れる秋《あき》の薄日《うすび》のきら〳〵と反射《はんしや》するのが、云《い》ひ知《し》れず物淋《ものさび》しく見《み》えた。何《ど》処《こ》か見《み》えない木立《こだち》の間《あひだ》から、頻《しきり》と嘲《あざけ》り笑《わら》ふが如《ごと》き烏《からす》の声《こゑ》が聞《きこ》える。

種彦《たねひこ》は何《なん》といふ訳《わけ》もなく立止《たちどま》つて梢《こずゑ》を振仰《ふりあふ》いだ。枯枝《かれえだ》の折《をれ》が乾《かわ》いた木《き》の皮《かは》と共《とも》に、木葉《このは》の間《あひだ》を滑《すべ》つて軽《かる》く地上《ちじやう》に落《お》ちて来《く》る。大方蝉《おほかたせみ》を啄《ついば》まうとして烏《からす》は其《そ》の餌《ゑば》を追《お》うて梢《こずゑ》から梢《こずゑ》に飛移《とびうつ》つたに違《ちが》ひない。仙果《せんくわ》は人気《ひとけ》のない水茶屋《みづぢやや》の床几《しやうぎ》に置《お》き捨《す》てゝある煙草盆《たばこぼん》から、勝手《かつて》に煙草《たばこ》の火《ひ》をつけようとして、灰《はひ》ばかりなのにちよツと舌鼓《したつゞみ》を打《う》つたが、其儘腰《そのまゝこし》を下《おろ》して、懐中《ふところ》から火打石《ひうちいし》を捜出《さがしだ》しながら、

「先生《せんせい》、一服《ぷく》いかゞで御在《ござい》ます。いつもなら、のう種員《たねかず》さん。この辺《へん》は河岸縁《かしつぷち》の三日月長屋《かづきながや》も同然《どうぜん》、滅多《めつた》に素通《すどほり》の出来《でき》る処《ところ》ぢやないんだが、今日《けふ》はかうして安閑《あんかん》と煙草《たばこ》が呑《の》んでゐられるたア、何《なん》だか拍子抜《ひやうしぬけ》がして狐《きつね》にでもつまゝれたやうな気《き》がするね。」

「真白《まつしろ》なこん〳〵様《さま》は何処《どこ》の御穴《おあな》へもぐり込《こ》んだのか、不思議《ふしぎ》に姿《すがた》をくらましたもんさな。何《なに》しろ涼《すゞ》しくツて閑静《かんせい》で、お茶代《ちやだい》いらずと来《く》りやア、これがほんとに有難山《ありがたやま》の時鳥《ほとゝぎす》だ。」

と腰《こし》なる一提《ひとつさげ》を取出《とりだ》して、種員《たねかず》は仙果《せんくわ》の煙管《きせる》から火《ひ》をかりて一服《ぷく》する。成程涼《なるほどすゞ》しい風《かぜ》は絶《た》えず梢《こずゑ》の間《あひだ》から湧《わ》き起《おこ》つて軽《かる》く人《ひと》の袂《たもと》を動《うご》かすのに、種彦《たねひこ》もいつか門人等《もんじんら》と並《なら》んで、思掛《おもひが》けない水茶屋《みづぢやや》の床几《しやうぎ》に腰《こし》を下《おろ》し、境内《けいだい》を歩続《あゆみつゞ》けた足《あし》のつかれを休《やす》ませたが、折《をり》から梢《こずゑ》の蝉《せみ》の鳴音《なくね》をも一時《じ》に止《とゞ》めるばかり、耳元近《みゝもとちか》く唸《うな》り出《いだ》す弁天山《べんてんやま》の時《とき》の鐘《かね》。数《かぞ》ふれば早《は》や正午《ひる》の九《こゝの》ツを告《つ》げてゐるらしい。種彦《たねひこ》はどこか此《こ》の近辺《きんぺん》で閑静《かんせい》でそして直《ちよく》な料理茶屋《れうりぢやや》でもあるならば久振《ひさしぶり》門人等《もんじんら》と共《とも》に昼食《ちうじき》を準《とゝの》へようかと言出《いひだ》す。毎日《まいにち》のぞめき歩《あるき》に至極案内知《しごくあんないし》つたる柳下亭種員《りうかていたねかず》は心得《こゝろえ》たりといふ見得《みえ》で、雪駄《せつた》の爪先《つまさき》に煙管《きせる》をはたきながら、

「では、先生《せんせい》、早速《さつそく》あの突当《つきあた》りの菜飯茶屋《なめしぢやや》なぞはいかゞで御《ご》

在《ざい》ませう。山東庵《さんとうあん》が近世奇跡考《きんせいきせきかう》に書《か》きました金龍山奈良茶飯《きんりうざんならちやめし》の昔《むかし》はいかゞか存《ぞん》じませんが、近頃《ちかごろ》は奥山《おくやま》の奈良茶《ならちや》もなか〳〵こつたものを食《く》はせやす。それに先生《せんせい》、御《ご》案内《あんない》でも御《ご》在《ざい》ませうが、お座敷《ざしき》から向《むか》う一面《めん》に裏田圃《うらたんぼ》を見《み》晴《はら》す景色《けしき》はまた格別《かくべつ》で御《ご》在《ざい》ますよ。丁度《ちやうど》今頃《いまごろ》は青田《あをた》の間々《あひだ〳〵》に蓮《はす》の花《はな》が盛《さか》りだらうと存《ぞん》じます。」

七

一同《どう》は早速《さつそく》水茶屋《みづぢやや》の床几《しやうぎ》をはなれ、こゝにも生茂《おひしげ》る老樹《らうじゆ》のかげに、風流《ふうりう》な柴垣《しばがき》を結廻《ゆひめぐ》らした菜飯茶屋《なめしぢやや》の柴折門《しをりもん》をくゞつたが、成程《なるほど》門人《もんじん》種員《たねかず》の話《はな》した通《とほ》り、打水《うちみづ》清《きよ》き飛石《とびいし》づたひ、日《ひ》を避《さ》ける夕顔棚《ゆふがほだな》からは大《おほ》きな糸瓜《へちま》の三《みつ》ツ四《よ》ツもぶら下《さが》つてゐる中庭《なかには》を隔《へだ》てゝ、茶《ちや》がゝつた離《はな》れの小座敷《こざしき》へと通《とほ》るや否《いな》や、明放《あけはな》した濡縁《ぬれえん》の障子《しやうじ》から一目《ひとめ》に見渡《みわた》した裏田圃《うらたんぼ》の景色《けしき》は、また格別《かくべつ》でげすと申《まを》すより外《ほか》は無《な》かつた。即《すなは》ち、南宗北宗《なんしうほくしう》はいふに及《およ》ばず、土佐《とさ》、住吉《すみよし》、四条《しでう》、円山《まるやま》の諸派《しよは》にも顧《かへり》みられず、僅《わづか》に下品《げひん》極《きは》まる町絵師《まちゑし》が版下画《はんしたゑ》の材料《ざいれう》にしかなり得《え》ない特種《とくしゆ》の景色《けしき》——漢学《かんがく》といふ経世的思想《けいせいてきしさう》の感化《かんくわ》からも、御学問所《おがくもんじよ》といふ道徳的臭味《だうとくてきしうみ》からも全《まつた》く隔離《かくり》した教養《けうやう》なき平民文学者《へいみんぶんがくしや》の、気障気《きざけ》たつぷりな風流心《ふうりうしん》をのみ喜《よろこ》ばしむべき特種《とくしゆ》の景色《けしき》——古今万葉《こきんまんえふ》の流《ながれ》を汲《く》んだ優美《いうび》な歌人《かじん》、又唐詩選三体詩《またたうしせんさんたいし》を諳《そらん》ずる厳粛《げんしゆく》な士君子《しくんし》の心《こゝろ》には、却《かへつ》て不快嫌悪《ふくわいけんを》の情《じやう》を発《はつ》せしめるだけに、狂歌川柳《きやうかせんりう》の俗気《ぞくき》を愛《あい》する放蕩背倫《はうたうはいりん》の遊民《いうみん》には、云《い》ふべからざる興味《きやうみ》を呼起《よびおこ》し得《う》る特種《とくしゆ》の景色《けしき》である。即《すなは》ち左手《ひだりて》には田町《たまち》あたりに立続《たちつゞ》く編笠茶屋《あみがさぢやや》と覚《おぼ》しい低《ひく》い人家《じんか》の屋根《やね》を限《かぎ》りとし、右手《みぎて》は遥《はるか》に金杉《かなすぎ》から谷中《やなか》飛鳥山《あすかやま》の方《はう》へと延長《えんちやう》する深《ふか》い木立《こだち》を境《さかひ》にして、目《め》の届《とゞ》くかぎり浅草《あさくさ》の裏田圃《うらたんぼ》は一面《めん》に稲葉《いなば》の海《うみ》を漲《みなぎ》らしてゐる。其《そ》の正面《しやうめん》に当《あた》つて、恰《あたか》も大《おほ》きな船《ふね》の浮《うか》ぶがやうに、吉原《よしはら》の廓《くるわ》がいづれも用水桶《ようすゐをけ》を載《の》せ頂《いたゞ》いた板葺《いたぶき》の屋根《やね》を聳《そびやか》してゐるのである。

折《をり》からの、薄《うす》く曇《くも》つた初秋《はつあき》の空《そら》から落《おち》る柔《やはら》かな光線《ひかげ》は、快《こゝろよ》く延切《のびき》つた稲《いね》の葉《は》の青《あを》さをば、照輝《てりかゞや》く夏《なつ》の日《ひ》よりも却《かへつ》て一段《だん》濃《こ》くさせたやうに思《おも》はれる。彼方此方《かなたこなた》に浮《うか》んだ蓮田《はすだ》の蓮《はす》の花《はな》は、青田《あをだ》の天鵞絨《びろうど》に紅白《こうはく》の刺繍《ぬひとり》をなし、打戦《うちそよ》ぐ稲葉《いなば》の風《かぜ》につれて、得《え》も云《い》はれぬ香気《かうき》を送《おく》つて来《く》る。鳴子《なるこ》や案山子《かかし》の立《た》つてゐる辺《あたり》から、折々《をり〳〵》ぱつと小鳥《ことり》の群《むれ》の飛立《とびた》つ毎《ごと》に、稲葉《いなば》に埋《うづも》れた畦道《あぜみち》からは、駕籠《かご》を急《いそ》がす往来《ゆきき》の人《ひと》の姿《すがた》が現《あらは》れて来《く》る。それは田圃《たんぼ》の近道《ちかみち》をば、田面《たのも》の風《かぜ》と蓮《はす》の花《はな》の薫《かを》りとに、見残《みのこ》した昨夜《ゆうべ》の夢《ゆめ》を托《たく》しつゝ、曲輪《くるわ》からの帰途《かへり》を急《いそ》ぐ人達《ひとたち》であらう。

種彦《たねひこ》は眺《なが》めあかす此《こ》の景色《けしき》と、久振《ひさしぶり》に取上《とりあ》げる盃《さかづき》と味《あぢはひ》と、埒《らち》もない門弟達《もんていたち》の雑談《ざつだん》とに、そぞろ今日《けふ》の外出《そとで》の無益《むえき》でなかつた事《こと》を喜《よろこ》んだ。全《まつた》く気《き》に入《い》つた景色《けしき》、気《き》に入《い》つた酒《さけ》、気《き》に入《い》つた雑談《ざつだん》。この三拍子《びやうし》が遺憾《ゐかん》なく打揃《うちそろ》ふと云《い》ふ事《こと》は、人生容易《じんせいようい》に遇《あ》ひ難《がた》い偶然《ぐうぜん》の機《き》を俟《ま》たねばならぬ。偶然《ぐうぜん》の好機《かうき》は紀文奈良茂《きぶんならも》の富《とみ》を以《もつ》てしても、あながちに買《か》ひ得《う》るものとは限《かぎ》られぬ。女中《ぢよちゆう》が持運《もちはこ》ぶ蜆汁《しゞみじる》と夜塒《やまき》の胡瓜《きうり》の酸《す》の物《もの》、秋《あき》茄子《なす》のしぎ焼《やき》などを肴《さかな》にして、種彦《たねひこ》はこの年月《としつき》、東都《とうと》一流《りう》の戯作者《げさくしや》として、凡《およ》そ人《ひと》の羨《うらや》む遊興《いうきよう》の場所《ばしよ》には飽《あきは》果てるほど出《で》入《いり》した身《み》でありながら、考《かんが》へて見《み》れば雨《あめ》や風《かぜ》のさはりなく主《しゆ》客共《かくとも》に能《よ》く一日半夜《にちはんや》の歓会《くわんくわい》に逢《あ》ひ得《え》たる事幾何《こといくばく》ぞと、さま〴〵なる物見《ものみ》遊山《ゆさん》の懐旧談《くわいきうだん》に時《とき》の移《うつ》るのをも忘《わす》れてゐたが、折《をり》から一同《どう》は中庭《なかには》を隔《へだ》てた向《むかひ》の小座敷《こざしき》に、先程《さきほど》から頻《しきり》と手《て》を鳴《な》らしてゐたお客《きやく》が、遂《つひ》に亭主《ていしゆ》らしい男《をとこ》を呼付《よびつ》けて物荒《ものあら》く云《いひ》罵《のゝし》り初《はじ》めた声《こゑ》を聞付《きゝつ》けた。客《きやく》は誂《あつら》へた酒肴《さけさかな》のあまりに遅《おそ》い事《こと》を憤《いきどほ》り、亭主《ていしゆ》はそれをば平《ひら》あやまりに謝罪《あやま》つてゐると覚《おぼ》しい。さう気付《きづ》いて見《み》れば一同《どう》の座敷《ざしき》も同《おな》じ事《こと》、先程誂《さきほどあつら》へた初《はつ》茸《だけ》の吸物《すひもの》も、又《また》は銚子《てうし》の代《かは》りさへ更《さら》に持《も》つて来《こ》ない始末《しまつ》である。別《べつ》に大勢《おほぜい》の客《きやく》が一度《ど》に立込《たてこ》んで手《て》が足《た》りぬと云《い》ふのでも無《な》いらしい。どうした事《こと》かと、仙果《せんくわ》は二三度《ど》続《つゞ》けざまに烈《はげ》しく手《て》を鳴《な》らしたが、すると、以前《いぜん》の女中《ぢよちゆう》がお銚子《てうし》だけを持《も》つて来《き》ながら息使《いきづか》ひも急《せは》しく、甚《いた》くも狼狽《うろた》へた様子《やうす》で、

「どうも申訳《まをしわけ》が御在《ござい》ません。どうぞ御勘弁《ごかんべん》を…………。」とばかり前髪《まへがみ》から滑《すべ》り落《お》ちる簪《かんざし》もその儘《まゝ》に只管《ひたすら》額《ひたひ》を畳《たゝみ》へ摺付《すりつ》けてゐる。

「こう、姐《ねえ》さん。どうしたもんだな。さう謝罪《あやま》つてばかりゐられちやア、此方《こつち》が困《こま》つてしまふぢやねえか。お燗《かん》はつけず、お肴《さかな》はなしといふのぢや、どうもこれアお話《はなし》にならないぢやねえか。」

「唯今《たゞいま》帳場《ちやうば》からお詫《わび》に出《で》ると申《まを》して居《を》ります。どうぞ御勘《ごかん》弁《べん》を…………。」

「それぢや姐《ねえ》さん、酒《さけ》も肴《さかな》も出来《でき》ねえと云《い》ひなさるのかい。」

「出来《でき》ないと申《まを》す訳《わけ》ぢや御在《ござい》ませんが、旦那《だんな》。大変《たいへん》な事《こと》になつてしまつたんで御在《ござい》ますよ。唯今《たゞいま》、定巡《ぢやうまはり》の旦那衆《だんなしゆ》がお出《い》で遊《あそ》ばして、其方《そのはう》どもでは、時節《じせつ》ちがひの走物《はしりもの》を料理《れうり》に使《つか》つては居《を》らぬかと仰有《おつしや》つて洗場《あらひば》から帳場《ちやうば》の隅々《すみ〴〵》までお改《あらた》めになつてお帰《かへ》りになるかと思《おも》へば、今度《こんど》は入違《いれちがひ》に、伝法院《でんばふゐん》の御役僧《ごやくそう》と町方《まちかた》の御役人衆《おやくにんしゆ》とがお出《いで》になつて、お茶屋《ちやや》へ奉公《ほうこう》する女中《ぢよちゆう》達《たち》はこれから三月中《つきうち》に奉公《ほうこう》をやめて親元《おやもと》へ戻《もど》らなければ、隠《かく》し売女《ばいぢよ》とかいふ事《こと》にして、吉原《よしはら》へ追遣《おひや》つて、お女郎《ぢよろう》にしてしまふからと、それは〳〵厳《きび》しいお触《ふれ》なので御在《ござい》ます。」

種彦《たねひこ》初《はじ》め一同《どう》は一時《とき》に酒《さけ》の酔《ゑひ》を醒《さ》ましてしまつた。女中《ぢよちゆう》はもう涙《なみだ》をほろ〳〵滾《こぼ》しながら、相手《あひて》選《えら》ばず事情《じじやう》を訴《うつた》へようとする。

「お上《かみ》の旦那衆《だんなしゆ》もあんまり御慈悲《おじひ》が無《な》さすぎるぢや御在《ござい》ませんか。かうしてお茶屋《ちやや》へ奉公《ほうこう》なんぞをしてゐますのを、好《す》きこのんで何《なに》か猥《みだ》らな事《こと》でもする為《た》めのやうに仰有《おつしや》いますが、かうして私《わたくし》がお茶屋奉公《ちややぼうこう》でもいたさなければ、母親《おふくろ》や亭主《ていしゆ》が日干《ひぼし》になつてしまふので御在《ござい》ます。亭主《ていしゆ》は足腰《あしこし》が立《た》ちませんし、母親《おふくろ》は眼《め》が不自由《ふじいう》な因果《いんぐわ》な身《み》の上《うへ》なんで御在《ござい》ます…………。」

先程《さきほど》手《て》を鳴《なら》し立《た》てた元気《げんき》は何処《どこ》へやら、一同《どう》は左右《さいう》から女《ぢよ》中《ちゆう》を云慰《いひなぐさ》め、一刻《こく》も早《はや》く此《こ》の場《ば》を立去《たちさ》るより仕様《しやう》がない。わづかに其《そ》の場《ば》の空腹《くうふく》をいやす為《た》め、もう誂《あつら》ふべき料理《れうり》とてもない処《ところ》から、一同《どう》は香物《かうのもの》に茶漬《ちやづけ》をかき込《こ》み、過分《くわぶん》の祝儀《しうぎ》を置《お》

いて、はう／＼の体《てい》で菜飯茶屋《なめしぢやや》の門《かど》を出《で》たのである。

「種員《たねかず》さん、いよ／＼薄気味《うすきみ》の好《よ》くねえ、世《よ》の中《なか》になつて来《き》たぜ。岡場所《をかばしよ》の盛場《さかりば》はお取払《とりはら》ひ、お茶屋《ちやや》の姐《ねえ》さんは吉原《よしはら》へ追放《つゐはう》、女髪結《をんなかみゆひ》に女芸人《をんなげいにん》はお召捕《めしと》り……かうなつて来《き》ちや、どうしても此《こ》の次《つぎ》は役者《やくしや》に戯作者《げさくしや》といふ順《じゆん》収《しう》だね。」

「こう／＼仙果《せんくわ》さん。大《おほ》きな声《こゑ》をしなさんな。その辺《へん》に八丁堀《ちやうぼり》の手先《てさき》が徘徊《うろつ》いてゐないとも限《かぎ》らねえ……。」

「鶴亀《つるかめ》／＼。しかし二本差《ほんさ》した先生《せんせい》のお供《とも》をしてゐりやア、与力《よりき》でも同心《どうしん》でも滅多《めつた》な事《こと》はできやしめえ。」と口《くち》に云《い》つたけれど、仙果《せんくわ》は全《まつた》く気味悪《きみわる》さうに四辺《あたり》を見廻《みまは》さずにはゐられなかつた。

それなり、種彦《たねひこ》を初《はじ》め一同《どう》は黙然《もくぜん》として一語《ご》をも発《はつ》せず、訳《わけ》もなく物《もの》に追《お》はるゝやうに雷門《かみなりもん》の方《はう》へ急《いそ》いで歩《ある》いた。

八

久《ひさ》し振《ぶり》の散歩《さんぽ》に思《おもひ》の外《ほか》の疲労《つかれ》をおぼえ、種彦《たねひこ》はわが家《や》に帰《かへ》るが否《いな》や、風通《かぜとほ》しのいゝ二階《かい》の窓際《まどぎは》に肱枕《ひぢまくら》して、猶《なほ》さま／＼に今日《けふ》の騒《さわ》ぎを噂《うはさ》する門人達《もんじんたち》の話《はなし》を聞《き》いてゐたが、する中《うち》にいつか知《し》ら、うと／＼と坐睡《まどろ》んでしまつた。

疲《つか》れ切《き》つた戯作者《げさくしや》の魂《たましひ》は怪《あや》し気《げ》なる夢《ゆめ》の世界《せかい》へとさまよひ出《だ》したのである。

最初《さいしよ》に門人等《もんじんら》の話声《はなしごゑ》が近《ちか》くなり遠《とほ》くなりして、いかにも懶《ものう》く又心地《またこゝち》よく耳元《みゝもと》に残《のこ》つてゐたが、いつか知《し》ら風《かぜ》の消《き》ゆる如《ごと》く潮《うしほ》の退《しりぞ》く如《ごと》くに聞《きこ》えなくなつて仕舞《しま》ふと、戯作者《げさくしや》の魂《たましひ》は忽《たちま》ち、いづこからとも知《し》れず響《ひゞ》いて来《く》る幽《かすか》な金棒《かなばう》の音《おと》を聞《きゝ》付《つ》けた。今時分《いまじぶん》不思議《ふしぎ》な事《こと》と怪《あや》しむ間《ま》もなく、かの金棒《かなばう》の響《ひゞき》は正《まさ》しく江戸《えど》町々《まち／＼》の名主《なぬし》が町奉行所《まちぶぎやうしよ》からの御達《おたつし》を家毎《いへごと》に触《ふ》れ歩《ある》くものと覚《おぼ》しく、彼方《かなた》からも此方《こなた》からも、互《たがひ》に相呼応《あひこおう》しつゝ宛《さなが》ら嵐《あらし》の如《ごと》くに湧起《わきおこ》つて来《く》るのである。それと共《とも》に突然《とつぜん》川水《かはみづ》の流《なが》るゝ音《おと》が訳《わけ》もなく高《たか》まり出《だ》した。種彦《たねひこ》は屋根船《やねぶね》の中《なか》に揺《ゆ》られながら眠《ねむ》つてゐるやうな心持《こゝろもち》もすれば、また高《たか》い青楼《せいろう》の二階《かい》の、深《ふか》い積夜具《つみやぐ》の中《なか》にふうわりと埋《うづ》まつてゐるやうな心持《こゝろもち》もする。兎《と》に角驚《かくおどろ》いて顔《かほ》を上《あ》げると、自分《じぶん》の身体《からだ》のある処《ところ》よりも遥《はるか》に低《ひく》く、雨気《あまけ》を帯《お》びた雲《くも》の間《あひだ》をば一輪《りん》の朧《おぼろ》月《づき》が矢《や》の如《ごと》くに走《はし》つてゐるのを見《み》た。町《まち》の木戸《きど》が厳重《げんぢゆう》に閉《とざ》されてゐて、番太郎《ばんたらう》の半鐘《はんしよう》が叩《たゝ》く人《ひと》もゐないのに独《ひとり》で勝手《かつて》に鳴《なり》響《ひゞ》いてゐる。種彦《たねひこ》は唯只《たゞたゞ》不審《ふしん》の思《おもひ》をなすばかり、通過《とほりす》ぎる人《ひと》でもあらば聞質《きゝたゞ》したいと、消《き》えかゝる辻番《つぢばん》の燈火《あかり》をたよりに、頻《しきり》と四辺《あたり》を見廻《みまは》すけれど、犬《いぬ》の声《こゑ》ばかりして人影《じんかげ》とては更《さら》にない。何《なん》となく胸騒《むなさわ》ぎがして、何処《いづこ》へといふ当《あて》もなく一生懸命《しやうけんめい》に駈出《かけだ》し初《はじ》めると、忽《たちま》ち目《め》の前《まへ》に大《おほ》きな橋《はし》が現《あら》はれた。種彦《たねひこ》は足《あし》にまかせて瞬時《しゆんじ》も早く橋《はし》を渡《わた》り過《す》ぎようとすると、突然後《とつぜんうしろ》から両方《りやうはう》の袂《たもと》をしつかりと押《おさ》へて引止《ひきと》めるものがある。何者《なにもの》かと思《おも》つて振返《ふりかへ》ると、心中《しんぢゆう》でも仕損《しそん》じた駈落者《かけおちもの》とおぼしく、橋際《はしぎは》へ晒者《さらしもの》になつてゐる二人《ふたり》の男女《だんぢよ》があつて、其《そ》の両手《りやうて》は堅《かた》く縛《いまし》められてゐる処《ところ》から、一心《しん》に種彦《たねひこ》の袂《たもと》をば歯《は》で啣《くは》へてゐたのであつた。あまりの気味悪《きみわる》さに、覚《おぼ》えず腰《こし》なる一刀《たう》を抜手《ぬくて》も見《み》せず切放《きりはな》すと、二《ふた》つの首《くび》は脆《もろ》くも空中《くうちゆう》に舞飛《まひと》んで、鞠《まり》の如《ごと》くにころころと種彦《たねひこ》の足下《あしもと》に転落《ころげお》ちる。其《そ》の拍子《ひやうし》にふと見《み》れば、こはそも如何《いか》に、男《をとこ》は間違《まが》ふ方《かた》なく若旦那《わかだんな》柳絮《りうぢよ》、女《をんな》はわが家《や》に隠匿《かくま》つたお園《その》ではないか。しまつた事《こと》をした。情《なさけ》ない事《こと》をした。許《ゆる》してくれと、種彦《たねひこ》は地《ち》に跪《ひざま》づいて落《お》ちたる二《ふた》つの首級《くび》を交々《かはる〴〵》に抱上《いだきあ》げ、活《い》ける人《ひと》に物《もの》云《い》ふ如《ごと》く詫《わ》びてゐると、何時《いつ》の間《ま》にやら、お園《その》と思《おも》つた其《そ》の首《くび》は幾年《いくとせ》か昔《むかし》己《おの》れが西丸《にしまる》のお小性《こしやう》を勤《つと》めてゐた時《とき》、不義《ふぎ》の密通《みつつう》をした奥女中《おくぢよちゆう》なにがしの顔《かほ》となり、又柳絮《またりうじよ》と思《おも》つた其《そ》の首《くび》は、幾年《いくとせ》の昔《むかし》境町《さかひまち》の楽屋新道辺《がくやしんみちあたり》で買馴染《かひなじ》んだ男娼《かげま》となつてゐた。再《ふた》び吃驚《びつくり》して二《ふた》つの首級《くび》をハタと投出《なげだ》し、唯呆然《たゞばうぜん》として其場《そのば》に立佇《たゝず》んでしまふと、いつの間《ま》に寄集《よりあつま》つて来《き》たものか、菰《こも》を抱《かゝ》へた夜鷹《よたか》の群《むれ》が雲霞《うんか》の如《ごと》くに身《み》のまはりを取巻《とりま》いてゐて、一斉《せい》に手《て》を拍《う》つて大声《おほごゑ》に笑《わら》ひ罵《のゝし》るのである。而《しか》も種《たね》彦《ひこ》の眼《め》には数知《かずし》れぬ夜鷹《よたか》の顔《かほ》が、どうやら皆《みな》一度《ど》はどこかで見覚《みおぼ》えのある女《をんな》のやうに思《おも》はれた。恐《おそ》ろしいやら気味悪《きみわる》いやら、種彦《たねひこ》は狂気《きやうき》の如《ごと》く前後左右《ぜんごさいう》に切退《きりの》け切払《きりはら》ひ、やつとの事《こと》で橋《はし》の向《むか》うへと逃《に》げのびたが、もう呼吸《いき》も絶《た》え〲になるばかり疲《つか》れてしまつて、有合《ありあ》ふ捨石《すていし》の上《うへ》に倒《たふ》るゝやうに腰《こし》を落《おと》した。

幸《さいは》ひ四辺《あたり》は静《しづか》で、もう此処《ここ》までは追掛《おひか》けて来《く》るものも無《な》いらしい。朧月《おぼろづき》の光《ひかり》が、軟《やはらか》に夜《よる》の流《ながれ》を照《てら》してゐる。種彦《たねひこ》は初《はじ》めてほつと吐息《といき》を漏《もら》し、息切《いきぎ》れの苦《くる》しさを癒《いや》さうがために、石垣《いしがき》の下《した》なる杭《くひ》をたよりに、身《み》を這《は》はぬばかりにさせて、掌《てのひら》に夜《よる》の流《ながれ》を掬上《くみあ》げようとしてゐると、偶然《ぐんぜん》にも木《こ》の葉《は》のやうに漂《たゞよ》つて来《く》る一個《ひとつ》の盃《さかづき》を拾《ひろ》ひ得《え》た。今《いま》の世《よ》に何人《なにびと》の戯《たはむ》れぞ、紀文《きぶん》が盃流《さかづきなが》しの昔《むかし》も忍《しの》ばるゝ床《ゆか》しさと思《おも》ふ間《ま》もなく、早《は》や二三艘《さう》の屋根船《やねぶね》が音《おも》もなく流《なが》れて来《き》て、石垣《いしがき》の下《した》なる乱《らん》杭《ぐひ》に繋《つな》がれてゐるではないか。閉切《しめき》つた障子《しやうじ》の中《なか》には更《さら》に人《ひと》の気勢《けはひ》もないらしいのに、唯《た》だ朗《ほがら》かに河東節《かとうぶし》水調子《みづでうし》の一曲《きよく》が奏《かな》でられてゐる、種彦《たねひこ》は先程《さきほど》の恐《おそ》ろしい光景《くわうけい》をば全《まつた》く忘《わす》れてしまふと共《とも》に、今《いま》は何《なん》といふ訳《わけ》もなく、自分《じぶん》は二十歳《はたち》の若《わか》い身《み》空《そら》を朧月《おぼろづき》の河岸《かはぎし》に忍《しの》ばせて、こゝに尋《たづ》ね寄《よ》る恋人《こひびと》を待《ま》ち構《かま》へるやうな心持《こゝろもち》になつてゐた。

果《はた》せるかな。忽然川岸《こつぜんかはぎし》づたひに駈《か》けて来《く》る一人《ひとり》の女姿《をんなすがた》が、はたとわが足下《あしもと》に躓《つまづ》いて倒《たふ》れる。抱《いだ》き起《おこ》しながら見遣《みや》れば、金銀《きんぎん》の繍《ぬひ》ある裲襠《うちかけ》に、立《た》て兵庫《ひやうご》に結《ゆ》つた黒髪《くろかみ》をば、鼈甲《べつかふ》の櫛《くし》笄《かうがい》に飾尽《かざりつく》した傾城《けいせい》である。いかなる訳《わけ》あつて、夜道《よみち》を一人《ひとり》何処《いづこ》へといたはりながら聞《き》く間《ま》もおそし、後《うしろ》から飛《と》んで来《く》る二三人《にん》の追手《おつて》が、物《もの》をも云《い》はず裲襠《うちかけ》を剝取《はぎと》つてずた〱に引《ひき》裂《さ》き、鼈甲《べつかふ》の櫛《くし》笄《かうがい》や珊瑚《さんご》の簪《かんざし》なぞをば惜気《をしげ》もなく粉微塵《こなみぢん》に踏砕《ふみくだ》いた後《のち》、女《をんな》を川《かは》の中《なか》へ投込《なげこ》むや否《いな》や、いかにも忙《いそが》しさうに、猶《なほ》も川岸《かはぎし》をどん〱駈《か》けて行《ゆ》く。種彦《たねひこ》はあまりの事《こと》に少時《しばし》は其《そ》の方《はう》を見送《みおく》つたなり、呆然《ばうぜん》として佇立《たゝず》んでゐたが、すると今《いま》までは人《ひと》のゐる気勢《けはひ》もなかつた屋根船《やねぶね》の障子《しやうじ》が音《おと》もなく開《あ》いて、

「先生《せんせい》。柳亭先生《りうていせんせい》。どうもお久振《ひさしぶり》で御在《ござい》ます。」と親《した》し気《げ》に呼《よ》びかける男《をとこ》の声《こゑ》。見《み》れば、濃《こ》い眉《まゆ》を青々《あを〱》と剃《そ》り、眼《め》の大《おほ》き

い、口尻《くちじり》の凜々《りゝ》しい面長《おもなが》の美男子《びだんし》が、片手《かたて》には大《おほ》きな螺旋《ねぢ〳〵》の煙管《きせる》を持《も》ち、荒《あら》い三升格子《ますがうし》の褞袍《どてら》を着《き》て、屋根船《やねぶね》の中《なか》に胡坐《あぐら》をかいてゐると、其《そ》の周囲《まはり》には御殿女中《ごてんぢよちゆう》と町娘《まちむすめ》と芸者《げいしや》らしい姿《すがた》した女《をんな》が、いづれ劣《おと》らず此《こ》の男《をとこ》に魂《たましひ》までも打込《うちこ》んでゐるといふ風《ふう》にしなだれ掛《かゝ》つてゐた。種彦驚《たねひこおどろ》き、

「これはお珍《めづら》しい。貴公《きこう》は木場《きば》の成田屋《なりたや》さんぢやないか。」

「へえ、七代目海老蔵《だいめえびざう》で御在《ござい》ます。久《ひさ》しくお目《め》にかゝりませんでしたが、先生《せんせい》には相変《あひかは》らず御壮健《ごさうけん》で恐悦至極《きようえつしごく》に存《ぞん》じます。」

「いや、拙者《せつしや》なぞも、この節《せつ》のやうな世間《せけん》の様子《やうす》では、いつどのやうな御咎《おとがめ》を蒙《かうむ》る事《こと》やら、落人同様風《おちうどどうやうかぜ》の音《おと》にも耳《みゝ》を欹《そばだ》てゝ居《を》る次第《しだい》さ。それやこれやで、其後《そのご》はつひぞお尋《たづね》もしなかつたが、此間《このあひだ》はまたとんだ御災難《ごさいなん》。とう〳〵お江戸《えど》構《がま》ひといふ事《こと》に御成《おな》りなすつたさうだが、思掛《おもひが》けない今時分《いまじぶん》、どうして此処《ここ》へはお出《い》でなすつた。」

「其《そ》の不審《ふしん》は御尤《ごもつと》もで御在《ござい》ます。実《じつ》は今《いま》まで先祖《せんぞ》の菩提所《ぼだいしよ》なる下総《しもふさ》の在所《ざいしよ》に隠《かく》れて居《を》りましたが是非《ぜひ》にも先生《せんせい》にお目《め》にかゝり、折入《をりい》つてお願《ねが》ひ致《いた》し度《た》い事《こと》が御在《ござい》まして、夜中《やちゆう》そつと中川《なかがは》の御番所《ごばんしよ》をくゞり抜《ぬ》け、わざ〳〵爰《こゝ》までやつて参《まゐ》つた次第《しだい》で御在《ござい》ます。」

「はて、拙者《せつしや》のやうなものに折入《をりい》つてお頼《たの》みとは。」

「外《ほか》の事《こと》でも御在《ござ》りませぬ。あれなる二艘《さう》の屋根船《やねぶね》に積載《つみの》せました金銀珠玉《きんぎんしゆぎよく》の事《こと》で御在《ござい》ます。実《じつ》は当年《たうねん》四月《ぐわつ》木挽町《こびきちやう》の舞《ぶ》台《たい》におきまして、家《いへ》の狂言景清牢破《きやうげんかげきよらうやぶ》りの場《ば》を相勤《あひつと》め居《を》りまする節《せつ》、突然御用《とつぜんごよう》の身《み》と相成《あひなり》、遂《つひ》に六月《ぐわつ》二十二日《にち》北御番所《きたごばんしよ》のお白洲《しらす》に於《おい》て、役者海老蔵事身分《やくしやえびざうことみぶん》を弁《わきま》へず奢侈僭上《しやしせんじやう》の趣《おもむき》不届《ふとゞき》至極《しごく》とあつて、家財家宝《かざいかはう》お取壊《とりこはし》の上江戸《うへえど》十里《り》四方《はう》御追放《ごつゐはう》仰《おほせ》付《つけ》られましたが、いづれはかやうの御咎《おとがめ》もあらう事《こと》かと、木《き》場《ば》の住居《すまゐ》お取壊《とりこはし》に相成《あひな》らぬ中《うち》、弟子供《でしども》が皆《みな》それ〳〵に押隠《おしかく》しました家《いへ》の宝《たから》、それをば取集《とりあつ》め、あれなる船《ふね》に積載《つみの》せて参《まゐ》つた次第《しだい》で御在《ござい》ます。先生《せんせい》、折入《をりい》つての御願《おねがひ》と申《まをし》ますは、何卒《なにとぞ》あれなる宝《たから》をば、いか様《やう》にもして後《のち》の世《よ》にと残《のこ》し伝《つた》へて

新橋夜話(永井荷風氏著)

一作出る毎に冷笑嘲罵、ヤレ不真面目の駄作のと批評家諸賢の御愛顧を失つた作者の近作積つてこゝに十篇。「掛取り」「色男」「風邪ごゝち」「名花」「松葉巴」「五月闇」「浅瀬」「短夜」「昼すぎ」「妾宅」多くは本誌に掲げられたものである。附録として戯曲「わくら葉」一篇が載せられて居る。諸作の批評は上述の通り、が不思議なもので初版出でゝ日ならずして版を重ねた。批評家の権威偉大なるかな。(籾山書店)

〈大正元年十二月号「新刊図書」欄〉

下《くだ》さるやう、御守護《ごしゆご》なされては下《くだ》さるまいか。諸行無常《しよぎやうむじやう》は浮世《うきよ》のならひ、某《それがし》の身《み》の老朽《おいく》ち行《ゆ》くは、ゆめ〳〵口惜《くちを》しいとは存《ぞん》じませぬが、わが国《くに》は無論《むろん》、唐天竺和蘭陀《からてんぢくおらんだ》に於《お》きましても、滅多《めつた》に二ツと見《み》られぬ珊瑚《さんご》、ぎやまんの類《たぐひ》、又《また》は古人《こじん》が一世《せ》一代《だい》の名作《めいさく》と云《い》はるゝ細工物《さいくもの》に至《いた》りましては、いかにお上《かみ》の御趣意《ごしゆい》とは申《まをし》ながらむざ〳〵と取壊《とりこ》はされるがいかにも無念《むねん》で相成《あひな》りませぬ。人《ひと》の生命《いのち》には又生替《またいきかへ》る来世《らいせ》とやらも御《ご》在《ざい》ませうが、金銀珠玉《きんぎんしゆぎよく》の細工物《さいくもの》は一度破《たびやぶ》るれば再《ふたゝ》び此世《このよ》には出《で》て参《まゐ》りませぬ。先生《せんせい》。海老蔵《えびざう》が折入《をりい》つて御願《おねが》ひと申《まをし》まするは斯様《かやう》の次第《しだい》で御在《ござい》ます。」

云《い》ふ言葉《ことば》と共《とも》に海老蔵《えびざう》を載《のせ》たる屋根船《やねぶね》は、おのづと岸《きし》を離《はな》れ、見《み》る〳〵狭霧《さぎり》の中《なか》に隠《かく》れて行《ゆ》く。

種彦《たねひこ》はまア〳〵暫《しばら》くと声《こゑ》を上《あ》げ、岸《きし》の上《うへ》をば行《ゆ》きつ戻《もど》りつ、消《き》え行《ゆ》く舟《ふね》を呼《よ》び戻《もど》さうとしてゐると、忽《たちま》ち、生暖《なまあたゝ》かい風《かぜ》がさつと吹《ふ》き下《お》りて、振乱《ふりみだ》す幽霊《いうれい》の毛《け》のやうに打《うち》なびく柳《やなぎ》の蔭《かげ》から、またしても怪《あや》し気《げ》なる女《をんな》の姿《すがた》が、幾人《いくたり》と知《し》れず彷《さま》徨《よ》ひ出《い》で、何《なん》とも云《い》へぬ物哀《ものあはれ》な泣声《なきごゑ》を立《た》て、裸足《はだし》のまゝ裾《すそ》もあらはな有様《ありさま》で、頻《しきり》と地上《ちじやう》の何物《なにもの》かを拾《ひろ》ひ上《あ》げては、限《かぎ》りもなくさめ〴〵と泣《な》き沈《しづ》むのである。何事《なにごと》の起《おこ》つたのかと、種《たね》彦《ひこ》はふと心付《こゝろづ》けば、わが佇《たゝず》む地《ち》の上《うへ》は一面《めん》に、踏砕《ふみくだ》かれた水《すゐ》晶《しやう》、瑪瑙《めなう》、琥珀《こはく》、鶏血《けいけつ》、孔雀石《くじやくせき》、珊瑚《さんご》、鼈甲《べつかふ》、ぎやまん、びいどろ杯《など》の破片《かけら》を以《もつ》て埋《うづ》め尽《つく》されてゐるのだ。そして一足《あし》でも歩《あゆ》まうとすれば、此等《これら》の打壊《うちこは》された宝玉《はうぎよく》の破片《はへん》は、身《み》も戦《おの》慄《ゝ》かるゝばかり悲惨《ひさん》な響《ひゞき》を発《はつ》し、更《さら》に無数《むすう》の破片《はへん》となつて飛《とび》散《ち》る。其《そ》の度毎《たびごと》に、女《をんな》の群《むれ》はさも〳〵恨《うら》めし気《げ》に此方《こなた》を眺《なが》めては、身《み》も世《よ》もあられぬやうに声《こゑ》を立《た》てゝ泣《な》くのである。種《たね》彦《ひこ》も今《いま》は覚《おぼ》えず目《め》がくらんで、其《そ》の儘水中《まゝすゐちゆう》に転《ころ》び落《お》ちてしまつた。彼方《かなた》に流《なが》され、此方《こなた》に漂《たゞよ》ひする中《うち》に、いつか気《き》も心《こゝろ》もつかれ果《は》て、遂《つひ》に脆《もろ》くも瞼《まぶた》を閉《と》ぢ、水底深《みづそこふか》く沈《しづ》んで行《ゆ》く、かと思《おも》ふと、やがて耳元《みゝもと》に聞馴《きゝな》れた声《こゑ》がして、頻《しきり》と自分《じぶん》を呼《よ》びながら、身体《からだ》を揺動《ゆりうご》かすものがある。ふツと眼《め》を開《ひら》けば、何事《なにごと》ぞ、埒《らち》もない一場《ぢやう》の夢《ゆめ》はこゝに尽《つ》きて、老《お》いたる妻《つま》がおのれを呼覚《よびさま》してゐるのであつた。

成程水《なるほどみづ》の中《なか》に沈《しづ》んだと思《おも》つたのも無理《むり》はない。秋《あき》の夕陽《ゆふひ》は欄干《てすり》の上《うへ》にさし込《こ》んでゐて、吹《ふ》き通《かよ》ふ風《かぜ》の冷《つめた》さは、蔽《おほ》ふものもなく転寐《ごろね》した身体《からだ》をば気味悪《きみわる》い程冷切《ほどひやしき》つてゐるのである。種彦《たねひこ》は二度《ど》も三度《ど》もつゞけざまにする嚔《くさめ》と共《とも》に、どうやら風《か》邪《ぜ》を引込《ひきこ》んだやうな心持《こゝろもち》になつた。

九

家毎《いへごと》に焚《た》く悲《かな》しい盂蘭盆《うらぼん》の送火《おくりび》に、何《なに》となく物淋《ものさび》しい風《かぜ》の立初《たちそ》めてより、道行《みちゆ》く人《ひと》の下駄《げた》の音《おと》、夜廻《よまは》りの拍子木《ひやうしぎ》、犬《いぬ》の遠吠《とほぼえ》、また夜蕎麦売《よそばうり》の呼声《よびごゑ》にも、俄《にはか》に物《もの》の哀《あは》れの誘《さそ》はれる折《をり》から、わけても今年《ことし》は御法度《ごはつと》厳《きび》しき浮世《うきよ》の秋《あき》。朝《あさ》な夕《ゆふ》なの肌《はだ》寒《さむ》さも一入深《しほふか》く身《み》に浸《し》むやうに思《おも》はれる七月《ぐわつ》の半《なかば》過《す》ぎ、修紫楼《にせむらさきろう》の燈火《ともしび》は春《はる》よりも夏《なつ》よりも、唯《た》だ徒《いたづら》に其《そ》の光《ひかり》の澄《す》む夜《よる》も、稍更《やゝふ》け初《そ》めた頃《ころ》であつた。主人《あるじ》はいつぞや、怪《あや》しき昼寐《ひるね》の夢《ゆめ》から引込《ひきこ》んだ風邪《ふうじや》の床《とこ》に、今宵《こよひ》もまだ枕《まくら》についたまゝ、相《あひ》も変《かは》らずおのが戯作《げさく》のあれこれをば、彼方《かなた》を一二枚《まい》、此方《こなた》を二三枚《まい》と読返《よみかへ》してゐた折《をり》から、堀田原《ほつたはら》の町《まち》の名主《なぬし》が供《とも》の者《もの》に提灯《ちやうちん》を持たせ、帯刀御免《たいたうごめん》の袴羽織《はかまはおり》に威儀《ゐぎ》を正《たゞ》して、事《こと》あり気《げ》に愛雀軒《あいじやくけん》と題《だい》した彼《か》の風雅《ふうが》なる庭木戸《にはきど》を叩《たゝ》いたのである。

茶《ちや》の間《ま》の火鉢《ひばち》に妙振出《めうふりだ》しを煎《せん》じてゐた宿《やど》の妻《つま》が挨拶《あいさつ》に出《で》るのを待《ま》つて、名主《なぬし》は何《なに》やら小声《こごゑ》に囁《さゝや》き懐中《ふところ》から取出《とりだ》す一通《つう》の書付《かきつけ》を渡《わた》して去《さ》つた。それから軈《やが》て半時《はんとき》もたつたかと思《おも》ふ頃《ころ》、今度《こんど》は横山町辺《よこやまちやうあたり》の提灯《ちやうちん》をつけた早駕籠《はやかご》が一挺《ちやう》飛《と》ぶやうに走《はし》つて来《き》て、門口《かどぐち》に止《とゞま》るや否《いな》や、中《なか》から転出《ころびで》る商人風《あきうどふう》の男《をとこ》が一人《ひとり》、「先生《せんせい》は御在宅《ございたく》で被居《ゐらつしや》いますか。通油町《とほりあぶらちやう》の鶴屋《つるや》嘉右衛門《かうゑもん》の手代《てだい》で御在《ござい》ます。」と声《こゑ》もきれ〴〵に言《い》ふのであつた。手代《てだい》は主人《あるじ》の寝所《しんじよ》に通《とほ》つて何《なに》やら密談《みつだん》に耽《ふけ》つた後《のち》、門外《もんぐわい》に待《ま》たせた辻駕籠《つじかご》に乗《の》つて、再《ふたゝ》び何処《いづこ》へか飛《と》び去《さ》つてしまつたが、其《そ》れからといふもの、修紫楼《にせむらさきろう》の家《いへ》の内《うち》は俄《にはか》に物気《ものけ》立《だ》つて、咳嗽《せき》を交《まじ》ふる主人《あるじ》の声《こゑ》と共《とも》に、其《そ》の妻《つま》の彼方此方《かなたこなた》と立働《たちはたら》くらしい物音《ものおと》が、夜《よ》の更《ふ》け渡《わた》るまでも止《や》まなかつた。

丁度其《ちやうどそ》の頃《ころ》、そんな騒《さわ》ぎのあらうとは露知《つゆし》らぬが仏《ほとけ》、門人《もんじん》の柳下亭種員《りうかていたねかず》は新吉原《しんよしはら》の馴染《なじみ》の許《もと》に宿《とま》つてゐたのである。竹《たけ》格子《かうし》の裏窓《うらまど》を明《あ》けると、箕輪田圃《みのわたんぼ》から続《つゞ》いて小塚原《こづかはら》の火《ひ》が見《み》える河岸店《かしみせ》の二階《かい》である。種員《たねかず》は今日《けふ》の午過《ひるず》ぎから長《なが》き日《ひ》を短《みじか》く暮《くら》す床《とこ》の内《うち》、引廻《ひきまは》した屏風《びやうぶ》のかげに明《あけ》六ツならぬ暮《くれ》の鐘《かね》を聞《き》いた後《あと》は、敵娼《あひかた》の女《をんな》が店《みせ》を張《は》りにと下《お》りて行《い》つた其《そ》の隙《すき》を盗《ぬす》んで、薄暗《うすぐら》い行燈《あんどう》の火影《ほかげ》に頻《しきり》と矢立《やたて》の筆《ふで》を噛《か》みながら、折々《をり〳〵》は気味《きみ》の悪《わる》い思出《おもひだ》し笑《わら》ひを漏《もら》しつゝ、一生懸命《しやうけんめい》に何《なに》やら妙《めう》な文章《ぶんしやう》を書《か》きつゞつてゐた。種員《たねかず》は草双紙類御法度《くさざうしるゐごはつと》の此《この》頃《ごろ》、いよ〳〵小遣銭《こづかひせん》にも窮《きう》してしまつた為《た》め、国貞門下《くにさだもんか》の或《ある》絵師《ゑし》と相談《さうだん》して、専《もつぱ》ら御殿奉公《ごてんぼうこう》の御女中衆《おぢよちゆうしゆ》が貸本屋《かしほんや》の手《て》によつてのみ窃《ひそか》に購《あがな》ひ求《もと》めるとかいふ、秘密《ひみつ》の文学《ぶんがく》の創作《さうさく》を思《おも》ひ立《た》つたのであつた。

早《はや》や大引《おほびけ》とおぼしく、夜廻《よまはり》の金棒《かなぼう》、夕立《ゆふだち》の降《ふ》る音《おと》のやうに、五丁町《ちやうまち》を通過《とほりす》ぎる頃《ころ》、敵娼《あひかた》の女《をんな》が屏風《びやうぶ》の端《はし》をそつと片寄《かたよ》せて、

「主《ぬし》ア、まだ起《お》きてゐなんしたのかい。おや何《なに》を書《か》いてゐなます。何処《どこ》ぞのお馴染《なじみ》へ上《あ》げる文《ふみ》でありんせう。見《み》せておくんなんし。」と立膝《たてひざ》の長煙管《ながぎせる》に、種員《たねかず》が大事《だいじ》の創作《さうさく》をば無造作《むざうさ》に引寄《ひきよ》せようとする。種員驚《たねかずおどろ》き、

「華魁《おいらん》、文《ふみ》ぢやねえ。悪《わる》く気《き》を廻《まは》しなさんな。疑《うたぐ》るなら今読《いまよ》んで聞《き》かせよう。だがの、華魁《おいらん》。あんまり身《み》を入《い》れて聞《き》きなさると、とんだ勤《つと》めの邪魔《じやま》になりやす。」

こんな口説《くぜつ》よろしくあつて、種員《たねかず》は思《おも》ひも掛《か》けぬ馬鹿《ばか》に幸《しあ》福《はせ》な一夜《や》を過《すご》し、翌朝《よくあさ》ぼんやり大門《おほもん》を出《で》たのであつた。

土手《どて》八丁《ちやう》をぶらり〳〵と行尽《ゆきつく》して、山谷堀《さんやぼり》の彼方《かなた》から吹《ふ》いて来《く》る朝寒《あささむ》の川風《かはかぜ》に、懐手《ふところで》したわが肌《はだ》の移香《うつりが》をかぎながら、山《やま》の宿《しゆく》の方《はう》へと曲《まが》つたが、すると丁度其辺《ちやうどそのへん》は、去年《きよねん》の十月《ぐわつ》火災《くわさい》に罹《かゝ》つた堺町《さかひちやう》葺屋町《ふきやちやう》の替地《かへち》になつた処《ところ》で、茲《こゝ》に新《あたら》しい芝居町《しばゐまち》は早《はや》くも七分通《ぶどほり》其《そ》の普請《ふしん》を終《を》へた有様《ありさま》である。中村《なかむら》

座《ざ》と市村座《いちむらざ》の櫓《やぐら》にはまだ足場《あしば》がかゝつてゐたけれど、其《そ》の向《むか》う側《がは》の、操人形座《あやつりにんぎやうざ》は結城座《ゆふきざ》薩摩座《さつまざ》の二軒《けん》ともに、早《は》や其《そ》の木《き》戸口《どぐち》に彩色《さいしき》の絵具《ゑのぐ》さへ生々《なま〳〵》らしい看板《かんばん》と当《あたる》八月《ぐわつ》より興行《こうぎやう》する旨《むね》の口上《こうじやう》を掲《かゝ》げてゐた。されば表通《おもてどほ》り軒並《のきなみ》の茶屋《ちやや》はいづれも普請《ふしん》を終《をは》つて、今《いま》が丁度《ちやうど》移転《ひつこし》の最中《さいちゆう》と見《み》える家《うち》もあつた、彼方此方《かなたこなた》に響《ひゞ》く鑿金槌《のみかなづち》の音《おと》につれて、新《あたら》しい材木《ざいもく》と松脂《まつやに》の匂《にほひ》が鋭《するど》く人《ひと》の鼻《はな》をつく中《なか》をば、幾輛《いくりやう》の荷車《にぐるま》が、三升《ます》や橘《たちばな》や銀杏《いてふ》の葉《は》などの紋所《もんどころ》をつけた葛籠《つゞら》を運《はこ》んで来《く》る。あちこちと往来《ゆきゝ》する下廻《したまはり》らしい役者《やくしや》の中《なか》には、まだ新《あたら》しい御触《おふれ》が出《で》てから間《ま》もない事《こと》とて、市中《しちゆう》と芝居町《しばゐまち》との区別《くべつ》を忘《わす》れて、後生大事《ごしやうだいじ》に冠《かぶ》つたまゝの編笠《あみがさ》を取《と》らずに歩《ある》いてゐるものもあつた。それが見馴《みな》れぬ目《め》には一種《しゆ》不思議《ふしぎ》に映《えい》ずるのであつた。

種員《たねかず》はつひ去年《きよねん》の今頃《いまごろ》までは、待乳山《まつちやま》の樹《き》の茂《しげ》りを向《むか》うに見《み》て、崩《くず》れかゝつた土塀《どべい》の中《なか》には昼間《ひるま》でも狐《きつね》が鳴《な》いてゐると云《い》はれた小出伊勢守様《こいでいせのかみさま》の御方屋舗《おしもやしき》が、瞬《また》く中《うち》に女形《おやま》の振袖《ふりそで》なびく綺羅音楽《きらおんがく》の巷《ちまた》になつたのかと思《おも》ふと、此《こ》の辺《へん》の土地《とち》をばよく知《し》つてゐる身《み》には、全《まつた》く狐《きつね》につまゝれたよりも猶更不思議《なほさらふしぎ》な思《おもひ》がして、用《よう》もないのに小路《こうぢ》〳〵の果《はて》までを飽《あ》きずに見歩《みある》いた後《のち》、やがて随身門外《ずゐしんもんそと》の裏長屋《うらながや》に呑気《のんき》な独住居《ひとりずまゐ》をしてゐる笠亭仙果《りうていせんくわ》の家《うち》へとやつて来《き》た。何処《どこ》へか慌忙《あわ》てゝ出《で》て行《ゆ》かうとする出合頭《であひがしら》、仙果《せんくわ》は朝帰《あさがへ》りの種員《たねかず》を見《み》るや否《いな》や、いきなりその胸倉《むなぐら》を取《と》つて、「乃公《おら》ア今《いま》お前《めへ》を捜《さが》しに行《ゆ》かうと思《おも》つてゐた処《ところ》だ。気《き》をたしかにしろ。気《き》をたしかにしろ。」

「こう、仙果《せんくわ》さん。どうしたんだな。お前《めへ》こそ、気《き》でもちがつたんぢやねえか。痛《いて》え〳〵。まア放《はな》してくんなよ。懐中《ふところ》から大事《だいじ》な草稿《かきもの》がおつこちらア。」

「気《き》をたしかにしろ。腰《こし》を抜《ぬ》かさねえやうに用心《ようじん》しろ。いゝか。堀田原《ほつたはら》の師匠《ししやう》が今朝《けさ》おなくなりになつたんだ。」

呆然《ばうぜん》としていふ処《ところ》を知《し》らぬ種員《たねかず》に向《むか》つて、仙果《せんくわ》は泣《な》く〳〵一伍一什《いちぶしじふ》を語《かた》り聞《きか》せた。

抑《そもそ》も柳亭先生《りうていせんせい》は昨夜《ゆうべ》の晩《ばん》おそく、突然北御町奉行所《とつぜんきたおんまちぶぎやうしよ》よりお調《しらべ》の筋《すぢ》があるにより、今朝《こんてう》五ツ時《どき》までに通油町絵本問屋《とほりあぶらちやうゑほんどんや》鶴屋嘉右衛門《つるやかうゑもん》同道《どうだう》にて、常磐橋《ときはばし》の御《お》白洲《しらす》へ罷《まか》り出《で》よとの御《お》達《たつし》を受《う》けた。それが為《た》めか、あらぬか、先生《せんせい》は今朝《けさ》病中《びやうちゆう》の髪《かみ》を結直《ゆひなほ》して居《を》られる時《とき》、突然卒中症《とつぜんはやうちかた》に襲《おそ》はれ、

散《ち》るものに極《きはま》る秋《あき》の柳《やなぎ》かな

と云《い》ふ辞世《じせい》の一句《く》も哀《あは》れや、六十一歳《さい》を一期《ご》として、溘然《かうぜん》この世《よ》を去《さ》られたとやら。

種員《たねかず》は頬冠《ほゝかむ》りした手拭《てぬぐひ》のある事《こと》さへ打忘《うちわす》れ、今《いま》は惜気《をしげ》もなく大事《だいじ》な秘密出版《ひみつしゆつぱん》の草稿《さうかう》に流《なが》るゝ涙《なみだ》を押拭《おしぬぐ》つた。そして仙果《せんくわ》諸共《もろとも》、堀田原《ほつたはら》をさして、金龍山《きんりうざん》の境内《けいだい》を飛《と》ぶがやうに走《はし》り出《だ》した。

奉教人の死

大正7年9月号

芥川　龍之介

あくたがわ・りゅうのすけ
（明治25年〜昭和2年）
東京帝国大学英文科卒。「奉教人の死」は芥川の「キリシタン物」の最初の作品。掲載前々号の「三田文学」「消息」欄には「芥川氏が『龍の口』を寄稿の筈」とあり、これが当初予定されていた題らしい。

たとひ三百歳の齢を保ち、楽しみ身に余ると云ふとも、未来永々の果しなき楽しみに比ぶれば、夢幻の如し。
（慶長訳 Guia do Pecador）

善の道に立ち入りたらん人は、御教にこもる不可思議の甘味を覚ゆべし。
（慶長訳 Imitatione Christi）

一

去んぬる頃、日本長崎の或「えけれしや」（寺院）に、「ろおらん」と申すこの国の少年がござつた。これは或年御降誕の祭の夜、その「えけれしや」の戸口に、餓え疲れてうち伏して居つたを、参詣の奉教人衆が介抱し、それより伴天連の憐みにて、寺中に養はれる事となつたげでござるが、何故かその身の素性を問へば、故郷は「はらいそ」（天国）父の名は「でうす」（天主）などと、何時《いつ》も事もなげな笑に紛らいて、とんとまことは明した事もござない。なれど親の代から「ぜんちよ」（異教徒）の輩であらなんだ事だけは、手くびにかけた青玉《あをだま》の「こんたつ」（念珠）を見ても、知れたと申す。されば伴天連はじめ、多くの「いるまん」衆（法兄弟）も、よも怪しいものではござるまいと、おぼされて、ねんごろに扶持して置かれたが、その信心の堅固なは、幼いにも似ず「すぺりおれす」（長老衆）が舌を捲くばかりであつたれば、一同も「ろおらん」は天童の生れがはりであらうづなど申し、いづくの生れ、たれの子とも知れぬものを、無下にめでいつくしんで居つたげでござる。して又この「ろおらん」は顔かたちが玉のやうに清らかであつたに、声ざまも女のやうに優しかつたれば、一しほ人々のあはれみを惹いたのでござらう。中でもこの国の「いるまん」に「しめおん」と申したは、「ろおらん」を弟のやうにもてなし、「えけれしや」の出入りにも、必仲よう手を組み合せて居つた。この「しめおん」は、元さる大名に仕へた、槍一すぢの家がらなものぢや。されば身のたけも抜群なに、性得の剛力であつたに由つて、伴天連が「ぜんちよ」ばらの石瓦にうたるゝを、防いで進ぜた事も、一度二度の沙汰ではござない。それが「ろおらん」と睦じうするさまは、とんと鳩になづむ荒鷲のやうであつたとも申さうか。或は「ればのん」の檜に、葡萄《えび》かづらが纏ひついて、花咲いたやうであつたとも申さうず。

さる程に三年あまりの年月は、流るゝやうにすぎたに由つて、「ろおらん」はやがて元服もすべき時節になつた。したがその頃怪しげな噂が伝はつたと申すは、「えけれしや」から遠からぬ町方の傘張の娘が、「ろおらん」と親しうすると云ふ事ぢや。この傘張の翁も天主の御教を奉ずる人故、娘ともども「えけれしや」へは参る慣であつたに、御祈《おんいのり》の暇《いとま》にも、娘は香炉をさげた「ろおらん」の姿から、眼を離したと申す事がござない。まして「えけれしや」への出入りには、必髪かたちを美しうして、「ろおらん」のゐる方へ眼づかひをするが定《じやう》であつた。さればおのづと奉教人衆の人目にも止り、娘が行きずりに「ろおらん」の足を踏んだと云ひ出すものもあれば、二人が艶書をとりかはすをしかと見とゞけたと申すものも、出て来たげでござる。

由つて伴天連にも、すて置かれず思《おぼ》されたのでござらう。或日「ろおらん」を召されて、白ひげを噛みながら、「その方、傘張の娘と兎角の噂ある由を聞いたが、よもやまことではあるまい。どうぢや」ともの優しう尋ねられた。したが「ろおらん」は、唯憂はしげに頭《かしら》を振つて、「そのやうな事は一向に存じやう筈もござらぬ」と、涙声に繰返すばかり故、伴天連もさすがに我を折られて、年配と云ひ、日頃の信心と云ひ、かうまで申すものに偽はあるまいと思《おぼ》されたげでござる。

さて一応伴天連の疑は晴れてぢやが、「えけれしや」へ参る人々の間では、容易に、とかうの沙汰が絶えさうもござない。されば兄弟同様にして居つた「しめおん」の気がかりは、又一倍ぢや。始はかやうな淫な事を、ものものしう詮議立てするが、おのれにも恥しうて、うちつけに尋ねようは元より、「ろおらん」の顔さへまさかとは見られぬ程であつたが、或時「えけれしや」の後の庭で、「ろおらん」へ宛てた娘の艶書を拾うたに由つて、人気ない部屋にゐたを幸、「ろおらん」の前にその文をつきつけて、嚇しつ賺しつ、さまざまに問ひたゞいた。なれど「ろおらん」は唯、美しい顔を赤らめて、「娘は私に心を寄せましたげでござれど、私は文を貰うたばかり、とんと口を利いた事もござらぬ」と申す。なれど世間のそしりもある事でござれば、「しめおん」は猶も押して問ひ詰つたに、「ろおらん」はわびしげな眼で、ぢつと相手を見つめたと思へば、「私はお主《ぬし》にさへ、譃をつきさうな人間に見えるさうな」と咎めるやうに云ひ放つて、とんと燕《つばくろ》か何ぞのやうに、その儘つと部屋を出つて行つてしまうた。かう云はれて見れば、「しめおん」も己の疑深かつたのが恥しうもなつたに由つて悄々《すご〱》その場を去らうとしたに、いきなり駈けこんで来たは、少年の「ろおらん」ぢや。それが飛びつくやうに「しめおん」の頭を抱くと、喘ぐやうに「私が悪かつた。許して下されい」と、囁いて、こなたが一言も答へぬ間《ま》に、涙に濡れた顔を隠さう為か、相手をつきのけるやうに身を開いて、一散に又元来た方へ、走つて往《い》んでしまうたと申す。さればその「私が悪かつた」と囁いたのも、娘と密通したのが、悪かつたと云ふのやら、或は「しめおん」につれなうしたのが悪かつたと云ふのやら、一円合点の致さうやうがなかつたとの事でござる。

するとその後間もなう起つたのは、その傘張の娘が孕《みごも》つたと云ふ騒ぎぢや。しかも腹の子の父親は、「えけれしや」の「ろおらん」ぢやと、正しう父の前で申したとござる。されば傘張の翁は火のやうに憤つて、即刻伴天連のもとへ委細を訴へに参つた。かうなる上は「ろおらん」も、かつふつ云ひ訳の致しやうがござない。その日の中に伴天連を始め、「いるまん」衆一同の談合に由つて、破門を申し渡される事になつた。元より破門の沙汰がある上は、伴天連の手もとをも追ひ払はれる事でござれば、糊口のよすがに困るのも目前ぢや。したがかやうな罪人を、この儘「えけれしや」に止めて置いては、御主《おんあるじ》の「ぐろおりや」（栄光）にも関る事ゆゑ、日頃親しう致いた人々も、涙をのんで「ろおらん」を追ひ払つたと申す事でござる。

その中でも哀れをとゞめたは、兄弟のやうにして居つた「しめおん」の身の上ぢや。これは「ろおらん」が追ひ出されると云ふ悲しさよりも、「ろおらん」に欺かれたと云ふ腹立たしさが一倍故、あのいたいけな少年が、折からの凩が吹く中へ、しほしほと戸口を出かゝつたに、傍から拳をふるうて、したゝかその美しい顔を打つた。「ろおらん」は剛力に打たれたに由つて、思はずそこへ倒れたが、やがて起きあがると、涙ぐんだ眼で、空を仰ぎながら、『御主も許させ給へ。「しめおん」は己が仕業もわきまへぬものでござる』と、わなゝく声で祈つたと申す事ぢや。「しめおん」もこれには気が挫けたのでござらう。暫くは唯戸口に立つて、拳を空にふるうて居つたが、その外の「いるまん」衆も、いろいろとゝりないたれば、それを機会《しほ》に手を束ねて、嵐も吹き出でようづ空の如く、凄じく顔を曇らせながら、悄々《すご〱》「えけれしや」の門《かど》を出る「ろおらん」の後姿を、貪るやうにきつと見送つて居つた。その時居合はせた奉教人衆の話を伝へ聞けば、時しも凩に、ゆらぐ日輪が、うなだれて歩む「ろおらん」の頭のかなた、長崎の西の空に沈まうづ景色であつたに由つて、あの少年のやさしい姿は、とんと一天の火焔の中に、立ちきはまつたやうに見えたと申す。

　その後の「ろおらん」は、「えけれしや」の内陣に香炉をかざした昔とは打つて変つて、町はづれの非人小屋に起き伏しする、世にも哀れな乞食《こつじき》であつた。ましてその前身は、「ぜんちよ」の輩《ともがら》には穢多《えとり》のやうにさげしまるゝ、天主の御教を奉ずるものぢや。されば町を行けば、心ない童部に嘲らるゝは元より、刀杖瓦石の難に遭うた事も、度々《どゞ》ござるげに聞き及んだ。いや、嘗ては、長崎の町にはびこつた、恐しい熱病にとりつかれて、七日七夜の間、道ばたに伏しまろんでは、苦み悶えたとも申す事でござる。したが、「でうす」無量無辺の御愛憐は、その都度「ろおらん」が一命を救はせ給うたのみか、施物の米銭のない折々には、山の木の実、海の魚貝など、その日の糧を恵ませ給ふのが常であつた。由つて「ろおらん」も、朝夕の祈は「えけれしや」に在つた昔を忘れず、手くびにかけた「こんたつ」も、青玉の色を変へなかつたと申す事ぢや。なんのそれのみか、夜毎に更闌《かうた》けて人音も静まる頃となれば、この少年はひそかに町はづれの非人小屋を脱け出《いだ》いて月を踏んでは住み馴れた「えけれしや」へ、御主「ぜす・きりしと」の御加護を祈りまゐらせに詣でゝ居つた。なれど同じ「えけれしや」に詣づる奉教人衆も、その頃はとんと、「ろおらん」を疎んじはてゝ、伴天連はじめ、誰一人憐みをかくるものもござらなんだ。ことはりかな、破門の折から所行無慚の少年と思ひこんで居つたに由つて、何として夜毎に、独り「えけれしや」へ参る程の、信心ものぢやとは知られうぞ。これも「でうす」千万無量の御計らひの一つ故、よしない儀とは申しながら、「ろおらん」が身にとつては、いみじくも亦哀れな事でござつた。

　さる程に、こなたはあの傘張の娘ぢや。「ろおらん」が破門されると間もなく、月も満たず男の子を産み落いたが、さすがにかたくなしい父の翁も、初孫の顔は憎からず思うたのでござらう、娘ともども大切に介抱して、自ら抱きもしかゝへもし、時にはもてあそびの人形などをとらせたと申す事でござる。翁は元よりさもあらうづなれど、ことに稀有なは「いるまん」の「しめおん」ぢや。あの「じやぼ」（悪魔）をも挫がうづ大男が、娘に子が産まれるや否や、暇ある毎に傘張の翁を訪れて、無骨な腕《かひな》に幼子を抱き上げては、にがにがしげな顔に涙を浮べて、弟を愛《いつく》しんだ、あえかな「ろおらん」の優姿《やさすがた》を、思ひ慕つて居つたと申す。唯、娘のみは、「えけれしや」を出でてこの方、絶えて「ろおらん」が姿を見せぬのを、怨めしう歎きわびた気色であつたれば、「しめおん」の訪れるのさへ、何かと快からず思ふげに見えた。

　この国の諺にも、光陰に関守なしと申す通り、とかうする程に、一年あまりの年月は、瞬くひまに過ぎたと思召されい。こゝに思ひもよらぬ大変が起つたと申すは、一夜の中に長崎の町の半ばを焼き払つた、あの大火事のあつた事ぢや。まことにその折の景色の凄しさは、末期の御裁判《おんさばき》の喇叭の音が、一天の火の光をつんざいて、鳴り渡つたかと思はれるばかり、世にも身の毛のよだつものでござつた。その時、あの傘張の翁の家は、運悪う風下にあつたに由つて、見る見る焔に包れたが、さて親子眷族、慌てふためいて、逃げ出《いだ》いて見れば、娘が産んだ女の子の姿が見えぬと云ふ始末ぢや。一定、一間《ひとま》どころに寝かいて置いたを、忘れてこゝまで逃げのびたのであらうづ。されば翁は足ずりをして罵りわめく。娘も亦、人に遮られずば、火の中へも馳せ入つて、助け出さう気色に見えた。なれど風は益加はつて、焔の舌は天上の星をも焦さうづ吼《たけ》りやうぢや。それ故火を救ひに集つた町方の人々も、唯、あれよあれよと立ち騒いで、狂気のやうな娘をとり鎮めるより外に、せん方も亦あるまじい。所へひとり、多くの人を推しわけて、駈けつけて参つたは、あの「いるまん」の「しめおん」でござる。これは矢玉の下もくぐつたげな、逞しい大丈夫でござれば、ありやうを見るより早く、勇んで焔の中へ向うたが、あまりの火勢に辟易致いたのでござらう。二三度煙をくぐつたと見る間に、背《そびら》をめぐらして、一散に逃げ出いた。して翁と娘とが佇んだ前へ来て、『これも「でうす」万事にかなはせたまふ御計らひの一つぢや。詮ない事とあきらめられい』と申す。その時翁の傍から、誰とも知らず、高らかに「御主、助け給へ」と叫ぶものがござつた。声ざまに聞き覚えもござれば、「しめおん」が頭《かうべ》をめぐらして、その声の主をきつと見れば、いかな事、これは紛ひもなき「ろおらん」ぢや。清らかに痩せ細つた顔は、火の光に赤うかがやいて、風に乱れる黒髪も、肩に余るげに思はれたが、哀れにも美しい眉目のかたちは、一目見てそれと知られた。その「ろおらん」が、乞食の姿のまゝ、群る人々の前に立つて、目もはなたず燃えさかる家を眺めて居《を》る。と思うたのは、まことに瞬く間もない程ぢや。一しきり焔を煽つて、恐しい風が吹き渡つたと見れば、「ろおらん」の姿はまつしぐらに、早くも火の柱、火の壁、火の梁《うつばり》の中にはひつて居つた。「しめおん」は思はず遍身に汗を流いて、空高く「くるす」（十字）を描きながら、己も「御主、助け給へ」と叫んだが、何故かその時心の眼には、凩に落ちた日輪の光を浴びて、「えけれしや」の門に立ちきはまつた、美しく悲しげな、「ろおらん」の姿が浮んだと申す。

なれどあたりに居つた奉教人衆は、「ろおらん」が健気な振舞に驚きながらも、破戒の昔を忘れかねたのでもござらう。忽兎角の批判は風に乗つて、人どよめきの上を渡つて参つた。と申すは、『さすが親子の情あひは争はれぬものと見えた。己が身の罪を恥ぢて、このあたりへは影も見せなんだ「ろおらん」が、今こそ一人子の命を救はうとて、火の中へはひつたぞよ』と、誰ともなく罵りかはしたのでござる。これには翁さへ同心と覚えて、「ろおらん」の姿を眺めてからは、怪しい心の騒ぎを隠さうづ為か、立ちつ居つ身を悶えて、何やら愚しい事のみを、声高にひとりわめいて居つた。なれど当の娘ばかりは、狂ほしく大地に跪いて、両の手で顔をうづめながら、一心不乱に祈誓を凝らして、身動きをする気色さへもござない。その空には火の粉が雨のやうに降りかゝる。煙も地を掃つて、面《おもて》を打つた。したが、娘は黙然と頭《かうべ》を垂れて、身も世も忘れた祈り三昧ぢや。

とかうする程に、再火の前に群つた人々が、一度にどつとどよめくかと見れば、髪をふり乱いた「ろおらん」が、もろ手に幼子をかい抱いて、乱れとぶ焔の中から、天くだるやうに姿を現いた。なれどその時、燃え尽きた梁《うつばり》の一つが、俄に半ばから折れたのでござらう。凄じい音と共に、一なだれの煙焔が半空《なかぞら》に迸つたと思ふ間もなく、「ろおらん」の姿ははたと見えずなつて、跡には唯火の柱が、珊瑚の如くそば立つたばかりでござる。

あまりの凶事に心も消えて、「しめおん」をはじめ翁まで、居あはせた程の奉教人衆は、皆目の眩む思ひがござつた。中にも娘はけたゝましう泣き叫んで、一度は脛もあらはに躍り立つたが、やがて雷《いかづち》に打たれた人のやうに、そのまゝ大地にひれふしたと申す。さもあらばあれ、ひれふした娘の手には、何時かあの幼い女の子が、生死不定の姿ながら、ひしと抱かれて居つたをいかにしようぞ。ああ、広大無辺なる「でうす」の御知慧、御力は、何とたとへ奉る詞《ことば》だにござない。燃え崩れる梁《うつばり》に打たれながら、「ろおらん」が必死の力をしぼつて、こなたへ投げた幼子は、折よく娘の足もとへ、怪我もなくまろび落ちたのでござる。

されば娘が大地にひれ伏して、嬉し涙に咽んだ声と共に、もろ手をさしあげて立つた翁の口からは、「でうす」の御慈悲をほめ奉る声が、自らおごそかに溢れて参つた。いや、まさに溢れようづけはひであつたとも申さうか。それより先に「しめおん」は、さかまく火嵐の中へ、「ろおらん」を救はうづ一念から、真一文字に躍りこんだに由つて、翁の声は再気づかはしげな、いさましい祈りの詞《ことば》となつて、夜空に高くあがつたのでござる。これは元より翁のみではござない。親子を囲んだ奉教人衆は、皆一同に声を揃へて、「御主、助け給へ」と、泣く泣く祈りを捧げたのぢや。して「びるぜん・まりや」の御子、なべての人の苦しみと悲しみとを己《おの》がものゝ如くに見そなはす、われらが御主「ぜす・きりしと」は、遂にこの祈りを聞き入れ給うた。見られい。むごたらしう焼けたゞれた「ろおらん」は、「しめおん」が腕に抱かれて、早くも火と煙とのたゞ中から、救ひ出されて参つたではないか。

なれどその夜の大変は、これのみではござなんだ。息も絶え絶えな「ろおらん」が、とりあへず奉教人衆の手に舁がれて、風上にあつたあの「えけれしや」の門へ横へられた時の事ぢや。それまで幼子を胸に抱きしめて、涙にくれてゐた傘張の娘は、折から門へ出《い》でられた伴天連の足もとに跪くと、並み居る人々の目前で、『この女子《をなご》は「ろおらん」様の種ではおじやらぬ。まことは妾《わらは》が家隣《いへどなり》の「ぜんちよ」の子と密通して、まうけた娘でおじやるわいの』と、思ひもよらぬ「こひさん」(懺悔)を仕つた。その思ひつめた声ざまの震へと申し、その泣きぬれた双の眼のかがやきと申し、この「こひさん」には、露ばかりの偽さへ、あらうとは思はれ申さぬ。道理かな、肩を並べた奉教人衆は、天を焦がす猛火も忘れて、息さへつかぬやうに声を呑んだ。
娘が涙をおさめて申し次いだは、『妾は日頃「ろおらん」様を恋ひ慕うて居つたなれど、御信心の堅固さからあまりにつれなくもてなされる故、つい怨む心も出て、腹の子を「ろおらん」様の種と申し偽り、妾につらかつた口惜しさを思ひ知らさうと致いたのでおじやる。なれど「ろおらん」様の御心の気高さは、妾が大罪をも憎ませ給はいで、今宵は御身の危さをもうち忘れ、「いんへるの」(地獄)にもました火焔の中から、妾娘の一命を辱くも救はせ給うた。その御憐み、御計らひ、まことに御主「ぜす・きりしと」の再来かともをがまれ申す。さるにても妾が重々の極悪を思へば、この五体は忽「ぢやぼ」の爪にかゝつて、寸々に裂かれようとも、中々怨む所はおじやるまい』娘は「こひさん」を致いも果てず、大地に身を投げて泣き伏した。

二重《へ》三重《へ》に群つた奉教人衆の間から、「まるちり」(殉教)ぢや、「まるちり」ぢやと云ふ声が、波のやうに起つたのは、丁度この時の事でござる。殊勝にも「ろおらん」は、罪人を憐む心から、御主「ぜす・きりしと」の御行跡を踏んで、乞

分身。走馬燈（森鷗外氏著）

嘗て一両月前に予告したる如く本書は両冊一箱に収めて刊行されたものである。分身は「妄想」「カズイスチカ」「流行」「不思議な鏡」「食堂」「田楽豆腐」の諸篇でこれは先生が自分のことを書かれたものである。ユーモラスで底力のある小意地の悪い零細な観察は心憎い許りである。殊に「不思議な鏡」「田楽豆腐」などは最も皮肉な筆鋒を以て氏の作に対する批評家の態度を高飛車に嘲笑してゐる。

走馬燈の方は「藤鞆絵」「蛇」「心中」「鼠坂」「羽鳥千尋」「百物語」「ながし」の七篇である。この方は先生がその周囲より題材を取られたものである。一体皮相な批評家や雷同的の読者は単に superficial な外観的な type を求めて何でもこの狭い鑄形の中に収めやうとするから直ちに某は花柳小説家なり某は高等講談師なりなどゝいふことになるので其の背後に何を洞察し描写し批評し解釈してゐるといふことなどは畢竟無関渉になりをはつて生命のないものとなつてしまふのである。芸術の価値はこの背後に現はるゝ人格の表示によつて窺ひ得らるべきものである。予は先生の諸作のこれ等背景から痛切なる社会観、人生観、芸術観を得るとき常に到底其の一日の業に非ざるを嘆ずるのである。

茶鼠角背の装幀清洒にして緑蔭樹下の読物として恰好也。

(籾山書店発行発売)

〈大正二年八月号「新刊批評」井川滋〉

食にまで身を落いた。して父と仰ぐ伴天連も、兄とたのむ「しめおん」も、皆その心を知らなんだ。これが「まるちり」でなうて、何でござらう。

したが、当の「ろおらん」は、娘の「こひさん」を聞きながらも、僅に二三度頷いて見せたばかり、髪は焼け肌は焦げて、手も足も動かぬ上に、口をきかう気色さへも今は全く尽きたげでござる。娘の「こひさん」に胸を破つた翁と「しめおん」とは、その枕がみに蹲つて、何かと介抱を致いて居つたが、「ろおらん」の息は、刻々に短うなつて、最期ももはや遠くはあるまじい。唯、日頃と変らぬのは、遥に天上を仰いで居る、星のやうな瞳の色ばかりぢや。

やがて娘の「こひさん」に耳をすまされた伴天連は、吹き荒ぶ夜風に白ひげをなびかせながら、「えけれしや」の門を後にして、おごそかに申されたは、『悔い改むるものは、幸ぢや。何しにその幸なものを、人間の手に罰しようぞ。これより益、「でうす」の御戒を身にしめて、心静に末期の御裁判の日を待つたがよい。又「ろおらん」がわが身の行儀を、御主「ぜす・きりしと」とひとしく奉らうず志はこの国の奉教人衆の中にあつても、類《たぐひ》稀なる徳行でござる。別して少年の身とは云ひ――』あゝ、これは又何とした事でござらうぞ。こゝまで申された伴天連は、俄にはたと口を噤んで、あたかも「はらいそ」の光を望んだやうに、ぢつと足もとの「ろおらん」の姿を見守られた。その恭しげな容子は、どうぢや。その両の手のふるへざまも、尋常の事ではござるまい。おう、伴天連のからびた頰の上には、とめどなく涙が溢れ流れるぞよ。

見られい。「しめおん」。見られい。傘張の翁。御主「ぜす・きりしと」の御血潮よりも赤い、火の光を一身に浴びて、声もなく「えけれしや」の門に横はつた、いみじくも美しい少年の胸には、焦げ破れた衣のひまから、清らかな二つの乳房が、玉のやうに露れて居るではないか。今は焼けたゞれた面輪《おもわ》にも、自らなやさしさは、隠れようすべもあるまじい。おう、「ろおらん」は女ぢや。「ろおらん」は女ぢや。見られい。猛火を後にして、垣のやうに佇んでゐる奉教人衆、邪淫の戒を破つたに由つて「えけれしや」を逐はれた「ろおらん」は傘張の娘と同じ、眼なざしのあでやかなこの国の女ぢや。

まことにその刹那の尊い恐しさは、あたかも「でうす」の御声が、星の光も見えぬ遠い空から、伝はつて来るやうであつたと申す。されば「えけれしや」の前に居並んだ奉教人衆は、風に吹かれる穂麦のやうに、誰からともなく頭を垂れて、悉「ろおらん」のまはりに跪いた。その中で聞えるものは、唯、空をどよもして燃えしきる、万丈の焔の響ばかりでござる。いや、誰やらの啜り泣く声も聞えたが、それは傘張の娘でござらうか。或は又自ら兄とも思つた、あの「いるまん」の「しめおん」でござらうか。やがてその寂寞《じやくまく》たるあたりをふるはせて、「ろおらん」の上に高く手をかざしながら、伴天連の御経《おんきやう》を誦せられる声が、おごそかに悲しく耳にはひつた。して御経の声がやんだ時、「ろおらん」と呼ばれた、この国のうら若い女は、まだ暗い夜のあなたに、「はらいそ」の「ぐろおりや」を仰ぎ見て、安らかなほゝ笑みを唇に止めたまゝ、静に息が絶えたのでござる。

その女の一生は、この外に何一つ、知られなんだげに聞き及んだ。なれどそれが、何事でござらうぞ。なべて人の世の尊さは、何ものにも換へ難い、刹那の感動に極るものぢや。暗夜《やみよ》の海にも譬へようづ煩悩心の空に一波をあげて、未出ぬ月の光を、水沫《みなは》の中に捕へてこそ、生きて甲斐ある命とも申さうづ、されば「ろおらん」が最期を知るものは、「ろおらん」の一生を知るものではござるまいか。

二

予が所蔵に関る、長崎耶蘇会出版の一書、題して「れげんだ・おれあ」と云ふ。蓋し、LEGENDA AUREA の意なり。されど内容は少しも、西欧の所謂「黄金伝説」ならず。彼土の使徒聖人が言行を録すると共に、併せて本邦西教徒が、勇猛精進の事蹟をも採録し、以て福音伝導の一たらしめんとせしものゝ如し。

体裁は上下二巻美濃紙摺草体交り平仮名文にして、印刷甚しく鮮明を欠き、活字なりや否やを明にせず。上巻の扉には、羅甸字にて書名を横書し、その下に漢字にて「御出世以来千五百九十六年、慶長元年三月上旬鏤刻也」の二行を縦書す。年代の左右には喇叭を吹ける天使の画像あり。技巧頗幼稚なれども、亦掬す可き趣致なしとせず。下巻も扉に「五月中旬鏤刻也」の句あるを除いては、全く上巻と異同なし。

両巻とも紙数は約六十頁にして、載する所の黄金伝説は、上巻八章、下巻十章を数ふ。その他各巻の巻首に著者不明の序文及羅甸字を加へたる目次あり。序文は文章雅馴ならずして、間々欧文を直訳せる如き語法を交へ、一見その伴天連たる西人の手になりしやは疑はしむ。

以上採録したる「奉教人の死」は、該「れげんだ・おれあ」下巻第二章に依るものにして、恐らくは当時長崎の一西教寺院に起りし、事実の忠実なる記録ならんか。但、記事の大火なるものは、「長崎港草」以下諸書に徴するも、その有無をすら明にせざるを以て、事実の正確なる年代に至つては、全くこれを決定するを得ず。

予は「奉教人の死」に於て、発表の必要上、多少の文飾を敢てしたり。もし原文の平易雅馴なる筆致にして、甚しく毀損せらるゝ事なからんか、予の幸甚とする所なりと云爾。

喉の筋肉

大正10年7月号

小島政二郎

こじま・まさじろう
(明治27年〜平成6年)
京華中学在学中に「三田文学」が創刊され、憧れて三田に進む。掲載された処女作「睨み合」は「喉の筋肉」などとともに『含羞』にまとめられた。一時、塾文学部の講師を務めた。

一

「神田さん、課長次席さんがお呼びです。」

かう云つて、給仕が平太郎の傍に来て立つた。会社の用箋へ、命ぜられた手紙の下書きをしてゐた彼は、此声を聞くと、急いでペンを置いて立ち上つた。しかし、心は形のやうにさう軽快ではなかつた。ドモリの彼は、人と語ることをあまり好まなかつた。その上、課長次席は苦手だつた。

ドアをあけて見ると、課長はゐなくつて、課長次席が一人でせはしさうに調べ物をしてゐた。

「あ、君、これにはどんな返事を出してくれたんです。こんな手紙がまた来たが……。」

次席は、忙しさに顫へるやうな手附をして、ハリガネの太いので出来てゐる手紙入れの中から、肥料会社から来た鼠色の封書を拾ひ出して、抛り出すやうに彼に示した。

彼は体で返事をしながら、其手紙を取り上げて読んで見た。彼には別に変つたことも書いてない手紙だつた。で、却て彼は返事に困つた。

「あの、い、い、一割六分には引けないからと、い、い云つてやりましたのですが……。」

「ぢやア幾分までなら引けると云つてやつたのです?」

「そ、そ、それは、か、か、書いてやりませんでした……。」

「どうしてです? 六分までには引けない、しかし、何分までなら引きませう、とホンの一筆書き添へてやれば、お互に、忙し中で、手紙の往復が一度助かる訳ぢやアありませんか。その位のことは、云ひ付けられなくとも、コンモンセンスを働かしてくれないと困りますね。」

平太郎はむつとした。相手が余りに露骨に軽蔑の意をあらはしてゐるのを見て取ると、口惜しさが込み上げて来た。課長次席が、自分に好感を持つてゐないことは前々から知つてゐた。古参新参の点から云へば、課長次席の方が遥かに新参だつた。しかし、平太郎は尋常小学を辛うじて出てゐる程度なのに引き替へて、彼は法学士の肩書を持つてゐた。それで、跡から来た癖にぐん／＼儕輩を越えて抜擢されて行つた。彼は非常に得意だつた。と同時に、自分の課の者が、自分に懐かないで、みんな課長に懐いてゐるのが心外だつた。で、急に権柄で以てみんなに迫るやうな態度を見せた。それに釣られて、阿附する者が幾らか出て来た。同時に、積極的に彼を悪《あし》ざまに云ふ人が殖えて行つた。

平太郎はドモリな位故、口などは殆んど利かなかつた。だから、初めから此勢力争ひの圏外に立つてゐた。唯課長と、彼の死んだ父とが同僚だつた誼で、何かとよく課長が面倒を見てくれた。ドモリをいたはつて、彼の勤めいゝやうに勤めいゝやうにとしてくれた。第一、彼をこゝの給仕に採用して貰ふ時の橋渡しをしてくれたのも彼だつた。夜学の簿記学校を卒業したと云へば、給仕から下級でも社員に抜擢してくれたのも彼だつた。平太郎としては、彼に一方ならぬ厚恩があつた。六円の給仕から、今年、五十二円の月給取りに仕立てゝ貰つたやうな気がしてゐた。母などは、彼以上に課長の恩義を感じて止まなかつた。祝儀不祝儀のある度毎に、母は進んでよく手伝ひに行つた。そんな関係で、人と逢つて話しをすることの嫌ひな彼も、課長の家へだけはよく足を運んだ。彼は恩義といふよりも、もつと近い親しみを課長に対して感じてゐた。利害の打算なんかから離れて、何となく好きな感じを持つてゐた。

しかし、課長次席の目から見ると、平太郎は全く課長の庇護の下に漸く生息してゐる愚直な無能な一社員に過ぎなかつた。仕事が馬鹿ッ丁寧で、忙しい時などには実際腹が立つた。何か云ひ付けても、外の社員のやうにテキパキとした返事一つ聞かれなかつた。才子肌の課長次席には、こんなことが性格的に相容れなかつた。意識して嫌ふ憎むと云ふよりも、本能的に反撥してしまふのだつた。それに、自分より一枚上の課長が厭に肩を入れるのが、妙に其反撥心を煽つた。

其心持が、平太郎に反射せずにはゐなかつた。彼は課長次席が自分を憎んでゐるのだと解釈した。其原因も分つてゐると思つてゐた。そして課長次席の野心を憎んだ。

「わ、わ、私も、そ、そ、それは気付いてゐました。しかし、か、か、課長さんが、か、か、書くなと仰やいましたので、わ、わ、わざと書かずと置いたのです。そ、そ、その位のことは、わわ、私にだつて分てゐるつもりです。」

彼は思はず前へ一歩進み出た。そして唇を顫はせながらかう云つた。しかし、半面が引き釣つて、せくので猶音が出なかつた。それを無理に出さうとして、無効果に幾度も口を明け閉てした。さういふ場合の醜い自分の顔が胸の鏡に浮かんだ。其瞬間に、彼は云はうと思ふ勇気が挫けた。

「課長が………？」

おとなしい平太郎が、いつになく興奮したのを見て、課長次席は事の意外に少し驚いた。そして半ばテレ隠しに優しくかう云つた。しかし、平太郎はそれには耳も藉さなかつた。彼の興奮が彼を駆つて猶二言三言早口に何か意味をなさぬことを口走らせた。

「何ですつて………？　え？　え？　何？　君のいふことは分らんぢやアないか。」

最後の言葉は、ガンと彼の頭を打つた。もう彼は先きを云ふことが出来なかつた。「分らない」と云はれることが致命傷だつた。さう云はれると一言もなかつた。体が竦むやうなヒケメを感じた。彼は黙つて頭をうなだれてしまつた。

その日一日、平太郎はイラ〳〵して送つた。仕事の手をやめては、歯を食ひ縛つた。会社が退けて外へ出てからも、すぐには込んだ電車へ乗る気になれなかつた。濠端を一人でトボ〳〵歩いて行つた。

そのうちにだん〳〵興奮がさめて行つた。そして悲しみが心を領して来た。こぼれる程電車に乗つて忙しさうに帰つて行く人を見ても、羨ましかつた。みんなは楽しい家があつて生甲斐を感じてゐるのだといふ気がした。こんな厭な目に逢つてゐるのは自分一人だと思つた。自分には、自分の不平や不満を訴へに行く友達すらないのだと思つた。さう思ふと、人間がみんな冷酷なやうに思へて来た。誰かに触られたら、すぐホロリとなりさうな気持になつて来た。お腹の減つて来たのも寂しさを唆つた。

一人で方々をぶらついた挙句、平太郎は結局家へ帰つて来た。しかし、負けて来たのは一目見れば分つてゐる。さう思ふと、家へ這入るのも厭だつた。しかし、なるたけ元気よく格子をあけた。すると、すぐ妹が迎へに出て来た。

「大変遅かつたのね。」

「うん。」

「どうかなすつたの。」

「うゝん……。」

靴を脱ぎながら、こんなことを聞かれた。どこか変なんだなと思つて、なるたけそんな様子は見せないやうに努めたが、何か喋り掛けられるのが厭だつた。今の心持に関係のあることを喋り掛けられると、自分のみじめさを突ツつかれるのですぐイラ〳〵した。関係のないことを喋り掛けられると、「うるさいッ」といふ気がした。

お母さんがゐるものといふ予期を持つて平太郎は襖をあけた。ところが、薄暗い電燈の下に、白い布巾を被つたちやぶ台がションボリ置かれてゐるだけだつた。彼は変に気落ちを感じた。帰つて来るのではなかつたといふ気がした。電燈が薄暗かつたり、家が古かつたりするのが、訳もなく佗しい思ひを唆つた。

「お母さんは？」

「お留守……。本所へ入らしつたの。今し方まで待つて入らしつたんですけど、あんまり兄さんのお帰りが遅いもんだから、お出掛けになつてしまつたの。」

「本所ど、ど、どうかしたの。」

「あの、何ですか叔父さんがね、中気とかで引ツ繰り返つたんですつて……。」

「へえ……。」

しかし、彼にはその話が本当のやうな気がしなかつた。それ程でもないのに、ハタで大騒ぎをしてゐるのだといふ気がした。そんな所へ慌てゝ見舞に行かなくつたつていゝぢやアないかと思つた。そんな風に考へて、母が自分を待つてゐてくれなかつた腹立ちを洩らした。

御飯を食べてしまふと、汚れ物を持つて妹は台所へ立つて行つた。平太郎は自分の部屋へ這入つた。ふと気が付くと、今日あたりは或演芸雑誌社から彼へ賞品が届いてゐなければならない頃だつた。彼は芝居が好きで、何だか彼だと云つては懸賞に当選してよく賞品を貰つたりしてゐた。

「おい、は、は、春子。」と彼は大きな声で妹を呼んだ。

「はい？」

向うでも大きな声で答へた。

「あ、あのね、×××からな、な、何かこ、こ、小包が届かなかつたかい。」

彼はかう云つて暫く耳を傾けた。届いてゐればきつとそれに気が紛れるのだがと思ひながら……。

「え？」と、水道の音の間から、高い妹の声が聞えた。

「あ、あのね、×××から、な、な、何かこ、こ、小包が届かなかつたかい。」

「え？」

「あ、あのね……。」

彼は三度同じことを繰り返した。彼はそろ〳〵じれて来た。仕事にばかり身を入れて。兄の云ふことを上の空で聞いてゐる妹の態度が癪に障つた。しかし、妹の答はトボケたやうに同じだつた。

「え？」

「おいツ。」

彼は溜まらなくなつて台所へ飛び出して行つた。ガラツといふ障子の激しい音にびつくりして、妹は上気した顔を上げた。彼は興奮で喉の筋肉が締つてしまつて咄嗟の間には物が云へなかつた。それだけに猶激情が内攻した。

「い、い、幾度、お、同じことを云はせるんだ。」

「だつて、水道の音で聞えないんですもの……。」

「き、き、聞えなきやア、と、留めればいゝぢやアないか。」

「………。」

妹はむつとしたやうな顔付をして、返事の代りに、こつちを見てゐた顔を下げて、小桶の中で洗ひ物を始めた。「家の中の蛤ツ貝、外へ出りやア蜆ツ貝」兄に対してそんな気持がしてゐた。

「おい。」

平太郎はもう一度、「こつちを向け」と云ふやうな調子でかう云つた。

「はい？」

妹はわざとツンとして見向きもせずに、洗ひ物の手を続けてゐた。平太郎はどうすることも出来なかつた。

「あ、あのね、×××から、な、な、何かこ、こ、小包が届きはしなかつたかい。」

「何がです？」

平太郎はじれツたさに、手が使ひたくなつた。

「だ、だから、さ、さ、さつきから云つてゐるぢやアないか。こ、こ、こ、小包がさ。」

しかし、小包が「こつみ」としか聞えなかつた。妹は困つて歎願するやうな顔付をして
「え？」ともう一度聞いた。

「ば、ば、馬鹿。」

平太郎は妹に愚弄されてゐるやうな気がしてカツとなつた。妹も今は真剣だつた。目をパチ〱させながら、どうしていゝのか、其場の仕儀に困つてゐる様子だつた。

「だつて、兄さんの云ふことよく分らないんですもの……。」

平太郎は妹の口から同じ言葉を聞くに堪へなかつた。彼は夢中になつて足を上げた。そして力一杯に妹の肩を蹴つた。

しかし、平太郎はすぐ後悔した。弱い者いぢめをしたやうな気がして、好い気持はしなかつた。課長次席にされたことを、妹に腹癒せをしたやうな気もして気が咎めた。何といふシツコシのない男だと自分で自分が情なかつた。

その明くる日、平太郎は銀座へ廻つて半襟を買つて帰らうと思つた。さう思つて半襟屋の前に立つた。しかし、どんな柄を買つたらいゝのか分らなかつた。そんなことで迷つてゐるうちに、こんな賄《まひな》ひを使つて仲直りをしようとしてゐる自分の心のさもしさが羞しくなつて来た。

それよりも「帰つたらあやまらう。そして明日にでも一緒に連れて来て買つてやらう。」さう思つて彼は家へ帰つた。

しかし、いざとなると、やつぱりあやまることが出来なかつた。その儘変に二人の気持はこぢれて行つた。

その後妹はどうしても平太郎に前のやうに馴れて来なかつた。その間に垣を設けてゐるやうに思はれた。どこへか連れて行つてやらうと云つても、前のやうに素直に附いて来なくなつた。妹の態度には明かに兄を恐れてゐるところがあつた。平太郎が近づいて行かうとすると、妹は身を退いて俯向いてしまふのだつた。平太郎はそれが寂しく情なかつた。

会社へ行つても平太郎は此節はしよつちゆうヒケメを感じてゐた。家へ帰つて来れば、妹の様子が気になつた、それもこれも、考へて見ればみんな自分の吃りのせゐだと思ふと、厭な気がした。前に伊沢の矯正所へ通つて効がなかつたのだが、もう一度通つて見ようかしらと思ふやうになつた。

二

月日はその儘立つて行つた。

正月になると、毎年極まつて八日に会社の新年宴会があつた。いつもは帝国ホテルとか精養軒とかで、洋式の宴会をするのが例なのだが、今年はどういふ訳か、柳橋の亀清で開かれた。

社員はみんな大喜びだつた。平太郎も、一人ではなか〳〵行かれない、さう云つた有名な料理屋へ、生れて初めて足踏みをするのが嬉しかつた。しかし、酒宴の座を思ひ浮べると、変に心がいぢけた。いつも賑かな中で、一人ぼつち相手もなく置き去りにされるのが例だつた。さういふ時の味気なさを思ふと、出席をする勇気もなくなるのだつた。

と云つて、思ひ切つて欠席する程の勇気もなかつた。平太郎は一張羅の紋付を着て、五時頃に会場へ着いた。

大分待たされた挙句、みんなは席に着いた。平太郎は先づ座敷の広いのに驚かされた。床の間の前に坐つてゐる重役の顔が小さく見える位だつた。白い羽織の紐ばかりが光つて見えた。

やがて女中が、黒の艶消しのお盆——お盆とは違ふけれども、平太郎は名を知らなかつた。——の上へ、真白な盃を伏せたのを、立ちかはり入れかはり、めい〳〵の前へ据ゑて廻つた。それが済むと、今までどこに隠れてゐたのか、大勢の芸者や半玉が、手に〳〵お調子を持つて現れた。平太郎は、初めて見るさういふ順序を、細かい興味をもつて眺めてゐた。

彼の盃にもお酒がつがれた。しかし、彼同様、客の九分までは芸者に馴染のない人達ばかりだつた。で、初めの間は芸者の声ばかりして、客の声はあまりしなかつた。

それでもぢき、陽気な空気が、明るい広間に流れ渡つた。酒と煙草の香が人の肌と心を暖めた。

芸者や女中が、忙がしさうに右へ行つたり左へ行つたりした。平太郎はあたりに気を兼ねながら、綺麗な女を目で追つてゐた。しかし、美人と云はれるたぐひはみんな上座の方に集まつて行つてゐた。平太郎などのゐる末座の方へは、たまにしかお酌にも廻つて来なかつた。

彼の両隣は彼と同年輩の青年だつた。しかし、課は違つてゐた。それでも歳頃が同じといふところから、或親しさを感じた。しかし、二人とも平気でお酒を飲んだり、傍へ芸者の来るのを待ち兼ねて、何か言葉を交したりする様子が、とても平太郎の相手ではなかつた。

彼は手持ち無沙汰で仕方がなかつた。で、畳十畳ほど隔てた向側で、頭の禿げたデップリ太つた赤ら顔のお爺さんが、半玉を摑まへて笑談を云つてゐるトボけた様子を、ニヤ〳〵笑ひながら眺めてゐた。かうでもしなければ、誰からも相手にされない手持ち無沙汰の、ごまかしやうがなかつた。

「あら、こちらちつとも召し上らないのね。」

その時、かう云つて彼の前に坐つた芸者があつた。色の浅黒い、細面の、二十六七の白粉ッ気のない女だつた。彼はび

つくりして、その方へ顔を向けたが、

「さ、召し上れよ。」と云ひながら、晴やかな細い線で笑つてゐる美しい顔に出合ふと、慌てゝ
「ぼ、ぼ、僕飲めないんです。」と言訳するやうに云つた。と同時に、自分の吃つたことに或羞しさを感じた。

「まあ随分ね、満座の中で恥を掻かせて……。」

女は慣れた調子で迫つて来た。平太郎は女が唯職業的に自分にお酒を勧めてゐるのだと知つてゐながら、かう云はれると、それでもと押し返すほどの度胸がなかつた。それは女の美しさも与つて力があつた。彼は盃を取り上げて、冷えたお酒に唇を当てた。そしてちよいと飲んだゞけで、七八分目までお酒の残つてゐる盃に酌を受けようとした。

「何ですね男らしくない、ぐつとお干しなさいなね。」

平太郎は仕方がなしに、にがい顔をしながらぐつとあふつた。女はその跡へ酌をした。

平太郎は、酒の刺戟をチリ〳〵食道に感じながら、盃を下に置いた。彼が酒を口にしたのは殆んどこれが初めての経験だつた。勿論旨いなどとは思ひもしなかつた。

「あら、私のお酌ぢやアお気に召さないこと？」

平太郎が盃を口に持つて行かずにすぐ下に置いたのを見ると、女はまたかういふ厭がらせを云つて迫つた。彼には此年増芸者が、なぜ自分にだけかうしつツこく絡まつて来るのか分らなかつた。まして利いた風な若造ばかりゐる中に、色白の彼が、おとなしく坊ちやん〳〵した様子で、しよんぼり継ツ子のやうに坐つてゐるのを見て、或種の好感を持つて彼女が自分に接近して来てゐることなどは知らう訳がなかつた。だから、彼は寧ろ女のしつツこさに迷惑をさへ感じ出してゐた。しかし、それは酒を強ひられることに対する迷惑で、女が傍にゐることに対する迷惑ではなかつた。寧ろ大勢の中から、特に自分を相手に選んでくれたことに対して内心嬉しさを感じてゐた。彼は両隣の青年を意識のうちに入れずにはゐられなかつた。そして少しでも永く女を自分の傍に引き留めて置きたいばツかりに、彼は素直に飲めもせぬ酒を重ねた。しかし、絶えず女の態度をこの儘受け入れてゐて大丈夫なのかといふ変な警戒的な意識も働いた。

しかし、いつの間にか、さういふ警戒の心も消えて行つてしまつた。そして顔がカツ〳〵と熱くなつて来た。それにつれて、彼は妙に喋つて見たい衝動を感じた。

「君、君……。」

目をあけると、前を綺麗な着物を着たお酌がお調子を持つて通つて行つた。彼はそれをいつにない無遠慮さでもつて呼び留めた。しかし、相手はじろりと軽蔑の眼ざしを投げたぎりで、その儘上座の方へ通り過ぎた。彼は侮辱を感じた。テレ隠しに、自分の前の盃を取り上げて見たが、生憎それは空だつた。まはりを見廻してもお酌をしてくれさうな芸者は見当らなかつた。

気が付いて見ると、隣近所にも誰もゐなかつた。いゝ方の客はあら方帰つてしまつてゐた。今まで中以下に坐つてゐた

手合ばかりが残つて、上座の方へ三塊ばかり、輪を描いて騒いでゐるばかりだつた。ガチヤ〳〵いゝ加減に三味線を合はされながら、ラチクチもない声で流行唄を吹鳴つてゐるのだつた。その間に、「あゝこりや〳〵ア」といふ、とても比較にならない程透き通つた好い声の掛け声がまじつた。平太郎は盃を持つた儘ふら〳〵と立ち上つてその方へ近寄つた。長い髪の毛が五六本眉に垂れ下つて、色の白い顔が電燈の照り返しで気味悪く鉛色に冴え返つた上、いやに脂でテラ〳〵光つてゐた。彼はだらしなくニヤ〳〵笑つてゐた。唇の端の締りがなくなつて、今にも涎が垂れさうな感じを与へた。

　彼は暫くニヤ〳〵笑ひながら、人のうしろから人の歌ふのを聞いてゐたが、誰も彼を相手にしてくれなかつた。それで、彼はそこを離れて、またふら〳〵と外のサークルへ近づいて行つた。そこでは、酒の飲めぬ七八人の男が、やはり同じ数位の芸者を相手に話に花を咲かせてゐた。中に二十《はたち》位の小作りな、ちよいとしやくれ顔ではあるが、一ばん綺麗な女が巻煙草を吸ひながら話の中心になつてゐた。その美さに平太郎は心を引かれた。しかし、暫くみんなの様子を見てゐるうちに、みんな此女の意を迎へようとしてあせつてゐるのがチヤンチヤラをかしくなつて来た。それに、女の方でもそれを意識して、いやに収まつたあひしらひ方をしてゐるのが癪に障つて溜まらなかつた。

「あら、あなたもやつぱり高島屋さんの一座がお好き。いゝわえ、高島屋さんがあの通りサツパリしてゐるでせう。それに松蔦さんの綺麗なことゝ云つたら、福助さんだつて男女蔵さんだつて叶やアしないわ。それからね、私の好きなのは寿三郎さん……。」

　誰かの言葉を受けて、その女はこんなことを云ひ出した。そこまで聞いてゐるうちに、平太郎は我慢が出来なくなつた。で、矢庭に

「んでえ、寿三郎なんか大根ぢやアないか。鴈次郎は馬鹿で、そいつの弟子だから大馬鹿だ。」

　思はず大きな声で吹鳴つてしまつた。そのとたんに

「よう大将……。」と、またもう一つ向うの隣から声が掛つた。

「まあ、我党の勇士、こつちへ来給へ。そんな女の御機嫌ばかり取つてゐる奴の仲間なんかに君を置いとくのは勿体ないや。――いざ、一献な奉らん……。」

　セリフもどきでかう云ふのだつた。平太郎は嬉しくなつて、すぐ其仲間に加はつた。そこは左利の集まりだつた。

「おい、姐さん、この勇士を迎へるんだ。熱いところを一つ……頼みますぜ。――よし〳〵、さあ、大馬鹿だアの勇士、まづ一献奉らう。――時に嬉しかつたね。近頃にない痰火だつたよ。――高が河原乞食ぢやアねえか。高島屋さん、寿三郎さん……。」とこゝだけわざと女の声色になつて、

「さん附けがすさまじいやア。」

　この男から平太郎は三四杯立て続けに飲まされた。しかし、唯にがいばかりで、酒の味なんかちつとも分らなかつた。彼

に取つては、もう酒なんかどうでもよかつた。彼は唯さつきの痰火が、ちつとも吃らずに、スラ〳〵と出たのが不思議で仕方がなかつた。嬉しくつて仕方がなかつた。彼は喋りたくつて喋りたくつて溜らなかつた。それには、相手はいゝ相手だつた。

「自体、芸者なんかゞだ。芸術を論じるのが間違つてゐるんだ。左団次一派は歌舞伎の敵だ。本当の歌舞伎役者は、仁左衛門、中車、梅幸あるのみだ。」

平太郎がかう云ふと、

「さうだ。高島屋さん、寿三郎さん……。」とまた声色になつて、それからキツとなつて「……あるのみだ。」と云ひながら、また平太郎の盃に酒をついだ。平太郎は吃らずに喋れる嬉しさに、構はずガブ〳〵飲んだ。飲みながら、ノベツ幕なしに喋り立てた。

「降つて段四郎あり。若手に吉右衛門、菊五郎、勘弥あり。唯悲しいかな、菊次郎の死後女形に見るべきものが一人もゐない。」

彼は、いつもと違つて、スラ〳〵滑かに、絹糸のやうに吐き出される自分の言葉――いや、音の連続に一ぱいの幸福を感じた。彼は自分に感激して涙をポロ〳〵零した。零しながら飢ゑた者のやうに夢中になつて喋り立てた。口の中が泡《あふ》で一ぱいになつた。その泡が蟹の飯焚きのやうに唇の外へ溢れた。

とう〳〵彼は、自意識を失ふまでに泥酔してしまつた。しかし、ぶツ倒れるやうなことはなかつた。唯、誰彼の差別なく、あぶくの溜まつた口を明けたてして猶も喋り掛けて止まなかつた。

しまひには、帰りの厄介なのを恐れて誰も相手にしなくなつた。結局、水谷といふおとなしい白面《しらふ》の青年が、家まで送り届ける役目を背負はされることになつた。

彼は振り解かうとする平太郎を無理やりに浅草橋まで連れて行つて、そこからやつと電車に押し乗せた。その電車の中でも、もう人の見さかひの附かなくなつてゐる平太郎は、無闇と傍の人に話し掛けて水谷を困らせた。相手構はず

「ねえ、君、――悲しいかな、菊次郎の死後、女形に見るべきものが一人もゐない……。」と同じことを繰り返すのだつた。

水谷は困つてしまつて、一停留場でまた平太郎を引きずり卸した。すると、今度は水谷に向つて

「……降つて段四郎あり。若手に吉右衛門、菊五郎、勘弥あり……。」と始め出すのだつた。

おとなしく「うん〳〵」云つて聞いてゐると、今度は急に首を落して、さも〳〵内証話でもあるやうに、耳に口を寄せながら

「君だから話すけどね、本当の歌舞伎役者なんて、仁左衛門と中車と梅幸と、この三人しかゐやアしないんだぜ……。」と大真面目でやられるので、水谷もおこるにもおこれず、暗闇で一人苦笑を洩らすより外に仕方がなかつた。さうかと思ふ

と、急に立ちどまつて
「降つて段四郎あり……。」と、正面を切つて演説口調で吹鳴つたりした。

　彼は平太郎の饒舌にほと／＼困じ果てた。その上、彼は平太郎の住ひを知らなかつた。平太郎に尋ねても要領を得ないのは分り切つてゐた。風にでも当てゝ見たらと思つて、寒い河岸ツ端を歩いてゐるうちに、どん／＼時は立つて行つた。流石の水谷もじり／＼して来た。二三度は思はず肩に手を掛けて手荒く小突き廻しても見た。

「チエツ。」と舌打ちがおのづと出て来た。いつそ此儘打ツちやらかしてしまはうか幾度も思つたりした。

　それでもとう／＼平太郎の名刺を見るといふ智慧を絞り出して、尋ね／＼、漸く平太郎の家へ連れ込んだのは、十二時を余程廻つた時分だつた。

三

　その明くる日は日曜で休みだつた。朝遅く目を醒した平太郎は、母親からゆんべの醜態を細かに話されて赤面した。

「早速水谷さんの所へお礼に行つて入らつしやい。」

かう云はれても、彼は水谷の番地を知らなかつた。

　傍では妹が、皺くちやになつたゆんべの着物に火熨斗を当てたり、シミ抜きをしたりしてゐた。

　母親は、酔ひ痴れて帰つて来た平太郎の姿を見た時、死んだ夫の姿を目のあたり見る気がしてゾツとした。

遺伝——といふ考へが一番最初に頭に来た。

　しかし、素知らぬ顔をして、平太郎の不様《ぶざま》だつた姿の真似を誇張して見せたりしながら一場の笑い話にしてしまつた。なまじ意見めいたことを云つて却て意地になられでもすると困ると思つたのだつた。

　平太郎は母親が嘘を話してゐるやうな気がして仕方がなかつた。飽くまで最後まで正気でゐたとしか彼には考へられなかつた。綺麗な芸者にお酌をされたことなどははつきり覚えてゐた。

「お前、皆さんにどの位御迷惑を掛けたか知れやアしないよ。よく皆さんにお詫びをしなければ……。」

　母親に云はせると、自分がゆんべ第一唯一の失策者のやうに聞えるが、しかし、彼自身では、ゆんべの回想は決してそんな不愉快な不名誉なものではなかつた。

「お母さんなんか、俺が芸者に持てた事実を知りやアしないぢやないか。」彼はかなり幸福な気持で、母が話す自分の酔態を享楽することが出来た。それでも、どうして家へ帰つて来たかといふ問題になると、少しも記憶はなかつた。彼の記憶は、「よう、大将」と呼び掛けられたあたりまでしか残つてゐなかつた。それを思ふと、急に気持がへしやげて来て叶はなかつた。

　しかし、いつまでもそんな所でぐづついてゐる程、彼の其朝の気持全体は沈んではゐなかつた。彼はどこか自分の心がウキ／＼してゐるのを見のがしはしなかつた。なぜウキ／＼

してゐるのだか彼にはよく分つてゐた。しかし、彼は出来るだけそれに触れることを永引かせたいやうな心持でもゐた。外の愉快な回想の合間〳〵に、チラ〳〵下から顔を出すのを楽しみたいと云つたやうな心持だつた。しかし、今はもう外に思ひ出す何物もなかつた。彼はとう〳〵そのものに触れるべく決心した。

それは吃らずに物が云へたことだつた。彼に取つてこれ以上の幸福はなかつた。しかも、この幸福は、物心附いてから、どんなに望んだか知れないにも拘はらず、つひぞ一度も許されたことのない幸福だつた。それを彼はゆんべ初めて味ひ得たのだつた。思ひも掛けない機会に於て……。それだけ猶彼の喜びは大きかつた。彼は今でも、あの時のことを思ふと、体がぞく〳〵して来るやうな気がした。いつも締まつてゐる喉の筋肉が、氷の溶けるやうにゆるんで行つた微妙な経過を――意識することの出来る筈のないさう云つた経過を、はつきり覚えてゐるやうな気さへした。今でも、あの時と同じやうな喉の動かし方をしたら、吃らずに喋れさうにも思へた。さう思ふと、母親や妹を相手にしてウキ〳〵喋つて見たい衝動を感じた。しかし、若し吃つた場合のみじめさを思ふと、話し掛けるのが恐ろしい気がした。で、彼は話し掛ける望みは捨てた。

しかし、平太郎はその日一日愉快で仕方がなかつた。食事の時、いつまでもお膳を離れずにニヤ〳〵してゐたり、いつもなら閉じ籠つたなりいつまで立つても出て来ない書斎から、その日に限つて何度も〳〵出て来たりした。そして母親と妹とがお針をしてゐる傍に寝転んだりウロ〳〵したりしてゐた。ひどく人懐しがつてゐる様子が母親の目にはよく分つた。とう〳〵夜になつてから、怺へ切れなくなつて、平太郎は二人を誘つて近所の寄席へ出懸けた。

その明くる日、会社へ出て見ると、

「いやア、あなたの雄弁には驚きましたよ。万弥を叱り飛ばした勢ひなざアありませんでしたぜ。」などとからかはれた。彼は表面赤面しながら、内心嬉しくないこともなかつた。そんなことを云はれると、一層、どんなことを自分が喋つたのだか、それを覚えてゐないことが残念で仕方がなかつた。今度はあゝ酔ツぱらつてしまはずに、自分で自分の喋るところを享楽して見たいと思つた。

その日、彼は帰り道に水谷のところへ寄つて、母親から勧められた通りにハンケチ包みを置いて帰つて来た。

新年宴会の話が出る度に、その後も誰かしらきつと平太郎の噂を持ち出した。しかし、日が立つにつれて、だん〳〵忘れられて行つた。平太郎自身も、あんまり思ひ出さなくなつた。しかし、唯、酒を飲めば喉が自由になるといふ事実だけは忘れなかつた。はつきり頭に刻み付けられた。その記憶が、彼の心を余程明るくした。吃りといふ疾患に対しても、前程突き詰めた絶望は感じなくなつてゐた。

しかし、彼のやうな一種の不具者が持つ、同僚や先輩に対する卑屈さが、全然取り去られたといふまでには彼はまだ至らなかつた。それは彼が日常自由に談笑し得る人間にならない限り、完全には望み得ないことであつた。

彼はイエスかノーを答へる以外、あまり多くを喋らなかつた。会社に於ても家庭にあつても……。彼は唯受話器の用をなすばかりだつた。彼はさういふ受身の習慣に慣らされてはゐたもの丶、時には腹のふくれる苦しさに苛まれた。喋りたくつて喋りたくつて溜らなくなる時があつた。酒を飲めば喉が自由になるといふことを知つてからは、前とは比較にならない程怺へ性がなくなつた。さういふ釈放欲が起る間隔を次第に狭められて来たのを自覚した。

しかし、彼はまだ一人で、お酒の飲める家へ行つた経験がなかつた。或日、彼は思ひ切つて水谷を誘つて見た。

「え丶、ぢやア赤行燈へ行きませうか。」

存外水谷は気軽に応じてくれた。

そこは入れごみの、安値な旨いもの屋だつた。ブツ切りの刺身や、海老糝薯《しんじょ》のお椀などが並べられた。

盃の遣り取りをしながら、平太郎は二人の酒に対する態度の相違を感じた。水谷はそれ程酒を嗜まない様子だつたが、それでも一ぱい一ぱいをいかにも楽しさうに飲むのだつた。平太郎はまるで酒の味などは分らなかつた。酒を味ふことなどに彼の目的はなかつた。だから、唯ガブ〳〵口へ明けるに過ぎなかつた。彼は唯酔ひたいのだつた。喉の筋肉のゆるむのを待つばかりだつた。しかし、今日こそは意識を失ふ程泥酔はしまいと思つた。

そのうちに、水の温むやうな感覚を彼は喉に覚えて来た。何の話からだか、今日は会社のことが頻に二人の話題に昇つた。

「そこへ行くと、君なんか課長と特別の関係があるんだからよござんさア。」と水谷が云つた。

「しかし、次席がお話にならない位厭な奴だから同じことで

「消息」欄より

■永井荷風氏は此度御都合によりわが文科の教職並に三田文学の主幹を辞された。文科及其機関雑誌たる本誌が今日の如く中央文壇に重きをなすに至つたのも偏に先生の御尽瘁に依るのである。殊に先生御在職中は創作的気分の養成につとめられ、わが文科から兎も角も文壇の一角に立つて辱かしからぬ新進作家を出し得たことについては更に厚く先生に感謝する次第である。われ等は今や独立して文壇を闊歩し得べき確信を有す。今後益々努力して創作に評論に詩歌に其精華をあつめ先生の御素志を空しくせざらむことを期す。
〈大正五年四月号〉

すよ。この間もね、実はこんなことがあつたんです……。」

かう云つて平太郎は、この間の事件を話し出した。話し出すと、不平や憤懣が溜つてゐるので、つい彼の口調は激越になつて行つた。彼は興奮して、いつの間にか警戒の心を忘れてしまつた。

水谷が
「しまつた。」と思つて後悔した時は既に遅かつた。平太郎は口の中へ一ぱい泡を溜めてゐた。

とう〳〵その晩も彼は水谷の厄介になつた。

「重ね〳〵どうも相済みません。何とお詫びを申し上げて宜しいやら、誠に申訳もございません……。」

夜更の門口で、母親は恐縮しながら、礼やら詫やらを繰り返し〳〵述べた。

水谷は二度の附き合で平太郎の相手にはフル〳〵懲りた。しかし、平太郎は連れのあることを欲しなかつた。彼はもう一人で赤行燈へ行き得た。そして彼は赤行燈以外の家へは行かなかつた。これは彼の性格をよく語つてゐた。

彼は三日にあげず泥酔して帰つて来た。一人になつてからは、よく溝《どぶ》へ落ちたり、顔や手足を怪我をして帰つて来た。

母親は慌て出した。父親が息子に乗り移つてゐるやうな不気味さを感じた。夭折……さういふ不吉な考へがチラと閃いた。母親は思はず身顫ひが出た。彼女は慌てゝ両方の肩を三つづつ叩いた。かういふ時のこれが彼女の癖だつた。

二度、三度、彼女は意見をして見たが、何の利き目もなかつた。仕方がなしに、課長の耳へ入れた。

すぐ平太郎は社の帰りを呼びつけられた。先きへ帰つてゐた課長は、にがい顔をして坐つてゐた。暫くは葉巻をくゆらしながら黙つてゐた。平太郎は洋服の膝を揃へて、小さくかしこまつた。「酒だな」と彼は腹の中で思つた。

「君……。」

いかにも無機嫌さうに課長は口を切つた。

「俺はもつと君を馬鹿ぢやアないと思つてゐたがな……。君はどうしてもおツ母さんの忠告は入れられんと云ふのか……。」

ぶツきらぼうな、邪剣そのものと云つたやうな課長の言葉を耳にすると、平太郎は思はず涙ぐんだ。何だか其邪剣が嬉しいやうな、甘い涙だつた。

「いゝえ、私は好きでお酒を飲むのではありません。お酒を飲むと人並に物が云へるのです……。」

こゝまで云ふと、涙に咽せて先が云へなくなつてしまつた。

「…………。」

課長は熱い尊いものに触れたやうな気がした。咄嗟には何にも云へなかつた。

「おーい。」

暫く立つてから、課長は手を叩いて女中を呼んだ。女中は唐紙を明けてそこに手を突いた。

「飯の用意をして来てくれ。お客さんに一本つけてな……。」

その声には優しさが籠つてゐた。

海をみに行く

昭和2年2月号

石坂　洋次郎

いしざか・ようじろう
（明治33年〜昭和61年）
慶應義塾大学仏文科に入り、国文科に転科後卒業。卒業してすぐ処女作「海をみに行く」を脱稿、二年後「三田文学」掲載。「三田文学」に連載された『若い人』はベストセラーとなった。

トゲの多い小魚を上手に食べる女は世帯持がよろしい、とみて来たやうな嘘を云つてのける奴だ、馬鹿奴。

で、今朝もまたフクレッ面だ。

粗末な束ね髪、禿げあがつた額、とがつた鼻、耳だけは肉が厚くずい分と大きい。それで、皿小ばちがいつぱい散らかつたチャブ台を胸にひきよせて、子供が食べ残した煮魚の骨をしやぶつて居るのだ。ひどい舌なめづりだ。

誰がみたつて可笑しい。だから私だつても可笑しいのであるけれど、ハルキチが三歳、これからもまた生れ、また生れ、やがて共々白髪になるであらう、と思へば、腹がたつ中にも涙の絡んだ悔恨が胸をしめらせてならないのだ。

室田は座敷にこもつて手紙を書いて居た。陽は、縁側いつぱいに眩しく溢れ、私とハルキチは頭がぬくもつて眠気がさした。唱歌、体操、戸籍問答、チンポコダンス……私のやけンぱちな煽てにのつてハルキチはいろいろな芸を活潑に演じてみせたが、ハルキチの母親はそれをてんでふりむかうともしないのだ。

瓦全玉砕だア——私は太陽にむきなほつて、頭のフケをかき出した。キラキラとさびしくひかつて、フケは土に落ちた。

庭境の垣根にヒョロ長くつき出たヒバの木があり、そのてつぺんの枝にかけた籠の鶯が、小春日和の暖かな空にむかつてけさ方からしきりに囀づつて居た。空のシンまで泌み通るやうな静けさだつた。なんとかで、お隣は水道課長かな……此処も鬼門だ。言葉慣れないフク子があそびに行つて、失礼な言を吐いたとかで奥様に怒鳴られ、背中のハルキチ共々泣いて帰つてきたことがある。賢夫人だ、とは聞いて居るが、ひとの妻君では役にたたぬ。それからは課長と私も睨みあひだ。五分の魂は私も持つ。然し、いま、浅みどりにすみわたつた大空に儚いあこがれの歌をよせる鶯になんの科があらう。

　ハルキチは玩具箱をひつくりかへしてその上をゴロゴロ転がるあそびをはじめた。

「室田君、さきに御飯にしたらどう」フト私は座敷の友人に声をかけた。

「いま、いますぐ。僕、質問してもいいかしら。あのね、父の姉はハクの伯母さんだつたかしら」

「さあ。おい、どつちだつたけね」

　フク子は意地悪く私の顔を一瞥した。

「それあハクに決つてますわ。でも、伯母さんにやる無心ぢやずいぶん心細いのね、ホホホ」

あつ、ホホホホだつて。私のさかだちした神経は盗人のやうに座敷うちの気配をうかがつた。

「僕も心細いと思ふんだけど、どこでも早い方がいいと思つて。…………ハク、ハク、すると僕にはハク伯母さんばかり多いんだなア」

　私は無意識に拳を固めて居た。が、フク子のまたたきをしない獣のやうな目をみると涙が出さうになり、その拳を、なまじフク子に口をきかせようとした自分の卑屈さに打ち下ろすより外仕方がなかつた。

　今日の暦も、また曇りだ。

　半年ばかり音信が無かつた室田が、或夜飄然と府下入新井町――池上本門寺の森近くにある私達の家を訪れたのは、ひと月ばかり前のことだつた。

　へんぴなところであつた。去年の暮、それまで田舎の実家で世話になつて居たフク子達をよび迎へて、此処へ越したばかりの時、差配のおかみさんがあそびに来て

「此処はこれでも、御会式になると太鼓の音がそれぁよく聞えましてねえ」と自慢したものだ。が湯屋だけはよろしかつた。畑や切通しの坂道を浴漕からひろく見晴らせて、温泉場気分だつた。そして私達の生活では風呂へ行くのが一番のなぐさめであつたのだ。

　フク子は姙娠と脚気でよく床についたし、また機嫌がわるかつた。姑（私の母だ）の悪口、実家に世話になつてる間の苦しかつたことなど、粘液性のシチッコさで寝ても起きても聞かされるのだ。毎日の喧嘩だ。

「二時に授業がすんで、本屋で雑誌を立読み、みつともないね、十分ぐらゐで充分だわ。それからコーヒーとお菓子、私とハルキチはお漬物だけでお昼を済ませてるんです。十五分。電車が十五分。歩くのが二十分。それで四時にならなければ家へつかないと云ふんですか。――貴方は数学の頭がないか

ら嘘してもすぐバレてしまふ、フン」

カンブクロ猫の恰好でワイシャツを脱ぎながら、或は靴下をひつぱりながら、私は躍起と嘘でない弁明をする。ノートを調べられたり、その日教はつた講義の内容を説明させられたりもした。ウイットマン論（ホイットマンと読むのはまちがひだ、とN教授は薄い口髭をひねりながら教へてくれた）や詩経召南篇をしかつべらしく諳誦して居る私の顔もだが、フク子の奇体な顔はさらに傑作だ。つまり私等夫婦は小心な好人物であるのだらう。

然し、私は学校が嫌ひだつたし友達もなかつたから大抵は家にひつこんで居た。喧嘩のほかに差向ひの話もない私達は、金のある間、菓子や料理をむやみに買ひ喰ひした。そのために腹をこわし、二日ばかり、親子三人が揃つて屁つぴり虫で困つたこともある。

室田があらはれたのは、私達がそんな生活をしてる時だつた。フク子は蓮葉に握手を交はしたりなどして歓迎した。火鉢を囲んで紅茶を啜り、故郷の話が一通り済んでから、髭が伸びて青ざめた頬を撫でまわし「家庭生活つていいもんだなア」と室田が洩らすのをきいて、私までがウッカリそんな気になりかけたぐらゐだつた。

然し私は欺されなかつた。

その晩、枕を並べて休みながら、思ひきつてツケツケと室田にきいてみると、やはり田舎の暗い生活がイヤで家を飛出して来た、雑誌のサシ絵でも書いて勉強して行きたいから当分たのむ、と云ふのだつた。

室田は変人だ。「感受性が鋭くて、それから受ける印象を統一する力が欠けてる」とか「プログラムを作つて、それに当て嵌めるために自分本来の傾向を無視した不自然な生活をしようとするからいけない」とかいろいろな室田甚造論があり、奇抜なゴシップがたくさん伝へられて居た。私は室田の人間を理窟にして考へたことはないが、然しゴシップ種にされる彼の言行が、私のひそかな親愛と満足をよび起す場合が多くあつた。条件《コンディション》さへよければ、室田とは素直な実にいい気持な話が出来たのである。

で、よく出奔することも彼の変つた癖の一つに数へられて居た。が斯う然しいつまでもボヘミアン気分で居るのは困る。なんとかの帯が買へるぐらゐ残りさうだとフク子が嬉しがつてたのはつい二三日前のことだ。なにしろ困る――汽車の疲れでぐつすり寝入つて居る友人のやつれた横顔をみまもりながら、私はそんなしらじらしいことを考へて居た。

翌日、私は半端な理由をくどくど並べたてて、二月までには何とか身のふり方を決めてもらふことにし、それまで二週間ばかりの間窮屈で恐れ入るが玄関の三畳で手足を伸ばして居て呉れ給へと云ふことで、預りものの一閑張や座布団を押入れから出して速席の書斎をこしらへてやつた。腹に物を貯めて置くことの出来ない私の軽薄な性分を知つてる室田は「ありがたう。さうはつきり云つてもらつた方が僕もゆつくり出来ていいんです」と気軽に笑つてくれた。

私は然し最初から彼が仕事にありつくことなど左程期待しなかつた。ただ斯うして十日なり廿日なり暖かい日光を浴び春めいた空気を吸つて呑気な散歩でもして居れば、彼が出奔してきただけの目的は充分果たせるのだ、と考へて居た。事実室田自身も仕事のことは気にとめてない風で、御天気の良い日には筆、奉書紙、開明墨などを携へて近所の野原や森や切通しのあたりへ写生に出かけた。家では掃除に手伝つたり、子供の相手をしてくれたり、万事私達の目にたたぬやうつつましく振舞つてくれた。

私の怠け者は、その頃、さし迫つた卒業試験の準備に追はれて、室田とゆつくり遊ぶ機会が少かつた。ときたま、フク子達が寝静つた気配を伺つて夜遅く、彼の方からこつそり私の室へあそびにくることがあつた。

「………それあね、君。僕は才能よりもうしろだてよりも努力だと思ふ。成る成らぬは別問題として、せめて君と僕だけでもコツコツと精進して行かうではないかねえ……」

と私が云へば、彼も心躍る有様で

「僕、今日こんなものを書いてきたらすつかり愉快になつちやつた」と云つて、地蔵様や狛犬の写生をたくさんひろげてみせ、地蔵様の頭の上に記された梵語の意味を私にたづねたりした。もしそれが雨降りの夜でもあれば、あまだれのポツンポツンがたのしく心細く、一時二時、フク子が葱買ひに行く百姓家の不具な牡鶏が烈しく羽ばたくまでも話がつきないのであつた。

「………上田敏。海潮音のね、序文みたいなところにね、大寺の香のけむりは細くとも空にのぼりてあま雨となる、あま雨となる――古い昔の歌だ。トコトン、トコトンつて太鼓をぶつてくる獅子舞の歌だ。赤い大きな獅子の頭はおつかないね」

と私が云ふと、室田は弱々しい微笑を浮べてかすかに頷くのだ。

「いいなア、ふるい昔。――大寺のセンコの煙は細くとも空にのぼりてあま雲となる……」

少しづつ物をまちがへる室田のさびしい癖だ。然しかたくなな心の私にはそれがまたとない嬉しさだ。

フク子がぐずり出した。来て一週間もたたないのに、と云ふのは私だけの考へだ。さすがに面とむかつて室田には云へないので、相手はやはり私で、頭の悪いネチネチした厭味やら毒口やらだ。

「馬鹿ア。お前なんか女子だからわかるまいが、男と男と友だちになると云ふことは人生意気に感じたんだぞ……」

ヂリヂリ長引く云ひ合ひには根負けするので、そんな駄法羅を吹いて、喧嘩をたたきつぶしてしまふのが私の得手な戦法であつた。けれども、私は私のした学校勉強がその駄法羅にばかり多く役立つのをずい分悲しいことだと思ふ。

「フン、いいふりばかり吐《こ》いで何だベエ。云はれて口惜しいんだら、かがや子供をやしなつてみせればええ、大学生ア」

負けてないでフク子も田舎弁丸出しでトゲトゲしく応酬する。

いつもならばぶつか舐めるかで治まりがつく。でなければ飽きがきて忘れてしまう。（犬ころみたいで可笑しいが、よく考へてみると決してさうではない）然し今度は、室田が家に居る以上、恨みは日一日と深く忌々しくもつれてゆくばかりだ。私達は毎日醜い喧嘩を繰返した。室田が玄関の戸をあけて出て行く気配がすると、フク子は洗濯物を中途でよして、私の居る座敷にノコノコ押しかけてくる。

「貴方《あだ》ア。味噌屋がさつきも来ましたよ。私は何度赤面したか知れあしない。…………それはね、貴方《あだ》アがそれだけ儲けてくれれば、私だつて二百人でも三百人でも寄宿舎を建てて貴方《あだ》アの友達を世話してあげますが、今は親の世話で修業中の身分ぢやありませんか」

「親ぢやない、お前の家だよ、うるせエな…………えぎりす人がな、僕の書いて出す論文にいつも、ユーア・イングリッシュ・イズ・ベリー・バッド、即ち君の英語はお話にならんと書いてよこすんだよ。だから、今度しくぢるとまた落第するから、その話はあとにしてあつちに行つてろ、な」

「まあ、どうしよう…………ハルキチ、父さんがまた落第するよ、二度だよ、私は面目がない…………」

ハルキチは変な顔で私をみるが、ともかく泣いてやれ、と母子声を揃へてエンエンやり出すのだ。

外では、曇空の下を室田が長い寒い散歩をして居るのであらう。私はペンを投げて便所にしやがみに行くけれど、冷い風が尻を撫でて、ああ生活つて仕方がないなと、私は考へるのだ。

またある時にはこんな喧嘩だ。

「フク子、お前には自分の気持がわからんのだ。お前は決して無教養な女ではない筈だ。よく考へてみるといい。困ることは第三者によつて家庭生活が乱されることで、瑣々たる金銭の問題ではない。お前の不平も実はそこにあるのだ。僕達みたいな恋愛結婚の夫婦生活は非常にデリケートなもんだからねエ…………」

私が声をうるませて語る斯ういふ理窟にはすぐ目尻を下げるフク子だ。

「それあね、私にだつてそれぐらゐの理解はあつたけど、でも私は今特別に神経過敏になる時でせう。だから私は貴方《あだ》アの愛が私達より御友達の方によけい注がれてるやうな気がしてどんなにエラエラしたことでせう。ほんとにねエ、私達のデリケートは深刻なぐらゐだわ。ぢや私はやつぱり貴方《あだ》アの愛を信じて居てもいいのね……」

「馬鹿ア…………ハルキチ、飛行機だッ」

で、私達は接吻する。然し新婚時代とちがつて、大根なり鰊なり、その日その日に食べたものの匂ひが鼻についてなかなかいい気分にはなりきれないのだ。

鉛色の、なんにもない空をキョトンとみあげて居るハルキチを指さして、フク子は朗かに笑ひ出した。

「ハルキチ、父さん嘘つきね。飛行機もとんびも居やしない、お出で。………私もね、室田さんの根がいい人だつてことはわかつてますけど、あんまり変なんですもの。貴方《あだ》アの留守にね、『室田さんこつちに長く居るつもりでしたら着更へ類ぐらゐ用意して呉ればよかつたのね』と云つたら『フン』と人を馬鹿にしたやうな調子で『僕も二三年前まではそんなことをクョクョ心配したものですが、下らないことでしたなア、つて云ふのよ………」

「さうか……」私はその話を息深く吸ひこんだ。そして、一昨年あたり室田が上京した際、コーヒー茶碗や掛暦、割箸のたぐひまでも古ぼけた赤鞄につめこんで行つたらしいと云ふゴシップがあつたのを思ひ出し、彼がさうした愚なことにしちつこくこだわる気持がピシピシと胸にこたへて、吐き出したいやうな不快さを感じた。

「馬鹿野郎………」

突然私はトゲトゲしく叫んで、せつかく出来かけた仲直りを滅茶苦茶にこわしてしまつた。

それから幾日か過ぎて、ある夜、たうとう私は室田に立退請求を申出なければならなかつた。

「ああ、もう充分日光浴をしたし、僕もそのうち帰らうと思つてたんですよ。それで明後日から初まるフランス絵画展覧会だけは故郷のみやげにみて行きたいと考へてたんだけど………」

室田は歯の白い、やさしい微笑で答へた。

「さうしたまへ。是非みて行き給へとも。……まあ勘弁してもらふんだな、女房の云ふことを聞いて義理を欠き、さ。ハハハハ」

なにもかも吹きとばせ、と私の豪傑笑ひだ。すると、室田も一所になつてホホホと笑ひ出した。

「……今云つた発句はなかなか面白いな、やはり徳川時代の作品かしら……。妻君の云ふことを欠いて義理をまげつて。いいなア。日本の家庭はやはりそれが一番堅実でいいんぢやないかしら。フム。でもレムブラントなんかに聞かせてもわからないだらうなア………」

いまと十七世紀の奇しき握手だ。涙のやうに光るものが、私の腹から胸にかけのぼる。

その晩、室田が彼の一人親である瀬戸物店をやつてる父宛に出した、不心得を詫び、帰国の旅費をたのんだ手紙の返事を私達三人鶴首して待つたが何の音沙汰もなかつた。室田は焦つて、急に仕事を探がしに出かけたりした。十六七の頃、初めて出奔した当時二三ケ月職工をしていたことがあると云ふ深川辺の製薬会社へも雇つてもらひに行つたが、昔可愛がつて呉れた職工長が死んでしまつてたとかで下駄の緒を切らして帰つてきた。

一日一日、私達はまともに顔を見合せるのを避けたいやうな惨めな気持で、夜を待ち朝を迎へた。そして今朝。フク子の馬鹿が、たうとう室田へじかにひどいあてこすりを云ひやがつたのだ——

「ハルキチ、来い」

私は戸を乱暴にしめて外へ出た。

長屋の共同門に立つて、今日の御天気には何処の散歩にしよう、と勢好く家だけは出たが躊躇して居ると、顔馴染みの郵便やが田舎の父からきた手紙を呉れて行つた。

ハルキチはどこかの白犬のあとを追ひ、私はハルキチのあとを追つて、やがて私達はいつも行く、湯屋のさきの小つぽけな原つぱに出た。そこからは、晴れた空や、池上の森や、黒い畑の中にポツポツ建つた赤瓦の洋館がみはらせる。

「やつ。ギャアギャアだつて。……まるで母さんみたいにやかましいや、な」

ハルキチは両手をひろげて、コ、コ、コ、コと鶩鳥の鳴声に応じながら、低い垣根をめぐらした文化住宅の庭の方へヨチヨチ馳けて行つた。私は下駄をぬいで、乾いた芝生に腹匍ひながら手紙の封を切つた。

「――僅少の送金にてはお前も辛苦のことと察するが、これも大学予科在学中に自由結婚を行つた報いだとあきらめて妻子のために奮闘なさえ。卒業も愈々最後の五分とはなりたれば、社会へ出て難儀せぬやう、知己有力の方々に願つて今から就職口を決めておくやうになさえ。先便によればお前の原稿とやらも売行き増加の由、我等も安心して居ります。前々話の如く、三月初めには健吉が獣医学校入学のためお前達の所へ行く筈なれば何分の世話を頼むものにて、食費ぐらゐはこつちからやれるが、小遣銭はお前達から支給の覚悟にて居られたく願上候。オヤヂも此年になりては奮発力乏しく相成居候故、健吉の儀はお前からよくよくフクに話を致し、上京の暁はみなみな和気愛々福々しく暮されたきものに候――」

そんなことがくどくどしく書いてある巻紙の端に「これは春吉の飴代也」として壱円紙幣が貼りつけられてあつた。

くそ！　みんな猫かぶりだ。フク子の家から毎月定つた補助を受けて居ることを知らない筈がないのに、しらつぱくれて居やがるんだからな――私は紙幣だけ引つ剝がして、手紙は鼻をかんで捨てた。

父は私を小学校だけでよさして小僧奉公にやり、ゆくゆくは商人に仕立てるつもりであつたのだ。場末の古着屋の次男に生まれた父自身が辿つた生涯を、そのまた次男である私にも繰返へさせようとしたのである。今私はともかくも天が下の大学生だ。けれども、どうかすると私は、その時の父の念願が私の血の中に着々と生かされてきて居るやうな気がしてならない。安物の銘仙かなにか着て、髪をチックで撫であげた、不健全な下卑た感じの若者が、始終私の身のまわりをうろついてゐるやうな気がしてならないのだ。たまらない憂鬱さだつた。

「ね、君、もういいよ、いいよ。握手だ、握手だ、へへへ………」

さう云つて私はこの青白い、昼日中の幽霊に手をさしのべたくなるやうな暗い絶望感に屢々襲はれる——

高台のハウスで鳩がないた。閑かな昼だ。私はさんさんと降りそぐ日光に甲羅を干す亀の子である。どこやらにかわき切れない湿つぽさがあり、そのために私はときどき手足を縮めてたくさん欠伸をする。また、金のことをフランス語で何と云つたかを思ひ出さうともする。髪がかわく。私は目をつぶつて、子供と鵞鳥の朗かな会話をぼんやり聞いてゐた

………

ギヤア

バカ

ギヤア

バカ

………

急に子供の泣き声がした。みると、鵞鳥は居なくなつて、子供は垣根の隙間からつつこんだ首がぬけなくなつて、バタバタもがいてゐるのだつた。可愛いと思つた。

やがて、私とハルキチとは手をつないで、別々な唱歌をうたひながら、切通しの坂道の方へ歩いて行つた。

……一トまわりして家の前に帰つてくると、マントを着て何処かへ出かける室田の姿が向うに見えた。立ちどまつて見送つて居ると、角を曲がる所でこつちを振り向いた。顔が見えない距離だつたから、手を上げて合図をすると、むかうでも帽子をふつてお辞儀をした。

家では未だあと片付けがすまないで、フク子は朝飯の残りで握り飯をこしらへてゐるところだつた。

「家からハルキチの飴代と云つてこれだけ寄越したよ」

「手紙は——」

「ハルキチのウンコをふいた」

「フン。どうせ私がみちやいけない手紙だものね」

フク子は、チヤブ台の壱円紙幣を蠅のやうに吹きとばした。ハルキチは可笑しがつて手を拍つた。室田に遠慮して圧へつけて居た戦闘欲が、この時猛然と私達に襲ひかかつた。

「なにつ。貴様さつき俺の友人にむかつてなんと云つた」

「云つて悪けれあ自分で稼いでみせるがいい。私は私やハルキチが飢え死してまで、貴方《あだ》アの友達につくしてやるほどお目出度くはありませんからね。今日だつて、もうハルキチにお菓子を買つてやるお金もないから、斯うして握り飯をこしらへたんぢやないか。家庭教師の、原稿がどうのと、家へは勝手な嘘ばかり書いてやつて、男の貴方《あだ》アが恥かしくないんですか。あの人の友達が貴方《あだ》ア一人と云ふ訳ではなし、貴方《あだ》アが云つてくれなければ私は、いまあの人が帰つてきたら、今日中に家を出てもらふやうに云ふからそのつもりで居てもらふわ」

「馬鹿野郎。男はもつと高い所に目をつけてるんだぞ。高いとこつて……梯子段にあがつたつてみえるもんか、馬鹿野郎……馬鹿野郎奴……第一貴様なんか昔耶蘇ぢやないか……」

「やかまし」フク子は手の甲で髪をグイと撫であげて、悪落

ついた口調で云つた。「貴方《あだ》アはいい人だけどあんまり母親に似過ぎたのね」

「貴様の家は狂人の血統だ」

「貴方《あだ》アのとこは青鬼、赤鬼、斑鬼、みんな鬼の親子どもだよ」

グザッグザッと鑿のやうに相手をつきさす毒口である。タカをくつて居た筈の私はみごとな逆立ちだ。喧嘩は飛躍的になつた。

「貴様ア淫ら女子だぞ、ざまあみやがれ」

「貴方《あだ》アがさうしたんぢやないか。昔は純真な処女だつたんだよ」

「うーるせエ」私はハルキチが吹けと云つて持つてきた喇叭をやにはにひつたくつて庭へたたきつけた。

「俺は亭主のやることに理窟だてする奴とは一所に居たか無え。よし、俺アたつた今家出する。此家を借りたんだつて、此処で暮してるんだつて、みんな貴様の家の金だ。俺が出て行けあ文句は無えだらう、お多福奴」

「へん、とんだドストエフスキーだよ。貴方《あだ》アなんか天才を気取つたらいい笑ひもんだよ」

「低能。ドストエフスキーがいつ家出した。ドストエフスキーの妻君はな、夫がバクチで一文無しにとられて家へ帰つてくると、零下何十度と云ふ寒い時候なのに着たぎりの羽織を質に入れて酒を買つて慰めてやつたんだ。家出したのはトルストイだい、へつへつ」

「……それあトルストイもしたわ。だけどドストエフスキーだつてしたんだよ。あの人は若い時シベリヤの監獄に入れられたりなんかして……」

「うーるせエ。俺、ドストエフスキーが家出したなんて云ふ珍らしい話をする奴とは一所に住みたく無えんだ。俺が出て行つて困るなら貴様が出て行け、たつた今出ろ」

私は勝ちほこつて叫んだ。フク子は急にシンと黙りこんで、火鉢に焼いてた握り飯を一つとつてムシャムシャ食べ初めた。呆れて眺めて居ると、肩先きがビクッ、ビクッと二三度大きく慄へた。コイツ奴、握り飯を食つて泣く法があるもんか、と憤慨して居ると——

「エンエン。出て行くだの行けだのつて、二言目にはそんなことを云ひ出して……。ハルキチが生まれてないんだつたらいツ時《とき》だつて貴方《あだ》ア如き薄情男のそばに居るもんか。いま田舎へ帰つたつて五月になればまた生れるんぢやないか。いいよ、いいよ。私は実家へ手紙を出してどつちが悪いかお父さんにきいてみるから構はない。貴方《あだ》アは色男だよ、エンエン。女学校の先生になりたいんだろ、ちやんと知つてるよ……」

「当り前だア。貴様がその了見で居るうちは、俺ア一生田舎の教員で腐つてやるからさう思つてろ……俺は今から学校へ出かけて晩方に帰つてくるから、それまでに、俺が出るか貴様が出るか、腹を決めておけ」

仲直りをしてもいい、が、それにはまた夫婦愛だのなんだのと歯の浮くお喋りをせねばならない、イヤなこつた。

私は座敷に入つて袴をつけた。そして、もう大方空になつた本箱から二三冊引つこぬいて風呂敷に包む間も、フク子は泣いたり握り飯を食べたりだつた。

「行つてくるぜ、ドストエフスキー君」

捨てぜりふで、まづ意気揚々と玄関口に出てくると、ハルキチがあわてて後を追つかけてきた。

「アイナラ、アイナラ……」

障子のガラスに小さな掌を押しつけて云ふハルキチのまるい顔が、初めてみるもののやうにはつきりと目にうつつた。私はうろたへておどけたヒョットコ面をつくり、マントの袖をはねのけて「ヨイトコラサ……」と、狭い三和土を踊つてまわつた。

アイナラ、アイナラ……とハルキチは云ふ。


その午後である。

退窟さうにポツネンとして居るものだから、初めての家でもなし、用の無い女給達が代る代る話相手にして呉れたが、頭が変調子になつてしまつて一向話がはずまなかつた。なにかひと言喋ると、その次には三円で買つた古本が三円に売れたと云ふ話がしたくて口がムヅムヅするのだ。

何時だか知らんが、時計の針は欠伸する時の手つきだ。その下に細長い鏡が嵌まつて居る。ストーブのほてりで、浅ましいやうな赤つ面だ。（金口をくわへて居やがらあ）

「元気が無いわ」

「ああ……。お小遣を貯めて東株を買つといたのさ。今朝の新聞だらう。後場軟化でガラ落ちつてえんだからショゲちやつた……」

「なんのことよ」

「引跡気配さ……がこいつは難づかしいな」

「そを」

女は脛をまくつて懐から膏薬をとり出した。

「会計」

街路樹の落葉が道にいつぱい散らかつて居た。風もなく、着て居るマントが鎧のやうに重たい。背のびをいれて、玉葱や肉のゲップを吐いても、空気が乾燥して居るからやはり喉までムッと息苦しいのだ。

私はあてもなく三田通りを行きかへりした。フト思ひついて、狸穴に下宿してる神学生の武村を訪ねてみようか、とも考へたが、なんだか室田が先客で納まつて「基督人間論」でもたたかはして居さうな気がしてやめた。仕方がなくて、そこらをぶらついた揚句私は学校に入つてみた。

鉄筋コンクリートの汚らしいガラン洞には、埃と汗のすつぱい匂ひがかすかに残つて居て、いつ来てもあまり楽しい所ではない。私は二階のだゞつぴろい教室に足駄のまま入りこんで、黒板に楽書をしたり、教壇に立つて教授《プロフエサー》を気どつたりしてあそんだ。煙草をふかすと煙がいつまでも立ち澱んで、この冷たい建物の隅々にのろくさと四肢をひろげて懐疑する一つの青春が、重たく胸にのしかかつてくるのだ。また電車のきしむ音もして、窓の内側から眺める太陽の光は悲しいものだ。火つけをしろ、と空虚の中から囁く声がある——

私は不機嫌に硬はばつた頭をかしげて、はいりぐちのだらだら坂を下りて来た。すると
「やあ」

と云つて、両手を黒くひろげて（マントの袖だつた）前に立ち塞がる者があるのだ。室田だ。白い歯を出して笑つて居るのだ。

「やあ——」

「僕、なんだか君に会ひさうな気がしてたら、ほんとに会つたね」

嬉しかつた。が、口まで出かかつた言葉をさきに室田が云つてしまつたので、私はスグ天邪鬼を出した。

「僕は思ひがけなかつた。ぢや、あの時帽子をふつて、それからまつすぐにやつてきたんだね」

「ああ、テクシーでね、歩いて来たんだよ。景色がよくつてね。途中で僕、いろんな面白いものをみたよ。………どこかの八百屋の看板に赤い達磨さんが踊つてる絵が書いてあつたんだけど、僕わからないもんだから、お金を二銭持つて煙草屋でマッチを買つてきいたんだよ。そしたら煙草屋のお上さんもわからなかつたけど、僕ずい分おかしいと思つた」

「……でも僕はそれでいいと思ふ。八百屋の家根で赤い達磨さんが鉢巻して踊つてるのは非常にいいことだと思ふ……」

「それあいいことだ。だけど、僕、色の使ひ方がまちがつてると思ふな。きつと店が繁昌しないと思ふ……」

「それあさうだ。色の使ひ方がわるければね……」以下略。

フク子に沮まれてゐたひさしぶりの友情だ。

室田はやはり武村を訪ねたがどこかへ伝道説教に出張した留守だつたと云ふ。なにか食べないかつて誘ふと、ヴィタミンが不足してるから支那蕎麦がいい、と云ふのでつれだつて横町の支那料理へはひつた。

「おいしかつたね。………これから芝浦へ行つて海をみようぢやないか」

「海。いいなあ、行かう」

室田は汁をガブガブ飲みながらいきごんで云つた。青々とないだ海の姿が、その瞬間私達の脳裡にあざやかに閃いた。

チップをつけたら、支那ボーイが「ありがたう、あ、なた」とお追従笑ひをした。やつと今日の日にふさはしい晴れやかな気分になつて、私達は肩をならべて喋りながら歩き出したのだ。

こんな話が出た。

「二三日前の夜中に、フク子さんが泣いてたんぢやない」

「知つてたの——」さすがに顔が火照つた。「女つて仕方がないんだよ。あの時は小つぴどく叱りつけてやつたんだ」

「駄目だなあ。自分が巧く書けないからつて、妻君を腹いせに苛めることは、誰でもよくやるやうだが、僕やはりまちがつたことだと思ふ。駄目だなあ」

卒直な歎声だ。もちろん、その時も室田のことがもとで出

来た喧嘩だ。苦笑もした、が私は然し、つねづねあれほど神経鋭敏な室田が、どうかすると肝腎な所で変にさとりが鈍くなるのに、私だけのやはり多少変な好意を感じて居たのだ。

室田はまた唐突に次のやうな話をはじめた――

「処女の帯のしめ方と人妻の帯のしめ方にははつきりした差異がある。処女は全身長の三分の二ぐらゐの位置に、人妻は五分の三ぐらゐの位置にしめる云々。かくの如き結び方、位置の相違によつて歩き方もちがつてくるのは当然である。処女は云々、人妻は云々、生理的云々」

私は幾度も話題を変へようと試みたが、室田が変にしちつこく、スグ帯の問題にかへつて論じたてるのでしまひにはイヤになつてしまつた。雪国特有の、爪革に毛が生えた重苦しい感じの足駄をトコトコ引きずつて、すれちがふほどの女の帯に目をつけて歩いてる室田の微笑面が想像されるのも不快だつたし、それに、人間は誰でも平生これに類した愚にもつかぬことをよく考へて居るものだ、自分の場合を反省してみろ、とキメつけられるのが閉口だつた。

陽がポカポカと暖かい中に、黒い陰気な喪服を着て歩いてるやうな私の友人だ。

「うみぎしの芝生にいねて君とわれ、恋とりかはす六月の空」――黄色い鳥打帽子をかぶつて神田の受験学校に通つてた頃作つた歌だ。今来てみれば、工場や倉庫がガタピシと薄汚く立ちならんで昔の面影は更になく、あアあの人も嫁いでしまつた。

私達は埋立地の草むらに足を投げ出して座り、途中で買つた餅菓子の袋をひろげて食べた。

陽を浴びておだやかになごんだ海面には玩具箱の中から出て来たやうな大小の舟がいつぱいに浮んで居た。白帆はヒラヒラとかがやき、蒸汽船は黒い煙をあげた。ドドド……とはち切れるやうな爆音をたてて、二三羽の飛行機がその上を飛びめぐつて居た。

「ルーソーだ。ルーソーだね。いいなあ、タラランラン、タララ――。……桃から生れた桃太郎オ……」

裸足で、防波堤の上を若いフアストのやうに逍遥しながら室田が唄ひ出した。私はポウと赤くなつて相恰を崩した。私は室田が好きだ！チチチ……と肩をまげて辷つて行く白帆の列を眺めて居ると、ああ鬼ケ島征服欲をそそられる。フク子なんかにはお供の犬をけしかけてやれ。いまや、むづかゆいものがピチピチと身内に溢れた私だ。

「ハロー、ミスター、ムロタ。イト、イズ、フアイン、トゥデー」

堤の上をまぶしく見上げながら呼びかける私に、室田は英語を習はなかつたから

「ワン、ツウ、スリー。テレテレのパース、わつはつはは……」と哄笑をあびせかけた。――そんなのを私達の仲間では英語機嫌と云ふ。彼の喜びも哀しみもあらはすすべを知らぬ寂しい日本青年等よ――

覚えてるだけの唱歌をみんな唄つてしまふと（桃太郎を何度も唄つたのだ）、室田はつまらなさうな顔をして防波堤から下りて来た。私達は二匹の犬ころのやうにくつつきあつて寝た。

陽に暖められた生ぬるい静寂が土の底に深く泌みこんで居た。工場の爆音や職工達の笑声が、思ひがけない所からカラカラと涌きあがつて空の果に消えて行き、また涌きあがり、また消えて行く、すると今度は、沖合の船の甲板で船員達がとりかはす会話の断片が、綿毛のやうに私達の頭上をかすめて遠い街の雑音を慕つて行くのだ。さうして時が経つた。私は喉がかはくやうに、なにかしら自分の大切な秘密を他人に打ち明けたい要求に駆られた。で、私は次のやうなことを室田に告げた。

「僕は恋愛《ラブ》をしたい。涙と嘆息でむせびかへるやうな純真な恋愛《ラブ》をしたい。西洋にはマリアやクララがあるのに、日本人は何故そんな女性を創造する気持にならなかつたんだらう。僕等はきつとアイヌなんだね。君もアイヌの子。僕もアイヌの子。熊君の御友達」

「虫のいい友よ。僕はアイヌぢやいやだ。マリアをつくつたのはキリストだ。クララをつくつたのはフランシスだ。フク子さんをつくつたのは君だ。そして……」

「ああ、ちがふ……でも。人が両親に似るのはいいことだらうか。僕はアンコが好きだ。食べても食べても好きなのだ。僕は僕が嫌ひになつた。父とは何でありませうか。ああ僕は恋愛《ラブ》をしたい」

室田は虫のやうに黙つて居た。間もなくかすかないびきが聞えた。私はイヤアな気持で、むきをかへて手足を縮めた。

フク子はどうして居る？　妊娠のお腹をつき出して家の中を威張りかへつて歩いてるだらうか。それとも、いつものやうに縁側の日向に縫物をひろげてハルキチを前に座らせ

「トウサンは健太郎、カアサンはフク子」

と、そんな憂鬱な思想を三歳の子供の頭に吹きこんで居るのであらうか。どつちでもいい、生水は黴菌が涌くから煮沸して飲むがいいんだ……

寒さがゾクゾクと迫つてきた。陽の光は海のかなたにうすらいで、一日を了へた街の雑音が夕暮の空にものかなしく反響して居た。いま、酒醒めて遠い郷関の憂へだ。

私は寝覚めたばかりのムツとした気持で、室田の惨憺たる寝顔をじつとみつめた。疲れた不規則な呼吸が鼻や口からきれぎれに漏れ出て居た。

波が防波堤を打つ。私は一握りの草をむしつて、室田の寝顔にふりかけた。瞼がピクピクと動いた。

「埋葬だ、埋葬だ……」

私はあとからあとからと枯草をむしつてふりかけながら、なにか物欲しげな気持で遥かの中空に浮く雑然とした街の物音に耳を傾けた。

鯉

昭和3年2月号

井伏鱒二

いぶせ・ますじ
（明治31年〜平成5年）早稲田大学文学部中退。いったん別の雑誌に載せた「鯉」を加筆して「三田文学」に掲載。のち、『夜ふけと梅の花』に収められた。『ジョン万次郎漂流記』『多甚古村』『黒い雨』など。

すでに十幾年前から私は一ぴきの鯉になやまされて来た。学生時代に友人青木南八（先年死去）が彼の満腔の厚意から私にこれをくれたものであるが、この鯉は余程遠い在所の池から獲て来たものであると其のとき青木南八は私に告げた。

鯉は其の当時一尺の長さで真白い色をしてゐた。

私が下宿の窓の欄干へハンケチを乾してゐる時、青木南八はニユウムの鍋の中に真白い一ぴきの大きな鯉を入れて、その上に藻を一ぱい覆つたのを私に進物とした。私は彼の厚意を謝して、今後決してこの白色の鯉を殺しはしないことを誓つた。そして私と彼とは物尺を出して来てこの魚の長さを計つたり、放魚する場所について語りあつたりした。

下宿の中庭に瓢箪の形をした池があつて、池の中には木や竹の屑がいつぱい散らばつてゐたので、私はこの中に鯉を放つのを不安に思つたが、暫く考へた後で、矢張り止むを得なかつた。鯉は池の底に深く入つて数週間姿を見せなかつた。

その年の冬、私は素人下宿へ移つた。鯉も連れて行きたかつたのだが、私は網を持つてゐなかつたので断念した。それ故、彼岸が過ぎて漸く魚釣りができはじめてから、私は以前の下宿の瓢箪池へ鯉を釣りに通つた。最初の日、二ひきの小さな鮒を釣りあげたので、これをそこの下宿の主人に見せた。主人は釣りに興味を持つてはゐないらしかつたが、鮒なぞがこの瓢箪池に居るとは思ひもかけなかつたと言つた。そして次の日からは、彼も私と並んで釣りをすることにした。

漸く八日目に、私は春蚕のさなぎ虫で、目的の鯉を釣りあげることができた。鯉は白色のまゝ少しも痩せてはゐなかつた。けれど鰭の先に透明な寄生虫を宿らせてゐた。私は注意深く虫を除いてから、洗面器に冷水を充たして其の中に鯉を入れた。そして其の上を無花果の葉でもつて覆つた。

素人下宿には瓢箪池なぞはなかつた。それ故、私は寧ろひとおもひにこいつを殺してしまつてやらうかと思つて、無花果の葉を幾度もつまみあげてみた。鯉はその度毎に口を開閉して安息な呼吸をしてゐた。

私は相談するために、洗面器を持つて青木南八のところへ出かけた。

「君の愛人の家では泉水が広いやうだが、鯉をあづかつてくれないかね?」

青木南八は少しも躊躇することなく、枇杷の枝のさしかゝつてゐる池の端に私を案内した。私は鯉を池に放つ前に、仮令ひこの魚は彼の愛人の所有にかゝる池に棲まはせたにしても、魚の所有権は必ず私の方にあることを力説した。私のこの言葉を寧ろ青木南八は、彼に対しての追従だと思つたらしく、彼は疎ましい顔色をした。何となれば私はこの魚を大事にすることを、嘗て彼に誓つたことがあつたからである。

鯉は私の洗面器の水と共に池の中に深く入つた。

それから六年目の初夏、青木南八は死去した。

私は屢々彼の病気を見舞つてゐたのであるが、彼の病気が重いなぞとは少しも思つてゐなかつた。寧ろ彼が散歩にもつきあはないのをもどかしく思つたり、彼の枕元で莨を喫つたりした。

私は博覧会の台湾館で、大小二十四箇の花をつけたシャボテンを買つて、持つて行つて青木に贈ることにした。ところが彼の家へ其の鉢を持つて行つた日に彼は亡くなつたのである。玄関の前に立つて幾度もベルを鳴らすと、彼の母親が出て来たのであるが、彼女は私の顔を見ると同時に涙を激しく流しはじめたばかりで、少しもらちがあかなかつたので、のみならず土間には幾つもの靴と共に、青木の愛人が常々はいてゐる可憐な女靴が急ぎ足に脱いであつたので、私はシャボテンの鉢を小椽の上に置いて帰つて来た。

二三日して彼の告別式の日に、亡き彼の柩の上には、彼の常々かぶつてゐたおしる粉色の角帽と並べて私の贈つたシャボテンの鉢が置いてあつた。私は一刻も早く彼の愛人の家の泉水から白色の鯉を持つて帰りたいと思つた。青木南八が私に対して疎ましい顔色をしたのは、嘗て鯉のことについて一度だけであつたからである。

私は決心して青木の愛人に手紙を送つた。(青木の霊魂が私を誤解してはいけないので、こゝに手紙の全文を復写する)

謹啓、青木南八の御逝去、謹而弔問仕ります。却説六年以前青木君を介して小生所有の鯉(白色にして当時一尺有余)一尾を貴殿邸内の泉水に御あづけいたしましたが、此度何卒御返し下され度く御願ひ申します。ついては来る日曜、晴雨にかゝはらず午前中より貴殿邸内の池畔に釣糸を垂れることをば御許可下され度く、尚ほ其のため早朝より裏門を少々御開き置きの程願ひます。　頓首

返事が来た。（青木の霊魂が彼の愛人を誤解してはいけないので、こゝにその全文を記載してみる）

御手紙拝見いたしました。葬ひがあつて間もなく魚を釣るなぞと仰有るのは少し乱暴かとも存じますが、余程お大事なものと拝しますれば、御申越の趣承知いたします。べつにお目にかゝつたり御挨拶に出たりはしませんが、御遠慮なく魚だけはお釣り下さいまし。　草々

日曜の早朝、私は弁当ならびに釣竿餌洗面器を携へて、故青木南八の愛人の邸内に忍び込んだ。そして私は少なからず興奮してゐた。若しもの証拠に手紙の返事を持つて来ればよかつたのである。

枇杷の実はすでに黄色に熟してゐて、新鮮な食慾をそゝつた。のみならず池畔の種々なる草木は全く深く繁つて、二階の窓からも露台の上からも私の体を見えなくしてゐることに気がついたので、私は釣竿を逆さにして枇杷の実をたゝき落した。ところが鯉は夕暮れ近くなつて釣ることができたので、つまり私は随分多くの枇杷の実を無断で食べてしまつたわけである。

私は鯉を早稲田大学のプールに放つた。

夏が来て学生達はプールで泳ぎはじめた。私は毎日午後になるとプールの見物に通つて、囲ひの金網に顔を寄せながら彼等の巧妙な水泳ぶりに感心した。私は最早失職してゐたので、この見物は私にとつて最も適切なものであつたのだ。——日没近くなると学生達は水からあがつて、裸体のまゝで漆の木の下に寝ころんだり、また彼等は莨を喫つたり談笑したりする。私は彼等の健康な姿体と朗らかな水浴の風景とを眺めて、深い嘆息をもらしたことが屢々であつたのだ。

学生達が最早むらきに水へとびこまなくなると、プールの水面は一段と静かになる。そして直ぐさま燕が数羽水面にとび来たつて、ひるがへつたり腹を水面にかすめたりする。けれど私の白色の鯉は深く沈んでゐて、姿を見せはしない。或ひは水底で死んでしまつてゐるのかもわからないのである。

或る夜、あまりむし暑いので私は夜明けまで眠れなかつた。それ故、朝のすが〳〵しい空気を吸はうと思つて、プールのあたりを歩きまはつた。こんな場合には誰しも、自分はひどく孤独であると考へたり働かなければいけないと思つたり、或ひはふところ手をして永いあいだ立ち止つたりするものである。

「鯉が！」

この時、私の白色の鯉が、まことにめざましくプールの水面近くを泳ぎまはつてゐるのを私は発見したのである。私は足音を忍ばせて金網の中に入つて行つて、仔細に眺めようと

して跳込台の上に登つた。

私の鯉は、与へられただけのプールの広さを巧みにひろ〴〵と扱ひわけて、こゝにあつては恰も王者の如く泳ぎまはつてゐたのである。のみならず私の鯉の後ろには、幾ひきもの鮒と幾十ぴきもの鮠と目高とが遅れまいとつき纏つてゐて、私の所有にかゝる鯉をどんなに偉く見せたかしれなかつたのだ。

私はこのすばらしい光景に感動のあまり涙を流しながら、音のしないやうに注意して跳込台から降りて来た。

○反し

冷い季節が来て、プールの水面には木の葉が散つた。それから氷が張つた。それ故、すでに私は鯉の姿をさがすことは断念してゐたのであるが、毎朝プールのほとりへ来てみることは怠らなかつた。そして平らな氷の上に幾つもの小石を投げて遊んだ。小石は、軽く投げれば速かに氷の上を滑つて冷い音をたてた。若し力をいれて真下に投げつけると、これは氷の肌にさゝつた。或る朝、氷の上には薄雪が降つた。

私は長い竹竿を拾つて来て、氷の面に絵を描いてみた。長さ三間以上もあらうといふ魚の絵であつて、私の考へでは、これは私の白色の鯉であつたのだ。

絵が出来上ると、鯉の鼻先に「…………」何か書きつけたいと思つたがそれは止して、今度は鯉の後ろに多くの鮒と目高とが遅れまいとつき纏つてゐるところを描き添へた。けれど鮒や目高達の如何に愚かで惨めに見えたことか！ 彼等は鰭がなかつたり目や口のないものさへあつたのだ。私はすつかり満足した。

「編輯後記」より

▽先月号の丸岡氏の小説「マダム・マルタンの涙」は、方々で好評だつた。常に、新人紹介に意を用ひる本誌としては大いに酬いられた感じで、作者の喜びもさることながら、編輯者としても此上ないうれしさである。経済的に微力な雑誌としてかうした企画は、販売上多少の不便を感じなくはないけれども、やがて、これら有為の新人が擡頭して、文壇の一角に華々しい活動を開始する日を想ふと、それの如きものゝ数でもない。寧ろ、ただ愉快なのだ。いはれのない誹謗の如きは、少しも意に介するところではないのだ。
〈昭和五年三月号、和木清三郎〉

昭和6年2月号

踊子マリイ・ロオランサン

北原　武夫

きたはら・たけお
（明治40年～昭和48年）
慶應義塾大学仏文科に入り、国文科転科後卒業。在学中「踊子マリイ・ロオランサン」を「三田文学」に発表。戦後は男女間の心理小説や風俗小説多数。評論にも健筆をふるう。

白い舞踏靴が白い花のやうに落ちて来た。それを拾ひ上げながら僕はその舞踏靴が誰か少女の肌の体温でまだかすかに暖まつてゐるのを感じる。それがやはり花の匂ひが匂つてゐるやうにしか僕には思はれない。僕はそれを抱いて舞台裏の緑色の階梯《ブリッヂ》を昇つていつた。

するとそこの中継段《ランデング》の床一ぱいに舞台の花園でしか咲かない薔薇がほんとうの花のやうに盛り上つて咲いてゐた。その匂はない薔薇の花々の底に一人の少女が房々と埋まつてゐるのである。やはり造花みたいに濃厚な舞台化粧をしたまゝの少女が――しばらくの間だから僕はその花と少女とを見分けることが出来ずに花の前に立ち止つてゐた。それからやつと花のなかから微笑してゐる明るい少女の顔を見出した時でもその少女の微笑が群がつた薔薇色の花弁の中でやはり薔薇色をした一片の薔薇の花弁のやうにしか僕には見えなかつた。

僕は白い舞踏靴をその少女の微笑の前にぶこつな名刺を差し出すやうに差し出して云つた。

――これ、君の？

少女はすると答への代りに花弁の奥からその靴のない方の素足をいきなりつき出してみせた。濃い白粉で化粧したその素足に仕方なしに僕が舞踏靴を穿かしてやる迄少女は黙つてさうやつてゐた。それからふいに華やかに笑ひ出しながら云つた。

――ま、ありがと！

梨枝《りえ》。この踊子が梨枝であつた……。

窓の外では五月の公園が明るい夕暮のなかに入りかけてゐた。

そこの窓際で僕は弾けもしないピアノをぼんやり叩いてゐたのである。するとその窓ガラスをオレンヂ色に明るませながら街燈に灯が点いた。それを見ると僕は今朝からまだ珈琲一杯しか飲んでゐない僕自身の空腹にふいに気がついた。僕は殆んど無意識に僕のポケツトに手を突つ込む。そしてそのなかに一ぱい詰まつてゐる竜眼肉を摑むともう少しでそれを食べかけるところであつた。それは梨枝にせがまれて今朝百貨店の地下室から買つてきた奴なのである。その冷たい果実に触りながら僕はそれをひどく食べたがつてゐた梨枝のその時の少女じみた欲しがり方をふと甘く思ひ出したのだ……。

僕はポケツトから空つぽの手を出すとその手でまたピアノを叩きだした。だが今では妙に気まづい羞かしさが僕にすぐそれを止《や》めさした。――僕はふと背後《うしろ》を振り返へる。そして誰も見てはゐないのに気がつくと何故だか僕は却つて顔が赤くなつてしまつた。

僕は一本だけ残つてゐた莨に火を点けるとその音楽室を出た。それから灯の点いたばかりの明るい階梯《ブリツヂ》をひどく靴音が気になりだしながら降りていつた。すると眼の縁を真紅に塗りこめた踊子が友禅の袂を翼のやうに揺すりながら昇つてきて華やかに僕とすれちがつた。思はず僕は会釈する。踊子はしかしその紅い睫毛をたゞ風のやうに冷たく戦《そよ》がしただけで急に駈け上つてしまつた。そのあとの階梯《ブリツヂ》にまだ煙のやうに包つてゐる濃い白粉の匂ひのなかを僕は眼をつぶりながら降りていつた。

ふと梨枝の声がした。青つぽい泥絵具の匂ひのする小道具の蔭で梨枝は青磁色のメレンスにくるまつたまゝ仔猫のやうにうづくまつてゐるのだ。梨枝は僕がその傍に腰を下ろすのを少しづゝ赤くなりながら黙つて見つめてゐた。そして僕がすつかり腰を下ろしてしまふと――やはり真紅に塗りこめた臙脂《べに》のなかでその睫毛だけを揺らしてまぶしさうに微笑みながら白い掌をさし出して

――あれ！

と小さく云つた。

しばらくの間僕たちは竜眼肉を一緒に食べながらすぐそこの舞台から聞えて来るトオキーのジャズに耳を澄ましてゐた。そのジャズのなかから異国の女の甘いソプラノが噴水のやうに涌き上つてきては僕たちの背中にふりかかつて来た……

――さつき音楽室の方でピアノやつてたのあなたぢやない？

――なんだ、聞いてたのか。

――うん。応援歌なんかやつてたからきつとさうだと思つたの。

――ぢや、上つて来れやいゝに。

――さう思つたのよ。だけど……。

――何故だい？

――……。

——All day I talk about you
All night I think about you
I just want to be someone you want to see……
——あれ、誰だか知つてる？
——ジョアン・クロフオードよ。

さういふと梨枝はいきなり唇を尖がらして口紅のなかからぽつツと種を吐きだした。その時乱暴な淡白さでひよいと服を拡げたとたんに化粧した素足が腿まで白々とむきだしになつてしまつた。すると梨枝は今ではひどく慌てながらその白い腿の素肌を花弁の縁を撫でるやうな手附きでひどく大切さうに拭きだしたのである。

なんだかそれが僕にはよく分らなかつたのだが梨枝は竜眼肉の果汁のべとついた指を腿の白粉にうつかりこすり附けてしまつたのだ。——子供ツぽい含み笑ひで唇のまわりを明るませながら梨枝は僕をちらと敏感に見上げた。

——またやつちやつた！

僕はその時梨枝の微笑を見つめながらそれを実に新鮮な水々しさで感じた。これは時々僕が梨枝に感じる幻覚であつた。いつも青い水のなかにゐる幼ない魚族。その新鮮さは何処か未完成な詩の美しさに似てゐる……。

急に舞台裏が騒がしくなつた。少女じみた花やかな饒舌と雨のやうにたくさんの靴音とがよく揃はない音楽の始めのやうに聞えてくるのである。——ひとりで顔を赤くしながら僕は慌てて立ち上つた。

——帰へるの、もう？

梨枝はまぶしさうに僕を見つめながらふと何かを云ひかける。だがその唇の端から羞かしさうに微笑が顔一ぱいにはみ出してきてそれをぼかしてしまつた。そして梨枝は歩きだした僕の背中にたゞこれ丈けを云つた。

——マリイちやんがライラツクにゐるわよ。

——マリイ？

僕は思はず立ち止る。ふいに美しい風のやうな感情に揺すぶられたのだ。そこに突ツ立つたまゝ僕はもう一度梨枝を振り返へる。そして梨枝の明るい眼と打つかると僕は慌てて不器用にぐん〳〵歩き出した。

舞台裏では出口の階段まで溢れて群がつた白い踊子たちが今にも一斉に歌ひ出さうとしてゐる小鳥たちのやうに口々に歌を吟んでゐた。それはまだよく歌へない歌を一生懸命に自分たちの口に馴らさうとしてゐるかのやうであつた。その踊子たちのなかを通りすぎる間ぢゆう僕のまわりにはそれらの歌声が僕には理解できない華やかさでざわめいてゐた。

カフヱ・ライラツク。ライラツクのなかはジヤズの陽気なうなり声で一ぱいであつた。青い扉を開けるとそれが僕の顔にいきなり飛沫《しぶき》を振りかける。僕は一旦帽子を脱ぐとそれを少し横つちよに被り直してから咽《むせ》ツぽいサキソホンのなかをわざとゆつくり歩きだした。

その時一番奥のボツクスからはみ出してゐる緑色のスカアトの裾とそれから白いスタツキングの片足とが僕の眼につい

た。近づいて顔を見てみると何処かで見たことのある若い女優であつた。その女優は僕を見ると何故だかふと微笑んだ。僕は何か豊かな明るさで一ぱいになりながらその女優の華やかな微笑のそばを通りすぎた。そして通りすぎてしまつてから僕は何処かの劇場でオレンヂの花の一ぱい咲いてゐた明るい舞台を――ふいにはつきりと思ひ出した。

化粧室とスタンドの間の印度更紗のカアテンから奥の「僕たちの部屋《プライベイト》」へ這入ると

――……さうよ。そこんとこだけがいやにはつきりしてんのよ、夢のなかで。

と云ひながら籐椅子の背中からマリイの鳶色の断髪が振り向いて――その笑ひ崩れてゐる青ツぽい眼のままで僕にこつくりをした。籐椅子の肘突きで揺れてゐるそのマリイの裸かな腕をそれとすれすれに廻りながら僕はその部屋の華やかな空気のなかに入つた。

するとそこのテーブルの上の灰皿で細いシガレツトの火を揉みつぶしてゐたマダムの竜子が立ち上りながらふと僕を――充分に女になり切つた女にしか見られないあの情緒的な眼で妙に静かに僕を見た。それからマリイを見つめながら荒々しく愛撫するやうに云ひだしたのである。

――だつてマリイちやん、まだガアルぢやないでしよ、あんた？

――さうよ。ガアルぢやない癖にそんな夢を見るなんて……。

さう云ふと竜子はふいに笑ひだした。その竜子の頬紅と口紅しかつけてゐない明るい笑ひ顔を見ながら何故だか僕は梨枝を感じたのだ。いつも無口でゐてそしてふいに華やかに笑ひ出す梨枝を。……すると僕はその時少し赤くなつてゐるのに気がついた。僕は僕がこんなに素直に感じやすくなつてるのにびつくりしたのだ。

僕はそこの壁際の長椅子にいきなり不器用に座り込むと自分でも殆んどその意味が分らずに云ひだした。

――すると、あれだね。このマリイが今日からはガアルになつたわけなんだね。つまり一人前のガアルに。

竜子は呆れたやうに一寸僕を見つめてゐた。それから狡るさうな含み笑ひをしながら

――知つたふりね。でも、それが分るなんて生意気よ、男のくせに。

――だからあたし、文学なんてやる人嫌ひさア、女みたいで……。

さう云つたのはマリイであつた。マリイはさういふと断髪の蔭から僕を見ながらしかしマリイ自身の水々しい羞恥で真ツ赤になつてゐるのだ。

――ちえツ、てれやがらア。

マリイはだしぬけに籐椅子から飛び上つた。そして長椅子に飛び移つて僕にしがみつくと自分の身体を一緒に僕をはげしく揺すぶりだしたのである。僕はひどく動揺しながらたゞ竜子を見上げてゐた。

竜子はするとその情緒的な眼で仄白く笑ひながら僕にいきなり乱暴な云ひ方をした。

——思ふ壺、ぢやない？

——……莫迦。

そして竜子は何もかもすつかり呑み込んだやうな顔をして歩きだすとカアテンから店に出ていつてしまつたのだ。

僕はふいに少年のやうに真ツ赤になると

——おい、止せよ、擽つたいよ……。

とそれを何べんも云ひながら膝の上のマリイの顔を引き剝がさうとした。マリイはだがむき出しにした白い肩をはげしく揺すぶると——ただ口の中で何か云つた。仏蘭西語みたいな感じのする短い言葉であつた。僕にはたゞその言葉の瞬間の華やかさしか理解できなかつた。僕はその時マリイが純粋の日本の娘ではないことの美しさを微風のやうに感じた……。

もつれた断髪の先を頰ぺたにくツつけたまゝの顔をマリイはやつと仰がした。そして青ツぽい静かな眼で遠い風景を見るやうに僕の顔を見た。僕も僕の眼の感情でそのマリイを見つめてゐた。——その時一つの素晴らしい感動がはげしく僕を揺すぶつた。さうしてそれが僕のからだのなかを華やかな風のやうに通りすぎていつたあとで僕はぼんやりつぶやいてゐた。

——マリイ・ロオランサン！

——え？

——君の名前ぢやないんだ。あいつを見たまい。

そこの僕の眼の前の橄欖色の壁には青い少女の画が——マリイ・ロオランサンの画が掛つてゐるのだ。実をいふと僕もその瞬間までそれに気がつかなかつたのである。案の定マリイはその画から僕の顔に視線を戻すと小鳥のやうに驚いた眼のままで僕を見つめてゐた。

——どうしたのよ、あれが？

僕はなんと思つたか全く僕にも分らずにいきなりマリイを抱き上げた。そしてしばらくの間たゞマリイマリイと云ひながら膝の上の華奢なマリイを花束を揺するやうに揺すつてゐた……。

マリイは高貴な植物のやうに美しい。それはマリイの華やかな破瓜期がマリイ自身の気がつかないうちにマリイのなかで花を開いてしまつたかのやうであつた。

時々マリイは何も忘れてゐないのにその何かを思ひ出さうとして遠くをぢつと見つめたりする。また盛り上つて来る感情に揺すぶられてオレンヂ色のドーランで塗りこめたその唇を重い花弁のやうに戦《そよ》がしたりする。するとその瞬間にマリイのなかの美しさがふいにマリイからはみ出すのだ。それが僕に現実のなかのマリイを何か素晴らしい画のなかの少女のやうに感じさせるのである。

その上マリイについては——マリイがY舞踊団（このY氏はまた同時にT劇場の踊子の教師でもあつた）の踊子であることとラテイン系の混血児だといふ噂さしか僕は知つてゐないのだ。しかしそれだけしか知らないことが却つてマリイを一層異国的《エキゾチツク》にする。それは何処か非常にはつきりしてゐながらその輪廓のぼやけてゐる夢のなかの美しさに似てゐた……。

来週のレヴュウの舞台稽古で今夜はとても遅くなる。だけど僕だけは帰へらないで待つてゝくれ。T劇場から梨枝はさう電話をかけて来た。梨枝に会へないんならあたしは帰へる。マリイは長椅子から立ち上ると――バスの所まで送つてくれない？と急に寂しい眼をしながら僕に云つた。

マリイと一緒にライラツクを出ると公園は華やかな夜になつてゐた。明るい劇場街には群衆がたゞ蜜蜂の騒がしさで群がつてゐる。そこを避けて僕たちは藤棚の下から樹木の茂つた公園の散歩道へ入つていつた。

歩いてゐるとまわりの暗い樹木が時々ふいに明るくなつた。街燈のあるところだけが鮮かな緑色に光るのだ。がすぐ又暗くなる。さうしてたゞ頭の上の高いところで絶えず木の葉がさわさわすれ合つてゐる音だけがしてゐるのである。僕はすると急に変な気持になつた。そのまわりの樹木と同じやうに僕のなかでも僕の感情がふいに明るくなつたり暗くなつたりしだしてゐるのだ。――僕がへんに疲れてだんだん感傷的になつてきてゐるのに気がついたのは全くその時であつた。

僕たちはまた何番目かの明るい街燈の下に来た。すると僕はいきなり云ひ出した。

――君が昨夜見た夢てのは、一体、何なんだい？

――なんだつて急にそんなことを云ひだしたの？

マリイは立ち止ると驚いて僕を振り向いた。だが実は僕にだつて一体なんで急にそんなことを云ひだしたのか分らなかつたのだ。街燈の灯蔭で青つぽく濡れてゐるそのマリイの眼を僕は何処かにいつてしまつた僕の感情をそこから探し出さうとするかのやうにたゞぢつと見つめてゐた。

マリイはふと歩きかけた。がすぐ止して丁度その街燈の下にあつたベンチに腰を下ろした。僕もつゞいて腰を下ろした。さうして僕たちは僕たちの頭の上の木の葉のなかを通りすぎてゆく夜の風の音だけを黙つて聞いてゐた。

マリイは時々何かを振ひ落さうとするかのやうにその白い肩を揺すつてゐた。それが少女じみた淋しさで妙に僕を淋しくさせる。僕はだしぬけに話しだした。

――君は、ヴン・ゴツホが何故気狂ひになつたか知つてる？

――え？

――彼奴はね、しよつちゆう色のついてる夢ばかり見てたんだ。だから彼奴は、自分の片つぽの耳を鋏で斬つちまつた肖像を描いたり、太陽が二つ出てる風景を描いたりしたんだぜ。

――……また夢の話なのね。

僕はその時一寸ぼんやりしてゐた。マリイがふいに笑ひだしたのだ。マリイは華やかな笑ひ声を立てながらヴアニテイ・ケエスで今度は僕の肩を乱暴に叩きだした。

――分つたわよ、分つたわよ。

――え？

――やな人ね、あなた！
――何がさ？
――もう駄目よ、そんな顔したつて。
――だから何が分つたのさ。
――いゝわよ。……やな人。
マリイはもう一度華やかに笑つてからふいに立ち上つた。その青つぽい眼でぢいと僕を見つめながらマリイはひどく真面目に二三度こつくりをした。そのあとでさよなら！とつけ加へた。それからふいに散歩道を駈け出していつた。その白い上衣と葡萄色のスカアトが樹木の蔭をいきなり曲つて見えなくなるまで――僕はベンチの上でぼんやりそれを見つめてゐた。

僕はひとりになつた。すると僕はへんに昂奮しだしたのである。僕はポケツトから無意識にハンケチをとり出すとやたらに顔を拭きだした。さうしてだんだん静まつていきながら僕はふと今日は僕がハンケチなんか持つてゐなかつたことに気がついた。それにそのハンケチには何かすてきに新鮮な果実の匂ひがしてゐるのだ。僕は手を止めてそれを街燈の灯明りのなかに拡げてみた。すると突然僕は思ひ出した。さつき舞台裏で竜眼肉を食べた時梨枝がそれで梨枝自身の白い腿を拭いてゐたことを。――その時の新鮮な印象をもう一度嗅いでみるために僕はそれを僕の顔に近よせた。すると僕はその端つこに棒紅《ルージュ》か何かでRieとそれが大へん丁寧な幼稚さで書かれてゐるのを見つけた。こいつはいつだか僕が教へてやつたスペリングなのである。

突然僕は見知らない美しい感情が僕のなかにずんずん入つてきて激しく僕を揺すぶるのを感じた。僕はその時ひとりで顔を赤くしながら慌てゝベンチから立ち上つてゐた。

もう一時はとつくに過ぎてゐた。

時どき遠くの街路を走りすぎてゆく自動車の音だけが深い水の底でのやうにかすかに聞えて来る。――僕がライラツクのこの部屋の長椅子の上でかういふ風にたつた一人で梨枝を待つてゐるのは何も今夜が始めてではなかつた。だが今夜は妙にいつもの夜とは何かが少しちがつてゐる気がするのだ。

ひどく酔つてゐる。だのに僕のなかでは酔つてゐるところと酔つてゐないところとが明るさと暗らさとが混つてゐるやうにちやんぽんに混つてゐるのである。それが最初僕はウヰスキイと葡萄酒とを一緒に飲んでしまつたせいだとばかり思つてゐた。

僕はふいに重たくなつてずんずん沈んでゆく。がまたすぐ浮び上る。そしていつまでたつても僕は深い水のなかに沈んでゐながらふわふわと浮いてゐるのである。その上時々その水の底から匍ひ上つて来る泡のやうに妙な寂しさが僕のなかに匍ひ上つて来る。その度に僕は梨枝をはつきりと思ひ出す。そしてそのあとで僕は前よりも深いところへひどく傾きながら沈んでゆくのだ……。

しばらくの間僕はたゞさうやつてゐた。

時々重苦しい眠りに似たやうなものが僕のなかにしみこん

で来る。僕の疲れた神経が汚れた吸取紙のやうに少しづゝそれを吸ひとる。さうして僕はいゝ具合にだんだん眠たくなつて来た。……すると僕はだんだん明るく透つていきながらいつのまにか僕の眼の前に青々とした透明な海のやうなものが一面に拡がつてゐるのを感じだした。それをぼんやり眺めてゐるうちに僕はそれが僕が度々見たことのある美しさに非常に似てゐることにふと気がついたのである。――それは実は時どき僕の現実のなかに這入つてきて僕を分らなくさせるあのマリイの新鮮な美しさだつたのだ。

　少しづゝ意識の表面に浮び上りながら僕はそのマリイの美さがどうして僕にこんな幻想を感じさせてゐるのかが分りかけて来た。――その時僕はいつのまにか長椅子の上に起き上つて驚いたやうに眼を見張つてゐる僕自身にやつと気がついたのである。そればかりでなくその僕の眼がさつきからそこの壁の上にあるマリイ・ロオランサンの青い少女を僕のなかの青い幻想を見つめるやうに一心に見つめてゐるのに気がついたのだ……。

　丁度その時であつた。梨枝が劇場から疲れて帰つて来たのは。――僕は僕の眼に突つ立つたまゝぼんやりと僕を見つめてゐる梨枝をみるとふいに意識がはつきりするのを感じた。僕はいきなり梨枝を膝の上に抱き上げた。

　何か小さな叫び声を洩らしながら梨枝は僕の腕のなかでもがいた。僕が驚いて腕をゆるめると梨枝は大袈裟に息をついてからまだ僕をぢつと見つめてゐるのだ。

――ま、なんて顔してたの、いま？

――え？

――驚いたわよ、あたし。もうとても怒つちやつてどうかされるのかと思つたわ。……なんだか、くたくたんなつちやつた。

　梨枝はさう云つて僕の胸にづしんと断髪を打つけるとそのまんま眼をふさいでしまつた。すつかりお化粧を落してしまつたその梨枝の紅《べに》焼けした眼の縁と少女じみたオレンヂ色の柔かい頬ぺたとを――しばらくの間僕は初めて見るやうに見つめてゐた。

　その時になつて僕はやつと気がついたのだが梨枝はその素肌に青磁色のうすいメレンス一枚しか着てゐないのである。僕は慌てて胸のなかの梨枝を揺すぶつた。

――おい、君アこんな服装《なり》をしたまんま往来を歩いて来たのか？

――……なアぜ？

――だつてこれあ……

　梨枝は不思議さうに僕を見上げる。僕はそれを梨枝に見せてやるやうにその青磁色の裾をひよいと剝がしてやつた。するとそこに暖かさうにむき出しになつたその貝殻色に陽にやけた華奢な内腿を梨枝は自分でもひどくもの珍らしさうに眺めてゐるのだ。そして僕も――僕はだが慌ててそこへ着物を被せてしまつた。その内腿の奥のところにそこだけくつきりと縁をとつて白い陶器のやうに艶やかな素肌が覗いてゐるのだ……。

――やな奴だな、君ア。

――だつて、もうくたくたんなつちやつてて面倒くさかつたんだもの……。

さういふと梨枝はふいに子供のやうに頬を染めてしまつた。それから羞恥で一ぱいになつた声でだしぬけにTさん！と自分の名を呼ぶやうに僕の名を呼んだ。そして僕がどぎまぎして僕の言葉を探してゐるうちに梨枝は僕の胸のなかに断髪と一緒にその頬を埋めてしまつた。

僕はその時何かひどく新鮮な美しいものがいきなりまた僕のなかにずんずん這入りこんで来たのを感じた。それは何処かマリイの水々しさに似てゐた。その上それよりももつと強くぢかに僕の肉体のなかに――肉体のなかの僕の感情にしみ込んでくるものであつた。

そのうちに僕は梨枝を抱いたまゝうとうとしだした。

僕は僕のまわりにきれいな靄のやうなものが立ちこめてきてそのなかで僕が少しづゝ見えなくなつていくのをぼんやり感じてゐた。……すると僕は僕自身からだんだん遠くなつていきながら誰かが僕を呼んでゐるのを感じる。それがまた僕を僕に引き戻す。その時僕は何かが僕に抱きついてしきりに僕を求めてゐるのに気がつく。それが梨枝の唇であることをやつとさとると――僕は梨枝を抱きしめてはげしくそれに接吻した。

……すると僕には僕が水の表面に浮び上つて来たやうに今までのすべてがふいにはつきりして来たのだ。その時僕を一番驚かしたことはいつの間にか梨枝が僕のなかで霧のなかから出て来たやうに急に美しくなりだしてゐたことであつた。僕は僕が度々マリイに感じたやうな青い幻想で梨枝を感じだしてゐるのに気がついたのである。――その時になつてやつと僕はマリイの美しさをそのやうに新鮮な美しさで僕に感じさせてゐたものが実は僕のなかの梨枝の愛情が僕に感じさせてゐた幻想であつたことをさとつたのだ……。

その瞬間から僕たちの現実は僕たちをそこに残したまゝ遠くの方へ少しづゝずり落ちていくやうに思はれた。梨枝を抱いたまゝ僕はたゞ僕のまわりに房々と満開してゐる華やかな花をしか感じなかつた。その華やかさのなかに埋まつたまゝ僕はその時僕たちの部屋の壁の上でロオランサンのその青い少女が少しづゝ薔薇色に明るみだしてゐるのに――五月の朝がもはや窓の外まで来てゐるのにちつとも気がつかなかつた。

それからやがて僕たちの唇のなかで僕よりも先きに梨枝が眼をさましだした……。

煙草密耕作

昭和7年5月号

大江　賢次

おおえ・けんじ
（明治38年〜昭和62年）小学校卒業。マルクス主義に傾倒して貧困や放浪を書くが、水上瀧太郎らの月曜会に出席し彼の知遇を得て「三田文学」に「煙草密耕作」などを掲載した。『シベリア』『絶唱』ほか。

1

最初、種子を播いたのは伊作だ。

——どうして手に入れたかといふと、かうだ。

稲の刈入がすんだ晩、居酒屋で一杯ひつかけて、最後の一トくゝみをヒビ荒れた手へブーツと吹きかけると、ヒビに沁みてピリピリするのを揉みながら、「まアこれで収穫も五分は片附いたといふもんだ、やれどつこいしよ」とつぶやいて、少々フラつく足を蟹股に、畷道を戻る途中で……合点がいかなくなつた。（俺、酔ってるのかな）？　それとも——。往還のまン中に——霧がこめてゐた——黒い、蟇のやうな塊が、空腹にキリキリよく廻つた酒加減にボヤつく伊作の眼をこすらせた。「……昔なら、猪が稲くひに出るちウこともあるが……」と棒立ちになつたまゝ呟いた。「はあ、まさか——狐でもあんめいしな」そして、彼は二三歩後退つてテラテラの頭を抱えるやうにして、酒くさいゲツプを吐くと、猪首を窮屈さうにかしげた……「俺が、おぼえが、たしか、だ、とすれば、ヴエツ、ぷ。たしかだとすれば」首を伸ばして窺ふと「こげンとこに、牛つなぎ石のある筈はねえだ！」……どうもフに落ちない、で、伊作は腕を組むと、ぢツと考へた。エヘン！　咳ばらひをした。反応がない。もう一つ——エヘン！　やつぱり同じいことだ。たしかに怪しいぞ……腋の下からゾクゾク寒気がわいて、脊中へだんだん拡がつてゆく。(狐かも……ナ) だとすれば――伊作はヘロづく腰をぐんと強く据えて、酔眼で黒い塊をにらみながら、勿体ぶつた様子で親指と人差指とで輪を作ると、蛸の口をしてフ――ツと吹くと、急いで眉へ唾をつけてマジナイをやつた……。すると、狐の奴め、かすかに動きやがつた、しめ！　さアどうだこの野郎！　正体をあらはしやがるど！……片唾をのんで、グビリと喉仏を鳴らせた。

「う、う、う、ううう……」

　狐のやつめ、苦しげに唸つた。――術がとけるけんでだ！――と伊作は独り合点をする。――痩せても枯れても、一本杉の伊作が汝に化されてたまるか、ぬウ！

「う、う、痛え、う、たすけて、ウ！」

あ……？　伊作はギョツとして腰を伸ばした。どうやら人間の声だで……いや仲々ゆだんがならねえだ、ん、ならねえだとも。

「やい！」とたまりかねて呶鳴つた。「いつてえ、汝アだれなら？」それだけで控へやうとしたが、どなりはづみに「俺ア一本杉の伊作ちウもんだが……ナ！」と附け加へた。

　黒い塊はもんぐりと動いた。伊作は又二三歩あとしざると「だれだ？」とでかい声で訊いた。

「……う、う、あやしい者では、う、ござりませんで……う、あ――痛……」(あいつぢあねえんだな) 伊作は納得した、で首だけ前へのばして屁ツぴり腰で近づくと「お前、どこぞ痛むんか？　他国の衆だな」と声をやはらげた。――「へえ。う、う、たすけて、う、う」

　伊作はいろ〳〵と逞しうした憶測をはぢた。こいつアみんな俺の本性ではねえ、酒のせゐでだ！　なンしろ、刈入りがすんだ安堵でよけい酔ひが廻つたもんで、と彼はせんぷりを煎んじながら肚の底で弁解した。

「どうもすみませんで……すみませんで。お蔭さまで」と何べんも疝気腹のさしこみに顔をしかめた遍路はお礼をくり返した。

「なアにお前さん、ゆつくりやすんでゆくがえゝだ。このせんぷりの煎じ汁アよく効くでな」

　翌朝。

　遍路は家内ぢうが野良へ出るのと一緒に、まだクスクス痛むのを我慢しながら草鞋をはいた。明るみでよく見ると、彼の頸から右頬へかけて紫痣がみにくゝ彩つてはゐたが、昼の猫のやうに心持ショボ〳〵させた眼は、善良で、永い遍路の疲れと持病とでやゝ衰えてはゐるものゝ信仰の和みが始終謙譲に合掌してゐるやうに思はれた。

「んで……お前あ」伊作は気をまはし過ぎて、向ツ歯のぬけた口をとンがらせた「……だとも！　うん、俺の顔に、搔ツ払ひでもすりやせんかと、かいてあるんか？」――彼は鎌を腰にさしながら、ツンとそつぽをむいてこぼす――「俺ア善根のためなら、鎌でも質にいれるだ」「や――」遍路は非常にあはてゝ、さしこみに歪めた口で「め、滅相もない、あなた！」と手で制すると一緒に「たとへ皆さまが留守になつたとて、私あ、そんな悪――いゝえもう、何で。私は御仏の道をたどる者で！　滅相も、ない……！」

草鞋のヒモを結ぶと、遍路は土間でしばらく奥の間の方へ合掌して「南無大師遍照金剛」をくり返した。伊作や女房は勿体なげに聞いてゐた。

「なら、村はづれまで一緒にゆくとせう。ちつと嶮しい峠があるでな遍路さん、俺ども途中まで、山畑へ午前行くけん」

「はい、左様で」ペコリと叩頭をして、物腰の低い遍路は、ふと思ひだしたやうに小さい笈を下すと「四国の阿波で手に入れた、弘法大師のありがたい種子があつたから、お宅へもお裾分しませう」と紙包を取出した。

「何の種子なら？」

伊作は掌へのせて小首をひねつた。遍路も『ありがたい種子』より以外には、何もそれについて智識を持つてゐなかつた。

「珍しい種子だ」……見当がつかないので、伊作はそれだけ言つた……「とにかく播いてみるとせう。花の種子かな？　でも無げだ」

2

翌年、春彼岸すぎ。種子は、ぬくみのある土の懐へねんねこをした。伊作は好奇心でいつぱいだ。小雨が降つた。種子は穀の周囲が土の湿つぽい刺戟にムズがゆく、急に目をさまして芽ぐみはじめた。夜のことだ。雛つこの嘴に似た薄きいろい芽が、はじめて土の表面に覗いた。地上はゆつたりと甘やかな緑の香のとけたゞよふ靄におほはれてゐた……、太陽の光。そよ風。小雨。そして夜。芽は、ぐんぐん伸びた。可愛らしい葉つぱが二つ出た。

「向日葵に似とるな」と伊作はしやがんでつぶやいた「このぶんだと相当の丈になるで。はア、野分にでんぐり返るだ。ちつとは横にも太るもんだお前！」――『珍しい種子』の苗をいさめた――「な、枝を張つて。さて、本植に何処へ植えるとせうか？」

彼は、向日葵だとひとりできめた。で、背戸へ、一坪あまり花壇がゝつた板で土を堰くと、陽が沈んでから移植した。堆肥と燐酸を一握りづゝ根へやつた。

「これ何の苗なら？」

貰ひ風呂に来て近所の者がきくと、伊作は得意げに「これナ、遍路から貰うたお大師様の種子ぢや。この辺には見たこともねえ苗ぢやで」そしてかう附け足した……「花が咲いたら仏壇へたてるな、仏様がよろこばさるけん。来年はお前ンとこへも種子を進ぜるわい」

にはとりが、苗の根を掻きたてゝゐるのでも見附けやうものなら、伊作は眼の色を変えて呶鳴りつけ、遠くまで追ひ散らした。

「この罰あたりめツ、お大師様の苗をいためつけて、やい、ほれツ、しツ！」石を投げつけて「みろやい、今にうまず鶏ンなつて首締められるだ！　ほれツ、しツ！」

苗は太陽の子のやうに、ぐん／＼伸びた、ツヤツヤした葉が、長い茎へ行儀よくついて、伊作の熊の掌（あまり無恰好で村ではかう称んでゐる）の三倍もあつた。枝は一本も出ず、上へ上へ伸びる一方だ。伊作は心配になつた。——何か支えでもしてやらにやなるまいか……？　が、根は、がつしりと張つてゐた。夏がきた。さつぱり花が咲かない。今は伊作の脊丈より二尺も高い。

ある夕方伊作は下葉を一枚ちぎつて、丹念に眺めながら首をかしげた——「こいつ萵苣《ちさ》みてえな、四国の野菜ぢアあるめいか？」

嗅いだ。伊作の鼻がヒコヒコ蠢き……妙な顔附をしはじめた。また嗅ぐ。やつぱり、前よりよけい深刻に、半信半疑の表情をした。が、やがて大きくうなづいて何か言はうとして、だがフト首をかしげて考へ込んだ。葉を破つて嗅ぎ、そつと舐めてみた。

「行水さんせ早ウ」と女房が背戸口から呼んだ、「お前、暮れたに厩もほつたらかしで何して居らんすりや？　ほら、又あの名なしの権兵衛に附ききりだ。どうせ、通りすがりの遍路が、ロクな種子をごせるもんかい、お前」

「……………」伊作は物憑のやうに嗅ぎつゞけてゐたが、低く「ヤニくせえ……」と吐くやうに言つた。

「何だつて？　うるさいツ？」

女房は聞きちがへて我鳴つた。

「こいつ煙草のヤニくせえぜ、かゝあ！」

「どら……」女房も嗅いでみた……「ほんに……なア？」

九月の中ごろ、伊作は葉をもぐと、納屋の天井へ藁で結んで蔭干にした。大きな葉は、次第に萎びて緑がうすれ、黄ばみだし、やがて褐色に枯れた。匂ひは水つぽいヤニ臭さから、どぎつい煙草の匂ひになつて、納屋へ這入ると胸がムカムカした。娘のお芳などは「晩に納屋へ行つちよと頭が痛ンなつて、フラフラしてならんわえ」とこぼした。

「汝何しに頭が痛ンなるほど納屋にゐたゞ？」

「…………」

お芳はまツ赤になつて、テレ隠しに茶漬をかツこんだ。

「妙な娘ぢや」伊作は笑つた。

「…………」母に似て仲々勝気なお芳も、まさか『堤の伝やんとあひびきしたで』とは言へなかつた。

収穫がすみ、雪が降ると、夜なべに伊作は庖丁で煙草の葉を幾枚も／＼重ねて、出来るだけ細かく刻んだ。どうせ素人の粗刻みではあつたが、高い煙草のにほひが家中に充ちて、粉末でクサメをする伊作の鼻は赤くうれた。指先が樺色に染つた。

「まあ一服やつてみ」スパスパ吸ひながら洋燈の下で伊作は女房へすゝめた。「とても、あやめ以上だぞ。これアえゝ味だ——」煙を吐いて灯に透してたんのうした。「な、ほら、煙の色が桔梗いろだぞ！」

女房も一ト吸ひして「ほんに」とひどく感心した。――

「これだとお前、来年からウンと作るがえゝだ。山牛蒡の葉のやうなでしこを、高え税金払つてのむより得だだ！」

「うん、なア」

六百匁近い刻み煙草を、彼はニコニコしながら眺めた。何べんも嗅いでみた。

「だがお前、酒と煙草とアお上で拵へる規則だつて云ふでねえか。なんでも大した罰を喰ふさうぢや……用心さんせよ、ほんに。これで発見《みつ》かれアひでえ目に遭ふだで」小声で女房が言つた。

「それア俺だつて汝《われ》に聞かいでも、チヤンと知つとるだ、チヤンと。ふツ、大丈夫だ」と伊作は軽くわらつた。「こげな山ン奥まで、お上にもワザワザ調べに来るもんか！　それに、こいつばかりのんぢア露《ば》れちまふだ。お上の刻みを買つて、こいつをまぜてのめばえゝでないか。こいつを混ぜれアなでしこだつてあやめぐれえの味ンなるだ」

伊作のアケスケな、隠しだてのない性分では、到底独りだのゝみといふことは永く続けられなかつた。一文惜しみの百知らず勝ちな百姓の中に、珍らしい気質は――やがて、自家製の刻み煙草をほのめかしはじめた。（この人なら大丈夫）と見きはめをつけると、彼は、さも重大秘密――に違ひないが――を打明けるやうに、厚い唇をすぼめ、首をひツこめて、「な俺のこしらへたンのんでみんせ、えゝ味だけん……だがな、こいつお上へしれると監獄へぶち込まれるだ。危え綱わたりぢやでな、ふふふ――誰にもだまつて居つてつかされよ」と相手に言ひふくめ、相手が「ホウ、こりや上等ぢやがナ」とでも賞めると、伊作の眼尻はよろこばしげに小皺をたゝえ、善良な眼が急しくまたゝいて「それでお前よかつたら来年は一つ作つてみんか？　なアに造作ねえ、ほつたらかしで育つだ。種子を裾分けして進ぜる」

「ありがてえこつた伊さん、一つ俺も頼むとせうか」相手の百姓は「何しろお前、煙草代だけでも大したもんだ。値は鰻のぼりだが、質あドカ落ちだ。昔アどぶろくも煙草も勝手に作らしたもんだ、今ぢア高え〳〵税金をふんだくられて――な、それだけでも百姓アくらしにくんなつたもんだ。何も彼にも百姓から取上げて、金をふんだくつて、いつてえ百姓たら娯しみなんつてガラン洞でねえか？」

3

村の九割までが小作人で、小作田は全部K侯爵所有だ。『殿様』――かう小作人たちは称んでゐる――は東京に暮して居て年貢の差配やその他一切の管理を、村でたつた一軒しかない雑貨商の内田に委ねてあつた。『殿様』は、夏――年に一度展墓にT市へ帰つて来て、気がむくと小作地へやつて来て型通りの挨拶をした。村は、まるで盆と正月が一度に来るやうに、一週間も前から大騒ぎだ。村の入口へ緑門を拵へるやら、余興の盆踊りの稽古が夜の白むまでつゞいた。

内田の幅は、村の小作人にとつては、知事や郡長（今はなくなつたが）よりきいた。村長でも頭が上らない。内田の店の前はツンと素通りをしなかつた。「内田の大将に睨まれりや『殿様』に睨まれたと同様ぢや」と誰も言ひ、さうきめてゐた。事実、内田の機嫌を害ねたが最後、その矢表に立つた小作人は浮ぶ瀬がないのだ。「小作田を取上げられりや、喉を締められるのと同じだもん……ナ」——従つて、誰も、内田の機嫌をとることは、そして内田から可愛がられることは、一つの財産だと信じてゐた。それは内田の店の、眼玉の飛び出るほど高い品物を、少しでもよけいに買ふことだ。——日本のどの地方へ行つても、この内田の様な者が、きつと一つの村に一人ぐらゐは、搾取の上に搾取をしてホクソ笑んでゐる。『虎』の威を借る『狐』が。彼は両方から掠めてゐた。東京の地主である『殿様』へは「今年は虫の害と旱魃と、搗てゝ加へて二百十日の風とで、三つの天災が重つて大不作なもんで、小作は目も当てられぬ惨状を呈して居りまする。少しぐらゐの事だと私の体面上 取立てゝ、御覧に入れますけんど、どうもこれでは、はい。……それに、この頃のやうに僅かのことが原因で、ほら、小作争議とか何とか、悪い思想を抱かせるのも考へ物と存じまして」——と口上よろしく、三割減を申立てた。それが正しいものであるならば、内田は小作人の神様だ。が、実際、みんな小作人からは例年どほり納米させて、猫ババをきめこみ、ノホホンと取澄してゐるのだ。小作人達はそれを知らぬのではない。知つてゐた。が、結局「どうにもならんこつた、蜂の巣をつゝいて螫されるのア、つゝく奴が悪い」……誰も口を噤み、知らぬ顔をして、たゞ働いてゐた。内田の顔色を穂ばらみ時の天候より重大視してハラハラしながら。哀れな米つきバッタだつた。

内田の店では、店頭に色々の看板を掲げて、大抵の日用品はゴタゴタ並べてあり、銀行の支店と肥料の問屋ともしてゐた。毎日、店には内田が坐りづめで、歯のない磯巾着のやうな口を、始終ムニャ〱と反芻《ねりが》みながら、眼鏡越しに往来を眺めてゐる。そして思ひだしたやうに算盤をはじき、赭黒い顔面をクチャ〱にしかめたかと思ふと、急に又、ニヤリと微笑んだり、かと思ふとブツ〱独りごとを言つたり、それがみな金の問題からであつた。「ふツ、知らぬが仏つてよく言つたものだ！ 又ぞろ年貢のかけひきで二十石ぐらゐは俺の懐へころげこむかな！」「ちえッ畜生、もう三年越しのいざこざだのに払ひくさらん。よろしい、こつちも鬼だと言はれたつて仕方がない、執達吏を向けることにしやう！」——「籔の豊蔵め、娘を街へ売つて払ふといつたな、それだと待つてやらう……わりに彼奴は律義者だからな」

そして二日目でないと来ない大阪の新聞を、隅から隅までノロノロと読みはじめる。

「今日は、えゝ模様でがして、親方」と一人の百姓が頬かむりをとつて這入つてきた。「親方なんぞよオがすなあ、ちゃんと店に坐つて居れア金がころげこんで、へへゝゝ働いてけんびきが出るちウでなし……あ、時に『なでしこ』の四十匁を一つつかされナ」

「案外これで気苦労が多うて、その方のけんびきがひどいぞ」と内田は鈍く笑ふと「まア掛けて話すがいゝ。茶でものんでえ？」

「へえ、どうも貧乏ヒマなしで……」

又市は頭を掻いて腰かけると、早速なでしこの刻みをくゆらし始めた。彼は内田が、春から催促をしてゐる肥料代を、小ツ酷く言ひだすのではないか？　とヒヤヒヤして、

「親方、ほんに、こちら様の閾を跨がれんやうでがすだ俺ア」と自分から切出した、「なにぶん不景気へむけて嬶の産後がズルズル永びいて、まんだ肥料代も……」

「それアまたに譲つて」内田は予期に反してあつさりと話をのけると「此頃、どうしたのか村ぢアめつきり煙草の売行が減つたな。まさか節約しとるわけでもあるまいが……？」

「へえ」又市はギョツとして内田の顔を見た。すぐ慌てゝ取繕ふやうに「……さうでがすかなあ」

「さうでがすかなあどころであるまいが。第一お前だつて月に一つは買ひに来たに、このごろだと三月に二つの割だ。それが村全体だで、不思議でならん」

「………………」

内田の視線がまぶしかつた。

「うちの煙草が高いとでもいふのかな？」

「だつて親方、煙草と切手は日本国中おんなしでがすだあ！」

「それなら一体どうしてこんなに売上額が減つたらう？」

「さあ……不景気だで」又市は落付なく立上ると「忙しいもんで、へえ、嬶が飯を炊いてごせんで、みんな俺がせにやなんねえもんで……」とペコリとした。

「又さん、な、鳥渡話がある」きつい声で内田は呼び止めると「お前は以前から格別の近しい仲だが、村の者が何故うちの店で煙草を買はんか、その訳を包み隠しなしに話してくれんか？」

「へえ……それア、俺なんぞ、ちつとも、知らねえでがすだ親方、ちつとも……」

「誤魔化さんで！　チヤンとお前の顔で読めとるだ」

「………………」小胆に、彼はうなだれた。

内田は追究した。で、又市は言つちまはうと心にきめた、村の誰もに憎まれても、内田に縋つて居れば大丈夫だと思つた――別にその事について、何も掟もない訳だし……彼は内田をまともに見た。

「……お前が言ひ淀むのは、村の者に叛くのが辛くてだ位ちやんと判つとるぜ、又さん！」と内田は嘲るやうに頰をビクビクさせ、「それア煙草の利つて僅かなものだ。それでどうかう言ふのではないが、底が判らないと気持が悪うてな。殊に、小作衆とわしとの関係は、切つても切れん仲だし、よけい気にかゝるでな――」

「親方……」

瞬間、又市の心の隅に、大勢の憎悪に燃えた村の人々の顔

が浮んだ。

「お前、妙な男だな、さつさと言ひなよ」内田はイライラして「わしの考へでは、――こりや秘密だが――お前に、もつとえゝ田を都合してやらうとさへ人知れず念がけて居るのだぜ！」

「……へえ」ペコリとやつて、うなだれた。

内田は店の奥へ――台所の方へ又市を引張つて行くと、

「話は話、これはこれだ、まア一杯やつて……いゝ飲み相手が欲しいところだつた」とコップへ注いだ。

酒は、又市の良心の堰をわけなく切り崩した。しやべつた。

「親方、なア、頼みますけん、俺が言つたつてえこと……黙つて居つてつかされ、よ、なア親方」と又市はくり返した、

「でねえと、俺ア、村いつとうからひでえ目に遭ふだで――」

4

専売局の監察官は、珍らしい密耕作の密告に接すると、早速出張して来た。駐在巡査の白服がついて内田の店へ現はれた。

九月に入つてはゐたが相当暑く、風のない高原から山懐の部落へ、始終坂つゞきなので監察官はハアハア喘ぎ、顔をまつかにしてネクタイまで濡れてゐた。

「非常に愕きましたよ！」と監察官は這入りがけに、まづ内田へかう言ひ、「実際……」と次を言ひかけてグショ／＼のハンカチで顔を拭きながら「水がほしいですな」――。

「それがね、仲々大きく耕作《やつ》て居る模様でして。え？　きつかけですか、それがフツとした事から――だつて、さうですよ、私の店へちやんと影響してくるんですからな。ぐんと刻みが（巻煙草なんつて若い者がチョク／＼買ふ位なものですよ）はかばかしくいかない、どうも変だ、節約するんかと最初は思つてゐたが、どうもさうでもないらしい。で、一人とつつかまへて訊いたんです、するとどうです、密耕作をやり居る！　畜生めが！」

「いつたい、それで、誰が一番最初に、どうして手に入れたか？　判つてゐますか？」と駐在巡査が訊いた。

「伊作つていふのですがね――不思議ですよまつたく！　そんな大それた違反をしでかす様な者ではないんだが……とても人のいゝ百姓ですのに」内田は自分で強くうなづくと
「えゝ、密耕作が罪に問はれるといふことはチヤンと知つてゐるだらうに」

「ぢア、信用のある百姓だ、と言ふんですね？」

監察官は、敷島をしみつたれた喫み方をしながら、

「その伊作といふ者が単独で耕作してゐたのなら、幾分か――どうせ最初は大した悪気でやつたわけではないんだから――情状斟酌つていふこともあるが、かう全村殆んどが耕作してゐると、意識して、つまり当局へ唾をなめさせた仕打ですからね！」と、急に興奮して「法律は……」

「小作人は、組合なんつていふものは組織して居りませんか?」遮つて巡査は眼を光らせた。

「平和なものですよ。沼の底より静かで」内田は確信ありげに頤をしやくると「あんまり泰平無事だと、返つていゝ気になつて何でもやらかすものですよ。お灸つて、時々は健康な者にでも必要ですからなハハハハ……ところで、これは私のお願ひですが、悪気がなくてやつたことだから、脅かし位で、まああんまり手厳しいことは――」

「一応取調べてのことです、本官の方では、これが純然たる罪の確証あるものと認めれば、告訴の手続をする。つまり、警察の方へ廻してしまふ。だから、それから先のことは警察……裁判官の肚の問題ですよ。」

内田はあはてた。何か、暗い、破綻が醸されさうな、たゞならぬ胸騒ぎを感じた。殊に自分は密告者だ。しかも腰に縄のつく者たちは差配下にある小作人の群だ。自分が密告したことが判つた時、小作人たちはどう思ふだらう。一人や二人なら何とも思はない、が、大勢は恐ろしい。――村は、決して今までのやうな平和ではなくなる!

「兎に角、私の立場も考慮に入れていたゞかんと……村は今まで平和だつたんですからな! まるで沼の底よりも静かだつたんですからな! これが口火になつて、万が一にも悪化すると……実際、小作人どもは僻んで居るんで、押へつけてゐた塊が爆ぜるやうなことになつては」

「あなたは何の目的を抱いて密告なすつたのですか?」監察官は蔑むやうに突込んだ。

「森下伊作つていふのを調べる必要があるですな」――駐在巡査は緊張して、初狩の猟犬に似た興奮の面をハンカチで拭ふと、「要するに法律ですよ、国禁を破る者は容赦しない、よしや悪化したつてタカの知れたものですよ、わたし達は何の為にかうしてゐるでせう? さうですとも、えゝ」

伊作は山の大根畑で密生えを間引いてゐた。太陽が頭の上から照りつけて、脊筋が暑く汗ばんだ。指が緑色に染つて、静かな畑のぐるりからコホロギが昼を鳴いてゐる……。大根の隣り畦には甘藷が蔓をのばし、その向ふには胡麻が白い花をつけて、蜜蜂が唸りながら絶えず蒼空へ往来してゐる。その向ふには煙草が五尺近く伸びて、畑の傾斜に緑素の豊かな葉をいつぱいに光らせてゐる。ヤニくさい空気が漂つて、伊作は鼻を脹らませては「今年は燻し葉にして、刻み方ももつと細かにしやうナ」と間引くのを忘れて振返つた。

山は山脈の中の一尾根の襞に抱かれて、南へ――わりになだらかに渓へ傾斜して、あちこちに拓いて畑が作られ、伊作になら つて煙草を栽培してゐた。一見遠くから見ると山腹をおほふ草と同じく一つの緑に塗りつぶされて、畑のあることは村人以外の者の眼には分らない。村の入合山といつて、共有の草刈山だ。

「お前……」女房の声が背後でした。伊作は吃驚して立上ると、そこに駐在巡査と専売局の監察官を見た。女房は言つた。

「……用があるげで案内して来ただ」

「森下伊作つてお前かね」巡査は近寄ると尋ねた。

「へえ……」と伊作は檜笠をぬいで腰を低めると「俺でがすが……何ぞ用でも」

「ちよつと調べたいことがあるんだが」監察官が言つた「この畑は、君の畑かね？ ム、すると、この作物を全部――煙草も……」

「左様でがす」

伊作は女房の顔を見た、彼女も見てゐた。――タバコ？……（とうたう知れただお前！）と女房の眼が言つてゐる。

「（でもな、俺独りでないけんな、誰ンも、作つて居るだ）」安心した気持で伊作は役人の方へ叩頭すると、

「俺が作つたんでがす、旦那。……ホンのちよつぴりで……」

「本官《わたし》は」監察官は、善良すぎる伊作の、オドオドした瞳を見ると、角のある声が出せなかつた、で、微笑みながら「専売局の者だが、お前が煙草の密耕作をやつて居るといふことを聞いたんで、鳥渡調べに来たわけだがね。つまり煙草は、矢鱈に作つちやいけない、お上の指定した処以外に作つた場合、法に触れるんだ。君は別にわる気でやつたわけぢアなささうだが、しかし作つた以上は法に触れるわけだ」

「へえ……」頭をボリボリ掻いて首垂れた。

「誰から種子を貰つたんだ？」

「遍路でがす、何でも四国の阿波とかの、お大師様の『珍しい種子』だつて、へえ、俺、花の種子かと思つたでがす、とにかく播いてみた、すると旦那、煙草で。プンプンえゝ匂ひがして抜捨てる気になりませんだ、つい刻んでのんだでがす、とてもえゝ味で……へえ」と伊作は吃りながら巡査へ答へた。「俺、最初から煙草だと知つて居りや、作りやしませんだ！ だども……」

「しかし去年で煙草だと判つたのに、今年作るといふのは、もう知つてのことぢあないかね？」

「…………」

「旦那さん、俺ンとこばかりぢやございませんだ、みんな、誰んも作つて居りますだツぜ！」

女房が歯痒げに嘴をいれた。

「阿呆！」と伊作は睨んでどなりつけた――「汝アだまつてすつこんどれ」

「だつてお前……」と女房は下唇をとがらせた、が、何と思つたか急に口を噤むと、畑からそゝくさに姿を消した。

伊作はひつぱられて行つた。

5

夜霧が山の尾根々々にこめてゐる。

欠けた月があつたが、霧の底は暗く湿つぽく、冷つこい。

襞の暗闇から、村の小作人たちが、這ふやうに現はれた。

彼らは山畑へ行くのだ。

——誰も黙つてゐた。が、知つてゐる……「こんやの内にでもあいつがやつて来る！」

深くこめた霧の底に、もぎ葉近い煙草が植つた。ポタポタ雫をたらしてゐた。水分の多い茎は、鎌の刃がふれるとバサツバサツと倒れた。生々しい煙草のにほひ。……バサツ、バサツ、バサツ——！

野鼠のやうな影は、刈つた煙草を一抱へにして、草の中をズブ濡れになつて進むと、黒松の林の奥へ一かために隠した。あちこちで嚔が聞えた。松の、重苦しい樹脂のにほひと、煙草の生葉のにほひで喉がくすぐつたく、顳顬がズキズキした。

「ぶルルル……風邪ひくぞ」ずんぐりした小作人の一人が言つた。「いつてえ、誰が密告《いぬ》しただ？　畜生……風邪ひくぞ！」

「莨ウのまねえ奴だあ、そいつは。それとも子供《がき》どもが喋つたかだ」

頬冠を解いて絞りながら誰かゞ言つた。

「……大した罪喰ふだといの。その代り密告した奴アたんまり貰つとるだ」

「こん中にそいつが居つて、知らん顔して居るかも知れたもんでねえ。他人つて、ケシ粒ほども信用がならねえだ。恐いもんだ……ちえツ！」

「お上つて、百姓は菜種みてえなもんだと思つてござるだ、なんぼでも絞るだけえゝもんだつてな。ぬ、そいつ——密告した奴はどいつなら？　村八分にして了へ！」

「さうともよ、飛んでもねえ……裏切りやがつて！」

暗いが、どの眼もギロギロ光り、拳をかため、荒々しい鼻息が歯をむきだしてゐることを感じさせた。

「どうせ伊さん一人で済むもんでねえ。誰んも縛られるにきまつとる、今夜の内にでも……な。刑務所へぶち込まれるだ！」

頭株の甚太郎は皆を一トわたり見まはすと、

「憎いのは密告した奴ぢや、村の、誰かがしたに違ひねえだ。警察ぢあ誰だか言はんだらう。こん中に、そいつがゐる！　誰だ？」

「…………………」

皆はシーンと鎮まり返つた。

「誰だ？　知つてゐる者ア遠慮なしに言へこら！」と甚太郎は息をはづませた。

あちこちでゴョ〳〵囁きが起つた。が、誰も口を出さない。

「な、へつらつたり、憚つたりしてゐる場合でねえ。言へこら！　言はんなら入れ札しよう……」

枯松葉を焚いた。烟つぽいトロ火に、皆の顔が浮びあがつた。

「かうしよう、これに字を刻みつけて」と甚太郎は煙草の葉をちぎると「一つづゝ出すことにしよう」

皆は焚火のほの明るみで、煙草の葉裏へ爪で刻みつけると、或ひは隣の者と耳うちをし、頭を振つたり、うなづいたりした揚句、甚太郎の膝へ一枚づゝ伏せて重ねた。

林の上で、風が瀬のやうな音をたてゝ、焚火の煙が渦巻く。——更けてゐた。

「みんな入れたな?」しばらくして甚太郎は数えてみた。

「ぢア読むぞ——」

焚火に葉を近づけた、誰もは片唾をのんで取巻いた輪をすぼめた。体がふるえる……。

「デ、ン、キ、チ……!」

「何だつて、俺、俺が密告したつて?」伝吉が喚いた。「誰が入れた? 畜生、まアふんとに……」

「まだきまつた訳でないだ、逆上せんで……えゝと読みにくいな」傍から一人が覗きこんで小声で読んでやつた、で、甚太郎は皆へ聞えるやうに「——ぎすけ」

誰かが「違ひねえだ」と暗がりで呟いた。

「デ、ン、キ、チ」

「えツ、誰奴だ、濡衣きせやがつて!」伝吉はいきなり焚火を跨ぐと、甚太郎へ掴みかゝるやうに吼えた、「畜……俺誓ふだ、そんな、ええツ、この! 誓ふだ! 太鼓よりでけえ印を捺すだ! おツ、ほんに!」

甚太郎は葉を彼の目先へつきつけると、

「お前、俺ア出まかせ口をきくんぢあねえだぜ! よく見ろよ……正直なもんだ!」

「次読め、コラ」と蹲つた頬冠が鼻声でうながした。

「ぎ、す、け……」

「…………」儀助の声はなかつた。

「ギ、ス、ケ」

次々に読み上げた。

「儀助が一番多いが、な」と議長格の甚太郎は結果を告げると「おい、儀助さん」——

「…………」

「儀助さん!」怒つぽく呼んだ。

「居らねえ……」だみ声が調子ぬけに言つた。「……たぶん、ナ、気が咎めただ!」

「あいつだ、畜生! この癲れめ!」

憤りの声が湧き起つた。

「あいつに違ひねえだ、ほら、去年の秋だつて西の芋を盗んだでねえか。密告ぐらひ平気でやるだ……警察のお機嫌とりにな!」

「こゝへ引張つて来い、けしからん!」

「皆の衆……」急に暗がりから飛び出して、ベツタリ焚火へ頭を焼くやうにへたばつた者がある。皆は眼をみはつた——

「俺が……密告しただ! ちがふだ、儀助ぢアねえだ……俺……」

「お前、又さんでねえか?」

「俺だだ! 儀助ぢアねえだ……」苦しげに又市は呻いた。

「……内田の旦那に、言つただ。皆の衆——すみましねえ、俺ア責められて、言つてしもた……儀助でねえだ!」

6

「(前略)本事件は、単に煙草耕作違反だけではないと思ふ。被告たちが密告者に凝した内田重七を襲ひ、同人に全治三週間の傷害を加へた——これを綜合的にみるに、単なる一小事件ではなく、被告たちは近来各地に起りつゝある小作争議にならつて、過激思想を抱き、それのみならず団結せる実践を『暴動』にまで押進めてゐる。しかも森下伊作を検挙するや、いち早く全員挙つて証拠隠匿を敢行して、総検挙の際にも各自に兇器——鎌を所持して、反抗の意を示すごとき憎むべき根胆である。(中略)個人行動は、また、そこに情状斟酌の余地もあるといふものだが、かゝる集団行動は社会行政上もつとも唯々しき問題であり、これは厳罰に処すべきである——即ち本官は煙草耕作違反ならびに傷害罪、治安維持法違反と三併罪からみて、首魁森下伊作に懲役二年、幹部たる山崎甚太郎、樋口常蔵、吉岡音次、刈田文六の四名は一年六ケ月、以下三十九名は一年づゝを求刑するものである……(下略)」

検事の論告がすむと、弁護士が起つた。

「検事の論告はあまりに誇大であり、赤色恐怖病的の感がある。従つて求刑は過酷で、勿論無罪である。なぜならば検事の論告は全部非常な誤論であるからである。——煙草を密耕作したことは事実であるが、これは何も知らぬ善良な農民が、ほんの少しだけ耕作して喫煙を娯んだといふまでの事で、現在のごとき資本主義全盛の都会中心時代——何ひとつ娯楽のない搾取され貧窮した農民にとつては、これ位は当然ゆるして然るべきである。殊に最初発見した際、ちよつと説論すれば彼等は必ず廃めるものを、かくの如く誇大視して服刑させるといふことは、これこそ社会行政上唯々しき問題でなくて何だらう。今まで平和であつた部落は、四十四名の男を奪はれて、それでより平穏にゆくであらうか。彼等は事実

「六号雑記」より

◇レイモン・ラディゲの「ドルヂエル伯の舞踏会」を読んだ。人間心理の犀利な解剖が実に愕くべく展開されてゐる。どうも此の頃の文学は「人物のある風景」になり勝ちなのだが、その時に当つてこの小説が訳出されたことは非常に意義があり、それに諸々で評判がいゝ所をみるとやがて文学が正道に立ちかへる日の遠くない事を想はせ、近頃での嬉しい事の一つだ。

〈昭和六年五月号、(S)〉

過激思想なんか抱いてはゐない、のにかゝはらず合計四十七ケ年を算する彪大な刑期を課するとは、○○部落だけにとゞまらず――あたかも火事を消さうと揮発油をぶツかける様な不合理なやりかたである。又、内田重七を殴打したことは、当然で一種の正義的な私刑である。内田は彼の地位からして、一応は忠告し、それでも肯かざる暁は密告すべきで、部落民の指導的立場にある身が単に自分の店にいささかの影響があるといふ理由によつて、早速密告した仕打が彼等に憤激を与へたことは無理からぬことではないか。証拠隠匿とは、これは人情であり、何等悪意のあるわけではなく、兇器云々は煙草刈取りに用ひた鎌を持つてゐたといふのみである。……労資の対立がはげしく、現在のごとき状態の場合、徒らに刑務所を繁昌させ、より民衆の反抗意識を昂める彼様な遣り方は、自分の墓穴を掘るやうなものではあるまいか――(下略)……」

四十四名の被告は、ヂツと聞いてゐた。ヂツと――さうだ、こゝではそれ以外にどうする事も出来ないのだ。彼らは、検事の鋭い言葉も弁護士の熱い言葉も、ピンからキリまでわからなかつたが、とにかく「裁判所てえところは、貧乏人にア都合のわるいしぐみになつて居るところぢや」といふことだけは、ハツキリ頷けた。後はポカンとしてゐた……。

裁判長は、それぞれの刑を言渡した。蚤をひねりつぶすよりも無造作に――が、仔細らしく、神聖な口吻で、几帳面に裁いた。

伊作が一年四ケ月、幹部が四人一年二ケ月づゝ、その他三十九名が八ケ月づゝ。

「裁判長さまあ」ダミ声だが、必死の声が並んだ被告の列の中程からだしぬけに起つた。「この裁判はいけねえ……俺に誰もの刑をみんな負せて下せえ！ みんな――へえ、俺が一番の悪人でがすだ、畜生、このまゝぶちこまれて了や、部落ア如何なりますだ！ えツ！……俺が、あアあア、俺が内田に密告しただ、俺ア皆の衆にあやまつた、夢がさめた、ハツキリと、くそ、あいつの狡い根胆が読めた、はア、んだ……で、俺が真先に内田へ押かけて、くらはしただ！ ぶち割れてミソの出るほどくらはしただ！ ンで――あいつめ、おツ死なねえだつて？ こン野郎！……いゝえ、でがすとも、いゝえ、俺でがすとも、俺ひとり……あアあア、おツ！」

又市ののぼせた声が、ガランとした広やかな高い天井を駈けた。

傍聴席がどよめいた。

「おツ、おオお、おツ、あアあ……」と遠くから出かけて来た女房たちの嗚咽が湧いた。

「うちン父ちや――ん！」と子供が金切声で呼んだ――「みい母ア、啜の芳べが父ウも居るがな！ あつこ、な？」

珠数つなぎに、街の本署へ引かれて行つた山路は、裁判所へつゞき、更に刑務所の門へ通つてゐた。……

黄昏れた、霙のビショづく裁判所へ門へ吐き出された女房の群は、そこで鳥打帽を真深にかぶつた男から、一枚づゝ謄写版ずりのビラを貰つて懐へネヂこんだ。読めるのが、せゝくりながら輪になつたくゝり髪へ棒読みをやつた。

「おやぢをふンだくられた、おかみさん達よ！　しつかりしろ！

一　生存権《せいぞんけん》をおびやかす不法行為《ふはふかうい》に断然反対《だんぜんはんたい》しろ！　だまつてスツこんで居《お》られるものか！

二　あらゆる土地《とち》を働《はたら》く農民《のうみん》へとりもどせ！

三　正義《せいぎ》のために全農民《ぜんのうみん》は団結《だんけつ》して悪地主《あくちぬし》に当《あた》れ！　皆《みんな》で闘《たゝか》つて勝《か》たねばウダツが上《あが》らぬぞ！

四　団結《だんけつ》のみが小作人《こさくにん》のタツタ一つの最大《さいだい》の武器《ぶき》だ！

五　年貢米《ねんぐまい》のマケヒキや田地《でんち》を取返《とりかへ》されたり、すべて生活《くらし》に心配《しんぱい》の人《ひと》は農民組合《のうみんくみあひ》へ相談《さうだん》にやつて来《こ》い！

六　百姓《ひやくしやう》の守本尊農民組合《まもりほんぞんのうみんくみあひ》に加盟《かめい》せよ！

全国農民組合××県聯××支部

事務所××郡××村××方

「……だとも！　ちがひねえだ！　お、お」と寝た子をゆすりあげると「みるがえゝだ！　ひでえめに――ほんに、まア、みるがえゝだ！……」

　突然二三人の背広姿の男が、土くさい鳥打帽の男へ飛びつくと、腕を逆ネヂとして両腋から二人で締めつけるとピンピン跳ねるのをどやしつけながら向ふへ引摺つて行つてしまつた。女房たちは呆気にとられて眺めた。

「おい、そのビラをみんな出せ！」一人がやつてきてひつたくつて廻つた。「早く帰れ、こんな処へかたまつて居ないで」

　黙つて、女房たちの群は暮れた街のぬかるんだ往来を、ビショ／＼素草鞋のハネをあげながらあるきだした。霙が睫にかゝつて、ボア……と街の灯が暈を幾重も／＼、――まるで自分たちのグルグル巻きの眼に見えない鎖のやうに――描いた。歩きながら握り飯をムシヤ／＼食つた。歯茎に沁みて、喉へつまつた。――水洟をすりながら、黙つて、ギグギグのみこむと急に胸がワクワクせゝくり、たぎり始めて、瞼があつく……クソ！　彼女たちは褪せた唇をギユツと噛んで――

「な！　オヤヂらの分も！……くそ、やつてみせるけん！」と蒼ぶくれのした顔の女房がふりむいた。「かたき……な？」

「うン……な！」

　だれも、泣いちやいけん……と腹に力をいれた。

「母ア、羽子板買つてえ……！　よオ」

　明るい飾窓へ首をネヂむけて、背中の、頬かむりした子がせがんだ。

「……おらにア飴玉ウ買つてつかよ、なツ！」

「阿呆たれ！　だまつて寝ツ――」

　女房たちは、オヤヂの留守に『殿様』に楯づいて、ウンと年貢をまけさせてみせる、とそれだけムキに考へてゐた。……そして、暫くして、子供が眠つたころ、思ひ出したやうに、ポツンと言つた。

「俺どの世ンになりや、山ほど買つちやるけん、な！」――

昭和7年8月号

売春婦リゼット

岡本かの子

おかもと・かのこ
（明治22年〜昭和14年）跡見女学校卒。岡本一平と結婚、岡本太郎を産む。歌人として出発、やがて小説に転じた。「三田文学」はその小説試作期から誌面を提供、「売春婦リゼット」は最初の寄稿であり、のち「遊び女リゼット」と改題された。

売春婦のリゼットは新手を考へた。彼女はベッドから起き上りざま大声でわめいた。

誰かあたしのパパとママンになる人は無いかい。

夕暮は迫つて居た。腹は減つて居た。窓向ふの壁がかぶりつき度いほどうまそうな狐色に見えた。彼女は笑つた。横隔膜を両手で押へて笑つた。腹が減り過ぎて却つておかしくなる時が誰にでもあるものだ。

廊下越しの部屋から椅子直しのマギイ婆さんがやつて来た。

どうかしたのかい、この人はまるで気狂ひのやうに笑つてさ。

リゼットは二日ほど廉葡萄酒の外は腹に入れない事を話した。廉葡萄酒だけは客の為に衣裳戸棚の中に用意してあつた。マギイ婆さんが何か食物を心配しようと云ひ出すのを押へてリゼットは云つた。

あたしややけで面白いんだよ。うつちやつといておくれよ。だがこれだけは相談に乗つとお呉れ。

彼女はあらためてパパとママンになりそうな人が欲しいと希望を持ち出した。この界隈に在つては総てのことが喜劇の厳粛性をもつて真面目に受け取られた。

マギイ婆さんが顔の筋一つ動かさずに云つた。

そうかい。ぢや、ママンにはあたしがなつてやる。そうしてと――。

パパには鋸楽師のおいぼれを連れて行くことを云ひ出した。おいぼれとただ呼ばれる老人は鋸を曲げ乍ら弾いていろ〳〵

なメロデイを出す一つの芸を渡世として場末のキャフヱを廻つて居た。だが貰ひはめつたに無かつた。

もしおいぼれがいやだなんて云つたらぶんなぐつても連れていくよ。あいつの急所は肝臓さ。

マギイ婆さんは保証した。序に報酬の歩合をきめた。婆さんは一応帰つて行つた。

リゼツトは鏡に向つた。そこで涙が出た。諺の「ボンネツトを一度水車小屋の磨臼に抛り込んだ以上」は、つまり一度貞操を売物にした以上は、今さら宿命とか身の行末とかそんな素人臭い歎きは無い。ただ鏡がものを映し窓掛けが風にふわ〱動く。そういふあたりまへのことにひよいと気が付くと何とも知れない涙が眼の奥から浸潤み出るのだ。いつかもこういふ事があつた。

掛布団の端で撥ねられた寝床人形が床に落ちて腑向きになつて居た。鼻を床につけて正直にうつ向きになつて居た。ただそれだけが彼女を一時間も悲しく泣かした。

涙と寝垢をリスリンできれいに拭き取つてそのあとの顔へ彼女は「娘。」を一人絵取り出した。それは実際にはありそうも無い「娘。」だつた。曲馬の馬に惚れるやうな物語の世界にばかり棲み得る娘であつた。この嘘を現在の自分として今夜の街に生きる不思議を想ふと彼女は嬉しくて堪らなくなつた。彼女はおしろいを指の先に捻ぢつけて鏡の上に書いた。

わたしの巴里!

マギイ婆さんとおいぼれがやつて来た。二人とも案外見られる服装をしてやつて来た。この界隈の人の間には共通の負けん気があつた。いざといふときは町の小商人にヒケはとらないといふ性根であつた。その性根で用意した祭の踊に行く時の一張羅を二人はひつぱつて来た。白いものも洗濯したてを奮発して来た。

三人はそこで残りの葡萄酒を分けて飲んだ。わたしの今夜の父親の為に。リゼツトは盃を挙げた。

わたしも今夜の愛する娘の為に。

鋸楽師は肝臓を押へながらぬかりなく応答した。リゼツトはマギイ婆さんに向つても同様に盃を挙げた。それに対して婆さんは盃を返礼した後云つた。

だがこのもくろみをレイモンが知つたら何と思ふだらうね、リゼツト。

リゼツトはさすがにきまりの悪さを想像した。彼女の情人は一さい「技術」といふものを解さない男だつた。彼女は云つた。

まあ、知れるまで知らないことにしようよ。あいつに玄人のやることはめつたに判りあしないから。

三人は修繕中のサン、ドニの門を潜つて町の光のなかに出た。リゼツトの疲れた胃袋に葡萄酒がだぶついて意地の悪い吐気が胴を逆にしごいた。もし気分がそのまま外に現はれるとしたら自分の顔は半腐れの鬼婆のやうなものだらう。彼女は興味を持つて、手提鞄の鏡をそつと覗いて見る。そこには不思議な娘が曲馬団の馬を夢見て居る。この奇妙さがふたたびリゼツトへ稼業に対しての、冒険の勇気を与へて彼女は毎夜のやうな流眄を八方に配り出した。しかも今夜の「新らしい工夫」に気付くと卒然と彼女の勇気が倍加した。

リゼツトは鋸楽師の左の腕に縋つておぼこらしく振舞ふのであつた。孤独が骨まで浸み込んで居る老楽師はめづらしく若い娘にぴたと寄り添はれたので半身熱苦しく煽られた。彼はそれを防ぐやうに左肩を高く持上げ鼻の先に汗を掻いた。うしろから行くマギイ婆さんは何となく嫉妬を感じ始めた。

ポアツソニヱの大通はもう五色の光の槍襖を八方から突出して居た。しかしそれに刺され、あるひはそれを除けて行く往来の人はまだ餌にかけられて居なかつた。ゴミが多かつた。といふのは午後十一時過ぎのやうに全く遊び専門の人種に成り切つて居なかつた。いくらか足並に余裕を見せて居る男達も月賦の衣裳屋の飾窓に吸付いてゐる。退刻《ひけ》女売子《ミデネツト》の背中へ廻つて行つた。商売女には眼もくれなかつた。キヤフヱでは給仕男《ギヤルソン》たちが眺めのいい窓の卓子へ集まつてゆつくり晩飯を食べてゐた。当番の給仕男《ギヤルソン》が同僚たちに客に対すると同様に仕付けよく給仕して居た。

人込みを距てて

今日は遊びかね。

といふ声がした。すぐそれは探偵であることが判つた。リゼツトは怖くも何とも無かつた。この子供顔の探偵は職業を面白がつて居た。リゼツトが始めて彼に捉へられてサン、ラザールの館《シヤトウ》——即ち牢屋へ送り込まれるときには生鳥の鶉のやうに大事にされた。真に猟を愛する猟人は獲ものを残酷に扱ふものでは無い。そして彼女が鑑札を受けて大ぴらで稼ぎに出るとなるとこの探偵は尊敬さへもして呉れた。尊敬することによつて自分が一人前にしてやつた女を装飾する事は職業に興味を持つ探偵に取つて悪い道楽では無かつた。

可愛い探偵さん。鑑札はちやんと持つててよ。

リゼツトはわざと行人に聞えるような大きな声を出した。

ああ、いいよ、いいよ、モドモアゼル。

彼は却つて面喰つた。だがその場の滞を流すやうに「今日は僕も休日さ。」といつてちよつとポケツトから椰子の実を覗かして向ふへ行つた。多分モンマルトルの祭の射的ででも当てたのだらう。

モンマルトルへはリゼツトは踏み込めなかつた。ポアツソニヱの通りだけが彼女に許された猟区だつた。その中でもキヤフヱ——Rが彼女の持場だつた。この店へは比較的英米客が寄り付くので献立表にもクラブ、サンドウイツチとか、ハムネツクスとかいふ通俗な英語名前の食品が並べてあつた。

客が好んで落ちつく長椅子の隅——罠はそこだ。その席上を一つあけて隣の卓子へ彼女の一隊は座つた。

彼女に惚れて居るコルシカ生れの給仕男が飛んで来て卓子を拭いた。

注文はなに？ ペルノか、よし、ところでたつた今、レイモンがお前を尋ねて来たぜ。彼は何でも彼女の事を知つて居た。彼女の代りに彼が金を貸してやつた。「どうせお前は持つてや仕舞と思つて。」

商売仲間の女がそろ〳〵場を張りに来た。毛皮服のミアルカ、格子縞のマルガリエット。そして彼女等はリゼットを見るや「おや！」と云つた。「化けたね。」とも云つた。

巴里へ来る遊び客は近頃商売女に飽きた。素人らしいものを求める。リゼットのつけ目はそこであつた。

パパの鋸楽師と、ママンのマギイ婆さんが珍らしそうに英語名前の食ものを喰つて居る間に入り代り立ち代り獲ものは罠の座についた。しかし、英吉利人は疑ひ深くて完全に引つかゝらなかつた。アメリカ人がまともに引つかかつた。

巴里は陽気だ。

見せかけのこの親子連が成功するかしないかと楽屋を見抜いた商売女たちや店の連中、定連のアパツシュまでがひそかに興味をもつて明るい電気の下で見まもつて居た。そして三人がいよ〳〵成功してそのアメリカ人を取巻いて巣へ引上げようとかかるとみんな一斉に
家族万歳《ヴィヴ・ラ・ファミーユ》！

と噺した。その返礼にリゼットは後を向いて酒で焦げた茶色の舌をちよつと見せた。

アメリカ人を巣に引き入れて衣裳戸棚の葡萄酒の最後の一本を重く取り出した時リゼットは急に悲しくなつた。

レイモンは何してるだろう――彼女は自分に苦労させてはぶら〳〵金ばかり使つて歩く男がいとしくまた憎らしくもなつた。疲れが一時に体から這ひ出した。

マギイ婆さんは鋸楽師のおいぼれを連れて自分の部屋へ引きとつた。彼女は妙にいら〳〵してゐた。なんとかかんとか鋸楽師を苛めて寝かさなかつた。おいぼれは一晩中こごんで肝臓を疵つて居た。

「六号雑記」より

×ヂヨイスの「ユリシイズ」を伊藤整、辻野久憲、永松定の三氏が共訳して「詩・現実」に連載するそうだ。――こうした新人の熱心な世界文学の紹介は日本文学に何ものかを貢献せずには置かないだらう。

×「文学」の一号以来共訳されてゐたプルウストの「失ひし時を求めて」は其後どうなつたのか。「文学」が「作品」に代ると共に何処にも見出せないのは甚だ残念だ。折角やりかけた仕事だ。これも「ユリシイズ」のやうに続けて貰ひたい。

〈昭和五年十月号〉

村のひと騒ぎ

昭和7年10月号

坂口安吾

さかぐち・あんご
（明治39年〜昭和30年）
東洋大学哲学科卒。昭和6年発表の「風博士」で注目され、「村のひと騒ぎ」で「新進作家特輯号」の「三田文学」に初登場。『日本文学私観』『堕落論』などの文明批評もある。

その村に二軒の由緒正しい豪家があつた。生憎二軒も——いや、二軒しか、なかつたのだ。ところが、寒川家の婚礼といふ朝、寒原家の女隠居が永眠した。やむなく死んだのであつて、誰のもくろみでもなかつたのである。ことわつておくが、この平和な村落では誰一人として仲の悪いといふ者がなく、慧眼な読者が軽率にも想像されたに相違ないやうに、寒川家と寒原家とは不和であるといふ不穏な考へは明らかに誤解であることを納得されたい。

寒原家の当主といふのは四十二三の極めて気の弱い男であつた。この宿命的な弱気男は母親が息を引きとるとたんに、今日は此の村にとつてどういふ陽気な一日であるかといふ気懸りな一事を考へて、よほど狼狽しなければならなかつた。つまり、ひどく担ぎやの寒川家の頑固ぢぢいを思ひ泛べてゴツンと息をのんだのである。

「お峯や……」と、そこで彼は長いこと思案してから急に斯う弱々しい声で女房に呼びかけたが、彼の顔色や肩のぐあいや変なふうにびくついてゐる唇をみると、彼もよほどの決意を堅めたといふことが分るのである。「お前はかういふことに大変くわしいと思ふのだが、あのねえ、お峯や、高貴な方には一日ばかり発喪をおくらすといふことも間々あるやうに言はれとるが……」

ところが、めざとい女房は夫の魂胆をひどく悪く観察してしまつた。とはいふものの、勿論それは半分図星であつたには違ひない。寒原半左右衛門はだらしのない呑み助であつた。

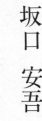

ことに他家《よそ》の振舞酒をのむことが趣味にかなつてゐた。おまけに、凡そ能のない此の男だが金輪際たつた一つの得意があつて、村の衆に怪しげな手踊を披露する此の重大な一事にほかならなかつたのだ。全身にまばゆい喝采を浴びたこの幸福な瞬間がなかつたとしたら、彼はとうの昔に首でもくくつて――いや、これは失礼。極めて少数の人達しか知らない悪い言葉を私はうつかり用ゐたのである。

「おや、この人は変なことをお言ひだよ」と、そこでお峯は怖い顔で半左右衛門を睨みつけた。「胸に手を当ててごらん！　わたしたちは高貴な身分どころではありませんからね！」

弱気な半左右衛門が脆くもぺしやんこになつたのは言ふまでもない。

事の起りに就ては医者が悪いといふ意見が専ら村に行はれてゐる。勿論彼の腕前に就ての批難ではない。彼の注射は早くから評判が高かつたので、どんなに熱の高い病人でも譫言や悪夢のなかで注射の針を逃げまわつてゐた。だから、その方面の間違ひは決して起る筈がなかつたのだ。問題は彼の口である。即ち、前段で述べたやうな会話がまだ寒原家の一室で取り交はされてゐる時分に、この宿命的な不幸はもはや村一面に流布してゐた。もし彼の口さへなかつたとしたら――弱気な、そのうへ酒と踊に異常な情熱をもつた諦らめの悪い半左右衛門は、思ひ出してはねちねちと拗ねて、短い秋の一日ぐらいはどうなつたか知れたものではない。

さて、事の意外に驚いたのは、まづ森林寺の坊主であつた。今宵の祝宴に狙ひをつけた最大の野心家はこの坊主であつたかも知れない。言ふまでもなく此奴は呆れた酒好きであつた。おまけに、坊主といふものは宴席で誰よりも巾の利く身分であつて、「てへへん、これは結構な般若湯でげす。やれやれ、わしどもの口には二度と這入るまい因果な奴でな」なぞと言ふことに由つて、一升や二升のお土産は貰へる習慣のものである。ところへ寒川家のおやぢときたひには実際気前が良かつたのだ。ところが一朝通夜ときたひには――鋭い読者はもはや充分見抜かれたに相違あるまいが、寒原半左右衛門ときては近在稀れなけちん棒であつた。拙！　ところで不可解至極な通念によれば、坊主といふものは此の際婚礼をおいて通夜へ廻らねばならないといふ信じ難い束縛のもとに置かれてゐる！　こうして、森林寺の坊主が唐突として厭世的煩悶に陥つたことには充分理由があつたのである。

生れつき煩悶には不慣れな性質だつたので、肥満した彼の身体は内心の動揺をうまく押へたり隠したりできなかつた。つまり彼の逞ましい腕はいきなり彼の胸倉を叩いたり、あまり勝手が違ひすぎて施す方法がなかつたので、舌を出したりしたのである。が、劇しい努力の結果として会心の解決が彼を突然雀躍りさせた。身体がいつぺんに軽くなつた思ひがした。そこで彼は大急ぎで小僧を呼び入れたのだ。

「頓珍や。これや。もそつと前へ坐れや。よろこべよ。今夜はお前に一人前の大役を授けるぞよ。(と斯う言つたとき、坊主は思はず嬉しさにニタ〳〵と相好を崩した。）わしは今夜は大切な用向きがあつてな、昼うちだけ寒原さんへお勤めに行くよつてな、お前は今夜わしの代役でお通夜の主僧とおいでなすつたぞよ。ありや〳〵、どうぢやな、てへへん、嬉しくて有難くつてこつたへられんところだらうが……」

と、斯う言はれた小僧は当年十四歳であつた。勿論生れた時から数へてのことで、小僧になつてから十四年も劫を経たわけではなかつたのである。勘の素早い小僧はむつとした。それから、前垂れで頬つぺたをこすりながら、ひどく深刻な、むつかしい顔付をしたのである。そして、

「わたしは、まだろくすつぽ、経文を知らんですがねえ……」

と言つた。

「なになに、ええわ、本を読みなされ」

「字が読めんです」

「この大とんちきめ！」と坊主は思はず怒鳴つたが、大事の前で軽率な怒りから身を亡してはならないのである。そこで今度は教訓的な真面目な顔をこしらへた。「小僧といふものはな、習はん経文も読まねばならんもんだぞよ。うへん、ま、仕方がないわ。知つとるだけの経文を休み休み繰り返しておきなされ。WAH！　こうしてゐられん！　WAH！　これよ。衣をもてよ。」と斯う叫ぶとあたふたと着代へをして、「頓珍や、よろこべよ、今夜はお前も結構な御馳走をおよばれぢやよ。夕食の仕度はいらんぞよ。」と大事な言葉を言ひ残して慌ただしく出掛けて行つた。と、そのとたんに、殆んど入れ違ひといつていい宿命的な瞬間に、五十がらみの村の男——権十と呼ばれる村の顔役が泡をくらつて跳び込んできた。

「和尚さんはどうしたあ！　大変なことができちやつたい！　WAWAWA！　村は一大事ぢやよ。和尚さんてば。水をくれえ。　お茶がええ。　……」

そこで小僧は和尚のたくらみに恨骨髄に徹してゐたので、和尚の運らした不埒な魂胆を権十に洩らしたのである。と、権十は和尚が不在の理由をきき、愕然として顔色を変へたが、すこしも早く、OH！　さうだ、といふ凄い見幕を見せると、わつ！　とも言はず和尚のあとを追ひはじめた——と、この出来事はここのところで有耶無耶になつて、話はべつに村の一方の恐慌《パニック》へ飛ぶのである。

まだ朝の十時頃のことであつた。わが帝国の山奥に散在する此等の村で、丁度この刻限がどんなに平穏な人生を暗示するかといふことは想像しただけでも気持のいいものである。とはいへ季節が秋だつたので、山もそれから山ふところの段々畑も黄色かつたり赤ちやけてゐたり、うそ寒い空の中へ冷たい枯枝を叩き込んでゐたりした。いはば荒涼とした眺めであつたが、それにも拘らず田舎はいつも長閑なものだ。時雨が遠方の山から落葉を鳴らして走り過ぎて行くかと思ふと、低迷したどす黒い雲が急にわれて、濃厚な蒼空がその裂け目からのぞいたりした。鈍い陽射しが濡れた山腹の一部分だけさつと照らしてゐるうちに、もう又時雨が山の奥から慌てふためいて駈け出してくる。丁度さういふ時刻だつた。わが勤

勉な百兵衛は平楽山の段々畑の頂上から三段目を世話してゐた。すると、突然谷底の窪地から一つの黒い塊が湧きあがつてきて導火線を這ふやうに驀地にせりあがつてきたが、音もたてずに百兵衛の腰へしがみつくと二人は全く一つになつて畑の中へめり込んでゐた。そのはづみに百兵衛は脾腹を強たか蹴りあげられて、秋のさなかへあつさり悶絶しやうとしたが、すると異様な人物は、「とつつぁんや、苦しかつたらぢつと我慢しなよ。人は苦しくない時に我慢といふことの出来んもんぢやからな。村は一大事ぢやぞ！」と斯う言つて苦悶の百兵衛を慰めたので、これが伜の勘兵衛であることが分つた。

　このやうな、いはば革命を暗示するやうな悲痛な動揺が、已に収穫《とりいれ》の終つた藁屋根の下でも、樵小屋の前でも、山峡ひの路上でも電波のやうに移つていつた。実際その瞬間に、ああ此の村はどうなるのだと思はせたに違ひない。村全体が一つの重々しい合唱となつて丁度地底から響くやうに、「斯うしちやあ、ゐられねえ。斯うしちやあ、ゐられねえ」と呻いた。それから、村そのものが一つの動揺となつて、居たり立つたり空間の一ケ所を穴ぼこのやうに視凝めたり、埋葬のやうにゆるぎだしたり、ぢりぢりと苛立ちはじめたりした。そこで、感じ易い神経をもつた山の狸や杜の鴉がどんなに勝手の違つた思ひをしたかといふことは、彼等が顔色を変えて巣をとびだすと突然夢中に走りはじめたことでも分るのである。

　全く、同情ある読者諸兄は彼等の心情に一掬の泪を惜しまないであらうが、彼等は今や一年に一度の、いや、恐らく一生に一度かも知れたものではない山海の珍味を失はふとしてゐるのだ。成程これは残酷だ！　若しも彼等がお通夜帰りに婚礼を訪れたとしたら、担ぎやの頑固ぢぢいは家の子郎党に棍棒を握らせて鏖殺しにするまでは腹の虫がおさまらないに相違ない。といつて、婚礼帰りのほろ酔ひで寒原の神聖を汚したとなると、歇私的里のお峰は悪魔を宿して、初七日を過ぎないうちに借金の催促となり、やがて一聯隊の執達吏が雪ぢかい寒村へおしよせるに違ひない。

　誰言ふとなく、学校へ集まれといふ真剣な声が村の一方にあがつた。これは金言のやうに素晴らしい思ひつきの言葉だつた。自分一人の心臓を（いや、胃袋だ！）おさへきれずにゐた幾百万の（とは言へ本当は人口二百三十六名である）村人は、血走つた眼に時雨の糸が殴り込むのを決して構はふとせずに、息をつめて知識の殿堂へ殺到した。遠い山からそれを見ると、勤勉な蟻——物を考へたり声を出したりしないところの、あの怱忙な行列に酷似してゐた。この適例によつてみれば、屡々人に強要されるところの時間正しさ《ポンクチュアルテ》と呼ばれるものは、全く一に無類の緊張に由るほかは厳守しがたい美徳の一つであることが分るのである。八方の山陰や谷底から現れた此等の小粒な斑点は実際五分とたたぬうちに一つ残らず校門へ吸ひ込まれたではないか！　村には今わづかに一人の人影を探し出すことも出来ない。そして荒涼たる秋が残つた。

　扨て、この日は丁度日曜日であつた。ところで、日曜日といへば、絶対的に、あるひは必死的にさへ学校へ顔出しを憎むところの誠実な先生達が、やはり必死の意気ごみで駈けつけたといふのは！　これは何んとしたことなのだ。

村人は雨天体操場に集合した。そして一瞬場内が蒼白になると、職員室で密議を凝らしてゐた村の顔役と教員がブロンズのデスマスクを顔にして黄昏をともなひながら入場した。まづ演壇へ登つたのは言ふまでもなく校長である。彼は劇しい心痛のせいか、全くのぼせてゐたし、そのうへ細まかく顫へてゐた。といふのは、一つは勿論生れつきではあつたが、一つには生憎寒川家には学齢期の児童がなかつたのに比べて、寒原家には大概の組に子供がゐた。この密接な関係からして、先生達は勿論通夜へ！　然り！　出席する余儀ない立場にあつたのである。

「諸君！　何たることである！（と、斯う言ふ時に彼は早くも力一杯卓子を叩きつけた、が、あまり力がはいりすぎて、とたんに彼は茫然として自分自身の口を噤んだ）然り！　何たることである！（そして彼は水をのんだ）実に何たることではないか！　彼女は死んだ！　驚いたではないか！　驚いた！　ほんとうに驚いたか！　本当に驚いた！（と、斯うい ふ言葉に驚いたのは彼自身であつた。彼は片側の重立ち連へ救ひをもとめる眼差を投げた。しかし彼等は校長の言葉にもはや充分興奮しはじめてゐたので、彼の視線を寧ろ怪訝な表情でもつて見返した。校長は苛々して、併し今度は悲痛な情熱をしぼると、眼さへ瞑つて絶叫しはじめた――）親愛なる諸君！　そもそも人間は婚礼の日に死んでいいか！　否否否！　しかるに彼女は死んだ！　呆れかへつたではないか！　呆れた！　かりに諸君！　諸君は婚礼の日に死にたいと思ふであらうか！　断然否！　余は如何なる日にも死にたいとは思はんのである！　しかるに彼女は死んだ！　殆んど奇怪ではないか！　奇怪である！　余はなさけない！　余は営々として育英事業に尽瘁することここに三十有余年、此の如きは真にはじめてのことではないか！　実にはじめてのことである！　しかりとせば諸君！　蓋し三十有余年目の奇怪事ではないか！　三十有余年前に果して此の如き事があつたか！　分らない！　しからば諸君！　開闢以来の奇怪事かも知れんではないか！　WAH！　諸君！　日本が危い！　うつかりすると日本は危険だ！」

と、斯う言はれた時に満場の聴衆はドキンとした。それよりもドキンとしたのは校長自身であつた。彼は自分の結論に痛々しく感激して劇しく胸をかきむしつてゐたが、突然身をひるがへして演壇を落下すると、ハラ〳〵と涕泣して椅子に崩れた。生憎偉大な校長は当面の大事には何の名案も与へぬうちに感激しすぎたのである。つづいてざわざわと群衆の頭がゆれはじめた。まつたく、たかだか二百三十六名で未曾有の国難をしよひきることは心細いに違ひない。荷の勝ちすぎた熱情は長続きのしないものだ。彼等の情熱はどうやら当面の村難へ舞ひ戻つたのである。

そこで、芸術家の頭をした一人の青年訓導が、沈着を一人で引受けた足どりで演壇へ登つた。この騒動に落付きといふこと、それだけでも已に甚大な驚異であるから、彼の姿を見ただけで、もう人々は重みのある心強さを感じた。

「みなさん！（と、彼は先づ柔らかい言葉を用ひた）今回の突然の出来事が未曾有の大事であることは偉大な校長先生のお話によつて良くお分りのことと思ひます。が、婚礼の当日お熊さんが亡くなられた不思議な出来事は已にしつかりした事実であつて、婚礼とお通夜と、生憎この二つは今更どうすることも出来ない。そこで、当面の問題として婚礼もよしお通夜もよしといふ便利な手段を考案しなければならんのである。（と斯う言つたとき満場は殆んど夢心持で同感の動揺を起した）私は斯う考へるのである、諸君！（と、今度はきつい言葉を用ひた）婚礼は男女に関する儀式であつて、これは別に問題はないが、本日の亡者はお熊さんと呼ばれ、寒原半左右衛門の母であり、かつまた故一左右衛門の妻であつた事実からしても、私はこれを女と判断したいのである。とすれば、我が国の淳良な風俗によつても、これは必ず女が通夜に行かねばならん！　亡者が女であるならば、何故女が通夜に行かねばならんか？　何んとなれば、彼女が男であるならば男が行かねばならんからである。かつ又彼女が男であるならば男が行つたに相違ないではないか！　しかるに彼女は女であつた。故に女が行かねばならんのである！　つまり、わが村の婦人はお通夜へ、わが村の男子は婚礼へ、行かねばならんのである！」

と、斯う結んで彼が降壇するときに、満場の男子は嬉しさのあまり思はず額をたたいたりして発狂するところであつた。が、まだ降りきらないうちに、数名の女教員が一斉に壇上へ殺到した。彼女等は口々に男性を罵りながら、自分一人が演説しやうとして、壇上で激しい揉み合ひをはじめた。満場の男女は総立ちになつて、今にも殺伐な事件が起りさうに見えたのである。もしも賢明な医者が現れなかつたとしたら、このおさまりは果してどうなつたか知れたものではない。

医者――この事件の口火を切つた医者――あの男は、軽率な口がわざわひして此の日は国賊のやうに言はれてゐたが、決して悪い人間ではなかつたのである。注射――もちろん其れもある。併し概してこの場合には、注射それ自身の問題であつて、彼自身としては毫も殺人の意志はなかつた。してみれば彼に全く落度はない。実際彼は善人であつた。そして、医学の方では諦めてゐたが、医学以外のことでは村のために一肌ぬぎたい切実な良心を持つてゐたのだ。――そこで此の好人物は両手を挙げて騒然たる会場を制しながら壇上へ登つた。つづいて、くねくねした物慣れた手つきで摑み合ひの女教員を引き分けたのである。と、この深刻な手つきは、流石の女傑たちも啞然として力を落してしまふほど、精神的魅力に富んでゐた。そこで彼は踊るやうな腰つきで斯う演説をはじめた。

「みなさん！　しづまりたまへ！　不肖医学士が演壇に登りましたぞ！　医学士が登壇したからしづまれ！　安心なさい！（と斯う叫んだが、実は本当の医学士ではなかつたのである）みなさんは医学を尊敬しなければなりません。何んとなれば医学は偉大であるからである。それ故医学者を尊敬しなければならんのである。みなさんは素人であるから、素人は偉くない。不肖は医学士であるから、不肖の言葉は信頼しなければならん。そこで（と、彼は一段声を張りあげた）医学の証明するところによれば、寒原家の亡者は一日ぶん生き返つたのである！（と、斯う言われた聴衆は彼の言葉を突嗟に理解することができなかつた）諸君！偉大極まる医学によれば、人には往々仮死といふことが行はれると定められてある。今朝お熊さんは死んだ。これは事実である。今、お熊さんは生き返つた。これも事実である。明日、お熊さんは死ぬのである。これまた事実以外の何物でもあり得ない。諸君、医学は偉大であるから医学を疑ぐつてはならない。だから医学者を尊敬しなければならん。亡者は一日ぶん生き返つた！お通夜は明晩まで延期しなければならんのである！」

おそらく我が国で医学の偉大さを最も痛切に味つた者は、この時の村人たちに違ひない。すすりなく者もあつた。よろめく者もあつた。校長は、「おお、偉大な、尊敬すべき……」と斯う叫んだまま、医者の手に嚙みついて慟哭した。そこで、喜びに熱狂した群衆はお熊さんの蘇生を知らせに寒原家へ練りだした——が、この珍らしい医学的現象の結果、寒原半左右衛門は果してどうなつたか？

「お峯や——」と、一方、それから十分ののちだが、寒原半左右衛門は門のざわめきに吃驚して女房に言ひかけた。「今時分からお通夜の衆が来られたわけではあるまいな、晩飯を出すとなると——わしは別にかまひはしないけれど、ねえ、お峯や……」

「わたしや知りませんよ！　わたしや此家《ここ》の御主人様ではございませんからね！　出さうと出すまいと、あんたの胸一つですよ！」

と、斯う言つてゐるうちに、騒がしいざわめきは庭一杯にぎつしりつまつてゐたのである。「万歳」といふ声もあつた。「お目出度う」と言ふものもあつた。中には、「偉大なる医学」とか「我等の医学士」なぞといふ理解に苦しむ言葉もあつた。まつたく、この村の歴史に於て医学が偉大であつたためしは嘗てなかつたことである。半左右衛門は極度に狼狽した。うつかりすると婚礼と通夜と取り違はれたことかも知れない。なんにせよ、薄気味悪い出来事である。そこで彼はおどおどして玄関へ出て行つたが、衝立から首を延ばしたとたんに、不可解至極な歓声にまき込まれてぼんやりした。

「わしはハツキリ分らんのだが……」と半左右衛門は泣きほろめいて手近かの男に哀訴した。「いつたい、生きたとかお目出度いとか、つまり何かね、わしが斯うして生きてゐるのがお目出度いといふことかね？　そんならわしは、わしははつきり言ふが、お目出度いことはない！」

「へえ、まつたくで。（と一人が答へた）旦那の生きてることなんざ、お目出度くもありませんや。ありがたいことには、旦那、隠居が生き返つたと斯ういふわけでね。医学は偉大でげす。ねえ、先生！」

「然り！」と、偉大な医学者は進み出た。「当家の隠居は一日ぶん生き返つたのである。偉大な医学を信頼しなければならん！ それ故偉大な医学士を信頼しなければならんのである！」

「婆さんが生き返つたと？」と、半左右衛門は吃驚して斯う訊いたが、「あ！ 婆さんが生きた！」と、今度は突然雀躍りした。「婆さんが一日生きた！ ありがたい。通夜は明晩にきまつたよ。婆さんが一日ぶん生き返つたとよ！」

「知りませんよ！」とこの時お峯は不機嫌な顔を突き出した。「お前さん方はなんといふ呑んだくれの極悪人の気狂ひどもだらう！ うちの婆さんは朝から仏間に冷たくなつて寝てゐるんだよ！」

「それが素人考へといふもんだ！」人々は一斉にいきりたつて怒鳴つた。「医学といふものは偉大なものだ！ 素人に分らんからして偉大なものだ！」

「お峯や、心をしつかり持たなければならんよ」と、半左右衛門も斯う女房をたしなめた。「なにせ医学といふもんはた

村のひと騒ぎ——坂口安吾君

物語の中の主人公たちが脱線するのは、いくら脱線してもいゝ。作者がかうハメをはづして脱線したんでは仕方がない。作者が一人でドタンバタンと百面相騒ぎをやつて、人を笑はさうとしてゐるのは第一下品である。いゝ素質をもつたこの作家は迷路を彷徨してゐるものゝやうだ。何しろこれでは青クサくて下手な落語にも及ばぬ。「諸君！ 何たることである！ 然り！ 何たることである！ 実に何たることではないか！ 彼女は死んだ！ 驚いたではないか！ 驚いた！ ほんとうに驚いたか！ 本当に驚いた！ 云々」

これが小学校の校長の演説なのだ。こゝで例へば作者が読者を哄笑させようといふ肚でゐることはわかる。が、それならそれで、文学的な面白い表現がなければならない。これでは田舎廻りの曲馬団の低脳な道化のせりふである。サトー・ハチローの表現の方がはるかに芸術的である。作者は迷路を彷徨してゐる。佳作、「海の霧」の感銘がまだ新鮮に脳裏に残つてゐるのに、この作者は紙芝居の道化に甘んじようとしてゐるかに見えるのは惜しい。

因みに、——この作品の骨子と構想とは大変に面白かつた。

〈昭和七年十一月号「創作時評——三田文学新進作家特輯号——」龍胆寺雄〉

いしたものでな。わしらに理解のつくことでない。偉い先生のお言葉には順はねばならんもんぢや。」

と、この言葉は成程語気は弱かつたが、いつもに似ない頑強な攻勢を窺ふことができたのである。恐らく彼は嬉しまぎれに後の祟も忘れてゐるに違ひない。してみると此の場はお峯の敗北である。そこでお峯は棄鉢の捨科白を叩きつけるといふ最も一般的な敗北の公式に順つて、自分の末路を次のやうに結んだ。

「何んだい、藪医者の奴が！　注射で人を殺した偉い先生があるもんかね！」

「いやいや、さういふもんでないぞ。（と。見給へ、半左右衛門はなほも攻勢をつづけるのである！）偉い先生のことだから患者は死ぬだけのことで助かつたといふもんでないか！これが素人であつてみい、どうなることか知れたもんでないぞ。」

とたんにお峯は鬼となつて部屋の奥へ消え失せた。――半左右衛門の後日の立場は全く痛々しいものに違ひない。熱狂した群衆の中にさへ半左右衛門に同情を寄せて、ないない気の毒な思ひをした者も二三人はあつたのだ。ところが半左右衛門自身ときては、益々有頂天になりつつあつた。彼は嬉しさのあまり身体の自由がきかなくなつて、滑りすぎる車のやうに、実にだらしなく好機嫌になつたのである。彼は揉み手をしながら、村の衆に斯う挨拶を述べた。

「わしもな、ないない一日ぶんがとこ何んとかしたいと考へとつたが、医学ちうものがこれほど偉大のもんだとは！　なにせ学問のないわしのことでな。まさかに生き返るとは思ひよらないことぢやつた。なんとお目出度い話ぢややら……」

「旦那は孝行者ぢやからな。さうあらう……」と、木訥な一人が感激に目をうるませて叫んだ。「何よりお目出度い！　これよりお目出度いことはない！　旦那、まづ何よりも祝ひの酒だよ！」

酒！　驚いた！　迂濶にも程があるといふものだ！　吃驚した群衆は慌てふためいて叫んだ。

「祝盃だ！　隠居の誕生日！　酒！　酒々々々々！」

「しかし……」と、半左右衛門は明らかにうろたへた。それから彼はひどくむつ！　として、

「しかし、婆さんは死んどるわな！」と言つた。

「おや！　素人の旦那が！　旦那は何かね。自分の母親を一日早く殺さうといふ魂胆かね！」

と、例の木訥な農夫は殆んど怒りを表はして斯う詰つた。すると駐在所の巡査は、群衆の陰から肩を聳やかして、佩刀をガチヤ〳〵いわせたのだ。半左右衛門はしどろもどろとなつたのである。

「わしは別に殺しはせんよ。婆さんは今朝から死んどるといふのに。……」

「おや！　誰が言ひましたかね！」

「医者が――」

「えへん！」

と咳払ひをして医者は空を仰いだ。半左右衛門は口をおさへて、頬に泪を流したのである。進退全く谷まつたのだ。突然、しかし必死の顔をあげると、彼は物凄い形相で慌ただしく群衆を物色しはじめた。そして三河屋の次郎助を見つけると断末魔の声で、

「次郎助や、一番安いのを一升だけ……」

だが、大変耳の悪い群衆は、次郎助へ斯う親切にとりついでやつた。

「いい酒を一樽だとよ！」

　諸君、誠実な煩悶にはきつといい報があるものだ。斯うして、誠実な村人は一日に二度の大酒盛にありつくことができたのである。が、寒原半左右衛門といへども決して大損はしなかつた。その夜のまばゆい宴席で、彼は得意の手踊を披露することができた。昼の鬱憤を晴らして、類ひのない幸福に浸ることができたのである。

　東京で蒼白い神経の枯木と化してゐた私はゆくりなく此の出来事をきいて、思はず卒倒してしまふほど感激した。全く、こんな豊かな感激と緑なす生命に溢れた物語を私は知らない。私はこの話をききながら、私の心に爽やかな窓が展くのを知つた。そして私は其の窓を通つて、蒼空のやうな夢のさなかへ彷徨ふてゆく私の心を眺めた。生きるといふことは、そして、大変な心痛のなかに生き通すといふことは、こんなふうに楽しいことなのだ！　そして、ハアリキンの服のやうに限りない色彩に掩はれてゐるものである。私は生き方を変えなければならない。そこで私は私の憂鬱を捨てきつてしまふために、道々興奮に呻きながら旅に出た。リユツクサツクにコニヤツクをつめて。そして山奥の平和な村へ。

　だが私は、目的の段々畑で、案山子のやうに退屈した農夫たちを見ただけだつた。私達の見飽いた人間、あの怖ろしい悲劇役者がゐたのである。村全体がおさまりのない欠伸の形に拡がつてゐた。

　そこで諸君は考へる。それが本当の人生だ。あの物語はあり得ない、あれは嘘にちがひないと。断じて！　断々乎として！　あれは確かに本当の出来事だ！　私達の慎しみ深い心の袋、つまりは、罪障深い良心と呼ばれるものに訊き合はしても、——いや、これは失礼！　私自身の悪徳を神聖な諸兄に強ひたことは大変私の間違ひであつたが。で、とにかく、私は異常に落胆して私の古巣へ帰つたのだが。それ以来といふものは、あれとこれと、どちらが本当の人生であるかといふに、頭の悪い私には未だにとんと見当がつかないでゐる。ああ。

魔法

昭和11年2月号

南川 潤

みなみかわ・じゅん
（大正2年～昭和30年）
慶應義塾大学英文科卒。在学中「三田文学」に連載した「掌の性」「風俗十日」で「三田文学賞」を連続受賞。恋愛を軽快に描く都会的な風俗小説が多い。

布佐の一家が、九月早々に葉山の別荘をひきあげてしまつてから、俵も伏原もつづいて東京に帰り、葉山の海の八月二十五日の出来事の解決も一緒にそのまんま東京の舞台に持ちこされて、ほとんど二週間が過ぎようとして居た。

朝十時近く、伏原がまだ起きたばかりのところへ突然凱子《ヨシコ》から電話があつた。

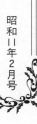

伏原さん卑怯よ。

と、いきなり伏原の受話器の耳をついて来たのは、凱子の鋭いそう云ふ言葉であつた。

何つて、そうぢやないの、東京へ帰つて来てから、一度だつてお出でにもならなければ電話一つ下さらないぢやないの。俵さんとは、あれからほとんど毎日お会ひしてるわ。まさかこれつきりあたしたちと絶交ぢやないんでしよ。今日きつと出てらしつてよ。一時に資生堂でおまちしてるわ。兄貴もひつぱつてくわよ。こなきや伏原さん、いよいよ卑怯者だから。

と、云ひたいことだけをまくしたてて、凱子の電話はそのままきれてしまつた。

伏原は、昨夜の二日酔の頭の重さと一緒にずきん〳〵と耳にひびく高つ調子の凱子の声を、ほとんど眼をつむつてぢつとこらへながら、とうとうまた俺も凱子との渦の中に引きもどされてしまふのか、と、どうにものがれられない宿命的なものを、しみじみと感じた。

あの葉山の海の、八月二十五日の事件を、伏原は、凱子を仲に置いた俵との関係に、決定的なものとして身を引く事を考へて居たのである。帰京以来、二週間、伏原が布佐一家との交渉を断つて居たのもそう云ふ理由からなのであつた。それがこの電話では、凱子は無理矢理にもう一度伏原を渦巻の中に引きもどそうと云ふのである。

伏原は、いつそ思ひきつて、このひとりぎめな凱子の約束を棄権してやらうかと思つた。しかし、二日酔の頭の痛さをぢつとこらへながらもう一度凱子の電話の声を耳に思ひうかべて居ると、奇妙に強引な反抗心が湧いて居た。その反抗心は、あの二十五日の事件以来、伏原がふつつりと葉山の海の中に棄てて来てしまつた筈のものなのである。それがまたこうして二週間ぶりで伏原の体の中にうづうづと頭を持ちあげはじめたのは、電話の中の凱子の声のあざやかさか、約束通り資生堂へ出掛けて行けばかならず凱子やその兄の宗一と一つボックスに居るにちがいない俵の勝ほこつた様な表情に対してのいまいましさか、果してそのどつちであらうと思つた。しかしもうその次の瞬間には、理由はそのどちらでもなく、ふつつり捨てた筈の反抗心が、反つて凱子や俵と会はないで暮して居るうちに根強い陰性なものになつて伏原自身の心の中に拡つて居たのを感じたのであつた。

一時を少し遅れて、伏原が資生堂の入口を這入ると、二階のボックスにぢつと伏原の這入つて来るを見つめて居た凱子の眼に出会つた。伏原が、すぐに気付いて階下から会釈の顔をあげようとすると、凱子は気がつかなかつた様に眼をそらしてしまつた。それはいつもながらの凱子の性質で、伏原が二階に上り、ボックスのところに近づくまで、決して伏原の来たことを気づかないで居たそぶりをするのである。それは伏原にかぎらず、凱子と待ち合せをする相手の誰れもがかならず、そう云ふもてなしを受けなければならず、かと云つて凱子は奇妙に約束事にはきちようめんな女で、時間におくれて来る様なことはほとんどしないのである。

伏原がボックスのところに立つと、案の定兄の宗一の外に俵が凱子のとなりに腰かけて居た。

「やあ、しばらく、どうしました。」

と宗一はすぐに気軽な言葉をかけて自分のとなりの席をあけた。

「しばらく。東京に帰つてから一寸体をこわして居たもんだから、お訪ねもしないで。」

凱子は、その伏原の言葉にも黙つてこたえず眼だけのあいさつで、ぢつと煙草を吸ひつける伏原をみつめて居た。

「体つて、やつぱりスワロー事件以来いけないんですか。」

俵は、すぐにそれを云ひ出して来てわざとらしい同情を伏原に浴びせようと云ふのであつた。

スワロー事件と云ふのは、葉山の海で八月の二十五日に起きた事件のことで、凱子と俵と伏原と、三人の乗つたヨットが丁度由比ケ浜の沖あたりで顚覆をしたことで、その時の俵の所有のヨツトの名前がホワイト・スワローと云ふ名前だつたからなのである。

「いやあ、そうぢやあないんです。酒を過したもんで、その方なんですよ。」

「そうですか、それぢやあまあよかつた。僕はまた伏原君は体が弱いから、あのことで体をこわしたんだと僕の責任だと思つて、何しろ僕のウエヤリングの失敗なんで……。」

俵のそう云つて大仰に頭をかくのを、宗一も凱子も、もう誰れも真面目ではとり合はなくなつて居た。俵が、大げさにそのことを云ひ出すのは、あの風で無理なほとんど直角のカーブを切つたウエヤリングの失敗をわびようとする気持よりも、むしろそのあとのこと、海中に投げ出された凱子の体を海岸までほとんど二哩、危急を救つた手柄をふりかざそうとする、凱子をたすけたのは俺なんだぞ俺なんだぞ、と云ふ気持なのである。

伏原は、俵の言葉を、ほとんど憎悪いつぱいのものにして聞いた。東京に帰つてから、俵と合つた最初の機会の、最初に口に出した言葉が、この言葉であると云ふことを、決して忘れまいと思つた。このホワイト・スワローの事件に関するかぎり、伏原はあきらかに敗者なのである。凱子と俵と伏原と、三人を乗せたヨツトが、風のつよい沖合で顚覆をして、危急に瀕した凱子の体を救つたのは俵であり、生命からがら救ひのボートに救けられたのが伏原である以上、この恋愛のあらそいの中で、誰が勝者であり誰が敗者であるか、あまりにも明瞭なことではないか。伏原が、帰京以来、凱子一家のものと交渉を断たうと思ひきめたことは、この決定的な事件を三人の恋愛の結末と考へたからなのであつた。しかもなほ俵は今日ここで伏原を追ひつめて勝敗をふりかざそうと云ふのである。

伏原が思はず憎悪の眼をあげた時、その視線を横合からうばつて、

「伏原さん、卑怯よ。」

と、凱子がはじめて口をひらいた。それは語調も、鋭さも、朝の電話の時の声のまんまであつた。伏原はさすがにぎよつとして俵と凱子の兄の宗一の耳に気がねをした。

あつけにとられた宗一と俵の眼が凱子の顔を見つめた時、凱子は、ひとまづその顔を兄の宗一の方に向けて、

「兄さん、活動へ行くんでしよ。先へいつて頂戴よ。凱子、伏原さんと話があるんだから邪魔なのよ。あとから行くから、おねがひ。」

と云つて、今度はそれを俵にむけて、

「俵さんも一緒に行つて。伏原さんとだけにして頂戴。」

と、追ひたてる様にした。

「何んだかしらないが、邪魔になるんぢや、先へ行くよ。」

「そいぢや、日比谷でまつてますから。」

「ええ、さよなら。」

と、二人の立ちあがるのを、

と、凱子はにべもなく返して、二人の後姿が階段を下りて行くまでぢつと見送つた。

伏原は、凱子が何を云ひ出そうと云ふのか、はつきりと分つて居た。もうこうなつたらこつちも捨て身で出るより外は

ないと思つた。

「伏原さん、卑怯ぢやなくつて。」

宗一の立つたあとの席を、伏原がつめてすわつて真向ひにむかひあふのを待つて凱子はにぢり出す様に体をのり出した。

「どうして、東京に帰つてから、うちへおいでにならないの。……お酒で体をこわしたなんて子供だまし、凱子には通じないわよ。」

「凱子さんの、云はうとして居ること、分つてますよ僕には。」

「分つてたつていいわよ。云ふわよ、凱子。そんな伏原さんて卑怯だつて云ふのよ。伏原さん、うちへおいでにならなくなつたの。凱子からこのまんま遠ざかつてしまふつもりなんでしよ。ヨットの事件を、そんな風にお考へになるの、凱子を軽蔑することだわ。凱子、安つぽい活動写真のヒロインと違ふわよ。活動写真なら、溺れるところを救つた男の人に結婚をして、フアンになるんだけれど。」

「活動写真でなくつたつて、フアンになりますよ。」

「何故フアンにしなければならないの。」

「あなたの方ぢやどうか知らないにしても、僕はそうするつもりなんです。」

「そいぢや、こう云ふのはどう。一匹のジヤガーにたべられそうになるところを、一人のニグロにすくわれた白人のメリーは、よろこんで黒んぼの妻になるのね。」

「その方が美談ぢやないですか。」

伏原の頭の上に冷笑の浮ぶのを見ると、凱子は自分の無理をしたたとへばなしが反つて失敗に終つたのに気付き、

「しかもこの場合俵はニグロぢやありませんからね。」

と、伏原のとどめをさすのを聞くと、凱子はもうこの上いかめしくかまへた芝居がつづけられなくなつたのを感じた。

「立派な俵家の長男で、K大水泳部のメンバーですからね。」

伏原はなほもつづけて凱子に俵の勝利をひたむきに押しつける様にした。

「うるさいわね。」

と凱子はかんしやくをおこして思はず言葉を荒くし、事実上の立場は自分の方が有利だつたにもかかはらず、つまらないたとへをとつたことで言葉の上だけの敗になつてしまつたことがいまいましかつた。

「冗談は冗談にして、ほんとのことを云つてあげませうか。」

「……………」

「俵さんの家から正式に凱子に結婚を申込んで来たのよ。」

それを聞くとさすがに伏原は思はずはつとする動揺をおさへることが出来なかつた。

「へえ、それは益々結構ぢやありませんか。」

と、言葉だけはさり気なく云つてのけることにぬかりはなかつたけれど、今まで言葉の上だけの冗談にして居たことが、にわかに事実の裏づけをもつて浮びあがつて来ることはさすがに苦しかつた。

凱子は、ぢつと黙つたまんま伏原のおどけた返事にはのつ

て来ず、自分のぶちまけた言葉の効果を信じて、伏原の表情の上にあらはれて来る苦悩の影を見のがすまいと待ちかまへた。

　そのまんま、しばらく言葉が途断えてしまふと、二人とも、もううかつには口がきけなくなつて居た。

伏原は、それにしても俵が意外に手まわしよく立ちまわつて居る様子から察すると、これはたしかにあの二十五日の事件からあと、にわかに自信をつけたのに相違ないと思つた。ことによると、もう凱子と俵との間では、そう云ふ結婚話を出すのに充分なだけの愛情の交換が行はれて居るのかも知れないと思つた。しかし、それをわざわざ自分の前に云ひ出して来る凱子の態度は、これは一体なんだらうと、そこにわづかな疑惑と希望とが浮びあがつて来そうになるのであつたが、これは何も特別に自分に厚意を見せようとするやりかたではなく、むしろこのことからおこつて来る自分の動揺を見て楽しもうとする凱子の残忍な遊戯からなのに違ひないと、ますますうかつに返事は出来なかつた。

「凱子、俵さんのやりかたつて、少しはやまりすぎはしなかつたかと思ふの。伏原さん、凱子と俵さんとの間が、そんな風なものになつて居ると思ふ。」

「さあそれは分りませんね。しかし俵にして見ても、自家の家から正式に結婚を申しこんだりするやりかたは、よつぽど自信がなければしないことだと思ひますね。」

「それは凱子も、俵さんがそんな風にとつても仕方のないことがあるのよ。おかしなことだけど、話して見せうか……」

　と、凱子の出来るだけ冷淡にかまへようとする表情が、隅の方からうづうづとこわれかけて来るのを見ると、伏原は、この凱子の言葉の中にこそ一切の秘密があることをさとつて、にわかに感情がひきしまつて来るのを覚えた。

「凱子、俵さんとたつた一度だけ接吻をしたことがあるのよ。それはホワイト・スワローの事件のあと、あの次の晩だつたかしら。海岸のトーキーを見に行つた時、伏原さんはゐなかつたのね、あの晩。帰り道で、俵さんがもうすこし涼んで帰りませうつて云ふの。脱衣場の傍のベンチに腰をかけて居ると、俵さんが急に凱子の背中をかかえたのよ。」

　伏原の眼の前にはあざやかにその時の情景が浮びあがつた。人気のすくない夜ふけた海岸のベンチに、よしずばりの柵をすかして二人の頭の上に落ちて来る月の光りまでもが感じられる様に思つた。

「どうしてあんなことになつたか不思議なんだけれど、きつとあの時の俵さんが、まるで英雄の様に見えたのかも知れないと思ふわ。あの日、昼間は俵さんがメロンを持つて凱子の家にお見舞ひに来て、ヨットをひつくりかへした責任が自分にあつたんだと云つて、うちのおやぢやママたちに大げさなあやまり方をして、それをまたおやぢやママたちは俵さんが凱子の命の恩人だとか何んとか云つて感激をしたもんで、それがきつと凱子にもうつつてしまつて居たからなんだと思ふわ。」

それをきくと伏原は、あの事件からあとの俵の行動と云ふものがはつきりと分る様に思へた。

あの事件の翌る日の伏原は、ヨツトの顚覆の時に多少水をのんで、それに途中でボートに救けられるまでひどく無理な泳ぎ方をしたと見えて、腹の工合が悪かつたり、体の過労でぐつたりとつかれてねたつきりであつたが自分のところには俵は別に見舞ひにも来ず、そのひまにぬけ目なく凱子の家に立ちまわつて居たのかと思ふと、俵も案外にちつぽけな奴だな、と、ねたましさよりはむしろ軽蔑に似た気持になつた。

「一体、俵さんの手がらをあんな大げさにしたのは、うちのおやぢやママたちなのよ。ヨツトがひつくりかへつたつて云ふのどんな大事件かと思ふのね。あの時、凱子、海ん中におちた時こそ、ずいぶんおどろいて水をのんだけれど、俵さんの肩につかまつて泳ぎだすと、そんなに危険だとは思はなくなつたわ。途中で、よつぽど俵さんの肩をはづして一人で岸まで泳いで見ようかと思つたわ。二哩ぐらいの沖なんだから、凱子、もし自分で泳いだとしても救かつたと思ふわ。それに途中でかし船やのボートが来たでせう。伏原さんはあのボートにのつたのね。だのに俵さんは、あのボートが近づいて来た時、大丈夫〳〵つて笑ひながら云ふのよ。だもんだからボートのひと安心して、伏原さんの方をたすけにいつたのよ。」

伏原は、その時のことをまざまざと思ひうかべて、あの事件を命がけのものにしたのはそれではこの自分だけだつたか、と今更の様に胸にこみあげて来る恥辱を覚えた。凱子を肩につかまらせて悠々と岸まで泳ぎついた俵と、やつとボーにたどりついた自分と、二つの甚だしい優劣の対照を思ふことはたまらなかつた。いかに俵は水泳の選手だと云つても、あの水に落ちた瞬間、ただ自分だけが生きようとする本能のあがきだけをしか意識しなかつた自分と、すぐに凱子を救けることを考へた俵と、一つを美とすれば、一つは醜とするより外にはなく、それを思ふと伏原は次第に、この俵の絶対の優越の前には何んとしても頭をあげてゆくことが出来なくなるのを覚えた。そして俵が凱子に結婚を申込んだことなども、今ではもう当然の事と考へる外はなかつた。

凱子は、そこではじめて、自分の言葉が伏原にどう云ふ反応をあたへたかと云ふことを考へた。凱子ののぞんで居たものは、この自分の言葉で伏原が俵に対して敵手《ライバル》としての感情で立ちなほつて来ることを予期したのであつた。それは、伏原があの事件以来、にわかに凱子の身辺から遠ざかつたことを、あのくらいなことで自分の気持が俵の手の中におちたと思ひきめられた侮蔑として覚えたからであり、それはまた俵との接吻のことと思ひあわせて凱子自身の気持の中にたかぶりのつよい虚栄心がわいて居たからであつた。だのにこの自分の言葉で伏原の立ち直つて来る気配も見えず、むしろ伏原の表情の上に出て居るものは、平静ないささかの動揺もない冷さであることが凱子に意のままにならないいらだたしさを覚えさせた。

「凱子は、あんなことをなんとも思ひたくないの。俵さんに生命をたすけられたなどと思ひはしないの。それだのに伏原さんが、かつてにそんな風に思ひきめて、それで凱子のそばから遠ざかつてしまふのなんて、たまらないのよ。凱子は、そんな平凡な女ぢやなくつてよ。」

「分りましたよ。僕はなにも凱子さんを軽蔑して遠ざからうと思つたんぢやありませんよ。また事実遠ざからうともして居ませんよ。ただ凱子さんたちの前に出たくなかつたのは、俵の立派な行為と思ひあわせて僕自身の意気地なさをしみじみと感じることが恥しかつたんですよ。」

「恥しいつてなあに。俵さんが水泳の選手で、伏原さんがそうでなかつたつて云ふだけぢやないの。」

「そりやあそうにちがひありませんがね。しかし、そうとばかりも云ひきれないものがあるんです……。」

と、伏原はそのあとの、あの時の伏原に凱子をたすけると云ふ気持が全然湧かなかつたと云ふことを、さすがにそこまで云ふだけの素直さにはなれなかつた。

凱子は、その伏原の言葉をきいて居ると、次第に伏原のひけ目にして居る気持が分つて来るのであつたが、それとは又別な意識で、一つの残忍ないたづらを思ひついて居た。

「伏原さん、あの事件のこと、こう云ふ風に考へたことない。あのホワイト・スワローの顚覆したことを、あれを全部俵さんの計画的な仕事だつたと思つてごらんなさい。」

それをきくと伏原はおどろいて凱子の顔を見返した。すると凱子の眼の中では、かつて同じその眼の中で一度も見た事のない様なあやしいかゞやきがまたたいて居た。

「あの風の強い日に、ヨツトに乗らうつて云ひ出したのは誰れ。あの風にまるで無理なヂイヴイングをやつたのは誰れ。凱子を救けたのは誰れ。かし船やの折角来てくれたボートに何故のらなかつたの。」

ひと言ひと言、凱子の言葉が、鋭く伏原の感情をついて来て、次第にそれが伏原自身の疑惑にまでなつて、ひろがりはじめるのであつた。伏原はぢつと口をつぐんだまんま、心の中に湧いて来るものをおさへつけて居ると、この恐ろしい言葉を云つて居る凱子の顔が、それはまるで悪魔の顔かと思はれんばかりの残忍な表情に変つて居るのを感じた。

「よして下さい。」

伏原は、どうにもたまらなくなつて云つた。

「凱子さんは、なんて云ふことを云ふんです。そんなことを云ふのは俵を侮辱するばかりではありませんよ。凱子さん、あなた自身を卑しめることですよ。」

それをきくと凱子の顔の上にはげしい狼狽の色が浮んだ。すかさず、うふふ、と顔をゆがめて笑ひ、

「冗談よ。馬鹿ね伏原さん、そんなこわい顔になつて。」

と、いつそう大げさにその笑ひの表情をくづし、そうするともう凱子の顔は、たつた今あらはれた悪魔の表情はあとかたもなく消えてしまひ、冷たい美しさをいつぱいにたたえたいつもの凱子の顔になつて居た。

「凱子さんは、いつたい、そんなことを云ひ出して僕をどうしようつて云ふんです。」

「冗談だつて云つたぢやない。」

「残酷なひとだよ。僕をからかはうて云ふんだな。」

凱子はうそぶいたまんまそれにはこたへず、伏原の顔の上にのこつて居る真剣な表情を感じながら、煙草を一本吸ひつけると、あゝ面白かつた、と云ふ様に一息深く煙を吐いて居た。

「そんないたづらに、僕がうまくのつてゆくとでも思つて居るんですか。」

と、伏原は思ず言葉をあせりながらも、その感情の裏では、たつた今凱子によつて植えつけられた疑惑の種が、次第に根を張り枝をひろげして来るのをどうすることも出来なかつた。

「出ませう、もう、伏原さん。日比谷で、兄貴や俵さんが待つて居るわ。」

と凱子は吸ひつけたばかりの煙草を惜し気もなく灰皿の中におとして立ちあがつて居た。

日比谷の映画館では、丁度写真がはじまつたばかりのところで、この写真が終つてしまふまでは俵と宗一の居る席を見つけることも出来ず、案内女の連れて行つた席で、伏原と凱子とはならんで写真を見て居た。

写真は『スカンドレル』と云ふ映画で、これは決して娯楽映画ではなく、アメリカ物にしては珍らしく真剣なもので、一人の色魔の存在を心理的に解剖して居る進歩的なもので、伏原も凱子も、最初からこの映画にはほとんど圧倒的にひきづり込まれてしまつた。それは、こうした心理解剖のねらひが、たつた今まで資生堂の二階で二人の向ひ合で話し合つて居たことの裏の感情をお互ひに思ひ出させる様なはめになつて居たからである。

くらやみの中でぢつとスクリーンを見つめて居る二人の周囲に、垣をつくつて警戒し合ふ様な気まづい雰囲気がただよひはじめるのであつた。

伏原は、資生堂での凱子の言葉を思ひうかべて居た。

あの風の強い日に、ヨツトに乗らうつて云ひ出したのは誰れ、
と、いつの間にか心もうつろになつて居たスクリーンの画面に、凱子のその言葉が、タイトルの様にふいと浮びあがつた。

その俵が、どこかそこいらの席で、同じこの映画を見て居るのである。あの二十五日の事件の翌る日、メロンをもつて凱子を見舞ひにいつたと云ふ俵の姿が、眼の前のスクリーンの中で一瞬うごめいた様な錯覚をおぼえた。思はず眼をつむつて、伏原は一切の妄想からのがれようとした。すると饒舌なトーキーの会話だけが鋭い金属のひびきをもつて伏原の耳もとをおそつた。

すると急にとなりの席から、くすくすと凱子の含み笑ひの声がもれた。それはトーキーの会話の中に、ウイツトのおか

しさがあつたらしいのである。くつたくもなく、それを凱子は笑つて居るのである。伏原は、ふと我に返つて、人の笑ふところも笑へずにそうした妄想の中におちて居た自分自身の卑屈さを覚えた。同時にとなりの席でふくみ笑ひの声をもらた凱子に対して、舌をまく様な空恐ろしさをおぼえた。さつきはあの資生堂のボックスで、大の男ひとりを活殺自在にする針のある言葉を云つたあの小さな紅の唇が、今ここではトーキーの会話のウイツトを素直にうけて微笑にほころびたのを考へると、凱子とはいつたい何と云ふ女であらうと思つた。

伏原は気づかれない様に顔をかすかにかしげ、となりの席に居る凱子の横顔を見た。くらがりのなかで、スクリーンにうつる画面の変るたんびに青白い光線の反射がほのかに凱子の顔にうつつて、それが石像の様につめたい凱子の横顔を照らし出すのであつた。

その写真が終つて、凱子と伏原は宗一と俵をさがしに廊下に出て来ると、丁度ドアを出たところで向ふでも凱子たちをさがして居た二人に出会つた。

ドヤドヤと入れかへの客が多いので、四人一緒にすわれるあいた席をさがそうと一度座席にかへり、再び廊下に出て来ると、四人は一様に煙草をくわえて窓ぎわのクツションに腰を下した。

「きらいだな、凱子はあんな写真。」

「どうして。」

と、凱子は兄の宗一をつかまへてすぐに今見た映画の批評をはじめた。

「こさへもんだからよ。」

「そんなことを云つたつて映画はどうせこさへもんだよ。」

「おんなじこさえもんでも、見て居て娯しい映画の方がすき。」

「そう云ふただ笑つて居る娯楽物の境地からぬけだして、どうせこさえものにしてもあゝ云ふ高度な対象をねらひはじめたと云ふのは、アメリカ映画の大きな進歩ぢやないか。」

と、宗一のふだんに似はず真剣な顔つきになつて来るのを見て居ると、伏原は、この兄と妹の智性の相異と云ふものがはつきり分る様に思つた。宗一はこんな座談的な会話にも余裕のない、真剣さ全部をもち出してこなければ居られない兄、凱子は、そう云ふ教養全部をひつくりかへして、むしろおどけた言葉のうらで笑つて居る様な妹。そのくせ実生活ではかならず自我と云ふものを他人の下におくことのない妹と、酒をのんでのらくら遊びあるいては、バアの女給などといくつもの下等なスキヤンダルをつくり出して居る兄と、ここにほとんど極端と云つていい一つの対照があるのであつた。

「だけど凱子さん、あの写真でおかしそうに笑つて居たぢやありませんか」

伏原はふと思ひついて横から言葉をはさんだ。すると凱子は一瞬、だまつて伏原の顔を見つめたが、

「わざと笑つたのよ。あれは。」

と不敵に云つてのけて、

「あんまりみんなが深刻ぶつてだまつて居るから、しやくにさわつて笑つてやつたの。そうしたら凱子につられて、まわりで二三人笑つたひとが居たわ。男の声だつたけれど、そのひとたちみんな馬鹿ね。」

と、その言葉は、伏原をのぞいた俵にも宗一にも通じない意味で、それをきくと伏原はますますこの凱子に舌をまかずには居られなかつた。あの時の凱子のふくみ笑ひの笑ひ声が故意の笑ひだと云ふのである。しかもその笑ひ声一つが、凱子のまわりのくらがりに居た多くの見栄坊たちへの反応をもちやんと意識して居たと云ふのである。これが二十二になる女のすることかと思ふと、伏原はいよいよ冷々と迫つて来る空恐ろしさを覚えて、となりにすわつて居る凱子をまざまざ感じるのであつた。

「ノエル・カワードと云ふのは、演技はうまいとしても、あれはとても貧弱な体ですね。あの最初のところでお湯から出て来た裸体を見ておどろいたんですが、まるで化け物みたいなやせつこけた体。」

と、それを云ひ出したのは俵で、それはノエル・カワードと云ふ俳優が最初に顔を見せた場面だけに、伏原も宗一も、みんなそう云ふ印象をうけて居た。今までの映画で、裸体を見せてあらはれる様な所謂男性美などと云ふものとは凡そ反対の、やせつこけた骨つきばかりの、それで居て不気味にだぶだぶにたるんだ肌など、むしろそれは醜と名付くべきものであつた。俵が、このことを云ひ出して来たのは、俵自身、K大水泳部のメンバーと云ふ裸体に自信を持つて居たからにしても、そのことばだけには、

「そうだね、あれは。」

「ほんとうに化け物みたいだつた。」

と、伏原も宗一もカワードのやせほそつた裸体を思ひうかべたのであつた。すると凱子だけは、そのことに批判を見せる態度で、

「あれが典型的なインテリの体つきつて云ふもんよ。智性つて云ふものの異状発達しかない、かたわつて云へばかたわだけれど。」

と云つた。伏原もそれは感じて居て、凱子にこうして先手をうたれたことは残念な気持であつたけれど、この凱子の言葉で俵の内心のものが立場をなくしたことは満足であつた。

休憩十分のベルがなつた。

四人が一緒に煙草をすててクツシヨンを立つと、宗一だけは売店のところまであわてて何か買物に行つて、三人だけが暗くなりかけた座席に這入つて行つた。宗一が買つてきたものは乾杏であつた。四人はセロハンの袋をポキポキと音をたてて乾杏をたべながら次の写真を見るのであつたが、かみしめる杏の甘ずつぱい味はひが奇妙になつかしく、それに映画は、これは純粋の大衆映画で、ただ面白おかしく笑つてすごして居ればいい写真なのであつた。

映画館を出ると、外はもう日が暮れて居て、伏原と俵と宗

一と、云ひ合した様に白の脊広で、それに凱子までが昼間のまんまの白のドレスなので、四人ならんで白の服装で銀座の夜の通りをあるく姿は、真夏ながら極立つて人眼にたつ風景であつた。

食事をしに富士アイスに這入つて行つた。凱子と宗一とは席をきめたまんまで二階のトイレットにのぼつてゆき、そこではじめてしばらくの伏原と俵二人切りの機会があつた。

伏原はこの機会をのがさず、凱子の口から出た言葉と俵の真実とをためしてやらうと思つた。すると俵もすぐにそれを感じたらしく、伏原に顔をまともに向けられなくなつてさり気なく煙草に火を吸ひつけるのであつた。

「凱子さんに結婚を申し込んだそうぢやあないか。」

伏原はわざと突然にそう云つて俵にあびせかけた。俵は伏原がそのことを云ひ出して来るにはちがひないと思つて居たがそれがいきなり最初の言葉であつたために、瞬間あらはれた狼狽の表情をかくすことは出来なかつた。

「ああ。」

「凱子さんが、資生堂でそう云つたよ。」

「君に云はうと思つてたんだが何んだか云ひ出せなくつて。」

伏原はそれを聞くと、こいついい返事をする奴だな、とちよつと気持のくぢけるのを感じたが、給仕女の持つて来た氷の浮んだ水を一口のんで、

「僕に気がねすることはないぢやないか。」

と、さりげなくあとをつづけた。

「しかし、なんだか妙なんで。」

「妙なことはないさ。しかし、まあおめでとう。」

「いやあ、そんなんぢやないんだ。かんじんの凱子さんの返事がまだないんで、心細くなつて居るんだ。家から申込をしてもらはないで、こんなことなら、僕自身の口から申込をしてその場で凱子さんの返事がきけた方がよかつたと思ふんだが。」

とその言葉は、もう伏原を前にしては、この上かくしだてをしまいとする意識らしいのであつた。

「しかし君はえらいよ。思つたことをすぐにそのまんま実行出来る勇気はうらやましいよ。」

伏原の言葉のうらの気持では、あのヨットの事件をも一緒にひつかけて見るつもりだつたのであるが、それは俵には通じる由もなかつた。

「いや勇気がないんだよ。勇気がないからおやじの手を通す様なことになつたんだよ。」

「どつちにしても君はこれで凱子さんの前にはつきりと候補者として名のりをあげた訳だ。僕はどうしようかな。おくればせながら僕も名乗りをあげて見ようか、勝負は時の運として。」

それを聞くと流石に俵の表情にひとすぢ動くものがあつて、

「どうぞ、どうぞ、かまいませんとも、君がそうしてくれると僕も重荷が幾分でも下りた気持になれる。なんだか君を出しぬいた様で心苦しいんだから。」

と、いかにもまづい言葉を云ひながらしかしそのうらには、

伏原の思ひなしか、出来ればやつて見ろ、と云ふ大胆にかまえたものがある様にも感じられた。

「それともあきらめよく棄権をしようかとも思つて居るんだ。どうも君と競争ぢやあ勝目がないらしいからな。」

「どうしてです。そんなことはありませんよ。」

「あの事件がなかつた前ならばともかく、今ではあの事だけで君の方にずつと分のあることは明白なんだから。」

伏原はいつそひと思ひにきりこんで凱子の話した接吻のことをまで云ひ出してやらうかと思つたが、もしそれを云つて、凱子が伏原にあけすけにその事を話したと云ふことで俵をおどろかしてやることよりも、逆に伏原のそれを云ふ気持が嫉妬だと思はれはしまいかと、それに気付くと容易に言葉には出せない気持になつた。

「あんなことはなんでもありませんよ。凱子さんは、あんなことで気持の動く様なひとぢやあありませんよ。」

俵は妙に強い調子になつてその言葉を云つた。伏原は、俵にこう云ふ意識があつたことは一寸意外な気がして、それでは俵も案外にひと通りには凱子を見て居たんだな、と俵を見直した気持になつたが、思ひなほして見ると、あの凱子のことだからあからさまに俵を前に置いてそのくらいの駄目を押して居ないものでもないと思ひ、俵のやや不機嫌にそれを云つた語調と思ひ合せて、これはどうも後者の場合だなと感じた。

そこへトイレツトへ行つて居た宗一と凱子がもどつて来て、伏原と俵の会話はそのままになり、伏原はまだヨツトの事件にさぐりを入れるまでにいたらなかつたことが残念であつたが、椅子に腰を下しながらぢろりと伏原に向いて来た凱子の視線に出会ふと、そんなみれんよりも凱子を前にした自分をつくろふことで真剣になつた。凱子の伏原を見に来た眼には、トイレツトに行つて居た間の二人の会話をちやんと見すかして居る冷さが光つて居た。

「何にするかな。」

と、宗一は給仕女のあらためてさし出して来たメニユの上に眼をおとした。伏原も俵も各々のメニユをのぞきこみ、凱子は横合ひから宗一のメニユの上をたどつて居る指の先をのぞきながら、氷の浮んで居るコツプの水を一口にのんだ。

「僕はコールミートがいいな。」

と、宗一がメニユのその字の上に指をとめ、

「あたしもそれにする。」

と凱子、

「僕もそうしよう。」

と、伏原も俵も同じ注文にして、宗一は冷肉盛合せの皿四つを給仕女に命じた。

食事をすませてから、四人が銀座を一二度往復したころ、

「伏原君、今夜はひとつ久しぶりで飲もうぢやないか。」

と、宗一が云ひ出した。

「そうですね、やつてもよござんすよ。」

と伏原も、もう凱子のことでしみじみ疲労を覚えた気持だつたので久しぶりで、この宗一と酒を飲んで遊びたいと思つた。しかしそれには凱子の居ることが気づかいであつた。

「しかし凱子さんが居るんで工合が悪いな。」

と云ふと、

「よくつてよ。兄さんたち行くとこ、凱子、くつついてゆくわ。兄さん、明子さんて方の居らつしやるバアへつれてくれない。」

と云つて凱子はからかふ様に宗一の顔をのぞきこんだ。

「よしつれてつてやらう。」

宗一は、気軽にすぐそれをうけて、

「凱子はどう云ふもんか、僕の仲よくして居る女のひととすぐ仲よしになるんですよ。」

と伏原に云つてくつたくなく笑つた。実際これは不思議な兄妹で、凱子は兄の好きなひとの居るバアへひよこひよことついて行くのは度々のことで、凱子も凱子だとしても、それをいい気になつて連れてゆく兄も兄なのであつた。

「だけど凱子さんに一緒に居られちやあよつぱらへませんね。」

と伏原が苦笑をすると、

「いいぢやないの、凱子だつてビールの少しぐらいはのめるのよ。のんべ兄貴にいつの間にかしこまれたのよ。」

と云つて笑ひ、

「俵君も、いいでしよ、つきあつて。」

と宗一は両手で伏原と俵の肩を抱く様に、

「飲みませう、久しぶりですよ、ほんとうに。」

と肩を押してもうすつかりその気持になり後からついて来る凱子には一向かまはず、宗一の新しい好きなひとの居ると云ふバアの方へ表通りからそれた。

バアのドアを押して這入り、扇風器に近いテーブルにつくと、宗一は、後からつづいて這入つて来た凱子を奇妙なものにしてじろじろと見つめて居る女給達の方にむかつて、

「明ちやん居ないかい。」

と、好きなひとと云ふ、女の名前を呼んだ。

「中に居るわ、今来るわよ。」

と、女達はみんな顔みしりの宗一のところによつて来ながら、

「なあにさそんなに来る早々明ちやん明ちやんて。」

と気軽に冗談を云つて宗一の肩をこづく様にした。

「伏原君や俵君は、このバアはじめてだつたかしら。」

と宗一は、伏原と俵のうなづくのを見ると、一々馬鹿ていねいに初対面の女達を紹介をして居るところへ、宗一の好きだと云ふ女が出て来た。

「このひとですよ。明子さんて。」

と、宗一は自分のとなりの長椅子の席をあけて明子をそこへかけさせた。

明子と云ふ女は、よろしくと云ふ風に腰をかがめながら宗一のとなりにすわり、真向ひのソフアに居る凱子をながめた。

「僕の妹。」

と宗一は凱子を紹介して、

「まあ、いやだわ妹さんなんかお連れんなつて。」

と明子はおどろいた表情を大げさにした。

「いいんだよ。ひらけたやつだから。自分で云ひ出して明ちやんに会つて見たいつて云ふんだ。」

「なほ、こまるわ、あたし。」

と、流石に明子の頰の上が少しばかりそまつた。

伏原も俵も凱子も、しばらくは一人ぢめではしやいで居る宗一の前で口がきけない気持だつたが、宗一のそうした様子を見て居てちつともそれが嫌味に感じられず、むしろ黙つて居る自分たちがその場の空気にふさはしくないもの様に思はれるのであつたが、やがてビールのコツプがすわり、いつぱいにそれがみたされると、自然そうしたそぐはなさも消えてしまふのであつた。

「さあひとつ乾しませう。これはなんにしようかな。」

と宗一が先に立つてコツプをあげはじめ、凱子の前にもビールのみたされたコツプがあつた。

「凱子ものむんだぞ。」

と云はれて凱子もコツプをあげた。

「そいぢやあ先づ、宗一君の好きなひとのために捧げよう。明子さんて云ひましたね。」

と、俵がそう云ひ出して明子の方に目礼をし、凱子をまぢへて四人がコツプのふちを合せた。

凱子は、かなり見事にコツプの半分ほどをのみほし、そのあとの顔をにつこりと親しみ深く明子の方にむけた。それを見ると、伏原はふと意外なものを感じた。ここで凱子が明子に笑ひかけようとは思はなかつたのである。伏原のはじめの想像では、変に気位の高い凱子は、終りまで明子とまけずぎらひの視線を投げ合つてこの酒の座がぎごちないものになるのではないかと思つたのに、これには全く意外な気持だつた。案の定その雰囲気は凱子のその一つの表情からほぐれはじめて、和やかなものに変つていつた。

「お兄さんてずいぶんなのよ。」

と、はじめて凱子から明子にむかつてはなしはじめた。

「あたしに時々あなたのことをおのろけするのよ。」

「まあ、知らないわ、あたし。」

と明子は体をくねらせて恥しいそぶりをして、それは男相手の時とはちがふ別な自然さがあつた。

「こらこらそんなことを云ふやつがあるか。」

と、云ひながらも、宗一は、この妹に満足らしいところが見えて居た。

「いいぢやないの、だつてほんとなんですもの。……あなた、こんど家へあそびにおいでになりません。お兄さんにかわつて御招待するわ。」

「はあ、ありがとうございます。」

「ほんとにおいでになつてよ。」

「ええ是非うかがわしていただきますわ。」

凱子はさすがにもうビールはやめて居てオレンヂエードのコツプに口につけて居た。

伏原と俵とは、自然自分達だけで飲むはめになつて、今までそばに居た女達も、外の客が這入つて来たのを機会にして、たいして面白くもないこの一座から遠のいてしまつた。

「俵君、ヨツトどうしました。」

と宗一は気づいて俵たちの方に話をうつした。

「あいつはもう止めようと思ひますよ。来年は一つ別なのを買はうと思ひます。今度で三度ひつくりかへしましたからね。」

すると明子が、

「あらヨツトがひつくりかへつたの。」

と、好奇心でたづねた。

「うん、このあいだ葉山で俵くんたちのヨツトがひつくりかへつたんだ。」

「まあ、あんたものつてたの。」

「いや僕は居なかつたよ。俵君と伏原君と凱子の奴と三人。」

「そいでどうして。」

「どうもしないさ、君とちがつてみんな水泳は達人だからな。」

伏原は、黙つたまんまぢつと聞耳をすましました。

「あなたもそんなに水泳がお上手でいらつしやいますの。」

と、明子の言葉はとうとう其処へぶつかつた。

「俵さんが救けてくれたのよ。でも俵さんが居なくつても凱子、泳げたつもりよ。」

「まあ、こちらが。」

と、明子の俵に注いだ眼が英雄を見る時の様なかがやきになり、伏原はさすがに居づらくなる立場を感じたが、強ひてまけぬ気の顔をあげると、真正面から凱子の眼がぶつかつて来た。

「あなた勇敢な方なんですのね。」

「いやあそんなんぢやありませんよ。」

「俵君はK大の水泳の選手だよ。」

と宗一がわきからつけくわえて云つた。

伏原は、自分にそそがれて居る凱子の眼が、資生堂の時のことをここでもふたたびかがやかしてる居るのを覚えた。

あの風の強い日にヨツトに乗らうと云ひ出したのは誰れ。あの風にまるで無理なヂイヴイングをやつたのは誰れ。

と、たしかにそれを云つて居る眼であつた。

「ヨツトつて乗つて見たいけれど、ひつくりかへるんぢやこわいわ。」

「いやあ、あの日は格別風があつたんで、それでですよ。僕もヨツトは今年で二た夏やつて居るから自信はあつたんだけど、あの日は無理だつたんだな。」

「まあ、そんな風の日だつたの。」

「僕もあの時は、三日間も風がつづいてヨツトのれないんで居たもんだから、無理に乗りたくなつてしまつて凱子さんや伏原君を誘つたんだが。」

と、俵の言葉は、自然、伏原が凱子からけしかけられた疑惑に対して答へて居る結果になつてきこへた。

「乗つて居るうちにとてもスピードが出るもんだからたまらなく愉快になつて、少々図にのつた具合で、あのウエヤリングが無理だつたんだな。」

伏原は嫌でもその俵の言葉のうらのものを考へなければならなくなつた。一体俵のこの言葉は、誰にして居る弁解なのだと云ふ疑惑が伏原の胸の中でにわかにあざやかさをました。

それぢやあ、あれは俵の計画的な仕事だつたのかも知れない、と、たちまち伏原の心に俵に対する憎悪が湧いた。あの事件の翌日、俵はすぐにメロンを持つて凱子を見舞ひに行つて居る。そしてそれから一週間もたたない間に俵は凱子に結婚の申込をして居る。もううたがふ余地はない、と感じた。

伏原は、思はず唇をかみしめる様にして顔をあげると、再び正面から自分を見すえて居る凱子の眼に出会つた。しまつた、と思つたがその時はもうおそかつた。凱子の顔の上にはたちまち伏原の心の中をみすかしたかすかな微笑の表情があつた。それは、不思議にも残忍な、そしてまた不思議にも美しい顔であつた。

ヨツトの話が一段落終つた時、急に凱子が帰ると云ひ出した。

「先にかへれよ。僕は今夜は伏原君と久しぶりでゆつくりのむんだ。」

宗一は、もうかすかに酔のまわつて来た口調で冷淡に云ふのであつた。

「ええ、さきに帰るわ。」

とすぐに凱子が立ちあがると、

「そいぢや僕が送つて行きます。」

と俵も腰をうかして立つた。

「俵君いいんですよ。タキシにのつてきやひとりでかへれるんだからいいんですよ。」

と宗一が云ふのを、

「ひとりお帰へしするのもいけないですよ。それに僕ももう帰りますから。」

と、俵は手をさしのべて来てさよならの握手をするのであ

「消息」欄より

○森鷗外先生の『我一幕物』と長田幹彦氏の『澪』は八月中旬籾山書店から版される筈。
例の美しい series に於て刊行された。
尚続いて小山内薫氏の『大川端』が出

〈大正元年九月号〉

つた。

その間、伏原はぢつとひと言も云はずに、送つてゆくと云ひ出した俵と凱子の間の空気をうかがつて居た。しかし凱子は俵のおくつて来ることに対してきわめて冷淡な態度をくずさず、むしろその冷くみすえた眼には、逆に一言も云へないで居る伏原の気持を見すかした様な皮肉な表情が浮んで居た。

「そいぢやあ、さよなら。あなたほんとうに家に遊びにいらしつて頂戴ね、お約束したわよ。」

と、おくりに立つた明子だけにきわだつた親しさを見せて、伏原と宗一とには会釈だけであつた。

「さあさあこれで邪魔者が居なくなつたから、伏原君、ゆつくり飲みませうよ、今夜は。」

と、宗一は新しくビールを伏原のコップにみたした。

「俵さんて方、お妹さんと何んかなんぢやあないの。」

と、ふたたび席にもどつて来た明子は、俵の凱子を送つていつたそぶりからそれを感じたらしいのであつた。

「いやあ、別になんでもないさ。俵君は人がよすぎるだけさ。」

と、宗一はさりげなくこたへ、

「そう、でもなんだか、俵さんてすつかりお妹さんにあれの様ね。」

「そんなことはどうだつていゝよ。それよりビールを持つて来て呉れ。」

と云つて明子をスタンドに立たせた。

「凱子さんに結婚を申し込んだそうですね。」

と、伏原はそれをしほにして云つた。

「知つてるんですか、凱子が云つたんですね。」

「ええ。それにさつき俵も云つてましたよ。凱子さんの返事がないのでしよげて居るらしいですよ。」

「凱子は妙な奴ですよ。」

宗一はビールのコップを下におくとにわかにしみじみとした口調になつた。

「あいつの気持は僕には分りませんね。恋愛とか結婚なんてものの、およそ出来ない奴ぢやないかと思ひますよ。負けずぎらいで、人にあたまをさげることが嫌ひなのは生れつきですけれど。」

明子がビールを持つてかへつて来たが、二人の間の会話がひそひそとしたものになつて居るのを察すると、黙つたまま椅子にかけて、二人の話の邪魔をしまいとする心づかひであつた。

「俵君が結婚を申しこんだと云つて、不機嫌になつて居るんですよ。俵君が好きとか嫌いとかそんなことぢやないらしいんですね。」

「僕にこんなことを云ひましたよ。」

と伏原は思はず云ひかけて、途中で口にすることを躊躇したが、それを云つてしまふことが何か一つのうつぷんになつて居た。

「俵君とたつた一度ベーゼをしたことがあるんだとか。それはなんでもあのホワイト・スワローのことがあつてから後だと云ふんですが。」

「そんなことがあつたんですか。僕にはそんなことは云はなかつたが、そんなことがあればなほさら分らなくなるんです。俵君なら、家の者も凱子とは良い縁ぢやないかと云つてるんですが、凱子は何んとも返事をしないんです。このまんま少しほつといてくれつて、それぢやあはつきりことわるのかつて云ふとそれでもなく、どうも分りませんよ。僕の考へでは、俵君にスワロー事件で救けられたことがあつてそれから急に結婚の申込なんで、そんなことがあいつの負けずぎらいな気持を不機嫌にして居るんぢやないかと思ふんです。みくびられたつて云ふ様な。」

「そうかも知れませんね。」

宗一は、そのあとしばらく黙つて煙草をのんで居たがやがて云ひにくそうに伏原に向つて云つた。

「こんなこと聞くのはおかしいんですが、伏原君とは凱子は、いつたいどうなんです。」

それをきくと伏原は、一体俺は凱子を愛して居るのか憎んで居るのか、と思つた。その言葉が同時に自分自身の疑問なのにぶつかつた。少くともあの事件のあつた前までは凱子を愛して居たことがはつきりと云へるのである。しかし俵とスワローのことがあつてからあとは、自分は俵に負けたと思ひきめて凱子をゆづる気持になつて居た。それがしばらくぶりで今日凱子に会つて見ると、再びぐらぐらとゆらいで居ることだけは分るのである。

「どうつて、勿論べーゼなんかしたことはありませんし、僕の気持は凱子さんが好きですけれどただそれだけのことですよ。」

伏原は言葉にきうしながら云つた。

「僕はまた凱子は、俵君でなければ伏原君かと思つて居たんですが、全く分りませんねぁいつのことは。それにほんとのことを云ふとね、凱子にもう一つ別な縁談があるんですよ。」

「…………。」

「これは全然友人関係でもなんでもなく、あかの他人で、親せきから世話をして来て居るんですが、兜町の資産家の次男だつて云ふんです。写真を持つて来て居るんですが、本人同士は一度も会つたことなしで、そこでいよいよ分らなくなるんですが、凱子が俵君よりもむしろのり気になつて居るのはこつちの方なんですよ。」

伏原はそれを聞くと、思はずはつとして、宗一の顔を見返した。それは、ここに伏原は一つの予感を感じたからであつた。凱子はきつとその男と結婚をする、それはそう云ふ予感であつた、理由は全然ないのである、ただ宗一がその言葉を云つた時に、ほとんど反射的にこの予感が伏原の胸の中に浮んだのである。伏原は思はずがつくりと体の中のはりがぬけてゆくのを感じた。同時に、あの不思議に残忍な、あくまでも美しい凱子の顔が、ゆらぐ様にして、あとからあとから眼の前にうかびあがつて来るのであつた。

ある書き出し

昭和11年6月号

永井龍男

ながい・たつお
（明治37年～平成2年）
一ツ橋高等小学校卒。「ある書き出し」が書かれた時期、作者は文藝春秋社に勤めていた（昭和21年まで）。『一個その他』『青梅雨その他』で知られる多くの名短篇が書かれるのはその後になる。

桜の蕾のまだ堅い時分から、毎日幾組となく遠足に来る小学校生徒の一団に今日も逢つた。先生の様子や生徒達の服装、口のきき方で、その学校のある町の生活程度がはつきり分るのであつた。

駅には田舎の年寄りばかりの団体が右往左往してゐた。中には本家帰りと見えて、赤シャツに赤い草履、赤い足袋を履いた老人なども混つてゐた。手拭ひで一まとめにした鞄や風呂敷包みが其処にも此処にも置いてあり、ベンチで蜜柑を食べてゐる女や、居眠りをしてゐる老女もあつた。

プラットホームへ上ると、二等車の停車位置に小奇麗な外国婦人が二三人立つてゐた。

紺づくめの洋装のとてもよく合つた日本婦人が、昇降口の手擦りに楽に寄掛つてゐるのを、彼女らはちらりちらりと横眼で見てゐた。エンヤアエンヤアと掛声し乍ら、線路の砂利に鶴つぱしを打込んでゐる四五人の人夫が、額の汗を拭つて線路の外へ出た。電車が来た。嬰児を背負つた女や印半纏の男が降りた。

鎌倉駅から新橋まで約五十分である。

車内のポスターには、「列車中の公徳心向上標語募集」と書いてあつた。乗客の風俗は実に多様で、洋服の男女、和服の男女を始めとして、学生服、水兵服、ニツカアポツカア、ヅボンに草履など、勘定の出来ない複雑さを見せてゐた。窓外の畑には、旅館薬品菓子類等の広告が次ぎから次ぎへと続いてゐた。

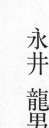

京浜の工場地帯では、昼の休みを利用して職工が処々でキヤツチボールをやつてゐた。小川や水溜りで、釣をしてゐる者も見えた。トタン屋根の住宅にはそれぞれ洗濯物や、夜具類が乾されてあつた。青い屋根赤い屋根の小洋館、墓地、駅前に併んだ飲食店、それらのものが混沌として東京市へ続いてゐた。飛行機がその上を広告のネットを引いて飛んでゐた。

六郷の鉄橋の下では二組三組がゴルフをしてゐた。芝生を電車の影が滑つてゐた。

　車中の洋服の男は殆んど居眠りをしてゐた。網棚の帽子の大半は汚れてゐて、帽子といふものを被る習慣、汚れたものを頭にのせてゐなければならないと云ふ事が不思議に思はれた。

　新橋駅では芸者らしい日本髪の女達が洗ひたての顔つきをして立つてゐた。背が低く、腰ばかり揺れて見える洋装の若い女が幾人か階段を下りて行つた。売店の瓶の中には餡パン

「編輯後記」より

▽本號は作品十一篇を得て「創作特集号」とした。

▽新進大鹿君、高見君、永井君は今更御紹介するまでもない方々である。ただ、高見君、永井君は止むを得ない事情のために予定の作品を完了出来なかつたが、これ以上雑誌発行を遅延させるわけにも行かないので、甚だ不本意であつたが、このまゝ発表させてもらふ事にしたのは、作者と共に大いに遺憾であつた。

▽寺崎君、宮城君、上林君、それに岡本かの子女史、丸岡君、丸井君、次の時代を約束される新人の力作である。

〈昭和十一年六月号、和木清三郎〉

▽先月の「創作特集号」は好評だつた。発行が遅れたり、予定より作品が四つも少かつたので多少心配してゐたのであつたが、蓋をあけて見ると、意外に売行も好かつたのはありがたい。

〈昭和十一年七月号、和木清三郎〉

▽本誌に連載中の石坂君の長篇小説「若い人」は、今度東京発声映画で映画化される事になつた。別項広告のやうなスタツフで八月には上映される運びとなるといふ。楽しみにしてゐるのである。これからも本誌の小説なり戯曲なりが映画化される事になるだらう。愉快な事である。

〈昭和十二年七月号、和木清三郎〉

とジャムパンが二つ三つ転つてゐた。すしやの小僧が生臭い桶の水をコンクリートの道へ撒いてゐた。曲つた電柱の下に靴磨きがしやがんでゐた。円タクと自転車が喧嘩してゐた。舗道を歩いてゐると、昼の食事の、魚を焼くにほひや、砂糖の焦げるにほひがして、市内電車は空いてゐた。

男は勤め先のビルへ入つて行つた。勿論彼の靴の踵は外側へひどくへり曲つてゐた。

ビルの中では、エレベーターガールが一日中生き生きと働いてゐた。引抜かれて、マネキンや劇場の切符係になるものもあつたが、やはり彼女らは一階と八階との間でハンドルを握つてゐる時が一番潑溂としてゐた。

六階の或る演芸通信社へ男は入つて行つた。博覧会を廻つて来た同僚が続いて上着を脱ぎ、煙草に火をつけた。蚤の曲芸やフラフラダンスの話をした後で、紙切れに幾つかの数字を記したものを見せた。博覧会の女事務員が胸に付けたナンバーで、その内の何人かはある取引に応じると云ふのである。看守長のブラツクリストから、彼はそれを写して来たのだ相である。話がすむと、同僚はうどんを食べた。出前持ちは腹巻から銅貨の釣り銭を出した。男はそのナンバーを手帖に記した。

劇場では「不如帰」を演つてゐた。映画館ではマルクス兄弟が暴れてゐた。レヴュー女優に浴衣を着せやう。――要するにさうした事務であつた。

女給仕はみな十七八に見えたが、実は二十前後であつた。退社時刻になり、事務服を脱ぐと、口紅のあかさが強かつた。描いた眉が、彼女らを一層支那人に近くした。明るい色の洋装で帰つて行つた。然しそれは青春ではなかつた。たどりつく彼女らの家の様子が想像出来た。洋服をひんめぐり、汚れた下着をはいで首を締め、ふりまはし、口紅が嘴のやうに見える顔をピシヤリピシヤリと掌で音させてみたい慾望を感じた。

男が昇降口の扉の前に立つと、満員のベルを鳴らしてエレベーターは上へ通過した。八階で降《くだ》ると、それは再びベルを一杯に響かせ一挙に一階まで無停車で通過して行つた。中には女給仕が一人乗つてゐて、エレベーターガールと長い接吻をしてゐた。エレベーターガールはうしろ手にハンドルを操縦し乍ら、片手でかぶさるやうに給仕を抱いてゐた。

守衛は金モールの帽子をかぶつて正面に立つてゐた。地下室の食堂には結婚披露会があり、紋付やモーニングやタキシードを着た人々が扉を入つて行つた。

ルンペンは煙草を拾つて歩いてゐた。黒い掘割りには薬瓶が浮いてゐた。

映画館を出て来た人々は煙草の一服にも、その影響をたのしんでゐた。然し、カフエーには、なま酔ひの男の数がまだまだ多かつた。

要するにさうした一日が一日に続いてゐた。

南川潤 **掌の性** 定價七圓 送料二圓
曾て三田文學賞を受けし長篇小説、都會の夜の戀愛圖繪

南川潤 **夜の虹** 定價十五圓（在庫品切）
東京の風俗を描いては他の追從をゆるさぬ著者の珠玉短篇集

柴田錬三郎 **銀座三代** 定價十八圓 送料二圓
藝妓、女給、タイピスト――三代の女性を描いた新進作家の野心作

續刊 池田みち子 上海夜情（定價未定）

美紀書房 東京・本郷區曙町一三

「三田文学」昭和21年12月、22年１・２月合併号の広告

死者の書
釋迢空 三・〇〇 〒・二〇
青丹よし奈良を舞臺として、萬葉人の心に直接觸れんとする折口博士鏤骨彫心の歴史小説（六月下旬發賣）
特製拾五圓 〒三〇（乞直接註文）

短歌年刊 **鳥船**
新集第一
新集第二
釋迢空先生指導の短歌研究團體「鳥船社」の短歌年刊である。同人の作品の他、釋迢空先生の昭和十六・十七年度に於ける作歌・短歌評論等を網羅す。最近に於ける先生の全貌は本書二卷に盡されてゐる。
各一・五〇 〒二〇

東京市神田區西神田一ノ五 **青磁社** 振替口座東京一七二三一八

「三田文学」昭和18年７月号の広告

ざくろ文庫

既刊
渡辺一夫 **無縁佛** 六〇円
西脇順三郎 **諷刺と喜劇** 一二〇円
勝本清一郎 **近代文学ノート** 一三〇円
原民喜 **夏の花**（小説集）一五〇円
世記の閃光はあざやかだつた、恐怖の体験は、みごとに描かれた原子爆弾戦慄の廃墟からみづみづしい文学の花は咲いた。
第一回水上瀧太郎賞授賞の名作
丸岡明 **コンスタンチア物語**（送各二〇円）
山室靜 **北欧童話集**
内村直也 **秋の記録**（戯曲集）

近刊
折口信夫 **藝能史六講**
増田渉 **現代中國文学**
佐藤朔 **現代フランス文学**

千代田区神田神保町三ノ六
能楽書林

「三田文学」昭和24年３月号の広告

昭和11年6月号

払暁

上林　暁

かんばやし・あかつき
（明治35年〜昭和55年）
東京帝国大学英文科卒。第一創作集『薔薇盗人』刊行後、勤めていた出版社を辞め、生活苦のなかで創作を続けた。
「聖ヨハネ病院にて」ほか。

真夜中であつた。なにか悲劇的な男のどなり声と女の叫び声が、二階の方で起つた。深閑としたうつろなアパートの建物のなかを無気味にひびき渡つた。

山さん（山里太平）は、玄関脇の「応接室」で眼をさました。彼は寝脅えた子供のやうに、がばと身を起した。胸が激しく動悸を打つてゐた。泉アパートへ来た第一夜だつたから彼はすつかり胆を冷やした。彼はその日の午後、古びた区役所の職業紹介所から下男に雇はれて来たばつかりだつた。アパートへ来ると最初、「山さん」とおかみさんが呼んだ。

彼が寝てゐるのは「応接室」と懸札のかかつた一室で、それはお客さんの来たときの応接室になるのに間違ひはないが、彼の居間であるし、夜更けると寝間になるのだ。昼間はたいてい暇な画家たちが集つて画論を闘はしてゐる。テエブルを囲んで、古物市場から買つて来た椅子が三四脚置いてある。シイツの汚れた古寝台が奥の方を塞いでゐる。その古寝台の上で、山さんは眼をさましたのだ。部屋の隅には角戸棚が据ゑてあつて、懸崖の菊が匂つてゐる。

山さんが寝台をおりてドアから顔を出すと、隣の若い夫婦も寝巻のままドアの外へ二つの顔を出した。

「また今晩もはじめたな。」と男が呟いた。

「どうしたんですか。」と山さんがたたみかけて訊いた。

「なあに、痴話喧嘩だよ。」と男が言つた。男は平静だ。この悶着にはもう慣れつこになつてゐて、一向驚いた風もない。それどころか面白がつて傍観する態だ。それを見ると、切羽《せつぱ》つまつてゐた山さんの心も少し落ちついた。

途端に、激しい平手打ちの音が二つ三つ起つた。ガタツと体当りでドアの開く音がつづいた。二階の廊下から梯子段へかけてドタドタと足音が乱れた。そして誰かが、階段の中途から転落する音が轟いた。それを追つかけるやうにして一人が飛び降りて来た。悲鳴があがつた。

赤い電燈がぼんやり照した廊下には、寝巻姿の人たちがあちらこちらにかたまつて、地震にでもびつくりして飛び起きたやうな恰好をしてゐた。山さんは廊下へ蹈み出した。

背の高い痩せた男が、襦袢と腰巻だけになつた女を蹴り立ててゐた。女は涙に紛れた声で、「おお死にたい、おお死にたい」と喘ぎながら、男の蹴立てる脚に足枷のやうにかじりついてゐた。薄着のからだは細つそりとして寒げに、髪が乱れ、仄暗い光のなかに目立つ厚化粧が白々となまめかしかつた。

いつもの痴話喧嘩とは聞きながら、かう土壇場までゆくのが見てゐられなくて、山さんは中へ這入らなくちやならぬと思ひながら駈け出さうとしてゐた。そこへ、アパートの主人とおかみさんとが、居間の方から駆けつけて来た。

「藤門《ふぢかど》さん、まあ、まあ、まあ。」

主人が、憚る声で、男の肩をぐつと抱いた。

「藤門さあん、藤門さあん。」と男をなだめておいて、おかみさんは女の脇の下に手を入れて抱き起した。女は立つてゐる力もなく、おかみさんのからだにしなだれかかつた。その恰好を見ると、どうも肉体の受けた打擲だけで手足の力が抜け、腰が砕けてゐるのではないらしい。酒でも飲んで酔つぱらつてゐるらしく、すつかり精神を喪失してゐる姿が、だらしなく嫌やらしい。おかみさんの肩へがくりと載せた顔は、まるで白痴のやうだ。

藤門は、主人に肩を持たれて、階段を引きあげられて行きながら、

「あいつがあんまりしつこいですからねえ。」と、余燼のさめきらぬ面持で言つた。

すると、おかみさんに抱かれてゐた女のからだがしやんと緊つて、振りむくと、

「なに、しつこいのはあんたぢやないか。」と食つてかかつた。

「なにをツ。」

男がまた猛り立たうとするのを、「まあ、まあ、まあ」とアパートの主人がなだめながら、二階の部屋へ這入つて行つた。

「奥さん、奥さん、まあ、をばさんの部屋でちよつと休んで行きなさい。」

おかみさんは、骨無しのやうにしなだれかかる女を引きずるやうにして、居間の方へ連れて行つた。

そこまで見届けてから、山さんは「応接室」の中へ引つ込んだ。

「ああ、びつくりした、びつくりした。」山さんはほつとした気持にかへつて寝台の上に横になつた。足腰立たぬ女が蹴つづけられてゐる無残な姿が眼先にちらついて、いつまでも眠

れなかつた。
山さんが眠れないでうつらうつらしてゐる間は長かつた。その間に心の鎮まつた藤門の細君が、おかみさんの普段着を襦絆の上からひつかけてもらひ、おかみさんに伴はれて、幽霊のやうに音も立てず、自分の部屋へかへつて行つた。

藤門の細君の糸子の髪の毛が、黒くて、長くて、房々と豊なのに、山さんは驚いた。騒ぎのあつた翌る日の午近くだつた。明るい陽のぱつと照つた窓から顔をうつ向けて、垂れ下つた髪を左手いつぱいに支へ、右手に梳き櫛を持つて、毛脚から髪尖へと梳き下ろしてゐた。その度に、しゆつ、しゆつ、しゆつ、と髪の音が聞えた。前夜の厚化粧の崩れで、濃い白粉がうなじに溜り、頭の地膚まで粉を吹いたやうに白つぽかつた。

あんまりなまめかしい姿に心が惹かれて、山さんは一寸仕事の手を休め、女の首のあたりに視線をおいてゐた。山さんは花畠にゐて、花の咲いた萩の枝に竹切れのつつかひを拵えてゐたのだ。すると突然、垂れ下つてゐた髪を振り払つて、糸子が顔をあげた。山さんは急いで眼をそらさうとした。が、遅かつた。糸子の視線と会つてしまつた。彼はきまりわるい思ひで、また眼をそらした。一瞬の印象で、女の眼は腫れぼつたく、顔は蒼ざめてゐたが、眉が濃く、口元に愛嬌があつて顔全体の円つこい感じが可愛いかつた。二十七八にもならうか。

「あの、ちよつと、ちよつと。」と糸子が呼んだので、「はあ」と答へて、山さんは今度はまともに女の顔を見た。

「あのう、をぢさん、十五六の子守の心当りありませんの？」

「さうですねえ、いま格別心当りはありませんが……」

山さんは一寸口籠つた。彼は心のうちで、十六になる二番目の娘のことを思ひ出してゐたのだ。板橋の家を出るとき、いい口があつたら娘もアパートに居る人のところへ女中に住み込ませようと考へてゐたのだつた。しかし今朝アパートのおかみさんから聞けば、藤門は金にならない小説書き、細君は新宿のカフエの女給だといふし、お給金が貰へるかどうか怪しいものだ。さう思ふと、山さんは娘のことは胸にたたんでしまつた。

「どつかにないでせうか。」糸子が又訊いた。

「お急ぎですか。」

「なるたけ早い方がいいの。」

「けふあすとお急ぎでなければ、職業紹介所へ頼んどけば一番いいですよ。四五日うちにはきつとあります。」

「でも、紹介所は小石川でせう、遠くて大変だわねえ。」

「そんな大きな紹介所でなくていいですよ。すぐそこにありますよ、電車通りの坂を上つた区役所のそばに。」さう言つて山さんは、自分の古巣である区役所の紹介所の方角を指さした。それは、軒先に夏枯れたアカシヤの木が一本立つてゐるきりの埃つぽい建物だつた。昨日も山さんが行つてみれば、土間のベンチに、疲れた小娘がひとり、風呂敷包みにもたれて居眠りをしてゐたことだつた。「よかつたら、わたしが手空きのとき、一走り行つて来てあげますよ。」

「さうを。」と糸子は喜んだ。「お願ひするわ。」

「ええ、おやすい御用です。……奥さんが御入用なんですねえ。」

「ええ、うち。」

「承知しました。」

山さんは萩の頭を起しつづけながら、里子に預けてあるといふ子供をいよいよ引き取るんだな、と合点した。さう思つてみれば、糸子は子供を迎へる母親の顔になつて、昨夜の今日でありながら晴れ晴れとしてゐるやうであつた。

山さんが洗面所へ手を洗ひに行つてみると、藤門が寝呆けた顔をして歯を磨いてゐた。久留米絣を着た長身の青年で、髪も伸びほほけ、蒼く憂鬱な顔をしてゐるが、整つた顔で、細君よりも一つ二つ年下のやうに見えた。柱鏡に見入つて歯を磨いてゐたが、山さんの姿を鏡のなかに見つけると、振りかへつて言つた。

「どつかに子守はないでせうか。」ぶつきら棒だつた。

「今、奥さんからもお聞きしたんですが、職業紹介所へ頼んだげようと思つてますが……」

「ああ、さう。ぢやア願ひます。」

「子守をどうなさるんですか。」事情を知りつつ山さんは白ばくれてみせた。

「いや、子供を田舎へ預けてあるんですよ。今度それを引きとつて育てることにしたんです。女房がうちにゐないもんだから、どうしても子守がなくつちやア。」

「子供さんはいくつになりますか。」

「一年二ケ月になるかナ。」

「そのくらゐだと、子守で十分育てられますよ。もう歩くでせう。」

「さア、もう歩くやうになつてるかナ。……紹介所に行けばすぐあるかね。」

「そりや、どつちかと言へば、女中の方がずつとあり易いんです。女中よりも女工の方がずつとありやすいんです。あれで、子守はなかなかありにくいんです。しかし四五日お待ちになれば大丈夫ありますよ。わたしが行つて来てあげませう。」

紹介所へ求職を申し込んで、そこから来た山さんが、今度は紹介所へ求人の申込みに行く。ちよつとばかり雇傭者意識でいい気持になつて、午後紹介所へ走つて行つた。

山さんはその朝、昨夜の騒ぎを思ひ出したので、アパートのおかみさんにきいてみた。

「藤門さんの奥さん、昨夜酔つ払つてゐたんぢやないですか。」

「毎晩だよ。カフエの女給だもの。」おかみさんは突慳貪に言つた。

「やつぱりねえ。」と山さんは呟いた。薄着にくるまつてぶつ倒れてゐた姿態が、もしや女給ではないかと思はせてゐたのだ。「旦那の方はなにしてるんですか？」

「藤門さんは去年大学校の文科を出た小説家だよ。学生さんの時からうちにゐるがねえ。まだ小説がお金にならないものだから、奥さんが女給して、藤門さんを養つてゐるんだよ。」

「奥さん辛いでせうねえ。」

「もともと女給なんだから、――女給をしてゐて藤門さんとくつついたんだから、づぶの素人とはちがふよ。それでも、女給をしてまで御亭主を養ふなんて、女の実《じつ》だよ。」

「それでゐてやつぱり痴話喧嘩が起るですかねえ。」

「そりやお前、いくら実《じつ》を持つてゐても、女給だから、お客の前へ出りや酒も飲まねばならんし、愛嬌もせにやなるまいしさ。奥さんも辛からうが、それを思ふと、御亭主の方もやつぱり辛いさ。それで藤門さんが妬くんだよ。やれ男の膝に寄つかかつたんだろ、やれ口を舐められたんだろ、とかね。チツプを余計貰つて来りや来るで、気を廻すしね。」

「奥さんが女給をせねば食へないし、女給をすれば妬けるし、藤門さんとしちや辛いとこですね。」

「藤門さんはなんにも話さないけど、奥さんはあたしに何もかも打ち明けるんだよ。勤めも勤めだけど、奥さんとしては、藤門さんに妬かれるのが一番堪らないつて。妬かれるものも堪らないし、妬くものも堪らないし、藤門さんが一本立ち出来るまで、まあ地獄だね。」

　おかみさんの説によると、藤門が小説家でなくて、銀行員か会社員の失業したのなら神経過敏でなくて、細君は楽だといふ。お茶でも沸して細君のかへりを待つてゐて、かへつて来ると女房様々で、御苦労々々と言つてくれるくらゐだつたらどんなに細君の気が楽だか知れないと言つた。

　細君のかへりは二時三時になることが珍しくない。かへつてみると藤門はまだ起きてゐて原稿紙に向ひつきり、頭ががんがんしてるところだから、細君の陽気に酔つ払つた恰好が癪に障る。「只今」と言つて細君が挨拶しても振り向きもしない。そこで細君は勝手に床をとつてふて寝をする。折角勤めからかへつても温い言葉一つかけてくれず、細君の淋しさつたらない。細君は寝床の中で蒲団を濡らすのだ。

　電車がなくて円タクに乗つてかへつても藤門の機嫌がわるい。自動車の引きかへす音がアパートの門先に聞え、細君の跫音がトントンと梯子段をのぼつて来ると、もういらいらして、居ても立つてもゐられなくなる。細君の情夫《いろおとこ》が、ついそこまで自動車で送つて来てゐたやうに邪推する。「只今」と言つて細君がドアをあけると、いきなり立ち上つて来て張り倒す。

「男に送つて来てもらつたんだろ。」

「いいえ。途中までお友達と一緒で、それから一人でかへりましたわ。」

「嘘つけ！　自動車から降りたとき何か話してゐたぢやないか。」

「いいえ、運転手に一と言いつたきり、なんにも話してやしないわ。」

「たしかにくどくど話してゐた。」

「そりや、あなたの空耳よ。」

「馬鹿ッ。」

そしてまた殴るのだ。

「そんな、敵《かたき》みたやうで、別れられんものですかねえ。」と山さんがおかみさんの顔を見た。

「一旦夫婦になつてみりや、そんなに直ぐ別れられないことはわかつてるぢやないか。お前だつてさうだろ。それに子供でもあつてみればさ、尚更ぢやないか。」

「子供があるんですか。」

「ここには――アパートにはゐないけどもさ、埼玉県の田舎へ預けてあるんだよ。子供がゐると奥さんの足手纏ひになつて働けないから、藤門さんがどうにかなるまで、一年でも二年でも預けておくつもりだつたんだよ。」

「子供が可哀いさうですねえ。」

「奥さんも子供に逢ひたい逢ひたいと、しよつちう言つてるよ。もう這つてる頃だ、もう何本歯が生えたか知らなどとねえ。それが近ごろはヒステリーみたやうに亢じて、たうとう昨夜みたやうなことになつちまつたわけさ。」

「ぢやあ、昨夜の騒ぎは子供がもとですねえ。いつたい子供がどうしたんですか。」

「よくあるやつさ。藤門さんの方が、子供は自分の子ぢやないと言ひ出したんさ。奥さんの方はもちろん、あなたの子供だと言ひ張つてああなつたんだよ。」

「なんのきつかけからそんな話になつたんでせうね。」

昨夜細君が酔つぱらつてかへつて来るといきなり、範子《のり》を引き取りませうよ、と高飛車に出た。それが、例の頭をがんがん言はせてゐる藤門の癇に障つたものだから、今引き取つても養へないぢやないか、と隣の部屋に聞えるほど大きな声で怒鳴りかへしたのが、そもそものはじまりだつた。

それから涙ごゑになつて細君がくどくど藤門に話したところによると、その晩友達といつしよに店を出ると、店の前に子供をおんぶした子守が立つてゐた。それは友達の子守で、友達のかへるのを迎へに来てゐたのだ。友達は子守を路地へひつぱり込み、そこで大急ぎに子供に乳を含ませた。それを見せつけられると、藤門の細君は堪らなくなり、その場で自分の子供を引き取らうと決心してしまつたのだ。

そんなわけで、細君は引き取ると言ふ、藤門は引き取らぬと言ふ。話が縺れたすゑ、ありや俺の子供ぢやない！と藤門が口火を切つた。すると細君の血相がさつと変つてまつ蒼になり、がたがた慄え出してしまつた。あまり思ひがけない激動で気が遠くなるほどだつた。

あなたは何を言ふんですかと涙を振りちぎつて武者振りつくと、どんと突き倒しておいて、自分の心に聴いてみよ、と言ひ放つた。もともと細君には、藤門のほかにもう一人会社員かなんかで好きな男があつたんだが、細君が妊娠してのつぴきならぬことになると、藤門の子だといふことで結局藤門と夫婦になつたんだが、藤門にしてみると、どうも自分の子だと言ひ切ることの出来ないあやふやな気持を時々起しながら、あの男の子ぢやないかしらとくよくよ思つて今日まで過して来たところだから、細君から引き取りませうと無理強ひせられると、ついかつとなつて爆発してしまつた。

心に聴いてみる必要はない、と細君がやり返した。聴いてみよ、と藤門は繰りかへす。聴いてみる必要はない、聴いてみよ、それが大分長くつづいて細君が起き上つて来ると、右左の頬を平手打ちしたのだ。

ぢやア誰の子ですか、ときつとなつて訊くと香津野《かつの》の子ぢやないか、と言つて蹴りはじめた。香津野といふのは例の会社員だ。おお口惜しい、おお口惜しい、と細君が座敷ぢうを転げ廻る。それをまた追つかけ追つかけ蹴る。たうとう細君が部屋の中から転び出る始末となつたのだ。

「ぢやあ、本当はまだ誰の子だかわからないわけですね。」と山さんが駄目を押した。

「奥さんは藤門さんの子供に間ちがひないと言つてるが、本当にさうなのか、それとも実際は香津野といふ男の子供だのに、それを藤門さんに押しつけやうとしたのか、その心の底は判らないんだよ。あたしなんかの考へでは、やつぱり十中の八九までは藤門さんの子供だと思ふね。さうでなかつたら、藤門さんなんかと貧乏世帯するより、香津野といふ男からたんまり養育費でももらつた方がよつぽどいいぢやないか。」

とにかく藤門としても今更自分の子でないと言ひ張る根拠もなく、いつまでも子供を手放しておくのも可哀さうだから、アパートの主人が間に入つたのを幸ひ、細君の気持を汲んでやつて、子供を引き取ることに決めた。子守を雇つて守をさせるのだ。

小さな風呂敷包みを抱え、汗と脂でねちねちと汚れた髪をほほけさせた垢だらけの小娘が、アパートの大きな玄関に気押されながら入つて来た。

「御免下さい、御免下さい。」と二三度言つてみたが、誰も出て来なかつたので、風呂敷包みをだらりと下げたまま、暫くぽかんと立つてゐた。そこへ山さんが通りかかつた。紹介所からの紹介状と、一銭五厘の切手を貼つた採否の通知用紙を持つてることは、山さんが来た時と変りはない。

「おい、一寸待つとれよ。」

山さんはさう言ひ捨ててトントン二階へ駆け上り、藤門の部屋のドアをノックした。糸子は出勤してゐた。

「藤門さん、藤門さん、子守が来ましたよ、来ましたよ。」

山さんの声は弾んでゐた。

「やあ、ありがたう。」藤門は眼鏡の奥で憂鬱さうな眼をしばたたきながら、降りて来た。

山さんが紹介所へ行つてから三日目の午後だつた。

藤門が玄関へ出てみると、娘は玄関のコンクリイの上に風呂敷包みを置き、その上にぐつたりと腰を下ろしてゐた。投げ出した足は埃だらけだつた。藤門の姿を見ると、立ち上つてお辞儀をした。

「僕、藤門だがねえ。……」

さう言ひながら藤門は娘の差し出した紹介状を受け取つた。

氏　名　越智小仙
年　齢　大正四年四月二十四日（十六歳）
戸主の名及続柄　幸吉長女
現住所　豊島区駒込六丁目
本　籍　愛媛県宇和島市

「今までどつかに雇はれてゐたかね。」と藤門が訊ねた。

「ええ。」

「いくら貰つてゐた？」

「五円貰つてゐました。」

「うちでも五円でいいかい。」

「ええ、ようございます。」

「ぢやあ、居てくれ。仕事はおしめの洗濯と炊事と子守と——何より子供を可愛がつてもらはんといかん。」

「はい。」

「子供は田舎へ預けてあるから、二三日うちにつれて来るよ。……今日は洗濯でもしてゐてくれ。」

藤門は汚れた着物を二三枚当てがつた。小仙は風呂敷包みの中から洗ひ洒した季節遅れのアツパツパを取り出すとそれに着更へ、寒さうな風附《ふうつ》きで洗濯場に降りた。

非力な小仙が肘を張つて洗濯をしてゐると、山さんが腕組みをしてのつそりやつて来た。耳にかぶさるほど髪が伸びた不精な恰好だ。古ズボンには尻と膝とにつぎが当てあつて、裾は摺りきれてゐる。

「お前、お給金いくらだい。」

小仙は腰をのばして、むつつりと言つた。

「五円。」

「そりや。いいよ。俺なんかよりずつと割がいいよ。——俺が紹介所へ頼みに行つてやつたんだよ。」

「さうを。……をぢさんのお給金いくら？」

「俺か……俺は十円だよ。そのほかに心づけや風呂賃があると言つてるがね。それで五人の子供を養はねばならんから、やりきれないよ。」

「そんなに沢山子供があるの？」

「うん。本当は六人だけど、十八になる惣領はやつぱり女中に行つてるよ。……お前、今までどつかへ奉公してゐた？」

「ええ、をとゝひまで、巣鴨にゐました。夫婦共稼ぎで火薬庫へ行つてたから、昼間は毎日子供と二人きりでせう、淋しいからよしちやつたの。」

小仙の舌がやうやくほぐれて来た。おしやべりは好きなのだ。

「紹介所ぢや、ほかに口はなかつたのか？」

「ほかに二つあつたわ。」

「三つのうちで、ここが一番よささうだつたの？」

「いいえ、ここへは一番来たくなかつたの。でも仕方がないから来ちやつたわ。」

「どうして？」

「ここのお勤めを訊いたら、なんでも著述業とかなんとかむづかしいでせう。わたし著述業とかなんとかは何する商売でせうつて聞いてみたの。すると小説書きだと言ふんでせう。」

「うん、俺が行つたとき、雇主の職業は小説書きだと言つたんだ。すると掛員が、ぢやア著述業ですねと言つてゐた。」

「わたし、小説書きのうちなんか気が進まなかつたけれど、ほかがみんな駄目になつたから、仕方なし来ちやつたわ。」

「どうして駄目になつたの？」

「わたし出来るなら会社員のうちへ行きたかつたの。丁度会社員のうちがあつたから訊いてみると、家が中野とか言ふんでせう。わたし、中野つて遠いでせうかつて訊いてみたの。すると掛員が笑つて、省線に乗つて行くとこだと教へてくれました。わたし電車賃さへありや行くんだつたけれど、一文も持つてないでせう、残念だつたが諦めちやつた。その次ぎは王子のお菓子屋さんなの。そこにするつもりで、道順をきいててくてく歩いてゆくと、それがちつぽけな駄菓子屋なの。『今日は』と言つて這入つて紹介所から来ましたと言ふと、髪を乱した病み上りのおかみさんが出て来て『うちにや、女中さんなんかいらないよ』と、ゑらい権幕で怒鳴られちやつたの、とてもおつかなかつたわ。わたし泣く泣くかへつて来たの。それから又紹介所へ行つて、たうとうここへ来ることになつたわ。——アパートつて、どんなどんなとこかと思つてたわ。」

「まあ当分辛抱するさ。俺なんかも嫌や嫌や辛抱してるよ。」

「をぢさんはいつから居るの。」

「四五日前からだよ。」

「ぢやア新しいわねえ。……わたしんとこの奥さん、どこへ行つたでせう？」

「知らないんだな。カフエへ行つてるんだ。今日は早番とかでさつき行つたよ。」

「カフエ？ 女給にですか。」小仙は驚いて顔色を変へた。

「女給だとも。」

この一言は、小仙の胸に大きな衝動を与へた。カフエの女給を醜業婦と考へてゐる小仙にとつて、自分の仕へる奥様が女給だとは、情なかつた。自分より卑しくて、奥様と呼べないやうな気がした。派手な着物をだらりと着て、濃いお化粧をして、お客さん相手に酒を飲んでゐる姿を想像すると、胸がむかむかとした。

「ぢやア、夜遅いでせうね。」涸びた咽喉にひつかかつた声だつた。

「毎晩まあ二時三時だねえ。——そんなにおそくまで起きてられないから早く寝させてもらふといいよ。」

「さうさせて貰はうね。朝は早いことだし。」

その時、帳場の方からおかみさんの呼ぶ声が聞えた。

「山さん。山さん、何を喋舌つてばつかりゐるの。コオクスを早く註文して来なくちや、お風呂は焚けないぢやないの。」

山さんは洗濯場を離れた。

夜、山さんは風呂の順番を知らせに藤門のドアをノックした。女が入りはじめたら、ずうつと女ばかりつづいて、男の割り込む隙はなかなかやつて来ない。男が入りはじめたら、女の順番がなかなかやつて来ない。そこをうまく調節するのが山さんの骨折りだ。今丁度女の杜切れたところだつた。

藤門は机に向つて本を読んでゐた。小仙は部屋の片隅に坐つて、藤門から当てがはれた着物を解きほぐしてゐた。それを見ると、山さんはなんだか吻つとした気持になつた。小仙の落ちついてゐる姿を見ると、僅かばかり自分が口を利いて世話してやつた娘ながら、自分の実の娘を見るやうに安心した。

山さんは、二階の硝子戸をいぢつたりしながら、しばらくぶらぶらしてゐた。藤門が風呂場におりて行くのを見すましてから、また藤門のドアをあけ、頭を覗かせて言つた。

「お前もあとから風呂へお入りな。」

「はい。」小仙がおとなしく頷いた。

小仙は十二時近く、ぬるくなつた湯にはひり、それからまたしばらく着物を解いてゐたら、足元の乱れた糸子がかへつて来た。眼が赤く血走つてゐた。

小仙は居ずまひを直してお辞儀をした。

「あら、ねえやさん、来てくれたの。」

「はい。」

「いつ？」

「今日おひる過ぎ参りました。」小仙は、奥様は女給だと心の中で卑しみながら、その前にゐるとやつぱり女中らしく身が引き緊つた。といふよりも、なにか怖い気持がした。

「明日から子守をして頂戴ね。」

「はい。」

「仕事はたいしたことはないから、子供を可愛がつてやつて頂戴ね。――おや。あんたの髪はずゐぶん汚れてるわねえ、そんな汚れた髪では子供のためによくないから、明日あたしがお風呂で洗つて上げようね。」

糸子はしどけなく着物を脱ぎながら藤門のそばへ寄つて行つた。

「あたし、明日直ぐ行つて、子供を連れて来るわ。遅番だから。」糸子の声は勢《きほ》つてゐた。

「それがよからう。」藤門が静に言つた。

糸子が声を落して言つた。「あなた、あの子のお給金いくらと決めた？」

「五円だよ。」

「五円？　勿体ないねえ。あの子なら四円で丁度よ。」

「前のとこも五円だつたさうだし、僕等の見当も五円だつたぢやないか。」

「でも臨機応変にやらなくちやア。」

「今更仕方がないさ。」

「あなたやつぱりお坊つちやんよ。」

この小声の会話はすべて片隅に坐つてゐる小仙の耳に入つた。

てしまつた。小仙は胸に涙がこみ上げて来た。便所へ立つて泣いて来ようかと思つたが、一生懸命抑へてゐた。そのかはり立ち上つて主人夫婦のために床を延べた。

アパートの前は草の枯れた原つぱである。西陽が柔く草の上に流れてゐる。原つぱの向うは錆びたトタン塀が画つてゐて護謨工場の屋根が見え、護謨の煮える匂ひが風に吹かれて来る。

その原つぱをあつちに行きこつちに行き、範子を抱いた小仙が歩いてゐる。なにか子守唄のやうなものを歌つてゐるけれど、なんの唄かわからない。と思ふと、突然子供に頬ずりしたり、話しかけたりする。子供はまだ言葉にはならない声をあげて笑ひ興ずる。

その時山さんが廊下の硝子障子をあけて、「範子ちゃん、範子ちゃん」と呼びながら小仙をさしまねいた。手になにか玩具を持つてゐて、それを振つてゐる。

小仙が近づくと、兎と亀を護謨の紐で繋いだ安玩具だつた。兎のからだは白い布で、耳が赤い布。亀は赤い背中で、腹が白い。

「もしもし亀よ亀さんよ」と歌ひながら山さんが護謨紐を振つてみせた。兎と亀とはぴよんぴよん跳ね上るやうに躍つた。範子が欲しげに手を差し伸べた。山さんはなかなか渡さない。歌ひつづけながら散々焦らせたすゑ、放るやうにして範子に渡した。

「をぢさん済みませんわね。」と小仙が言つた。言ひ振りが子供の母のやうであつた。

「電車通りで売つてたから買つて来てやつたよ。安物だよ。」

山さんはしばらく子供をあやしてゐてから言つた。

「範子ちゃん。大分東京者らしくなつたね。」

「ええ、子供はすぐよ。」

田舎からかへつた範子は、髪が赤くちぢれ、顔は日に焼け、田舎じみた着物だつたが、髪に油をつけて揃えて切り、風呂に入れ、メリンスの着物を着せると、日毎に東京の子供のやうに垢抜けがして来た。物が言へないから、田舎育ちをむき出す心配もない。

「旦那さんは赤ちゃんを可愛がるかい。」と山さんが訊ねた。

「ええ、そりや可愛がりますよ。勉強しないときは、歌をうたつてやつたり、玩具遊びの相手をしてゐますよ。」

「感心だね。」

「子供を可愛がつてくれ、子供を可愛がつてくれと、旦那さんも奥さんもしよつちう言つてますよ。この間、赤ちゃんが梯子段を昇りかけておつこつたときは、あたし旦那さんからとても叱られたわ、よく気をつけろつて。」

子供が手許にかへつてみると、藤門はなかなかの子煩悩だつた。彼は暇さへあると子供を抱いて、アパートの廊下、原つぱ、それから電車通りまで出て行つた。夜更けて、電車通りの夜店で、範子に蓄音器を聞かせながら一時間でも二時間でも立つてゐた。範子はいつまでも離れたがらない。離れるとむづかる。藤門はお蔭で蓄音器屋の親爺と顔見知りになり、国定忠治の浪花節を少しばかり覚えた。

　アパートの門先に駄菓子屋がある。そこの縁台にいつも三毛猫が臥せつてゐる。範子はそれが好きで、猫と遊びはじめたら動くすべを知らない。あんまりいぢつてゐると、猫の奴憤慨して、爪を出してひつ掻く。猫に敬遠されてはじめて、範子は父親に抱きつき、アパートへかへつてゆく。

　藤門は梅実寺《ばいじつじ》といふ近所の寺へも鳩を見せにつれてゆく。田舎にゐた時分「鳩ぽつぽ」の歌を聞いてゐたとみえ、屋根の上にとまつたり地面を這つたりする鳩を見せながら歌つてやると、両手を嬉しさうに動かすのである。

　ある時、梅実寺へ行つてみると、糞で汚れた賽銭箱の縁に一羽の鳩が蹲つてゐた。ほかのはみんな飛び立つのに、それ一羽だけ残るので、よく見ると羽が壊れてゐて飛べないのだ。藤門はそいつを捕へ、子供にあてがつてやると、抱いたり羽をひつぱつたり、わけのわからぬ言葉を話しかけたりして、独りでよく遊んでゐる。そこで藤門は鐘楼の蔭のベンチに腰かけて暫く居眠りをして来たのであつた。

「旦那さんから聞いたから、わたしもお寺へ範子ちゃんを遊ばせに行つてみたの、鳩を見せるつもりで。行つてみると、旦那さんがさきに来てゐて、ベンチで居眠りの最中なの。膝の上を見ると、羽の痛んだ鳩がおとなしく坐つてゐるのよ。子供みたやうに鳩と遊んでゐたのでせうかね。着物に白い糞をしてるのに、旦那さんはちつとも知らないらしかつたわ。毎晩おそくまで勉強するから、とつても睡むたいらしいの。範子ちゃんが、うーうーと声を立てると、旦那さんがすぐ眼をさまして『範子ちゃん、早うお出で早うお出で』と言つて、わたしの背中から範子ちゃんを抱きおろし、膝の上で鳩といつしよに遊ばせたわ。」

「よく可愛がるね。」

「いままで田舎で可哀さうな目にあはせたから、うんと可愛いがつてやると言つてたわ。」

「範子ちゃんは、旦那の方に似てるかな、奥さんの方に似てるかな。」山さんがややシニツクな口調で小仙に問ひかけた。するとは小仙は、子供の運命についてなにも知らず、まして山さんの底意なんかには少しも気附かず、素直に答へた。

「旦那さんに似てゐると思つてみると、旦那さんに似てゐるし、奥さんに似てると思つて見ると奥さんに似てますよ。」

「どちらかといふと、奥さんの方に似てやせんかなア。」と山さんが尚も気をひいてみた。

「さうでもないわ。眉と眉の間、鼻筋のあたり、旦那さんにそつくりよ。」

　小仙の答へは、範子の運命を明るくする言葉だつた。万一、旦那さんにはちつとも似てゐませんよ、奥さんそつくりですよとでも言はふものなら、範子の運命は忽ち暗くなるはずだつたのだ。生れ落ちるとから、父によつて愛されることの出来なかつた範子の無実の罪が、小仙の無心な保証によつて、きれいに雪がれたやうなものだつた。ひとの子ながら、山さんも心の明らむ気持だつた。

「うん、さう言へば、藤門さんにそつくりだ。」山さんは大仰にさう言つた。それにしても山さんは、冤罪を着せられてゐる小さな範子を可哀さうに思つたが、なにも知らずにその子を慈しむ小仙の邪気ない愛情にも心を惹かれた。兎と亀の玩具を買つて来て範子を慰めた山さんは、今度は小仙に向つてなにか好意を示してやりたくなつた。

「今晩、源来軒へ支那そばを食べに行かないか。」

「ええ。……」小仙はためらつた。

「本当だよ。」おつかぶせるやうに言つて、山さんは夕方の掃き掃除にとりかかつた。

子育地蔵の縁日で、或晩、山さんは安物の懐中鏡を小仙に買つてやつた。小仙は範子を抱いて、人ごみに揉まれながら、山さんについて歩いてゐた。懐中鏡を手にすると、小仙は玩具をもらつた子供のやうに嬉しがつた。山さんはこのごろ時々支那そばや汁粉をおごつてくれるのだが、夜店で買つてくれたのははじめてだつた。

「をぢさん、お金持ちねえ。」小仙がはしやぎながら、冗談口をきいた。

「お金持ちだよ、こら。」山さんも冗談に応酬しながら、上衣のポケツトに手をつつ込んで、裸の銭をぢやらぢやら鳴らしてみせた。

「ほんとに。」小仙が山さんの後から笑ひかけた。

山さんが「お金持ちだよ」と言つたのは、全然根も葉もないことではなかつた。山さんはこのごろ変なことで、余分な心づけをもらつてゐるのだから。心づけをくれるのは、アパートに囲つてある妾のところへ通つて来る老人だつた。老人は自動車に乗つて下谷の家から通つて来た。門先に自動車の停つた音が聞えると、山さんは駈け出して行き、老人の手を取つて車から出すのだつた。老人はさつぱりとした渋い身なりをしてゐたが、よぼよぼしてゐて碌に歩けもしない。山さんは老人の手を取つたまま、玄関に導き、草履をぬいでやると、抱きかかえるやうにして廊下にあげ、そこからまた妾の部屋の入口まで手を引いてやるのだつた。老人がかへる時には、山さんが円タクを呼びに走り、また老人の手を引いて自動車に乗せるのだつた。老人はクッションに腰をおろすと、ふところから財布を出して心づけをくれるのだつた。たいてい五十銭、機嫌のいい時は一円もくれた。その金が、このごろ山さんのポケツトの中でぢやらぢやら鳴り出したのだ。

子育地蔵のあるお堂は、夜店の出てゐる側とは反対の側にあつた。山さんと小仙とは、そちらの側に移つてかへりはじめた。お堂には明るく灯がともつてゐた。近頃トラックに轢かれて死んだ子供を供養する童児像も新しく建つてゐた。

「子育地蔵だから、ここに詣ると子供のないひとには子供が授かるし、おなかの大きいひとは安産するんだよ。」と山さんが説明した。

「生れた子供はよく育つでせうね。」と、小仙が訊いた。

「そりやさうさ。」

「そんなら。範子ちゃんに拝ませよう。」

さう言つて小仙は、腕の中で眠つてゐる子供の頭をうつ向かせ、自分もともども石段の下から拝んだ。

もう夜が更けて、アパートは寝静まつてゐた。山さんと小仙とは玄関で別れた。山さんは寝間である「応接室」のドアをあけた。小仙は二階の階段を昇つて行つた。

山さんが寝ころんでしばらくバツトを吹かしてゐると、ドアをあけて小仙の哀れげな声がした。

「をぢさん」

「ねえやか。」山さんは半身を起した。

「をぢさん。わたしの部屋、扉があかないのよ。」涙を含んだ声だつた。小仙は部屋の中へ入つて来た。範子を抱いたままだ。

「ドアがあかない?」山さんは立ち上つて電燈をつけた。


「旦那さんはゐないのか。」


「旦那さんはゐるらしいわ。ゐて、扉をあけてくれないのよ。」小仙の眼には涙がいつぱいだ。

「眠つてるんぢやないか。」

「六号雑記」より

今はいゝ時代である。同人雑誌による人々のいゝ時代である。どんな雑誌に書くものでも読んでもらへる。そして、世に出られるからだ。

▽

だから新人よ、どの同人雑誌にでもよつてゐる同人諸君よ、いゝものを書き給へ。身をもつて力のこもつた作品と取組め。それが、御身たちの出世のちかみちである。

▽

小手先の技巧に浮身をやつす事をやめろ。映画から抜出たやうな、銀座を歩いてゐるモダンボーイのやうな小細工小説が何だ。新人よ！ 出でよ。

▽

菊池寛の提唱にかゝる「芥川賞」出づ。新人の道更らに拓く。故人地下に莞爾。つづいて「直木賞」創設される。故人の颯爽たる姿彷彿。友は選ぶべし。

▽

今は悪るい時代だ。作家等文筆によつて食ふ事の不安は、年と共に一本の深きを加ふ。ペンで荒涼たる世の風波を乗切る事は、百万の大軍に立向ふ如し。

▽

だから今は悪い時代だ。新人よ、どの同人雑誌による新人よ。小さいヂアナリズムに迎合する事が、世に出る道と迷ふ勿れ。腰をすえ身を以て戦へ。所詮己の道は己が拓くしかないのだ。

〈昭和十年一月号〉

「眠つてるんぢやないわ。わたしが扉を叩いて旦那さんを呼んだら『喧しい！』つて怒鳴つたわ。ひとを入らせないやうに鍵をかけてゐるのよ。」

「可笑しいね。どうして鍵をかけてるんだろ。……知つてて入らせないんだね。」

駄目を押しながら山さんも不思議な気持がしてきた。どうしたんだろ、自殺するつもりぢやないかな、山さんは閃くやうにさう思つた。

「をぢさんが、もう一ぺん行つて、あけてもらつてやらう。」

万一の用意に、山さんは合鍵の束を持つて二階へあがつて行つた。小仙もついてあがつた。

「藤門さん、藤門さん。」山さんはをとなしく呼んでみた。返事がない。

今度はドアを叩いて呼んでみた。「藤門さん、藤門さん、範子ちやんがかへつて来ましたよ。」

返事がないので執拗に叩きつづけた。

「喧しいぢやないか！」うちらで刺ら立つた声がした。「範子ちやんがかへつて来ましたよ。」構はずに山さんが言つた。

それきり、うちらではなにも言はない。怪しい気持に誘はれて山さんは即座に合鍵をさし込んだ。錠を外してドアをあけやうとした途端、藤門が飛び出して来て山さんの胸元を突き飛ばした。そしてそのままドアを閉めて錠をかけてしまつた。

度胆を抜かれた山さんはきよとんとしてゐたが「どうしたんだろ。おかしいね」と呟いてから、

「奥さんがかへつてからにしやう。それまでをぢさんとこで待つてよう。」

さう小仙を促して山さんは下へ降りて行つた。しかし小仙はついて降りなかつた。階段の踊り場に懸けた、ロシア文字を毛筆で大書した額の方を向いて立つてゐた。

「ねえや、降りておいでよ。」

振りかへつて山さんが呼んだ。さう言はれてやつと、小仙はとぼとぼと階段を降りて来た。

「範子ちやん、ベットの上へ寝かせるといいよ。」

「応接室」へ入ると、山さんはベットの上を片づけた。小仙は、よく眠つた範子を腕のなかから下ろして、その上に蒲団をかけた。そして黙つたまま沈み込んで、暗い灯影に眠る範子の顔を見つめてゐた。

山さんはバットを吸ひながら、籐椅子の一つに腰かけて、小仙の横顔を見てゐた。親から疎んぜられる範子も可哀さうだが、その子のために心魂を砕いてゐる小仙の横顔が妙に寂しく、哀れだつた。抱きかばうてやりたい気持だつた。

「をぢさんと風呂に入らない？」山さんが誘ふた。小仙は黙つてゐた。

「範子ちやん、このままで大丈夫だよ。入つて来よう。さうしてる間に、奥さんかへつて来るよ。」

山さんは立ち上つた。小仙は袖をひつぱられて弱々しく立

ち上つた。

風呂はもうかなりぬるくなつてゐた。山さんがぶるぶるしながら洗つてゐると、小仙が言つた。

「をぢさん、背なかを洗つてあげやう。」

「ぢやア、一つ頼まう。」

山さんは背を流してもらひながら、これから毎晩、小仙をさきに入らしておいて、自分もあとから入つて行かうと思ひつくと、なにか知ら新奇なよろこびを感ずるのだつた。

風呂から出て、一時間あまりも二人は「応接室」で糸子のかへりを待つた。話すこともなく、夜更けの疲れも出て、小仙は範子のそばへ横になつてうとうとするし、山さんは籐椅子の背にもたれて軽い鼾を立ててゐた。

跫音で糸子といふことがすぐ判つた。玄関の外に跫音が聞えると、山さんも小仙も言ひ合せたやうにはね起きた。

山さんと小仙が玄関へ出ると、

「あんたたち、まだ起きてたの。」と糸子が蓮つ葉に言つた。酒のせゐで、眼のふちが赤く染んでゐた。

「あのねえ奥さん。藤門さんがどうしたのかどうしてもドアをあけてくれないですよ。ねえやが夜店からかへつて来て困つちまいましてねえ。しつこくあけてくれと言ふと怒鳴りつけるんですよ。だから範子ちやん、わたしんとこのベツトへ寝かせてあるんですよ。」山さんが口早やに言つた。

「範子ちやん、あんたんとこへ寝てる？」糸子は額に筋を立て、口をゆがめて急き込んだ言ひぶりだつた。

「ええ」

「どうしたと言ふんでせうね。」

糸子は苦悩の色を浮べながらまつ蒼な顔になつて、急ぎ足に階段を昇つていつた。範子にかまつてゐる余裕はなかつた。山さんと小仙もあとからついて行つた。

「あなた、あなた」と糸子が静に呼んだ。返事がない。錠はきちつと締つてゐる。

「あなた、あなた、あけて頂戴な。」と糸子は呼びはじめた。拳固でドアを叩いた。しばらくはなんとも声がしなかつたが、拳固の音が強くなると、

「うるさいつ！」と一と声うちらから怒鳴りつけた。それきりだつた。

「あなた、あなた、あけて頂戴な。今かへつたんですよ。あけてくれなくちや、範子ちやんもねんね出来ないぢやないの。あなた。あなた。」

糸子はドアに凭れて嘆願したり、叫んだりした。うちらからは頑固に声がしない。糸子はしまひには根が竭き、ぐたりと廊下に坐ると、ドアに寄りかかつたまま、顔を被ふてすすり泣きはじめた。

「奥さん、奥さん、旦那は今日はどうかしてるんですよ。きつとなにか気に障ることがあるんですよ。このままそつとしときませう。朝まで待てば、心が鎮まるにきまつてますよ。しつこくすると、気を荒立てるだけですよ。さつきもわたしが合鍵でドアをあけにかかると、飛び出して来て突き倒された

んですよ。奥さん、奥さん、今夜だけ下へ行つて休みませう。」
山さんは、合ひ間合ひ間に、糸子をなだめたり賺したりして下へ連れおろさうと、糸子の肩や袂をひつぱるのであるが、糸子は動かうとしない。神に祈る処女のやうに、ドアの向うの藤門に空しい泣きごとや嘆願をつづけた。

人ごゑを聞きつけてアパートの主人夫婦があがつて来た。藤門に話しかけてみたが、「ほつといて下さい。」と言ふきりで取り合はうとしない。仕方がないので朝まで様子を見ることになつた。糸子は主人夫婦に引き立てられて下へ降りて行つた。

その夜、糸子と範子とは、アパートの主人たちのゐる部屋の一隅に床を延べてもらつて、そこで夜を明かした。

小仙は「応接室」の古絨氈の上にごろりと横になり、蒲団をひつかぶつて眠つた。山さんは、小仙をベツトの一隅へ抱き上げて、そこで寝させてやらうかどうしやうかと、繰りかへし繰りかへし思ひ惑つてゐるうちに深い眠りに落ちた。

夜の引き明け方、万一のことが心配になつて、アパートの主人が逸早く二階へあがつて行つた。糸子、山さん、小仙、みんなあとからついて行つた。

主人は物も言はず、いきなり合鍵をさし込んだ。がちやつといふ音が聞えたはずだが、うちらではなんの気配もしなかつた。すると変なもので、みないつとき不安な顔をした。怒鳴つてくれた方が安心だつたのだ。

ドアをあけて踏み込むと、藤門は朝の光の白く差した机の上に俯伏してゐた。皆どきつと胸を衝かれたが、藤門は静に寝息を立ててゐた。頰の下に、ドストエフスキイの「永遠の良人」といふ小説が下敷きになつて、それには涎の乾いた痕がついてゐた。

「もうしばらく、そのままにしとかう、しとかう。」

小さな声でお互に制し合ひながら、みんなが安心した面持で引き下つた。しかし誰一人として、ゆふべ藤門があんなにまで意固地に鬱ぎ込んだ謎を知ることが出来なかつた。といふよりも、謎が「永遠の良人」といふ本にあることを知るよしもなかつた。

「永遠の良人」——妻に裏切られた男が、自分の子でもない子供を抱えて落魄するうち、自分を裏切つた男と邂逅するロシアの物語、その小説を、藤門はゆふべ一晩、気狂ひのやうに読みつづけたのだ。彼は読みゆくうちに、その小説の嵐の中に捲き込まれて狂暴になつたのだ。その男の運命と自分の運命とがあまりにも似てゐるやうではないか。彼は自分の妻を信ずることが出来なくなつた。小さな範子まで信ずることが出来なくなつた。彼はそんな妻や子供などはドアの外へ追放し、自分は自分一人の天地を営むよりほかないと思つたのだ。

藤門は魂を掻きむしられながら、一夜を過した。明け方近く本を読み終へると、彼は本の上へ突つ伏して、そのまま死ぬるやうに眠りに墜ちた。そして払暁の光のなかで眠りつづけたのである。

夜

昭和11年6月号

高見 順

たかみ・じゅん
（明治40年〜昭和40年）
東京帝国大学英文科卒。「故旧忘れ得べき」で第一回の芥川賞候補となる。『如何なる星の下に』『わが胸の底のここには』『いやな感じ』、詩集『死の淵より』などがある。

○

篤は香取明子から来た分厚い手紙を、眼もとに近づけたり遠ざけたり、丁度遠視の老人がやるやうな仕草《しぐさ》をし、その眼と眼の間を、ハテといふ具合に顰めてゐた。

部屋の入口に社員別の受信函が壁にしつらへてある。その前で、さうした恰好をしてゐる篤の横へ、宿酔らしい顔付の同僚が来て、自分宛のものを抜きとると、おやすくないぞといふ風の肩の叩き方をし、同じ意味合ひの微笑を篤に示した。

誰だかわからないのだ。

篤は小首を傾《かし》げ、その手紙を無雑作にポケツトにねぢ込んだが、そのときはもうだれだか、篤には分つてゐた。

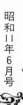

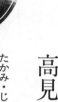

旧姓田島明子と分るまでには、鳥渡かゝつたが、分らないうちに封を切つてしまはないでよかつたと篤はおもひ、同僚を茶に誘つた。

粗末な木造ビルの薄暗い急な階段は、もうこれでどの位あがりおりしたか分らないのに、篤は未だに足もとが危く、はゞの狭い段にゆつくり一足づゝおろし、そして、彼は、明子の手紙は仲々開いてやらないぞと、これはとりも直さず己れに言ひきかせ、さうとも、さうともと頷く調子にあはせて足をおろした。その彼を、とうに下へおりた同僚が変な顔で見上げながら、桑地君——と篤の姓を言ひ、読物欄に余技の話を出さうとおもふのだが、どうだらう、手伝つてはくれないか。

ヨギ？

篤は同僚の言葉を聞いてない風であつたが、かう聞きかへした所で見ると、聞いてゐたらしい。

余技だよ。お道楽といつてもいゝ。たとへば□□大学の竹村博士はホトヽギス派ではなかなか偉い方の俳人だ。電気試験所の大庭さんは草刈三吉のペン・ネームで滑稽小説をさかんに書いてゐるだらう。あゝいふのを集めて談話筆記で出さうとおもふんだ。力を借してくんないか。

此処で階段をおりきつた篤は、眼蓋が怪しくピクピク痙攣する蒼白い顔を同僚の顔のそばにぐいぐいと近付けて、
そ、それは名案だ。君、それはいゝプランだ。それはいゝ。なほもベタベタと綢繆《まつは》りついてくるみたいな篤の舌端から、同僚は身をかはす如き要領で、ビルの隣りのミルク・ホールへ飛び込んだ。

そこで篤は味付落花生とミルク・コーヒーを頼んだ。折角の篤の感嘆をば、同僚がよろこばうとしなかつたのが、篤の気に入らなかつたのか、篤はソツポを向いて、たとへなんと言ひかけても返事なんかするもんかといふ風なのに、同僚はこの男、たしかにどうかしてゐるといふ意味の視線をチラチラと送つて、紅茶を飲んでゐた。

彼は篤が、彼等の勤めてゐる工業時報の社長の親類に当り、それでどうやらつとまつてゐることを知つてゐた。

篤は帝大の仏文科を中途退学し、退学したときから今日までの数年間をどうしてゐたのか、篤は勿論自分で語らうとはせず、そこは薩張り同僚にはわからなかつたが、まるで分らないといふだけで平気で通つて行く事実は、はゝんと何もかもわからせる感じを同僚に与へてはゐた。

ミルク・コーヒーをずるずると、それはそれはひどい音をたてゝ、篤が啜つてゐる様子に、同僚は舌打をする顔付で眼をやると、おどろいたことには、その液体の半分は篤の口にはいらずに、唇の両端からだらだらと溢れてゐた。まばらな鬚の生えた顎をそれはつたはつて、ネクタイといはずカラーといはず遠慮会釈なくながれて行くありさまに、同僚は思はず、桑地君と怒鳴つた。

篤は震慴《おび》えたやうな眼をむいて、え？　と首を縮め、その瞬間、彼の口のなかにあつた液体までが外にとびだした。

桑地君、どうしたんです。

そして、ほら、ほらと篤の襟もとをつかむまで、篤はそれにきづかぬやうすであつたが、ほれと示されると、篤は痛ましいほど狼狽し、生毛《うぶげ》のモヤモヤした耳のさきまで、たちまち真赤にし、失敬、これは失敬と言つた。

篤たちのやうな危しげな新聞社員、通信社員を相手の、この銀座裏の古風なミルク・ホールには、篤たちのやうなのがいつぱい詰めてゐて、もともと眼付のなみでないそれらの顔が一斉に篤の方にあつまり、同僚は篤以上に赤面せねばならなかつた。

真黒に汚れたハンカチを心もとない手つきで胸のあたりに

擦りつけてゐる篤をば、同僚は、さもさも呆れたといふしかめつらをうしろにひいて睨んでゐたが、落花生の食べかけがカラーにひつゝいてゐるのを篤がなかなか除らうとしないのを見ると矢張り、桑地君、そこ、そことおこつたやうな声で注意しなければならなかつた。

篤は同僚の突慳貪なことばに、無闇に低頭して、失敬、失敬と恐縮し、

どうしたんだい、一体。

と、叱りつけるやうな同僚の大声に、

この頃は迚もあたまの具合がよくないんだよ。

と、哀しいかぼそい声をだし、正視するに忍びないやうな悲惨な顔の歪め方をした。

大体拭くと、篤は立ち上り、

頭が痛いから今日はアパートへ帰つて寝る。すまないがそのやう社へつたへて呉れ。

と、同僚に哀願的な語調でいふと、フラフラとでゝ行つた。

オイ、オイ、帽子を忘れたぞ。

同僚は篤のあとを追つて、黒いソフトを篤の頭にかぶせてやつた。

そして戻つてくると、顔見知りの政界通信社の男が、木島君、あいつはなんだいと、ドーナツを頬張つた顎をあげて言つた。

フン、梅毒が頭にでも来たんだらう。とんでもねえ野郎さ。

ホール中のものにきこえよがしに答へた。

○

篤は大井町の安アパートに戻ると、アダリンをガリガリ嚙みくだきながら、敷きツ放しの蒲団のなかにもぐり込んだ。

それから何時間位たつたらう、気がつくと部屋に電気がついてゐて、枕許に誰かあぐらをかいてゐた。

あゝ、三由《みよし》か。

篤は飛び起きようとして、頭のシンがキリキリとし、そのまゝ枕に額をつけた。

どうした。具合が悪いのか。

うん。とてもダメなんだ。

なにやら寝言ばかり言つてゐたぞ。なにを魘れてゐたんだ。

さうか、ウーム。

篤は呻き声を発し、蝦蟇のやうに肘を立てゝ、やをら身体をおこすと、

三由、すまんが上衣をちよつととつてくれ。

三由は部屋の入口に投げだされたそれを引きよせると、篤は、おもひなしか震える手でポケツトをまさぐり、グシャグシヤになつた封筒をとりだすと、乱暴に封をやぶり、でてきた手紙に蒼褪めむくんだかほをよせるありさまを、三由は肩をおとして眺めやり、暗いかほをした。

桑地も死ぬんぢやないか。

三由は怕くなつた。

桑地、三由、北浜と、一時は「関東金属」の京橋支部で三人組とうたはれた、その一人の北浜が故郷の海で投身自殺したしらせを三由はうけとつたばかりで、それを篤につたへる可く、この部屋をおとづれたのである。

三由は篤が最後の××で頭を悉皆わるくして了つたのを知つて、福岡の家へ静養にかへるやう幾度勧めたかわからなかつたが、篤はイヤだ、イヤだと子供が駄々をこねるみたいな調子で、三由は篤がみんなから切りはなされて故郷にひとりぼつちにされるのをこわがる気も分つた。

工業時報社にどうやら、つとめてゐられるのをみて、三由は安心でもあつたが、いま、眼の前にみる篤のヘンな様子は、つとめのため、頭がますますわるくなつたらしいのを示すやうでもあつた。

篤は読み終つた手紙を膝の上におくと、三由に明るい笑顔をみせて、しきりに点頭いてゐた。

なんだい。それは。

篤は点頭をハツとやめて、――いや、なんでもない。

二人はおたがひの眼をのぞいてゐた。

なにしに来た。

篤がブツキラ棒に言つた。

北浜が死んだんだ。

篤は三由の期待したやうな驚愕の色を出さず、さうかとぼそツと言つただけなので、三由は詰め寄るやうにして、

キタ（北浜）は海に身をなげて死んだのだ。おふくろが俺にさう手紙してきた。可哀さうなことをした。

どうして死んだんだ。

どうして？

（言はなくても分つてゐるではないか。）さういふ眼を挙げて篤の顔をみると、篤の眼からはポロポロと涙が溢れ落ちてゐる。

三由もいまゝで堪えてゐたものが、それでグツと咽喉もとへ突き上つてきてしまつたおもひで、顔をそむけると、

あー、なんてひどい蚊だ。

踝をボリボリ掻いた。そして篤がヨロヨロと立ち上る気配を、筋の釣つたやうな片方の頬で感じ、扉をドタンと押して出て行く篤に、眼を伏せた儘、

どこへ行く。

と、言つた。

電話を鳥渡かけてくる。

誰にだ？

三由は、電話を北浜の死に関してのものとおもつたのだ。

まあえゝ、待つてゝ呉れ。

一種ひやゝかな澱をのこして、乱れた篤の足音が消えると、三由は枕許にちらばつた手紙の方へにじりより、やさしい女字とわかると、盗み読みしたいのを抑えることができなかつた。

それは、もと篤と恋愛関係でもあつたらしい、今は有夫の香取明子といふ女性が家庭の寂寞を綿々と篤に訴へ、篤に合

ひたいといふ意味のものであることを三由はたちまちよみとることができた。女性と篤とは十年間音信不通であつたらしく、女性はいろいろと苦心して、やつと篤の住所をつきとめ、いま実家にゐるから、もし昔の好意を篤さんがいまでもゝつてゐてくださるなら、手紙読み次第電話して下さいませ、としるしてある。

三由は、篤が電話をかけに行つたさきはこの女性だなと呟き、ふゝんと腕を組むと、篤がいまさつきポロポロと涙をこぼしたのは、同志の自殺をきいてのことではなく、愛恋の感傷だつたのではないかと疑はれ、彼は欺かれた気分になつてきた。と同様に、頭の具合がよくない篤が愛慾の闇のなかに踏みまよつてゆくのに危険と不吉とが明瞭に感じられた。

雨雲が低く垂れてゐる空から、とほくをはしる電車の音が実に真近に響いてきた。

○

当時、桑地篤は福岡から上京して第一高等学校の生徒となつた紅顔の秀才であつた。

神経が弱くて寄宿寮での不眠に堪えられず、松陽館と名づくる大きな下宿に移つた。

そこの、篤と同年の娘が明子と言ひ、明子と篤とが恋愛に陥つた常套は、それを語るのにいさゝか面映い感じを筆者に与へないではおかない。なほ、それは語るに足るほどの情緒纏綿たるものをも、じじつ、欠いてゐたのである。

唇を触れるぐらいが頂上であつた短い夢のゝち、明子は十二としのちがふ工学士のところへ、突然嫁いでしまつた。嫁ぐとすぐに香取夫婦は夫の勤めさきである県の鉱山に去つて行つた。

篤は、てもなく失恋し、その容易さの故に、十年も経つた

「編輯後記」より

▽二月二十六日の事件には尠からぬ衝撃をうけた。世の中がどうなるか――ほんとの事、僕には見透しがつかなかつた。迷つた。昂奮した。お辱かしい話であるが、その数日は何事も手につかなかつた。ただ、フラフラと街を彷徨つた。今、かうした世相のもとに、この後記を書いてゐる事さへ、考へれば何か不思議なやうにさへ思はれる位である。………

〈昭和十一年四月号、和木清三郎〉

今となつてはすつかり忘れてゐた失恋であつた。

高等学校を出ようとする時分、その時分の青年を誰も彼も捉へることのできた思想に、篤も亦見事に摑まれた。大学に進んだ頃、彼は実行運動にそのかよわい身を投ぜねばすまないありさまにみづからをしてゐた。

篤は制服をぬぐとゝもに、学生街を去つて、ずつと一緒だつた先輩が、桑地、お前はからだがあまりいゝ方でないから「金属」はむかないなといふのを、先輩とわかれて知らないところでひとりで働くのが矢張り神経的に心細く、むりにたのんで、京橋支部へつけられた。と、そこで、ばつたり会つたのが、篤と高等学校で同級であつたのが、いつのまにか姿を消し二年許り顔もみたことのない北浜で、そこでは別の名前をもつてゐたが、飛びでた額に小さい眼等はもとゝすこしも変つてなかつた。

北浜はやがて早稲田大学にゐたことのあるといふ三由を連れて来、三人組が出来あがつた。

三人組の時分が、篤にとつても三由にとつても北浜にとつても、言ふならば一番楽しい潑剌とした時であつたので、間もなく彼等には、彼等以外のすべてのものにとつてもおなじく苦しく辛い時期が迫つてきた。三人はちりぢりになり、しかし捕へられては出て来、又捕へられるといふ順序は三人ともおなじであつた。

そのうち、三人とも、なかなか出てはこられない捕へられ方に会つた。

――篤は明子に、その話をするのが肉体的に苦痛のやうな顔であつたが、明子の執拗さは篤から兎に角一応はきゝださずにはやまなかつた。

篤が以上のやうなことに走つたのは、篤の愛を裏切つて彼を絶望につきこんだ自分のせいだと一途におもひこみたい風に、明子はアイス・コーヒーのコップの上に顔をうなだれさせ、ストローで底をつゝいてゐた。

世帯窶れのした明子が十年前の明子とまるで違つた女にしか映らない篤は、もとより愛情の蘇るわけはないので、女の思ひ悩む風情をば、ぼんやり顎に肘をついて見てゐた。

許してくださる？

明子はさう言ふと、媚笑的な瞳をあげた。篤はそれを見ると、胸がムカムカとした。

ひどい憤怒なのであつて、それは女の思ひ上りが篤に応えたゝめではなく、訳はつきつめると分らなくなる風のものであつた。

その日はそれで別れた。

争多き日

昭和12年11月号

中山　義秀

なかやま・ぎしゅう
（明治33年〜昭和44年）
早稲田大学英文科卒。晩成で、「三田文学」掲載の「争多き日」は、「厚物咲」で芥川賞を受賞する前年、37歳で書かれた。数々の歴史小説の傑作があるが、これは戦前の男女の交際を洒脱に描いた異色作。

省電を下りると、駅に人々が待合はしてゐた。その日、保子は目ざめるばかり美しかつた。

「奥さん、暫らくでしたね。」

柴本が最初に彼女と握手した。

「あら、柴本さん。まア、岩田さん。」

彼女は亡夫の同僚等を見出してはしやいだ。岩田はにやにやして、軽く頭を下げた。

――正木が亡くなつたら、未亡人ひどく若返つたよ。かういふのを臈たけたといふのかな。脂が四肢にのつて、ほつそりと背ののびた感じである。羽織はなく、藤色のすがすがしい袷著姿のせゐかもしれぬ。大きな眸が黒々とよく動く。

――娘などよりはるかに魅力がある。とにかく、陰気でないのが何よりだ。

「よく、いらつしやいました。お一人で、どうかと思つたのですが。」

「まア、いゝえ、喜んで出かけてきましたの、起きてみたら、天気がこんなでしよ。父も是非行けつて、勧めてくれましたわ。」

――声まで澄んでゐる。

岩田は主人役の嘉治と挨拶をかはしてゐる保子を見て、新に感心した。

――今日は保子デイといふことになるだらう。嘉治が彼女を招んだのは解つてゐる。彼等夫婦らしい思ひやりだ。

柴本は保子の側を離れなかつた。嘉治との挨拶が終るのを待つやうにして、

「こちらが、嘉治さんの奥さんです。」

「あら、初めまして。」

「私こそ。」

嘉治の娘の利根子と峯子は、この婦人の出現に愕き見とれてゐた。

「まア、お嬢さん達ですね。何と仰言いますの。」

保子は娘達のおかつぱに手を置いた。

「利根子。」

「あなたは。」

「み、ね、子。」

「小母さん、今日おみやなかつたの。これでご免なさい。」

保子は利根子に、チョコレート包を差しだした。

「峯子さんや皆さんと一緒、ね。」

嘉治の娘達のほかに、もつと幼い江橋の子供がゐた。それで今度は、江橋一家が保子とひきあはされることになつた。

「義弟と妹の牧子です。私の家内だけぢやアと思つて、一緒に来て貰ひました。」

つまり三人が知合で、保子にとり三人が未知の人達だつた。彼女はその中間に置かれた感じがした。彼女はとりあへず、嘉治の妻君と近づきにならうとした。しかし、柴本が彼女を離さなかつた。

「今、車を呼んできます。」

桜草園行のバスは、いづれも満員だつた。自動車は二台で足らず、三台になつた。最初が嘉治一家、中が江橋一家、最後の車へ保子は、柴本から押しあげられるやうにして乗込んだ。嘉治は助手席へ、保子は岩田と柴本の間になつた。保子は腰を浮かして、運転手と嘉治との間から前方を覗きながら、

「富士が見えますわね。まだ、真白ですわ。」

「えゝ、こんなに瞭りしてゐるのは、めづらしいくらゐです。」

「まア、はればれした郊外ですこと。私、ほんとに久しぶりですわ。」

「ずつと、御実家の方ですか。」

「えゝ、家にとぢこもつてばかりゐますの。こんな遠方へ出てきたの、今日が初めてでございますわ。」

「家内は田舎者なんで、不調法しますけれど、お宜しかつたらこれを機会に、こちらへちよいちよい遊びにいらして下さい。」

「はア、有難うございます。これから時々、寄せていたゞきますわ。」

「僕がお誘ひしても、いらつしやいますか。」

「あら柴本さん、喜んで。」

それで保子は、嘉治との会話から離れて、やつと二人の間に腰をおちつけた。

「でも、それぢやあの方に、済まないことありやしません。」

「いゝえ、ちつとも。もう、何でもないんです。」

「さうなの岩田さん。うちの前で、いつも惚気ていらつしやつたのに。」

「僕は知らんですなア。」

「あら、柴本さんと、もうアパートに御一緒ぢやないのですか。」

「まだ一緒に居りますけれど、婦人の方は知らんですよ。」

「目下、岩田君の方がさかんなんです。」

「岩田さんは結婚は、まだなんですの。」

「僕は結婚なんて、生涯せんつもりです。」

「正木夫人の前だけはね。」

「こらア柴本、よけいなこと、止せ。」

「ちやアんとした方が、独身でゐられるの、あてになりませんわね。」

「でも、柴本君も岩田君も、割合真面目ですよ。」

「割合ですか。」

「柴本は少し、口がうるさいんですよ。」

保子は男達の間にはさまれて、ぼうツと身体があつくなつた。車は天然保存記念物と記された、大きな標柱の前でとまつた。先着の人々が、彼女等を待つてゐた。

保子は区画された桜草の畑をみて、少しあつけない気がした。しかし彼女が、かつて亡夫と浮間ケ原へ行つて、一株の桜草も見出さなかつたことを考へると、これでも素晴らしいものだと我慢した。東京の近郊を知らない、そして空想好きな保子は、もつとロマンチツクな春の野を想像してゐたのだつた。

柴本は相かはらず、保子に附ききりだつた。亡夫の下僚だつた柴本は、正木の留守時にかぎつて、彼女から飲代の小金を借りた。そして、度々借りたことを忘れたやうな顔をしてゐた。そのずぼらさから、彼は人々の思惑など顧みないのだつた。彼は高文を通るために岩田と同じアパートに住んで、共に独身を守り勉強してるのだつたが、この呑気さではいつになつても通る見込みはあるまいと、保子は内心可笑しく考へられた。岩田は仕様がないといふやうな顔付きで、二人の後に跟いて歩いた。

好天の日曜で、人が出盛つてゐた。畑近くの葦を切つた原には、夏密柑や茹卵子や飴パンなどの屋台店が並び、蓆を敷いて花見酒の延長をやつてゐる人々も、二三組ならずあつた。保子は少し鬱陶しい気がして、離れた小川の縁へ行つた。

彼女はなんとなく、嘉治の義弟夫婦のことが気になつてゐた。彼女は彼等ばかりでなく、夫婦連にはおのづと眼を惹かれ、正木のことがその度思ひだされるのであつたが、べつに切ない感情はしなかつた。ことに晴々とした空の下に、身一つで久しぶり出てきてみると、人生が新に始まるやうな自由さと楽しさが、一層強く感じられた。柴本や岩田のやうな人達まで、新鮮に感じられるのだつた。

保子が江橋夫婦に気が惹かれたのは、彼の様子が一風変つて感じられたからだつた。こちらから眺めてゐると、背の高い江橋はリユツクサツク姿に葦笛を吹き、子供用のアコーデオンを鳴らしながら、家鴨のやうなちつちやい長男をつれて、呑気らしく歩いてゐた。彼の妻の牧子が、ひとりつんけんとしてその後に跟いてゐた。まつたくつけんとして。どうもそれ以外彼女の気どつた態度を形容する言葉がないほどである。

嘉治は正木の親友で、一週に一度は必ず保子達の家庭へ飲みに来たものだつたが、彼女は嘉治の妻や彼の身内の人々については、殆んど何も聞いたことがなかつた。官吏はあまり家庭づきあひをしなかつたし、互の家も離れてゐたので、彼女はまだ一度も嘉治の家を訪れたことはなかつた。

嘉治は人柄が好く、正木の生前の話でも省内に信望があるらしかつた。明治政府でかなり幅のきいた大官の子である上に、外国の教育もうけてきてゐるので、人との応対に少しのそつもなかつた。それから較べると、牧子はいかにもお嬢さん育ちの気位の高さうな風が見える。保子が柴本達の取巻きに甘んじて、彼女等に近づかうとしないのも、最初の一瞥でそれが鋭く感じられたからだつた。牧子にはすでに保子の不幸を聞いてゐるに違ひない。それにもかゝはらず保子に女らしい思ひやりを示めさうとしないのは、牧子が彼女に一種の敵意を感じてゐるからであらう。保子は牧子の美貌や気品の高さを充分感じたが、彼女が決して賢くはないといふことに或る優越を抱いた。そしてとぼけた牧子の良人と彼女との夫婦関係に、云ひやうのない可笑しみを覚えた。

保子はまた、嘉治と彼の妻との間にも、不自然なものを感じた。保子は最初彼の妻をば、下女と見誤つたぐらゐだつた。妻として紹介されてからも、彼女はやはりその失礼な感情から遠ざかることができなかつた。彼の妻は色が黒く斑雀があつて、顔の輪廓は男のやうに角ばり、頭髪が赤ちやけてゐた。言葉にはおびたゞしく紀州訛りがあつた。彼女はそれを隠すために、無口をよそほつてゐるのかと思はれた。

しかし、性格は正直で善良な女性には違ひなかつた。保子や牧子に較べてひどく見劣りする野暮つたい姿を、それほど悪びれもせず従順に、貴公子めいた良人の後に従つて歩いてゐる彼女には、一種の好意が感じられた。

保子は嘉治とその妻との間に感じられる不自然さを、或るロマンスをもつてつないだ。嘉治は学生時代かもしくは外国から帰朝した時分に、紀州の名所を旅行した。そして恐らくは山間の宿屋か何かで、彼女との間にふとした関係が生じた。嘉治はその旅路の過失を、夫婦関係で償つた。なぜなら彼は、頗る責任感の強い紳士だつたから。

保子はかういふ自分の空想に、思はず頰をそめた。そして変に胸が悩しくなつた。あらあらしいばかり世馴れぬ山の若い娘と、華奢な貴公子との間の恋。それには下手な小説や、月並の恋愛などには窺はれないくらゐの、独特な色濃い味ひがある。そして、さういふ恋の秘密をさぐりあてた嘉治こそ、真の伊達者といふのではなからうか。泉に口つけて飲む者が、水の本当の甘さを知つてるやうに。彼の妻はまだ、文化の何物からも汚されてはゐない。

保子がこんな空想に耽つて、その想像の不貞さに自分から驚いてゐる時に、嘉治が向ふから勢好く彼女の方へ駈けてきた。

「奥さん、あちらへ行きませう。あちらに野生の、と云つちや可笑しいですけれど、採つてもいゝ桜草が沢山あるのです。」

「あら、ほかにそんな所がございますの。」

「じつは、其処がピクニックの目あてなのですよ。」

保子の周囲をうろついてゐた柴本と岩田は、嘉治から呼ばれるまでもなく彼等の後を追つてきた。

其処は桜草の園から道を南へ下つた、荒川の堤にほど近い榛の木の林の中だつた。のびた下草の緑の叢の中に、桜草がうす赤くちらちらと咲いてゐた。一つ発見すると、此処にも彼処にもといふ風に見出されてくる。土は灰黒色の粘土で固かつたが、掘り起すのはわけがなかつた。

柴本が保子に手伝つた。利根子も母から離れて、保子に附きまとつてゐた。榛の木の芽はまだ浅く、日ざしが彼女の白い額を汗ばました。

「岩田さんも手伝つてよ。」

保子は子供のやうに機嫌が好かつた。岩田は「う、ふ、ふ」と変な笑を洩らして、草の上にながながと寝そべつたなり、起き上らうともしなかつた。

「そんなに採つて、どうするのです。」

「あら、まだ二三株ぎりですわ。お父うさんのお土産。」

「僕は腹が減つて、動けないんです。」

「もう、そんな時刻。」

「まだ、朝飯を喰べてないんですよ。寝床から起きると、そのまゝこつちへやつて来たんで。」

「ぢやア、柴本さんもまだね。」

「奴は牛乳ぐらゐ、飲んでるかも知れません。あなたがゐるんで、元気ぶつてゐるのです。」

「まア。」

保子はふと、彼等の独身生活を想像した。そして、独りとなつた自分を、彼等の境地に置いてみた。すると、熱い感情がさつと胸を流れた。

保子は葱に似た細葉の野蒜をみつけた。それを掘るのに手間どつてゐると、背の高い江橋がのつそりと側へ寄つてきた。彼は数株の桜草を手に下げ、小さなスコープを持つてゐた。

「それを、食がるのですか。」

「ええ、母の好物なので。」

「お母アさんの御国は、田舎ですね。」

「はア、東北の岩手ですの。」

「ぢやア、僕と同県だ。」

江橋は保子の側に踞んで、野蒜を掘つてくれた。棒切れで掘るのと違つて、スコープの先に白い球の根が、たやすく次々と掘返された。保子は遠くにゐる牧子の感情を感じて、

「もう、沢山でございますの。」

「まだ、幾らでもありますよ。こいつを味噌で喰べると、ぴりつとしてうまいですね。」

江橋は群生してゐる野蒜を、すつかり掘りだすと、リユツクサツクから新聞紙を出してきて、紐で工合よく野蒜を包んでくれた。

「有難うございます。」

――まア、此の人は几帳面な方なのだわ。

保子は江橋に礼を云ひながら、心に無精だつた正木のことを考へてゐた。

「これ、どうするの。」

「お前に、やつて貰はうと思つてたのだ。」

「私、こんな、男のすること、出来ませんわ。」

「ぢやア、抛つておいてくれ。」

万事そんな調子だつた。妙に頼りなく、不深切だつた。それが突然死なれてみると、彼の頼りなく不深切だつたことが、かへつて有難く感じられてきた。

――奇妙な人。

保子は野蒜を受取りながら、ふつと泣きたくなつた。柴本が汗ばんだ真つ赤な顔色をして、桜草を両手に抱えてきた。

「こんなにいつぱい。私、持てませんわ。」

「僕が持つてつてあげますよ。」

江橋はそれ等も新聞紙で包みだした。今度は不恰好な、大きなものになつた。

午になつた。草原で弁当の包をひらいた。嘉治家の女中が下げてきた大きなバスケツトの中には、いなり鮨と海苔巻が詰められてあつた。

「晩には、大田窪の鰻を御馳走しませう。午は自家製で我慢して下さい。」

嘉治が笑つて云つた。人々はそれをむさぼり喰べた。江橋のリユツクサツクの中からも、いろいろ御馳走がとりだされた。手ぶらで来た保子は、気まり悪い思ひがした。彼女は附近に飲食店があると思つてゐたのだつた。嘉治夫妻の招待状にも、食事のことは何も書かれてなかつたし……。

食事はうまく楽しかつた。人々の顔は半日で、気持よく日焼けてゐた。保子は化粧といふほどの化粧もしてゐなかつたので、化粧くづれを気に病む必要もなかつた。彼女は半巾で遠慮なく、額に流れる汗を拭いた。牧子は念入に化粧をしてゐたので、場所も日蔭をえらんで、絶えず顔を気にしてゐた。

保子から見ると、牧子はますます不機嫌になつてゆくらしかつた。牧子は故意とのやうに、保子を避けてゐた。食事の間向ひ合つてゐながら、一度も保子の方をみなかつた。そして幼い長男の行儀ばかりを、神経質にとがめてゐた。

江橋はその横で、いなり鮨と海苔巻を二つづつ一緒に喰べて、長男を笑はしてゐた。彼があまりおどけると、

「あなた。」

と云つて、牧子がたしなめた。

嘉治の素朴な妻は、疲れたやうにぼんやりしてゐた。顔付きが男のやうに厳丈でゐながら、彼女はあまり丈夫ではない

らしかつた。食事を摂らずに、サイダアばかり飲んでゐた。

「少し喰べないと弱るよ。」

嘉治が注意すると、彼女は曖昧な笑をうかべた。表情がないので、保子には彼女の心理がくみとれなかつた。

柴本と岩田とは、食事中に議論をし始めた。誰も彼等の話など聞いてゐなかつた。それで二人は、かへつて夢中になつてしまつた。そのうち話が、柴本は婦人に関心を持ちすぎるし、岩田は反対に偽善者だ、などといふことになると、二人の議論は爆発点に達した。

彼等は互に、私生活をあばきたて、彼等の情人の上を誹謗しあつた。すると二人の話は、いやでも人々の耳をひきつけることになつた。彼等の度はづれた熱中の仕方はそれ迄楽しく平和だつた食事の気分を破つた。人々は妙に気まづくなつた。

「止め給へ。」

と、主人役の嘉治が、つひに二人を制した。

「婦人の前だよ。」

「ぢやア、あつちでやらう。」

昂奮した柴本が、岩田を促して席を立つて行つた。

「あの連中は、いつもあれだ。」

嘉治はにがい顔をした。保子も二人の仲の悪いことは、うすうす承知してゐた。正木の所を訪問してきた時でも、酒席のなかばにはきつと議論を始めた。あんなに仲が悪い癖に、二人は学生時代から同じ下宿やアパートを一緒に転々してゐた。彼等は喧嘩したいためばかりに、離れられずにゐるやうだつた。不思議な友情もあつたものである。

二人が去ると、一座の気分は気ぬけたやうに薄くなつた。保子も知り人は、嘉治一人になつてしまつたやうな工合で、気持が固くなつた。懶い食後の気分が、人々を沈黙させた。太陽の直射が、ぢりぢりと暑く感じられてきた。

「日蔭へ行きませうか。」

人々は敷物や荷物を持つて、嘉治の後に従つた。竹藪に近い樹々の茂みの下に円陣を作つて、彼等はくつたりしてゐた。影が彼等の顔色を青くした。嘉治は疲れながらも、峯子や江橋の長男の摘んでくる草花の名を、丹念に教へてゐた。江橋はまたアコーデオンを鳴らしだした。嘉治の妻は女中に、食後の物を片付けさせてゐた。江橋の妻はひとり離れて、彼女の長男の動作に一々いらいらしてゐた。

保子は膝をくづして、ハンドバックの中から岩波文庫をとりだした。利根子が傍についてゐた。彼女は九つぐらゐで、母親よりも嘉治に似てゐた。眼をくるくるさせて、彼女はすつかり保子の美しさに吃驚してゐるらしかつた。彼女はもう醜い母親よりも、美しい人につく感情を持つてゐるらしかつた。

嘉治が利根子を呼んで、土産のチョコレートを配けてやつた。しかし、彼女はすぐまた保子の側へ帰つてきた。

日に照らされすぎたせゐか、保子は頭が重く細い活字をたどるに骨が折れた。彼女は利根子を連れて、あたりをぶらぶらと散歩に出かけた。彼女は岩田や柴本が何処へ行つたものかしらと探してみたが、彼等の姿は何処にも見当らなかつた。畑を越えて川の方へ近づくに従つて、黒色の竹が多くなつた。彼女はそれをめづらしく思つて、老いた父の土産にしようと思つたが、彼女の力ではどうにもならなかつた。川は西北の方から大きく折れ曲つて、東へ流れてゐた。平野のゆるやかな流れが、彼女の気分をなごやかにした。堤にあがつてみると、秩父の山なみが遠く薄ぐもつて彼女の前にはだかつてゐた。保子は堤で、利根子とれんげやたんぽゝを集めた。人々の所へ帰つてきてみると、気配がをかしかつた。人々はむつつりして、幼い子供達が泣きじやくつてゐた。絵本が引破られて散乱してゐた。

「峯子と雉雄さんが、喧嘩したのよ、きつと。」

保子に馴染んだ利根子が、さう云つて教へた。峯子と江橋の長男の泣きじやくる声ばかりが耳につき、人々はしんとする程黙つてゐた。

「さア、そんなに泣くなら、もう帰りませう、帰りませう。」

と牧子が長男に云つた。子供は厭やだ、厭やだと身顫ひしながら、一層はげしく泣きだした。

「そんなら、黙んなさい。さ、早くお黙んなさい。」

若い母親のヒステリカルな叫び声は、人々の気持を暗くした。寝ころんでゐた江橋が起ちあがつて、子供を抱きあげた。癇の昂つてゐる子供は、父親の頭髪にむしやぶりついた。江橋は子供を連れて、林を出て行つた。牧子がその後に続いた。峯子はその前に泣きやんでゐた。

「柴本君達、なかなか帰つてきませんね。」

と嘉治が云つた。

「えゝ、私探しに行つたのですけれど、どつこにも見えませんでしたわ。」

「どちらの方へ、お出になりました。」

「あてもなく歩いて行つたら、大きな川へ出ましたの。」

「荒川です。なかなか好かつたでせう。」

「はア、秩父の山がよく見えましたわ。」

すると、嘉治の妻が俄に彼の方へ倒れかゝつてきた。

「どうした、和子、気分が悪いのか。」

草の色の反映だと思つてゐた、彼女の顔色は、陽光の下で妙に沈んで見えた。

「まア、どう遊ばしました。」

保子が利根子と一緒に駈けよつてみると、和子は眼をつぶつてゐた。

「なアに、軽い脳貧血です。ひる、あまり御飯をたべませんでしたし、この草の匂がきつすぎたんですよ。」

嘉治は水筒の水で手拭をひやして、妻の額にのせた。彼は妻を地に横たへて、新聞紙で煽いでやりながら下女に云つた。

「お前、街道へ行つて、自動車を呼んでお出で。いくらでも通るから。」

しばらくすると、和子の顔色が少しづつ良くなつて来た。

「奥様、お弱いのですわね。」

「人様の中へ出ると、いつもかうなんです。弱いのぢやありません、田舎者なんですよ。」

嘉治はさう答へて、声高に笑つた。そして、草路をがたつきながら、こちらへ近づいてくる自動車を見ると、

「お前、峯子をつれて家へ帰りなさい。」

と妻に云つた。

和子は嘉治や下女に助けられて、車に乗つた。

「私、なんだか、大変御迷惑をおかけしたやうですけれど。」

保子が和子にむかって、詫びめいたことを云ふと、和子は頭をふつて、

「いゝえ、私、時々、こんな風になるのですの、眼がくらくらツとして。」

彼女はたんにそれだけ云つた。先きに帰つて悪いとも何とも云はないところに、彼女の朴訥な人格が感じられた。

「利根子よ、お前も一緒に帰るか。」

「うゝん、お父うさんと一緒に帰る。」

「そのうち私、改めて伺はさしていたゞきますわ。私の宅の方へも御一緒にどうぞ。」

保子が別れの挨拶を述べると、和子はぼんやりした笑を浮べて答へた。

「ぜひ、お出なすつて下さいまし。それぢや、今日は御免下さい。」

車がガソリンの烟りを巻いて去つてしまふと、保子はなぜかほつとした。嘉治とたゞ二人残された心細さや気詰りよりも、自分独りの世界にかへつた安らかさが感じられた。

江橋が車の去つた後に、背高い姿を現して帰つてきた。

「牧子は。」

「バスで帰へしたよ。」

「我儘な奴だな。」

嘉治は保子に気がねするやうに苦笑した。

「嫂さんも帰つたやうだね。今そこですれちがつた。」

「うん、軽い脳貧血を起したんだよ。」

「子供達の喧嘩で、のぼせたのだね。嫂さんも気が弱いな。」

「僕達も少し早いやうだけれど、ぶらぶら大田窪へ行つてみよう。岩田君や柴本君は、一体どうしたんだらう。帰へつち

「編輯後記」より

▽八月、新潮社から、中央公論社から、日本評論社でも大衆雑誌だ。世を挙げて滔々として大衆雑誌に塗り潰される今日、文芸雑誌として僅かに「新潮」と本誌とだけが、牢固として存在してゐる。然かも、月々数字はその発展を示してゐるのは実に愉快である。
〈昭和七年七月号、和木清三郎〉

やつたのかな。」

「あの息ぐみぢやね。東京まで行かないと、をさまりがつかないかも知れない。」

「とにかく、一応その辺を探してくるよ。」

「もう、三時間近く経つのに、ゐるものか。」

保子は今度は、江橋と二人になつた。江橋は彼女がまぶしく、気まり悪るさうだつた。保子は利根子と話をした。

「利根子さん、学校は。」

「附属の二年。」

「家へ帰つてから、何して遊ぶの。」

「ピアノを教はるの。」

「あら、い丶わねえ。」

「峯子さんと一緒に、先生から習つてるの。でも峯子さんは駄目。」

「ぢやア利根子さんは、もう大変お上手なのでせう。家へいらしつた時、小母さんに聞かして頂戴。」

「小母さんの家にも、ピアノがあるの。」

「え丶、古いのが。」

「小母さんの家、何処。」

「麻布。利根子さんは、東京へ時々出てきますの。」

「行くわ。中野の祖母さん所へ。」

「ぢやア、その帰り是非寄つてね。小母さん、ハンドバックを拵へておいてあげるわ。」

「小母さん、バック拵へるの。小母さんの持つてゐるのも、さう。」

「え丶、お洋服だつて拵へてあげませう。」

「あら、小母さん、洋裁するの。」

「利根子さんのピアノと同じく、目下修業中なの。暇だから……。」

その時江橋が、会話の中へはひつてきた。

「洋裁をおやりになつて、いらつしやるのですか。」

「はア。」

「独立して、おやりになるおつもりなのですね。」

「出来ましたら。でも、私のやうなものとても駄目ですわ。」

「いや、結構なお心掛ですなア。うちのやつも、不平ばかり云つてないで、ちつとそんな事でも、勉強するとい丶のだがなア。」

「あら、お子さんがあつちやア、そんな暇ございませんわ。」

「なに、やるつもりなら幾らでも出来るのですよ。」

そこで会話が、ぽつりと切れた。保子が江橋と一緒に黙つてるのが、だんだん気詰りに感じられてきた時、やつと嘉治が憔悴した顔色で帰つてきた。かなり方々を駈け廻つてきたらしい。

「やはり、ゐないよ。黙つて帰つちまうなんて、ひどいな。」

「ちよつと照れ臭くなつて、帰つて来られなくなつたんぢやないかな。互に変なこと云ひだして。」

「約束してあるのに、ひどいよ。」

「ひよつとすると、先きに大田窪の方へ行つてるのかもしれん。」

「ぢやア、とにかくまア行つてみよう。」

それから保子の方を向いて、

「奥さん、済みませんでした。今日はなんだか変なことになつてしまつて。」

「いゝえ、久しぶりで保養さしていたゞきましたわ。」

保子が野蒜と桜草の包を持たうとすると、嘉治がそれを代つて取上げた。

「あら、いゝんですのよ。」

「こんな重い物、あなたに持てますか。」

江橋が背負ひかけたリユツクサツクの手を止めて云つた。

「ぢやア、このリユツクサツクに入れて行かう。」

「それにしても、包をもつと小さくした方がよくないか。家へ持つて行くのが大変だよ。」

「せつかく採つたのだから、では二つに分けよう。」

江橋が桜草の大きな包を、二つに分けた。一つを嘉治が持ち、いくぶん小さい方を保子が持つた。四人は街道から桜草の園へ帰つて行つた。自動車をよんだ。保子が駅前で車をとめさせ、礼を云つて下りようとしたが、嘉治がそのまゝ車を走らせた。

「朝から向ふに約束してあるのです。遅くなつちやアいけませんけれども、まだ早いのですから。夕飯が済んだら、すぐ御帰しします。田舎の鰻を喰べて行つて下さい。東京からわざわざ喰べに来るくらゐなのですよ。もつとも、値は安いんですけれど。」

北と南と、桜草園とは反対の方角だつたが、車の走る沿道の田園の風光にも、別種の趣があつた。ひそかに水田が開け、土が黒々として、農家が点在した。

「此の辺の景色も、面白いでせう。少し歩いてみませうか。」

嘉治は車を、目的地の前で止めた。桜草園の方面と較べて往来は静だつた。水をたゝへた田の中から、蛙の声が今にも聞えてくるかと思はれた。

鰻屋といふのは農家だつた。嘉治はそれを自慢に、保子に見せたかつたらしかつた。家の前の清冽な井戸の水で、主人が鰻を裂いてゐた。彼等には農家と別棟の、新しく建増した別間がとつてあつた。日曜といふので、客がこんでゐた。農家の襖を取払つたやうな広間で、多勢の人達が飲食してゐた。

「これぢや、待たされるな。奥さん、麦酒を一本飲んでも、宜しいですか。」

「えゝ、どうぞ。」

嘉治は料理を吩附けかたがた、広間を覗いてきた。

「やはり、柴本君達、来てゐない。」

保子は嘉治達が飲んでゐる間、利根子を連れてめづらしい鰻屋の庭をぶらぶらした。障子の硝子窓越しに、薄暗い広間の内部を覗いてみて、彼女ははつとした。しばらく胸がどきどきして、動悸がをさまらなかつたが、勿論人違ひだつた。背恰好だけで、顔は似ても似つかなかつた。

——それにしても、よく似た恰好の人があるものだ。

彼女はつむるやうにしてゐた眼をひらいて、しみじみとその人の後ろ姿を窺つた。三十代で死んだ良人の面影は、さうした他人からでもまざまざとくみとられるくらゐ悲しかつた。そして、女にとり結婚は、一度しかないものだといふ感情が、胸に恐ろしく迫つてきた。すると彼女は、楽しかつた今日の一日を思ひ出にして、早く家へ帰へらうといふ気になつた。

保子は利根子と、おいしい鯉こくをのみ鰻を喰べた。よく気のつく嘉治の計ひで、別に土産の包が彼女のために用意されてあつた。嘉治と江橋はなほ麦酒を飲みつづけ、もうかなり酔つてゐた。

「とにかく妹は我儘者だが、君も少し呑気すぎやしないかと僕は思ふな。」

と嘉治が、めづらしくきつぱりした口吻で義弟に云つた。

「君の財産を使つてしまつて、妹の分まで喰ひこみながら、ぶらぶらしてゐる手はないよ。妹の奴が不平を云ふのも、無理はないと思ふ。君は幾つになつてもジレツタントだよ。」

「ジレツタントで終始したい念願だつたら、仕方あるまい。」

「何が原因で、君がそんな念願をたてたのか、僕には皆目見当がつかないのだ。要するに君の弱気なのだ。辛抱もできないし、闘つてもゆけない。我儘な点から云へば、かへつて君の方が罪が大きくありはしないか。」

「しかし、兄の君がいかに弁解しても、牧子の今日の態度は少しひどすぎるよ。よろづあの調子でやられてみ給へ。真面目に働く気も何もなくなつてしまふ。」

「僕は牧子について弁解はしない。責任は僕よりも、寧ろ良人の君にあるのだから、僕は、君が妹をどう処置しようと、文句はないよ。だが、夫婦の将来と同時に、子供の将来のことも考へてくれ給へ。」

保子は、これは大変なことになつたと考へた。二人は彼女のことを忘れてゐるのではあるまいが、酔のため彼女を無視するぐらゐ大胆になつてゐるに違ひない。それにしても、今日はなんと人々の喧嘩する日であらうと、彼女は気味悪くなつた。あの育ちの好い、人柄の嘉治まで、義弟を相手に議論を始めるなんて、よつぽど今日はどうかしてゐる。保子は争の原因が、自分の美しさにあると考へるのは気が咎めた。

利根子は食事が終ると、こくりこくりと居眠りしはじめた。保子は疲れた利根子を横にねかしつけて、嘉治のコートを著せかけると、土産をもつてそつと部屋を出た。議論なかばに帰へると云ひだして、二人に気まづい思をさせるより、黙つて帰つてしまつた方が、彼女のためにも都合がいゝと考へたからだつた。

保子は帳場へ行つて、自動車を呼ばした。庭へ出てみると月が出てゐた。井戸水を吹きかけておいた桜草の雫が美しかつた。彼女は嘉治達に気づかれるのが恐しく、途中で自動車と出会すつもりで、田圃沿ひの月夜路を足早に歩きだした。これから新しく人生が始まるやうな、午前中の喜々とした気持はとうに消えてゐた。そして、独り身は自分とお月さまばかり、そんな古い感傷におそはれた。

明月珠

昭和21年3月号

石川　淳

いしかわ・じゅん
（明治32年〜昭和62年）
東京外語学校卒。フランス文学の影響のもとに創作をはじめ、のち江戸文学に親しむ。「明月珠」の「藕花先生」は永井荷風、「連糸館」は荷風の偏奇館がモデルと考えられる。

一

一月元日の朝はやく、わたしは下町のさる八幡宮に詣でて、ついでに矢を受けて来た。その社のまへで、人波の中に立つて、風のつめたい空いちめんにひろがる光を浴びながら、わたしはへたな狂歌を一つ作つた。

みやしろの千木に霞の初衣おもひのたけを神にかけつつ

山の手の片隅にある小さな仮寓にもどつて、ひとりぐらしの曲もない部屋の中で、それだけが正月の飾りの、千両の小枝を二三本さした安物の壺のかげに、受けて来た矢を壁に立てかけておいて、わたしは配給の酒をのみながら、またしても悪癖のあやしげなやつを一つ。

玉箒朱実つらねて千両の春の光はこぼれそめけり

へたはへたなりに、自分では天明ぶりのつもりである。大通の家には笑ひぐさにちがひない。しかし、参詣のことも矢のことも気まぐれに類するもので、わたしは何も正月にこぢつけて無理にめでたがらうとしたのではない。ただ、わたしにはひそかに心願の筋がある。事の成るにさきだつて、ちよつとみづから前途を祝福しておきたい。心願とは、かくしだてをするほどの儀でもないからついうちあけてしまふが、それは一日もはやく自転車に乗れるやうになりたいといふことである。自転車の稽古は旧臘からもち越しの企画で、ぜひ実現しなくてはならない。

わたしは元来速くて便利なものが大好きな生れつきである。そのくせ、わたしはみづから動作の敏捷をもつて許すことができない。もし人がぐあひよく鞠を投げてよこしたとしても、わたしの手はそれを捕へそこなふためにしかうごかないだらう。またもし電車がつい道の向うに止つてゐたとしても、わたしの足はそれに乗りおくれるためにしか走らないだらう。このていたらくでは、今日の地上の苛烈なる形相に適応するやうな運動を起すことは我ながら望みうすである。それに、わたしの仕事といふのが必ずしもこまめに手足をうごかさなくても用のたりるやうな仕掛になつてゐるのだから、わたしの動作はとかく緩漫に安んじがちの宿命にある。もし今日の地上に於てかくのごときわたしといふ存在の値を求めるとすれば、けだし−1の平方根を求めるに似るだらう。つまり、わたしのげんにゐるところは地下一尺ぐらゐの見当といふわけである。恥辱である。すておきがたい状態である。わたしはこの状態からふるひ立つて、地上一尺の高きにのぼり、あたへられた現実の中を疾駆しなくてはならない。そのためには、具体的にのぞみうるかぎりでは、自転車が何よりも誂へむきである。中古を一台どうやら都合できさうでもあるし、ガソリンもいらないことであるし、婦女童幼にでも乗れるほどなのだから操縦もあまりむつかしくはないらしいし、この願望はまづ現在わたしの手のとどくところにある。自転車さへわがものにしてしまへば、ただに満員の電車を尻目にかけて巷を自在に飛びまはれるといふだけではなく、便益一一かぞへきれず、わたしの微力といへどもやがて刮目して運動を期待すべきに至るかも知れない。さうおもつて、心は矢竹にはやりながら、わたしはまだ自転車を乗りこなすことをよくしない。

さきごろ、わたしをして当世有用の実務に就かせようといふ好意をもつて、親切な友だちが某の会社にあてて紹介状を書いてくれた。これもまた蛇の穴を出づべき機縁かとおもひ、わたしもちよつと発奮して、旧臘の某日、某の会社をたづね、そこの要職に在る某の紳士に会つた。実際には、その紳士のはいてゐた長靴に会つたといふはうが適切である。といふのは、椅子にかけてのびのびと脚を突き出した紳士の、その脚をぴつたり包んでゐる、皺一つない、生きた牡牛の匂を感じさせるほど真新しい、ぴかぴか光る赤革の長靴がもつぱらわたしの眼のまへに威風を示して、当の紳士の顔をきのどくにも小さくうしろに押しのけてゐたからである。もつとも、長靴がそんなに大きく見えたについては、見るこちら側にもいささか事情があつた。じつは、わたしがこの地上で自転車のつぎにほしいとおもふものは長靴にほかならない。長靴がいかに便利なものか、あらためて説くことを須ひないだらう。たとへば深夜にサイレンが鳴つたとき、くらやみの中であはてて脚絆を裏がへしに巻きつける代りに、ただ足を辷りこませるだけで事たりる長靴があつたらばどうか。またたとへば泥濘の悪路を行くとき、短靴の爪先でちよこちよこと道の片はしを飛びわたる代りに、大手をふつて往来の真中を踏んで通れる長靴があつたらばどうか。とりわけ自転車に乗るときには、長靴は絶対に必要とおもはれる。体裁もいいし、さだめてあがきもいいだらう。道のすれちがへに、何かにぶつかつても平気だらう。くるぶしも擦りむかないだらう。しかし、わたしはまだ自転車に至りえないのだから、栄耀の餅の皮の、長靴を語る資格はない。かねて望みの中古の自転車にふさはしく、長靴もやはり中古の、すこしは色が褪めてゐてもよく、つつましい黒革のやつで満足するつもりで、わたしはいつかそれが手に入るであらう日を漫然と夢みてゐるだけである。しかるに、この紳士の壮麗な長靴が突然わたしの夢みる貧弱なやつをあざ笑つて、まのあたりにぬつと立ちはだかつて来たので、わたしはいつたい何の用件でこの場に出向いたのか忘れてしまふまでに、敵ながらみごとなその長靴の光をだまつて見物するほかなかつた。

長靴のかなたで紳士が手にとつて見てゐるわたしの履歴書には、ほとんど何の履歴も記してないにひとしかつた。記すべきことが何もないからである。わづかにたつた一行、無職無頼の徒と混同されないために、をこがましいが著述を業とするよしが断つてある。これでは会社側としては採用する手がかりがないらしい。会社には書類をいぢる役と現物をあつかふ役とがあるさうで、紳士の口ぶりでは、どうやらわたしを書類係のはうに編入してもいいといふやうに聞きとれた。わたしはすぐかういつた。

「いや、現業のはうに廻していただきたいとおもひます。そのつもりで来たのです。」

これはわたしの真情である。すでに実務に就くとなつたうへは、ごたごた文字の印刷してある紙切などと附合ふのはまつぴらである。紳士はおもむろにかう答へた。

「うちの会社では、現業は十七八の少年から仕込むことになつてゐます。」

「その十七八の少年のする仕事を、ぼくにやらして下さいませんか。」

さういひながら、わたしは十七八の少年が自転車に乗つて威勢よく街頭を疾駆してゐるけしきをおもひうかべた。もしこのときわたしに自転車の心得があつたとすれば、わたしは十分の自信をもつて、もつと強く主張することができたにちがひない。みづからかへりみて、ちよつとひけ目を感じたせゐか、わたしの声はどうも弱くしかひびかなかつたやうである。とたんに、紳士の一言はわたしの肺腑をつらぬいた。

「あなたは自転車に乗れますか。」

ことばの調子はおだやかである。しかし長靴がわたしを憐れむがごとくへらへら笑つてゐる。さすがにぴかぴか光る長靴をはいてゐる人物だけあつて、烱眼おそるべきものであつた。わたしはぜんぜん敗亡して、もう口がきけず、顔を赤くしながら、あとずさりに引下るよりほかのすべはなかつた。

わたしの軽卒な求職物語はたつた三分間の会見であつけなく鼎がついた。わざわざ紹介状を書いてくれた親切な友だちの好意を無にし、多忙な長靴の紳士の日程から三分間を空費させ、そして当のわたしは虻蜂とらずのむだ足にをはつたといふこの惨状はみなひとへにわたしが自転車に乗ることをよくしないといふ一事に起因してゐる。自転車の心得がないものはふかく自戒しなくてはならない。わたしが自転車をわがものとなしえないかぎり、いかにばたばたして当世有用の実務のはうに這ひ出ようとしても、今後いくたびもこれに似た失敗をくりかへし、これ以上の恥辱をかうむるばかりで、所詮地下一尺の凹んだ位置は永久にわたしを封印しつづけるだらう。それでは不衛生このうへもない。

ものの稽古は一年でも若いうちからはじめるに如かない。あからだの柔軟さを要求する操作はなほさらのことである。ありていにいへば、わたしはもはやさう若いともいへない年輩になつてゐて、あたかも物理的時間一般と個人の寿命との関係のうへに肉体を乗りあげつつ、そこで手も足も出ないでゐるやうなあんばいである。それでも、まだみづから帯して勝手にあるくことができるあひだに、わたしは一刻もはやく自転車に飛びつかなくてはならない。すなはち、けふ元日、その稽古はじめをする予定になつてゐる。

わたしの仮寓の裏手にささやかな空地がある。そこに一台の中古の自転車と指南役とが待つてゐる。指南を申出てくれたのは某の少女である。

「をぢさん。まだなの。まだ出て来ないの。何してんのよ。」

窓のそとに少女の声が聞える。先刻から二三度催促をうけてゐる。わたしはいそいで配給の酒をのみをへて、だいぶくたびれてゐる巻脚絆をつけ、ヅックのぼろ靴をはいて、さあと立ちあがつた。もう狂歌どころではない。

二

むかしの下町の様子を知つてゐる人ならば、狭い横丁の溝板をわたつて行くと、道の窮まらうとするところに、ときに濶然として、たとへば紺屋の張場のやうな空地がひらけてゐたことをおぼえてゐるだらう。今日ではわづかに山の手の一部にそのおもかげを存してゐるところがある。紺屋の張場でこそないが、今わたしのいふ空地がそれに当る。

以前はここは何となく空地になつてゐただけで、ふだんは人通りもすくないが、ただ暑中になると土俵がつくられて、毎晩近所のこどもたちがあつまつて角力をとるので、秋口まで一時のにぎはひを呈したものであつた。今はその土俵の跡形もなく掘りかへされて、小さな待避壕がいくつもでき、また隣組の野菜畑もできてゐるが、それでもなほわたしが自転車の稽古をするぐらゐの余地はのこつてゐる。さいはひ周囲の掘りかへされた土が柔かいので、ころんでもひどい怪我はしないですみさうである。

空地の東側は仮寓の裏手、南側は低い崖、北側は細い横丁で電車道まで通り抜けられる。西側は七八軒の小家がこれも裏口をならべてゐて、いづれも商売屋の、その店は向うの表通に面してゐる。中に一軒、自転車屋がある。但、その商売はとうにやめてしまつて、主人は目下徴用工として毎日中央線沿線の某軍需工場に勤めに出てゐるのだが、まだ中古の自転車の一台や二台は置いてないこともない。それを一台わたしが借りうけることになつたのは、その五十ぢかい、しかしどうしてたつしやな、脂ぎつた主人の好意に依るものであつた。自転車は中古といふよりも、まつたくの古物といふべきがたがたの代物だが、初心のわたしにはかへつて手ごろである。そのうへ他日わたしが技に熟したせつには、それを格安に、しかも十円の月賦で譲つてもらふ約束ができてゐるのだから、文句をいふすぢはない。自転車屋には十六になる娘がひとりゐる。すなはち、わたしの指南役を買つて出てくれた少女である。

性質のすなをな、肢体のしなやかなこの少女にたいして、もし意地のわるい人がしひてあら探しをしたとすれば、ただ左足の寸法が右足のそれよりもほんの少しみぢかいやうに見えるといふことだらう。近所ではビツコだから女子挺身隊にも出ないでゐるなどといふが、そんな無作法なかげ口に相当するほどのものではない。いそいで駆け出したりするとき左足がちよつと引きずりぎみになるだけのことで、ふだんは目にも立たず、当人はぜんぜん苦にしてゐない。それどころか、少女が得意とする自転車に乗つて走りはじめたときには、花びらの舞ふやうにかるがると、手ばなしで輪乗さへして見せるくらゐで、女騎士をもつて許しうる態のみごとな体のこなしである。一度でもその光景を目撃する機会をもつた人は、この少女のほんたうの足はじつは自転車にほかならないといふことを納得させられてしまふだらう。

元日の初稽古の状況について多くをいふことはどうもわたしの名誉にならない。少女の教へ方は一点の非もなく行きとどいたものであつたが、自転車がまだなじんでくれるに至らず、わたしは乗ることよりも落ちることのはうにいそがしかつた。何度もこりずにくりかへして、あるひは親和しようとつとめ、あるひは征服してやらうとあせつても、先方では無器用な新参者と見くびつて、邪慳にわたしを振りはらひ、横倒しに突きはなしてしまふ。わたしはどうしてもいふことをきいてくれないこの剛情な物質をもてあまして、大汗をかき、泥まみれになり、てのひらまで擦りむいて、ときどき地べたに倒れたまま息ぎれのやむのを待つた。苦患はそれだけではない。いつのまにか近所のこどもたちが諸方からわーつと駆けあつまつて来て、わたしのまはりに円陣をつくり、がやがやいひながら笑つて見てゐる。いつたい今までどこに隠れてゐたのかとおもふほど、そのこどもの数はおびただしかつた。我国には元来こどもが多い。むかし、わたしの知つてゐる某外国人が日本ぢゆうどこを旅行しても必ずこどもの大群に出会ふのに驚歎して、デ・ゴス、デ・ゴス（こども、こども）と、両手を大きくひろげてその数の限りなさを示したことがあつた。今日このへんでも学童疎開でこどもはだいぶ減つてゐるはずなのに、しかもなほこの多数を算してゐる。さしあたりわたしとしては、かう見物がふえてはおもしろくなかつた。しまひには頼みにおもふ少女までがこどもたちの側について、手をうつてわたしのていたらくを笑ひ、今度は自分が自転車を引きよせて、ひらりとまたがつて走り出した。老いぼれの頑固な自転車のやつ、少女の手にかかると、たちまち新鮮な息をふきかへし、されるままに乗り廻されてゐる。わたしはすつかり疲れきつて、最後に泥をはらつて起きあがりながら、けふはもうやめた、やめた、といつた。

しかし稽古はその後もつづいて、天気のいい日には、わたしはおこたらず空地に出て練習につとめた。といつても、技が次第に上達したといふやうなうまい話にはならない。わたしの無器用は相変らずで、自転車に小馬鹿にされどほしだが、いくらか倒れ方のこつをおぼえて、さう痛いおもひをしないやうになつた。こどもの見物は、いいあんばいに、もう駆けあつまつて来るといふほどのことはない。寒さもきびしいし、見てゐてもおもしろくないのだらう。おとなは、ときにこの空地を通り抜ける人はあつても、みないそがしさうで、自転車の稽古などには目もくれない。少女はたんねんに要領を教へてくれるが、これもわたしに附ききりといふわけではないから、おほむねわたしひとりで自転車と格闘することになる。人まぜもせず対峙すると、自転車はふつといのちとりの怪物のやうな形相を呈して来て、わたしは地べたの砂を嚙まされながら絶体絶命にたたかふほかない。晴れた朝一時間の、この課業はいつたい何のためか、どうしてそれを自分に課してゐるのか、もはやわたしは知らない。ただこの一時間はわたしの大の字なりに寝そべつた生活の中に必至に割りこんで来て、荒荒しい、ほとんど殺気立つた行為のはうにわたしを駆りたてて行き、そこで力つきて倒れるまで前後を忘却させた。さういふわたしの振舞はよそ目には笑止の沙汰としか見られないだらうが、さいはひここはひつそり閉ざされた空地なので、たれにはにかむ要もない。南側の崖はこの附近での便利な間道にはなつてゐるものの、今は北風のあたり烈しく、まばらの枯笹が荒れた地肌に凍えついてゐるだけで、めつたに人影はささない。ただ、その崖の上の径をたつたひとり、をりをり通る老紳士がある。老紳士といつても、少しも老人くさいところがなく、せいの高い、背中もぴんとして、黒のソフトのかげに白髪の光るのがいつそみづみづしく、黒の外套をゆたかに著て、その下の背広もきつと大むかしの黒羅紗だらう、しかし穿物はちびた駒下駄で、ときには蝙蝠傘をもち、ときにはコダックの革袋をさげて、径の枯笹のほとりを颯颯とあるいて行く。仮にこの老紳士のことを藕花先生と呼んでおかう。

藕花先生は世にかくれのない名誉の詩人である。その住居はここから五六町はなれたところの、しづかな小路の奥にある。なづけて連糸館といふ。詩人の数十年にわたる文学上の功業についてはまつたく何も知らない俗物でも、連糸館主人が老来孤独、うすぎたない世間に涕もひつかけようとせず、堅く門を閉ぢて人間くさいものの出入は一切拒絶といふ噂ばなしはどこかで聞きおよんでゐるだらう。じつはわたしもさういふ俗物の仲間である。わたしは格別の生業をもたないままにみだりに著述業などと称して世間体をつくろつてはゐるが、著述のはうは至つておぼつかなく、本性はなまけものの貧乏書生にすぎないのだから、わざわざ図書館にかよつて藕花全集をのぞいて見るのもおつくうで、さしあたり先生に関する噂ばなしを又聞きするだけでまんぞくしてゐる。その又聞きに依ると、先生はひとり館にこもつて、決して世間に見せないために何やら書きつづけてゐるさうで、日常の雑用はみづからこれを弁じ、たまに門内に舞ひこんで来る俗物でもあると、これもみづから先生御留守の一言で追ひ払つてしまふといふ。実状そのとほりだとすれば、わたしはつい近くに住んではゐるにしろ、とても連糸館の牆をうかがつて危地に入らうといふ勇気も出ず、また好奇心もおこらない。ときどき往来で向うから来る先生の姿を見かけた場合には、わたしは心中ひそかに敬意を表するにとどめて、挨拶はもとより、そつと帽子をとるやうな軽卒な真似はしない。つまり、先生とわたしとのあひだには何らの交渉もない。すでに交渉がないのだから、先生は崖の上を通りかかつても空地の自転車には無頓着に行き過ぎてしまふし、わたしのはうでも先生にかまはず稽古をつづける。それにも係らず、わたしはなほ先生について気になることがある。それは先生のつくる詩文のことではなく、先生のはいてゐる駒下駄のことに関してゐる。

　藕花先生はむかしは服装などに凝つた人物のやうに聞きおよんでゐる。むかし先生が駒下駄もしくは日和下駄をはいたときには、必ずや結城とか御召とか日本のキモノを著用したにちがひない。それがいつの頃から洋服に下駄といふこしらへになつたのか、年代記的にはこれを審かにしないが、ただわたしの漠然と見当をつけるところでは、そんなに古くには溯らないらしく、そののち先生の運動はいちぢるしく速さを増したかのごとくである。そして洋服の色があせ、下駄がちびるにしたがつて、爾来先生の駆けめぐるところは、少くとも文学的には、ほとんど光と速さを競ふかのごとくである。洋服に下駄は、その初めにあたつては、けだし異装に属する。当時世間の人は大いに先生を笑つたことだらう。しかるに今日では、世間の流行は遥かに遅れて、息をきつて、悠悠たる先生の下駄のあとを追ひかけてゐる。詩人の疾く行くことはめつたに油断がならない。若輩わたしなどは、先生よりも遅れてゐる世間の人よりもさらに遅れて、今やうやく自転車の稽古にとりかかりつつ、しかも西隣の少女の技に熟するものに遠くおよばない。わたしはふかく慙ぢなくてはならない。

　藕花先生の存在とわたしの存在とのあひだには、まあ関係なきにひとしい。しかし先生の駒下駄とわたしの自転車とのあひだには、必ずしも関係なしとはいへない。先生が十年間に走つたあとを、わたしは十時間で追ひつめて行かなくてはならない。寒雋といふ成語がある。貧寒にして雋敏なるものの謂である。わたしは貧寒にかけては他人にひけをとらないが、雋敏のはうはぜんぜん自信がなく、賢愚の差ただに三十里のみではない。もし寒愚といふ成語があるとすれば、それはわたしの謂である。わたしは空地の下にあつて、崖の上の先生を仰ぎながら、なあに連糸館主人くそを食らへとおもふのはよつぽど負けをしみがつよいのだらう。わたしはときに目をあげて高く先生を見る。おもひなしか、先生もときに足をとどめて低くわたしを見る。さうとすれば、先生の存在とわたしの存在とのあひだには、また必ずしも関係なしとはいへない。

先生の駒下駄は周穆の八駿のごとく、つとに天下に遨遊してゐる。わたしの自転車はまだ三尺の弧を描くに至らない。この差をちぢめるためには、別に発明するところがなくてはならない。下根は下根なりに、わたしは発明するところがあつた。ごくやさしいもので、朝の深呼吸である。

わたしはたまに早く目がさめたときには、あかつきの空地に立つて深呼吸をする。少女もまだ起きて来ないし、先生もまだ通りかからない。空地を領するものはわたし唯一人である。日出前の寒さの中に町はうす暗く氷つてゐるが、向うの東の空にはからだの芯があたたまるやうに、雲が美しくふくらんで、次第にあざやかに、赫とはぢけて来る。わたしは肌を刺しとほすきびしい空気を受けとめながら、胸を張り、大きく息を吸ひこむ。

そのとき、明けはなれようとするかなたの空から、風ともつかず光ともつかず、青、白、赤、三条の気がもつれながら宙を飛び、走つて来て、あたかもたれかが狙ひすまして虹の糸を投げてよこしたやうに、口中にすいすいと流れこみ、つめたく舌に沁み、咽喉に徹るとともに、体内にはかに涼しく、そこに潜んでゐたもやもやが足の裏から洩れ散つて行く。すなはち仙術に謂ふところの太素内景の法である。得るところは何か。からだがちよつと軽くなつたといふことである。これは自転車に乗るにはもつとも便利な条件である。しかし修業未熟なわたしにあつては、それはほんの一瞬のあひだしかつづかない。わたしが辛うじて藕花先生の疾走ぶりを観測し少女の軽捷ぶりを測定するために六分儀の角度を定めることをうるのは、この一瞬を措いて他に無い。

右のほかに、偶然がもう一つわたしに発明の機会をあたへた。それは深夜の演習である。深夜といへば、人がぐうぐう眠つてゐる時刻である。しかし今日では、人は必ずしも深夜に枕を高くばかりはしてゐられない。ときどきサイレンの鳴ることがある。サイレンが鳴るとひとしく、わたしもまた寝床を蹴つて跳ね起き、くらやみで脚絆を（たぶん裏がへしに）巻きつけ、鳶口をもつて外に飛び出して、天水桶の氷を叩き割る。そして、さいはひに火の手も揚がらずに事なくすんだときには、わたしはすぐ元の寝床にもぐりこむ代りに、しばらく空地に出て、ひとりで自転車の稽古をする。何となく昼間よりもうまいぐあひに行くやうで、あまり効果の見えない昼間の一時間を夜の十五分でとりかへしたかのごとき錯覚を生ずる。けだし東隅に失つて桑楡に収めるのたぐひである。

但、深夜の演習のためには必ず月が照つてゐなくてはならない。月の光がどんなに明るいものかといふことを、わたしは今しみじみと痛感する。世の中はいつも月夜に米のめしさてまたまうしかねのほしさよ、といふ大むかしの狂歌がある。かねの件はともかく、月夜に米のめしのありがたさは今日の生活上の実感としてたれの身にも泌みてゐるだらう。宵のうちから家家はもちろん燈影一つもらさず、どこに待避壕があるのか足もともおぼつかないほどの暗さだが、一寝入して起き出てみると、いつか人知れず、月が深夜の天にかかつてゐて、空地いちめんに光がふり敷いてゐる。ここでは、老いぼれの自転車までが急に若がへつて、黒塗の禿げたのが元の真新しい漆の色をとりもどしつつ、金具の部分は指さきがちぎれるやうに冷えきつて、把手にあたる月影のきらきらと輝くのがいつそ頼もしい。わたしは今その月光を攀ぢて鞍に乗る。乗るにしたがつて、車輪は水の流れるごとくめぐり、もう止度なくめぐりつづけて、どこまでわたしを走らしめるのか判らない。夜光璧、明月珠は人のえがてにするものである。わたしの小さなてのひらにやつと摑みうる宝玉はこの把手の光よりほかにはない。それにしても、もう少し技が上達して、せめて少女の半分ぐらゐの域に至りえたならば、ああ、どんなにいいだらう。速く、一瞬も速くと気ばかりせいて、自転車と格闘してゐるのではあまりにも荒荒しく、殺風景である。乗物はなるべくすらすらと、品よく、しぜんに乗りこなしたい。今はむかし、西洋の詩人でさへいちはやくかう注意してゐる。「純粋精神の一本槍だと、これより速く野蛮のはうに連れて行くものはない。」

「をぢさん、しつかり、しつかり。」

たれも見てゐないとおもひのほか、ときには師匠の少女が出て来てゐて、うしろから声をかけてくれる。けしかけられて、いい気になつて、ぐるぐる廻りながら、ちよつと片手が油断すると、いけない、横倒しにどさりと地べたに叩きつけられる。

「をぢさん。それぢやとても曲芸はできないわよ。」

曲芸。とんでもない。わたしにしても身のほどは知つてゐる。そんな高望みはしない。ただわたしの一所懸命の運動が地べたに閉曲線を描くにをはらないやうに、元の地下一尺の凹みに落ちこまないやうにと念願するばかりである。

三

ことしは雪がずゐぶん降つた。寒さも例ならずきびしかつた。そのうへ火事が多く、炎の天に冲することもめづらしくなかつた。わたしの精励にも係らず、深夜の稽古が毎晩つづけられたわけではない。それでも一月二月とすぎて、三月の初めにかかる頃には、わたしは次第に自転車になじんで来た。この物質のはうでも、わたしを待つことが以前ほどには他人行儀でなくなつた。手ばなしで自在に乗り廻す域には達しないにしろ、うつかり調子をはづしさへしなければ、どうやら一時間ぐらゐは走ることができる。

古物のぼろ自転車といへども、これは今やほとんどわたしのものである。といふのは、わたしは自転車屋の脂ぎつた主人に交渉して、かねての約束どほり十円の月賦でこれを譲りうけることにきめて、三月に入るとともにその第一回の払込をすませた。但、自転車屋の口ぶりに依ると、月賦の十円のほかに毎月もう十円ぐらゐ修繕費として支出しなくてはならないやうな形勢である。どんなに痛みのひどい自転車であるかといふことがそれでよく判つた。しかし、わたしの地上に於ける唯一の乗物はこの自転車よりほかにないのだから、とても勿体なくて、ぼろぼろなどといひ下すことはできない。

この三月上旬のある夜、更けるにつれて風がはげしく、すさまじく吹きすさぶ中に、突然サイレンが鳴りひびいた。町ぢゆうが一度にぱつと跳ね起きた。ひとびとは勘がするどくなつてゐる。尋常一様のサイレンではない。わたしが空地に駆け出たときには、もう周りの家家から出て来た群がいづれも身支度厳重に、早手まはしに荷物を待避壕の中にはこびこむものもあつて、しぜんと一ケ所にかたまり合ふやうな形をなしてゐた。渦まく風の音を突つ切つて、ラヂオの情報が聞える。空地には水道のホースが長く引き出されて、手押ポンプの用意もできた。向うの下町方面の空が赤くなつて来た。見るまに、その赤さがいちめんに拡がつて、距離がぐつと近くなつて、ますます猛り狂ふ風とともに、手のつけられない火焰の狂ひやうがまのあたりの空に映り出た。火の手は下町ばかりではない。ついこの近所の、七八町もしくは四五町とも離れないところに、右にも左にも炎が燃えあがつた。今はここに集まつたひとびとの顔がはつきり見えるほど、服装の色が見わけられるまでに気味わるく明るい。火の粉があたまのうへに舞ひ落ちて来た。

わたしは仮寓の裏手に立つて、そこに置いてある自転車に倚つて待機してゐた。バケツには水が張つてある。持ち出すほどの家財はない。さいはひこの近くの火事はさう大きくならないやうに見えた。初期防火がうまく行つたらしく、ごく小部分だけで食ひとめられさうな模様だが、それでもまだ油断はできない。ふと気がつくと、いつのまにか、自転車屋の少女がそばに来てゐる。わたしのうしろで、背中にぶつかるやうにして、自転車の鞍にもたれながら、だまつて遠くの空を見上げてゐる。その顔色には火におびえたやうなけしきはないのだが、しかしかすかに肩のふるへてゐるのは何の不安なのだらう。そのとき、わたしはこの少女の左の足がやつぱり尋常でないのだといふことをはじめて悟つた。これはもう自転車の操縦に自在をえたところの、いつもの少女ではない。片足のわるい、あはれな娘である。わたしはおのれの技の未熟なこともわすれて、もしか危難が迫つたをりには、わたしの唯一の所有品である古本の一からげをみな焼いてしまはうとも、この少女ひとりを助けて、わたしのぼろ自転車に舁きのせ、どこまでも走つて行かうと、とたんに決心した。

しかし、いいあんばいに、この決心は実現しないですんだ。明方までに、附近一帯の火はみな消えた。この空地をめぐる一劃にはちつとの被害もない。向うの下町の空には炎の色が次第にうすれて行くのは、夜が明けはなれたせゐばかりではないだらう。火はことごとく鎮まつたらしい。防火につとめたひとびとの勝である。わたしはほつとした。

「勝つたわね、をぢさん。また自転車のお稽古したげるわよ。」

少女はわたしのそばを離れて、向う側の家のはうに駆けて行つた。もうたしかな足どりで、いつもの、自転車を自在に乗り廻す元の少女に立ちかへつてゐる。なんだ、こいつ、ひとの気も知らないでと、さうおもひながら、わたしは手をあげて少女のうしろ姿を祝福した。

「勝つたね。また頼むよ。」

わたしは家の中にもどつて、畳のうへにごろりと寝ころんだ。すぐ起きるつもりでゐたのが、そのまま眠つてしまつて、眼がさめたときには正午に近かつた。何となく町のけはひがただごとでない。いやに晴れた空が人をいらいらさせる。明方に一時ほつとしたきもちはすでに失はれて、えたいの知れない不安が身に泌みて来る。わたしはぢつとしてゐられなくなつて、外に出て、つい自転車に飛び乗つて走り出した。しぜん自転車は下町の方角に、一月元日の朝に参詣した八幡宮のはうに向つて行つた。

これはわたしの初の遠乗である。かういふ日に、かういふぐあひに遠乗に出ようとはおもひがけなかつた。わたしは自分がうまく走れるかといふことを心配するひまもないほど走ることに夢中になつて、ヅックの古靴をはいた足でやけにペダルを踏んだ。のぞみの長靴はまだ手に入らない。もつとも自転車のうへに長靴までそろつたとしたらば、わたしの今生の願望はみな満ちたりてしまふことになるので、わたしはそれからさきの身の振方に窮するやうな羽目に突きあたるだらう。長靴は当分手に入らないはうがいつそ気楽かも知れない。

わたしはやがて八幡宮の近くに達した。そこで見たもの、またその途中で見て来たものについて、仔細におもひ出すすべがない。ありやうは、おもひ出すべき何もない。かつての八幡宮はそこに無かつた。もはや狂歌の出る幕でもない。

わたしは元の道をまつすぐに乗りもどして、いそいで家にかへつて来た。中にはひらうとしたとき、わたしは服が灰色に見えるほど埃のいつぱい積もつてゐることに気づいて、戸

「消息」欄より

○三田文学復活文芸講演会十一月十七日午後一時。慶應義塾大学三十一番教室。講演者亀井勝一郎、中野好夫、折口信夫、小島政二郎、久保田万太郎諸氏。

〈昭和二十一年一月号〉

口に立つたまま、刷毛をとつて無造作に肩から払つた。とたんに、ぱつと舞ひ立つた埃の、その匂に、わたしは息がつまつた。ものの焼ける匂である。ふつと、わたしの眼のまへに浮み出たけしきがあつた。それはいましがた道のほとりで見て来たけしきではなく、それとは関係なしに、ずつと以前物の本で読んだところの、京の鳥辺野のけしきである。春日が照り、空には雲雀が舞つてゐるのに、野にはもの焼く煙がゆらゆらと立ちのぼつて、草になびき、陽炎にまぎれて行くその煙の匂が今しみじみと、わたしの服のうへにあつた。わたしはいつか服を払ふことをやめて、刷毛を手にぶらさげながら、しばらく茫として、かぎりなくかなしく、そこに立ちすくんだ。

そのとき、わたしは急に藕花先生の連糸館の安否が気になりはじめた。先刻下町のはうへ走つて行く途中、ちようど連糸館の所在地の表側にあたる町筋を通りかかつたが、そのへんには何の異状もなかつたので、わたしは藕花先生のことを忘れてゐたほどすつかり安心しきつてゐた。しかし、おもへば、昨夜近くの一方にあがつた火の手はどうも連糸館の方角のやうであつた。表側はちやんとしてゐても、裏側はやられてゐるかも知れない。わたしは家にはひらずに、ついまたあるき出して、今度は自転車には乗らないで、裏の空地から崖の上の径にのぼつて近道を二三町行つたとき、はつとして、足を止めた。崖の上から見おろした向うの一劃、連糸館のあつた附近はすべて焼跡になつてゐた。

わたしは焼跡に降りて行つて、今は無い連糸館のまへ、その門の柱があつた跡とおぼしく、わづかに小さな台石だけが残つてゐるまへに立つた。もう暮れ方の、にぶい日の色に閉ざされて、段々に低く沈んでゐるこのあたり一帯の地は谷の底のやうであつた。あちこちに二三人づつ、まだ煙のいぶつてゐる土を鳶口で掘りかへしてゐるのは、はやくも起ち直らうとする罹災のひとびとなのだらう。藕花先生らしいすがたはどこにも見えない。

連糸館のうしろにつづく焼跡に、これも何やら探してゐる媼《おうな》がひとりゐた。媼はときどきふり向いて、ぼんやり立つてゐるわたしを気にしてゐるらしい様子であつたが、やがてこちらに近づいて来て、だまつて、問ひただすやうにわたしの顔を見た。わたしはかういつた。

「ここは藕花先生のお宅だとおもひますが……」

「さうでございます。ごらんのとほり、すつかり焼けました。」

「先生は。」

「御無事でございます。御無事にお立ちのきになりました。」

「さうでしたか。それで、お荷物などは……」と、うつかりさういひ出して、わたしはすぐその軽薄を慙ぢなくてはならなかつた。媼は押しかへすやうに、強くかう答へた。

「いいえ、お荷物などお出しになるやうな方ではございません。このへんはあとで焼けたはうでございますが、お荷物が出せたにしましても、先生はそんなことはなさいません。ただ原稿を風呂敷に包んで、それをおもちになつただけで、向うの高いところにお立ちになつて、焼けるのを見ておいでになりました。お宅が焼け落ちてしまふまで、見ておいでになりました。明方まで、最後まで、ずつとそこに立つておいでになりました。」

媼がどういふひとかつひに知らないが、はつきりした口のききぶりであつた。さう聞いて、わたしは胸の透くやうなおもひをしながら、いよいよ自分のことばの軽薄であつたことを慙ぢた。何もいへなかつた。

「明方になつて、ちようどお迎への方がいらしつて、先生はその方のところにお立ちのきになりました。わたくし近所のもので、御懇意にねがつてをりましたが、先生は御承知のとほりおひとりでお暮らしで、おちついた方でございました。お立ちになるとき、宅にパンがございましたので、あの方パンのお好きな方でございますから、バタも少しございましたので、それをさしあげましたら、たいへんよろこんで下さいました。またあしたにでも、こちらにお見えになるかも知れません。」

わたしはもう媼の話を聴いてゐなかつた。わたしはまのあたりに、原稿の包ひとつをもつただけで、高みに立つて、烈風に吹きまくられながら、火の粉を浴びながら、明方までしづかに、館の焼け落ちるのを見つづけてゐたところの、一代の詩人の、年老いて崩れないそのすがたを追ひもとめ、つかまへようとしてゐた。弓をひかばまさに強きをひくべし。藕花先生の文学の弓は尋常のものではないのだらう。わたしは最後にかういつて媼のまへから引きさがつた。

「いろいろありがたうございました。」

その晩、わたしは裏の空地に出て、けふ一日の埃にまみれた自転車の掃除をして、磨きをかけた。まだ宵のうちなのに、あたりはいつもの晩よりもなほひつそりしてゐる。家家はとくに内を暗くして、堅く閉ざしてゐるけしきで、自転車屋の少女も出て来さうもない。焼けなかつたこのあたりの町にも、猛火のほとぼりがまだ残つてゐるやうであつた。しかし今夜は月の出がはやく、空地は明るく冴えわたつて、狂つた風は吹いて来ない。陽気も少しあたたかになつた。常ならば、そろそろ花の咲くまでの日数がかぞへ出される頃だらう。わたしはゆつくり自転車を磨きながら、いい気なもので、ひそかに寄自転車恋と題するへたな狂歌を作りかけた。

とても磨きばえのする代物ではないが、自転車はいくらか光つて来た。たぶん月の明るいせゐだらう。わたしはそれを磨きをへて、すぐ軒下に押しこむ代りに、ちよつと鞍にまたがつて、空地の真中に辷り出た。そして一息に、ぐるぐると五六返、大きく弧を描いて駆け廻つた。朝の深呼吸のあとのやうに、運動がしなやかで軽い。だいぶいい調子である。しかし、じつをいふと、わたしは今やほとんどわがものとなりかけた自転車について、さうさう夢中でのぼせてゐるわけでもない。もしこのぼろ自転車でも、たつてほしいといふ人があるとすれば、無償で進呈してもいい。

夏の花／廃墟から

昭和22年6月号
昭和22年11月号

原 民喜

はら・たみき
（明治38年～昭和26年）
慶應義塾大学英文科卒。郷里広島での被爆体験に基づいた「夏の花」は占領下の検閲の目をかいくぐって「三田文学」に掲載された。続篇にあたる「廃墟から」とともにここに載せる。

夏の花

私は街に出て花を買ふと、妻の墓を訪れようと思つた。ポケットには仏壇からとり出した線香が一束あつた。八月十五日は妻にとつて初盆にあたるのだが、それまでこのふるさとの街が無事かどうかは疑はしかつた。恰度、休電日ではあつたが、朝から花をもつて街を歩いてゐる男は、私のほかに見あたらなかつた。その花は何といふ名称なのか知らないが、黄色の小弁の可憐な野趣を帯び、いかにも夏の花らしかつた。

炎天に曝されてゐる墓石に水を打ち、その花を二つに分けて左右の花たてに差すと、墓のおもてが何となく清清しくなつたやうで、私はしばらく花と石に視入つた。この墓の下には妻ばかりか、父母の骨も納まつてゐるのだつた。持つて来た線香にマッチをつけ、黙礼を済ますと、私はかたはらの井戸で水を呑んだ。それから、饒津公園の方を廻つて家に戻つたのであるが、その日も、その翌日も、私のポケットは線香の匂がしみこんでゐた。原子爆弾に襲はれたのは、その翌翌日のことであつた。

私は厠にゐたため一命を拾つた。八月六日の朝、私は八時頃床を離れた。前の晩二回も空襲警報が出、何事もなかつたので夜明前には服を全部脱いで、久振りに寝巻に着替へて睡つた。それで、起き出した時もパンツ一つであつた。妹はこの姿をみると、朝寝したことをぶつぶつ難じてゐたが、私は黙つて便所へ這入つた。

それから何秒後のことかはつきりしないが、突然、私の頭上に一撃が加へられ、眼の前に暗闇がすべり墜ちた。私は思はずうわあと喚き、頭に手をやつて立上つた。嵐のやうなものの墜落する音のほかは真暗でなにもわからない。手探りで扉を開けると、縁側があつた。その時まで、私はうわあといふ自分の声を、ざあーといふもの音の中にはつきり耳にきき、眼が見えないので悶えてゐた。しかし、縁側に出ると、間もなく薄らあかりの中に破壊された家屋が浮び出し、気持もはつきりして来た。

それはひどく厭な夢のなかの出来事に似てゐた。最初、私の頭に一撃が加へられ眼が見えなくなつた時、私は自分が斃れてはゐないことを知つた。それから、ひどく面倒なことになつたと思ひ腹立たしかつた。そして、うわあと叫んでゐる自分の声が何だか別人の声のやうに耳にきこえた。しかし、あたりの様子が朧ながら目に見えだして来ると、今度は惨劇の舞台の中に立つてゐるやうな気持であつた。たしか、かういふ光景は映画などで見たことがある。濛濛と煙る砂塵のむかうに青い空間が見え、つづいてその空間の数が増えた。壁の脱落した処や、思ひがけない方向から明りが射して来る。畳の飛散つた坐板の上をそろそろ歩いて行くと、向から凄さまじい勢で妹が駈けつけて来た。

「やられなかつた、やられなかつたの、大丈夫」と妹は叫び、「眼から血が出てゐる、早く洗ひなさい」と台所の流しに水道が出てゐることを教へてくれた。

私は自分が全裸体でゐることを気付いたので、「とにかく着るものはないか」と妹を顧ると、妹は壊れ残つた押入からうまくパンツを取出してくれた。そこへ誰か奇妙な身振りで闖入して来たものがあつた。顔を血だらけにし、シャツ一枚の男は工場の人であつたが、私の姿を見ると、「あなたは無事でよかつたですな」と云ひ捨て、「電話、電話、電話をかけなきや」と呟きながら忙しさうに何処かへ立去つた。

到るところに隙間が出来、建具も畳も散乱した家は、柱と閾ばかりがはつきりと現れ、しばし奇異な沈黙をつづけてゐた。これがこの家の最後の姿らしかつた。後で知つたところに依ると、この地域では大概の家がぺしやんこに倒壊したらしいのに、この家は二階も墜ちず床もしつかりしてゐた。余程しつかりした普請だつたのだらう、四十年前、神経質な父が建てさせたものであつた。

私は錯乱した畳や襖の上を踏越えて、身につけるものを探した。上着はすぐに見附かつたが、ずぼんを求めてあちこちしてゐると、滅茶苦茶に散らかつた品物の位置と姿が、ふと忙しい眼に留まるのであつた。昨夜まで読みかかりの本が頁をまくれて落ちてゐる。長押から墜落した額が殺気を帯びて小床を塞いでゐる。ふと、何処からともなく、水筒が見つかり、つづいて帽子が出て来た。ずぼんは見あたらないので、今度は足に穿くものを探してゐた。

その時、座敷の縁側に事務室のKが現れた。Kは私の姿を認めると、「ああ、やられた、助けてえ」と悲痛な声で呼びかけ、そこへ、ぺつたり坐り込んでしまつた。額に少し血が噴出てをり、眼は涙ぐんでゐた。「何処をやられたのです」と訊ねると、「膝ぢや」とそこを押へながら皺の多い蒼顔を歪める。私は側にあつた布切れを彼に与へておき、靴下を二枚重ねて足に穿いた。「あ、煙が出だした、逃げよう、連れて逃げてくれ」とKは頻りに私を急かし出だす。この私よりかなり年上の、しかし平素ははるかに元気なKも、どういふものか少し顛動気味であつた。

縁側から見渡せば、一めんに崩れ落ちた家屋の塊りがあり、やや彼方に鉄筋コンクリートの建物が残つてゐるほか、目標になるものも無い。庭の土塀のくつがへつた脇に、大きな楓の幹が中途からポツクリ折られて、梢を手洗鉢の上に投出してゐる。ふと、Kは防空壕のところへ屈み、「ここで、頑張らうか、水槽もあるし」と変なことを云ふ。「いや、川へ行きませう」と私が云ふと、Kは不審さうに、「川？ 川はどちらへ行つたら出られるのだつたかしら」と嘯く。

とにかく、逃げるにしてもまだ準備が整はなかつた。私は押入から寝巻をとり出し彼に手渡し、更に縁側の暗幕を引裂いた。座蒲団も拾つた。縁側の畳をはねくり返してみると、持逃げ用の雑嚢が出て来た。私は吻としてそのカバンを肩にかけた。隣の製薬会社の倉庫から赤い小さな焰の姿が見えだした。いよいよ逃げだす時機であつた。私は最後に、ポツクリ折れ曲つた楓の側を踏越えて出て行つた。

その大きな楓は昔から庭の隅にあつて、私の少年時代、夢想の対象となつてゐた樹木である。それが、この春久振りに郷里の家に帰つて暮すやうになつてからは、どうも、もう昔のやうな潤ひのある姿が、この樹木からさへ汲みとれないのを、つくづく私は奇異に思つてゐた。不思議なのは、この郷里全体が、やはらかい自然の調子を喪つて、何か残酷な無機物の集合のやうに感じられることであつた。私は庭に面した座敷に這入つて行くたびに、「アッシャ家の崩壊」といふ言葉がひとりでに浮んでゐた。

Kと私とは崩壊した家屋の上を乗越え、障害物を除けながら、はじめはそろそろと進んで行く。そのうちに、足許が平坦な地面に達し、道路に出てゐることがわかる。すると今度は急ぎ足でとつとと道の中ほどを歩く。ぺしやんこになつた建物の蔭からふと、「をぢさん」と喚く声がする。振返ると、顔を血だらけにした女が泣きながらこちらへ歩いて来る。「助けてえ」と彼女は脅えきつた相で一生懸命ついて来る。暫く行くと、路上に立はだかつて、「家が焼ける、家が焼ける」と子供のやうに泣喚いてゐる老女と出逢つた。煙は崩れた家屋のあちこちから立昇つてゐたが、急に焰の息が烈しく吹きまくつてゐるところへ来る。走つて、そこを過ぎると、道はまた平坦となり、そして栄橋の袂に私達は来てゐた。ここには避難者がぞくぞく蝟集してゐた。「元気な人はバケツで火を消せ」と誰かが橋の上で頑張つてゐる。私は泉邸の藪の方へ道をとり、そして、ここでKとははぐれてしまつた。

その竹藪は薙ぎ倒され、逃げて行く人の勢で、径が自然と拓かれてゐた。見上げる樹木もおほかた中空で削ぎとられてをり、川に添つた、この由緒ある名園も、今は傷だらけの姿であつた。ふと、灌木の側にだらりと豊かな肢体を投出して蹲つてゐる中年の婦人の顔があつた。魂の抜けはてたその顔は、見てゐるうちに何か感染しさうになるのであつた。こんな顔に出喰はしたのは、これがはじめてであつた。が、それよりもつと奇怪な顔に、その後私はかぎりなく出喰はさねばならなかつた。

川岸に出る藪のところで、私は学徒の一塊りと出逢つた。工場から逃げ出した彼女達は一やうに軽い負傷をしてゐたが、いま眼の前に出現した出来事の新鮮さに戦きながら、却つて元気さうに喋り合つてゐた。そこへ長兄の姿が現れた。シャツ一枚で、片手にビール瓶を持ち、まづ異状なささうであつた。向岸も見渡すかぎり建物は崩れ、電柱の残つてゐるほか、もう火の手が廻つてゐた。私は狭い川岸の径へ腰を下ろすと、しかし、もう大丈夫だといふ気持がした。長い間脅かされてゐたものが、遂に来たるべきものが、来たのだつた。さばさばした気持で、私は自分が生きながらへてゐることを顧みた。かねて、二つに一つは助からないかもしれないと思つてゐたのだが、今、ふと己れが生きてゐることと、その意味が、はつと私を弾いた。

このことを書きのこさねばならない、と、私は心に呟いた。けれども、その時はまだ、私はこの空襲の真相を殆ど知つてはゐなかつたのである。

対岸の火事が勢を増して来た。こちら側まで火照りが反射して来るので、満潮の川水に座蒲団を浸しては頭にかむる。そのうち、誰かが「空襲」と叫ぶ。「白いものを着たものは木蔭へ隠れよ」といふ声に、皆はぞろぞろ藪の奥へ匐つて行く。陽は燦燦と降り灑ぎ、藪の向も、どうやら火が燃えてゐる様子だ。暫く息を殺してゐたが、何事もなささうなので、また川の方へ出て来ると、向岸の火事は更に衰へてゐない。熱風が頭上を走り、黒煙が川の中ほどまで煽られて来る。その時、急に頭上の空が暗黒と化したかと思ふと、沛然として大粒の雨が落ちて来た。雨はあたりの火照りを稍〻鎮めてくれたが、暫くすると、またからりと晴れた天気にもどつた。対岸の火事はまだつづいてゐた。今、こちらの岸には長兄と妹とそれから近所の見知つた顔が二つ三つ見受けられたが、みんなは寄り集つて、てんでに今朝の出来事を語り合ふのであつた。

あの時、兄は事務室のテーブルにゐたが、庭さきに閃光が走ると間もなく、一間あまり跳ね飛ばされ、家屋の下敷になつて暫く藻掻いた。やがて隙間があるのに気づき、そこから這ひ出すと、工場の方では、学徒が救ひを求めて喚叫してゐる――兄はそれを救ひ出すのに大奮闘した。妹は玄関のところで光線を見、大急ぎで階段の下に身を潜めたため、あまり負傷を受けなかつた。みんな、はじめ自分の家だけ爆撃されたものと思ひ込んで、外に出てみると、何処も一様にやられてゐるのに啞然とした。それに、地上の家屋は崩壊してゐながら、爆弾らしい穴があいてゐないのも不思議であつた。あれは、警戒警報が解除になつて間もなくのことであつた。ピカツと光つたものがあり、マグネシュームを燃すやうなシューツといふ軽い音とともに、一瞬さつと足もとが回転し、……それはまるで魔術のやうであつた、と妹は戦きながら語るのであつた。

向岸の火が鎮まりかけると、こちらの庭園の木立が燃えだしたといふ声がする。かすかな煙が後の藪の高い空に見えそめてゐた。川の水は満潮の儘まだ退かうとしない。私は石崖を伝つて、水際のところへ降りて行つてみた。すると、すぐ足許のところを、白木の大きな函が流れてをり、函から喰み出た玉葱があたりに漾つてゐた。私は函を引寄せ、中から玉葱を摑み出しては、岸の方へ手渡した。これは上流の鉄橋で貨車が顚覆し、そこからこの函は放り出されて漾つて来たものであつた。私が玉葱を拾つてゐると、「助けてえ」といふ声がきこえた。木片に取縋りながら少女が一人、川の中ほどを浮き沈みして流されて来る。私は大きな材木を選ぶと、それを押すやうにして泳いで行つた。久しく泳いだこともない私ではあつたが、思つたより簡単に相手を救ひ出すことが出来た。

暫く鎮まつてゐた向岸の火が、何時の間にかまた狂ひ出した。今度は赤い火の中にどす黒い煙が見え、その黒い塊りが猛然と拡がつて行き、見る見るうちに焔の熱度が増すやうであつた。が、その無気味な火もやがて燃え尽すだけ燃えると、空虚な残骸の姿となつてゐた。その時である、私は川下の方の空に、恰度川の中ほどにあたつて、物凄い透明な空気の層が揺れながら移動して来るのに気づいた。竜巻だ、と思ふうちにも、烈しい風は既に頭上をよぎらうとしてゐた。まはりの草木がことごとく慄え、と見ると、その儘引抜かれて空に攫はれて行く数多の樹木があつた。空を舞ひ狂ふ樹木は矢のやうな勢で、混濁の中に墜ちて行く。私はこの時、あたりの空気がどんな色彩であつたか、はつきり覚えてはゐない。が、恐らく、ひどく陰惨な、地獄絵巻の緑の微光につつまれてゐたのではないかとおもへるのである。

この竜巻が過ぎると、もう夕方に近い空の気配が感じられてゐたが、今迄姿を見せなかつた二番目の兄が、ふとこちらにやつて来たのであつた。顔にさつと薄墨色の跡があり、背のシャツも引裂かれてゐる。その海水浴で日焦した位の皮膚の跡が、後には化膿を伴ふ火傷となり、数ケ月も治療を要したのだが、この時はまだこの兄もなかなか元気であつた。彼は自宅へ用事で帰つたとたん、上空に小さな飛行機の姿を認め、つづいて三つの妖しい光を見た。それから地上に一間あまり跳ね飛ばされた彼は、家の下敷になつて藻搔いてゐる家内と女中を救ひ出し、子供二人は女中に托して先に逃げのびさせ、隣家の老人を助けるのに手間どつてゐたといふ。

嫂がしきりに別れた子供のことを案じてゐると、向岸の河原から女中の呼ぶ声がした。手が痛くて、もう子供を抱へきれないから早く来てくれといふのであつた。

泉邸の杜も少しづつ燃えてゐた。夜になつてこの辺まで燃え移つて来るといけないし、明るいうちに向岸の方へ渡りたかつた。が、そこいらには渡舟も見あたらなかつた。長兄たちは橋を廻つて向岸へ行くことにし、私と二番目の兄とはまだ渡舟を求めて上流の方へ溯つて行つた。水に添ふ狭い石の通路を進んで行くに随つて、私はここではじめて、言語に絶する人人の群を見たのである。既に傾いた陽ざしは、あたりの光景を青ざめさせてゐたが、岸の上にも岸の下にも、そのやうな人人がゐて、水に影を落してゐた。私達がその前を通つて行くに随つて、その奇怪な人人は細い優しい声で呼びかけた。「水を少し飲ませて下さい」とか「助けて下さい」とか、殆どみんながみんな訴へごとを持つてゐるのだつた。

「をじさん」と鋭い哀切な声で私は呼びとめられてゐた。見ればすぐそこの川の中には、裸体の少年がすつぽり頭まで水に漬つて死んでゐたが、その屍体と半間も隔たらない石段のところに、二人の女が蹲つてゐた。その顔は約一倍半も膨脹し、醜く歪み、焦げた乱髪が女であるしるしを残してゐる。これは一目見て、憐愍よりも、まづ身の毛のよだつ姿であつた。が、その女達は、私の立留まつたのを見ると、「あの樹のところにある蒲団は私のですからここへ持つて来て下さいませんか」と哀願するのであつた。

見ると、樹のところには、なるほど蒲団らしいものはあつた。だが、その上にはやはり瀕死の重傷者が臥してゐて、既にどうにもならないのであつた。

私達は小さな筏を見つけたので、綱を解いて、向岸の方へ漕いで行つた。筏が向の砂原に着いた時、あたりはもう薄暗かつたが、ここにも沢山の負傷者が控へてゐるらしかつた。水際に蹲つてゐた一人の兵士が、「お湯をのましてくれ」と頼むので、私は彼を自分の肩に依り掛からしてやりながら、歩いて行つた。苦しげに、彼はよろよろと砂の上を進んでゐたが、ふと、「死んだ方がましさ」と吐き棄てるやうに呟いた。私は彼を中途に待たしておき、土手の上にある給湯所を石崖の下から見上げた。すると、今湯気の立昇つてゐる台の処で、茶碗を抱へて、黒焦の大頭がゆつくりと、お湯を呑んでゐるのであつた。その尨大な、奇妙な顔は全体が黒豆の粒粒で出来上つてゐるやうであつた。それに頭髪は耳のあたりで一直線に刈上げられてゐた。(その後、一直線に頭髪の刈上げられてゐる火傷者を見るにつけ、これは帽子を境に髪が焼きとられてゐるのだといふことを気付くやうになつた。)暫くして、茶碗を貰ふと、私はさつきの兵隊のところへ持運んで行つた。ふと見ると、川の中に、これは一人の重傷兵が膝を屈めて、そこで思ひきり川の水を呑み耽つてゐるのであつた。

夕闇の中に泉邸の空やすぐ近くの焔があざやかに浮出て来ると、砂原では木片を燃やして夕餉の焚き出しをするものもあつた。さつきから私のすぐ側に顔をふわふわに膨らした女が横はつてゐたが、水をくれといふ声で、私ははじめてそれが次兄の家の女中であることに気づいた。彼女は赤ん坊を抱へて台所から出かかつた時、光線に遇ひ、顔と胸と手を焼かれた。それから、赤ん坊と長女を連れて兄達より一足さきに逃げたが、橋のところで長女とはぐれ、赤ん坊だけを抱へてこの河原に来てゐたのである。最初顔に受けた光線を遮らうとして覆ふた手が、その手が、今も捥ぎとられるほど痛いと訴へてゐた。

潮が満ちて来だしたので、私達はこの河原を立退いて、土手の方へ移つて行つた。日はとつぷり暮れたが、「水をくれ、水をくれ」と狂ひまはる声があちこちできこえ、河原にとり残されてゐる人人の騒ぎはだんだん烈しくなつて来るやうであつた。この土手の上は風があつて、睡るのには少し冷え冷えしてゐた。すぐ向は饒津公園であるが、そこも今は闇に鎖され、樹の折れた姿がかすかに見えるだけであつた。兄達は土の窪みに横はり、私も別に窪地をみつけて、そこへ這入つて行つた。すぐ側には傷ついた女学生が三四人横臥してゐた。

「向の木立が燃えだしたが逃げた方がいいのではないかしら」と誰かが心配する。窪地を出て、向を見ると、二三丁さきの樹に焔がキラキラしてゐたが、こちらへ燃え移つて来さうな気配もなかつた。

「火は燃えて来さうですか」と傷ついた少女は脅えながら私に訊く。

「大丈夫だ」と教へてやると、「今、何時頃でせう、まだ十二時にはなりませんか」とまた訊く。

その時、警戒警報が出た。どこかにまだ壊れなかつたサイレンがあるとみえて、かすかにその響がする。街の方はまだ熾んに燃えてゐるらしく、茫とした明りが川下の方に見える。

「ああ、早く朝にならないのかなあ」と女学生は嘆く。

「お母さん、お父さん」とかすかに静かな声で合掌してゐる。

「火はこちらへ燃えて来さうですか」と傷ついた少女がまた私に訊ねる。

河原の方では、誰か余程元気な若者らしいものの、断末魔のうめき声がする。その声は八方に木霊し、走り廻つてゐる。「水を、水を、水を下さい、……ああ、…お母さん、……、姉さん、……光ちやん」と声は全身全霊を引裂くやうに迸り、「ウウ、ウウ」と苦痛に追ひまくられる喘ぎが弱弱しくそれに絡んでゐる。——幼い日、私はこの堤を通つて、その河原に魚を獲りに来たことがある。その暑い日の一日の記憶は不思議にはつきりと残つてゐる。砂原にはライオン歯磨の大きな立看板があり、鉄橋の方を時時、汽車が轟と通つて行つた。夢のやうに平和な景色があつたものだ。

夜が明けると昨夜の声は熄んでゐた。あの腸を絞る断末魔の声はまだ耳底に残つてゐるやうでもあつたが、あたりは白白と朝の風が流れてゐた。長兄と妹とは家の焼跡の方へ廻り、東練兵場に施療所があるといふので、次兄達はそちらへ出掛けた。私もそろそろ東練兵場の方へ行かうとすると、側にゐた兵隊が同行を頼んだ。その大きな兵隊は、余程ひどく傷ついてゐるのだらう、私の肩に依掛りながら、まるで壊れものを運んでゐるやうに、おづおづと自分の足を進めて行く。それに足許は、破片といはず、屍といはず、まだ余熱を燻らしてゐて、恐ろしく険悪であつた。常盤橋まで来ると、兵隊は疲れてはて、もう一歩も歩けないから置去りにしてくれといふ。そこで私は彼と別れ、一人で饒津公園の方へ進んだ。ところどころ崩れたままで焼け残つてゐる家屋もあつたが、到る処、光の爪跡が印されてゐるやうであつた。とある空地に人が集まつてゐた。水道がちよろちよろ出てゐるのであつた。ふとその時、姪が東照宮の避難所で保護されてゐるといふことを、私は小耳に挿んだ。

急いで、東照宮の境内へ行つてみた。すると、いま、小さな姪は母親と対面してゐるところであつた。昨日、橋のところで女中とはぐれ、それから後は他所の人に従いて逃げて行つたのであるが、彼女は母親の姿を見ると、急に堪へられなくなつたやうに泣きだした。その首が火傷で黒く痛さうであつた。

施療所は東照宮の鳥居の下の方に設けられてゐた。はじめ巡査が一通り原籍年齢などを取調べ、それを記入した紙片を貰ふてからも、負傷者達は長い行列を組んだまま炎天の下にまだ一時間位は待たされてゐるのであつた。だが、この行列に加はれる負傷者ならまだ結構な方かもしれないのだつた。今も、「兵隊さん、兵隊さん、助けてよう、兵隊さん」と火のついたやうに泣喚く声がする。路傍に斃れて反転する火傷の娘であつた。かと思ふと、警防団の服装をした男が、火傷で膨脹した頭を石の上に横たへたまま、まつ黒の口をあけて、「誰か私を助けて下さい、ああ、看護婦さん、先生」と弱い声できれぎれに訴へてゐるのである。が、誰も顧みてはくれないのであつた。巡査も医者も看護婦も、みな他の都市から応援に来たものばかりで、その数も限られてゐた。

私は次兄の家の女中に附添つて行列に加はつてゐたが、この女中も、今はだんだんひどく膨れ上つて、どうかすると地面に蹲りたがつた。漸く順番が来て加療が済むと、私達はこれから憩ふ場所を作らねばならなかつた。境内到る処に重傷者はごろごろしてゐるが、テントも木蔭も見あたらない。そこで、石崖に薄い材木を並べ、それで屋根のかはりとし、その下へ私達は這入り込んだ。この狭苦しい場所で、二十四時間あまり、私達六名は暮したのであつた。

すぐ隣にも同じやうな恰好の場所が設けてあつたが、その莚の上にひよこひよこ動いてゐる男が、私の方へ声をかけた。シャツも上衣もなかつたし、長ずぼんが片脚分だけ腰のあたりに残されてゐて、両手、両足、顔をやられてゐた。この男は、中国ビルの七階で爆弾に遇つたのださうだが、そんな姿になりはてても、頗る気丈夫なのだらう、口で人に頼み、口で人を使ひ、到頭ここまで落ちのびて来たのである。そこへ今、満身血まみれの、幹部候補生のバンドをした青年が迷ひ込んで来た。すると、隣の男は屹度なつて、「おい、おい、どいてくれ、俺の体はめちやくちやになつてゐるのだから、触りでもしたら承知しないぞ、いくらでも場所はあるのに、わざわざこんな狭いところへやつて来なくてもいいじやないか、え、とつとと去つてくれ」と唸るやうに押つかぶせて言つた。血まみれの青年はきよとんとして腰をあげた。

　私達の寝転んでゐる場所から二米あまりの地点に、葉のあまりない桜の木があつたが、その下に女学生が二人ごろりと横はつてゐた。どちらも、顔を黒焦げにしてゐて、痩せた脊を炎天に晒し、水を求めては呻いてゐる。この近辺へ芋掘作業に来て遭難した女子商業の学徒であつた。そこへまた、燻製の顔をした、モンペ姿の婦人がやつて来ると、ハンドバツグを下に置き、ぐつたりと膝を伸した。……日は既に暮れかかつてゐた。ここでまた夜を迎へるのかと思ふと私は妙に佗しかつた。

　夜明前から念仏の声がしきりにしてゐた。ここでは誰かが、絶えず死んで行くらしかつた。朝の日が高くなつた頃、女子商業の生徒も、二人とも息をひきとつた。溝にうつ伏せになつてゐる死骸を調べ了へた巡査が、モンペ姿の婦人の方へ近づいて来た。これも姿勢を崩して今はこときれてゐるらしかつた。巡査がハンドバツグを披いてみると、通帳や公債が出て来た。旅装のまま、遭難した婦人であることが判つた。

　昼頃になると、空襲警報が出て、爆音もきこえる。あたりの悲惨醜怪さにも大分馴らされてゐるものの、疲労と空腹はだんだん激しくなつて行つた。次兄の家の長男と末の息子は、二人とも市内の学校へ行つてゐたので、まだ、どうなつてゐるかわからないのであつた。人はつぎつぎに死んで行き、死骸はそのまま放つてある。救ひのない気持で、人はそわそわ歩いてゐる。それなのに、練兵場の方では、いま自棄に嚠喨として喇叭が吹奏されてゐた。

　火傷した姪たちはひどく泣喚くし、女中は頻りに水をくれと訴へる。いい加減、みんなほとほと弱つてゐるところへ、長兄が戻つて来た。彼は昨日は嫂の疎開先である廿日市町の方へ寄り、今日は八幡村の方へ交渉して荷馬車を傭つて来たのである。そこでその馬車に乗つて私達はここを引上げることになつた。

　馬車は次兄の一家族と私と妹を乗せて、東照宮下から饒津へ出た。馬車が白島から泉邸入口の方へ来掛つた時のことである。西練兵場寄りの空地に、見憶えのある、黄色の、半ずぼんの死体を、次兄はちらりと見つけた。そして彼は馬車を降りて行つた。嫂も私もつづいて馬車を離れ、そこへ集つた。見憶えのあるずぼんに、まぎれもないバンドを締めてゐる。死体は甥の文彦であつた。上着は無く、胸のあたりに拳大の腫れものがあり、そこから液体が流れてゐる。真黒くなつた顔に、白い歯が微かに見え、投出した両手の指は固く、内側に握り締め、爪が喰込んでゐた。その側に中学生の屍体が一つ、それから又離れたところに、若い女の死体が一つ、いづれも、ある姿勢のまま硬直してゐた。次兄は文彦の爪を剝ぎ、バンドを形見にとり、名札をつけて、そこを立去つた。涙も乾きはてた遭遇であつた。

馬車はそれから国泰寺の方へ出、住吉橋を越して己斐の方へ出たので、私は殆ど目抜の焼跡を一覧することが出来た。ギラギラと炎天の下に横はつてゐる銀色の虚無のひろがりの中に、路があり、川があり、橋があつた。そして、赤むけの膨れ上つた屍体がところどころに配置されてゐた。苦悶の一瞬足掻いて硬直したらしい肢体は一種の妖しいリズムを含んでゐる。電線の乱れ落ちた線や、おびただしい破片で、虚無の中に痙攣的の図案が感じられる。だが、さつと転覆して焼けてしまつたらしい電車や、巨大な胴を投出して転倒してゐる馬を見ると、どうも、超現実派の画の世界ではないかと思へるのである。国泰寺の大きな楠も根こそぎ転覆してゐたし、墓石も散つてゐた。外廓だけ残つてゐる浅野図書館は屍体収容所となつてゐた。路はまだ処処で煙り、死臭に満ちてゐる。川を越すたびに、橋が墜ちてゐないのを意外に思つた。この辺の印象は、どうも片仮名で描きなぐる方が応はしいやうだ。それで次に、そんな一節を挿入しておく。

ギラギラノ破片ヤ
灰白色ノ燃エガラガ
ヒロビロトシタ　パノラマノヤウニ
アカクヤケタダレタ　ニンゲンノ死体ノキメウナリズム
スベテアツタコトカ　アリエタコトナノカ
パツト剝ギトツテシマツタ　アトノセカイ
テンプクシタ電車ノワキノ
馬ノ胴ナンカノ　フクラミカタハ
プスプストケムル電線ノニホヒ

倒壊の跡のはてしなくつづく路を馬車は進んで行つた。郊外に出ても崩れてゐる家屋が並んでゐたが、草津をすぎると漸くあたりも青青として災禍の色から解放されてゐた。そして青田の上をすいすいと蜻蛉の群が飛んでゆくのが目に沁みた。それから八幡村までの長い単調な道があつた。八幡村へ着いたのは、日もとつぷり暮れた頃であつた。そして翌日から、その土地での、悲惨な生活が始まつた。負傷者の恢復もはかどらなかつたが、元気だつたものも、食糧不足からだんだん衰弱して行つた。火傷した女中の腕はひどく化膿し、蠅が群れて、とうとう蛆が湧くやうになつた。蛆はいくら消毒しても、後から後から湧いた。そして、彼女は一ケ月あまりの後、死んで行つた。

この村へ移つて四五日目に、行衛不明であつた中学生の甥が帰つて来た。彼は、あの朝、建もの疎開のため学校へ行つたが恰度、教室にゐた時光を見た。瞬間、机の下に身を伏せて、次いで天井が墜ちて埋れたが、隙間を見つけて這ひ出した。這ひ出して逃げのびた生徒は四五名にすぎず、他は全部、最初の一撃で駄目になつてゐた。彼は四五名と一緒に比治山に逃げ、途中で白い液体を吐いた。それから一緒に逃げた友人の処へ汽車で行き、そこで世話になつてゐたのださうだ。しかし、この甥もこちらへ帰つて来て、一週間あまりすると、頭髪が抜け出し、二日位ですつかり禿になつてしまつた。今度の遭難者で、頭髪が抜け鼻血が出だすと大概助からない、といふ説がその頃大分ひろまつてゐた。頭髪が抜けてから十二三日目に、甥はとうとう鼻血を出しだした。医者はその夜が既にあぶなからうと宣告してゐた。しかし、彼は重態のまま、だんだん持ちこたへて行くのであつた。

Nは疎開工場の方へはじめて汽車で出掛けて行く途中、恰度汽車がトンネルに入つた時、あの衝撃を受けた。トンネルを出て、広島の方の空を見ると、落下傘が三つ、ゆるく流れてゆくのであつた。それから次の駅に汽車が着くと、駅のガラス窓がひどく壊れてゐるのに驚いた。やがて、目的地まで達した時には、既に詳しい情報が伝はつてゐた。彼はその足ですぐ引返すやうにして汽車に乗つた。擦れ違ふ列車はみな奇怪な重傷者を満載してゐた。彼は街の火災が鎮まるのを待ちかねて、まだ熱いアスフアルトの上をずんずん進んで行つた。そして一番に妻の勤めてゐる女学校へ行つた。教室の焼跡には、生徒の骨があり、校長室の跡には校長らしい白骨があつた。が、Nの妻の骨らしいものは遂に見出せなかつた。彼は大急ぎで自宅の方へ引返してみた。そこは宇品の近くで家が崩れただけで火災は免がれてゐた。が、そこにも妻の姿は見つからなかつた。それから今度は自宅から女学校へ通じる道に斃れてゐる死体を一つ一つ調べてみた。大概の死体が打伏せになつてゐるので、それを抱き起しては首実験するのであつたが、どの女もどの女も変りはてた相をしてゐたが、しかし彼の妻ではなかつた。しまひには方角違ひの処まで、ふらふらと見て廻つた。水槽の中に折重なつて漬つてゐる十あまりの死体もあつた。河岸に懸つてゐる梯子に手をかけながら、その儘硬直してゐる三つの死骸があつた。バスを待つ行列の死骸は立つたまま、前の人の肩に爪を立てて死んでゐた。郡部から家屋疎開の勤労奉仕に動員されて、全滅してゐる群も見た。西練兵場の物凄さといつたらなかつた。そこは兵隊の死の山であつた。しかし、どこにも妻の死骸はなかつた。

Nはいたるところの収容所を訪ね廻つて、重傷者の顔を覗き込んだ。どの顔も悲惨のきはみではあつたが、彼の妻の顔ではなかつた。さうして、三日三晩、死体と火傷患者をうんざりするほど見てすごした揚句、Nは最後にまた妻の勤め先である女学校の焼跡を訪れた。

廃墟から

八幡村へ移つた当初、私はまだ元気で、負傷者を車に乗せて病院へ連れて行つたり、配給ものを受取りに出歩いたり、廿日市町の長兄と連絡をとつたりしてゐた。そこは農家の離れを次兄が借りたのだつたが、私と妹とは避難先からつい皆と一緒に転がり込んだ形であつた。牛小屋の蠅は遠慮なく部屋中に群れて来た。小さな姪の首の火傷に蠅は吸着いたまま動かない。姪は箸を投出して火のついたやうに泣喚く。蠅を防ぐために昼間でも蚊帳が吊られた。顔と背を火傷してゐる次兄は陰鬱な顔をして蚊帳の中に寝転んでゐた。庭を隔てて母屋の方の縁側に、ひどく顔の腫れ上つた男の姿——そんな風な顔はもう見倦る程見せられた——が伺はれたし、奥の方にはもつと重傷者がゐるらしく、床がのべてあつた。夕方、その辺から妙な譫言をいふ声が聞えて来た。あれはもう死ぬるな、と私は思つた。それから間もなく、もう念仏の声がしてゐるのであつた。亡くなつたのは、そこの家の長女の配偶で、広島で遭難し歩いて此処まで戻つて来たのだが、床に就いてから火傷の皮を無意識にひつかくと、忽ち脳症をおこしたのださうだ。

病院は何時行つても負傷者で立込んでゐた。三人掛りで運ばれて来る、全身硝子の破片で引裂かれてゐる中年の婦人、——その婦人の手当には一時間も暇がかかるので、私達は昼すぎまで待たされるのであつた。——手押車で運ばれて来る、老人の重傷者、顔と手を火傷してゐる中学生——彼は東練兵場で遭難したのださうだ。——など、何時も出喰はす顔があつた。小さな姪はカーゼを取替へられる時、狂気のやうに泣喚く。

「痛い、痛いよ、羊羹をおくれ」

「羊羹をくれとは困るな」と医者は苦笑した。診察室の隣の座敷の方には、そこにも医者の身内の遭難者が担ぎ込まれてゐるとみえて、怪しげな断末魔のうめきを放つてゐた。負傷者を運ぶ途上でも空襲警報は頻頻と出たし、頭上をゆく爆音もしてゐた。その日も、私のところの順番はなかなかやつて来ないので、車を病院の玄関先に放つたまま、私は一まづ家へ帰つて休まうと思つた。台所にゐた妹が戻つて来た私の姿を見ると、

「さつきから『君が代』がしてゐるのだが、どうしたのかしら」と不思議さうに訊ねるのであつた。

私ははつとして、母屋の方のラジオの側へつかつかと近づいて行つた。放送の声は明確にはききとれなかつたが、休戦といふ言葉はもう疑へなかつた。私はじつとしてゐられない衝動のまま、再び外へ出て、病院の方へ出掛けた。病院の玄関先には次兄がまだ呆然と待たされてゐた。私はその姿を見ると、

「惜しかつたね、戦争は終つたのに……」と声をかけた。もう少し早く戦争が終つてくれたら、——この言葉は、その後

みんなで繰返された。彼は末の息子を喪つてゐたし、ここへ疎開するつもりで準備してゐた荷物もすつかり焼かれてゐたのだつた。

私は夕方、青田の中の径を横切つて、八幡川の堤の方へ降りて行つた。浅い流れの小川であつたが、水は澄んでゐて、岩の上には黒とんぼが翅を休めてゐた。私はシャツの儘水に浸ると、大きな息をついた。頭をめぐらせば、低い山脈が静かに黄昏の色を吸集してゐるし、遠くの山の頂は日の光に射られてキラキラと輝いてゐる。これはまるで嘘のやうな景色であつた。もう空襲のおそれもなかつたし、今こそ大空は深い静謐を湛へてゐるのだ。ふと、私はあの原子爆弾の一撃からこの地上に新しく墜落して来た人間のやうな気持がするのであつた。それにしても、あの日、饒津の河原や、泉邸の川岸で死狂つてゐた人間達は、——この静かな眺めにひきかへて、あの焼跡は一体いまどうなつてゐるのだらう。新聞によれば、七十五年間は市の中央には居住できないと報じてゐるし、人の話ではまだ整理のつかない死骸が一万もあつて、夜毎焼跡には人魂が燃えてゐるといふ。川の魚もあの後二三日して死骸を浮べてゐたが、それを獲つて喰つた人間は間もなく死んでしまつたといふ。あの時、元気で私達の側に姿を見せてゐた人達も、その後敗血症で斃れてゆくし、何かまだ、惨として、割りきれない不安が附纏ふのであつた。

食糧は日日に窮乏してゐた。ここでは、罹災者に対して何の温かい手も差しのべられなかつた。毎日毎日、かすかな粥を啜つて暮らさねばならなかつたので、私はだんだん精魂が尽きて、食後は無性に睡くなつた。二階から見渡せば、低い山脈の麓からずつとここまで稲田はつづいてゐる。青く伸びた稲は炎天にそよいでゐるのだ。あれは地の糧であらうか、それとも人間を飢ゑさすためのものであらうか。空も山も青い田も、飢ゑてゐる者の眼には虚しく映つた。

夜は燈火が山の麓から田のあちこちに見えだした。久振りに見る燈火は優しく、旅先にでもゐるやうな感じがした。食事の後片づけを済ますと、妹はくたくたに疲れて二階へ昇つて来る。彼女はまだあの時の悪夢から覚めきらないもののやうに、こまごまとあの瞬間のことを回想しては、ブルブルと身顫をするのであつた。あの少し前、彼女は土蔵へ行つて荷物を整理しようかと思つてゐたのだが、もし土蔵に這入つてゐたら、恐らく助からなかつただらう。私も偶然に助かつたのだが、私が遭難した処と垣一重隔てて隣家の二階にゐた青年は即死してゐるのであつた。——今も彼女は近所の子供で家屋の下敷になつてゐた姿をまざまざと思ひ浮かべて戦くのであつた。それは妹の子供と同級の子供で、前には集団疎開に加はつて田舎に行つてゐたのだが、そこの生活にどうしても馴染めないので両親の許へ引取られてゐた。いつも妹はその子供が路上で遊んでゐるのを見ると、自分の息子も暫くでいいから呼戻したいと思ふのであつた。火の手が見えだした時、妹はその子供が材木の下敷になり、首を持上げながら、「をばさん、助けて」と哀願するのを見た。しかし、あの際彼女の力ではどうすることも出来なかつたのだ。

かういふ話ならいくつも転がつてゐた。長兄もあの時、家屋の下敷から身を匐ひ出して立上ると、道路を隔てて向の家の婆さんが下敷になつてゐる顔を認めた。瞬間、それを助けに行かうとは思つたが、工場の方で泣喚く学徒の声を振切るわけにはゆかなかつた。

もつと痛ましいのは嫂の身内であつた。槙氏の家は大手町の川に臨んだ閑静な栖ひで、私もこの春広島へ戻つて来ると一度挨拶に行つたことがある。大手町は原子爆弾の中心といつてもよかつた。台所で救ひを求めてゐる夫人の声を聞きながらも、槙氏は身一つで飛び出さねばならなかつたのだ。槙氏の長女は避難先で分娩すると、急に変調を来たし、輸血の針跡から化濃して遂に助からなかつた。流川町の槙氏も、これは主人は出征中で不在だつたが、夫人と子供の行衛が分らなかつた。

私が広島で暮したのは半年足らずで顔見知も少かつたが、嫂や妹などは、近所の誰彼のその後の消息を絶えず何処かから寄せ集めて、一喜一憂してゐた。

工場では学徒が三名死んでゐた。二階がその三人の上に墜落して来たらしく、三人が首を揃へて、写真か何かに見入つてゐる姿勢で、白骨が残されてゐたといふ。纔かの目じるしで、それらの姓名も判明してゐた。が、T先生の消息は不明であつた。先生はその朝まだ工場には姿を現してゐなかつた。しかし、先生の家は細工町のお寺で、自宅にゐたにしろ、途上だつたにしろ、恐らく助かつてはゐさうになかつた。

その先生の清楚な姿はまだ私の目さきにはつきりと描かれた。用件があつて、先生の処へ行くと、彼女はかすかに混乱してゐるやうな貌で、乱暴な字を書いて私に渡した。工場の二階で、私は学徒に昼休みの時間英語を教へてゐたが、次第に警報は頻繁になつてゐた。爆音がして広島上空に機影を認めるとラジオは報告してゐながら、空襲警報も発せられないことがあつた。「どうしますか」と私は先生に訊ねた。「危険さうでしたらお知らせしますから、それまでは授業してゐて下さい」と先生は云つた。だが、白昼広島上空を旋回中といふ事態はもう容易ならぬことではあつた。あの日、私が授業を了へて、二階から降りて来ると、T先生はがらんとした工場の隅にひとり腰掛けてゐた。その側で何か頻りに啼声がした。ボール箱を覗くと、雛が一杯蠢いてゐた。「どうしたのです」と訊ねると、「生徒が持つて来たのです」と先生は莞爾笑つた。

女の子は時時、花など持つて来ることがあつた。事務室の机にも活けられたし、先生の卓上にも置かれた。工場が退けて生徒達がぞろぞろ表の方へ引上げ、路上に整列すると、T先生はいつも少し離れた処から監督してゐた。先生の掌には花の包みがあり、身嗜のいい、小柄な姿は凛としたものがあつた。もし彼女が途中で遭難してゐるとすれば、あの沢山の重傷者の顔と同じやうに、想つても、ぞつとするやうな姿に変り果てたことだらう。

私は学徒や工員の定期券のことで、よく東亜交通公社へ行つたが、この春から建物疎開のため交通公社は既に二度も移転してゐた。最後の移転した場所もあの惨禍の中心にあつた。そこには私の顔を見憶えてしまつた、色の浅黒い、舌足らずでものを云ふ、しかし、賢こさうな少女がゐた。彼女も恐らく助かつてはゐないであらう。戦傷保険のことで、よく事務室に姿を現してゐた、七十すぎの老人があつた。この老人は廿日市町にゐる兄が、その後元気さうな姿を見かけたといふことであつた。

どうかすると、私の耳は何でもない人声に脅やかされることがあつた。牛小屋の方で、誰かが嗔狂な喚きを発してゐる、と、すぐその喚き声があの夜河原で号泣してゐた断末魔の声を連想させた。腸を絞るやうな声と、嗔狂な冗談の声は、まるで紙一重のところにあるやうであつた。私は左側の眼の隅に異状な現象の生ずるのを意識するやうになつた。ここへ移つてから、四五日目のことだが、日盛の路を歩いてゐると左の眼の隅に羽虫か何か、ふわりと光るものを感じた。光線の反射かと思つたが、日蔭を歩いて行つても、時時光るものは目に映じた。それから夕暮になつても、夜になつても、どうかする度に光るものがチラついた。これはあまりおびただしい焔を見た所為であらうか、それとも頭上に一撃を受けたためであらうか。あの朝、私は便所にゐたので、皆が見たといふ光線は見なかつたし、いきなり暗黒が滑り墜ち、頭を何かで撲りつけられたのだ。左側の眼蓋の上に出血があつたが、殆ど無疵といつていい位、怪我は軽かつた。あの時の驚愕がやはり神経に響いてゐるのであらうか、しかし、驚愕とも云へない位、あれはほんの数秒間の出来事であつたのだ。

私はひどい下痢に悩まされだした。夕刻から荒れ模様になつてゐた空が、夜になると、ひどい風雨となつた。稲田の上を飛散る風の唸りが、電燈の点かない二階にゐてはつきりと聞える。家が吹飛ばされるかもしれないといふので、階下にゐる次兄達や妹は母屋の方へ避難して行つた。私はひとり二階に寝て、風の音をうとうとと聞いた。家が崩れる迄には、雨戸が飛び、瓦が散るだらう。みんなあの異常な体験のため神経過敏になつてゐるやうであつた。時たま風がぴつたり歇むと、蛙の啼声が耳についた。それからまた思ひきり、一もみ風は襲撃して来る。私も万一の時のことを寝たまま考へてみた。持つて逃げるものといつたら、すぐ側にある鞄ぐらゐであつた。階下の便所に行く度に空を眺めると、真暗な空はなかなか白みさうにない。パリパリと何か裂ける音がした。天井の方からザラザラの砂が墜ちて来た。

翌朝、風はぴつたり歇んだが、私の下痢は容易にとまらなかつた。腰の方の力が抜け、足もとはよろよろとした。建物疎開に行つて遭難したのに、奇蹟的に命拾ひをした中学生の甥は、その後毛髪がすつかり抜け落ち、次第に元気を失つてゐた。そして、四肢には小さな斑点が出来だした。私も体を調べてみると、極く僅かだが、斑点があつた。念のため、とにかく一度診て貰ふため病院を訪れると、庭さきまで患者が溢れてゐた。尾道から広島へ引上げ、大手町で遭難したといふ婦人がゐた。髪の毛は抜けてゐなかつたが、今朝から血の塊りが出るといふ。姙つてゐるらしく、懶さうな顔に、底知れぬ不安と、死の近づいてゐる兆を湛へてゐるのであつた。

舟入川口町にある姉の一家は助かつてゐるといふ報せが、廿日市の兄から伝はつてゐた。義兄はこの春から病臥中だし、とても救はれまいと皆想像してゐたのだが、家は崩れてもそこは火災を免れたのださうだ。息子が赤痢でとても今苦しんでゐるから、と妹に応援を求めて来た。妹もあまり元気ではなかつたが、とにかく見舞に行くことにして出掛けた。そして、翌日広島から帰つて来た妹は、電車の中で意外にも西田と出逢つた経緯を私に語つた。

西田は二十年来、店に雇はれてゐる男だが、あの朝はまだ出勤してゐなかつたので、途中で光線にやられたとすれば、とても駄目だらうと想はれてゐた。妹は電車の中で、顔のくちやくちやに腫れ上つた黒焦の男を見た。乗客の視線もみんなその方へ注がれてゐたが、その男は割りと平気で車掌に何か訊ねてゐた。声がどうも西田によく似てゐると思つて、近寄つて行くと、相手も妹の姿を認めて大声で呼びかけた。その日収容所から始めて出て来たところだといふことであつた。……私が西田を見たのは、それから一ケ月あまり後のことで、その時はもう顔の火傷も乾いてゐた。自転車もろとも跳ね飛ばされ、収容所に担ぎ込まれてからも、西田はひどい辛酸を嘗めた。周囲の負傷者は殆ど死んで行くし、西田の耳には蛆が湧いた。「耳の穴の方へ蛆が這入らうとするので、やりきれませんでした」と彼はくすぐつたさうに首を傾けて語つた。

九月に入ると、雨ばかり降りつづいた。頭髪が脱け元気を失つてゐた甥がふと変調をきたした。鼻血が抜け、咽喉からも血の塊りをごくごく吐いた。今夜が危なからうといふので、廿日市の兄たちも枕許に集つた。つるつる坊主の蒼白の顔に、小さな縞の絹の着物を着せられて、ぐつたり横はつてゐる姿は文楽か何かの陰惨な人形のやうであつた。鼻孔には棉の栓が血に滲んでをり、洗面器は吐きだすもので真赤に染まつてゐた。「がんばれよ」と、次兄は力の籠つた低い声で励ました。彼は自分の火傷のまだ癒えてゐないのも忘れて、夢中で看護するのであつた。不安な一夜が明けると、甥はそのまま奇蹟的に持ちこたへて行つた。

甥と一緒に逃げて助かつてゐた級友の親から、その友達は死亡したといふ通知が来た。兄が廿日市で見かけたといふ保険会社の元気な老人も、その後歯齦から出血しだし間もなく死んでしまつた。その老人が遭難した場所と私のゐた地点とは二丁と離れてはゐなかつた。

しぶとかつた私の下痢は漸く緩和されてゐたが、体の衰弱してゆくことはどうにもならなかつた。頭髪も目に見えて薄くなつた。すぐ近くに見える低い山がすつかり白い靄につつまれてゐて、稲田はざわざわと揺れた。

私は昏昏と睡りながら、とりとめもない夢をみてゐた。夜の灯が雨に濡れた田の面へ洩れてゐるのを見ると、頻りに妻の臨終を憶ひ出すのであつた。妻の一周忌も近づいてゐたが、どうかすると、まだ私はあの棲み慣れた千葉の借家で、彼女と一緒に雨に鎖ぢこめられて暮してゐるやうな気持がするのである。灰燼に帰した広島の家のありさまは、私には殆ど想ひ出すことがなかつた。が、夜明の夢ではよく崩壊直後の家屋が現れた。そこには散乱しながらも、いろんな貴重品があつた。書物も紙も机も灰になつてしまつたのだが、私は内心の昂揚を感じた。何か書いて力一杯ぶつかつてみたかつた。

ある朝、雨があがると、一点の雲もない青空が低い山の上に展がつてゐたが、長雨に悩まされ通したものの眼には、その青空はまるで虚偽のやうに思はれた。はたして、快晴は一日しか保たず、翌日からまた陰惨な雨雲が去来した。亡妻の郷里から義兄の死亡通知が速達で十日目に届いた。彼は汽車で広島へ通勤してゐたのだが、あの時は微傷だに受けず、その後も元気で活躍してゐるといふ通知があつた矢さき、この死亡通知は、私を茫然とさせた。

何か広島にはまだ有害な物質があるらしく、田舎から元気で出掛けて行つた人も帰りにはフラフラになつて戻つて来るといふことであつた。舟入川口町の姉は、夫と息子の両方の看病にほとほと疲れ、彼女も寝込んでしまつたので、再びこちらの妹に応援を求めて来た。その妹が広島へ出掛けた翌日のことであつた。ラジオは昼間から颱風を警告してゐたが、夕暮とともに風が募つて来た。風はひどい雨を伴ひ真暗な夜の怒号と化した。私が二階でうとうと睡つてゐると、下の方ではけたたましく雨戸をあける音がして、田の方に人声が頻りであつた。ザザザと水の軋るやうな音がする。堤が崩れたのである。そのうちに次兄達は母屋の方へ避難するため、私を呼び起した。まだ足腰の立たない甥を夜具のまま抱へて、暗い廊下を伝つて、母屋の方へ運んで行つた。そこにはみんな起きてゐて不安な面持であつた。その川の堤が崩れるなど絶えて久しくなかつたことらしい。

「戦争に負けると、こんなことになるのでせうか」と農家の主婦は嘆息した。風は母屋の表戸を烈しく揺すぶつた。太い突かひ棒がそこに支へられた。

翌朝、嵐はけろりと去つてゐた。その颱風の去つた方向に稲の穂は悉く靡き、山の端には赤く濁つた雲が漾つてゐた。――鉄道が不通になつたとか、広島の橋梁が殆ど流されたとかいうことをきいたのは、それから二三日後のことであつた。

私は妻の一周忌も近づいてゐたので、本郷町の方へ行きたいと思つた。広島の寺は焼けてしまつたが、妻の郷里には、彼女を最後まで看病つてくれた母がゐるのであつた。が、鉄道は不通になつたといふし、その被害の程度も不明であつた。とにかく事情をもつと確かめるために、廿日市駅へ行つてみた。駅の壁には共同新聞が貼り出され、それに被害情況が書いてあつた。列車は今のところ、大竹・安芸中野間を折返し運転してゐるらしく、全部の開通見込は不明だが、八本松・安芸中野間の開通見込が十月十日となつてゐるので、これだけでも半月は汽車が通じないことになる。その新聞には県下の水害の数字も掲載してあつたが、半月も列車が動かないなどといふことは破天荒のことであつた。

広島までの切符が買へたので、ふと私は広島駅へ行つてみることにした。あの遭難以来、久振りに訪れるところであつた。五日市まではなにごともないが、汽車が己斐駅に入る頃から、窓の外にもう戦禍の跡が少しづつ展望される。山の傾斜に松の木がゴロゴロと薙倒されてゐるのも、あの時の震駭を物語つてゐるやうだ。屋根や垣がさつと転覆した勢をその儘とどめ、黒黒とつづいてゐるし、コンクリートの空洞や赤錆の鉄筋がところどころ入乱れてゐる。横川駅はわづかに乗り降りのホームを残してゐるだけであつた。そして、汽車は更に激しい壊滅区域に這入つて行つた。はじめてここを通過する旅客はただただ驚きの目を瞠るのであつたが、私にとつてはあの日の余燼がまだすぐそこに感じられるのであつた。汽車は鉄橋にかかり、常盤橋が見えて来た。焼爛れた岸をめぐつて、黒焦の巨木は天を引掻かうとしてゐるし、涯てしもない燃えがらの塊は蜿蜒と起伏してゐる。私はあの日、ここの河原で、言語に絶する人間の苦悶を見せつけられたのだが、だが、今、川の水は静かに澄んで流れてゐるのだ。そして、欄杆の吹飛ばされた橋の上を、生きのびた人人が今ぞろぞろと歩いてゐる。饒津公園を過ぎて、東練兵場の焼野が見え、小高いところに東照宮の石の階段が、何かぞつとする悪夢の断片のやうに閃いて見えた。つぎつぎに死んでゆく夥しい負傷者の中にまじつて、私はあの境内で野宿したのだつた。あの、まつ黒の記憶は向に見える石段にまだまざまざと刻みつけられてあるやうだ。

広島駅で下車すると、私は宇品行のバスの行列に加はつてゐた。宇品から汽船で尾道へ出れば、尾道から汽車で本郷へ行けるのだが、汽船があるものかどうかも宇品まで行つて確かめてみなければ判らない。このバスは二時間おきに出るのに、これに乗らうとする人は数丁も続いてゐた。暑い日が頭上に照り、日蔭のない広場に人の列は動かなかつた。今から宇品まで行つて来たのでは、帰りの汽車に間に合はなくなる。そこで私は断念して、行列を離れた。

家の跡を見て来ようと思つて、私は猿猴橋を渡り、幟町の方へまつすぐに路を進んだ。左右にある廃墟が、何だかまだあの時の逃げのびて行く気持を呼起すのだつた。京橋にかかると、何もない焼跡の堤が一目に見渡せ、ものの距離が以前より遥かに短縮されてゐるのであつた。さういへば、累累たる廃墟の彼方に山脈の姿がはつきり浮び出てゐるのも、先程から気づいてゐた。どこまで行つても同じやうな焼跡ながら、夥しいガラス壜が気味悪く残つてゐる処や、鉄兜ばかりが一ところに吹寄せられてゐる処もあつた。

私はぼんやりと家の跡に佇み、あの時逃げて行つた方角を考へてみた。庭石や池があざやかに残つてゐて、焼けた樹木は殆ど何の木であつたか見わけもつかない。台所の流場のタイルは壊れないで残つてゐた。栓は飛散つてゐたが、頻りにその鉄管から今も水が流れてゐるのだ。あの時、家が崩壊した直後、私はこの水で顔の血を洗つたのだつた。いま私が佇んでゐる路には、時折人通りもあつたが、私は暫くものに憑かれたやうな気分でゐた。それから再び駅の方へ引返して行くと、何処からともなく、宿なし犬が現れて来た。そのものに脅えたやうな燃える眼は、奇異な表情を湛へてゐて、前になり後になり迷ひ乍ら従いてくるのであつた。

汽車の時間まで一時間あつたが、日蔭のない広場にはあかあかと西日が溢れてゐた。外郭だけ残つてゐる駅の建物は黒く空洞で、今にも崩れさうな印象を与へるのだが、針金を張り巡らし、「危険につき入るべからず」と貼紙が掲げてある。切符売場の、テント張りの屋根は石塊で留めてある。あちこちにボロボロの服装をした男女が蹲つてゐたが、どの人間のまはりにも蠅がうるさく附纏つてゐた。蠅は先日の豪雨でかなり減少した筈だが、まだまだ猛威を振つてゐるのであつた。が、地べたに両足を投出して、黒いものをパクついてゐる男達はもうすべてのことがらに無頓着になつてゐるらしく、「昨日は五里歩いた」「今夜はどこで野宿するやら」と他人事のやうに話合つてゐた。私の眼の前にきよとんとした顔つきの老婆が近づいて来て、

「汽車はまだ出ませんか、切符はどこで切るのですか」と剽軽な調子で訊ねる。私が教へてやる前に、老婆は「あ、さうですか」と礼を云つて立去つてしまつた。これも調子が狂つてゐるのにちがひない。下駄ばきの足をひどく腫らした老人が、連れの老人に対つて何か力なく話かけてゐた。

私はその日、帰りの汽車の中でふと、呉線は明日から試運転をするといふことを耳にしたので、その翌々日、呉線経由で本郷へ行くつもりで再び廿日市の方へ出掛けた。が、汽車の時間をとりはづしてゐたので、電車で己斐へ出た。ここまで来ると、一そ宇品へ出ようと思つたが、ここからさき、電車は鉄橋が墜ちてゐるので、渡舟によつて連絡してゐて、その渡しに乗るにはものの一時間は暇どるといふことをきいた。それで私はまた広島駅に行くことにして、己斐駅のベンチに腰を下ろした。

その狭い場所は種種雑多の人で雑沓してゐた。今朝尾道から汽船でやつて来たといふ人もゐたし、柳井津で船を下ろされ徒歩でここまで来たといふ人もゐた。人の言ふことはまちまちで分らない、結局行つてみなければどこがどうなつてゐるのやら分らない、と云ひながら人人はお互に行先のことを訊ね合つてゐるのであつた。そのなかに大きな荷を抱へた復員兵が五六人ゐたが、ギロリとした眼つきの男が袋をひらい

て、靴下に入れた白米を側にゐるおかみさんに無理矢理に手渡した。

「気の毒だからな、これから遺骨を迎へに行くときいては見捨ててはおけない」と彼は独言を云つた。すると、「私にも米を売つてくれませんか」といふ男が現れた。ギロリとした眼つきの男は、

「とんでもない、俺達は朝鮮から帰つて来て、まだ東京まで行くのだぜ、道道十里も二十里も歩かねばならないのだ」と云ひながら、毛布を取出して、「これでも売るかな」と呟くのであつた。

広島駅に来てみると、呉線開通は虚報であることが判つた。私は茫然としたが、ふと舟入川口町の姉の家を見舞はうと思ひついた。八丁堀から土橋まで単線の電車があつた。土橋から江波の方へ私は焼跡をたどつた。焼け残りの電車が一台放置してあるほかは、なかなか家らしいものは見当らなかつた。漸く畑が見え、向に焼けのこりの一郭が見えて来た。火はすぐ畑の側まで襲つて来てゐたものらしく、際どい処で、姉の家は助かつてゐる。が、塀は歪み、屋根は裂け、表玄関は散乱してゐた。私は裏口から廻つて、縁側のところへ出た。すると、蚊帳の中に、姉と甥と妹とその三人が枕を並べて病臥してゐるのであつた。手助に行つてゐた妹もここで変調をきたし、二三日前から寝込んでゐるのだつた。姉は私の来たことを知ると、

「どんな顔をしてるのか、こちらへ来て見せて頂だい、あんたも病気だつたさうなが」と蚊帳の中から声をかけた。

話はあの時のことになつた。あの時、姉たちは運よく怪我もなかつたが、甥は一寸負傷したので、手当を受けに江波まで出掛けた。ところが、それが却つていけなかつたのだ。道道、もの凄い火傷者を見るにつけ、甥はすつかり気分が悪くなつてしまひ、それ以来元気がなくなつたのである。あの夜、火の手はすぐ近くまで襲つて来るので、病気の義兄は動かせなかつたが、姉たちは壕の中で戦きつづけた。それからまた、先日の颱風もここでは大変だつた。壊れてゐる屋根が今にも吹飛ばされさうで、水は漏り、風は仮借なく隙間から飛込んで来、生きた気持はしなかつたといふ。今も見上げると、天井の墜ちて露出してゐる屋根裏に大きな隙間があるのであつた。まだ此処では水道も出ず、電燈も点かず、夜も昼も物騒でならないといふ。

私は義兄に見舞を云はうと思つて隣室へ行くと、壁の剝ち、柱の歪んだ部屋の片隅に小さな蚊帳が吊られて、そこに彼は寝てゐた。見ると熱があるのか、赤くむくんだ顔を呆然とさせ、私が声をかけても、ただ「つらい、つらい」と義兄は喘いでゐるのであつた。

私は姉の家で二三時間休むと、広島駅に引返し、夕方廿日市へ戻ると、長兄の家に立寄つた。思ひがけなくも、妹の息子の史朗がここへ来てゐるのであつた。彼が疎開してゐた処も、先日の水害で交通は遮断されてゐたが、先生に連れられて三日がかりで此処まで戻つて来たのである。膝から踵の辺

まで、蚤にやられた傷跡が無数にあつたが、割りと元気さうな顔つきであつた。明日彼を八幡村に連れて行くことにして、私はその晩長兄の家に泊めてもらつた。が、どういふものか睡苦しい夜であつた。焼跡のこまごました光景や、茫然とした人人の姿が睡れない頭に甦つて来る。八丁堀から駅までバスに乗つた時、ふとバスの窓に吹込んで来る風に、妙な臭ひがあつたのを私は思ひ出した。あれは死臭にちがひなかつた。あけかたから雨の音がしてゐた。翌日、私は甥を連れて雨の中を八幡村へ帰つて行つた。私についてとぼとぼ歩いて行く甥は跣足であつた。

嫂は毎日絶え間なく、亡くした息子のことを嘆いた。びしよびしよの狭い台所で、何かしながら呟いてゐることはそのことであつた。もう少し早く疎開してゐたら荷物だつて焼くのではなかつたのに、と殆ど口癖になつてゐた。黙つてきいてゐる次兄は時時思ひあまつて呶鳴ることがある。妹の息子は飢ゑに戦きながら、蝗など獲つて喰つた。次兄の息子も二人、学童疎開に行つてゐたが、汽車が不通のためまだ戻つて来なかつた。長い悪い天気が漸く恢復すると、秋晴の日が訪れた。稲の穂が揺れ、村祭の太鼓の音が響いた。堤の路を村の人達は夢中で輿を担ぎ廻つたが、空腹の私達は忙然と見送るのであつた。ある朝、舟入川口町の義兄が死んだと通知があつた。

私と次兄は顔を見あはせ、葬式へ出掛けてゆく支度をした。電車駅までの一里あまりの路を川に添つて二人はすたすた歩いて行つた。とうとう亡くなつたか、と、やはり感慨に打たれないではゐられなかつた。

私がこの春帰郷して義兄の事務所を訪れた時のことがまづ目さきに浮んだ。彼は古びたオーバーを着込んで、「寒い、寒い」と顫へながら、生木の燻る火鉢に獅嚙みついてゐた。言葉も態度もひどく弱弱しくなつてゐて、滅きり老い込んでゐた。それから間もなく寝つくやうになつたのだ。医師の診断では肺を犯されてゐるといふことであつたが、彼の以前を知つてゐる人にはとても信じられないことではあつた。ある日、私が見舞に行くと、急に白髪の増えた頭を持あげ、いろんなことを喋つた。彼はもうこの戦争が惨敗に近づいてゐることを予想し、国民は軍部に欺かれてゐたのだと微かに悲憤の声を洩らすのであつた。そんな言葉をこの人の口からきかうとは思ひがけぬことであつた。日支事変の始まつた頃、この人は酔ぱらつて、ひどく私に絡んで来たことがある。長い間陸軍技師をしてゐた彼には、私のやうなものはいつも気に喰はぬ存在と思へたのであらう。私はこの人の半生を、さまざまのことを憶えてゐる。この人のことについて書けば限りがないのであつた。

私達は己斐に出ると、市電に乗替へた。市電は天満町まで通じてゐて、そこから仮橋を渡つて向岸へ徒歩で連絡するのであつた。この仮橋もやつと昨日あたりから通れるやうになつたものと見えて、三尺幅の一人しか歩けない材木の上を人はおそるおそる歩いて行くのであつた。(その後も鉄橋はなかなか復旧せず、徒歩連絡のこの地域には闇市が栄えるやうになつたのである。)私達が姉の家に着いたのは昼まへであつた。

天井の墜ち、壁の裂けてゐる客間に親戚の者が四五人集まつてゐた。姉は皆の顔を見ると、

「あれも子供達に食べさせたいばつかしに、自分は弁当も持つて行かず、雑炊食堂を走り歩いて昼餉をすませてゐたのです」と泣いた。義兄は次の間に白布で被はれてゐた。その死顔は火鉢の中に残つてゐる白い炭を連想さすのであつた。

遅くなると電車も無くなるので、火葬は明るいうちに済まさねばならなかつた。近所の人が死体を運び、準備を整へた。やがて皆は姉の家を出て、そこから四五町さきの畑の方へ歩いて行つた。畑のはづれにある空地に義兄は棺もなくシイツにくるまれたまま運ばれてゐた。ここは原子爆弾以来、多くの屍体が焼かれる場所で、焚つけは家屋の壊れた破片が積重ねてあつた。皆が義兄を中心に円陣を作ると、国民服の僧が読経をあげ、藁に火が点けられた。すると、十歳になる義兄の息子がこの時わーつと泣きだした。火はしめやかに材木に燃え移つて行つた。雨もよひの空はもう刻刻と薄暗くなつてゐた。私達はそこで別れを告げると、帰りを急いだ。

私と次兄とは川の堤に出て、天満町の仮橋の方へ路を急いだ。足許の川はすつかり暗くなつてゐたし、片方に展がつてゐる焼跡には灯一つも見えなかつた。暗い小寒い路が長かつた。どこからともなしに死臭の漾つて来るのが感じられた。このあたり家の下敷になつた儘とり片づけてない屍体がまだ無数にあり、蛆の発生地となつてゐるといふことを聞いたのはもう大分以前のことではあつたが、真黒な焼跡は今も陰陰と人を脅すやうであつた。ふと、私はかすかに赤ん坊の泣声をきいた。耳の迷ひでもなく、だんだんその声は歩いて行くに随つてはつきりして来た。勢のいい、悲しげな、しかし、これは何といふ初初しい声であらう。このあたりにもう人間は生活を営み、赤ん坊さへ泣いてゐるのであらうか。何ともいひしれぬ感情が私の腸を抉るのであつた。

槙氏は近頃上海から復員して帰つて来たのですが、帰つてみると、家も妻子も無くなつてゐました。で、廿日市町の妹のところへ身を寄せ、時時、広島へ出掛けて行くのでした。あの当時から数へてもう四ケ月も経つてゐる今日、今迄行衛不明の人が現れないとすれば、もう死んだと諦めるよりほかはありません。槙氏にしてみても、細君の郷里をはじめ心あたりを廻つてはみましたが、何処でも悔みを云はれるだけでした。流川の家の焼跡へも二度ばかり行つてみました。罹災者の体験談もあちこちで聞かされました。

実際、広島では今でも何処かで誰かが絶えず八月六日の出来事を繰返し繰返し喋つてゐるのでした。行衛不明の妻を探すために数百人の女の死体を抱き起して首実験してみたとこ

ろ、どの女も一人として腕時計をしてゐなかつたといふ話や、流川放送局の前に伏さつて死んでゐた婦人は赤ん坊に火のつくのを防ぐやうな姿勢で打伏になつてゐたといふ話や、さうかと思ふと、瀬戸内海のある島では当日、建物疎開の勤労奉仕に村の男子が全部動員されてゐたので、一村挙つて寡婦となり、その後女房達は村長のところへ捻ぢ込んで行つたといふ話もありました。槙氏は電車の中や駅の片隅で、そんな話をきくのが好きでしたが、広島へ度度出掛けて行くのも、いつの間にか習慣のやうになりました。自然、己斐駅や広島駅前の闇市にも立寄りました。が、それよりも、焼跡を歩きまはるのが一種のなぐさめになりました。以前はよほど高い建ものにでも登らない限り見渡せなかつた、中国山脈がどこを歩いてゐても一目に見えますし、瀬戸内海の島山の姿もすぐ目の前に見えるのです。それらの山山は焼跡の人間達を見おろし、一体どうしたのだ？　と云はんばかりの貌つきです。しかし、焼跡には気の早い人間がもう粗末ながらバラツクを建てはじめてゐました。軍都として栄えた、この街が、今後どんな姿で更生するのだらうかと、槙氏は想像してみるのでした。すると緑樹にとり囲まれた、平和な、街の姿がぼんやりと浮ぶのでした。あれを思ひ、これを思ひ、ぼんやりと歩いてゐると、槙氏はよく見知らぬ人から挨拶されました。ずつと以前、槙氏は開業医をしてゐたので、もしかしたら患者が顔を憶えてゐてくれたのではあるまいかとも思はれましたが、それにしても何だか変なのです。

　最初、かういふことに気附いたのは、たしか、己斐から天満橋へ出る泥濘を歩いてゐる時でした。恰度、雨が降りしきつてゐましたが、向から赤錆びたトタンの切れぱしを頭に被り、ぼろぼろの着物を纏つた乞食らしい男が、雨傘のかはりに翳《かざ》してゐるトタンの切れから、ぬつと顔を現はしました。そのギロギロと光る眼は不審げに、槙氏の顔をまじまじと眺め、今にも名乗をあげたいやうな表情でした。が、やがて、さつと絶望の色に変り、トタンで顔を隠してしまひました。

　混み合ふ電車に乗つてゐても、向から頻りに槙氏に対つて頷く顔があります。ついうつかり槙氏も頷きかへすと、「あなたはたしか山田さんではありませんでしたか」などと人ちがひのことがあるのです。この話をほかの人に話したところ、見知らぬ人から挨拶されるのは、何も槙氏に限つたことでないことがわかりました。実際、広島では誰かが絶えず、今でも人を捜し出さうとしてゐるのでした。

二つの短篇

昭和23年6月号

藤枝　静男

ふじえだ・しずお
（明治40年〜平成5年）
千葉医科大学卒。旧友の本田秋五、平野謙にすすめられて小説家となる。出発は遅く、昭和22年に発表した「路」が処女作なので、本作品もごく初期のものである。代表作に『空気頭』『欣求浄土』など。

Tさん

Tさんといふのは、私の親友Kの兄さんの名前である。Kは高等学校三年の時落第し、第四年目の卒業ちかくチフスにかゝり、腸出血をおこしてあつけなく病院で死んだ。小柄の水肥りで、顔はやゝ長く、なで肩で、女のやうに小さな優美な手をしてゐた。肥つてゐたので角力の選手をしてゐたが、あまり強くなかつたやうである。眼が悪く、自宅でも時々うつ向いて眼を冷やしてゐたこともあり、なにか身体に弱点をもつてゐたと思はれる。

Kが死んだ時、病院の廊下をかけて行くと向ふからTさんが来た。そして私を見ると立ち止つて「皆来てゐるよ」と云つたが「どうも」と云つてそれから顔へ手をあてゝ泣きだした。Tさんとはそれまでに二三回あつたことがあつたが、年齢も十五六程ちがひ、ただ挨拶するだけであつた。まもなく友人の間でKの遺稿を記念の本にまとめることにきまり、毎日会ふやうになり、急に親しくなつた。

さうして驚いたことには、Tさんの言動は全くKそのまゝであつた。若い学生が年齢のちがふ兄の影響を受けやすいのは当然であり、従つて実際はKの方がTさんの引写しだつたのだが、その時分は私の気分がK中心であつた故さう感じたのである。愛好する科学者、哲学者、音楽家が全然同一であつた。それから全般的に科学万能で、偉大なる（これも共通の口癖だ）発明家を特に尊重する。それから「君達は甘い。社会の悲痛なる現実を知らない」。ファーブルをファラブルと云ひ、ガリクルチをガリカチと云ふ。――このやうに話題やそれの話し方までが同じであつたから私達は一そう容易に親しくなつたのだと思ふ。後の話だが、Tさんの方でも当然私に同じ感をもつたさうである。

Tさんは K と同じく小柄でよく肥り、なで肩で、高等学校時代にはやはり角力の選手をしてゐたが、顔は円く似てゐる方ではなかつた。たゞ眉毛がうすいのと、額にしわのよるところは共通であつた。髪が大変うすく、いつも指でそれをこき上げる癖があつた。さうしてその毛の乏しい頭を、こつちがはらはらする程キューキューこき廻したあげくに手のひらを見せて「この二三年はホラこの通り一本も抜けないよ」と真剣な顔つきで云ふことがあつた。売薬なんか一切駄目だ、太陽燈も無効だ、アルコール摩擦はいく分よい。しかし風呂に入る度に頭を無暗に洗ふのはかへつて有毒らしい、そんなことを既に毛のうすかつた私に教へてくれたことがある。

歳はその頃四十近かつたが（私は二十二三であつた）経済的には無能力であつたらしい。両親は無く、N市の堀端に近い大きな家に八十何歳の老僕と、老女中と、若い女中と、それからTさんとKとが留守番として暮らし、長男で家長のSさんは東京に住んで財産を管理し、月にきまつたぎりぎりの生活費を送つてきたのである。Sさんは奥さんをつれて欧州見物などをし、スペイン土産の派手な肩掛をした奥さんの原色版写真を、私は婦人雑誌の口絵で見たことがあつた。

若い私は殆ど毎日この家に行き、食事をし夜更けまで話しをして、一頃をすごしてゐたのであるが、Tさんにとつては随分迷惑であつたにちがひない。「金がなくて、君のおかづに困つたよ、鮭一切れも買へなかつたこともあつた」と後に聞いたことがあるから、さういふ点でも私は予期しない迷惑をかけてゐたわけである。

いつも同じ汚い着物に、細いへこ帯を尻の横にぶらさげ、肥つた胸をはだけ、無帽でTさんは歩いてゐる。そこには自由な親しい空気があつた。

もともとTさんは、死んだお父さんの命令で東大の法科を出ると一時ある会社へ勤めたのであるが、第一次世界大戦後の恐慌で会社が潰れたのをいい機会にして、元来好きだつた京都の理論物理に入りなほした。その頃、何かに感ずるところがあつて理想的中産階級住宅地の建設を計画し、京都の郊外に土地を買つたことがあつた。理想的な道路や、理想的な家を作りはじめたが、勿論若いTさんの仕事が成功するわけはなく、桜並木（それは将来らんまんたる花のトンネルになる筈であつた）の苗木を植ゑたところで借金に責められ、お父さんに後始末をしてもらつた。その為分けてもらふはずの遺産はふいになつてしまつたのださうである。Tさんにはその頃恋人があつた。それはある通俗的な人気歌手であつたが、Tさんはその女をN市につれて来て、自分の家を宿にし、自分はマネージャーのやうなことをして、映画の間に独唱をさせたり、一緒に近くを旅行したりしたことがあつた。しかし肉体の関係はなく、その女はやがて逃げてしまつた。やはり同じ時分か、あるひは多分その少し前頃からと思ふが、立体映画の発明にとりかゝつて頻りに研究した。これはその後ひき続いて行はれ、今ではTさんの唯一の仕事となつてゐる。

私がTさんの過去について知つてることはこれだけである。そして一口に云へば、呑気で善意の道楽息子だといふことになるであらう。年齢のはなれたTさんは、私に向つて無意識にさういふ面しか示さなかつたのかも知れないが、しかし当初から私はそこに何か曖昧な影のやうな暗さと弱気とが漂つてゐるのを感じてゐた。

Tさんは独身で、無職であつた。日常の仕事といへば、兄に命ぜられた借家の見廻り、債務者との交渉、登記所、別荘の修繕、庭木の手入れ——つまり、分別ある居候の仕事、やればやる程増し、家族や親戚中の女達に馬鹿にされる仕事であつた。一緒に散歩してゐると時々さういふ女達の一人に出合ひ、露骨に侮つた挨拶をうけるのを見ることがあつた。「叔父さんの発明には飽き飽きだわ」十二になる姪が私達の話を聞きかぢつて横から口を出し、Tさんは気まずさうに苦笑し、気の毒なこともあつた。

しかし毎夜おそくまで、大きな家の一室で、立体映画の発明に没頭してゐると云ふ生活は、Tさんに絶対の優越感を与へてゐたと思はれる。Tさんはこの立場に立つた自分を、本来の自分と考へてゐたから、昼間の世界に寛容に対し得たのである——初めの間はごく自然にしかしだんだんと意識的に——といふのは、年がたつにつれて少しづつ発明の仕事に対する自信が失はれていつたと考へられる点があるからであるが。

私はその仕事場に一度も入つたことがなかつた。私には何となく遠慮があつたし、Tさんも私を誘ふことがなかつた。かういふ仕事は鋸の目のやうに、急に昇り、急に降るカーヴの連続であり、いつも成功しさうで、常に成功することがないといふのが、あらゆる発明狂のたどる道なのであらう。

立体映画の問題は理論的には一応解決がついてゐるのだから、それにはフイルム、スクリーン、撮影装置、映写装置を変へるとか、あるひは例のセルロイド眼鏡を観客にかけさせるとかすればよいのであつて、これ等の方法は既にそれぞれ各国の特許に登録されてゐる。しかし現在それが実現されてゐないのは、撮影機や、無数の映画館の映写機や、スクリーンを変へたり、そのスクリーンに対する観客の角度を一定の範囲内に制限する必要があつたりするからである。どんな田舎の小屋ででも、今と同じやうにぶらつと入つて、そのまゝ眼鏡もかけずに立体映画が見られるやうな方法を発明したいといふのが、Tさんの研究の目標であつた。かういふ簡単で実用的なイデーは、近い将来に、恐らくアメリカあたりで成就されるにちがひない。トーキー、それから天然色の次には当然立体映画が来るはずである。随分たくさんの人間が、大規模な研究所で、あるひはTさんのやうに金がなく一人で、この仕事ととり組んでゐるであらう。Tさんの調べたところでは、世界中で毎年数百の特許が、この問題に関して登録されつゝある。Tさんは、この不思議な虚空での大競争に加つて、絶えず見えない相手を追ひかけ、また追ひかけられてゐたのである、それはまるでチェーンのない自転車を心死になつて踏んでるやうだつたが、しかしこの不思議に充実し緊張した空気と夢とは、若い私を魅惑せずには置かなかつた（今でもそれは価値があると思つてゐる）。だが、はたの者がそれを馬鹿にするのも仕方のないことであつた。

死んだKは、将来の志望を実験化学にきめてゐたが、その理由は自分の研究の効果が常に目に見えるものとして現れて来ること、そしてその成績を確実な基礎として次の実験に移り、かくして理論を進め得ること、従つて努力さへすればある程度の業績を遺し得る、といふ点にあつた、これはTさんの仕事に対する弟としての批判でもあつたらう。

Tさんは直感といふことをよく云つてゐた。発明には直感が随分大きな役割をもつてゐるし、理論的に不可能と思はれる仕事をし遂げようとすれば自然にインスピレーションを待つやうになるが、小インスピレーションは発明家を常に訪ひ、常に失望させ、常に発明に縛りつけて放さないのである。Tさんと枕をならべて寝てゐる夜更け、頻りに寝返りをうつてゐたと思ふと、むつくり起きあがつて書斎に行き、朝まで何かしてゐることがあるのを私はしばしば経験した。朝、寝巻きのまゝもどつて来る。そして私を見て「寝てゐる時は確かにいいと思つたんだが」と云ふのであつた。それは私達が前後して東京に住むやうになり、Tさんがだんだん窮迫してきた数年後にも変りなかつたらしい。たまに午頃訪問すると、かわいた白つぽい顔をして寝床から起きて来るのであつた。

東京に出て一年ばかりして、Tさんは急性腎炎をやり、それを無理して起きて歩いたので慢性になり、いつもだるいと云つてゐたがその頃使ひ走りのやうなこまごました家の仕事は益々多くなり、さういふ生活は何時とはなしにTさんの風貌や身のまはりに染み込んでいつてゐたやうである。Tさんの顔や首筋は陽やけがしてき、笑ふと顔に皺が寄るやうになつた。そして変な話しだが、いつも大きなモーニングの上衣だけを素シャツの上に着てゐた。それは五尺八寸十九貫あつたといふ死んだお父さんの古で、ようかん色になり、ボタンもなく、Tさんのふくら脛までとゞくのである、――昔、私達が高等学校三年の頃、寮の記念祭の陳列に、Kの発案でニーチェの「我爾に超人を教ふ」といふ句を題にした飾物を作つたことがあつた。部屋の一方の壁にベートウヴェンのマスク、一方に猿の面をかけ、その間に綱をはり、綱のまん中から真逆様に、六尺余りの人形が下の井戸めがけて墜落せんとしてゐる。井戸の中からは大蛇が鎌首を出してゐる。後の壁には「人間は天才と猿とをつなぐ綱の………進むも危ふく退くも危ふし、云々」といふ文句が貼りつけてある。――この墜落せんとしてゐる大男に着せたモーニングを今Tさんが着てゐるのだ。

その頃チャップリンが日本へ来て、Tさんは新聞でそれを知り、面会しようとしたことがあつた。彼に聞けば、世界の立体映画の情勢が分るにちがひないと云ふのであつた。勿論会へるはずはなく、考へ自体も非常識であり、すぐやめたが、そこには何か切迫した気分が感じられた。それは成功が近づいたからではなく、反対に五里霧中のなかから何かヒントを摑まうと焦つてゐた当時の気持ちの反映であつたと思はれる。もうその頃は発明の目標も数年前にくらべると徐々に形が崩れ、Tさんは次第に卑俗な甘いものに向つて退却しつゝあるやうに私には思はれた。

今までと全く同様な一枚の画面に現れた写真を、完全な立体に見せようとすることは確実に不可能であるから、Tさんの目標は最も強く立体感を誘ふ画面を作りたいといふ点にあつた。——それは絶対的なものの完成ではなくて、比較的なものの成就に向けられてゐたわけである。つまり目標自体が多くの段階を持ち、従つてそれは初めからいくらでも引き下げられ得る危険をもつてゐた。その上ことの成否を判定するものが常に、画面を見て感ずる人間のイリュージョンなのであるから一層いけなかつたのである。Tさんは知らず識らずのうちにこの段階を引き下げ、他方自分のイリュージョンとは妥協して行つたのである。——ある場合には意識してそれをしなければならなかつたかも知れぬ。何故ならば、TさんはN市の家から追ひ出されたと同様に、東京の家にも借手ができてそこを出なければならない破目になつてゐたのだから、そして無職であり一文の財産もないTさんにとつては、家を出るといふことは食を失ふことを意味してゐたのだから。

前にも書いたとほり、私は上京してからTさんに会ふことは割合に稀であつたが、それでも一緒に散歩するやうな時、Tさんは急に立どまつて、「君、これは立体的に見えやしないかね」と、ショウウィンドの背景に書かれた文字や模様をぢつとのぞいてゐることがよくあつた。そして斜に見たり、正面から見たりしたあげく「やつぱりたいしたこともないか」とか「絵とちがつて写真はむつかしいからなあ」とか呟いて離れるのであつた。雑誌など読んでゐても「君一寸かしてくれたまへ」と受け取つて裏表紙の広告文字を近づけたり離したり、片眼つむつたりして眺めてゐることもあつた。時には変なぼやけたやうな素人写真（それはTさんが自製の写真器で撮影したものだ）を出して来て見せる。「どうだらう、少しは普通の写真とちがやしないかね。——レンズが悪いんで一寸ぼやけてゐるけど」私にはしかし、まの悪い曖昧な返事しかできない。それは普通の写真としても出来の悪い、見にくいものに過ぎないのだ。Tさんは段々に退却し、もうそれはある主要目標に焦点をあはせ、背景はぼやけさせるといふ、たゞの写真と紙一重のところを目指してゐるとしか思へなくなつて来たのである。一方Tさんは次第に自分自身の眼を信用できなくなつてきたのではないだらうか。それは年齢から云つて当然のなりゆきであつたらうが、経済的窮境も一層その速度を早めたと思はれる。腎臓炎以来の肉体的衰退もそれに加はつてゐたであらう。ある日Tさんは「僕も年をとつたよ」と、しかし一寸嬉しさうに新しい老眼鏡を出し「何だか変だ変だと思つてゐたんだが、一昨日やつと原因がわかつたんだ」と云つてそれを不馴な手つきでかけ「とてもよく見える、これでさつぱりした」と笑つた。さういふTさんはますます私に親しみを感じさせるのであつたが、他方私は何かに憤慨せずには居られないやうな、重苦しい気分に落ち入るのであつた。

「さめない薬缶」そんな、夜店で売るやうな雑なものの特許を申請するやうになつた。

夏のある日、猿股一つで盥に水を汲み、大きな蓮の葉を、それに漬けたり出したり、葉の上に水玉を転がしたり、天眼鏡で葉の表面を調べたり、しきりにやつてゐる。つまり新しいレーンコートの発明なのだ。蓮の葉はすぐに水をはぢいて、後はさらさらしてゐるから、これと同じやうな物理的構造をもつた布地を簡単に作れないだらうかといふのである。「そんなことしなければいいのになあ」私はしやがんでゐるTさんの白い背中と、赤い、少し細くなつた首筋を眺めて考へるのだつた。

その頃Tさんにつれられてカフェに行つたことがある。「今日は君がびつくりするやうな所へ案内しよう」と云つて、私を場末の安カフェにつれて行つた。汚い女がやつて来て、ひどい唄を歌つた。Tさんは私を見て「どうだ君」と得意さうに云つたが、女には薄ら笑ひをしてまづい冗談を云つただけで「禿ちやん」と云はれ、仕方のないやうな、不安定な顔をしてゐるうちに女は行つてしまつた。

いつ頃からTさんと会はなくなつたのか、私には記憶がない。上京後一年半ほどして私は大学に入つてC市に移つた為だんだん間遠になり、私が上級に進むに従つて一層文通がなくなり、おしまひに一年ばかり会はなかつた後に行つて見ると、もう住み手が変つてゐたことがあり、文通もなかつたので（Tさんは手紙を書かない人だつた）その後の住所もわからなくなつてしまつたのである。Tさんはあの家を出てどこかに下宿したのであらうが、恐らくそこでもやはり発明の仕事は続けてゐたにちがひない。

私の友人Hは最近上野駅の近所でTさんに出会つたと云つてその話をしてくれた。Tさんは何でもどこかの区役所に勤めてゐるらしいが、前にくらべるとひどく年をとり、痩せて、しかし腫れたような顔をしてゐたさうである。兄さんのSさんのことなど聞いてみたが曖昧で何も知らぬらしく、全く孤独な生活をしてゐるらしい。例のだぶだぶの古モーニングを着てゐたさうである。住所を聞いたが教へてくれなかつた。勤め先も「近くやめるつもりだから」と云つて教へてくれなかつた。そんな話であつた。

一日

——昭和三年——

夢の中の雨の音がそのまゝ移つて現実の耳に入り「あゝ雨だな」と思つて目を覚ました。かなり劇しいらしく、障子の隙間から霧のやうなしぶきが蒲団の裾に降りかゝつてゐる。八郎はうとうとしながら二三度うす目をあけてそちらの方を見たが、また引込まれるやうに浅い眠りに落ちて行つた。

昨夜、高等学校生徒の八郎は青年にあり勝の愚かな夢をみて驚いて目覚めた。顔と身体とに何とも云ひようのない無力と不快の情が満ち、彼にとつては少しも誇張でない暗澹とした自己嫌悪に陥つて暫くぢつとしてゐた。若者特有のヒステリーで何もかもが嫌だといふふうに考へ、そしてそれの原因がすべて自分の卑怯と意志薄弱にあるのだと思ひ込む、理由のない感傷的な気分に支配されて、不意に友人のAが遊廓へ行つたりカフェに行つたりする勇敢さが非常に羨しく思はれたりした。いつか散歩のをり二人で公園のベンチに休んでゐた。前に噴水式の水飲台がある。そこへ若い夫婦が五つ位の女の子の手を引いて来て妻君が水を飲んだ。二三歩と離れないうちにAはつかつかと近づいてすぐ後の水口に口をつけ、いかにもわざとその妻君に見せるんだといふふうに水を飲んで見せたことがある。その無神経さに彼は強い不快を覚えたが、同時にしかし「女に平気になつた」Aには羨望を感じた。Aが二三日前「愛慾が人生のすべてだ」と云つたことを改めて思ひ出したりした。勿論それには反対だ。しかし俺にとつて愛慾といふものは、それについていろいろ想像はできても正体は全く無智なのだから、反対すべき根拠はゼロだ「知りもしないのに」Aにさう云はれゝばそれまでだ。それに一体俺はどうしてかう性慾が盛んなのだらう。性慾が起きてくると急に心が雨あがりの泥溝のやうに濁つてしまふ。この濁流が心を強く深くするやうな性格では俺はない。却つて力が弱められて行くんだ。

八郎は最近死んだBの手帖に書きつけてあつた一節を想ひ起した。それには「悪魔ヨ戦ハン」と題がある「恐ロシイ好悪サト頑強サトデ俺ノ心ヲ根底的ニ破壊セント、飽クマデモ恐ロシイ鉄槌ヲ振リ上グル悪魔ヨ。汝ハ俺ヲ汚辱ト怠惰ノ中ニ陥シ入レントスルカ。汝ハモウ俺ノ内心、サウダコノ内心コソハ清クモ尊イ親ノ血ガ凝ツテヰルノダ、ソレニマデ喰ヒ入ラウトスルノカ。俺ノ身ハ本当ハ俺ノモノデハナイ。母様ノモノデアリ父様ノモノダ。死セントセラレタ時スベテノ生命ヲ我ノ心ニ託セラレタノダ。俺ハ貴様ト飽クマデ戦ハウ。コレカラモ汝ハ恐ロシイ花の香ヲカガセルデアラウ。怠惰ノ眠薬ヲノマセルダラウ。ダガ貴様ガ俺ノ身体カラ戦ニ敗レテ去ルマデハ、生命ヲ的ニ戦ツテヤラウ。コレカラハ貴様ガ倒レルカ、俺ガ貴様ニ喰ハレルカ、一騎打ノ勝負ヲ決ショウ。貴様ガ如何ナル毒牙ヲ向ケヨウトモ、俺ニモマタ純剣ガアル。一刻ノ休ムトキナク、貴様ガ去ルマデハ油断ナク死ヲ決シテ戦《せん》ホウ。俺モ男ダ。」

不意に彼の頭に今の精液を見てやれといふ好奇心が湧き上つて来た。性慾の実体といふ気があつた。「俺は見てやらう」と思つた。

八郎はむつくり起き上ると蚊帳の吊手をはづし、ざらざらする蚊帳の上に机を運んで来てその上に兄から譲り渡された顕微鏡を、電灯の位置を見ながら据ゑた。それからオブジェクトグラスにそれをつけて鏡下に置き、覗き込んで度盛りを調節した。不意に、浮き上るやうに焦点が合ひ、お玉杓子のやうに頭と尾を持つた精虫の群がはつきりと、ゆるやかに流れる原液の中に現れた。八郎はぞつとした。何とも云ひ現はしやうのない、わけの分らぬきつい感じが突き上げて来た。微小な、一匹一匹生きた彼等は密集してひしめきあひ、盲目的に絶えず運動し視野の中を右往左往してゐる。何の為に、何に向つてか、それは今は確かに全くの無目的だ。それは虚無感のやうな変なものであつた。そこには意見や結論をすぐに導き出せる親しみが少しも現れてゐなかつた。

八郎は何とはなしに煙草をつけたが、一本吸ひ終ると空腹を感じ、机を片づけて蚊帳はそのまゝ電気を消して寝床にもぐり込んだ。さうして暗闇の中で顔にうるさく当る蚊帳を胸の下の方にたぐり寄せ、目を閉ぢた。初秋で蚊はもう殆ど居なかつた。「とにかく真だ。現実の姿だ」彼は声に出すふうに繰り返しさう思つた。しかし考へはそれ以上には進まなかつた。


向ふから可成り速いスピードでトラックが来る。長い竹の束を積んでゐるので先きは運転台を越して前方に突き出てゐて、それがコックリ、コックリ、もどかしいやうにゆるやかに上下に頭を頷かせながら近づいて来る。今浅い目覚めの頭の中で雨声を聴きながら、前夜のことを辿らうとすると、想ひはそのやうな緩急の不調和な一塊りになつて八郎に浮かんで来るのである。顕微鏡を覗いた時の強い感動も、今は生々しさを失つたといふよりはむしろ全く質の異つたものに変つてしまつてゐる。あのむき出しのきつい映像は、もう彼の好きな「現実の一断片」といふふうな概念的な命題となつてぼんやり頭に浮かぶだけであつた「だがそれだつて」と彼は自嘲的に考へる「俺がいくら人生とか現実とか云つて考へたつて何の力もありやしない。何故なら俺は人生も現実も実際には全く知らないんだから」実社会に働いて、経済的に独立して、女との肉体的経験を持つてゐないものは、人生を語る資格は絶対にないと彼は頑固に思ひ込んでゐる。そして自活能力と遊廓へ行く勇気がないのに性慾ばかり盛んなのは、自分が意志薄弱で卑怯だからだと考へ、劣等感に悩んでゐる。勿論彼もこの理窟は変だと思はないことはない。それに実際に接触する友人の兄や父親や商人達が如何に愚劣で無恥で不愉快であるかは経験して知つてゐる「しかし」とこゝで彼は戻る「それでも彼等は現実を俺よりは知つてゐる。だから俺よりは正しい」

八郎はやがて劇しい雨の中を、釣鐘マントを頭からかぶつて下宿を駈け出して行つた。そして一丁ばかり離れた学校前のミルクホールでおそい朝食をすませ、二時間目の始まつた教室に入つて行つた。額が禿げ上り、ぴかぴか光るやうな長い顔をした長身のドイツ語教師が、教科書、ワッケンローデルの浪漫的な若々しい芸術回想記を読んでゐる。殆どすべての章が文芸復興期の大画家達に捧げられ、感傷的な、流れるやうな讃美「神の如き」とか「最も聖なる」とか「偉大にして驚嘆すべき」とかいふ形容詞なしに決して発音されないラファエルやミケランジェロやレオナルドやピエロ・ディ・コシモで満ち満ちてゐるその教科書は、ドイツ語の苦手な彼をも十分引きつけてゐる。この本の主人公――偉大な壁画に満ちた礼拝堂の入口からおづおづと敬虔な面持で覗き込んでゐる若い一修道僧の姿は、八郎にとつて何と羨ましい空想の糧であらう。それはいつも死んだ親友Bとの話題となつてゐた。彼等の間では、この主人公はただのセンチメンターで概念的な中学生にすぎないと簡単に断定されてゐたが、しかし数冊の美術書からの知識と、目に触れる貧しい写真版とだけでこれ等の画家達の偉大さを公言する八郎達が、内心それを恥ぢてゐたのは勿論である。

教師の訳して行く快い咏嘆的な文章を聴いてゐるうちに、何時のまにか耳はそこから離れて行き、彼の心は一週間前に死んだ親友の想出に移り込んでゐた。色々の場面や、その時々のBの声音が次から次へと念頭に浮かんで止まなかつた。すると懐かしさと悲しさが潮のやうに彼の胸を浸し初め、彼の目からは止めどもなく涙が湧き出て机に突いた肘の間にぽたぽた落ちて来た。「俺はBが死んだのに心の底では確かに何だか面白がつてゐたではないか。その証拠に翌晩ビールを飲んで友達相手にBのことを得意になつて喋つたではないか」彼はさう思つた。しかし同時に頭の隅に葬式の時のお経の哀しいリズムが生き生きとよみがへつて来て、涙はますます降るやうに落ちて来るのであつた。彼の肘はだんだん涙の溜りに押されて開き、結局それは机から溢れて床にポタポタ垂れて来た。たうとう彼はやり切れなくなつて不意にたち上ると、教師や同級生の怪げんさうな顔を背中に感じながら扉をあけて外へ出た。廊下の隅の洗面台で顔を洗はうとすると掌の水は涙とまぢつて顔に生温く触れ、彼は不思議に思ふて少し笑ひ気味で顔をごしごしするのだがその間にも涙は出やまないのであつた。

恥かしさの為に後の授業を休んで下宿に帰つてしまつた彼は、昼飯抜きの昼寝をし、今は何となくさつぱりした快活な気分で友人Cと話をしてゐる。Cは彼と同じく小説好きなので、話はいつもの通り芸術に就いてである。八郎は早くから小説を読んでゐたが、すぐに芸術と非芸術はどこで区別するかといふ問題に苦しんで、今だにそれを考へてゐる。初めのうち十六七歳の頃（彼は今二十一歳）は、或る文字と文字とのつながり具合、極端な時は或る字の次に句読点の有る無し、それが既に区別の決定点の一つになつてゐるかも知れぬと疑ひ、どうかしてそれを知らうと執心したこともあつた。これは無駄な努力としてぢきやまつたが、しかし或る一つの塩のやうな要素があつてそれがあれば芸術、それが含まれてゐなければ非芸術といふ、さういふものがある——全てが無かといふやうな頑固な考へ方は、変つた形で彼の頭を尚支配しつゝあるのである。彼は最近「存在するものはすべて美し」といふことに就いて考へてゐる。それを云つた人の文章が強く実感を以て彼を納得させたので、今もCに向つて盛んにその受売りをやつてゐる。Cは頷きながら感心して聴いてゐる。

「所がね」と八郎は云つた「さうなると僕はもう花や木や夕焼けを素直な気持で見られなくなつてしまふんだ。無理やりに汚い泥溝や蠅のたかる塵芥をぢつと眺めて、そこから美を感じようと努力する。さういふものの美が分らないうちは、花だつて雲だつて本当に深く美しいと感じてゐるのではないわけだらう。それはたゞ綺麗と感じてゐるだけだと思ふんだ」ある日彼はかういふ思想の延長として、自然の一つである肛門を見てやらうと考へたことがあつた。鏡に馬乗りになつたがなかなか見る決心がつかなかつた。結局思ひ切つて彼は鏡を覗き、そして一分ばかり我慢して凝視めてゐたのだがこのことは流石にCには云はなかつた。

暫く話してから、五時頃二人は下宿を出て校門の前を通りすぎ、小降になつた雨の中を十分程歩いて或る食堂に入つて行つた。今は姿は見えないが、こゝには八郎が目当てにしてゐる女給が一人ゐるのである。身長は五尺足らず、小肥りで色が白く、少しお凸の丸い顔をしてゐる。眼が大きく、鼻が小さいので一層それが目立つて魅力的に見える。年は十六である。一寸嗄れたやうな声だが彼にはたいして気にならない、むしろ魅惑的に感じることさへある。名前は平凡でタマ子といふ(彼は初めてそれを知つた時不服な気がした)。女給は十人位ゐるが、客の註文を聞いて品物を持つて来て置いて行くだけであるから、臆病な彼は勿論タマ子と話をしたことはない。従つて向ふは感じてゐないときめ込んでゐるが、しかし彼は彼らしく時々心の中でタマ子と結婚した時のことを空想したりしてゐるのである。

二人は紅茶をあつらへた。Cが今年の夏休みに親戚の女学生と初めて接吻した話をした。接吻すると相手の唾が少し口へ入つた。Cはそれを吐き出したいのだが、悪いやうな気がして我慢してゐた。するとますます自分の口の中に唾が出て溜つて来てどうすることもできないやうになつてしまつたから、用事のあるふりをして出て吐いて来た由。聴きながら八郎は非常な羨ましさにわくわくした。

入口に「やあこゝにゐたのか」とAの無遠慮な声がして、彼は「今下宿へ行つたんだ」と云ひながら二人の間へ腰かけた。それから「ビールを下さい、コップを三つね」といやに叮嚀に大声で云つた。厚かましい調子にきこえ、八郎とCはわきを向いてゐた。「今日はタマちゃんはゐないのかね」八郎に云つたので益々いやな気がした。Aは平気で「のまんかね」と卓子の上に小型の布の袋を出し中から西洋きざみの葉をつまみ出して小さな紙の上にならべ、端から指で上手に巻いて得意さうにくはへて見せた。八郎は映画で見て知つてゐるだけであつたので珍らしく、早速真似て見たがうまく行かない。結局中味はひどくこぼれて、皮ばかりのぷかぷかしたのができた。そこへビールが来た。タマ子が運んで来た。不意だつたので彼はあがつてしまひ「僕はいらない」と云ひながら吸口をしめすのを忘れて手製タバコをくはへて火をつけた。するといきなり皮の紙だけが燃えて来て焔をホッと温く感じた。びつくりして離さうとしたが、薄い紙が唇の皮にはりついて急にとれなかつたので、彼は鼻の先きを少し火傷し、手先でビールの入つたコップを床に払ひ落してしまつた。人々がいつせいにこつちを向いた。「どうしたんだ」急のことでわからずAもCも驚いてゐる。タマ子は何時もの嗄れたやうな声で「まあ」と云つてゐる。彼はかういふ生意気な真似をしたから失敗した。しかも皆に見られて笑はれてゐるといふ屈辱で頭が割れさうになつた。「何でもないよ」彼は薄笑ひをし逃げるやうに立つて便所へ行つたが隅の方で女給達

「編輯後記」より

今日私は周囲の文学を志す二十年代の青年たちを眺めて歯がゆく思ふことは、皆立派な紳士でハメをはづさず埒外を好まず、書きまくる勉強もせず、乱読を避け、書いても先輩に読ませると軽蔑されやしないかと先づ自尊心が先に立ち、ひとかどの文芸評論家のやうな顔をして既成作家の作品をけなしつけてすましてゐることである。私とても未だ三十になるやならずの、習作時代をどうやら抜け出した無名の作家でしかないけれど、今日の二十年代の人々のやうに紳士ではなかつたし、多少の努力ははらつた積りでゐる。自らを直す矜持は、作家たらんとするもの必ずやあるべきには相違ないけれども、自らの作品を旅させる勇気に欠けてゐては最早絶対にその人は作家にはなれぬ。狭き門なればこそ、己の作品を冷厳なる他人の前にさらし、鞭打たさなければならぬ。斯かる意味で、私は、三田文学をこそ、新しき人々の道場たらしめたい。発表機関を有たない人々は、躊躇なく投稿されんことをのぞみたい。私は、私が先輩にむかつてのぞんだ如く、如何なる稚劣な原稿に対しても、それが文学に志す熱意に燃えてゐるものならば、襟を正して拝見する。二度や三度没にされても、そんなことは問題にならない筈である。どうかどしどし投稿して頂きたい。

〈昭和二十一年八月号、柴田錬三郎〉

が何かでワッと笑ひ中にタマ子の声も混つてゐるやうな気がした。彼は「裏切られた」といふ自分勝手な気持から彼女に腹を立てた。便所から出て来ると不意にそこを通りかゝつたタマ子に突きあたりさうになつた。彼は「おい」と云つた。そして彼の胸位の所にあるタマ子の頭に向かつて「僕は君に結婚を申し込む気はないんだからね」と自分でもわけのわからぬことを云つた。「すみません」と小さな声で云つて立つてゐる。それを見ると今度は急に愛と可憐の感じがこみ上げて来た。つまらんことを云つた。彼はますます後悔と屈辱と愛の入り混つた気持で「いゝよ、もう馬鹿にするな」怒つた声で云ひ、一層後悔してゐる。

八郎が卓子に戻るとぢきタマ子が布巾と新しいコツプとを持つて来て、こぼれたビールを大人しい様子で叮嚀に拭きとり、割れたコップを持ち去つた。彼の胸は現金にやわらかくなり、楽しい気持ちが湧いてくるのであつた。

食堂を出ると、もう夕暮であつた。三人は分れ、八郎は自分の下宿に向つた。一日降り続いた雨はもうやみ、厚かつた雲はうすくなり、その雲を透して、太陽がしめつた草や、屋根や、道路の水溜りをうす赤く染めてゐた。一日の勤めを終へて電車を降りた人々が、傘を下げて各々の家へ帰つて行く。それを眺めてゐると、親しみと懐しさが静かに彼の胸を浸してゐるのであつた。

その晩、彼は早く床に入つたが、何となく身体は涼しく心は温いやうな、甘い弱々しさに身をまかせて、静かに眼をとぢてゐた。可憐なタマ子のことが頻りに頭を往来した。上から見下した彼女の黒い頭髪の流れがそのうちに何時のまにかレオナルド作の編んだ金髪の流れの素描に変つて行つた。その素描と並べて、一本の杭にさへぎられ、それに分たれ、また合して流れる流水の図が画かれてあつた。そしてこの髪と水とは全く相似の流れ方をしてゐた。恐らく空気もまた同じ自然の法則に従つて同様の流れ方をするのだらう。顕微鏡で見る最も小さな水滴も、シャボン玉も、それから地球も球形をしてゐる。何といふ共通だらう。水晶の結晶の上下の軸を無限にのばすと六角の柱になる、それは蜜蜂の巣と同じものだ。純種の白と赤の白粉花を交配させると、次の世代の花は純白一桃色二純赤一の割合に咲く。これは$(a+b)^2=a^2+2ab+b^2$といふ代数の式でaを白、bを赤としたものと全く同じ法則だ。実に不思議だ。何といふ偉大な自然の法則だらう。かういふ法則に満ち満ちた宇宙は何と美しいことだらう。彼は幸福な思ひに包まれて、だんだん頭がしびれて来、やがて安らかに眠りに入つて行つた。

ガラスの靴

昭和26年6月号

©Akira Soda

安岡　章太郎

やすおか・しょうたろう
（大正9年～平成25年）
慶應義塾大学英文科卒。デビュー作として「三田文学」に発表した「ガラスの靴」が芥川賞候補となり、遠藤周作らと共に「第三の新人」と呼ばれた。現在に続く戦後第六次「三田文学」の復刊の際、尽力した。

夜十二時をすぎると、日本橋もしづかになる。

ときどき高速度ではしり去る自動車のエンジンが、キインと大げさな物音を遠くまでひびかせる。

「どうしたの」

僕は汗ばんだ受話器をもちかへ、テーブルに足をかけて、椅子にもたれた背をそらせながら、ベッドの中からかけてくる悦子の電話にこたへた。

「ああ、あたし、熊に会ひたいな。あなた、熊がお魚かついで歩いてるの、見たことある？」

「ないよ。」

「つまンなさうに返辞するのね。熊つていいなあ。熊は人間とお話しできるんですつて、ほんとかしら。」

「知らない。」

「だつて、あなたの田舎は北海道だつておつしやつたくせに。そんなこと、知らないの。」

僕は、うすい鉄板をわななかせて伝つてくる悦子の声をききながら、ガラス戸の中に、青黒い背中をそろへて並んでゐる猟銃の列をながめる。……ぺちゃんこの胸、変にながい手足、子供みたいな悦子の軀は、抱きよせるとき、僕の胸のなかで折れさうになる。そのくせいつたん抵抗しはじめると、どこと云つて抑へやうのない、まるで水の底で海草にからまれたやうな始末の悪さなのだ。……何がいまさら、クマだ。僕はこころの中でつぶやく。いまのうちに何とかしなければならない。それはしかし、悦子の側の期待であるはずではないか。——熊に会ひたい。それは彼女の合図だ。

「夏休みも、もう終るね。……あと幾日ぐらゐ？」

「いや、いや。」

僕は、僕らの間でタブウになつてゐるそのことに、わざとふれてみる。

待つことが、僕の仕事だつた。

N猟銃店の夜番にやとはれてゐた僕は、夜の間、盗難と火気を警戒する役目なのだ。しかし、それは仕事にはならなかつた。弾薬室の扉のところに掛つてゐる湿度計と寒暖計、僕はそれと同じだ。火事は、寒暖計で読みとるわけにはいかないし、闖入してくる盗賊とたたかふ勇気は、僕にはなかつた。僕はただ、火事と泥棒とがやつてくるのを待つだけだ。

そしてそんなものに待ちボウケを食はされることで、やつと僕のクビはつながつてゐたわけだ。住居のない僕はそんな風にして、ともかく朝晩のメシと夜の居場所を得てゐた。昼は、教室の椅子の上で寝るために、学校へ行つた。

店の主人にたのまれて、僕は原宿にある米軍軍医クレイゴー中佐の家へ、鳥撃ち用の散弾をとどけた。云はばそれは、僕には番外の用だつたし、そのうへ五月のはじめの暑い日で、途中クシャミばかり出ていやでたまらなかつたが、行つてみると僕は、ちよつとした歓待をうけた。やせた、色の青白いメードが、飲みものや菓子を出してくれた。彼女は僕をみて、テレたやうな、だまつてオナラした人がするやうな笑ひをうかべた。僕は彼女を羊に似てゐると思つた。紙を食つてゐる白い羊を、何とはなしに思ひ出させた。奥から、だいぶ年寄りらしい黒白ブチのポインターが台所のドアを自分で開けてやつて来たので、僕はチンチンさせるつもりでクラッカーを差し出したが、彼は見向きもしなかつた。彼女がそれにチーズを塗つてやるとやつと食べた。をはると犬は、チラリとうさん臭さうに僕をながめ、机の上に頬杖をつく学者のやうな顔をして、どたりと彼女の足もとに腹這ひになるのだつた。

彼女はクレイゴー中佐が夫人同伴で明日からアンガウル島へ出掛けること、それで彼女は三月ばかり一人で留守番をさせられることなどをぽつりぽつり話した。僕が帰らうとすると、彼女はもつと居ないかと云ひ、パイプをくはへようとする僕に、シガレットを出してくれた。彼女の動作は変によわよわしい。マッチをすつてくれるときに、火の出るのを怖れるみたいに、軸木のハジの方を不器用につまんで、おそろしく真剣な顔付になるのだ。僕はふと、彼女を、そだちのいい人ではないのかと思つた。

その日、僕は意外にゆつくりしてしまつた。帰りしなに彼女は、またあのテレたやうな笑ひをうかべて、よかつたらときどき遊びに来てくれと云つた。僕は彼女の言葉にしたがつた。その方が、かたい椅子しかない学校へ行くより余程よかつたから。

そんな風にして、悦子と僕はしたしくなつた。しかしそれにしても、後になつて彼女に惚れてしまふことにならうとは、気が付かなかつた。どちらかと云へば、彼女は魅力のとぼしい方だつた。

一週間ばかりたつて或る日、行つてみると、彼女は病気だからと云つて、テニスのラケットの模様のついたユカタを着てゐた。僕がその模様を子供つぽいとひやかしたことから、話は小学校の頃の夏休みのことになつた。悦子は自分は優等生だつたと云つた。さう云へば、彼女の青白い皮膚や、へんにキチンとした身なりに、いかにも級長さんらしい所があつた。けれども、学校のはじまるのが厭だつたのは、ビリだつた僕と同じだつた。終りに近附いた休みの日が一日一日と消えて行くときの憂鬱さ。活気のなくなつた暑さの中でひとりぽつねんと子供心に感じる焦躁。そんなものが僕たちの心によみがへり、それがなつかしいと云ふよりは、ヂカに二人の気持ちにふれあつた。僕は云つた。けふもまた怠けて遊んでしまひ、手のつけてない宿題帳の山をながめながら、ヒグラシの鳴くのをきくのはやりきれなかつた、と。すると彼女は突然きいた。

「あなた、ヒグラシの鳥つて、見たことある?」

僕は驚いた。悦子は二十歳なのだ。問ひかへすと、彼女は口もとにアイマイな笑ひをうかべてゐる。そこで僕は説明した。

「ヒグラシつていふのはね、鳥ぢやないんだ。ムシだよ。セミの一種だよ。」

悦子は僕の言葉に仰天した。彼女は眼を大きくみひらいて、——悦子の眼は美しかつた——「さうオ、あたし、これくらゐの鳥かと思つた。」

と手で、およそ黒部西瓜ほどの大きさを示した。……僕は魔法にかかつた。ロバみたいに大きな蝶や、犬のやうなカマキリ、そんなイメーヂが一時にどつと僕の眼前におしよせた。僕はたまらなく愉快になり、大声をあげて笑つた。すると彼女は泣き出した。

「あなたのおつしやることつて、嘘ばつかり。だつてあたし見たんですもの……軽井沢で。」

さう云つて彼女は、僕の肩によりかかつて泣くのだ。ポロポロ涙が頬をつたつて流れてゐる。僕は狼狽した。

「さうだね。軽井沢にはゐるかもしれない。ほんとは、僕はまだヒグラシなんて見たことないんだ。」

僕は彼女を横から抱いてみた。しばらくさうしてゐた。濡れて光つてゐるので眼がいつそう大きくみえた。ウブ毛のはえた白い顔を見つめながら、僕は彼女の体臭をかいだ。それは子供の臭ひだつたかもしれない。しかしその乳くさい臭ひが不意に僕に、女を感じさせた。僕は髪の毛をかきあげて、耳タブに接吻した。悦子は僕のするままになつてゐた。

あとになつて、僕は不安になつた。自分のしたことが、よほど下卑たことに思はれた。それに僕は、悦子の了簡をはかりかねた。彼女は本当に何も知らないのだらうか。困惑した僕は、たかだか自分の唾液で女の耳を濡らしたにすぎないことを、ひどく誇張して考へた。軽井沢には西瓜ほどのセミがゐるなどと、それが僕にはどうやら本当のことになりかかつてゐたのだ。ところが、実際は「嘘つき」は悦子の方だつた。その晩おそく、彼女から電話がかかつて来た。「どうした。気分が悪いの？」病気だと云つてゐた彼女は、昼間のことがタタつて熱を出したのかも知れぬと、僕は受話器の前でせきこんだ。すると、彼女はこんなことを云ふのだ。「カヘルがいつぱい飛んで来て、眠れないの。……あたしの顔に冷いものがさはるのよ。電気をつけてみたら、雨ガヘルなの。何処からはひつて来たのかしら、ベッドの上にいつぱいゐるの、……小さな、小指のさきぐらゐの雨ガヘル。」

僕はそれは信ずべからざることだと思つた。もし、カヘルのことが本当だとしても、もう二時にちかいのである。もはやこれは、彼女のワザとやつてゐることにちがひなく、とすれば昼間の「ヒグラシ」もまた彼女のつくりごとではないだらうか。そして彼女は、僕の疑ひを裏書きするかのやうに、その後同じ方法を何べんもくりかへして使ひはじめた。たとへば彼女は、木や、草や、獣や、そんなものの名をいちいち僕にしつつこく訊ねるのだつた。そして、ふと「あなたつて知つたかぶりね。何でも知つてるふりするのね。もつともらしい顔して。」とケラケラ笑つて喜ぶのだ。そんなとき彼女は、オモチャのやうなセルロイド製の黄色い腕環を、ひけらかすみたいにはめてゐた。

けれども、同じことを何べんも反復するのは、悦子のクセでもあるらしかつた。単純なトランプのペイシェンスを、半日も続けてやることがあつた。クルミ割りがこはれたときのことだ。僕が、中学生のころ運動部の合宿でやつた、ドアの蝶つがひにクルミをはさんでつぶす方法を教へると、彼女はすつかりそれに熱中してしまつた。はじめは菓子につかふから、三つか四つ割ればいいと云つてゐたのだが、食堂の大きなドアのまはりをぐるぐる息をはづませて駈け廻り、「ほら」「ほら」と一つ割るたびにいちいち得意になる。それでこちらも、「うん、なかなかうまい。」と調子をあはせるうちに、失敗して、皮も肉もいつしよにつぶれたりすると、「よウし、こんどこそ」ともう夢中で、ふだん汗かきでないことを自慢にしてゐる額をビッショリぬらしながら、重いカシの扉をばたんばたん云はせて、もう何時はてるともキリがない。……犬のスペックスはおどろいてガンガン吠えるし、この日僕はクルミの食ひすぎで、頭が完全にをかしくなつた。

だんだん僕はづうづうしくなつた。朝、つとめが終ると、すぐ悦子のところへ出掛けて行き、シャワーを浴びてから、居間の長椅子でひと睡りするのが、いつか僕の習慣みたいになつてしまつた。入口のドアを開けてはひつて行くとき、僕は、たつたいままで夜番だつた俺がこれからは泥棒になる、とをかしい気もするのだが、昼寝から醒めた頃にはもう悦子の作つてくれるコーヒーを、「すこし水つぽい。」などと云ふのだつた。同じことが悦子についても云へた。絨毯の上にそのまま横坐りした彼女が、片ヒヂを皮のストゥールにのせて、うつむき加減に本を読んでゐるときなど、うつかり僕は、彼女がずつと昔からこの家でそだてられた娘であるやうな錯覚を起した。ちやうど居間の片側の壁に、汽車のコンパートメントみたいな作りつけの椅子のある一間ほどの出つぱりがあつて、そこにいかにも悦子の好みの煖炉が切つてあつた。焚き口に、石炭にみせかけた黒いガラスのかけらが山のやうに積んであつて、その奥に色電燈が仕掛けてある。スキッチをつけると、黒いガラスは中側から赤く光り、燃えてゐるやうに緑や黄いろの焰をあげるが、そのくせちつとも温くはない。それは装飾品なのである。僕らはよく、

「汽車に乗らう。」とそこへ行つた。彼女は「おベントウもつてかなきやア。」と菓子をもつて来て、

「まア、フジサンがよく見えますこと。」

と炉棚の上に飾つてある山の絵を指してしやべりながら、食べるのである。しかし向ひあつた椅子と椅子との距離が一間もあるので、僕らは結局床の上へ降りてしまふ。すると、——もともと、「汽車」は、区切られてゐるために部屋中で一番暗い場所なのだが、——僕らのまはりは、テーブルや椅子やその他いろいろの家具の、峡谷の底みたいに暗くなつてしまひ、煖炉からくる赤い光だけが、悦子の顔の半面を照らしだす。寝ころんだ僕は、毛の長い絨毯がへんにしめつぽく軀全体にまつはりついてくるのを感じながら、影のできた彼女のあかい顔に、いつか唇にふれた耳タブの感触を思ひ出した。僕はムズムズしてくる。手を出してみようかな、と思ふ。が、いつでも手のとどく所にゐる彼女に、何故かそれは出来ない。ことさらそんなことはしなくても、といふ気になる。……これが恋愛といふものだらうか。最初にうけた印象と今とでは、悦子の容貌がまるで変つて見える。

僕はいつの間にか、悦子のオトギ芝居に片棒かつがされてゐた。そしてそれが愉しい。彼女の云ふことをきいてやることが、かへつて僕には、彼女を自分の「持ちもの」にした感じなのだ。僕は悦子の提案するところにしたがつてカクレンボをやる。いまやこの家は、家具ごと僕ら二人のものも同然だつた。いたるところに隠れ場がある。ベッドの下、カーテンのかげ、簞笥の中、いろいろの鏡がいつぱい置いてある化粧室。……僕は階段を上つて、廊下のすみの物置部屋のところに、使はずにブラ下げられてあつた野戦用のウォータア・バッグの中にかくれた。これは新術だつた。よぢのぼつて足をかけるとグラグラゆれたが、すつぽり体を入れてしまふと、案外居心地がよかつた。袋の縫ひ目にアナをあけて様子をうかがふと、はたして悦子は廊下を何べんも通りながら僕に気付かず、ウロウロと寝室や化粧室のドアを開けたり、急にワッとさけんでバス・ルームの中に飛びこんだりしてゐたが、たうとう僕の名を呼びながら階段を下りて、どこか遠くの方へ行つてしまつた。最初笑ひをこらへるのに懸命だつた僕は、退屈を感じはじめると同時に、眠入つてしまつたらしい。——夜寝ない商売の僕は、昼しよつちゆう眠るクセがあつた

——どのくらゐ眠つたであらうか。目をさますと、家中は変に静まりかへつてゐる。僕は階段を下りてガランとした天井の高い廊下を歩きながら、自分の襟元に埃つぽい臭ひを感じる。食堂の扉をひらくと、悦子は、テーブルの上に馬鹿に大きなジェロ・パイを置いて、その前にしよんぼり坐つてゐる。

「あら、めつかつちやつたわ。」

彼女は僕の姿をみると頓驚な声をあげた。そして急に活気づいてハシャギながら、これはマダムに教はつた秘伝の菓子で大変ウマいのだが、絶対に僕には食べさせない、と云つた。

「あなたは意地悪よ。だから、あたしもこれから意地悪にするの。……けさから作つといたんだけどなあ。」

僕は、そんなことを云はずに、どうか食べさせてくれとたのんだ。彼女とそんなやりとりをしてゐるうちに、だんだん睡気のさめて来た僕は、本当に空腹になつた。

「ダメよ。あたしがひとりで食べちやふの。」

「タノム、ひと口でいゝんだ。」……僕がさう云ひをはらないうちに、もう彼女は直径八インチのパイを両手で口へもつて行くと、舌をチョロッと出してパイの皮からこぼれさうになつてゐるジェロを舐めた。

「あ、……」

僕は、半分本気でガッカリした。彼女は唇のはじにクリームの泡をつけてイタヅラッぽく、僕を見て笑ふと、

「あなた、こつち側から食べる?」

と、口にくはへたパイを僕の前にさし出した。

僕は、ものを考へてゐる暇はなかつた。顔ぢゆうジェロだらけになつて、僕らは接吻した。

クレイゴー中佐が出発してから、ちやうど四週間目の日にあたつてゐた。


僕はもう、悦子なしではゐられなくなつた。悦子と無関係なあらゆるものは、みなくだらなく見える。店で、僕は落付きがなかつた。もし、主人が何処かで夜番である僕の勤務状態をさぐつてゐたとしたら、彼はきつと僕の勤勉になつたことに驚いたにちがひない。以前ならば、誰もゐなくなつた店の一番上等な椅子にどつかり躰をうづめて、本を読んだり居眠りしたりしてゐた僕が、この頃では五分と一と所にぢつとしてはゐないのだ。絶えずあちこちと動きまはり、銃架を指でこすつたり、窓や扉の鍵をガチャガチャいはせてゐるかと思ふと、もう弾薬室の前で寒暖計を読んでゐる。……そのくせ泥棒がはひつて来ても気が付かなかつただらう。僕が待つてゐたのは、悦子からの電話だけだつた。

椅子にぢつと坐つてゐると、机の上の電話器が僕をドキドキさせる。便所の中でさへ、僕はベルが鳴つてゐるのではないかと、気が気ぢやない。しかしまた、悦子の電話ほど僕をいら立たせるものはないのだ。一時間も、ときによると二時間かあるひはそれ以上も、とりとめのない話をかはしながら僕は、ご馳走のにほひだけ嗅がされてゐるときみたいに、じたばたする。こちらの言葉が全部、くらい闇の中に吸ひこま

れて行き、向うからも、実体のないただ言葉の形骸だけが伝つてくる。そんななかで、僕らは棒倒しの棒みたいな、ただ一つのことを、押したり引いたりしあふのだ、だが、その一つのことが、僕には何だか解らない。彼女にも、僕の云ふことは解らない。お終ひに彼女は、たうとう動物の鳴きマネをする。

「あウ、あウ、あウ」

そんなとき僕は、彼女の声の消えのこつた受話器を、まるのままパンのやうに食つてしまひたくなる。

僕らはドウドウ廻りをしてゐた。最初の接吻をあんなふうにやつてしまつたことがあきらかに間違ひだつた。普通のやり方で倦きてしまつたときには、あんなこともあり得るかもしれない。しかしそれも、よくよくのことだ。……あれ以来、悦子の少し茶がかつた柔い毛髪と、青白いまるで液体みたいな皮膚とが、菓子の砂糖や牛乳の甘さといつしよくたになつて、僕の周囲にまつはりついてはなれない。僕は悦子の軀に触れてゐるときにだけそいつを忘れることが出来る。……もはや彼女の子供ッポさは完全に彼女の「術」であるはずだ。それにしても、何とそれは邪魔ッけなことだ。悦子は自分の仕掛けた花火が、突然途方もなく大きな傘をひらいてしまつたのに、タマげたのだらうか。それとも、いちいちの動作にみなあの「術」をくりかへさずにはゐられない何かがあるのか。彼女は僕の腕の中で、

「一度だけ。……一度だけよ。」と僕を避ける。さうなるといくら僕がいきり立つてもだめだ。彼女の抵抗にはまるで力がない。それでゐて僕にはどうすることも出来ないのだ。……僕はやり場のなくなつた力をもてあましながら、店へ帰る。彼女は僕をどう思つてゐるのだらう。しんから、あんなタワケたことが好きで、「赤づきん」ゴッコをやらうと云ひ出すのだらうか。あくる日になるとまた僕は、彼女を家中追つかけ廻して、足のさきから頭まで食べるマネをさせられる。

僕は、ぼんやりしてゐた。昼、眠ることはほとんど不可能になつた。夜も、勤務といふ義務感をなくしたとしても、やはり眠れなかつた。悦子をはなれると、僕はイライラと動きまはつてゐない時には、机の上に頭をかかへこんで、何故か、砲弾の飛ぶイメーヂばかりをしきりに思ひ描いた。

時のたつのがおそろしく速い。僕はそんなことにも気が付かなかつた。眠れないためか、夜昼ごつちやになつた時間は、一日一日の切れ目がなく、期待と焦躁で熱した頭をながい一日のやうに素通りした。僕は、びつくりした。悦子がクラッカーのこなごなになつたカケラばかりあつめたのにミルクをかけて食つてゐた。あれほど豊富だつた食糧が、もうほとんど尽きかけてゐる。戸棚にのこつてゐるものといへば、オリーブの実の酢漬、アンチョビイ、にんにく、ひからびた大根の千切りみたいなココナッツ、そんな、僕らには到底食べられないものばかりだ。スペックスは近所の台所をうろつくやうになつた。……もう僕らの夏休みもはりかけてゐるのだ。

塙山と云ふ男——しらない人は、彼が風呂からあがつたところを見ても、ドブに落ちた男がマンホールから這ひあがつた所だと間違へるにちがひない。不潔さを皮膚全体にシミつけて生れてきたやうな男だ。彼は不精ヒゲをはやしたり、垢だらけのシャツを着たりはしない。それどころか、自分専用の鏡台を持つてゐて、どんなに貧乏をしても、美顔水やクリームの類はけつして欠かしたことがなく、パーマネントをかけた頭髪は、いつも陰毛みたいにちぢれてゐる。ピンクに黄色いダンダラ縞のサルマタをはいて、「アメリカ製だぜ」と、何かと云へばすぐにズボンを下げて見せたがり、それをダンディズムだとしてゐる。下宿を転々とするのは、そのたびに必ずそこで誰かしらに惚れて、また例外なしに嫌はれては、ゐたたまれなくなるせゐだつた。彼は恋人が変るたびに僕のところへやつて来て、退屈する僕にはおかまひなしにそのグチともノロケともつかないものをながながと聞かせる。青ぶくれのした顔の、そこだけが紅をぬつたやうに赤い口からツバキをいつぱい飛ばしながら、ムキになつて恋愛を語るところは、へんに滑稽であり、それだけ悲惨であつた。

しかし、そんな塙山がいまの僕には女についてのエキスパートと思へるのだつた。とりとめのない僕の記憶は、話す間にも絶えず出没する悦子の幻影にさへぎられ、ますます散漫に流れやうとするのを、やつと喰ひとめながら、僕は悦子との間に起つた一切を彼に話した。

「いつたい俺は、どうすればいいんだ。」

と、すがりつくやうな眼を塙山にむけた。

塙山の答は簡単だつた。

「いいぢやないか。大丈夫ものになるよ。もうひと押しだらう。」

「ものになるつて?」

僕には塙山の云ふところが、解つてゐるやうで実はさつぱり解らなかつた。すると塙山は僕の顔を、まじまじと見直して、真正面からふき出した。

「しやうがねえな。」と彼はゲラゲラ笑ふばかりであつたが、ふと笑ひやめて、からかふやうに、

「……しかし気を付けろ。女の嘘がどんなに単純なものでも、それが嘘であるかぎり、お前はダマされたと云ふことになるかもしれないぞ。」とつけたした。

僕は塙山と別れて、街へ出た。悦子にとどける食糧品を購ふためだつた。僕は借りられるだけの金を借り、さらに持つてゐたわづかばかりの書籍と辞書を金にかへた。

街を歩くのもしばらくぶりのやうな気がした。すばらしく暑い。本当の夏は、これからはじまるのだつた。……空ッポになつて行く原宿の家の食糧戸棚が、残りすくないカレンダーのやうに僕をせき立てる。「夏休み」がをはつた後、僕らにのこされるものは、何もない。すべてが、十二時過ぎたシンデレラの衣裳同様、あとかたなく消え去つてしまふことは明らかなのだ。いまとなつては、時間はもつとも大切なも

のとなつた。夜、店で待つ仕事をしてゐるとき、又、も早やよけいな儀式みたいなものになつた悦子とのくりかへしの遊戯をやらされてゐるとき、もてあますと云ふより、呪ひたいほど厄介だつた時間が、気がついてみると、もう手許にいくらも残つてはゐない。……ところで僕は、金さへ出せばものが買へると云ふことを、不意に思ひ出した。そんな簡単なことがまるで天来の啓示だと思はれたほど、僕はぼんやりしてゐた。そしてうれしさのあまり、をかしな錯覚をちよつと起した。あの食糧戸棚がいつぱいになれば、また夏休みがかへつてくる、と云ふやうな。……

食糧品店で、僕は不意打ちの戸惑ひを感じた。軒先からぶら下つた大きな塩漬けの魚やソーセーヂ、その他いたるところにギッシリつまつた食ひ物の壁が、四方から僕を包囲して、圧倒された。雑踏の中にナマナマしくさらされた食ひ物を見ると、僕はソースをかけた靴を皿に入れて目の前におかれたやうに、まごついた。……こんなことは悦子と知りあふまでは感じたことがなかつた。僕は、店員に値段をきいたり払つたりするとき、いちいち恥しいやうな気がするのだ。幅のひろい六角形の顔をした女の子から、釣銭をうけとりながら僕は、こんな物を買ふなんて俺のガラぢやない、などと思つた。しかし、そんな自分を、僕は悦子に影響されてゐるのだとは気付かなかつた。逆に悦子のためだからこそこんなこともあると考へた。そして、両腕いつぱいに食ひ物の包みをかかへこんだ僕は、まるで将軍に鼓舞された兵隊みたいに意気ごんで店を出た。

クレイゴー中佐の家は、広いケヤキの並木路をそれて、細い横道をのぼりつめた坂の上に建つてゐる。道はそこでをはつて袋地になつてゐる。黄色い陽にてらされて、大きな荷物をかかへた僕は、汗だらけになつて坂道をのぼりながら、だんだんと舞台のセリのやうに現れてくる屋根や窓を、ヤレヤレと云つた思ひで眺めるのだが、やうやく坂をのぼりきると、大きな草色の幌をつけた軍用トラックが眼についた。玄関前のすこし傾斜した地面に、車体をかたむけたジープのステイション・ワゴンが横づけにされてゐる。クレイゴーの自動車だ。……帰つて来たのだ。「一週間はやすぎるぢやないか。」と文句を云つたところではじまらない。疲労のせゐか、ただアッケラカンとするだけで、僕はそれほど失望もしなかつた。そのまま引返へさうとした。しかし、荷厄介な包みをはやく片づけてしまひたい気持が、せめてひと目だけでもと云ふ心を誘ひ僕を冒険にカリ立てた。

クレイゴー中佐は軍装でポーチの上に立ち、手にしたパイプで、トラックから運び出される大小の函を指揮してゐる。僕は躊躇しさうになる自分の心を、強ひてふみにじりながら、門をはいつた。

——US……、白い接収家屋番号の立て札が、突然のやうに眼にとまる。僕は足をはこびながら、大きな声で云つた。

「グウド・モオニング」

中佐は返辞をしなかつた。眉の太い、威厳のある顔を、ケゲンさうにゆがめて、ジロリと僕を見た。それだけで、僕の敗北だつた。

――間違へた。午後二時だ。

駅でみた、太い針の指した電気時計が頭にうかぶと、僕はなぜか非常に恥ぢた。と同時に恐ろしさが、それにつけこんで猛烈ないきほひで襲ひかかり、僕は咄嗟に、ふりかへるが早いか駈け出すと、坂をころび落ちるやうに逃げた。

寒暖計は摂氏三十四度をしめしてゐる。弾薬室の扉に、「危険」と書かれた赤ペンキの文字が、暑くて流れ出しさうだ。

……僕は原宿の坂を駈け降りたあと、云ひやうのない屈辱感と自己嫌悪のうちに、しばらく悦子のことを忘れて一日を送つた。それがいま、次第に落ち付きをとりもどすと、一昨日までの生活がも早やどのやうな手段をこうじやうとも、取りもどしやうのない所にあるのが明瞭になるにつけ、悦子のことがたまらなく僕の胸を打ちはじめた。それは僕がどれほど強く切望しても、かなへられない望みなのだ。僕はいまになつて、接収家屋の番号をうつた小さな木の札が、名実ともに交戦中の敵の手に陥ちたものをあらはしてゐることに気付いた。

僕はただウロウロと店ぢゆうを歩きまはつた。いまはもう何を待たうにも、待つものがない。ピラミッド型に積みあげられた火薬のつまつてゐない薬莢の山、運動会につかはれる花火の玉、囮りになる木製の水鳥……そんなものの上をウツロな視線が滑つた。

十一時頃、ベルがけたたましい響きをたてた。受話器のところへいそぎながら、僕は苦笑した。つい一昨夜までの習慣が忘れられず、胸がざわめくのだ。……が次の瞬間、事態は一変した。電話ではなかつた。めくれ上つたブラインドの隙間から覗く表口の扉のガラスに、街燈の灯をうけた人かげがうつつてゐる。悦子だ。僕は鍵をあけようとするが、なかなかうまく穴にささらない。彼女は僕をみとめると、ガラスごしに笑顔をみせた。ミカン色の燈をあびてゐるのに、顔の色はおそろしく青い。戸をあけて、はいつて来た彼女を間近にみてもまだ僕は半信半疑だつた。銃架にかかつた鉄砲の落す影の、屈折した縞模様のなかから、悦子は云つた。

「三年ぐらゐ会はなかつたみたい。」

僕には、その言葉がまるで別世界からきこえてくるもののやうだ。

クレイゴー中佐と夫人とは、きのふ突然帰宅すると、今日また出掛けてしまつた。くたびれたから日光へ行つて、休養してくるのだと云ふ。……

「驚いた？」と悦子は僕の顔をのぞきこんで、「あさつて帰つてくるんですつて。二日間のびたのよ、お休みが。」

僕は返辞もできなかつた。驚いたかと訊かれて、そのおどろきをどう説明していいかわからなかつた。確実にしめ出されたと思つた生活に、またもどれる。……僕は、ガラスの靴を手にしたやうな気がした。いま、あたへられたこの二日間が、前の休みのあわてて脱ぎ落して行つたガラスの靴のやうに思はれた。……それは僕に、失つたすべてを呼びもどしてくれるものではないか。

「けさ早く行つちやつたの。すぐあなたに電話したんだけれど、どうしても通じなかつたわ。」

昼間の電話はどうせムダなのだ。僕は店にはゐられない。悦子もそれは知つてゐるはずだ。僕がそのことを云ふと、彼女は、

「ああ、さうか。——」

とアドケなく声をあげて、眼をクルクルさせる。僕ははじめて、ふだんの彼女を思ひ出した。

「……おかげで此処、ずいぶん探しちやつた。」

僕は店の場所を教へてなかつた。彼女は、僕がはじめて原宿へ行つたとき持つて行つた散弾の包み紙につかつた古いカタログで番地をしらべた。

「駅のそばできけば、すぐわかつたのに。」

「ううん、いやだつたの、何だか人にきいたりするの。」

悦子は肩を僕の胸にすりよせるやうにしながら、さう云つた。僕は彼女を抱いた。彼女は胸をあらく波うたせてゐた。そして僕のシャツの左の胸ポケットにはいつてゐた大きなパイプを、どけてくれるようにたのんだ。僕は腹立たしくすぐさまそいつを引きぬいて棄てた。それは人造石の床の上でかわいた音をカラカラとひびかせた。僕は彼女を奥にある皮の長椅子のところまでつれて来た。途中、飾り棚の間をすりぬけながら、からみつく彼女に自由をうばはれて僕は何べんも倒れさうになつた。もう二人とも軀を起してはゐられなかつた。

僕は確信した。この女とはもう離れられつこない。彼女と僕とは、とけあつて完全に一つになるべきときが来た。……燃えたつたあまりの誤算だとは知らず、僕はほてつた顔を柔らかな悦子の髪のなかにうづめながら、さう信じこんだ。だから、悦子のスカートのまはりをさぐつてゐた僕の手が突然ふりはらはれたときには、しんから、びつくりした。そして何かの間違ひではないかと思つた。

「いけないわ、そんなこと。」

さう云つて彼女は、また僕の手をはらひのけた。咄嗟に僕が感じたのは、羞恥だつた。ほんの少しの間、僕は赤面しながらニヤニヤした。しかしそれはすぐ裏がへしの怒りに変つた。「……そんな馬鹿なことが」と僕は、彼女の手を押しかへし、「それなら何故来たんだ。」とどなつた。実際僕は、彼女の頸をしめ殺したいほどだつた。が、それもながくは続かなかつた。興奮しきつてゐるくせに、力がひとりでに抜けて行くのだ。悦子は二度僕の手をふりはらつただけでもはや抗ひはしなかつた。もつと悪かつた。彼女は毀れた人形みたいに両眼をポッカリあけてその軀を投げ出すやうに横たへてゐた。ほそい脛がスカートのはじから、ダラリと折れたやうにブラさがつてゐる。……それを見ると僕は、戦闘中に突然陣

型を変へさせられる艦隊のやうに、困惑しはじめた。僕の疑問は「夏休み」のはじめ、彼女がヒグラシを鳥だと云つた頃にさかのぼつた。そしていまは、ぼくの見当ちがひが、悦子がまつたくの少女にすぎなかつたことが、あきらかにされたと思つた。……悦子の背中へまはしてゐた僕の腕に、彼女の軀はへんに重く、岩のやうに重くなつて、長椅子が急に窮屈に感じられてくる。僕はただ、暗い穴のやうな天井を見上げながら、熱した頬を椅子の背にくつつけてさました。あらい皮の感触がこころよい。

いつか悦子は起きなほつてゐた。飾り棚のガラスの前で、髪の毛をなほしてゐる。

「鏡なら、あすこに大きいのがあるぜ。」

僕は寝ころんだ椅子の上から声をかけて、ハッとした。僕はいま彼女の帰り仕たくを急がせてゐるんぢやないか。――いまこそ僕は何もかも失ひつつある。

僕は立ち上つて、鏡のところへ案内し、明るい電燈をつけ足してやる。彼女の意志にしたがふ親切さが、あべこべにいまは彼女から離れて行くことになる。ギラギラした光の下で、痩せた悦子の後姿の、あらはな貝殻骨の間にできた服のシワが、やりきれない哀れさだつた。

「……」僕は云ひかけて、やめた。何かひと言と思ふのだが、言葉を探すことはムダだつた。何を云つたところで、このしらじらしさを増すことになるばかりなのだ。……放つておけば手のとどかぬ距離にまで、はなれてしまふものかもしれない。と云つて、いま僕が言葉をかけるとすれば、それは自分の手で彼女とのつながりを断ち切ることにしかならないではないか。

悦子は鏡の中からふりかへつた。彼女は何もしらない笑顔で、

「……駅まで、送つてくれる？」

僕はもう、おさへきれなかつた。

「いやだ。……いやだ、絶対にいやだ。」

N猟銃店の一切は、以前と何の変りもない。僕にはそれが不思議だつた。いまは僕は、ほとんど居眠りばかりしてゐる。もう何をする気もしなくなつた。

僕は、うつらうつらしながら眼をあけて、ふと机の上の電話器が気になる。僕はガバと起きなほつて、いきなり受話器を耳にあてる。

「……」

何もきこえはしない。しかし僕は、それでも受話器をはなさない。耳タブにこすりつけてジッと待つ。するとやがて、風にゆられて電線のふれあふやうなコーンといふかん高い物音が、かすかに耳の底をくすぐる。それは無論、言葉ではない。しかし、だんだんに高まるその音は、声のやうではある。いつたいそれは、僕に何をささやかうとするのか。……

僕はいつ迄も受話器をはなさない。ダマされてゐることの面白さに駆られながら。

暗い血

昭和26年12月号

和田 芳恵

わだ・よしえ
（明治39年～昭和52年）
中央大学独法科卒。新潮社に勤務して編集に従事する傍ら、樋口一葉の研究に足跡を残し、その成果を「樋口一葉」として「三田文学」に連載した。「三田文学」に掲載した「塵の中」で第五十回直木賞を受賞。

あなたと知りあつたのは、お花の先生の古屋のをばさんを通じてでした。古屋さんとは、同郷でお親しかつたのですね。

私が茣蓙の上で、えにしだに鋏を入れてゐると、

「どう、節ちやん。いい内職があるんだけれど、やつてみない？」

斎藤茂吉の「赤光」を浄書する仕事で、私は、ああ、ぜひやりたいわと申しました。まだ、学校にゐたときに国語の先生に連れられて、神田の東京堂で開かれてゐた歌集の初版本の展覧会に行つたことがあつて、飾棚にをさまつた「赤光」を見たことがあつたのです。なかに連作の「死に給ふ母」があることや、著者が赤光の絶版を宣言してゐるのも聞いてゐました。赤光のとなりに土岐哀果のNAKIWARAIが並んでゐたことまで思ひ出し、「いつまでかしら」と私は徹夜をしても仕上げる気になりました。

私は当時、牛込の神楽坂にあつた銀行に勤めてゐて、数字を帳簿に書き込む灰色の生活をしてをりましたので、翌日、四時の退社時間もそこそこに大学の国文学研究室にあなたをお訊ねいたしました。その頃、図書館の裏口にあつた黴くさい薄暗い部屋に、二、三人の学生を相手に副手のあなたはひとり残つてゐて、すぐに時計台の下に近い構内の喫茶室で、浄書についてこまごまと、例へば誤植とあきらかにわかつても原文のままに写し、そこに赤い印をつけて置くことや、字数を組まれた通りにすることなど注意をなさつて、借りた本だから十分に気をつけて欲しいと私がしつかりと鞄にしまつ

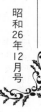

てからも不安げに見えました。

あなたは学者の生活を知らない娘だと考へてゐるふうなので、高尾順三郎の縁続きの者だとつい口にだしました。

あなたは、高尾先生の、と私の顔をまじまじと眺め、さうでしたかとつぶやきました。

私の父方の祖母の静子は、仏教哲学の高尾順三郎博士に若い頃から世話になつてをり、高尾が名誉校長をしてゐる学校を卒業したことなど初対面のあなたに言つてゐたのは、別に他意はなく、学者の生活に幾分かの理解があるのを知つて戴きたく思つたからですが、梵語の世界的権威で、学士院会員の高尾順三郎博士を仰ぎみることに、あなたは気押されて、なにか遠縁にあたるとだけ受けとつたのは好都合なことでした。

佐山といふ私の家のことは、そののちも、あなたに申しませんでしたが、私の家は祖母の父の代に、埼玉県の川越から出てきて、神田淡路町に下宿屋を営んでをり、その当時下宿してゐた学生のなかに将来政、官、学界に名を馳せた人達が輩出したのですが、高尾順三郎は当時の苦学生で、佐山の世話になることが多く、卒業後も大学に残り、助教授になつて洋行するまでゐて、やがて帰朝してからも屢々出入りしてゐたやうですが、私の父である春夫を擁へて、若くて未亡人になつた静子とのあひだにいつかしら賢作といふ子供ができるやうになり、鎌倉の腰越に別邸を構へて、月に幾度か世間態をはばかりながら顔をだす高尾を迎へる生活をするやうになつたやうです。

祖母は戦争中に八十二歳の高齢で品川の寓居で死にましたが、賢作は十九歳のとき鎌倉で肺患で死亡してからも、高尾の訪問は絶えなかつたのですが、祖母は生れつき浪費家であり、企業的な気風もあつて、品川に火葬場を設けるときの発起人として動いてゐて、土地買収にからむ疑獄事件が発生し、自然に高尾の名も世間にでることになつてから、決して足を踏みいれなくなつたやうです。しかし、死ぬまで月々の仕送りは高尾の門下生を通じて行はれ、女中一人相手の気儘な生活に事を欠きませんでした。高尾との行き来が絶えて四十年近いあひだ祖母の月々の生活をみた高尾は、祖母がなくなつてから、間もなく自分の過失を償つてほつとしたやうに世を去りましたが、祖母の死が早かつたのはしあはせなことでした。

「品川のおばあさま」の言ふ「おぢいさま」は、世のなかの表面から完全に姿を没した形のものであり、原語から直接に訳した大蔵経の国宝的な偉業で知られる高尾順三郎博士との関連は、祖母静子が博士の妾であること。その子の賢作は、私の父の春夫と異父弟であるだけのことで、巷塵にまみれた人情のひとかけらに過ぎません。

私が不二女子学園の入学試験のときに、祖母が書いた手紙を持参して、いちど高尾のおぢいさまに逢つたことがあります。

眼がとびだしたやうに見える強度の眼鏡をかけた高尾のお

ぢいさまは、手紙を読み了へた眼を私に移し、

「おばあさんはお達者かね。宜しく言ふやうに」

と申された精悍な顔に、淡い後悔めいた皺がきざまれてゐるやうでした。私がおぢいさまと呼ぶことができないのがさびしく、扉のそとに出ようとしたとき

「ちよつと、お待ち」

と、机の抽出をさがし、一本の墨を呉れました。

「お前は、おばあさん似だな」

と私の顔をぢつと眺めました。

私が祖母にそのことを告げますと、

「まだ、私の顔を覚えておいでかね」

と涙を浮べました。

私の父の春夫は祖母が鎌倉に住むやうになつて家に残され、成人し、学校を終へて日本銀行に勤めました。それも下宿してゐた人が、もう枢要な位置を銀行で占めてゐたからで、私が五つの折に外房州の海岸で長い療養生活のうちに腸結核で死ぬまでの費用に事を欠かなかつたのも、その人の取りなしによるとのことでした。そのときに妹の組子が母の仙子の腹にできてゐました。小石川の牛弁天近くが当時の私どもの棲家で、組子がよちよち外で遊ぶことができるまでのあひだ、母が何ひとつせずに暮してゆかれたのは、家にあつたものを売り喰ひした以外は、品川の祖母からの補助があつたからで、間接には高尾のおぢいさまの世話になつたことになります。

私の母の仙子は、産れおちるとすぐに、神田の駿河台で洋服店を開いてゐた長野多助の養女になり、養母の咲に育てられ、女子職業を出て白木屋の女店員になつてゐて、私の父に見込まれたのださうです。ヴァイオリンの個人教授をうけてゐた母は、やはりそこに通つてゐた父と知りあつたのださうで、自分の持場になつてゐたネクタイの売場で附け文をされたのではなかつたと申しますが、あるひはさうかも知れません。廂を大きくだして、リボンをつけたハイカラと言つた髪を結び、小脇にヴァイオリンを抱へた若い頃の母の写真がありますが、生活苦をちつとも感じさせないおつとりとした様子で、その頃百貨店の女店員は、嫁の口を探すに恰好な場所で、行儀見習に良家に行くのと同じ程度のものであつたらしく、また、洋服を作る仕事は当時としては尖端を行く商売であつたことも事実のやうです。

私の父が佐山を名告りながら、母の両親と同棲してゐたのは、ひとり娘のために手離しがたかつたせゐもあるでせうが、孤児にひとしくなつてゐた父の春夫が、家庭的な雰囲気に触れたかつたためとも、そんな母を好きになつた弱みともとれます。

父に死なれて生活がくるしくなつてきたのが私にもわかるころ、昼日中、男の人が時折姿をあらはすやうになり、決つて母から小銭をもらひ妹といつしよに外で遊ばなければなりませんでした。刀剣の鑑定をする本阿弥光逸といふ人は体ががつしりしてゐて、私どもを見てもにこりともしないやうな親しみがたい人でしたが、母が

「をぢさんがいらつしやるうちはお邪魔だから、遠くで遊んでくるのですよ」

と私達をせきたてるのでした。

あるとき妹の組子がうんちがしたいと言ひますので、家に連れ帰ると玄関に錠がおりてゐました。

耳の遠い祖母の咲子が階下にゐる筈なのに、ひつそりとしてゐました。私は無気味に感じて、戸をあけようとする組子をだいて、逃げるやうにして、どこかの露路奥で用をたさせました。

私はその男と母のあひだになにかあるとおびえたころ、小石川の護国寺前の青柳町に引越したのですが、そこで薫といふ男の赤ん坊を産み、やがてその子は先方に引きとられてゆきました。本阿弥は決して夜に来ることもなく、また、泊つて行つた覚えもありません。そして薫がゐなくなつてからは全然姿をあらはさなくなりました。私はやつと青柳小学校にはいつたばかりでしたが、子供が生れるといふ考へが、あの男の訪問とむすびついてゐて、不安にかられてゐたのですが、どうしてか、それと同時に母の仙子は、早くに死んで顔も知らない長野多助が、どこかで好きな女に生ませてきた子にちがひないと思ふやうになりました。祖母の咲は耳が遠い上に猿に似た顔で、落ちくぼんだ眼は「芋穴の蛍」と渾名されてゐました。芋を引き抜いた土穴のなかに落ちた蛍のやうに額の底で光つてゐる眼は、世のなかの美しいものを、いつも、のろつてゐるやうでした。長野多助が横浜で洋服の裁断と縫ひを教はつた人の咲は娘であり、頼まれて妻にしたので、愛情は薄かつたやうです。

期限附きで借りた空地をたがやして、実つた収穫を得るに似た本阿弥の行動から、母の出生を想像したのは、私の憶測に過ぎないのかもしれませんが、大柄の母が濃く化粧した姿は、子供ながら美しくただれてをりました。本阿弥との交渉が絶えて母は生命保険の勧誘員になりました。夜も遅く帰ることが多く、そんな折は酒くさい息をして、水道の蛇口からごくごく水をのんでゐる母の二重頤の下にのぞかれる蒼みわたつた肌は、ねつとりとまばゆいやうでした。

祖母の咲は口ぎたなく、「この尻軽る」とののしるので、私はいつも母が早く帰つてきてくれるといいと思ひながら、銀杏樹の並木や、護国寺の青い屋根を眺めるために二階にあがつてしまひました。

死んだ父の友達の口ききではじめた保険の勧誘員は、固定給は名ばかりのもので、契約後一回の払込みが収入の大部を占めてをり、したがつて大口の契約をとらうとして、つひに相手に身を任せる危機にたつことも屢々なのが祖母の口裏から察せられました。耳の遠い人に特有な調子はづれの高声で、母の帰りが遅くなると、たてつづけにどなりたてるのをきいてをりますと、体のなかに小さな虫がわいてくるやうな不快を感じるのです。品川の祖母から貰つた桐の文筥が二階の本箱のなかにしまつてあつたのですが、筥の表面におしろいをかためたやうにくつきりと浮いてゐる菊の花弁の数は十六で、祖母が友達の女官からゆづられたものとのことでした。そのなかに天子様のお箸といふのが奉書にくるんではいつてゐました。一尺ほどのしなやかな楊で作られたお菜箸みたいなもので、一回毎に棄てられるのださうで、祖母が明治天皇様がお使ひになられたものだからと申しましたが、たしかに箸の端にしみが見えました。それに高尾のおぢいさまから戴いた支那の古墨をいれて古代紫の紐で結んで大切にしてをりました。私の母の帰りが遅く、祖母が喚きちらすのを逃れて、本箱のなかから私の秘密をとりだし、ぢつと眺めてゐると清らかな気分になるのでした。

その夜も風に雨さへまじつてきて、窓に飛びちつた銀杏の葉が貼りつくのを見ながら、女とはかなしいものだと母の事を考へながら窓に倚つて、通りを気遣つてをりますと、ヘッドライトに目がくらむほどの勢ひで自動車が家の前でとまりました。私はおやと驚きの声をあげ、文筥をいそいで本箱のなかにしまひ、階段を降りて行きました。

玄関に泥まみれの白足袋が脱ぎすててあつて、亢奮した母が皮のジャンパァをきた男と部屋にゐて母が私をみるとちよつと泣き顔になり「この方に色々お世話になつたのよ。節子からもお礼を言つてね」

と申します。私は見なれぬ男の人なので、もぢもぢと挨拶をしてお茶の支度にかかりました。

保険の契約をするといつて待合につれこまれ、相手にいやな事をされさうになつて、雨のなかをはだしで飛びだしたのを、運転手に助けられたのださうですがその運転手の主人が契約を求めた男なのでした。

母は初対面にしては、なれなれしく前田さんと言ひ、

「どうせ、帰つても、あなたの主人はもう雇つてはくれないでせう。私のためにとんだご迷惑をおかけすることになつてしまつて……」

と、どつちかと言へば、私にきかせるやうに言ふのは芝居じみてゐました。そして、女世帯ですが、もし失職なさつたら、当分のあひだ二階にゐて職をさがしてくれた方が、気が楽だと言ひ、

「どう、節子、お前が二階から降りて、この方にお部屋を貸してもいいだらう」

と私の同意を強要いたしました。私は母の帰宅が遅い原因もわかつた気がして、ええ、どうぞと無口な前田に言ひ、おばあさんさへよかつたらと申しました。あとで祖母に聞いたのですが、母はすでに、前田の子の彰一を姙娠してゐたのださうです。

私は間もなく前田宇吉といふその運転手に二階を提供し、玄関脇の三畳間に降りました。前田は歩いて車庫まで十分ほどの大塚辻町のツバメタクシイに勤め口がきまり、円タクを流してゐるやうでした。一昼夜交替で、休みの日には浅草六区などに私達を連れて行つてくれたり、帰りには祖母に土産ものを買つてきたりして、前田が来てからめつきり帰りの早くなつた母は、夕食後私と組子を連れて二階に遊びにいつた

り、一時は愉しい生活でした。

前田の大きな膝にだかれるのが好きな組子に、私はきんきんした声で二階にいつちやだめよと言つたのは、母が死んだ父の着物をほぐして、丹前に仕立てたのを前田に着せてからでした。

祖母は、私の袖を引いて、

「また、母さんの腹がふくれてゐるんだよ」と言い、それをたしかに母は聞いてゐて、ひとりでゆつたりと落ちつきはらつて、二階にあがつてゆくのでしたが、すると私の頭はいつしゆんにからつぽになつて、耳が天井裏に貼りついたやうになるのでした。前田は男の癖に母がたつてゐる台所にはいり、揚げものなどを手伝つて、何かみだらな言葉を使ふらしく、母は、まあ、いやらしいとたしなめたりするのですが、その声は艶めいて浮き浮きしたものでした。

あんな前田のやうな無教養な男に、母はどうして夢中になつてゐるのだらうと腹だたしくなるのでした。

私は母を盗みとつた前田といふ流し円タクの運転手を憎み、前田とは口をきかなくなりました。母と口をきいてゐても、前田が話のなかにはいつてくると席をはづしました。前田と母の仙子をいつしよに考へると、いやらしい女に思へてきたからで、祖母といつしよになつて、とうとう、前田を追ひだしてしまひました。前田を断ることは私たちにとつては母を失ふことになつてゐたのですが、もう、我慢がなりませんでした。前田といつしよに母は本所のガレーヂのなかに住み、彰一を生みおとしました。

母の仙子はそれと同時に前田に籍をいれ、佐山は品川の祖母と私と妹の組子だけになりました。一緒に住んでゐる母の養母の長野咲は、ちよつと孫の私に気をつかふやうになつたのは、私は十七歳でしたが女戸主で、私達の生活費の大半は品川の祖母から出てゐたからです。

前田宇吉一家を憎む意味で、祖母の咲と私が共同戦線をはり、妹の組子は同じ陣営に引きいれられてゐただけなので、組子は時折本所の母のところへ遊びにも行きました。

私が女学校を終へて、牛込の神楽坂にあつた銀行に勤めることになり、不安な忙しい生活を続けてをりましたが、いつも私の心の寄りどころになつてゐたのは、文筥のなかに納められた天子さまの箸と支那の古墨でありました。

組子がセーラー服をきて、登校前のオカッパをくしけづりながら、

「ねえさん、こんな生活をしてゐるのはやめて、やはり、お母さまといつしよに暮さうよ」

何気なく言ふのでしたが、私の気持にしみました。

「ええ、さうしようか」

どちらからともなく寄りあふ機運もあつたのでせうが、組子が仲にたつて再び前田達を迎へるやうになりました。

久し振りに見る母の仙子は無雑作に束ねた櫛巻で、下町風の女になつてゐました。

私は母の膝から、彰一を抱きとつて、

「ずゐぶん、大きなお目々ね」と女戸主らしい大人びた口をきいて、近所のおもちや屋でがらがらを買つて与へなどして、母の傷口にはもう触れまいとする心遣ひもするやうになつてゐました。

「お父さんも喜んでゐたよ。お前たちの生活には干渉はしないつもりなの。こつちが置いてもらうやうなものだからね。節子もいい娘になつたね」

母はしほしほとした眼をして、他人のやうに私を眺めたりしました。

私は夕方からきた前田を「お父さん」と言はずに「をぢさん」と呼びました。はじめに「前田さん」と言つてゐて、自然にところをえた相手にいちばん似つかはしい呼び方と思つたのです。

あなたは「赤光」の浄書を認めて、また、相談のうへ色々と仕事を出さうとのことで、矢来下の電車の終点で待つてゐました。約束の日は生憎の雨で、六時に見えるといふので四時に退社した私は、いつたん家に帰り、洋服をセルの単衣に着換へて傘の柄をくるくる廻しながら遠くを見て待つてゐました。私はひどい乱近視で、二、三間先きもはつきりしないのでした。あなたのやあといふ声にびつくりして、ほんの形ばかりの肩上げをした自分の肩をながめ、だいぶ、待つた？とあなたが言はれるのに、ええとどつちともとれる返事をして、いつしよに喫茶店へはいりました。

前田と同じ年頃の、短く苅りつめた頭に、ちかちか白いものもまじる、黒い背広のズボンはよれよれで、しほたれたあなたを、私は長いあひだめぐりあひたく思つてゐた人にして、戸の外の電燈に光りだされた雨を眺めて、だまつてゐました。ぢつとしてゐても、私の思ひがあふれ流れて通ふやうに決めてゐました。

あなたが専攻されてゐる鎌倉室町時代文学の参考文献の索引カアドの作成が、私の主な仕事で、腹がやぶれさうな鞄から取りだされた幾冊かの本を中心に、作成方法を事務的にあなたが説明されたのでした。鎌倉室町時代文学を研究するためには、どうしても平安朝時代に遡るので、木活字本以外の写本を読みこなす力がなければならぬとのことでした。私にそんな能力があるか不安になつて、おさしつかへなかつたら、お宅に古写本の勉強に伺ひたいと申したのですが、あなたの住居は練馬の方で不便なゆゑ、週に一度は私の家に来て下さることになり、そこで改めて自分の住所をお伝へしたのでした。

できるだけ多くの実物にぶつかる以外は、古い本を読みこなすことができないと、私に色々な古写本を与へて、相当に無理な勉強を強ひましたけれども、あなたが土曜日の午後から、私の家の二階にお見えになるのが、待ち遠い思ひで、校訂の行きとどいた活字本と対照しながら判読してゐるうちに、いつか身についてきて、きたならしい虫喰本を読むのが、たのしみになりました。

あなたは男の学生よりも進歩が早いと申されましたが、私にすれば、本を読むのではなくて、あなたを読んでゐたとさへ思はれるのです。

長い仕事のあひだに、遠くは徳島の光慶図書館までいつしよに参りましたけれども、あなたとのはじめての旅は、水戸の彰考館の曝書をねらつて、所蔵本を閲読しようと企てたときでした。

五日泊りでゆく予定のあなたは、私にいつしよに附いてゆけないかとのことで、

「私はごいつしよしたいのですし、勤めの方も一年のあひだに二週間は休暇がありますから。ただ、母がなんと申しますか。先生から話してみていただけません？」

あなたに奥さまがいらつしやることは知つてをりました。古屋さんはあなたが在学中から仕送りを受けてゐた人の娘さんを貰つてをり、研究室の手当と二、三の学校に講師をしてゐても、交際費にも足りず、学位論文を仕上げるまでは、その生活補助はつづけられるだらうとのことでした。

はじめて家に見えたときに、母は

「先生は、まだ、おひとりなのかね」

といひ、私は知つてゐて、

「さあ、きつとおひとりなんでせう」

と答へました。女手がかかつてゐない無雑作な服装が、さう思はせたらしいのですが、私は、もうあなたに心を傾けてゐたためらしいのです。

おひとり暮しのやうに家では思つてゐると申しますと、

「ぢやあ、僕の家のことは知つてゐるんだね」としばらく考へてから

「どうして、僕をひとりものにしたのかね」

私はいつしよに歩いてゐる道を眺めながら

「どうしてつて、ただ、私はさうしたかつたんです」

と、ため息をつきました。

母は意外なほど、たやすく許してくれました。そのころは何につけてもあなたのことばかり噂して、妹などには姉さまの先生狂ひと笑はれてゐたのでした。娘の私のなかに育つてゐる女といふ目覚めを認めることで、母のなかに隠されてゐる女を私に知らせて、前田との関係を有利に導かうとしてゐたのかもしれません。前田は、桃色の羊の皮で覆はれた優美な旅行用の小型トランクを買つてきてくれ、はじめてのやうに親しく口をきいて

「今度、旅行から帰つたら、銀行の方は辞めて、杉村先生の助手だけにして貰ふといいね」と勧めたのです。そのころはあなたから月々の手当をもらつてをりました。

私は前田の立場を説明いたしませんでしたし、あなたが奥さまのことに触れないやうに、母も前田の妻であることは当時は言つてなかつたやうでした。

あなたが玄関から二階に通るまでのあひだにあるお茶の間に、もし、前田がゐたとしても、おそらく近所の男が遊びにきてゐるとしか見えないやうに粧つてゐました。それは八畳間を通るだけの、ごく短い時間でしたが、無理に調子をあは

せた前田の心遣ひは、男としてはやりきれない不快なものであつたに違ひありません。

旅にでる私をあなたに渡して、この娘はねんねでなにも存じませんから、と母が頼むのは、新婚旅行に似てゐました。

私たちは、彰考館で、いくつかの新資料を発見したのですが、あの了覚本「松が枝」を巻頭も巻末も欠損した端本として、私が探しあてたときの喜びは未だに忘れることができません。了覚の右下りの筆癖を私がおぼえてゐて、

「了覚の写本ではないでせうか」

と申しますと、どれとあなたは手にして、入念に調べまして、了覚日録には載つてゐて、未見の古謡集「松が枝」と推断されたのは、もちろん、あなたでしたけれども、私の素樸な勘が了覚の筆蹟を言ひあてたのでした。あなたの論文のなかでも、かなり重要な位置を占めてゐるさうで、冷たい炎のやうな理性が強いうねりをもつて研究調査が拡がつてゆき、たしかにさうだと決定されたときの亢奮、すべてを焼きつくすやうな歓びは、私が生れてはじめての体験でした。

万巻の古書を渉猟したわけもない私が、了覚本と断定したときに、あなたはほとんど信用しなかつたと思へるのです。それだけに喜びも大きく、その功績の大半は私にあるやうにさへ言つて、節子は仕事の上の妻だと体をだきすくめたのでした。あなたは毎日の仕事に疲れてか眼が少し寄り気味で、大変に感情をたかぶらしておいででした。私はうつとりと体をなげだして、あなたのためには生涯を捧げようと思つたのです。

私はそこではじめて心臓弁膜症の激しい発作に襲はれました。知らない土地で、男の人と泊つたのですし、あなたは夜明け頃まで決つて起きて仕事をしてをり、さきに寝床についてもなかなか眠ることができませんでした。生活の狂ひに疲れたためもありませうが、苦痛のかたまりに似た圧力を左胸部に感じて意識が混濁し、やつと気がついたときには宿の女中さんと医師が枕元にゐました。

あなたはしきりに母を呼ばうと言ふのでしたが、誰も来てくれなくともいいと断つて絶対安静にしてをりました。

私はそれを機会に銀行をやめて、あなたの仕事を手伝ふだけになつたのですが、心臓弁膜症は生れつきのもので、結婚生活には耐へ難いことを医師に言はれたときは遉がにさびしく思ひました。

するうちに、祖母や母はあなたと肉体的な交渉があつて、それが発作の原因になつてゐるとでも感じてゐるらしい節が見えてきました。事実、私は結婚の不適格者と診断されてあなたに対する振舞ひも大胆になつたやうでした。母は結婚すると死ぬんだからねと念を押すやうに繰り返すのでしたし、祖母の咲は病気になつても家にすぐに連絡をとらなかつたのに不信の根拠をおいてゐるらしく、

「先生は子供ぢやあないんだし、電報を打つぐらゐできた筈だよ。宿ではいつしよの部屋だつたのかえ」

と耳の遠い人に有勝ちな吸鳴り方で、母は耳元に口を寄せ

て、お床は別々だつたんだよと大声に言ひながら、私の腰のあたりをじろじろ眺めたりしたんです。

まだ旅行が楽なうちに地方に散在する資料を蒐集して置いてよかつたと思ふやうに制限がはげしくなり、また、大学の所蔵本も地方に疎開したりしてゐるうちに戦争は拡大されて、いつ終るかしれない情勢になつてきました。私は病気のために徴用はまぬかれましたが、あなたは学生といつしよに軍需方面への勤労が多くなつてきました。戦争に直接の関係がある理科系統以外は完全に閉鎖に近い状態になりました。しかし、あなたは豊富な資料を中心に研究に従事することができました。

あなたの学位論文のテエマは「鎌倉室町時代文学に現はれたる庶民生活」でした。戦争の只中での仕事はともすれば真空圏にはいつたやうな窒息感と捉へどころのない空虚が、あなたの精神内部を領して了ふらしく、それに、講師の仕事や執筆の依頼なども減つて、生活に対する健康な弾力性も喪失されてゆくやうでした。

あなたはしきりに私の体を恋しがつて、手を握つたり、接吻したり、髪の毛を静かに撫でたりするやうになりました。

「なにもかも、空しいことのやうに思へてくるね」

「あなたを好きなのも、さうなの？　空しいものを追ひかけてゐるの？」私たちはこんな気持で寄りあつてゐたやうでした。

前田はそのころ住友の電波兵器を製作する軍需会社にはいり、社長の専用車を運転することになつて、私達は芝浦の、夕暮橋の近くへ引越すことになりました。そこに社宅があつたのですが、生れてから二十年あまり住みなれた小石川を離れて、見知らぬ工場地帯に越してゆくのは、心細いことでした。ですから、あなたに私は妹といつしよにここに残つてもいいですかとききました。

あなたは営養失調じみた青い顔で、現在の生活では、とてもふたりを食べさせては行けさうもないと言ひました。私はあきらめて芝浦に越す気になつたのですが、それを機会にあなたの手当は断つて、前田に頼るより仕方がないと決心したのです。その頃から前田の収入は夥だしい額にのぼつてまゐりました。会社の運転手を統率する立場にあり、新車の購入の際のコンミッションや闇物資の移動やガソリンの横流しなどのほか会社の重役の疎開などの雑収入が主なものでした。前田は金放れがよく、同僚にも親まれてをりました。また社長の信用も厚く、妹の組子が陸軍大臣官房に給仕として徴用されることができたのは、社長も蔭から力を借してくれたのです。

あの頃のあなたはいちばんみじめに見えました。前田は配給の煙草にも不自由してゐるあなたに、心からの厚意ですすめてゐるのは私にも十分にわかつてゐるのに、あなたは妙にもぢもぢして、そつと手をだし「すみませんな」とうつむき加減に喫はれる卑屈さで、私はあなたの仕事部屋にあてるやうになつた部屋に、妹に頼んで省内の売店から手に入れた煙草を用意して置かなければなりませんでした。あなたは私に手当をだすこともできなくなつたのにこだはつてゐるやうでしたが、人間はその時の勢にながされることはあつても、また、運がむいてくるのですから、平気で私に寄りかかつてゐて欲しかつたのです。

ガダルカナル海戦の直後で東京が空襲されるなどとは夢にも考へることができなかつたのに、前田は自分の郷里の北海道の北見に、母と彰一を疎開させようとしました。

船乗りの帽子に似た運転手の制帽をかぶつた前田は、装身具なども金目なものをつけて、りゆうとした姿になり、パイプを横啣へにして、新型の高級車を乗り廻してゐたのです。母が、わたしのやうな足手まとひを追ひ払つて、浮気をする気でせうと実感をこめて言つたりするのを、前田はにやにや笑つて聞いてゐました。やがて社長夫人が長野に疎開することになると、しかし、ぢきに北海道行きに同意したのは、女らしい虚栄心が働いてゐたのも事実ですが、その頃陸軍の首脳部と待合などで始終会合してゐた社長が洩らす言葉から日本の敗戦を前田が予知してゐて、戦局の推移もちよつと口をすべらせたやうに合致してゆくので、素直に北海道に疎開する気になつたやうでした。

前田は自分の家を継がずに、弟にゆづつてゐて、相当にやつてゐるやうでした。

母は前田よりは三つ歳上で、朝早くから夜遅くまで働いて帰る夫の世話をやくためには、疲労が濃くおしよせてゐるふうで、適当な休養を必要としてをりました。病身の私にも、戦争が苛烈になつては、耐へられまいと前田は熱心に母といつしよに疎開することをすすめました。私は生活苦に破れかかつてゐて、ともすれば研究を抛つかもしれない不安をいつもあなたに感じてをりましたので、どうしても残る気になりました。私が疎開すれば、あなたが私の家に現はれないことはきまつてをりましたし、さうすれば、安定した場所を失ふにちがひありませんでした。

私はいつも突然に襲つてくるにちがひない死病におびえてをりましたが、母が疎開してからは、朝暗いうちに起きて、前田と妹の組子を送りだし、また、あなたが見えたときは夜更けまで仕事の相手をしました。私は三千項目にあまる研究資料のアイウエオ順に並べた索引カアドを諳んじてゐたばかりか、相互の関連性も頭のなかに整然と納めてをりました。私は、もちろん、母に代つて家のなかのことはすべて切り廻してをりましたが、そのためにあなたに対する仕事に支障をきたしたやうなことはいつぺんもありませんでした。あなたが経済的にも心理的にも窮して、ひがみつぽくなつてゐたのは、教養のある人間のやうに表面には決して出しませんでしたが、内攻する感じで察することができましたので、前よりは手落ちなく動いたことは、あなたも認めてゐるやうでした。

私どもの住んでゐた社宅には電話があつて、連絡場所には好都合でした。交通地獄といはれるやうになつてから、よく、あなたは泊ることもあつて、そんなときには祖母と同じ部屋に寝てゐる妹の床に私はもぐりこんで寝るのでした。私は妹が父の骨折りで陸軍省に勤めるやうになつてから、素直に「お父さん」と呼ぶやうになつてゐました。

青柳町にゐて、私が一戸を構へ、あなたからの月々の手当てと品川の祖母からの仕送りがあつた時とくらべて、芝浦に引越してからは、いはば、私は働きのない叔父をかかへた居候の気持になつてゐました。あなたに厚意をそそがせるためには、私はどうしても、前田に折れなければならなかつたのです。

母の仙子は、彰一がゐるので、「お父さん」と呼んでをり、それは子供のゐる妻が「あなた」と言ふよりは、しつかりと家庭に根をはつた表現になるのですが、あなたは母が疎開してから、間もなくのこと、私が前田のことをお父さんと呼ぶ声が、母とそつくりのものになつてきたと言ふのでした。私が洗濯した前田のワイシャツにアイロンをかけてゐるのを、いやらしく見ながらなので、あなたは妬いてゐるのかしらと思ひました。

私は絶ゆることのない空想で綴りあげた性慾にくるしんでゐました。私のところで、あなたは散々に性慾的な雰囲気を作りあげて、さあ、帰らうとゆつくり腰をあげるのでした。そして、奥さまの許に帰つてゆき、はけ口をみつけた性慾が、そこに目的を遂げるのだと思ひ、あなたの性慾行動の私は予備機関にすぎないのだとする想像が、あなたの前技のはげしくなるにつれて、あなたが奥さまに対する愛撫の執拗さを深く感じました。私が性生活に耐へない女だといふので、その限界で私を可愛いがつてゐたと言ふよりも、それを口実にしてゐたところがあつたのです。もちろん、さう思ふ私にも、心臓弁膜症を利用して、煙幕のやうなあいまいなものを残してはをりました。誰かに突つこまれても、言ひ逃れができるつもりでした。

夜明け方に台十に炭火をいれてあなたの仕事部屋にまゐりますと、まだ家中が寝静まつてゐるのを通り抜けるのに気を遣はれてか、雨戸をくつて、外で小用をたしておいででした。

あなたはそのままで、鷗が飛んでゐると言ひ、私は濡縁まででました。まだ薄暗い水面から、ぱつと鷗が空に舞ひあがるさまは、古い新聞紙をちぎつて撒いたやうに見えました。

あなたは前をはだけた格好で、湯気がたちのぼつてゐるのに私は平気な眼差をむけて、静かに受け答へをしてをりました。そのあとで、火鉢の掃除をしてゐる私に、

「まるで夫婦のやうだな」

とあなたは感じたままを、ぶつつけるやうに言ひました。

「まるで夫婦のやうな」といふ感じが、母が疎開してからの前田に対しても、自然にでてゐて、お父さんといふ言ひ方が、母の仙子と同じものをあなたに思はせる、なにかがあつたのかもしれません。

琉球が落ちた翌日、妹の組子が、腹痛で早退してきました。私はすぐに床を敷いてねかせました。ひと睡りした組子が夜になつてから、部屋をころげまはるほどの苦しみ方になりま

した。組子が突然陸軍省でくるしんで、軍医の診断をうけ、盲腸炎だから、すぐに陸軍病院に入院して手術を受けなければならないと言はれ、小使室で休んでゐるうちに一時小康を得たので、姉の私と相談してすぐに入院することにして、都電で帰つてきたのださうですが、帰宅したときは痛みが去つたままだつたので、開腹手術をするのがいやになつて、だまつてゐたのでした。

私は近所の医師を呼び、前田とも連絡したのですが、医師の紹介で日本医大に入院させる手筈がきまつて、翌朝、自動車で運びました。ひと晩の苦しみで、組子はげつそりとそいだやうにやせてしまひました。私はどうしても組子をたすけたいと思ひ、不安な気持ちもあつて心細く、あなたが見えたら、すぐに病院にきてほしいと祖母が耳が遠いので、留守をたのんだ近所の人に伝言してまゐりました。もう、手遅れになつてゐたので、手術は一刻を争ふのでした。

できるだけの徐行で、自動車が病院についたとき、手術の用意をするための蒸気消毒にかかつてゐて、煙突からは白い煙りがたちのぼつてゐました。私は奪ふやうにして看護婦さんが組子を寝台車にのせるのをみて、ほつとして椅子に腰をおろすと、ほえるやうに空襲警報のサイレンが鳴りわたりました。ボイラーの火は敵機が都心にはいる前に消されました。このために手術が三時間あまり遅れた割には経過は良好でしたが、しかし、懸念された腹膜炎の徴候があらはれてきました。伝研で試験中の、まだ市販になつてゐないペニシリンを打つたりして、入院して十一日目に死んだのですが、その日の夕方にあなたは、ひよつこりと姿をあらはしました。

あなたは入院した翌日に留守宅に電話し、組子が盲腸炎で入院したのを知つたのださうで、すぐに若松町の陸軍病院に馳けつけたさうです。大変なあわてかたで、勝手に陸軍病院と思つたらしいのですが、軍装した門衛に親戚以外の面会見舞は、一切謝絶することになつてゐると言はれたまま帰り、もう、全快したころと訪ねてゆき、はじめて日本医大と知つて、来てくれたのでしたが、もう、数日前から組子の容態は悪化し、絶望を言ひ渡されてゐたのでした。私は妹の傍らに坐つて、いつ急変するかもしれないと顔ばかりみてゐたのですが、あなたがドアをあけたとき、組子はすぐに見つけて、ああ、先生が見えた。よかつたわねえ、姉さんと、むくんだ頬をいびつにして笑ひました。どうせ、助からぬものなら、好きなものを食べさせようと、その日はアイスクリームを食べたいとのことで、前田は探し廻つたのですが、売つてゐるところがなく、手製のものを作らうと部屋の隅で動いてゐました。

組子が入院してからは、前田も毎晩いつしよに病院に泊りこんでをりましたし、あなたの顔を見るとほつとして、ひと晩ゆつくりと家に帰つて休まうと言つたのです。

できあがつたアイスクリームを組子はうまさうに食べて、前田は満足げにそんな組子を眺めてゐると、チョコレート色の粘液を吐きました。すぐに看護婦さんが来て、注射をしたのですが、細い血管が逃げて、幾度も遣りかへてゐるうちに、ああ、疲れたと腕にそそいでゐた眼をはなして、私の方を見たのですが、さつと黒い瞳が呑まれるやうに上瞼にはいつて、体がぐつたりしてしまひました。

組子が死んで、私はあなたの膝に体を投げかけて泣きました。はげしい泣声を聞いて、近くの病室にゐる人達は、開け放されたドアの前に群れて、のぞきこんでゐるやうでした。あなたはやさしい言葉もかけずに、あなたの膝から荷物をずらすやうに、私の首をソファの上に置いて、ドアを閉めるために立つてゆきました。

すぐに遺霊室に組子の死体は移され、三人で通夜をして、その後も葬式がすむまで、あなたはずつと家にゐてくれました。

四十九日を繰りあげて三十五日に組子のお骨を埋めたのですが、妹がゐなくなつて部屋は広々とし、自分の部屋にもぢつとしてをられないやうな寂しさを感じて、白い布でつつまれたお骨の見える居間の方に居勝ちでした。お焼香の順番も、私の次ぎが祖母で、その次ぎが前田、それからあなたでしたから、顔見知りでない人達が大勢あつまつたとしても、あなたのことを親戚の代表のやうに思つてゐるやうでした。父の会社の関係の人達といつても運転手仲間や、組子の勤め先の若い娘達のなかで、あなたは毛色の違つた窮屈を感じてをられるに相違ないと思つてをりましたから、私は大へんお気の毒に存じました。若い娘さん達は早く帰り、父の仲間は酒罎を傍らにたてて、のんだり、歌つたりして、はては花札を引いたりしました。

前田は、酒はあなたと同様にあまりのめない方でしたが、いつしよになつて座をにぎはしてをりました。私は銚子を持つて、酒をつぎ廻つてをりますうちに、つい戴いたりして、足もとがふらつくやうでした。あなたはにがりきつた表情で、ひとり離れてゐるので、なんども私は、もう、ぢきですから、辛抱してねと頼みました。私は組坊もたうとう死にやがつたと胡坐をかいて、泣きながら、酒をのんでゐる運転手の人達に親しみを感じながらも、なにかこの頃あなたにぴつたりしなくなつた気持をとりもどさうと、打ちとけてお話しがしてみたく、どうしてもお泊めしようと決めてをりました。酒のせゐか感情が大きくゆらぎ、あなただけが私の寂しさを知つてゐるのだとそつと指で突いたりしたのですが、あなたのかたい肩はなんの反応も示しませんで、今晩はとりこみのやうだからと、皆と前後して帰られました。

私はあなたのために敷いて置いた寝床に、思ひつきり足をのばして、仰向いてをりました。冷たい涙が湧いてきて、生きてゐるのをやめた方がいい、そして、あなたも死んぢまへといふ気になりました。ひとつとして、大切なときに私を支へようとせずに、ほつたらかしてしまふあなたを、当てにして生きてきた自分がみじめに感じられてきました。やがて立ちあがつて、父のところにはいつてゆきました。さうするよりは仕方がなかつたのです。

父は、私の気持を感じとつて、

「組子が死んで家のなかに、どかつと穴があいたな」

と、いつしよに涙をながして、きつく抱きすくめました。私はあまえて父の頰を、掌がひりひりするほどの力で、ぴしやぴしやたたきました。その度に私の涙は飛びちりました。

「お父さん、毎晩、抱いて寝てね」

と申しますと、よし、よしと笑ひかけ、急に表情がとまつて、こはばつて見えました。

養父の前田は立ちあがつて電気を消すと、私を思ふやうにしました。私の体のなかにばらばらに置かれてゐたものが、前田の手で丹念に組みたてられ、機関が調整されて動きはじめてゆくやうに思ひました。私は愚かしいことですが、そのときに自動車の部分品を組みたてるときに、足をなげだして、ひとつ、ひとつ、ねぢを締めあげてゆく前田の姿を、ふと思ひだしました。

仏壇に供へた蠟燭の灯が前田の片頰にちろちろとゆらめいてゐました。私は病気の発作がおこつて死んでしまふかもしれない不安にかられて飛び起き、乳房を両手で押へたまま、寝床にしやがみました。白いシイツが血でけがされてゐました。

前田はうしろむきになつて、

「節子は杉村さんとなんでもなかつたのか」

と低く言ひました。私はうんと吐きだす返事をしながら、だつて、奥さまがゐるのよと心のなかでさけび、前田にも妻の仙子がゐるのだとはじめて罪を意識しました。

あなたは私が病身なので、そこまで行くことができなかつたといふのでせうか。突きつめた愛は、相手を殺すことなど顧慮する余裕があらうとも思へないのです。妻がゐても好きなものは好き。好きな同士がごつちやになつて好きなことをやつてゐるうちに自然にどうにかなつてしまふのでせう。私はあなたに愛されたために殺されても喜んだらうと思ひました。

私は今、むかし読んだパピニの「キリストの生涯」のなかの、ヨハネ伝の第八章を思ひ出します。姦淫の女のところです。私の記憶にちがひがなかつたら、指で地上に字を描くときのキリストの垂れさがつた髪が朝陽に輝くうつくしい描写です。その後、聖書とひきくらべて、キリストの髪は原文にはなかつたのです。姦淫中の女を群衆がひきたててきて、モーゼの法律によつて、石で撃つてもいいかとつめよつたときに、キリストは身をかがめて地上に字をかいてから、「なんぢらの中、罪なき者まづ石を擲て」といふ前に、素樸な正義感に燃えた群衆心理に支配されて、興奮した誰かが、もう、石でなぐつてゐた筈なのに、ぢつと答へをまつてゐたのは、ほんたうの群衆ではなくて、この人達は「学者・パリサイ人」で「イエスを試みて訴ふる種を得」ようとしてゐたから、「老人をはじめ若き者まで一人一人いでゆき、唯イエスと中に立てる女とのみ遺れり」といふお芽出たい結果になつたのだと知ることができました。キリストが蛇のやうな知慧で、現実を回避することができたのは、学者・パリサイ人が現実回避派であつたからなのです。はじめから石で打つ気がなくて、ただ石を持つてみただけなのです。そんなことで、どうして、現実を変へることができませう。そして、学者はさうしたものなのです。私はあなたにいのちがけでしたから、あなたの愛情の限界を知らされました。

前田とさうなつてからは、どう堰とめることもできませんでした。他所目にはどう見えても、前田といふ男と節子といふ女がゐるだけなのです。

しかし、このみにくい、できそこないの「姦淫」といふ論文の体系を組立てたのはあなたであり、学統は高尾派なのです。しかし、いのちを吹きこんだのは前田でした。私は前田と関係しながら、いちばん、なつかしく思ふのは、あなたでした。或ひはあなたと関係してゐる錯覚状態で、傍系の仙子を忘れようとしてゐたのかもしれません。とにかく、それほど恋しいあなたが、しかし、私の前にあらはれると、今までとは違つて、脱け殻のやうに頼りなく、性的な不快感にとらはれるのです。それは現実では、傍系としてのあなたの奥さまに対する不純から来るのかもしれません。

ですから、私は前田といふ男以外を考へまいといたしました。それまで、あなたの専用であつた湯呑茶碗も、裏の巌壁から投げ棄てて、接客用の茶碗を使ひ、居間でばかり逢ふことにしました。

あなたはそんな変化に目をみはり、おどおどしてをりましたが、私は気附かぬつもりの顔をさらして対してをりました。私が前田以外の男を考へないことが心の深部では、あなたを考へてゐることになつてゐたのですが、どう言つてみようもないことなのです。

空襲はいよいよはげしくなつて、もう、死期も近いと思はれました。田町の駅の陸橋も焼け落ちたときは、町のなかのすくない橋を渡つて、前田は会社とのあひだをいくどもたづねてきました。燃え狂ふ炎で、前田の眉がちりちり焦げてゐました。

部屋のなかにゐても、炎で赤く照らしだされた私の唇を、前田は狂ほしく求めました。私は死んでもいいと思つてをりましたし、祖母だけが壕に退避してゐました。私は家が焼けるときは前田に抱かれて死ぬ気でをりましたが、ほんの手前で火災は止つてしまひました。水道がきれて、近くの井戸に水を貰ひに行つてゐた翌日の朝早く、あなたは熱気にむせながら、見舞つてくれました。しかし、ちつとも愉しくなかつたのです。早く帰ればいいと思ひながら、私はあなたの眼の前で、前田が愛用してゐるブライヤーのパイプをみがいてをりました。

「それ、お父さんの?」

知つてゐるくせにと思ひながら、私は

「ええ、前田のよ」

と慎しみも忘れて申しましたが、あなたはちつとも顔色をかへませんでした。なんといふ鈍感さだらうと思ひました。祖母は体が衰弱してきてゐて、あまり長くないと思はれ、死ねばそのまま疎開から帰つてくる母に知れずに終ることとさへ考へたのですが、あなたは、ちつとも気づいてはゐないと思つてゐました。

私はそのころ、前田と差し向ひで、ふたりだけの食事をとることが好きになつてゐて、もちろん、祖母は病床に寝ついたままの方が多かつたのですが、それを妙に勘ぐつてゐるやうでした。そして、

「一度、ゆつくりお前のことで、杉村先生にお願ひしなくちやね」

と祖母は私をおびやかすのです。

八月十五日の終戦で、すぐに私の頭にきたのは、やがて、母が帰つてくるといふことでした。私はいつさいを母の手に返して、また娘の座につくといふことがどうしてもできなくなつてゐて、毎晩のやうに前田に駄々をこねて困らせました。子供の彰一を擁へて、浪が凍る北見でもうひと冬を過すことは、死ぬやうなものだと母から訴へた手紙がきました。もし、迎へに来ないなら、こつちで荷物をまとめて引上げてゆくといつてきて、やつと前田はどこかアパートを見つけて私をかくまふつもりになりました。

私は、むざんに生き残つた体をさんざんにいぢめ抜いて、殺してしまひたい気持で、前田との毎夜のただれた生活に、眼が糸のやうに細くなるやうにむくんだ顔で、あなたは、誰にも渡さないと叫び狂ひました。前田は、では、どうすればいいのかと訊くのです。私は母が帰つてきても、決して同じ部屋に寝てはならないと言ひました。命令のやうな激しさなので、前田は
「こまつたお嬢さんだな」

とかたく約束するより仕方がなかつたのです。もちろん、アパートにゆくまでは、私のところにも来てはいけないと申しました。

私は二年振りで母と彰一に会ひました。ふたりはすつかり田舎訛りになつて、彰一はづんぐりと丈夫さうになつてゐました。

母は組子の位牌を拝んで、膝の上に涙を流してはゐましたが、あきらめてしまつたのか、さうとりみだしはしませんでした。母が動いてゆくあとを彰一はついて歩いてばかりゐて、父の膝にだかれても、他所のをぢさんを見るやうに盗み見をしてゐました。

私が台所で、きびきび働いてゐるところに母が来て、

「節子、お前にもずゐぶん難儀をかけたね。しかし、だいぶ、ふとつたぢやあないの、疲れがとれたら、こんどはお前に楽させるからね。それまでたのむよ。どう、先生、見えるかい。筆不精なものだから、ごぶさたばかりしてゐたけど」

「ええ、ちよい、ちよい見えるのよ」

「そんなら、いいけど」

母はいつものやうにべつたりと前田の傍に坐り、

「やはり、どこがいいといつても、自分の家だね。慶さんに

は悪いけどさ」

と送つてきてくれた前田の弟の慶吉を見て、人が好さうに笑ふのでした。

母は何も知らないのだと思ひ、何か言ひたさうにしてゐる祖母が気がかりになつて、

「おばあさん、どうも、頭が変らしいのよ。何を言つても、お母さまは気になさらないでね」

と私は言ひました。

荒廃した東京の眺めに、前田の弟はすぐに帰りました。母が疎開してからは、家計は私がもつてゐて、そのうちから、あなたにもできるだけのことはしたのです。さうなつたからと思はれるのがいやで、無理以上のこともいたしました。私が母に家政を直接引継ぐか、前田が切りかへればいいのでしたが、それがどうしてもできないのでした。前田は私の作つた食べ物を母のより喜んでゐたのですし、洗濯なども私がしつづけてゐました。

慶吉が帰るときの土産も私が買つてきたのを母が不快に思つてゐるのは、ありありと感ぜられました。

母が帰つてきたときに、祖母と母と彰一は同じ部屋に、前田と弟の慶吉、私は一人だけの寝床を敷いて、皆にそのやうに言ひ渡しました。

母は妙な寝床の敷き方をするといふやうにむつとしてゐました。しかし、それは慶吉がゐるあひだは兄弟同士いつしよに寝かせようとするのは、私がまだ娘で、なにも知らないのだと思つてゐるふうでした。

しかし、慶吉が帰つてから、祖母は一部屋にし、私は玄関に寝て、次の部屋に前田だけを寝かせ、その次ぎの部屋に母と彰一の寝床をとりました。私は前田を母とのあひだにはさんで、監視しようとしたのでした。

「組子が死んで、家が広くなつたのに、お前が玄関に寝るなんて変だね。それにお父さんと私たちはいつしよでいいのに」

さう言ふ母の声はふるへてゐました。私は
「でも、お父さんは、とても体が疲れてゐるのよ。夜だけでも静かに休ませてあげないとかはいさうだわ」ときつぱり答へました。母は、

「よくそんなこと知つてゐるね」と口を歪めました。

その翌晩の夜中に
「お父さん、坊やの寝顔見てやつてちやうだい」

と寝てゐる前田を呼びおこしてゐる母の声をききました。寝たまま乗りだして、襖をあけた母のぶよつとした白い腕が見えるやうで私は息を殺してゐましたが、前田の声はちつともしませんでした。しかし、畳に吸ひつくやうな母の足音がして、たしかに小半時前田の枕元に母がゐたやうでした。

母があなたにはじめてあつて、わざと寝床をあげて、何か証拠をさがしださうとしたやうに、言ひつけたのは、この翌朝のことを言つたとすれば、母の愛慾に狂つた状態で、私を見てゐたからなのでせう。そんな母をほんたうにいやらしく

思ひます。

母はしきりにあなたに逢ひたがりますので、私は電話でお呼びしたのです。

あなたがきて、門の前で、偶然闇市に買ひものに出掛けようとする母とあつて、そのまま家にあがらず、連れだつて話された事柄が私を不幸に追ひこむことになつたのです。

私は今は何もかも諦めきつてをりますし、また、あなたが母に会つてから、すぐにお目にかかつて前田との事も告白しました。その折に母がどうあなたに訴へ、また、あなたが母に何を言はれたかもおききしたのですが、あなたは私のことを手にとるやうに知つてゐたのには驚きました。

私はあなたに詫びる必要はちつともなかつたのですが、それで救はれようとしましたのに、前田との話を切りだすと、すぐにやめさせて、知つてゐて、どうにもならなかつたとあなたは申しました。当時は母も私もヒステリックになつてをりましたし、本当であつても、大げさなところもあるやうに考へられますので、補足と訂正の意味を兼ねて前後の事情を申し上げませう。

あなたが母を訪ねた日の前日の夜中に、たまりかねたやうに母は前田の枕元に坐りこんだのです。かなりの暴風でしたが、もう、誰に聞えてもかまふものかと言ふ風に、合の襖をあけて、あなた、あなた、どうしたんですか、私といふものがあるのにと力づくで小夜着を前田からはぎとらうとするらしく、はげしい息づかひと畳の上をずる膝の重い動きが聞えました。前田は遣り切れないやうに、頭がいたいんだ。そつとして置いてくれとしきりに哀願するのですが、

「いいえ嘘です。私はみんな知つてゐる。あなたは、あなたは畜生だ」

とわめきながら、前田を小突きまはして止めようとしないのです。やがて前田の喉をしめつけられるやうなうめき声を、暗い闇のなかから伝へて来ました。前田が仙子に殺されるにちがひないと不安になつて眼をつぶると、私の瞼のなかに赤や緑の色彩の渦がうごめき、体にふるへがきました。倚りかかつてゐる手で襖ががくがく鳴りうごきました。私は夢心地でお父さん、お父さんと叫んでゐたやうでした。すると急に隣りの部屋が沈黙にかへりました。前田が仙子に追はれて、私の寝床に逃れてきて、私といつしよに殺されることが直きに起るにちがひないと冷たい汗を流してをりましたが、前田が来てくれるんでもなかつたのです。私に悪夢のやうな夜があけて、母はどこかゆつたりとすましてをりました。

母と前田がいつしよにゐるときに、節子が自分の部屋にひきずり込まうとしてお父さん、お父さんと叫ぶ声が耳の底にねつとりとこびりついて、地獄のやうだと申したさうですが、それは母が捏造したんです。しかし、私が前田を呼んだ声は野性に帰つた犬の遠吠えのやうに思ひました。

母はあなたと久濶の辞をかはしてから、買ひ物に出るたびに、娘から金を受けとつてゆく生活は、年老いた女中のやうな存在だと愚痴り、

「節子も大へんな娘になつちやつて、まるで主婦気取りですからね。疎開するときに、近所の人達は、いくら娘でも年頃ですから、いつしよに連れていつた方がよいと申しましたのですが、私はまるで飼犬に足をかまれたやうなんです。かうなつたのも、先生に責任があります。私が行くときに節子の身の上をお願ひしたのは前田ではなく、あなたでしたからね」

とすぐに門の外に立つた儘あなたをせめたさうですね。しかし、母は私をよもや、そんなことはあるまいと信じてゐたのださうで、そのときの母はあなたに私を説いてもらつて、家庭の切り盛りを自分の手に収めようとしただけだつたんださうですのに、あなたは、母の言葉をきくと、大変に暗い顔をして、

「私が伺ふのを段々にきらはれるやうでしたし、私はあぶないと思ひながら、どうすることもできませんでした。やつぱり、前田さんとさうなつてゐたんですかね」

あなたはお気の毒な人だと母に言はれたさうですね。母ははつと胸をつかれて、

「それ、なんのことです。歩きながら伺ひませう。私はもう大抵のことには驚かない年になりました。それにしても……」

あなたたちふたりは並んで歩きながら、あなたは母から私が母と前田とをいつしよに寝かせまいと妨害することを微に入り細にわたり聞かれたのでした。

あなたは母に、どう考へても、私のことが心配でねむられない夜があり、朝の一番の電車にのつて暗いうちに私の家に来て、そつと私の部屋をのぞいたら、空いてゐたので、前田の寝室にあてられてゐた部屋の窓からのぞくと、白い蚊帳をつつて、前田といつしよの床に寝てゐたと言つたさうですね。それまでの母はたしかに不安におびえてはゐたのですが、それは妄想圏のなかを狂ひまはつてゐたのです。それにあなたは具体性をあたへてしまひました。

ああ、それは死んだ組子の三十五日の夜明にちがひありません。あなたは、私のことが心配でと申しましたさうですが、嘘です。あなたは耐へがたい嫉妬に苦しみ、さいなまれてゐたのです。その夜、私は娘のいちばん尊いものを失つてしまひました。さうなら、なぜ、私の体を男らしく、正々堂々とあなたは求めなかつたのですか。私は娘でしたから、自分の本能であなたに体をぶつつけることをしらなかつたのです。今の自分ならばさうできるのに、もう、できないのです。あなたは私をあんなに抱擁したことも、あれほど唇を盗んだことも、母の前では、おくびにもだされなかつたのですね。勿論奥さまがあることも。そして学者らしい偽善ですべてを塗りこめてしまつたのです。

母は現行犯を捉へたやうに、前田と私を自分の前にすゑて、どなりちらすのでした。私はがんがん野砲で打ちまくられたやうになつて、どんなにこの方が楽だつたらうと静かに涙を流してをりました。そして、すぐに家を棄ててどこかへ逃れ

でようと思つてゐました。

前田は青白い頰にぴくぴく笑ひをひつつらせながら、

「お前の娘が好きでどこがわるいんだ。お前が好きなら、お前に似てゐる節子も好きになるさ。ちよつと杉村さんもどうかしてゐないかい？ 組子に死なれて節子はさびしくてたまらなかつたんだ。さびしがつていつしよに寝ただけだよ。それを窓から覗くなんて、下司のやることだ。それに節子にきけば、杉村には、れつきとした女房がゐるさうぢやあないか。それを隠して、年頃の娘をずるずる引きずつて、幾年になるんだ。俺は商売女にはこれまでも手をつけたことはある。しかし、仮にも、俺は節子の父親だぜ。とんでもない話だ。今、すぐにでも杉村をここへ連れて来いよ。お前の目の前で話をつけてやる。俺は親として節子の責任をとらしてやるつもりだ」

母は前田の言葉をぼんやりと口をあけて聞いてゐましたが、

「節子、杉村さんに奥さんがゐるつてほんたうかい」

私はさうなつてから、前田に打ちあけてをりましたので、素直にうなづきました。母はほつとしたやうに明るくなつて、

「それぢやあ、いくら待つてゐたつて杉村さんの奥さんになることはできないぢやあないか。お前、なんだつて今まで黙つてゐたんだい。杉村さんてひどい人ね」

さう母に云はれると長いあひだの苦しみが甦つてきて私は耐へても涙があふれたのです。「お父さん、済まないことを申しました。どうか、水にながしてください」

と前田に母は心から詫びるのでした。それから
「ぢやあ、お父さん、今夜からあなたは一つ部屋に寝てくれますね」

どの部屋にしようかと家のなかを母は見廻すのです。前田

「編輯後記」より

▽五月一日、午後一時、慶應義塾内大講堂で春季大講演会。開会の辞にかへて（久保田万太郎）、プロレタリア戯曲論（勝本清一郎）、舞台の秘密（水木京太）、明るい文学（加宮貴一）、文学批評論（井汲清治）、銀座雑感（原奎一郎）、モダン・ガアル（小島政二郎）、挨拶（南部修太郎）、流行の誘惑（水上瀧太郎）。聴衆六百。午後六時半閉会。
▽横山重氏から金百円、その他小山完吾氏、小泉信三氏、泉鏡花氏から寄附金を戴きました。厚く御礼を申し上げます。尚水上瀧太郎氏は今後毎月、「文藝春秋」への広告を寄附して下さる。文藝春秋社でも好意的に便宜をはかつて下さる。
〈大正十五年六月号、勝本清一郎〉

は、いやだねとはつきり断りました。

「なんでも、なかつたら、いいぢやあないの」と母はつめよると、

「うん、なんでもない。たしかになんでもないんだ。しかし……」と私の方を見ました。私は、もう、どうでもよかったのでした。こんなに私を愛してゐる前田の立場を考へて、彰一のためにも母に返さうと決心したのです。

「お母さん、私が原因でこんなことになつちやつて、すまなく思つてゐるの。私は、自分の親に、こんなことを云はなければならないのを、どんなにかなしんでゐるかもしれませんのよ。前田はいまの私にとつて、この世のなかでいちばん好きな人なんです。もしもあなたが他人なら、どんなことがあつても離れることができなからうと思つてゐるんです。ああ、私は云つてはならぬことをあなたに云つてしまひました。ですから、私はぢきにこの家を出てゆきます。どうか、それまで待つてゐてください。あなたの留守中に、およそお母さんには想像もつかないはげしい空襲をくぐつて、いつ死ぬかわからないと思つた同士が、同じ屋根の下にゐたのです。身のまはりのお世話を二年のあひだしてまゐりました。どこで爆死するかもしれない人を、他人のものわらひにならないやうにと下帯ひとつでも清潔にして、毎朝、送りだした気持は、普段の平穏なときの夫婦以上のものでした。どうか、しばらくのあひだ、年上の女と若い娘としてだけ考へてください。お願ひです。お母さん」

私は感情をころして、平静に云ふことができたのですが、私が考へてゐることとは反対なことばかりになつたのです。どうか、いつしよにやすんでくださいとすすめるつもりでゐたのですが、かう云ふより仕方なかつたのです。なんといふ妙なことになつたのだらうと母は落ちつきを失つてゐました。

その翌日私はあなたを研究室に訊ねて、なにもかもみな云つてしまひました。

母はあなたと前田を引きあはせて、私をあなたに連れ去つてもらふ以外は、自分の生きる道がないと思つてゐるやうでした。私がたとひ品川の祖母のやうに、世の中の裏道を通ることになつてもよいと諦めたやうでした。

私は自分の口から、前田と関係があることをあなたに告げるより仕方がありませんでした。前田は母の追及を逃れるためとは云へ、あなただけを悪人に仕立てすぎたと思つたからです。母にすれば、新鮮な果物をあなたに捧げるのを惜んでゐるのですが、そのやうに前田の言葉を信用したかつたのです。仮に私があなたに身をまかせるとしても、それを黙つたまま一生のあひだ、あなたと暮すには耐へられまいと信じました。私はまだ男といふものを知らず、また、持病が性生活に耐へないと思へてゐた頃とは違つて、男が欲しかつたのです。私は前田が三田四国町に見つけたアパートで、通つてくる前田と暮すのが、どんなに幸福だらうと思ひました。しかし、母の眼から逃れるためのカムフラジュするためには、あなたに一役かつて貰ひたく思つてゐたのです。そのためにも、

前田との交渉をくはしくあなたに告げたのでした。

私は御殿山の池の畔りを幾廻りもしながら、あなたが、どこかにひつそりとかくまふと云ふか、さうしたら、ばつさりと前田との間は切れてみせる、また、あなたが大人になつて、前田と話しあひ、前田との関係をひそかに続けてゆくための後盾になると云つてくれるのを待ちました。

あなたは、だまつて、私の話をきく方が多かつたのです。

「前田といつしよに暮すつもりで、アパートに住んだら、むかしのやうに仕事にいらしつてくださる？　ふた間続きですのよ」

と、私は謎をかけてみました。あなたはそんなこと思つても見ないふうに、

「留守にでも行つたら、お父さんがこはいからな」

と答へたのです。

あなたが母と別れるときに、帯を下にゆるく締める癖の、胴長な感じで、帯のあひだに両手を入れたまま、

「私はもう生きてゆく力がなくなりました」と云ひ、夕陽に染みた焼トタンの上に、吹きよせた砂のなかから、とぼしい餌を探し求めようと必死にとびまはつてゐる雀の群をぢつと眺めてゐた姿に、もう、これつきり会へないのかとあなたが申しますのに、私も、女といふものはあはれな、もろいものだといふ気もして、

「私、前田を母に返して、ひとりで飛びだしてみるわ」

と申しました。あなたは、うん、それがいい。俺がなんとかするよときつと前田のやうに云ふだらうと思つたのです。

あなたは、

「そんな弱い体では、荒れ果てた都会の渦にすぐ捲込まれてしまふよ」

と答へただけでした。木立を通したこぼれ陽が、あなたの広い額のひとところを照しだしてゐたのは印象的でした。私はすうつと足が地上に消えてゆく感じで、しかしあなたに最後の笑ひを示してゐました。

前田は私のことを思つて、仙子と口をきかないやうになり、私が出てゆくと云へば、仙子は前田がいつしよに寝るまでは、

「編輯後記」より

▽先月号は私の不注意から、大失態を演じました。何ともお詫びのいたしやうもなくただ恐縮してゐます。恰度郷里に帰省し、やつと落着いたと思ふ矢先へ、発禁の飛電に接し、旅先の事ではあり、全く面喰ひ予定を変更して急遽帰京しましたが、何といつても後の祭り、これから気をつけ、この不面目を再び繰返さぬつもりであります。

〈昭和八年十月号、和木清三郎〉

この家から一歩もださぬと突つぱるのです。前田は私に譲歩して、むかし通りの形をつくり、気をゆるさせて出てゆく以外は、どこまでも追ひかけてくるだらうと申入れるのですが、さうなると、どうしても前田を仙子にゆづれなくなつて
「あなたの気持できめてください」

と云ひ張つてしまふのです。

「母といふものは、身を棄てても子供をかばふものだけれども、女同士は敵だ。節子は女として宣言したのだから、私もどこまでも女として争ふつもりだよ。こんな婆ちゃんになつてしまつたけれどもね」

仙子は年に不似あひな若い着物をきて、化粧をあつくしたりするのでしたが、あさましく見えました。前田は彰一を相手に草花をいぢつたりしてゐました。どうすることもできない重い空気が家中にたちこめて、窒息しさうでした。祖母は中風気味で糞便をもらしても気附かないやうになり、寝たままで食事だけは丈夫な人の三人前も食べるのでした。私はそんなときに観音経を読むのです。内容は童話のやうにとりとめもなく、たあいないもののやうに考へられますが、経文の持つ音楽的な陶酔感と、言葉で綴られた絵とも云へる豊麗な色彩に幻惑されて、救はれた気もするのです。

そんなある夜、仙子は台所から一升罎をさげてきて、どうだ、節ちゃん、お酒ののみつくらをしようぢやないかと笑ひながら、どこかに険のある感じで挑んできました。私はむかむかと立ち向ふ気になつて、お互ひにコップで冷酒をぐいぐい呑みました。

前田は二人の間から発する凄惨な妖気におされてゐるやうでした。

「どう、お父さんもあがんなさいな」

仙子がすすめると傍の湯呑でうけて、ものうく口に運んでゐました。前田はすぐに顔にでるたちで、ほとんどいけないのでしたから、私と仙子が五合に近い量をあける結果になりました。私は酔眼に仙子の大きな尻を眺め、これが私を産んだ場所だと思ひました。私のより幾廻りも大きく、でつくりしたこの尻は、幾人かの男の精液を散々吸ひとつて、いたづらに肥えてゐる。ああ、とても太刀打ちなんかできやしないと私は哀しくなつてきて、空罎を枕にして、ごろりと畳の上に倒れました。私はソルベェジソングを歌つてゐるやうでした。口をあけたり、閉めたりするのはわかつてゐるのですが、歌つてゐるのにはつきりとつかめない、もう、いけないやと思つてゐると、前田も私の横に寝たのです。罎から頭がずりおちさうで、脂つこい前田の頬が私の頬にひつつくのを感じました。ああ、いいなあと私が思つてゐる顔を仙子がのぞきこんで、にやにや笑つてゐる。節子、どうだ、勝負はついたぞと云つてゐるやうでした。私が酒に賭けたのは、なんだつたらう。前田だつたかなとちらつと閃めいたとき、仙子は前田の手をとつてずるずる寝部屋の方へ引きずつてゆくのです。私はどうしても仙子には前田は渡せないと立ちあがらうとして、畳の上に崩れました。たうとう敗けたと思つて、手足の

自由をうしなつた私はもがき、何かわめきながら泣きました。私は息の根が止まる激痛を胸に感じて、気が遠くなりました。

　よく生きられたと自分でも思ふやうなはげしい発作でした。私は死にそこなつたなと思つたのです。間もなく祖母は亡くなりましたが、私は見送ることもできませんでした。

　前田が不安さうに部屋をのぞくと、決つて仙子は私の枕元で、わざと用もないのに足音をあらくして狂ひまはるのです。ちよつとの動きも身にこたへて死汗をしぼるのを、仙子は気持よささうに喉をならして眺めるのです。私をかばふと前田と争ふばかりでなく、すぐに私の方にも手ひどい復讐があるので、病気にさはると思つてか、やがて姿を見せなくなりました。私と前田が買ひあつめた炊事用具や家具や寝具などは、アパートに運びこんだままになつてゐるのですが、それさへ前田にたしかめることができません。

　私はほとんど寝てゐるのですし、鏡をのぞけばぞつとするほどやせおとろへました。あなたがいつか私に書いてくださつた短冊の、白き衿少しは見せて夏初めといふ俳句が寝てゐてみえる柱にかかつてゐます。あの頃の私は心も体もうつくしい女であつたと今更に思ふやうになりました。

　戦争が終つて前田の収入もまた昔にかへりました。それに年のこともあつて、今は運転の仕事もやめ、車庫の番人のやうなことをしてゐるやうです。

　休みの日に、裏の巌壁から、糸をたらして、沙魚を釣つたりします。そんな後姿がたまに見える位置にたつてゐることがあるのです。

　あなたは終戦後間もなく学位論文が通過し、それに古い教授の公職追放のせゐもあつたのでせうが、助教授もそこそこに、すぐに教授になられました。そしてジャアナリズムの中で華やかな存在になられました。お喜び申しあげるより、当然の結果だといふ気の方が先きにたつのです。

　今の私はあなたにとつては路傍の石にすぎません。しかし、そのあなたが、この暗い家を出さへすれば、明るくなれると

「編輯後記」より

▽今月から、用紙節約による減頁をした。部数も減少したから甚だ、申訳ないが、応急策として寄贈先も減少せざるを得ない事になるだらう。予め御諒承を願ひたい。

▽酷寒肌を刺す昨日今日、北満の野に、南方の地域に転戦制圧の皇軍勇士の労苦を思へば、ただ、頭の下がる思ひである。苟くも銃後のわれわれに些かも士気の弛緩があつては申訳ない。

〈昭和十八年二月号、和木清三郎〉

空頼みして、寝てゐる私を喜ばした、たつたひとつのことがございます。

あなたが、いつか、ラジオの女性のための古典講座で、連続放送をなさいました。そのときに私も聞いてゐると思はれてか、女性の勘が男より鋭いので、直感的に大変な発見をすることを述べられ、影の薄れてゆく国文学のために、すぐれた女性の出現をのぞまれました。そのときにむろん、私の名はあげられませんでしたけれども、了覚本の発見の例をあげられました。そこにきて、あなたの朗々とした声に、熱気が感ぜられたのは私の気のせゐでしたでせうか。

二、三日して、ちよつと体の調子もよかつたので、研究室へ電話をしました。すると若い学生の声で、

「杉村博士ですか。ただいま教授会に御出席です。ご用でしたら、言つてください。お帰りになられたら取次ぎますから」

私はなんとなく、そんな気になつただけで、いいえ、それほどでもございませんのよと電話を切るより仕様がありませんでした。

私が椅子に腰をおろして、呼吸をととのへてゐると、

「お前も男好きだね」

と仙子はさげすむやうに言ふのでした。仙子の言ふそれとは違ふのです。違ふのですけれども、どうしてもあなたが好きなのです。いつたい、好きだとかきらひだとか、どういふことなのでせう。

私がこの部屋に寝つくやうになつてから、しばらくたつて、毎夜のやうに仙子の華やかな、甘いうめき声がきこえてきました。勝ちほこつて誇張された陶酔感は、私をいらだたし、お父さん、お父さんと幾度も叫ぶやうにしました。あさましく肉を盛りあげた声でした。前田は私を深く愛してゐて、どうにもならなくなつてしまつた私の、衰弱しきつた心や体を、女としての仙子から護らうとして、のぞまない夫婦生活を続けようとしたに違ひないと信じました。が、ほんたうは空しい祈りかもしれません。あなたとの長いあひだの、性慾の逃げ場を失つた、気持ちだけでやつと支へてゐた愛が、幽鬼のやうにさまよひだして、それが地上にしつかりと根をおろすためには、どうしても前田とのあれが余儀ないことでした。いや、前田の根にあなたを咲かせてゐたのです。花の盛りは散るものなら、どうやら、この叙情は前田にあてるのがほんたうの気もするのです。しかし、花を見て、根を思ふ人はあつても、根を見る人は稀なので、あなたに書いてゐたのかもしれません。

谷間

昭和27年6月号

吉行 淳之介

よしゆき・じゅんのすけ

(大正13年〜平成6年)東京帝国大学英文科中退。安岡章太郎、庄野潤三らと共に「第三の新人」と呼ばれた。「谷間」の2年後に発表した「驟雨」で芥川賞を受賞。ほかに『暗室』『砂の上の植物群』など。

その日の空は、盛夏にふさわしく奥深く晴れわたつた濃紺色で、私は大学図書館の前庭の芝生に仰向けに寝そべり、なかば放心して空の色に眼をはなつていた。

白い蝶が一羽、風に捲きあげられてゆく紙片のように、とめどなく高く舞いあがつて、強い輝きを孕んでいる空の藍色にいまにも紛《まぎ》れそうになつた。

――蝶なんて、あんなに高く飛んでいいものだろうか?

そんな言葉が浮んだのがきつかけで、私は放心状態から醒めたらしく、三四郎池の木立で囀つている小鳥の声が、一斉に耳にとび込んできた。と、ときどき私の網膜にあらわれる三角形や矩形の模様が、からだをふくらませた小さい鳥のかたちに変つて、その形が幾つとなく身をすりよせ、身をふるわせながら重《かさ》なり合つてとめどなく数を増し、空の果までも積みかさなつてゆきそうになつた。失神する直前のような、不安と安定感の混り合つた奇妙な感覚であつた。

軀の衰弱のせいもあろうか、このような状態が、時折そのころの私を襲つた。

一九四五年(昭和二十年)八月九日の正午ごろのことである。そして、その一時間ほど前、長崎市にヒロシマに次ぐ原子爆弾が投下されていた。

長崎には私の因縁深い友人が、医科大学に在籍していた。当時、文科の学生は徴兵適齢になると検査を受けて入営させられていたが、文科から徴兵猶予のある理科系の大学へ進むことは特例として認められた。私はそのまま東京の大学の文学部へ入り、大学図書館へ勤労動員されていたが、佐伯明夫は長崎医大へ入つていたので、その報道は痛く彼の安否を気遣かわせた。

八月十二日、二ケ月余り音信のなかつた佐伯明夫から部厚い封書が私宛に届いた。しかし、それは彼の生きている証明にはならない。通信事情の悪化のため、八月七日の消印の手紙がやつと届いたのである。私はその長文の文面から、彼の安否の気配を嗅ぎ出そうとでもするかのように、丁寧に読んでいつた。

『随分御無沙汰しました。なーに例のなまけ癖が出ただけの話で、別に空襲でやられたわけでもありません。久しぶりなので色々話すことがある。何から書こうか？（以下便箋数枚は私に関したことにつき削る）

二伸。僕の今の下宿は非常によい。追々くわしく君に報らせたいと思う。うるさいだろうが受取つてくれたまえ。場所は長崎市の郊外。ずつと郊外だ。（この言葉は、彼が学校は欠席がちだと言つていたこととともに、私に希望を持たせた）軽井沢の高原のようなところだ。森がある。鎮守がある。山がある。川がある。その景色に囲まれた二階建のやたらに部屋数の多い大きな家が、僕の棲家になつている。家の前は見晴しの良い池で、その真中に不手際な細工を施した島がある。池は濁つていて気味が悪い。大きな魚がいるらしく、時折飛跳ねる澄んだ水音が聞える。

不思議な家だと思わないかい？　種を明かせば何でもない。実はその昔、イカサマ温泉宿であつたそうな。そのために無意味な人工的な眺望が造られているんだ。勿論、温泉など湧きやしない。親爺の言うところによると日夜人目をしのんで湯をわかしたとか……。当時の話を聞くと面白い。追々書くつもりだ。親爺はそんな奴なので、僕がはじめてこの下宿を訪れたとき、彼は警察に拘留されていた。何故かというと、これは長崎でなくては聞けない可笑しな問題にひつかかつていたのだ。この男は、ほんのちよつとした西洋風のことも聞けないという種類の素晴しい国粋主義者で、ピアノの音が聞えるだけでも気が狂いそうになるというのだ。ところが、近所が生憎とカトリック教徒で、歌も祈りもラテン語ときている。彼は断然怒つて、これらカトリシャンを国賊と呼び、大いに孤軍奮闘したという。カトリック氏は怒つたが、時節柄、正攻法ではこの親爺の暴言には勝てそうもない。そこで一策を樹て、親爺を暗に葬らんとして、ありもしないことを警察に訴えたというのさ。——もつとも、これは親爺の言い分で、どこまで信用できるか分りやしない。この男のことだから、本当にイカサマでもしたのかも知れない。……』

佐伯明夫の手紙は、このあと数枚、この一家の男女のことが、ユーモラスな明るい筆致に鋭い観察を交えて記されており、『いずれ又東京に帰れるらしい。夏休みがあるとかいう。また逢えそうだ』と結んであつた。ともすれば暗鬱になりがちの何時もの調子がなく、落着いた生活を楽しんでいる彼の表情がうかがわれ、日夜空襲のサイレンに脅かされていた私には、羨望のおもいさえ抱かせたものであつた。

しかし、佐伯明夫は原子爆弾の犠牲者の一人となつていた。医科大学の教室には、授業の有様そのままに、黒焼げの死体が机に向つて並んでいたそうで、彼の死骸は確認できなかつたが、その日の朝、彼は授業に出ると言つて下宿を出ていたそうである。郊外にある下宿は、建物は崩壊したが、主人が右腕に負傷しただけであつたという。

佐伯明夫が此の世から消えてから数日後に私のもとに届いた長文の手紙は、いまでも彼の遺品として私の手に残つている。この静かな、むしろ明るい文面の手紙は、死というものは全く予感のないときに、生きてゆきたい人間の意志を無視して、にわかにわれわれに落ちかかつてくるという平凡な事実を、今更のように私に思い起させるものである。

佐伯明夫の死が動かせないものと分つて、友人たちが彼の家に集つたときは、すでに戦争は終つていた。知人の死というものは、生き残つた人間に強い刺戟を与えて、悲しみのほかの感情をも惹き起すことがあるものだ。彼の友人の一人は、仏前で『おい、佐伯、なぜ死んだ、バカ、この馬鹿野郎』と大声をあげて哭《な》いた。私はその涙に純粋なかなしみしか見ようとしなかつたが、しかし、そのような表現は私の体質に合わず、疎《うと》ましい気持になつていつた。私は自分の心を覗いてみた。そこには、佐伯明夫を愛惜する情が、ひつそりと澱んでいた。その気持は、そのまま長い間、そこに潜まつていそうに思えるのだつた。

私はそのときの気持を、自分自身にたしかめるために、また自分は生きていて一方佐伯明夫は存在していないという思いを新たにするために、毎年八月九日の夜になると、彼の家を訪れて、位牌の前に坐ることにしていた。

彼の一周忌は、知人たちが集つて、かなり盛会だつた。しかし、翌年その翌年と、彼の命日にあつまる人数は減つてゆき、五年目の八月九日には、木原二郎と私の二人だけしか、彼の家を訪れなかつた。

木原二郎は、佐伯と私の共通の友人で、高等学校は同級であり当時から、美少年の名が高かつた。

佐伯明夫の三回目の命日の午後、木原から電話があつて、私たちは郊外の駅で落合つた。駅から佐伯の家まで徒歩十分のあいだ、一軒も花屋のないことを知つているので、私は駅前の花屋で白い菊ばかりの花束をつくらせ、手に持つて木原二郎と並んで歩いていつた。

彼は私の横顔をときどき窺《うかが》つていたが、やがて笑いながら言つた。……君は、そんな花束を持つて歩いて、なんともないのか?

私がちよつと戸惑つて首をまわすと、彼の睫毛の長い端麗な顔があつた。白皙の皮膚の底にかすかに紅の色がひそんで、むしろ女性的な美しさといえた。

――なるほど、君が花を持つと、目立ちすぎるな。

と言うと、彼は一瞬はにかんだような表情を示したが、すぐ荒つぽい低い声で、

――いや、男が派手な花束を持つて歩くなんて、てれくさいじやないか、と答えた。

私は、木原二郎が自分の美貌を意識していると同時に、その事実を時折もてあましたり、そのこととは別に、烈しい劣等感に捉われたりしている性格に興味を持つていたのである。

その日から数日経つた夕方、木原から電話があつた。ちよつと話したいことがあるから会おう、というのである。そのころ、私は大学はそのままにして銀座の出版社につとめていたし、彼は経済学部に籍を置いて、アルバイトに築地のタイピスト学校で英語を教えていたから、有楽町の駅前で会うことになつた。

都会には、そこだけ置き忘れられたようにひつそりしずまりかえつた場所が、稀にあるものだ。それも都心にちかく、木々の緑など殆ど見えぬ、ビルディングの谷間のようなところに、見出されるのである……有楽町と東京駅附近を結ぶ幾つかの道路の一つに、そのような場所がある、と、そのとき木原二郎が私に教えた。そこで私たちは、その道を歩いてみた。午後七時。真夏の太陽もこの時刻には、にぶい橙色の円盤となつて、高低さまざまな都会の地平線にかかり、三菱何号館と標識板の出ている赤煉瓦の低いビルディングに両側から挟まれている人通りの疎らな狭いその道には、夕暮れの白い淡い光がただよつて、私の疲れた神経がいたわられるようであつた。

私たちは、ゆつくり歩いていつた。アスファルトに触れる靴が乾いた音をたてる。他の人の靴音に消されない自分の跫《あし》音《おと》に、ときどき耳をかたむけて、この道の静かさをあらためて楽しんでみた。

道を歩み切ると、木原二郎は丸ビルの大きな建物に入り、エレベーターで八階の喫茶室まで昇ると、窓際の席へ私をひつぱつていつた。

彼は写真を一枚、テーブルの上に置いて言つた。

――実はね。この前、佐伯の家へ行くとき、ちよつと花束のことで話をしたろう。それで久しぶりに君とまともな話をしてみたくなつてね……

そういえば、大学で学部が分れてからも、木原とはすくなくとも月に一回は会つていたが、それはもつぱら麻雀をするためで、男の友人同士が会えばとかく話題になり易い女性関係のことも、私は彼について何も知つていなかつた。

――君はどうも昔から僕の気持を読むのがうまいんで、苦手のところがあるんだが、花についてはいろいろおかしな話があるんだ。今年のタイピストの卒業式のとき、生徒たちが僕に薔薇の花束を贈つてくれたんだがね……

木原二郎の話をききながら、テーブルの上の写真を眺めると、三十歳くらいの女人が大きな花束を抱えて華やかに笑つている姿があつた。

——僕は、赤や黄の薔薇をかかえて家まで帰る図を想像して、反射的に辞退したんだが、直ぐ思いなおして彼女たちの好意を受け、職員室の花瓶に挿して帰つたんだがね。あとで、そのうちの一人からの手紙を読んでオドロイた。君、なんと思う。およそ、君の考えられる範囲のことではなさそうだが。

——さあ、見当がつかないね。

——あとでハツと気がついたのですが……とその女は言うのだよ。クリーム色の薔薇の花言葉は『浮気』でしたので、純情な先生はお気を悪くなさつて受取るまいとなされたのでしよう。悪いことをしてしまいました。

——それは、ずい分、洒落れた女じゃないか。

木原二郎は、大きく手を振つて言つた。

——そうじやない。全然、まじめなんだ。しかもそれが、三十を越している女なんだからね。ところで君、その写真、どう思う?

私はもう一度、その写真を眺めた。いわゆる美人に属する女といえようが、大輪のダリヤの花束をかかえ、自分の美しさに十分満足して笑み溢れている顔に、私はふと白痴的な匂いを嗅いだ。

——綺麗だね。だが、五分間はなしをしていると退屈しそうだ。

——そうさ。しかし、話をしないとすれば、どうかな。

と、木原は偽悪的な顔をしてくすりと笑い、

——この女は、花をかかえて写真をうつされることに、まつたく抵抗を感じてないだろう。撮したのは僕、写されているのはいま話した手紙の主だ。彼女は僕が花束を持たせてポーズをつけ、写真を撮つたということを、愛情の表現と考えているらしいがね。この写真は、彼女がまじめにあの手紙を書いたという証拠物件にならないだろうか。

花をもつて写真に撮られることに抵抗感を覚えないことの可否はともかく、この女は木原二郎の心の動きの伝わり難い種類の人間であろう、と私は思つた。

——それで、この女は……と私が言いかけると、

——目下、僕の情人だよ。ともう一度、彼は偽悪的な表情を示した。

私は、その表情につながる彼の心に、多くのものを読んだ。彼は人並みはずれて繊細な神経をもてあまして、それを庇うあまり、むしろ安逸な日常を願うことさえあつた。それは神経痛の持病をもつた病人が、患部の痛まない日をひたすら願うことに似ていた。私にとつてはそれ程でもない小さな事柄が、彼の心に映るときは、大きく拡大されて投影されてゆくらしかつた。木原は大学に進むときにも、〈僕は平凡なサラリーマンになるのだ〉と、経済学部を選んだのである。

テーブルの上のコーヒーを一口飲んで、窓のそとに目をや

ると、はるか眼下の白い夕靄に、市街のたくさんの燈火がにじみはじめていた。その一つ一つの燈火のまわりに、一つ一つの生活が営まれていると思うと、私はなにか気遠《けどお》い心になつていつた。

——それも、ひとつの方法だな。

私がポツンと言うと、木原は、

——そうさ。僕は当分結婚するつもりもないし、女に心を昂《たか》めてもらおうという気もない。ただ気楽に愉しませてもらいたいんだよ……

と、ゆつくり言い終ると、にわかに多弁になつて、一つの挿話を断片的に喋りはじめた。それは花をめぐつての想念であつたことで、私の印象に残つている。また、花をめぐつての想念であつたことは、写真に撮されている女性と対蹠的な女人を設定するための、木原二郎の創作ではないかとも思われるのであるが、その話が実際に在つたことか否かは、私にとつてはどちらでも同じことで、彼の意識に在つたということが大切なのである。

木原二郎が語つた断片的な話を、私が思い出しながら、修飾して書き記してみよう。


その小事件のあつた季節の日没は、ちようど木原二郎が勤めを終える時刻で、停車場までの路では夕日はいつも背後にあつた。焼け崩れたままのアスファルト鋪装をその凹凸にしたがつて進む彼の影に、うしろから新しい影法師が迫り、まもなく彼はかたわらに人間のけはいを覚える。鋪装路の崩れかたのはげしいうえに、いまにも沈もうとする夕日の角度のため、きわめて細長い影法師なので、やがて前方にあらわれる後姿を見るまでは、その影の主はどんな人物か判然としない。いくらかの間隔を置いて平行して通つているメインストリートの殷賑さに比べると、この路は人影がいつも疎らであつたが、彼は靴の底を引摺つてのろのろ歩くので、停車場に至るまでには幾つかの影が彼を追抜いてゆく。

ある宵、その路で木原に迫つた一つの影は、そのまま彼の傍に並んで動いた。取残された静けさの鋪装路上を打つ靴の響は、彼の靴音と足並み揃つてひびいた。彼は傍の人影をたしかめようとはせず、わざと歩幅を崩して遅れようとした。

そのとき、女の声がした。

——ずいぶん、ゆつくりお歩きになりますのね。

女の声に聞きおぼえはなかつたが、その音調にふくまれた皮肉な響を感じて、彼はおもわず首を回した。女の耳朶で水滴に似たかたちの石がかすかに揺れ、その黄色い色彩が黄昏の光と争うように左右した。顔を前に向けたまま女は肘を曲げてゆつくり腕を挙げ、指先をその耳飾りにそつと触れた。鋭くとがつた爪に塗られた赤いエナメルの表面が、その赤い色と関係なく、仄白く光つた。

……この耳飾りをこの女の耳朶に見るのは、二度目のことである。しかしこの女とは、以前は毎朝のように彼の会社と停車場をつなぐ路ですれ違つた。その頃の女は、すぐにも傷つきそうな薄い皮膚に化粧のあとはなく、額のこんもり一握りほど盛りあがつた、少女めいた骨格の女だつた。なかでも特徴のあるのはその耳で、いたいたしいほど肉が薄く、耳朶が削《そ》げていた。彼がこの女の顔に注意するようになつたのは、その耳のかたちにふと気付いてからで、視線が合うと女は痛そうな眼の色をした。うすねずみ色の雀斑《そばかす》が、鼻梁の根元から眼のあたり、蒼白い皮膚のうえにパラパラとあつた。……ところがある朝から女の姿は見られなくなつて、やがてある夕方、ふたたびその肉の削げた耳朶を木原二郎が停車場の構内で見かけたときには、それは水滴に似た黄色い石と、それを吊す金色の輪で飾られていたのである。骨組みの幼なさは以前と変らなかつたが、ちよつとした身のこなしは、すつかり成熟した女のものなので、その厚い粉黛の底から彼の記憶にある少女の顔が彫り出されるには、かなりの暇がかかつた。女を凝視した彼の視線には、好奇心と驚嘆の光のなかに、いささか憐憫のかげが射していた。そのかげは、先日までの女があまりに頼りなげに少女めいていたという記憶がさせたのだ。彼を見返した女の眼に、とがめるような光が走り、濃い口紅の唇をわずかに離したが、言葉にはならず、ふたたび閉された。彼は口のなかでゆつくり繰返して呟いてみた。『出世シタ女』……そのときの彼の眼のなかの憐憫の光を、女が見分けていて、いま彼をとがめているとでもいうのだろうか。

——ずいぶん、ゆつくりお歩きになりますのね。

木原二郎は、とりあえず答えた。

——疲れているわけではないのですよ。

——わたしの方が元気ですわ、よつぽど。

——…………

——よほど、元気だわ。

女が念を押すように、ふたたび言つた。

——いや、ゆつくり歩くのは癖なのですからね。ひどいときには、こんな具合になるのですよ。

彼は道化《おどけ》て歩いてみせた。女が重苦しかつたからである。……靴の尖でまず地面を打ち、靴の底を地から離すとき踵でもう一度打つ。大きな音とちいさな音が二種類ずつ響き、なにか、二人の人間が歩いているようだ。

女は笑わない。かえつて気まずくなつた。二人の位置は街と十文字に交叉している掘割りにちかく、溝泥のよどんだ臭いがかすかに漂つた。女が彼を喫茶店に誘つた。彼はずるずると附近の店にはいつてしまつた。

——……花はひどい奴だワ。わたし、いま、花に復讐されたようなものだ。

女の言葉で、はじめて沈黙が破れた。彼は冷たい眼をしていた。女は彼の眼を覗くと一瞬押し黙り、やがて口早やに言葉をつづけはじめた。その左の腕が伸びてテーブルの上に横たわつていたチューリップの、茎からちぎれた花房を摑み、ぐつと握つて掌を開いた。花弁がバラバラに離れて、大粒の花粉が黄色くニス塗りの板のうえに散らばつた。

先刻、この喫茶店に向い合つて座つてから、女は右手の爪先を揃えて電燈の光でエナメルの具合をたしかめたり、左の指先で一輪差しのチューリップの茎をもてあそんだりしていて、沈黙がつづいた。臙脂にちかい赤い大房の花は、女の指尖でクルリクルリ回つていた。木原二郎は所在なく、壁に掛けられた複製の絵の、花キャベツの柄のような頸をもつた裸婦を眺めていると、かすかに動揺する気配があつた。視線を向けると、チューリップの花房が茎からちぎれて女の指に残り、狼狽した女は反射的に千切れた花を茎に押しつけ、継ごうとする動作をしたが、彼の視線を感じてさつと赧くなつた。女の指に挟まれたままの花に、彼はそつと手をのばして自分の指に移し、テーブルの隅に置くとかすかに意識的な苦笑を浮べた。――それが、女の言葉を挑発するきつかけとなつたのである。

　相手に無関心な乱暴な調子がときどき混つて、女の話はつづいた。

――こんなこと考えたことあります？　なるべく豪奢な花がいい。牡丹。バラ。芍薬。大きな花束にして、醜い女に持たせるの。そのまま写真機のまえに立たせるの。美しい女たちがたくさん集つて、じろじろ眺めながら「チョットオ笑イニナツテ」「モウ少し顎ヲヒイテ頂戴」「マア綺麗ナ花ダコト」なんて、いつまでたつてもシャッターを切らない……どう。その女の人が聡明だつたら、なにしろ女ですもの。きつと死んだようになつてしまうワ。

　女の眼が、光を帯びてかがやいた。

――その残酷なことを、わたしはしたの。場合はすこし違つてた。相手はおとこ、若い先生だつたワ。女学校を卒業する年のことなの。素晴しくはなやかな花束を捧げたのよ。なるべくたくさん生徒たちが見ているときに……あなた御存知？　若い先生の机の上にはときどき新しい花が飾られるものなのよ。そつと活けてくる生徒があるわけなのね。だけど、その先生には一度もそんなことはなかつた。……背は低いのに、頭ばかり大きいの。瞼が垂れさがつて、陰気で年寄り染みてた。それがわたしには我慢できなかつたの。その先生が、どんなに見ても惨めなのに耐えられなかつた。あの垂れさがつた瞼を、そつと指尖で摘み上げたら、おもいがけなく若々しい澄んだ眼があらわれるのじゃないかしら、などと考えたりもしてみた。そうだつたら、わたしの気持もよほど救われますものね。それにあり得ないことではないと思つたの。先生がふつと弱々しい笑いを口のまわりに浮べるときなど、なんだかすてきに聡明で、なにもかもはつきり眺めているのじゃないかしら、などと考えた。……だけど、やはり駄目。先生は相変らずつまらないことに間誤ついて、笑われていたし、まさか先生の瞼をつまみ上げてみるわけにもいかないでしょう。そうなつてくると焦立たしい気持は、もうとつても我慢できるものじゃない。わたしという女はそうなの。……だから、わたしは銀色のパラフィン紙につつんだ大きな花束をかかえて、ある日、屋上にあがつていつたというわけ。先生は教員室にいるのが厭なのでしょう。休みの時間には、よく屋上の隅で遠くの方を眺めていたのだから。わたしは、思い切り残酷な仕打ちをするつもりだつたの。そして、先生が花束を受け取つたとき、はじめて好意を持つてくれた女生徒が現われたと思つたのではないかしら、と考えるほど、わたしの心は悪意に満ちていたのよ。

——その先生は、十日ほどしてお辞《や》めになつたのよ。

にわかに、女は話を終らしてしまつた。

——それで？

——それだけ。

——それから、その先生は、君を愛していたということ……

——つまらないことを。そんなこと、このお話になんの関係もないことよ。

——それではいつたい、何のために？

——つまりね、わたしはこんな女なのですから、同情なんかしていただかなくて結構、というわけよ。

おもわず、木原二郎は女の眼を見て、次の言葉を待つた。

——このまえ遭《あ》つたとき、わたしをみたあなたの眼よ！　そのくらいわからないと思つているの？

——そうでしたか……しかし、他人に同情してもらいたくないということは、どういうことなんですかね。

——それは、わたしが十分に幸福だから、ということよ。

——それで、僕と一緒に喫茶店へ来て、あなたが幸福だということを僕に納得させ、自分の気持ちもたしかめようとした、というわけなんですか。

——…………

——なるほど、この一ケ月足らずのあいだに、僕の身のまわりの変つたことといえば、腕時計がひとつ失《なくな》つたことだけだ。もつともこれは酔つぱらつて落したのですがね。ところがあなたは違う。……なにしろ、最初おみかけしたときは、うすら寒いのに素足でしたからね。まあそれだけ揃えば、幸福でないなんて、ちよつと考えられませんよ。いや、ふざけているわけじやない。電信柱を狙つて投げた小石が、見事命中したなんていうつまらないことでも、いくらか気持は救われるものですからね……

女は黙つたまま、冷やかな表情で立上つたが、いままでの成熟した身のこなしがやや崩れ、たよりなげな姿態が覗いた。

木原二郎は、その女を横目で見て、そのまま帰つてきたというのである。

私が言つた。

——その女、興味があるな。僕だつたら、そんなところで別れやしないが。

木原二郎が答えた。

——僕だつて興味があるさ。だけど、ひどく疲れちまうんだ。そうなると、僕は女より自分の神経をいたわりたくなつてしまうんだよ。佐伯だつたら、どうしたかな。

——彼は、だいいち、女の心を刺戟するような眼で眺めやしないよ。

私は、佐伯明夫が魅力のある女を見るとかならず「あゝ僕ははやく年を取りたい。なにものにもわずらわされない澄みきつた老年の心境、それが僕のあこがれだ」と、芝居がかつた口調で言つていたことを、思い出していた。その口調からは、彼が自分の二十歳という中途半端な年齢を持てあましている本音が感じとられていた。


木原と別れて家へ帰ると、私は久しぶりで佐伯明夫の遺品の手紙をとり出して、その一節、彼が長崎の下宿の家族について書いている部分に眼を留めた。

『……一番上の娘は、東京の洋裁学校にいた事があるらしい。おそろしく活潑な娘だ。ほとんど恥かしいことを感じないらしい。本は割合良く読んでいる。但し上つすべりはまぬがれない。言う事を聞いていると、こつちが恥かしくなるようなことがある。中の娘はこれは又、素晴しいオシャベリだ。一日中話しつづけている。但し、とても役に立つ。煙草はこの娘が親爺のところから、とつてきてくれるので不自由しない。但し親爺はいつも不自由しているらしい。……』

このような平凡な娘たちに囲まれて、佐伯明夫は、老年の心境を希う必要はなかつたであろう。それはその時期の彼にとつて、好もしい状態であつたに違いない。そのとき、にわかに死が彼を襲つた。「死んだ奴は死なしておけ、俺はこれから朝飯だ」とある詩人が勇ましくも唱つたように、私も、それを単なる一つの現象として見ようとしているのであるが……


木原二郎とは相変らず、月に一、二回は麻雀のために顔を合せていたが、いつも競技に気をとられて、その後の彼の女性関係なども知らないままに、佐伯明夫の四回目の命日も過ぎ、五回目の命日も過ぎていつた。(この五回目の命日に、佐伯家を訪れたものは、木原と私の二人だけであつたことは、前に述べた) その年の冬のある日曜日、私たちは朝から麻雀の卓を囲んでいた。いつも加わる筈の木原は、前日の夕方からちよつと旅行するが、日曜日の午後六時までには帰つて来て参加する、と言つていた。彼は珍しく、この二回ほど三万点ずつも勝つているので、はげしい意気込みようであつたのである。

午後四時ごろ、思いがけなく木原の弟の訪れを受けた。「兄が伺つている筈ですが」という彼の言葉に、「木原は夕方から来ると言つていたのだが」と答えると、彼はこころもち蒼ざめて、「実はおかしな事があつて……熱海の旅館に心中があつて、男の持つていた名刺によつて会社の方に連絡があつたのですが。家ではそんな気配は全然なかつたし、それに今日は麻雀をしている筈だから、兄の名刺を持つている他の人だろうと大して心配もしなかつたけれど、まあ念のためと伺がつたわけでしたが……」

木原二郎は、すでに大学は卒業して某造船会社に入り、そろそろ仕事が面白くなつてきた時期であつたし、自殺する気配も感じられなかつたが、私は木原の弟の言葉を聞いた瞬間「やられた」と反射的に感じた。私の網膜には、二年前、木原に見せられた写真の女の笑みこぼれた顔が、ぽつかり浮び上つていた。

もう一度、会社に問い合せると、その後の連絡で、男が木原であることは動かせない事実であることが分つた。彼の弟と私は、とりあえず現場へ直行することにして、木原の家族には明朝来てもらうよう手配して、東京を離れたのである。

車中、私は〈ちよつと旅行する〉と言つたときの木原の顔に浮んだ、自分の情事を愉しんでいるような表情をおもい浮べて、「殺された」という言葉を心の裡で繰りかえしていた。相手の心について少しも考えることを必要としないことを前提とした女性関係が、このような結果を迎えようとは、私もまつたく想像しなかつた。ふたたび、私の網膜で、花をかかえた女の顔が、大きく笑みわれてその輪郭を限りなく拡げていつた。

熱海伊豆山の旅館に着いたときには、二つの死体はすでに市役所に移されていた。旅館の主人は丁寧な悔《くや》みの言葉とともに、私たちを二人の泊つた離れの部屋に案内した。室の隅に汚染の着いた蒲団がたたんで置かれ、その上に塩が撒かれてあつた。

二人が死体となつたのは、医者の言によれば前夜十時ごろのことであるが、発見されたのは、翌日昼近くなつてからであつたそうだ。既に夜も遅くなつていたので、私たちは旅館の番頭と女中の話を聞いてみることにして、ほかの仕事は明朝に残すことにした。

事件の場所が情死からはさして新奇の刺戟を受けない熱海であつたことは、後始末の私たちの仕事を円滑にさせた。番頭は、淡々としたむしろ事務的な口調で語つていつたが、その話によつて分つたことは、木原たちから変つた気配は感じられず、従つて旅館側は警戒の眼を持たなかつたということ。女の持物には身許を示すものはなにひとつなく、ただ、木原の衣料切符がハンドバッグに入れられてあつたこと。（この時期には既に衣料は自由販売で衣料切符は不用であり、私は咄嗟にはその意味を解しかねたのであるが、後刻考えおよんだのは、平素かなり無造作なところのある木原二郎が、もし彼自身も身許を示すものをひとつも身につけていなかつた場合にも、せめて彼だけでも身許が分るようにと女が慮つたのであろう、ということである）私たちも女についてはまつたく不明であるというと、番頭はやや女に関して言葉の慎しみを弛めたのか、検屍の医者が、熱海の芸者某女にそつくりで、一瞬みまちがえたといつたこと。薬品はビールに青酸加里を入れて飲んだもので、女は仰向けに夜具の上によこたわり苦悶の色は些かもない即死で、枕もとのビールのコップは空になつており、一方木原のコップは半分ほど液体が残つて、従つて薬物の量が少かつたためか、嘔吐しながらかなり苦しんだ痕がみられ、蒲団から半身のり出して俯伏せにことときれていたこと。(女がコップ一杯の量のビールを一息に飲み干すということは、その中に毒物が入っているのを知っての覚悟の上のことを意味するのではないか。一方、木原のコップは普通の男が飲む一息の量だけの減り方を示しているのは、薬が入っていることを口に入れるまで知らなかったということではないだろうか)

女中は、かなり昂奮して感情的な喋り方をした。彼女は番頭とは反対に、女からふけたイヤな感じを受けた、と言った。(私は咄嗟に、女中の女という性と、木原の抜群の美貌を思い浮べたのである)木原と女とは、当然、愛人同士とみなされて、孤立した離れ座敷に通された。このことが一層発見を遅らせた。

女中は詳細に、木原たちの風呂へ入った回数や食事の時間などを語った。到着六時。風呂へ入って食事。酒銚子二本。九時二回目の入浴。風呂からあがって、木原は縁側の椅子に坐り、煙草を喫いながらそとの海を眺めていたとき、部屋のなかの鏡台の前にいた女が、小声で、ビール一本と蜜柑を女中に注文したという。(この話から、私は女のこの日の行動が男の生理を計算して前から考えられていたものではないか、と想像したのである。もっとはっきりした言い方をするなら、一つの行為の直後の咽喉のかわきと、TOILETに行くという短い不在の時間とについてである)

翌朝、私たちのしなくてはならぬことは、医師に検死の書類をもらい、それを持って警察署へ行くことである。

医者は、極めて事務的に書類を作ってくれた。彼の机の上に、検死の書類の控えが、部厚い綴り込みになっているのを見れば、その態度はことさら作ったものではなさそうだった し、又、その方が私たちにとっても望ましいものであった。

医者のはなしで新しく分った事柄は、女は経産婦であるが、姙娠はしていなかった、ということであった。木原の弟が、やや昂奮した口調で、「無理心中といったような場合は……」と問いかけたのにたいして、中年を過ぎているその医師が「そういうことは、はっきり証明もできないことですし……」と手をあげて軽く制したのには、彼は些か不満のようであった。しかし、私は、木原二郎を殺して自らも死ぬ、という木原自身は夢想だにしなかったであろう烈しい想いを、ひそかに胸のうちに積み上げていった女のこころに、おもいを廻らしていた。

私の想像の女は、そのときにははっきり、二年以前彼が丸ビルの喫茶室で私に示した写真の女の顔をしていた。木原二郎は、あまりに女に安心しすぎていた。女のこころについては、まったく考える時間を持たなかったのであろう。あの異常に敏感な彼にとっても、女の心の様相は盲点となっていたに違いない。しかし、木原二郎という男は、すくなくとも現在の年齢では、彼に対してそのような位置にある女としか、接触することの出来ない心をもった男であった。そして、女に死を決心させたことは、おそらく逃れてゆこうとする彼の気配、花盛りの年齢を過ぎようとする女の焦慮と、それと対蹠的な彼の美貌。そのようなものではなかつたか。しかし、それだけで、愛する男とともに自分を滅してしまおうという、女の情熱は説明し切れるものだろうか。

私は、二年前木原二郎に示された写真の女からうけた、痴呆的な感をいまあらためて受けたらよいのであろうか。あるいはまた、木原にたいする女の行為や表情が、彼の心情を知り尽した上での素晴しい演技であつて、そのうしろに想像もつかぬ女の心が潜められていたのか、一瞬戸惑つたのである。

熱海署へ着いたとき、丁度木原の家族たちと落ち合つたが、誰も女の身許に心あたりのあるものはなかつた。私は木原の最も親しい友人として、署長に引き合わされた。その私も女について具体的なことはなにひとつ述べることは出来ず、署長はなにか私が隠していることがあるのではないかという疑いを表情に見せたが、あえて追求することもなく、彼が多くの情死、及び心中未遂を取り扱つた経験談から、死は悪、生は善という前提に立つた道徳談義に移つていつた。署長は話し好きで、善い人物であつたが、彼の話は私の心を占めている問題とは無関係であつた。私は、木原と女の衣類や身まわり品が、別々に束ねてある場所へ行つて、女の素姓を示すものを験べてみた。新しい足袋や真白い下着類は、女の覚悟を示していたが、着物の傷みは生計の貧しさを語つていた。手帳にこまごまと記された家計の数字と、古びた財布の中のマーケットの福引券は、私の気持を一層佗しくした。しかし、大売出しの福引券のスタンプから、女の居住地の見当はついた。女の屍体の引取り人があらわれなければ、木原のだけ先に焼いて骨にするのだそうである。彼の家族は、女と一緒に埋葬する意図を持つていないことは、明らかであつた。そこには、むしろ女にたいする憎しみが感じられた。一方、私の心を満していたことは、もう一度、あの花を抱いて笑つている女の写真を眺めてみることであつた。

木原の家族たちは、市役所に二つの死体をあらためにゆくということで、私は、ただ一人血縁のない自分が、木原二郎の死んだ姿を見るときの、家族の人々の心を慮つて、そのまま一人で熱海駅へ向つた。

東京駅へ着いて買つた夕刊新聞には、すでに伊豆山の心中事件が小さく報道されていた。木原二郎なる会社員が、年上の未亡人に同情して情死を遂げた、とあつた。

数日後の告別式のときにも、女の身許は分らぬらしく、何の連絡もないとのことであつた。その日、彼の上衣のポケットに入つていた手帳を私は遺品として渡された。その手帳の彼が死んだ翌日の日附けの欄には、午後六時に私の家へ行くことという文字があり、次の一週間の仕事の予定のメモが精細に記されてあつた。そのことは、木原二郎が青酸加里の混つているビールを口にふくむまでは、死ぬ意志のなかつたことを示すものであつた。（それから後の短い時間に、彼の心象をかけめぐつた想念については、私の想像の埒外《らちがい》のことである）しかし、もう一つ、貰つておきたいものがあつた。私は請うて、彼が手許に残してある写真を見せてもらつた。写真に撮られることの嫌いな木原二郎は、僅かな枚数の写真を紙の袋のなかに投げ込んで、机の引出しに入れておいた。そのなかに彼が私に示した女の写真が見出されたのである。

私は、その写真を木原の机の上に置いて、しばらく眺めていた。彼の弟が傍からその写真を覗きみて、「おや、そんな写真がありましたか。その女ですよ」と私に囁いた。

大輪の花を抱えて大きく笑つている女の眼は、やはり木原二郎の美しい容貌しか眺めていないように、私には思われた。それは明るい、クリーム色のペンキのようにあかるい写真であつた。

私はその写真をポケットに収めながら、木原の弟に言つた。

――この写真も、僕があずかつて置くよ。君には必要ないだろう。

彼は、やや訝しげな表情で私を見たが、すぐに、

――ええ、必要ないです。

と、断定するように答えたのである。

会社の仕事に追われて、あわただしい日の続いたある夕方、私は必要な書物を探しあぐねて、有楽町界隈の書店をあちこち歩いていたとき、ふと気がつくと、眼の前に木原二郎に教えられたあの赤煉瓦の建物のあいだの道が拓けていた。そのころは私の勤めている事務所は、本郷に変つていたので、この場所は記憶の底ふかく沈んでしまつていたのである。

私はなにか旧い友人にめぐり逢つたおもいで、雪でも落ちて来そうに重たげな銀鼠色の空に覆われた、その鋪道を歩いていつた。やがて道が尽きると、すぐ左に丸ビルの巨きな建物がある。私はエレベーターで八階まで昇ると、喫茶室の窓際の席でゆつくり一杯のコーヒーを飲み、やがて立上ると、わざと長い階段を歩いて降つていつた。

私は感じていた。翌年の八月九日、佐伯明夫の命日に、彼の位牌の前に坐る友人は、おそらく私一人であろう。翌年の冬の木原二郎の命日にも、私は仕事が済んでから夜道を歩いて彼の家を訪れるであろう。それは私が自分自身に課した義務として、概ね私自身のために。佐伯には夏の花を、木原には冬の花を、私はためらわずに手にもつて行くであろう。そして、このことを、これから幾年繰りかえすことが可能であろうか。もちろん、私に分る筈はない。

私は、長く続く階段を、ゆつくり歩み降つていつた。私の靴音が人気のないビルの内部に、一歩あゆむごとに高く木霊《こだま》してひびくのであつた。

昭和27年9月号

或る「小倉日記」伝

松本　清張

まつもと・せいちょう
（明治42年～平成4年）
小倉市立清水高等小卒。四十歳を過ぎて執筆活動をはじめる。「或る『小倉日記』伝」は第二十八回芥川賞を受賞。のちに推理小説作家として一世を風靡した。『点と線』『日本の黒い霧』ほか。

（明治三十三年一月）
二十六日。終日風雪。そのさま北国と同じからず。風の一堆の暗雲を送り来るとき、雪花飜り落ちて、天の一偶には却りて日光の青空より洩れ出づるを見る。九州の雪は冬の夕立なりともいふべきにや。

——森鷗外「小倉日記」

一

昭和十五年頃のことである。ある日、詩人K・Mは未知の男から一通の書状と原稿とを受けとつた。差出人は小倉市博労町二八上田啓作とあつた。

K・Mは医学博士の本名よりも耽美的な詩や、戯曲、小説、評論等を多くかいて有名だつた。切支丹趣味でも人に知られ、その芸術は江戸情緒と異国趣味との適度に抱合した特異なものだつた。こうした詩人に未知の者から原稿が送られてくることは珍しくない。

が、この手紙の主は、詩や小説を書いたからみてくれというのではなかつた。その文面を要約すると、自分は九州小倉に居住しているが、目下小倉時代の事蹟を調べている。別紙の原稿はその調査の一部であるが、このようなものが価値あるものかどうか先生にみて頂きたい、というのであつた。

K・Mは興味をおこして、その原稿という包みをひらいた。

上田という男は、当てずつぽうに手紙を出したのではなかつた。K・Mと鷗外との関係を知つての上のことらしかつた。

K・Mは同じ医者である鷗外に深く私淑し、これまで「森鷗外」、「鷗外の文学」、「或る日の鷗外先生」など鷗外に関した小論や随筆を可なり書いてきていた。現にその年の春、「鷗外先生の文体」という一文を雑誌「文学」に発表したばかりであつた。

K・Mが興味を起したのは、この手紙の主が小倉時代の鷗外を調べているということである。鷗外は明治三十二年から満三ケ年を小倉に送つているが、この時書いた日記の所在が今不明になつているのだつた。これは彼も編纂委員になつている岩波版の「鷗外全集」が出るに当つて、その日記篇に収録しようとして百方手をつくして探したのだが、どうしても分らなかつた。当時これは非常に遺憾とされ、世の鷗外研究家は重要な資料の欠如として残念がつていたものである。

この上田という男は丹念に小倉時代の鷗外の交遊関係を探して歩くといつている。根気のいる仕事であつた。四十数年の歳月の砂がその痕跡を埋めていた。も早、鷗外が小倉に住んでいたということさえこの町で知つた者は稀である、とこの筆者はいうのだ。殆どの関係者は死んでいたし、その近親者を探して鷗外に関した思出話を聞こうというのだつた。その例が書いてあつた。読んでみて面白いものだつた。研究も原稿も途中のものである。完成させたら可なりのものが出来そうに思えた。或は失われた小倉日記に代える仕事となるかも知れない。文章もしつかりしていた。

K・Mは五六日して返事をかいて出した。五十五歳の彼は相手の青年であることを意識して、充分激励をこめた親切な手紙であつた。

それにしても、この上田啓作という男はどのような人物かと彼は思つたことであろう。

二

上田啓作は明治四十三年熊本で生れた。

明治三十四五年頃、熊本に国権党という派があり、この主領の佐々友房の友人に白井正道という者がいて、後には熊本県知事までなつた男だつた。白井にはふじという娘があり、美人で評判であつた。あるとき来熊した若い宮様の案内役を水前寺公園に勤めたが、林間の小径を導くふじの容姿はいたく若い宮の心を動かして、帰京すると、あの娘を貰つてくれといゝ出して側近を愕かせたと、今でも熊本に話が残つている。

ふじの美しさは歳と共にあらわれて、縁談は降るようにあつた。いずれも結構な話だつたが、白井の政党的な立場から考えて、何れも断りにくい縁談ばかりであつた。つまり、一方を立てれば他方の義理がすまぬという訳で、結局どのような縁談もみな不成立であつた。

白井正道が自分の甥の上田定一にふじをめあわせたのは全く窮余の結果であつた。これならどこからも憾みを買うこともはなく、彼は諸方への不義理を免れた。上田定一にとつては、ふじのような美人を得たことは、いわば漁夫の利といえないこともなかつた。

二人は夫婦になつて一男を生んだ。あとは出来なかつた。この一人息子が上田啓作である。

この子は四つになつても舌が廻らなかつた。五つになつても、六つになつても、言葉がはつきりしなかつた。口をだらりと開けたまゝ涎を垂らした。その上、跛だつた。左足が麻痺しているのだ。

両親の心労は一通りでなかつた。

諸所の医者に見せたが、どこもはつきりした診断を下さなかつた。神経系の障害であることは分つたが、病名は不明だつた。Q大にもみせたが、こゝでも分らないのだ。一部の医者は小児麻痺に近いものだろうといつたが、ある医者の云つた、頸椎附近に発生した良質の腫物《ツモール》が緩慢に発達して神経系を冒したのではないかとの想像の方が実際に遠くないかも知れぬ。治療の方法はないということである。

このような不幸の子が出来たことを、従兄妹同志という血族結婚と結んで暗く考えるのは当時でもあり勝ちで、己の義理合ばかり立てて、この結婚をさせた白井正道も、蔭では大いに心配をして人にいろいろきゝ廻つたそうである。

白井は政治運動をやる一方、実業にも少しは手を出したとみえ、門司を起点とする九州鉄道会社の創立にも与かつた。これが現在の国鉄鹿児島本線になる。白井は、だから、この鉄道敷設功労者の一人だ。

上田定一が鉄道に入つたのは白井の世話によつた。一家は勤めの関係で小倉に移つたが、これは啓作が五つの時だつた。白井はこの地の博労町に地所を買い、娘夫婦に家を建ててやり、五、六軒の家作もつけた。もともと政治運動に没頭して伝来の家財を蕩尽した白井は、金儲けは下手で、生涯これという産は成さなかつた。ふじが親からして貰つたのは、この家位なものである。

博労町は小倉の北端で、すぐ前は海になつていた。海は玄海灘である。家には始終荒波の響きが伝つていた。啓作はこの波音を聞き乍ら、こゝで大きくなつた。

彼には六つの頃、こういう一つの思出がある。父の家作に貧しい一家があつた。じいさんとばあさんと、五つ位の女の子だつたが、どういうものか、子供の両親はいなかつた。

六十過ぎた白髪頭のじいさんが朝早くから働きに出て行つた。色の褪せた半被をきて、股引きをはき、わらじの紐を足に結んでいた。じいさんは手に柄のついた大きな鈴を持つていて、歩いているとそれが鳴るのである。ばあさんがいつも門口まで見送り、それからひつそりと女の子と留守をするのだつた。

啓作の両親はこの一家を「でんびんや」と呼んでいた。でんびんやは、どうやら、じいさんの職業であるらしかつた。

でんびんやとは何のことか啓作には分らなかつた。が、彼はよくじいさんの家に遊びに行つて女の子と遊んだ。女の子は眼の大きい、色の白い、おとなしい子であつた。彼がゆくと、ばあさんはよろこんでくれた。

啓作の言葉は舌だるくて、たどたどしく意味がよく分らなかつた。左足は引ずつている。ばあさんが彼に親切だつたのは、家主の子という他に、こういう不幸な体に同情したためであろう。彼は後年、こういう憐愍には強い反撥を覚えているが、六歳頃の彼にはまだこのような感情があるわけではなく、老人一家の歓待に甘えた。女の子は「お末ちゃん」といつたが、他に遊び友達のない彼にとつては、唯一人の相手だつた。

じいさんは朝早くから家を出て行つて、啓作が時にはまだ床の中にいる頃表を通つた。ちりん、ちりんという手の鈴の音は次第に町を遠ざかり、いつまでも幽かな快い余韻を耳に残して消えた。啓作は枕にじつと顔をうずめて、耳をすませてこの鈴の音をきくのが好きだつた。子供心に甘い哀感を誘つた。

じいさんは帰りにも家の前を通つた。あゝ、今でんびんやさんが帰る、と父も晩酌を傾け乍ら鈴の音が耳に入ると呟くことがあつた。じいさんはそのように晩くまで働いた。秋の夜など、玄海灘の波音にまじつて、表を通る鈴の音をきくのは淡い感傷があつた。

このでんびんやの一家は一年ばかりいて、突然夜逃げをして了つた。六十をこしたじいさんの働きでは、やつて行けなかつたのであろう。啓作が行つてみて、家に戸が固く閉り、父の筆で、「かしや」の紙が貼つてあるのは、何か無残な気がした。

啓作は老人一家が今頃どうしているであろうと度々考えた。じいさんの振る鈴の音はもう聞けなくなつた。若しかすると、知らぬ遠い土地で、あの鈴を鳴らしているかも知れないと思うと、ひとりでその土地の景色など想像した。

この思い出は、彼を鷗外に結ぶ機縁となる。

三

上田定一は啓作が十歳の時に病死したが、死ぬまで啓作の身体を苦にした。言葉のはつきりしない、口も始終開放したまゝで涎を溜めている、跛のわが子の姿には親として堪らなかつた。いろ〳〵な医者にかゝつた。近在ばかりでなく、博多、長崎まで連れて行つた。が、どこの医者も首を傾けた。はつきりした病名さえも分らないのである。祈禱や民間療法のようなものにも迷つた。上田の財産らしいものは、殆どこの子の無駄な療養に費消した。

定一が死んだ時、ふじは三十歳であつた。ようやく中年に進み乍ら美貌は一種の高雅ささえ添えた。再婚の話は諸所から持ち込まれた。熊本の方から相当に話があつたのは、十年前、聞えた美人であつたからである。

その一切をふじは断つた。縁談の条件は殆ど啓作の療養にはどんな大金も惜しまず注ぎ込んでやるというのだつた。が、ふじはそういう相手の申出は、どこまでが誠意であるか分らず、いつてみれば、自分を得る好餌としか考えられなかつた。どこに縁付くにしても啓作を手ばなす気にはなれず、連れて行けば、こういう身体のわが子が婚家先でどのような扱いをうけるか、知れていた。彼女は生涯啓作から離れまいとし、再縁の意を絶つた。生計は切りつめてゆけば、五六軒の家作の家賃で立てゝゆけた。こうして爾後三十年に亘る母子だけの生活が始まつた。

啓作は小学校に上つたが、口をたえず開けたまゝで、言葉もはつきりしないこの子は誰が見ても白痴のように思えた。が、実際は級中のどの子よりもよく出来た。話が出来ないので、教師は口答はなるべくさせなかつたけれど、試験の答案はいつも優秀だつた。これは小学校だけの間ではなく、私立の中学校にも上らせたが、こゝではズバ抜けた成績をとつた。

ふじのよろこびは格別であつた。これが正常な身体であつたらと、不覚な涙を出すこともあつたが、とも角頭脳が人並以上だと思えることは、うれしい限りであつた。母一人、子一人だ、このような身体でも、ふじからみれば杖とも柱とも頼るのであつた。

その頃はふじの父、白井正道は熊本で死んでいた。一生を政治運動に没頭し、明治の政治家らしく清貧で通したから、死んでみると遺産はなく借金が残つた。遺族はこの借金にいつまでも苦しまねばならなかつたから、ふじは実家から何らの助力も得られなかつた。彼女は文字通り、わが子が心の支柱だつた。

学校の成績がよかつたことは、啓作自身にも、何かこの世に自信らしいものを作らせた。それが不具者にあり勝ちな、ひけ目を負う暗い気持から救つた。が、孤独な魂はこの頃から次第に心を喰いはじめていた。彼は文学の本を好んで読むようになつた。

啓作の中学時代からの友人に津南という男がいた。津南は文学青年で、この地方の商事会社につとめ乍ら、詩など書いていた。

ある日、津南は啓作に一冊の小説集を持つてきてみせた。

「これは森鷗外の短篇だがこの中の「独身」というのを読んでみろ、鷗外が小倉にいた頃のことがかいてあるから。」

というので、啓作はそれを借りてよんだが、その中の文章に不図も心を打たれた。数日はそればかりが頭から離れなかつた。それは「独身」の中の次の一章である。

「外はいつか雪になる。をりをり足を刻んで駈けて通る伝便《でんびん》の鈴の音がする。

伝便といつても余所《よそ》のものには分るまい。これは東京に輸入せられないうちに、小倉へ西洋から輸入せられてゐる二つの風俗の一つである。(略) 今一つが伝便なのである。Heinrich《ヘインリッヒ》 von《フォン》 Stephan《ステファン》が警察国に生れて、巧に郵便の網を天下に布いてから、手紙の往復に不便はない筈ではあるが、それは日を以て算し月を以て算する用弁のことである。一日の間の時を以て算する用弁を達するには郵便は間に合はない。

Rendez-vous《ランデヴウ》をしたつて、明日何処《あすどこ》で逢はうなら、郵便で用が足る。併し性急な恋で今晩何処《どこ》で逢はうとなつては、郵便は駄目である。そんな時に電報を打つ人もあるかも知れない。これは少し牛刀鶏を割く嫌がある。その上厳《いか》めしい配達の為《し》方《かた》が殺風景である。さういう時には走使《はしりつかひ》が欲しいに違ひない。会社の徽章の附いた帽を被つて、辻々に立つてゐて、手紙を市内に届けることでも、途中で買つて邪魔になるものを自宅に持つて帰らせる事でも何でも、受け合ふのが伝便である。手紙や品物と引換に、会社の印の据わつてゐる紙切をくれる。存外間違はないのである。小倉で伝便と云つてゐるのが、この走使である。

伝便の講釈がつひ長くなつた。小倉の雪の夜に、戸の外の静かな時、その伝便の鈴の音がちりん、ちりん、ちりん、ちりんと急調に聞えるのである。」

啓作は幼時を追憶した。でんびん屋一家のことが思い浮んだ。あの時は、でんびん屋とは何のことか知らなかつたが、今、その由来を思いがけなく鷗外が教えてくれた。「戸の外の静かな時、その伝便の鈴の音が、ちりん、ちりん、ちりん、ちりんと急調に聞えるのである。」は、そのまゝ彼の幼時の実感であつた。彼は枕に頭をつけて、じいさんの振る鈴の音を現実に聞く思いがした。

この伝便は二三人位で、駅前や船着場に立つて鈴を鳴らし乍ら、客の用を待つているのである。客の荷物の運搬などしては五銭、十銭の賃を稼ぐのだ。世の敗残者といつたような老人がこの仕事に多かつた。啓作が十四、五歳の頃まで伝便の姿はみかけたが、その後すたれて了つた。

啓作が鷗外をよく読むようになつたのは、こういうことからだが、鷗外の孤高といつたような枯渋な文章の味は、彼の孤独な心に応えるものがあつたのであろう。

四

ふじは啓作の将来を考えて洋服屋の弟子入りをさせた。これは初めから合わなかつた。洋服の職人というのは居職だから、足の不自由な者もいる。手に職をつけさせたら、というふじの考えからだが、啓作は三日で辛抱が出来なかつた。左手が麻痺で、あまり自由が利かなかつた故もあるが、職人という世界をひどく嫌つたのだ。それきり、ふじも二度と行けとは云わなかつた。以後、啓作は死ぬまで収入のある仕事につけなかつた。ふじが裁縫の賃仕事をはじめて、家作から上る家賃とで生計を立てたのである。

啓作の風丰は、知つている者は、今でも語り草にしている。六尺近い長身で、顔の半面は歪み、口は絶えて閉じたことがない。だらりとたれた下唇は、いつも濡れて光沢があつた。これが片足を引ずつて歩くのだから、道で逢つた者は必ず振り向いた。白痴としか思えなかつた。

啓作は街を出歩いても、他人がどんな眼で自分を見ようと、一切気にも止めぬ風だつた。津南のいる会社にも構わずに現われた。事務員達が妙な顔をしていても平気なのだ。女の給仕などは見世物でも来たように、わざ〳〵椅子から立上つて視る。

啓作の言葉は発音がはつきりしない。津南は慣れているが、他人にはよく意味がとれないのだ。

津南君、ありや白痴かいと啓作が帰つた後、誰でもきく。白痴なものか、あれでわれ〳〵よりえらい男だと津南は説明した。誰も笑つているが、津南はこの友人を尊敬していた。啓作が少しも自分の身体を暗いものに考えないし、人々の差別的な眼にも超然としていて、何か自信ありそうな様子を感心していた。

が、津南にも啓作の心の底に孤独のあるのが分つていなかつた。啓作こそ自分の不具には誰よりも絶望を感じていたのではないか。それは救いのない絶望だつた。たゞ、そこから彼が崩れなかつたのは、多少とも頭脳への自負であつたろう。それは羽根のように頼りない支えではあったが、希望でないことはなかつた。どのように自分が見られようとも、今にみろ、という気持もそこから出た。人が笑つても平気でいられた。彼は自分を知らない他人の前ではわざと「阿呆」の恰好さえして見せたという。これを擬態だと思うところに彼の救いがあつたのか。自分の肉体をわざと曝しているようで、自分ほど手を掩うようにいたわつているものはなかつた。

その時分、小倉に須川安之助という医者がいた。大きな病院を経営していた。どこの小都市にも一人は必ずいる文化人だ。資産家で蔵書を誇つていた。地方の、俳人、歌人、画家、文学青年達が集まつた。何とかいう会が出来、その会長となり、自分でもそのグループのパトロンを任じた。市の政界にも勢力があつた。先代の菊五郎でも羽左衛門でも、この地方に興行の時には必ず挨拶に来た位である。

須川に近づいていた津南は、啓作を引張つて行つて紹介した。須川は五十をこした長身の大男である。啓作に、君が本が好きなら自分の書庫に自由に出入りをしてよい、といつた。書庫には哲学、宗教、歴史、法制、経済のようなものから、美術、文学に至るまで、二万冊の本があつた。啓作はよろこんで、好きなものを手当り次第読んだ。

啓作は殆ど毎日、須川の家に来ている間に、次第に家の様子が分るようになつた。母屋と病院は離れていたが、その間は渡り廊下でつないでいた。看護婦がこの渡廊下をしきりと往来した。白衣の若い娘達はいずれも綺麗に見えた。

須川病院の看護婦は美人ばかりあつめているという評判だつた。夜になると須川は和服で街に散歩に出かける。何人かの看護婦がお供をした。繁華街の喫茶店などを廻る。行き逢う人が一行を振り返らずには居られない。当時の須川は、小倉の文化人の先端のように思われていた。

しかし、この須川もまだ学位をもつていなかつた。小さな開業医でも殆ど持つているのだから、これほどの病院の院長である須川が欲しがるのは当然だつた。かねてから論文をかく支度をしていた。母校のQ大に出すつもりだつた。テーマは「温泉の研究」である。が、忙しい業務をもつている須川は、参考書を調べるのにも、一々、福岡のQ大まで頻繁に出向く訳には行かなかつた。これが日頃からの悩みだつた。

須川はこれに啓作を使うことを思いついた。彼は日頃から啓作の頭脳がよいことに眼をかけていた。彼に要領を云つて、参考書を書写してくる仕事だつた。

Q大の一教授は啓作の身体をみて、これは須川君も温泉の研究などするよりも、手近かに格好な研究材料をもつているのに、と笑つた。こうして啓作は須川の使いで、しきりとQ大に行つたが、そのうち必要がなくなつた。他に「温泉の研究」で博士になつた者が出てきたからである。須川の努力は意義を失い、それ切り、学位をとろうとする意欲もなくして了つた。この不運から、須川と啓作は更に親密を加えた。しかし、ものを調べるという興味はこの時から啓作に湧いたのであろう。

五

須川は毎月の新刊を買つた。一々、自分が読むわけではない。「須川蔵書」の判を捺して書庫に入れてならべさせるのである。書庫では啓作が整理番号をつけ、目録にかき入れた。

その頃、岩波版「鷗外全集」が出版された。

「鷗外全集」第二十四巻後記は、鷗外の小倉時代の日記の散失した次第をのせている。

森鷗外は明治三十二年六月、九州小倉の第十二師団軍医部長に補せられた。中央から遠ざけられたという意味から左遷であつた。爾来、三十五年三月、東京に帰り咲くまでの満三ケ年を小倉で送つた。この時代につけていた日記は、人に頼んで清書し、保存していたのだが、全集を出すときになつて、捜したが所在が分らなくなつていたというのである。

日記があつたことは確かで、観潮楼の書庫の一隅にある本箱の中でみたと近親者はいつている。毛筆で丁寧にかゝれ、和綴で製本してあつた。誰かゞ持ち出して返さないまゝ、所在が分らなくなつたという。この捜査は編者も書店も「百方手をつくした」が、遂に発見出来なかつた。

鷗外が小倉に来たときは年齢も四十前後に跨つた男ざかりである。赴任の初めは不平のあまり隠流などと号していたが、次第に上官の知遇を得て気持も和み、東京ほど多忙でないため仏蘭西語や梵語を習つたりした。後の作品「二人の友」「独身」「鶏」に出てくるような風格で、その独身生活は簡素を極めたが、やがて母のすゝめる二度目の妻と結婚したのもこの時代だ。満三ケ年に亘る小倉日記の喪失は、鷗外を知る重要資料の欠如として世の研究家から惜しまれてきた。失われて、この世に出て来ないとなると、「小倉日記」はその隠れている部分の容積と重量を人々に感じさせたのであつた。

啓作はこの事実を知つて心を動かした。幼時の伝便の鈴の思出の夢を不図も鷗外の文章に結んで以来、鷗外をよみ、鷗外に傾倒した。今、「小倉日記」の散逸を知ると、未見のこの日記に、自分と同じ血が通うような憧憬さえ感じた。

啓作が、いわゆる足で歩いて資料を蒐集し、鷗外の小倉生活を記録して失われた日記に代えようとした着想《アイデア》はどうして得たであろうか。その頃は柳田国男などの民俗学が一般に流行り出した時だつた。須川のグループの中にも民俗学をやるものがあつて、「豊前」という雑誌まで出していた。同人達は郷土から資料を採集し、毎号の誌上に発表した。啓作は、初めは郷土史の上から小倉時代の鷗外を考えていたのであろう、それが民俗学の資料採集の方法などから思い付いて、いつか「小倉日記」の空白を埋める仕事となつた。

啓作はこの仕事に全身の昂奮を感じた。これこそ、自分の生涯の仕事だときめた。孤独の心がはじめて希望を得た。が、最もよろこんだのはふじだつた。わが子に初めて希望の灯がついたのだ。何とかして成功させてやりたかつた。

ふじはもう五十近くになつていた。が、外見は美貌のためか、四十位しか見えなかつた。これまで幾多の誘惑をしりぞけ、啓作を唯一のたよりとして生きてきた。あの、不具の子に、と笑うのは関係のない世間のことである。実際、ふじは啓作にわが夫のように仕え、幼児のように世話をしていた。啓作が眼を輝かして鷗外研究のプランを語るのを、世にもうれしそうな顔をして、この母はきいていたのである。

当時、小倉の町に長いあご髯をたれ、長身を黒い服に包んだ老異国人があつた。香春口に教会をもつカトリックの宣教師で、仏人、F、ベルトランといつた。よほどの老齢であつたが、この人は小倉に在住していた頃の鷗外にフランス語を教えた人である。

啓作はまず、このベルトランを訪ねた。ベルトランは啓作の身体をみて、病者が魂の救いを求めにきたと思つたに違いない。が、啓作のたど〳〵しい言葉が、鷗外の思い出を話してくれと聞かされて、柔和な眼を皿のように大きくした。無論、何にするのだ、と反問した。それから啓作の説明をうけると、それはいゝ考えだと髯の頬を微笑した。

「ずいぶん昔のことで、私の記憶もうすれている。しかしモリさんは最も強い印象を私に残している。」

ベルトランは巴里に生れ、若い頃日本にきて、九州には五十年もいた人だから、日本語は自在であつた。七十の老齢の皺を顔にたゝんではいたが、澄んだ深い水の色の眼を、じつと宙に沈ませて、遠い過去を思出し乍ら、ぽつり、ぽつりと話した。

「モリさんはフランス語に非常に熱心でした。一週のうち、日、月、水、金、土でしたが、公務に差支えのない限り、通つて見えました。なか〳〵時間にはやかましい人だときいていたが、なるほど時間は几帳面《きちようめん》で、長い間、一分の遅刻もありませんでした。ある時など、師団長の宴会があるのに、こゝに来られたので、従卒が心配して、馬をひいて迎えにきた位です。」

昔を思い出して機嫌がよかつた。

「こゝにフランス語を習いに来る人は他にも沢山あつたが、ものになつたのはモリさんだけで、これは格段でした。尤も、あれだけの独逸語の素養があつた故もあります。こゝには役所が退けると、すぐ見えましたが退けるのは大てい、六時頃になる、それから帰つて散歩に出たり、調べものをしたり、ゼンガクをやつたりするということでした。」

「ゼンガク？」

「ブッキョウのゼンガクです。」

とベルトランは笑つて、手を膝にくんでみせた。

「私も時々、道でお逢いしました。キモノをきて葉巻をくわえ、農夫のようにこ〳〵笑つていられました。あえば大ていフランス語で話をしました。わたくしが病気の時は、親切に見舞つて頂いたこともあります。」

啓作は三、四日通つて、ぼつ〳〵思い出すベルトランの話をとつた。そのメモを整理し、別のノートに文章に直して書きとつた。それを津南にみせると、津南はよんでみて、

「なかなか、いゝものが出来そうじゃないか。」

と励ましてくれた。津南の友情は啓作の生涯に一つの明かりであつた。

ベルトランは巴里に帰るのだとうれしそうにしていたが、間もなく小倉で死んだ。

六

啓作は「安国寺さん」の遺族をさがしたいと思つた。

「二人の友」では、

「安国寺さんは、私が小倉で京町の家に引越した頃から毎日私の所に来るやうになつた。私が役所から帰つてみると、きつと安国寺さんが来て待つてゐて、夕食の時までゐる。この間に私は安国寺さんにドイツ文の哲学入門の訳読をして上げる。安国寺さんは又私に唯識論の講義をしてくれるのである。」

とかゝれた安国寺さんは、鷗外が東京に帰ると、別れるに忍びず、あとを追つて東京に出る。しかし田舎にいる時と異つて鷗外は忙しい。ドイツ語はF君（一高教授福間博）が代つて教えるが、基本から叩き込むのでなかなか苦しい。安国寺さんは仏典に通じ、鷗外に「唯識論」の講義をする位、学識があつたし、鷗外からはドイツ語の初歩をとばして、最初からドイツ哲学の本を逐語的に、しかも勉めて仏教の語を用いて、訳して貰つて理解していたが、F君の一々語格上から分析せずには置かない教授法に閉口する。高遠な哲理を解する頭脳を持つた安国寺さんも、年をとつているので、名詞、動詞の語尾変化の機械的暗記に降参してドイツ語の研究を止める。鷗外が日露戦争で満洲に行つている間に病にかゝつて帰郷した。——

「私は安國寺さんが語学のため甚しく苦しんで、其病を惹き起したのではないかと疑つた。どんな複雑な論理をも容易く辿つてゆく人が、却つて機械的に諳んじなくてはならぬ規則に悩まされるのは、想像しても気の毒だと私はつく〲思つた。満洲で年を越して私が凱旋したとき、安国寺さんはもう九州に帰つていた。小倉に近い山の中の寺で、住職をすることになつたのである。」(二人の友)

この安国寺さんは、本名玉水俊虠といつた。大正四年の鷗外日記には、

「十月五日。僧俊虠の訃至る。福岡県企救郡西谷村護聖寺の住職なり。弟子玉水俊麟に弔電を遣る」とある。

病気は肺患であつた。俊虠は青年の頃、相州小田原の最上寺の星見典海に私淑して刻苦勉学し、その無理から病を得る原因をつくつた。

俊虠に子はなかつた。きくところによると、今は護聖寺も代が替つて、他の住職が来ているという。そこで啓作は西谷村役場宛に、俊虠の縁故者の有無を問い合せた。役場の返事では、

「俊虠師の未亡人玉水ハル氏は現在も健在で、当村字三岳村山氏宅に寄寓している」

とのことであつた。

「小倉に近い山の中」といつても、そこは四里以上あつた。二里のところまではバスが通うが、それから奥は山道の徒歩である。

啓作は弁当の入つた鞄を肩から吊し、水筒を下げ、わらじをはいて出発した。ふじが気づかつたが、大丈夫だといつて出て行つたのだ。

バスを降りてからの山道はひどかつた。その上、一里以上も歩いたことのない啓作にとつては普通人の十里以上も当つた。何度道端に腰を下ろしたか知れなかつた。息切れがして、はあはあ肩で呼吸した。

が、それは丁度、晩秋のことで、山は紅葉が色をまぜていた。林の奥からは時々、百舌の鋭い囀りが聞える外、秋陽の下に静まりかえつた山境は、町中では味えない興趣があり、啓作の難行路をいくぶん慰めた。

三岳部落は山に囲まれた狭い盆地にあつた。白壁と赤瓦の家が多いのは北九州に珍しかつた。富豊な所と見え、どこの構えも大きい。木立の多い山腹に寺門が見えるのが護聖寺であつた。啓作は今でもその屋根の下に「安国寺さん」が住まつているような感慨で、しばらく見入つた。

村山の家をたずねると、護聖寺のすぐ下であつた。が、こゝまで啓作が来ると、いつか彼の背後には好奇の眼を光らした部落の者達が集まつていた。跛で特異な顔をした啓作が珍しいのである。

田から帰つて、庭先で牛から犂を降ろしていた村山の当主というのは六十近い百姓だつたが、これも啓作をみて呆れたように立つている。この相手に啓作の来意が通じるには骨が折れることだつた。

どんな用事で姉に会いに来たのかえ、と農夫はにやにや笑い乍らきいた。するとこの男は玉水ハルの弟だつた。薄ら笑いは啓作の人体を見極めた上でのことなのだ。啓作は出来るだけ、ゆつくりと事情を説明した。が、不明瞭な発音で、オウガイ、オウガイとくり返しても相手には何のことか分らなかつた。向うでは唖を相手に手真似せんばかりに、姉は今日は留守だから分らぬと云い切つた。

二里の山道を啓作は空しく引返した。帰路は石のように重い心をだいて一倍難渋を極めた。

ふじは帰つてきた啓作の姿を一眼見ると、その疲れ切つた顔色で、どういう結果だか、すぐ察して了つた。

「どうだつた?」

ときいてみると、息子は疲労のはげしい身体を畳にね転んで大儀そうに、留守だつた、と呟くように答えた。それで彼がどういう仕打ちをされたか、ふじにはすぐ分つた。涙が知らずに滲み出た。

「明日、もう一度、行つてみよう、お母さんも一緒にね。」

とやがて母は励ますように言わずにはおられなかつた。

翌日、ふじは朝早くから人力車を二台雇つた。途中のバスの停留所からは乗物の便がないので、こゝから乗つて行くより仕方がなかつた。往復八里だ。この俥賃にふじは一ケ月の生活費の半分を払つた。折角のわが子の希望の灯をこゝで消させたくない一心である。

田舎道を俥が二台連なつて走るのは、婚礼以外見られぬ景色であつた。畠にいる者はのび上つて見た。村山の家では何事かとおどろいた。

ふじは来意を述べた。手土産を出し、上品な物腰とおだやかな挨拶は先方を恐縮させた。分つてみれば、やはり田舎の人なのだ。二人を座敷に招じ、折から居間の奥にいる老婆を紹介した。

玉水ハルはこのとき六十四歳、小柄な、眼に愛嬌のある老婆だつた。計算すると、亡夫の安国寺さんとは二十近くも年齢が異つていた。きけば俊虠とは初婚で、村の者が護聖寺に居つくよう、無理に嫁にとらせたということであつた。だから、鷗外が小倉にいる頃はまだ嫁に来ていないのだつた。

しかし生前の夫俊虠から、小倉時代の鷗外のことを、やはり何かと聞いていた。

七

啓作は、ともかくこれまでベルトランと俊虠未亡人から聞いたメモをまとめて原稿にし、東京のK・Mのところへ送つた。K・Mをえらんだのは、かねてその著書もよんでいたし、鷗外全集の篇纂者の一人であることを知つていたからである。

啓作はK・Mに手紙をかいて、まだ途中のものだが、このような調査が価値あるものかどうか先生にみて頂きたいと乞うた。

これは全く彼の本心からの声だつた。自分の周囲だけの言葉では安心が出来なかつた。何か自分がひどく空しいことに懸命になつているような、不安は始終あつた。こゝで誰か権威の人にきいてみないと心が落ちつかなかつた。

二週間ばかり経つて、良質の封筒の裏にKの名前のある手紙をうけとつた。啓作は胸が鳴つて、すぐ封を切るのが怕いくらいだつた。K氏の手紙の返事は予期以上のもので、まだはじめてのことで何とも云えないがこのまゝで大成したら立派なものが出来そうです、小倉日記が不明の今日、貴兄の研究は意義深いと思うから、折角ご努力を祈ります、という意味のことが書いてあつた。

来た、と思つた。みる〳〵潮のような欣しさが胸一杯にどつと溢れてきた。文面をくり返して読めば読むほど、胸の奥からよろこびが湧いた。

「よかつた、啓ちゃん、よかつたねえ。」

とふじの嬉しさも非常であつた。母子は顔を見合せて笑つたが、どちらも眼の隅が濡れていた。これで不幸なわが子が一つの生甲斐をみつけ、胸をふくらませているかと思うと、この歓喜をどう表わしようもなかつた。自分の心も、長い暗黒からやつと抜け出られるような、出口の光明をみた思いだつた。ふじは手紙を神棚に上げ、その夜は赤飯をたいた。

須川のところへ手紙を持つて行つてみせると、心から喜んでくれ、津南などわがことのように昂奮してK氏からこういう手紙を貰うとは大したものだと、会う者毎に吹聴した。

さあ、これで方向は決まつた、と啓作は急に自分が背伸びして胸の鳴るのを覚えた。

が、これから後の調査は期待したほど順調ではなかつた。

鷗外が初め借りた家は鍛冶町だつた。こゝは現在ある弁護士が住んでいるが、家主は昔から宇佐美という人の家だつた。啓作は母と一緒に宇佐美を訪ねた。ふじがついて来たのは俊虢未亡人の時からの経験だが、以後ずつとふじがつき添つたのである。

宇佐美氏は頭の禿げた老人だつたが、来意をきくと、さあ、といつて首を傾けた。私は養子に来たのだから何にも分らないが、家内は子供の時に鷗外さんに可愛がられたそうだから、家内にきけば何か覚えて居るかも知れぬ、しかし何分、旧いことですからなあ、と笑つて、老妻を呼んだ。

小説「鶏」にある出来事はこの家に鷗外がいる時だつた。だから啓作は是非何かをきゝたかつた。しかし呼ばれて出て来た老婦人は眼尻に上品な皺をよせて笑つただけで、

「もう、何一つ覚えておりませんよ、何しろ私が六つ位の時ですからねえ。」

と答えるのみだつた。

鷗外が次に移つたのは新魚町の家だつた。こゝは、

「小倉の雪の夜のことであつた。新魚町の大野豊の家に二人の客が落ち合つた。」

という小説「独身」の家である。鷗外が美しい妻と再婚生活に入つたのもこの家だつた。

現在は金光教の教会になつている。鷗外がいた頃の家主は誰かきいても全然分らなかつた。

　啓作が市役所に行つて調べると、明治四十四年までさかのぼつて、その土地の所有者は東という人であることが分つた。この人の孫が舟町にいるから、或は訊けば分るかも知れぬと思い、たずねて行つてみると、それは遊廓の中だつた。

　東という妓楼の亭主は、啓作の身体をじろりと一瞥しただけで何も教えるところはなかつた。

「そんな古いことを調べて何になるのや。」

　と侮つたようにいうのだつた。楼主がふと云つたこの言葉は啓作の心に澱のように残つた。それからも時々、自分の努力が全くつまらなくみえ、急につき落されるような不安に駆られることがあつた。このような時は、たゞ一つの希望を失い、髪の毛をむしり度いほど絶望的になるのであつた。

　何となく、いら〳〵暮している、そういうある日須川病院に行くと、一人の看護婦がなれ〳〵しそうに啓作に近づいて来た。山内てる子という眼鼻立ちのはつきりした娘であつた。

「上田さんは森鷗外のことを調べているつて先生が仰言つたが、本当なの。」

　ときいた。啓作がうなずくと、

「私の伯父さんは広寿山の坊主なの。いつか鷗外のことを話していたから、行けば何か分るかも知れないわ。」

　といつた。啓作は、俄かに青空をみたように元気づいて、

「そ、そりや是非たのむよ、と言うと、

「えゝ、いゝわ。この次、私が公休の時にね、案内しますわ。」

　と微笑した。啓作の生涯にたつた一つの淡い色彩を点じた山内てる子はこうして現われた。

　啓作は期待をもつた。広寿山というのは小倉の東に当る山麓の寺で、福聚禅寺といつた。旧藩主小笠原氏の菩提寺で、開基は黄檗の名僧即非である。鷗外は小倉時代に、「即非年譜」というのを書いているから、度々広寿山を訪れたに違いない。その頃の寺僧がまだ生きているとすれば、思わぬ話が聞けるかも知れなかつた。

　それは暖い初冬の日だつた。啓作は山内てる子と連れ立つて広寿山に登つた。歩行の遅い啓作にてる子は足を合せてより添つた。林の中に寺があり、落葉を焼く煙が木立の奥から流れていた。てる子の伯父というのは、会つてみると、七十位な老僧だつた。

「鷗外さんが見えたとき、寺の書きものや、小笠原家の古文書のようなものを出して上げると、丹念にみて居られたな。先代が生きて居れば、よく話をしていたから、分るのじやがな。」

　茶をすゝり乍ら僧はいつた。

「一度、奥さんと見えたことがある。奇麗な奥さんだつたということじやが、わしの記憶にはない。そうだ、この寺で奥さんの詠まれた歌があるよ。」

　老僧は顔を仰向けて、思い出すようにその文句を考えると、

紙にかいて見せた。

　払子持つ　即非が像は背の君に
　似たる笑いや　梅散る御堂

鷗外が新妻と携えて浅春の山寺に遊んだ状景が眼に見えるようだつた。

「そうじや、鷗外さんは禅にも熱心でな、毎週日をきめて同好の人と集まつていたのを御存じか。堺町の東禅寺というお寺じや。」

　啓作はいつかベルトランが云つた、ゼンガクを思い出した。

八

　啓作とてる子はあとで開山堂の方に廻つた。暗い堂の中には開山即非の木像が埃をかぶつて、くすんだ黝い色で坐つていた。

「鷗外さんて、こんな顔に似てたのかしら。」

と、てる子は白い歯なみをみせて面白そうに笑つた。即非の顔は怪奇な表情であつた。

　二人は林をぬけて下山にかゝつた。道の両側は落葉がうず高く積つて葉を失つた裸の梢の重なりから冬の日ざしが落ちていた。

　足の不自由な啓作は、てる子に手をとられていた。柔い、やさしい手だし、甘い匂いも若い女のものだつた。

　啓作は、自分の不具の体を少しも意に介しない、てる子の態度に少からず戸迷つた。若くて美人なのだ。こうした若い女が、これほど慣々しく身近かに添つてくることは初めての経験だつた。啓作はこれまで、自分の身体をよく知つていたから、女に特別な気持を動かすことはなかつた。が、てる子から手を握られ、まるで愛人同志のように林間を歩いていると、さすがに彼の胸も轟かずにはおられなかつた。この冬の一日、てる子と逍遥した記憶は次第に忘れ難いものとなつた。

　啓作の年齢は三十二になつていた。今までも嫁の話はあつた。が、見合となると、必ず破談であつた。仲人口で、少々のことは辛抱しようと思つて会いにくる娘も、啓作の口をだらりと開けて片足をひきずつている姿をみると、それなりに遁げて了つた。格別財産とてないこのような不具者のところへ、来る者はなかつたのだ。嫁さへ来てくれたらと、ふじの心労は一通りではなかつた。八方の人に世話を頼んだが、話はいずれも出来なかつた。若い時、降るような縁談に困つたふじは、息子の嫁を迎えることが出来ず、云いようのない辛さを味わつた。

　こういう時に、てる子のような女が現われたのは、ふじにとつても天の一角に陽《ひ》をみた思いだつた。てる子は啓作の家にも度々遊びに来るようになつていたのである。

　広寿山に行つて以来、啓作とてる子はそれほど打とけた間になつていた。啓作の感情をてる子が知つていたかどうか分らない。彼女は天性媚態的なところがあり、須川病院に出入りするどの男性とも接近していた。彼女が啓作の家に遊びに行くようになつたのも、いわば気紛れで、深い仔細があつたのではなかつた。

しかし、ふじも啓作も、てる子の来訪をある意味にとろうとしていた。彼のような家にてる子のような若い美貌の娘がくることは殆ど破天荒なことだつた。ふじはてる子がくると、まるでお姫様を迎えるように歓待した。

だが、ふじはさすがに、てる子に息子の嫁に来てくれとは頼む勇気はなかつた。これまでてる子と比較にならない器量の劣つた女から、ぴし〳〵縁談を断わられてきたのである。ふじはてる子に心の隅で万一を空頼みし乍らも半分は諦めていた。が、その諦めの中にも、やはり何か、奇蹟のようなものを期待していた。

東禅寺は小さな寺だつた。塀の内側から木犀が道路に枝をみせていた。

ふじと啓作とが庫裡に廻ると、眼鏡をかけた、小肥りの中年の僧が白い着物をきて出てきた。迂散げに啓作の身体をじろ〳〵みた。ふじが丁寧に、広寿山の方で聞いたのだが、こちらで明治三十二三年頃、鷗外先生などで禅の会があつたそうですが、御存知でしょうかというと、僧はにこりともしないで、

「何かそんなことを聞いたようだが、わたしの祖父の代だし、何も分りません。」

といつた。その硬い表情からは、これ以上、立入つてたづねても、無駄のように思われた。

「その時のことが、何か書きものにでも残つていませんでしようか。」

と、念をいれたが、やはり、

「そんなものはありません。」

という返事だつた。

失望して門を出た。四十年の年月が今更のように長いものに思えた。土砂が踵《あと》を到るところに埋めているのだつた。

道路を歩いていると、後から声が追かけてきた。振り返ると、先刻の白い着物の僧が手招きしている。

「今、思い出しましたよ。その時分、寺に寄進したという魚板があるが、それに寄進者の名前が刻んであるから見たらどうです。」

と僧はいつた。無愛想でも、やはり根はいゝ人のようだつた。

魚板は古くて、黒色になつていた。寄進者という刻り込んだ名前は、探してやつと判読出来る程度である。が、その名前を見て、啓作は息を詰めた。

寄進
玉水俊虠
森林太郎
二階堂行文
柴田薫之
安広伊三郎

上川正一
戸上駒之助

思いがけない発見に啓作はよろこび、手帳に書きうつした。これは重要な手がゝりだつた。鷗外、俊虠以外の人の名は啓作も知らぬし、この寺僧も心当りがなかつた。が何とかしてその身元を探し出せば、新しい資料を得る途が開けそうだつた。

啓作は小倉に古くからいる知人には殆どきいて廻つたが、誰もそれらの名前を知つていなかつた。津南も分らなかつた。啓作は須川のところへきゝに行つた。須川はいろ〳〵な人を近づけているから何か分りそうだつた。

「僕にも分らんがね、」

と須川はその名前をみて云つた。

「しかし、この安広伊三郎というのは安広伴一郎の何かに当る人かも知れんな。実ちやんにでもきいたらよかろう。」

安広伴一郎はかつての満鉄総裁で、原内閣時代に活躍した古い官僚であるが、この人は小倉出身である。須川のいう実ちやんというのは伴一郎の甥に当り、五十をすぎた市井の画家だつた。独身で、酒好きな、貧乏な男である。

啓作は実ちやんの家をたづねた。分りにくい長屋の露路を入つた奥の、汚い家だつた。たゝみが莚のようにぼろ〳〵になつて、家の中は暗くて荒れていた。

出てきたのは同居人だつたが、安広さんは東京に行つて当分帰らない、といつた。

九

啓作が調べてみると、鷗外が小倉時代に書いて地元の新聞に発表したのは次の通りであつた。

「我をして九州の富人たらしめば」
――明治三十二年　福岡日々新聞

「鷗外漁史とは誰ぞ」
――明治三十三年　福岡日々新聞

「小倉安国寺の記」
――明治三十四年　門司新報

「和気清麻呂と足立山と」
――明治三十五年　門司新報

啓作が考えたのは鷗外の原稿は当時新聞社の小倉支局が連絡に当つたに違いないことであつた。門司新報は昔癈れているから、福岡日々新聞の後身、西日本新聞社についてきく外はない。明治三十二、三年頃の小倉支局長で、名前と、まだ存命であればその住所が知りたいと、啓作は新聞社の人事課長にきゝ合せた。

この返事に期待することは殆ど不可能だつた。五十年に近い昔の一地方支局長の名前を新聞社は記録に残しているであろうか。而も、社は途中で組織が変つているのだ。若し、かりに幸運にも、その名前が分つたとしても、いまだに生きているとは思えなかつた。無論その人の現住所などが分る筈はない。啓作の問い合せは万一の僥倖を恃んだに過ぎなかつた。

しかし、しばらく経つて、新聞社からの返事をみた啓作は、奇蹟というものがやはり世にはあるものだと信じさせた。

「明治三十二年——三十六年までの小倉支局長の氏名は麻尾咲男。現在当県三潴郡柳河町の某寺（寺名不詳）に老を養つている由なるも詳細不明。」

という通知だつた。詳細は分らなくてもよかつた。これだけ知らせて貰えば充分だつた。矢楯も堪らない気持になつた。

「それなら、行つておたずねして見ようね。」

とふじが啓作の話をきいて云つたのは、彼が望むなら、どこまでもついて行つてやりたかつたのである。

二人は汽車に乗つた。もう、その頃は戦争が可なり進んでいた。汽車の窓から見える田舎の風景も、農家の殆どの家が出征の国旗を掲げていたし、車中の乗客の会話も殆ど戦争に関連していた。

小倉から汽車で三時間、久留米で降りて今度は電車に更に四十分乗ると、柳河についた。有明海に面し、十三万石のこの城下町は近年水郷の町として名を知られてきた。道を歩いていても柳を岸辺にうえた川や濠が至るところに見られ、町中も城下らしく落付いていた。

「もうし、もうし、柳河じや。柳河じや銅《かね》の鳥居を見やしやんせ。欄干橋を見やしやんせ。」とこゝで生れた北原白秋は柳河を主題として、いくつもの詩をつくつている。

柳河の某寺とのみで、寺の名は知れなかつたが、行けば田舎のことだから二三の寺を廻るだけで分るものと勢い込んできたのだが、町の人にきくと、

「柳河にや寺は二十四もあるばんた。」

と教えられて、ふじも啓作も途方にくれた。これだけの数の寺があろうとは予想もしなかつたのだ。

試みに、二つ三つの寺をたずねたが、心当りは更に得られなかつた。

二人は道端の石の上に腰を下ろして休んだ。そこにも濠が水を満々と湛えていて、向い岸の土蔵造りの壁の白さをうつしていた。その家の屋根の上に浮んだ一きれの白雲を見ているうちに、啓作の心は又、堪え難いむなしさ、やるせなさに襲われた。自分のしていることが急に空虚にみえ、不意に落ち込んでゆくような絶望感に噛まれた。

ふじは横にならんでいる啓作の冴えない顔色をみていると、可愛想になつてきた。それで引立てるように、立ち上り、

「さあ、元気を出そうね、啓作。」

と歩き出した。もう、ふじの方が一生懸命だつた。

二十四の寺々を一々たずね廻らねばならないかと思われたが、案外なところに手蔓をみつけた。道を歩いているうちに、ふと、「柳河町役場××支所」の看板をみつけ、こゝに尋ねてみる工夫を思いついたのである。

粗末な机に向つて書類をかいていた女事務員は、「麻尾咲男」の名前だけで心当りがあつた。但し、寺の名ははつきり覚えぬといい、傍の年上の同僚に相談していた。それなら、

誰々さんにきいたら分るだろうと、その女は云い、女事務員はうなずいて、その誰々さんに電話をかけに席を立つた。

電話はなか〳〵交換手が出ないらしかつた。幾度か指で電話機をカチャ〳〵いわせていたが、一向に手ごたえがなかつた。

「この頃は局が混んでいるものですから、なか〳〵出ないのです。」

とその女事務員は二人に言い訳のようにいつた。それは二十ばかりの娘だつたが、全体の顔の輪廓から眼許のあたりが、どこか山内てる子に似ているとふじは思つた。

近頃、局が混んでいるというのも戦争のあわたゞしさが、この田舎の落付いたようにみえる城下町にも押よせているのだつた。やつとのことで電話が通じ、女事務員は相手と問答し乍ら、紙にメモをとつた。

「こゝに居られるそうです。」

と彼女はそのメモを渡し、その道順を教えてくれた。ふじはていねいに礼を述べて表に出た。やつと分つたという安心と、女事務員の親切が心を明るくした。山内てる子に似ていたということも、微笑みたい気持だつた。

ふじは、てる子が今の事務員のように親切な女のように思えた。妻になつたら啓作のような不自由な身体をやさしくいたわつてくれそうだつた。そう考えると、てる子にどうしてもきて貰いたかつた。ふじは横にならんで歩いている啓作に話しかけた。

「ねえ、啓ちゃん。てる子さんはお嫁に来てくれるかねえ。」

啓作は何とも返事をしなかつた。その顔は苦しそうだつた。それは不自由な足をひきずつて、こうした不案内な土地を歩き廻つている苦しさか、てる子の真意が分らずに苦しんでいるのか判らなかつたが、ふじは啓作のために小倉に帰つたら、思い切つて必死に話をてる子に切り出そうと決心した。

教えられた寺は天叟寺という禅寺だつた。二人は不思議と禅寺ばかり縁があるようだつた。案内を乞うと、四十位の女が出てきて、私が麻尾でございます、といつた。

「麻尾咲男さんと仰言るのは？」

「はあ、私の父です。」

きけば元気だという返事で、ふじも啓作もほつとした。来意をいうと、

「さあ、もう老齢《とし》ですから、どうでせう。」

と首を傾げて笑つた。

「おいくつなのですか。」

「八十三になります。」

それから一度引込んだが、

「どうぞお上り下さい。父がお会いすると申しております。」

といつた。

十

啓作は柳河から帰ると、麻尾の話を整理した。直接鷗外に

接触していたゞけに麻尾咲男の話は期待以上のものがあつた。八十三というが非常に元気だつた。記憶の薄いところはあるが、呆けたようには見えなかつた。

「鷗外先生には大へんお近づきを得ていましたな。役所から帰られると、よく私の家の表から、麻尾君、麻尾君と呼び、一緒に散歩に連れ出され、安国寺にも度々お供をしました。そんな時の先生はまことに磊落でした。私が司令部に伺つても、軍医部長室で大声で、馬鹿話をして笑われるものですから、ある時、隣の副官室で、閣下(当時少将)があんなに面白そうに話される相手は誰だろうというので出てみると私なので、麻尾はよほど閣下と親しいに違いない、といつていた位です。鷗外といえば謹厳居士のように思われるが、なかなかわれわれに対してはざつくばらんでしたよ。」

という話の切り出しは面白かつた。こゝに三時間ばかりいたが、鷗外の私宅まで自由に出入りしたという老人は鷗外の日常生活をよく知つていた。啓作の資料はこれで可なり豊富になつた筈である。

「先生は時間にやかましい人でな、ある会合に県会議員が遅れて来たのじやが、とうとう室には入れずに帰らせてしまわれた。そういうやかましい反面、よく気の屆く人でね、自分が独身じやから女中も必要以上に二人必ずおく、料亭でも気に入つた女でも一人だけを呼ぶということはなかつた。しかるに、その時の師団長は酒も強かつたが、まあ、女の方もいける方でね、とう〳〵ある種の病気にかゝつた。それで先生に診察を乞うたのだが、先生は知らぬ顔で相手にされませんでしたよ。先生は、俺はそんな病人をみるよりも、医者をよくする医者だ、といつていました。近頃先生がとかく権勢に取り入つたように書いたものを見るが、決してそんなことはありません。何しろ勉強家で、夜は三時間位しか寝ないということでした。フランス語を習う、梵語を習う、禅学をやる、心理学をやる、各藩の古文書を調べる、ドイツ兵学書の飜訳もやる、という具合です。私がもと〳〵お近づきになつたのも柳河藩の古記録をお世話したことからです。先生が心理学を勉強したのは誰でも一寸、気がつくまいが、これは小倉藩士族の藤田という心理学者から習つていました。この人の子はまだ小倉の魚町にいる筈です。」

啓作はかねて疑問に思つていた、東禅寺の魚板に刻つた名前を持ち出してみせた。

「あゝ、これは。」と老人は訳もなく云つた。「二階堂は門司新報の主筆です。柴田は開業医、安広は薬種屋、上川は小倉裁判所の判事、戸上は市立病院長です。」

これをきいて思い当ることがあつた。小説「独身」に出てくる人物はこの人達がモデルであろう。

啓作は麻尾の話を原稿にする一方、極力、東禅寺のメンバーの行方を探した。これは、身許が分つて了えば困難な仕事ではなかつた。柴田董之の長女が市内の或る医者の妻になつていることが分ると、その人に会い、その口から他の人達の所在も次第に知ることが出来た。殊に戸上駒之助がたゞ一人、福岡に尚健在でいたことは彼を有頂天によろこばせた。

安広の老画家も東京から帰ってきたし、鷗外の家に女中でいたという行橋在の身内の人からも手紙をもらつた。これは啓作のしていることが地方の新聞に記事になつて出たからである。鷗外が兵学を議義していた時、聞いていたという軍人の子、始終宴会に使われていたという旅館「梅屋」の主人、藤田弘策という心理学者の息子など、小倉の鷗外の風丰を知る人は次々にさがし出された。

啓作がこうして躍起となつたのは山内てる子が縁談を断つてから猶更であつた。てる子はふじに、

「啓作さんのお嫁じや、わたしがあんまり可哀想だわ。」

といつて声を出して笑つた。てる子は後に入院患者と恋愛してその妻となつた。このことから母子の愛情はいよ〳〵お互により添い、二人だけの体温に温め合うというようになつた。

啓作の資料は次第に嵩を増して行つた。が、彼の仕事は段々に困難を加えてきた。戦争がすゝみ、戦局が日に増し悪くなつて行つた。いよ〳〵最後の頃になると、誰もこんな詮索など顧るものはなくなつた。

敵機が自由に焼夷弾を頭上に落しているとき、鷗外も漱石もあつたものではない、人々に明日の命が分らないのだ。こうなると、「人」が相手の資料だけに、彼の仕事は行き詰つて了つた。人をたずねて廻ることは思いもよらない。終戦まで、彼もまたゲートルをはいて、母と逃げ廻らねばならなかつた。

十一

戦争が終ると、しかし更に一層悲惨であつた。もともと、その前より彼の病状は少しづつ昂進していたが、食糧の欠乏が一段と症状を悪化させた。麻痺はひどくなり、歩行は困難を増して殆ど起きていることさえ出来なくなつた。

「か、かあさん、えらい世の中になつたなあ。」

と寝ていた彼は呟いた。

インフレがひどくなり、家賃以外に殆どたよる生活費はなかつたが、その家賃が僅かな値上げでは追付かなかつた。

家作が一軒づつ失われて行つた。思えば白井正道もこのようにして、母子の急場を助けようとは予期しなかつたであろう。ふじはヤミ米を買い、ヤミ魚を買つて啓作にたべさせた。

「どう、啓ちやん、うまいかえ、これは長浜の生き魚だよ。」

近くの漁村からとれる釣り魚である。ふじが魚の肉をとつて、口に運んでやつた。啓作は、

「うむ、うむ、」

とうなずき乍ら、腹這いになつて、手掴みで飯と魚とをたべた。も早、箸を握ることさえ出来なかつたのである。

津南はよく啓作を見舞つた。よく気つく彼は来る毎に卵や牛肉のようなものを、どこからか手に入れて持つてきた。

「早くよなつて、あれを完成させろよ。」

と津南が上から覗き込むと、この頃はだいぶん良いから、

またぼつぼつ始めようと思つている、というような意味のことを、いつもよりは、もつと分りにくい言葉でいつた。その顔は幽鬼のようにやせていた。

終戦後、五年の間に数軒の家作は売られ、自分の住居も人に半分は貸して、母子は裏の四畳半の間に逼塞した。長い歳月と、絶えず玄海灘の潮風にさらされているこの家は、殆ど軒も傾きかけていた。どこもかしこも、がた〳〵であつた。

啓作はやはり寝たまゝだつた。病状はよくもならず、悪くもならない日がつゞいた。どうかすると、起きて、自分の書いたものを、出してみることがあつた。それは風呂敷包に一杯あつた。彼は津南に頼んで整理して貰おうかといつたりした。が、まだまだ、身体は癒るという確信があつた。癒つたときの空想を、いろ〳〵愉しむ風だつた。

昭和二十五年の暮になつて、急に彼の症状は衰弱を加えてきた。ふじは日夜寝もせずつき添つた。

外の冷える静かな晩だつた。今まで、うと〳〵と睡つたようにしていた啓作が、枕から頭をつと持ち上げた。そして何か聞き耳を立てるような格好をした。

「どうしたの?」

とふじがきくと、

「鈴の音が聞えないかな。」

とかすかな声で云つた。

「鈴?」

「で、伝便の鈴だよ。」

といつて、その顔を枕にうずめるようにして、猶も何かきいている様子をした。冬の夜の戸外は足音もなかつた。

その夜明け頃から昏睡状態となり、二日の後に息をひいた。外は雪が降つたり、陽が射したり、鷗外が「冬の夕立」と評した空模様の日だつた。

ふじが熊本の親戚の家に引取られて行つたのは啓作の初七日が過ぎてであつた。遺骨と遺稿とが、彼女の大切な荷物だつた。

×

昭和二十六年二月、東京で鷗外の「小倉日記」が発見されたのは周知の通りである。鷗外の子息が疎開先から持つて帰つた反古ばかり入つた箪笥を整理していると、偶然この日記が出てきたのだ。永年、捜していたものが発見されて、関係者や研究家は慶賀した。

上田啓作がこの事実を知らずに死んだのは、不幸か幸福か、分らない。

押花

昭和27年9月号

野口冨士男

のぐち・ふじお
（明治44年～平成5年）
慶應義塾幼稚舎から普通部を経て文学部に進む。予科二年のとき中退、文化学院卒。「三田文学」でも早くから活躍していた。『風の系譜』『徳田秋声伝』『なぎの葉考』など。「押花」は『流星抄』に収められた。

赤坂で出てゐたこの家の一人娘が、出産のために帰つて来てゐる。都留子は、ことし二十歳である。

九段の花香家といふ芸者屋で、四人のかかへを置いてゐる。主人のアイも、若い時分には白山で左褄を取つてゐた。この土地に移つて来たのは都留子が小学校に入る以前であつたから、むろん戦前からの看板である。今の花香家は戦災を受けて、戦後に再興した仮建築であつた。

都留子の相手は四十余りも病室をもつ、北品川で焼け残つた胃腸病院の長男で、ゆくゆくは院長の椅子を約束されてゐる若い独身の医学士であつたが、芸者と客とでは正規な結婚など、初めから望むはうが無理であつた。逃げて二人は、伊豆山の旅館から連れ戻された。都留子との間を裂かれた医学士は狂言自殺をはかつたが、発見が早かつたのと、内輪で手当をすませてしまつたために、新聞種にもならなかつた。都留子との間は、形のごとくに金で落着した。

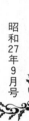

「あれほどの病院の御曹子を押して、百万や二百万の金が出ないわけはないぢやないの。そりや姐さんみたいに慾のないのも、時によつちや結構かもしれないけれど、あれぢやまるで泣き寝入りも同然だと思ふね」

アイは金銭の交渉をすませた直後にも、赤坂の主人から怨み言を言はれてゐたが、都留子の身柄を引取りに行つた時にも、同じことを繰返された。

赤坂の主人が、慰藉料と手切れの意味をふくめて相手方に請求した額は、二百万円で、先方の代理人として出向いて来た医局の老人は、五十万円の線を固守して容易にゆづらなかつた。しかし、九分通りまでは歩み寄りの百万円と、最初から見通しがついてゐたやうなものなのである。結果は、老獪な医局の老人が手剛いと見た赤坂の主人をそらして、もつぱらアイ一人を口説き落した形になつた。が、アイはそれを承知の上で、先方の言ひなりに五十万円で手を打つたことを、かくべつ口惜しいとも、残念だとも思つてはゐなかつた。芸者のからだは売り物にしろ、都留子は彼女が自身の腹を痛めて産んだ子だからであつた。

「相手は伜さんの命よりも、家名のはうが大事なくらゐの親なんだもの」

赤坂の主人はどうしてもつと搾つてやらなかつたのかと言つたが、たとへ狂言にもせよ、やりそこなへば医学士の命は、当然なくなつてゐなければならぬ筈であつた。そこまで思ひ詰めてくれた相手を持つてゐる自身の娘に、アイはふつと嫉妬に似たものを感じた瞬間もあつたやうな気がしてゐる。同じ芸者の出身でも、アイは白山の不見転からのしあがつた。あまい思ひ出など、一つも持つてはゐなかつたのである。受取つた五十万円の金は四分六分として、赤坂の主人にはその場で二十万円の金が手渡された。

それから殆んど三ケ月にちかい時が経つてゐる。

男だらうか、女だらうか。この社会に入つて、この稼業に染まつた身では、先ざき自身に子供の出来る望みをうしなつてゐる。それだけに、他人の子も他人の子だとは考へられないからなのであらう。かかへ芸者の菊千代は美容院や稽古にかよふ間も惜しんで、編棒の先をあやつつてゐる。純毛だと言はれて買つて来たことは事実であつたが、このごろの製品には化学繊維が入つてゐるから、冷たくはないかしらと時どきそれを頬に押し当ててみては、一と握りにも足りぬ可愛らしい靴下やケイプが、彼女の覚束ない手でせつせと編み上げられていつた。

都留子の体は八ケ月だから、もう臨月も間近かにせまつてゐる。

「馬鹿ねえ、これから真夏に向はうつていふ季節に、毛糸なんか編んだつてどうなるのさ。赤ちゃんが蒸れちやふぢやないの」

百合香は脇からケチをつけるのだが、菊千代は聾になつたやうに聞えぬふりをしてゐる。編棒は持てても、ミシンや縫針は扱へないからである。

もつとも、さう言つて傍から口を出す百合香にしたところが、五十歩百歩には違ひなかつた。百合香のはうは編棒も持てないのだから、菊千代よりもなほひどい。菊千代は器用な質で、誰からも教へられたわけではなかつた。婦人雑誌の附録を見ては、自分で工夫をしてゐる。百合香はそれをひがんでゐるのであつた。「小さいねえさん」に赤ちゃんが出来るといふのに、何もすることのできない自身が、悲しいよりも口惜しくてたまらないのである。そして、それは菊千代に対する対抗意識からでもあつた。生れたら、その時にはこつそり銀座か新宿あたりのデパートへでも行つて、クリーム色の素敵なベビー服を買つて来て菊千代を驚かしてやらうと、百合香はひそかに心づもりをしてゐる。

二人は座敷の数もあらそつてゐたが、年齢も都留子よりは一つ下の、おなじ十九であつた。競ひ合つてはゐても、仲がわるいといふのではない。

百合香は年に似合はぬ呑ン兵衛であつたから、時どき出先でもしくじることがある。

「ちよつとばかりお面がいいと思つて増長をしてゐる」

といふのが出先での評判であつたが、菊千代は百合香のそんな噂を耳にする度ごとに、できる弁解にはつとめてゐた。ただ、自身の立場をうしなつてまで、相手を庇はうといふ女ではない。それが、菊千代を冷たい性格だと思はせてゐる原因であつたが、どちらかと言へば、菊千代のはうが控へめなところを持つてゐる。ものごとが、すべてに内輪であつた。百合香の陽気な賑かさにくらべて、内にこもりがちなのだ。菊千代の兄は硫黄島で玉砕をしてゐた。

トルストイは『幼年時代』のなかで、自身の母親の笑顔の美しさを讃へて、

（――もしも微笑が容貌の美を増すならば、その顔は美しい顔である。もしも微笑がなんの変化もあたへなければ、その顔は平々凡々の顔だし、もしも微笑に傷つけられるならば、それは醜い顔なのだ）

と言つてゐる。百合香の笑顔は美しかつた。とろけるやうなといふ言葉に、そつくりそのまま当て嵌まる美しさで、笑ふ時には一そうその美しさが燿きまさるやうな、彼女はさういふ部類に属する美人の一人であつた。

主人のアイは、この百合香を可愛がつてゐる。

「芸者が理に落ちちやいけないね。ことに若い妓はあどけないのが一ばんだよ」

と、彼女は言ふ。戦後の芸者を眺めわたして、戦前に対するノスタルジイから出てゐる言葉かもしれなかつたが、たしかに百合香はあどけなかつた。だらしのないところはあつたが、開けつぴろげで、無邪気に罪がない。彼女は麻布の四の橋に近い蒲団屋の末娘に生れたから江戸ツ児であつたが、雪国に生れた娘のやうな肌をしてゐる。白さの底に、ほんのり桜色がしづんで、その表面には磨いたやうな照りがあつた。

深窓の娘が持つ肌の色であつたが、酒を飲むと、あばれて啖呵を切つた。肌脱ぎにすらなりかねない勢ひを見せたが、さういふ時には眼尻もつれあがつて、笑ふとこぼれるやうな顔が、相手の身をすくませるほど険をふくんだものになる。そのくせぎりぎりのところでは、馬鹿らしいほど気が弱い。からきし意気地がなかつた。

何時かも、こんなことがあつた。

相手は渋谷辺のグレであつたが、初めからふくむところがあつて、百合香を酔はせた。酔へば百合香の気が大きくなることを呑み込んでゐたからであつた。

「そんな大口をたたいたつて、花香家をトンズラするだけの

勇気もありやしねえんぢやねえか」

と男は唆しかけた。百合香は、巧妙な相手の術中に落ちてゐた。

「ヘエンだ。あたしやアバンぢやないんですからね、逃げるなんて、そんな野暮つたい真似はしませんよ。おあひにくさまだけれど、好きな人が出来て、のつぴきならなくなるまで、その手は取つて置きよ。……さうなつたら、あたしや自分でさつさと住み替へさ」

すると、それを男から、

「そんなことをすりや、花香家の御主人さまに申訳がねえからな。とんだアプレ芸者だ」

と油をそそがれて、彼女はかツとした。

「ぢや、俺と今からでも逃げられるか」

と詰め寄られて、

「誰があんたなんかと……。馬鹿らしい」

そこまではどうやら受け留めたものの、こはがつてるんぢやねえか、意気地なし、とさらに拍車をかけられた。その結果が、行くわよ、何処へでも連れてきなさいよ、といふことになつた時、男は、ほんとか、と念を捺した。ほんたうなら誓ひのしるしに肩を嚙め、俺の肩に歯を立ててみろと言つた。

ひるんでゐると、

「ぢや、俺がやつてやらア」

言ひざま男は百合香の体を抱き寄せて、いきなり彼女の肩口に、座敷着の上からガブリと嚙みついた。


百合香は一時に酔ひがさめると、俄かに怖ろしくなつて階段を駆け降りた。転がり落ちなかつたのが不思議なくらゐで、帳場へも挨拶をせずに花香家へ逃げ戻つた。座敷着の襟をめくつて見せた百合香にしてみれば、さうして自分の味はつたおそろしさを理解してもらひたいほどの心であつたかとも思はれるのだが、硬質陶器のやうな照りのある白い肌にのこされてゐる歯型の痕は、彼女の予期に反して、なにかエロチックな聯想をしか、見る者に与へなかつた。

また、こんなこともあつた。

まだ、つとめに出てから間もなかつたころのことである。相手は証券会社の社員だと称する五十がらみの男であつたが、それまでにも二三度聘ばれたことのある馴染み客であつた。

「どうせ競馬で儲けたあぶく銭だ。くれてやるから持つて行けよ」

と、百合香は三枚の千円札を無理につかまされた。受取つてもよいものかどうか、兎にも角にも帯の間にはさんで花香家へ戻つて来ると、彼女はそのことをアイに告げて、

「あのお客さまも、今すぐならきつとお帰りになつてないわ。お初ちゃんに返しに行つて来てもらつてもいいでせう」

と言つた。お初ちゃんといふのは花香家の下地ツ子で、昼間は義務制の新制中学にかよつてゐる。

「証券会社つてのは株屋さんでせう。競馬で儲けたなんて言つてたけれど、何だかわかりやしないんだもの、気味がわるいわ」

彼女はそんなことを言ふのであつた。

百合香はこの商売へ入る折に、四の橋の父親から、相場師だけは旦那に持つなよと固く言ひふくめられてゐたのである。彼女の父親にも家作を持つて小金を貯めてゐた時があつたのだが、馴れない株でスツてから没落の一途をたどつて、最後に戦災で再起不能におちいつてゐたのであつた。芸者になつてまで父親の忠言に従つてゐるところなど、百合香はやはりあどけないと言ふよりも、人間的にあまいところがあるとも言はねばならないのであらう。

そこへゆくと、菊千代はものごとが内輪であるだけに、危なツ気がなかつた。我慢づよいだけに、そのシンは強情である。一たんツムジをまげたら梃子でも動かなかつた。燃えるやうに怒り立つことはなかつたけれども、何時までもおぼえてゐて容易に忘れなかつた。そのしぶとさが、性格的な冷たさと併せて、それとはなく朋輩におそれられてゐるところである。しかし、座敷での客扱ひにはソツがなかつたから、出先での気受けもわるくはなかつた。意地や張りが売り物にならなくなつた今日では、菊千代のやうな型の芸者も、却つてこの社会では実利的であつた。

この社会のならはしで、座敷へ出る者には芸名がきめられる。芸名がきめられてから後は、かならず相互にその名で呼び合ふのが慣例であつたが、朋輩は菊千代を「菊ちやん」とか「キイちやん」といふふうには呼ばずに、何といふ理由もなく下のはうを取つて「ちイちやん」と呼んでゐた。

けれども主人のアイだけは、どうかした拍子に菊千代を「お時」と呼び捨てにする。小学校を卒業すると直ぐその春からこの家に来てゐたので、口癖になつてゐるむかしの本名が出てしまふのであらう。アイはそれだけに、子飼ひからの菊千代を信用してゐるところがあつた。その信用には、殆んど盲信にちかいものがある。彼女はたしかに、ほかの誰よりも「ねえさん思ひ」であつた。

下地ツ子のお初ちやんに、奥の用事やお使ひがあつて手の放せないやうな場合には、御祝儀をさげに行くのが菊千代の役目になつてゐる。通帳を預かつて銀行へ金の出し入れをしに行くのも、彼女の役割であつた。お初ちやんも、このはうの用事だけは命ぜられたことがない。菊千代がそれとはなく朋輩から烟たがられてゐるのも、一つにはさういふ彼女の立場が、ともすればアイの腹心であるかのやうに見られるからであつた。菊千代は、しかし、誰の蔭口もきくやうな女ではなかつた。積極的に、誰の味方にもならうとはしないだけのことなのである。強ひて言へば、アイと都留子に対する忠実さが矛盾であるかのやうに見えるところに、彼女の矛盾があつた。

桃代は、この社会に珍らしい専門学校出の一人である。教育制度が新制度になつてから、この土地でも義務以上の教育を受けた者が彼女ともで四人あつたが、ほかの三人はみな中途退学で、まんぞくに免状を持つてゐるのは彼女一人であつた。

書道教授では父親の暮しも楽ではなかつたが、卒業後も桃代は勤めに出ず、家事の傍ら月に一二回ほど映画をみながら、わりにのんびりと暮してゐた。けれども、早く母親をうしなつた彼女は、そのため縁がなくて二十五歳になつた。むかし流の数へ年で言へば二十七である。その年ごろの相手が一ばん多く戦死をしてゐるために配偶者も一そう得がたかつたのだとすれば、桃代もまた戦争被害者の一人であつたらう。一人の妹が、彼女の卒業後おなじ学校にかよつてゐたが、H流の新舞踊を修めて天才だとうたはれてゐた。師匠の言ふ天才ほどアテにならぬものもなかつたが、まだ通学中の身で新聞社主催のコンクウルにも入選してゐたし、師匠の代稽古もつとまる伎倆で筋がいい、近いうちに名が取れるといふことであつた。二十五ではあきらめる年齢でもなかつたのに、桃代はその妹を名取りにさせたいと思ひはじめると、俄かに花香家へ来る決心をした。一昨年のことであつた。それに似た古風な例も、まだこの世界には幾つか残されてゐたが、桃代の場合には、専門学校の出身者といふ経歴が却つて奇異の感をさそふのである。

アイとの間に話がきまつて、約束の前借金が手渡された時、それを持つて行くと、事情を聞いた家元は、規定の名取料を半額に負けてくれたといふことである。桃代がこのんでする自慢話であつたが、そのやうな「犠牲」を「美談」とするのも、この世界のからくりの一つであらう。すすんで芸者にならうとする者もなければ、花柳界といふ世界は成立たないのである。

それにしても、無垢の娘が芸者に身を投じることは、すすんで自らの青春を棄てる行為なのだ。人生を諦念で生きる行為だと言つても誤まりではあるまい。

容貌も十人並みで、かりにも高等教育を受けたほどの女が芸者になるといへば、誰の想像も結びつくのは一つところだ。青春の過失が、彼女をさうした世界に追ひ込んだものと見て、まづ絶対に狂ひがない。桃代だけが、その例外の一人であつた。

お披露目をした最初の夜、アイは出先から戻つて来た桃代の歩き方を見て、はツと息が詰まる思ひをした。この世界にながく住み慣れたために、他人の肉体には疑ひをかけることがあつても、素直に信じることのできなくなつてゐたおのれが省みられて、桃代の跛をひいてゐる姿に胸を衝かれたのである。

「お前、今夜はもうお休み」

アイはさう言つたが、彼女がお披露目のその夜、お披露目をさせた芸者に商売休みを命じたのは、後にも先にもそれが唯一回きりであつた。

わるくない顔立であつたし、客にもよくつとめるといふ評判であつたが、桃代はなぜかかへりの利かぬ芸者であつた。一度聴んだ客が二度目におなじ待合へ来て、もう一度といふことを言はないのである。女中がすすめても、あれは駄目だとニべもなくはね返された。そのくせ桃代は何処の待合へ行つても、女中達からは一ばん好かれてゐる。男好きがしないのであらう。女として生きる芸者にとつて、それは悲しい一事であつた。芸者は何よりもまづ女でなければならぬからである。

屋号も花香家で、菊千代、百合香、桃代と、いづれも花にちなんだ名がつけられてゐる。もう一人、牡丹といふ芸者がゐた。名前もふるい遊廓の華魁めいてゐたが、牡丹は芸者らしくない、宿場女郎か銘酒屋の女を想はせる、如何にも陰気な女であつた。一ぺん嫁に出て、亭主とは死に別れた。その死因も戦死や爆死ではなく、病死をしたといふのである。先立たれた亭主との間には小学校にかよふ男の子があつて、豊橋の方に預けられてゐた。その子供の養育費をたたき出すためにこの世界へ来たといふ牡丹は、年齢も一ばん上で、二十九歳である。菊千代や百合香とはちやうど十歳のひらきがあるわけであつた。

ふたたびタクシーが自由になつたこのごろでは、二時、三時といふほどの深夜でも、座敷のかかつて来ることがある。座敷といふ以上、どれほど簡単にすませるつもりでも口紅は塗らなくてはならなかつた。着物を着れば帯も締めなければならない。帯には扱帯や帯留も欠かせないのである。そんな気配に誰かが眼をさまして手伝はうとすると、牡丹は、

「いいから寝てらつしやい、自分でするからいいのよ」

と言つて、いやな顔ひとつ見せなかつた。そしてこしらへを済ませると、こつそり跫音を忍ばせて勝手口から座敷へ出て行つた。その様子が、それきり二度とふたたび顔を見られぬ人のやうで、陰気の度を通り越してゐる。跫音ひとつ聞かれないのだから、殆ど怪談の世界であつた。牡丹は何ひとついやがらぬけれども、何に対しても興味が湧かないといふ様子である。自己の生存に対しても、恐らく執着の心はうすいのであらう。積極性といふものは、彼女の如何なる面からも感じられなかつた。

牡丹はさういふ女であつたから、たとへば熟しすぎた柿のやうに崩れたコケツトをふくんだ、しまりのない容貌を持つてゐる。何時も白粉にムラがあつた。銭湯から戻つて来て鏡台にむかつても、座敷がかかる時分にはもう化粧崩れがしてゐた。次々と新しい化粧料を買ひあさつてみても、その効果は全くなかつた。皮膚の組織に尋常でないものがあるからなのだらうか。

アイは気にして注意をあたへるのだが、それに対しても牡丹はニインと笑み返すきりで、鏡台にむかひ直らうとするだけの気力もないらしい。美容院でセツトをして来る髪も、半日しかもたなかつた。

下地ッ子のお初ちやんをまぜても四人しかゐないのに、牡丹はさういふ朋輩達とも言葉を交へることがすくなくて、いちにち窓際に寄せて置かれてある鏡台に肱をよせかけたまま、うつらうつらとしてゐる。睡つてゐるのかと思へばさうでも

なく、声をかけられれば静かに瞼をあげるのだが、しまりのない顔にも似合はず、瞳孔の黒々とした、白眼の碧い見てゐる此方がうつとりとさせられるやうな眼であつた。桃代とは反対に顔立も整つてはゐなかつたが、それなりに牡丹は男好きのする容貌のやうである。体格も、見たところは一ばん貧弱さうで、若々しさなどとうに喪つてゐるかとも見られるのに、彼女を一度聘んだ客はかならず二度三度とかよつて来て、待合がほかの芸者で埋め合せをつけようとしても承服しなかつた。自己の生存に執着のうすいところが、客にすべてをあたへてゐるかのやうに見られるからであらうか。花香家の床で寝ることは滅多になく、たまたま家にゐるかと思へば深夜の座敷がかかつて来る数も牡丹が一ばん多かつた。早い時間にはあまり用のない芸者だと言ひ切つてしまつても、恐らく間違ひではあるまい。

「生れて来たところで、どうせろくなことはありやしないんだもの。お父ツつあんの顔も知らないなんて可哀さうなものさ」

都留子の腹に宿つてゐる子供に、期待をかけるどころか、はつきりそんな水を浴びせるやうな言葉を口にしたのは、この牡丹一人である。

都留子の相手の若い医学士は、近くアメリカへ留学に旅立つことになつてゐる。その話は前からあつたものの、一度は立ち消えも同然になつてゐたところ今度のことがあつたために、あらためてそれが再燃した様子であつた。二代目院長の嫁が芸者あがりでは世間が通らない、病院の人気にも支障になる、都留子と生れて来る子供のことを忘れさせるためには一刻も早く旅立たせようといふのが、父院長の肚なのだらう。花香家のかかへ達は、蔭でそんなふうに噂し合つた。

「アメリカへ行けば、小さいねえさんのことが忘れられちやふのかしら。自殺までしようとした人でも、そんなものなのかなア」

菊千代の言葉だけを聞いてゐると、アメリカの魅力に驚いてゐるやうな錯覚が生じさうであつた。

「いくらお父ツつあんが別れろつて命令をしても、はいはいつて言ふことばかり聞いてゐる手はないぢやないの。好きなら家を飛び出しても一緒になりやいいんだし、アメリカ行きもやめりやいいんだ。男のくせに自烈たい奴だつたらありやしない」

気短かな百合香は、一人で腹を立ててゐた。

「さうなると、横文字で手紙の封筒を書かされるのはあたしの役目かな」

桃代はもう少し英語をやつておくのだつたと、今さら何の甲斐もない愚痴をこぼしてゐる。

けれども牡丹は一人だけそんな話にも混じらずに、相も変らず鏡台へ片肱を突いて、睡つてゐるのかと思へばさうではない。起きてゐるのかと思へば、しかし、やつぱりさうでもないらしい様子でうつらつらとしてゐた。

煙突

昭和29年3月号

山川方夫

やまかわ・まさお
（昭和5年～昭和40年）
慶應義塾幼稚舎から普通部を経て文学部仏文科卒。在学中から「三田文学」に小説を発表。卒業後、「三田文学」を復刊し、多くの新人を発掘した。作家としても大成を期待されながら交通事故にまきこまれ急逝。

戦災で三田の木造校舎を全焼したぼくらの中学校は、終戦後、同じ私学の組織下の小学校に、一時同居することになつた。昭和二十年の十月一日から、それでかつて五反田の家から通つてゐた天現寺の小学校に、ぼくは今度は中学三年生として、疎開先の二宮から通学せねばならなかつた。――だが、仮の寓居にせよ、中学は復活しても、「勉強」はまだそこに帰つてきたわけではなかつた。三年生以上の全員は、こぞつて大井町の罹災工場の後始末に従事せねばならなかつた。病弱のぼくは学校に残され、四五人の同僚とともに、毎日、玄関脇の小部屋でポツンと無為の時間を過すのである。だいたい、ぼくの中耳炎は全癒してゐたのだ。勝利のために、といふ錦の御旗が、握りしめてゐた手からスッポリと引つこ抜かれて、ガッチリ両手で握つてゐたものの正体が透明な空白であることに否応なく気附かされたぼくは、いまさら健康を害してもバカバカしいといふしらけた気持から、「居残れ」、と言ふ教師の命令に無感動に従つたのだが、しかし、この薄暗い小部屋での残留組とのつきあひのはうが、はるかに健康的でなかつたとは、その最初の日のうちにわかつた。

　正面玄関の脇の、便所の隣りのその小部屋には、朝も昼も夕方も、まるつきり日が当らなかつた。北東に面した唯一の窓の前は、卒業したぼくらの植えた桜やケヤキや椿などが、骨みたいな細い枝を縦横にはつて、陰気なその部屋をいつそう薄暗くしてゐる。そこに顔をそろへた総計五名のうち、ぼくのほかの男は言ひ合はせたやうに相当強度の胸部疾患者ばかしであり、陰気な咳ばかりをつづけてゐた。それも、山口という同学年生をのぞいては、みな髭などを生やして顔にも見覚えがない上級生であり、年長者である。多分かれらはこ二三年動員不参加のための落第をつづけて、今更中学生など恥づかしいが、ただ上級学校へ行く資格のために出席をカセがう、といつた人々であつたのだらう。かれらは皆、おそるべく勤勉であり、おそるべく生真面目であつた。かれらに、それは友だちの無いせいだつたかも知れない。

ぼくは、とにかくその暫く学校を遠ざかつてゐた人たちが見せる、へんに卑屈で、へんに年長者ぶつた、エゴイスティクで点取虫じみた応待がきらひだつた。豪放でユーモラスで融通のきく与太者のアンチャンみたいなのにも感動しないが、落第組はみんな官吏みたいに殷懃無礼でいやであつた。要するにかれらは年下であるぼくらにへんにフランクになれず、ぼくらに接する態度を決めかねてゐたので、その距離の不定さで余計ぼくらを気詰りにし、妙なものにしたのだ。かれらはぼくと山口とだけを「さん」づけで呼び、かれらどうしではいかにもよそよそしく、「……クン」。とつけて呼んだ。『新生』などを仰々しくカヴァをつけて廻覧したり、将棋でそれぞれの頭脳の優秀さを競ひあつたり、（全く、それはゲエムといふ種類のものではなかつた）かれらは性的なことに極端なカマトトや極端な好奇心や、極端な無関心を気取る。――

そのころ、ぼくは「女」に、殊更の少年らしい伝説的なヴェールをかぶせることはなかつた。動員や空襲や疎開などのめまぐるしい現実的な明け暮れを送迎して、自分が何か欲したとき、すぐ、それを直視し実行するという能力と率直さに、ぼくは充分自信を抱いてゐたし、ぼくは自分が、まだ女に特別の関心がないことを信じてゐたから、そのやうな一種の羞恥にはまるで縁がなかつた。……率直さは、ぼくの混乱した社会のなかで獲得せざるを得なかつた倫理だつた。

部屋には、きつとさまざまな病季の黴菌がみちてゐただらう。だが、色の蒼白い、まるで仕事みたいにいつも咳きこんでばかりゐるそんな同僚のなかで、老人のやうにぼくも背をまるめて、一日ぢゆう手当り次第の活字を繰返し舐めるやうに読んだり眺めたり、また飛行機の絵をイタズラ書きしたりして日を送つた。そのほかには時間のツブしやうもなかつた。ただ一人の級は別だが同学年生の山口を、だからぼくは話相手にしようと思つた。

山口は、顔が小さく、背と四肢ばかりがチグハグにヒョロヒョロとのびて、少年期から青年期への、あの不安定でヒレのつかない成長の過程にゐた。それはたぶんぼくも同じだつた。だが、彼は神経質で、無口で、可愛い顔のくせして、おそろしく不愛想なのであつた。……ある日、ぼくが便所で用を足してゐると、重い跫音がきこえて、彼が冷たい風のやうにはいつてきた。チャンスだ。ぼくは思つた。

「――この便器、児童用だな。……やはりこんなものにでも小ささをかんじるほどでかくなつたんだな、ぼくら」

下心のせいで、親しげにぼくは言ふと、わざと破顔一笑といふかんじで笑つた。……だが彼は、表情を動かさず、答へようともしない。

「……皆、……どうも陰気な連中でね。……ときどき、ぼくは議論でもして、舌をペラペラと軽快に全廻転させてやりたく思ふよ。はは」

下の方から、黄ッぽい小水の湯気につつまれながら、でも彼の表情は微動だにしない。ぼくは半分呆れながら、だがボタンをはめながらウロウロとそこを離れたくなかつた。

「君はでも、さう思はないかい?」

そのとき、ガツンと顎を突き上げるやうな、此上なく突慳貪な彼の答へがきた。

「——思はないね」。彼は軽蔑したやうに横目でチラッとぼくを見て、フン、と鼻を鳴らした。そして戦闘的に右肩をそびやかすと、そのままぼくに目もくれず、さつさとそこを出て行つてしまつた。……ぼくの甘い下心は死んだ。

ぼくはそのときのやりとりに、まるで自分自身の愚かしい不安定さを相手にしたみたいな、ある不快な憤慨をおぼえて、もう二度と彼と口をききたいとはおもはなかつた。——気の合ふ友達を居残り組に勧誘しなかつたことをぼくは悔んだが、最早すべては後のマツリだつた。休むことは落第することでしかなかつたのだ。

白堊の殿堂、とさへ呼ばれた天現寺の鉄筋コンクリートの校舎は、完成してまだ十年にみたなかつた。戦争まへまで、それは東洋一の設備と瀟洒たる美観を誇るものだと言はれてゐた。だが、対空擬装とやらで、所々——といつてもその半分以上を、純白のコンクリートの上に容赦なく黒いコールタールを塗られてしまつたので、白黒に幾何学的に染め分けられたその風体は、今ははなはだ異様なものであつた。奇怪ともみつともないとも言ひやうのない、惨めでナサケない姿であつた。中央部から屹立する高さ二十メートルの煙突も、半分までを真黒に塗られてゐた。かつてそれはスチームの黒煙を濛々と吐きながら、白いキリンの首のやうに優美なすがたで、周囲を見下ろしつつ大空に鮮やかな姿勢で直立してゐたのだつた。

茹でたジャガ芋二つの朝飯を嚥みこんで家を出ると、ぼくは六時二十九分の汽車で上京して、品川から四谷塩町行の都電にのる。そしていつも古川橋から渋谷川に沿つて光林寺ちかく、冬の白じらとした寒空のなかに、今は空のしみほどの煙も出さない薄汚ない煙突をながめ、急激な空腹感といつしよに、寒風に皮膚をさらしてゐる煙突のやうな孤立した冷えびえとした気持ちが、さらに暗澹たるものになつて行くのをかんじる。……毎日の、その四角い白黒の壁のなかでの生活は、まさにその校舎の外観にふさはしく、陰鬱で暗くてみみつちい、憂鬱でみすぼらしいそこの囚人じみたものであつた。囚人——さう言へばその汚ならしく四角い白黒の校舎は、なにか刑務所じみた不明朗な陰惨さもたたへてゐた。

さうして、そんな囚人のやうな寒ざむとした毎日をつみかさねてゐるうち、いつのまにか、ぼくにもちやうど同僚と同じ病人としての感覚が生れてきて、ひどく内省的で悲観的な、孤独な重症患者になつたやうな気分までが伝染《うつ》つてきた。――病人どもには（ぼくを含んで）おしなべて活気がなく、工場行きの同級生たちの、おそらくはサボつたり、喧嘩したり、映画を見たりダンスを習つたりするその余剰なエネルギイを、ぼくはふと、別世界のもののやうに遥かなものと感じる。そして思ひ出すたびに、まるで飾窓越しの一皿料理のやうに、それに手のとどかぬ焦燥と嗜慾とをかんじる。……無気力でつねにそれぞれの沈黙のなかにとぢこもつた残留組のなかで、同じやうな沈黙の日常をくりかへしながら、ぼくはいつもさういつた抽象的な空腹感と現実のそれとを、ほとんど交互に味はひつづけてゐた。……さうして、ぼくは時々こんなことを思ふやうになつた。何故こんなにまでして通学せねばならないのか。このやうな日常の存在する理由は、要するに「大学出」になることでしかない。ぼくはそれからの生活をいつたいどうして行く心算なのか。――腕に職のない「大学出」の悲劇を、疎開先での生活のうちに、数かぎりなく見聞したせいもあつた。一年まへに父を亡くした個人的な家計の事情もあつた。ぼくには漸く、経済的にも多大の出血を要求するぼくの、相模湾椽の海岸中央部に位置する漁師町からの、毎日往復五時間弱を要する通学に、そしてそんなぼくが、日々空ッぽの貨物列車みたいな無内容で義務的な往復をしかくりかへしてゐないことに、はじめてある不安と疑念とが萌しはじめたのだ。それはぼくが、残留組の病人と同様、無内容なくりかへしをしか生きてはゐず、そしてそのくりかへしが、すでにぼくに無内容としか思へなくなつたことの証拠だつた。

だが、だからといつて学校に行かないわけには行かなかつた。よろこびも、生甲斐もないまま、ぼくには無意味なその毎日の行為を繰返すことのほかに、なんの出来ることもなかつた。……休むにせよ、止めるにせよ、ぼくには通学に替へうる秩序の目安がなかつたのだ。新しい生甲斐のある秩序をつくることに、ぼくは懶惰であり、かつ不信だつた。だからぼくの日常は毎週つづけられた。他の生き方の手掛りを想像することもできぬぼくを、ぼくはその外に扱ふ術を知らなかつた。ぼくはいつか、まさに他の同僚たちと選ぶところのない、陰湿なカビのやうな一員でしかないぼくに気づいた。

ぼくは残留組の病人たちから、あらゆる意味でぼくを隔離しようと思ひ立つた。――これ以上かれらに影響されたくなかつたし、とにかくかれらと違つたぼくを守りつつ育てようと思つたのだ。ぼくはかれらへの関心をぼくに拒否するため、できるだけ建設的な何かに、ぼくを集注させようとはかつた。……いくばくかの古本をもとでに、ぼくは毎日曜日、二宮の貸本屋に行つて七冊づつ本を借りた。一日一冊が、ぼくの日課だつた。ぼくは自分にそれを強制した。――それは、ぼく自身でのぼくの生活の規定であり、生活の秩序でもあつた。

生活の充実感を失くしてゐたぼくに、それは、一応、自家製で自己専用の充実をあたへることになつた。……ともあれ、同僚のなかで自慰的に消極的な孤独をかんじるより、ぼくは生きることの充実感をぼくに回復したい願望から、あへて積極的にかれらから孤立することを選んだのだ。だが、それは案外、生きることの充実感を喪失した影響でしかなかつたのかも知れなかつた。

小学生や低学年生たちの授業時間に、ぼくはだから玄関脇の小部屋から脱け出し、屋上に出て、時々ひとりその平面に特大のマッチ箱のやうな形で突起した出入口の、それもやはり半分から上を黒く塗られてゐる壁に、ボールをぶツつけて遊んだ。校舎は森閑としてゐて、時として屋上にはりめぐらされた金網の向ふに、校庭で体操をしてゐる幾組かの騒音や、軽い叫びや、霞町の方から走つてくる小型の都電の軋んだやうな音響までが、アブクのやうに空ろに浮かび上つてくる。人気のない平坦な白い石の砂漠のやうな静かな屋上に、ボールはポクンと壁にあたつて、ぼくの足もとまで転げてかへつてくる。……同じ音程でくりかへす奇妙な呟きに似たボールのひびきこそが、つまりはぼくの存在を確証する孤独な谺だつた。そして、それは比較的に青空のやうな一途な気分になれる、ぼくの好きな遊びだつた。「汗をかきたい」といふ衝動が起こるたびに、だからぼくはボールを握つてひとり屋上にかけ上つた。

壁には、ちやうどストライクのあたりに、黒いしみがあつた。ぼくはそこを目掛けて、投げる。——えい、打たしちまへ。レフト、バツク。などと呟きつつ、一人でカウントを取り、ぼくはさうして六大学のリーグ戦を挙行したのだ。無意識のうちに手加減をしてしまふのか、どうしても母校の慶応は敗けなかつた。ぼくは熱心に敵方のときも大真面目で投げてゐるので、それが不思議でならなかつたが、それでも相手方をスコンクに抑へたときの気分は、なんとも言へないほど嬉しかつた。

屋上には、たいてい荒い風がひとりで威丈高にかけめぐつてゐたが、閑静でもあつたし、晴れた日には日当りが良かつた。誰一人あらわれない授業時間に、ぼくがそこで過す時間は多くなつた。秘密の、そこはぼくのホーム・グラウンドであり、ぼくはその壁の直角になつた隅に背をもたせて本を読んだり、弁当をたべたりもした。——同僚はたいてい白米のキッチリつまつた豪華な弁当をひろげてゐたが、ぼくのはたいていフスマのパンか、粟飯のパラパラなのを防ぐためにそれをオニギリにした奴であつた。ぼくは我慢して、ひとり、たいてい五時間目の終るころに喰べた。さもないと帰りの汽車の中で目が廻るほど空腹になるのだつた。しかし、ぼくは元気だつた。……その日の分の一冊を読み終へたときなど、ぼくは烈しい速度感をためしてみたい健康へのウヅウヅした気持ちにまけて、ひと一人居ないのを幸ひに、一人で気狂ひのやうに叫びながら、屋上を疾走してまはつたりする。なにか、それでも物足りはしない。全身全霊を打込んで、といふ表現がピツタリするやうな感覚に、たしかに、いつもぼくは渇いてゐた。

　年が変つても、同級生らの動員はいつかう解除されなかつた。自然ぼくは居残りの一員としての毎日をつづけなければならなかつたが、ぼくにはそれはかへつて好都合とも思へた。リーグ戦が、あと三ゲームほど残つてゐたのだ。

　一月の中旬がすぎるころ、あと残された試合はワセダとの決勝戦だけになつた。

　よく晴れた午後であつた。その日いつしよに挙行するはずのリーグ戦の閉幕式の考へに夢中になつて、ぼくが弁当とボールとをもつて階段をかけ上ると、屋上の金網に幽霊のやうな姿勢で両手の指を突込んだまま、広尾方面の焼跡をじつと見下してゐる一人の先客の背が目に入つた。山口であつた。「若き血」の口笛を吹いてゐたことに、ぼくは秘事を暴かれたやうな羞恥を平手打ちのやうにかんじて、口を尖らせて立止つた。

　不愉快ははなはだしかつた。だが、今更階下へおりて、同僚の不健康な口臭や、無気力でしみつたれた笑声や、「年頃」の会話を手つき巧みにコネまはしてゐる暗い物置のやうな詰所で、同じやうなくすんだ仏頂面をならべて黙りこくる気分に、到底もどりたくはなかつた。ぼくはボールをポケツトに捻ぢこみ、再び応援歌の口笛を吹き鳴らしつつ、屋上の中央へと歩みはじめた。

　ぼくと同様、山口も一寸ふりむいただけでぼくを黙殺した。黒い手編みの丸首のセーターが、薄つぺらな学生服の襟からはみ出し、色白な秀才タイプの彼の首を、よけいか細く繊弱に見させてゐた。ゲートルをつけてない彼の宮廷用ふうの細長いズボンの下には、不釣合なほど巨大な、重たさうな赤い豚皮の編上靴がならんでゐた。

　ぼくは山口の向ふをむいた頑なな背に、ある敵愾心をかんじた。彼に目もくれず、ぼくは一人で壁に向つて早慶戦をはじめた。真向から吹きつけてくる青く透きとほつた風にむかつて、怒つたやうに力いつぱいで投げつづけた。……彼を無視する強さを、ぼくは獲得しようとしたのだ。

　山口は何も言はず、さうかと言つて下りて行くでも散歩するでもなく、ただじつと金網越しの下界を眺めつづけてゐる。しかし、ぼくは次第に、その彼の不動の存在を忘れて、早慶戦に熱中しだしてゐた。

　四対零。慶応のリードで三回は終つた。さあ、飯をたべよう。

　振りかへつて、ぼくはぼくの強さの確認と、専心してゐたスポーツに一段落のついた爽快で無心な気分から、ほがらかに山口を見て笑つた。すると、彼は意外にも、偶然ぼくと目を合はしたのを恥ぢるやうに、軽い雲影がうつるやうな、無気力な微笑をうかべた。……彼のそんな笑顔なんて、ぼくには初めての経験であつた。その笑顔には、秘密の頒ち合ひめいたものが、力無くではあつたが、含まれてゐたのだ。――

友人になれる。そんな無邪気な直観が、ぼくを陽気にした。拾つた弁当箱を片手に、ぼくは山口のはうに近寄らうとした。

そのとき、弱々しく視線を落した山口の眼が、ぼくの弁当にふれると、急にそれを滑り抜けて流れた。はッと、はじめてぼくはあることに気づいた。さうだ。彼はいつも昼食をたべてないのだ。——昼休みのはじまる頃になると、彼はいつでもスーツと部屋を出て行つてしまふ。何の気なしにその姿勢を憶えてゐながら、その理由にいままで気づかなかつたぼくは、なんてバカだ。——だが、果していま、彼に弁当を半分すすめたものだらうか？

実を言へば、そのときぼくを躊躇させたものは、外ならぬぼく自身の空腹を想像したことではなかつた。そんなことはぼくの頭に、その瞬間はなかつたのだ。それは、恥づかしいことだが、善いことをするときの、あの後ろめたさだつた。つづいて、ぼくに弁当を渡すために昼食を抜いてゐる、母への罪悪がはじまる予感が来た。おそらくこれは習慣になつてしまふだろう……。すると、帰途の汽車の中での、あの痛みに似たセツない空腹、そして空きつて痛みもなにもなくなり、どこにも力の入れやうのない立腹感がからだ全体に漂ひだしたやうな、あのその次の状態が、ぼくによみがへつた。……だが、結局ぼくに弁当を分けることを止させたのは、神経質で孤高でプライドの強い山口が、ぼくの押売りじみた親切に、そのまま虚心に応へつこないといふ惧れだつた。——ぼくは思つた。ぼくは一人で朗らかに弁当を食はう。それはぼくの権利のフランクな主張であり、彼の矜持のフランクな尊敬である。あたりまへのことをするのに、あたりまへの態度でしよう。人間どうしの附合ひのうへには、決して触れてはいけぬ場所にふれることは、むしろ非礼である。……思ひながら、ぼくの足はもう、彼の横にまでぼくを運んできてしまつてゐた。

「……あすこ、日当りがいいな。行かう」

それ以上何も言はずに、ぼくは晴れた冬の日がしづかにキラキラと溜つてゐる、屋上の隅にあるいた。返事はなかつたが、山口はおとなしくぼくにつづいてきた。へんに反抗して、見透かされたくないのだらうか。ぼくは彼の意外な素直さに、さう思つた。

ぼくは黙つてゐた。彼も黙つてゐた。黙つたまま弁当の風呂敷包みを解いたとき、ぼくの腹がク、ルル、と鳴つた。異様な緊張の気が弛んで、ぼくは大声をあげて笑つた。……それがいけなかつた。アルマイトの蓋をめくり、いつものとほり細いイカの丸煮二つと、粟の片手ニギリほどの六つがコソコソと片寄つてゐる内味を見たとき、ぼくの舌は、ごく自然にぼくを裏切つてしまつてゐた。

「良かつたら、食べろよ。半分」

山口は奇妙な微笑に頬をコワバらせて、首を横に振つた。それは、意志的な拒否といふより、首の据はらない赤ン坊が見せるやうな、あの意味もなにもない反射的な重心の移動のやうに、ぼくの目にはうつつた。

「食べなよ。いいんだ」

山口は振幅を心持大きくして、もう一回首を振つた。膠着した微笑は消え、なにかウツケたやうな表情で、目を遠くの空へ放した。……激昂が、ぼくを襲つた。先刻の思慮や後悔の予感も忘れ果てて、恥をかかされたやうに、ぼくの頭と頰に血がのぼつた。

ぼくは繰返し低く、強く言つた。

「ぼくは素直な気持ちで言つてるんだ。お節介なことくらゐ、わかつてる。でも、腹が減つてるんだつたら、駄目だ、食べなきや。……食べなきや……、食べたらいいだろ？ 食べたかつたら」

言葉につまつて、やつとぼくは昂奮から身を離すべきだと気づいた。ぼくは握り飯のひとつをとつて、頰張つて横を向いた。もうどうにでもなれ、とさへ思つた。こんなバカとは、ツキアヒきんない。——そのとき、山口の手が、ごく素直な速さで、弁当箱にのびた。

「——ありがたう」と彼はぼくの目を見ないで言つた。あり得ないことが起つたやうに、ぼくは眸の隅で山口が食べるのをながめてゐた。一口で口に入れて、彼はわざとゆつくりと嚙んでゐるやうであつた。

ある照レ臭サから、相手の目を見たくない気持ちはぼくにもあつた。黙つたまま、ぼくらは交互に弁当箱に手をのばした。当然の権利のやうに、彼はイカの丸煮も、ちやんとひとつツマんだ。……徐々にぼくはかれが傷つけられてゐないことに、またさう振舞つてくれてゐることに、ある安堵と信頼とを抱きはじめた。それは、最後に残つた山口のぶんのひとつに、躊躇なく彼の痩せた手が伸びたのを見届けたとき、ほとんど感謝にまで成長した。——ぼくは彼が狷介なヒネクレた態度を固執せずに、気持ちよくぼくに応へてくれたことが嬉しかつた。

ぼくと山口とは、それからといふもの、毎日屋上を密会の場所と定めて、いつも弁当を半分コするやうになつた。

——ぼくらはどうしてわざ〳〵空ツ風のさむい屋上などを密会所に定めたのだらう。その小学校には、かなりひろい赤土の運動場も、動員で空ツぽになつた教室もあつたし、また、運動場のうしろのくすんだ濃緑の林におほはれた小丘には、秘密の媾曳には好適の場処がいくらでもあつた。そして更にその向ふには、殆どいつも人気のない草茫々のF邸の敷地が、なだらかにつづいてゐたのだ。

しかし、ぼくと山口とは、それから毎日、きまつて午後の授業が始つたとき、別々の階段から屋上でおちあひ、そこで昼食をともにしたのだつた。屋上。——おそらくその最初の偶然の場所をはなれなかつたのは、その下界を見下ろして、自分と同じ高さにはただ空漠たる空しかないといふ位置に、地上の現実をきらふぼくと彼との趣味が、一致したことのせいではないだろうか。——雨の日など、ぼくらは屋上への階段の、てつぺんの一段に足をのせて、階下に向つて並んで腰を下した。ぼくはさうして僅かな食事をわけあふぼくと山口とに、まるで人目を忍ぶ泥棒ネズミどうしのやうな、みすぼらしい友情がつながつてゐるのをかんじる。……すべての人間たちを、自分らの足の下にかんじることが、せめてものその代償なのかもしれなかつた。

しかしぼくは、山口とぼくの関係を、それまでより親しいものにしようとは決して努めなかつた。どちらかといへばぼくはすぐに無我夢中になりやすい人なつつこい甘えんぼで、ザツクバランな話相手は欲しかつたのだが、山口が、食餌を提供されるに引きかへのやうに、そのぼくの態度をとることが避けたかつた。だからぼくと山口とは、毎日弁当を二分するときだけ、それまでと別人のやうな親密な会話をかはしながら、それ以外は全くそれまでの無関心で冷淡な表情で押し通した。それはまた、山口自身も望んでゐたことであつたらしい。他の同僚たちと、ぼくは時々ピンポンなどを附き合つたが、彼は絶対にそんな仲間にも加はらうとはせず、そんな場所に顔を出すこともしない。詰所の陰気な空気のなかで、ぼくと毎日一つ弁当の飯をくふことなど忘れ果てたやうな顔で、そのくせ子供つぽい敏捷な目を鋭く光らせ、いつも仄白く黙りこくつてゐる彼を見ると、ぼくは時々、彼はぼくとの間に無言で協定したお芝居じみた約束を、内心たのしんでゐるのではないかと思つた。彼も無為な日常に退屈して、そんな遊びを必要としてゐるのではないかと思つた。

青カビの色をした表紙の微積分の本に目を落してゐたり、またさも人々がうるささうに新聞で顔をかくして眠つてゐたりしてゐる山口を見ると、ぼくはよく子供ぎらひの年寄りを聯想した。彼の動作にはそんな片意地なエネルギーのない匂ひがした。

彼は歩いて通学してゐた。家は広尾の焼跡のバラツクだと言つた。――屋上での食事のあとでだけ、彼はぼくにそんな自分のことや同級生の話などを、ポツリ〳〵と聞かせた。中耳炎で終戦直前の動員をサボつてゐたぼくに、そのころの話はほとんど未知の領域のことであつた。――山口は、工員の一人に男色を強要されてもゐた。

「しかしね、そんなケダモノみたいなことの好き嫌ひは別としてね、ぼくは戦争中の方が何となくハリがあつたね。――体も丈夫だつたしね」「そりやさうさ。とにかくあの頃はぼくらのすぐ目の前に『死』があつたさ。ぼくらは死に行きつくに決つてゐる残り少ない日を一日一日生きてたさ。けど、それが終戦でなくなつちまつたんだ。生きるために生きるなんて、こりや憧着だよ」

山口は煙草が好きだつたが、ぼくは嫌ひだつた。当時、動員中にその配給を受けたこともあつたぼくたちには、かつての大人を憧れてムリに煙草を吸はねばならぬと思つた子供たちとは違つて、煙草を拒否する大人の権利さへ、同時に配給されてゐたのだつた。だから、ぼくらには大人を軽蔑する資格さへあつた。家からそつと盗んできたといふ手巻き煙草をウマさうにふかしながらの山口とぼくは、毎日のやうにそんな結論を交換しあつてゐたのだつた。――ぼくらは、二人ともまだ満十五歳とすこしだつた。

彼は髪をぼくに一月ほど先んじてのばしはじめてゐた。その粗悪な黒い制服の胸はうすつぺらで、生つ白く小さい顔は、まだどうみても少年のそれであつた。髭になる生毛の最初の兆しさへない、蠟のやうにナメらかな削げた頰に、染めたやうな赤い口唇ばかりが肉づき良く、厚い。そして、睫毛の深い美しい目だけが、まるで人生の裏ばかりを眺め暮してきた大人のそれのやうに、時としてこの上なくイヤラシク光つたりする。……ぼくはとくに彼のこの眸がきらひだつた。あるひはその目の陰険さを意識してゐたのか、山口は決してひとまともに目を合はして喋らうとしないのだつた。

空腹はたへがたいほどになつた。……いくら説得しようとしても、空ききつた胃はいつかな納得はせず、全身に力を供給しようとしない。ちやうど四日にいつぺんの割で、ぼくは目がクラみ、どうにも動く気力さへ出せなくなる。……止むを得ず、ぼくは毎週水曜日か木曜日かの一日は学校を休んで、家で寝てすごした。でも、それでも一日一冊の読書の日課は休まなかつた。岩波文庫の後ろの、あの沢山ならんだ書籍名の上を、読了したしるしのマルで埋めて行くことに、ほとんどぼくは憑かれてゐたと言へる。読書した冊数は、もう七十冊に間近かかつた。

……校庭の裏手へ行くと、南向きのなだらかなスロープが、林の切れ目から二三箇所つづいてゐた。そのうちにときどきぼくはそこへ行つて、枯れた芝の斜面を、横になつてゴロゴロと転り落ちて娯しむのをおぼえた。てつぺんで、ぼくはまず材木のやうに横ざまに硬直して倒れる。そしてからだにハヅミをつけてコロゲ出すと、空がまはる。世界がまはる。そして乾草のやうな匂ひが、粗い土のそれといつしよに、ぼくの鼻のアナにつまつてくる。――それは、力を極度に倹約して、しかも快適な速度感を味はふことのできる、不思議なほど面白い遊びだつた。……ぼくの回転は徐々に急速となり、二三回胆の冷えるやうな夢幻的な思ひが走つて、そしてやがて、力無く、ぼくのからだは死体のやうに停る。――とくに、ぼくはその最後の感覚を好んだ。だから、ぼくはまた斜面をなめるやうにして上つては、横ざまに倒れ、まるで抜伐された材木のやうに、またしてもころげ落ちる。……「野球」をするほどのエネルギイを費ふことのできぬぼくは、よく、飽きるまでそれをつづけては、ヒザ小僧をかかへて、生暖い日射しを正面から浴びながら、放心したやうな時間に入つた。

……

ぼくが山口に、二人でゐるときよりもさらに深い、あたたかい友情をかんじるのは、たいていそんなときであつた。彼はぼくの邪魔をしない。ぼくも彼の邪魔はしない。ぼくは彼が好きだ。彼もきつと、ぼくを好きだ。……さう突拍子もなく、鋭くぼくは思つたりした。自分の空腹をシノんで、毎日ぼくが彼と弁当を半分わけにし、そのときにしか話しあはないぼくらの友情を、ぼくは、だからこそ気楽で貴重なのだ、と思つた。食事どきだけをともにすることは、最大限で最小限の、いや唯一つの、ぼくらの友情の表現であり、その保証であるのだ……。いくら腹が減つても、だからぼくはその習慣を変へたくはなかつた。休んだ日には、山口へといふより、その友情にたいする申訳なさでイッパイであつた。

だが、往復五時間の汽車通学は、決してラクなものではなかつた。……往きはまだ良かつた。巧くすると二宮からでも坐りこむことができたし、また列車の前部に乗つて目を光らせてさへ居れば、平塚でどツと降りる労務者のあとに席をみつけて、そのまま品川まで読書にふけることも可能だつた。だが、帰途はすさまじかつた。定期は品川からだし、乗れないことがあるのを覚悟せねばならない。だからといつて東京駅まで行つて席をとれば、どうしても三列車か四列車は遅れて泣きたいやうなヒモジサがつのつてくる。そして、殺人的な混みやうの上に、横浜をすぎるころからラツシユ・アワーにぶつかり、同じやうなハンガー・コムプレックスに目を血走らせた進駐軍労務者たちが、まるで戦争のやうな勢ひで窓やら連結器やら、凡ゆる車内と車外との連絡口をめがけて雪崩れこんでくるのである。ぼくの帰る汽車は、だから二宮着がたいてい五時半から七時までのどれかとなり、毎日三時すぎに学校を出るくせに、いつまでも一定しないのであつた。

冬の日は暮れるのがはやかつた。山口と学校の前で別れて、ひとりで品川行の都電を待つてゐると、もうぼくの想ふのは夕食のことぐらゐであつた。空腹感を喚るかにあたりは黄昏れはじめ、気早な家々に灯がともりはじめて行く。そんなときのぼくの読書は、ただの気休めみたいなものにすぎない。なか〳〵来ない都電も、来れば満員にきまつてゐる。その中で捧げるやうにして借りた文庫本を読みつづけながら、ほんとに、何故こんなにまでして通学しなければならないのか、いや、生きて行かうとしなければならないのか。生きるといふことはこんなにも面倒でつまらないものなのだらうか。さうときどき、ぼくは心の底から冷えびえとおもつた。すると、氷のやうな風に裸身をさらしてゐるみたいな、そして、その寒さが空洞になつたぼくを内側からムシバんで行くみたいな、鋭い刺すやうな痛みが――いや、そんな痛みに似た無意味なかなしみみたいなものが、全身に煙のやうにただよひだす。ひととき、そしてぼくは生きるといふことを考へるでもなく、ただ娯しげに朗らかに、充実した生活を送つてゐる人々の才能を、ふと、全くぼくの理解を越えたものだと思つたりする。――そして、ぼくはあはてて「日課」の本にかへる。ぼくの欲しいのは熱中であり、充実であり、若い頬つぺたのピンとはりきつたやうな、そんな明朗な健康感なのだ。それ以外のもの――たとへば病弱な悲哀感とか、少女的な空想とか、暗い内視とかに陥いつて行く傾斜を、ぼくは極端に危険におもつてゐた。しぜん内容や種類は問はなかつた。その頃のぼくにとつて、読書は、ただ読むだけのことに意味のある、熱病のやうな充実感への偏執なのであつた。

しかし、帰途はほとんど本は読めなかつた。疲労と、適度の震動と、車内のうす暗さから、毎日のやうにぼくは居睡りをしてしまつた。……たいがい、ぼくの乗るのは、当時一列車に三台位はかならず挿みこまれてゐた、有蓋貨車の代用客車だつた。それは、床に栈があつてカカトの安定が危かつたが、割れたガラス窓から吹込むチヂミ上るやうなスキマ風もなく、暗くても戸を閉ざしたら暖かかつたし、また、たとへ座席の設備がなくても、立つたまま鮨詰めになるため人が沢山つまり、それで必ず乗込めるので、ぼくの愛用してゐた客車だつた。ときに靴の底が床から宙に浮いても、居睡りをしてコツクリしても、周囲にびつしりつまつた人々がいやでもぼくを支へる。人いきれと人間の密集から、寒気も忍びこめない。……一口でいへば、それはぼくにとつて、もつとも安楽な客車なのであつた。

……いつぺんなど、ぼくの外套のポケツトには、婦人用の赤いガマロが入つてゐた。勿論内味はカラであつたが、それを発見したときの不思議な童話的な快感と驚愕とを、ぼくはいまだに忘れることが出来ない。スリの御用ずみのその臓物を秘かに所持してゐることに、ぼくは共犯者のそれのやうな、ある疚しげなスリルと、秘密の悪事に加担する奇怪な歓びとをおぼえたのだ。……だから、ぼくは誰にもそれを知られないやうに、そつと一週間ほどそれをポケツトのなかであたためつづけてから、その感動が空ッぽになつたあくる日、ひとりでコツソリとそれを海へ棄てた。

いくら居睡りをしてゐても、不思議に、ぼくは二宮をいちども乗り越したことはなかつた。ぼくの毎日はそのやうにしてつづいた。

それは、二月も終りにちかい或る朝のことであつた。玄関をまはつて、ぼくがいつもの小部屋のドアをひらくと、年長の同僚の一人が、「やあ。……動員が終るんだつてさ。」とほがらかにぼくに言つた。「来月の一日から、だから皆もこつちへ帰つてくるんだ。」

ぼくは、同僚がにはかに日が射してきたみたいに、揃つて明るくハシヤイでゐるのに、まるで理解できなかつた。……かれらは、多分、動員されてゐた中学生らといつしよに、勉強が、――つまり、具体的に言へば試験制度が、学校にかへつてくることを歓んでゐたのだ。かれらの欠陥は学問にではなく肉体にあつたのだし、それも、学生としてのそれより工員としてのそれであることに、むしろかれらは自負をさへ抱いてゐたのだから。

だが、ぼくには、あたへられてゐたこの気儘な休暇と、そこに或程度架工しおはつてゐた秩序の消滅とに、ひとつも愉快な気分にはなれなかつた。三月の一日といへば、もう五日たらずだ。……ぼくには、それまでの数箇月が、そのとき、友だちのハチの巣をつついたやうな復校により荒々しく開始される、あるガサツで非精神的な騒擾と、ぼくにとつてははだ非衛生な、健康なかれらの生命力の氾濫といふ、煩忙な季節に処するための、不充分な準備期間であつたやうな気さへしてきた。もう、安呑とひとりの時間にひたつては居られない。これからは土方人足のやうな、かれらのめまぐるしい健康といふ暴力のウズ巻のなかで、まるで混雑した都会の十字路で立往生したぼろリヤカーみたいに、ぼくは自分の非力さと劣等を、かれらの活躍に小突きまはされて嘆かねばならない……。ぼくはまるで詰所での最初の一日のやうな、暗澹たる気分のまま、それから誰とも口をきかずに沈鬱な幾時間かをすごすと、思ひついて、久しぶりに硬いゴムの冷たいボールを手にして、ゆつくりと屋上へとのぼつた。

もういちど、リーグ戦でもはじめてやらうか。——ぼくひとりだけの六大学野球リーグを、一人でぼくはつづけてみてやらうか。

——むろん、ぼくはそれがハカない自己偽瞞のための強がりであるくらゐは、充分に承知してゐた。「率直」といふぼくの倫理は、いまやぼくのなかで、サヤを失くした短剣のやうに危険だつた。それはすでにぼくを支へる力ではなく、ぼくの生身を裏側から鋭利な切ッ尖で突つつく。「率直」な「実行」力とは、健康の同義語なのだ……。ふいに、ぼくは思つた。だから、ぼくはやはりホンモノの病人なのだ。最早さういつた「健康」を喪つてしまつたぼくは、復校してくる奴らのひきおこす活動的な混乱、サウザウしいその暴力団的な秩序の横行にいやでも捲きこまれて、きつと奴らのその健康につねにヒケ目をかんじてゐなくてはならないのだ。……ぼくは、そんな毎日が襲来する予感に、窒息死するやうな、あるセッパつまつた圧倒的な恐怖をかんじた。——よし、ではぼくは奴らに、ぼくの読んだ本の名前や内容をヒケラかして、それでぼくを尊敬させ、別物視するやうにしてやらうか。あの日課だつた読書にでも救つてもらはなければ、いつたい何がぼくを救つてくれるといふのだ。生物学や民俗学、美術書や神話や図鑑までの手当り次第の読書の量は、当分かれらを威圧するに足りるだらう。さうだ。ではひとつ、これから毎日二冊づつを日課にしてやらうか。……だが、そんな独白は、じつはぼくの実感から目をそむけた、たとへば海底で吹くカニの泡のやうに、口を出たトタンにふらふらと気球のやうにぼくの手を離れて、やがてポツンと水面に消えて行つてしまふそんな小さな気泡みたいな、ウツロで架空なただの言葉でしかなかつた。突然、ぼくは今、ただの惰性で腕を振り動かし、壁とボールの受け取りつこを無意味に繰返してゐる自分が、まるで屋上の強い風にいいやうにオモチヤにされてゐる頼りない奴ダコみたいな気がしてきた。そして索漠としたガラ空キのぼくの心を、ふいに空洞のやうに風ッ通シよくかんじた。——ぼくはふくらんだ紙風船のやうにカロヤカで、おのれの空虚な充実を抱きつづけてただよふ、ただの一枚の『膜』であつた。

——バカバカしく、ぼくは最早ボールを投げつづけるだけのハリも持てなかつた。ころげてきたボールを拾はうともしないで、ぼくはみじめに気力を喪失して、こそこそとウナダレたままいつも食事をする隅に向つてあるいた。だらしなくションボリした自分を軽蔑して、ぼくにはでも反抗するだけの力もなかつた。

「山川」

じつと屋上の石だたみを眺めながら膝をかかへてゐたぼくに、どれくらゐの時がたつた頃であらうか。不意に、出口からそんな山口の甲高い大声が曲つてきた。無気力に目をあげたぼくの方へ、彼は例の黒い丸首のセーターに、冷たく白い表情をのつけたまま、やつと探し当てたといふ様子で、まつすぐに重たい靴の音をひびかせて歩いてきた。

その顔を見たとたんに、ぼくは、ある共通の感情が彼にも重たくのしかかつてゐるのがわかつた。——ぼくは山口が、ぼくと同じ嫌悪と恐怖とを、未来に、つまり来月一日から開始される新しい生活に、もつてゐるのがわかつた。彼の瞳は思ひつめたやうにぼくを真向から見つめて、冴えたその沈黙の凝視に、はりついたやうな頬の青白い翳りが、ふだんより更に濃く目立つてゐた。

「皆が帰つてくるんだつてな」とぼくは言つた。

「フン。同じことだよ」

「いや。同じことじやないよ。きつと」

「いや。同じことだよ」

ぼくを見下ろしたまま、山口はなぜか傲岸な、不遜な、まるで狂信者のやうな態度で、肩口でハネかへすやうにさう繰返した。

同病者の連帯感を予定してゐたぼくの言葉は、自然、みだれた。

「……さうかな。ずゐぶん違ふと思ふんだがな。ぼく……」

「——フン、ぼくは思はないね。ぼくと君とは同じじやない」

なにかを申込む前にキッパリ拒絶されたやうな、不当に邪慳な返答を受けた気がして、ぼくはポカンと彼を見上げた。眸をぼくの右後方の空に固定させて、まるで屈辱にでも耐へるやうに、唇を固く結んだまま、彼の表情は化石してゐた。

——ぼくには、何故彼がさうムキになるのか、よくわからなかつた。だいいち、さう固執するなら、彼はまづ、今日何用あつて屋上へなどやつて来たのだ。いつもの食事までにはまだ二時間もある。奴は食事どき以外にぼくに逢ひに来たことなどない男じやないか。……色あせた僅かな光を背負つて、頑固に肩肘をイカラせて突立つたままの彼の不動の貧弱な長身を見上げて、突然、ぼくは少年航空兵募集の、あの戦時中のポスターを思ひ出した。全く同じ姿勢の、それは、ケナゲな少年の勇姿だつた。

ぼくは遠慮なく笑つた。……笑ふと、ぼく自身余裕が生れたのか、それとも、それまでなんとなく圧迫感を意識してゐた彼に、ぼくがそしてやつと同等の少年を見出しえたことのせいか、ぼくに明るい元気が恢復してきた。——すつかり気がラクになつて、ぼくは言つた。

「今ごろ、じゃあ君、どうして屋上になんか来たの？」

「……」

山口は無言だつた。だが、ふツとその表情に、動揺とまで行かないにせよ、ある弱々しいものが滑つたのを、ぼくは見のがさなかつた。……山口は、腹がへつてここへ来たのだらうか。いや、これから弁当を二分するぼくらの習慣がなくなるのを心配して、ぼくに会ひに来たのだらうか。

山口のみつめてゐる空の一角に眸をうつしながら、ぼくは腰をのばして立上つた。

「……何にも、かはりやしない。……さうだ、君の言ふとほりだ。心配することはないよ」

「……」

答へは聞けなかつた。ぼくは答へを見た。……呼吸を止めたやうにみるみる山口の頰は紅く染まり、はげしいものが顔に充満してきた。しかし、怒り、といふより、それが羞恥であり、外側にむかつて爆発する何かではなく、内側へのそれであることは明瞭であつた。中空をつよくニランだまま、彼はじつと動かなかつた。

なんだ。やはりさうか。——ぼくに白けた納得が来た。ぼくは気がつかないふりで、そのまま階段の出口の方へ歩きかけた。これ以上、彼と話したくはなかつた。

「……山川」

そのとき、奇妙に晴れた山口の声が、ぼくを呼んだ。

「山川。……二人でこの煙突にのぼつてみないか？」

ぼくの立止つたのは、でも、彼の言葉どほりのことに好奇心を誘はれたせいではなかつた。実際は、その急激に打ちとけてきた態度がめづらしかつたから、態度変更をしたのにすぎなかつた。

振返ると、彼はニコニコしながら、半身をねぢつて右手で煙突を指さしてゐた。

「のぼつてみようよ。煙突に。ね」

「……エントツ？」

だが、山口は本気だつた。突然の思ひつきに占拠されてしまつたやうに、彼は別人のやうな子供ツぽいイチヅな顔になつて、無邪気に指で合図すると、振り向いて何の躊躇もなくスルスルと巧みに金網をのりこえ、煙突の細い鉄梯子を器用にのぼりはじめた。——「わあツ、つめたい！……」彼は梯子にかけた手に白く息を吹き掛けると、首をねぢまげてぼくに笑つた。「うへえ、高いぞ…！」風で彼の黒い上着はまるで巨大なコブのやうに膨み、彼はつづいてさも痛快さうにさう叫んだ。……

そのときぼくのかんじた烈しい願望の正体が何か、それは知らない。とにかく、マストの上の水夫のやうに、颯爽と愉快さうに煙突にとりついてゐる彼を見たとき、ぼくには凍るやうな寒さの高空に、きびしい酷烈な風を受けてサラされてみたい激しい衝動が、突然胸をタワシでこすられたやうに湧いてきたのだ。

「うん。行くぞ」

ほとんど何を考へる余裕もなく、ぼくはフラフラと吸ひ寄せられるやうに金網に駈けより、身軽にそれを越えた。そして、スリルとも戦慄ともつかぬ奇妙な感動の綱わたりのやうに、軽業師の足つきで煙突に移ると、五メートルばかり上を登る山口と声を合はせて笑ひながら、ある快適なリズムにのつて、鉄梯子をのぼりはじめてゐた。……煙突は、屋上への出入口の四角い突起物にくつついて、まつすぐ天にそびえてゐた。ぼくはすぐにその黒く染められた部分をこえ、ヒビのきれたあざとい素肌をむきだしにした白い上半部へとかかつた。そのとき山口はすでに頂上に到着してゐた。

頂上は、直径二メートルほどの広さだつた。不気味に天に突き出したこの黒い洞穴をめぐつて、円周は幅二尺ほどであつた。いつぱいの埃で、ぼくらの掌は、まるでニグロのやうに指の間だけを残して真ツ黒に染つた。……だが、しばらく炊かないためか、煤煙はそれほどでもない。山口とぼくは並んで縁に腰を下ろすと、ブラブラさせた靴のカカトで、煙突の外側を一二度蹴つてみたりもした。

「チエツ、海が見えるかと思つたのに」

「見えないかな」

「チエツ、汚ねえ街だな」

「うん」

奇妙なおそろしさで、ぼくは首をねぢむけて遥か品川の方角を見ることさへ、出来なかつた。真正面の広尾方面しか、だからぼくの目には入らなかつた。調子よくトタンに返事をかへしながら、ぼくの頭のなかにはリンリンと鈴の鳴りつづけてゐるやうな興奮しかなかつた。

「面白くない風景だね。まつたく」

しばらくの沈黙のあと、山口が言つた。それはふだんの陰気な声音だつた。ふと、ぼくも後頭部に冷たさをおぼえた。――案外、その陶酔のサメた速度の差は、彼とぼくの五メートルの差であつたかもしれない。ちやうどそれくらひのチガヒで、ぼくの朗らかで律動的な興奮もそして消滅したのだから……。

煙突のてつぺん。――さつきの希望の頂点であつたそこは、目指してゐた幸福の存在した位置から、今は味気ない充足の終点といふ位置にかはつてゐた。寒風は、音を立てて耳たぶをカスメてゐた。どこにもやりやうのない両手を腕組みにすると、白ツぽい冬の靄につつまれた眼界いつぱいのバラックや安建築や焼跡の、なにか寒々とした荒涼たる景色を眺めわたしながら、ぼくは、何故ぼくがこんな危険な高みにまで這ひあがつたかを、今更のやうに疑問に思つた。そして、まるで自分がはるかな冬空の一部に化してしまつたやうな、下界を見おろしてゐる爽快な気分が、落ちるのではないかといふ本能的な恐怖心といつしよに、ぼくにつづいてゐた。いや、ことによると、ぼくのなかで生きてゐたのは、その二つだけだつたかも知れない。ぼくは、その地上と別世界にゐる凛烈な感覚を、忘れてゐた宝石がよみがへつたやうに、鋭いヒカリの矢のやうに胸にかんじてゐた。これは、戦時中の経験にあつたやうな、あの死と隣りあはせになつたときの生の緊張感ではないのだらうか。死を目の前にしたときの、あの生の充実感ではないのだらうか。……とにかく、それは生きてゐることの実感には違ひなかつた。

「寒いな」

「うん、寒いな」

こたへて、やつとぼくは山口に眸を向けた。山口は、寒さで、鼻を少し赤くしてゐた。

「……なんて魅力がないんだ、地上は」

地上。――抽象的なそんな言葉での会話が、ごく自然な位置だといふ発見に、ぼくは有頂天になつた。地上は、苔ムシたやうな煤けた緑の斑点を、校舎の裏の赤土のうへにひろげて、ところどころ窪地の影をうかべながら、眼下から渋谷川の方に裸の空地をつづけてゐた。

「全くだ。ぼくはあんな地上を軽蔑する」

「ふん。……とび下りてやらうか」

「とび下りるほどの執着は、ぼくはこの下界にはかんじないね」

「……生きてゐたいか、君」

「うん……さうでもないがな。……」

言つて、はじめてぼくは、何気ないぼくらのこの冷静な会話が、重大な意味を含んでゐることに気づいた。――ぼくは質問した。

「……君、とび下りるの？」

「……とび下りるんだつたら、どうする？」

「編輯後記」より

本号には三篇の戯曲を収めた。「なよたけ」の作者加藤道夫氏は義塾文学部英文科出身の新人である。作者は「なよたけ」を書上た後、その草稿を親友A君に託して、南方に軍属として去つた。戦争中、「なよたけ」の草稿は具眼の士の間に回覧され、その価値を充分に認められた。しかし作者自身は、尚推敲を重ねて後に発表する意向であつたと聞くが、彼は、今も、まだ、彼地に居る。この儘の形で公にする所以である。しかも「なよたけ」は三百枚近い大作であるので、止むを得ず分載の余儀なきにいたつた。宇野信夫氏の「沈丁花」は東京劇場四月興行猿之助一座によつて脚光を浴びた。田中千禾夫氏の「ぽーぶる・きくた」は寡作家の作者が久しぶりに、実に久しぶりに寄せた作品である。

〈昭和二十一年四・五月合併号、太田咲太郎〉

とび下りるつもりなんだ、山口は。とぼくはトッサにかんじた。ぼくは困惑した。

「……仕方ないだろう。ぼくはどうもしないよ」

やがて、ぼくは真面目にさう答へた。そのとき山口は、ぼくにとつて、牛肉屋の店先に吊された赤い肉塊のやうな、ぼくにどうすることもできない「他人」といふ物質的な存在でしかなかつた。死んだり生きたりは彼の自由なので、ぼくの関係することではない。ぼくが全ての能力をあげても、結局山口といふ他人は、それが他人である以上、どうすることもできない。彼を好きだとしても、それは要するにぼくの勝手でしかないのだから。

「とび下りるのなら、とび下りたつて、いいんだよ」

真面目に、ぼくはもう一度、さう山口に言つた。山口は微笑してゐた。その微笑は、すでにぼくの手のトドくものではなかつた。……仕方がない。彼が彼の理由でとび下りるのなら、ぼくにそれをとめる資格も能力もない。まして、いくらとび下りさせろと彼がいつても、ぼくに彼を突き落してやるやうなことはできない。……からだの引き緊まるやうな感覚とともに、ぼくは思つた。孤独とは、つまりは誰も手を下して殺してくれやしないことの認識なのではないか。人間どうし、他人の手で、それは、どうすることもできない。……そして、ぼくはぼくの孤独だけを感じた。

――ぼくらは、そのまま三十分ばかりそこを動かなかつた。凍えた手で鉄の梯子をつかむと、手は氷をヂカにつかむやうに痛んだ。……そして、屋上にかへつたぼくらは、おたがひに無言のまま、言合はせたやうに首を曲げて、いま下りてきたばかりの煙突を仰いだ。煙突は、白黒に塗り分けられた姿のまま、不透明に白濁した冬の寒空のなかに、いつものとほりただ茫洋と無感動にそびえてゐた。それが低い雲の動きを背景に泳いで、一瞬、軍艦の司令塔のやうに、ぼくらとともに、どこかへ進んでゐるやうな気がした。ぼくは、そこに吹きまくつてゐる冷酷な冬の風を、ありありと肌にかんじた。……だが、そのとき、たぶんぼくと山口とには、自殺未遂者の敗北感も、下界をはなれて鮮烈な生命を実感したといふ、あの感動の記憶もなかつた。ぼくらには、それ〳〵勝手なスポーツを真面目に実行したあとの、あの疲労だけがあつた。

ぼくは、しばらくのあひだ、どんよりと曇つた冬の空の、いちめんに死んだ魚の目玉の白さを剝き出してゐる、天の向ふをながめてゐた。低く垂れた雲のかなたに、かすかにB29らしい爆音がひとつ聴かれた。――やがて気付いたとき、山口の姿はもう屋上にはなかつた。ぼくはひとりだつた。風が急につめたかつた。おそろしいやうな、或るヒリヒリする痛みとも哀しみともつかぬ感傷的な寒さを、ぼくは風にもてあそばれてゐる頬のあたりにかんじた。そしてふらふらと落ちてゐたボールを拾ふと、いつもの壁にむかつて突然、わざと晴れやかな大声で、ぼくは、「プレイ・ボオル!」。と叫んだ。

昭和29年11月号

アデンまで

遠藤　周作

えんどう・しゅうさく
（大正12年〜平成8年）
慶應義塾大学仏文科卒。卒業後カトリック留学生として渡仏。帰国後「アデンまで」を発表。その翌年発表した「白い人」で第三三回芥川賞を受賞。「三田文学」編集長、三田文学会理事長を歴任。『沈黙』『海と毒薬』ほか。

あした、俺がヨーロッパを去るという日、女はマルセイユまで送つてきた。

二人が泊つたのは埠頭の前の小さな旅籠屋である。黄昏だつた。部屋の窓に額をあてて見おろすと、夕陽に照らされた岸壁には中国のジャンクに似た茶褐色の小舟が無数に群り、俺には解せぬ言葉で船頭たちがわめき叫んでいた。

「あれは何かね。」

「牡蠣や海草を売る舟よ。」女はそう答えて掌を顳顬《こめかみ》にあてたまゝ、ベッドの上に崩れ落ちた。窓から流れこむ西日が容赦なく女の顔を照らしつけている。

「牡蠣をたべに行こうか。」と俺は云つたが女は化石のようにみじろがない。

夜がきた。あさがた、あけ離した窓から塩をふくんだ白いつめたい風が目を覚まさせた。埠頭はまだ、しづかである。黎明《しののめ》の微光のなかでジャンクの帆先だけが灰色の細い翳をつくつてこまかく震えている。女をみると、眼を大きく、うつろにひらいた儘、天井を眺めていた。頬には泪が光つている。

「夜があける。夜があけるのだナ。」と俺は考えた。

船は十時半に発つことになつている。九時に鞄を整え、勘定を支払うと、もうすることはない。俺たちは、黙つたまゝむかい合つていた。隣の部屋では客がかけているらしいラジオの唄が聞えつづけていた。

　あさが来ると
お前は、出ていつた

太陽は街を照したが……

戸口のところで彼女の手を握つた。その手は白く、乾いている。俺がこの国で握る最後の掌だつた。

「これから、どうする。」と俺は云つた。

「どうだつて」女の顔はゆがみ、烈しく震えた。「どうだつて生きていくわよ。」

十時半、少し前にD桟橋に行つてみると、船は既に横づけになつていた。三、四千トンの老朽貨物船である。船体の黒いペンキは皮膚病のように所々、剝げていたし、そのほかの白い部分も、錆で赤茶けている。

船尾の方にまわるとマドレーヌと書いた船名の下の穴から黄色の吐瀉物のような液体がたえず、海中に吐きだされている。

デッキでは、さかんにクレーンを使つて荷積みをしていた。汗でギラ〳〵に光つた男たちが「アンバ」とか「アレテ」とか叫びながら働いている。俺は自分の切符をその一人にみせて四等船室はどこかと聞いた。

「甲板の下だろ。」と彼は云つた。「荷下げをしている船艙だよ。」

その甲板に上つてみると、既に積みこまれた木箱が、そこら一面にころがされていた。どの木箱もアデンと白墨でしるしてある。エンジンの試運転をしているのだろう、にぶい微動が脚もとから伝わつてくる。

4ème classeとかいた標識の下に、鉄製の階段がほとんど垂直におりている。真暗だ。そこにも、先ほどと同じように木箱が壁ぎわに添つて、ウヅ高く積まれている。

太つた黒人《ネグレス》の女が一人、その荷の下で、顔に右腕をかぶせて、横たわつていた。

「四等は、こゝだろ。」と俺はきいたが黒人女は返事もしない。その、日本のアッパッパ風の布袋に包まれた熱つぽい肉体からできるだけ遠くに、しかし彼女と同じように床にトランクを置いて、俺も横になつた。

ひどく暗い。のみならず耐えがたいほど、暑い。片側の船壁にとりつけた三つの円窓を通して天井に、波の影がいつまでもゆれている。その窓から灰色の倉庫がのぞいている。

船艙の天井鉄板を剝がして船員が二人猿のような顔をのぞかせた。

「おい。お前さんたち、向うへ行つてくれ。荷をおろすんだぜ。」

「そつと、しといてやりな。黒いオバさんは病気なんだ。」と別の男が云つた。

「病気！　病気なら、なぜ、船にのるんだ。え、なぜ、のるんだ。」

「知らねえな。聖母さまに聞いてみな。」

荷上げがひどく遅れたため、船がマルセイユを離れたのは夜である。黄昏に船員が来て食事を受け取りにこいと云つた。エンジン室の隣の炊事場に行くと大きなバケツの中に白い液体を入れたものと、二、三片の乾いたパンを寄こした。俺はそれを船艙に運んで、木箱の下によこたわっている黒人女の前にならべた。「食うか。」とたづねたが彼女は右腕の下で顔をこするようにして、かすかに首をふつただけである。その体はひどく熱くさかつた。

船が動きだした時、ひとり甲板に出てみた。空は既に蒼みがかつてはいたが、まだ西の方にはそこだけ金色に笹ぶちどられた雲がある。雲の割目からは大きな光の束が、遠い、黝い海にふりそそいでいる。けれども、マルセイユの街はもう、赤や青の灯々に夕靄のなかにうるんでいた。俺が最後にみるヨーロッパの風景だつた。そしてこの無数の灯、無数の生にまじつて、あの女も、どこかにいるに違いなかつた。

船が南西にすゝむにつれ、海は次第に暗黒色を帯び、波もざわめいてくる。俺は木箱に靠れながら円窓の硝子に上下したり斜めにかしいだりする白い海面をジッと凝視めている。海の色は時にはいつまでも蒼く冷い。時には、みどり色に、亜麻色に変る。波のうねりが横から来る時は、船は乾いた、単調なリズムをたてて軋む。

黒人の女は横になつたきりだ。船酔がくるしいらしい。船酔には手をつけるすべもないから、俺は食事を運んでやるだけで、言葉をかけない。

船にのつてから俺は思考力をほとんど失つたみたいだ。とぎれ、とぎれに、ふるいこと、巴里のこと、巴里の裏路の一角や、よく休んだサン・スルピスの公園の風景、夕暮の地下鉄の中の湿つたペンキの臭いなどが甦るが、それを繋ぎとめる力もない。(もうヨーロッパを離れたのだ。)と俺は考える。すると、長かつた入院のこと、あの病室、病室の窓においてあつた銭葵の、塵だらけになつた鉢のことが思いだされる。

女と出会つたのは、胸の病が軽くなつて、その病院をでてからである。もう大学に行く気にもなれない。前の下宿では俺の病気をイヤがつて、出て行けよがしにした。森《ボア》に近い、オウトイユに亭主を失つたロシヤ人の婆さんが部屋を貸していると友だちにきいた。女に知り会つたのは、この下宿に住んだ時である。

女は俺の部屋の隣に住んでいた。父親は田舎に閑居した退役軍人である。巴里には親類も身寄りもない。彼女はひるまは大学に通い、夜は家庭教師をしたり、子守りに出かけたりして金をかせいでいた。

下宿人は俺と彼女だけであつたから暇の時には遊びに来る。

「ニホンて綺麗でしようね。あたしお金があつたら印度や日本に旅行してみたいナ。」

部屋にちらかつてる日本製の花瓶や人形などをいぢくりながら、彼女は好んでフジヤマやサクラで彩られた国を想像した。ロチイを愛する年頃には侵略国家や軍国主義の日本は念頭にうかばぬ。俺としても女のそうした日本の幻影の上に逃れる方が安全であり楽でもあつた。卑怯にも俺は日曜など、ギメ美術館に彼女をつれて朝鮮やシナの陶器や仏像を念入りに説明してその幻影を砕くまいと試みた。

もとより時としてこの幻影を崩す事件もないではない。大学の友人たちが女の部屋に遊びに来てヒソヒソと取りかわす話声が隣室にねている俺の耳にきこえることがあつた。

「しかしニホン人は兇暴だな。南京で何千といふシナ人を殺したと、雑誌でよんだことあつたぜ。」

男の学生たちが俺のもつとも痛い傷口にふれる時、女が懸命になつて弁解する身ぶりが壁ごしに俺には手にとるようにわかつた。

「ぢや仏蘭西はなにをしたというのよ。北阿仏利加であたしたちが黒人を殺さなかつたというの。あたしたちにはチバを裁く権利はないわ。人間はみな同じよ。」

「兎に角、東洋人は気味がわるいよ。」男子学生は女の剣幕に押されて、力ない声で答える、「あいつ等、なに考えているのか、わからないからな。」

「人種はみな同じよ。」女学生はイライラして叫ぶ。「黒人だつて黄人だつて白人だつてみな同じよ。」

そうだ。人種はみな同じだ。そのうち女が俺に惚れ、俺がその愛を拒まなかつたのもこの、人種はみな同じだといふ幻影があつたからである。女の肉体が白く、俺の肌が黄いろいと云うことはその愛情には毛頭も計量されなかつた、だが、俺と女とがはじめて、唇を合したのはマビョンにおどりに行つた帰りの夜みちだつたが、その時、塀に倒れ、眼をとじた彼女に俺は思わず、こう叫んだのだつた。

「いゝのか、本当に俺でいゝのか。」

「黙つて。だいてほしいの。」

人種がみな同じであるならば、なぜ、その時、俺はこのようなみじめな呻きを洩したのだらう。愛情が人種や国境を越えるものならば、つかの間でもあれ、自信をもつても良かつた筈である。その時、俺はこの呻きの内側にひそむある真実を本能的に直視しまいとした。こわかつたからだ。しかし、それを直視せねばならぬ日が、それから二ヶ月もしないうちにやつてきた。それは二人して巴里からリヨンに旅行を試みた今年の冬のことだ。俺たちが、はじめて肌と肌とを、見せあつた夜のことである。

マクロニシ島は既に水平線のむこうに影を消していく。ながい間、船尾を追うていた海鳥も翼をかえして戻り去る。これで遂にヨーロッパは終るのだ。これからは阿仏利加と東洋との境《はざま》がはじまる。俺は先程のギリシャの島の峰々に僅かに残つていた白い雪を覚えている。

あの日も雪が降つていた。巴里を発つた時から雪が降つていた。リヨンのペラッシュ駅前のわびしいホテルの窓から、俺たちは灰色に曇つた空や、その空の中で寒そうに震えている教会の尖塔や、夕靄に蒼白く溶けた街の屋根、屋根をジッと眺めていた。

「あたし、小学生の時、リヨンに住んだことあるのよ。」

ひえた窓硝子に頬をあて、眼をつむりながら女は昔を思いだして、クックッと笑つた。俺たちは駅前の小さな、暗い店で買つたパンやフロマージュをその部屋のなかでわけてたべた。それから雪に足をぬらして、裏町のさむざむとした映画館でフェルナンデルの古い喜劇を見て帰つてきた。

もう寝るより仕方はない。たがいにそのことは触れるのは避けたが、その夜が必ず訪れることは巴里を発つ前から二人にはわかつていた。

部屋には花模様のカバーをかけた大きなベッドと鏡のついたアルモワールとがあつた。俺はベッドのふちに腰をかけ、その鏡にうつる自分の疲れた顔をながめていた。女は屏風のうしろで、ひそかに下着をはづしおとしている。それは本当に砂のこぼれるような乾いた音だつた。「むこう向いてて。灯を消してね。」女はかすれた小さな溜息をした。「見ちゃイヤよ。」だが、彼女は灯も消さず、眼もそらさなかつた俺の方に両手を差し伸べて、くるしそうな顔をして進んできた。

息をつめて、二人はながいこと抱きあつていた。その時ほど金髪がうつくしいと思つたことはない。汚点《しみ》一つない真白な全裸に金髪がその肩の窪みから滑りながれている。女は戸の方に俺はカーテンをしめた窓の方に顔をむけている。灯はつけたまゝであつたから二人の裸はそのまゝ、アルモワールの鏡にうつつた。

最初、俺は、鏡の映像が本当に俺の体とは思えなかつた。病気こそすれ俺は日本人としては均整のとれた裸体をもつていた。背も毛唐なみに高いが、胸幅、四肢とも恥しくない肉がついている。肉体の形からいえば、俺は白人の女をだいて不調和な姿態をとる筈はなかつた。

だが、鏡にうつつたのは、それとは別のものであつた。部屋の灯に真白に光つた女の肩や乳房の輝きの横で、俺の肉体は生気のない、暗黄色をおびて沈んでいた。胸から腹にかけては、さほどでもなかつたが、首のあたりから、この黄濁した色はますます鈍い光沢をふくんでいた。そして女と俺との体がもつれ合う二つの色には一片の美、一つの調和もなかつた。むしろ、それは醜悪だつた。俺はそこに真白な葩にしがみついた黄土色の地虫を連想した。その色自体も胆汁やその他の人間の分泌物を思いうかばせた。手で顔も体も覆いたかつた。卑怯にも俺はその時、部屋の灯を消して闇のなかに自分の肉体を失おうとした……

出発以来、黒人女はあおむけに横たわつたまゝである。右手を顔にあてて死んだように身じろがぬ。船艙の壁を走る素早しこい油虫の群が、彼女の棒のような二本の足や足指の上を駆けずりまわつている。俺がその都度、運んでやつた食事も殆ど手をつけずカサカサのまゝ椀の底に残つている。

今日、食事をとりに行つた時、船員に彼女が病気であることを告げた。

「俺の知つたことじやねえ《チュ・セ・サ・ヌ・ム・リュギャールド・パ》。」と彼は答えた。「兎に角俺の知つたことではねえらしいよ。」

船艙に寝ころがつている時、俺は眼の前の熱くさい、この黒褐色の肉体を凝視めている。その肉体は一個の物体である。俺は真からその肌の色が醜いと思う。黒色は醜い。そして黄濁した色はさらに憐れである。俺もこの黒人女もその醜い人種に永遠に属しているのだ。俺にはなぜ、白人の肌だけが美の標準になつたのか、その経緯は知らぬ。なぜ今日まで彫刻や絵画に描かれた人間美の基本が、すべてギリシャ人の白い肉体から生れ、それをまもりつゞけたのかも知らぬ。だが、確かなこと、それは如何に口惜しくても、肉体といふ点では永久に俺や黒人は、白い皮膚をもつた人間たちのまえでミジめさ、劣等感を忘れることはできぬという点だ。

　雪の夜の翌日は晴であつた。女は俺をつれて街にでた。陽の光は、ふかぶかと積つた雪に眩しいほど照りはえている。あかるい笑声、久しぶりでみる青空によろこばしげな叫び声が街のどこからも溢れていた。若い男女たちは路でスキーの道具を弄びキャフエの卓子から、給仕人たちが雪を払い落している。

　その雪のあかるさの中で俺には昨夜から急に女が俺に心をあずけてきたのが、目にみえるようにわかつた。歩きながらも、うれしげに金髪の頭をかしげ、みどり色の鸚鵡のような眼で俺の眼をのぞきこみ、愛情をたしかめでもするように、握り合つた掌にときどき鋭い爪をあてる。そうした白人の女らしい愛情の表現も今日の俺にはなぜか応じられなかつた。心の底になにか黝い痼りがある。その痼りが今の俺に女の愛撫を素直に受けとらせない。むしろ、それはシツこく、いとわしかつた。愛慾というものは両者の自尊心が平衡を保つか、あるいは一方が主人であり他方が奴隷でなければならぬ。俺の肌が女のそれより醜いとわかつた今朝、昨日まで無意識に、イヤおそらく無知のために支えていた俺と女との平衡は昨夜来崩れおちていた。俺は劣者の立場にたゝされているという気持を拭うことができなかつた。

「手を離さないでよ。あたしの手を握るの、イヤなの。」

「イヤぢやないさ。」俺は顔をそむけて、不安な女の表情に答えた。「みてるぢやないか。人が。」

「みたつていゝぢやないの。ごらんなさいよ。皆、あゝして、やつているのだもの。」

(俺たちは違う)と云いかけて俺は黙つた。どうして、この女に説明することができよう。白人の女はかたときも愛情の証明をもとめずにはいられぬ。すべての白人たちが証明をもとめるように白人の女たちを愛するためには誓いや表現の労力がたえず必要なのだつた。

「俺は休みたいんだ。」と小声で俺は呟いた。「疲れたよ。」

「熱がでたんぢやないでしようね。」女は小首をかしげた。「いゝことよ。すぐ、そこにあたしの幼友達の家があるわ。そこに行きましようよ。」

　あつい珈琲とラムネを飲めば元気がでるに違いないと彼女は云つた。どうでもよかつた。前の煙草屋のショーウインドウに俺の顔が昨夜のアルモワールの鏡のなかと同じように映つている。彫《ほり》も深味も、影と光との対比もない顔であつた。それはたしかに黄色人の、もつとも黄色人的な顔にちがいなかつた。今日から――もし、この女を愛し続けるならば――俺はこの曖昧な、鈍く衰弱した光沢をおびている顔をいつまでも背おつて生きていかねばならなかつた。

晴れていた空がまた翳りだす。俺は女のあとを歩きだした。友だちのアパートはすぐ、そこだつた。

ひる間だというのにジャズの音、乱れた足音がドアの奥からきこえてくる。パーティをやつているらしかつた。呼鈴を押すと一瞬、物音がやみ、誰かが大声で叫ぶ声がする。手入れのゆきとゞいた口髭をはやした青年がながい巻煙草のパイプをはさんであらわれた。

「マギイ？　マギイぢやないか。」大ぎように両手をあげ、彼は女の首をかゝえた。「なんて云ふ朝だ、君がリヨンに来たなんて。」

「デデ？　それが、昨夜から来ているのよ。」女は悦びのあまりうつかり、叫んだ。「きのうの夕方に着いたの。」

「昨夜だつて？　一人で？」

デデと呼ばれた男は、急に、怪訝そうな面持でドアの背後に儀礼的な微笑をうかべている俺と彼女とを見比べた。

「こちらは？」

「あたし……」はじめて自分の失言に気づいた女はどもり、あかくなつた。

「これね、婚約者なの、あたしの。」

「婚約者!?」俺は男の顔には狼狽と当惑の色があらわれたのを見た。彼は眼をほそめて俺を一個の物体のやうに凝視《ね》めまわしたが、それから皮肉と、侮蔑のこもつた微笑がその口もとにほのかにうかびあがつた。

「そうですか。ムッシュウ。おちかづきになれて、嬉しいですな。」彼は甘つたるい声をだして手を差し伸べた。それは俺を身震いさせるほど羊皮のような柔らかい、なま暖い掌だつた。「彼女の婚約者ならぼくの友だちです。はいつて、一曲、おどつていつてくださいよ。酒もありますぜ。」

デデの細い眼のなかにはこの白人と婚約した？　黄色人を室内の友人たちに陳列しようとする慾望が光つていた。女は俺に目くばせをしたが、俺たちは、今更、引けなかつた。

サロンのなかにはこの男と同じような髪の別け方、煙草のもち方をする男たちが酒を飲んだり、娘とおどつたりしている。彼等は一様に彼のうしろに従つてきた俺たちをいぶかしげに眺めた。「シエ・ラミー」とデデは甘い、たるんだ声で叫んだ。「むかし馴染みがきましてね。」

皆は手を拍《たゝ》いた。その拍手がやむと、今度は黙殺と無関心のこもつた沈黙がつゞいた。

「こちらは。」とデデは博物館の案内人のように唇をまげ、うすら嗤いをうかべて云つた。「その婚約者の……。」と彼は俺の方にふりむいた。「ムッシュウ。失礼しました。お名前を伺うのを忘れていたので。」

一同の視線にはあきらかに特別なものがあつた。彼等たちが沈黙のうちにとりかわす私語や囁きが俺にははつきり読みとれた。(黄色人《ジョウンヌ》が白人と婚約したんだつて。)(そんなことつてないわ。)それら無言の声、無言の非難が目くばせのように、あちらの女から、こちらの男に飛びかわされた。

だれかがレコードをふたゝび、かけた。しらけた一同の気持をゆさぶろうとした。タンゴである。

「おどりましようよ。」かすれた、くるしげな声で女は俺に云つた。

「おどりましよう。おどらなくては駄目。」

おどらなくては駄目、俺はその声の中に被害者の受難者の悲壮な、女の姿勢を感じた。「だいて。愛だけで充分じやないの。」かつて二人が暗い街角でくちづけをかわした時、彼女は俺にそう云つた。しかし愛だけでは充分ではなかつた。愛だけでは女は黄色人にもなれず、俺は白色人にもなれなかつた。愛や理窟や主義だけでは、肌と肌の色の違いは消すことはできなかつた。

女をだきながら俺は頬に、首に、背に、痛いほど一同の視線を感じていた。だれもが袖を引き合い、眼くばせをかわしている。(黄色人が白人の娘をね。)(ごらんなさいよ。あの男、いゝ気でだいているぢやないの。)白人はその自尊心が傷けられない部分で俺が彼等の世界にはいるのを許した。俺が彼等の洋服を着、葡萄酒をのみ、白人の女を愛する時、それを許した。けれども逆に白人の女が俺を愛することは彼等に許せなかつた。白人の肌は白く、うつくしいからだ。黄色人の肌は黄いろく、みにくいからである。白人の女がこの、精気のない黄濁した顔色の持主を愛するなんてたまらないことだ。愚かにも俺はそれをこの日まで見抜きもしなかつたし考えてもみなかつた。

辛い、ながい三分間だつた。その三分間のレコードが終つた時、もう俺はこれ以上おどる気になれなかつた。女は周囲の視線と反撥とに抗《あらが》うために、わざと俺の腕にもたれたり話しかけたりする。そのワザとらしさが、俺を更に傷つけくるしめた。(よしてくれ!)俺は心の中で呻いた。(俺から離れてくれ。遠くに、ずつと遠くに。)

片手に杯をもつた、ノーネクタイの学生風の青年が俺のすぐそばまでやつて来た。

「ムッシュウー、お国はシナだと思いますが……。」

「いや、ジャップですよ。野蛮な腹切りの習慣をもつた、」

青年はあわてて口ごもつた。突然、俺はこの男の俺にたいする憐憫と同情とを傷つけたい衝動にかられた。

「ねえ、」と彼は媚びるように俺の肩に手をおいた。「決してぼくは人種区別主義者《ラシスト》ぢやないんです。えゝ、大学にだつて印度支那やアフリカから来た友人を沢山もつていますしね。」

(しかし、お前は印度支那の女と婚約はしない。決してできないだろう。)心の中で、なにかドス黒いものが泡だち、それは陰険な音をたてて胸の中を泡吹いていつた。

「実際、君たちは、ぼく等と違わないですね。」慰めるような口調で、忍耐づよく、青年は云つた。「顔、かたちはそんなに違つてはいませんよ。」

「そうですかね。どうみても日本人の顔は野蛮《ソウバージュ》だと思いますがね。」と俺は皮肉な調子で答えた。

「ぼくは決して日本を野蛮な国とは思つていませんよ。特に、戦後はアメリカが文明を……。」

「どういたしまして。日本人は野蛮です。」自虐の慾望と、破壊の衝動は俺の胸を烈しく、ゆさぶつた。もうどうにもならなかつた。「真珠湾を不意打しましたからね。自殺飛行機《カミカゼ》も使いましたからね。南京でなにをしました。あなたが、それを知らぬ筈、ないでしょうが。」

　青年の顔を困惑の表情が歪めた。彼は途方にくれたように弱々しげな声で呟いた。

「でも……でも勇気があるぢやありませんか。そうした行為には、」

「勇敢ですか。」俺は声をだして嗤いたかつた。大声をあげて嗤いたかつた。どうして本当のことを云わないのか。憐憫と同情との甘いベールをかぶせた、おざなりの社交辞礼で語るのか。俺は、かつてジョルダン街の病院で日本人を憎み、俺を罵つた小役人の顔をはつきりと思いだしていた。そこには、まだ真実な人間関係があつた。だがこの青年の優越感から生れた慈悲、慈善には俺はとても耐えることができなかつた。なぜ裁かぬのか。鞭をうたぬのか。石もて追い払わぬのか、敵意にたいしては俺は憎みかえすことができる。だが憐憫や慈悲にはいらだつほかはないのだ。

　その時だつた。俺はうしろで、ほとんど聞きとれぬくらいの、しかしくるしげな溜息を聞いた。眼に泪をうかべて女は俺たちの背後にたつていた。

「わたしが貴方を愛しているだけで、チバ。」と女は呻いた。「充分ぢやないの。くるしいのは貴方だけぢやない。わたしだつて。」

　その声は俺のもつとも深い肉片をえぐりとつた。俺は自分があまりに利己主義な陋劣な唾棄すべき男であることを知つていた。この女の懸命な愛のまえに、その、辛らそうな眼の前に自分が素直でなかつたことを、卑怯であることが、わかりすぎる程、わかつていた。にも拘らず、にも拘らず、その理解、その愛だけでは二人が合致することのできぬ残酷な傷が俺をくちばしらせた。

「充分ぢやない。充分ぢやないさ。君は俺を愛することができる。君は白人だからな。しかし俺の黄いろい苦みは君をくるしめないぢやないか。できないぢやないか。」


　夕暮になつて、やつと白人の船医が看護婦のかはりの中年の修道女を連れて船艙にやつてきた。黒人女を診るためである。ふちのない眼鏡をかけた修道女は船艙の階段を黒い裾をもちあげて、一歩づつ降りると気味わるげにあたりを見廻した。

「いつから、こう寝ているのだね。」

　Yシャツの襟に、だらしなくネクタイをゆるめた船医は少し酒を飲んでいるらしかつた。足もとがふら〳〵している。彼の顔は汗と塩風とでベタベタしていた。

「君にきいているのだぜ。」

「ぼくにですか。」と俺は答えた。

「そうさ。ほかに誰もいないぢやないか。」

病人は医者に体を触れられると、突然、ひきつゝたやうに叫びはじめた。

「このまゝにしてくだせえ。このまゝでいたいだ。」

「この儘でいたいつて、そうはいかんな。」船医は面倒臭さそうに、しかし馴れた手つきで黒人女の体をころがし、修道女がさしだした体温器を病人の口に入れた。

「駄目だな、吐きだしちや。ジッとしなさい。熱を計るんだから。」

「このまゝにしてくだせえ。わしはずつとこのまゝでいたから、これからも、このまゝで寝ていたいだ。」

病人は体温器を恐れていた。駄々ッ子のやうに彼女は声をあげ、背を弓のように曲げてむなしく嘔吐した。真黒な樽に似た腹部を医師は押えつけ、突然、手をあげた。鈍い平手打の音が黒人の面部に容赦なく幾度もなつた。

「マ・スール」驚愕で顔あおざめた修道女に、船医はニヤリと笑つて云つた。「あんたもジブチに行かれるのですからな、わたしのこの仕打ちをよく覚えておかれるとい丶。黒人《ネーグル》を甘やかしちや、決していけませんぜ。こいつ等はねずみよりも悪賢いくせに牛よりも頑固なんですからね。彼等を口や理窟で説いたつてなんにもなりませんよ。決して恩恵を恩恵と受けとりはしない。ごらんなさい。モロッコやチュニジイでも、そうだ。こちらは学校を建ててやる。病院を創つてやる。それを拒むのは彼等だからね。手がつけられませんな。」

癲癇の発作のあとのように黒人の女は口から泡を吹いていた。けれども酔つた船医のいうことは本当である。罰をうけた家畜さながらに、彼女は顔を両手でかゝえて、小さくなつていた。たゞ、その両手の間から泣きじやくるような声が洩れていた。

「今夜でも熱があがるようなら隔離室に入れるかな。」自分の良心をなだめるように船医は修道女に説明した。「黒人《ネーグル》を病室に入れると船員たちがイヤがるのでね。厄介なことですよ。」

修道女は黙つていた。気味わるげにそこらに駆けづり這つている油虫や、床にころがつている病人の黄ばんだ食皿をみつめていた。

「病気はなんですかね。」と俺は聴診器を鞄にしまいこんでいる船医にたづねた。

「黄疸《ジョニス》だろ。悪性だな。君は病人のなにかかね。」

「身内ぢやありませんよ。たゞ、伝染病だと、こちらも困りますからね。ほかに、そばにつき添つてやる者がいないのでね。」

「ふん。」彼は顔をしかめた。「この薬をスプーンで一杯づつ食事前に飲ませてやり給え。ほかにうつ手はないよ。黄疸《ジョニス》は伝染しないからな。」

二人がたち去つた後、ふたゝび船艙はがらんと広くなつた。俺は病人の枕もとにあぐらをかき、油虫が陰険に暗く走づりまわるカサカサといふ乾いた陰微な響きを聞いていた。船はスピードをあげたのか、僅かに船体が動揺しはじめている。

俺は薬瓶を手にとつた。それは黄色い粉薬だつた。trois fois par jour と書いてある。

「明日になれば隔離室で寝られるな。」と俺はひとりごちた。「二人は行つてしまつたよ。」

「このまゝでいゝだ。黒人はみな、このまゝでいゝだ。」

船の円窓に強烈な黄昏の光があたつている。窓硝子に茶褐色の海が上下しはじめた。黒人はみなこのまゝでいゝだ。そうだ。あれは一昨々年だつた。まだ、女とも会わず、俺の体も丈夫な時である。俺はこれと同じような言葉を黒人の淫売婦から聞いたことがある。

「おもしろい所に行こうぢやないか。」と米国留学生のジムが言つた。それは試験がすんだ日だつたのでアレクサンドルもモーリスもみな賛成した。例によつてモンパルナスのキャフエ、ドコルムの裏路には淫売婦たちが蛾のようにへばりついている。

「おいでよ、若いの《ジュン・ノム》。大使ごつこして遊ぼうよ。」口々に彼女たちは叫んだ。

豚のように肥えている、歯の真黄色な女にジムは近寄つていつた。彼女は女衒だつた。

「なにか、面白いこと、みせろよ。たゞ遊ぶんぢやなくてな。」

押問答の末、女衒は、ジムを離れて、仲間の中から毛のひどく、縮れた、痩せてしぼみ縮んだ黒人の女の背を押してやつてきた。

「イヤだ。」とモーリスは唾をはきながら云つた。「俺は帰るぜ。」

「莫迦だな。」ジムはなだめた。「この女たちお前と寝るんぢやないぜ。見世物をするだけさ。」

「だからイヤなんだ。そんなこと、俺は大嫌いだ。」

モーリスによれば寝るといふことは、人間らしい行為だが、見世物はもつとも耻づべき、非人間的な所業である。

それでも俺たちが女衒と黒人女とを囲んで歩きだすと、彼は蒼ざめた顔でついてきた。「ふん、神経の細いマルキストさ。」とジムが云つた。「あれで革命ができるかよ。」

ロンシャン町の暗い、尿と油との臭いのこもつた屋根裏部屋で俺たちは博奕打ちのやうに円座をつくりながら、真赤な髪をもつ全裸の白人女が、この黒人女を石のように、ころがしたり、引きずつたりするのを見た。女衒はどこかに去つていた。嘔気のする、残忍な行為であつた。モーリスは顔を手で覆い、あえて見ない。暗い灰色の部屋のなかでジムだけが白痴のように時々笑つていたが、その笑声には、くるしげな、しらじらとしたものがあつた。

見世物がすむと、赤毛の女はベッドの上からガウンを取つて、ニヤリと嗤いながら部屋を出ていつた。

「これは、ひどい《セ・エ・テリーブル》！　ひどすぎる《トロ・テリーブル》。」とモーリスはジムに云つた。「アメ公はそういうものを笑つて見れるんだな。私刑《リンチ》の国は違うさ。だが仏蘭西人は……。」

「私刑《リンチ》をしなかつたとは云わせねえぜ。」とジムが答えた。

「現にあの赤毛《キャロット》は仏蘭西女ぢやねえのか。」

部屋はもつすつかり灰色の影に包まれていた。それなのに当の黒人の淫売はベッドと壁とのあいだの獣の巣のような一角に身を入れて、ノロノロと襤褸のような衣服をつけていた。俺は、今、そのことを思いだしながらなぜか、この生きものが小さな灰色の蝙蝠のように思える。われわれのその時の会話は彼女に聞えた筈なのに、その眼も、その表情も遠くの、ずつと遠くの響きに耳を傾けているようであつた。無感動のためなのか、それとも、疲労のためなのか知らぬ。たゞ、そのような顔を、俺はやはり、どこかで見たことがある。そうだ。それはルーゼンベルグのナチス収容所に聯合軍がはいつた時、何年も飢と拷問と死の恐怖に生きつづけて、たゞ地面にくたびれ横たわつていたポーランド捕虜たちの表情だつた。

赤毛の女が金をとりに戻つてきた。ジム、モーリス、アレクサンドル、俺から千フランづつ頭わりにとると、ベッドのふちに足を組んで、それを何度もかぞえた。それから彼女はその一枚を抜きとつて黒人の女にわたした。

「お前」とモーリスが声をあげて云つた。「三、一はひどいぢやないか。」

「どうしてだい。」ビコーンを袋から、ひとつ、ひとつ、とり出して赤毛の女は口の中にほうりこんだ。

「なぜ、お前だけが三枚をとるんだ。」

「知らないね。その子に聞いてごらんよ。」

彼女は赤黒いマニキアの剝げた足指で、まだ気力なくうずくまつている仲間の背をこづいた。

「ねえ、ギギイ。この、わからず屋が、なぜ、あたいが三枚とるかと聞いているよ。」

「黒人だもん。」

その声はあまりにかぼそい、くたびれた声だつたけれども、そこには、なにか、もはや動かすことのできぬ信念の響きさえこもつていた。それは、もう感動することのない、もう望むことのない一人の女の信念だつた。

「わしは黒人だもん……。」

「本当に、お前はカシこいよ。」赤毛はうつろな声をあげて嗤つた。

あの女たちにとつて皮膚が黒いということは、たんに黒いということではなかつた。この黒人の病女も、あの淫売婦たちも、それを本能によつて知つていた。黒は罪の色なのである。黒人たちは白人たちのまえで、自分たちが、いかなる境遇、いかなる世界にあつても、罰をうけねばならぬ存在であることを知つている。白人たちのすることは、どんなことでも善であり、神聖なのだ。だから、自分たちは、くるしみ、諦めねばならぬ人種であることを知つている。なぜなら、わが肌は黒く、黒とは罪びとの色だからだ。

（だが黄いろということは黒人と同じ意味をもつ時があるだろうか）

リヨンから巴里にかえつてからのち、閨房のたびごとの俺の恥辱を女は知らなかつたし（あるいは、見抜いても黙つていたのかもしれぬ。）少くとも、俺は男の位置をとつた。女はまだ、悦楽に目覚めていなかつたからである。

女の、性の悦びは薔薇がぬれるようにやつてきた。その夜、彼女は、はじめて烈しく喘ぎ、身悶えたが、突然、眼を血ばしらせ、おいかぶさるようにして俺の首をしめた。

「貴方は私の奴れいよ。」と女は呻いた。「奴れいになつて……」

その時の俺の感覚の中にはある快感が——決して日本人の女とは味つたことのない——疼いた。たんなるマゾシスムの、被虐の快楽ではない。おそらく、その背後には白色の前に黄いろい自分を侮辱しようとする自虐感、その悦びがひそんでいた。

それらのことを考へながら、薬瓶をもつた俺の手は、なぜか、はげしく震えはじめた。スプーンが瓶のふちに当つて、カチ、カチと異様な音をたてた。

「薬を飲むんだ」あらあらしく俺は病人に叫んだ。

「このまゝでいゝだ。黒人はこのまゝでいゝだ。」

俺は、手をあげて、病人の顔を打つた。あの船医のように、なぜ、撲るのか、なぜ、この女を憎むのか俺にはわからなかつた。たゞ手が俺の理性の声をきかなかつた。打ちながら、俺は眼の渇きを感じた。

夜になつて下級船員が二人、担架を持つて船艙にやつてきた。嫌がる病人を無理に乗せて彼等は去つていつた。隔離室に入れるためである。

あさ方、船はスエズ運河にはいつた。ポート・サイドに真夜中、わづかの間、停泊したらしいが、俺はそれを知らなかつた。船が泊つたのは、荷上げのためではなく、水先案内を乗せるためである。なぜならば、今朝から甲板の尖端に二人の乞食のようなエジプト人の水夫が、鑵詰の空鑵に手を入れて、なにかを食つていたからだ。船はポート・サイドで、他の船々と船団をくんで、行儀良く、進むことになつている。そうしないと、狭い運河のなかが混乱するのだ。

暑さはひどく耐えがたい。そして風景は何も存在しない。この五時間のあいだ（俺がこの日記を書いているのは午後三時、船艙の窓から、もつともきびしい午後のアフリカの陽がさしこんでいる。）眼にうつるものは、運河をはさんだ、黄褐色の砂漠だけである。

朝がた、眼を覚した時は風景はまだ、こんなに荒涼としていなかつた。百日紅によく似た紅花の咲いた樹々が、運河の岸につらなり、クリーム色の英国兵のキャンプや、鉄網だのが見えていた。それから、次第に、それらのものが途切れ途切れになると、突然、茶褐色の砂漠があらわれはじめた。砂漠は海に似ていた。海草に似た灌木がそれでも岸近いところには、まづしく、生えていたが、それは瘴癘《れい》に焼けたゞれ、砂塵に覆はれて白くなつている。けれどもその灌木が終つたところから、遥かな地平線まで、たゞ、黄濁した砂の海である。

だれも歩いていない。いや、一度だけ、俺は、一匹の駱駝が主人もなく、荷もおわず、地平線にむかつてトボトボと歩いているのを見た。砂漠は広いので、駱駝はやがて小さくなり、遂には一点と化してしまうまで、見えていた。その風景は、俺の胸をせつないほど、しめつけた。なぜだか、わからない。

三年まえ、きおうて欧洲に渡つて来た時、そして、このスエズ運河を通つた時、この駱駝と砂漠とが象徴するような風景がきつと眼にうつゝたにちがいない。しかし、その時の俺は決してそれに感動をしなかつた。あの時、俺は甲板でアブサン酒を飲み、煙草をふかしながら同乗した伊太利の新聞記者から運河をめぐる英国とエジプトの利害関係を聞いて過した。あの時、俺はまだ、自分が黄いろいといふ事をそれほど思つてみたことはなかつた。パスポートに俺は日本人と書きこんだが、その日本人は白人と同じ理性と概念とを持つた人間だつた。俺はマルキストのように階級的対立や民族的対立を考えたが、色の対立について想おうともしなかつた。階級的対立は消すことができるだろうが、色の対立は永遠に拭うことはできぬ。俺は永遠に黄いろく、あの女は永遠に白いのである。

歴史もない、時間もない、動きもない、人間の営みを全く拒んだ無感動な砂のなかを一匹の駱駝が地平線にむかつて歩いている風景、それはなぜか知らぬが、俺にはたまらない郷愁をおこさせる。俺にはその理由はわからないけれども、この郷愁は黄いろい肌をもつた男の郷愁なのである。

黄昏、晩飯をとりにエンジン室の隣の炊事場にバケツを持つて行つた時、船員は俺に、少し腐つた梨を二個、渡しながら「婆あ、死ぬかもしれねえよ。」と云つた。

「黒人の女のことか。」と俺はきいた。

「そうさ。あのネグレスよ。」

「ひどく悪くなつたのかね。」

「俺は知らねえな。たゞ、医者の奴がさつき、そう云つていたぜ。兎に角、俺の知つたことぢやないや。」

俺はパンと梨とスープを入れたバケツを持つて甲板に引きかえした。強烈な夕陽に色どられた砂漠の上には、漂白された藍色の空に赤いちぎれ雲がいくつも浮んでいた。俺はその雲をみながらパンをちぎり、それを食つた。食いながら、俺はあの黒人の女が死ぬであろうことを考えた。もう、ずつと昔から、彼女の死は俺になんの悲哀も起こさない。ふしぎに、彼女と船艙で出会う前から、俺には彼女がこの黄昏に死ぬであろうことを理解し、知つていたような気がする。その死には、死期を予感した老いた獣が、ひとり仲間から離れて、沼の中に身をしづめていく自然さが感じられた。
　パンを食い終つた時、赤い雲は、すべて、藍色の空の幕のなかに失せてしまつた。たゞ、金色の一線がその空にいつまでも残つていたが、俺が船艙の窓から、ふたゝび、それを眺めた時、それも亦、消えてしまつていた……。

　朝の十時に、船長と事務長と船医と修道女との四人が、黒人女の死骸を水葬することになつていた。アデンに行くまでに死体が腐爛するというのが口実だが、乾燥したこの空気のなかでは、それは言わけにすぎないだろう。事実はアデンに死体を運んで検疫、検死などの手数を省くためと思われる。
　紅海は今朝、全く静かだ。静かというよりは無感動であつた。砂漠と同じような色に海は濁つている。黒人の女は、この無感動な無表情な海に葬られる。
　時間が遅れて、船長たちが来たのは十一時ごろであつた。彼等のあとから、あの修道女が祈禱書を開きながら、俺の見知らぬ二人の水夫が運ぶ灰褐色の布袋につきそつて、やつてきた。布袋は、長細く、ところどころ継ぎさえ、あたつている。もはやそれは人間の形をしていない。
　布袋が甲板におかれると、人々はそれをとり囲んだ。船長は眼鏡をかけた、背の小さな男だつた。彼とその横にたつている太つた、小づるさうな葡萄酒焼けのした事務長とだけが、金モールをつけた制服を着ていたが、船医も水夫も色シャツに、ズボンのまゝである。一同は少し厳粛な、しかし当惑したような表情で足もとの布袋を見つめていた。その間、修道女は嗄れた、低い声でミサ典書をよみあげていた。

　そは、《カントニユス》いかに《トレモ》懼るべきことにや《ルフテユリユス》
　遂に、《カンドロ》きびしき《ジユデクス》裁き手として《ペンテユリユス》
　主、《クンククア》基督は《ストリクト》ふたゝび、あらはれん《デイキユスリユス》

甲板の手すりにもたれ、俺は風もない、波もない、海づらを眺めていた。このアフリカとアラビアにはさまれた細長い紅海は俺の皮膚の色に、なんと、似ていることだろう。影もなく、光もなく、鈍く、衰弱した黄濁色をおびている。そこには歴史も時間も神も善も悪もなかつた。永久にこの海は動かないであろう。静止しているだけだろう。アフリカの太陽は東から、この海を押えつけていた。海鳥ももはや熱気を恐れてそこを飛ばなかつた。

　墓より死者のたち上る時
　大いなる死と大いなる自然とは
　呼びさまされん。

修道女の読むそれらの白人の祈禱、俺がヨーロッパでたえまなく聞きつづけた人間の慟哭と祈りとは、もはや俺の耳には乾いた意味のない音としか聞えなかつた。今の俺は死んだ黒人の女がそれら白い世界とはもう無縁であること、死の後にも裁きも悦びも苦みもないこの大いなる砂漠と海との一点となることを知つていた。

浄徳寺さんの車

昭和29年11月号

小沼 丹

おぬま・たん
（大正7年〜平成8年）
早稲田大学文学部英文科卒。同大学教授を勤める傍ら小説を書いた。井伏鱒二に親炙し、独特な文体の短篇小説で知られる。本作品は「三田文学」に発表した唯一の小説である。

ある日——それは三年ばかり前の秋の一日であるが、小説家の井深鯛一先生が僕にかう云はれた。

——君、旅行に行かないかね？

——どこです、甲州ですか？

鯛一先生は昔から旅行を好まれ、その杖の跡はおそらく北海道を除く日本各地に及んでゐる筈である。殊に、甲州にはちよいちよい出掛けられる。甲州に関しては、甲州人よりも豊富な知識を持つてゐると御自慢である。

いつだつたか、ある小料理屋の甲州産れのお女将が鯛一先生をやりこめようとした。

——さうは云ふものの、先生、あの何とかの何とかは知らないでせう？

この「何とかの何とか」は、生憎僕が忘れてゐるからかう書いたまでで、お女将はちやんと甲州の固有名詞を用ゐたのである。すると鯛一先生は徐ろに盃を干して云つた。

——さうですか？　あんたはその程度のことしか訊けないのか？　何とかの何とかなんてまづ小学生程度の知識だね。あの何とかの何とかの先に何とかの何とかがあつて、僕はそこに一ケ月ゐた。

——へえ、あたしは聞いたこともないわ。

——さうだらう。それから山越えすると更に何とかの何とかがあつて、これは武田勝頼の……。

——ごめん、ごめん、とてもかなひませんわ。

と、お女将は兜を脱いだ。

しかし、僕の「甲州ですか？」と云ふ問に対して鯛一先生は答へた。

——いや、埼玉だよ。

何でも埼玉県のある寺に鯛一先生の親しい住職がゐて、かねがね遊びに来て欲しいと云ひよこしてゐた。ところが今度本堂を改築したから、それを機会に是非来て欲しいと云つて来た。一人で行くのもつまらないから、何人かで行きたい、君も同行しないか？　と云ふ話であつた。僕には別に差支へもなかつたから、欣んで同行することにした。

——でも平凡な田舎だよ、と鯛一先生は云つた。いいところだなんて当てにして行くとつまらないよ。

鯛一先生の話だと、前に一度行かれたことがあるらしい。寺は上野から汽車で二時間足らずの小さな駅から一里ばかり引込んだ村にあつて、傍を鎌倉街道が通つてゐる。昔は殿様も泊まつた格式の高い寺だつたが、現在は大きいばかりで別に取柄もない。しかし、寺を取巻く巨大な杉の森は堂堂たる風情があつて満更捨てたものではない。そんなことを云はれてから、鯛一先生は念を押した。

——ほんとに平凡なところさ。でも平凡なところだつていいぢやないか。

当日、上野の駅に集つたのは総勢五人——鯛一先生と僕の他に、出版社に勤めてゐるA君、学校の先生をしてゐるB君、それに無職のC君。尤もこのC君は鯛一先生以外の僕らは初対面であつた。

一時何分かの列車は案外空いてゐて、僕らは幸ひ塊まつて席を占めることが出来た。うつすら曇つた空から、ときをり弱い陽差しが僕らの席にさしこんで来る。席につくと同時に、鯛一先生は、

——将棋を持つてくれやよかつたね。

と云つた。しかし、僕は将棋がなくて勿怪の幸だと思つた。昔、学生時分は確か僕の方が強かつた。ところが戦後鯛一先生は急速の進歩を遂げられたらしく、一向に勝てなくなつた。それにときにいい手なんか指されると

——俺は将棋の天才ぢやないかしら？

なんて申されるから、天才ならぬ鈍才の僕は敢退の一路を辿るを余儀なくされる。それを公衆の面前で公開するのは、僕の体面にも関ると云ふものである。

ところが何事によらず、物事を積極的に運ぶことの好きなA君は

——煙草の空箱で作りませうか？

と云つて僕を狼狽させた。が、鯛一先生はそれほどのことはないと打消された。

汽車が秋らしい田園の風景を窓の外に滑らせてゐるころ、蜻蛉が一匹どこからか舞ひこんで来て、鯛一先生の登山帽にとまつた。僕らはちよいと顔を見合はせて、この無賃乗車の蜻蛉の動勢を眺めた。蜻蛉は何やら大きな眼玉をぐるぐるまはしてゐたが、鯛一先生が烟草を喫もうと身体を動かされた

とき素早く飛び立つた。

鯛一先生は、烟草を喫みながら云つた。

――今晩、僕のそばに寝る人は気の毒だな。眠れないかもしれないよ。

――何故ですか？　とBが訊いた。

――鼾だよ、と先生は註釈を加へた。

――鼾なら、とA君が莫迦に意気込んで云つた。僕の鼾は相当なもんです。大鼾ですからね。何しろ……。

――いや、と鯛一先生が妨つた。僕のは大の上に超の字がつくんだ。何しろ凄い奴だからね。

――しかしです、僕の鼾は修学旅行のときクラス全体の者を寝せなかつたんですからね。

A君は、熱心にそんな自慢をした。かうなると僕らは、今夜の睡眠について大いに考へ込まざるを得なかつた。すると、A君はポケツトから封筒を取り出し、更にそのなかから脱脂綿を引つ張り出して云つた。

――この通り、用意周到です。今晩は皆さん、これを耳に塡めて寝て下さい。そのために持つて来たんです。

――それで持つて来たの？

流石の鯛一先生も、これには呆れたらしく御自分の鼾についてはもう一言も云はれなかつた。鯛一先生は、極く平凡なところだと云つた。しかし、こんな非凡な鼾が響き渡るとすると平凡な田舎も面喰ふに相違ない。

やがて僕らは二時間と経たぬ裡に、目的の駅についた。

――小さな駅ですね、ずゐぶん。

C君が云つた。事実、ひどくちつぽけな駅で、僕らのほかに二三人下車した客があつたにすぎなかつた。僕らは列車の後部に乗つて来たから、自然、プラツトフオオムの後の方に立つてゐた。坊さんが迎へに来てゐるかと思つたが、プラツトフオオムにそれらしい姿はなかつた。

――ここは漬物が名産らしいですね。

A君が云つた。成程云はれて見ると、線路の先にひろびろと展がる大根畑のなかに立つてゐる看板には、漬物の広告が大きく出てゐた。

――この方角だ。

鯛一先生は大根畑の先の黒い森の方を指してさう云はれた。空はいつのまにか灰色の雲に厚くおほはれてゐて、眼に映る風景は少しばかり陰気臭かつた。僕らはボストン・バックなんか提げて、プラツトフオオムの砂利の上を改札口の方に歩き出した。

――迎へに来るんでせう？

――うん、多分来ると思ふんだが……。

万一手違ひか何かで迎へが来なくても、鯛一先生が道を知つてゐるから心配はなかつた。

――歩くと遠いんだよ。

肥つた身体に薄茶色の洋服をつけた鯛一先生は、何やら心細い調子で仰言つた。

——一里以上あるかもしれないよ。自転車でも持つて来てくれると、荷物ぐらゐ運んで貰へるんだがね。

するとと、改札口の方から、痩せてひよろつとした、眼鏡をかけた若い男が忙しさうに此方に歩いて来た。緑色のジャムパアに、ズツクの靴を穿いたその男は、遠くで僕らを見るとちよいと笑顔になつて下を向いた。そして下を向いたまま僕らに近附くと、急に顔をあげて鯛一先生に鄭重なお時儀をした。

——暫くでございます。よくお出で下さいました。

それから、今度は僕らの方を向いて叮嚀に頭を下げて云つた。

——皆さん、よくお出で下さいました。お疲れでございませう？

僕らも急いで頭を下げ、いや、とか、お世話になります、とか云つた。頭が丸坊主なのを除くと、ちつとも坊さんらしくなかつた。鯛一先生が、これが浄徳寺さん、と云はれなかつたら僕らは住職の知り合ひぐらゐとしか思はなかつたらう。坊さんは鯛一先生のボストン・バツクと持参した一升瓶を手に持つと、先に立つて歩き出した。そのとき、僕らは坊さんのジャムパアの背中に、P・O・Wなる三つの文字が印刷してあるのを認めた。

A君は僕の耳の傍に口を寄せて云つた。

——坊さんにしては、妙なものを着てますね。

鯛一先生は、前を歩いてゐる浄徳寺さんに問ひかけた。

——自転車か何か持つて来たかしら？ 荷物を積んで貰へると有難いんだが……。

すると浄徳寺さんは、ちよいと振返つて云つた。

——はあ、今日はおくるまを用意いたしました。

——へえ、そりや有難いですね。みんな乗れるかしら？

——はあ、と浄徳寺さんは畏つて答へた。皆さん乗つて頂けます。

それから、ちよつとお先に失礼します、と云ふと駈け出して行つた。

——おくるまださうです、いいですね。

B君が云つた。陰気な曇天の下を、一里以上も歩かねばならぬと思つてゐた僕らは、むろん大いに歓んだ。それにしても、こんなちつぽけな村に俥なんてあるわけがなからうから多分自動車だらう。しかし、自動車があるなんて、ともかく思ひがけないことであつた。C君なんか、案外開けてゐるんですね、と感心してゐたほどである。

改札口を出ると、僕らは駅前におくるまの姿を探した。駅前にはちつぽけな広場があつた。広場——と云ふよりは空地に毛の生えた程度のものにすぎなかつたから、探すまでもなく一目見ればすぐ判る。しかし、ハイヤアも浄徳寺さんも見当らなかつた。浄徳寺さんは、多分ハイヤアを呼びに行つたのだらう。広場の片隅の巨きな合歓木の下に、一台小型の消防自動車が置いてあつて、まはりには大人や子供が沢山たかつてゐた。

——火事があつたらしいですね。

A君が云つた。

——さうらしいな……。

僕らは駅前の町を眺めた。どこの駅でも駅前には駅前らしい趣があるものだ。御宿泊、御休憩と書いた看板をかかげた家とか、飲食店とか、バスの発着所とか、烟草の赤い看板とか赤いポストとか、運送店とか……。ところがこの駅前には、そんなものはひとつとして見当らなかつた。軒の低い曇天に押し潰されたやうな汚い家が並んでゐるにすぎなかつた。こんなところにハイヤアがあるなんて、全く見かけによらぬと云ふ他はない。

僕らは駅のちつぽけな待合室の固いベンチに坐つて、烟草をふかしながら浄徳寺さんの車の来るのを待つてゐた。

——遅いね。

鯛一先生が云はれた。C君はひとり立ち上ると広場の方に出て行つた。が、一分と経たぬ裡に戻つて来た。

——浄徳寺さんがゐましたよ。

僕らは広場に出て見た。C君の指す方を見て、僕らはちよいと呆気にとられた。浄徳寺さんは消防自動車を取巻く弥次馬のなかにゐたから。まさか、僕らをほつぽり出して消防自動車見物でもあるまい。

——様子を訊いて来ませう。

A君は大股に歩いて行つた。ちやうどそのとき、浄徳寺さんは人垣をかきわけて僕らの方にやつて来るところであつた。

僕らもA君につづいてそつちへ歩き出した。浄徳寺さんは僕らに気づくと、笑つて云つた。

——遅くなりました。おくるまの用意が出来ました。

僕らは一瞬、浄徳寺さんの言葉が理解出来なかつた。が、些か落つきを取り戻し、ひそかに三段論法を試みてみると、おくるまなるものは他ならぬ消防自動車だと云ふ結論に到達せざるを得なかつた。しかし、浄徳寺さんは僕らに多大の精神的動揺を与へたことなぞ一向に気にかけぬらしくかう云つた。

——先生はどうなさいました?

鯛一先生は待合室のベンチで、つまらなさうに烟草を喫んでをられた。

——車の用意が出来たさうです。

——ああ、いま来たの?

鯛一先生は広場の方を振向かれた。が、駅前にハイヤアのついた気配もないのに、と些か不審に思ふらしい顔附であつた。

——いや、と僕は冷静を保つのにひどく苦心しながら答へた。車はさつきから来てるんです。消防自動車に乗るんです。

——消防自動車?

鯛一先生は眼をパチクリさせると、眼鏡を外して半巾で拭きながら云つた。

——そいつはいいや。

僕ら五人は一団となつて、浄徳寺さんの後から巨きな合歓木の下に歩いて行つた。すると、消防自動車を取巻く見物人は一斉に僕たちに眼を注いだ。僕らはその無遠慮な視線に無関心であらうとして、徒らに饒舌になつた。

――どうも、何だか落つかなくて困ります、とC君は告白した。僕は前から心臓に故障があるんです。

――しかし、消防車に乗るのは、とB君が云つた。僕は産れて始めてです。

――そりや誰だつて始めてさ。

僕とA君は即座に応じた。

消防自動車の傍まで行くと、浄徳寺さんが云つた。

――どうぞお乗り下さい。今度、村で仕入れた新車です。古い奴と買ひ替へたばかりでとても具合がいいんです。

それから、自動車の傍に立つてゐる黒いジャムパアを着た若い男を僕らに紹介した。

――この方は壇徒総代の息子さんで、運転手さんです。

人の好さそうな運転手は、直立不動の姿勢をとつて僕らにお時儀した。まづ、鯛一先生が少しばかりうつむき加減の姿勢で運転手の横の席に乗り込まれた。すると、見物人の子供の一人が頓狂な声で云つた。

――あつ、村長さんだ。

突然、A君は下を向いて何遍も空咳をした。そして、素早く半巾を取り出すと口にあてた。僕が見ると、A君は真赧な顔をして、ああ、苦しいと繰返した。B君はにやにやしてゐたし、C君は何の変哲もない曇天を仰いで矢鱈に溜息をついてゐた。僕は――僕は笑ひの発作を無理に押へたために、胃の辺りが少しをかしかつた。と云ふわけで、浄徳寺さんは三遍ばかり僕らにどうぞお乗り下さいと催促せねばならなかつた。

僕らは、車の後部のよく消防夫が立つてゐる場所に乗り込んだ。そこには、幅の狭いベンチのやうな出つ張りが両側に

「編輯後記」より

モーリヤックの作品を読むと、あんな風な小説が書きたくなる気持が直かに伝はつてくる。日本にも爆撃を受けなかつた地方にまだ残つてゐる、昔ながらのもの寂びた家屋と、その翳の多い家のなかで、寝そびれてゐる中年男の思考のまはりに、今新しくしのびよつてくるわななき、といつたやうなものが頻りに考へられるのである。「カトリック作家の問題」は「風博士」を把へようとする佐々木君のエッセイとともに興味深く読めた。遠藤周作君は仏文在籍の篤学の人である。

〈昭和二十二年十二月号、原民喜〉

あつてその上に座布団が敷いてあつた。しかし、荷物をのせ、僕ら四人が腰かけるともう満員であつた。僕らのお尻は、やつと出つ張りにひつかかつてゐる程度にすぎなかつた。

――先生が村長だとすると、とA君は低声で僕に云つた。

僕たちはさしづめ書記とか会計と云ふわけですかね。

僕らは尤もらしい顔をして坐つてゐた。が、うつかりすると噴き出したくなるにはほとほと閉口した。しかし、噴き出しては折角新しい消防自動車を用意して下さつた浄徳寺さんに失礼に当るだらう。僕は車が早く走り出してくれることばかり只管希望した。鯛一先生は――先生は僕らに背中を向けたまま身動きひとつされず、ひたすら正面を睨んでをられる様子であつた。見物人の大人たちはこの間、何やら口口に話しあつてゐた。その一人の、僕らの近くに立つてゐた爺さんのかう云ふ声が耳に這入つた。

――……視察に来たんだよ。

――さうぢやねえ、とその隣りの親爺が云つた。県の消防係だ。

しかし、子供たちは「村長さん」のお顔を拝見するべく、何れも鯛一先生のよく見える場所に移動して犇めきあつてゐた。

やがて、自動車のまはりを何遍も見まはつてゐた運転手が席について云つた。

――やりますか？

浄徳寺さんは先刻から、布で車台をあちこち拭いていたが、この言葉を聞くと早速鯛一先生の横のステツプにひよいと乗つかつて柱を摑まへた。

――やりませう、オオライ。おい、危いよ、どいた、どいた。オオライ。

エンジンがかかると、子供たちは一斉に左右に退いた。そして、自動車が走り出すと大声で叫んだ。――万歳、万歳。剰へ、その裡の何人かは喚声をあげながら、車のあとに随いて走つて来た。

――ああ、やつとホツとしました。

C君が云つた。鯛一先生は急にくるりと僕らの方を振り向かれた。そして何か云はうとされたらしかつたが、二三度眼をパチクリされてまた前を向いてしまつた。

――私も運転出来るんです。

と、浄徳寺さんが大声で云つた。

――しかし、スピイドを出しすぎて、二回ばかり引つ繰り返りました。カアヴを切り損ひまして……。

鯛一先生が急いで云つた。

――運転手さん、僕たちは急ぎませんから、ゆつくりで結構です。

自動車は貧弱な家並のつづく道を走つて行つた。家並の尽きるところで、浄徳寺さんは停車を命じた。そして忙し気に右手の大きな門のある建物のなかに消えて行つた。その門には漬物の製造所を示す看板がかかつてゐた。門のなかにゐる二三の前垂をかけた男たちは、何やらにやにやしながら僕らを眺めた。また、通りかかつたリヤカアを牽いた親爺は、大きな口をあけて僕らを見詰めたまま動かうとしなかつた。

——お待遠さまでした。

門から出て来た浄徳寺さんが云つた。——翌日、帰るとき僕ら五人は何れも重い漬物のお土産を貰つた。浄徳寺さんの途中下車は、つまりそのためのものらしかつた。自動車は忽ち、ポカンとしてゐるリヤカアの親爺を残して走り出した。

踏切を渡ると、もう家はなくて大根畑のなかを一本道が通つてゐる。その道を自動車は勇ましく走つた。むろん、サイレンも鳴らさず鐘も鳴らなかつた。鐘には白い繃帯が巻きつけてあつて鳴らぬやうになつてゐた。しかし、その速力だけは如何にも消防自動車にふさはしかつた。

——快適ですね。

と、A君が云つた。僕は子供のころ、消防自動車に乗りたいと熱望した。信号を無視して疾駆する赤い車は、あらゆる自動車のなかで一番素晴らしい奴に思へた。その遠い昔の念願が適へられて、僕は大いに歓んでいい筈であつた。にも拘らず、どうも落ちつかぬ気がするのは意外であつた。

自動車は大根畑を抜け、ちつぽけな部落を、桑畑を、林を瞬くまに掠めすぎた。桑畑を抜けるときには、道に突き出た細い枝がB君の頭をぴしりと打つたため、B君はあわてて頭を押へた。

——運転手さん、と鯛一先生が云つた。もつとゆつくりやつて下さい。

浄徳寺さんはステツプに足をかけ、柱に獅嚙みついたまま叫んだ。

——もつとゆつくり、もつとゆつくり。

さう云はれると、速力は一時落ちるらしかつた。が、いつのまにか、また猛烈なスピイドに逆戻りしてしまつてゐた。おそらく運転手は、村の新車の性能を僕らに誇りたかつたのだらう。あるひは、日頃の習慣からゆつくり走らせるなんて、まどるつこくて我慢がならなかつたのかもしれない。

浄徳寺さんはステツプから僕らに大声で説明した。

——あの右手に見えますのが、樹齢八百年と云はれる大銀杏です。

そして、僕らが振向いてどれどれと眺めようとすると、それはもう遥か後方に飛び去つてゐた。

——左手の大きな藁屋根は……。

しかし、説明の終らぬ裡にそれも消え失せてゐると云ふ案配であつた。曇天の下の秋の風は激しく僕らに衝突し、鯛一先生は帽子を片手で押へてをられた。そして僕らは乱棒な上下動に——何しろ道が悪いので——お尻を痛くした。が、むしろ僕らはお尻の痛いのも忘れて消防自動車に堪能したと云つた方がよい。

——もつとゆつくり、もつとゆつくり。

浄徳寺さんは躍起となつて叫んだ。

仮病

昭和30年3月号

川上宗薫

かわかみ・そうくん
（大正13年～昭和60年）
九州大学英文科卒。千葉県の高校で英語を教える傍ら小説を発表し、たびたび芥川賞候補となる。のちに官能小説の世界に転身して流行作家となった。

四月初旬の日、幹夫は、新任の国語の教師として、都心をかなり隔てたこの定時制高校の十名ばかりの職員に紹介された。蛍光燈に時に伴うあの鈍い連続音を耳朶に受けながら、改つた目顔で紋切型の挨拶を口にした。くねり気味の高く細い躰の線や男にしては色白の彫りの深い顔立を、好意からとも敬意からともつかず、視野の端に感じ止めていた。何かしらある板についたようでありながら、ふつと改めて感じ直せば、何一つ些かも板になぞついていぬ体《てい》の男だつた。

その日、凡て終了して、職員室を出ようとするはなを、幹夫は、予感が的中したような感じのなかに、その男の声を肩口に聞いた。

「何かくつついている。」

振り返ろうとすると、手が襟にかゝつた。

「あゝ、綻びなのか」

その男は荒つぽくその糸をむしり取つた。幹夫は、その乱暴さと不躾とに幾分驚いた。男は、幹夫の肩のあたりにためつすがめつする眼使いを走らせた末、幹夫の顔は見ずに言つた。

「柴井君は少し猫背の気味だな。」

一緒に外に出ると、英語の教師で藤江というその男は、近くの閑散とした店に幹夫を誘つた。コーヒーを啜りながら、藤江は、自分が独身であることや主事の温厚の人柄や生徒のできの悪さなどしゃべつたが、ぞんざいな口振かと思うと、急にうつて変つて改まつた言葉遣いになつたりした。ぞんざいなときは、眉を不精たらしく色々に動かし、声を低めたりするが、改まつたときは、急に行い澄ました顔に変え、鼻にかゝつた声を出したりした。

「僕は、陰の誠意を尽すつてことができないんだ。初めは誠意を抱いていても、やがて外見までが誠意の色を帯びてくるのを覚えると、急に帳消しに不様なことを言つたりしたりしてみたくなるんだ。」

出がけに、藤江は、妙に投げやりな口調で、灰皿に吸いさしを何度も捻ぢつけながらこう言つた。幹夫は、それまでの藤江の変転極りない仕種《しぐさ》や声色と思い合わせて、たゞ、習慣的生活を送つてきた者が今日から新たな生活を踏み出す者に対する一種の劣等感が企んだ虚勢だろうと思つた。

翌日から幹夫は、藤江と急速に昵懇になつていつた。親しくなりかけた者同志によくある半ば作為的な気まぐれな感情から、幹夫は、恋人の写真を見せたり悋気を叩いたりした。けれども、ひそかに悩んでいる自分の病気のことはまだ明かす気にはなれなかつた。

何事につけ眼新しい新鮮な表情を読みとつてはもの悲しい疲れを覚える旅行者のような当初の感覚も薄れ、これが握りしめてみられる生活の範囲だと実感し始める頃になると、幹夫は、藤江がこの夜間高校の男ばかりの職員室の中の立役者であることも分つてきた。主事の白河が最も重んずるのも藤江の発言だつた。また生徒間に最も人望厚いのも藤江だつた。色白で彫りの深い顔には一種横柄な感じがあつて、そんな処がいなせで劇的なものを憧れる単純な世代には漠然と魅力に思えるらしかつた。校内で喫煙している年端もゆかぬ生徒をたま〳〵見つける。藤江は、その場では何も言わず、ひそかにその生徒を呼んで二人きりの場で忠告した。諭しながらも、自分はこんな面倒なことは極めて不得手なんだがという不精げな顔でやつてのけたので、却つて生徒はひどく感涙に咽んだりした。月謝を納入できず、それを気に病んで休んでいる生徒がある。すると、藤江は、月謝をたてかえ、その生徒のために就職の口を色々ときいて廻り、その生徒が就職すると、少しづつ貸分を返させるようにした。

けれども藤江には奇妙な振舞があつた。そんなことをやつたあとで、藤江は、必ず職員仲間に自分の善行を業腹めいた口調でひけらかすのである。当惑げな眩しげな皆の顔を確かめると、急にうつろな感じの苦笑を浮べて黙つてしまう。藤江は帰校時には担任のクラスで生徒と一緒に掃除をしていた。済《すま》して職員室に入ると彼は、大仰な吐息をつき、聞えよがしにこう言う。

「あゝ、掃除をやつてきた。」

幹夫は、藤江のそんな面をどう見てよいものかと思つた。初めの日喫茶店を出際に藤江の吐いた言葉を思い起していた。誠意の外見を帯びることへの羞恥というありきたりの自意識にしては異常すぎると思つた。もと〳〵誠意も何もないとすればと思つてみると、その方が幹夫には藤江らしいと思えたが、そも〳〵誠意の一かけらすらないとすれば何のために外見の誠意を衒つたり毀したがつたりするのか、幹夫は藤江の白い面貌を思い描きながら屢々怪訝に思つた。

「先生は羨ましいなあ。」

五月初旬のある夜の下校の途、踏切で遮断機に会つて電車が通過するのを待つているとき、幹夫は、不意に肩口に生徒のわりにはふざけた大人びた声を聞いた。ふり返ると生徒だつた。四年の組に見かける、幹夫と幾つも違わぬ年格好の、いつも背広の田原だつた。常に自分の年齢を頭に置いていて必要以上に教師に向つて馴れ〳〵しい口のきゝ方をして、そういうことに陶酔を覚えるらしかつた。

「先生には性的魅力たつぷりな恋人がいらつしやるそうですね。羨ましいなあ。」

幹夫ははつとした。恋人がいることを知られたからではなかつた。誰がそういう言い廻し方で自分の恋人のことを話し、また誰がこのような不躾な口をきゝ易い男として自分を田原の頭に植えつけたのかという懸念がふと頭のさきを掠めたからだつた。幹夫は遽かに暗い気持になつた。

「君、馬鹿なことを言うのはよせ。」

幹夫の語気は自然荒かつた。田原はふとたじろぐようだつたが、ふてくされた居直り方を見せて薄ら笑つた。拗ねた粘つこい口調で喰つてかゝつた。

「教師が言えば笑つてすませても、生徒が言えば馬鹿にしたことになるんですか。」

恰かも、電車が明るい窓に吊手の白い輪を連らねて過ぎた。電車は速く動いているのに、吊手の輪の白い列の揺れは見えず、おだやかに重なり合いまた離れてゆく有様が幹夫の眼にはやさしく映つた。遮断機が上がつて、二人は渡つた。

藤江は確かに一度幹夫の恋人の写真を見てさりげない口調で、「性的魅力があるね」と言つたことがあつた。幹夫は、田原に侮られたと思つた。藤江が自分に関してどのような観念を田原に吹きこもうとしたにせよ、田原は吹きこまれた観念に田原流の安手な俗悪な解釈を施しているに違いないと思つた。幹夫が腹立たしかつたのは田原にまつわるその浮薄な感じだつた。そうして、相手も見定めぬ藤江の無責任な言動だつた。田原に喰つてかゝられて幹夫は黙つていた。短い駅までの道程では何を言つても田原を増長させるのに役立つばかりだと思えたからでもあつたが、いつか自分がもつと手痛い恥辱を受ける予感が胸に萌し、不吉に怯える心があつたからでもあつた。

翌日、幹夫は、ものぐさな感じに出席簿の端角を二本の指につまんで、それをゆつくり振るようにしながら授業に出かける藤江を薄暗い廊下に捉えて前夜のことを話した。藤江はあたりを素早く見廻すような鋭い眼をしたが、暫くは解せぬ面持で幹夫の顔を見つめていた。幹夫も黙つて藤江を見返した。

「それで？　僕は話したのは話したけど。そうだ、学校の帰りに四年の連中と一緒になつた時だ。そうすると、あの時、田原も居たんだな。それで、どうして話したらいけないのかしら、いけなかつたの？」

藤江は、長身をこゞませる風に、薄暗い灯明りの中に、気弱な眼色だつた。幹夫は、藤江はそらとぼけているのかと思いながらも、藤江の不審げなどこか一途な眼差に会うと、嶮しさを削がれ、藤江はふとした心の弾みから好意的なひやかしの積りで喋舌つたのかも知れぬと思いたくなつた。

「いや、田原の言い方なんだ、妙に僕をなぶるような処があつたんだ、それで……」

幹夫は言い淀んだ。言葉がつまると、もう少し怒つてもよい筈だと思い直したが、藤江の瞬きもせず自分に見入る眼に気附くと、訳もなく和解したくなつた。

「僕が気にし過ぎたんだ。」

言いながら、幹夫は思いもかけずはつとした。口だけが勝手に台詞を呟いていた。藤江の口元に冷い笑みが湛えられていたのだ。見るまに藤江は背を見せていた。藤江の残していつた甘いような体臭を鼻孔に這わせながら幹夫は、得体の知れぬ激しい羞恥に全身を貫かれて暫く動けずにいた。

幹夫にはひそかな悩みがあつた。放尿が不如意なのである。公衆の便所などで、うしろで人に待たれていたりすると出にくい程度だつたのが、傍らで誰かゞ居て一緒に用を足す場合でも出にくゝなつた。神経の故と思つていたが、最近では自家で一人の時でも不如意のことがまゝあるようになつた。尿意を覚える。便所に入つて身繕う。下腹に力を入れる。尿意が強まる。すぐそこまで出かゝつているようながら、不意に翻意するように尿は後退し始める感じで、尿意だけが不自然に後味わるく残る。改めて今度は大便所に入つてかゞみこむ。排便の力を借りて放尿を果そうとするわけである。やがて、微かに顫えるような感じで尿が尿道の出口に向つて抵抗を排しつゝ溢れ出ようとして、それから束の間、勢いを貯え満を持するような停止の感じがあるとみるまに、尿は初めは細く、それから急に幅広に奮出する。このようにして大便所では必ず果せた。この症状が性病ではなく、前立腺《ぜんりつせん》肥大症という老人病いらしいことを、幹夫はラジオの健康の時間から判断して、急に世の中が明るむ気がした。三十を過ぎたばかりでそんな症状を呈するのは少し変だと思つたが若い者に皆無という言葉もないので、それに違いないと思つた。前立腺とは旧名摂護腺ともいゝ、男だけにあるもので、尿道の奥を包んでいるものだが、性ホルモンの不均衡か何かゞ原因で肥大を生じ、尿道を圧迫するために尿が出にくゝなる。外国では泌尿器科にくる老人の半分以上がこの病いであるという。その進行は緩慢だが放置すると、尿毒症などを惹起し一命を失うこともあるという。だが、現在の進歩した設備や技術の下での手術は全く安全で、爾後はさわやかな放尿に立ち戻れるということ。幹夫は、いつか医者に診てもらおうと思つていたが、そう思つているとなめらかな放尿の日々が続いたりして、休暇に入つてからなどと思うに至るのだつた。

幹夫は学校でも気を使つていた。用便は空きの時間を利用した。たてこむ休み時間は禁物だつた。たま〳〵うしろに足音がすると、折角出かゝつていたものが急に止つてしまい、幹夫は、故意に、今済ましたばかりという風な躰の揺すりかたをして、踏台を降りると、殊更相手に対した姿勢のまゝ下のボタンをかけたりした。そんな時、幹夫は、自分の眼が相手の眼を窺う感じになるのを惨めに意識した。

六月に入るとすぐ学年対抗の球技祭があつた。五時から七時過ぎまでの明るい間にスケジュールを消化しなければならない夜学の慌たゞしい球技祭である。職員生徒は運動場に出た。幹夫はソフトボールの試合を見ていた。煙草が欲しくなつてポケットを探つたがなかつた。職員室に脱いだ上衣の中にあるのを思い出した。それが一番近道になる校舎に囲まれた中庭に出て、そこから靴を脱いで靴下のまゝ廊下に上つて職員室に向つた。運動場の歓声がどよもしていた。人は孤りの折、つましい自由を楽しむために、僻げに剽軽な意味のない動作を己に強いることがまゝあるが、そんな心の働きから、この時の幹夫も、職員室までの廊下を忍びやかな足取で辿つて行つた。はや傾いた陽差に向いの校舎の窓ガラスが歩行につれて仄かな黄味を帯びてきらめき流れた。職員室の入口に着いた。陽差に慣れた眼は、初めは、たゞ仄暗い室内の人影を淡い眼蛍の浮かぶ視野の中に漠然と捉えただけだつた。見定めて幹夫は息を呑んだ。忍び足で数間ひき返した。幹夫が束の間眼に入れたのは、幹夫の机の前にこちらに背を向け、頭を垂れ、片手で椅子の背を把み、片手を陰で動かしているような藤江の姿と、藤江の躰に大方隠された椅子の背にかけてある幹夫の上衣の片袖のゆらめきだつた。幹夫は、今度は、鼓動が喉下に昂まるのを感じながら、殊更ゆつくりした足音を立てゝ室に入つた。藤江はもう自分の机に向つて腰を下していた。眉根を寄せ、片眼を細めるようにして誰かという風に幹夫をちらと見て、机の上に開いてある本に眼を落した。幹夫の上衣は椅子の背に心もち傾いた格好でかゝつていた。

「煙草を持つて出るのを忘れてね。」

幹夫は、先刻の今、上衣のポケットを探らねばならぬ自分が藤江に起させる疑念を気にして、そんなことを呟いた。そう言いながら内ポケットの中を素早く調べてみた。幹夫は慌てた。裸のまゝ突込んであつた筈の二枚の千円札が指に触れなかつたのである。幹夫は、煙草だけをズボンのポケットにしまうと、読書を繕う風の藤江の背に声をかけてみた。

「ずーと、こゝに居たの。」

藤江はやおら振向いた。眩しげな眼を向けてきた。

「うん、ずーと。」

疲れたような返答を呟くと薄く笑つた。そんな藤江を見て、幹夫は、急に憤りを覚えてきた。二枚の千円札の消失が藤江の所為によるか否かは別としても、一応上衣に触れたことに就いては一言あるべきではないかと思つた。藤江は両腕を頭のうしろに組み軽いあくびをした。幹夫の胸の中に憎悪がふくれあがつた。

「二千円失くなつてるんだ。出る時はちやんとあつたんだ。」

口走りながら、幹夫は、妙に現実感の薄い責任のない感覚だつた。傾斜していた視野が正しく固定するような感覚の中に、はつと、自分の言葉を取返しのつかぬものに思つた。藤江は、幹夫に異常に蒼白な顔を向けてきたが、すぐに物憂げな顔に変えて、暮れかゝる外景に眼を投げた。藤江のぼんのくぼの刈りたてたばかりの短い頭髪を梳いて見える青い地肌を見つめながら、幹夫は、藤江にある気配を感じていた。と、藤江の低い声が室の隅からのように起つた。

「僕が盗んだ。こゝにある。」

藤江は、外に眼を向けたまゝ、だるげに躰を椅子の背に投げかけたまゝ、机の上に重ねた二枚の紙幣の端を二本の指で軽く押えていた。ゆつくり幹夫に顔を向けてきた。藤江の眼は、先刻のあくびの故か薄く濡れ輝いていた。何者かに出し抜かれたような感覚の中に、幹夫には奇妙にも、藤江の眼が清らかに見えた。幹夫は、藤江から外らした眼を何も見ぬまゝに宙に見開いて、自分の机に腰を支えて暫く突立っていたが、不意に覚えのある不分明の感情が突上げてくるのを感じた。羞恥だつた。幹夫は足疾に室を出て行つた。あとで上衣をつけた幹夫が内ポケットを検べてみると、二札の紙幣は二つに折られて返されていた。

相手の秘密を握つている者の心は、相手への支配感であるよりもむしろ相手からの重圧感であることが少くない。幹夫は重圧の下に戸惑つていた。藤江を思いきり憎むことも侮ることもできぬ自分の心の方が藤江よりも得体の知れぬ何かであるように思えるのだつた。二度まで烈しく襲つた羞恥も、自分の心にわだかまるそういう不決断の汚濁をまざ〳〵と照射して見せつけられることによるのかと思つた。けれども、その照射が何故藤江の前でだけ作用するのかは分らなかつた。それよりも幹夫が不思議でならなかつたのは、その後の藤江の自分への対し方だつた。藤江の幹夫に注がれる眼には微塵の怯えも示威の色もなかつた。幹夫に対しては最も関心を示すべきなのに、却つて藤江は、幹夫の言動に以前ほどの注意を払わなくなつた。こんなことがあつてたまるものか、幹夫は、こう中腹《ちゆうつぱら》になつてみるのだが、不当にもある後暗さを自分の中に指し示される気がして、尚のこと焦《じ》れた。

(俺は自分の前立腺肥大症を藤江の秘密で相殺できた積りらしい)幹夫は、自分の中の後暗さを、少し安易に過ぎるとは思いながら、こう呟くことで突きとめた気になつた。突きとめた気になると、己の症状を藤江に打明けたくなつた。そうすれば、己にまつわる卑しい意識から解放され、藤江に対する裸の感情も確められると思つたからである。

就任の夜、藤江に幹夫が誘われて入つたあの店だつた。幹夫はビールを口に含みながら、放尿不如意の症状を微細に説明していた。そうして、奇妙にも病いの場所がら不粋な単語を必要以上に乾いた声で羅列しながら、なにか冷徹の快とでもいつた感じを覚えていた。誰かに、このことをこのように打明ける時のことを、ある憧れに似た気持で思い描いていたのにも気附いていた。

「それは医者に診せることだね。素人判断は禁物だ。僕が紹介してあげる。」

それまで眉を寄せ横顔を見せて煙草をくゆらしながら幹夫の言葉に頷いていた藤江が、こう言葉をさし挟んだ時、幹夫は、尤も過ぎるだけに藤江の言葉の裏に冷く非情なものを感じた。そうして、また、この場でも思いがけず、羞恥が胸底から頬にゆすり上げてくるのを覚えた。けれどもこの時、仄々と皮膚に滲み出してくる酔いの熱感にたるんだ彼の心は、羞恥に滅入るよりも、くるめき乱れるものに乗じて、図太い企てを瞬間思いついていた。言葉が幹夫の口を衝いて出た。

「僕は君に訊ねたいことがあるんだ。」

藤江の眼にある感じが走るのを認めると、幹夫は、深々と躰を埋めてゆくような快さを覚えて畳みかけた。

「君はなぜ盗んだんだ、そうして、なぜあとで返したんだ。」

藤江は微かに笑つたように幹夫には思えた。藤江は、ビールをゆつくり口に運んで暫くは口に含むように頬をふくらませ、それから咽仏を上下に二三度揺り動かすと言つた。

「そういう訊ね方はしないでくれ給え。安手な探偵小説の中の探偵と犯人のような馴れ合いの親身は示してもらいたくない。」

藤江は、宙に支え持つたコップの中の液体を一種兇暴な眼附で透し見るようにしていた。俄かに幹夫は眼縁《まぶち》から熱感が冷えるような気がした。はつと羞恥の影を見定めた気持だつた。自分の躰を醜い残骸のように思い看做す心があつて、幹夫は、自分の躰の占める空間を凝つと硬ばつた感覚の中に確かめていた。藤江はコップを音をたてゝ卓に置き、ソフトをすり上げながらゆれ動く黄色い液体にちらと眼を流し、それから眉根を苦しそうに動かした。薄い下唇を赤く細い舌の尖で舐め、両肩を大儀そうにゆすつた。呂律の余り確かでない口ぶりで言い始めた。

「町中怖気《おぞけ》をふるつて警察も手を出したがらない悪党が僕の家の近くに居るんだ。その男が先だつての祭の日にどこかの男の子を肩車に載せて、その子に頭を叩かれながら顔を綻ばして街を歩いているのを見たんだ。僕は、そんなことに他愛なく感激したりするんだ。普断の野蓄で無頼な心でその子を地面に叩きつけようとはせず、頭を叩かれながら却つて嬉しそうに笑つてるんだもの。だけどあとでは、そんなやくざのあの時の笑顔も、結局、僕が感じたのと同じ感動を奴が自分に対して持つているように思えて味気なかつた。己の無頼を意識すればするほどそれだけ、人一倍の人情家に己を仕立てゝみたくなつたりするような処が人間にはあるんだな。有名な政治家とか横綱が年老いた母親に並ならぬ孝養を尽したりする気持も似たりよつたりのものさ。力持ちという自負と裏腹なんだ。だが、僕が君の金を抜き取つたのは、これと全く逆な心の働きなんだ。誰が入つてくるか、誰が居残るかも分らない室に金の入つた上衣を脱ぎ棄てゝある。脱ぎ棄てた君はこの僕を含めて信じ切つている。そうして、僕も盗むなぞ思いもかけぬことゝして独り室に残つている。僕は涙ぐみそうな感激に駈られてくる。僕らが紛れもなく人間だと確めえた、そんな喜びだつた。お互いに確かな処では信じ切つているくせに、余計な処で争つて、人間ほど信用できない者はないなんていきり立つてるんだ。人間の贅沢な不信だ。全く微笑ましい諍いだ。信じられているから癪に障つて人を殺したり、自殺してみせたりしているのぢやあないかと思えるほどだ。そんなことを思つて僕はあの室で感動していた。考えてみれば、こんな馬鹿げた感動なんてあるものか、それなのに僕は、自分でもいやになるほど感動してるんだ。そうして、急にそんな自分をぶち毀したくなつた。酔払い同志が馬鹿気た共感を示し合つて、『分る、分るよ、君の気持はよく分る』なんて言つて咽び合つてるのとおつかつぢやあないか。不当に精神を縛られているような苦しさを覚えて、最も不様な約束を無視したようなことをやつてみたくなつた。だが格好だけなんだ。君が丁度入つてきたので、それに君だと思わなかつたから、突嗟に返せなかつたんだ。十分間位盗人の役をやつてみたかつたのに。今までも、ちよい〳〵そんな真似をやつてみたが、あんな運の悪いことは初めてだ。だから却つてせい〳〵して引締つた感じだつたな。」

幹夫は聞いていながら焦立つていた。理解できる自分の心と、こういう話を人に聞かせる藤江の心と、そうしてこういう話に耳を傾ける態度の上の不如意に焦立つていた。そうして、口を閉じた藤江の白い顔の中に濡れ輝いていた眼が一瞬鋭く隔意の感じを帯びて自分を見た時、幹夫は、羞恥がまたしてもこみ上げてくるのを感じ、はつきりとその羞恥の実体を見る気がした。すかさずある自信を託して言つた。

「君は結局、ぶち毀せなかつたのさ。知つてたのさ。どんなことをやつても暗黙の約束感情を毀すことはないと安心した上なのさ。」

けれども、こう言つてからも、幹夫の胸には、何か残滓がなずんでいた。そうして、この残滓の感じはいつも胸の底にひつかゝつている病気への意識なのだろうと幹夫は思つた。藤江の顔は、妙に荒れ乾いた感じだつた。視点もうつろで、口腔の粘りを消すかのように口を動かしていた。

それから数日経つた夜、幹夫が四年の教室に入ると、たゞならぬ気配が静まり返つていた。黒板に振向いてみた。ふとくらめくような衝戟を幹夫は受けたが、眼に確め了る頃には、微かな気落ちにも似た安心感が彼の胸に拡がつてきた。

「前立腺肥大症」こう書いて、その傍らに註として、「放尿時に際して思うにまかせぬ厄介で不粋な病気」と書き加えられてあつた。

これが怖れていた瞬間なのかと、幹夫は、とぼけた顔に薄笑いを浮べて正面に向き直り、出席をとり始めた。自分の太い構えのどこかに藤江の感情が取り入れられているのを知つていた。こんな場合人が赤面するのは、事態に対する羞恥によるよりも羞恥を抱いていると思われることを恥じるからだと思つたりした。幹夫は、田原の方は故意に見なかつたが、視野の端に薄ら笑う田原の顔がぼんやり揺らぐのを感じていた。そんな時、藤江への憎悪が遅れ走せに突き上げてきた。直ちに藤江に会つて詰問したい衝動に駈られたが、生徒の侮りを思うと、それはできなかつた。出席調べも終りに近くなつた時、一人の女生徒が席を立つた。怒つた顔のまゝ壇上に上ると、黒板の文字を手荒く消した。その女生徒は席に戻りながら田原の方に強い嫌悪の眼を向けていた。誰かゞ声高に笑つた。すると正義派らしい声が詰《なじ》つた。幹夫には、この場合、生徒のどんな言動もひとしなみに不愉快だつた。幹夫は、生徒の期待を裏切つて、黒板の落書に就いては一言も触れずに早速授業にとりかゝつた。普断よりも熱心になれる自分に驚いていた。生徒も変に静かで、緊張した雰囲気が漲つてきた。何か訳の分らぬおかしさが時折幹夫を襲つたが、そのおかしさは上昇の途中で急に藤江への憎悪と入れ替るのだつた。幹夫は、自分の声がいつになく冴えているような感じと共に、躰がうそ寒く細かに顫えるようなのも感じていた。

授業を了え、幹夫は、暗い空き室に藤江と対した。幹夫は、昂ぶりのため辿々しい調子で、黒板の件を話した。藤江は、向いの校舎の蛍光灯の仄かな反映を受けた顔を心もち俯向け、踵を床に軽く打ちつけていたが、幹夫が口を噤むと言つた。

「どうして生徒に話したりしてはいけないのかなあ、場所が場所だからかしら」

藤江がまたも空とぼけているとは幹夫は思わなかつた。けれども、自らを恃《たの》む風な藤江の不逞の感じが癪だつた。殴りつけたい衝動が身内に揺れ戻る。

「君の盗みのことを僕が人に喋舌つても君は何ともないかね。黒板に書かれたりしても何ともないかね。」

幹夫は、自分の言葉を幾分はしたないと思つたが、それよりもはしたなさを小気味よく思う気持の方が強かつた。藤江は、幹夫の顔に視線を這わす感じに眼を向けていたが、口のあたりを軽く掌で押えるどこか女のような仕種をすると、鼻にかゝつた低い声で言つた。

「前立腺肥大症とは比較にならないね。盗みの方がずつとこたえるよ。だが、人に言つてくれるな、なんてことは言いたくない。君が人に知らせたければそれも致し方ないと思う。たゞ……」

言いさして、藤江は、一筋の髪の垂れた額の下から幹夫を慼むような眼で見た。幹夫は、藤江の視線を、眼と眼との間の皮膚に擽つたい触感に似た感じとして受け止めた。殴りつけたい衝動が徐々に薄れ落ちてゆくのを心もとなく思いながらも、押し殺した声で反問した。

「たゞ、何だ?」

「うん、僕は、いつも、いつかそんな羽目に陥る自分を予感しているんだ。一言の弁解の余地もない立場に追いこまれ、人々の侮辱の眼を浴びながら、自分が崩壊してゆくような感覚の中に茫然自失する自分の姿を思い描いて見るんだ。そんな僕の姿というものは、僕の持つている凡ゆる面の中で最も僕に相応しいんぢやあないかと思うんだ。時には、誘われるようにそうなりたいとさえ思つたりするんだ。」

藤江の低い声は性感を唆るような濁りを帯びていた。藤江は歎息のように深く息衝いた。藤江の吐息が幹夫の鼻孔に温気を伴つて通じてきたが、その吐息には変に甘い匂いが含まれていた。藤江は机の上に腰を下した。幹夫は立つたまゝだつた。苦々しい疲労に幹夫は包まれてきた。早く結着をつけたかつた。

「とにかく、僕は、今後、僕が人に知られて不快になるようなことは一切口外してもらいたくないんだ、約束して欲しい。」

幹夫の言葉の途中で藤江は煙草に火を点けた。火明りの中に一筋の髪の垂れかゝる藤江の額が仄赤く輝いた。煙草の火先が明るむと、煙草を持つ藤江の指の爪にも仄赤さが映えた。やゝ経つて藤江は口を開いた。

「そんな約束は、君には悪いが、僕にはできない。そんな約束に縛られるなんてなにか僕には堕落のようなのだ。特に君との約束は絵空事になるばかりだ。君を初め見た時から、僕は何かを自分に戒めていたんだ。」

藤江は、罵るようにこう言うと、幹夫にぎら〳〵光る眼を上げた。蚊の羽音がたつている。藤江は、急に煙草を床に捨てると、その赤い火尖を狙つて足を踏み下した。床が上履の踵に軋り音を上げた。藤江は、話を切り上げたそうに、幹夫を見た。幹夫は、それには頓着せずに言つた。

「そのことは聞いておこう。だが、僕も約束はできないよ、ぶん殴らぬということもね。」

「編輯後記」より

▽今月は、紙の運搬に手間取つて発行が遺憾ながら遅延したのは何とも申訳がない。これまでと異つて、印刷にも時日がかゝるし、殊に製本に至つては随分好意を示してもらふにも拘らず従来の二倍の時日を必要とする上、トラツクの使用困難のため紙の入手も想像以上の不自由を感ずるに至つた。だから、これまでの締切では所詮二十七日発行は覚付かない。執筆諸家におかせられても右の事情を御諒察の上、何卒、編輯部からお願ひする締切日を御確守下さるやう呉々もお願ひいたしたいものである。

〈昭和十七年二月号、和木清三郎〉

藤江は、廊下に眼を投げ、聞いていぬ風に放心したように薄く唇を開いていた。幹夫は、荒々しく緊つてくる自分の感情を快く思いながら先に廊下に出た。すると、

「ちよつと、君、襟が変だ。」

藤江の声と一緒に手が伸び、立つているシャツの襟を折り返すらしい手の動きを幹夫は頸に覚えた。一応足を止めかけたが、その時、緩んだ躰の間隙をつけ狙つて、羞恥が突上げてきそうな予感が胸を掠め、幹夫は、藤江の手を払いのける積りで、頭を揺すり、手を耳の後にかざした。そういう自分の姿勢を思わず思い描いた。すると、俄かに心に視野が開ける思いがして、言いようのないおかしさがこみ上げてきた。今は夜なのか、藤江と自分との間に生じた事々も夜のことであつたのかと、なぜともなく思われ幹夫は、かざした手を前に垂れた。それから、束の間して、背後に去つてゆく藤江の上履の床に貼りつくような音の中に、幹夫は今の藤江の羞恥を感じる気がした。

夏休みに入ると、幹夫は、藤江の紹介する病院に行つた。尿を二つの瓶に振り分けに排したり、採血したり、下半身裸になつて寝台に横にされ肛門から手を突込まれたり、尿道の写真撮影に際しての痛みに耐えたりした。どんな顔も仕種も追つつかぬような惨めな感じを味わつてその日はそれで済んだ。翌日結果をきくと、どこもわるくないということだつた。

「よく並び小便や立ち小便ができないと言つてくる人がいますよ。少し図々しく構えてみたらいかゞです。あと検べるとしても膀胱だけなんだが尿は綺麗だし……」

精力的な感じの初老の医者はこう言いながら、横向きになつてカルテにペンを走らせた。神経症かどうかとの幹夫の問いに、

「無理に名づければそうなりますかなあ。」

その医者は、向き直り、こう不興げに呟くと、幹夫の膝のあたりに眼を落したまゝ、幹夫が立ち上るのを促すように黙つた。

幹夫は、帰りの省線電車の中で吊手に把りながら、ある気落ちを不思議にも覚えていた。病院に行くきつかけには一種楽しい期待さえあつたように思い起された。急に健康者としての漠とした責任感が重くのしかゝつてきた。すると、眼醒めるような驚きの中に、自分の精神がある症状を呈しているのに却つて気附かされた。幹夫は、仮病という言葉を思い浮べた。ある目的のために意識的或は無意識的に企み装う病気の意である。仮病だとすると、自分が仮病を企んだその意図は何であるのか。その意図は自分の精神の症状を己に陰蔽することではなかつたのか。前立腺肥大症とはそのために考案されたてだてに過ぎず、放尿不如意というのも肉体をそのようにしつけ、しつけという精神の労役に伴う放心を玩味していたのではないか。幹夫は、手に余る力が己の中に己を捉えているようで不気味に思つた。

息子と恋人

坂上　弘

昭和30年6月号

©Akira Soda

さかがみ・ひろし
（昭和11年〜令和3年）
慶應義塾大学哲学科卒。在学中、山川方夫の勧めで「三田文学」に発表した「息子と恋人」が芥川賞候補作となる。代表作に『田園風景』（第45回野間文芸賞）「台所」（第24回川端康成文学賞）など。「三田文学」編集長、三田文学会理事長を歴任。

1

慎治のいるスナック・バーの二階から陽のかげつた裏路を見渡すことができる。両側の、磨きあげられた大理石を廻つて、男女の姿が表通りへ消える。なかには駐車した自家用ナンバーの高級車を覗きながら街燈に躓づくものがいる。夏の日盛りである。人々は暗くて涼しい、谷間のようなこの裏通りを選んで歩いて来る。若い女が桃色の人造大理石を手ですりながら歩いて行く。ハイヒールの心持よさそうな運びが、角で、ひよいと消える。

慎治の瞳の底で恭子が靴音をひゞかせながら、アパートへ、とつとつと角を曲つた。こんな街なかを駈けるように歩いている彼女の行先はどこだろうか。今しがたの女が恭子であるはずがないことを知つている。二人のアパートは郊外にある。その袋小路の角まで来ると彼女は大袈裟に走り出す。帰つて来るのはたいてい夜であつた。闇の、狭苦しい垣根づたいの路地に跫音がする。慎治は二階の一室でそれをきいている。

恭子はアパートの非常用階段を跣足になつて昇つて来た。階段の鉄板に汗で足跡がつく。鼻歌に合わせて肢が踊つて動いた。

「あけてちようだい、靴を持つてるの」

「自分でやれよ、足であければいゝ」

彼女は手で扉を背後にしめた。汚れた足型が畳についた。

「うるさい？」彼女はラジオのスイッチをひねつた。或日

「今日はあたしの記念日なの」と云つた。「十七才の今日ね、はじめてメンスがあつたの」

彼女はスカートを脱ぎにかかつた。

「十七でメンスだなんて級であたし一人位なもんだわ、みんな中学の一年生位であるのよ、だからとつても嬉しかつたの、それまで、男の子みたいなコチコチの軀で恥かしかつたわ」

彼女は畳に寝そべつて毛布を腹に掛けた。

「あゝ眠い、今日も蚊に食われるのかしら」

慎治は作家志望の学生であつた。誰も小説を書くことが空しいと思いながら書き続けることはできない。その上生きて行くのに金が必要であるからにはとにかく書く物が売れなくてはいけない、と彼は考える。言葉をつかつて品物を作つているのだ。しかし彼の作業は市場で競に出される、それ以前のものである。彼のなかでは、意味のある人生も意味のない人生も、この街路を人が一律に歩き廻るように、同じものによつて描くより外はなかつた。歩く、彼に背を向けて遠ざかつて行く足の動き、意識せずにその動きから一切を説明しつくしてしまつている姿、はじめも終りも、意味もない、正確すぎる比喩………それでも人は歩いている。恭子はすねの蚊を追いやつた。

「お店では慎治さんのこと小説家向きだつて云つてるわ、だけど小説つて、そう簡単に他人にわかつてもらえなくてもいゝのぢやない？　あなたの小説、あたしが買つて、あたしは子供に売りつけようかな」

ボーイが会釈して慎治の坐つている前を横ぎつた。先程から註文した品を待つている男の所へ行つた。それから又彼の前に立つた。アイス・コーヒーは手をつけずに置いたまゝである。氷が溶けてミルクが濁つて浮いている。

「これをさげて下さい、代りにウイスキー・ソーダでも」慎治は云つた。

「かしこまりました、お電話の方が、只今混みあつておりますので、順番がまいりましたらお知らせ致しましようか」

「そうして下さい」

「お待たせして済みません」

この一年間になにが起つたと云うのだ。あの夏からこの夏へ。ポロシャツから上衣、スプリングからオーバー。一ぱい十五円の氷水、コカコラの立飲み、冬になれば暖かいコーヒー店。アパートの蒸し暑い北向きの部屋、凍るような部屋。だぶついたギャザスカートとぴつちりしたタイトスカート。冗談ぢやない。たしかに起つたのだ、彼自身が重要な当事者であるその事件は終つてから二時間も経つていない。恭子は体格のいゝ女だ。恋のはじまりは単純であつた。喫茶店で、彼女はダンス好きのメイドだつた。彼女が男を愛し出したこと彼が彼女を美しい女だと思いはじめたことは、あの薄暗いごみごみしたダンス場で、彼女にとつては傷つけられた過去の恋から、彼としては学生と云うあいまいな立場から、生涯をかけて脱出しようとしたことである。このとき、突然慎治はひとりだと思つた。それはいきなりやつて来た。風や物音のようにではなく、襲いかかつて、彼を占めた。二人が同棲して九ケ月目に女は妊娠した。彼女はスカートの上から腹を両手で押さえてみせた。

「どうしようもないのよ」

「欲しいんだろう？」

「それはそうなの、ところが貧乏のときの赤ちやんて、小児マヒになるつて云うわ、そうでなくても髪が薄かつたり陰気だつたりおつぱいが出ないと神経質になるし、もしも白痴だつたら可哀そうだわ、あたし、あなたにまかせるわ」

「堕ろしたら、恭子、どうなるの？」

「しばらく淋しがるかもしれない、気が狂うかもしれないわ、ほんとよ、あなたを嫌いになるかもしれない」

「育てたら」

「あたし、あなたと別れるのが厭なの」

スナック・バーの壁にはスピーカーが据えてある。レコードは客が金を出して註文する。マカロニの皿をつゝいていた男がボーイを呼んだ。

「君の好きなものをひとつ掛けてくれ」その男が云つた。

「静かなものがよろしいでしょうか」ボーイは笑つて訊いた。

「好きなものをひとつ掛けてみてくれよ、ジャズか？　シャンソンか？　なんでもいゝ」

共同化学製品株式会社の事務所で三つの卓上電話が同時に鳴り出した。青い事務衣の三人の女が受話器を取り上げた。

一つは掛け違いであつた。社長室の電話が鳴る。女秘書が信《しの》夫《ぶ》社長に取りついだ。

「あのう、お宅からでございます」

社長は忌々しそうに舌打をした。

「あゝもしもし、誰が掛けているの？」

「いえ、わたくしですが、今ね、この娘《こ》がどうしてもお父ちやんに電話するんだつてきかないものですから」金切声が秘書の耳にとどいた。

「忙しいのに困るぢやないか、この頃毎日ぢやありませんか、君からよく云いきかせてくれたまえ、妙な癖をつけたりしちや困りますよ」彼は不愛想に受話器を置いた。

電話を通じて流れる富の声は絞り出していることがわからない位に若々しい。受話器にお辞儀をしながら笑いが溢れそうな声色で喋るのである。母親は電話をきられてからも、手離さずに、自分の顔を覗いている。鏡は電話台の壁に掛けてある。小さい飾り鏡の中には十二になる娘の顔も映つている。

「お前もお母さん似だね」

「お父ちやん、何だつて？」

「あ、そうでした、今日は忙しいんですとさ、だから今晩お帰りになつてからにしなさい」

「だけど明日要るのよう、どうしても買つて来てもらわないと、持つてけないぢやないのよう、先生に叱られるんだから……ねえお母さん！　よう、買つてよ、お母さんたら！　お母さんが買つてくれればいゝぢやない？　ねえ？　ねえつたら！」
富は四十三になる。二人の子供にはあたしのものを、歯でも爪でも髪でも、そつくりあげたのだ、彼女は呟くのである。腹がつき出て、夏でも厚い生地のズボンをはくのは冷えるからである。娘を産んでから膨らんだきりの腹は、だんだん溜る水が増して行くようである。脊髄カリエスもなおりかけである。夫の宴会の席に、若くて美しい富は産後でもすぐに出て行かねばならなかつた。「お母さんは無理をさせられたから、歯も抜けて、電気マッサージでも腹帯でもだめ、一生なおらない病気になつたのよ」

富は自分の部屋に入ると落着きを取り戻した。「部屋」には子供達でも決つして入れない。「あゝ汚ない、出なさい！」彼女はわめく。着物とナフタリンのひやりとする香り。田舎の老母がくれたがらなかつた総桐の箪笥、それが現在「部屋」に収まつているのもいわば盗み出して来たからである。富は軽々と滑る抽斗を軋ませてみながら、懐しいと思つた。貨車で送つたりしたら、乱暴そのもので無知な荷担夫が、きつと疵をこしらえたりしたゞろう。だから運送屋のトラックで直接運んでもらうのがよいのだが、様々な手間や、義姉の意怙地な妨害を考えて、彼女は息子によく云い含めて手伝わせた。小学生だつた慎治。「どうせおばあちゃんが死んだら義姉《ねえ》さんが取つてしまうのよ、そうですとも、あの女《ひと》は表でいかにも人の好さそうなことを云つても、心の中ではね、てぐすねひいて待つているんですよ、お前も、あの女《ひと》にはおだてられるんぢやありませんよ、気を許しちやいけないよ」

富はその箪笥をあける。娘が表座敷で泣き叫んでいる。すねて畳をばたばた云わせているのが彼女の耳に入らないわけではない。念入りに、きちんとしまわれた着物を眺めていると、いきなり部屋を走り出た。

「ばか！　買えないものは買えないのですよ！　泣きさえすれば買つてもらえると思つて、お母さんはね、お父さんからお金もらつてないのよ、この頃は一銭も置いてつて下さらないんですよ、そんな絵具なんかのことで口答えすると、承知しませんよ！」

娘が逃げ出して行つたあとは、家に富ひとりである。彼女は部屋に戻つた。派手な柄の薩摩上布を取り出し、ひろげて腰にあててみる。新しいナフタリンをベビー箪笥から出した。ナフタリンの空箱には写真をとつておいた。若い頃、もう時代遅れの恰好で撮つた、あかく変色してしまつた写真。慎治の誕生。実家での記念写真。結婚当時の旅行。兄妹お揃い。慎治の最近の写真を彼女はしばらくみつめた。

息子は若い女と一緒にうつつている。女はきつい顔をして、岩に腰掛けた慎治の肩につかまつている。春頃の服装である。「きつと、あの頃からだつたのですよ、あたしにはちやんとわかつていた、あんな夜遅く電話を掛けてよこすなんて」

富は夜更けてきまつて目が覚めた。夕方には床を敷いて寝てしまうのがこゝ数年来の癖である。お母さんは丈夫な体ぢやないから、もう疲れて、少し横になりますよ、と云いながら眠つてしまう。皆が熟睡する頃に目があいても、便所に立つわけではない。一度仰向けになると、腹が邪魔で、起き上るには転がされた昆虫のような不自由さである。彼女のゴム張りのスリッパは深夜の廊下にあわたゞしくひゞいた。よいしよ、よいしよ、喘いで掛け声を呟きながら、電話に走つて出た。

「………あら、切れちやつたのかしら、もしもし?」

するとと深夜のふるえるような唸りのなかで微かな女の声がした。

「信夫さんのお宅でいらつしやいますか、あたくしは恭子と申しますが、慎治さんをお呼び願えないでしようか」

「慎治ですか………あなたは、あの、学校のお友達かなにかでいらつしやいますか」

「いゝえ、勤めています、喫茶店で働いております、慎治さんにはいつもお世話になつて………」

「はあ、そうですか、そうすると、ダンサーさんか何かですか」

「いえいえ、あの、メイドですが、急用ができまして遅くて済みませんが、是非お呼び下さい」

「慎治がねえ、今居ないと思うんですが、あの子もダンサーさんとお友達になつて、いつも遊んでばかりいては困りますからねえ」

電話の女は黙つてしまつた。横あいから別の女の声がしている。「いゝから、はつきり云つてしまつたらいゝぢやないの」

「あんまり遅いから、明日にでも掛けて下さい、ね、御用がおありなら、あたくしから伝えておきましよう」

「はあ、では、あの私の母が危篤ですから明日の朝田舎に帰る、とお伝え下さい、お願い致します、おやすみなさい」女は先に電話を切つた。

写真の二人は噛みしめたように口を結んでいる。富は恭子の言葉つきを思い泛べた。あまり物のよくないスーツを着た恭子は、眼のあたりとか、どことなく自分に似ているのではないか。息子のねめつけている顔をみると、彼女は、真実、滑稽に思えてきた。

「この女のせいで」

生涯で最もみじめだと思つた、一人息子の慎治が家出をしたあの日、富は夫の帰宅する迄の数時間と云うものを、夜の十時になると自動車が路地に入りこんでタイヤの石を踏む音がして、端正な、勤勉で実直で、非の打ちどころのない靴音がすると、身の置き場のない思いになつたのである。その晩は横になつて眠つてしまいはしなかつた。上機嫌な夫が、妻のだらしなく鼾をかいているのを見て怒鳴り出したら、どう切り出してよいかわからないではないか。彼女は雨戸を操るのさえ忘れていた。

はたして信夫氏は宴会で芸者と一緒に唄つた都々逸で調子を取り、眼を細めながら、玄関に出迎えた妻に水を一杯所望したのだつた。

「君が起きているなんて珍しいぢやないか、子供達はどうした、もう寝たか、お土産もつて来たぞ」

母親が髪を結いに行つた留守に、慎治は、本棚、机、蒲団、茶ダンス、衣類小道具類をトラックに載せて家出した。富は朝起きると化粧をはじめる。朝食が済み、娘と夫が出掛けても食卓はそのまゝである。三流化粧品店の外交員から押し売り同然に買わされた瓶を並べて顔つくりに余念がない。午前中を白粉にかかりきりである。午後に髪結屋から呉服屋、百貨店と彼女はひとり歩きをする。十円、二十円の電車賃を倹約するのだと云つて、二時間も、水溜りをはねとばし埃をまき上げて走り去る自動車をいちいち呪いながら、歩いて帰つて来る。帰りがけに、その日は今川焼を二百円買つた。食べきれない残りを慎治の部屋に持つて行つたのである。

共同化学の事務所で扉が閉つた。黒い集金鞄を持つた男は帽子を脱いで名刺をさし出した。女事務員はカーテンで仕切つた応接室に通した。信夫社長がタバコを喫いながら現われた。

「毎日で本当に相済みません、私共としても板挟みの立場でして」大柄な男は社長に明細書を渡した。

「全くわれわれとしても迷惑千万だよ、お互に妥協をせんとねえ、君達の方でいゝ加減に折れてくれればよいのぢやないかね、君の方の支配人がそんなに理屈の通らん人とは思わないが」

「このたびは私共に手落ちがございましたが」

「そうだよ、君」彼は新しくタバコに火を点けた。「たつた一ケ月の間に三十万円も僕以外の者が僕の名儀で買つた場合に、途中で僕に通知せんとは理に合わんよ、しかしだね、僕としても自分の妻君がしたことだし、払わないと云うのぢやない、今迄僕が買う場合は月にせいぜい一万か二万だろ、いつも云う通りだね、僕達の地位でだね、どんな大きな会社の社長でも手取りが十万になる者はそう居ないんだ、君達がいくら僕の収入が十三万と云つたところで、家賃、税金、都民税迄来るからね、それを引いてみたまえ、手取り七万だよ、半分だよ、僕は外に財産を持つとらんからね、七万から君達が月に三万さし引いたら、食つて行けるものかね、支配人に云つてくれたまえ、品物を返すことが駄目ならば月に一万だ、これでも僕達は苦しいんだ、とにかく今日は忙しい」

「こちらへまいりますのが御迷惑なら、お宅にお伺い致した方がよろしいので?」集金係の男は艶のある鞄をなでた。

「いや、それはよしてくれたまえ、これ以上こつちも云うことがないんだ、支配人とよく相談して下さい、今忙しい、これで失敬する、これは車代にでもしたまえ」

M《ムツシュ》・ルノブルはこの夏、奥さんが若い芸術家と逃げちやつて、――M・ルノブルにはなにも悪いところはない、だけど、もう遅すぎて、おしまい、おしまい……ジューク・ボックスからながれる唄の文句は殆どわからないが慎治は暫らくきいていた。窓ぎわのボックスに若い男女が来て坐つた。彼は汗ばんだ尻を持ち上げ居ずまいを正した。今度は、いきなりにではなく、反芻し、想い出すと云うやり方で襲つてきた。それは、すでに彼が知つていることの一部分に違いなかつた。もはやどの瞬間にも掬い取ることのできない残滓なのだ。この、悔恨の空まわりのようなやりきれないこいつは、俺が見て来たあれといつのまにすり換えられたと云うのだ。たしかに見てきたのだ、しかし、知つていることなのだろうか。彼は借りたアパートの部屋で恭子が洗濯物を室内にまで干すのを見ていた。

　飾りつけとか家具とかが一切置かれていない、真新しい畳四枚半がはつきりと目にしみついて来る部屋で、恭子はまずパンツとかシャツを所かまわずに干すのであつた。

「あんまり大人しくしているのも変に思われるぢやない？」恭子は笑つた。「とにかく、あたしは、家内です、なんて紹介されたの、はじめてよ」

「新生活第一日目だと云うのに無一文だよ」

「ほんとに一銭もないの？　あたしの月給、まだ二週間もあいだがあるのよ、こんな時にお母さんが生きててくれればよかつたのにな、え？　そりや、お母さんだもの、色々なことしてくれるわ、茶碗や箸や、どんな遠くたつて、おみおつけの野菜まで、枕もね、きつと送つてよこすんだわ」

「僕は明日からアルバイトだ、朝八時から午後五時まで、金四百五十円也だ、土運びだよ」

「体を駄目にしちやうわよ」

「アルバイトをしないと食つて行けないことはわかつているんだ、僕の父親は社長だが、金銭にはけちな男だ、つまり金の価値と云うものを心得ているんだ、僕が飛び出したからと云つて周章てやしない、女がいることだつて、要するに如才なくやつて行つてればよいと思つてるのさ、ドロボウでもしなければ、それから女に子供でも産まれなければ、取返しがつかないと云うわけではないからさ、まあ僕の父親くらい立派な社会人は居ないね、僕が日曜に、朝、一緒に靴を磨く、そんな時ですら僕は父親に頭が上らない、法科を特待生で卒業して司法試験にパスした男、社長、夫、父親、とても居たゝまらない匂いがするんだ、笑いごとぢやないよ。

　恭子は銀行法と云うのを知つてるかい？　金を貸す時には条件がいる、銀行はその会社の将来性と確実な担保がないと金を貸さない、僕は担保もなければ恭子と別れないかぎり将来性もないと云うわけだ、親父にしてみればこんな企業体には見込がないよ。

　親父はね、とてつもなく偉いんだよ」

「お母さんは？」恭子は訊いた。

「僕は小さい頃よくインクをこぼしたんだ、母親は黙つて拭き取るんだ、雑布を濡らして固くしぼつて、畳に這いつくばつて、力を入れてドンドンたゝいてね、ところが絶対に元通りにはならない、僕は立つて眺めている、次の瞬間、僕は縁側から庭先までぶつ飛ばされるんだ、勿論泣くさ、一生懸命泣いていると母親もしまいに泣き出すんだ。

自分がどう云う種類の女かなどと一度も考えたことがないみたいだ、若い頃の想い出もある、愉しみもある、それでいゝんだな、僕が家出をしたからと云つて泣くかどうか知らない、なにかをやろうとしたこと等、靴下一足縫うことだつてありやしない、重要なことはわたしは裁縫が上手なんだと思うことさ、僕は母親の年を知らないよ、四十は過ぎたと思うがな」

　階段を昇る者はひとりもいなかつた。或日、慎治は父親の事務所の前に立つていた。曇ガラスの扉があき、浅黒い顔の唇のめくれた女が出て来た。名前を告げると、器用に笑つて頷き、応接室に通した。二十人程の男女がいた。

「やあ、どうした、元気か」信夫はおうような笑顔をつくつた。

「まあね、風邪もひかないで済んでいます」

「どうやつて食つているのだ、女が働いているのか？」

「そうです」

「学校には行つているのか」

「ときどき」

「忙しいが何か用か」

「折入つてお願いがあるのですが」

「何だ、金か」

「あゝ、五千円程必要なんです、云いにくい理由なんだが」

「何に使うんだい」

「それが云いたくないんです、あまり頼めた義理ではないと思うけど、他に頼る人がいないから来たんです」

「理由のわからない金が出せるかね？」

「子供ができたものだから……」

「お前、そんな馬鹿げたことがあるかい、勝手に家をとび出していてだね、子供をつくつて、その尻ぬぐいをこちらへ持つて来るなんて、それで、女は今働いていないのか」

「一ケ月前から休んでいるんです」

「どうやつて食つて行けるんだい」

「今のところは僕のアルバイトで食べていますが、とても余裕がないから頼んでいるんです」

「子供なんか居たらどうにも動きが取れんぞ」

「僕等は金がないから贅沢を云いたくないんです、返さないと云うわけではないのだから、なんとか都合して下さいませんか」

「僕等はね、お前が憎いとか、困らせてやろうとかで金を出さないのではないよ、お前が一人でやつて行くつもりならばやつて行けと云うのだ、そのかわり責任をもつてやれと云うのだ、僕はひとりで稼いでいるのだ、考えてみたまえ、そんなドブへ捨てるような金は持つてないよ」彼は財布から千円札を数えながら並べた。

　慎治はふたゝび居ずまいを正して、グラスののこりを飲み干した。あの最初の晩、恭子は烈しく拒んで、承知して、「いゝわ」と云つた。「えゝ、わかつてよ、だから、いゝわつて云つたわ、だけどこの部屋ではよして、ね、こゝはあたし一人の部屋ではないから」

一年経つと彼女はクレゾールと血にまみれて、壁に向つて叫んでいたのだ。「頭が痛いなあ、片方だけがいつもとても苦しいの、手がぶるぶるふるえている、歯が合わない、気持が悪くなりました、先生……腰が痛い……あゝ……痛い、痛い、あゝ、よして、やめて下さい、もう少しだなんて！　もうよして！　そんなの、先生ほつといて下さい、お願いです、も一度麻酔をかけて下さい、もう痛くつて、腰とお腹が、たまらない！　あたしは死んぢやう、嘘つき！　誰もかも嘘をついた、あたしの体のことなんか誰もわかつていないのに」

……声は止んだ。

慎治は電話のあるカウンターの脇へ、テーブルのあいだを歩いて行つた。社長室の電話が鳴つた。秘書は自動的に手をのばした。

「お宅からだそうです」

「またか」苦笑して社長は受話器を持つた。

「もしもし」

「僕ですが」慎治は云つた。

「あゝ、お前か、何か用か」

「別に用事があるわけではないがちよつと掛けてみようと思つたのです」

2

自動車がとまると砂埃の混つた向い風は座席に吹きこまなくなつた。恭子は首筋から胸の肌にこびりついた砂塵をみつめた。男物と知れるワイシャツを着ている。髪が長く、時折とびこんでくる風に背中のあたりでなびいた。彼女は軀を動かさずにゆつくり頸をゆすると、エンジンをかけたまゝ歩道の縁に横づけされたタクシーの中から外を眺めた。

茶色ズボンの慎治はタバコ屋の軒からこちらへ、タバコをくわえて歩いて来た。恭子は一年前のことを想い出そうとしてあきらめた。眼鏡をかけたかみさんが軒先からピースを買つた男を見送つている。彼は厚地の黄色つぽい上衣を持ちかえて、車の女に喫いかけのタバコを差し出した。

「暑くてしようがないな」慎治は云つた。「あのかみさんが教えてくれたよ、この先の丘の上にあるんだ、モルタルの二階建を増築しているからすぐわかるそうだ、農家のおかみさんまでがやつて来るんだとさ」

彼は片手で扉をしめ、恭子の脇に寄つた。彼女の背中に上衣をあてがい、手からタバコを受け取つた。

「よりかかつて楽にしたらいゝ、もう、そこに決めようと思うけど」

「まだ続いているのよ」二人は顔を見合わせた。声はかすれていた。「どんどんよ、流れつぱなしだもの、もうパンツなんか血で一杯だわ、車に乗つてからなの、ひどく出だしたのがわかるのよ、ちよつとでも動いたら、あたし、靴下まで流れちやうわ」「いえ、別に恥かしいわけぢやない、だつて考えてごらんなさい？　辛いことがわからないの？　そのうえ、お腹が痛むの、この辺、子宮のあたりがきりきり痛むの、きつと静かに横になつていなくちやならなかつたのね」「えゝそうよ、あたしはそれが厭だつたの、どんなにしていても、たまらなくなるんだわ、アパートのお部屋で寝ていたとしても、じめじめして熱い畳の上で、いつまでも天井と睨めつこぢやない？」

慎治は運転手に合図をした。恭子は膝頭を爪先立つてもちあげ、腿に力をこめて坐つている。車体が揺れ、両手をついて軀を支えた。彼女の顔は蒼白くバックミラーの中で歪んでいた。ざらざらした埃が吹きこみ、彼女は目をひきつらせて「あゝ！」と溜息をついた。

「非難が過ぎるみたいだな、恥かしい思いは、僕も同じだ、あまり考えないことだ、なにか別のことを考えるわけには行かないのか、僕達はもう決めたんぢやないのか」

「なにが決まつたと云うのよ、それがあなたの術《て》なの、こんな時に決めたことにどんな意味があると云うの、あたし、なんでも決めてあげる、それに恥かしさだつて同じぢやないんだわ……それよか、どうにもならないものがあるぢやないの……あたしの血よ」

野菜畠にはさまれた幅広いでこぼこの道路はあがり気味に続いた。郊外の工事中の新道、赤塗りのカンテラで半分通行止にした埃つぽい道を、車はギアを嚙みかえ唸りをたてた。

「暑くて気が狂いそうよ、汗を拭くこともできやしない」

小さい店、ベニヤ板と篠竹で屋台を組んだ非衛生な食堂、畠の一本の貧弱なヒマワリ、トマトとトウモロコシ、渇いて白ちやけた土。風景はバック・ミラーのなかで移動し、強い七月の日光にかゞやいて静まりかえつている。あたしに関係のない景色。あたしは自分の絶望に戸惑つているんだろうか、絶望だなんて、股の間の血があたしを駄目にしちやつたのよ、あゝ、この血の匂いつたら！ こゝ迄きたら獣みたいに転げまわるより仕方ないわ。

「あの家らしいな」慎治は運転手に声を掛けた。

「あの白い塀のある家ですね」セルロイドの日除け帽をかぶつた男が表情らしいものを見せた。「真直に玄関までつけましょうか？」「そうしてもらいたいのだが、ひどい道だからあまりとばさずにやつて下さい」

黒川女医は癇の強いいんぎんな声色を廊下にひゞかせた。

「看護婦さん、お薬を調合したら玄関を閉めて休んで下さいな」

「はい、かしこまりました」小柄な娘が調剤室から答えた。

「あの、先程こう云う方がおみえになつて先生にこれをお渡し下さるようにと」

小さい厳重に包装された紙箱が出される。女医は調剤室に戻つて小包を開いた。血色の悪い小さな顔も覗きこんだ。

「これは麻酔だからしまつといてちようだいな」

「一緒にしておいてよろしいでしょうか」

「別々にしておいて、使用する場合は私の許可がいりますよ、仲々手に入りにくい品だけど安く世話して下さつた」

黒川女医は汗をかいて白粉の剝げた頰に皺をよせた。中年肥りの不恰好な軀つきで、歩くと廊下が軋んだ。壁塗りも新しい、真白い廊下である。看護婦は頭を下げて調剤室にひきさがつた。油気のない髪を後で束ねた娘は、産毛の混つた生際に垢のたまつたまゝである。二階へ上る階段の下の押入れのような場所が彼女の寝室である。入院患者がいる場合は結局そこが便利なのである。彼女は麻酔剤を持つて来た男が、しばしば女を連れてやつて来るのを知つている。金のかわりに薬を世話すると云うことだつた。二階へ、階段が音をたてる。

「二階は涼しいわね」女医は云つた。

「そうだな、この二階はいゝ、病室にするのはもつたいない位だ」夫は云つた。

「まあまあ、あなた、そんな恰好で」

「窓が閉めきつてあるから裸にでもならんと暑くて仕方がない」

「まだ窓が開かないのよ、でも此処は外から見えませんもの、いゝ風が入るのにね、離れの建増しが済む迄はこゝで寝ましよう」

女医は白衣を脱ぐ。桃色のブラウスをベッドにかけた。スカートが足元に落ちる。夫は眼鏡を外してベッドの隅に畳みこんだ。彼女は夫の脇にきて横になつた。階下で、発育の悪い小娘は物音一つたてない。夫がシュミーズの上からぶよぶよした乳房を押さえた。彼女は三重にたるんだ目蓋を閉じて、応ずる姿態をつくつた。薄笑いに、銀歯がのぞいている。外の道路を自動車が通る。

「新道ができ上ると家の前はうるさくなりますわね」夫は愛撫の手をひつこめた。「色々と賑かになつてくれれば便利ですわ」近眼の夫は窓に眼を移した。

タイヤがはづむ度に車体がぎしぎし鳴る。大型タクシーはのろのろと窪地をよけながら、門へ止つた。診療所の二階の閉めきつた窓ガラスには壁を塗りつくした漆喰のハネがくつゝいている。砂利を敷いた小道が、黒いカーテンの降されている玄関口まで備つている。

上衣を持つた男は玄関の扉を内側にあけた。廊下のはしで自動ベルが鳴つた。女医の夫は、肥つた腹の上にのつかつたとき階下のベルをきいた。ベルは休みなしに続いている。

白い廊下の両側に二つづつの扉がついている。塵ひとつない廊下。診察室の札のついた扉は風に少し開いたまゝである。調剤室のガラス戸越しに眺めていた小さい顔が、仕切り窓をあけてあらわれた。

「今日は土曜日でございますので、お診察はお終いなんですが」

「急に悪くなつたものだから」慎治は笑つて看護婦に頷いた。車に取つて返すと、恭子は顔をしかめて尻を持ちあげてみせた。

「あたし動けやしないわ、スカート迄しみているんですもの」

「早く降りないと、駄目だと云われるぜ」

「動けないじやないの」恭子は彼の仕草にあわてた。「いゝわよ！ 抱いてもらう位なら歩くわ、あつちへ行つてよ、早く、先生に診てくれるように頼んでよ」

看護婦はスリッパを揃えて患者を見守つた。「土曜ですので、でも先生にお願いしてみますから少々お待ち下さいませ」着ている手術衣で手を拭きながら階段を昇りかけ、二階に声をかけた。慎み深い、おとなびた声。「先生……先生、あの、患者さんがおみえなんですが」

恭子は扉の隙間から診察室をみつめていた。白塗りで金属製の机と椅子があつた。しばらくのあいだ家のなかは物音一つせず静まりかえつた。恭子はスリッパを履くところだつた。女医は先に診察室に入り白衣に袖を通しながら訊いた。

「どこがお悪いのですか、お顔色が悪いのね、さ、こちらへどうぞ」

恭子は立ちすくんで、靴下を伝つて降りる血の滴りをみつめた。彼女は玄関を振り返つて、外を眺めた。夏雲がみえる。青い空と白い雲がきらりと揺れてぼやけた。涙が暖く頬に溢れ出た。

「どうしましたか？」

看護婦は駈けよつて抱きとめた。

「まあつ、どうしたの、こつちへ、こつちのベッド迄歩けませんか？」

「いつ頃から出血しましたの？」女医は訊いた。

もしもし、と看護婦が慎治に口早に云つた。「あの、旦那様はお廊下のソファでお待ち下さいませ、すぐ済みますから」

「スカートを外してちようだい、パンツも取つてね、ひとりでは駄目？ 恵子さん、手伝つておあげなさい」女医は恭子の下腹部を摑みながら「何ケ月ですか？ 最終月経日はいつでしたの？ え？ わからない？ 四ケ月位になるわね」

「二ケ月半ぐらいです」慎治が云つた。

「看護婦さん、用意して下さい」「歩けますか？ すぐそこ迄だから我慢して歩いてちようだい、それから旦那さん、手術代、これからすぐ致しますが、三千円、前金で戴きますけど」

「そうですか、その他に必要な金があつたら、いくらでも払いますが、できるだけ苦痛ぢやないように、安心させてやつて下さい」

「えゝ」女医は愛想笑いをして無表情な眼差しを向けた。「どの旦那さんも興奮なさいます、すぐ済みますよ、多分流産でしようから、簡単に十分位で済みますよ、それから此処でタバコは止めてね、この室内のものはみんな消毒してありますから」

恭子の頭は窓のない薄暗い壁に向けられている。足場の高い手術台の上に股を開いて仰向けに横たわつた。天井の暗がりを眺めやつた。腰から下の裸が汗ばみ、シーツの下の皮革の感覚がつたわつた。こつこつと下駄で歩く女医の跫音をきゝわけることができた。続いて鋏や受け皿の金属音、注射器を調べる音、水道管がごぼごぼ壁をふるわせた…………ふいに彼女は跳ねあがつた。

「動いては駄目ですよ」

えゝ、なにも恥かしいわけぢやありませんけど、やつぱり飛び上りたいの、血が流れるのがわかります、大丈夫です、あたしの子供はひとりでに出ようとしているんだから、直ぐ済んでしまうんだわ、さつきみたいに何度も肢をつゝぱらなくて済みそうだわ。

「そう、あまり動かないでね、少し痛いけど、直ぐですよ」

女医は恭子の股の間に腰掛けた。恭子は殆ど意味のない言葉や人物や光景を想い泛べようとした。唐突に、遠い肉体の内部から鈍重な圧痛がつたわり忘れていたものがよみがえつた。彼女は叫び声をたてた。

「あまり動かれると困りますねえ、大分おゝきいわ、仕様がないのね、大きいから、それに普通の流産と違つて……」

女は静かに呻き声を出した。女医は再び素早い動作を繰り返す。女は腰をぴくぴくふるわせた。やがて泣いていた。

「骨ができているから面倒だなあ」女医は額の汗を拭いた。

「恵子さん、ちよつと手を握つておやりなさい、麻酔を打つた方がいゝのかな」

「麻酔、お打ちしなかつたんですか」看護婦が云つた。

「局部だけ打つたけど、全身麻酔はその人の体質によりけりだから、いゝのよ、後で歩けなくなると困るから」

あゝ楽になりたい、あたしははじめてぢやない、この前なんか眠つているうちに済んだのに、何を考えればいゝかしら、もういや！……あたしはよく家を設計したの、紙切れにいつぱい設計図を書いたけれど、どれがよかつたかしら、あたしはとても耐えられない、毎日変らない生活でコップを割つたり鋏を落としたりそのうち又赤ちやんができて、もういや！よして、先生、よして、痛い、あゝ……

「動かないで！」

慎治は診察室で机の上にタバコの灰を落とした。片隅の低い寝台に、恭子のスカートとパンツが血ににじんで置かれてある。ときどき啜り泣く声がきこえるように思われる。眼をとじると、赤く暗い頭の奥に、溜息やしのび笑いのようにひろがつて行く。彼は乾いた唇を舌でしめした。整頓された机にタバコをもみ消した。手術室から洩れる呻き声が耳たぶにふれる。目を開いたときとりのこされた列車の律動のように「痛いョウ」と泣くのがわかつた。

彼の眼は乾いていた。

「あと二、三分ですよ」女医が云つた。それから跫音もせず気配が止んだ。看護婦が走り出て調剤室に入つた。女医はゴムをはめた手を血だらけにして立つていた。手術室の扉は開け放された。

「出血が止らないのでもう一度掻把します、あまり痛がるから全身麻酔を打つてね、子宮に腫瘍ができているのかもしれませんよ、わたしは若しかすると双子だと思うんだけど、どうも大きいんですよ、きつと双子です、奥さんは元気ですから、も少しお待ちになつてね」

3

慎治のなかで恭子はいわば言葉だつた、あるいは、やわらかい子宮の内部の暖かみをもつたなにかなのだ。

あの頃彼は恭子を抱くことばかりを考えていた。或夜、彼女のことで拳闘クラブの男とばかばかしい喧嘩をした。頬骨のとび出た顔の拳闘家は最後にナイフを逆手にもつた。彼は下腹を蹴りあげ、土のなかに落ちたナイフを拾つた。その夜、彼は恭子を連れ出した。二人は夜路を誰もいないドライヴ・ウエイに沿つて歩いた。ヘッドライトが男女のひよろ長い影をつくつた。下枝の少い貧弱な桐かなにかの並木が、自動車がやつて来ると、闇の中に続いて映し出された。通り過ぎた車の中にソフトを被つた男と、よりかかつている女の姿があつた。

「ずいぶん暗いわ」恭子ははしやいだ声を出した。「あたし達、どうしてタクシーから降りたの？　あなたは、この辺にあるとお思いになつたの？」

彼女はレインコートをひき摺るように着こんでいた。いつのまにか藻のような霧がたちこめ、曲り角にでると、裸電燈の下に黒い板塀と小さい門構えの温泉旅館が、塊のように見えた。

二人は二階の狭い座敷に通された。内庭の植木の下草に白い夜の花が浮いてみえた。恭子はラジオのスイッチを点けたり消したりした。それから注意深くスタンドを消すと、着ているものを脱ぎにかかつた。

「いゝわ……」

「僕は何もわからないんだ」

「まあ、シャツを脱ぐことも知らないの、だけど、あたしが知つているとお思いになるの？」

「そんなこと、気にしないよ」

女の胸に触ると、彼女は股をとじた。

「待つてね、そんなに勢よく近づいて来ないで、よく聞いてちようだい、いま、あたし、いろんなことが考えられて、考えて置かなくちやならないことがあると思うの、そんなに触られるとくすぐつたいの、それに少し恥かしいわ」「あなたは後悔するわ、きつと失望して、これでお仕舞になるわね？　あたしがあなたしか愛せなくつて、子供迄できて、あなたは困ると思うときがあるわ」「愛しているのはあたしよ、でもこんなこと云いたくないのよ、あなたを縛りつけたくないの、愛しているなんて、あまり抜目がなさ過ぎるみたいだわ、だから、云いたくないの、戸惑うのよ愛には」「ね、よく聞いてちようだい、あたしは子供の頃から冷え症なの、眠つてしまうと足が死んでしまうの、しつかり暖めてね」

「はじめてだから」慎治は云つた。「二人ともすつかり変つてしまうの？」

「どう思つて下さつても、……あたしのことなど忘れて下さつてもいゝわ……それよ……ダンスしてあげましようか」

「だめだよ、動かないで」

翌朝、駅の喫茶店で、二人の腰掛けたソフアは深々とした黄土色のビロードであつた。窪んだところで二人の軀はすり合つていた。彼は何をどう信じればよいのか見当も自信もたなかつた。暗い肉体の感触と舌の渇きにこだわつていた。

「朝めし、たべるかい？」

「あたし、何も要らないわ」女は男に笑いかけた。「本当に欲しくないのよ」

「コーヒーでも飲まなくちやいけないよ」

「あなた、お腹が空いているんでしよ？」

黄色い制装の給仕女は、化粧のない、日焼けした皮膚をしていた。慎治はタバコを喫つた。給仕女はミルクポットと瀬戸物のカップを置き、サイフォンのコーヒーを入れた。「ミルクをお入れになりますか？」彼は素足にサンダルを履いた足をみつめた。カウンターの中には背の低い男が一人居た。給仕女は横を向き、バーテンの片言にとりすましてみせ、白い歯を出して笑つた。

「なにか云つた？」彼は云つた。

「どこを見ているの、て云つたわ」

「さあ、よくわからないよ」

「あの女《ひと》よ、ね、そうでしよ？　嫌なひとよ、あなたは、あたしよりいゝ女は沢山いるわ」

「その通りさ、だけど僕は何も見ていなかつたよ」

「あのメイドさん、可愛らしいわ」

「うん」

「きれいな目をしているわね」

「あゝ」

「腰だつてしつかりしてるわ、胸が張つて」

「僕はあゝ云う女は嫌いだよ」

「ねえ、あたし達の行く所はどんな景色なの？」

「海がある、波の音が高くて眠れないかもしれない」

「海なんて、何年振りで見るのかしら、一生海の近くで、誰もいないところに住めるといゝわね」恭子は云つた。「あれ、あなたのらしいわ」

彼は日に焼けた女の顔や手を眺めた。

「あの女《ひと》、高慢よ、いゝ女《ひと》ぢやないわ、お風呂屋さんにでも行けば必ず一人や二人見掛けるわ、おつぱいなんか張りきつていて、乳首が上を向いているの、腰なんかもぱんとして」

「どうでもいゝよ」

「そりや、あたしに無いものを持つている……」

「え？」

「わかつて下さるわね？　もうあなたの知つていることよ、あの小娘は結局あたしと同じなの、でもどう云うふうに云つたらいゝのかしら、とにかく、あなたはあたしを欲しがつたんだわ、あの時、あなたは、あたしがどんな女だとしても、やめなかつたわね？」

「よくわからないな」

「ね、わかつて下さるわね……あたしが純潔ぢやなかつたとしても」

「僕はね、僕のはじめての女が生娘かどうか今迄一度も考えやしなかつたよ、そんなことはどうだつていゝよ、君は自分がみじめだと思うかい？」

「そんなふうに考えたくないのよ」


富は自分の指をひろげてみながら、処女《むすめ》のようだと思つた。血の気ない甲の皮膚には無数のしわがたゞよつている。家事から遠ざかつて小ぶくれ上つた指の間から慎治と恭子の写真が滑り落ちた。彼女は眼の縁の、乾いた涙のあとをこすつて、それを嗅いでみた。鼻汗をすゝりあげた。手には髪油の香りがしみついている。

彼女は気を取り直した。「まつたくしようがない、我儘のし放題だから、お父さんがよその親達のように子供の教育と云うことを考えてくれたらねえ、あの娘《こ》も泣きさえすれば買つてもらえると思つている」


洗面所の鏡の前で富は立止つた。夏の午後の日差しが曇ガラスを明かるくしている。鏡のなかに、顔の、影で掩われた彫りの深い輪郭が映つている。彼女は相好を崩した。モン・パリ化粧品の外人のような容貌の外交員は、奥さんはお若くて美しい、まるで生娘《むすめ》のようなお肌ですな、と云つた。天理教のおばさんは、奥さんもまだ若いんだから旦那と別れたらどうです、と云つた。彼女を取りまく連中には、他に、手伝いの婆さんがいる。酒好きの婆さんは富に指圧療法を施したり、洗濯物や洗い物をかたづけて行く。帰つたあとで下着が無くなつている。言葉に品のある仕立屋のかみさんがいる。しなびた果物を売りつけに来る農家のかみさんがいる。

「あたしは、あの人達から馬鹿になんかされませんとも」


慎治が家出をした翌日、天理教のおばさんが駈けつけた。奥さんの夢を見てね、と云つた。「奥さん、天理教におはいりなさい、もうなにも云わずに、ね、たゞ教祖様をおがんでごらんなさい、教団にはね奥さん、奥さんの様な不幸な方がいつぱい居ますよ、一度おいでなさい、ほんとよ奥さん、体の方もどんな頑固な持病でもよくなるんですよ、奥さんのような方がねえ、お入りになるといゝのに」彼女は抜け上つた額に油ぎつた汗を流して喋つた。慎治が居ればこの天理教はあまり能弁にならない。「どうだい、おばさんの景気は、インチキ宗教が一番儲かるんだつてな」娘の方はからかつて逃げる。「デンデン、デンツク、ドンドコドン、アシキヲハロウテ、タアスケタアマエ、テンリサマノミコト、ヤアーイ」


富はお札をもらつた。

「すぐそこに住んでいる産まれる子が白痴ばかりの奥さんがね、いつも教団に来るんだけど、今度旦那さんと別れたんですよ、奥さんも旦那と別れちまいなさいよ、若いんだし、ね？」

富はおかしそうに笑つてみせた。二十年間、結婚式とあのはじめての夜、そうして夫の日毎の愛撫の順序までが想い出されて、富は顔をあからめた。

「つまらん近所のかみさん連中からおだてられて天理教なんぞに入つて、物笑いの種だよ、僕の身にもなつてみたまえ、恥かしくつて会社にも行けやせん」

信夫の話は、慎治が会社に金を貰いに来たと云うところからはじめられた。慎治の例の女に子供ができたんですとさ。

「君、相手はダンサーだかなんだか、どこの馬の骨ともわからない女ぢやないか」

「そうですねえ……」富は小声でぶつぶつと云つた。「今ぢや、あれをやるのが簡単になつていると云う話だけど……」

「食つて行けないよ、子供なんか居たら生涯台なしですよ」

「そうですねえ……」

「立派に育てようと思つていた息子が、女と同棲したりして、親が気を揉まにやならん、そのうえ金まで、ドブへ捨てるような金を使わにやならん……これも君が悪いんですよ、子供の教育は一家の主婦の最大の義務だよ、課長や副社長の妻君を見たまえ、しつかりしたもんだ、子供はもう大学を卒業する年のがいるがお母さんには頭が上らんそうだよ、君みたいに、体が悪いことを理由に、着物道楽、天理教、お化粧とか、つまらんことにこだわつていないからだよ」

「あゝあ」富は顔をしかめて手を振つた。「あたしが死んだらよい女《ひと》をお貰いなさいよ……あの大野のような」

「なにが、つまらんことを云いなさんな」

「こゝが悪くて背中が曲つて、きたない病気持ちの女ですよ」

「馬鹿を云うのはよしたまえ」

「肺病の、唇のうすいいやらしい女が」

「それがどうしたと云うんだい、大野と僕が何をしたと云うんだい」

「最近だつて、わざわざ呼びよせてお金を渡したり、着物を買つてやつたり」

「もとの女中ですがね、してやるのがどこが悪いんですか」

「あゝそうですとも、大野きちがい！」

夫が立上ると富は腰を浮かせながら泡をふいてわめいた。

「きちがい！　女たらし！　大野きちがい！　あゝそうですよ、そうですとも、いゝ物笑いですよ、女中に手をつけて、まだ憶面もなく連れこもうとしている」

娘が起きて来て廊下の端から眺めていた。

富は鏡の中から退いて、縁先に立つた。庭石と芝生、桜と紅葉と椿とつゞぢ、四世帯が一緒に住んでも差しつかえのないような屋敷、そこに彼女はひとりであつた。ガラス一枚、彼女ははたきをかけたことがなかつた。「部屋」と、一年中変りのない普段着のズボン、ゴム張りのスリッパ、それが彼女であつた。

「慎治、お前の女のひとに赤ちゃんが出来たんだつてね、お前の住んでいるところはどんな部屋なの、北向き？　それぢや体に悪いでしよう」

「お母さん、堕ろしたりすると女の人はどんな気持だい？　僕にはさつぱりわからないのさ、どうしようもないね、男では」

「あたしの時は簡単でしたよ、それで今お前が働いて、その女のひとを食べさせているんだつて？」

「そうだよ」

「そんな真似して、お前は何になるつもりなの？」

「偉くなるつもりはないよ、やらねばならないことをするよ、時には自動車の運転手とか、工場で働くとか」

「運転手がねえ……工員さんなんかに……」

富はあきらめねばならなかつた。「ちやんとすればいゝものを」彼女の目はどこを見ていると云うのでもなかつた。すると慎治が笑つた。「しようがないぢやないか、あなた方に負けない為には、支払わなくちやならないものがあるのさ」

「なに？　死んだ」社長は云つた。受話器をあてた耳を息子の聞き慣れたアクセントがくすぐつた。

「うん、先程病院で死んだんです」

「さつき？　今どこに居るんだ、死因はなんだ」

「腹膜炎と云うことになるんだ、つまり、僕もそう思わなくちやならないんですよ」

「あれをやつている最中にか」

「そうです」

「おかしいな、医者に手違いがあつたんぢやないのか？　今朝か」

「いや二時間ぐらい前です……僕は色々と考え違いをしていたんだな」

「病院にいるのか、それとも、どこから掛けているんだ」

「お父さんのいるビルの向い側からです、いやいや、あなたとは会いたくありません、後のことは僕ひとりでできますよ、いまはもう、あなた方がちつとも偉いと思わない、云い方が変かもしれないが、立派だとも、正しいとも思えないんです、このことを云いたかつたんです。……僕はこれから、この店を出て歩いて行きます、あなたは窓から後姿を見て下さい、角を曲るまで、後姿か歩き方に、僕の今迄やつて来たことが現われているんだ、あなたにそれがわからないのは当然だし、こんなこと云うからと怒る必要もないのです、僕は今、誰にもいきり立つてはいないんです……でも、たゞね」

……信夫社長は受話器を置き、秘書の手から書類を受けとつた。二三枚めくつて、サインを入れた。デスクを離れると、窓に寄つてブラインドをひつぱりあげた。肩幅の広い男が大股に道路を横ぎつて歩いている。黄色い上衣と茶色ズボンの後姿をのこして、それが右肩を揺するようにして角を曲つた。

キリクビ

昭和31年4月号

有吉　佐和子

ありよし・さわこ
（昭和6年〜昭和59年）
東京女子大学短期大学部英文科卒。初期の作品には伝統芸能や職人の世界を舞台にしたものが多く、切首彫刻師を描いた「キリクビ」もその一つである。代表作に『華岡青洲の妻』『紀ノ川』『恍惚の人』など。

西日が、深い庇《ひさし》を腰低くかいくぐつて窓から埃臭い部屋の中にしみわたり、一隅に転がつている子供のキリクビを赤く濡らしている。中高で品のある面貌は堅く目をつぶり、片耳を床板につけて、丁度入つてきた禄蔵の足音を最前から聞きとつて待つていた風情である。

小軀の禄蔵は真新しい首桶を抱えて、のつそりと近寄つてきた。老いた背が陽光を遮ぎると、キリクビは仄白く色を変えて薄暗の中に浮び上る。禄蔵は無雑作に円筒型の蓋をはねた。首桶は飯櫃《めしびつ》を逆さに立てた形状なのである。ぐいとクビを摑んで、桶の底にある木釘に刺した。お河童の髪の毛を抑えてから、台のまま差上げると背後に残つている暮れがての陽光にもう一度あてて眺めた。格別眼を細めた様子もなくて、また無雑作に蓋を閉じた。大きく「黒岩」と染めぬいた草色木綿の風呂敷に包んで立上り、部屋を出た。禄蔵の骨ばつた肩が首桶を抱いて怒ると、それが夕日を受けて影を長く道に流した。

出がけの門口で、ばつたり黒岩一郎に会つた。

「鳴駒屋へ行つてきますよ、若大将。」

「ああ首実検だね。うまく出来たの？」

「へえ。」

芝居の小道具「黒岩」の四代目当主は、三代に亘つて家にいるこの職人には頭が上らない。先方が若大将とたてくれるから主人らしい口がきけるようなものの、今も首桶の中身を覗きたいのを遠慮して抑えていなくてはならないのだ。

「気をつけて行つて下さい。車を拾つた方がいいのだがな。」

「へえ。」

傲然と禄蔵は外へ出た。見送る一郎の視線を無表情な背中が黙殺している。

一郎が老躰を気づかつて勧めるのだが、禄蔵は一人で出かけるとき、タクシーには絶対に乗らない。バスも嫌いだ。乗換が面倒でも、混雑に揉まれても、電車に乗る。だから浅草から四ッ谷まで、目的地の鳴駒屋の邸に着いたときには、すつかり夜になつていた。

鳴駒屋は、戦後、名優が相ついで他界したあとをかつての黄金時代を背に老軀を駆つて一人舞台に気を吐いている歌舞伎役者である。禄蔵は注文の小道具を届けにきたのだつた。首桶の中は「寺小屋」の小太郎のキリクビなのだ。鳴駒屋は来月の顔見世興行に一世一代と銘打つて松王を勤めるのである。

「黒岩からでやす。来月のしばやのクビで。」

「まあ禄さん。」

往年新橋で名妓と謳われたことのある鳴駒屋夫人が自身で出てくると、まだ白粉のどうにかのる顔で愛想よく彼を招じ入れた。

「久しぶりだわねえ。禄さん。かわりはなくつて？」

「へえ。こちとらは何時でも元気です。」

「そう、それはいいわねえ。そういえば禄さんが躰を悪くしたつてのは聞いたことがないわねえ。いいわ。丈夫なのが一番ですよ。そこへいくと、うちの旦那はねえ。」

「先月はずつと寝ていなすつたつて？」

「そうなの。神経痛が起つて喘息と一緒になつちやつてサ。やれ注射だ、それ罨法だ、煎じ薬だつてね大変な騒ぎ、もつとも近頃になつての話じやあないけどねえ。」

「注射と煎じ薬つてのは若い頃からでしたよね。大橘《たちばな》は色好み、ここの大将は医者好みつて云つたもんでさ。」

「それが年をとつたんだから、なおいけないのよ。もつとも、それでいて若い頃丈夫だつた人たちよりか長生きしてるんだから、やつぱり養生のせいかしらねえ。」

「今日も旦那、寝てるんですか？」

「いいえ来月歌舞伎座ときまつたら、急に元気よ。今、丁度お客様なので。」

話していると男衆が奥から戻つてきて、座敷へ通せという鳴駒屋の言葉を伝えた。長い廊下を、急に口を噤んだ夫人に導かれて通る。障子を開けると、禄蔵は首桶を抱え直して部屋に入つた。

「やはあ、禄さん、しばらくだつたなあ。」

和服の老優は振返つて迎えた。まだ舞台では押出しのきく顔も、こうして見ると皺だらけだ。下唇がだらしなく垂れて、歯の隙間から呼吸の度に、ひゅうひゅうと音が洩れる。

客は年配の外国人と洋装した日本の若い娘の二人だつた。ひどく場違いな感じがしたが、禄蔵は先ず落着いて彼らを度外視すると鳴駒屋に向つて手をついた。

「御無沙汰してます。」

「元気かい。結構だな。クビは、それか。」

役者も客をそつちのけにして性急に包みを解かせる。首桶を手にすると坐布団を下りて、舞台の上の構えになつた。大島の袖をぽたりとはたいて大きく腹に息を入れる。

菅原伝授手習鑑《すがわらでんじゅてならいかがみ》。寺小屋の段である。我が子を秘かに寺入りさせ、身替りにと覚悟はできて首実検にきた松王。首桶の中は果して我が子か。若しや又、幼君菅秀才では。鉄札か金札か、地獄極楽の境に、春藤玄蕃は赤鬼のように眼を怒らせて立つている。源蔵夫婦は必死の表情、とりまく捕り手のものものしさ。その中で、鳴駒屋は今、冷静に蓋を払う。

首は、紛れもない我が子であつた。でかした、源蔵、よく打つた。菅秀才殿のおん首に相違、ない。相違ござらぬ。腸を絞つて叫んだあと、かつと瞠いた眼で松王は再び斬首を見詰めるのだ。色白の顔に観念して死んだ静けさがある。我が子の首だ。親の身に噴き上がる涙を噛み下して、はつしと蓋を閉じた。

息を長く吐き出すと、鳴駒屋は云つた。

「禄さん、いいクビだねえ。」

俳優と小道具の演劇的な交流は終つたのである。

「へえ。」

面目をほどこして禄蔵は目をしばたたいた。長い年月キリクビ造り専門できた彼は、これまで数にして何箇こしらえあげたか分らないのだし、自信などはすつかり苔むしてしまつているような状態だが、鳴駒屋との対決ばかりは、その度ごとに緊張する。緻密な芸風が折に泥臭い舞台と悪評されたりする鳴駒屋は、演技に当つて隅の隅まで神経を使わなくては気が済まないのだ。芝居を構成するに無くてはならない小道具の中でも更に重要な首実検のキリクビともなれば一層なのだ。ああでもない、こうでもないと気に入るまでは何度でも造り直しをさせる。さてそうして満足のいくクビが出来上ると、初日が明くまで座右に置き、日に夜に眺めては型の想を練るのである。

寺小屋の小太郎のクビだけ考えても、禄蔵が彼のために造つた回数はずつと昔からで数えきれぬほどなのだが、その都度細かい点で駄目を出された。しかしそれも、ここ二十年がところは、どちらも安心して任し任される仲であつた。ただ、たゆみなく工夫を凝らす鳴駒屋のことだから、それにおそらくこの高齢では最後の松王と覚悟しての出演であろうし、また何か新しい注文を出されるのではないかと心配する一郎に、

「鳴駒屋のこたあ、任せといて下せえ。」

と云つてのけた手前もあり、禄蔵は嬉しかつた。

鳴駒屋は先刻の大時代な緊張を解いて、また首桶の蓋をとり、

「いいねえ。品があるよ。唇許が、いい。」

と悦に入つている。

それまで彼の気魄に打たれて息を呑んでいた客も、ようやく寛いで興味を起してきた。英語で外人と囁きあつていた女

の子が、遠慮がちに質問した。

「それ、寺小屋の小太郎じゃありません？」

「そうです。」

ようやく鳴駒屋は客に禄蔵を紹介した。

「これはこの人の仕事なんです。禄さん、小道具黒岩の職人で、キリクビ造りでは日本一ですよ。」

禄蔵に向つて、

「こちらはモートンさんに桜田敬子さん。私をごひいきでね、イギリスの方だよ。」

「ど、ぞ、よろしく。」

日本語で云い、肩と頭と別々に倒してモートン氏が挨拶するのに、禄蔵は戸惑つて、

「へえ。」

と重く応えた。

明るいブルーのスーツを着た敬子は、ナイロンストッキングをはいた足を坐布団の上で組みかえながら、それぞれ型違いの三人の老人の間で居心地の悪い思いをしていた。英語を話せるから自分はこの部屋に坐つていられるのだと考えてみたが、日本人の自分の方がモートン氏よりエトランゼのような気がして仕方がない。

「来月は寺小屋をお演りですのね。私たちはこの間の若手歌舞伎で見てありますの。鳴駒屋さんの松王は、たのしみですわ。ミスター・モートンも、とても期待していらつしゃいます。」

テラコヤで気づいて、モートン氏は眼の奥で微笑しながら鳴駒屋に肯いてみせた。

「やはあ、もう私も齢ですから、最後の松王を、ひとつ勤めさして頂く気で、」

「まあ旦那、縁起でもない。」

折よく、そのとき部屋に入つてきた鳴駒屋夫人が心得て口を入れた。これをしないと機嫌が悪いのだ。「死」と「病気」は、この家では絶対の禁句なのである。鳴駒屋自身が当意即妙を狙つて云つた場合でも、周囲が厄除けがわりの鶴亀々々を云い忘れたら、あとでどのくらい叱られるかしれないのだ。

鳴駒屋が満足して夫人に肯きながら首桶の蓋を閉じるとモートン氏が躰をのり出しているのに気づいた。その様子で客の望みを知ると彼はさつと桶の向きを変えて愛想よく客の前に差出した。

「どうぞ、お開けになつてごらんなさい。」

蓋が再びとられる瞬間、敬子は思わずひやりとしたが、正面きつて現れた子供のキリクビには案じたほど陰惨な死の翳はなかつた。

ほほう、とモートン氏は息を吐いてから、この小道具《スモール・プロパティ》は日本語でなんというのかと敬子に訊いた。

「クビというのでしょうかしら。」

「それでもよろしいですが、普通私どもではキリクビと云つてます。」

「キリクビ、キリクビ。」

モートン氏は云い難そうに二度三度繰返した。敬子は語義《リテラリー・ミーンズ》を斬首《カット・ヘッド》と説明した。夫人の手でキリクビは蓋を台にして高く置かれ、モートン氏の目の前に据えられた。

「材料は何ですか。」

禄蔵が答えた。

「南部の桐です。」

外国育ちの敬子には南部が東北の地名だとは突嗟に分りかねたので、木材で作られる《イッツ・メイド・オブ・ウッド》と伝えた。

「すると彫刻ですね？」

モートン氏は目を瞠つて、作者は貴方かと禄蔵に直接念を押した。

「へえ。」

折から、料理が卓上に並べられ始めた。腰を浮す禄蔵を鳴駒屋はおし止めた。小道具の職人には異例の振舞である。夫人も如才なく酒を勧めた。

「禄さんは昔つからちつとも変らないねえ。私より年上の筈だつたが、いつたい幾つになる？」

「へ、もう三十年ばかり前に自分の齢やあ忘れましたよ。爺になつたら数えるのは骨だ。儂らの仕事は齢でしねえからね。」

「そういえば禄さんの若い頃つてのは覚えがないねえ。」

モートン氏は最前から盃も上の空で黙りこくつていた。キリクビを持ち上げて見たり、置いて見たり、座を白けさせまいと箸はとるが、料理を口に運ぶとすぐキリクビに眼を据えてしまう。その異常な熱心さに、鳴駒屋もしばらく啞気にとられていた。

ややたつて、モートン氏がつくづく感心したように、

「素晴らしい美術品だ。《イッツ・ザ・ファイネスト・アーツ！》」

と小声で呟いたのを聞いて、敬子は座をとりもつ気で禄蔵に伝えた。

「芸術だとおつしやつてますわよ。」

彼は箸を動かしながら、

「さいですか。」

格別嬉しそうな顔ではなかつた。

「このキリクビにはモデルがありますか。つまり小太郎に扮する子役の顔に似せて造るのですか。」

という質問は、横手から鳴駒屋にひつたくられた。

「いえ、とんでもない。そんなことは、させません。」

急きこんだ調子に敬子が驚いていると、夫人が穏やかにとりなした。

「その人によつて違いますがねえ、子供衆のクビは、そう似せませんようですねえ。」

しかし大人の役者が舞台で首を落されたりするときに使うキリクビは、大がいその役者の面貌を写すのだと云つた。実盛物語の妹尾だとか、弁慶上使の梢だとか、敬子の知つている僅かな歌舞伎劇の中でもキリクビの出てくる芝居は意外に多い。

「興行ごとに造るわけですか。」

「へえ、まあ大体。」

「その芝居が終つたあとは、そういうキリクビはどう処分するのです?」

「どうつて、うちの蔵ン中へ納うんでさ。」

「それじゃ黒岩さんの蔵の中には、随分昔のキリクビもあるわけですね。」

「ありますよ。団十郎から始まつて、死んだ歌右衛門、菊五郎つてのが、ごまんとありますよ。」

禄蔵が彼にしては珍らしく声に張りをもたせて、代表的な役者の名やキリクビの役者を云いかけると、最前から急に不機嫌になつていた鳴駒屋が盃を取上げて盃洗の中で音高く洗つた。

「一つどうぞ、モートンさん。いえ、まあどうぞ。」

話題を変えたい意図を露骨に見せて、強引にキリクビ問答を中断すると、彼は恭々しく過般天子様に招かれた光栄の物語を始めたのである。


黒岩一郎は、事務室の一番奥まつた机《デスク》の前で、忙がしく伝票に目を通していた。

全く忙がしい。歌舞伎座の顔見世興行の初日前後は、他の大劇場小劇場も大方は初日の前後なのだから、種々雑多な小道具の注文貸出しに応ずる黒岩で、先月末からこの月初にかけての多忙なことといつたら、まるで戦場のような騒ぎだつた。幕が開いても数日は小道具の駄目が出たりして、心身ともに休む暇がないのだ。月半ば、ようやく躰は楽になつたが、滞つている支払いの催促にも歩かねばならず、修理や長期の手間仕事を続けている職人達を見て廻つたり、間には自分と同じように若い連中を集めて、昔の技術を検討したり学んだり、若くて誠実な社長がしなければならないことは山とあるのだ。

おまけに電話が、ひつきりなしにかかる。

「はい、黒岩でございます。」

――鳴駒屋さんから御紹介頂いてるミスター・モートンの代理でございますけれど。

「ああ、僕、黒岩一郎です。度々お電話を恐縮でした。」

――度々は、こちらこそですわ。でも何時ごろキリクビを拝見させて頂けます?

「今日なら僕は夕方からずつとこちらに居りますが。」

受話器を置いたところへ、三浦という青年が緊張した顔つきではいつてきた。

「黒岩さん、やつぱり僕はやめさして貰います。」

到頭来たか。一郎は、半ばやれやれという気持で先ず椅子を勧めた。首を振る青年に強いて坐らせた。

一郎の弟の幼友達だつた三浦は、芸大の彫刻科にいる学生だつた。木彫を専攻していたが、卒業間近く、ふと黒岩のキリクビを見る機会にふれて、是非自分にやらせて貰えまいかと申込んできた。禄蔵の後継者がないことを心配していた折でもあり、また一郎の考えでは、彼のような経歴でこういう仕事をする者が現れるべきであつたので、喜んで任せたのだつた。

ところが結果は、禄蔵に云わせると、

「駄目だ。なつちやいねえ。」

ということだつたのである。

彫刻家は青白い顔を上げて訊ねた。

「何が足りないのです？」

「足りねえ？　へ、足りねえつて段かよ。どだい死んでいねえじやねえか。キリクビは人形の首たあわけが違うんだ。死んでんだぞ。」

禄蔵の技倆には敬意を払つていた若い芸術家は、最初は辞を低くして訊くだけの謙虚さを持つていたのだが、剣もほろろのあしらいには自負心が耐えかねた。彼は芸術創造の厳しさは承知していたが、それを感情面でこんぐらかせるのは愚劣であると断じた。知つてることなら後輩に教えるのが道じやないか。僕は若いのだし、初めての経験なのだ。先輩の親切を期待するのが間違いだというのなら、若さを未熟ととり捨てずに、僕なりの特色を買つてほしい。しかし黒岩さん、それも無理にとは云いませんよ。どうも好んではいる世界ではなさそうだから。

喋べるだけ喋べると、三浦は最初の緊張を、ひどくふてぶてしい態度に置き換えてしまつていた。

「残念だなあ。」

そうは云つたが、一郎は強いて今引止めたところで、長く彼が居つくとは考えられなかつた。彼が禄蔵の技倆を本気で学ぶためには、彼の青春的自尊心や近代的教養は根こそぎ捨ててかからねばならないのだ。何故なら禄蔵は頑なに年をとつて、邪魔があつたら粉砕しても自分を伝えようという覇気を持たないからだ。若い三浦にそんなことは出来る筈はないし、又それをすべきだとは云えない。そして禄蔵が胸を開いて未熟を寛大に迎えるということはまず絶望的であつた。しかし何よりも一番大きな原因として、経済的条件の悪すぎることが彼に忍耐を捨てさせたのだとも云えるのである。結果には芸術家の成果と変りないものがあつたとしても、あくまで職人の仕事なのだし、演劇の裏の又下に位置するような小道具の製作者は昔から、地位、金銭の何れにも恵まれなかつた。時代がかわつても、おいそれと陽光は射しこまない。一郎は溜息をついた。伝統は、こういう世界で逸早く断絶しようとしているのだ。

部屋を出て行く三浦青年の背中からは、キリクビ造りの競争《コンテスト》に負けたような翳は感じられなかつた。むしろ別の世界へ歩み始めた勢が見えるほどだ。一郎は、彼が年をとつても此処へは戻るまいと思つた。

その日、モートン氏と桜田敬子は六時過ぎに黒岩を訪れた。初対面の挨拶で、一郎はモートン氏の肌ざわりが昨今劇場に多い外人客たちと大分違うように感じたが英国人ときいてなるほどと思つた。アメリカ人ならおそらくキリクビを見たがりはしまい。電話の声で想像したよりも敬子が若くて美しいのと達者な英語にも驚いた。手渡された敬子の名刺には外国商社の支店名が印刷されてあつた。彼女の職業はステノタイピストなのだと云い、モートン氏とは英国に彼女の一家が滞在していた頃からの知りあいなのだと云つた。最高学府を出ている一郎だが、外国語には憶病《ティミッド》な方で英会話は苦手と定めているから、専ら敬子の通訳に任せることにして、二人を蔵に案内した。

キリクビは蔵番の兼吉の管轄である。禄蔵より齢下でもやはり年寄りだから、彼も同じように頑固で、おまけに鼻息が荒い。彼もまた、一郎の祖父の代から黒岩にいる、いわば小道具蔵の主である。

蔵に種々な小道具を納う順序や方法については、総て蔵番の胸三寸というのが長いしきたりになつていて、彼以外の誰にも何が何処に入つているのか皆目分らない。キリクビばかりに限らないのである。一郎は父の没後を襲つて以来、こうした旧習打破に随分努力してみたが、彼らの頑強さには仲々歯が立たなかつた。文字に書き出して内容の品目だけでもはつきりさせれば、若い者たちがどんなに助かるかしれないのだが、文盲の彼らには彼らなりの矜持があつて、それも仲々難しいのである。

キリクビにしても、近世演劇界で空前絶後と云われた名優市川団十郎のクビや、キリクビの名人と名の高い松本亀吉の彫つた五代目菊五郎のクビなどは演劇的にも貴重な資料なのだが、兼吉は自分の宝のように大事にしていて容易なことでは出して見せようとしない。演劇博物館などから展示用に借りにきても渋い顔をして手古ずらせるのだ。

今日も一郎は先ず兼吉の機嫌とりから始めなければならない。

「兼さん、鳴駒屋さんの紹介で、こないだ話しといたモートンさんが見えたよ。古いキリクビを出して見せてあげて下さい。」

禄蔵とは違つて堂々とした体軀の兼吉は、不愛想に口を曲げて云つた。

「大事なものだからね、あまり出したり入れたりしねえ方がいいんだが、ま、鳴駒屋の口入れじゃ仕様がないね。」

不親切にも彼は、第一番に「暫《しばらく》」で使う仕丁の駄首を取出してきた。粗末な張子細工のクビを十箇ほど紐でつなげたもので、それだけ見ては滑稽なばかりである。モートン氏が見たがつたものとは種類が違いすぎるから、一郎は当惑してしまつたが、客は案外、興味深げに手にとつて見て、

「おもしろいです《イッツ・インタレスティング》。」と云つた。

「小太郎のクビとは製法が違うのでしょう？」

「ええ。これは駄首《ダクビ》と呼ぶものの代表的なもので、鉋くずを芯につめて和紙を貼りつけて作つてあります。「暫」の主人公が大刀を振りまわすと途端に仕丁がぶつ斃れて、このクビがごろごろと転がる仕組みです。主人公の力を様式化するために大事な小道具なのです。」

説明の最後のセンテンスを一郎は英語で云つた。モートン

氏は、この地味な青年の学識を悟って、以来は直接本式に話し始める。受け答えには時折、敬子の助太刀が必要であったが、会話は円滑に深まった。

「兼さん、張子《はりこ》のクビでもいいから、もう二つ三つ出してくれないか。」

一郎の出方が丁寧だから、兼吉は逆える筈がない。

木彫のクビに何枚も和紙を貼って、張りぬいて作った張子のクビは、駄首よりはずっとキリクビらしいが生きものの死を象徴する力はなく、モートン氏の興味は興味以内で止まっていた。

「こういうものの保存は大変でしょうね。」

「ええ、蔵番の責任は大きいわけです。」

「カネサンは、責任感が大変強そうですね。」

「時々強すぎることもありますが、彼は常に職務に忠実なのです。なんらの記録なしに彼の蔵の中のものはどんな小さな品でも在処を正確に記憶していますし、古いものの製作年代なども非常にしっかり覚えています。」

「禄さんと同じように、彼も黒岩の財産なのですね。」

一郎がモートン氏の言葉を通じると兼吉は又口を曲げたが、満更でなかったらしく蔵に引こんで、ようやく本命の上首を数箇抱え出してきた。

「桐の角材を丸彫りしたものです。上首《ジョオクビ》と呼んでいますが。」

役者の名と役の名の説明は一郎がつっかえると兼吉がすらすらと云ってのけた。殆んどがモートン氏達の知らぬ芝居であり、物故した俳優のキリクビだったが、存命の役者のものが二つあってそれはかなり面白かった。生き顔と死に顔は違うものだとは歌舞伎劇の台詞にあるけれども、生きているモデルから死の翳を彫りあててあるのは観ものであった。苦渋苦悶の表情や刀瘡が古血で陰惨に彩られてあるものもあり、敬子は薄気味の悪さに困惑していたが、モートン氏は魅せられたようにキリクビの上にかがみこんで仔細に観察を始めていた。

「この異人さんは値打ちが分るらしいね。」

兼吉はそろそろ機嫌をよくしていた。で、彼は再び蔵の中にとって返して、また三つ四つ運び出してきた。歌右衛門、宗十郎、六代目のクビなどである。兼吉は得意げに一つ一つと並べてみせた。まるで戦国時代の士将が武功を主君の前で誇るようにである。敬子はキリクビから、その生首を連想して総毛だった。モートン氏のように芸術的観賞ばかりはしていられないのである。

折から禄蔵が何処からか現れた。兼吉に、にやりと笑ってみせて仲間に加わった。

「そうだ禄さん、あの傑作も出してきようか。」

そんな工合で兼吉は、それから都合三度も往復したから、キリクビは全部で二十箇近くになってしまった。若いクビ、老人のクビ、男のクビ、女のクビ、道化たクビ、坊主のクビ、公達の上品な白いクビ、傷痕だらけの穢いクビ。小道具の製作には写実《リアリズム》が禁物なので、どれも実物そっくりと云うにはずつと小ぶりに出来ていたり、皮膚の色も白、茶、赤と誇張して彩色はどぎつく、眼鼻のバランスの奇妙なものなど多かつたが、一様に色濃く「死」が浮び上つて見えるのがさすがだつた。

敬子は年齢相応に怯えていたがふと、これに似た情景を前に一度見たことがあつたと思つた。終戦直前の大空襲で焼死した人々の屍体が公園の一隅に羅列され、家族の引取りに備えてあつたのを小学生だつた敬子は何気なく覗いて、すつかり見てしまつたのである。そのときの記憶が十年ぶりに甦えつてきた。が、その連想は意味の上でキリクビとは繋りを持たないようである。幼かつたが敬子が焼死体の列から感じたものは戦争のメカニックな殺戮だつたらしい。今敬子を取りまいているキリクビには死が個を単位として存在しているように見えるのだ。

「鳴駒屋さんのがありませんね。」

一通り見終つたモートン氏がそう云つたので敬子は我に返つた。先夜、鳴駒屋の家で近々と見た老醜そのもののような面貌が死と結ばれたらどう変化するかと思うと、悪寒を起しそうだつたが、一郎に向つて云つてみた。

「鳴駒屋さんのキリクビ見せて頂けないかしら。」

するとそれまで黙つていた禄蔵が、

「ないでさ。鳴駒屋のもなあ一つもありませんよ。」

「あら、何故ですの。」

「鳴駒屋は自分のキリクビを見るのが嫌いなんでさ。」

モートン氏にかいつまんで伝えると、彼は眼を輝やかせて一郎に、もつと詳しく、とせがんだ。

「鳴駒屋さんは、ずつと若い頃から自分がキリクビになるような芝居は出さなかつたのです。理由は僕は聞いていませんが、神経質な人ですから、多分、大変いやだつたのでしょう。」

深く肯いて、モートン氏は静かに云つた。

「きつとそうでしょう。彼は大層もなく死を忌わしい《オフェンシブ》ものと考えているように私も思いました。」

「今月の歌舞伎座で寺小屋が出ていますが、あの小太郎のクビなんかでも、鳴駒屋さんは上品で静かな顔が御希望なのです。リアルな演技をした六代目さんが松王をなさつたときは、小太郎は眉根を寄せて苦しそうな顔に造つたものですが。芸風の違いが小道具に現れた一例ですけれども。」

それにしても演劇に生きる人が小道具にタブーを作るなんて、と敬子は納得がゆかなかつたが、ふと、死を忌むという考え方が私達にはなくなつてきているのだろうかと思つた。敬子自身を省みて、十七、八の頃までは死ぬことに青い恐怖を抱いていたのが、近頃ではそれが薄れてきているようだ。もしかすると鳴駒屋は少年期の畏怖心をそのままあの高齢まで守り続けてしまつたのではないか。それとも昔とこれは時代が違うのだろうか。戦後、死は概念を持たなくなつたのだろうか。

「晩いから、もう納いますぜ。」

返事を待たずに兼吉はさつさとキリクビを蔵の中へ運び返し始めた。モートン氏は突嗟に未練をみせて彼の背を眼で追つたが、諦めて一郎と敬子を省みると、肩をすくめて苦笑した。

「お忙がしいところを本当に有がとうございました。」

「どういたしまして。又どうぞおいで下さい。」

禄蔵は何時の間にかいなくなつていた。若い者に手伝わせて、キリクビを抱えて蔵の中に入つた兼吉は、どうしたのか待つても待つても出てこない。モートン氏は彼らと握手して別れたいと思つていたのだつたが、やむをえず一郎に外国煙草の大罐をことづけて帰ることにした。門に車がおいてあつた。助手席に乗つた敬子が可愛い顔で、

「さよなら、黒岩さん。」と云つた。

濃紺のオーバーを着ていたが、はつとするように若々しく見えて一郎は何故か言葉が出なかつた。車の去つたあと、しばらく立ちつくしていた。

煙草を兼吉達に渡そうと蔵の入口に戻ると、最近蔵番見習になつた佐竹青年が兼吉と云い争つていたらしく、一郎が入つてきたのを見て急に口を噤み、向うへ行つてしまつた。

「どうした、兼さん。」

「どうもこうもないよ。今どきの若えもんはどうしてああ生意気なんだ。若大将、佐竹は明日からクビにしてくれ。俺やあ我慢ができねえ。」

昂奮を鎮めようと煙草を渡してモートン氏の言葉を伝えたが、利きめがなかつた。禄蔵も又出てきて兼吉と口を合せ、若い奴らをこきおろす始末である。なんでも、彼らはものごとを覚えようとしないのだそうだ。それでいて小生意気なシツモンということをする。年寄りの傍に鹿爪らしくやつてきては、話を帳面に書くのである。それを若大将までが奨励している。無学がひがんで云うんじやないが、紙に書く前に覚えたらどうなんだ。俺達やあ若え頃から苦労に苦労して、自分で考えて工夫して蔵の中も記憶し尽し、キリクビ造りの技も磨いたのだ。何十年の努力を十五分かそこらで聞きとるという了簡も了簡だが、やたら書くばかりで覚えないつてのはどういうわけだ。何が必要となつても帳面をとつくり返し、ひつくり返し、すぐには埒のあいたためしがない。「のろま」と怒鳴つたのがどうだつてんだ。

「兼さんや禄さんの云うことは、よく分るよ。だけど僕らには僕らの習慣もあるのだし、佐竹君なんかは特に仕事熱心な男なのだから。」

そうやつて、なだめるより手がないのだ。しかし一郎は、ふとこの連中が死んだあとを思つて暗然とした。蔵番にも、キリクビ造りにも、漆器の職人にも、洗練された技術の後継者が現在殆んど居ないのである。せめて文章に彼らの経験を誌しておこうと考えて、若い連中にできるだけ筆記するようにと云つてきたことも、こうなると逆効果らしい。

「煙草でも吸つて、機嫌を直してほしいんだがな。」

気弱く下手に出る一郎に、陽性の兼吉が先ず気をとり直し

てくれた。

「若大将を相手にいきまいても始まらねえやな。まあ、一服やるか。」

英国製の両切煙草は味が深くて上等だつた。禄蔵は目を細め、兼吉は手もなく上機嫌になつてきた。

「あの異人さんは物が分るんだなあ。本気で見てたな、禄さん。」

「うん。ま、毛唐は毛唐だが。」

「あの娘つ子も面白かつたねえ。キリクビ転がすたんび派手に声たててよ。若大将、あんな娘つ子が今日びは流行るんですかね。」

「娘つ子は気の毒だよ。仲々感じのいい人じゃないか。」

苦笑する一郎に兼吉は大真面目で、

「お嬢さん、てんですかい。若大将あたりには、あんな小便臭いのが、いい女に見えますかね。儂らには分らんねえ。」

それがきつかけになつて、二人の老人は大昔、華やかに女郎買いで放蕩した頃を回想し始めた。古い話が、なまなましくて、それが年老いた男の口から語られるとひどく猥雑なのに辟易した一郎が腰を上げると、兼吉も禄蔵も手をあげて止めるのだ。

「ま、お聞きなさいよ若大将。大学校を出てもだ、女一つできねえじやあ頼りなくつてしようがねえ。何も学問でしよう。お聞きなさい。」


年が明けて間もなく、桜田敬子から、また電話がかかつた。

――ミスター・モートン氏が英国へお帰りになるんですの。

急で驚く一郎に来月末と出立の日どりを告げて、ついてはまたお願いしたいことがあると云つた。

「なんですか。御遠慮なくどうぞ。」

先夜の礼にとモートン氏から英国版の古典劇叢書を贈られていたし、一郎は言葉通り、この親日家の役に立つことなら何でもしたいと思つていた。

敬子が云うには、モートン氏のキリクビに対する興味には、興味以上の執心《オブセッション》があるのだそうだつた。自分には比類ない芸術と思えると云うのだ。帰国に際して是非上首を一つ譲つて貰えまいか――それが駄目なら、せめてカメラに収めさせてほしい。

「差上げるというのは、ちよつと僕一人の考えでもいかないので、直ぐには御返事できませんが、撮影の方は結構ですよ。出来る限り御便宜は計います。」

――有がとうございます。そうお伝えしますわ。

モートン氏と敬子が屢々黒岩を訪れるようになつたのは、それから間もなくである。

故人となつた俳優のキリクビは、貴重な演劇資料として当然手離すことはできなかつたし、存命の人のものは又それなりに何時また必要があるか分らないので、第一希望には添いかねたが、一郎はせめて写真を撮るのには尽せるだけの協力をしたいと思つた。兼吉が頑強に外部貸出しを拒んだので、やむなく一郎は仕事場の一角にカーテンを廻らして撮影所を急造し、モートン氏の便に備えた。

　ところで、写真機やライトの操作には如何に凝つたところで素人腕なのだから二晩も来てパチリパチリとやれば済んでしまう筈のものを、兼吉は更に意地悪く、二つか三つのキリクビを蔵から出して撮らせると、

「今日はこれだけにしときなせえ。」

　と云つて、さつさと納つてしまうものだから、やむなくモートン氏は足繁く通うことになつてしまつたのだ。兼吉や禄蔵といつた輩は意に逆つて怒らせたら最後なのだということをモートン氏は知つていたらしい。それにしても出立を一ヵ月前にして、さだめし本職の方も忙がしいだろうに、なるほど敬子の云つた通り、彼はキリクビに執着しているのかもしれない。

　老齢の偏屈が始めた嫌がらせだつたに違いなかつたが、兼吉は間もなくモートン氏に好意を持ち始めていた。クビの出し惜しみは、今ではモートン氏の顔を繁く見たいからだと理由が変つてきている。夕刻現れる彼を、そわそわと待つて、彼が喜ぶに違いない傑作を揃えておくのである。撮影中は傍につききりで、一緒になつてライトの当て方やキリクビの向きをきめるのに熱中した。大嫌いな筈だつた佐竹青年から彼のささやかな中学英語の知識をひき出して、

「はろ、はろ、ぐつといぶにん。」

　などと云い出す始末である。

　面白いことに、陰性で滅多に自分から何事か好意を示すなどということのなかつた禄蔵が、この兼吉に感染していた。モートン氏がキリクビに手に入れられぬ残念を口にしたとき、彼はぼそりと云い出したものである。

「あんたのキリクビを造つたげましよう。」

　モートン氏が有頂天で喜んだのは勿論である。毎日出かけてくるのに更に張りあいがでた。禄蔵は黙つてモートン氏の面貌を見詰めるだけだ。五、六回そうすればいいのだと云つた。筆でデッサンもとろうとしないのがモートン氏をいよいよ感激させた。見られることを意識せず自然にしていてよいということなので、彼は余念なくせつせと撮影に精を出し、一郎や兼吉との会話を楽しんでいた。

　大がい敬子が一緒にやつてくる。通訳の必要より彼女自身がキリクビとその周囲に興味を持ち始めた為であるらしい。ピンクのセーターや花模様のマフラーが、古怪な撮影所の中で一点だけ奇妙に斬新な雰囲気を生みだすのだつたが、他はしらず一郎には魅力的だつた。

　例の小太郎のクビを写すとき、モートン氏がこんなことを云い出した。

「ロンドンで私が初めてミス桜田に会つたときの彼女は、丁度こんな髪型《ヘアスタイル》でした。」

「いやだわ。」

　一郎に向つて大げさに眉をしかめてみせた敬子に、

「イヤ？　なぜです。」

「だつて、キリクビなんかと連想されるのは不愉快ですもの。」

モートン氏は一郎を振返つて、わざと耳許に囁き込んだ。

「女だけは、東洋も西洋と同じように感情的ですね。」

「なんですつて？　なんておつしやつたの？」

気にして訊きにきた敬子に、一郎は故意に誤訳してきかせた。

「女の人は感傷的だそうですよ。」

「感傷——。そうかしら、ね。」

ふと考えこんで、それから喋べりだした。

「ねえ黒岩さん、貴方はどうお考えになる？　これは感傷かしら。私はこの頃、若いということにたまらない不安を感じるの。キリクビを見ていて強烈に感じるのよ。もしかすると、此処の雰囲気は私には重すぎるのかもしれないわ。だつて、此処では私が持つているくらいの力なんて、すぐに萎えてしまいそうなのですもの。それを確かめたくてね、ミスター・モートンにせがんでも連れてきてもらつてるのよ。でも、ひよつとすると……、私もキリクビに惹かれてるのかしら。これ、感傷だとお思いになる？」

「さあ。」

「是非うかがいたいわ、貴方に。だつて私には前から訊きたいことだつたの。貴方のように若くて、そして新しい世界をきつと他に知つていらつしやる筈の人が、こういうお仕事やつていらして、どうなのかしら。」

重大な問題だと一郎も思つている。父親の急逝で突然仕事が責任と同時に肩に襲いかかつて以来、仕事の意義を日と共に認めて責任を慮うにつけても、伝統が奴隷の足に枷せた大きな赤銹びた鉄輪のように重くて歩行困難なのを感じないわけにはいかないのである。だが、そんなことを、敬子の少女々した顔に向つて話す気分にはちよつとなれなかつた。

「キリクビばかりの仕事をしているわけじやありませんからね。小道具の製作は広範ですよ。この間はロケットなんていうのも造りました。ほら清新座の〝火星紀行〟で。」

「それは新劇の話でしよう？　私は古典と現代人との結びつきで、うかがつてるのよ。キリクビで古典劇を代表させるの妙ですけれどね。」

敬子は喰い下るのだ。

「私、丸の内のオフイスに勤めてますでしよ？　ビルよ、七階なの。近代の雰囲気ですわね。都会の騒音が音を消して充満しているような部屋なのよ。何しろ高すぎるんだわ。其処でね、昼間なんか、ふとキリクビを想いだすのね。すると、空間に浮んでいるような不安が沈み始めて、なんだか気持が静まつてくるの。この不思議を、貴方はなんだとお考えになつて？　ある人に訊きましたらね、〝古いんだな〟つて一口に云われちやつた。呆れたらしいの。」

「何を熱心に話してるんです？」

モートン氏に救われて、一郎が答えた。

「キリクビを愛好するのは、〝古い〟のではないかという疑問についてです。」

「古い？」

「ええ、そういう批評を私にする人があつたんです。私も心配しているときだつたから、ぎくりとしました。」

　皮肉な眼が嗤つて、

「日本には、新しいということが滅茶苦茶《テリブリー》に好きな人達が多いですからねえ。」

一郎は、モートン氏とは本気で語り合いたかつた。

「しかし僕達には伝統を新時代にまで継承するだけの下地がないようなのです。時々そう思うのです。説明は一口には困難なのですが。」

　咄々とした英語に敬子の流暢な英語が流れこんできた。

「ミスター黒岩達の年齢《ジェネレーション》は、一番多感な年頃で、戦争という文化の断層に出会したからよ。戦争を頭で受取らなかつた私達には、あやふやでも継承ができるようだわ。だけど最も戦後派《アプレ・ラ・ゲール》と思われている世代は、今度は鮮烈に古典を感じとるでしょう、彼らには全く目新しいという意味で、私は幼年期を外国で過してしまつたから、そういう結論が出せるのですけれど。」

「じゃ僕らは過渡期《トランセッション・ピアリオド》にいるわけかな。」

「ええ。無責任な言葉で断定するならば。」

　英会話の力倆の差が敬子を優勢にしているのを、モートン氏は認めたものか、

「伝統芸術《トラディショナル・アート》の継承については、どうぞ日本語で議論して下さい。日本人の問題でしょうから。」

と水を注した。

「芸術だと云つてらつしゃいますわ。」

「さいですか。」

　何をくだらねえ、とそのときは思つた。三浦という若造が最初盛んにそれと同じ言葉を口走つていたのを思い出したからである。ゲイジュツ、か。へ、俺たちはそんな言葉のねえ頃から仕事してたんだ。禄蔵にはひどく遠い言葉だつたから、うそぶいていられたのだ。

　それがモートン氏が足繁く黒岩に通つてくるようになつて、考えが変つてきた。なんだか分らないが、キリクビは確かに芸術であるらしい。彼に芸術家という讃辞を貰つたとき、禄蔵は身内に湧く疼きに難渋したものだ。むろん喜びはしなかつた。困つたのだ。が、それも意識の上には出ない。

「皮肉で冷淡なのよ、このおじいさんは。」

　敬子が日本語で云つてふくれた。

　曇天で、その日は午過ぎから酷く冷えこんでいた。

「なんて寒さだ。」

と禄蔵は何度も舌打ちをしていた。指がかじかんで鑿《のみ》がうまく使えないのである。板のように堅い座布団は尻の下で未だ冷い。彼は今モートン氏のキリクビを刻んでいるのだ。若い頃からキリクビにだけ専念してきた彼は、自分の年齢を考えたことは長くなかつたし、まして腕が衰えるなどとは考えて

もいないのだつたが、どうも今度は勝手が違う。網膜の奥には確かにモートン氏の影像が灼きついているのだが、指先で形のようやくついてきた桐の角片は例になくしぶとくて仲々死なないのだ。

彫の深い顔だちが今までに手がけた日本人とは違うといつても、モートン氏の奥まつた眼は所謂金壺眼《カナツボマナコ》で、そういう特徴のある役者が今までになかつたわけではない。橘屋だつて高麗屋だつて、顔の造作は日本人離れしてどれも大きかつた。ただ、高い鼻や大きな鼻の役者はあつたが、モートン氏のように小鼻がふやけて柔かく見え鼻梁の両横に展がつているのはどうもなかつたようである。これがすぼんで青く殺げるとしたら、随分険の強い死相になつてしまつて、うるんだ碧い眼と薄い唇をもつた初老の面貌からは離れすぎると思うと、禄蔵の持つ鑿は動くのを逡うのだ。

脳裡に刻んであるモートン氏の容貌を改めて反芻した。鳴駒屋の座敷での初対面の日を連想した。小太郎の白いキリクビを凝視していたときの彼の鼻は、眼と不釣合に大きく見えた。

禄蔵は、ただ苛立つているのだつた。自分でも思いがけずモートン氏のキリクビ造りを申出てしまつたのは、実は彼の薄い皮膚が肉を透して赤みがかつてみえる肌に、鳴駒屋の褐色の肌と対照した面白味をふと感じたからだつたにすぎない。つまり大した動機はなかつたのだ。毛唐々々と一口に呼んできた人種を仕事で身近く見るのは八十年の生涯でこれが始めてだつたが、彼はこうして気の進まなくなつた理由を、異人には死相がないのだろうと単純に結論しかけていた。腕が鈍つたなどとは考えたくなかつた。

一郎が他の用事で部屋に入つてきて、禄蔵の背後から造りかけのキリクビを覗いた。

「ああ、モートンさんだね。似てる似てる。」

禄蔵は振向かずに背中で云つた。

「毛唐のクビが、こう厄介だとは思わなかつたよ全く。」

かつてどんな注文のキリクビにも愚痴つたことのない禄蔵の呟きだつたが、一郎はそれに気づかなかつた。

「できたら出立に間にあわしてあげたいね。」

返事をせずに禄蔵は目の前のキリクビを見詰めていた。たしかに、粗削りではあつたが、モートン氏の容貌の特徴は総てとらえてある。一郎の足音が背を遠のくと、禄蔵は何度も首を横に振つた。若大将にはまだ眼がねえ。

キリクビの上に屈みこんだ姿勢のままで、彼はやがて放心していた。鑿は床板に落ちた。膝を抱いて、彼は目を瞑つた。瞼の裏に、これまで彼が彫りに彫つた役者たちの面貌が浮んできた。彼らの殆んどは物故していた。が、浮ぶのは勿論存命中の顔である。何人いるかと勘定してみたが、数えきれなかつた。鼻の大きな一人が、ふと消えて、後に彼のキリクビがころりと残つた。金壺眼の一人が急に相をかえたと思うとキリクビになつて四肢を消した。次々と人間が消えて、キリクビが幾つも並んでしまつた。その包囲をうけてモートン氏が立つている。そうだ、彼が初めて黒岩を訪れたときの光景なのだ。と思つた瞬間、何時のまにかモートン氏が鳴駒屋に変つていた。

「やはあ、禄さん、私のクビはどれだい。」

禄蔵は、のろのろと立上つた。夢とつかず変梃な幻想に随分長く悩まされていたが、彼の職人気質はキリクビ造りに専念することを忘れなかつたのだ。既に暮れて、モートン氏と敬子が別棟で例の撮影を始めている時刻なのであつた。

赤いセーターを着た敬子が、兼吉と何ごとか面白そうに話していた。モートン氏は実盛物語の妹尾の白髪クビを両掌で摑んでライトの下に立ち、詳さに鑑賞している。禄蔵は彼の正面に立つた。背の高さが違いすぎるのでモートン氏の持つているキリクビがちよつと邪魔だ。

気づいたモートン氏がクビを腹の下まで下しながら、

「こん、ばん、わ。」

と挨拶した。それに応えもせず無遠慮にじろりと見上げている禄蔵の態度には、もう慣れつこになつている。

このとき事務所から一郎が急ぎ足で入つてきた。

「鳴駒屋さんが亡くなつたそうです。」

禄蔵の手が急にのびて、モートン氏の持つていた白髪クビをひつたくつた。

「まあ。今日?」

敬子だけ言葉を出して驚き、死因を訊ねた。何々性の何々症のとやたらくどいのを、彼女は簡単に病気で死んだのだとモートン氏に伝えると、彼は黙つて肯いていた。禄蔵はキリクビを抱いたまま、のろのろと一隅の黒びろうどの幕の蔭に近寄つて、そこでうづくまつた。

「いやだわ、なんだかピンと来ないのね。彼に、死はあま《イット・シームス・》りにも遅くきすぎた《ザット・デス・カムス・トウ・ヒム・トウ・レイト》ようだわ。」

重い空気に抵抗したくて敬子は安直に感想を述べたのだが、モートン氏に静かに訂正された。

「若さで結論に飛躍しては不可ませんね、ミス桜田。死は、いくら遅くきても、遅くきすぎることはないのです。」

やりきれないな。一郎は、この対話に辟易して、禄蔵が愛撫している老爺のキリクビを見ていた。鳴駒屋のキリクビを造る機会が遂になかつたことを、ふと惜しんで、次の瞬間そういう職業意識を自分で苦笑していた。

誰も、言葉が所感を紊すことに気づいて、しばらく己々の思いで沈黙している間、兼吉だけは何の衝撃も受けなかつたものか、もう撮つてしまつたキリクビを台の後に下しては並びかえていた。そろそろこの楽しい仕事も終る日が近づくので、名残が惜しい。とつておきのクビはあらかた写してしまつていた。今度はどれを出そうか。ふと彼は何事か思いついたらしく、急いで蔵へ一人でとつて返すと、間もなく新しいクビを二つ抱えて戻つてきた。妹背山の久我之助と雛鳥のキリクビである。悲恋に死んだ二人は、どちらも若くて美しい。兼吉は自分の思いつきの素晴らしさを、きつとモートン氏は喜こんでくれると信じた。

最初にそれを見つけたのは敬子だつた。

「あら、まあ！」

次の瞬間彼女は、けたたましく笑いだした。重く下つている黒びろうどの背景《バック》を、破るように大仰に笑つた。

「クビが、キリクビが。ああ、ああ可笑しいわ。兼さんつたら！」

美男と美女のキリクビが仲睦じく片耳を押つけあつて並んでいた。カーテンと同じ黒びろうどで掩われた台の上で、二つのキリクビは、まるで現代の男女と変りのないように、互に抱擁したまま浮び上つて、甘美な恋を囁きあつているように見えたのだつた。キリクビとキリクビの恋。

スリッパをはいた足をばたつかせて笑い狂う敬子に皆はしばらく呆然としていたが、やがて一郎もモートン氏も原因を知つて苦笑し始めた。鳴駒屋の訃報の直後、まるで不協和な出来ごとである。敬子は、くつくつと噎びながら、眼に一杯涙を溜めていた。笑つたあとのような気がしなかつた。

「このクビは、駄目でさ。」

禄蔵が詰らなそうに云つた。モートン氏が肯き、敬子はハンカチで眼を拭いながら同感だつた。理由より先に、駄目が分るのだ。それは、これまでに数多く撮影されたキリクビとは、まるで感じが違つていた。俳優に似せた彫刻としては何処と指摘できるような難はないのだつたが、いわば古典的な雰囲気をもたず、歌舞伎の小道具という資格に欠けているのだ。

「死」に翳がないと一郎も思つた。同時に何時か前に禄蔵がこれを評して、死んでいねえと云つた意味が分つたと思つた。これは去年の暮近く、若い傲慢を背に勢負つたまま黒岩を出て行つた三浦青年の作品なのである。黒びろうどという雰囲気を吸いつくす布の前で、当世風のポーズで並べられたのを見て、一郎は「結果」を見たのであつた。死相という古風な言葉は、死が意味をもつていた悠長な時代の所産なのだ。若いキリクビはそれぞれの死に対して、ひどく冷淡に見える。が、彼はそれを未熟とは思えなかつた。禄蔵のキリクビが勝れていたにしても、それを三浦青年の敗北とは思えない。一郎は何故か、禄蔵の後継者がないことを案じる心配から解放されたような気がしていた。

敬子の笑い声と禄蔵の断で、兼吉はすつかり悲観していた。彼らしくもなくしよげて台の上のキリクビをそつと床に下ろした。それを敬子は眺めている。

先刻、声をたてて笑つたのが、ひどく不謹慎なことだつたように思われてきた。鳴駒屋に詫びるべきなのだろうか。まさか。ふと、禄蔵の手が最前から白髪のキリクビの鼻に置かれているのに気づいて慄然とした。誰かと口をききたくて、

「あの二つのキリクビは禄さんが造つたものじやないんでしよう？」

「ええ。若い人です。」

そうだろうと思つた。禄蔵の手になるキリクビだつたら、あの突飛な構図に置かれたとしても、ああは笑えなかつたろ

と思つた。一体何が可笑しかつたのか自分で笑つた理由が呑みこめなくなつて、始めてキリクビを観察する気を起した。これまでに唯の一度も敬子はモートン氏並みにキリクビを凝視したことはなかつたのだ。

妹背山の芝居を敬子は生憎と知らない。ただ見る限りでは、この二つのキリクビはどちらも眉根をちよつと寄せているという特徴がある。それは首を斬られる瞬間の肉体的な苦痛や死に向う苦痛をしばし耐えたという表情ではなくて、むしろ若さの神経質な癖のようにさえ見えるのだ。斬られたのは、白昼だつたろうと思つた。このキリクビには所謂暗い死相がない。けれども決して生きてはいない、と敬子は思い進んで、思わず生唾をのみ下した。高層なビルの中で働く人々の中に、よくこれに似た貌がある。

部屋の入口に置いてあつたオーバーを羽織つた。なんだか胸の中まで冷え冷えとしてきたのだ。

「寒いわ。」

「外は大雪ですよ。今夜はまだまだ積りそうだ。」

「まあ、じや早いめに帰らなくつちや。」

皆が窓際に寄つて、なるほど夜を掻分けて白くなつている戸外を見ている背後で、禄蔵は先刻からの姿勢を更に固めて

芥川賞の松本清張

昨年九月号三田文学へのつた松本清張「或る小倉日記伝」が今回の芥川賞を受賞した。これには一つ思いがけない次第があるのは、もとこの作品は直木賞に推されていたのだが、直木賞委員会（一月十九日）は、これはいい作品だが直木賞ではない、むしろ芥川賞に推す可きだというに意見が一致し、前例にはなかつたがこれを芥川賞委員会に回付することになつた。

それが十九日の夜のことで、芥川賞委員会は二十二日にある予定で、もう作品を読んで了つているところへ、二三日でこの作品を読んでくれるだろうかというキグもあつたが、結果は読んでくれただけではなく、二篇授賞の一篇に松本が入つたことは、うれしかつた。

松本清張は曾つて「西郷札《さいごうさつ》」という一篇で、新聞社の週刊誌で一等に当選し、これは大衆文芸で、一昨年の直木賞候補作品に入つていたが、それより前、松本より作品と手紙をうけとり三田文学に加えてくれぬかと言つて来た。僕はこの作者の或るところに感心し、三田文学同人に加え、その後二作を三田文学にのせたが、その一作で芥川賞を得ることになつたのである。

（後略）

〈昭和二十八年四月号「後記」木々高太郎〉

いた。

最後の幻想で聴いた鳴駒屋の声を耳鳴りのように感じていた。彼には信心つけが毛ほどもないから、あれを鳴駒屋の死の先ぶれだつたなどとは思わなかつた。ただ、どうにも混乱している頭の中に当惑していた。モートン氏のキリクビを彫り続ける気は失つていた。躰中の神経が弛緩して思わず声が出た。

「鳴駒屋が、死んだかねえ。」

呟きを、一郎だけが聞きつけて不審げに振返つたが、丁度そのときモートン氏が暇を告げたので彼は客を送つて出た。

「彼は何歳ですか《ハウ・オールド・イズ・ヒー》？」

門へ歩きながらモートン氏が訊いた。外套に降りた粉雪は、湿めつ気なくてさらさらこぼれる。

「鳴駒屋さんですか？」

「いえ、禄さんです。」

「たしか八十四だつたと思いますが。」

答えてから一郎は、はつと息を呑んだ。今のさつきの禄蔵の呟きをモートン氏も聴きつけたのだろうか。近い将来に消えるかもしれない黒岩の財産を思つて、一郎は足をすくませた。

雪は十糎以上も積つていた。なんだつてまた門口まで見送る気になつたのかと一郎が自分を奇妙に思つていると、白い掩いを冠つた車の前でモートン氏は雪から連想したのか振返つて云い出した。

「西洋の習慣にあるデスマスクを知つていますか。」

手袋をはめながら敬子が、

「知つてますわ。石膏で造るのでしよう？」

「そう。本物の死人の顔にはめて型どるのです。全くの職人仕事であるのに拘らず、死者の栄光のために名のある芸術家にやつてもらうことになつています。」

「ああ。つまりキリクビとはあべこべなのですね。」

一郎に肯いてモートン氏は運転台のドアを開けた。

「結果が芸術である方が尊いのです。禄さんのキリクビは完全に死を把えています。」

一郎と敬子は思わず顔を見合わせて苦笑した。二人の若さは、まともで聞くにはたえられない。

「じや、鳴駒屋さんはどうでしたの？ キリクビになるのも嫌なくらい怖れていたのに、到頭死に把えられましたわ。」

敬子は云つてしまつてから、ああ失敗つたと思つた。案の定、皮肉な答が返つてきた。

「彼も、死を知つていたのですよ。ミス桜田は歌舞伎の正統派《オーソドクス》な観客ではなかつたから、そんな質問が出るのでしよう。」

エンジンがかかつた。助手席の敬子は一郎に、眉を下げて笑つてみせた。私たち、友情も育ちつこないわね、こんな環境では。そう云つているように見えた。

車が残した白い轍の深さを見て、あらためて一郎は、ひどい雪だ、と思つた。仕事場に戻つてみると、禄蔵が一人きりで、黒いびろうどの前でうずくまつていた。膝を抱くようにして、しろんとした眼を床に落している。

「禄さん、酒をつけとくから表に廻つて兼さんと一杯やつて、それで帰つて下さい。雪がひどいから家で心配するといけない。早くね。」

声をかけられて、禄蔵は我に返つた。眼だけで返事をし、しばらく佇んでいた一郎が部屋を出たあと、やつと立上つた。

腰も脚もすつかり冷えて、伸ばすと痛い。がらんとした部屋の中を見廻すうち、尿意を覚えたので便所に下りた。入口で見慣れぬ顔に出会つて、おやと立止つた。鏡だ。気懸りから、身をのり出して覗いた。まぎれもない自分である。皺の中で老斑に埋つた小さな顔。くぼんだ眼窠。小鼻はすつかり落ち、頬は皮膚がたるんで骨の下にこびりついている。紫色の薄い唇が開いた。

「ふ。まるでキリクビだ。」

何年この首を見なかつたかと思つた。随分長い間、鏡を見ることを忘れていた。下腹が震えて股間になま温い感触が流れたが、それが雪の夜気で冷えるまで、彼は立ちつくしていた。

その年の夏の盛りに、突然、禄蔵は死んだ。枯木が風もない日にポコリと折れるような急逝だつた。衰えてはいたが病まず、ある朝家人が気がつくと床の中で永眠していたのだという。


モートン氏のキリクビは仕事場の片隅で埃をかぶつたまま未完成であつた。

桜田敬子には葬式の日になつて一郎が名刺を頼りに電話で報らせた。彼女は派手な洋服を着たまま焼香にだけ姿を見せたが、その日多忙だつた一郎は話す機会を持てなかつた。モートン氏には報告にかねてキリクビの状態を手紙で書き送つた。

二週間後、ロンドンから返事がきた。禄蔵の死を鄭重に悼み、優秀な職人を失つた一郎に同情し、未完のキリクビ送付方を依頼したあと、彼らしい感想を綴つてあつた。

貴方の手紙と前後して、ミス桜田からも禄蔵氏の逝去を報らせてきました。彼女はその中で、「彼は、ずつと前から死んでいた」のだと書いています。

この意見に私も同感です。

肉体の終末より遥か以前に死を把握していた彼は、真に偉大なる芸術家でありました。

読後、一郎は自分は若いという実感で胸が詰るようであつた。救いを求めて名刺整理箱を開け、Sの部に敬子の名刺を探した。この手紙の内容を告げて、二人して若さへの自信をなんとかとり戻したいと思つたのだ。だが禄蔵の葬式の日に使つた折、しまい忘れて失くしたのか、彼女の名刺は見当らなかつた。

かつら・よしひさ
（昭和4年～平成17年）
慶應義塾大学国文科卒。昭和28年に山川方夫、田久保英夫と「三田文学」を復刊して編集を担当する。この年、三島由紀夫の推薦で「刺草の蔭に」を「群像」に発表し文壇へデビューした。

産土（うぶすな）

昭和33年7月号

桂 芳久

デルタの街には繁つた一本の樹木すらなく、そこには三十数万の人々の生活の残骸が遥か波打ちぎわまでひろがつていた。真夏の太陽は瓦礫に埋つた焦土を更に灼けこがし、道行く人はうなだれたまま八月の空を仰ぎみる気力もなかつた。入道雲が金剛力士像の忿怒の形相で廃墟を踏まえたようにそそり立つていた。木田泰雄はその雲の頂きの方角へ幾つかの橋を渡つて歩きつづけてきたが、比治山の麓まで遮る物がなくなつた焼跡では距離感覚がひどくおぼつかない。すべてが実際より間近にみえる。視界にはつねに五六条の煙があがつていた。屍体を焼く煙である。石と瓦とコンクリート等、不燃焼物だけを残したこの地上に、まだ燃えるものが大量にある事実を彼はいぶかしんだ。宇品寄りの右手に見える煙は海からの風にここまで吹き流されてくるが、人肉を焦す悪臭も木田の胸をむかつかせはしなかつた。もうこの匂いには二週間もなじんでいるのであつた。

彼は破裂した水道栓からほとばしる水で幾度か頭を冷やし、喉をうるおして、柔かくなつたアスファルトの道を歩きつづけた。学生帽の下に敷いた濡れた手拭は、五分とたたぬ間に乾いてしまう。また水道栓を探す。飛沫は小さな虹をつくつて瓦を黒く濡らしていた。木田はそれを美しいとは思わなかつた。焼けただれて鉄骨だけになつた市内電車の日陰までやつとたどりつく。電車は爆風で脱線したまま路上にかしぎ、切断された電線が蔓草のようにまとわりついていた。彼は市電の日陰にべつたり腰をおろし、脚を投げだして息をふかくついた。乾いた喉が呼吸するたびにひりひりしみる。肩へ吊つた雑嚢から乾パンをとりだしたが、腹はすいていても水がなくてはのみこめそうにもない。体中に俄かに重い疲労感がみなぎり、ふたたび直射日光の充満した日向へでかけるのが億劫であつた。今日も午前中だけで十粁は歩いただろう。中学の一年生であつた弟の安否はまだわからなかつた。六日の朝、市の中心部で家屋の疎開作業に従事していたらしいが、一学年二百五十名のうち大多数は即死し、少数名だけが郊外へ逃げのびたとの情報があつた。もし弟が生きていたら焼けた我が家へでも帰つてくるはずであつたが、半月もたつのに消息はかいもく不明であつた。

木田はあの日呉市にいた。高等師範の二年生は呉海軍工廠へ勤労動員されていたのである。西の空へ冲する巨大な雲を望見した翌朝早く、彼は呉鎮のトラックに便乗し、まだ燃えさかつている広島へ到着した。駅前広場は数百の負傷者が煙にむせながら倒れていて、そこから先はトラックの進む余地もなかつた。艦載機による呉軍港への執拗な波状攻撃を見た眼にも鮮烈な恐怖があつた。あの時も溶鉱炉へ爆弾が命中し、多数の工員、学徒が真赤に熔けた鉄をあびて死んだのだが、広島の惨状はその比ではなかつた。たぎる溶鉱炉を一度に百も爆破させた規模の被害状態である。生れ、そして二十幾年住んでいた祖父の地が灰燼に帰すのを、駅裏の丘陵に佇んで眼に乾きをおぼえながら見成つていた。

太田川の流沙がデルタを形成しはじめる三篠橋の近く、鯉城のそばの岸辺に建つていた彼の家も全焼した。花崗岩の門柱は炎にあぶられて、指先で崩れるほどもろくなつていたが、それでも瀬戸焼に墨で書いた標札だけは、木田禎三と父の名前は読めた。風呂釜のまえに黒焦げの屍体がアルマイト製の盥へ両手をさしだしたままつんのめつていた。木田はそれを母だと確認した。たぶん母は弟を学校へ送りだしてから洗濯をしていたのであろう。盥の水は蒸発してしまい、洗濯物も焦げて灰になつていた。彼は洗濯をする姿勢で死んでいる母へ、「お母さん」と静かに声をかけた。母がびつくりしてふり返つてくれそうな気がしたのである。「泰ちやん、よう帰つたね。工場はしんどかつたでしよう」母はそういうとエプロンで手を拭きながら息子を迎えてくれるだろう。しかし母は動かなかつた。木田は母の小さくなつた掌に握られて焼け残つた洗濯物の一片を見た。見覚えのある彼の冬蒲団の表であつた。母は冬物の準備をしていてくれたのだ。そう思うと彼はだれひとりいない焼野原で、初めて吠えるように悲しみを声にしたのだつた。

母と祖父を同時に失い、弟が行方不明となつたが、一緒に生活していた肉親の全部をうしなつた悲しみに溺れている余裕はなかつた。家は焼け、無一文になつたからには、明日からのことを考えねばならない。肉親が死んでやつと勝手にふるまえる立場になつたと喜ぶほど、彼は親の束縛をうけていたわけでもなかつた。父は陸軍経理学校出の軍人で、手紙の裏へ住所を書くにも木田禎三様方、木田泰雄と同居人なみに書かせる父であろうと、ほとんど外地に駐屯していて家で起居をともにする暇はなかつた。軍人の家庭でよくみられる例だが、木田と弟も大正末期と満州事変後の間歇的平和時代に生れているのであつた。

その日から彼は寝る場所をつくらねばならなかつた。小さな花壇のそばの防空壕へ焼けトタンで囲いをはじめた。汗水たらしての作業は、肉親の死の悲しみを一時にせよ汗と同様に発散させる効力があつた。奴隷に肉体労働が課せられなかつたら彼等はもつと悲嘆にあけくれることだろう。近くの佐山病院の焼跡から鉄製の病室用ベッドを運んだり、救護所で軍隊の毛布を無償でもらつてきた。食器類は瓦をのけて土をすこし掘れば、どこの焼跡からでも使用にたえられる陶器が出土した。出土、たしかに古代遺物を掘りあてるに等しい楽しみが焼野原にあるにはあつた。彼は朝からスコップをかついで五百米半径くらいの地域の、これはと思われる場所を物色して掘りかえした。某所では供出すべきであつた青銅の唐獅子の置物をみつけたり、ホタル石の香炉、錫の徳利と盃の一揃、優勝杯から直径十糎あまりの拡大鏡までを拾集した。とくに鉄火鉢の中には高価な装飾品をつめて土に埋めてある。彼は数日にして防空壕に鍵をかける仕掛を考案しなければならぬくらいの所有慾を感じるようになつた。例外として金庫にだけは手をつけなかつた。一度一日がかりで金庫の扉をこわしたが、中味はたいてい有価証券か不動産の書類で、それも金庫内に備えつけてあるコップの水が蒸発しつくして、火勢から守る効果もなく大部分が焼けてしまつているからである。金庫破りは採算のとれぬ仕事であつた。

木田は一週間も発掘作業をやると、コレクションのなかで寝起きしながら次第に落着きをうしなつてきた。食糧衣服は救護所で充分にただでもらい、一応住める場所もととのえたときから不安はめばえだしたのである。最低限の衣食住が差当り保証されだしたのが、彼を自分自身に目覚めさせたのであつた。彼は毎日朝方から焼跡をさまよいはじめた。防空壕に閉じこもつて考える自分になるのがいら立しくてならないのである。弟の所在を尋ねて歩きまわつているのが一つの口実にすぎないことは、彼自身がもつともよく承知していた。

木田は電車の日陰でゲートルをといて脚を休ませた。三十分に一度ぐらいの間隔でグラマンが似島《にのしま》の山頂越しに威嚇するように低空へ舞いおり、するどい金属音をのこして北の空へ消えていく。熊蜂に似てずんぐりした艦上戦闘機の姿は、一週間前までは恐怖の象徴であつた。二十ミリ機関砲の地上掃射で幾人かの学友も死んだ。逃げおくれて頭に命中弾をうけたHは、顎から上がふっとび、脳味噌と血にまみれた舌が喉仏までたれさがつて惨死した。その日の攻撃は長く激しかつた。工廠の岸壁近くにいた重巡が大破し、倉橋島に接岸待避していた伊勢も甲板を波が洗うくらいに擱坐した。後甲板を飛行甲板に改造した航空戦艦伊勢は浸水し、悶えながら主砲で迎撃していたが、工廠の技術士官は「あれ以上もう沈むことはないから安心さ」と、自嘲ともつかない口調でつぶやいて観戦していた。

グラマンをつぶさに眺めたのは初めてだ、と木田は思う。いま頭上を低空に飛翔するF6Fの風防硝子ごしに、操縦士の首に巻いた白いマフラアが見え、飛行帽の耳覆を折り上げてかぶつている男がくるつと顔をまわした。木田は機上から目撃されたと咄嗟に身構えた。だが、もう狙われることもあるまい。彼は自分の怯えをねじふせた。飛行機がとびさると、また真空のような静寂が焼野原にみなぎる。木田にはこの真昼の底しれぬ沈黙がこわかつた。腕時計のかすかな音でも身近にほしかつた。時がこの瞬間でも刻まれている事実の確証がほしい。セコンドを刻む音をきくと、六日のあの瞬間が刻一刻遠くなりつつあるのだという安堵があつた。彼は腕時計を耳にあて、それから文字盤をみた。そのとき脈絡もなく父のことを想つた。内地に転任になつた参謀にことづけた最後の私信によると、父の所属する第五師団は濠北のモルッカ群島へ展開していると伝えた。彼は学校の図書館で精密な地図を借りて調べてみた。セレベス島東方、比島と濠洲間に横たわるこの群島は、東経百三十度を中心にセラム、プール、アンボン、ハルマヘラの諸島で構成されている。この一帯は偶然にも広島の経度もふくんでいた。父は遠く南半球にいながら同一経度上にいる! 木田はひどくその瞬間に父を身近に感じた。

疲労に眼をくぼませた人々が、淀んだ視線をくばりながら通りすぎる。郊外の収容所をさんざん尋ね歩いて落胆した者が、ふたたび市内を捜索してせめて遺品でも見つけようとしているのである。木田は仰向けに寝ころがり、眼をつぶつて体を休めていると、腰のあたりをしたたか蹴られた。驚いて頭をもたげる。

「チエッ、生きてやがる」警防団の黒い帽子をかぶつた中年の男がいつた。

「生きてたらどうした」彼は男を睨んだ。

「死人がごろごろいるのに、生きてる奴までが死んだ真似をするな」

木田は相手の返答がきわめて筋がとおつているように思われて苦笑した。

「ちやんとした服装してるんだから、死人かどうかぐらいわかるだろう」

すると中年の男は首をゆつくり横にふり、「近頃になつてな、ピカドンにあわなかつた者までポックリ死ぬるんや。あてにはならんて」

と言つた。警防団員は郊外の者に違いなかつた。市内にいて被爆した連中は強烈な光線だけを感じて、爆発音を直接に耳にしなかつた実感から、ピカとしか表現しきれなかつたが、郊外にいた人々はそれをピカドンと受けとめていたのである。しかしピカという者が次第に死亡して数がへるにつれ、ピカドンが一般に言いはやされだした。

「用心しろよ、そんな立派な時計をしてころがつてたら、いつふんだくられるかもわからんぞ」

警防団員は結膜炎らしい赤くなつた眼でじろりと見、こう言いのこして立ち去つたが、相手が親切に忠告してくれたのか、ふんだくるつもりであつたのか木田には忖度しかねた。とにかく生きている者はそれにふさわしい態度をしていなければならぬと思つた。

木田が中学の同級生であつた金村幾生に路上で会つたのはその直後である。誰もが疲れた足をひきずつて歩いている場合に、自転車へ乗つているのは目立つ存在であつたし、派手な鳥打帽姿も注意をひいた。

「金村、だろう」木田は片手をあげて呼んだ。金村は関西にある私立大学の専門部へいつている筈であつた。行きすぎようとした金村は自転車を大きく廻して近寄り、

「よう、運のいい男だな」白い歯をみせた。卒業前にも彼がいまとおなじ言葉をいつたのが記憶の底にあつた。徴兵延期のきく高等師範地歴科へ合格したときである。文科系の上級学校で高師だけが徴兵が延期される学校であつたからだ。知人にあつた時のきまり文句となつている「あの時はどこにいた?」で身上話は始まる。彼は尼崎の軍需工場へ勤労動員でいつており、敗戦の日の夜行でぬけだして帰つてきたという。校技の蹴球でホワードのライトウイングをやつていただけあつて、なるほどすばしこい奴だと思つた。金村が金鵄をすすめる。煙草が欠乏しているのに貴重品をあたえる気前のよさに感服していると、彼はライターに火をつけて差出した。ライターが木田には珍しかつた。鼻をつくガソリンに、アセチレン灯の匂いが遠い少年時代の夏祭を想いおこさせるように、ガソリンがふんだんにあつた戦争前の豊かな生活をよみがえらせた。

木田は手にとつた一箇のライターに「文明」の重みを感じとつた。燐寸の不足した壕舎生活では、焼跡から掘りだしてきた拡大鏡が太陽を利用しての火つけ道具だつたのである。だから彼の夕食はまだ陽射しの強い時に準備にとりかかる場合が多かつた。太陽光線を凸面鏡の焦点へしぼり、教科書をちぎつて活字の黒い部分へ気ながにあてて燃え上るのをまつた。彼はレンズの中に拡大された漢字をみて、初めて譏訴の「譏」の正確な字を知つたり、龍を「龍」とうかつに間違つて覚えていたのも気がついたのである。

「宇品の方へ行くのならおれの家へこいよ。たいして被害をうけなかつたんだ。吉島へひとつ走り行つてくるから、この電車通りを御幸橋へむかつていたらすぐに追いつく。三十分とかからんだろう」

彼は腕時計の硝子をきらめかして針をみた。その大型の腕時計には黒地に夜光塗料がぬつてある。もの珍しそうに文字盤をのぞくと、「航空兵が持つてた奴だ」と言つたが、どうして手にいれたのかを聞きただすのは面倒くさかつた。汗は頸筋を流れつづけ、アスファルトからの反射熱で顎の裏側がむしように熱い。

背後から金村がベルを鳴らして来た。タイヤの太い営業用の自転車の荷台へ乗せてもらつて走りだしたとき、思わず

「ああ、楽ちん、楽ちん」と声をだした。金村の肥つた尻の肉はサドルにくいこみ、ペダルを踏むたびにぷるんぷるんふるえる。木田はたかが自転車の進行にすごいスピード感をおぼえた。半壊した家が急速に視界から後退して行く。路をあえぎながら歩いている者を追い抜く際には顔を伏せ、お先に、と言葉をかけたい気持になつた。市の中心部を離れるにつれて家屋の被害程度もだんだん軽微になりはじめる。蓮田《れんこん》を左右に分けて埃つぽい道が東へのび、自転車は時おり小石をはじいて進んだ。前方に高い土手があり、夏草がなだらかな斜面をおおつていた。草の緑が眼にしみるように見える。一木一草もない荒涼たる焼跡ばかりを彷徨していたのだ。草を眺めていた彼は不意に食慾をそそられた。むしように食べたかつた。半月の間、彼は野菜類を一度も口にしていなかつた。

金村の家は市の東南部山塊の裾にあつた。赤松の並木に西側を区切られた三十軒ばかりの部落は、その端を海岸線に接している。市内の方向とほぼ直角にまじわる角度で松並木がある関係から、爆風はそこでさえぎられ、家屋は硝子窓がこわれる程度にとどまつていた。部落には異様な活気がみなぎつて敗滅の影はどこにもなかつた。人間の集団にながらくなじんでいないので当惑するのであろうか。彼は今更ながらひとりぼつちの生活をすごしていたのだと思つた。口をきくこともめつたになく、ヤドカリのように壕へ棲息し、焔だけが話相手であつた。赤く細い弦月のかかつた廃墟に火をたき、思い出話やこれからの生き方を火との対話にふけつた。「焼野原にいたつてしようがない。さつさとこんな土地にみきりをつけるか」すると思いなしか炎の先が左右にゆらめいて、いけない、いけない、と訴えるのであつた。焔の意味ありげな表情が風のせいだとは木田には思えなかつた。

ポストのある廻り角で、五十がらみのニッカー・ボッカーを穿いた男が金村へ呼びかけた。木田は自分の耳を疑つた。その男の言葉が彼にはてんで理解できなかつたのである。しかも金村の答えている言葉までわからないので驚きは倍加した。たしかに金村はなにやら言つたのだ。次の瞬間、もう七年になる中学校の入学式の日をまざまざと想いうかべた。クラスの者が順番に自己紹介をおこなつた場面である。背の高い浅黒い男が靴のかがとを鳴し、起立して言つた。「わたくしは朝鮮慶尚北道慶州郡慶州の生れです……」訛はなかつた。一人称を僕といわないで「わたくし」と言つたのも彼だけであつた。「あたくし」でも「わたし」でもなく、正しく「わたくし」と発音したのである。それが金村幾生の第一印象であつた。東洋史担当の主任教師が、「慶州なら古新羅時代の遺物がでるところだな」と問うと、「三国時代の金の冠なども掘りだされる歴史の古い街です」朗読するような口調で答えた。金村幾生《いくお》にはもう一つの姓名があつた。金幾生《いくせい》である。

高等科の二年生から入学した彼は、クラスでもつとも体格がよかつた。一年生で体力章検定の中級に合格し、襟には中央が銀いろの中級章をつけていた。最上級生の風紀員がおこなう制裁には、いつも一年生で中級章を保持する彼が目標になつたが、金村は十発ぐらいの往復ビンタにも顎を引いてへこたれなかつた。蹴球の選手で、鉄棒でも大車輪をこなし、あらゆる運動に抜群であつたが、水泳だけは金槌であつた。慶州は水に縁のない土地柄かもしれなかつた。柔道でも黒帯の彼がプールの端で犬掻きでボチャボチャ泳いでいるかつこうは滑稽で、日頃陸上のスポーツで劣等感をいだいている連中も溜飲をさげた。

あらためて木田は部落のなかを見まわす。ほとんどが板葺の粗末な家だが、屋内からもれる人声には夏の季節にふさわしい明るさがある。道に面して雑然と軒を並べているが、涼しい微風が道路を低く吹きぬけ、松並木がとぎれるあたりから焼玉エンジンの規則正しい音がきこえてきた。軒下に吊りさげられた唐辛の幾束が煙草の看板の赤よりも真紅をみせ、澄んだ水がせせらぎをたてて流れている小川のふちでは、純白の服をまとつた女が砧をたたいて洗濯をしている。部落の中央に易者の算木に似た模様が四隅にある真新しい旗が、頭上に気ぜわしくはためいていた。木田の質問に金村は韓国の国旗だと答えた。

「カン？　三韓征伐の韓の字をかくのか」

金村はしばらく木田をみつめていたが、白けた調子でうなずいた。木田は相手の眼光に胸を貫かれる思いがし、三韓征伐などという言葉は禁句にすべきであつたと気づいた。入学式のとき慶州は歴史の古い街だと胸をはつて答えた彼ではないか。木田はこれまで金幾生を日本名の金村で呼んでいたことにも、気づまりな感情をいだいていたが、そうかといつて即座に金《きん》とも自然さを欠いで言いづらかつた。五年間同級生であつたのは金村であつて、金幾生ではなかつたのだ。

彼の家は二階建で部落中ではずばぬけて立派であつた。靴をぬいで座敷へあがる日常生活の順序が、壕舎住いになれた木田には煩雑に思われた。広縁に腰をかけてゲートルをとり編上靴をぬぐと、白木綿の靴下は穴があいて汚れていた。靴下を素早く靴の奥深くにかくした。畳の感触がなつかしかつた。二階の八畳の間にとおる。壁に大きな世界地図が貼つてあつた。木田がその地図に注目したのは日頃見なれているのとは異つていたからである。それには朝鮮半島だけが自国を強調するのにもちいる赤色で塗りつぶしてあつた。普通の地図なら北は千島樺太から内地、台湾、そして朝鮮半島が日本領土のしるしになつている。ところが目前にある地図は北海道、本土、四国、九州だけが灰色であり、あきらかに日本で発行したものではなかつた。朝鮮を独立国として製作した地図が、いつ、どこで刷られたのか木田には明確に推定できなかつたが、色の褪せ具合から判断すると、ここ四五年の間に印刷されたのではないらしい。すでに昭和十年代の初期にこうした地図がひそかに配布されていたのであろうか。木田はこれからの歴史はこの地図どおりになるのかもしれないと、戦に敗れた将来を予感したのであつた。灰色に塗りつぶされた日本列島！　彼は南側の窓から外を見渡した。

江田島のやや鋭角の稜線が間近にあり、海は夏の光を碧瑠璃の輝きにこめていた。右手に河口が展つて、いまは干潮の時刻なのか砂地と泥がまだらになつて陽光に曝されている。宇品の船舶部隊の営庭には防空壕らしい小さな砂丘が点在し、兵舎の屋根まで赤茶化た南瓜の蔓が匍つていた。かなりの時間がたつても視野に入る一隻の内海航路の船はなかつた。

「見晴しのいい場所だな」

と木田は言つた。

「おかげで大変だつたんだ。宇品の要塞地帯がまる見えだろう。だからその窓は長い間憲兵隊によつて雨戸を釘づけにされていたんだ。スパイに神経をつかつていたからな。この部落ではうちから後は二階建を許可されなかつたばかりか、屋根を修繕するのも日本人の大工にたのまなければならなかつた。われわれは屋根へあがるのも御法度だつたんだ」

木田は驚いていいのか、憤慨すべきなのか逡巡したが、どちらにせよ被害者の金村の視線とあうのがつらかつた。この窓を無理矢理に釘づけさせた者はわれわれの中にいるのだから。彼は初めて「我々」のうちに金村を加えないで考えている自分を見出した。

「やつと六日に雨戸が爆風で吹きとんだ。ピカドンが開放したわけだ」

そういうと金村は甲高く笑つた。三人の肉親を犠牲にした木田は、ためらうことなく今度は金村を見詰められた。お互に戦争の被害者の立場にたたねば話しあえなくなつた金村との関係を木田は暗い気持で考えていた。

「遠慮なくたべろよ」

金村が盆に盛つたトマトをテーブルへ置いた。木田は一番青いトマトから手をだし、喉をならしてかぶりついた。うまかつた。新鮮な汁が胃袋に落ちるはしから体内に吸収されて行くような心持がする。塩をつけたらもつと美味しいだろうと考えるゆとりがもてたのは、三箇目にかかる時であつた。やがて密造酒のドブロクを薬缶からつぎ、豚の耳をさかなにして酒盛がはじまつた。酒を飲む機会にめぐまれなかつた木田は湯呑に三杯で酩酊し、「濁り酒にごれるのみて……」などとわめいた。黙つているとふくれあがつた悲しみが急にふきこぼれそうだつたからである。

金村が仕事を手伝うつもりはないかと話をもちかけてきた。食糧難で困つているので島へ甘藷《いも》を買出しに行くのだという。説明をきくと相当の利益になるらしい。「よし、みんなを餓死からすくう仕事をしよう」木田はテーブルを叩いたが、引受けたのは聞えのよい人類愛のためでは毛頭なく、縁者《みより》もなくなつた自分が生きるためには、銭だけが力となつてくれるからであつた。

四時ころ金村と別れた。宇品線の枕木の上を歩こうとする酔つた足は、ともすると枕木につまずいて四つん這いになり、掌は鉄錆で茶褐色に汚れた。木田は線路を右にそれて高い土手にあがつた。黒い砂の中洲が流れにえぐられ、扇形にひろがつていた。真直ぐな堤防の道には日陰も人影もなかつた。しばらく歩くと雑嚢をとり、裸足になつて、草の密生している土手の斜面を頂きからクルクル転りだした。草いきれにむせ、膚にふれる草のこわばつた感触に声をあげてはしゃいだ。土手の下までかなりの距離を回転したので、さすがに目まいにおそわれ「大」の字に寝そべつて空と対した。積乱雲が急速に崩れつつあるのを見た。雲の影が地を走り、陽がかげつてきた。遠雷が北の空にあつた。

道の砂埃りが舞いたち、それを鎮めるように大粒の雨がすぐさま叩きつけてきた。酒に火照つた頬にあたる雨はこころよかつた。木田は夕立のなかを顔をあげて進んだ。額から流れて唇にふれる水は塩つぱかつた。振り返ると金村の家の背後の丘陵は霞み、似島や江田島は見えなかつた。

夕立は一時間ばかりして東南に遠ざかりはじめた。その方角で稲妻が密雲を鋭く引裂いて光つている。西に傾いた太陽が中天めがけて放射状に照射しだした。ずぶ濡れになつた木田は御幸橋に佇み、真西の己斐《こい》の山まで遠望のきく、水気をふくんだ起伏のない焼野原を眺めた。濡れた瓦礫が夕陽に映えて、うすく火いろに染つていた。突然、天が輝いたような錯覚にとらわれた。ふり仰いだ木田の口から感歎の叫びがもれた。大きな、大きな虹が鮮明に青空へ渡つていた。廃墟の空へ虹が美しくかかつていた。彼はしびれる感動にうたれ、誰かに指さして虹を見ろと教えてやりたかつた。しかし見わたすかぎりの焼跡には誰一人としていなかつた。彼は自分の感動をわかつべき人の不在に、今更ながら死滅のすさまじさに触れる思いがした。

翌朝、約束どおり六時までに金村の家を訪れた。急いでも徒歩で一時間半の距離があるので、払暁に起きて壕をあとにした。電車道路をたどると遠く迂廻しなければならない。そこで焼跡を三角形の斜辺にあたる方向に強行突破をこころみた。倒壊をまぬがれた煙突が行手の目標となる。瓦の破片が編上靴の裏金にカッカッ鳴り、焼けて硬度をなくした瓦のうちには彼の重みだけでくだけるのも多かつた。時間は短縮されたが脚の疲れがいちじるしかつた。金村は身仕度をととのえて部落の入口まで迎えにきていて、「学生の姿じゃまずい。買出しには買出しむきの恰好がある。準備しておいたから着換えろよ」といつた。

木田は陸戦服のズボンにはきかえ、学生帽のかわりに登山帽をかぶつた。軍服と登山帽とのとりあわせに軽い自嘲をおぼえたが、その姿で初めて金村の母親と小さな弟達にあつた。父親はリユウマチスで床についているという話であつた。

金村の家が所有するポンポン船が買出しに赴く船であつた。船は石垣の突堤に舫つてあり、すでに機関は軽快な音をたてている。金村と従兄弟二人、それに木田を加えた四名が乗船した。従兄弟のうちチョビ髭をはやした方が機関士であつた。小型発動機船は五ノット位のゆつくりした速さで舳を南へむけた。朝凪の瀬戸内海は小船をもてあそぶほどの波もない。大型船と間近に遭遇しないかぎり揺れることはないだろう。細い煙突から青味を帯びた煙が、ドウナツ型となつて歯切れよく夏空へ昇る。木田は機関室の窓の下であぐらをかき、小刻みにふるえる震動に身をまかして、内海の刻々に変化する風景へ眼を放つた。左後方の陸地の水際には陸軍需品所の迷彩をほどこした倉庫群がつらなり、三千頓程度の船が浮標に繋留してある。その御用船は吃水線下の赤錆びた船腹を広くみせていた。搭載する軍需物資も底をついていたのであろうか。宇品と対岸の似島間を頻繁に往復している舳がほぼ垂直な上陸用舟艇は、島にある兵舎へ被爆者を輸送しているのであつた。似島の代赭色をした断崖の横っ腹には、軍需品を格納していたベトンでかためた洞窟の入口がいくつもならび、鉄扉がついているのすらある。洞窟の入口は江田島の東海岸にも点在していた。火薬兵器類の宏大な地下倉庫の上で島民は畑を耕し、芋や蜜柑を作つているのである。石垣で支えては開墾した段々畑は島の頂き近くまで整然と層をなして、城砦のごとく築いた石垣の上の民家の白壁は、草鞋を墨汁にひたして塗りつけてカムフラージュしてあつた。

　本土と江田島東端の水道を挟んだ両側に、旧式の軍艦が三本煙突を海面につけて転覆し、そのすぐそばにも戦艦が大破着底していた。呉海軍工廠のマンモスドック、クレーン、デリック、無線台が、薄曇りの空を背景にして屹立しているさびれた景色も遠望される。

「ハッハハ、見ろよ、日本海軍の墓場だぜ」

　チョビ髭が機関室から叫んだ。南を倉橋島北端の音戸ノ瀬戸で区切られるこの狭い海域は、追いつめられた連合艦隊の終焉の場所となつたのである。発動機船は破壊された小型艦艇の合間を縫つて進み、直撃弾で発着甲板がめくれている制式空母の右舷に突出した艦橋の側をとおつて倉橋島へ近づいた。

「芋の買出より軍艦を屑鉄にして叩き売つたのがボロ儲けだ」

　チョビ髭が濁音のない発音でいつた。飛行甲板が二百メートルはある鋼鉄の量は相当なものだろう。しかし木田が、軍艦をスクラップとして眺めるには余りにも鉄のマスが巨大すぎた。

　船は花崗石の岩肌が露出した海岸沿いの集落の船着場へつく。窓に硝子のはまっている人家を見るのは久しぶりであつた。四人はただちに芋の買付けに丘腹の農家を目ざした。丘陵の裾が海岸線に迫つているので、平坦な土地は船着場から十米もすると途切れ、花崗岩の石段がかなりの急勾配でつづいている。交渉は金村があたつた。顔馴染みであるらしく、冗談をとばしながら値段をかけあつた。「それにしても二十円とはいい値だな。三日で三円の値上りか。一日一円の割とはぼるよ」

「二十三円でも飛ぶように売れるんですで。いやなら買《こ》わんでもええ」

生産者は無愛想で強気であつた。二十円とは五貫目詰の芋俵のことである。

「なん俵うつてくれるんだ」と金村がいつた。納屋には五十俵ばかり積み上げてある。

「ま、あんたじやけん、十俵ほどわけてあげまへう」

残りの四十俵は値上りを見越して売りおしみをするらしい。

「四人できたんだ。一人が三俵ずつせおつて十二俵。おじさん、十二俵うつてくれよ。それでないと俵を背負うのが平等にならんじやないか」

巧みな金村の掛引きが成功して十二俵ほど手ばなさせた。背負子《しょいこ》に三俵くくりつけて急坂を降りるのは並大抵ではないと木田は溜息をついた。十五貫の重量につんのめるかもしれない。馴れぬ手つきで俵を背負子にむすんでいると、

「木田、おまえは二俵でいい」

金村が一俵引寄せた。彼は三俵を背負い、一俵をぐいと腕にかかえると石段をたしかな足どりで降りて行つた。あえぎながら船へ着いた木田は金村へ感謝したが、金村は五十銭銀貨ほどの種痘の跡がある腕へ力瘤を隆起させ、

「おまえにはカンニングのお世話になつたからな」

突拍子もない大声で笑いとばした。それから十軒ばかり買付けにまわつたが、金村が二俵より多く背負わせはしなかつた。夕陽が花崗岩の岩肌や石垣、白壁に薄オレンジいろに反映する頃に船着場をはなれ、芋俵を満載した発動機船は岬をめぐり、北東に進路をとつて帰途についた。俵の上へ車座になつて島の産物のイチジクをどつさりたべた。木田は幸福であつた。

夕焼けが褪せ、薄紫の靄が広島湾を囲む山々をつつみはじめると、島影から夜はしのびよつてくる。暮色は山麓から中腹へ急速におおい、山頂だけをしばらく暮れ残していた。本土に接近した航路を進んだが陸地には灯火がまれにしかなく、呉の方角も暗かつた。汽車の汽笛が闇をついてきこえてきた。復員する兵士を運ぶ貨物列車であろうか。機関車の罐口へ石炭を投げこむ時の炎の色だけが、闇をパッと明るませながら遠ざかつていつた。

芋俵は一俵三十円で卸売りされた。一回の買出しで千円程度の利潤があつた。金村は百円札二枚を木田にわたした。チョビ髭が金村へ朝鮮語でくつてかかつた。内容は木田にはつうじなかつたが、二百円の報酬は多すぎると抗議しているのであろう。事実、木田は彼らより半分も働いているわけではなかつた。それに公定価格では三十五銭であるが、五円の闇値がする金鵄を二袋支給してくれ、白米の昼夜食をたべている。

「おれは一枚でいいよ。燃料代なども儲けから差引いて考えなきやいかんだろう」

「木田、おまえはいらぬ心配するな。油なぞ海田の需品所からくさるほど運んできてるんだ」

金村は従兄弟たちを説得したらしく、彼らの肩を叩いて哄笑した。二百円あれば金鵄が四十袋買え、四十袋の煙草は白

米一斗と交換できるのであつた。

そのころ悪魔の囁きのような噂が人々を戦慄させていた。それは七十五年間広島には人間が住めなくなり、一切の動植物の生存すら許されぬ不毛の地になるというのである。恰もそれを裏づけるように六日以後に市内を訪れた者までが皮下に溢血斑をみ、頭髪が薄くなつたり歯ぐきから出血する症状をしめして、被爆者と同じ容態となつて死亡していた。住民は不安に動揺した。一般にはピカドンの毒素を吸うからだと表現されていた。それで真夏なのにマスクをかけて汗をたらしながら歩く用心ぶかい者もあらわれた。

一方部落には夥しい軍需物資が運搬されつつあつた。陸海軍の一大兵站基地であつた広島の周辺には、燃上をまぬがれた被服廠、糧秣廠、燃料廠があり、厖大な軍需品が分散疎開してあつたが、原爆で総軍司令部も行政機関も潰滅して、すでに十五日以前から無政府状態にあつた。連日、軍用トラックは衣料、糧食、軍靴等の梱包を中国山脈の分散地からも部落へ運び、背後の丘陵の地下壕へ隠匿している。ほどなく島がよいが中止されたのは、芋の買出しより軍需物資の摘発が濡手に粟の仕事であつたからである。金村の家では五万分の一の地図をひろげて集積地の情報交換があり、作戦会議に類した会合が毎夜もたれる。木田はコンパスで距離を測定してトラックの所要時間を算出したりして、部落の指導者ともくされている金村の私設参謀といつた位置についていた。部落は治外法権化して租界の様相をしめしてきた。昼夜をとわず部落の入口で立哨している武装した若者の「芸妓《キーサン》」の問いに「女房《オモニー》」と朝鮮語の合言葉が答えられぬ者は立入を拒否された。

紙幣の価値は日々に下落し、物品の交換が経済法則となつた。木田は農村で塩が払底しているのを探知すると、軍需品を船にのせて竹原や松永附近の塩田地帯へいつて交換し、今度は農村へでかけて四斗俵と塩一斗の比率で売買した。郵便行嚢へ詰めて偽装した米を田舎から運送して、一部で密造酒の製造にとりかかつた。密造酒は被服廠などの守衛を買収するのに役立つ。そして入手した軍需物資はまた利潤をうむために交換されていつた。彼の手腕は金村をはじめ部落の者から信頼をあつめ、冬物はまだストックして置くよう彼が命じると、一梱包で紺ラシャ地の水兵服が六十着ある梱包の山や、将校用外套、飛行服は地下倉に温存された。寒さにむかうにつれて必ず急騰するはずである。そのかわり治療材料やビタミン、ブドウ糖の注射液は、部落の人の反対を押しきつて、出来るかぎり安く、しかも信用がなくなつた紙幣とでも医者や病院へてばなした。

九月になつてから毎日小雨ばかりがつづいた。壕内は毛布もじつとりしめつて臭気をはなつていたが、これほど不衛生な環境でも蚊も蠅も発生しなかつた。蠅が蝟集する塵挨堆積場のほうがまだしも生物の生存をゆるすだけ、衛生的なのかもしれなかつた。三日に一度くらいの割合で夜かえつてくる木田は、弟が帰つてはいないかと期待して大声で名前を呼んでみるが、焼野原には谺の反応すらなかつた。航海用ランプをとぼし、自分の大きな影が土壁にうつるのを長い間みつめる。大勢のなかで張りつめて働いている木田には、この二坪ばかりの穴倉が憩いの場所であり、彼は孤独な戦災者となれた。しかし壕へ二晩もいると孤独の自家中毒に耐えられなくなつて、明解に割りきれる金銭関係のからみあう部落へでかけて行き、またやみくもに仕事へせいをだした。自分を鞭打つてなにかへ夢中になつていなければ不安でならなかつた。

ある晩木田が壕のベッドへ横になつていると、ほとほと戸を叩く音がした。ランプの明りを大きくし、戸口にでてみると髭の伸びた老人が、荒野で道に迷つたといつた風体で佇んでいる。老人は眼尻をしよぼつかせ、一晩とめてくれないかと哀訴した。家族が全滅して頼る者がいなくなつたのだと問わず語りにいう。木田は老人を壕のなかへ入れ、陶器にはいつた鰯の「防衛食」をあけて、白米の御飯の残りを馳走した。老人は水洟をすすつて、

「お若いのにあんたもみなし子になりんさつたのですかい」

と涙をながした。みなし子という言葉は木田をすこし感傷的にさせ、鉄火鉢から羊羹までとりだして与えた。

「たじない（珍しい）ものがありますのう。孫が生きとりましたらさぞかし……」

ピカドンの瞬間に驚いて入歯をなくしたという口をもぐもぐさせて食べた。毛布で寝床をつくつてやり、祖父と枕をならべていたような気安さで寝た。

蒸し暑さに彼は目ざめた。もう陽の高い九時前であつた。見ると昨夜の老人がいなかつた。老人ばかりか毛布も狭い壕内には見あたらない。陽に乾していてくれるのであろうか。外へ出てみたが毛布はなかつた。やられた、と木田は舌打ちした。火鉢の中を調べてみると「防衛食」と羊羹がごつそり持ちだされている。善意を裏切つた老人が腹立しかつた。しかしたぶらかされた自分が次第に滑稽に思われてきた。あの老人は今頃どこかの焼跡のかげで、入歯のない口で羊羹をしやぶつているだろうと想像すると、老人を憎む気持にはなれなかつた。生活力のない老人には人の善意を利用した生き方しか出来なくなつたのだろう。今度あの老人がやつてきても、木田は素知らぬふりをして昨夜のように馳走してやれそうに思えた。

九月十七日の夜半にかけて台風が襲つてきた。焼野原を吼えながら吹きすさぶ暴風雨は悽惨をきわめた。小石をバラックに激しくたたきつけ、焼けトタンを唸りをあげて吹き飛ばし、果ては掘立小屋を積木のようにぶちこわす。丁度満潮の時刻であつた。怒濤が岸壁をこえて浸水し、河面はうねりをあげて堤防をくだいた。木田の壕へも濁水がどくどく流れこみ、水嵩は膝まで達した。彼は母と祖父の遺骨をリュックサックにつめて地を這いながら北の方角へのがれた。南から吹きつける風にさからつて進めば、風圧で息ができなかつたからである。身を隠す場所はなく、泥だらけになつて前進し、やつと城の北側の石垣へ出た。そこだけ嵐の死角になつてい

た。木田は石垣へ背をもたし、膝の上へ遺骨をのせて両腕でかかえて夜明けを待つた。神の怒りにふれて滅されたソドムのように、火の災厄につづいて今また大洪水にみまわれる。この土地がなぜ塵と灰になるまで詛われなければならぬのか。生きのびた殺戮の目撃者、証人を己れの罪のふかさをかくすために地上から抹殺したいのか！　濁流の逆巻く音が伝わる地に立つて木田はきびしい目を挙げた。

半数にちかい橋が流失していた。山陽本線も宮島線などの郊外電車も不通になつた。山陰とむすぶ県道も山崩れや奔流にえぐられ、市内は連絡路をたたれて完全に孤立した。翌朝は神があざけり、恩寵をみせびらかすような高く澄んだ秋晴れの空であつた。木田は腹巻にいれていて水びたしになつた百円の札束を、一枚々々トタンに貼りつけて乾かした。五百枚ばかりの紙幣を海苔を干すように陽にさらしたが、一度濡れた紙幣は乾くとかさばつて雑嚢をふくらませ、ひどく金持になつたような錯覚にとらわれた。海だけが残された唯一の交通路となつた状況なので、彼らは船による芋の買出しを再開した。市内の食糧事情はとみに悪化している。半長靴をはき、いくらか伸びた髪をポマードでぬりかためた木田の姿は、瀬戸内海の島々にあらわれた。占領軍が呉へ上陸するので二十五日から広島湾の航行が禁止されると取沙汰されだした。部落では開放軍を迎えるのだと準備をすすめていたが、木田はアメリカ兵を開放軍と呼んで歓迎するのは歯をくいしばつて死んだ人にすまない気持がした。金村の家には兵器廠から運んだ拳銃や手榴弾が三百発は秘匿されていて、芋の買出しの途中で船から手榴弾を海へ投げつけて漁をした。二三発ほおりこむと、ボラ、鯖、メバル、飛魚、カレイなどが三四十匹腹をかえして浮んでくる。船を内海の数多い小さな無人島へつけると魚をジャック・ナイフでぶつた切つて煮込み、飯盒炊爨する場合もあつた。無人島の岩礁にはサザエや牡蠣が附着していたが、牡蠣はナイフで殻をこじあけ、その場で呑みこんだ。広島湾の航行禁止は短時日であつたが芋の値段を吊上げる当然の結果をもたらした。

十月になつて木田は最初の白人兵を駅前広場でみかけた。つばの広いカーキ色の帽子を斜にかぶつた赧ら顔の濠洲兵であつた。手首まで金いろの毛がびつしりはえ、太い指で煙草を器用にまくと、片足をあげて燐寸を靴の裏へすりつけて火をつける。靴の裏革と摩擦させて発火する燐寸に彼は驚異した。ブリキの容器に入つたその防水用燐寸を手にいれたが、こんな便利な物品で装備されている濠洲兵と闘つていた父が生きていれば奇蹟に近いかもしれないと思つた。ロッグ・キャビンという濠洲産の手巻煙草の煙は香が高く甘かつた。占領軍の兵士は駅前附近には出没しても、市の中心部をさけている様子が、ウラニウム爆弾の影響があるのを証拠だてているようであつた。爆心地へ接近するのを軍命令で禁じられているのに違いなかつた。

郊外電車の一区間だけがようやく復旧して運転を開始した頃、終点の駅前で木田は佐山病院の夫人に出会つた。小倉絣のモンペをはいてリュックサックをせおつた夫人に、贅をきわめた着物をきていた昔日の面影はうかがえなかつたが、白粉けのない顔にそれでも口紅だけは下唇へうすくぬつてあつた。

「主人と長男をなくしてしまいました」

夫人は微笑がこごえたような堅い表情で言つた。医者であつた佐山氏は家族と一緒に疎開できなかつたのである。長男が弟より中学で一年上級生であつたのは木田もしつていた。

「疎開先の緑井村では大水につかりまして、着物もなにも泥水にひたつて、もう着のみきのままのこんな恥しい身になりました。私はよほど業《ごう》の深い女なんでございましょう」

夫人は冷たい線の横顔をみせた。「時局をわきまえぬ有閑マダム」と軍人の父が悪口をついていたが、いま見る佐山夫人には素樸な、たとえば桔梗の花のような趣きがあつた。木田がそう感じたのは、かつて桔梗色の着物姿の夫人を路上で目撃したことがあるのかもしれなかつた。

「ぼくも業の深い男ですよ。母と祖父と弟を奪われたのですから」

「あら、坊ちゃんみたいな純真なお方が業がふかいなんて」

夫人は白い喉をみせて静かな笑いをふくんだ。

「純真でもありません。ぼくはいま闇屋になつているんです」

「可愛い闇屋さんですこと」

木田はわざと肩をいからせ、「ここをさわつてみて下さい」と胸をたたいた。

「なんですの」

「ピストル」

夫人が「まあ」と小さく叫んで慌てて手を引つこめるのを満足して見つめた。夫人に子供扱いされるのがいやだつた。佐山家は本川に沿つた住宅街を所有する地主で、木田の家の地主でもあつた。

「三千坪の宅地を持ってたって今では二束三文の値ですもの。売り食いしようたつて、七十五年も人が住めないといわれていましょう。坪十円でも買手がありません」

「お困りなのですか、奥さん」

「ええそれは。いざ主人に死なれてみますと。やはり女手一つで子供二人を抱えている身ですもの。親戚もこうなつてみますと頼りにはなりませんし」

「奥さん、土地を全部ぼくに譲つて下さいませんか」

「坊ちゃん御冗談を」

佐山夫人は掌を口にあて、ややそり身になつていつた。

「いいえ本気です。金は商売で儲けて持つています。さつそくですが坪五十円ではいかがでしょう。米一升の闇値ですね。つまり土一升米一升の割合です」具体的に短刀直入でやるのが商談を成立さすコツであるのを彼ものみこんでいた。

「人も住めない土地なのでございますよ」

「わかつてます。ただぼくは自分の生れた土地が自分のものであればそれでいいんです。たとえ一生そこに住めなくても。なんなら母たちの墓地にでもしてやりますよ」

「いくらお金をおもちかしりませんけど、そんなことにお金をつかうなんて浪費です」夫人は道楽息子をさとす叔母のように言つた。

「浪費でもかまいません。地球の一部分が自分のものだと思うだけでも満足なんです。坪五十円で十五万円ですね。十万は現金で、残りの五万円は現物で換算させて下さい。かえつて現物の方がこの時節では役にたつでしょう。あとの五万は軍の衣料品、メリヤスのシャツだとか水兵服のラシヤ地などにしていただきたいのです」

佐山夫人は木田のまくしたてる言葉のはしばしで連られて肯くばかりであつた。夫人の無抵抗な態度は彼に自信をもたした。ころあいをみて、「では明日、現物をもつて伺います。緑井村の役場の近くでおききしたら家はわかるのですね。それから土地売買の法的手続ですが、市役所が燃えて今のところ登記の書替も不可能でしょうから、奥さんとぼくの間の信用取引としまして、一応契約書の交換にいたしましょう」

木田は佐山夫人と信頼の契約で結ばれた関係をもつことに感情の波紋をかすかにおぼえた。それから三十分ばかり近所の人々の消息を話しあつたり、佐山病院のベッドを焼跡から失敬して使用しているのを話した。彼は夫人と別れるとさつそく部落へ引返して金村へ相談をもちかけた。

「七万円分の現物を貸せ？　木田の頼みだ、おれはいやだとはいわん。随分知恵もかしてくれたし、稼いでくれたんだからな。だけどな、原子砂漠といわれる土地を三千坪も買うのは同意できん。すてるようなもんだ。もつと君らしくそれだけの金があつたら使い道もあるだろう」

「土地を買うのこそ、おれらしいと自分では思つてるんだがな」

「大バクチだ」

「かもしれない。だからおれは賭ける。もうけのためじゃないんだ」

「いくら金の値打ちがなくなつたつて、儲けを目的としないで投資するなぞ金への冒瀆だぞ」

「ま、儲かることがあるかもしれん。帝大の都築博士が広島へ来て研究した結果では、七十五年住めない説を否定しているからな。博士はその方面の権威なんだから」

「日本の権威なんかあてになるか」金村は厚ぼつたい唇を歪めて、冷笑といつた笑いをうかべた。「原爆を造つたのはアメリカなんだぜ。それに七十五年説はアメリカが発表したというんだからな、信用しようじゃないか。日本の科学が幼稚なのはこの戦争で充分証明ずみだ」

木田には金村の冷笑を否定するよりどころがあるわけではなかつた。

「おれは燃えたりこわれたりしない土しか信用しなくなつたんだ。とにかく現物を七万円分だしてくれ、頼む」

「気がしれんねえ、どう考えても」

あくる朝、木田は七万円分の衣料の梱包をトラックへ積んで、先ず駅前の闇市へ廻り、二万円に相当する航空服、毛布等の冬物を四万円で卸売りした。彼が所持していたのはほぼ六万円であつたから、倍にして売つた四万円と合計し、佐山夫人へ手渡す現金十万円を捻出したのである。残りの梱包は最低価格で五万円の価値があつた。

緑井村は太田川上流、郊外電車の沿線にある。水害で破損した県道の被害は予想したより甚大で、随所に仮橋をわたした凹凸の道は、わずか十五六粁行程も三時間ちかくかかつた。難行している木炭車の列をクラクソンも鳴らさずに追ぬいて行くジープの性能は羨望をあつめた。佐山夫人の寄寓する離れ座敷は河床よりやや低い位置にあつたので、決潰した水が天井から一米ばかりを残す深さまできたらしい。水面が壁を濡らして水平に跡をつけている。夫人たちは山へ避難したのだという。まだ畳も敷いてなかつた。水害後の特有な泥と人糞のにおいが家にしみついていた。

「ほんとにむさいところで」

夫人の口調には意識した惨めさはなかつた。

「これは手土産です」木田は濠洲兵から買つたチーズとコンビーフを差出した。

「珍しいものばかり。こんな品物が手にはいるなんて、やはり戦争に敗けましたのね」

夫人は細く白い人差指で箱に大きく印刷されたCheeseの文字の上をえどつていた。木田は運転手をうながして梱包を部屋へ運ばせた。登記済権利証の束へ夫人は手を置いていつた。

「土地の権利証はこれで全部でございますが、昨夜坪数を合計してみますと三千坪へ二十坪ばかり不足していますので、どうぞこの分だけお差引きください」

「その程度ならかまいません。約束どおりの金額を支払い致しましよう。それから土地売買の契約書の草稿を書いてきたのですが、眼をお通しになつて御不満な点はおつしやつていただきたいのですが」

便箋に書いた草稿をわたした。夫人は視線を落した。

「奥さんが多津子とおつしやるのを防空頭巾にぬいつけてある布切れで以前から知つていました。血液型がAであることも」

佐山夫人はつと顔をあげ、黒く澄んだ目差を愕いたテリアのようにむけた。

「残念でしたわ。坊ちゃんが泰雄とおつしやるのを私はいましつたばかりで」

「奥さん、お願いです。ぼくを坊ちゃんといわないで下さい」

「じゃあなんて呼ぼうかしら。やはり木田さん?」

「結構です」

つとめて彼は事務的な口調で答えた。契約書には次のように書いてあつた。

土地売買に関し売主佐山多津子と買主木田泰雄は、良心に契い左記の条項に従つて手続の一切を行います。

第一条　（この条項は宅地の所在番地、及び実測坪数を明記のこと）

第二条　本契約書の成立と同時に買主は売主へ右物件の全額を遅滞なく支払うこと。

第三条　所有権の移転登記の手続は、公的機関の完備したる日を俟つて完了する。

第四条　右契約の完全な実現に障害ありたる場合は、いかなる裁きにもふすこと。

「良心に契いより神に契いのほうがいいでしょうか」と木田が訊いた。夫人は契約書から眼をはなし、

「もう神なんてあてにはなりませんわね」飾り気のない素振りでこたえた。

「御不満な点はないんでございますね」夫人が頷くのを見とどけると「では契約書どおり現金の十万円をお渡しします。お調べ下さい」百円札の束をそろえて出した。

「木田さんを信用しますわ」

「生き馬の眼をぬきかねないこんな世のなかであまり人を信用なさつてはいけません。ぼくだつてどんなことをしでかすかわからないですよ」

「でも私達は良心に契いあつたんでございましょう」

木田は巻きかけていた手巻煙草を膝へこぼし、あわててふきはらつた。契約書は二通作成され、二人が署名捺印して一通ずつを所持することにした。権利証の書類だけは適当な保存する場所をもたぬ木田が、夫人にあずかつてもらつた。

戦災をうけた高等師範は秋から旧安浦海兵団の兵舎で授業を再開したが、木田は汽車へ二時間以上も乗つて通学する興味はなかつた。軍隊がなくなつたからには徴兵延期のきいた高師の利用価値はもはや無くなつている。地道な教員になるつもりはなく、中途退学しても悔いるところはない。彼は五十頓ばかりの機帆船で大阪との間をしばしば往復していた。行きには工兵隊が貯えていたセメント、釘、それに硝子の代用となる風船爆弾の製造に使用した強靱な半透明の紙などの建築資材、パラシュート用の絹布を運び、帰りには蜜柑の産地大長《おおちょう》へ寄港して蜜柑を買占めてきた。被爆患者はビタミンCを充分に摂取する必要があるので、蜜柑は高値をよんでいたのである。木田たちは文字どおり今紀文であつた。金村から借りた七万円は二航海で返済してしまつた。海路による関西との取引は時たま占領軍の巡視船に検閲をうけたが、金村の提示する第三国人証明書は黙認される効力があつたほどであるから、日本の警察はいくら統制品を積んでいても取調べにあたつて弱腰であつた。

しかし身に危険がないわけではなかつた。瀬戸内海にはB29から投下された機雷がいたるところに敷設されているので、夜間の航海はなるたけ避けねばならなかつた。しかも多島海の入組んだ地形は潮流を複雑にし、逆潮にのつたりすると小型の船はかなり前進をはばまれる。それで船は潮待ちの

ために岬の陰か入江で余儀なく仮泊もした。播磨灘は天候に鋭敏であつた。家島群島から北風に荒れる播磨灘へ突入すると船は大きくローリングし、船酔いに苦しめられる。十二月の最後の航海のときだつた。木田は家島群島の沖で南の空へ不思議な炎を見かけた。燐光のように青味がかつた光が島の嶺線の附近の夜空をほのかに明るませて、チロチロ冷たく燃えているのであつた。乗組員は難破して死んだ者の人魂だと気味悪がつて怯えたが、木田は地理の講義できいたセント・エレモスの火があれではあるまいかと思つた。

颱風のさい壕が浸水して住めなくなつたので、その傍に六畳と四畳半二間のバラックを建て、焼けだされた知りあいの老夫婦へ六畳を留守番がわりに貸していた。木田は関西から帰ると領地を検分する領主を気取つて、瓦石の散乱した三千坪の所有地を見てまわつた。城址の周辺にはバラックすらまれであつた。爆心地からせいぜい千米ばかりの地点に聳えていた天守閣が、爆風をまともにうけて地響をたてて瓦解していつた光景を想像すると、壮絶な感情のたかぶりがあつた。東の方角、鉄筋四階建の逓信局の窓をとおして、向う側のくすんだ山腹が見すかされる。建物のなかは焼けてがらんどうなのであつた。駅前の闇市へ行くには逓信局の近くを通るのであるが、局に隣接した逓信病院の特設火葬場からはいまだに終日煙がたえなかつた。

焼野原の冬は火の記憶をちぢこませるほどきびしかつた。わずかの雪でも溶けることなくすぐに積る。炎に焦げたビルディングと雪との対照は、残骸を一そう痛々しくみせるばかりであつた。雪で化粧した廃墟は老妓のように醜い素顔を白粉のところどころにあらわしていた。

兎の毛が裏地と襟についている飛行服を着ると外套は必要ではない。この一万米上空の低温に耐えられる防寒服は、敗戦第一年目の冬の最も豪奢な服であつた。木田は毛の襟をたてて耳まで覆い、これも兎の毛が内側にある飛行靴をはいて外出していた。飛行靴で歩くと自然に外股のやくざな歩き方になる。せつかく伸した頭髪を誇示するために帽子はかぶらなかつた。男は競つて毬栗頭をのばしだし、ポマードの急激な消費量を予想した彼は、大阪から鉱物性ポマードを幾本もドラム缶で仕入れてきて駅前の小売店へ量り売りで卸していた。

金村は呉や兵学校に駐留する占領軍のキャンプと交渉をもち、砂糖、メリケン粉、粉ミルクなどを大量に横流しをして私設食糧営団だと自称しだした。酒、料理を持参してチョビ髭たち十数名を宮島の旅館へ連れて行き、天皇の寝室になつたという部屋で「リンゴの歌」や卑猥な数え歌をうたつて、盛大な酒宴を月に一度は催した。保護されている筈の宮島の鹿も屠殺されてその度ごとにスキ焼となつたが、木田は幼い頃から幾度も行楽にきて乾芋をあたえたり、記念写真の背景になつた鹿の肉まで食べる気持にはなれなかつた。彼は中座すると参拝者も観光客もいない松原の海岸道から紅葉谷を散歩し、床下に潮の満ちている社殿の長い回廊をひとりでめぐつて酒盛の果てるのを待つていた。丹《に》塗りの大鳥居や回廊をもつ宮島は落日の景色が美しかつた。ここでは残照が空よりも海を彩つていた。

春の気配は防寒服の下で汗ばみだした肌で感じられた。日銀券は増刷されて膨脹の一途をたどる。第一次大戦後のドイツを見習つてレンテンマルクの奇蹟をもくろんだ政府はついに金融緊急措置令を公表、預金を凍結して生活費を月五百円に限定し、旧円と新円の交換を断行した。しかし政府の金融政策も木田達には打撃ではなかつた。確保している物資は巨大な磁石であつた。新円も鉄片が磁石へひきつけられるように集つた。彼らは軍が使用していたサイドカーを塗りなおして自家用車とし、取引に機動性をもたせていた。徳山に隠匿された生ゴムがあるとの情報を得る。ただちに新円をボストンバッグにつめてサイドカーで出発した。買附けられた生ゴムは専属の機帆船で関西へ廻送され、地下足袋製造業者へ金額の三割は製品支払いの条件で売り、受取つた地下足袋で農村の新円を吸収していつた。木田は一方では数回にわたつて紙の生産地の愛媛県川之江へ行き、製紙会社から紙を買占めていた。民主主義は議会政治であり、議会政治は総選挙が基礎となるべきだし、総選挙となれば立候補者達のポスター類に大量の紙が必要となる、この常識的三段論法によつて紙をストックしだしたのである。

「風が吹けば桶屋が儲かる式かね」

チョビ髭は木田へ半信半疑であつたが、彼の商才を信頼している金村は紙の買込みに同調して、半壊した印刷所まで安く買取つて整備した。近い将来に確実に施行される総選挙へ布石したのである。彼等は自分たちが金を引きよせているのか、金に引きよせられているのか定かな区別もつきかねていた。

三月上旬、関西から帰つて骨休めに二三日バラックに閉籠つていた木田は、近くを散歩しているうちにふと足をとめ、早朝の薄陽が射している花壇跡の瓦礫をなにげなくとりのぞくと、「おお！」思わず叫びをもらした。そこには冴えたさ緑の芽が黒い土からむらがつて頭をもたげているのであつた。多肉質の細長い葉から推察すると、花好きだつた母が去年の初夏に掘るのを忘れた水仙の球根から出たものであろう。七十五年間は不毛の地になると喧伝された焦土に、いま水仙は芽をふいて春を迎えているのであつた。あの劫火も球根のいのちを亡すことはできなかつたのだ。大地は自分の内部へ深く埋つていた球根を母のようにはぐくんでいたのだ。木田は興奮にかられて花壇跡の瓦の破片をはねのけだした。チューリップらしい尖つた芽もある。水仙より大柄な葉はヒヤシンスであろう。一望の焼野原に草木の芽がふたたび萌え出ようとしている強靱ないのちの息吹きをそのとき感じとつた。

彼は息をはずませて今朝の発見を金村へ話した。

「そりやそうだろう。先もの買いした三千坪の宅地の値が出るからな。おまえのやることは実に無駄がないよ」

と口惜しそうに顎をしやくつた。

「遣う！」木田は烈しく帽子を足もとに叩きつけた。「そんなことでおれは喜んだのじゃない。断じてちがう」

「そやかて結局お宅は分限者になるんやないか。ええ気分でっしゃろう。今度戦争があつてまた敗けたら土地一点張りで買占めるわ」

わざと関西弁で露骨に応じる金村なのに、憎みきれない自分が木田にはふしぎに思えた。やはり土地が騰るのを期待していたのであろうか。

戦後初の衆議院議員の総選挙が四月の中旬実施されると公布され、紙は予期したとおり急騰した。品薄な紙の獲得に立候補者たちは殺到して買漁つた。ポスター用紙の買主の弱目につけこんで、さばけない方眼紙や原稿用紙を抱合わせであくどく売りつけたが、それでも立候補者は叩頭した。まず選挙民より先に紙ブローカーに頭をさげねば当選はおぼつかなかつたのである。

雑草が本川の土手にも緑を萌やしはじめた。もとは邸宅であつたと思われる廃園で、思いがけなく沈丁花の高い芳香がただよつていたり、初夏になるとダリアの茎が無人の野に垂直に伸び、濃い葉の色をみせだした。眼をみはるダリアの成長ぶりに、この土地で灰と化したおびただしい屍体がよみがえり、花季にはきつと血のような真紅の大輪の花が咲くように想われた。かつて薔薇の木の根もとに腐つた生牡蠣を両掌に一杯埋めたが、その年の薔薇の花は腐肉の培養土につちかわれてなまなましい色彩で咲きみだれたのである。

街には槌音が高く鳴り響きだし、バラックではあるが人の住む家が、郊外から次第に市の中心部へむかつて、最初はためらいがちに、やがて加速度をもつて建てられだした。それに比例して土地も幾何級数的に騰貴しはじめ、わずか坪五十円で買つた高級宅地は、晩夏の頃には五十倍の値でも買手がつくほどである。

「一生左うちわで暮せるやないか。ほんまに羨しいことでっせ。成金の木田にさしたきつかけはわしやもん。そやさかいに、わけ前もらわんとあかんやろうな」

会うたびに金村は皮肉と羨望とある程度の敵意をこめて言つたが、彼の羨望、敵意、皮肉が木田にはむしろこころよかつた。土地が予想外に高騰しだすと、木田は安値で売つた佐山夫人と顔を合わすのがいささか後ろめたかつた。当時としては最高の値をつけたのだから尻ごみする必要はないのだが、彼の気持はビジネスライクに徹しきれない余分な感情がのこつた。それで市役所が事務をとりだしても、登記書替の手続をとるために夫人と会うのがためらわれた。彼がやつと緑井村へ夫人を尋ねたのは、土地売買の契約書をとりかわして一年ばかりしてからである。佐山夫人は木田を座敷にとおすと暫く姿をかくし、茄子紺の派手な着物にきかえてあらわれた。

「その節はほんとにお世話になりました。どれほど助つたかもしれません」

あらためて夫人は礼をのべたが、空々しい鄭重さに刺をかくしているような様子は微塵もなかつた。夫人のよく手入れのゆきとどいた長目の爪を見て、夫人が惨めな生活を送つていないらしいと安堵した。彼は新調したギャバジンの背広の袖をしきりに引つぱつたりして落着かなかつた。

「とつても御立派になられましたわ。お母さまが生きてらつしたらさぞかしお喜びでございましょうに」といつた。

木田は夫人の口から母のことを聞きたくなかつた。それは坊ちゃんと子供っぽくよばれたくない気持と表裏をなしているように思われた。世間話がとぎれると夫人は歌舞伎を話題にのせ、菊五郎と羽左衛門との勘平の型の相違などをひかえめに語つたが、歌舞伎を観た経験のない彼はせめて東京に縁のありそうな相撲の話でもするより仕方がなかつた。

翌日、夫人と一緒に登記書替に市役所を訪れた木田は、掛り員から意外な事情をきかされて動顚した。吃驚したのは彼

「編輯後記」より

▽復刊第一号をお送りします。昨年六月休刊以来、丸一年、昨秋より再建の気運がたかまり、菲才ながら我々が編輯担当者として、今ここに、ようやく再刊の灯を点じることができたわけであります。あえていうことがゆるされるならば、我々は、三田の門をくぐっていらい、独特な作家と作品を産みだしてきた三田文学を、各々引継ぐにたる力を蓄積してきたのだと、自らいうことが出来ると思います。我が田に水を引くきらいがありますが、ここに三田文学の真の伝統といえるものの豊穣さがあると考えます。
▽文学者にとって、青春とは唯単に一季節であることでなくて、ほぼその後の文学の歩みを決める程のものであるとすれば、いつの時代でも、青春をその困難な状況のなかにふかく根を下させることは、文学の最初にして最後の野心であると思います。
▽こうして、我々の仕事が、その目的をみたしたとき、真の文学の花園が、たとえそれがどんな小さな土地であるにしろ、人間に対して、ジャーナリズムというスポンサーによらないで提供されることになるのだと考えます。
岩野節夫／林恵一／箱根裕泰／萩原敏雄／長谷川端／戸田雅久／岡田睦／江森国友
〈昭和三十三年七月号〉

ばかりではない。夫人の顔も薄化粧の下で蒼白になるのがわかつた。本川に沿つた幅五十米は都市計画で緑地帯に指定されたというのである。したがつて所有地の売買は許可されないと、都市計画の予定地図を示して説明した。市の中央を東西に走る幅員百米の道路も書きこまれ、太田川の七つの支流の両岸は、大部分が緑地帯を計画されていた。夫人は土地の所有者に相談なく決定した都市計画へ不満を述べたが、住所移転の届けが出ていないから連絡できなかつたのだとかわされた。戦災前の書類は焼失していたのであろう。

「この計画はいかなる個人的事情でも変更できません。面目を一新して国際的な平和文化都市を建設するんですからなあ。河の両岸に小公園をつくり、美しい水の都にするんですよ。桜の苗木をずつと植えましてねえ。二十年たつてごらんなさい、ワシントンのポトマック河畔の桜並木より素晴らしくなりますとも。この焼野原の我々の街がですよ。じつに素敵じやないですか」

塩たれた背広をきている初老の吏員は、低いが張りのある声で未来図を語りつづけた。彼の眼は広漠とした焼跡を見、脳裡には花々におおわれた美しい水の街が描かれている。木田は戦災をうけてから以後、これほど未来を確信し、二十年も先に希望をたくしている者とあつたためしがなかつた。おそらくこの初老の男にしても肉親の幾人かは犠牲者となつているのであろうが。

二十年、それは木田がつみかさねてきた生活の累積の総和に等しかつた。そして生き残つたこれからの二十年、彼は行きついたその年齢で再び今と同様な生活の廃墟に出会う予感しかいだけなかつた。相手が真剣に口にする「建設」という言葉も、こわすために営々と造る砂の遊びをしか実感としてもてなかつた。海辺で夢中になつて丹念に砂の家やトンネル造りにふけるのは、それらが跡かたもなく波にくずされゆく恍惚にひたるためではないのか。

「九割以上も都市計画に適用されますのでしよう。私どうしたらいいのかと思つて」

市役所を出ると夫人がいつた。暗い感情におそわれていた木田はぶつきら棒に答えた。「今更とやかく云つたつてしようがないでしよう。市としても無償で土地を接収するわけではありませんから心配御無用。あなた名儀で売却したお金を返してもらう方法だつてあります」

「でも木田さんと私は良心に契いあつています。この契約が完全に実現されない場合のことを。ですから私……」

夫人はまばたかない決意に光る眼で木田を見つめた。彼もじつと視線をむすんでいたが、急に背《そびら》をむけて眼を伏せた。

「まだ怒つてらつしやるの」

潤みのある声がやさしく呼びかけたが、彼はふりかえろうとはしなかつた。夫人や吏員のように良心とか建設といつたものが、素直に信じられなくなつている自分に気づき、木田は立ちすくんだのであつた。

大亀のいた海岸

昭和43年3月号

小川 国夫

おがわ・くにお
（昭和2年～平成20年）
東京大学国文科を中退して渡欧、各地をバイクで旅行した。帰国後に刊行した私家版『アポロンの島』が島尾敏雄に注目され、作家生活のスタートを切る。終生、静岡県藤枝市に暮らし続けた。

海沿いの崖を廻わると、平地がひらけた。ラッカーをかけたように飴色の光に彩られ、白壁が眩しかった。その向うには、また海に滑り込んでいる低い山が見えた。自動車道路から細い道がわかれていて、教会を囲んだ部落を割り、一筋山へ上っていた。浩はそっちへ行った。舗装のないその道はひなた臭かった。

教会は、棟に十字架が立っていなければ、倉庫とでもいうべき建物だった。大きな木の扉が朽ちかけていて、頑丈な鉄《かな》具《ぐ》が重荷になっていた。それは古いというよりも、老いた、という感じだった。浩が押すと、案外軽く開いた。

教会の中では、聖体降福式をしていた。黒ずくめの服装の女たちの中には、ハンカチを頭に乗せた人が多かった。男たちの持っている、ひさしの広い帽子も目立った。儀礼的な感じはなく、彼らだけの一体感があって、浩はその外に立たされた気がした。彼にとって、ここでは降福式は参加するものではなく、控えめに眺めるものだった。

彼は聖水盤のわきにいた。頭の上では少年たちが、乾いた張りのある声で、しょっちゅう歌った。ピエ・ペリカネやタントゥム・エルゴが不思議な音色に響いた。それは浩を、誘いながらはねつけているようだった。

司祭と信徒の応答が始った時、横に立っていた少年が、浩の体を擦って、扉の方へ歩いて行った。彼を外へ出るようにうながしたのだ。しかし、彼は動かなかった。少年は戻って来て、肩先で、前よりも強く浩をひっかけた。浩は少年を見た。彼は肩をそびやかして、振り向いていた。彼なりにメリハリを利かせた姿勢だった。そして、その大きな眼には、浩がついて来ないのではないか、という不安の色が見えていた。浩は自分の胸を指差した。すると少年はじれったそうに頷いて、床に長い影を揺らして扉を開け、外へ出て行った。

浩が外へ出ると、少年はうすついた日の光を浴びて、立っていた。聖堂の中で見たほど美しくはなかった。顔立ちは整っていたが、茶色の皮膚にはまだらな隈があり、黒い髪は銹でもかぶったように汚れていた。

煙草をくれ、ということだった。浩は一本を口にくわえ、一本を彼にやった。自分のに火をつけ、彼の方に差し出すと、彼は驚いた様子をして笑い、煙草を胸のポケットに差した。自分はまだ子供だ、というのかも知れなかった。そして、少年は扉を指さして、払いのけるような恰好をした。教会はうんざりだといっているのか、ここを立ち去ろうといっているのだろう、と浩は思った。彼は頷いて見せた。彼は自分の思惑に、心を乱されたのかも知れなかった。その時浩にとって、少年は罠だった。浩が自分の単車の方へ歩くと、少年はついて来た。

それから、少年は単車の荷台へ乗せてくれ、という身振りをした。浩は笑いながら、ゆっくり首を横に振った。

――レスタウランテ（食堂）、と少年はいって、自分を指さした。食堂へ案内するということか、と思った。

――ヨ・コモ・エン・レスタウランテ・ペロ・ノ・コメス（食堂で僕は食べるが、君は食べない、というつもり）、と浩はいった。しかし、それが通じたかどうかはわからなかった。

――シ・レスタウランテ、シ・シ（そうだ、食堂だ）、と少年はいうだけだった。万事承知した、僕に任せろ、とでもいっているかのようだ。

――少し損しようか、と浩は呟いた。少年とどこかへ行くにしても、彼に食べさせる、ということは浩には辛《つら》かった。浩の持ち金は、砂漠の水溜り、という状態だった。だから、少年とかかわり合ったのが、浩には、沼に足を突っこんだような感じだった。

少年は、浩の視線の檻の中で動いていた。彼は興奮し始め、単車にまといついて、アッチコッチ歩き廻わった。両腕を翼のように拡げて、浩の決心をうながしたりした。

浩は彼を荷台に乗せて、自動車道路の方へ走った。始めから判っていたことだが、こんな案内などいらなかった。ジブラルタルの方角へ二千メートルも走ると、食堂があった。浩は中庭へ車を置いた。

――レスタウランテ・ムイ・ブエノ（いい食堂だ）、といった。少年は頷いた。

――マグニフィコ（すばらしい）、と浩は追い打ちをかけるようにいった。少年は嬉しそうな顔をした。そして、浩を見上げ、

――フィリピーノ……（フィリピン人か）、と聞いた。浩

は、日本人だ、といった。少年はセグンドと自分の名前をいった。そして、

——ノ・アイ・エディフィシオ・マグニフィコ・エン・ハポン（日本にはすばらしい建物はないだろう）、といった。

——ア・カウサ・デ・ラ・ゲーラ（戦争のせいで）と浩はいった。

——ラ・ゲーラ……コントラ・ケ・パイス（どこの国と戦争したのか）とセグンド少年はいった。

——コントラ・ムンド（世界を相手に）、と浩はいった。

——コントラバンド……、と少年は額に皺を寄せて、聞き返した。

——コントラ・エル・ムンド（世界を相手に）、と浩はいった。

——ポルケ（なぜ）、と少年はいった。

——ノ・テネモス・ガソリーナ（ガソリンがなかったからだ）、と浩はいった。

——ガソリーナ……ポルケ・ノ・アン・コンプラド・ガソリーナ（なぜ、ガソリンを買わなかったか）、と少年はいった。

——ナディエ・ラ・ベンディド（だれも売ってくれなかった）、と浩はいった。

——ハポン・ノ・ティエネ・ディネロ（日本には金《かね》がないのか）、と少年はいった。

——セグンド・メ・アコスト（セグンド、僕は眠る）、と浩はいい、少年の問いをはぐらかした。事実、彼には、わずかな持ち合わせの単語を縫い合わせて、片言のスペイン語をこしらえるのが、わずらわしかった。彼は木の椅子の上で居ずまいを変え、眼をつぶった。

——カンサド（疲れたのか）、と少年はいった。浩は二、三度頷きながら、眼はつぶったままにしていた。やがてボーイが来たのが気配でわかったので、パエーリャ二皿とビールを頼んで、すぐにまた眼をつぶった。

浩がまた薄目をあけて少年をうかがうと、彼は肘掛けを両腕で抱えるようにして、脚をゆすっていた。それは、父親と一緒にいる幼児のような態度だった。

パエーリャ二皿とビールが運ばれた。だがコップは一個しかなかった。浩は少年の方に顎をしゃくって、

——セルベッサ（ビールはどうか）、といった。少年は嬉しそうな眼をして、それからニッと笑った。

——子供にビールはいけません、と中年のボーイはフランス語でいった。彼は壜を持とうとはしなかった。コップはすでにセグンド少年が持っていた。ボーイは人差し指を、魚のかかった時の浮きのように立てて、自分の顔のまわりに動かして、禁じる動作をした。そして、

——この子供は旅行者にからみつく野良犬です。パエーリャだけで充分。それだけ食べさせたら、追っぱらって下さい、といった。浩はボーイを横目で見た。浩は彼のいうことを疑ったわけではなかった。だが彼は自分の言葉が宙に迷っ

ていて、受け入れられていないことに傷ついたらしかった。少年は顔をびっくりするほど激しい口調で、少年に当った。そして、パエーリャの皿をとり、ボーイの前へ突きつけた。ボーイは反射的に皿を受け取ってしまった。

——この子は、パエーリャが欲しいといわなかった、といっています。お客様が、自分の分まで勝手に註文したって……、嘘でしょう。

浩は、ああ、そうか、と思った。考えて見ると、少年のいう通りだった。

——コメ（食べろ）、と浩は少年にいった。

——ポルケ・コモ（なぜ僕が食べるのか）、と少年はいった。

——ポルケ……（なぜ、だって……）

浩は苦笑しながら、ボーイの方を向いた。ボーイを咎めてやりたかった。

——腹がへっていないらしい、とボーイはいった。

少年は立ち上がり、食堂を出て行った。ボーイは馬鹿にして笑っていた。彼は四十がらみだったが、子供と本気になって渡り合っていて、浩には彼の方がおかしかった。

セグンド少年は夕日が明るく射している前庭を横切っていた。彼の後姿は教会では一ぱしに見えたが、今は別人のようにみすぼらしかった。

——同郷人ほど酷なものはない、と浩は思った。彼は立ち上がり、速足に少年を追った。道路に出るとすぐに、太い椰子の木のそばで彼に追いついた。

——コメ・コンミゴ（僕と一緒に食べろよ）、といった。

——パエーリャ・ノ・エス・ブエナ（パエーリャはうまくない）

少年は眼をはげしくしばたたいた。矢張り悲しかったんだ、と浩は感じた。二人はしばらく向き合っていた。

——エスタ・エンフェルモ（あいつは病気だ）、と少年は腹に据えかねる口調で、しかし、弱々しくいった。

その時ボーイは、背を丸めて、一つのテーブルから、パン屑を床へ払い落としていた。浩のテーブルには、パエーリャが二皿並んでいて、ビールの壜が立っているのが見えた。それらは夕日ののどかない影の中にあった。長い夕焼けだった。しかし浩には、自分が時の経過を錯覚している、とは思えなかった。

——遅くなっちまったな、と浩は心に呟いた。

その日の午前中に、彼はカディツ港を見終るつもりだったが、要塞地帯で写真を撮ろうとしたのを咎められ、午後にまで喰いこんでしまった。その上、路傍の教会に寄り道したのが悪かった。彼の予定では、今夜はアルジェシラスにいたかったのだ。そして、今となっては、それは不可能な事になっていた。変らない夕焼けの中を、時間が小止みなく流れている感じだった。

浩は少年に待つようにいって、食堂に引き返して行った。

中庭においてある単車のサドルを、なにげない様子で擦り、キイを廻わした。主のいないテーブルに乗っているビールの壜が眼についた。喉が渇いている自分を意識した。彼はテーブルまで歩き、立ったままビールをコップに注いで飲んだ。気の抜けたようなビールだったが、それでもうまかった。浩は家の奥からこっちを見ているボーイと、眼を合わせた。彼は肩を上げて、眼をそらした。神経質になっているのだ。

浩は中庭へ出て行き、いきなり単車にまたがって、キックした。ハンドルを門に向けて廻わした。道路へ走り出ると、途方もなく広い夕焼けの中に、少年の姿が小さく見えた。彼は濃い椰子の並木づたいに、もうかなり遠ざかっていた。

浩は少年の横へ車を乗りつけて、荷台を叩いて見せた。こっちを見て一瞬不審げな顔をした少年は、眼を輝かした。泣き出しそうな表情をした。それから、浩に合わせて動こうとする気働きを示した。

浩は振り返って、食堂を見た。門の前にボーイが立ち、こっちへ向って叫んでいる様を想像したのだ。しかし、そこにはだれもいなかった。

やがて、少年を荷台に乗せて走り出すと、それまでの経緯がせせこましいこととして思い出された。夕日が大ような模様を描いている海が展けていた。空は均等に澄み切った赤だった。

——ムレタ(闘牛士のマント)、と彼は叫んだ。セグンド少年を引き立てようという気持もあって、浩はそういった。

かつて、ほとんど韓になってしまったゴヤはカディツに滞在し、この辺の道に柔らかい大亀がいるのを見た。重いムレタのようなその亀は、彼の眼の前で、大西洋へ入って行ったということだった。

浩は単車を止め、モーターを切った。椰子の動かない影が、海面に一列に落ちていた。彼はしばらく海に視線をやっていた。彼は放心している自分を意識したが、そこから抜け出すことも出来そうもなかった。また、彼は放心していたくもあった。そうすることに独自な理由でもあるかのように、彼が彼に対して、消極的に自己を主張していた。時として強情になる牛か馬のような自分を、浩は眺め、はがゆく思った。

——アドンデ・バス(どこへ行くんですか)、と少年が声をかけた。浩は少年に眼を向けた。上瞼がもつれる感じがした。少年はずっと浩に注意を払っていた様子だった。単車と崖の間にしゃがんで、見上げていた。

——シエロ・エス・ボニート(空が美しい)、と浩はいった。

——シ(そうだ)、と少年はお座なりに頷き、

——アドンデ・バス・ポル・ファボール(どこへ行くんですか、いって下さい)、といった。

——レスタウランテ・ペンシオン(食堂、宿屋)、と浩がい

うと、少年はわが意を得たというふうに、

——エス・ファシル（それならわけない）、といって立ち上った。

山の斜面には、夕日がどぎつい影をこしらえていた。汽車が残して行った煙が、一筋白っぽく、水平に浮き上っていた。その気笛が鳴るのを、浩は少し前微かに聞いていたのだ。

——トレン・パラ・カディッツ（カディッツへ行く汽車だね）、と浩はいった。

——シ（うん）

——カサ・エスタ・エン・カディッツ、と浩は少年に人差し指を向けて聞いた。君の家はカディッツにあるのか、と聞きたかったのだ。

——シ、シ（そうだ）、と少年はうけ合う調子でいった。もう浩の言葉は、碇も艫もない舟のように、ほとんど意味もなく、焦点もなかった。

浩がまたカディッツの方向へ走り出したのは、ただセグンド少年がうながしたからだった。しかし、迷いようもない道だった。やがて左手に、入江をへだててカディッツ市が見えた。浩がここからこの市を見るのは、三回目だった。ただ前二回が昼中だったのと違い、市は紫色の闇を透して浮かび、もう電灯をつけていた。浩はその日の朝まで滞在していた宿屋に、セグンド少年を連れて入って行く自分を想像した。

二人はやがて、暗ぼったいサン・フェルナンド町を通り過ぎた。そこからカディッツまでは、低い平屋が並んでいた。時々港のはずれらしい投げやりな海岸があらわれ、船があり、その陰に話し合っている人影が見えた。海の香と食物の酸えた臭いがまじって、ただよっていた。

やがてセグンド少年は、息で唇をはじいて合図した。そして、

——アルト・モトシクレタ・ポル・ファボール（単車を止めて下さい）、といった。浩が止めると、少年は荷台から下りて、道路に立った。彼はうしろを見ていた。浩も見ると、光のない敷石道に黒い影が油煙のように湧き上がり、こっちへ駆けて来た。セグンド少年の友達だった。セグンドは道を走りながら、彼をみとめたのだった。

二人は出会い、浩から少し離れて、例の早口で話し合っていた。ハポンという言葉が、時々はさまった。やがて二人は浩に近寄って着て、セグンドが、

——ミ・アミーゴ（僕の友達）、ともう一人を紹介した。彼はセグンドよりもかなり年かさらしく、浩には見えた。体を反らし、大きな眼を、常軌を逸したとでもいうべきほど、輝かしていた。駆けたことと喋ったことと興奮したこととで、ハアハア息をしていた。

——僕は願ってもない遊び道具なんだ、と浩は思った。しかし、少年たちも、浩にとって面白くないわけでもなかった。

二人は下相談といった感じに、猛烈な勢いで喋り合った。

最後にいい合ったピラトスという言葉が、浩の耳に残った。二人は別れ、セグンド少年はまた荷台にまたがって、浩をうながした。

ピラトスというのは酒場の名前だった。自動車道路から海に向った横丁へ入ると、間もなくだった。路地の両側の窓からは、通行人をこすりそうに草の蔓が下がっていて、その湿り気が感じられた。行手に、狭く切り取られた海が見えた。路のはずれは階段になっていて、浜へ下りて行くのだった。その手摺りの手前へ浩は単車をおいて、ピラトス酒場へ入って行った。靴音と音楽と歌声が、顔にぶつかって来た。

小さな窓はどれも開け放してあったが、それでも妙な臭いがこもっていた。部屋の真中辺では、煙草の煙の中で、中年の男女が四、五人で踊っていた。肌のくたびれた太い女が中心になっていて、大袈裟にスカートを動かしながら踊るのが目立った。テーブルの向うを移動する彼女の腰は船のようで、スカートの波をかき分けて進む、といった具合だった。ヘトヘトになるまで踊る、という様子だった。男たちはオーレとかハッ、ハッといって、気合いを入れていた。ことに歌が繰り返しになるところでは、それはせり上って、女は追いつめられたような真剣な眼をした。浩は似た光景をバルセロナの貧民街でも見たことがあったが、これほどごつい感じではなかった。

浩は五、六人の少年たちに取り囲まれていた。音楽が一区切りになると、

——ポープリ、ポープリ、と彼らが口々に叫んだので、浩は、それが音楽とか楽団という意味だろうと思った。

一人の少年は、ポープリ、と大声をあげておいて浩を見、囁くように、煙草をくれ、といった。そして、硫黄のマッチを出して壁にこすって火をつけ、しばらくともして、浩にさし出した。浩はそれを押し返して、

——グラシアス・ペロ・ヨ・コモ（ありがとう、しかし、僕は食べる）、といった。

その少年が食事を誂えてくれた。出された皿には、鰯と赤蕪と酢づけのピーマンが乗っていて、もたれる油がかかっていた。

——エンサラダ（サラダをくれ）、と浩はいった。しおれたクレッソンに、同じ油がかかっていた。浩は、この油は辞退すべきだった、と呟いた。彼は冗談を自分にいって、笑おうと思ったのだ。しかし、急に腹が立って来た。

——こいつら、尻の穴から油をたらしていやがって、と彼は呟き、怒りながら、料理を平げた。それは、ドサクサに紛らせて口へ入れてしまう、といった感じだった。

騒ぎは続いていた。時々、それが調子を変え、浩をはじき出すことがあった。彼は自分に戻り、テーブルにおいた指の動かし方まで克明に意識した。そして、外界の共鳴域になっている、自分の頭蓋を意識した。

——イレモス・ア・ラ・ペンシオン（宿屋へ行く）、と栄養不良らしい小さな少年がいった。浩がそっちを見ると、さっ

き道で出会った少年がいつの間にか来ていて、セグンドになにか報告しているようだった。やがてセグンドは浩を見て、一緒に来るように、という身振りをした。

——ア・ラ・ペンシオン（宿屋へ）、と栄養不良の少年は、浩の上着を引っぱった。

浩は酒場ピラトスを出た。ついて来た少年たちは七、八人だった。彼らは彼を取り巻いて歩き、浩は単車のスピードをロウにして、彼らと速さを合わせた。

ピラトスから百メートルほど移動した。狭い拱門の前でセグンドは立ち止まり、中を指さした。そこは裸電球が照らしている静かな通路で、自然の石が不規則に嵌めてあった。奥には形ばかりのフロントがあって、そこにいた中年の女が少年たちに足止めを喰わせた。ただセグンドだけは、親戚か知り合いらしく、別扱いだった。フロントではいつもの通りのやりとりがあって、浩は宿賃を払って、部屋へ行った。案内したのはセグンドだった。それから、彼は風呂場や便所のありかを浩に教えて、立ち去った。

浩は一人になり、セグンドに礼をするのを忘れた、と気づいた。彼は要求もしなかったのだ。

天井と四方が白く粗い壁だった。しかも、それらの面には歪みがあった。浩は気持が落ち着くのを感じた。騒ぎのあとにこうした部屋が待っていたのは、彼の幸運だった。

彼はわずらわしい思いをして壺の水を使い、体を拭いて、ベッドに横になった。スペインで寝たどのベッドにも増して硬かった。マットの中で麦藁の音がした。静かで、すべて清潔だった。それまでの狂った音や声が渚に集っていて、陸へは来れない芥《あくた》のように思えた。

——奴らは奴らでやるさ、と浩は呟いた。その〈奴ら〉は遠ざかり、それが悲鳴のようなものが細くからんだ音の集団にまとまって彼には感じられた。とにかく無縁だった。彼は思い切り手足を伸ばした。

廊下に人声がして、ドアを叩くものがあった。出て見ると、セグンドがいた。そのうしろに、派手な服装の娘が壁に身を寄せて立っていた。そこはドアの影になって、部屋からの光はとどかなかったが、浩は一瞥で、くまなく彼女を見た。黒い髪をうしろでつかねて右の胸に垂らしていた。気おくれした様子で横を向いていたが、意識して体を浩の視線にさらしているようだった。

——エントラ（お入り）、と浩は二人にいった。浩の態度はこわばったが、セグンドは馴れたものだった。当然なことをした、という顔をしていた。

——エントラ（入りな）、と娘にいい、そのまま帰ろうとした。

——クワント・キエレス（いくらほしいのか）、と浩が彼にいうと、彼は自分を指さし、煙草を吸う手つきをした。浩がトランクを開けて見ると、予備は二箱しかなかった。それをセグンドに見せると、一箱とって、トランクの蓋を閉めるようにと身振りでいった。そして、彼女が窓から外を眺めているのをたしかめて、浩に淫らな身振りをして見せた。セグンドは笑いながら立ち去った。

　娘は窓から海を見ていた。最初とった棒立ちの姿勢を変えなかった。浩はベッドへ行って、もとのように寝た。白壁と褐色の木の床だけの部屋に、彼女は花のように見えた。浩は、

　——もうなにも考えられない、と思った。彼は時計を見た。彼女の顔をよく見ようとしたが、逆光になっていて、わからなかった。

　浩は起き上がり、椅子を彼女の後へ持って行ってやった。

　彼女は待っていたように身動きして、笑いながら、

——フリオ（冷たい）、といった。

——アルギエン・アフェラ（だれか外にいるの）、と浩はいった。

——ヨ（わたしよ）、と彼女は窓を閉めながらいった。ガラスに自分が映ったのを、そういったのだ。彼女のうしろに、浩の顔は塑像のように覗いていた。彼は自分の苦笑を見た。

——フリオ、と彼女はまたいった。

——キタテ・ベスティド・エ・ビスト・バスタンテ（洋服を脱ぎな、僕はもう見たから）、と彼はいった。

　彼女は背に手を廻わして、次々と指を動かした。ボタンははじけるようにはずれ、背の筋肉が滑らかに伸びちぢみし

「編集後記」より

▽若い作家や若い批評家たちが次第に集まり、おたがいの意慾を語りあっているうちに、原則的な一致をそこに発見し、自分たちの雑誌を持ちたいと考える。そして生れた雑誌は一つの文学運動の母胎となる。
▽三田文学がもしそんな雑誌になったら——と一人、編集室で私は夢想する。編集室に集まってくる若い友人たちが早く成長してそのようになってくれれば、私はこの雑誌のバトンをゆずり、自宅に戻りたいと思う。
▽一月号は売り切れた。二月号も売り切れである。しかしその「売り切れ」も新しい作家や批評家の出現と作品のせいではない以上は三田文学は現状で満足するわけにはいかぬ。私は一人でも有望な新人と連絡がとりたい。それらの人はきっと何処かにいるにちがいないのだ。くりかえして言うが三田文学はそれらの人にひろく頁をあけて待っているのである。
〈昭和四十三年三月号、遠藤周作〉

た。浩は自分の胸の肉を掌でしごいて、握って見た。

翌朝、浩は起きて食事をしたが、娘はベッドの上でした。浩は彼女に、いくらでいいのか、聞こうと思っていた。ドアを叩く音がしたので、細く開けて見ると、口髭の男が立っていた。三十前後の、体格のいい男で、ランニングシャツの上へ背広を着ていた。浩は彼の出方を待ったが、無言で無表情だった。いわば、立っていることが目的だ、とでも考えているかのようだった。しかし浩には、彼がどんな種類の男か、見当がついた。浩は娘の方を見ると、こっちに背を見せて寝ていた。

浩は男の鼻先へドアを閉め、部屋へ戻って身の廻り品を片づけた。時々ドアが叩かれた。浩はトランクを提げて、ベッドの娘に近づいて

――パルト（発つよ）、といった。

彼女は寝返って、眩しそうに薄目を開けて彼を見ていた。

――クワント・キエレス（いくらだ）、と彼はいった。

――ドス・シエンタス・ペセタス（二百ペセタ）、と彼女は面倒臭そうにいった。

浩は百ペセタ札を二枚、彼女の胸に押しつけた。彼女を離れ、ドアを開けると、男は依然マネキン人形のように立っていた。浩はす速く彼の横を通り抜けて、廊下へ出た。中庭へ出ると、通路のはずれ、拱門の下に単車が傾いて立っていて、そばにセグンドが立っていた。彼は浩が出て来たのを見ると、ちょっと姿勢を変えた。それを、身構えた、というふうに浩は受けとった。浩はそっちへ行き、セグンドを押しのけるようにして、トランクを前輪の上の台にからげ、モーターをかけ、車を走らせた。

サン・フェルナンド町へ続く場末が、朝の光の中に現れた。窓をおおった白い格子が、海の近くで見ると、格別美しいものに思えた。それには時代がついているのだ。象牙色に古ぼけて、所々が剝げている。浩は昨夜の娘が、電灯に向って笑った時、歯ぐきが見え、歯が汚れていたことで、矢張り田舎だな、と思ったのだった。そんな断片を思い浮かべながら走っているうちに、やがて青灰色の海と、無数の鷗が飛び交っているのが見えた。カディッ市は白く、海をはねつけていた。この市と遠く平行して、彼はしばらく走った。道は上りになり、崖が見えた。そこを廻ると、カディッは姿を消す。

崖を越えて、平坦な所へ下りたら、海岸で一休みしよう、と彼は考えていた。その瞬間が無性に待たれた。体にしこっている疲れがゆるみ、体中にひろがり、体から脱けて行く感じを、そこで、出来たら味わいたかった。

そこは昨日寄り道した教会の手前にあって、オリーヴ畑がなだらかに下りて行く浜にすぎなかった。浩にとっても、通りがかりになにげなく目をやった場所にすぎなかった。

昭和44年2月号

レクイエム

——犬と大人のために

津島　佑子

つしま・ゆうこ
（昭和22年～平成28年）
白百合女子大学英文学科卒。「レクイエム——犬と大人のために」を「三田文学」に発表して以降、津島佑子の筆名を使う。同作が後に「青空」などとともに第一作品集『謝肉祭』に収録された。

午前

おきなきゃいけない、このままねているんだ、という二つの幽霊のような声が次第に大きく近づいてきて分裂し、分裂したものがまたふくれあがって、ぬくもった体の中では透明な何重もの声が窮屈そうに押し合いへし合いしながら、怠慢に旋回している。その中でも一番大きな声がおなかから胸を通って首をすり抜け後頭部に達し、そこから一気に暗い網膜にぶつかる。その勢いに、ゆきは重い瞼を開ける。瞼を開けると今まで体の中に聞えていた声はすぐに消え、代りにどこからともなく響いてくる赤ん坊の泣き叫ぶ声が耳に入ってくる。

　視界はまだはっきりせず、部屋の内部も、古くなって白く濁った透明のセルロイドの下敷きを透して見るように、あるところはほとんど色しかわからず、またあるところはまぶしいほどに、かえって現実より明瞭に見える。朝起きる時、いつも白々しくてつまらなくかなしくなるので、ゆきは朝があまり好きではない。

　頭をおもむろに左にまわすと、すぐ横に、薄い水色の枕カヴァーに顔を押しつけ、おじぎをしているふうに背を丸めお尻を高く上げた姿勢で寝ているたかの痩せた体が見える。それは時々、痙攣的に震えてい、軽いいびきも聞えてくる。

　たかの枕元のすぐ上は窓で、カーテンはいつのまにか、叔母が開けていったのだろうけれども、開いていて、その長方形のガラスを透して、ゆきのところからも一枚の新しい折り紙のような青空が見え、時々、その中に雀が消えていかなければ、本当にこれが人工衛星やロケットが互いにぶつからずに飛びまわっているあの空なのか、なかなか信じにくい。

ゆきは、ちょうど田舎から届いたリンゴの木箱を開け、その中の籾がらに手を突っ込んで薄紙に包まれたリンゴをひとつひとつ探り出すのと同じように、白々しく茫洋としている自分の意識から互いに関連のない細かいことをいきあたりばったりに思い浮かべていたが、そのうちに、きのう寝る前にしたたかとの指きりげんまんを明確に思い出し、それでいっぺんに眠りが覚める。

シロノオハカ！

ゆきは鳥の声を連想させる甲高い声をあげながらはね起き、隣りの布団のたかの高く突き出たお尻に体当りをする。そのお尻は何の抵抗もなく、体全体のむしろ窮屈そうな格好を少しも崩さず横に倒れる。水色の枕カヴァーの、今までたかの口が当っていたところが濡れて濃い水色の楕円になっている。たかはきょとんと眼と口を開け、背を丸め胎児のように足と手を縮めて、自分を笑いながら見ているゆきの少し紅潮した顔を焦点も合わせず見つめている。

ピンクと白の縦縞の、たかとは色違いのパジャマを着たゆきは更にけたたましく声をたてて笑いながら、乱暴にたかの腰の上に馬乗りになって叫ぶ。

──兄ちゃん、はやく起きなよ。はやくう。しろのおはか、作んなきゃ。ねえ、はやく。おばちゃんが捨てちゃうっていったよ。はやく起きなさい、たかちゃん、はやく、はやく、てばあ。

楽しそうに笑いながら叫んでいる妹をたかはかれいのそれに似た湿っぽい横眼で見つめたまま、はっきり閉じない厚い口唇をかすかに動かせて呟く。

──しいいいおおお

──そうよ、しいろお……しろしろ、さあ、はやく起きて、あたし、しろ見てくる。

言い終らぬまにゆきは勢いよく立ち上がり、襖を音をたてて開け放ち、台所へ通じる細い廊下を走りだす。が、五、六歩走るか走らないうちに軽やかな台所から聞えてくる包丁の音を聞きつけ、急いでまた自分の部屋に駆け戻る。

部屋の中のたかは相変らず横になったままの姿勢でいたが、戻ってきたゆきを見ると訓練されたポインター犬のように跳び起き立ち上がる。並ぶとやはりたかの方が少しながら背が高い。

──ちゃんと着替えておかないと、おばちゃんにしかられちゃう。

と言いながら、ゆきはさっさと一人でパジャマを脱ぎ、枕元に行儀よくたたまれてある黄色のワンピースを手際よく身につける。たかもごくゆっくりではあるが、灰色の半ズボンと白いポロシャツに着替えはじめている。

──ねえ、どこに埋めようか。どこがいい。

先に着替え終ったゆきは、兄の着替え終るのを狭い正方形の部屋のまわりをぶらぶら歩いて待ちながら、陽気な軽い口調で兄に話しかける。

——やっぱり、裏のお寺？　それとも……うちの縁の下の方がいい？　学校の花壇がいいかな。あそこ、きれいなんだよ。ねえ、どうしよう。そしてさ、何か建てなくちゃ。本当のお墓みたいに、ちゃんとしろの名前を書いて。紙じゃだめね、木でなくちゃ。きっと、物置探せばちょうどいいのがあるよ。お兄ちゃんが書いてね、シロって。

ようやく着替え終えていたたかはこの言葉を聞いて、まるでしぼみかけた紙風船のように顔をしわだらけにして笑う。

二人で大急ぎで台所に駆けつけてみると、やはり叔母は白い湯気の中でさかんに朝食の用意をしている最中で、その叔母は二人の子供が戸口のところに立って自分の方を見ているのを知ると、忙しそうに、朝食はもう少しでできるからおじさんと居間でおとなしく待っているように、と言う。

——そして、おじさんにおはようございますっていうのよ。まあちゃんにも忘れずにね。きちんと手を合わせていうのよ。

一刻も早くしろの墓にとりかかりたかったゆきは顔を可能な限り醜く歪めてたかの顔を見る。たかは叔母のふくよかに丸い背中のあわただしい動きを小さな眼で追いながら、ぼんやり一つの言葉を反復している。

——まあちゃん　まあちゃん

いやなおばちゃんだ、とゆきは思う。兄ちゃんにまあちゃんのことを思い出させて。一旦、母のことを思い出すとそれにすっかり気をとられ、他のことは一切、そのただでさえ茫漠とした頭の中に入らなくなる。それが悪くすると一日中続くこともある。それをおばちゃんだって知らないわけではないのに。

ゆきはしかめ面をして黙ったままたかの冷たい手をとって隣りの洗面所に向かう。しろのお墓はごはんが終ってからにしようと諦めてきた。

二つの薄い灰桃色の点、つまり耳の内側の滑らかな皮膚がそう見えるのだが、その二つの点を中心にして白く太いモールを幾重にも巻いて、その境界線も定かではなくなるほどぎっしり積み上げたように、灰色に汚れた白い毛皮がはみ出し気味に小さなみかん箱に詰まっている。「紀州みかん」という緑と橙のレベルの張ってある側の前に、たかは身じろぎもせずしゃがみこんでいる。そのたかを後に残して、ゆきは物置の方に駆けて行く。——板、さがしてくる——と叫びながら。

顔や両足はすっかり、長く白い毛に覆い隠されていて、ただ白い背しか見えないこのみかん箱の中の白い物体を、それでもたかは、わざわざ箱の外に出してみなくても、その縺れた毛並だけでこれが自分の知っているしろであることはわかるし、そのことをはじめから疑おうともしていない。粘土の上に直接毛皮をかぶせたような固く鈍いその背を静かに撫でながら、朝食前に叔母の言葉によって突然甦ってきた母の心象を、この動かぬ白い犬の助けを借りて追い続けている。

マアチャン　シロハ　ヨウフクヲ　ヨゴスッテ　イツモ
オコッテ　アシデ　ケットバシテタ　シロ　ナイテタ
デモ　マアチャン　シロヲ　ボクヨリ　カワイガッテタ
ボク　ワカッテル　シロ　ボクヨリ　マアチャンノホ
ウガ　スキナンダ　シロ　ボクニハ　トビカカッテコ
ナイ　ユキニモ　トビカカンナイ　マアチャンニハ
トビカカルノニ
マアチャン　ドコニ　イッタンダロウ　シロ　ナイテル
マアチャンガ　ケトバシタンダ　シロ　ウゴカナイ
イタインダ　オナカ　スイテルンダ　イツモ　マア
チャンガ　ゴハン　アゲテルンダモノ　シロ　イツモ
イツモ　ナイテタ
シロ　マアチャンニ　ケトバサレテ　ケガスル　イタイ
ンデ　ナイテタ　デモ　マアチャン　シロヲ　ボクヨ
リ　カワイガッテル　シロヲ　ユキヨリ　カワイガッ
テル　シロガ　イタクテ　ナクト　イッショニ　ナイ
テタ　シロ　ダイテ　ナイテタ
マアチャン　イツ　カエッテクルンダロウ　シロ　ココ
ニ　イルノニ　マアチャンハ　シロノニオイガスル
シロヲ　イツモ　ナデテルカラ　ボクニハ　ナデサセ
ナイ　ユキニモ　ナデサセナイ　シロハ　ヒカッテタ
マアチャンハ　ヒカッテナイ　ケガシタシロ　ミタイ
タバコノニオイト　シロノニオイ　スル　ボク　アノ
ニオイ　スキダ　シロ　ナンカヨリ　イイ　ニオイ
マアチャンハ　ドコ　オシテモ　ヤワラカイ　トテモ
イイキモチ　デモ　イツモ　ナイテル

突然、眼の前の灰色の毛皮がいっぱいに詰まっているみかん箱が地面の上を渇いた音をたてて、まるで長い眠りから目覚めたばかりの生物のように右に左にふらつきながらのっそりと横に廻りはじめた。別に不思議を感じないたかはこの動きの動力源を探ろうともせずに、しゃがんだまま黙々と箱と並行に横這いをして動く。小石をサンダルの下に踏むとぐらりと大きく体全体が揺らぎ、そのたびに地面に手をつき体のバランスを整え直す。

——兄ちゃん、手伝ってよお、たかちゃん、たら。前からひっぱってよ、ねえ。

後からみかん箱をうなりながら押しているゆきは真赤な顔して兄に声をかける。

——ねえ、兄ちゃん、ちっともいい板、見つからないのよ、物置、なんにもないんだ。お寺にきっといいのがあるよ。ねえ、兄ちゃん、前からひっぱってったら。ゆき、くるしいよお。

たかは黙々としゃがんだままの横這いを続けている。ゆきの声は耳に入らないらしい。寺と家との間の辻の入り口の角に見える、黄と赤の鮮やかすぎる中華料理屋の看板をつまらなそうに見やってから、ゆきはまたかがみこんで一人で隣りの寺の境内までみかん箱を汗だらけになって押していく。
途中で横這いに疲れたのか、たかは立ちあがって、箱を夢中で押しているゆきの木綿の白いパンツが上下に動くのを見つめながら、その後におとなしくついて歩いていく。

この寺は四ケ月ほど前に新築されたばかりで、境内にはまだ木材が積んであったりして、まだ片付いていない。墓場のために用意されている場所にもまだ五、六基の墓が移されているだけで、その大部分は草が伸び放題に伸びており、この墓場に関係のない者にとっては、墓場というよりも、都心にある自然の野原である。

いくらでもしろの墓に向きそうな場所はあるのだが、かえってあまり墓に適当な場所に埋めると後で今度は本当の人間の墓のために掘りかえされてしまうように思われ、用心深く、できるだけ目だたない、草が一段と勢いよく繁っている、この寺の地所の最もはずれにあたる片隅に埋めることに心を決めた。

そう決めると、この寺の建築中から毎日見に来てすっかり勝手を知っているゆきは、本堂の高い縁の下に潜り込み、すぐに茶色く錆びたシャベルと、長さ三十センチくらいの建築材の余りの平たい木切れを持って出てきて、息もつかず、灰色の蜘蛛の巣を鼻にひっかけたまま、予定した場所を掘りはじめる。

たかは眠りこんでしまったと思われるほどじっと動かず、みかん箱の横にしゃがみこんでいる。野原の空気の中にあってたかの曖昧模糊とした意識は広がりと自由を加え、更に母親の心象を追っている。

ゆきの話しかけてくる声が草の呟き声と共に重なりあって聞えてくるが、その意味をつかむにはあまりにもたかの気持は散漫に広がりすぎている。しかしその二重の響きを耳にしているうちに、自分でも草の声に似た音を出してみたくなり、その震える響きがゆきの高い響きと交錯して、静かに空中に融けていくのを聞きたいと思う。声を実際に発するまで、じんましんが体の表面に吹き出る前に感じるむず痒さ、うすら寒さ、心細さがある。

——ゆううきいいい

幾度頼んでもその声を聞いてもいない兄の援助はさっぱりあきらめ、額を濡らす汗を手の甲でせわしく拭いながら、一人で錆びついたシャベルを重そうに扱い、穴を掘っていたゆきは、めったに自分から話しかけることのない兄の声に、驚き振り返り、その顔を見つめる。

今また黙りこんでしまっているたかの顔は、まわりの草の青と空の青とが反射して、そして顔色自体もともと青いのだろう、水銀灯のように青白く光って見える。朝食の卵の黄身もこびりついている、薄汚れた口のまわりが、神経質に痙攣している。

たかの次の言葉を待ちかねて、ゆきが口を開いて息を吸いこんだのとほぼ同時に、たかは長く伸ばした輪ゴムのような、細く震えた声を出し、それをだんだん太く明確なものにしながら言葉をつなげていく。ゆるやかな波状に、その声は、大きくなったり小さくなったり変化して、聞いているゆきにふと感度の悪い短波放送を連想させる。
――ゆうううきいいいと、まあああちゃんと、ああかああいみい、たべたあ、まあちゃん、へんなかおお、してた、ほんとおおは、おいしいいのにいい
ゆきはシャベルを動かしながらリズミカルに答える、
――うん、おぼえているわ。ほら、あの木。まあちゃんと、兄ちゃんと、ゆきと、それに知らないおじちゃんもいたね。でも、あれ、ほんとにすっぱかったわよ。たかちゃんだって、梅干しみたいな顔していたくせに。しろにも食べさせたらさ、しろったら吐き出してたね。まあちゃん、怒ってあたしのほっぺた、ぎゅうっとつねったわ。いたかったわ。いたかったなあ。

土を削るシャベルの音、土の放り出される音、草と風の音、断続的に聞えてくる都電の重い車輪の音、車の急ブレーキの音、ホーンの音、境内のどこからともなく響いてくるトンカチの音、これらの音にゆきと自分の声がほどよく交わりながら溶けあっているのを耳にしながら、たかは自分が「ジャックと豆の木」の不思議な豆の木のようにみるみるうちに大きく伸びていくのを感じ、軽く快い眩暈を覚えていた。


そのうち、目の前の犬の背の白がまぶしくなってきたので視線を空に移し、草の中に仰向けになって倒れる。白く煙っているのにひどくまぶしい青い空が視界のすべてを蔽ってしまう。眼を細めると、空を背景にして自分のまつげが白い柔かいタンポポの種子の綿毛に見える。眼を静かに開閉してその毛の動くのを眺めているうちにゆきの声がいつのまにか止んでいるのに気づき、またおもむろに話しはじめる。

――まああちゃん、まあああちゃん、きいろいいい、ちょうちょううう、とってくれたああ、ゆうびでえ、はさんで、まあちゃん、と、とってくれたあ、ちょうちょううを、もったらあ、ゆびに、きいろうが、ついてえ、ぼく、こわくて、にがあした、すうぐう、みえなくなってえ、こんなあ、ああおいそらあ、まああちゃん、とおっても、おおこってた、ないてたあ

勢いをつけて一つ大きな湿った土の塊りをシャベルですくってから、ゆきは自分のその動作への掛け声のようにして、たかに声をかける。

――泣いたって、どうして、どうしてなの。

その声にたかは視線を空から穴を掘っているゆきの方に降ろして、寝たまましばらくの間、激しく上に下に動く小さな黒い頭を怪訝そうに見ていたが、やがて、

――なあいてた、しろみたあいに、ぼおくもお、ないたあの、まああちゃん、さあきに、かえって、ぼくう、ひとりぼおっち、だから、だあから、ないたのお、まあああちゃん、ぼくを、おいてったあ、そしたあらあ、かえってこなあい、ないてたあ、おおこってたのお

――なあに、たかちゃんのいってること、ちっともわかんない。ああ、疲れちゃった。ちょっと休もうね。

　茶色いシャベルを黒々とした穴の底の真中に垂直に刺し、ゆきもたかのすぐ横の、柔かそうな草の上に仰向けになって寝ころぶ。

　空に視線を戻し、シャベルのリズムに合わせて――マアチャン　ナイテタ　マアチャン　ナイテタ――と調子よく胸の中で繰り返していたたかは、急にリズミカルなその音が消えてしまったために、糸の切れた空の中の凧のように突然の水色一面の視界にわけがわからなくなり、朝起きたようにすべてが未分で白く濁り、形を成しているものがなくなってしまう。何だかこのまま仰向けになっていると自分の体が暗い土の中に沈んでいってしまいそうな気がしてきて、あわてて起きあがり、草の上に座り直す。

　ゆきは自分の手を高く空に向けてさし出し、その赤い手の平を眺めている。たかの落着かない様子を何の気なしに横眼で見やってから、

　――ほら、こんなにもうまめができちゃったよ。手袋をはめた方がいいかな、ねえ。おじちゃんが大工さんをやる時にいつも使うのを借りて。そうだ、ほんとだね、まあちゃんて、ほんとにいつも変な時に泣いていたね。あたし、すこし気味が悪かったわ。夜中や、お風呂に入っている時とか、テレビ見てる時とかね。いつも、びっくりしちゃった。どうしてなんだろうね。それに、おんなじくらい、よくおこってたよね。よく、ぶたれたもの。どうしてか、先生に聞いてみたんだよ、そしたらさ、へんなの、あたしがいけないっていったわ。わかっちゃいないね。

　ゆきの声を聞いても、最早、シャベルのリズムが、一体どこに行ってしまったのか、一向に戻ってこないために、たかの不安な心細い気持は消えるどころかますますつのっている。何かにしがみつかなければこのまま二度と浮かび上がってこれなくなってしまいそう。たかは自分のまわりの小さな細い草を手あたりしだいに力一杯握りしめてはひきちぎっている。

　青いススキの葉の中で赤く透きとおった花のように見えるゆきの手が眼の隅にちらちら光って入ってきて、それが自分の眼の中で燃えているようにも思える。目玉を動かさずにそれを見つめているうちに、眼の中全体が赤くなり、同時に視界も赤く変色していく。自分の体もだるまみたいに赤くなっているのだろうかと身をよじって体を見まわすと、視界はすぐに脱色されてしまう。またゆきに視線を返せば赤い色は眼の中に戻ってくる。そのうち、赤と青白がネオンサインみたいに交錯しはじめ、たかの反応の鈍い頭も混乱していく。

　――でも、あたし、いつも、まあちゃんに怒られてばっかりだったから、死んですっとしちゃったな。まあちゃんみたいなの、ノイロゼいうんだって。おばちゃんがいってたよ、父さんがいなくなってから、ノイロゼだって。まあちゃんなんてきらいさ、いつもしろと兄ちゃんのことばかり。まあちゃんだって、あたしのこときらいだったんだってさ……

極度に混乱したうえに、赤い色から「火」を連想して、体が熱くいぶされていると感じはじめていたために、動かずにいることがついに耐えられなくなって、たかは頭を激しく震わしたかと思うと、がむしゃらに草の中をころがりだす。

釣りあげたばかりで、口の中にまだ針のついたままの魚のように、いかにも苦しげにはねまわりころがりまわっているたかにちらりと横眼を走らせただけで、ゆきは相変らず自分の小さな手の平を眺めている。しかしその一瞥のために、ゆきの体にも兄の不安な感情が少しずつ浸み込んでいく。

その、皮膚にひんやりしたものが浸み込んでくる感覚は、空の青を眼にしているゆきに、自分たちは今海の底に沈んでいるので、この草は海草で、空は海の表面で、風の流れは海流で、という風に次々に想像を惹起す。

ついこの間雑誌のグラビアで見た海の底の絵、両手で水中銃をかまえた潜水夫が中央に、その右に、表面にふじつぼ、いそぎんちゃくなどを付着させた黒い岩、岩のかげに小さな海底探検艇、左の方には、潜水夫の身長の二倍ほどの海草が密生していて、その間に、深海魚が幾つもの群を成して泳いでいる、口が体より大きいのや、ちょうちんのようなものをつけたのもいる、こんな絵を思い出し、それを拠所にして、ゆきは海の底の想像を更に広げていく。海の底に沈んでみると、本当にこんな具合に、ちっとも苦しくなく、広々としていて静かなんだろう、と思う。

いくらのけぞってころがりまわっても、引きぬこうとした草に根がなかったように、たかはかえって心細くなるばかりだ。このまま赤い火に自分の体が融けて土の中に沈んでしまったら、そして、こんな茶色い土になってしまったら、しかももうすでに下半身は土に変化してしまったように変に怠いのだ、こんなふうに漠然とながらも思うと、一体どうしてよいのかわからなくなり、更に激しくのけぞりまわる。

体全体に草の汁の匂いがついて、それとじっとりした汗とが混り合い、くせのある匂いを自分でも感じるようになったころ、たかの体は草の中の熱くて柔かい物体に勢いよくぶつかり、その瞬間、母の体の酸っぱいような渋いような複雑な味わいの匂いを感じ、たかは夢中でその柔かいものに抱きつく。

魚みたいに海の表面に浮かびあがって泳ぎたいと思い、できるだけ自分の体の重みを減らそうと、息をひそめていたゆきにとってはこの急の重みはいいようもなく厭わしいものだったが、それでも、兄の考えていることがよくわからないうえ、兄の気持にさからうのを好まないゆきは、いつものように何の抵抗もなく横たわっている。一旦、途切れた海の底の空想にもう戻りたくても戻れない。

ゆきの胴にあったたかの手は次第にずり落ちて、そのままためらいなく短かいスカートの中に入ってくる。ゆきは思わず反射的に両足に力を入れるが、すぐに思い直し、その力をゆるめ、目をつむり身動きひとつせず、寝たふりを装う。こんなお姫さま、いたっけ、とふと思う。

幾度かたかと見たことのある、しろのお腹の妙なものが、ゆきの脳裏に浮かんでくる。しろはお腹を撫でるとすぐにひっくり返って、下腹の白い毛の中から思いがけず生ま生ましく赤いものをにょっきりのぞかせる。その色はゆきをいつも不快にさせたが、つい面白くてお腹を更に撫で、それを長く伸ばしてみた。そんなことをしているところを母に見つかると、ゆきたちは、しろと同様に、ものすごい剣幕でぶたれたり、蹴飛ばされたりした。それでも、ゆきたちは懲りずに、機会があれば、しろの下腹を撫でた。今、勿論ゆきはあれはこのたかのものと同じなのだということをひとりでに納得している。だから、まあちゃんはあたしたちがしろに近づくのをあんなに怒ったのかしら。

いそぎんちゃくの触手のようなたかの冷たく濡れて草の青苦い匂いのする手はゆきの白いパンツの中にすべり、つるりとした丸い腹を降りていく。

——ゆうきいちゃあん　たあかああちゃあああん

いつのまにか草叢の中でまどろんで、自分がいかに似た形の黄色いものになって海面に浮かんでいる夢まで見ていたゆきは、このゆるやかな声に意識を戻され、細く眼を開く。自分と同じ格好をして横向きに寝ているたかのうっすら汗の浮かんだ顔が目の前に迫っている。

見るともなしに見ているうちに、たかの複雑にからんだ髪の毛から透明なサラダ・オイルに似た濃い汗が一筋流れ出て、それは額を経、鼻のわきを横に滑って、丸く開いたままになっている口唇の中に入っていく。下になっている左側の頬にはちょうど髪の毛の細さの草の葉が三、四本、汗でからみあって頬にくいこむように付いている。

ゆきは自分の額に湿っぽくなっている手をあててみて、自分もかなり汗をかいていることを知る。手足には、水泳の後の全身が厚ぼったくなって血がプールの水に薄められてしまった感触がある。

何だかもう夏が来たみたいだと思う。

——ゆうきいちゃあん　たあかああちゃあああん

表面に紫色の血管の透いて見える丸くふくらんだたかの瞼も、この声にゆるゆる開く。その中の茶色いビー玉のような黒眼が一瞬左右に動くが、やがてぐるりと上の方に移って、ゆきには白眼しか見えなくなってしまう。

——おばちゃん、呼んでる……

その、幾つもひびに似た細い筋の入った白眼から眼を離さずに、ゆきは粘っこくかすれた声で呟く。

——さっきから、呼んでる。きっと、もうお昼なんだ。おなかすいた？　あたし、ちっとも、すいていない。まだ眠たいの。うちに帰って、もう一ぺん寝ようかなあ。でも、うちに帰ったらお昼、食べなきゃならないの。ねえ、おなか、すいてる？

たかはもう自分がころげまわるほど不安だったのを忘れ、ゆきの健康そうな桃色の顔と、舌足らずな言葉を、春の海のような感覚で受けとめている。ただひとつ、体の中にかなり大きな透明なあぶくができているようで、そのまわりをゆきの、――おなかすいた――という言葉が丸くとり囲んで、ふくらんだり縮んだりしている。

ゆきはいかにも怠気に欠伸まじりに言う。

――ああ、あたし眠い、おばちゃん、呼んでるのよ、早く行かなくちゃ、怒られちゃうわ。お昼ごはんなんて欲しくないのに。

このゆきの――お昼ごはん――の言葉をきっかけに、体の中のあぶくが急激に膨らみだす。その膨らむ勢いに誘われたかは唐突に立ちあがり、本堂の脇の門に走っていく。――まあちゃん　おなか　すいた　まあちゃん　おなか　すいた――と甘えた声で叫びながら。

ゆきはあわてて立ちあがり、走っていくたかの後を追おうとして、すぐに何か重い固いものにつまずき横様に倒れる。みるとそれはしろの入っているみかん箱だ。顔をしかめ、自分の足をくるぶしから膝にかけて仔細に調べ傷の有無を見ながら、この続きは夕方にやればいいだろう、と心の中で呟く。

箱の横にうずくまっていると、気のせいか、多分本当に匂っているのだろうが、台所の屑入れとお手洗のにおいを混ぜたような、それでいて、少し甘酸っぱいにおいがかすかに感じられる。夏の匂いだ、とぼんやり思う。

午後

黒くなめらかな細くて長い虫を連想させる、白い紙の上に書かれたひらがなの「しろ」という二字を幾度も左手の人指し指でゆっくりなぞりながら、たかはその曖昧な形がいつまでたってもまったく変らず、同じ形を保っているのを不思議に感じる。

たかの左脇には、朝、ゆきがお寺の縁の下から探し出してきた木切れが午後の鈍い太陽の光を受けて、草叢の青い透明な陰影の中で白く浮き出ている。

たかの右手の内側は、さっきから握りしめているキャップのとれた青いマジック・インキのためにまだらに青く染まっていて、その手で、時々顔をふくから、顔にも青いまだらがついている。このマジック・インキで木切れの表面に「しろ」と書こうとしているのだが、いざ白い紙の上から木切れに移す時に、「し」にしても「ろ」にしても、くるりと裏返しになったり、さかさになったり、あるいははじの方がねじれたりしてしまわないかと不安になって、結局、なかなか、思いきって書き出すことができないでいる。

ゆきはその傍で茶色いシャベルを重そうに、しかし規則正しく動かして穴を掘り続けている。犬の墓にしてはすでに大きすぎるほどになっているのだが、ゆきは自分でシャベルのリズムに酔いはじめていて、なかなか止める気になれないでいる。

坑夫とか、地底探検者とか、そういうものに自分を託して、どこまでも、どこまでも、と繰り返し呟きながら掘り続けていると、悲愴な英雄的な気分になってくる。できるかぎり厳しい表情をして流れる汗も拭わず、きりっと鋭い視線を穴の底に据えて、リズムを崩さず掘り続ける。

そのシャベルのリズムに麻痺した状態は、土に突き刺したシャベルが何か固いものにつきあたるまで続く。勢いをつけて思いきり穴の底にシャベルを突き刺したものだから、ゆきの手はその鋭い振動でしびれ、しばらく痛痒さが残った。

また石なのだろうと少しいまいましく思いながら、その固いものをまわりから掘り起こしてみると、それは石とか瓦とかいった類いのものではなく、暗い穴の底で光って見えるほど透明に白い、右側はただ丸く、左側がわけのわからぬ複雑な形をした、直径十五センチほどのもので、それをシャベルですくいあげ手にとって調べてみても、正体はさっぱりわからない。土の中に埋まっていたせいか、その表面は湿っていてセルロイドのようにつるつる滑る。

手の上で転がして眺めているうちに、我ながら妙な連想が浮かび、あまりいい気持がしなくなり、ゆきはその白い物体をたかの目の前に投げ出す。

――兄ちゃん、ほら、まあちゃんの骨。

たかはいつもに似合わぬ早い反応で、木切れの脇に転がっている白い固りに眼を移し、マジック・インキを右手から落し、代りにそれを両手でつかみあげ、そして、自分自身とその固りに言いきかすように、ゆきの言葉を口の中で反復しはじめる。

――まあちゃんのほおね　まあちゃんのほおね

朦朧としたその声を聞いて、ゆきは自分の言葉が兄の頭を掻乱してしまったことに気づき、あわててその白いものをたかの手から奪い、できるだけ遠くに投げ捨てる。それは灰色の雲の広がり出している空に、野球のボールのように大きく弧を描いて飛ぶ。そして、再びたかの手に青いマジック・インキを握らせながら、

――ごめんね、じょうだんよ、兄ちゃん。ちがうの。あれは何だかわかんない変なもの。まあちゃんのほねなんかじゃないさ。ね、まあちゃんのほねなんて、うそよ。ごめんね。へんなこといっちゃった。まあちゃんは、ほら、まだ生きているんですもの、ほねなんかあるはずないわ。ね、そうでしょ。

と、母親が子供をなだめるような静かな口調で兄に囁く。同時に、まあちゃんのほね、という言葉は、ゆきに実際の母の白い骨をかなり明瞭に思い起こさせる。

台所の炊事台に似たぴかぴかのステンレンスの台の上のまだ湯気をたてている丸い頭蓋骨、ひねくれた形の骨盤、二、三本の彎曲した肋骨、そしてあとは海岸に打ち寄せる貝殻の残骸のような灰と骨の中間の状態の骨。これらの骨が雑然と、青い草とたかの顔の現実の視界の上に二重に映って見えてくる。今まで思い出そうとしても全然浮かびあがってこなかっ

たくせに、一旦、その映像が脳裏に焼きついてしまうとなかなか消えず、鼻先にもんしろちょうがいつまでも飛び続けているような、むしろわずらわしい気がしてくる。反対に何でもないふとした時に、風など吹くと鼻腔が敏感に嗅ぎわける、古風な、青黴を思い出させる骨の匂いの方は、いくら鼻をうごめかしてみても、勿論、頭で想像してみても、甦ってこない。淡い草いきがにおってくるだけだ。

――まあちゃんのほおね　まあちゃんのほおね　まあちゃんのほおね

右手で青のマジック・インキを握りしめ、見るともなしに目の前にそよいでいる細い草の葉に視線を止め、たかはひとつずつの音を自分の聴覚で確かめていくように途切れ途切れに呟き続けている。

――ちがうんだったら。わからないかなあ。まあちゃんのほねじゃないのよ。まあちゃんは生きてるんでしょ。まあちゃん、いつか帰ってくるんだから、骨なんかあるはずないじゃない。骨にしちゃうのは死んだ人だけなんだよ。おじちゃんがすごくくわしく教えてくれたのよ、死んだらすぐあそこに行って、骨にして、つぼに入れなくちゃいけないんだって。だから、まあちゃんの骨なんてあるはずないじゃない。ああ、あたしまで変なっちゃう。とにかくさ、あれはまあちゃんの骨じゃないんだ。ごめんね、変なこといっちゃって。まあちゃんはいつか帰ってくるよ。まあちゃん、帰ってくる、おみやげ買って。まあちゃん、帰ってくる。

兄の低い鼻がうなぎのえらみたいにふうっふうっと絶え間なく拡がったり縮んだりするのを見つめながら、ゆきは兄の思考の方向を変えようと、はっきりした甲高い声で何回も教え込むように、――まあちゃん帰ってくる――と繰り返す。

風が思い出したように吹いてきて、それがゆきの口の中に入り、鼻の奥の粘膜まで冷やし、甲高い声をその背に乗せて出ていく。次第にその風は強く冷たくなってきている。空を見上げると朝のような青い空ももう見えず、濃い灰色の重苦しく無気味な雲が頭上をおおっている。それでも太陽はそのおぼろな白い輪郭をその彼方から示している。西部劇の映画で見たことのある広漠としたサボテンしか生えていない荒野の真中に、たかと二人きり置いてきぼりにされたようなうす寒い恐怖を覚える。自分の金属的な声が自分のものではない、遊離したものに思われてきて、ふと口をつぐむ。たかもいつか、口をつぐんでいる。

いつもおかまいなしに口の中に入れてしまってから喉に魚の骨を刺してあまり痛くて泣きわめき、その挙句に母にものすごい剣幕でぶたれたりつねられたりで惨々な目にあって、それが叔母が仲裁に入るまで一晩中でも続く、そんなことから、ほね、と聞けばすぐ魚を連想するようになって、しかも水の中で実際に泳いでいる魚といえば池の赤い金魚ぐらいしか見たことがないので、たかはゆきの――まあちゃんのほね――という言葉から、自分の母の顔をした、透きとおった尾ひれをなびかせしなしなと泳ぎまわっている金魚を思い浮かべていた。もっとも母の顔とはいってもそれが母の顔だと認められるような目鼻の特徴を一つとして憶えているわけではなく、その赤い頭部にはゆきの持っている西洋人形の白い顔がどことなく日本人らしくなってお面のように付いているだけである。

こんな奇妙な金魚をむしろ楽しい思いで眺めていたのが、今度は——まあちゃん　帰ってくる——という言葉がその金魚のまわりにかえるの卵のような長い紐になってからみついてきて、しかもその言葉はたかにとって意味を無視してしまうほど無関心ではあり得ないために、この新しく侵入してきた言葉にだんだん気を奪われ、金魚はどう処理してよいか見当がつかぬまま、いつかその存在は脳裏から消え去っていた。そして、今や——まあちゃん帰ってくる——のかえるの卵は、たかの二次的な頭を幾重にも縛りつけていて、それに電気が通っているように、たかは次第に体に熱を感じはじめている。

口をつぐみ兄の表情を見ているゆきは、そのどうやら自分の言葉を従順に鵜呑みにしていくらしい様子に、あんなまあちゃん帰ってくるの、どうしてうれしいのかな、と改めて不思議に思い、また不満にも思う。母のことをこのように忘れずにいるのも他に考えることがないからで、自分が死んだら、たかは母のことを忘れ自分のことばかりを考えるようになる、そう自分に言い聞かせてみる。しかしあまりなぐさめにはならない。

たかのいかにもうれしげな顔は、母の骨を見届け、それが入っている骨壺が墓の中に納められたのを見たにしても、肝心の死体を見ずじまいだったゆきを、たかと同様の、母の帰りを待つという思いにひきずり込もうとする。岸辺の草にすがりつくように、その明瞭になっている心細い自分の気持に心の中で怒ったように叫んでみる。

——だけどまあちゃんは死んだんだ。だってまあちゃん、あの日から帰ってこないじゃないか。おばちゃんだって、おじちゃんだって、のりちゃんも、先生も、みんな同情してくれたじゃないか。

ゆきはその一人一人のひどく困ったような、気の毒そうな、いつもとは人がちがって見えるほどやさしいそれぞれの顔を思い出す。その同情を思い出すと、自分では少々納得いかなくても、童話の筋のように自分の境遇を読みとることができる。つまり、あたしはみなし子で、そしてかわいそうなんだ。

そう思うと叔母が自分にしきりに泣けといったことがよくわかる。でも実際にはその時よりも、母の姿が見えなくなって、突然隣りの老女の家へ黄色くこわばった顔の叔母に連れられて行き、たかと共にそこに預けられた日の方が悲しかった。猫のにおいが家中みなぎっているし、第一老女の用意してくれる食事はどれもこれも塩っからかった。救急車が家と寺との間の狭い辻に入ってきた時、急いで外に出て見に行こうとしても、老女は理由もいわず意地悪く外に出させてくれない。なんだってこんな目にあうのだろうかと、その時は本当に悲しくて、涙が意識しないでも出てきた。その晩には、

母が自分たちをここに捨ててしまったのかと疑いだし、泣く泣く老女に母はどうしたのかと尋ねると、老女はにこりともせず、

――まあちゃんはね、お寺の原っぱで寝ていたんだよ。

と、冗談ともつかぬことを言った。ゆきはそれを聞いて、本当かどうかを考える前にばかにしてると思った。次の日、叔母がようやく来てゆきだけを連れ出し、タクシーで母の骨を見に行った。その間に、叔母はつらそうに母がトラックにひかれて死んだことを告げた。みんなで都合のいいうそをついていると、ゆきは漠然と感じる。が、そうしなければいけないんだろうとも思う。

――ううう　ううう　うううう　ううう

たかの意識を縛りつけていた――まあちゃん　帰る――というかえるの卵は、次第にたかの体の熱によって形を変えはじめ、黒い球はおたまじゃくしに似たひらがなの「う」に変形し、たかはその「う」を高く低く、細く太く、いろいろな音色に出して唸り、それをある言葉に繋ごうと無意識のうちに、試している。

それにしても、母が死んで二ケ月も経つのにまだ母の死因をはっきり知らないのは、大変な恥のように思われる。先生は自分にまだ不思議と聞かないけれど、いつ、みんなの前で聞かないともかぎらない。のりちゃんのお姉さんの言うこともあてにはならないし、今度、もう一度叔母に、あるいは叔父に聞いて確かめてみようと思う。

――う　ううう　いいつううう　いいつう

もぞもぞと落着かず体を動かし、こまぎれの鼻歌のような断続的な唸り声を、ありとあらゆる音程で出していたたかが、この時急に口唇を横に伸ばし大声で叫びだす。その顔は小さな丸い眼だけがいきいきとしていて、かえって老人臭い。

――いいつうう　まあちゃん　かえるのう　いいつううう

自分の考えに閉じこもっていたゆきはこの突然のたかの叫び声に驚ろかされ、その間延した犬の遠吠えに似た声の意味の輪郭すらなかなかつかめず、空白の気持のまま、大きく伸びをしながら立ちあがる。その伸ばした手の先の空を見ると、それほど遅いはずはないのになんだかひどく陰気に暗くなっている。窮屈な姿勢で長い間兄のわきにしゃがんでいたおかげで、その空は一瞬、薄黄色にまぶしく輝く。視界がもとの色彩に戻った時、ゆきの思考力も甦ってくる。

――いつ……いつって……きょう……うん、きょう帰ってくる。そうよ、きょう、これから帰ってくる。まあちゃん、これから帰ってくるよ。だから、さ、早く、しろの、お墓作って帰ろう。兄ちゃん、それに早く「しろ」って書いてね、「しろ」ってね。しろをちゃんと埋めたかどうか、まあちゃん聞きに来るよ。だからね。早くお墓作っちゃって帰ろう。もう、こんなに暗いんだもん。

ゆきは一人言のように、ろくにたかの方も見ず、面倒臭そうに呟きながら、しろの入っているみかん箱に歩み寄り、その上にかがみこむ。本当に早く埋めてしまわなければ、きょ

う中にしろのお墓ができあがらなくなってしまう、と少し急いだ気持に変化しているのだが、それでもやはりその意識は依然として、母の死から完全に離れていない。

自分自身の、母がきょう帰ってくるという言葉のために、今までおぼろに感じていた母の死としろの死の間の関連性が急速に、明白な疑えぬことに思えてきて、母が死んだからしろも死んだので、しろが生きていれば母も生きているはずなのだ、と公式的に考えてみる。あるいはしろが死んだから母も死んだのかもしれない。母はしろをたかや自分と何の変るところもなく、いや時とすると自分たち以上にしろを可愛いがっていたのだから。しろの姿が見えないといつまでたっても二人は食事を作ってもらえない。時々、癇癪を起してなのか、しろを思いきり足で蹴とばしたり棒で打ったりしたあと、しろが怪我をして悲しそうに鳴きだしたりすると、母は自分で傷つけたのも忘れ、一緒に声をあげて泣きながら必死にその治療をしていた。そんな母のしろの可愛いがりようだったのだから。

大きく溜息をついてから、ゆきはみかん箱を持ち上げようとざらざらした木箱の縁に両手をかけた、その手の甲に、ほんの少量の水滴が続いて二滴降りかかる。自分の汗、と思い、自分の額に手をあててみても額は湿ってもいない。眼に手を移しても別に濡れていない。その上げている手にまた一滴落ちてくる。

雨……ゆきはあわてて再び、暗い空を見上げる。その顔にもすぐに冷たい水滴がかかる。境内を見回してみると、青いセロファン紙を透して見たような薄闇の中を静かに、数えきれぬほどのなめくじの通った跡の銀色の筋に似た雨足が黒々とした草の繁みに吸い込まれていくのが、本堂からの淡い光に照らされ、白く光って見える。

ゆきはしろの入った箱を一気に持ち上げ、穴のふちまで運んで、そのままかがみ込み、犬の墓にしては深すぎる穴の底にそれを置こうとしたが、底に置くには手が届かないし、ゆきの腕の力もつきてしまい、その重い箱を穴の途中まで降して手から放してしまう。

箱は鈍く籠った音をたてて穴の底に落ち、その強い反動でしろの体が箱から跳びあがり、肉色に湿った毛の四本の足があやつり人形の糸に吊られたぶらぶらの手足のように、ひょいと体より上にあがり、すぐに箱の縁に垂れ下がる。

――兄ちゃん、兄ちゃん

その物体に悪い霊でも乗り移ったのではないかとさすがに恐ろしくなり、思わず兄を呼ぶ。呼びながら後を振り向くと、ゆきのすぐ後にたかが所在なげに立っている。その右の頬に、口のまわり、額にも、そして白いポロシャツの胸のあたり、板を持っている両手にも、青い汚れが黴のようについている。口の中の舌、歯にすら、ついている。

この兄の姿を見て、ゆきはたった今の恐怖も忘れ、またおばちゃんに怒られるだろう、おばちゃんに見つからぬうちに洗い落とさねば、と思う。

たかが大事そうに両手で持っている木切れをゆきは受けとって、その表面に描かれてある青い線を見る。「しろ」という単純なひらがな二字のはずが、表面全体には複雑な、ひっかかるように書かれた短かく太い線が散乱しているだけで、「ろ」の丸い線など、どこを探してもない。「しろ」とはとても読めないが、それでも自分にとって未知の文字で「しろ」と書いてあるようにも思われ、ゆきはたかの心配そうな顔に視線をやり、静かに言う。

――兄ちゃん、すごく早く書けちゃったんだね。とってもいいわ、すてきよ。

見ているうちにその板の上に続いて四滴落ち、抽象画のような青い線の間に黒く丸い跡を残す。雨は次第に激しくなってくるようだ。青いたかの顔にも次々に小さな水滴がかかって、それらは逡巡しつつ顔の上を流れ出す。ゆきも自分の襟首、肩、臑にとぎれることなく降りかかってくる冷たいものを感じている。

たかは「しろ」と書いた木切れをゆきに渡してしまって、ひとまず安心した。ひどくあせっていたので目の前がちらつき、ゆきの書いてくれた字も見えず、記憶に残っている字もおぼつかず、ただ見当で一息に書いたので自分では全然自信がなく、ゆきの言葉を不安に待っていたのだが、今ゆきの賞める言葉を聞いて、大声で笑いだしたいくらいにうれしかった。これであとは穴を埋め、板を立てるだけ、早く家に帰って、母を待っていなければならない。

――はあやくう　はあやくう　はあやくう

特定のリズムもなく、激しいわりには怠げに体にあたる、冷たくぬるぬるしてくすぐったいものを両手で払いのけようと、忙しく脚や腕、顔などをはたきながら、たかは頼りない声で呟く。

雨が気持悪いのかしら、とゆきは自分の言葉と関連させることができず、しきりに自分をせかしはじめた兄を不審な面持で見る。それにしても急がなければならないのは本当で、雨はいよいよ激しくなり、空も真暗に沈んでいる。板を再び兄に渡して、ゆきは穴のわきに投げだしてあるシャベルを拾い、早い動作で穴を埋めはじめる。たかも、板で土を押して、穴を埋めるのを手伝う。

掘るのは大変でも埋めるのは呆気ないほど早くすんでしまう。ゆきはせっせと機械のように埋める作業を続けながら、せっかくの穴を埋めてしまうのは何か勿体ないような気持すらしてくる。

湿った土はほとんど穴の中に戻り、更にその上に残った土を、その頂上が鋭角になるよう注意深くうず高く盛りながら、ゆきは、今は手伝うこともなくなり落着かず墓のまわりを歩いているたかに思いつくままゆっくりした口調で話しかける。

――あんなに長い間撫でてあげたのに、やっぱり、しろ死んじゃったのね。後の足の腿んところの骨、折っていたんだ、きっと。あそこにさわると、本物の涙、流した。痛かったのね。あたしたち、毎日撫でてあげたのにね、しろも、ずっと何も食べようとしないんだもの。まあちゃんがいないからって、食べようとしないなんて変だわ。

――はあやくう　はあやくうう　はあやくうう
次第にはやく、という音が一つのリズムになって、しかもそれが加速度的に速くなり、声も甲高くなってくる。

――だけど、おばちゃんだって、一度くらいしろを見てくれて、お医者さんに連れていってくれたっていいのに、見てくれようともしなかったわ。おばちゃん、しろが嫌いなのよ。おばちゃんがしろをここに捨てたのかもしれない。しろ、あたしたちが見つけるまでここに三日も動けないでいたんだもの、こわかったろうね。でも、ほんとにどうしてしろ、こんなところにいたんだろう。あの朝、まあちゃんにまた、蹴られたのかしら。それとも一緒に車にはねられて、しろだけここに逃げたのかな。しろすごく汚なくなってたわね。いつもならいやがるのに、あたしたちが洗ってもおとなしくしてたね。でもやっぱり、まあちゃんじゃなくちゃ、いやだったんだ。

　二人とも、すでに洋服は勿論、下着までびっしょり濡れている。顔や手足から、まるでお風呂からあがった時のように、大きな生暖かいしずくが間断なくしたたり落ちている。

――兄ちゃん、その板、ちょうだい。

たかはこの声に敏速に反応して、

――はあやくう　はあやくうう
と呟きながら、木片をゆきの手の平に置く。

　その板を土の山の頂上に立てる前に、それを雨で崩れないように固めておかなくてはと考え、渡してもらった木片を左手に持ち、鋭角に整然ととがった山を右の手の平で調子よく叩いているうちに、四角形にしてピラミッドにしちゃおうかな、と思いついたが、結局それもおかしい気がして、裾の広い円錐形に仕上げる。ピラミッドという一時の思いつきのイメージから、自分にもよくわからぬ関連で、普段その一般名詞すら思い出そうとすらしない、画家であったという父のことを思う。――兄ちゃん、父さんってどんな人だかおぼえてる。

　そのとおさんという少々間の抜けた素朴な響きは、たかに茶色く変色した柿の葉に似たものを思い起こさせただけで、たかはにやりと笑ってそれに反応を示し、そしてますますあわただしく足踏みをしたり、手を打ったりしながら、――はやくう　はあやくう――と唱え続ける。

　――ふううん、ぜんぜん、おぼえてないの。顔もおぼえてない？　父さん死んだの、わたしがひとつん時だったのよ、おばちゃんがそういってた。兄ちゃんもまだちっちゃい子供のころよ。でもさ、おばちゃん、父さんはしんぞうびょうで死んだっていってるけど、のりちゃんのお姉さんが、ほんとはおさけのみすぎて、どぶにおっこって死んだんだっていったよ。でも、それ、うそなんだ。だってあのひと、まあちゃんのことも、どくのくすりのんで死んだなんていうんだから。てんでへんだもん。のりちゃんのお姉さんってね、うそばっかりいって、のりちゃんやあたしたちをこわがらすのが大好きなんだよ。けらけら笑ってさ。わたし、きらいさ、あのひと。父さんのことをね……

この言葉のまだ終らぬうちに、ついに我慢の飽和点に達していたたかは、突然、黙ったままゆきの左手の板を奪い取り、それを円錐形の土の山の頂上に突き刺す。そして、呆気にとられているゆきを後に残して奇妙な太い音を喉で鳴らしながら、家に走り帰っていく。

音をたてて雨水を跳ねとばし大急ぎに走っていくたかのぎくしゃくと左右に動く後姿を眼で追いながら、ゆきは兄の突然の行為にさえぎられた自分の話の余勢を一人で呟く。

――父さんのことを、ほんとは父さんって呼んじゃいけないって、そして、まあちゃんのことは気ちがいだなんていった。あんなやつ、死んじゃえばいいんだ。

右の手の平はまだぬくんで柔かい土の上にある。その手に力を入れようやくの思いで立ちあがり、半分麻痺した足をひきずってゆきも家に向かう。髪の毛が濡れたせいか、頭の後の方が粘土のように重く鈍く感じられる。

十メートルほど歩いてから立ち停り後を振り返ると、暗闇と雨の二重のフィルターを透しておぼろに土まんじゅうらしきものがうかがえる。ふと疲れている眼をつむると、その黒い眼の奥に白と橙色のアメーバみたいな形の眩しい斑点が悠然と動きまわっているのが見える。

夜

マアチャン　カエル　マアチャン　カエル　シロノオハカ　デキタ　スグ　カエル　マアチャン　カエル　シロノオハカ　リッパニ　デキタカラ

マアチャン　ハヤク　ハヤク　ボク　マッテル　ハヤクボク　ネムイ　マアチャン　モウ　ナカナイ　シロイナイカラ　ボクモ　カワイガッテクレル　ダイテクレル　マアチャン　ハヤク　ボクモ　モウ　ナカナイユキモ　ナカナイ

マアチャン　カエル　ハヤク　マアチャン　カエッタライッショニ　ネヨウ　シロ　イナイカラ　モウ　オコラレナイ　イッショノ　フトンデ　ユキト　マアチャント　イッショニ　ネヨウ　マアチャン　ハヤク　ボク　マッテル　ボク　ネムイ　ダカラ　ハヤク　マアチャン

叔母が幾度呼んでも、手をひっぱっても、体をひきずっても、たかは一心に玄関の暗いガラス戸を見つめ、靴箱のわきに小さくなりしゃがみ続けている。その細い体は心臓の恐ろしいまでに激しい鼓動に大きく揺さぶられ、その動悸に伴い、表通りの明滅する赤いネオンを反射して薄赤く染まっている二枚のガラス戸が、大きく丸くふくらんで桟からはみ出たり、小さく固くしぼんだりしている。たかは自分の体が微粒子に分解して空中にとけていってしまいそうな、あるいは、小さな骨だけでできている鳥の羽根になって宙に浮いているような、そんな気がしているが、それでも身を固くしてじっと動かず、靴箱のわきにしゃがみこんでいる。

叔母が幾度ヒステリカルに呼んでも、家に帰るやすぐ布団にもぐりこんで寝ていたゆきは叔母の耳に届くような返事もできず、もとより食欲がまったくないのだから、居間までこんな怠く熱っぽい体で無理に夕飯に行くこともないと思い、布団のなかで叔母が自分の名とたかの名を交互に呼ぶのを無関心に聞き流している。暖かく乾いた布団とパジャマは、体の内部に浸み込んだ雨水を徐々に乾かしていくように思われ、とても快い。

ぶよに刺され赤くふくらんだ跡のように熱をもちはれぼったくなっている瞼を軽く閉じると、眼球のふちのどこからともなく水が湧いてきて、狭くなっている視界が乳白色に滲んでくる。同様に意識も白く濁ってくる。すでに諦めたように間遠になっている叔母の呼び声が、ほどよい眠たげな子守り歌になって響いてくる。

ゆきが玄関の戸を開けて家に入った時、先に家に帰って玄関に座りこんでいたたかは、普通の人間の声より二オクターブほども高いすっとんきょうな声で、――まあちゃん――と叫び、ゆきに跳びかかってきた。しかし、その腕がゆきの体を抱いたと思った次の瞬間、たかは同磁極に触れた磁石のように激しく反撥して、元いた場所にはね返り、靴箱のかげに隠れるようにして眼をガラス戸に縛りつけしゃがみこんだ。疲れきっていたゆきはそんなたかにかまわず、耳に鳴り響いているたかの声の余韻に合わせて、何の抑揚なくほとんど口唇も動かさず、――まあちゃん　まあちゃん――と繰り返しながら自分たちの部屋に入り、布団を敷き、ぐっしょり濡れているワンピースをパジャマに着替え横になった。

横になって口をつぐんでもなお、たかの声は透明な、湿り気のある反響をもってゆきの意識に残っていた。叔母の呼び声とこの反響の混然とした響きの中で、ゆきは半ばまどろみながら考えるともなくたかのことを考えている。

たかが母をああして待っているということはわかるのだが、何がきっかけであれほど確信ありげに、少しも疑おうともせず、待つつもりになったのか、それがゆきにはわからない。たかは今までも母の行方を聞いたり母の帰りの時を聞いたりしてはいたが、その時は、どこかへ、とか、いつか、とかいったごく曖昧な返事だけで直きに満足して、その非現実の時を漠然と期待していた。それがどうしてあんなふうに猫のように眼を光らせ、玄関を動こうともせずに母を待つことになったのか、ゆきは自分の言葉を思い出せないままに、不思議に思う。

しかし、こんなことを考え続けるのにもゆきは疲れすぎていた。時折り深い水底から浮び出てくる小さな気泡のようにそれを思い起こすだけで、錯雑としておぼつかぬ意識全体には暗い野原、なだらかな円錐形の山、母の古く大きな石の墓標、のりちゃんのお姉さんの笑い顔、母としろのじゃれあっている姿、学校の担任の先生の眼鏡ばかりが光っている顔、みかん箱の中のしろ、たかのどす赤い陰茎、自分の赤く透けている手、野原の隅で見知らぬ男と抱き合っていた母の姿、様々な形の母の白い骨、草の中の青白いたかの顔、こういう雑多なものが入り混じって、交互に際限なく現われてくる。

聴覚の方もそれにつられごくどろどろしたものになってきて、叔母の遠い呼び声が幾重にもだぶり、それが、たかの——まあちゃん——と叫んだ金属的な声、母の笑い声にも聞えるすすり泣き、しろの鳴き声、母に蹴られたりつねられたりした時の自分やたかの泣き声などといくらでも変化していき、それに屋根と窓ガラスを打つ雨の音が鈍い低音のリズムをつけ、そして互いに協調していく。

これらの幻覚ともいえるものをゆきは何の印象もなくうつうつとやりすごしていた。

朦朧として様々な心象を迎えているうちに、いつの間にか本当に寝入っていたらしい。体を揺り動かされて眼を覚ます。ほの暗くておぼつかない視界に、真上から自分を見おろしている叔母ののっぺりした顔が、テレビの映像のように浮かびあがってくる。その顔はゆきに感覚的に母の死んだ朝を思い出させる。

アア　イヤダナ
ゆきはすぐに重い瞼を閉じる。

——ゆきちゃん、ゆきちゃん、ゆきちゃん、起きなさい。おくすり、飲みましょう。ゆきちゃん、おくすりよ。

叔母はゆきの体を軽く揺すり続けて、その耳元近くで練歯みがきの薄荷の匂いをさせながら囁く。薬、という叔母の言葉に、しぶしぶ眼を細く開く。お化粧を落した、白くのっぺりした顔が相変らずゆきの顔を覗き込んでいて、それは中に黒いあんの入った白い皮のおまんじゅうを連想させる。母のお姉さんだというのにどうして全然似てないのだろう、まだもう一人の独身の叔母の方が似ている、とぼんやり思う。

ゆきの眼の開いたのを見、叔母は黄色い糖衣錠を三粒、その汗ばんで熱い手に渡す。

ゆきはそれをろくに見もせず黙って口の中に放り込む。粘っこい口の中に一瞬苦みが走るが、すぐに気の抜けたサイダーの甘みが続く。顔を横にまげ、本当に床から起き上がらないでこのままでいいのかな、と叔母の表情を盗み見ながら、叔母の手の中のコップをその手ごと静かにひき寄せ、口をひょっとこのように曲げて、なまぬるい水を吸い込む。

三粒をいつまでも水の中で、舌を使って遊び泳がせながら嘗め続けていると、口の中に一体何粒入っているのか判然としなくなってくる。だんだん表面が小さな穴だらけになって、水も体液のように温もって砂糖水になる。

——早く呑み込んでしまいなさい。

叔母のその声にまだ充分に甘い粒を、舌で喉の奥までゆっくりずらして、丁度つばを呑みこむ要領で呑みこむ。こめかみと耳の間あたりに、細い喉を液体がすり抜けていく音が響く。続いて、表面がざらざらの三粒の薬が食道をつっかえつっかえして降りていくのを明瞭に触覚として感じる。

——じゃ、よくおやすみなさいね。

と言って叔母は立ちあがり、背を向けて歩きだす。ゆきはその母に似ていないとも言えない後姿を見送っているうちに、ふと思い出しその姿に声をかける。

——おばちゃん、たかちゃん、どうしてる?

自分の声とも思えぬひどい嗄れ声が、だだっ広い講堂の中で響き渡るように頭の中でいつまでも反響している。

叔母は部屋の入口のところで立ちどまり、中途半ぱな視線を後に投げかけてぽつりと言う。

——まだ玄関にいるよ。いまに寝ちゃうでしょ。ゆきちゃん、あした、学校行かない方がいいわ。

そして静かに襖を開け部屋から消えていく。右の耳を枕に押しつけて叔母の廊下を歩いていく規則正しい足音を聞きながら、明日、学校に行かないですむということからすっかりのびのびした気分になって、おばちゃんはあんなこと言ったけれども兄ちゃんは決して寝てしまいはしない、と胸の中で一人呟く。

台所の掛け時計がその時のんびりと時を打つ。熱っぽい指を折り曲げ気も長くそれを数えているうちに、また胸苦しくまどろみはじめる。時計の旧式な音は九つ続いた。

ゆきの名を呼ぶ声が暗い靄の中を次第に近づいてくる。その声を中心にして厚い靄が渦巻き、その細長い渦の中に自分の体が吸い込まれていってしまいそうで、ひどくおぼつかなく感じる。

——ゆうきいいいゆううきいいい

幾度もゆきという二つの音を繰り返し聞いていると、その二つの音が重なって本当に自分を表わすことができるのだろうか、妙に不安になり、自分とは何の関係もない水の中に住む植物か何かの名前という気がしてくる。「ゆ」と「き」が離れて、それぞれの響きをぶっきらぼうにぶつけ合っている。

眼をおもむろに開くと、視界は暗いままで何の変化もなく、瞼を開けている事実まで自分で疑わしくなり、おかげでなかなかゆきの意識の靄は退いていかない。何の夢を見ていたのかもう思い出せないが、その夢のためなのだろう、疲れていてどこか落着かない。ゆきは上半身を起し、玄関の方からたゆたってくる声を、この自分が呼ばれているのだという意識も持たず、混濁した気持のまま聞き流している。

部屋の暗闇に、まだ充分に覚めきっていない眼が慣れてくると、襖と柱の隙間から青白い光が針金に似て細長く洩れていて、その光線が布団の端を斜めに切り、壁にのぼって、カレンダーのバラの絵の赤をさながら血管のように生ま生ましく浮きたたせているのが明らかになってくる。

——ゆうきいいいゆううきいい——

声は甲高く、時々それは裏返しになってとんでもない音になってしまう。それでもその声は止むどころか、ますます大きく訴えるように響いてくる。徐々に退いている靄の中でその声と細長い光は、それを受けとめているゆきの腰のあたりを妙に落着かなくさせる。

気持よく温んでいる布団から出てお便所に行くのはひどく面倒なのだが、ここでこのまま寝てしまうのも心配だし、また歩けないほど体も怠くなってきているようなので、決心して布団の上に立ちあがる。パジャマのズボンをひきあげてから、寝ぼけたような足どりで歩きだす。畳の感触がほてって乾いている足の裏に気持よい。

襖を開けると、その大きくなった隙間に、廊下を照らしている蛍光灯の白く冷静な光とゆきの名を呼ぶ声がもつれあって押しかけ、そこから出ようとするゆきの体にぶつかり、その衝撃にゆきは一歩部屋に押し戻される。

眠そうに眼をこすりながら改めて廊下に裸足の足を踏み出す。硬質な木の肌を足の裏に感じつつ歩いているうちに、その感触がきっかけとなり、はじめてこの甲高い声が他ならぬ兄の声であることに気づく。そして、丁度この認識が大きな一枚の幕を引く紐であったかのように、きょう一日のおおよその事柄が幕の蔭から現われてきたが、それらはたかの視点から見たそれにむしろ近い。兄ちゃん、まあちゃんを待っていたんだ、どうして今まで思い出せなかったのかしら。

——ゆうきいいゆうううきいいいゆうきいいいい

右足と左足を交互に上げるのももどかしく、両手を激しく振りまわし、水の表面を叩くような音をたてて、ゆきは廊下を太ったねずみを思わせる走り方で玄関に急いでいく。その足音が廊下に響きはじめると、それを待っていたらしいたかの呼び声は、即座に止む。玄関には心細いぐらいに小さな電球が一つついているだけなので、かえってその暗い光のために、全く照明されていない所よりも暗く感じられる。外の赤いネオンももう消えていて、ガラス戸はその暗い電球の光を反射してほの白く光っている。あるいは、外の月の光がガラスを透って白く見えているのかもしれない。

たかはその長い背中をゆきに向け、まるで石像のようにガラス戸を正面から凝視して立っている。こんな暗いところで見ると、今まで感じなかったほどたかの体が大きく見え、本当なら来年から中学生なのに、と溜息まじりに言っていた母の言葉が思い出され、兄が急に男らしく大人びて思われる。

ほんの十メートルも走らないのに苦しそうに息を切らせ肩を上下に動かしているゆきにはその呼吸のたびに、兄の体が静かに揺らいで見える。いつもなら、二、三歩で歩いてしまうところを十歩以上もかけて、ゆっくりと音をたてぬよう、どことなく威圧感を覚えるたかの後姿に近づいていく。足の裏をすぎていく板と板との間の継目が実際よりも遥かに大きく深く感じられる。

雨はまだ止んでいないらしく、田舎の夜に聞えてくる遠いせせらぎの音に似たかすかな絶え間ない音が家の中に忍び込んできている。その音はゆきにフェルトの感触の睡気を徐々に惹起す。

　あと一歩でたかの体に触れるというところまで近づくと、たかはこの時を今まで待ち構えていたかのように、敏速に首を回して振り返り、白眼の目立つ眼でゆきを見つめる。その表情はいつもの如くぼんやりしているが、口元には穏やかなそして悲しげな微笑が漂っている。青い筋は叔母が無理矢理湯気のたった熱いタオルでぎゅうぎゅうこすりとったので、少くともその顔からはきれいに消えている。

　たかがこちらを振り向いた時に、ゆきは玄関のたたきの、ちょうどたかの体のかげになっているところに人が一人、身動きもせず物も言わずに立っている気配に気づいた。

　顔を少し横に傾けると水色の服の端が見える。眠くても神経だけは鋭くなっているゆきには、その顔を見ないでもこれが誰なのか大体見当がつき、ああ、やはりこんな夜遅くだけれども、それでもやってきたんだな、と思いながら、体を大きく傾け、兄の肩のわきからその対面している人を覗き込む。

　ゆきの想像通り、その人はたかが今まで待ちあぐんでいた「まあちゃん」であった。眼鼻だちは母と双子のようにそっくりだし、着ているものも、腕に持っているハンドバッグも確か、母も持っていたものなのだから。が、ゆきはどうしても何かはっきりとこの人が母であることに確信が持てず、小さなあぶくに似た溜息を洩らしながら、彼女を眺め続ける。

　女は、記憶の内側に生きている母とは違って、テレビによく出てくる母親と同様にやさしく悲しげに笑って、黙ったままゆきとたかの顔を見つめている。玄関の暗い光のせいか、あるいは口紅を全然つけていないせいか、病的に顔色が青白く透明に見える。濃い水色の服がよく似合い、靴が水のように光っている。両腕で胸に白い小さな包みを神経質そうに抱きしめている。

　この包みにゆきは興味を持ち、次第に体を前にせり出してそれを窺い見る。ただの風呂敷包みではやはりなくて、表面が毛糸のようで、セーターとかマフラーといった衣類に見える。また、自分たちへのおみやげの白いぬいぐるみの人形のようにも見える。しかし、好奇心から続けて見ているうちに、その白いものがもぞもぞ動きはじめ、小さな耳を立て、黒い鼻面を女の腕の中から上げて左右に動かした。

　ああ、そうか、とようやく納得いって軽く息を吐き出した時、その白い物体が力ない鼻声を出したので、ゆきは思わず小さな声を出して笑ってしまう。はっきり仔犬だとわかってしまうと、今まで緊張して息苦しく感じていたものまでが消え去り、気が楽になると、同時に、体に怠気が甦ってきて眠気も覚えはじめ、兄の肩に体をもたせかけて小声で囁く。

　——ねえ、兄ちゃん、あれ、しろのこどもかな？

　その声にたかはいつもに似合わぬ早い反応でゆきを振り向き、声をできる限り押し殺し重々しく、そしてどこか悲しそうな調子で答える。

　——ちいがう、ちいがうう、まあちゃんの、こおどもよおお。

――ふううん。

ゆきは欠伸を嚙み殺しながら曖昧に相槌を打つ。外の雨の音と、玄関のはっきりせぬ明るさはゆきの眠気をいよいよ濃いものにしていき、正体の定かでない女性もその腕の中の仔犬もそれを振り払うことができず、かえって退屈な幻灯のように、意識全体にガーゼのハンカチに似たものを被せていく。

それでもしばらくは遠のいていきそうな意識を必死に呼び戻しながら母に似た人を見つめていたが、いつまでたっても何一つ変らず、特に面白いことも起りそうにないので、ますます意識は朦朧としてくる。

――兄ちゃん、あたし、もう寝る。

と声にならない声で言い、たかの鳩みたいに善良な顔と、もはや興味も眠気のうちにとけ込んでしまった女性の顔と白い犬を赤く充血した眼で見やってから、体をゆっくりまわし、白い廊下をだらしなくゆらゆら自分の部屋に帰っていく。

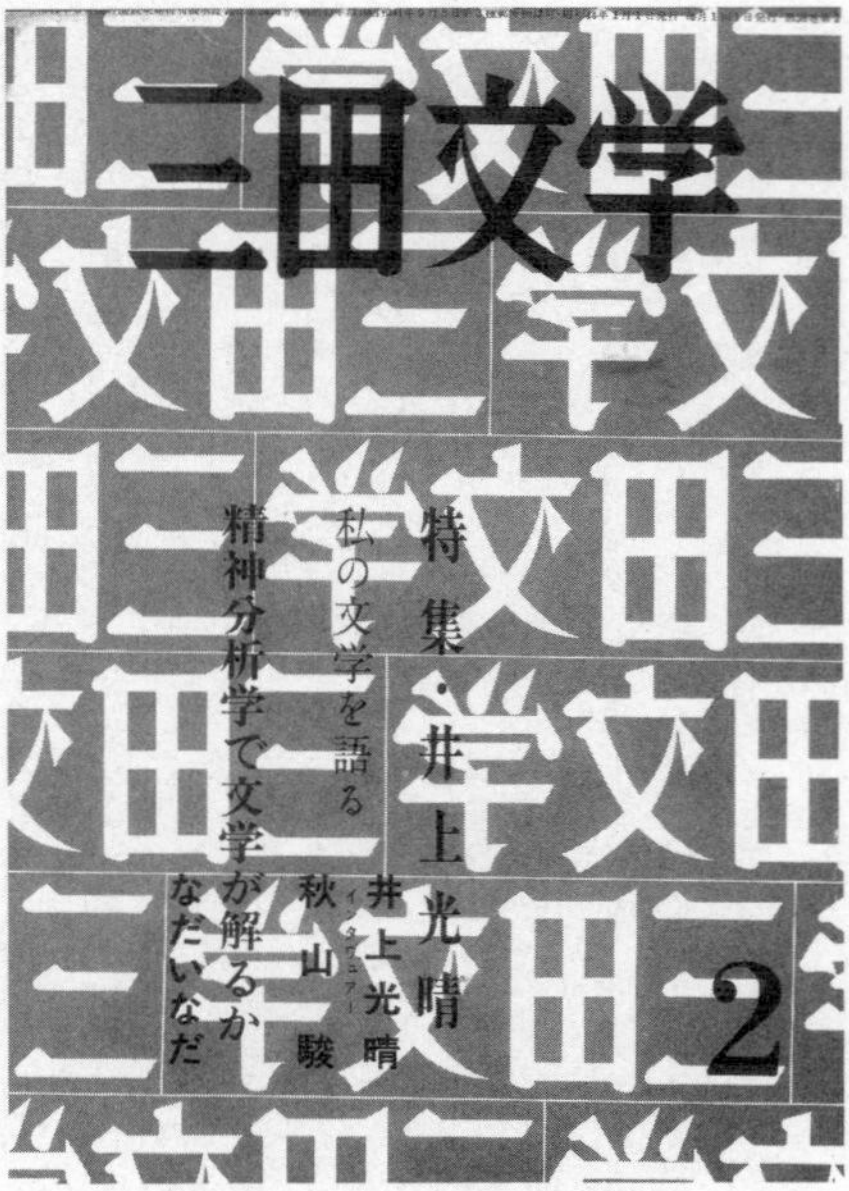

昭和44年2月号表紙

八月十五日

昭和45年1月号

阪田寛夫

さかた・ひろお
（大正14年～平成17年）
東京大学国史科卒。「三田文学」掲載の「八月十五日」は、「土の器」で芥川賞を受ける五年前の作品。当時の「三田文学」編集人・遠藤周作の依頼で書かれた。詩集『サッちゃん』は有名。

暑い日ざかりに、三十分も前から整列させられたので、患者あがりの錬成班の兵隊が一人、貧血でしゃがんでしまった。看護婦の列から後尾の二名が急いで駆けよったが、衛生准尉が手真似で彼女らを追い戻し、衛生兵に命じてしゃがんだ男を倉庫の影まで引きずって行かせた。重大放送があるという時に女の世話になるなどもってのほか、と彼は判断したのだ。

また遠く城内の方角で花火の音がした。今ごろ運動会にしてはおかしいと伊原は思った。それ以上深くは考えなかった。いまごろ、とはこの夏のさかりにということではなくて、いつソ連軍の戦車隊がこの町の停車場通りのかどから現われるかも知れぬ時に、という意味である。彼の夏の軍衣の左胸にはてのひらほどの赤十字のマークが縫いつけてある。マークの下に星一つの階級章がぶらさがり、これが伊原が錬成班——つまり胸部疾患の予後を養う軽作業班に属する二等兵であることを示している。

衛生兵が一コ小隊、そのうしろに錬成班が四コ班、それぞれ二列横隊に並んだ。この病院の看護婦は衛生兵の列の左端より直角に指揮台を囲むように並び、すこし間隔をあけて東満国境から退避してきた別の看護班が並んだ。みな、いま院長の軍医少佐が降りたばかりの指揮台を注目している。その上の小さなスピーカーが、まるで特権を与えられた小動物のように、わがもの顔で雑音をまき散らしていた。

雑音のうちに、いつのまにかうすく「君が代」が入ってお

り、

「気ヲ付ケ」

の号令がかかった。

伊原は生れてはじめて天皇の声を聞いた。

しかもその声は思いがけなく喜こばしいしらせを告げた。天皇ははっきり戦争をやめると言った。言ったとたんに声がうすれて波のような雑音のうねりに変ってしまったが、もし聞きちがいでなければ、今日が自分の生涯で一ばんかがやかしい日になるだろうと、二十歳の伊原は、はやりだす心を、まだまだと抑えつけていた。

伊原が大学予科の入学試験に合格したという電報を受け取った夜、(それは十二時を過ぎていた)うれしくて叫びたいのに家の中には生れたばかりの姪が寝ているものだから、ふとんの中で口を裂けるほどひらいて、息だけでバンザイを叫んだことがあった。いまは、それどころではなかった。許されるものなら、その場でとび上りたかった。いま踏んでいるカーキー色の帝国陸軍の土が、とつぜん化学変化を起こして白く輝きだし、雲・空・樹々、全世界がとつぜん「おれたち」のものになった気がした。

今日からは、思った通りを喋っていい、欲する通りに動いてもいいのだ。そう思うと気が遠くなりそうだった。

もちろん、伊原は自分を災難から守るために、他の兵隊と同じように途方にくれた表情を作って、小さなスピーカーをみつめていた。(もし列中でとび上がれば、今の時点では銃殺か、少なくとも半殺しは免れない)波のような雑音がゆっくり引いて、また天皇の一所けんめいな声が聞こえた。やはり戦争をやめると言っている。首尾一貫しているので伊原は安心した。

軍医少佐がまた台に登って、要領を得ない訓示をした。あとの沙汰を待つべしという結論であった。しかしその要領の得なさは敗戦を是認しようとする少佐個人の心の動きが、今までの立場との矛盾に困惑している証左である。伊原はむしろ好感を持って受けとめた。

よけいな立場など持っていない伊原にとっては、もっと事柄はすっきりしていた。負けたのは、伊原たちを苦しめていた軍部と神がかりの政府であった。「あいつら」が負けて、「おれたち」が解き放たれたのであった。

「ワカレ!」

が、かけられた。勤務中の看護婦が急ぎ足に病棟に向ったほかは、誰もかけだす者はいなかった。一様に狐に憑かれたような表情である。

杏の樹が影を引く中庭を内務班へ戻りながら、伊原はむくむくふくれあがってくる心をもてあましていた。ひとこと、「よかった」と言うだけでもよかった。そう言って心から喜びあえる相手が欲しかった。

(あいつはどうだろう)と伊原は思った。サラリーマンだった中年の二等兵と病棟時代、日本はもう長くはあるまいと話し合ったことがあった。

三班の入口から丁度その男が革のスリッパをつっかけて、またかけ出してくるのに行き逢った。

「終ったね」

と、言いながら伊原は、それとなく近寄ってみたが、

「炊事の使役だから」

と、結核特有の黒い顔で息をきらせてそう言うと、男はまた一所けんめい炊事場めがけて駈け去った。

(なにが使役だ)伊原は舌打ちをした。

(世界が変ったというのに、バカなやつ)

「おめえ、飯上げ要員だろ」

週番腕章を巻いた北川上等兵がどなった。隣の班はもう整列している。

「いくさに負けたっておまんまは、三度々々食うんだ」

急いで列に加わった伊原を、ちらと横目に入れながら、長身の上等兵は誰にともなく啖呵を切った。わざとべらんめえを使うが、白馬会の会員で、洋画家である。兵隊からは一番煙たがられており、病棟の患者さえも名前を知って恐れていた。

恢復して錬成班に回わされる時、各班長に申告したあと、この上等兵にも申告するのを忘れてはならぬという申し伝えが病棟にあった。中年で応召して上等兵になるというのは、よほど麦飯が性にあっているのだと皆が言った。伊原が錬成班に来てみると、噂が誇張でないことはわかった。但し、麦飯《メッコ》よりはコーンウィスキーをドラム罐から飲む方が似合いそうな男だった。長身なのに動作がしなやかで、口が達者だ。兵隊からは、あいつは意地悪だと恨まれていたが、北川が徹底的に糾弾するのは、兵隊たちの小ずるさと、骨惜しみであって、元来小心者の伊原が、その点で北川の叱責を受ける心配はなかった。曲直が、この世界でははっきりしすぎるほどはっきりしており、概括すれば、狎れ合いとずるさのるつぼのような内務班に単身乗りこんだ、西部劇の正義派という所だった。

炊事場は混乱していた。数日前東満国境から約三百名の負傷兵が後送されてきて、療養所は定員の二倍半にふくれ上がり、おまけに今朝は雑役の苦力が半分しか来ていない由だった。

この病院では炊事も食器洗いも洗濯もみんな満人の苦力にやらせていたから、その半数がサボタージュしただけで機能が麻痺したのである。それにしても、彼らが情報を知る早さに、伊原はおどろいた。

バッカンを提げて戻りがけ、伊原は食器の消毒場の前で李を見かけた。李は片足を長々とのばしてレンガの壁にかけ、その太股に右ひじをつくという念の入った危なっかしい恰好でぼんやりタバコをふかしていた。この皿洗い夫の李とは、病棟時代ひそかに禁制のタバコを貰った仲だ。伊原は意味なく一寸笑いかけてから、初めて、この男もこれからどうするのだろうと思った。どうにも仕方がないという顔で、李は笑いかえした。

李はいつも病棟の浴場で、ひとりで飯を食べていた。内科病棟にいた頃、伊原はそこへ忍びこんで、かたことの満語でよしみを通じ、時にタバコを貰った。金を払っても受け取らず、黙って袋から一本だけ抜きだして分けてくれた。もらったタバコをふかしながら、伊原は李の境遇をうらやましく思うのだった。こうして気楽に飯を食い、皿を洗ったあとは自由にうちへ帰って何をしてもいい。神がかりの軍隊に終身しばられ働かされるよりは、李の帰宅後の自由の方を選びたいと伊原は考えていた。

しかし、つい三十分前に、事態がすこし変わった。

伊原はほとんど本能的に、これで自分の生命は保証され、間もなく無事内地に帰れると感じていた。そして内地に戻れば、食うに困るどころか、「おれたちの時代」が始まるのであった。神がかりの軍部や役人に代って、自由で、人間らしい共同体が、自分の働き場所を待っている筈であった。

それに較べて、ここに残る李は、数日後には確実に職を失うし、日本軍に勤めていたことが、身のわざわいになるかも知れぬ。――

食器消毒場のボイラーの前で、伊原はこの座標の変化について、少しく立ちどまって考えるべきであった。しかし彼は、そのまま李のことはきれいに忘れて立ち去った。彼の心は、これからひらけて行く新しい世界にしか向いていなかった。

伊原は昼食をほとんど味もわからず呑みくだしていた。

若い乙種幹部候補生上がりの橋本班長は、食事中一言も物を言わなかった。神経質なこの伍長は、事がなければまことに篤実な能吏であったが、部下に失策があると、怒るかわりに恨むという性癖があった。予期せぬ敗戦に、彼は今や軍紀が弛緩して、これだけの分隊員がいちどきに叛乱を起こした状態を妄想して悩んでいるのではないかと伊原は疑った。

大阪で洗濯屋の集金をしていた一等兵が、追従風に、

「しかし、班長どの。日清日露以来の日本の生命線も、これで、どうなることでありましょうなあ?」

と言った。

「なに?」

と、問いかえしたきり、橋本伍長は汁の実をつついただけだった。洗濯屋はなおも、

「満蒙は日本の生命線と言いますからねえ」

と水を向けた。これはかっての陸軍の主戦派のスローガンである。そのとき、姿勢のよい北川上等兵が、飯をぐいと呑みこみ、発言者をにらんで、

「これからは、てめえの生命線の方を、気をつけて守るんだな」

ときめつけた。

おっ、と伊原は思った。

伊原が五歳の時、関東軍の誰かが、この土地の近くで満鉄の線路を爆破したのがきっかけで、満洲事変が起こった。

小学校へ入った年の運動会には、日章旗と満洲の旗を持っ

て、

「あなたのお国のわたしらと
今日から親類お友達」

という踊りをおどらされた。この年日本政府は国際連盟の反対を押し切って満洲国を作ったのであった。

それから日本軍はさらに支那の北部にも進駐し、十二歳の時、北京付近の日本の進駐軍と中国軍の衝突から「日支事変」がおこり、さらに拡大して「大東亜戦争」になった。

「満蒙に流された尊い血を無駄にするな」

それが主戦派の理くつであった。尊い血を無駄にするなという煽動が、更に何百倍、何千倍の血を無駄に流させたのを、伊原は子供の頃からその目で見てきた。戦いたい奴だけが戦い、死にたい奴だけが死ぬのならいいが、実際はその逆だった。

北川上等兵の一言に、伊原が「おっ」と思ったのは、一種の直観で、彼が「おれたち」に近い人間だと思ったからだ。いつかは北川上等兵と胸をひらいて、「あのときは実はああだった」という様な会話のできる日が来るにちがいないと伊原は確信した。

しかし、今の間には、合わないのである。まったく奇妙なことに、伊原はいまの北川の一喝を聞いたとたんに、腹の底のよろこびを、何とか一声吐きださないことにはおさまりがつかなくなってしまった。

ロシヤ風の官舎街の一画をきりとって、生垣をめぐらせたこの狭い病院の敷地のなかで、声あげて敗戦をたたえるなど、気狂沙汰に近かった。おまけに城内に不穏の気配があるというので、柵内に衛兵が巡羅をはじめていた。

それでも、どうしても、伊原はやりたかった。——万歳と叫んで思う存分跳躍する——恰好の場所を求めてうろうろ中庭を物色しているうちに、形の方が先に決まってしまった。

中庭の築山の地下は冬越しのための野菜貯蔵庫になっていた。伊原は最初そこへ降りてみた。壁にアンペラを張った土穴は、床を乾燥させるため、天窓といい、入口といい、聞き得る部分はすべて開放してあり、杏の葉ごしに空が深々と見えた。あの空に向って思いのたけをほとばしらせようと、伊原は思った。しかし、中庭を歩く者の話声が意外に大きく聞こえた。あきらめて外へ出た所で、衛兵にとがめられた。ボールが落ちたのでと伊原は下手な嘘をついた。あぶない所であった。

そのまま班に戻ろうと思ったが、「二十年間堪えしのんできたことではないか」という内心の叫びに圧倒された。「二十年」とは、伊原の内心もさばを読んだものである。彼が世の中を暗く憂鬱だと感じだしたのは、まず小学校の四、五年の頃だろう。二・二六事件が起こった雪の朝、隣家の老牧師が死んだ。死因は脳溢血で、青年将校のクーデターとは関係がない。しかし、看病や悔みに来たキリスト教の牧師たちが、休憩所にあてられた伊原の家で、ひそひそと暗い前途の雲行きを語った。この事件がどう落ち着いても、日本の国ぜんたいの政治体制が極右に走って、人の心の持ちようにも今までの自由が許されなくなる日が遠からずやってくるというのが、中年すぎたやせた牧師たちの共通した恐れであり、かつ誤差の少ない予測であった。彼らはこんどは自分たちの宗教が、アカに次いで当局や右翼の槍玉にあげられるだろうと考えていた。「天皇とキリストと、どちらを信仰するか」という質問がくることは目に見えていると、比較的若い牧師が断言した。小学校五年生だった伊原は、その質問を携えて憲兵隊が押しかけてくる日のわが家の光景を考えて懊悩した。彼の父もまたキリスト教の説教者であったからである。中年のやせた牧師たちも、伊原少年と同様、おそれ迷うことのほかに何の解答も見出だせなかった。牧師たちはこうして、職業的な利害から、自分たちを気の毒な被害者に擬したのであって、誰ひとりとして、受難こそが自分たちの信ずるキリストや、その使徒たちの歩んだ道であったことに思いを致した者はなかった。

もし、その中の一人でもが、「自ら進んでこの道に入った以上は迫害を受けても仕方あるまい」と言ったとしたら、伊原の特徴である受け身の被害者意識も、多少は変わった様相を呈することになったかも知れぬ。しかし、そんな空想をしても始まらないのであって、現実の伊原は病院の中をいままでの抑圧をはねかえす吠え場を探して歩きまわっていたのである。

彼は更に、もう一つ別の恐怖感からも、決定の実行を迫られていた。それは、中庭をむなしく歩きまわっているうちに、滑稽にも副次的に発生したものだが、もしいま恐怖心に負けて雄叫びをためらったとしたら、せっかく好転しかけた運命も元の黙阿弥になってしまわないかという子供じみた怖れであった。

伊原は病院の南西の隅に出てみた。このあたりは道路と簡単な鉄条網で区切られているだけだ。柵の手前に、二軒、無人の石造独立官舎があった。

伊原が窓の外からうかがっていたら看護婦が二人手術衣を干しにきた。向うから声をかけてきた。病院のすぐ外にある看護婦宿舎では、みんな「お勅語」をきいて帰るや否や、手放しで抱き合って泣いたそうであった。あなた方も泣いたのかと伊原が聞くと、もちろん私たち二人は抱き合って泣いたのよと、案外けろりと答えた。「いまにみんな、荷物持って、ここへ退避してくるわ」と言い残して、看護婦たちは外科病棟へ戻って行った。

いまのうちだと心を決めて、伊原は空家へとびこんだ。誰か既に下見に来たのか鍵があいていた。畳敷の部屋が田の字型に四つあって、中心にペーチカが一つ。幸い雨戸はしめきってある。

奥の床の間に立って、伊原は軽く一つ、ばんざいと唱えた。全然感じが出なかった。二度目はばんざーいと長く引っぱって、高くとび上ってみた。それでやめにしようと思ったが、まだ我が身を庇って声を出しきらない憾みが残った。

もう一度だけやることにした。いまにも誰かがのぞきに来そうだのに、あるいはのぞきに来そうだからこそ、もう一度ためしてみたいのである。危険を代償にすればするほど、「ばんざい」に効験が出るのだと、伊原はかつてキリスト教会に通った者にはあるまじい考えにとり憑かれていった。

居間の柱に細長い鏡がかけのこされてあって、そこに伊原の横顔がうつった。そばかすの浮いた目の下にくまが走り、その外側にもう一つくまができていた。

やにわに、伊原は叫んだ。

「ばんざーい」「ばんざーい」

ここまでやれば、三唱はしたいという心持になる。

「ばんざーい」

まだ誰も来なかった。七唱まで出来るかもしれない。抑圧をはねのけるよろこびのほとばしり、という本来の意味を離れて、伊原のバンザイは、自虐的な賭のスリルになり変ってしまっていた。もし観察者がいたとすれば、回を重ねるごとに発声も跳躍も著しく鮮度を落してきたことを認めたに違いない。

事実、観察者がいた。一ばん陰険だと言われていた二班の班長が、(看護婦宿舎の引越し援助を命じられて)その時空家をのぞきに来た。班長はそこに奇妙な先客を発見し、本能的に足音を忍ばせて入りこんで、踊る兵士の死角の側に廻った。

伊原が四唱目に入る前、無意識に鏡の中におのれの表情をたしかめた時、かぎ鼻の顔が自分に重なって暗闇に浮いているのを認めた。その鳥のような顔のおそろしさに伊原は突如膝から下に燐火がもえるような感覚を味わった。それは恐怖のための瞬間的な貧血症状である。その次に、鳥が二班の班長であることが判り、滑稽にも伊原はほっと一安心した。

「外へ出ろ」

と言われた。いきなり「何をしていたか」と問いつめられることを予測していたから、もう一度ほっとした。班長が出てしまってから、少し間隔をあけて出た。とたんに殴り倒された。

橋本伍長に引渡す時、かぎ鼻の軍曹は「万歳」をしていたとは言わなかった。

「こいつ、空家へ入りこんでわめいてやがった」

橋本伍長の困惑した青白い顔を見て、伊原は、これは切り抜けられるかも知れないと思った。かぎ鼻の前で、義務的な匂いのする鉄拳を頬骨にしたたかくらった。

「何しにそんなところへ入ったのか」

畳敷きの班長室に引き据えられて、まっさきにそう訊ねられた。伊原はもう答をきめてあった。

「はい……」

と言った時、声がうらがえって、ひえっという音が出た。「国破れて山河あり」と言おうと思うのだが、さっきの万歳でのどがかれ、声がつぶれていた。伊原は次のようなことを、しゃがれた声で申し立てていた。

日本が負けたが、山河は残った。自分ははるか祖国の山河に復興を誓っていやさかを唱えたのである。人前では誤解されるといけないので、空家に入りこんでひそかにやった。おさわがせして申しわけありません。

そのとき班長室へと北川上等兵が黙って入ってきた。

橋本伍長は、上等兵を意識して、急に大声を出した。

「お前の気持はわからんでもない」

伊原にとっておもはゆい言葉だった。

「負けたことはくやしい。自分も断腸の思いである。お前の口惜しさはよく判る」

「班長」

北川が何か言いかけるのをおさえて、橋本伍長は声をはげました。

「しかし、くやしいからと言って、軍人がそれぞれ勝手な真似をし始めたらどうなるか。考えてみよ伊原」

班長が善意に誤解していることは明瞭であった。伊原は言われた通りに考えこむ表情をとった。口の中が切れていて、何度も血をふくんではのみこみながら、

「申し訳なくあります」

と、これは心から言った。

「しかしね、班長」

まるで末の弟に物を言いきかせる長兄の様な態度で、北川が口をはさんだ。

「そのまま気ヲ付ケ！」

わざとおしかぶせて伍長が言った。伊原は正座したまま胸を張り顎を引いた。

「畏れ多くも陛下は、堪エ難キヲ堪エ忍ビ難キヲ忍べと仰せられている。軽挙妄動してはならん」

「へえぇ。そんなこと言ってたっけ」

すぐあぐらにもどって、上等兵が無遠慮につぶやいた。班長が露骨にいやな顔をしたのに、彼は追いうちをかけるように大きな音でマッチを擦り、タバコに火をつけた。

「吸う？」

と、つき出すタバコを、班長はいらん、と手で払った。

「くやしさをじっとがまんして、その分よけいにご奉公するのが軍人のとるべき道ぞ、伊原」

「はっ」と答えたつもりが、また、ひえッと声がひっくりかえった。

「ちがうよ」

上等兵が、こともなげに言った。

「なにが違う！」

班長は気色ばんだ。伊原は上等兵がとつぜん本性をあらわし、反軍的な言葉を叩きつけるのかと誤解して、一瞬息をのんだ。だが違った。

「こいつの態度はそうじゃねえんだ」

上等兵があごで、正座している伊原を指した。

「日本が負けちゃって生きて帰れるのがうれくして、とびはねたんだよ」

その時伊原の顔におびえが走ったのを、上等兵が見逃す筈はなかった。

「なあ、そうだろう」

目の中をのぞきこんで、上等兵は伊原に迫った。

「ばか言うな」

とつぜん班長がどなった。

「いやしくも日本臣民たる者が、敗戦を喜ぶ筈があるか！」

伊原にとって申訳ないほど、班長は素朴に部下の忠誠心を信じ切っていた。ということは、一たん裏切られたとわかれば、まじめなだけに、逆上して直ちに伊原を殺しかねないのだ。伊原は一層おびえた。

「そいじゃ、こいつは日本臣民じゃねえんだ、班長」

上等兵の声は、伊原へのはっきりした憎悪があった。（てのひらを指すようにこの男は何でも知っている）と伊原は思い、さっきほんの一瞬でも彼に「同類」の幻想を持った自分の甘えを汚らしく思った。

伊原の父は、国粋主義に染まって行く世の中に、いち早く迎合した説教者であった。行く先々の教会で、あきつ神の天皇に帰一したてまつるのが皇国キリスト教徒の目的だと言って廻った。それならいっそキリスト教をやめた方がよかろうにと子供心に伊原は思ったこともある。日支事変が始まると、キリスト教会の主催で「国民精神作興講演会」が大阪の中之島公会堂で開かれた。伊原の父はそこでも当然講師をつとめ、わざわざ明治天皇の御製を引用して国体とキリスト教の融合を説いた。しかし、意外にも聴衆のひとりが、説教者を憲兵隊に告発した。御製（天皇の和歌）の言葉を一箇所言い間違えたのが不敬罪に当るとされたのだ。伊原の父は一週間身柄を拘束され、黄色い顔で風邪をひいて帰ってきた。家の塀に「非国民の家」とチョークで大書されていた。——

「伊原。さっき言ったことに間違いないな」

班長が少し不安になったように、伊原の目をのぞいた。

「それなら、北川にもう一度説明してやれ」

「はい。……自分は祖国の山河に復興を誓っていやさかを唱えました」

こんどは口が重く言いにくかった。

「そいじゃあ、聞くが」

北川が言った。

「おめえ、いのちが助かって、うれしくはねえのか」

伊原は、このべらんめえが、どうでも自分に白状させずにはおかぬことを知った。

「はっ」

と、身を固くするほかなかった。上等兵はその目の底までのぞきこんだ。

「だから、負けてよかったわけだろう」

伊原は班長の目をうかがった。つまり、今まで騙していた男に、すがりつくことになった。だが、班長は何も言ってくれなかった。この篤実な男も、疑いはじめているらしかった。

「本当は何をした?」

上等兵が胸を突いた。伊原は簡単にうしろへ倒れた。それを引きずり起こして、彼は突然大声を出した。

「てめえ!」

その時全員集合がかかった。

「あとで、おれんとこへ来い」

言い残して上等兵はとび出して行った。

「全員集合!」

北川の渋いよく透る声が中庭から聞えた。意外に近い爆竹の音が、その声にかぶさった。昼前、伊原が花火だと思った音である。

「暴動か!」

班長が道に面した二重窓をいそいで開いた。群衆の叫び声も、かなり近くに聞えた。

勅語を聞いた広場で銃剣と実包が渡され、錬成班も武装した。

満人の暴徒が朝より不穏な動きを始め、一部では日本人住宅の略奪も始めたという情報であった。八月九日のソ連参戦の日に、伊原たちは野戦病院の要員として東満国境へ出発せよと命令を受けた。しかし、その時すでに目的地の東満国境は総崩れで、ソ連軍はなだれを打って新京や奉天めがけて進撃を始めていた。野戦病院部隊は編成中に解散命令が出た。ただ、同じ町の騎兵部隊だけはそのまま前線へ出動した。そこで市内には目下糧秣廠、被服廠、陸軍病院の少数の兵隊しか残っていなかった。暴動はその隙を狙って起ったものであった。

さすがに「暴民」たちも、武器弾薬のある病院には近付けなくて、裏の道路から、いつでも逃げ出せるようなへっぴり腰で、遠巻きにわめいていた。総勢二百人ばかりだろうか。勇敢なのか、無謀なのか、時々、はだしの少年がさっとかけてきて鉄条網に近づき、斜めに別の道路へかけこんだ。みな詰襟の半袖みたいなボロをまとって、大半は跣足であった。

「もっとこっちへ来い!」

鉄条網の中から、衛生兵たちがくやしそうに叫んだ。刺激してはいけないので、射撃は禁じられていた。デモ隊はもちろん素手である。時々その中で爆竹が鳴る。昨日までは全くおとなしく、日本人に頤使されていた苦力風の男たちが、忽ちこんな具合に抵抗をはじめたのが、伊原には不思議であった。(だがこの騒ぎのおかげで、班長も週番の北川上等兵も伊原にかまっておれなくなった。伊原は危地を脱した)

大したことになるまいと判断して、本部は錬成班の兵隊に、内務班で待機するように命じた。それが三時頃で、次の騒ぎが起ったのは五時過ぎだった。裏へ様子を見にやられた兵隊が、はずんだ声で、

「一人つかえまえした」

と、叫んで帰ってきた。

「なんだ、ネズミをつかまえたか」

班長が先に立ってかけだしたので、みんなそれに続いて裏

庭に出た。

れいの官舎と、衛兵兵の兵舎の間あたりに兵隊がたかっている。鉄条網の外の道には、もう人影がなかった。伊原が人だかりの中をのぞいた時は、衛生兵が円匙や軍靴の底で掘りかえした赤い土を固めている所だった。その赤土のなかから、丸刈の青頭の首が出て、こちらを向いていた。目をとじているので生死がわからない。

「生きとるよ」

誰かの質問に答えて、ひとりの衛生上等兵が軍袴のかくしからちり紙を出して、生首の鼻の前にあててみせた。うすい紙が、呼吸につれて鼻に吸いついたり離れたりした。みんな笑った。

「衛生兵だけあって、やることがこまかいわい」

と、二班の軍曹がおどけて言った。

「ここへ、こうして飼っとくのか？」

別の下士官がのぞきこんで訊いた。

「どうぞ踏んで下さい。順番に並んで、押さないように」

と、衛生上等兵が答えた。

「こいつが暴動の親玉か」

「一番前に出て、大声で悪口を言うとったんです。それを鉄条網ごしにつかまえて、三人がかりで、こうやって」

ひっぱりこむ形を示してみせて、衛生上等兵はまた順番に踏むように皆にすすめた。その時、泥まみれの首が目をあけた。皆、心もち体をうしろへ引いた。だが赤く血のにじんだ目は何の感情もたたえず、痴呆的に開いているだけの無機物のように見えた。

「なんだ、なんだあ！」

首を罵りながら、とび出して来たのはインナミだった。ゴム前掛をかけたまま、インナミはうんと手前から踏み切って、首の上に飛び乗った。ズンというような音がした。すぐ重心を失なって肥った炊事兵は手をついた。皆なが笑った。インナミは調子にのり、改めて首の上で駈足疾走をしてみせた。

インナミは東満国境の病院から送られて来た一等兵だ。ほかの患者が四十歳近い老兵で、みな背中や肩口を飛行機の銃撃でやられていたのに、彼だけは二十歳そこそこで、体のどこにも異常がなかった。職業はやくざで、腕は松の木のように固く太く、男前だが兇暴な顔をしていた。この病院ではすぐに炊事勤務に回された。

インナミは一しきり踏み終ると、

「おいみんな、次々に踏め」

と、命令した。兵隊は一人ずつ、交替で頭に乗った。いまインナミが駈足をしたので西瓜頭にうすく血がにじんでいる。

「しっかりとび上れッ！」

インナミは腕組みして突っ立ち、兵隊の踏み方を看視した。

「何だ、こわいのか、ケツひくな！」

埋められた男は、その間、目をとじたまま表情も変えず、声も立てなかった。

並んでいた順に踏んで、北川上等兵の番になった。上等兵は首のそばまで歩いて行って、ひょいとまたいでしまった。

「どうした」

インナミが咎めた。

「おらあ、やめだ」

上等兵はすたすたと歩み去りかけた。

「待て、上等兵」

インナミは下士官のような口をきいて、北川の袖をつかんだ。

「みんな踏んでるんだぜ」

上等兵は黙って袖をふり払った。

「チッ!」

インナミは気を悪くして炊事へ戻って行った。もう強制する者はいないから、踏まないで済ますことができた。しかし、自分の番がまわってきた時、伊原も踏んだ。ぐにゃぐにゃするものかと思ったのに、まるでそこに根深くはえている木の切株に乗った感じだった。ためしに足踏みをしたが、それでもやはり靴の下にあるのは無機物の固体だった。

頭の皮がたるむ感じ、頭蓋骨の縫合部分がめりこんだ感じを、伊原は期待していた。つまり残酷な手応えのようなものが欲しかったのである。

踏む寸前に、少し迷ったけれども、それは踏むべきか、踏まざるべきかの選択ではなく、ただ理由をさがしていただけのことだった。

北川上等兵が「やめた」と言った時、伊原はとっさに案外だなと思った。しかしすぐ、その気持は何倍もの憎悪に代り、心が決まった。先ほど上等兵のシニックな眼に心の素肌をひきむかれた恨みが、伊原にこう言わせた。

(お前さんはこの戦争や、戦争を進める張本人どものやりくちを正当化している。つまり人殺しを正当だと思っている人間だ。それならここでも残酷に振舞うのが首尾一貫したやり方ではないか。だからおれは踏んでやる。お前に見せつけるように念入りにな)

説明的に言うなら、こんな風に心が動いたわけである。「だから踏む」という所に大へんな飛躍があったが、伊原は苦もなくそこをまたいでいた。かれ自身は被害者として自分を意識するのに狎れて、かつておのれの残酷さや加害の実績について測定してみたことがなかった。だが少くとも、伊原が戦争の被害者として軍人や為政者やその手先を執拗に恨みつづけてきただけのエネルギーは、加害への可能性に移項して計量されてしかるべきであった。

北川が憎いから、「だから」伊原は踏んだ。苦力が憎いからではない。その分だけよけい残酷な行為であったと言える。

生き埋めの苦力の頭を靴にかける時、伊原がとっさに考えついた理由は、

(生きた人間の頭を踏みつける機会は、もうざらにやってはこないだろうから)

といういうことであった。彼の靴の下で、しかし、苦力の頭は「生きた人間の頭」であることを拒否した。それはまったくの、石くれであった――

「こいつ、皿洗いの李に似てやがるな」

と、かぎ鼻の班長が言った。狼敗して伊原は頭から降りた。

「まさか」

経理の軍曹がしゃがんでのぞきこんだ。(病院に勤めている苦力たちは、騒ぎが起こる前にみな帰してしまっていた)

「汚れとってわからん」

衛生兵が銃口を掃除する油布をさしだした。軍曹はあか土のついた首の頬を一寸拭いてみて、

「やつの兄貴が、しばらく皿洗いに来とったんだ。ひょっとしたら兄貴かな」

そう言って、こんどは汚れた自分の手を色もののハンカチで神経質に拭いだした。そこへ山中軍医がかけつけた。

「どこだ、暴徒は?」

衛生兵が示した生き埋めの首を見おろして、軍医は革ざやにこしらえた日本刀を引き抜いた。彼はファナティックな国粋主義者で、かねて裂帛の気合を得意としていた。

夕日を真横に、長い影を引いて、山中軍医は刀をふりかぶりざま、

「ヤアッ!」

と、跳び上った。大刀は満身の力で振りおろされ、西瓜のようにざっくり割れたかと思ったが、苦力の青い頭は元のままで、筋一つ着かなかった。

偉丈夫の軍医はやや面目を失い、こんどは慎重に正眼に構え、呼吸を整えて、

「ヤアッ!」

と斬った。それでも頭は元通りだった。

まっかになった軍医は、めったやたらに跳び上っては叩き切った。しかし、苦力の頭に、髪の毛一すじの線をつけることも出来なかった。斬っても斬っても切れなかった。

夕方の「飯上ゲ」の時、炊事場のインナミ一等兵と週番の北川上等兵が口論を始めた。インナミは含む所があって、最初から喧嘩腰だった。上等兵がべらんめえで怒鳴りつけると、インナミはいきなり唐手の構えから、上等兵の額を一打ちに倒した。上等兵は倒れながらインナミの幅広い下腹を蹴上げたけれども、それは決定的な打撃にはならなかった。ざまあみろ、と伊原は心で喝采した。それにこたえるかのように、インナミは二十貫は優にある緊まった体を、倒れた上等兵の上にぶち当て、顔面を殴打しはじめた。

骨の砕ける音がして、はじめて伊原は恐ろしくなった。(殺されてしまう)と、蒼くなった。炊事軍曹がかけつけて、インナミを引き離したが、上等兵はぐったり動かなかった。地面や軍衣が黒く濡れているのは、いま流れた北川自身の血

に違いなかった。すぐ外科病棟にかつぎこんだが、鼻骨と肋骨を折っていた。

その夜、錬成班の下士官が、橋本伍長の部屋に集った。遮光幕をとり払った、へんに明るい光の中で、彼らはインナミの処分について相談し合った。しかし、酒がまわるにつれて、話題は「これからどうすればいいか」という方に流れてしまった。

「そこから先は、おれに言わせてくれ」

扉の向うから、うたうような声がひびいた。

「つまり、負けて勝つ、これだ」

インナミは結局何の処罰も受けなかった。誰も彼を処分する力を持たなかったが為である。まして、伊原の昼間の事件など、誰ひとり覚えてさえいないのであった。

夜中、厠へ行く途中、伊原は小さな音を聞いた。いやな音だと思った。厠は三班と四班の建物をつなぐ渡り廊下の真中にある。

石灰をまき散らした小便所で、もう一度聞こえた。出かけた小便がとまり、体じゅう鳥肌立った。

アーと思いきり声を出さないで、食いしばった歯の間からうめきと泡を一緒に押し出すような音だ。それは呻き声だった。庭に埋められた男が、まだ生きて苦しんでいたのだ。昼間、がまんし通して石となり、一声も洩らさなかった苦力が、それもまだ意志の力で幾分声を殺しているのか、それとも土の圧力で口もあけられないのか、食いしばり、食いしばり、うめいている。

その男の青い頭を、伊原はたしかに踏んだのであった。はじめ、右足で、次に左足を副えた。（そうざらにはやってこない、珍らしい機会を失わないように）という理由から——

樹々の気配のする暗闇のこの空間を、伊原は昼間、白く輝くかに見た。だが今聞いてしまったこの声が、水面に落ちた一滴の墨汁のように迅速に拡がり始めた。

昭和47年2月号

ともに帰るもの

立松　和平

たてまつ・わへい
（昭和22年〜平成22年）
早稲田大学政治経済学部卒。平成11年から亡くなる直前の平成22年まで連作「晩年まで」を「三田文学」に発表し、そのうちの二十九作がのちに『晩年』に収録された。代表作に『遠雷』などがある。

もういくわ、と母の声がものしずかに聞こえてきた。母は水色の毛糸の膝かけをかけてベッドのへりに腰をのせ、やさしく笑顔をたたえ水密桃の皮をむいていた。まだ熟れていないうす黄緑の桃の皮がゆっくり渦をまきながらネジのように床におりていく。母の瞳は今まで見たこともないくらい澄んできれいだ。どうしても？　ぼくはあつくなって叫んでしまう。涙がにじみ、しみいるような声をだして哀しそうに笑いをうかべる母の顔がゆらゆらゆれていた。死ぬんですもの、しかたないのよ。

いつ見た夢だかはっきりしなかった。ぼくはこみあげる気持を懸命におさえてただ母を見つめるばかりだった。母のむいてくれた水密桃は唇にふれると冷気のように溶けてしまい、ぼくは味もわからないまま子供のように無心に頬ばりつづけた。しっかりおあがりなさい。母は指でていねいにぼくの髪をそろえながら言った。いつしか母は白い着物に白い帯をしめ、髪を後にたばねていた。ほんのりつばき油の香りがする。もうお別れね。

車は夜の街を走りぬけていった。ネオンや街燈がみるみる後にとびのき、ヘッドライトはすぐ前を走る車のテイルランプとにじみあった。赤信号だと気づいた時には、両側から迫ってきた車の前をすりぬけ、すでにぼくらの車は交叉点を渡りきっていた。馬鹿野郎。得意げに運転手はへへへと笑いをこぼした。病院をでてからわずか十分間ほどのうちに、信号無視はこれで三度目だった。ぼくはひやひやのしどおしだったが、運転手はすこぶる上機嫌でラジオの野球中継に熱心に耳をかたむけ、時にあたりかまわず声援を送ったりしていた。チェッ、また敗けた、と運転手は舌うちして煙草をもみ消した。ジャイアンツも、今年は優勝だめだな、うん。運転手は本当に怒ったような声をだしてあらっぽくダイヤルをまわした。音が横にぶれ、だからわかああってぇほしいいのと、しわがれた男声の歌謡曲がいきなり車内いっぱいに響き渡った。

ぼくらの車は車体をこすりつけるようにして前の車を追いぬき、センターラインを越え、すばらしい速度で疾走しつづけていた。少し運転手は酔っているみたいだった。そして、ぼくらは疲れきっておとなしかった。後の座席に妹を真中にして両脇に父とぼくとが身体をうずめ、すぐ後に母が顔にガーゼをかぶせて眠りつづけていた。ぼくはふりむいてシートに両膝をつけ、ガーゼの端をめくりあげ母の顔をのぞきこんだ。泣あいいてぇすがああった、年いい上のお人お……運転手がボリウムをあげ、歌謡曲がざらざらといっそう強く耳につきささってくる。うすく白粉と頬紅のぬられた母は考えごとをしているかのようにかたく眼をとじていた。車がゆれるので、まるでぼくはガーゼで母の顔をふいているみたいだった。元気な時にくらべてずいぶんと顔がちいさくなっていた。胸に組んだ手が黒ずんで鶏の足のように見える。後をむいて母をのぞきこんだ妹が、ヒィーッとしゃくりあげた。父はまっすぐ前をむいたまま眼を閉じ腕組みして身じろぎもしない。

角を曲がるたびごとに身体がふわあっと浮きあがり、妹と膝がぶつかったが、足を動かす気力もなかった。妹がぼくにもたれかかり、ぼくも妹にもたれかかる。時に思い出したようにしゃくりあげる妹の震えとぬくもりがひくひく伝わってきた。電燈や信号燈が糸をひいてすうっと流れる。妹の髪が触角のようにぼくの頬にまとわりつく。ハイライトひとつ、といきなり車をとめて運転手が身体をのりだし大声をあげた。頭に手ぬぐいをまいたばあさんが下駄をつっかけよろけるように煙草屋からとびだしてきて、暗がりにのびた運転手の手にハイライトを握らせた。ばあさんは人の好さそうににこにこしていたが車の中をのぞきこむと皺を動かしてつぶれたような顔をし、急に神妙になって頭の手ぬぐいをとり、ナンマンダ、ナンマンダ、手を前にあわせ口をもごもごさせた。

その時、世界中は海の底のようにしずまりかえり、喉元までこみあがる自分の心臓の音と息使いが気に障るほどやかましかった。白い病室に十人ほどがアザラシのように身をよせあい、息をつめて母をとりかこんでいた。母はベッドにはりつき深く深く眠りつづけている。今にもポキと折れてしまいそうな枝のような母の手首をつかんで医者が脈搏をとり、鼻の頭のあかい健康そうに太った看護婦がその脇でカチャカチャ器具の音をたて酸素吸入やカンフル注射の準備をしていたが、医者の眼くばせでもうそれもやめてしまった。医者の眼くばせをうけた時、気のよさげな看護婦は、一瞬、今にも泣きそうな顔をした。苦しそうに母は顎で呼吸しつづける。おかあちゃん、死んじゃだめだ、ねえおかあちゃん。妹の声がしみいる。妹は脱脂綿を割箸にはさみしきりに母の唇に水をふくませながら、顔をくしゃくしゃにして母を呼びつづける。

母の危篤が息せききった看護婦からの電話で伝えられ、昨日よりぼくらは母の枕元に立っていた。三年前子宮に木の芽のようにちいさく発生した癌がいつしか全身に転移し、衰弱しきって手術もできなくなった母のここ一年間は、ただ横たわってじっと死がやってくるのを待っているだけの毎日だった。治療に最善をつくしたいからと一人東京の病院にでてきた母の、真白いシーツに首までもぐりこんで病気がついえるのをひたすら待ちつづける意志的に唇をむすんだ顔が、今は病気に圧倒されておびえたようにぴくぴくっと痙攣を走らせるのだった。そのたびごとに妹は、おかあちゃん、おかあちゃん、すがりつくような声をだして脱脂綿で母の唇を湿せつづけ、父とぼくとはいたたまれなくなって窓の外をながめたり廊下をぶらぶら歩いたりした。

いいか、その時になって俺があまりおたおたするのもみっともないから、たのんだぞ。ぼくの肩にのせた父の掌が痛いほど重く感じられた。父とぼくとは廊下にでるたびにくりかえし同じことを打合わせた。頭が大きな掌ででもおさえつけられたようで、他に何を話していいかわからなかったのだ。昨日のうちに予約しておいた葬儀社に電話で遺体運搬車を一台至急まわしてくれるようにたのみ、医者にすぐ死亡診断書を書いてもらいタクシーで区役所に走り、埋葬許可証をもらってくる。区役所は二十四時間受付けしてくれるはずだ。そして、すぐにまたとってかえし、病室をかたずけ荷づくりする。その時になって混乱しないようにとくりかえし頭の中で行動の順序を追っているうちに、まるでぼくはその時のためだけに待機しつづけているような気持になってくるのだった。

遠くから親戚の人たちも次々にかけつけてきた。どんなご様子と息せききって走りこんできたが、病室の海の底のようにしずまりかえった雰囲気に、はいってきたままの格好で立ち枯れるように黙りこんだ。親戚の人たちと顔を曇らせのろのろお辞儀を交換すると、父とぼくは廊下にでてひそひそ幾度も同じ経過説明をくりかえさねばならなかった。真夏の日射しが窓の外にあふれていた。雀が五、六羽声もなく空でふざけあっている。母の体温がさがり病室は冷房がきってあったので、廊下にでると寒いくらいだった。閉めきった窓ガラスにさわっている父の手が焼けるように光を照り返している。回診がありますから、と医者が母の病室からでてきて言った。まあ、今晩中でしょうなあ。医者は聴診器を指にまきつけながら謝るように頭をさげた。酸素ボンベをのせた車をおして陽光の中を通りぬける看護婦の白衣が、光そのもののようにざわめいた。

ぼくはドアにもたれかかって頬に車の震動をうけ、ほっと溜息をつくと、またガソリン臭い空気を胸いっぱいにすいこんだ。あっガムがあったけど、と運転手はハンドルを持ちながら片手でポケットの中をさぐった。パチンコでとったんだ。車内いっぱいに響き渡っている歌謡曲は、電線や立体交叉の下をくぐるたびにとぎれる。食べなよ。アクセルを踏みこんで追いこしをかけながら、肩ごしに運転手は食べかけのガムを妹の鼻先につきだした。妹がいつまでも返事をしないので、ああそう、と運転手はこきざみにうなずいてガムをひっこめた。

地下鉄の工事で掘りおこしたのだろう、道路にはアスファルトのかわりに鉄板がはってあり、車は大きくバウンドし、頭の芯からぬけるような震動が伝わってきた。ぼくはしたたかドアに頬をうちつけた。妹が運転手につかみかからんばかりにして腰をうかせかん高い声をあげた。お願いだから静かに運転して。おかあちゃんが痛がってる。はずみあがり母の位置が少しずれたのだ。妹は首を後にねじまげたままましゃくりあげ、ピィーッと笛のような声をだした。運転手はおどろいて急にスピードをおとし、ラジオも消した。ひとしきりました妹が泣きたてる。半分ほどおろした車の窓ガラスに蝿がしきりにまとわりつき、妹の泣き声にあわせ頭をうちあてていた。蝿の羽音が耳の中にかゆい。掌でそっと持上げると、蝿は流れてすうっと闇にとけこんだ。

窓の外で光はみるみる色あせていった。すみの棚の上のカーネーションが二本、花瓶の内側にもたれかかっていた。空色のエプロンをしたちいさなおばさんが夕食を運んできたが、部屋の中をひとわたりながめまわしてお盆をカーネーションのわきにおくと、スリッパの音をぺたぺたさせひとことも言わずにでていった。カボチャの煮つけと塩ジャケの献立だった。腹へったろう、お前、食べちゃえよ。父が袖をひっぱりぼくの耳元で声をかすらせた。いいから食べなよ、とぼくもあたりに聞こえないよう父に耳うちした。朝から何も食べておらず、ぼくも父もひどく空腹だった。妹にも交代で食事にいこうと幾度も言ったのだが、妹は一分でもおかあちゃんのそばを離れるのはいやだとさげすんだような顔をしたので、ぼくも父も食事をしそびれてしまっていた。

いつしか病室にはすっかり闇が流れこみ、ガラス窓のむこう側に螢光灯にうかびあがったもうひとつの部屋があるみたいだった。回診にいっていた医者がふたたびもどり、手首をつかみ母の脈搏を数えていた。壁によりかかったりしゃがみこんだりして、親戚の人たちのくさむらが音もなくゆれている。夜行列車でかけつけたので、どの眼もにごって赤い。父はカボチャの煮つけと塩ジャケのわきで肩をおとし腕をたれさげて放心したように母を見つめ、ぼくは後から影のように妹の肩をおさえている。妹は母の唇を湿らせるだけの絶望的な看病を憑かれたようにくりかえす。妹の細い肩がぼくの掌の中でぬくもり震えている。顎を開いて苦しそうだった母の呼吸はすでによわくなり、おびえたようにぴくぴくっと走った目蓋の痙攣すらもやんだ。ふとガラス窓にもたれかかると、闇の中にあるもうひとつの部屋が音もなく大きくかしいだ。
ご臨終です。うつむき黙りこんでいた医者がうつむいたまま、不意に、風のように言った。午後九時三十二分……
世界中がななめになだれおちる。一瞬あたりは時間がとぎれたようにしんとなり、すぐに、妹のわあっと泣き伏す声が耳の中いっぱいに響き渡った。眼の前があつくゆらゆらゆらぎ、キラーッ光が流れて遠ざかると、妹のブラウスの背にはいくつものしみができていた。母はいつものように天井を見ている。母の胸にむしゃぶりついた妹の髪が蜘蛛の巣のようにひろがり、母の眼を刺した。母はまばたきもしない。おかあちゃん。

運転手が気をきかせ近道を通ろうとして道に迷ったので、ぼくらはしばらく同じ道をいったりきたりしなければならなかった。シャッターをおろした商店街をすぎると暗い住宅街にはいりまた商店街にぬけ、いくら走っても同じような道がくりかえされた。運転手も走れば走るほどわからなくなってくるらしかった。運転手が舌うちしてぼくらに道をたずねるまで、ぼくらは気づかなかったのだ。ぼくらにわかるはずがなかった。角を曲がろうとすると一方通行の標識に行くてをはばまれ、しだいにぼくらの車は暗く細い道に追いこまれていくようだった。

ちょっとションベンしてくっかんね。車をとめると運転手はどぶに小便をはじめた。犬の遠吠えが聞こえた。疲れが微熱のようにこころよく身体をひたしていた。運転手がチャックをしめながらガニ又に歩いてもどりまた車を走らせた。悪気はねえんだ。悪かったね。運転手はちらっと後を見て言った。カーンカーン警報を鳴らす遮断機のむこうを、地面をゆらせて私鉄電車が通りすぎた。ああわかったよ、と運転手はピシャリ自分の頬を強くたたいて言った。踏切を渡ると車をよせて、運転手は歩道を歩いている人を大声で呼びとめた。髪を茶色に染めた女が車に近づき、座席の後に眼をやると、キャッと短く悲鳴をあげ口に手をあててとびのいた。

妹の肩を抱いて病室をでながら、ぼくは妹の手の中の割箸がささり脱脂綿がういたコップの水面にいくつもの輪ができているのを見ていた。妹はコップを持っていることさえ忘れているようだった。かしなさいね、と鼻の頭のあかい看護婦に言われ、しゃくりあげながら妹はコップをさしだした。親戚の人たちがつぎつぎ妹とぼくの肩に手をかけて言葉をむけたが、世界中が肩にのしかかってでもきたような重い気がして、ぼくらは聞いてはいなかった。爪先が床につきささりそうだ。病室のドアを少し開けて寝間着姿の患者が三人、真剣にぼくらを見つめていた。すぐ前を歩く父の背がまるくちいさく見えた。

娯楽室では患者が五人ほどボリウムをしぼってテレビにかじりつき、ノッポとチビで太った男とのやりとりにくすくす笑いをこもらせていた。カーテンを閉めこっそり見ていたのだ。ぼくらがぞろぞろはいっていくと、患者の一人が迷惑そうな顔をしてよりいっそうボリウムをしぼった。空にほうり投げられた小石のようにぼくらはばらばらに腰をおろした。もう消燈の時間はすぎてるんですよ。いきなりいらだたしそうな声が聞こえてきたので眼をあげると、入口にあかい鼻の看護婦が腕組みして立っていた。おやすみの時間でしょ。ふてくされたようにテレビを消すと、患者たちは白い寝間着の裾をひるがえしてでていった。看護婦がばたんとドアを閉めた。うわあっと妹が泣きふした。

ぼくはあまりゆっくりしてはいられなかった。父との打合わせどおりに、かねて予約しておいた葬儀会社に電話をいれ車を一台まわしてもらうのだ。娯楽室の端にある赤電話に十円玉をほうりこむ。父が長椅子にまるくしずみこんでぼくを見上げた。幾度となく電話しているので指先はもう番号を覚えてしまっている。耳の中にコール音がくりかえし、とぎれ、あっ、もしもし、あの、車を一台予約していたものですが。電話がかるく、寒い。予約なさったんですか、と聞きなれた電話の声がつきはなすように言った。しましたよ。今の時間に予約はありませんねえ。よく調べてください。ぼくの声はしだいに高くなっていく。父が椅子の中からバネのようにとびだしてきた。親戚の人たちの眼が不安そうにゆれている。ぼくは踵をかたかた床に打ちつけた。ここにしかないわけじゃないのにどうしてみんなの前で電話なんかしてしまったんだろう。あっ、ありました、と受話器からはずんだ声がこぼれてきた。予約は八時ですね。連絡がなかったものですから、予約は解消いたしました。ぼくは少し怒っていた。こんなことが予定どおりにいくはずないだろう。電話のむこうはまるで別の世界みたいなのだ。わかりました、と電話の中の声は急にひくく沈痛になった。受話器を持って職業的に顔をこわばらせた中年男がうかんだ。準備もおありでしょうから、一時間後にそちらに着くようにいたしましょう。

受話器をおきうまくいったと顎で合図をすると、父は本当にうれしそうな顔をした。娯楽室をでて医務室のドアをノックすると中から上ずった高い声がどうぞともれてきた。内と外から同時にノブに手をかけたのでドアをあけるのに手間どり、医者とぼくは戸口でおたがいに恐縮しあい幾度も頭をさげあった。何とおわびしたらよいか、と医者は掌をひらいたりとじたりして消えいりそうな声をだした。しかたないです、とぼくも指をボキボキ鳴らして言った。急いでつくってくれた死亡診断書をポケットにしのばせると、誰もいない廊下に高く響く靴音を気にしながらぼくは外に走りでた。通りかかったタクシーを大声で呼びとめ、区役所、と独語のように言ってうつむきシートに身体をうずめた。対向車のライトにふちどりされて運転手の耳の輪郭が浮かびあがった。それほど不幸な感じはせず、頭の芯が冷たく澄んでいて、その澄んだ部分で今晩これからのことを考えた。とにかく母を夜のうちに家に運ぶのだ。五時間もあれば着くだろう。いろんな人への連絡や葬式の準備は家に帰ってからでいい。

道がわかったらしくふたたび運転手はスピードをあげてう

きうきと商店街を走りぬけた。曲がるのがひとつはやすぎたんだよね。運転手は誰に言うともなく同じ言葉をくりかえした。はやすぎたんだよなあ。商店街の通りをでるといきなり高速道路の入口が眼の前にとびだした。いいかい、とばすかんね。ぼくらは空にでも登りつめるようにしだいにスピードをましゆるやかなスロープを進んでいるのだった。暗い街並が湿原のようにいちめんひろがっていた。ぼくらはまるで空をとんでいる葬列だ。ところどころ光がかたまりあって空を染めている繁華街は、暗い中にひっそり立たずんでいる集落。俺のおふくろもね、死んじゃったのよ。運転手が指でハンドルをぱたぱたたたきながら言った。歯をぬいたらね、血がとまらなくなって、それで死んじゃったのよ。運転手はグシュッと鼻をすすり、今にも泣きだしそうな声をだした。俺、ちっちゃかったけど、今でもよく覚えてら。だからね、あんたらの気持、俺、よくわかるかんね。

妹が身体をおしつけてくる。カーブにさしかかったのだ。妹の肩の骨がとがって痛い。カーブを曲りきり妹の身体がはなれると、広大な湿原にふさわしい大きな川がひらけていた。死んじゃった時には何がなんだかわかんなかったけど、あとでものすごく悲しくなってくっかんね。ゆっくりとゆききする船の舷灯や高速道路の照明が黒い水に溶けこんで流れにゆれていた。高速道路は川と交叉してまるで虹のようだ。川風はすえた臭いで髪をふくらませる。今だって時々おふくろのことを思い出したりすっと、ぐっとくるもんね。妹は泣きはらした眼をまるく見開き、カーブで車がかしぐたびごとに細い首をよじるようにして後をむく。ガーゼの下で母の表情が少しずつ変わってきているような気がした。筋肉の緊張がしだいにほどけたのかいくぶんおだやかになっている。父は腕組みして眼を閉じたままさっきから少しも動かない。

区役所の入口という入口は貝のようにかたくシャッターが閉めきってあり、何処からはいっていけばいいのかわからなかった。はやる心でしばらくうろうろして、ようやくぼくは地下へおりる階段を見つけた。一度地下におりるとまた登りの階段があり、裏庭に明りをたたえた部屋が見えた。宿直員が二人ステテコ姿でビールを飲み碁をうっていた。ガラス窓をこんこんたたくと、若い方の宿直員があわててズボンをはき口にタオルをあててやってきた。ああ、埋葬許可証ね。手続はあっけないほど簡単だった。用紙にぼくがボールペンで住所と父母の名前を書きこみ、職員が死亡診断書から二、三行うつしとって判をおした。宿直員はタオルを口にあてたままボールペンを持ち、息をはきかけないよう注意している様子だった。眼くばせで職員に礼を言い書類を四つ折りにして封筒にしまうと、またぼくはタクシーをひろって病院へととってかえした。

力がぬけるようにスピードが落ちていった。料金徴収所をぬけてみるみるスロープをくだると、高速道路はもう終りだ。都内をすぎ郊外の街にでていた。道路の両側の家々は窓をしめきりひっそり黙りこくっている。田舎だろ。かわった葬式でね。運転手はひとりでしゃべりつづけていた。竹の棒の先に籠をつけて中に一円だの五十銭だのいれてね、ジャランジャラン振りながら行列してあるくのよ。籠の中から一円なんかがこぼれてくっかんね。みんなで拾いながら棺桶をかついで埋めにいくんだよ。道路は車がびっしりでまるで駐車場だった。遠くに赤信号が見える。風が吹きこまず、車内は急に暑い。そん時はちびだったからね、嬉しくてね。五十銭玉を拾ってあるったんだ。キャッキャッ言ったりしてね。運転手は不意に黙りこみ顔をふせた。手のとどきそうなすぐ脇に道路工事の標識ランプがいくつも一列にならんで点滅していた。ぼくも妹も同時に窓から眼を離しふっと溜息をはいてシートにうずくまった。妹の額と鼻の頭に汗がふいている。

病院にもどりエレベーターがなかなかおりてこないのにやきもきし暗い階段を二段おきにとんでかけ登ると、階段の上りはなに、白いパジャマを着た子供が立っていた。子供は階段の手すりにつかまって半分眠っていた。オシッコ？　と尋ねると、眠気にはれぼったくなった顔でかすかにうなずいた。冷たく光がとどこおった便器にむかって立たせると、子供は元気に放尿をはじめた。ぼくは背後からささえ子供の髪を指でととのえた。子供を廊下の途中まで送り母の病室の前を通りぬける時、看護婦が四、五人死肉をあさる鳥のようにとりかこんで母に死化粧をほどこしているのが見えた。ドアにもたれかかり、ぼくは片足をぶらぶらさせて母を見た。看護婦がひとりだけ顔をあげて笑いかけ、ぼくも笑いをかえす。鼻のあかい看護婦だ。何かを言わなければと思ったが、舌がひきつったようになって何を言ったらいいかわからなかった。看護婦たちのいくつもの手の下に、透きとおるほどにあおざめた母の横顔が見えがくれしていた。母は貝殻のような目蓋を苦しそうに閉じている。そっとガーゼをかぶせると、看護婦たちは音もなく去っていった。

父がぼくのすぐ後に立っていた。すんだのか、と父はぼくの肩に手をのせて言った。父を見つめたまま、ぼくはうなずく。部屋をかたずけようか。いろいろ持ってきたからなあ。父は沼にでもはいるような格好でおそるおそる病室に踏みこんでいき、胸の上で両掌を樹の根のようにからみあわせた母にかるく一礼すると、腰をまげて戸棚をあけた。戸棚の上の花瓶にささったカーネーションが震えてぶつかりあった。果物を求めに行った時ついでに妹が買ってきたのだ。ぼくと父はまるくしゃがみこんで戸棚の中をのぞきこんだ。茶碗とかポットとか、捨てていこうよな。父は戸棚や引出しに手をいれて割箸の束やコップをつかみだし、無造作にダンボールの箱につめこみながら言った。それともお前、使うか。

いるわよ。みんな持って帰るわよ。妹が扉に影のように立っていた。髪をかきあげ戸棚の前にしゃがんだ父やぼくにきつい視線をつきさすと、ぼくらをおしのけるようにして冷蔵庫をあけ、捨てようとダンボールにほうった茶碗やポットの間に果物やコーラをおしこみはじめた。妹はぼくと父から顔をそむけ幾度もうるさげに髪をはらう。そんなものまで持っていくのかい。父が腕で汗をぬぐいうかがうような言い方をしたが、妹はかたくなに黙りこみよりいっそうくるくる動いて荷造りをしつづけた。花瓶の水をあけカーネーションも新聞紙に包んでしまいながら、眼のまわりと鼻の頭を真赤にしてうつむき、時々妹はこらえきれないとばかりにしゃくりあげた。床に涙のしずくが点々とはじけた。

いつしか車は街並をぬけ、あたりはすっかり黒ずんで、ふと気がつくと長い橋を渡っているところだった。ごごお、と水の音が下からわきあがってくるが、暗いばかりで川は見えない。橋を渡りきる時、ヘッドライトが闇を背に両手をあげて万歳している警官の人形をうかびあげた。またぼくはガーゼをめくりあげて母を見た。考えごとをしているようだった母の顔が、空にむかって懸命に何か言おうとしてでもいるかのように見えた。

前からくる車がシュッシュッ空気をこすりすれちがっていった。大型ダンプがけたたましくクラクションをかきたて後から追いすがり、ぼくらの車はあわてて道路のはしによりやりすごした。チェッ、運転手は少し怒ったような声をだした。頭にきっちったなあ。こんな道、辛気臭くっていけねえよ、うん。通りすぎる時、窓からすごい勢いでダンプの荷台の砂が吹きこんできた。急ぎぼくはガラスをあげる。外につきだしていた運転手の肘も砂で白くなっていた。ダンプでもころがしてた方がよっぽどましだったね。運転手は片手運転をしながら肘の砂をはらい、ダンプを尊敬しているような言い方をした。俺はね、ダンプだって運転できるのよ、しようと思えば。この車はでかいんで大型免許がいるんだかんね、うん。

荷造りはできても葬儀会社からの車がなかなかこなかったので、ぼくらは娯楽室で重苦しい時間をすごさねばならなかった。ぼくらは暗い海の底で音もなく思い思いにゆれている藻のようだった。ふたたびぼくは娯楽室の赤電話に十円玉をほうりこんでしまってから後悔した。ぼくの声はいくらおさえても部屋いっぱいにしみいるように聞こえてしまう。どうも迷惑をおかけします、と電話の中からあわただしく声が聞こえてきた。予約が取消されたと思って、運転手が酔っぱらってしまったんですよ。別の会社にたのんでくださると助かるんですが。本当にこまったような声だ。今さらこまるんで、何とかお願いしますよ。ぼくは自分の声が父や妹や親戚の人の耳にすいこまれて不安をかきたてているなと感じながらも、葬儀会社の声のように本当にこまったみたいな言い方をしてしまった。電話の人の声がとだえた。すると、ぼくははてしない闇に耳をおしつけているような気になってくるのだった。神経のようにいりくんだこの大都会の電話線のむこう側でぼくと耳をおしつけあっているのは、本物の葬儀会社の人なのだろうか。とにかくできるだけ別の運転手をさがしてみます、と突然耳の中に針をつきいれられるような衝撃で電話が切れた。ぼくは不安のさざ波が耳の穴からゆっくり全身にひろがっていくのを感じていた。

車、すぐくるって。ぼくが長椅子にどんと腰をおろしたので、隣の父の身体が少しはずみあがった。そうか。父は犀のように眼をしょぼしょぼさせて返事した。あとは葬式の準備だな。もう少しだから頑張ってくれよな。風が空でこすれあう音が聞こえた。唾がねばって接着剤でものみこんだみたいだった。それからどれくらいぼくらはじっと待ちつづけたのだろうか。親戚の人たちのささやきあいを樹々のざわめきのように聞きながらぼくはじりじり不安をかみつぶし、やがてその不安が恐怖に変わってくるのを感じるのだった。とにかくできるだけ別の運転手をさがしてみます、と言った葬儀会社の人の最後の声が耳の中にぬくもっていた。運転手が見つからなかったら、どういうことになるのだろうか。どうしたんだろうねえ、と親戚のひとりがぼくに近づいて言った。事故でもあったんだろうかねえ。

車はあまり走らなくなってきた。道路がこみはじめたのだ。カーブした道路のずっとむこうまで色とりどりの車がつながっているのが見えた。ふと顔をあげると、ガラスのむこうにぼくの顔がゆれていた。目鼻だちや口元がどうしようもなく母ににている。死んだ人の顔かたちが生きた人間の上に残っているのだ。ぼくらの葬列はのろのろ進んではすぐにとまり、しばらくしてまた少し進む。事故だね、と窓から首をつきだしてひんやりした夜気を胸いっぱいにすいこみながら、ぼくはこの車がなかなかこなかった時のことを思い出して言ってみた。対面からダンプカーがすごい勢いで通りすぎ、ぼくの髪を風でかきむしった。荷台が空で、さっきのダンプカーが一仕事終えひっかえしてきたのかもしれなかった。行列してさ、田舎に帰るんじゃねえの、と運転手も窓から首をだして後をむき、ぼくに笑いかけて言った。お盆の入りだかんね。

そうよ、おかあちゃんはお盆の入りの日になくなったんだわ。突然、妹がほとんど叫ぶような声をあげた。お葬式に会社を休んだりしないですむようにって、おかあちゃん、みんなのことを考えたのよ。迷惑かけちゃいけないって思って……妹の声はしだいに上ずっていき、これ以上高くなれないところまでくるとわっと泣き伏した。病院からずっと泣きつづけなので、掌の中でハンカチはぬれそぼり色が変わって小さくなっていた。妹の首筋が後の車のヘッドライトに照らされてたよりないほど細い。人間、死んじまっちゃおしまいだねえ。運転手がチッチッチッと雀のように舌の先を鳴らして言った。何言われても黙ってるしかねえんだも。そうか、お盆か。しずかで眠っているのだとばかり思っていた父が、腰を持上げすわりなおしてかん高い声をだした。車がきしむ。声が喉になじんでいないみたいだ。お盆だったなあ。頭にきちゃうよなあ、と運転手がひとつなぎになった車の帯にむかってクラクションをつきたてた。いつになったら着くか見当もつかねえよ。運転手は尻のポケットからだした曲がった煙草をくわえてマッチをすったが、なかなか火がつかず、辛抱強くやって五回目でようやくうかんだ小さな火に煙草の先をおしあてた。これじゃ商売になんないかんね。運転手のはきだす煙が車の中をひとまわりしてゆっくり外に流れていく。タクシーならおりてくれとも言えるけどさ。

いきなりドアを開けて看護婦が、車きましたよ、ともどかしげに言うやいなやドアを開けたままのけぞるように走っていった。急ぎぼくもドアからとびだす。看護婦の白い後姿が暗い廊下に蝶のように見えた。蝶はつぎつぎにあらわれては母の病室にふっとかき消えた。母は前のままの格好で眠りつづけている。ぼくは母のわきをすりぬけ、ダンボール箱をかかえた。母を横たえ車のついたベッドをおす看護婦のあとからできるだけ靴音をたてないようにと気を配って廊下を通りぬけている時、鍵穴やドアの隙間から患者たちの眼がひかっているような気がした。歩くたびにダンボールの中がかちゃかちゃ鳴る。ガーゼに母の顔の輪郭が石膏のデスマスクみたいだ。エレベーターにのりぼくらがやってきたのはスロープがおちている地下の裏口だった。

かさばった黒い甲虫のようなライトバンが出口に尻をおしつけていた。キュッキュッ靴の音をたてこころもち急いでぼくらが進んでいくと、運転手はあわてて煙草を床に投げ踏み、車の後の観音開きのドアを開いた。大勢で蒲団の端をつかみ母の遺体を車の中にいれる時、暗い穴に投げこむような気がして手がすくんだ。母の蒲団の具合をいつまでもなおしている妹やぼくをおしのけ運転手が勢いよくドアを閉めたので、車は犬のように身ぶるいした。おかあちゃん、おかあちゃん。ドアにすがりついて妹は頬をこすりつけた。黒くつやつやした車体に涙のあとが残った。

蒲団ものせていない空のベッドはまるで俎のようだった。空色のパジャマを着た中年男が遠まきにながめていたが、すぐ看護婦に追いかえされてしまった。この病院にはもうくることはないだろう。身体中の毛穴から風が吹きでるような喪失感とともに、腫れものがひいたような解放感が心の奥底にぬくもっていた。こうなるより他に何が考えられたというのだろう。妹のようには母の死をうけとめたくないとは思わない。車内に落着くと、少し酒の臭いがするような気がした。親戚の人たちや看護婦に頭をさげ、ぼくら家族だけで車は走りだした。親戚の人たちはこのまま夜行列車でもどっていくのだ。病院の建物がすぐ眼の前にまるで空のようにおおいかぶさっていた。

小さな町にはいっていた。両側に家々が墓石のようにひっそりたちならんでいる。横ぎっていく車もないのに長い赤信号だ。後からオートバイが対向車との間をぬいセンターラインのむこう側を素晴しい速度でつき進んでいった。オートバイの男はけたたましい爆音の中にヒヤホーと得意げにかん高く叫び声をあげ、荷台では、ヘルメットをかぶった女の子が腰にすがりつき恐そうにまるくなっていた。どうにもならんすねえ、ちょっと休んでいきませんか。運転手は父が顔をあげるとさっと愛想笑いをひろげた。すぐ前にこぼれそうなほど光をたたえたドライブインがあった。こう走らないんじゃ眠くなって、コーヒーでも飲まなきゃやりきれんすよ。

父が何も返事をしないのに運転手は楽しそうにハンドルをまわして列からはずれ、ドライブインの前の駐車場にはいった。車をでてのびをすると、腰の骨がこきんと鳴った。空には星がいっぱいだった。妹はおかあちゃんの番をしていると言って座席にしがみつき車をおりたがらなかったが、先はまだ長いんだからと顔だけ車の中にいれてようやく父が説得した。外からだと、母は両脇に積重ねられた食器や衣類などさまざまな物にかこまれてとても小さく見えた。あっ、いけねえ。運転手はまた車のドアをあけて手をのばし、車内燈を消した。急に黒ずんで母は荷物と見わけがつかなくなった。身体が妙にかるく、二、三歩すすんでいくと脚がもつれそうな気がした。そうだ、ぼくはひどく空腹なのだ。

ドライブインはいっぱいで席のあくのを待ってまだ幾人も壁に待機していたので、よりいっそう疲れたような気分になってまたぼくらは車にもどらねばならなかった。父が売店で買ってきたカリントを食べながら、運転手は不機嫌だった。はやく帰ろうよ。父がさしだしたカリントをこばんで妹がせきたてると、ちょっと便所に行ってくっかんね、運転手はポケットに両手をいれ、はねるようにふたたびドライブインにもどっていった。妹とならんで空を見上げていると、足元をすくわれてふわっと身体がうきあがり、まるで空を飛んでいるような気にもなってくるのだった。ゆるやかに吹いてきた風にシャツと髪がふくらんだ。悲しいか、とぼくは小石を爪先でくるくるなでながら言った。うん。妹はぼくを見上げてうなずいた。運転手はいつまでももどってこなかった。悲しいのは当り前だよな、とぼくは妹の髪を指先につまんだ。心配になってぼくは運転手の様子を見てくることにした。なあに、心配いんねえよ。トイレで運転手はぼくの顔を見るなりいきなり言った。トイレのドアにもたれかかって自動販売機の罐ビールを飲んでいたのだ。足の下に空罐が一つころがっている。こんなの一本や二本飲んだって、ききめねえよ、うん。

明るくなる前に着きてえな。運転手がエンジンを始動させながら煙草を外に投げすてた。赤い火がゆっくりと輪を描き、アスファルトにはじけ火の粉が花のかたちにはねあがった。病院にくる前からすでに運転手は酔っていたのだ。トイレでビールを飲んでいたことを、ぼくは父にも妹にも言うつもりはなかった。運転手はぼくに対する照れかくしか、しきりにカリントを噛んでいた。日が登ってくると、だんだん臭いだすかんね。運転手の言っている意味がよくわからなかった。車は二、三度しゃっくりのようにノッキングをくりかえして走りだしたが、やはり道路はいっぱいで、なかなか列にはいることができなかった。病気で死んだんだから、すぐ臭ってきちゃうかんね。ぼくらの車はやかましいほどクラクションを鳴らして強引に列に割りこんだ。ドライアイス持ってくるんだったな。

思わずぼくは身体をまわした。母は後の車にスポットライトのように照らされていた。妹もはねあがるように後をむく。母の粉っぽくあおざめた皮膚の下で何やら重大な変化が起こっているのだ。少し唇がめくれ、樹の芽のようにのぞいている歯が白くかがやいていた。母が腐りかけている。妹がぼくの頬に頬をこすりつけるようにして母をのぞきこむ。妹の髪とぼくの髪とが藻のようにまざりあう。妹の眼はひかって夜の中につきささっている。おかあちゃんが腐る。やばいなあ。運転手がハンドルから手を離してシートにどしんとのけぞったので、車が悪寒をまきちらすように身震いした。このぶんだとさ、むこうに着くのは昼すぎだろ。まあ、少しは臭ってくんね。

おかあちゃんが腐る！　妹は幾度も呪文のようにくりかえして立上がり、天井に頭をぶつけ、両掌で顔をおおって身体をゆすった。車の列は動きそうにない。田んぼの真中にいるらしく、ゲゲ、ゲゲゲゲ、いちめんカエルの鳴き声につつまれていることに不意に気づいた。地面の底からわきあがり空にこだまする読経みたいだ。車の列が動きだすと読経は乱れて弱まり、止まるとまた空にむかって声をそろえる。あ、鼾だ。父はカエルの声にあわせ鼾をかきたてて眠りこんでいる。疲れたのだからそっとしておいてやろうと思うと、突然、おとうちゃん起きなさい、妹がかん高い声を出して父の胸ぐらをつかみゆり起こした。父の歯がうちあたってカチカチ音がする。おかあちゃんがあんなに苦しがって死にそうな時に、おとうちゃんとおにいちゃんがおかあちゃんのご飯食べちゃおうって相談してたこと、知ってるわ。どう思ってるの。しゃくりあげるたびごとにシートが震えて、妹の怒りが伝わってくるようだ。カボチャの煮つけと塩ジャケをふとぼくは思い出した。おかあちゃんはなんにも知らないで死んでいったんだわ。

父はあわてて背筋をのばしすわりなおした。妹は時にヒィーッとひきつるような高い声をまぜてしゃくりあげつづけた。ぼくと父は気まずく黙りこみ、ゲゲゲ、ゲゲゲゲ、カエルはいよいよ強く鳴きかわす。遠くまでつながった車の列はまるで首飾りみたいだ。窓をこんこんたたく音に眼をむけると、窓の外に不精髭をはやした男がにこにこ笑っていた。ぼくと眼があうなり、葬式すんの、と男は感心したような声をだした。俺ね、死んだ人見るのひさしぶりだよ。男はすぐ後に止まっている大型トラックの運転手らしい。葬式を見るとその日は運がいいって言うよな。運がいいわけねえだろ、とぼくらの運転手は挑戦的に声をつきたて外にでた。こんなにつまっちゃってよ、どうしてくれんだよ。二人の運転手は屈伸運動してカエルのようにとびあがり、下腹をつきだし暗い田んぼにむかって小便をはじめた。狭い車の中でまるく身をかがめたぼくからは、ライトに照らされて小便はキラキラかがやきとてもきれいに見えた。哀しみにうるんだまなざしで背中から透視されているような気がして、ぼくはすでに後を見ることができなかった。母にも見つめられていたのだ。ぼくら家族三人は暗がりの中でひっそり身をよせあった。

平成5年秋季号

物の怪

車谷 長吉

くるまたに・ちょうきつ
（昭和20年〜平成27年）
慶應義塾大学文学部独文科卒。代表作に『鹽壺の匙』（三島由紀夫賞、芸術選奨文部大臣新人賞）や『赤目四十八瀧心中未遂』（直木賞）などがある。

©共同通信社

A

今日は新聞休刊日。何とはなしに、淋しい。女がそばにいないから覚える淋しさとは、また違う淋しさだ。世の中では、日々、おびただしい数の言説（情報）が生産されている。私たちは、この言説に浸蝕されて生きている。この言説を、現実であるとかん違いして生きている。夢の中で、これは夢やけど、と分っていて、夢を見ているようなものだ。けれどもこの悪夢の外へ出ることは、出来ない。今日では、言説こそが現実であるから。ところが新聞休刊日は、ほんの少し、この悪夢の外へ放置される日だ。麻薬が切れる日である。そして、淋しい。女がいない淋しさとは、別の淋しさだ。女がいれば、女は生身であるから、こうしてくれ、とかならず要求され、どきんッ、とする。言説は悪夢の中の魔物のように、ただ私たちを追って来る。今日は魔物が追って来ない日だ。非現実という現実の肌ざわりを生きる日だ。男は女にだまされている時が一番楽しい。

B

凡《オヨソ》天地の間に生きとしいけるものは皆虫ならずや、それが中に人のみいかで貴くあるにや。

加茂ノ眞淵が国意考の中に、こう書いている。私はかねて心の中に近代人であることには救いはないという不安な確信をいだいて来た。併しにも拘わらず、近代人としてこの東京三界《サンガイ》に生きて行くほかに、生きて行く道はない、という出口なしの一升壜の中に生きて来た。人を根本のところで衝き動かすのは、人の中の虫ではないだろうか。虫が好く、とか、好かない、とか言う時の虫ではないだろうか。あるいは、虫酸が走る、と言う時の虫ではないか。さらに、この虫とは何かを考えるならば、物心、物のはずみ、物語り、物忌み、物の怪、などと言う時の「物」の姿が浮び上がって来る。この物に憑かれた時、人は動き出すのではないか。近代人に取り憑いて来た計算主義的理性、あるいは病気になりたいという病気も、それ自体が、実は物の怪ではないだろうか。この物に取り憑かれて、物語りしたスカたんもおるし、女を好きになって、物狂いした男もおります。虫のええことを考える虫もおります。凡天地の間に生きとしいけるものは皆虫ならずや。人なし。

C

私が三田の学生だった時、当時三十過ぎのある女が、別嬪の女友達に、自分の夫がいかにだらしない男であるかを、めんめんと訴えていた。それを聞いていた別嬪の女が、すると、いきなり両手を大きく拡げ、「おお、可哀そうなユリ子さん、私の胸にすがって、お泣きなさい。」と言った。それを見た三十過ぎの女は、あまりのことに急に憑き物が落ちたのか、言葉を失って、白笑いした。ところがそうなると、両手を大きく拡げた別嬪は、その拡げた手の始末に困り、これまた困惑したような蛇顔になった。

私が三十の時、ある女が私の首を胸にだいて、「人の一生は短いのよ。」と言った。勿論、それ以前にそういう概念があることは活字映像等を通じて知っていたが、生まの言葉で、じかに言われたのは、はじめてだった。元よりこういう芝居がかった言葉が、その時の私の骨身に沁みようはずがない。どこかこの世ならぬところで聞いたような言葉だった。恐らくはそうであるがゆえに、その後の私には一日たりとも忘れ得ぬ言葉であった。五十が近づいて、この言葉がじかに身に沁みて来た。

D

男は女にだまされている時が一番楽しい。だから私はいつも、だまして、と思っているが、だましてくれる女はいない。恐らくは女も男にだまされている時が一番楽しい。だから私はいつも親切に、だまして上げよう、と思うのだけれど、私のようなスカたんにだまされる女はいない。家でも学校でも、女のだまし方はならわなかった。会社でもおしえ込まれなかった。勿論、だまされ方もならわなかった。それでも、だまされている時はあるもので、それと気がついた時は、えらくがっかりする。だまされていた時の有頂天が抜けてしまったことに、がっかりする。酒の酔いからさめた時のようなものだ。だからまた悲しくだまされたいと思うて、待っている。ところが待っているかぎり、その時は来ない。それはF・カフカが小説に書いた通りだ。だが、女をだますことは、これは命がけの仕事だ。相手はだまされたいと身構えているのだから。何しろ、現代人は意識にたより過ぎて生きている。はじらいの表情は、あれは恐怖の感情だ。うまくだまして欲しいという要求でもある。でも、自身のそういう虫のよさに傷つく女や男は、ざらにはいないな。

E

喰うてひりつるんで迷ふ世界虫、上《カミ》天子から下《シモ》庶人まで。

司馬江漢が、こんな歌を残している。江漢はその一生を物狂いに生きた。それが禍して、あるいは幸いして、晩年は妻《ツマ》子《コ》にも去られ、孤独の中《ウチ》に死んで行った。人が人である、ということは、人が人であることの迷いに堪える、ということであり、その堪えがたいことにまた迷うのが、人が生きるということであった。和辻哲郎の家の便所は大便用個室が四畳半の広さで、畳が敷いてあり、隅に書架がおかれていた。ここは、物に憑かれた世界虫が、物を迷うところだった。車谷長吉は、会社へ出るほかは、世を避け、世捨人の生活をして来た。当人はそれを希ったわけではないが、そうせざるを得ない力が働いて来た。この力が、車谷に生涯独身という終身刑を強いた。むごいことである。死ニ金、ということがある。己れの死を処分してもらうために、みずから私《ヒソ》かに用意する銭のことである。馬鹿者は一生うめくのである。あ。

F

それは、いざという時のために用意しておく金である。だが、そのいざという時が来て、その金を使うと窮地が救われるか、と言うと、その時、その人の生は終るのである。それなれば、そんな金はいざという時の金ではないし、そんな金は用意しておく必要もないではないか、と合理主義者は考えるだろう。併しそうではあっても、人は生きるためにはそういういくばくかの金を、絶えず用意しておくことを迫られている。そういう恐ろしい力が働いている。日本の神社で売っているお守りというのも、そういうものではないだろうか。このお守りがないと、人は生きて行けないのである。だから人はいくばくかの金を出して、お守りを求めるのである。このように非合理的な、物の怪の銭のことを、ここではかりにSOME MONEY と名づけよう。一九二〇年代のアメリカ人が制度化した生命保険金なども、こういうただならぬ銭の一種である。産婦人科医院で生れるより、葬儀会社の世話になってあの世へ逝くまで、一日たりとも、金の支配を受けることなしには生きることが出来ないのが、近代人の生活である。私は詩人某氏が婚姻届に判を捺すと同時に、同じ卓子の上で生命保険加入契約書に判を捺しているのを見たことがある。某氏の詩集を、SOME MONEYとして買って持っている人も、恐らくは世の中にはいるだろう。世界虫は迷うのである。

G

そのあたりまで来ると、雪が激しくなって来た。仲間は五人で、小学二年生の与一は一番年下だった。これからまだ吹きッさらしの遠い野道を歩いて帰らねばならないのだった。もう夜の九時半を過ぎていた。そこから少し戻ると、与一の知り合いの家があるので、誰かが、与一、傘を三本借《カ》って来い、と言った。知り合いと言うても、そう親しい人ではない。けれどもみんなの心細そうな顔色や、いよいよ激しくなって来る雪の勢いに気圧されて、与一は借りに行った。予想通りいやな顔をされたが、またその家族の中には与一の父の名前を口にする人もおり、とどの詰まり、重い油紙の番傘を三本貸してくれた。与一は急いで戻って来た。待っているはずの仲間は誰もいなかった。黒い蓮池がわずかのあいだに、もう雪に埋《ウズ》もれていた。与一は重い番傘をかかえ、雪の夜道を駆けて行った。一ト足先に駆けて行った仲間の乱れた足跡が、雪の上についていた。これが人の足跡だった。翌日、村の稲荷堂の境内でいつものように顔を合せた。が、仲間はみな夜んべのことはなかったかのような素振りだった。そうである以上、与一もゆうべの足跡にふれるのが恐ろしかった。稲荷堂の庇《ヒサシ》から雪解けのしずくが絶え間なく落ちていた。それから二十五年ぐらいが過ぎて、その時の仲間の一人が、与一に、あの晩のこと憶えとうか、と言った。覚えとう、と言うと、お前は嫌われ者《モン》よの、と言った。

H

言葉は本来、神のものであった。その時、言葉は眞《マコト》を語るものだった。それがだんだん人のものになって来た時から、言葉は眞を語らなくなって来た。偽《イツワ》りを語るようになった。ところが具合が悪いことに、人のものになった言葉は、時に眞を語ることもあるのだった。眞とは何か、を考えるならば、それは神が嘉《ヨミ》したまうことにほかならないが、何が神の意《ココロ》にかなうことであるかは人には分らないことだった。そうであるがゆえに、人は自慢顔で偽りを語るのだった。元より人に偽りを語らせるのは、人の中の知恵《サカシラ》にほかならないが、偽、という漢字を分解すれば、人の為《ナ》す、となるのは味わい深い出来事である。併しそうではあっても、人の言葉が時に眞を語ることがあるのは、人の中に、人の知恵が及ばない物や虫が息をしているからであって、この物や虫は、時に人を滅ぼすこともある。物心《ウチ》が憑いた時から、人は虫の知らせがあるのを怖れることの中に生きるのである。気の毒なことである。

I

四十五歳の正月、何の当てもなしに、巣鴨駅から電車に乗った。午後四時を過ぎて、私が降りたところは、奥多摩の相模湖という駅だった。人通りのない坂道を下りて行くと、夕日の沈んだ直後の湖が見えた。三、四軒、茶店があった。併しそこにも、誰もいなかった。奥から白いエプロンを掛けた狐が出て来て、寄って行きませんか、と親切に言うてくれたので、なかに入って、蒼く透いた夕暮れの湖を眺めながら、狐が出してくれたおでんで、お酒を呑みはじめた。壁に大きな一枚鏡がはってあって、その鏡の中でも、白骨の男が笑いながら、おでんでお酒を呑んでいた。男は、あなたのために歌を歌って上げよう、と言って、私が小学生のころにならった歌を歌ってくれた。

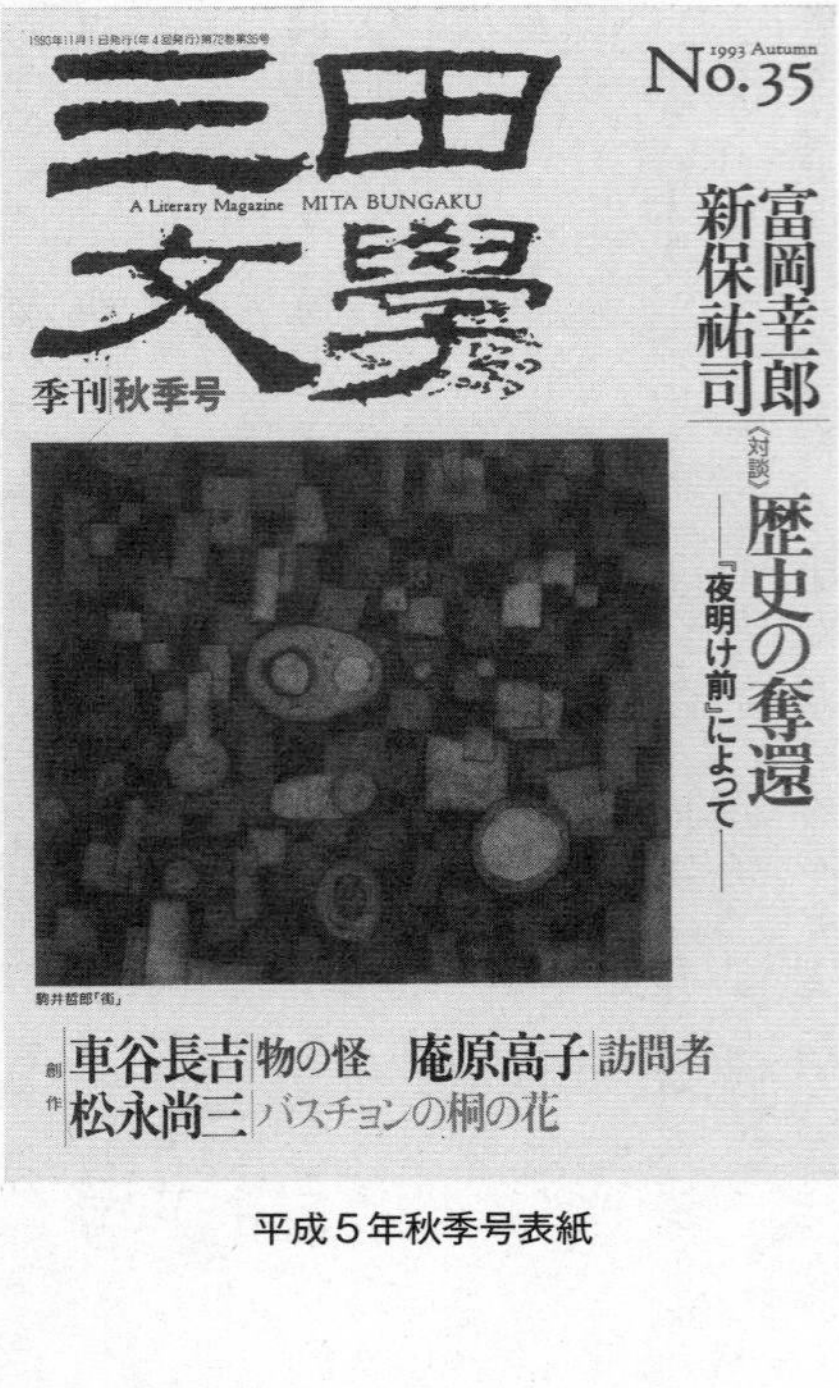

平成5年秋季号表紙

平成8年夏季号

いたちごっこ

室井　光広

むろい・みつひろ
（昭和30年～令和元年）
慶應義塾大学文学部卒。「零の力　J・L・ボルヘスをめぐる断章」で第31回群像新人文学賞評論部門当選。「おどるでく」で第111回芥川賞を受賞。三田文学新人賞選考委員を務め多くの作家を見出した。

立春の頃、仕事上の必要があって貝塚を訪れた。何でもやらなければならない翻訳業のなりゆきで、縄文時代を扱った叢書の英訳プロジェクトチームの一員として、『列島に咲いた最初の《野》の花』（The flowers of the Field）という巻を担当することになったのだった。定時制高校でフィールドクラブなるものに一応所属しているらしい甥の太《ふとし》を連れて行こうと思いたち、長く太の家庭教師をしてくれていたM子さんに声をかけた。彼女の運転で、南北合わせ日本最大の規模だという千葉市桜木町にある加曾利貝塚をめざした。桜木町に隣接して貝塚町や加曾利町といったまぎらわしい地名が眼に入り、遺跡はそこにと思い込んだりして、しばし堂々巡りに陥った。道路地図で見てもかなり大きな公園マークになっているが、入口に至る道路を取り間違えたのか、観光バスの類が入るのはまず無理なように思われる狭い小道を進んだ。

寒風の吹きすさぶ日だった。それまで一度も使ったことのないダウンジャケットのフードをかぶってなんとか凌いだ。襟首の部分に小さく折り畳まれて入っているのをふいに思い出し、M子さんに引っ張り出してもらった。二人とも暖かそうな毛糸の帽子を用意しており、僕だけが郷里の言葉でいう〝すっぽろりん〟のまま車外へ出て、ひゃあ！　と叫び声をあげた。薄い化粧に口紅を濃くつけたM子さんが、冷たい手を動かして僕の首筋からフードを出す時も、ひゃあひゃあと大仰に地団駄を踏むようなしぐさをするたび、太が案の定ににやにや笑った。彼は小さい頃から、他人が烈しい喜怒哀楽をあらわにする姿をみてとると必ずといっていいほど独特の薄ら笑いを浮かべる。もちろん小馬鹿にしているわけではないのだけれど、見ず知らずの他人にはやはり誤解されやすいだろう。

この日、M子さんを前にした気安さもあってか、僕が寒風吹きさらされる中思わず口走った言葉は「寒くてボッキきかないよ」だった。気持ちが急に和らいだり、あるいは切羽つまったりした時、土地言葉が無意識に口をついてでるのは自分も同じでよくわかるけど、と前置きしたM子さんは、でもその言葉はやめたほうがいいといった。あまり深く考えもしないで時折使っていたが、なるほど〝ボッキきかない〟(この場合あまりに寒くて手足の先がしびれた状態になることを指しているが、ふつうには不器用なことをいう。〝ボッキのきく人〟とはだから器用な人の意だ)なる土地言葉は彼女のいう通り、漢字で書けば「勃起きかない」となるわけで、勃起はにわかに力強く起り立つことの意だから何も性的なエレクチオばかり指すのではないとしても、以後少し気をつけようなどと納得した次第だった。

M子さんは僕と同郷の人だ。太の母親である僕の妹と高校の同級で、親友の妹と共に看護学校へ進学、ほぼ同時期に看護婦となり、妹よりは長く勤めたが二十代の終りに結婚退職した。僕と妹は年子のきょうだいだから、若くみえるがM子さんも四十歳になる勘定である。妹は太の父親とわかれた後、現在は太ともども再婚相手の実家に住んでいる。M子さんは二度離婚したあげく、三度目の相手が病気で逝ってしまった。妹がバツイチなら自分はバツ二だと自慢して笑っていたが、「三度目の正直でバチアタリになっちゃった」と、意味不明のことを語ったと妹に聞いたことがある。

今は定時制高校に在学する太の家庭教師をM子に頼んだと数年前に妹からはじめてきいた時は意外な気がした。児童相談室より「学校緘黙症」なる診断が太に下って以来、妹は気をもんであちこちかけずり廻っているふうだった。僕が家庭教師の真似事をしたこともあったのだが、次第に事情が許さなくなった。たしかにM子さんは太がうちとけられる数少ない他人ではあったが……。

「わたしと同じで看護学校しか出ていないM子に数学とか英語の家庭教師がつとまるのかって思ってるんでしょ」とあの時妹はいった。

以下妹にならってM子を〝さん〟付けするのをやめる。昔々、M子と僕は深い仲だった。そういいたいところだが、深い仲だったのはわれわれが小学校高学年頃の一時期に限定される。当時の心情に寄り添っていえばそれはなかなかにアブナイ関係だった。それをたわいもないものとみなして中学生になったばかりの太にしゃべったのは、何に対しても無反応を貫いている感のある彼が俄然興味を示したように思えたからだ。れいの薄ら笑いを、めったに見られない生々とした表情にはりつかせたので、こっちもつい調子にのった。

「ハニワちゃんに、話したでしょ」と詰問調でM子が電話してきた時、僕はすぐにわかったけれど反射的に白ばくれた。「ハニワちゃん」とは太をよぶM子だけのニックネームである。

「何、だっけ?」

「いたちごっこの事よ」

突然、首筋にむずがゆいような痺れがはしった。彼女が発音した「いたちごっこ」という言葉からじっさいにイタチが一匹飛び出してきて僕のうなじの辺りを這い廻るような感覚――。「いたちごっこ」は一瞬未知のものとして出現し、すぐに既知のおぼろげながらもなつかしいものにかわった。お医者さんごっこを指す「あの事」の内容を、なかなかにどぎつい脚色もほどこしながら太にしゃべったのに、当事者間で少なくとも三年間は流通したはずの「いたちごっこ」なる隠語を忘れてしまっていたのだ。当事者とは、M子とM子の兄と僕の三人だけで、妹は蚊帳の外である。僕は誰よりも妹に知られるのを恐れていたが、妹はかぎつけたにもかかわらず素知らぬふうを装っている気がした。妹にはそういうところがある。

社会科教科書に載っていた古墳時代の埴輪の人物像に面差しが似ているとかでM子は太を「ハニワちゃん」と、外国人である実父は今なお幼称の「小太《シヤオタイ》」と、それぞれよんでいるのに対し、妹は頑固に「フックン」をつかう。僕は仕方なくというのもへんだが、「フトシ」とちゃんとした名でよぶ。太が誰かによびかけることはめったにない。しかし、ごくまれに僕を指すときは、どういう由来なのかハッキリしないが、「ラオさん」という。いつだったか、ハニワちゃんがわたしのことを「M子はん」ていうのよ、とM子が大笑いしていた。

こういうばらばらなよばれ方――めいめいの命名は太の生のちぐはぐさと無関係でないように思える。学齢期直前に帰国したため言葉の分裂はそう深刻ではないんじゃないかと妹は楽観していたし、日本の学校でいじめられることもたしかになかった。商社マンをしている妹の現在の夫も、太を本気で心配するふうだったが、ある時彼は僕にこういった。太《フトシ》クン(彼のよび方だ)の学校での様子をじかに担任の先生にきいてみたところ、しごく正常らしいんだね。太クンのクラスでのニックネームが「フーテン」ときかされた時は一瞬ぎくっとしたんだけれど、それも全然いじめっぽいものではないそうなんで安心しました。

こうしてみると太がそれぞれの場所でいろいろなよばれ方をされていたことがわかる。太自身がそれをとりたてて苦にしているようでもないのも妹のいう通りなのだが、僕は太がよび名の数だけばらばらに切り離されている感じがしてならなかった。僕がいきなり太に「あの事」をいかにも秘密をうち明ける口吻で話したのも、その心持ちとどこかでつながると思う。

貝塚を訪れて十日ほど経ってから、妹が連絡してきて、太が「とても喜んでいる」という。太に関するこの種のいい方は文字通りの意味をもつ。彼が喜怒哀楽の輪郭を明確にするのはめずらしいからだけれど、僕は意外だった。例年になく寒いあの日、冬枯れの木立の中を痛いような北風にさらされてわれわれ三人は黙々と歩いた。フードを引き出そうとM子の冷たい指が首すじに触った時、「いたちごっこ」の風景が思い浮んだが、もちろんそれは僕だけの連想にすぎない。博物館の脇に建てられた復元の竪穴住居を見た際も、土蔵や小屋の藁の中、それに冬場は雪を積み固めたカマクラの中で演じられた「いたちごっこ」が迫ってきた。

昭和四十年代に画期的発掘がなされたその貝塚は市の繁華街のすぐ近くに位置しているが、そこだけ別天地の感がある。これだけの広さの土地をよく開発から守れたものだと感心した。博物館内の掲示説明文によれば、当時日本全国から遺跡として保存して欲しい旨の要望書が殺到した結果実現したのだそうである。しかし、当日M子が何度か感想を洩らしたように、観光の目玉として遠くから人を呼ぶのはちょっとむずかしい。平日の、しかも異常な寒波におそわれた日ということもあったろうが、その日広大な貝塚遺跡にはわれわれ三人の他に犬が二匹いただけだった。小高い丘の上に立ってよく足元をみると、白い小さな貝殻が無数に顔をだしている。昔々、この辺りまで縄文の遠浅の海が入り込んでいた風景はただ想像するより他ない。そういう想像をしないで、全国各地の伝説にある通り、純粋にふしぎに思い、巨人が海で貝をとって食べ、貝殻を丘の上に捨てた、貝塚はその跡なのだと古人と同じく信じる方法もある。という意味のことを丘の上で僕が解説すると、M子は「巨人がこんなに小さな貝を食べていたとしたら、なんだかかわいいわね」といった。

だだっ広い跡地には縄文時代の人々に恵みを与えたと思われる樹木——ナラやシイやブナの自然林や昔の地形が残っている。林の斜面を登る時、わざと落葉が積もっているところを選んでしゃりしゃりという足音をたのしんだ。

太は背を丸め、うつむいた姿勢のまま終始言葉を発しなかった。かじかむほど寒く、〝ボッキきかない〟状態だったのはわれわれ二人も同じで、一時間ほどで車に逃げ戻り、すぐ傍のラーメン屋で体を暖めてから帰途についた。熱々のラーメンをすすりながらM子が、「ハニワちゃんが好きなドリトル先生の映画にあったじゃないの、ほら、ええっと、何だっけ」と切り出し、太にドリトル先生の言葉をいわせようとしたが、太はうつむいたまま箸をゆっくり動かしている。つまらない遠足だったんだな、と僕も落胆した。太が気にいって、時折とっぴょうしもなく朗唱したりしたドリトル先生の映画を僕は見ていないので正確な引用ではないかもしれないが、そのセリフは〈古代貝語はむずかしい、だからわたしはとりあえず金魚語からはじめる〉とかいうものである。M子がこのセリフを引いていわんとしたのは単純で、身近なものからはじめてだんだんと深く遠いものに向かうということだろう。縄文への旅なら、新聞やテレビで話題になってい る青森県の三内丸山遺跡——千五百年もの長きにわたって栄えた縄文の都へ。じっさい行くつもりだったので、こんどの

遠足はほんの小手調べなのよねえ、とM子が念を押した時、僕もうなずいた、
　ところが妹の話では、遠足の後「太は日一日と貝塚が好きになっていった」らしい。「日一日と」というあたりがいかにも太らしい反応をうまくつかんでいると苦笑させられた。どんな面白いものがあったのかと尋ねられたが皆目わからない。貝塚探訪のあの日はしまいにはフィールドデイ（と妹はいった。野外実習・遠足の日、あるいは盆と正月が一緒にきたみたいなすばらしい出来事の日？）に変化したという。

「お母さん、世界中で一番大きい貝塚が日本にあるって知ってた？　といい出したのが翌日……次の日にはまたガイドみたいな口ぶりで、——縄文時代に起こる地球温暖化は、『縄文海進』とよばれる海水面が上昇し内陸部に海岸線が入り込む現象を生み出しました。今の海岸から数キロも離れた丘に貝塚が残っているのはそのためです、なんて。ねえあの子がよ……、カソリック貝塚は接続する北貝塚と南貝塚から成っており南北三百五十メートル、東西百五十メートルに及びます、だって」

「加曾利貝塚のことをカソリックって覚えちゃったのかなあ」と僕。

「あら、でもカソリックって覚えると忘れないって、ラオさんがおしえてくれたって本人はいってるけど」

　どういうことなのか、と首をひねり、カトリック信者の妹にからかわれているのだと考えた僕は、すぐに話題を逸らしてみた。

「古代貝語の勉強が一気にすすんだってわけだね」

「そうそう、そんなふうなこともいってたわね。《イフ・ワフ語》をカセットテープにおさめてきたとかなんとか……」

妹の口調はあくまで明るかった。

　第一印象は寒々としたものでも、日を追うにつれて濃密な潮に心身が洗われていくような感覚に包まれることがある。そういう場合、遺跡はわれわれの身体の中に発見されている。太（あるいは妹）のいうカソリック貝塚も、実在の遺跡がきっかけとなって発見された謎めいた場所なのかもしれない。後日、太が何度も読んでぼろぼろになっている井伏鱒二訳のドリトル先生物語シリーズのうち「航海記」を借りて太の心持ちをおしはかろうとぱらぱら眺めた。第一部の7は「貝の話」である。

「その貝は、ぜんぜん、話をしないんですか」「いや、そんなことはない、貝もことばをもっておる。（中略）今では、このイフ・ワフは、とても数がすくなくなって、じぶんだけ、たったひとり、大海原のいちばん深いところをおよいでいる。だから、きっと話をすることがなくなって、しぜんに、ことばが話せなくなってしまったのだろう」「でも、大きな貝になると、もっと話をするのでしょう。つまり、これは小さすぎるんでしょうね」

　……引用はまったくアトランダムである。半分は魚で半分は貝の「イフ・ワフ」の言葉をドリトル先生は研究してやま

ないのだが、アトランダムついでに第四部へとぶ。「イフ・ワフ」語探求をめぐるユーモラスないたちごっこの果てに先生がいう「……これは貝類のことばじゃない。でも、それにすすむための大きな踏み台だ」と。

ところで僕のちっぽけな遺跡から見つかった「いたちごっこ」という言葉に、あの日ついでに立ち寄った市内の古書店から買いもとめた貝塚の本の中で出くわした。もちろん劇的な遭遇でもなんでもない。双方が互いに同じことを繰り返し、いつまでたってもキリがない決着がつかぬイメージの、ごくふつうの使われ方である。貝塚博物館主催で、毎年時期を決めて子供たちを対象にした縄文土器を作る実習講座をひらいている。その指導に当る専門家が苦労話をのべる。……縄文人がやったであろうと思われるやり方で土器を作ったところ、水が洩れてしまって煮たきは不可能なシロモノしかできない。土器の素地の中にツナギとして種々の植物繊維が混入されていることをつきとめ、それを真似てみるが、なかなかうまくゆかない。水洩れ以前の問題として、乾燥中の器面の亀裂や腰くずれがしょっちゅうおこる。こねあげた器を一定時間「ねかす」必要があるとか、あるいは陰干しして乾いたものを落葉の焼灰に入れないとうまく焼けないとか、いろいろな工夫をあみだして頑張った。水が洩れないようになるまでそうした「いたちごっこ」ふうの実験研究を十数年もつづけなくてはならなかった、云々。

貝塚の本といっしょに、まるで関係のない中野重治『日本語　実用の面』（一九七六年刊）も買った。僕にはある種の易占趣味があって、たまたま手に取った二冊の本の任意の一ページをひらき、共通する、あるいは何らかの連関をもつ暗示のカケラをむりやり探し出したりするのが好きである。すくいとったつもりのその器のカケラから、啓示の水が洩れ落ちてしまうのは承知の上だ。

僕がめくったページで中野重治は井伏鱒二の「源太が手紙」の一節「モッコというのはフゴのことで、土や石ころなどを運ぶ藁細工の農具である」を引いていた。ある未知のものを既知のもので説明するのは「当りまえのことで」あるけれど、中野が面白いと思ったのは、モッコというものが井伏にとって新しいもの、未知のもので、フゴは既知のものとなっている点で、中野にとって「そこは逆」だ。モッコは知っているがフゴは知らない。だから中野が書くとすれば、ここは「フゴというのはモッコのことで、土や石を運ぶ……」となる。単なる方言の問題にすぎないが、中野は「こんなことが、もう少し複雑なことについてもいろいろにあるのかも知れない。そう思うとますますおもしろくなるが、私の場合そこから先きへ話が進まない。何か一般的なものを引き出すことが私にはできないのだった」と書きすすめる。

僕の場合も〝易占トリック〟と命名する啓示の対象は任意の一ページときめられているので、「そこから先き」の中野の文を「引き出すこと」は許されない。

「もう少し複雑なこと」「何か一般的なもの」といういい方

で中野はどんなこと・ものをイメージしていたのだろうか。ドリトル先生物語の名訳者として知られる井伏鱒二は映画に出てくる〈古代貝語はむずかしい、だからわたしはとりあえず金魚語からはじめる〉式のユーモアを体得していた作家のようであるが、中野重治はそうしたユーモアより「もう少し複雑なことについて」思いを馳せ、なんとか「そこから先きへ」話を進め、「何か一般的なものを引き出」したいと願っていた模様だ。要するに、身近な「金魚語」を手がかりにして本気で「古代貝語」いや、謎の「イフ・ワフ」語を習得しようとしていた。先の一ページからはそういう静かな熱がたちのぼっている。しかし話は進まず、フゴとモッコに象徴されるいたちごっこから脱することができない。作家が別の場所で――往きつ戻りつをいやがらずにねちねちと行かねばならぬ……といったのも堂々巡りふうの進み方と関係があるだろう。

僕のいたちごっこに話を戻そう。任意の一ページに即して「いたちごっこというのは国語辞典にのっている通常の意味とは異なる隠語で、いわゆるお医者さんごっこのことである」と再度書きつけ、「もう少し複雑なこと」へ思いを馳せる。

僕の場合も「一般的」ではないが、ただ太の名前のよばれ方がばらばらでちぐはぐだったように、少々こみいっている。われわれの地方で「あの事」をお医者さんごっことはいわなかった。実態はあったけれど、それを指す「一般的」な呼称はなかった。われわれ三人――M子とM子の兄と僕――はいたちごっことよびあった。たしかに際限のない悪循環ふうの遊びだったから命名はぴったりである。だが、われわれがそんな高度な辞書的意味など知っていたはずもない。鼻の辺りに複数のホクロがあるせいだったろうか、M子にハナクロイタチというニックネームがついていた。M子が怒るので僕はそれをつかったことはない。ちなみにM子の兄はジョーモンジンとあだ名された（僕自身はどういうわけかニックネームの類でよばれた記憶がない）。最初に、いたちごっこといいだしたのはジョーモンジンだったと思う。

いたちごっこにまつわる風景は、お医者さんごっこにはとどまらない印象だ。いつだったか医者である太の実父からの電子メールで、いたちごっこに相当する英語 a vicious circle をおしえてもらったことがある。文字通り「悪循環」というわけだが、たとえ悪いものであっても、「環」境の一つにはちがいない。あの頃の「循環」がパノラマの一部として、僕の眼間にひらく。

僕は太に、まるで猥本でも見せるように、遠い昔の「悪循環」のパノラマの一部を披露したくなったのだった。以下は、太に語ってきかせた内容である。

「悪いな、これしか無くて」

僕はM子の兄のジョーモンジンから何度その言葉を聞いただろう。それは、奥地の分校時代からつづいた「悪い」循環を表現するシンボル語である。僕にとって謎の「イフ・ワフ」語のような響きのする言葉といってもいい。分校には独身の男先生が寝泊まりし、てんやわんやのありさまで複式学級を教えていた。先生は風変りな男だった。さまざまな種類の楽器、芝居、催眠術、考古学などに興味をもち、教科書の勉強はそっちのけで、われわれにそうした方面の〝実技演習《フィールドワーク》〟を指導してよろこび、週のうち半分ほどはきまって山野遊びを許した。十文字という名がついている扇状地で、M子の兄が縄文時代の石棒を発見した時は地元の新聞に先生がコメントをのせた。以来、彼はジョーモンジンとよばれるようになったのだが、その名の通り彼は、魚や野鳥をつかまえたり、クルミの木の木刀や竹鉄砲をこしらえるのが上手だった。つまりジョーモンジンこそは〝ボッキのきく〟器用人なのだった。

「悪いな」――なぜかいつもそういいながら、先生ご執心の芝居の小道具なども巧みに作ってくれた。山河に精通し、とりわけイワナ取りは大人顔負けの名人級だった。日本刀のような妖しい魅力をもつ、この奥山の魚をよく僕に取ってくれた。その都度僕は大事にしていた遊び道具などをお礼にあげたように思う。イワナを家にもち帰ると、家の人たちが「これ全部、汝《にし》が取ったのかあ」と驚く。大きく頷いてしまうその時の快感が忘れられず、僕は以後折にふれてジョーモンジンをせっつくようになった。

「悪いな」と、ある時ジョーモンジンがいつもとちがう表情でいった。僕はハッとした。おまえのやってることはずるいぞ、と難詰されるのではないかと思ったのだ。だがジョーモンジンはひどくいいにくそうに、ぼそりと低くモノを落とすようにこういった。

「銭の方《ほ》がいいな」

縄文人と弥生人（？）の取引はかなりの頻度でつづいた。この間、僕は純粋な商人だった。僕は土地言葉でいうオンゾコナイ（＝ダメ人間、いい気な奴）の子供になりはてた。ついには紙幣入れになっていた父の手箱から金を盗みだし、ジョーモンジンを交えた幾人かの男子同級生らに大盤振舞した。学校行事だった春のフキの葉採り、ストーブのたきつけにするための秋の杉の葉集めの大会などでもジョーモンジンは僕のためにひと頑張りしてくれた。vicious circle の「環」にはまった僕は子供としてどんどん損なわれていった。損なうという言葉のニュアンスがわかるとは思われなかったが、太はこの時、ジョーモンジンに同情的なカタコトをつぶやいた。――悪いな、それはジョーモンジンに悪いな、と。たしかに触まれていったのは僕よりジョーモンジンかもしれない。

田植えが終って辺り一面の早苗が風にそよぐ頃、その斑の緑の区画をぬうようにして、一人の農婦が細い畦道を僕の家の方へ急いでいた。正面玄関に至る道路でなく、裏道を通って裏木戸（村の言葉では背戸）を訪れる――そのことで僕に直覚するものがあった。母がよばれて裏へ出てゆく。僕は飯食い場のガラス窓からそれを眺めていた。手拭いでほっかぶりした農婦はジョーモンジンの母だった。話のなかみは聞こえなかったがジョーモンジンの母は僕の母の前で何度も頭を下げた。

その夜、僕は自白を迫られた。父母よりも祖父母が、これまで見たこともないような厳しい表情で怒り猛ったので僕は震えあがってしまった。紙幣を数枚（それはジョーモンジンの母が返してきたものだった）僕の眼の前に並べ、それがどういう価値をもつものかわかっているのかという意味の言葉を反復して並べたて詰問した。妹だけがおろおろしながらも、かばう発言をしたが、弁護は弱々しいものになる他なかった。僕はvicious circleの「輪」の内部に、堂々巡りの〝奥の院〟に踏み込まれることを恐怖し、それだけはゼッタイ白状できないと決心していた。

根雪におおわれる冬季には、ジョーモンジンの「金になる産物」は何もない。盗むことに慣れっこになったオンゾコナイは、冬の間も、ジョーモンジンに紙幣をちらつかせていた。

大雪の正月、僕はジョーモンジンの家に遊びに行き、M子も一緒に三人で納屋の脇に大きなカマクラを作った。ローソクを灯し、入口に薦《こも》を垂らしてから、中でモチを食った。この時ジョーモンジンが、

「ハナクロイタチと面白《おもしえ》い事やっぺ」と、いつになく有頂天になっていい出し、いきなりローソクの火を吹き消した。

「いたちごっこ」はその後、場所を変え、くり返された。

「往きつ戻りつをいやがらずにねちねちと」遊びつづけたのである。話の感想を太に迫ると、ドリトル先生物語に登場する頭二つに身体は一つという珍獣pushmi-pullyu（井伏鱒二がオシツオサレツと訳した非常なはにかみ屋）の名をあげた。そうか、「いたちごっこ」はオシツオサレツのことである」と書いてもいいか、などと僕は思った。

花の寺

平成22年春季号

高橋　昌男

たかはし・まさお
（昭和10年〜平成31年）
慶應義塾大学文学部仏文学科卒。広告代理店勤務を経て創作活動に没頭し、戦後第六次「三田文学」初代編集長に就任。「三田文学」で連載した「京極為兼の本懐」は遺作となった。

夜来の雨が上がったのを見て、傘とコートを置いてゆくことにした。

黒いソフトをかぶり直し、「京都みやげの心配はなさらないで」という老妻の背中の声に頷くと、多聞は柔かな黒革の鞄ひとつを手に家を出た。鞄の中身は格子縞のオープンシャツと肌着の替えと、古い講義用ノート、それにニトロの錠剤である。門の脇の金木犀は雨に打たれて香りを失っている。

よくある人身事故や信号機の故障による近郊電車の遅れを用心して、ずいぶん早めにと心がけたつもりなのに、東京駅に着いたのは予定の新幹線の発車まで四分という余裕のなさで、果たして間に合うかと思ったとたん、いちど発作にみまわれたことがある心臓がはげしく胸を叩いて、ちょっとのあいだ息を詰まらせた。

年齢は確実に歩みの慢《のろ》さ、動作の鈍さにきていた。

九時四十分発の〝のぞみ〟219号は、正午に京都に着く。手にした切符で座席番号を確かめるより早く、7号車の奥のほうで、里村郁子が立ったまま「先生、こっち！」と呼んで、ちいさく手招きした。

里村女史とは学会でばったり顔を合わせて以来、三年ぶりである。かの女は多聞がかつて同志社で二年間、日本近代文学の講師をつとめていたときの教え子で、いまは北白川にある美術造形関係の大学で文芸コースを任されていた。年は五十代半ばになるか。

その里村が夏とつぜん電話をかけてきて、気候のいい十月か十一月に、学生たちに文芸講演をおねがいできないかという。場所が思い出深い京都だけに迷ったが、多聞はやはり嘘のないところをうったえた。

「春に狭心症で怖い思いをしたもんで、健康に自信が持てないことと、もうひとつ、古稀を過ぎた老学究に若い人たちの気に入る話なんてとうてい無理ということ。以上ふたつの理由からお断わりさせてもらいますよ」

「でも先生——」と里村はいった。「お声には張りがあるし、講演といっても、孫みたいな若者を相手に肩の凝らない話をして頂くだけですから、大丈夫ですわ。なんでしたら、あたくしが東京までお迎えにまいります」

「いや、そんな。とにかくぼくは、そっと生きているんですから」

などと、自分でも要領を得ないことをつぶやいて押し問答をしているうちに、とうとう引き受ける羽目になったのである。

もっとも、きょう新幹線の列車内で落ち合ったのは、里村にたまたま東京の出版社に出向く用件ができて、それと重なったためだった。

……通路に出て、多聞を迎える恰好の里村はにこやかに頭を下げて、

「おはようございます。雨が上がってなによりですわ。それに先生のお元気そうなこと！　お帽子もよくお似合いで、ダンディなのは昔とちょっともお変わりにならない」

かれはソフト帽と黒い鞄を棚に上げて、

「いや、いつかも電話で申し上げたように、ぼくはそっと生きているもんで」

といいながら向き直ると、あらためて教え子をしげしげと見やった。短くカットした茶色っぽい髪（小鼻の脇のそばかすは以前からあったものか？）、藤色のタートルネックのセーターとほどよい胸のふくらみ、白い織り糸で格子縞を浮き立たせた焦茶のジャケットと、まるい尻をくるむ裾長のスカート。

「あなたこそ人目をひく装いといい、上品でセクシーな物腰といい、消えかけた老人のいのちの火を掻き立てずには置かないひとだ。本当ですとも。御主人がつくづく羨ましい」

「まあ、いやらしい不良老人ぶらはって。そっと生きているなんて、ぜんぜん思えませんわ。さ、ええからここへお掛けになって」

里村はそういって多聞を窓際の席に押しやった。

軽口の応酬は、東京の大学を定年退職して以来めっきり口数のすくなくなった多聞を饒舌にした。自分でもそれがわかるので恥じてもいたが、旧い教え子の、いまだすっかり色香の失せたわけでもない魅力には、確かに老人の気分を高揚させるものがあった。

列車が動きだして間もなく、多聞は午後二時から文芸コースの男女学生を前にしてしゃべる「漱石と京都」という話が、ひどく場違いなものに思われてきて不安になった。演題は前

もって里村に伝えてある。

「ねえ、里村さん。いまどきの学生にやっぱり漱石は古いんじゃないかな。『猫』や『坊っちゃん』ならともかく——」

漱石が死の前年、大正四年三月に友人の日本画家津田青楓の招きで、開通したばかりの東海道線の特急列車で京都に旅して、青楓の兄の華道家にして粋人の西川一草亭や、もと祇園の名物芸妓で今は大友《だいとも》というお茶屋のおかみの磯田多佳女と交遊し、あげく胃潰瘍が悪化して大友に病臥する顚末を、伝えられるエピソードをまじえて面白おかしく語る——それが多聞のもくろみであった。

もっとも漱石は文科大学生だった明治二十五年の夏、松山へ帰省する正岡子規にくっついて京都へおもむき、麩屋町の旅館柊《ひいらぎ》屋に泊まって、散歩の途次、遊郭に迷いこむような愉快な失敗を経験したりして、京・大阪とは若い頃から結構縁があったのである。

話の大体を知らされていた里村女史は寛大だった。

「御心配なく。いまの若い人たちはね、過ぎた時代の際立った人物を、幻想とか伝説のなかのヒーローとしてとらえ直す能力に秀れているんです。すくなくとも退屈なんかしませんわ」

「なるほど。そんなものですか」

ほっとして多聞の口はさらに滑らかになった。

「あなたは川端康成の『古都』を御存知ですか?」

「ええ、もちろん。岩下志麻主演の映画も見ておりますし——」

「ぼくが大学院生だった頃、新聞に連載していたのはおぼえてますが、実はこんど初めて読んでみたんですよ。まあ京都の名所案内記に、別々の人生をあゆむ双子の美少女を配したメロドラマ風のものですが、ひとつ大いに驚いたことがある」

「なんですの?」

里村が旧師の目をみつめた。さきほどちらっと耳にした京都弁はもう聞けない。

「著者のあとがきです。川端は当時、睡眠薬——かれのいう眠り薬を常用していて、『古都』になにを書いたかよくおぼえていないというんだね。〝眠り薬に酔って、うつつないありさまで書いた〟というわけです。朦朧とした頭脳、一種の幻妄状態にあって尚、あのような美少女の絵姿を、京都の四季の移ろいのなかにいきいきと描き出さずにはいない作家の宿業というべきものに、ぼくは慄然としたんだ」

「川端さんの頭のなかで、双子の姉妹の瓜ふたつの顔が重なったり離れたりして、ずいぶん鬱陶しかったでしょうね。結局かれはひとりの美少女を描いたわけですから」

瓜ふたつという言い方が、多聞にある記憶を喚び起こした。けれども、あれは鬱陶しいというような生易しいものではなかった。「まだこの世に——?」と訝る一瞬の戸惑いを押しのけて、水無瀬《みなせ》のまぼろしが色白で品のいい見馴れた姿を借りて、いきなりかれの前にあらわれたのだから。

水無瀬は五つ年長の大学の先輩で、外房の海辺の国道で輪禍に遭って命を散らしたその頃、若手の気鋭の作家として将来を嘱望されていた。亡くなった日が三十五歳の誕生日だった。

大学院に籍を置いて勉強に励むかたわら、多聞は担当教授の目を盗むように小説を書いて、原稿を水無瀬に見てもらった。先輩が頸をたてに振ることはめったになかったが、それでも一度だけ手放しでほめてくれたことがある。「中世の花」と題した恋あり冒険ありの歴史ロマンで、鎌倉末期の京を舞台に、実際には有りもしない宮廷の陰謀に材を取ったものである。……その記念すべき原稿をひとつだけ筐底深く秘めて、かれは国文学の学徒として生きる道を選んだ。思い残すことはなかった。

しかしだからといって水無瀬に兄事することをやめたわけではなかった。大学付属の高校で教えているときも、三ヵ月に一度は銀座や渋谷で落ち合って、食事をしたり酒を飲んだりして大いに談論を愉しんだ。

……丸善へ行くつもりの多聞が水無瀬らしい人物に気づいたのは、赤坂見附で乗り換えた地下鉄の車内でだった。ふたりはあいだに三人ほど挟んで吊り革につかまり、鏡になった窓ガラスに向き合っていた。クリーム色のオープンシャツに革のジャケットを小粋に着た青年は、なにやら物思いに気を取られているふうで、時どき口もとに微笑をうかべた。そうした仕種に多聞は水無瀬の癖を見た。疑う余地はなかった。

「それにしてもまだこの世に――？」と思ったのはこのときだ。かれは二十数年前の先輩の死を受け入れながら、一方で記憶のように風化することのない、幻影や幻視のもつ力を信じないわけにはいかなかった。まぼろしとはおそらく失われた実体の、いまに残る最も美しい形象《かたち》をいうのだ。

あまりの懐かしさに、勇気を出して歩み寄ろうとしたそのとき、こちらの気配を察したように水無瀬がくるりと振り向いて、多聞とまっすぐ目を合わせた。すこし抜け上がった広い額、友人を大事にする優しい目、おしゃべり好きな薄い唇――まごうことなきあの水無瀬がそこにいた。そしてにやっと笑ったのである、まるでかくれんぼで鬼に見つかった子供のように。多聞は躰じゅうが熱くなった。「やあ、しばらく！」と呼びかけたろうか。憶えているのは水無瀬が吊り革から手を放して、泳ぐ身ぶりでこちらに近づいてきたことだった。あれはなんだったのか。その姿を目にした瞬間、とつじょ髪が逆立つのを感じたのである。これまでの歓びが嘘のようであった。かれは心に念じた。あの手につかまってはならぬ、つかまったらおしまいだ。

結局のところ、多聞は両目を固くつぶるよりほか何も為し得なかった。その間に、なにかが背後を風のように掠めて行った。

昼食は銀閣寺にほど近い〝なかひがし〟が予約してあった。独特の野草料理で知られたその店は、大学への道筋にあたる。

京都駅からはタクシーで行ったが、すこし慌しく食事を済ませて外に出ると、今度は大学差し回しの車が待っていた。

御馳走になった礼をいって先に車に乗りこむと、コートがじゃまになったとぼやいていた里村が、ドアを閉めながら、

「このぶんだと明日は今日よりもっとお天気でしょうね。先生、紅葉にはちょっと早いけど、予定を延ばさはって、のんびり京都の秋を堪能なさったらいかがですか。あたくし、ひさしぶりにお供させて頂きたいの」

「いや、とんでもない」

多聞はあわてて手を振って、うしろへ動きだした白川通の眺めに目をそらした。そうしながら、一日ふつか滞在をのばすのも悪くないなと思った。以前から洛西大原野の〝花の寺〟の呼び名で親しまれる勝持寺に詣でてみたいと望んでいたのである。というのも、若いころ水無瀬にほめられた「中世の花」なる物語に、実地に調べることなしにその由緒ある古刹を勝手に使って、多少とも咎める気持があったからで、この機会にその誤まりを正す材料を得られればと考えたのだ。

講演会はそれほど広くはない階段教室で行われた。

それでも傍聴の教職員を入れて百名ほどの学生で埋まったろうか。ほぼ三十年前に同志社で、講師という立場で学生の里村と知り合ったそもそもから話をはじめて、予定の九十分をすこしオーバーする熱の入れようで教壇を下りた。……漱石が北大嘉《きたのたいか》という旅館へ大友のおかみ多佳女を呼び出したところたちまち気に入って、いっしょに北野天神に梅見にゆく約束をした。ところが当日、多佳女は約束をすっぽかして別の客と宇治へ行ってしまった。この心ない仕打ちに漱石がどんなに傷ついたか。四月半ばに帰京したかれが翌月に手紙をやって、あなたは嘘つきだの無責任だの、しまいに筆の字が読み難いだのと悪態をついたというあたりでは、学生たちがくすくす笑いだしてかなりの手応えを得た。

教職員用のラウンジで紅茶をふるまわれたのち、頃合いをみて多聞はソフトと鞄を手にさっと立ち上がった。背筋が壮年時のようにぴんと伸びている感じなのに気を好くした。里村郁子は最敬礼をすると、

「そっと生きてはる人はやはりそっとして置くに限るんでしょうね。明日はお構いしませんわ。どうぞお気をつけてね。……でも、ええなあ、今夜は麩屋町通の蓬《よもぎ》屋に泊まらはるんですよね。うちも一遍、柊屋や蓬屋いう、あないな町家造りの旅館に泊まってみたいわあ」

とふざけて、甘えるように腕にやんわりと触れてきた。

キャンパスにあふれていた明るい十月の光が黄昏の気配をおびはじめた。大学で用意してくれた車にまっすぐ蓬屋に付けるようにいうと、中年の運転手はミラーのなかで頷いて、

「先生のような物を考えたり書いたりなさる人たちにぴったりの宿どすな。お泊まりはいつも蓬屋はんで？」

「いや、それが今日が初めてなんだ。三十年前に、二年ちょうどここに仕事で来ていたんだがね、下宿住まいだったから麩屋町通なんか縁がなかった」

けれども、そのころ柊屋や俵屋は論外として、これからゆく蓬屋には多少の引っ掛かりがあった。それで今夜の宿泊をひそかに計画したのである。

車が御池大橋を渡って麩屋町通を左に折れようとしたとき、多聞はふとかつて住んでいた下宿の辺りを歩いてみようという気になって、そこで曲がらずにすこし行った処で停めてもらった。高倉通の入口で、三区画歩いた先に丹治写真館があり、その裏手にもとは丹治家の離れだったという二所帯だけの下宿があるはずだった。下宿というより、賄い抜きだから唯の貸間というべきか。

ところが、半ば予想はしていたものの、写真館などは影も形もとどめず、鉄筋コンクリート三階建ての貸しビルになっていた。写真技師の丹治某は、当時四十一の多聞よりすこしばかり年少だったと思うが、子供にめぐまれない痩せた細君をかかえて、その後どんな人生を歩んだのだろう。否、それよりも兄夫婦のもとに幼い娘をつれて出戻っていた加代子、半年ほどして神戸の開業医に再縁したと聞く加代子は、いまどうしているだろうか。かの女が京都を去ったのは確か三十四のときだ。

暮色の深まった通りの端にたたずんで、往時の心ゆさぶられる場面場面を、それこそ写真のように丹念に繰る多聞の胸のなかを、ひさしく見なかった暖かな懐かしい灯がともった。

……多聞が春休みを東京の妻子のもとで過ごして京都にもどって来ると、中廊下をへだてた隣の部屋に、それまでの若いサラリーマンに代って、つややかな髪と表情ゆたかな目をした三十女が、小学三年生の娘と新しい下宿人として住まっていた。それが金沢から離婚して帰ってきた加代子で、かの女は挨拶にやって来るなり、写真館をやっているのがたった一人の兄であること、金沢の婚家先は名代の和菓子の本舗で暮らし向きに不足はないが、なにぶん姑と折合いが悪くてついに〝破鏡の憂き目をみた〟（といってかの女は愉しげに笑った）ことを、驚くほど率直に打ち明けたものだった。

「そうですか」と多聞はいった。「まだお若いのに大変な試練を経験なさったんですね。それでこれからは、お子さんを育てるのにお兄さんの手伝いかなにかをして――」

「いいえ。この近くに蓬屋という老舗旅館があるのを、先生ご存知ですわね。実は口を利いてくれはる人がいはって、そこへ夕方からお座敷女中に出ることになりましたん。そうやって時をかせいで、いい人が現われるのを待ちますわ」

相応の慰謝料を手にしているはずだから、ちいさな店ぐらい出せるだろうに、いい人を待つというのを聞いて、多聞は胸にひと筋、焼けるような痛みをおぼえた。思えばそのときから、かれは一途に加代子に気持を傾けて行ったのである。

働きに出る時間が昼と夜と逆さまなので、ふたりがゆっくり語り合えるのは週に一度、かれの講義がない日の昼間に限られていた。たまに賑やかな四条河原町辺りで昼食を取りながらということもあったが、大抵はふだん着姿の加代子がかれの部屋にやってきた。やましいところはないにしても、もちろん丹治夫妻の目を忍んでの上だ。

知り合って一ヵ月ほどが過ぎたとき、本好きのかの女が古書店で見つけたという中河與一の恋愛小説「天の夕顔」を差し出してこういった。

「先生ならもうお読みにならはったと思いますけど、この小説、なんやうちらと置かれた状況が似てますやろ。これからの参考にならへんかと思うて——」加代子の口にいつの間にか京都弁が戻っている。

多聞は苦笑して、

「大学時代に読みましたよ。京大生らしい学生が下宿している家の娘さん——男の子のある年上の人妻に恋して、それから二十数年のあいだ、かの女が死ぬまで禁欲的な純愛を捧げるというストーリーでしたよね。加代さんはぼくに、そのようにふるまえと言いたいの?」

「ううん。そないなことあらしまへんけど、女ごは恋人の混じり気のない激しい情熱が好きやさかい」

「それはわかるが、そもそもぼくは妻子のある中年男だからね、無理な相談だよ」

多聞は手にした古本をぱらぱらはぐってみて、いくつか思いだすことがあった。……中河與一は若いころ横光、川端らと「文芸時代」に拠る、新感覚派の尖兵のひとりと目されていた。この長篇小説は昭和十三年に雑誌に発表され、永井荷風の好意的な評価を得て、たちまち有名になった。老大家はその日記「断腸亭日乗」の同年一月の項にも〝中河與一其作《そのさく》天の夕顔を送り来りたれば炉辺に一読す。敬服すべき大作なり〟と記している。

これを目にしたとき多聞は頸をかしげた。東京の色町を舞台に客との駆け引きに明け暮れる芸妓の生態や、市井の男女の悲喜こもごもの色恋沙汰を描くのに麗筆をふるった荷風散人にしては、あまりにおとなしい神妙な感想に思えたからだ。この時期なにか心境に革《あらた》まるところがあったのだろうか。それとも、自分は素人娘や人妻に手をつけたことはないと自慢する日頃の倫理観に沿うものだったせいか。

いずれにせよ天上の恋を、至高の精神愛を描くことに急で、不自然な展開を顧みることのないこの名作に、いくら荷風文学が好きな多聞でも、偏奇館主人に同調して一票を投じる気になれなかった。

そんなことをいかにも大学講師らしい口調でるる述べると、ふんふんと頷いて聞いていた加代子が、かれの手もとから本を取りあげてページを繰りながら、

「確かに最後までもどかしい思いをさせられる本やけど、胸をドキドキさせるこんな場面もあるんえ。あ、ここや」

といって俄かに声を改めた。

《わたくしはその日、箪笥の前で横になつてゐましたが、そんな話(註・彼女が幾人もの人に愛され、そのたびに拒絶してきたこと)を聞いてゐるうちに、ふと彼女を見失ひはしないか、といふ不安につよく襲はれると、わたくしは足ずりしながら、急に絶望的な気持になつて、子供のやうに言つたの

です。

「抱いて、抱いて」

するとあの人が、

「まあ、どうしたの、この大きい赤ちゃん」

さう言つて、わたくしの両手を握りしめ、それから胸をおしつけるやうに、わたくしを横からいそがしく抱かうとしたのです。わたくしは彼女の頬に自分の頬をふれました。自然な、何の無理もない、これがわたくしの彼女に触れた最初でありました。心の昂《たかぶ》つた興奮の中で、慄へながらわたくし達は抱きあつて名前を呼びました。

「でも、あなたは感情が強いから」

暫くして、彼女は恐れるやうに、間もなくわたくしを自分の胸から押しのけたのを覚えてゐます。彼女の単衣の着物が、痛いほどコワかつたのが、今でもハツキリ記憶に残つてゐます》

多聞はいいシーンだと素直に認めたけれど、かれにはいまや恋愛に発明や独創はないという、偏見にちかい確信があった。かつて和歌に本歌取りなる優雅な手法があったように、恋愛も先人たちによってとうに開拓済みであって、われわれはたんにそれを真似て享受しているにすぎない。早い話が、この「天の夕顔」にしてからがバルザック「谷間の百合」、ジッド「狭き門」の裔《すえ》でないとはいえないのである。

そんな意固地な考えに縛られて、加代子に対する多聞の恋は、まさに頬ずりと口づけ以上には進まなかった。その堰《せき》をやぶってかれを奔流に押しながしたのは加代子のほうであった。

夏がきて前期の試験がおわり、明日はいやでも妻子のもとへ帰らねばならないと思いきめたその日、蓬屋のひいき客に瓢亭《ひょうてい》で昼食を御馳走になったというかの女が、黒っぽい紗の着物に水色の帯を形よく締めた身なりで部屋に入って来ると、押入れに顔を突っこんで本の整理をしていた多聞をゆさぶって、せがんだのだ。すこし酒くさかった。「——ちゃんは?」と幼い娘を気にすると、お泊まりごっこで仲好しの友達の家に行って今日は帰らぬという。……帯を解いて長襦袢ひとつになる女を見上げて、かれは「花衣ぬぐやまつはる紐いろいろ」という杉田久女の句を思いだした。季節ではないのに、部屋のなかは衣裳のあざやかな彩りと、なまめかしい女体の匂いとで、春爛漫の華やぎにみたされた。ふたりはひしと抱きあった。この交合が、この交歓が先人たちの模倣だとは。加代子もまた男を組み敷いたなり、「ああ、こんなん、初めて」と叫んで、すすり哭いた。

多聞が九月に京都にもどって来ると、予感もあったが、やはり加代子と娘はいなかった。兄の写真技師によると、妻を失くして久しい神戸の医師（名は口を濁して明かさなかった）に望まれて、子づれで再婚したのだという。これで腑に落ちた。あの日かの女はその医者と瓢亭で会って、心を決めたのだろう。あとのなりゆきはこれで説明がつく。

軒燈に蓬やとある旅館の玄関口にたたずんで、しわがれ声で名を告げると、年輩の番頭が小腰をかがめて出てきて、

「ようおこしやす。お待ち申し上げておりました」

そういって鞄に手をのばした。

「お世話になりますよ」

ソフトに指を添えて目で挨拶するのに応えて、女中頭かなにかであろう、上がり框《かまち》の端に手を突いた着物姿の女がにこやかにいう。

「つい今しがた、里村さんいわはる方がお電話くれはって、先生のおもてなしに粗相ないようにと、きついお達しどした」

「それはどうも。まったく余計なことを――」

多聞は顔赧らむ思いをそんな独り言でごまかすと、式台に腰を下ろして靴をぬいだ。

通されたのは本館二階の、空蟬《うつせみ》と名づけられた八畳と六畳ふた間つづきの部屋で、飴色の欄間や床柱、引っかき疵のある砂壁など、古色をおびているところがいかにも町なかの旅館らしい趣があって申し分なかった。高野槇《こうやまき》の風呂に入って汗をながし、浴衣に半纏姿でくつろいでいるところへ、きちんと身じまいをしたおかみが挨拶に現われた。多聞は膝をそろえて坐り直すと、愛想よく言葉をかわしてから、「ところで、ひとつお訊ねしたいのだが――」と、旧い話を持ち出してみた。

おかみはひと通り耳を傾けたのち気の毒そうに、

「三十年前いうたら、わたしがここに嫁入って来る前の話どすさかい、御返事のしようがありまへんなあ。そやけど先生、行き先も告げずに姿を消さはったんなら、無理に捜さんほうがええんと違いますやろか」

照れ臭さを渋面にかくして、

「おっしゃる通りだ。それに例の阪神・淡路大震災で不幸にみまわれなかったとも限らないし――」

「ま、わるい御冗談を」

と、おかみは手を振って打ち消す仕種をして、ばつが悪そうに顔を伏せた。

ぬる燗の一合の酒に酔い、次つぎ運ばれる季節の料理（最後に出たうなぎの茶漬けの旨いといったらなかった）に満足して、多聞は早目に床についた。しかしすぐには眠りは来ず、枕もとの行燈が投げる仄かな明かりのなかに、忍んでくる人の影を、その薫りを待つ気になって、じっと目を凝らしていた。

翌日は朝の十時すこし前に宿を出た。

花の寺の辺りは気の利いた茶店がないから弁当を用意しようかというおかみの好意を断わって、多聞は教えられたとおり四条通の地下にもぐって阪急京都線に乗った。これで桂川を渡って、さらにバスに乗りつぐのである。

バスが大原野に着いたのは十一時半ごろであったか。降りたのは多聞のほかは、てんでに登山帽をかぶり草色のザック

だけはお揃いの十人ほどの中年男女のグループであったが、かれらは多聞が道端の案内板を眺めているうちに、嘘みたいに全員いなくなっていた。ここまできて、由緒ある大原野神社と花の寺の勝持寺以外のどこに行く処があるというのだろう。妙な気がしたが、しかしそれは一しゅんのことであった。

十月中旬の日差は透きとおって、間近にせまる山の木立のたたずまいをくっきりと細密画のように見せていた。多聞は大原野神社に詣でるのを後回しにして、杉や竹林に掩われた仄暗い山道を登りはじめた。すなわち小塩山《おしおやま》大原院勝持寺の参道である。

縁起によると、この古刹は白鳳八年（六八〇）天武天皇の勅によって役の行者が創建したのが始まりで、のち延暦十年（七九一）に伝教大師が桓武天皇の勅を奉じて堂塔伽藍を再建、薬師瑠璃光如来を本尊とされたとある。しかし時代が下って応仁の乱の兵火に遭い、仁王門を除いて塔頭四十九院をすべて焼失した。現在の阿弥陀堂は乱後のものという。

初めは高を括っていた参道が、次第に勾配を険しくして、左に大きくカーブするやとつぜん見上げるような石段に変じた。すでに多聞は息を切らせて一度ならず足を止めていたが、呼吸の乱れよりも、もしかしたらやって来るかもしれない胸の痛みの予感におびえた。思わず薬を入れた鞄の握りに力を込める。……と、そのとき辺りが急に暗くなってぽつぽつ落ちてきた。時雨というのか、さきほどまでの天候からは考えられない山里の空の変化である。多聞は急ぎ足でなんとか山門をくぐった。そして寺務所に拝観料をおさめて、阿弥陀堂の正面階段の裾によろめくように腰を下ろした。靴をぬいで、隣合った瑠璃光殿に本尊や日光、月光菩薩像などの宝物を拝みにゆく気にはなれなかった。ふと足もとに目をやると、女物の草履が一足置かれている。誰もいないと思っていた境内に拝観者がいたとは。

かれはその奇特な女人を待つ気になって、雨に打たれる、名物の〝西行桜〟を眺めやった。西行手植えの桜という眉唾の伝承をもつが、どうということのない痩せた木である。もっとも桜の名所といわれるだけのことはあって、境内には枝垂れ桜をまじえて数多くの桜の樹が認められた。西行といえば花見客がやってきて閑寂の境地を乱すのは桜の罪だと詠んだ歌があって、これが世阿弥の能「西行桜」に転用されたことはよく知られている。但しこの勝持寺とは関係なさそうだ、ちょうど多聞の若い頃の小説に登場する花の寺が実際とはちがうように。

雨が通り過ぎて、山肌に陽がもどった。

すると待っていたように、どこからかかぐわしい薫りがながれてきて、多聞を緊張させた。それはかれが以前知っていて、今また狂おしくもとめてやまない官能的な薫りだった。

顔を横向けて洗い晒した回廊の先に目をやると、たったいま瑠璃光殿から出てきたばかりという風情で、髪をきりりと結い上げ、見覚えのある淡い色合いの縞柄の着物に、深い藍色の帯をしめた加代子がハンドバッグを手にこちらをじっと見ていた。すっかり老いぼれてしまった多聞にくらべて、かの女は姿をくらました頃よりいくつか年を重ねただけで、そのぶん女ざかりの貫禄を見せて陽を浴びる回廊を静かに渡りはじめた。

かつて地下鉄のなかで亡き水無瀬と出会った折の歓びと戦慄が、そのときのうしろめたい記憶が胸をよぎった。かれはみずからに問うた——自分はあの加代子の手を拒むだろうか？　頸をたてに振る理由も気力もいまのかれにはなかった。

かれは立って加代子を迎えると、再び階段の裾に腰を下ろした。かの女も足袋はだしでゆっくり段々を下りると、多聞と肩をならべて坐り、すこし離れた位置にある西行桜と向き合った。女の衿もとから、あこがれを誘う蠱惑的な薫りが漂い出て、老いの身にまつわりついた。

「えろう待ちましたえ。三十分——いえ、一時間の遅刻どしたな」

「ぼくはきのうの晩、待っていたんだよ」

「へえ、堪忍しておくれやす。ほかにどうでも断われない約束がありましたんや。その代り、これからはいつも先生と一緒やさかい」

そういうと加代子は包みこむようにかれの手を取って、そっと自分の頬に押しあてた。と、いきなりそれが来た。痛うっと胸の詰まる圧迫感があって、意識が昏くなった。痛くも、苦しくもなかった。辺りが暗転して、現《うつつ》から夢の境域に移るだろうことを、多聞は予感した。

事実、数瞬の後かれは黒いソフトをかぶり直し、加代子の手を借りる恰好で立ちあがると、三百本はあるという桜の樹が今を盛りと咲き誇っているのに驚きの声を放った。そこにあるのは、不吉なまでに美しい、あやかしの浄土であった。

手ぶらの多聞は寄り添う女の薫りにむせながら、

「西行にね、こんな歌があるんだよ」そういって口ずさんだ。

「仏には桜の花をたてまつれ我が後の世を人とぶらはば」

加代子がため息をつくようにいった。

「ええお歌やね、うちらのためにあるような——」

「ほんとうだ」

そんな言葉をかわしながら、ふたりは肩を寄せ合って満開の花の雲のなかに入って行った。

昭和10年2月号

日本浪曼派のために

保田與重郎

やすだ・よじゅうろう
（明治43年〜昭和56年）
東京帝国大学美学科卒業。
「三田文学」に載った「日本浪曼派のために」は文学史上著名な「日本浪曼派」創刊に際してのメッセージ。代表作に『日本の橋』『後鳥羽院』ほか。

一茎の雑草の花にも未来への美は創られてある。人間の性もともと美を思つて切ないものであらう。実のところ、近頃文学に関して述べようとすればこんな嘆きがまづはじめに浮んでくる。逆ふことなく嘆きも亦ない。僕は美の崩壊について、一通りの議論を熟知してゐる。人間生活よりも先き走るものが、およそ凡庸の議論の不可欠の性格であることも最近とみに知つた。しかし美を愛すれば切ない、といふ、美といふ代りに芸術の切なさを考へてくれるがよい。ものに満足できず、いつもみちたりぬ自己を描き匂はせてくれる文学が欲しいのだ。どんな知識階級の運命をのべた名文章をみても、僕はいさゝかも感じない。一茎の草花の豊富な生命ある美しさがむしろ感傷をよび起す。諸氏とくところの知識階級の運命も再建も僕には嘘だと思ふさきに、偽りの方が眼のさきにちらつく。もともと僕は嘘を愛して偽を憎む。今も「ドン・キホーテ物語」をよめば、稚しと知りつゝも心の中に涙をつくる最も素朴な読者の一人として甘んじてゐる。かつてきいた物語に、ハイネはむかし少年の日この物語に無類の涙を流したといふ。その涙とは別ものでない、従者の方がドン・キホーテよりはるかに悟性的で従つて唯物的である。しかも彼は夢を愛するロマンテイストに従はねばならない。二世紀の間にこのドン・キホーテはさまざまに改編せられた。あるときは自己弁護のため、あるときは滑稽のため、あるときは指針のために。しかも、どのやうな悲嘆も、非運も、さらに非情もセルバンテス自身の嘆きに及びはせぬ。所詮文学は絵空事である。この絵空ごとと公言する切ない心の秘事にふれてみよ、世情の関心にいくばくの羨望を思ひ、しかも風雲に身をせめたよりなき文章の道に身をけづり五臓をそこねる。そこに孤高の芸術人の根性がある。賢愚文質の等しからざるも、所詮幻の世のすみかならずやと思ひ臥して了ふ元禄びとの孤高のイロニーである。

　自己のみちたりなさを意識するとき、始めて人間の魂は望郷の嘆きに眼をひらく。芸術人の母胎であり、十九世紀以降連綿と続くロマンテイクの心情の歌である。そして以降の芸術家たちは、各々の心情の世界を歌つた。描いた。しかも主として失つたもの、嘆きである。初めより失つてゐたものと改めて失つたものと、純情の詩人は狂気して嘆きの歌を浄化した。狂気し得ぬ詩人たちはイロニーに佯狂の鬱憤と憤怒を表情した。しかも嘆きは止まぬ、佯狂とは由来狂気の一つである。との常識が成心を以て行はれる。文化の敵がいづこにあつたか、文学の、進歩の、真の敵とは何ものか、——そして僕らは、今日、日本浪曼派をこゝに主張する。芸術の果敢無さを思へば、己が塵芥に汚れることなど、一毛もいとはない。元禄の芭蕉は、不抜のきびしさを芸道に感じてゐたゆゑに、自己の蒙る成心ある汚損を寸毫も考慮しなかつた。

　一面の近世精神史は売淫の歴史である。青春も恋愛も、齢へて省みれば、売淫の一趣味であつたかもしれぬ。初期独逸浪曼派を酷断した青春独逸のハイネにしても、ものなすことのけだるいやるせなさに老ひついたときの安堵の生命を僕はそこに見出す。だが、皆ひとは安んじるがいゝ、僕らは青春を愛し、むしろその暴力に今の唯一を構想する。若さの暴力を振ふために、まづ「時代の青春」を高唱するのだ。嘆の中でも趣味を切なく愛し得るものは青春以外にない。かつて生々しき芸術が汚されることは止むを得ない。ものかくものの群衆からうける復讐の一様式であらうか。だが自ら進んで芸術家が、「娼婦の技術」を弄する必要がどこにあつたか。たとへば前述の「ドン・キホーテ物語」を考へてみるがよい。汚されたとも汚れたとも云はぬ。依然として生きてゐるものは、セルバンテスの嘆きだけである。あらゆる群衆を知り、つぎつぎの嫖客の品定めを予想し、それらへの復讐のあの手この手を測定した後になほその手を弄し得ぬ孤高のイロニーを、今の僕らはこゝ今日の日にも築かねばならぬ。色どるものはつひに嘆きの歌である。文学は絵空ごとだと吐きすてる、拮強の放言をたゞにつゝむもの一つに芸術人の根性である。下らなければ止めよ、といへる人間に限つて、下らないとは絶対に云はない。下らないがと弁証してゐる人たちの間で、下らないと知りつゝもすぐにも忘れてうちこんでゐる人間が僕らの若い時代に未だ少しとせぬ。うちこんだ日に猶予も顧慮もない。浄化された真の偉大さだなどと、そんなこともいふ必要なからうか。

　一例を以て語れば云ひ易い。親近した人々は、日本浪曼派といへば、安んじて僕らの希望をこゝろよくうけいれてくれる。僕らは古典人を愛し、自らも古典人に擬さんとする心常住に激しい。今も古典人を思へばこそ、この日新しき日本の浪曼派を考へる。誰がかつて僕らに於ける如く、窮迫の夢の中に芸術する心を駆りて描いたか。近代日本芸文は諸他の風潮を移入するに急とした。その技術は今日の教壇文芸学徒を生み、職業的名刺つくりを生んだ。あらゆる文芸上の主義は紹介されつゝも真諦にふれずに忘れられた。僕らは今日混沌の中で改めて近世芸文家の自覚の原始をとらへ、名を浪曼派にかる。この高美の精神の新しき、しかも未聞の開拓を始める。この激しい自覚を、僕は何十ぺんもくりかへして云ひたりない。僕らの時代はその青春の日に於て、情緒も心情も思惟も、何もかもが切迫されてゐた。この数ケ年の歴史的期間を考へるがいゝ。一様に僕らは傷つけられ、純な心情は害せられた事実をこの眼でみてきた。つひに僕らは芸術することをこの日の成果の終りにきづく。しかも僕らは未だ夢を失はず、失はれた希望、はぐれた理想を忘却せぬ。古き芸文の地盤に育くまれた夢をすて、この日の通りよき合理的な理窟を考へたくはない。最後の切迫した境地で僕らは今世紀の青年の文学を創造したい。文学の歴史に於て唯一の偉大にして清純であつたものを、この現実の中に創造せねばならぬ。

芸術にかつて存在しなかつた偉大な色彩を創り、今日の文学を実録実話の中から広き現実の中に拡大する。僕ら少年の日に於て、まづ小なるものにこだはることを知つた。一番身辺微細なものゝもつ大なる意義を顕らはにし、卑近のものゝ美を拡大する。現実のくまぐまにゆきわたり、末端に於て殊に光はなつものを。僕らの芸術はつねに高踏の美の立案である。未来への握手である。この説くに難しとする文学の主張のために、この云へば味気堕ちる芸術の立言のために、如何なる権威をも藉りぬ。芸術の切ない清らかさは、子供らの時代を未来に夢む心によつて擁護されねばならぬ。僕らはことさら合理的な権威の援助を仕組むことによつて、論理の罠に陥つた近頃の常識を知つてゐる。芸術は危険な存在である。一歩にして堕し、一歩にして高踏する、この隠微の境地を守るために、僕らは悉皆の敵と闘はねばならぬ。そのことに僕は今日烈々とした自由人の正義を感じる。自由人とは立場としての自由主義などでない、芸術家たる自由なる精神の謂である。その後のことである、僕らは原始の素朴に原始の形式を与へる、といふ。卑近の日常の高さを、高さにまで賦課するものは、天成の芸術家のみである。不遜を自覚する境地である。こゝにイロニーはきづかれる。論証の外にある、そして論証の停止場である。切ない気持だけがこゝで不遜を自称する。僕らはこゝに来こゝより始める。日本浪曼派のために又僕らと同じ同時代の心ある齢若き作家に呼びかける所以である。

第一に僕らは現象から語らねばならぬ。今日の文学の現象から語らねばならぬ。不幸な使命である。現象への態度が第一に要求される。この不幸な使命の典型的見本をたとへば近刊の「川端康成集」にみるもよい。あるひは小林秀雄氏の

「行動」一月号の時評をみてもよい。まづ手近に後者を語らう、こゝでは何も描かれてゐない、不幸な氏の営みの心だけが描かれてゐる。批評職業は微妙なものだ、さういふ文壇風向きに対する心理からの伏線つきで、此の文章は描かれる、僕は近頃の名文章をこゝにみ、しかもこの名文章の作者の不幸をも切なく思はねばならぬ。もつとしたいこと、出来ることがちやんとこちらにあるが、と。ところで文章を弄する無償の行為には、まづ最大の敵を忘れることあつても、最微の敵を告発することを忘れてはならぬ、との鉄則が厳として存する。しかも安んじるがよい、最微の敵を知るものはつねに最高の敵を知つてゐたのだ。あなたまかせの歳の暮を歌へる人間が世代の実相を知らぬと思ふは思ふ者の一つの思ひ慢じた犯罪である。文学者が文壇世渡りの合間に習ひ覚えた如き浅薄な社会学など、おそらく今日の真の文学者が友情を感じる知識人は、一日は早く熟知してゐる。今日の社会を理解するための学が、ものめづらしくゆきわたつてゐない層は文壇のみであつたか。そして芸術社会学が今日第一等に未踏の領域である。芸術社会学として通じるもの一般に共通することは、それが芸術を忘却してゐるか、または社会学を忘却してゐるかのどちらかの一つである。

一般のイデオロギー分野に於ける如く、芸術も亦熟練工の仕事である。しかもこの熟練工は何ら手工業を意味しない。技芸一般から芸術をぬき出し、あげくのはてに天才を設置した哲学者がこゝで考へ出される。今時ならばかういふ神秘的な天才といつたことを考へることが、既に反合理的で馬鹿げた話となるだらう。だが芸術家はまづ何よりも芸術にうち込むがいゝのだ。当然自明のことである。ところで風向の如何によつて、芸術家がときに政治家面をし、社会学者面をし、為政者面をする。文学を語りつゝ、他の企業をもくろむといふ、あるひはこれも一つの営業だからには、のんびり小説を売り出してゐる方がいゝだらうといふ人たちは別である。僕らはむきになつて文学してゐる、だからこんなさまざまの面相の中で、僕らは芸術家を公称し、天才を面とする。文学にむきにならぬ方が賢明な世渡りの道であるとき、文学にむきになるのはロマンテイクの伝統の道である。僕ら世俗にあきぬ、色も匂ひもなき実話作品にあきたらぬ。僕らは第一に今日の時流に対し、この態度を以て浪曼派を広告する。僕らのいふロマンテイクとは、近世初期に於ける芸術人自覚の姿である。この伝統は近世の美しき詩人に連綿とつけつがれた。つねに清らかな詩人の心情の声が嘆きの歌であつた所以である。

僕らが日本浪曼派といふ集りの成り立ちは昨今に始らない。僕らは共に今日の文学を語る集りとして成立した。だが集りをなすためには、一抹の切なさをもつて心共に通じるものがなくてはならぬ。現状にあきたりぬ、巧みな小説の虚偽が眼につく、しからばといつてお前が示せといへば、万全の形で人を納得させられるだらうか。たゞ僕は本当の芸術がどこかにあることを知つてゐるのだ、贋せものと本物との区別も瞭然とわかる気もするのだ。さういふむしろ己の不満から僕らは出発した。そして僕らの文学はおそらく無償の行為でいゝ。その点で流行卑俗に対し、僕らは素面で天賦の芸術人を公称するに足りると思はれる。何かの望郷の手段が僕らの魂を占領してゐるのだ。おそらく僕らはセルバンテスの絵空ごとを思ひ、そこに自己の虚構の営みを考へるのだ。由来作為といひ、虚構といふ、青春の一時の高き花の姿に他ならぬ。従て僕はハムレットの正直に、不朽の涙をくりかへす。ハムレツトも亦狂気に仮面を構へる如き、巧偽の世俗人でない。文化への態度と道程は、一途にニイチエの道である。

二十世紀の僕は、ヘルデルリーンに青春の開眼の日の涙を思ひつゝ、僕はつひにこの日に生きるヘルデルリーンの余りにもきびしい純潔に眼をおほはねばならない。僕らの同時代の青春の詩人のなか、ヘルデルリーンに泣いた人が幾人あつたかは知らぬ。僕はその日の涙をつひに恥ぢない。しかもこの日に、僕の傍を過ぎ去つたものは、もつと巧妙な進歩的言説であつた。一日はそれに僕の逃避を思ひつゝ、僕は依然として真の本質の生命を考へてゐた。文学的主張は右顧左眄して変貌した。海を渡つてくる一束のニュースが、日本の文学の明日の方向を決定していつた。明るき日の散歩の如く、そこで大多数の青春はわきたつた。そしてむしろ文学のファンが、人をおびやかした。人をおびやかすために、自己自身をまづおびやかした。純情の僕らの若き世紀は、夥しい棄石に身を投じて、若干のヂャーナリズムを形成した。僕らは周囲に見た純情を思ひ、純情に対し恥づべき行為をも顕著に見た。しかしそのため僕は何人に対しても純情の責をとはぬ。凡そ純情こそ至高の無償の行為である。だが、凡そ文学はそれのもつ感傷性を一つの当面の課題とする。芸術家の最も割りの悪い仕事とは、通りよき進歩主義の中に、敵を見出すことにある。そこに始めて無償の行為が成立する。損なしかし彼らは損得を云々してをれぬ。

政治家たるべきか、文学者たるべきか、そんな反省がつひに起つた。口に左翼を称して党派をもたざる文学が流行し、現下の最大の民衆的な問題に眼をふさいだ進歩文学が流行する。最大の問題は凡そ国際的情勢の集約下の一問題である。今日の知識階級問題も、文学問題もそこではふつとんでしまふ。今日誰がそこにふれたか。僕は進歩を愛する。進歩を愛さぬ文学はかつて存在せぬ。進歩を知つて、進歩の培ひ方を知らぬ文学は、一層人の感傷の中で流行した。従つて真の芸術家は進歩主義者、啓蒙主義の罵倒のためにだけ存在した観がある。イロニーの縮刷された不幸と見える成果である。真の芸術家は、日進月歩の進歩的作家と称されることに、絶大の侮辱を感じていゝ人間である。

現下の知識階級を考へ、その使命を広告することは立派である。だが広告する側面でその一つの使命を果してほしい。今日名を他に藉りて、かつての左翼的進歩思想に近き主張をなすことは易い。易いゆゑに、その一ときの主張によつて一番の心持の安易をうるものは誰であるか、僕にはわかる、世間の真の知識人にもわかる筈だ。今日の時勢で進歩的作家は如何にすべきか。尤も立派な教訓である、しかしこの教訓誰に云はれる教訓か。堂上にあつて人を指揮指導しようとする如き賤民根性に僕は耐えぬ。あるひは職業の移り変りの風向に順応する如き一分の下心でもその根性に見えるなら、今日もなほ少しとせぬ真の知識人の顰蹙をかふだけである。由来知識人とは、知識のファンではない。ある日ある広場で歌つた歌を終生忘れぬ強情の人である。合唱の歌は、群衆の大さに比例して霧散する。群衆は一番に激して忘れ易い。千八百年代が与へた教訓である。それが又真の詩人の嘆きの不抜の反抗の地盤であつた。そしてヘルデルリーンはつひには、イロニーさへも耐へきれぬとしたと思はれる。自身のもつたイロニーのきびしさに、一分のゆとりも皮肉もつくり得なかつたと見える。そして今日の僕はこの嘆きの歌の中にことさらイロニーをわり込み、再び泣いてこの詩人と共にありたい。

僕らはつねに悉皆の敵に苛酷な闘ひを挑む。苛酷は自身にまづ及ぶ。凡そ友情は最高の条件下の冒険者である。この危険の中に芸術は開花する。今世紀の芸術の華を、僕らは世俗実話や市井物語から隔離し、始めてこゝ青年の夢の思ひに構想する。僕らの理想を以て、滅びゆく芸術の最後の歌手だといふものは云へ。僕らまた甘んじて満足の果の最後の歌手である。滅びゆくもの、滅びゆく美の朽ちんとする瞬間を歌ふのだ。滅びゆく青年の理想の最後の一時を歌ふのだ。世紀の青春の残夢を歌ふのだ。その歌が滅べば、僕らの世紀の芸術は滅びるであらう。新しい芸術とは云はぬ、人を煽てる芸術とはいはぬ。まさに滅びようとする芸術本来の不屈激烈の精神を、朽ちゆくときの高邁さで歌ふのだ。だがこの反抗の高邁さはつねに奪取の一表情である。

最近の文学で、日本の青春は何をなしたか。左翼の愉快な散文精神の掠奪はあつた。僕は末梢に於ての成果を以て一流行と見る。その情熱を信じて芸術は信じぬ、などといふ表情をことさらせぬ。或ひは彼らは依然漠然とした左翼文学である、などゝ痛烈な皮肉も描かぬ。かつて僕らはその情熱を抽象して彼らのもたざる情熱をも信じた。この僕自身の夢をいまだくづしたくはない。夢を僕らはつひに失ひたくはない。ひつきよう追ひつめられたものは僕らの文学する心のみである。こゝの過去未踏の境地に、切迫した今日の僕らの夢をきづくべく、僕らはかつて云はれる芸術の本道としてのロマンテイクに甘んじる。

「日本浪曼派」に関心をもたるゝ諸子は、若干の重複はあるが、最近コギト紙上にのせつゝある、僕らの「広告」に一べつを与へられたい。そして僕がコギト一月号にのせた文章に一覧ありたい。

今日のヂヤーナリズムは、一番華やかな場所を利用して、日本浪曼派を叩きつけようと努力しつゝあると見える。芸術の思想性とは、社会分析の謂となす人々が新装のもと登場する。従つて又大森義太郎氏の如き人が、改めて社会科学は婦人身上相談欄でないことを説くために、数十枚の論文をわざわざ描かねばならぬ。小説の思想が一問一答録に始り、完了形を作る。凡そすさまじい推移の世相である。ファン群衆はつねに、ものほしげな表情をしてものに甘える。小説家は文壇風向きを測量することだけで問題作がつくられる。実話以外の文学なく、文壇的問題作以外の小説存在せず、純粋の芸術は描かれつゝ展かれぬ。文学の思想性と通称されるもの、浮世床的社会批判にすぎぬ。

　日本浪曼派といへば、忽ちロマンテイシズムを排斥する文学論が出現する。文芸学書記載するところのロマンテイシズムを適宜に抽象し、以てロマンテイシズムを叩きつける。凡そ浪曼派批判者の多く、僕らの日本浪曼派に一言もふれてゐない。諸外国の浪曼派に心底の情熱を以て一度といへどもふれたことありや。日本浪曼派にふれるとみせて彼らの知るロマンテイシズムをやつゝけたものである。彼ら自身の知識を披露しあるひは何かの権威にかりて、彼ら自身の抽象妄想したロマンテイクを罵倒するに大童である。この仕事は凡そ荒稽な努力であらう、他でもない仮設も終結も彼ら自身の知識であるからだ。だがかういふ仕事は大方のファンの拍手を買ふ。さうしてかういふさもしい仕事こそ大方今日の批評職業らしい。気骨ある人間のなすべき仕事でないといふためには、さまでもに住みがたい今日のせちがらさをあまねくなめねばならぬ。凡そこの職業の微妙さを否定するものこそ、今日のロマンテイストかもしれぬ。

　夢に逃避するとか、現実からの逃避だとか、芸に遊ぶ心だとか、芸術至上主義とか、日本の芸術家ならばときどきに蒙る罵りの言葉のことごとく僕ら自身に投げられるのもみてきた。始めより覚悟の上である。かういふ覚悟は広告せぬ。僕らは芸術家であるから、芸術を第一義とする。その上であらゆる雑音にまづ汚れることを潔しとする。僕らがたまたま独逸浪曼派を云々してきたゝめ、今日独逸浪曼派は悉皆批判の机上に簡単に片づけられる運命にあつた。ノヴリス、シユレ

「編輯後記」より

▽石坂君の小説「若い人」は好評だつた。殆んどの作品評のうちにあつても、どこからの観点からか好評を得たやうである。先日も菊池さんに会つたときも、しつかりしてゐるいゝ作品だつた――と賞讃されてゐた。校正の任に当つただけの僕でさへ面はゆいほどのうれしさを感じた。本月はつづいて戯曲「室内」を発表した。「若い人」の続稿は来月号あたりから三四ケ月つづけられる事であらう。

〈昭和八年七月号、和木清三郎〉

ーゲル、ヘルデルリーンと。後のロマンテイストだつたハイネを見給へ。どのやうに明朗快適に初期浪曼派をやつゝけてゐるか。さらに別途にキエルケゴール、ヤスパース、ハイデツガアまでも。僕はそれをみてゐて、未熟な曲芸師の軽業を見るやうにひやひやするだけだ。すさまじくすまじきヂャーナリズム職業であるとも思ひもをられぬ。思へば、ゲエテもハイネもフロオベエルもバルザツクも、あれもこれもそのうち日本の批評家たちの手によつて一群のロマンテイクないし浪曼的作品として一言にきめつけられねばならぬことだらう。愛なき業は消えやすい、まして文学の上で、愛なき仕事は一時のはかない群衆を作るに過ぎぬ、と僕らは安んじてこの群衆煽動家たちの仕事の曲芸ぶりを傍観して居られぬ。

日本の文化移植が学校の試験制度を基礎として作られたゆゑに、テキストよりも紹介や参考書がまづ重しとされた。註釈上の権威に一応たよらずんば立言なし得ぬ思想人が輩出した。思ふに唯物論者の立場でも観念論者の立場でもない。一片のニユースが、著名の思想家を左右する。かういふ現象の中で僕らは退屈を以て成長した。図式や図表をつくることは知識を覚え、それを整理するために便法である。原著者の云ひたいことはおそらく図表化される知識の、図表化されぬ隠微の世界だつただらう。あれは、といへば、あれはかうだ。といふ、知識的会話が最後形式となるとは、おそらく原著者の思はねばならぬ運命であらうか。語るべきでなく歌ふべきだつた、と一人に与へられた批評も、思へば不幸の指示か、ないし自己を彼に比した幸福への羨望か、僕にはわからぬ。わからぬといへ、語ると歌ふの中間の浄化だけが最高幸福の故に古典人以降存在せぬ道であらう。語るべきでなく歌ふべきだつた、といつてくれる友もつ幸福だけが、芸術家最後の安心の世界であらう。僕は、日本浪曼派の人々にさういふ切なさを感じる。

あるひは僕らの傾向を以て、創造精神の衰へとなす、一つのその反動となす。この混乱した批判が僕には興味深い。浪曼派といつて常人の聯想する第一のものは、若干文芸史に通じる限り、第一に創造精神の高揚である。芸術の高揚である。つひで天賦芸術人の高揚である。しかしかういふ云ひ方も、日本浪曼派といへば直ちに独逸浪曼派を聯想される、一きわ親味な批判に僕ら少々困却することをすてゝはゐない。これもあれも同じく何かの権威にかりてものいふ態度である。たとへばイロニーといふ、昔も今もあつたが、イロニーは一つの形式である。僕らの知る限り、さうして僕らの原始にふれた限りの、独逸浪曼派は、凡そ近世の初めの日に芸術家となつた人々である。芸術を自覚した人々である。誰よりも現実を愛し、卑近に高踏の美を立案し、芸術家らしい危険に遊んだ天賦人である。信じるべきものは荒廃した生活の中の高貴さである。芸術への高邁な情熱である。たゞ多くの彼らは年少にして没して生涯の作を残さなかつた。そこに又純粋さも確保される。

あるひは日本浪曼派を以て不安からの逃避といふ。ロあたりよい批判もきく。誰が不安から後退したか、さういふことを云へる根性の中にこそ、君らの不安になれた心がある。君らがことにつけ、ものにつけほつとしてゐる心が見られるだけだ。不安を圧殺し超克してゆくのだ。とさういふ云ひ分は正しいが、僕はたゞその虚偽をまづ見る、凡そ世間の情勢の一所もよくはなつてゐない。よくはなつてゐないから興味を以てこの世相と君らを較べるのだ。こんなのんきな関心をことばの上でも僕に与へたのは、どこの進歩的作家批評家たちだつたかごぞんじか。

さらにリアリズムのゆきづまりをとく。その時だ。手法とか世界観とかいふものがのさばり出すだらう。一体若干子はリアリズムを唯物弁証法の別名だと思つたのか。それとも文学上の一手法だと思つたのか。又はこれを以つて唯物弁証法のリトマス試験紙だと思つたのか。僕はもう結論だけいはう、リアリズムはゆきづまつてゐぬ。たゞ僕らは巷間リアリズムを僭称する実話小説にあきてしまつた否それを文学と認めぬだけだ、と。進んでリアリズムのゆきづまりをほのめかしてくれた人があれば、それは君たちの実話作品のゆきづまりだと僕は見てきた。小説のゆきづまりを、文壇的打開策と考へる程に、僕らは自分らをヂャーナリズム化してくる日をもたなかつた。一番現実にゆきづまつた日がくれば、僕らは筆をすてるだらう、凡そそのゆきづまりは次ぎの日の華やかさを約束する。そこで筆をすてるなら芸術家の理想でもある。理想は今は夢の中にあるに過ぎぬだらう。間違つてはいけない、僕らは芸術人であるだけだ。そしてそれ故僕らは、友情の集りを結んで芸術の本道をかざす言葉を、素面でのべてゐるのだ。

「見たものから」より

庄司総一原作「陳夫人」は森本薫、田中澄江の脚色を、久保田万太郎の好演出によつて生彩を放つた。第五幕中第四幕が出色であつた。杉村春子の「安子」は好かつた。色つぽい彼女がどんな風に安子をやるかと興味を惹かれたが、その不安は全くなかつた。よく日本女性らしいつゝましやかな、それでゐてしつかりしたところを表出してゐた。東山千栄子の阿嬌も好かつたし、月野道代の玉簾も同感である。就中、中村伸郎の次男景文は出色であつた。殊に四幕に於ける演技には打たれた。

〈昭和十六年六月号〉

昭和21年3月号

美しき鎮魂歌
——『死者の書』を読みて

山本　健吉

やまもと・けんきち
（明治40年～昭和63年）
慶應義塾大学国文科卒。折口信夫に師事し、評論家として古典から現代文学まで幅広く取り上げた。「美しき鎮魂歌」は第一回戸川秋骨賞を受賞している。『古典と現代文学』『柿本人麻呂』ほか。

一

山のあなたの空遠く
「幸《さいはひ》」住むと人のいふ。

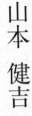

私が純文学の書に親しみ出した大正の末年頃は、『海潮音』は『藤村詩集』と並んで、まだまだ文学少年の必読書であり、入門書だつたのである。時あつて今でもあの「山のあなた」の一節がふと口を衝いて出て来る人は、また同時に「声曲《もののね》」（ダンヌンチオ）や「落葉」（ヱルレエヌ）を憶ひ出す人であり、「わすれなぐさ」（アレント）や「このをとめ」（ポオル・フォオル）を低吟幾たびかした人であつた。この取りとめのない憧憬と幻滅との歌の外、私共には何一つ作品の知られてゐないカアル・ブッセの名前も、唯此一篇の小曲の作者として何時までも記憶されてゐるのである。上田大人の気まぐれの予期せざる結実と言ふべきであらうか。

少年の日々西空の夕映雲を仰ぐ度毎に私は此詩を想起し、胸のときめきを禁じ得なかつた。私の生国長崎では西と言へば海漫々たる大洋であり、私の脳裡には遠い欧羅巴の国々が夢の如く雲の彼方に想ひ描かれてゐたであらう。何故か私には大浦天主堂のあるあたりの南山手の洋館を背にして見下す港の夕景が浮んで来る。それは予測し難い将来の大いなる「幸」に打震ふ心であつた。廿年を隔てて今や再び夕焼雲は、私にあの小曲を想ひ出さしめること繁くなつた。だがそれはもはや若い予感に満溢れた心ではない。私の心は少年の日のやうに明るくはない。それは山のあなたの往きて還らぬ青春への哀惜と悔恨との情に外ならないのだ。

原詩は知らず上田敏のこの訳詩は、「幸」住むと戯人的に表現したところ、我日本民族の自分でも意識してゐないやうな憧憬の心情に深く触れるものがあつたと思はれるのである。山のあなた、海のあなたに荘厳の色身を想ひ描くことは、何も浄土思想の渡来の後に始まつた経験ではないであらう。東海の島々であり、移動は常に西から東へとなされた太古の我民族に取つて、西方は常に故郷であり、妣《はは》の国では無かつたか。同じ島国でも、日本のやうな東の涯の島国と、ブリテンのやうな西の涯の島国とでは、民族の心を限取る憧憬と夢とのありやうがまるで異ることを私は想像するのである。

現実的にも夢想的にも、我々の祖先に取つての異土異郷は総て西方に在つたのである。法隆寺金堂の壁画の中でも最も豊かな夢と確かな形象との融和を見せてゐる西壁の阿弥陀浄土図を見ても、これが唯仏教といふ外来のものを現はしてゐるものとは、私には到底思へないのである。これを実際に描いたのが帰化人であつたか大和人であつたかは知らず、少くとも我々の祖先が、そのやうな楽土を自らの充溢せる夢として、西方に想ひ描くことが出来たといふ疑ひもない現実を信じる丈である。異郷意識の起伏を書かれた釈迢空先生の『妣が国へ・常世へ』といふ美しい文章があるが、これは私に民族性の奥処に巣喰ふ悲しい心根を回想させる。「幸」住む国を常に日の入る方へ想ひ描かねばならなかつた祖《おや》たちの夢の遣瀬なさは、今となつても我々の心の何処かに生きて蠢いてゐる。民族に取つて嘗ては妣の国・常世の国が、次いで天竺・震旦がそのやうな西方の夢の国だつたし、我々に取つて欧羅巴もそれに違ひなかつた。古くは素戔嗚尊・田道間守《たぢまもり》・浦島ノ児、下つては安倍仲麿・真如法親王・明恵上人・源実朝等の心を充たしたかなしい希求は、同時にまた我々自身のものでもあつた。それらの海彼の国は如何程現実的な輪廓を与へられようとも、常に到り難いものとして我々の憧憬となるのである。

憧憬を生むものは欠如ではなくして充足である。貧困ではなくして飽満である。我々の故国は「国のまほろば、たたなづく青垣、山こもれる大和し美はし」と歌はれた国であつた。「浦安の国」「千足《ちたる》の国」その他数々の国讃めの詞章が我々に伝へられてゐる国であつた。その限りない充溢の状態が、夢の明晰な輪廓に取つての支へとなるのだ。そしてその夢の完璧な美しさが、我々の限りない悩みを引き出だすのだ。我々に取つて到り難い楽土とは、また往きて還らぬ本つ国であつた。我々の憧憬は常に郷愁であり、哀惜であり、嗚咽であり、悔恨ですらあつたのである。

二

私は今釈迢空先生の小説『死者の書』の不可思議にも華麗な感銘を語り出さうとして、言葉に迷ひ、こんな他愛もないことを書出したのだが、事実此作品はそのやうな民族の悲しい夢が深い陰翳を持つた多彩の絵様として繰拡げられてゐるやうに思はれた。これは大和二上の山ふところ当麻寺に根生ひした中将姫伝説を主題としたものである。伝説に依れば、姫は天平宝字年中淳仁天皇の御代、横佩《よこはぎ》右大臣豊成の女と言伝ふ。だが中将姫のことが文献の上に現れるのは鎌倉時代以後のことだ。鎌倉光明寺の『当麻曼荼羅縁起』、また『古今著聞集』『元亨釈書』等に伝へる説話は、総て姫が生身の弥陀を拝まんとする強い念願から、二上山に登つて藕糸《はすいと》の曼荼羅を織出すに到つた一種の宗教的陶酔境を説いてゐることに於て大同小異である。そしてそれは世阿弥元清の『当麻』に依つて国民芸能としての結晶化を見るに到るのだが、別にもう一つ『雲雀山』の謡曲があり、この方は同じ世阿弥の手に成ると言はれながら、全く違つた筋合ひのものであつた。中世の継子いぢめ譚が附会して、物語の舞台として紀州雲雀山が現はれ、伝説の新たなる展開を示してゐるのだ。家を捨てた中将姫の形姿が、爰では古い貴種流離譚の記憶を喚起して来てゐるのである。そしてお伽草子の『中将姫本地』や竹本筑後掾正本『当麻中将姫』、更に雪責めの段で我々に馴染の深い並木宗輔の『鶊山姫捨松《ひばりやまひめすてのまつ》』等に至るまでの一筋の展開の基礎が、其処に築かれたと言ふべきであらう。

室町時代は文学的暗黒時代と言はれてゐるが、民衆の間から断片的な新文学が、アミーバのやうに胎動し出した潑剌たる時代でもあつた。文学の記録以前に於ける萌芽浮動の状態の、近世に於ける再現象とも言ふべき時代であつた。日本の近世文学は爰に豊かな源泉を汲み、世阿弥や近松のやうな大才が、新文学の一応の集成者・綜合者・組織者として現れるのである。一応と言ふのは、彼等がアイスキュロスやシェークスピアの作品や、ゲーテの『ファウスト』のやうに、確かな形象と輪廓とを持つた民族文学の精髄として結晶化されたやうなのとは、いささか事情を異にしたからである。爰では形象よりも情緒が、人間真実の追求よりも投げやりで放心の遊戯神通が優位を占めてゐる。同じく民族伝承の集成者として現れてはゐても、こちらは意力的な統一に依つてではなく、もつと随筆的・雑遊的とも言ふべきこだはらない心構へに於て民族の精髄を形成してゐるのであつた。

室町時代の小叙事詩文学は、未だ形象化の過程に在り、それらは総て民族文学の胚種たり素材たり断片たるに止まつた。それらは健康であり生命力に溢れてはゐたが、其儘では民族性の深い源泉の感情と叡知とを欠き、何か暗く陰惨な色調に満ち、もう一つ美しい形象化を遂げるべき力にそれ自身不足してゐた。古い素盞嗚尊や大国主命や日本武尊のやうな、生き生きしたおほらかな叡知に輝いた神的・半神的な巨人像は、其処には無い。「道成寺」にしても、「信太狐」にしても、「山椒大夫」にしても、「弱法師」にしても、何れも完璧な形象へのいとぐちに過ぎず、人間情念の表現の断片に過ぎぬのである。あの愛すべき巨人像弁慶すら、諸国に多い腰掛石や足の跡が象徴してゐるやうに、断片化された零落の形でしか伝はつてをらぬ。私は今さき暗くて陰惨だと言つたが、アガメンノンやオイヂポス王やフェードルやマクベスやリヤ王などの説話が、それ以上に眼をそむけさせるやうなものであつたことを思ふがよい。そのやうな暗黒の根から美しい崇高な形象化が成就されたことを思へば我々に欠けてゐたものは、結局あの暗い洞窟の中で豪華な錦繍の絵様を織出す民族の天才の錬金術であつたことに気付くのだ。人間性の真実に徹する勇気と意欲とのみが、人間生命の輝きを摑み出すことが出来るのである。

中将姫の説話が、あの雪責めのやうな場面に依つて、民族に記憶されてゐるといふことは、我文学に取つて光栄なこととは言へないのである。それは、我々の不快をさそひ、文字通り眼をそむけしめるのである。陰惨といふことから言へば、オイヂポス王やマクベスは、雪責めなどの比ではないが、このやうに単なる嗜虐的な場面は、其処には一場だつて有りはしない。文学は暗さといふことを恐れてはいけないであらう。我々が欲してゐるのはノンセンスな馬鹿笑ひの文学ではなく、我々の魂を震撼させ、我々に勇気を与へ、我々を崇高な行為に目覚めしめる、生命力に充ち満ちた民族文学である。人間性の真実に恐れず直面し得る勇気が、文学に健康さとレアリテと存在の価値とを与へるのだ。明るさ暗さが其儘健康不健康を意味するものではない。暗さと言つても、勿論私はあの嗜虐的な暗黒趣味・陰惨趣味を言つてゐるのではない。私と雖も我々の文学が明朗であることを希望するが、古往今来文学が明朗さを第一義として、真の明朗さに達し得たためしを知らぬだけである。今日のやうに文学者が己れを偽つて卑屈になつてゐられる時代には、私はあの古くさい「真は美なり」といふ美学者の言ひ草を、却つて懐しく想ひ出す。結局雪責めの場面が我々に不快なのは、それが暗いからではなく、真でないからである。暗いどころか、暗さに於てすら不徹底だからである。

継子いぢめ譚は日本文学に伝統的に多いが、其処から一つとして美しい文学は咲出なかつた。貴種流離譚に多く附会してゐる形跡があるが、率ね神話の俗化として現れ、運命への深い詠歎を低級な道徳的性格に摩替へてしまふ。中将姫の説話に継子いぢめ譚が附会したのは、神話性の剝奪に外ならず、その美しく展開すべき可能性が爰に絶たれてしまつた形であつた。挙句の果ては中将湯の絵看板になつたなぞ、笑ひ事ではないのである。当然のことながら釈先生の『死者の書』は、説話をそのやうな卑俗化から救ひ上げられた。中将姫説話に托された民族の悲願の心情が、爰では懐しく掘出されてゐる。民族の意識しない深い憧憬が、爰では見事な形象化を与へられてゐる。死んだ歴史絵図としてでなく、生きた近代小説としてである。

三

当代随一の万葉学者たる釈先生は、「なつかしや奈良の隣」の難波津の産であつた。日本の故国である大和は、幼少から先生の憧憬をなしてゐたでもあらうが、その憧憬の道筋に当る大和・河内の国境ひに聳え立つ山々が、北から生駒山・志貴山、飛んで二上・葛城・金剛の山々なのである。飛鳥・奈良の盛代に異国との交通の衝をなしたのは難波であるから、大和国中《くんなか》と摂津との往来は、人々の西方への思慕を載せて、これらの山々のもと、繁く織りなされてゐたであらう。「難波とやらは、どちらに当るかえ」と、『死者の書』の郎女（中将姫）も、有難い新渡の経巻を手にして、生き生きした顔を西方へ向けるのである。

当麻の中将姫の美しい思慕の物語が、先生の大和時代への造詣と万葉人への愛情とから、豊かなイメージとして組立てられるに至つた日の、決して新しいことではないのを思ふのである。「何時からとも知らぬ、習《ナラハ》しである。春秋の、日と夜と平分《ヘイブン》する其頂上に当る一日は、一日、日の影を逐うて歩く風が行はれて居た。どこまでもどこまでも、野の果て、山の末、海の渚まで、日を送つて行く女衆が多かつた。」このやうな民族の太古からのあくがれ心を地盤として中将姫伝説の成長を先生は思つてゐられるのだ。ゆつたりとおほらかな成長である。それは同時に、先生の胸臆に於ける美しい荘厳世界の徐々たる形成をも象徴する。結果として見れば、それは一つの民族説話を後世の不純な附加物から洗ひ上げ、もう一度原始の素朴純粋な形への復原が試みられたことになる。其処には先生の詩人的直観と民族的希求とが働きかけてゐる。そして先生の学問すら、夢と洞察との高い融合の上に成立つてゐることを、我々は知るのである。

「八雲」の第三輯に書かれた先生の『山越し阿弥陀像の画因』なる一文は、この『死者の書』への註釈の役割を果してゐた。その中に先生は、この作品を「謂はゞ、一つの山越しの弥陀をめぐる小説、といつてもよい」と言はれてゐる。『死者の書』には文亀当曼の外に、金戒光明寺・禅林寺・上野家蔵・川崎家旧蔵の四葉の山越し弥陀図が挿入されてあるが、それらは総て名高い智恩院の『早来迎図』よりも古い姿の、鷹揚な来迎図であつた。念仏行者の庵を描き、弥陀来迎の急転直下の姿勢を現して、引接《いんじやう》への希求の切実さの表現に成功してゐると言はれる『早来迎図』は、当時浄土思想の到り着いた様相を示してゐると思はれる。おほらかな弥陀の尊容への憧憬は裏面に押しやられ、書面の静的な均衡を破壊してまで、爰では被救済者の救拯への切ない希求を露はにしないではゐられなかつたのだ。観法に依つて眼前に彷彿と描き出される浄土の絵姿が、破壊への一歩を踏出したのである。法然から親鸞へ至る間に、我が浄土思想はコペルニクス的転回を遂げるのである。転回せしめた力は、法然に於ける本願の絶対性の発見だが、転回に点睛を施したのは、親鸞に於ける悪人正機の確認である。私は曩に、西方楽土の完璧な美しさが我々の限りない悩みを引出すと書いたが、今や我々の魂が直面した罪障観の切実さが、「われらうちいそぎとくとくまゐりてみばや」の促し立てとなり、その焦燥感のうちに西方楽土の視覚的に完璧な影像を雲散霧消させてしまふのだ。其処に『早来迎図』と『方丈記』と『歎異鈔』とに現はされた鎌倉初期の無常迅速風の新しい心の戦慄が生まれて来る。

挿絵で見る禅林寺の山越し弥陀図は、恵心僧都の体験を親しく描いたものと言はれてゐるだけに、その尊容も安らかな中に心躍りを感得出来るやうに思ふのである。虚空に花降り異香薫じ音楽の声する中に、西の山の端に忽然と顕現し給うたといつた印象を受ける。このやうな来迎図は、絵画に依つて表現された内なる音楽の充溢だとは言へないであらうか。浄土讃歌の盛行が音楽成仏の思想を生んだ事情を思ふがよい。だが絵画に、音楽に、讃歌に、芸能に、建築に――あらゆる化儀的なものに、あれ程絢爛を極めた浄土芸術との別離の上に、我国の独自な純粋浄土思想は誕生したのである。後になつて民間芸能に異様な力で念仏思想が滲透して行つたのは、改まつた別の話である。恵心流の念仏に優位を占めてゐた観相を放棄せしめたのは、思想の抽象化、信仰の純粋化、苦悩の熾烈化に外ならぬが、それが同時に芸術をば絵空事と観ぜしめ、あの浄土芸術の終焉を告げる合図ともなつたのである。往生は既に決定《くゑちぢやう》と気付いてみれば、はかない夢まぼろしが我々に何のなぐさめを齎し得よう。如来の色相を招き、極楽の荘厳を観ずることの空虚さの反省が、果てはあの「門徒もの知らず」の専修念仏となる。もはやあながちに出家発心の形を本とせず、捨家棄欲の姿をも標せぬ。念仏は救拯への希求でなく、仏恩への報謝となつてその意味を純粋にする。爰に我々の憧憬は、感覚的・具象的な性質を脱して、純粋に思想的・抽象的な情熱となる。レアリズムが恣意なる夢想と感受性とに取つて代る。親鸞の和讃は、それまでの和讃・今様を充たしてゐた感覚的・具象的なイメーヂと袂別して、唯概念的・抽象的な思想詩としてのみ立つてゐる。

だが私は、あらゆる芸術ジャンルと別離した後期浄土思想が、寧ろ他のあらゆる芸術ジャンルの支配を脱却することに依つて、純粋の散文芸術を樹立したことは言つて置かねばなるまい。日本の散文が始めて抽象的な自己の個有の力を発見し、至純の国語表現となつたのは、主として浄土系の僧侶、並びに多かれ少かれ浄土思想の滲潤の下に身を置いてゐた僧形の隠者の手に依つてである。『方丈記』『徒然草』と並んで、法然・親鸞・蓮如等の語録・消息類（これは当時公開的性質を持つてゐたものと思はれる）、殊に『歎異鈔』は、我が散文の珠玉である。『徒然草』が『エセー』と比較されるなら、『歎異鈔』はさしづめ『パンセ』であらうか。王朝の物語や日記が和歌に憧れ、後の西鶴の小説が俳諧を根生ひとしてゐるのに較べれば、それら僧侶・隠者の散文作品の自立的な純粋の有りやうが訣るであらう。日本の散文が始めて思想の重みに独力を以て堪へたのである。信仰体験は自らの言葉を掘当てない以上伝へられないものであり、殊に他力信仰的なものは素純にして柔軟な国語表現に依つて始めて生き生きと伝へられることを指摘したのは、筑土鈴寛氏であつた。内面的体験に依る震撼が、微妙で明晰な国語的発想を誘ひ出したのだ。

それは兎もあれ、あの山越し弥陀図に漂ふおほらかな憧憬の心情は、あらゆる感覚的・化儀的なものを圧殺し、それとの別離の上に純粋信仰の思想体系を打樹てた新宗教の祖師たちの時代に属するものではなかつたのである。それは憧憬の対象が完全に感官に依つて捕捉された時代に属するものである。そしてあの、天王寺の西門が極楽の東門に通ずるといふ俗説の上に流行した日想観《じつさうくわん》往生の時代すら、まだ予想せしめるに止まるであらう。釈先生に依れば、人々が荘厳な浄土の幻影を追つてひたすらに難波の海への入水《じゆすゐ》を急いだ日想観往生こそ、あの何時の日からとも知れぬ日送りの風習の面影を、末法思想の心理的戦慄の時代にまで残してゐるものであつた。感覚的な芸術至上主義の爛熟が、憧憬の対象を愈と繊美にし、触るれば消えるやうな捕へがたいものたらしめ、その醸し出す不安があの「疾く疾く」と促し立てる焦慮となり、死への憧憬を生むのだ。如月時正《じしやう》の日、天王寺の日想観に貴賤群集《くんじゆ》するさまは、謡曲『弱法師』に描き出されてゐる。

シテ「阿弥陀の御国《みくに》も
ワキ「極楽の
シテ「東門に、向ふ難波の西の海
地「入日の影も、舞ふとかや

この舞ひくるめく入日を拝まうとする民族的風習の根ざすところの深さを、私共は『死者の書』から教へられるのである。

私は話を少し先廻りしすぎたやうである。扨、『死者の書』に於ては中将姫などといふ後世風の呼名は用ゐられず、唯藤原南家の娘女《いらつめ》とのみ呼ばれてゐる。藤氏の氏ノ上たる南家の娘として、ゆくゆくは氏神の斎姫《いつきひめ》たるべきさだめが、この神さびた処女には待つてゐたのであつた。物語は、宮から恐れ多いお召があつてすら、ふつにおいらへ申上げぬうちに、はや二十の歳を迎へたこの才たけたみめよい郎女が、春の彼岸の中日の夕、突然神隠しに遭つたことから始まる。だがそれは此一年来郎女の心に激しく萌え出でた一つの希求を到底知る筈もない人々に取つて神隠しであるに過ぎない。前年の春分の夕、二上山の男嶽女嶽の峰の間に落日が廻転《くるめ》く中に、ありありと荘厳な人の俤が瞬間顕れては消えた、その俤を彼女は此日も心待ちにしてゐて、何時か雨となつた薄暗い部屋に坐《ゐ》ても立つてもゐられなかつたのだ。そして何時か家を出て、西へ西へとあくがれ歩いてゐる。次の日の朝、彼女は二上の山ふところ万法蔵院の境内に居る自分を見出だすのである。

二上山の二峰のあはひの落日の印象の強さは、親しく先生の経験されたことであつたに違ひないのである。その強さがこの物語の荘厳な絵様を醞醸したのである。山越し阿弥陀は比叡の横川《よかは》で恵心僧都が自ら感得したものと伝へられてゐるが、実はこの当麻近在で生れ成人した僧都には、二上山の二峰のあはひに落つる夕日の印象が焼付いてゐた——といふのは、釈先生の詩人らしい鋭い洞察に属する。そして何時からとも知れぬ若い女の日送りの風習に発して、中将姫や恵心僧都の思慕に一筋に貫くものを、先生自身二上山の落日の印象からしみじみ感得された日があつたに違ひないと、私は想像するのである。二上山の二峰の間に落つる入日といふ此書のテーマに、大和国山辺郡の出生である私の妻が深い感動を示したのを見たが、恐らく大和国中《くんなか》のすべての住民たちに、それははつきりした強い印象を与へてゐるものに違ひない。兎もあれ、二山の間に落日とも見える光背を背負つて上半身の尊容を現はしてゐる禅林寺の山越し弥陀図は、そのまま此作品の主要なモチーフを形作つてゐる。風景が此作品の背景に在る。土への浸透が、美しい国土の歴史を喚起したのだ。

四

万法蔵院の廬堂に籠つて藕糸《はすいと》曼荼羅を織出さうとはげむ郎女の心情には、唯あの日見た面影人のお肌へ、したてた衣をふくよかにお貸し申さうといふ純な気持以外にはなかつたのである。棚機つ女の物語が含む古代の生活伝承が其処に存在してゐるであらう。このやうな可憐無垢な心情を古伝説の中に掘起すといふことは、矢張り文学者の一つの務めであると私には思はれる。民族に取つて憧れの風景を描き出すことが、その民族の文学の持続の根底をなすのである。民族の自分でも意識してゐない憧憬に形姿を与へるといふこと、換言すれば、民族全体の生活感情を綜合し組織し、偉大な創造にまで齎すといふことが、取りも直さず卓れた国民詩人の要件である。だから偉大な文学には、常に土俗の卑近な、だが生命力と叡知とに溢れた言葉の中から、鮮かな源泉の感情を汲出した痕が残つてゐる。最も低いものの中に、最も高いもの「根の母」がある。それのみが国民文学の円満な充足を成立せしめる与件である。

釈先生の中将姫説話の再建も、父祖の時代の日本に寄せられる先生の洞察と愛情とが自ら《オノズカ》渾然と打出されてゐて美しいのである。其処には我々の自ら《ミズカ》意識しない民族的憧憬の絵模様が、あたかも忘れてゐたものを想出すやうに、軽い驚きを以て、眼の前に繰拡げられるのを見る。これは新しい叙事詩文学であつた。鎌倉室町の頃に蒐集されたままの小叙事詩文学の断片が、始めて近代の作者の手に依つて取上げられ、美しい綜合が成遂げられたのである。先生の学問の方の業蹟に属するが、『信太妻の話』『愛護若』『餓鬼阿弥蘇生譚』等が、同じやうな民間説話の発掘事業として先行してゐた。そして其前には、更に柳田国男先生の民間伝承の蒐集事業が先行してゐた。近古の小叙事詩文学の一つは、嘗て鷗外の手に依つても取上げられたことがあるが、『山椒大夫』に較べれば、『死者の書』は想像力の自在さに依つて一層華麗な濃淡の絵様を織出してゐると言へるであらう。勿論これは奈良朝人の歴史絵図ではあるが、それは単なる歴史絵図に止まらず、作者の夢と洞察とに依つて、そのあらゆる可能的な、発展的な形象を豊かに抱擁し、予想せしめる一層高次な形姿として形成されてゐるのである。そのやうな内部からの充溢感を伴つた一つの絵様は、そのまま作者の情感の豊富さを物語る。これは一篇の歴史小説には違ひないが、其処には何かをうつたへようとする魂の切実な欲求がある。結局に於て、これは作者の鎮魂の歌として完成されてゐると言へるのだ。

不遜な想像をたくましくすれば、先生の短歌も長歌も小説も学問も、先生に取つては鎮魂の術に外ならないのではあるまいか。創作と学問と二股の道に進まれた御自分を、先生は嘗て蛙と自嘲されたことがあつたが、矢張り根ざすところは一つであつたと思はれるのである。先生の短歌には常に「独坐深夜の幽情」とでも言ふべきものがある。この言葉は、赤人の「ぬばたまの夜のふけゆけば、楸《ひさぎ》生ふる清き川原に、千鳥しば鳴く」の絶唱に就いて先生の言はれたことであるが、この歌の沈痛の響も、結局遊魂を鎮めようとする心の切実さの現れに外なるまい。これは恐らく羈旅の歌なのであらうが、このやうな旅する者の所在ない悲しみは、後の西行も芭蕉も吉井勇氏のやうな人も知つてゐたと思ふ。私は釈先生の旅中の連作短歌『供養塔』の如きからも、赤人の「千鳥しば鳴く」に通ずるやうな、旅中の鎮魂歌としての切実な響を受取るのである。先生の代表作のやうに愛誦されてゐるものであるから、知つてゐる人も多いであらう。

　数多い馬塚の中に、ま新しい馬頭観音の石塔婆の立つてゐるのは、あはれである。又殆、峠毎に、旅死《ジ》にの墓がある。中には、業病の姿を家から隠して、死ぬるまでの旅に出た人のなどもある。

人も　馬も　道ゆきつかれ死にゝけり。旅寝かさなるほどの　かそけさ

道に死ぬる馬は、仏となりにけり。行きとどまらむ旅ならなくに

邑《ムラ》山の松の木《コ》むらに、日はあたり　ひそけきかもよ。旅びとの墓

ひそかなる心をもりて　をはりけむ。命のきはに、言ふこともなく

ゆきつきて　道にたふるゝ生き物のかそけき墓は、草つゝみたり

　これは、旅死にの人畜へ寄せられた悲しい情懐であるが、その奥には矢張り旅人の言尽し難い感慨が流れてゐる。寂しさの底ひに引きずり込まれようとする心を必死になつて引留めんとする精神的抵抗が感受される。それはまた人間運命への詠歎でもあつた。己れの心の内奥に運命を嚙みしめるのである。旅情が人生の奥処に秘められた真実の情念を促し立てるのだ。

　魂は異様な充溢に依つてざわめくのである。赤人をぬば玉の夜の瞑想・沈思へと誘つたものは、そのやうな遣方ない魂の充溢であつた。我々が単純に客観的な叙景歌と思つてゐるものにさへ、揺破られた統一を必死に取戻さうとする魂の切実を声が聴分けられる。「君が行く道の長道《ながて》を　繰り畳《たた》ね、焼き亡ぼさむ　天《あめ》の火もがも」この万葉女性の情熱の極度と思はせる歌さへ、それは恋愛歌である以上に鎮魂歌と言ふべきであつた。相聞と言ひ挽歌と言ひ、万葉人には招魂以外の意味を持たなかつたのである。だとして見れば、今日風靡してゐる万葉調短歌とは、一体どういふ意味で万葉調なのであるか。万葉は山や川や空や森や生物や草木や、彼等を取巻く

一切の森羅万象が、我々に於けるよりも豊かなイメージと神厳な意味とを持つてゐた時代のものなのである。謂はば野山には積霊が充ち満ちてゐた。それらの一切は我々の魂と深い内面的交渉の裡に在り、それらは常に我々の魂の危機の意識を喚覚し、従つて常に新鮮なものとして我々の前に在つた。自然は彼等に取つて、極度の驚異・恐怖・歓喜の情を伴つてしか、即ち彼等の生存の本源に切実に結ばれてしか、存在しなかつたのである。「あしひきの山川の湍《せ》の鳴るなべに、弓《ゆ》月个《づきが》嶽《たけ》に　雲立ちわたる」このやうな魂の大いなる震撼に充たされた叙景歌は、神話を忘れた——従つてまた歌を忘れた——現代人の及び難い彼岸のものであるらしい。彼等に取つて自然は、我々に於けるやうに唯美しいと言つて苟且に見過ぐさるべきものでなく、己れの魂との絶えざる交流、絶えざる連帯関係の裡に在つたことを思へば、彼等の自然感情の豊富さ、多様さ、切実さは当然のことだつたのである。

　現代の万葉調歌人の中に在つて先生の歌風の特異性は、誰よりも先生がそのやうな万葉人の魂に対する親近感に充たされてゐるといふことである。先生の眼の異常な透視作用が、作物に歌はれた山や川やあらゆる万象の背後に、古代人さながらの充ち満つる精霊を蠢動させる。勿論私はそれが古代人のやうな素朴直截な作用であると言はうとするのではない。現代諸歌人の中でも、先生は最も近代詩人の風格を持つてゐられるのである。唯その内なる魂の充溢を、先生はどうしようもないのだ。止むに止まれぬ悲しみの充溢が、先生の言葉に錬金の幻術を附与し、野山の精霊たちを呼寄せるのである。それは或意味では、万葉よりも寧ろ記紀の歌に近い感銘さへ齎す。それらが飛鳥・奈良朝の作物より一層精霊《スピリット》と幻術《マジック》に充たされてゐた時代に属するといふ限りに於て——。だから其処には、人麿さへ尚且下れる時代の姿であると言つた真淵以来、二度目の記紀・祝詞調の復活があると言つてもよい。不幸にして真淵の晩年の歌稿は率ね灰燼に帰してしまつたと言ふが、我々は釈先生の短歌・長歌に於て、より近代的な、より複雑な、より稔り多い太古調の数々を見ることが出来るのである。そしてそれは、外ならぬ独坐深夜の幽情の裡に実現されるのである。近代歌人の切実な鎮魂歌たる所以である。

『供養塔』の一連の歌と同じく旅中の歌であるが、『夜』といふ下伊那の奥に於ける連作、また『小梨沢』の連作などは、矢張り旅に於ける悲しい見聞に触れて発した異常な心の鼓動を伝へてゐる。同じやうにどちらも長い詞書がついてゐて、新しい歌物語の形を示してゐる。それらは何か先生の叙事詩への意欲を示すものであり、先生が長歌や小説までも手がけられる欲求の根ざすところの奥深さを示すものと思はれる。人生を旅と感じ、人間の運命に打戦く繊細な情感が、それらの歌物語や作り物語の根底には在るのだ。『供養塔』や『小梨沢』の歌は、謂はば新しい歌枕の発見であつた。歌枕とは国土の持つひそやかな歴史への回想であり、土地の神霊への影向の心情に外ならぬと思はれるが、先生をしてそのやうな回想と影向とを強ひるものは、明暗の裡に醸し出される運命愛ともいふべき情念である。ざわめき流れる情念の充溢の中に、澄明な形象が形成されるのだ。鎮魂が古物語の人物像の鮮かな輪廓を、深い共感を以て描き出すのだ。

『死者の書』は、或意味では二上山と当麻郷との神霊へ手向けられた一篇の影向であつた。先生は此書の中で、二上山近在のあらゆる神霊・精霊を喚起さないではゐられなかつたのである。それは率ね語部の嫗の古物語として、現とも夢ともつかぬ縹渺たる伝へとして語られる。二上山の名は、中臣・藤原の遠つ祖《おや》、天押雲根命《あめのおしくもねの》このかた藤氏にはゆかりのものであつた。日のみ子のお喰《め》しの飯《いひ》とみ酒《き》を作る御料の水を求めて、命は此二上山に登り、天の水の湧き口を八ところまで見とどけた。其後久しく日のみ子のお喰しの水は、代々の中臣自身、此山へ汲みに来た。このいはれは、物語では当麻語部《たぎまのかたりの》嫗《おむな》の口を通して娘女の耳に夢物語のやうに伝へられる。『中臣寿詞』に見える天八井《あめのやゐ》の水の伝説である。

当麻寺の縁起としては、また一つの物語が伝へられてゐる。万法蔵院（後当麻寺）を其頃山田寺とも言つたのは、山の背《うしろ》の河内の国安宿《あすかべ》郡の山田谷から移されたからであつた。二百年寂しい道場に過ぎなかつたが、一時は倶舎の寺として栄えたこともある。聖徳太子が此等の本尊を夢見られて、おん子を遣され、堂舎をひろげられた。「おひ〳〵境内になる土地の地形《ヂギヤウ》の進んでゐる最中、その若い貴人が、急に亡くなられた。さうなる筈の、風水《フウスヰ》の相《サウ》が、「まろこ」の身を招き寄せたのだらう。よしよし、墓はそのまゝ、其村に築くがよい、との仰せがあつた。其み墓のあるのが、あの麻呂子山だと言ふ。まろ子といふのは、尊い御一族だけに用ゐられる語で、おれの子といふほどの、意味であつた。ところが、其おことばが縁を引いて、此郷の山には、其後亦、貴人をお埋め申すやうな事が、起つたのである。」

この貴人とは大津皇子のことである。二上山にからまる古物語の悲しさは、大津皇子に到つて絶頂に達するのである。それはまた『万葉集』中の最高の悲歌でもあつた。伊勢から御姉の大伯《おほく》皇女が上つて来られた時は、既に皇子が盤余の池畔で死を賜はつた後であつた。「巌石《いそ》の上《うへ》に生ふる馬酔木をたをらめど、見すべき君がありと言はなくに」「うつそみの人なる我や。明日よりは、二上山を愛兄弟《いろせ》と思はむ」――この二首の誄歌《なきうた》にあきらめ切れない心を託して、姉君は二上山の御墓の前に佇まれる。『死者の書』の書出しは、この二上山の悲しい葬り所に始まるのである。

『死者の書』の冒頭を読むと、私は何時も先生の『夜』の連作の中の一首を思ひ浮べる。「ながき夜の　ねむりの後も、なほ夜なる　月おし照れり。河原菅原」。『死者の書』は滋賀津彦（大津皇子）の木乃伊が、墓穴の長い眠りから覚めて行くところから始まる。埃及の聖典、支那の『穆天子伝』に続いて、此書が第三の「死者の書」たる唱へを主張してゐる所以である。この中将姫の物語に、どうしてもこの百年程昔の滋賀津彦の因縁を書加へなければならなかつた先生の真情を思ひみるのである。鎮魂とは結局、とりとめない心の映像にはつきりした輪廓を与へることではないのか。不安定なものに安定を与へ、形をなさぬものに形を与へることではないのか。古への滋賀津彦の宿執が、先生の中将姫説話に寄せられる愛情に、はつきりした形を与へる契機ともなつた。矢張りそれは、磐余の池の歌に臨終の心境の托した才学卓れた万葉歌人への先生の思慕の深さでもあつたらう。「もゝつたふ磐余の池に鳴く鴨を　今日のみ見てや、雲隠りなむ」の一首の余韻を聞取られた先生の哀愁が、この一作に凝結してゐるやうである。人間運命への慟哭である。『死者の書』とはまた「運命の書」との謂でもあつた。

あの処女心のとりとめない憧憬の物語が、爰では幽冥界の鳥膚立つやうな叙述に依つて始まらなければならなかつた。それは室町期の庶民子女の愛好した断片文学の、好んで幽冥の世界を描いた暗い不気味な感触を思ひ出させる。勿論爰ではもつと清澄に、感覚的に磨ぎ澄まされてゐる。次のやうな書出しである。

彼《カ》の人の眠りは、徐《シヅ》かに覚めて行つた。まつ黒い夜の中に、更に冷え圧するものゝ澱んでゐるなかに、目のあいて来るのを、覚えたのである。

したた　した　した。耳に伝ふやうに来るのは、水の垂れる音か。ただ凍りつくやうな暗闇の中で、おのづと睫と睫とが離れて来る。

膝が、肱が、徐ろに埋れてゐた感覚をとり戻して来るらしく、彼《カ》の人《ヒト》の頭に響いて居るもの――。全身にこはばつた筋が、僅かな響きを立てゝ、掌・足の裏に到るまで、ひきつれを起しかけてゐるのだ。

さうして、なほ深い闇。ぽつちりと目をあいて見廻す瞳に、まず圧《アツ》しかかる黒い巌の天井を意識した。次いで、氷になつた岩牀《ドコ》。両脇に垂れさがる荒石の壁。した〳〵と、岩伝《イハツタ》ふ雫の音。

時がたつた――。眠りの深さが、はじめて頭に浮んで来る。長い眠りであつた。けれども亦、浅い夢ばかりを見続けて居た気がする。うつら〳〵思つてゐた考へが、現実に繋つて、あり〳〵と、目に沁みついてゐるやうである。……

五

この物語の経となつてゐるのは娘女の取りとめのない憧憬ではあるが、この作品の絵様は単一ではない。おほまかに言つて、三通りの異なつた濃淡の彩りが、この作品を鹿の子斑に織成してゐるのである。

第一は、繰返し言ふやうに、神さびた娘女の胸に育まれた処女ごころの世界であり、彼女を中心にして、身狭乳母《むさのちおも》と当麻語部嫗との二人の老女が対立的に点出される。これは現実と夢とのあはひの世界である。娘女に附添ふ身狭乳母の、愚昧一徹ではあるが現実主義的な性格に対し、語部の嫗は忘れられ亡び去つて行く者の哀愁と微かなユウモアとを兼備へてゐる。「もう、世の人の心は賢しくなり過ぎて居た。独り語りの物語りなどに、信《シン》をうちこんで聴く者のある筈はなかつた。聞く人のない森の中などで、よく、つぶ〳〵と物言ふ者がある、と思うて近づくと、其が、語部の家の者だつたなど言ふ話が、どの村でも、笑ひ咄のやうに言はれるやうな世の中になつてゐた。」嫗はそのやうな語部の女なのであつた。だが、郎女のあくがれ心を何うしても見留めることの出来ぬ身狭乳母よりも、娘女の意識下の憧憬に絶えず働きかけ、形を与へて、自《オノズカ》らこの夢のやうな物語を進めてゆく要の役目を果してゐる語部の嫗は、一層重要な人物である。乳母は娘女が憑かれに魔を祓ひ除くことより外考へには無いが、嫗は様々の不可思議な因縁を説き立てることに依つて、郎女の心をそそり立て、藕糸曼荼羅の完成にまで導いてゆく。そして最後には、中将姫説話に何時も附纏ふ化尼《けに》の役までもつとめることになる。これは作者のこまかい心使ひである。

第二の世界は、大伴家持と恵美押勝とを代表とする全くの現実世界である。これは「神々の死」の時代を象徴する二つのタイプである。何れも娘女に無関心の男ではなかつた。だがそれは恋心と言ふほど強烈なものではない。好奇心《すきごころ》の程度である。この二人の有名人が登場すると、この作品は軽やかな当世風の世界となる。「人を戒めても犒うても、其語つきには、おのれを叱り、我を愛しむ心とおなじ心持ちが感じられる。家門を思ふ彼は、奈良の世の果ての独りであつたが、神経や、感覚は、今の世からも近代風な人と言ふことが出来る。」嘗て先生は家持に就いて、このやうに素描されたことがある。そのやうな、当時随一の誇高い旧家に生れ、宋玉や張文成の頽廃的な享楽文学に心をやる近代人家持の、心理的分裂の中に在つた悲しみは、爰にも正確に描き出されてゐる。それに較べれば娘女には叔父に当る押勝は、我世の春を謳歌してゐる根からの当世人であつた。心の分裂を知らぬ、屈託のない、闊達なおほらかさ、若々しい純な欲望の外、彼の心には暗い翳は微塵もないのである。

（家持）横佩墻内《カキツ》の郎女《イラツメ》は、どうなるでせう。社・寺、それとも宮――。どちらへ向いても、神さびた一生。あつたら惜しいものでおありだ。

（押勝）気にするな。気にするな。気にしたとて、どう出来るものか。此は――もう、人間の手へは、戻らぬかも知れんぞ。

このやうな一寸した会話のはじに、娘女の失踪が二人の心理に投じた波紋が的確に描かれてゐて、さては娘女の運命へ自《オノズカ》ら一つ暗示を投げかけてゐるのである。

第三は、あの滋賀津彦に依つて代表される幽界《かくりよ》である。これは不思議に感触に富んだ幽界である。滋賀津彦の末期の眼に映じた磐余の池の鴨は、その時ちらりと眼に触れた藤家の美女の姿の象徴であつた。「今日のみ見てや、雲隠りなむ」の執心が、何時までも尾を引いて、今でも藤家四流の中で一番美しい郎女が、その幽界の目にはあの時一目見た美女と見えるのであつた。郎女が二上へとあくがれ出でたのは、目に見えぬ其力におびかれたものと、語部の嫗は説くのであつた。それにこの物語に於ては、滋賀津彦の姿には、美女をかどはかす彦星の物語を後世までも伝へた天若日子《あめわかひこ》の姿や、同じく棚機にちなみのある隼別《はやぶさわけ》の姿が、二重三重に打重なつて、陰翳を深くすると共に、不思議な現実的肉感を附与してもゐる。そしてそれは、彼岸中日のめくるめく入日の中に顕れ給うた来迎弥陀のふくよかな肉感性に折重なるのである。「此機を織りあげて、はやうあの素肌のお身を、掩うてあげたい。」これが藕糸織りにはげむ郎女の真情であつた。

この恐ろしく手のこんだ一篇の作り物語は、私には先生が大和の古へ人たちに捧げられた挽歌とも思はれるのである。中将姫も、化尼化女も、家持も、恵美中卿も、大津皇子も、天若日子も、物語の中に或ひは現実的な姿を、或ひは夢幻の姿を現じ戯れた登場人たちの遊魂は、総て作者の奇しき招魂のわざに依つて鎮められ、不思議に華やかな場所に魂の寄るべを与へられてゐるのだ。作者の創造の力が、爰では「たまよばひ」の摩訶不思議の力として働いてゐるやうである。それは古へ人の豪華な招宴である。そしてそれは同時に、作者自身の胸奥の修羅の葛藤を鎮め斎《いは》ふはたらきでもあつた。「其は、幾人の人々が、同時に見た、白日夢のたぐひかも知れぬ。」と先生は此物語を書きをさめられるのだつた。較べて言ふのは失礼に当るが、語部の媼が歌ひ了へたあと、大息をついでぐつたりするやうに、先生も心躍りの物語を語り終へられたあとの、あやしい心安らぎを感じられたであらう。私は私で、此書の読後の感想を、そこはかとなく書綴つてゐるうちに、あやしく物狂ほしい気持に誘はれた。筆のすべるままに聯想は多岐に亙り、この書の周辺をさ迷ひ撫で廻した丈に終つたが、それは矢張り、此作品の内に籠るあまりに豊かな力のなせるまがわざではなかつたらうか。

「編輯後記」より

▽十二月八日発表された「大詔」を聞いて、ただ、僕は深く感激した。所用で外出し、ふと、街路のラヂオの前の人だかりに心を惹かれ、近寄ると、正しく「米・英」に対しての「宣戦布告」の放送であつた。ハツと度胸をつかれる感動にぢつとしてゐられなかつた。込みあげる感涙はとどめ得なかつた。

▽以来、殆んど想像を許されない皇軍の輝かしい戦果に、日日、興奮し感激し、これまでとかく暗くなり勝ちだつた人生観も明朗になつた。これでこそ、どんな艱難困苦欠乏にも堪え得る心持になつた。

〈昭和十七年一月号、和木清三郎〉

昭和30年11、12月号

夏目漱石論

——漱石の位置について

江藤　淳

えとう・じゅん
(昭和7年〜平成11年)
慶應義塾大学英文学科卒。大学三年の夏、「三田文学」編集長だった山川方夫のすすめで「夏目漱石論」に着手、翌年の「続・夏目漱石論」と併せて『夏目漱石』を刊行した。一躍文壇の寵児となり、『成熟と喪失』『一族再会』など、話題を呼ぶ作品を発表しつづけた。

一

日本の作家について論じようとする時、ぼくらはある種の特別な困難を感じないわけには行かない。西欧の作家達は堅固な土台を持つている。ぼくらはその上に建つている建物のみを、あるいはその建物の陰にいる大工のみを論ずればよい。つまりこれは、これが果して文学だろうか？　などという余計な取越苦労をしないでも済むといつた程度の意味である。文学を学ぼうとする向きは、欧米の文学を学べばよいので、日本の作家を相手にしている時には事情はしかく簡単ではない。彼らを問題にしようとすれば、先づ、彼らの作品の成立つている土台から問題にしてかからねばならないので、建物が気に入つても地盤が埋立ての急造分譲地風に緩んでいれば、慎重な周旋屋は安い価をつける。したがつて、日本の作家に関する限り、批評家は純粋の文芸批評などを書くことは出来ないわけであつてこれを裏返せば、多くの日本の作家は少くとも西欧的な意味での文学を書いていないということを意味する。

T・S・エリオットによれば、批評家の任務は過去の作品を時代の要求に応じて再評価し新しい秩序の下に再編成することにある。しかし日本の批評家の任務には、どの作家のどの作品が文学であり、どれが文学でないかを識別する必要がつけ加えられねばならぬ。このような仕事は元来文明批評のジャンルに属するもので、余程な物好きででもないかぎり容易に手をつけたがるものではない。文芸批評家というものの主たる属性は文芸愛好家である。文芸愛好家に非文芸を相手にせよというのは恋愛中の人間に子守りをしろというのと大した違いがない。事実、彼らの鋭敏な嗅覚は、子守りを避けて真の文学を嗅ぎあてる。日本の文芸批評家の手によつて成つた傑作は、殆どすべてが西欧作家を主題にしている。

しかし、ぼくらは野暮な仕事からはじめねばならぬ。近代日本文学の生み得た寥々たる文学作品を拾い上げ、それの系譜を明らかにすることがそれであつて、これは同時に、この国で文学が書かれ得るためには、どれ程の苦悩が要求されるかを知ることでもある。多くの錯覚が存在しているので、例えば日本的な文学とか、日本的あるいは東洋的思惟を表した文学とか、私小説が日本独特の文学形式だとかいう妄想はそうした性質のものである。大体西欧的な文学とか日本的な文学などという区別を立てることが既におかしいので、文学は文学にすぎない。言語的な制約を別にすれば、誰が読んでもこのことは自明であり文学は文学的作品を必しも意味しないことも自明である。ぼくらの試みようとする近代日本文学史の readjustment の背後には、このような文学の定義がある。

夏目漱石の死後、すでに四十年の歳月が流れている。忘れ去られるには充分な時間であるが作家の名声はいよいよ高い。しかし、これを、漱石が現代に生きている証拠だなどと思つたら大間違いで、彼の名声には、コツトウ品特有な retrospective な匂いがつきまとつている。彼を讃美しようとする声はすべて、漱石を過去へ押しやろうとする声にすぎない。通俗に信じられている彼の影像は、東洋的な諦念の世界に去つた孤高の作家の影像であつて、これには大いにぼくらの感動をそそるものがある。しかし、死者への尊敬に適当な感動は、彼の作品のぼくらに与える感動を歪曲する。ここで、過去は決して完了したものではなく、完了していない故に価値がある、というような教訓を思い出さねばならない。漱石は何一つ完成したわけではないので、彼の偉大さは、彼がなしかけた仕事を我々に向つて投げてよこそうとしているその姿勢にある。それを受けとめる以外に、漱石を現代に生かすことは出来ない。ぼくらはその姿勢を支えているものを探ろうとするのである。

元来、個性的な作家が存在し、多くの崇拝者を持つような場合、その死後四半世紀乃至は半世紀の間はある意味での神話期であつて、この時期はほぼ正確に崇拝者達——多く、弟子友人等の人々——の寿命と一致している。作家は彼らの追憶の中で神の如き存在となり、様々の社会や趣向の変遷に乗じて、神話はやがて厖大な分量にふくれ上る。しかしひとたび生前作家と親交のあつた崇拝者達が死に絶えると神話は次第に雲散霧消する。あとに残るのは動かし難い一かたまりの作品であり、これが後に新しい神話を生むにしても、それはかつての感傷的な性格を棄て、その故にかえつて永い生命を持つに至るのである。

漱石に関する神話は多いが、その最も代表的なものは「則天去私」神話である。松岡譲氏の「宗教的問答」(昭和七年)、『明暗』の頃」(昭和七年)には作家自身の言葉として「則天去私」が出て来るが、最も興味をひくのは、漱石が「則天去私」的な作品として、ジエイン・オーステンの「高慢と偏見」ゴールドスミスの「ウエイクフイールドの牧師」をあげている事実であつて、こうなると、「則天去私」という言葉で漱石が何をいおうとしていたかは、かなりあいまいになつて来る。それで彼の全作品を秩序立てようとするのは、いささか人の好すぎる話だといわざるを得ないが、この神話は多くの有為な研究者をたぶらかして、本を書かしたりしている。その一人である九州大学の滝沢教授が、どうも自分の漱石のイメイジはこわばっていて生きていない。自分の力量が足りない故だろうか、という意味のことを告白しているのは極めて暗示的で、つまり逆にいうなら、俗言の如き「則天去私」なるものは、相当あやしげなものだということを意味する。漱石のソフイステイケイションに弟子達が見事にひっかかっているふしがあるので、滝沢教授などはひっかかった弟子に新らしくひっかけられた口なのかも知れない。

最も熱心な「則天去私」の祖述者の一人である小宮豊隆氏の「夏目漱石」も、同様の結果を招いた書物だといわざるを得ない。この評伝は漱石評伝の決定版であって、その精緻な考証は尊敬に値するが、いささか迷惑なのは氏がこのおびただしい貴重な事実を、「則天去私」の「悟達」を導き出すために整然と、合理的に配列しようとしたことである。伝記作者達が共通に感じるこの誘惑に小宮氏も又おちいつているので、これを克服し得たものの代表的な例は、「ジョンソン伝」を書いたボズウエルという男の場合である。グレイか誰かに悪口をいわれている、この鈍重なスコットランド人は、何の色気も出さずに、愚直にジョンソンの言行を記録していたがために、稀に見る生気潑剌たる肖像を描き得たのであって、事実の価値というものは、それが無差別に雑然と放り出されている所にしかあるものではない。この重大なことを知つていたボズウエルは、期せずして評伝に可能な唯一の方法を身につけていたということになる。

残念ながら、小宮氏の叙述はこの素朴卒直な方法に従つたものではない。その故に、氏は自分の利用しようとした事実に物の見事に裏切られ、描かれているのは、《作家漱石の非常に精巧な剝製》(中村光夫、作家の青春)であるといつたようなことになつたのである。小宮氏によれば——そして氏に追従する所の人々に従えば——修善寺の大患以後、漱石の心境に一大転換が行われ、それが「眼耳双忘身亦失。空中独唱白雲吟」。というような静寂な境地に発展したことになつているが、神話は、おおむねこの様にして書かれる。この間の事情をより深く洞察し得ているのは、作家に親炙していた小宮氏よりもむしろ反対の立場にいた正宗白鳥氏であると思われる。

《小宮豊隆君は、漱石の修善寺に於ける大吐血を以つて、彼れの生涯の転機としているがそれはさうかも知れない。しかし、大吐血後の漱石が前期の彼れよりも人生の見方が一層温かになり、一層寛大になつたとは思はれない。反つて反対ではないだらうか。「心」「行人」「道草」「明暗」がそれを証明してゐる。……これ等に現はれてゐるいろいろな疑惑は、作者自身の心に深く根を張つていたのぢやないかと思はれる。》(作家論)

この洞察を裏附ける証人の一人は森田草平氏であるが、その「漱石先生と私」には次のような記述が見られる。

《……修善寺の大患後も、先生の心境にはいくらも動揺があつた。時には暗憺として前途に光明を見失はれた時代さへあつた。その動揺の結果、晩年にはいよいよ「則天去私」を以て生活の信条とされるようになつた。これだけは誰にも争はれない。が、それは飽く迄生活の信条であつて先生自身がそれになり切つてしまはれたわけではない。本当に「則天去私」になり切れてしまつたらもう小説など書いてはゐられなからうと私には思はれるのである。》

元来、森田氏と小宮氏の間には宿命的なライバルの関係がある。小宮氏は漱石に愛され、森田氏は、さほど愛されていなかつた。この文章も、小宮氏の「夏目漱石」の名声に刺激されて書かれたものだが、ここには、小宮氏の所有から、漱石を奪おうとするような語気がある。そういう事情からして、森田氏の漱石観には様々の歪みがあつて一概に信用し難いがその独断的な記述にむしろ漱石が生きているように思われるのは皮肉なことといわざるを得ない。両氏の間の漱石観の相異には一人の女を争う二人の男——不思議なことにこれは漱石の中心的な主題だが——の荒々しい呼吸が感じられる。勿論二枚目は小宮豊隆氏であるが、荒正人氏の指摘するように、漱石と門弟の間には一種ホモセクシユアルな雰囲気があつたのではないか。そのような師匠に対する性的な憧憬が、彼らの所謂「則天去私」神話の発生原因の一つであると思われる。

漱石の最初の職業は学校教師であつた。しかし、朝日新聞社員として職業作家になつてからの後は極めて実直に自らの職務に励んだ。「明暗」を書きながら死んだ後は、臨終の床でなお「明暗」執筆のことを口走つていたという話がある。「則天去私」と「明暗」を並べた時、虚心な読者は当惑せざるを得ない。漱石は只の作家であつたが、その教師根性はなかなか抜け切れていなかつた。弟子に向かつて「則天去私」などといえば、崇高らしく見える丈の術は持つていた男である。作品と神話を並べていづれを選ぶかといわれれば、作品を選ぶのが順当であつて、「道草」にも「明暗」にも、「則天去私」などという言葉もなければ、それらしき物の表現されたふしもない。強いてあげるなら、作家自身語つたように、ある種の創作態度の微妙な変化が見られるのみである。

《……つまり観る方からいへばすべてが一視同仁だ。差別無差別といふやうな事になるんだらうね。今度の「明暗」なんぞはさういふ態度で書いてゐるのだが、自分は近いうちにかういふ態度でもつて、新らしい本当の文学論を大学あたりで講じてみたい。》(松岡譲、「宗教的問答」)

しかも先程あげたように、漱石は「則天去私」的な作品としてオーステン及びゴールドスミスの小説をあげている。とすれば、「則天去私」は漱石以外の人間にも分かち持たれ得べきものであつて、オーステン及びゴールドスミスは「則天去私」の作家だつたのである。要するに、「則天去私」とは、作品にあらわれた形では、オーステン及びゴールドスミス風の視点ということにすぎない。その視点の性質を知るためには、例えば「道草」、「明暗」及び「高慢と偏見」、「ウエイクフイールドの牧師」を読み比べればよい。正宗白鳥氏のいうように、朝日新聞社員となつてからの彼は絶えず長篇小説創作の問題に苦慮していた。如何にして、自由に小説を書くか、ということは厳格な構成家であつた漱石の念頭を去らなかつたに違いないので、彼に於ける倫理感の発展は、小説に対する態度と極めて密接な関係を有する。例えば、「道草」に於ける転換というのは、結局メレデイス風な世界から、ジエイン・オーステン風の世界への転換にすぎない。英国及び英国人を憎悪した漱石の中にあるのは、結局、英文学の毒である。彼は生涯、彼なりにこの毒にあてられながら書いている。「自己本位」などという言葉の拡張解釈は、この限りではやめた方がよい。右の転換に関して修善寺の大患はさほどの役割を果しているとは思われぬ。その影響は、「道草」にではなく、むしろ、「硝子戸の中」などの小品の世界に見られる。漱石は how to live という問題と、how to die という問題を、二つの全く次元を異にする世界で、全く別種の態度で、解いて行こうとした人であつた。この二つの世界の交渉の次第を、ぼくらはおおむね彼の長篇と小品の接断面に見ることが出来るのである。

「則天去私」の視点に関する、一つの仮説を提起すれば、それは、作家の作中人物に対する fairness あるいは pity である。これは必然的に、作家に於ける自己の内部の対象化を要求する。「道草」でこの態度は、漸くうかがわれ、「明暗」では、かなり明瞭にうかがわれる。

更に一つのことをつけ加えるなら、「則天去私」は以上のようなものであると同時に、幼少の頃から漱石の心が求め続けたかくれ家の象徴であつた。現実逃悲的な傾斜は、作家の生涯を通じての低音部をなしている。これは、初期の作品に於てはローマン主義的傾向として露頭を示し、やがて作品の表面から姿を消して行くのであるが、この低音部は、中断されることなく晩年の小品や漢詩の世界へと持続する。この低音部の世界があの厖大なロマンの世界と極めて微妙な平衡を保つているのを見逃してはいけないので、漱石の精神は、この二つの世界の支点で危うく発狂をまぬがれているにすぎない。彼自身、ドストイエフスキの癲癇の発作に比較した、病中の「天賓《ブリス》」は、この低音部を彼の所有に属するものとして認識せしめた偶発事である。

神話をはぎとると作家の姿は著しく平俗化する。神話を生むのは cult であるが、平俗化するのは平衡を尊ぶ良識である。「則天去私」を分解して得られた二つの要素には「崇高な」東洋的諦念などは見られない。要は彼がこれに「則天去私」という符諜を与えていたことで、大体化物の正体などは判つて見れば似たようなものなのであつて、特別な種や仕掛けがあるわけのものではない。長篇作家としての漱石は、メレデイスに影響され――更にいうならトーマス・ピーコックの系譜をひいた――後にジエイン・オーステンを師とあおいだ、未完成の作家にすぎない。漱石の偉大さがあるとすれば、それは漱石が特別な大思想家だつたからでも、「則天去私」に悟達したからでもなく、漱石の書いていたものが文学であり、その文学の中には、稀に見る鋭さで把えられた日本の現実があるからである。教訓の最大の属性は利用され得るという所にあるので、ぼくらの漱石から学び得る教訓は、日本の風土で、如何にして文学が書かれたかという稀有な事件のあたえる教訓と同じものである。所で、一見時流に超然としていたかのように見える漱石が、実は最もよく日本の現実をとらえ得ていた、という逆説的な事情を知るために、ぼくらは彼の同時代者、ひいては今日に至るまで我国で書かれて来た文学の性質を概観する必要がある。

二

正宗白鳥氏が、「明治文壇総評」という優れた文章を書いたのは、昭和三年六月のことである。ここに描破されているのは、我国の近代文学の絶望的な状態であつて、身をもつて三代の文学の変遷に耐えて来た、この異常に洞察に富んだ批評家の、苦々しい幻滅が、息を呑ませる程の卒直さで語られている。しかしそれ以上にぼくらの心胆を寒からしめるのは、三十年も前に書かれたこの文章が今日少しも新らしさを失つていない事実なのだ。この文章の中の固有名詞を適当に現存作家の誰れ彼れと差しかえて見るがいい。「明治文壇」はそのまま「昭和文壇」に他ならないので、日本の近代文学の絶望的な貧困は今日迄いささかの変化も見せていはしない。

《明治文壇は色さまざまの百花繚乱の趣きがあるが、それとともに殖民地文学の感じがする。そして私などは、その殖民地文学を喜んで自己の思想、感情を培つて来た。今日のマルクス主義、共産主義の文学にしたつて、今のところ私には殖民地文学に過ぎないやうに思はれる。》

これが、そつくり、「白樺」の人道主義にも、昭和初年の所謂モダニズムにも、最近ひとわたり流行の徴候を見せた実存主義的文学にも当てはまるのは、恐ろしいことである。

《異国の哲学の一部分を（つまりキリスト教から人道主義を）切取つて、残りを棄ててしまうようなことは出来ない。そんなことをすればかならずさんたんたる結果になる。》（V・H・ヴイリエルモ・日本文学の魅力）というようなことは、ここで指摘されている「白樺」に限つたことではなく、《外国の思潮や文学が日本にはいつて来ると稀薄になり、手軽くなる実例は、明治文学史によつてもよく証明される。》ということになるので、正宗氏は更に進んで次のようにいうのである。

《明治文学中の懐疑苦悶の影も要するに西洋文学の真似で附焼刃なのではないだらうか。明治の雰囲気に育つた私は、過去を回想して多少疑ひが起らないことはない。》（傍点正宗氏）

明治以来——やや正確にいえば、所謂自然主義以来——のぼくらの主たる不幸は、こうした「懐疑苦悶」の亡霊に陶酔しつづけて来たことにあるといつても、さして事実と遠くはない。田山花袋などが野心的にはじめた西欧文学の輸入は、実は極素朴な感動の模倣にすぎなかつたので、清新な外国文学を読んで感動した青年達は、通俗に信じられているように「近代的な自我」に目覚めなどせず、只、その感動の自分自身による追体験を求めた丈の話である。似たような現象は、外国の恋愛映画などを見ている観客の間にしばしば起るものであつて、映画の与える陶酔は、観客の表情を、極短い時間丈スクリーン上の美男美女並に変え、ひいては彼らの精神構造までも、瞬間的に変えてしまう。感動の性質が純粋で、新鮮であればある程、その持続は長い。それは明治文壇では、「蒲団」の作者が次のように回顧する時まで続くのである。

《芸術といふものも、矢張、その書いた時だけが新しいのではないか。作者の筆から離れて来た時だけが新しくつて、すぐ古くなつて了ふものではないか。何んな好いものでも古くなつてしまふのではないか。》（近代の小説）

しかし、彼らの「芸術」が「古く」なつてしまつたのは、花袋のいうように、それが「不易なもの」、「時代をすら超越するもの」を書かなかつたからでも、「社会に捉はれてゐた」からでもない。一旦、彼らのような発想で「新しさ」が把えられた以上、それは早晩「古く」ならざるを得ない宿命を持つているので、花袋が、「芸術」などといつて一般論めかしていつているのは、そうとでもいわなければ耐え切れぬむなしさを秘めた自己弁護であるように思われる。

《「蒲団」などが、どうしてあんなにセンセイションを起したらう？　かういふ風に思ふと非常に耻しくなる。そして全く一種の深い幻滅を感ぜずにはゐられなかつた。》（近代の小説）

白鳥や花袋の幻滅の裏には、日本の不毛な文学的風土、より限定的にいえば小説的風土の切実な認識がある。しかし、単に不毛という性質丈を問題にすれば、近々六七十年前までのアメリカの文学的風土も又そのようなものであつた。当時の教養あるアメリカ人達はヨーロッパに逃亡し、ヨーロッパ人となることによつて、一方では自国の現実を回避し、他方では自己の芸術的欲求を充たした。

《芸術の華は、厚い腐植土の上でなければ花咲くことは出来ない……少しの文学を生むために、非常に多くの歴史を必要とする。》といつたヘンリイ・ジエイムズの如きは、遂にこのようなデイレツタンテイズムに満足出来ずに自らの趣味性と、アメリカの不毛な現実との間に憤死した不幸な作家の例であつて、英国宮廷から授けられたオーダー・オヴ・メリツトなどでは慰め得られぬ幻滅を抱えていたのである。しかし、ジエイムズの死後今日に至るアメリカ小説の隆盛と、我国文学の貧血状態との著しい差異は何に依つているか？「腐植土」が出来るのを待つていれば、日本にも文学の「花」が咲くのであるか？　このように考えると、問題がさほど簡単ではないのは明瞭である。「不毛」といつた所で、ぼくらはその「不毛さ」の質の相違を知らねばならない。

シオドア・ドライザーの処女作「シスター・キャリー」が出版されたのは一九〇〇年のことである。これは、アメリカ史の学者によつて一八九〇年代に求められている所謂「フロンテイア」の完全な消滅とほぼ時を同じくしているので、この二つの歴史的事実が僅か十年をへだてて相ついでいるのには、単なる偶然以上のものがある。フロンテイアの消滅は、アメリカの社会の安全弁の消滅を意味する。つまり、それ以来、社会は閉鎖され、内攻し、ジエイムズの所謂「腐植土」が醸製されて行くということになるわけで、ジエイムズらの苦しんだ、アメリカ社会の不毛さとは、結局、著しく青年化したヨーロツパ的社会の不毛さに他ならない。質は同質だが、発展の程度が異る。それだからこそ、アメリカ人はヨーロツパに行けば、ヨーロツパ人になれるといつたようなことにもなるわけで、ヘンリイ・ジエイムズの描いた、ヨーロツパの大都市で徒食している金持のアメリカ人達が、そのまま作家にとつて、あの精緻な、緊質な小説の主題となり得ているのは、それが、ヨーロツパの風土の借用という操作を経て、極自然に、アメリカの現実の一部になり得ているからである。要するに、ジエイムズの主人公達はスノツブであつて、人は、貴族や富豪の仲間入が出来るという希望の全くない時、スノツブなどになりはしない。

しかし、我国の作家達はそのような希望の全くない所からはじめなければならなかつた。このことは、例えばジエイムズの主人公達と永井荷風の「あめりか物語」や「ふらんす物語」に出て来る歯の浮くような気障な「紳士」達を比較すれば一目瞭然であろう。逆にいえば荷風はケチなハイカラ連を書きながら、ジエイムズなどの知らない傷手をうけていたことになる。

荷風の「雲」の主人公貞吉を吉田健一氏は fat だといつているが、貞吉は実は fat などにはなり得ていないので、彼が「頭髪《かみ》を分け直し、手の爪を磨き、口髯を縮らし」たりするのは、スノツブになることの出来ぬ不幸な人間の自瀆行為にすぎない。荷風が彼の第二の故郷フランスでやつたことといえば、それは、ヨーロツパに洋行した日本人が、ヨーロツパに行つたアメリカ人とは、本質的に異つた文化を有し、本質的に異つた精神極造を有することを身を以て例証したことである。貞吉のコッケイさは、木に竹をついだように燕尾服を着込んで、自分が「十八世紀王政時代の貴族宮女」の親類だと思い込んでいる人間のコッケイさなのだ。アメリカ人がそう思いこめば、それはお笑い草で、罪も無い。しかし、洒落洒落と木に竹をついで、それに気づかずに好い気分になっていることのコッケイさはそれとは違つた重大な意味を持つている。それは異質な文化を所有し得たと誤認している人間のコッケイさであり、しかもそれを何の苦もなく我物にし得たと信じている楽天主義者の痴態だからである。

明治の「文明開化」の生んだこの種の悲喜劇は今日までの日本人の精神生活に決定的な歪みを与えている。さしあたつての深刻な被害者は当時新しい文学を創造しようと苦慮していた若い作家達で、洋行をしようにも金と機会の無かつた彼らの多くは、古今に類例を見ない極めて独創的な、奇怪な操作を行つて我国の不毛な小説風土を糊塗しようとした。

即ち、作家達は現実に存在しない「懐疑苦悶」の亡霊を輸入し、その亡霊を誠実に信仰することからはじめたのである。当時の日本で、鉄道が敷設され、軍艦が自国の造船所で建造されることが名誉であつたように、西欧風の「懐疑苦悶」を所有していることも名誉だつたのであつて、所謂自然主義の作家達は、この意味では、光栄ある帝国陸海軍並みの国家的貢献をしていたといわねばならない。今日から見ればまるでお笑い草であるが、これを嘲笑し去るのは極めて危険なことである。何故なら、仮名垣魯文から、花袋にいたるまでの驚嘆すべき飛躍は、このような操作なしには達成出来兼ねるものであり、ぼくらが当然のように見なしているこの飛躍こそ、誠に由々しいものだつたのであるから。如何にぼくらが器用な国民だといえ、僅か二、三十年の間に、これだけの断層を飛び越えることが出来たのは、正常なことではない。精神史上の革命などというものは、こうは手易く問屋が卸さぬことになつている。ぼくらは、花袋の主人公が、当時の軍人官吏教師連一般と、実は同質な人間でなければならぬことを忘れてはならない。しかしながら、この飛躍の結果可能になつたのは奇想天外なことである。つまり、日本人を主人公とし、その主人公にありもせぬ「懐疑苦悶」を悩ませることによつて、我国の精神史に西欧並の進歩(!)があつたかのように錯覚させることが可能になつたので、文学史家及び素朴な読者は、見事にこのからくりにひつかかつたのである。

一旦、独創的な先人の手によつてこの苦肉の計が案出されてから後は、仕事は比較的簡単であつた。花袋が幻滅を語つたにせよ、次の世代は新らしい「懐疑苦悶」をその作品の意匠とすればよかつたので、一方では私小説という不思議な形式を生みながら、今日にいたるまでの我国の小説は、おおむねこのようにして書かれて来た。右の方法によれば殆どあらゆる試みが可能である。文芸思潮が次々と輸入され、それを刺激剤として次々と開いては散つて行つた数々の文学運動の如きものに、何々主義といつたようなまぎらわしい名前をつける習慣はやめた方がいい。日本的「自然主義」などという名称は、あたかも「自然主義」がこの国に存在したかの如き錯覚を生む丈で有害無益である。実状は、僅々半世紀の間の日本の小説が、あらゆる美しい意匠を、それが新らしいものであるから、という極素朴な理由で、流行に敏感なお洒落女の細心さで身にまとつているということにすぎない。

作家達は、自らの信じているもの、自らの描いている人物が「亡霊」であると、その「新しさ」に追跡されつづけているると心の底では感じながら、「亡霊」を描きつづけ、信じつづけねばならなかつた。これは、花袋以来彼らの横面を張りつづけて来た西欧文芸の強烈な魅力と、自らの周囲の貧血した文学的現実との間に我と我が身を引き裂かれた者の悲劇である。こうして、書かれていないのは日本の現実のみであり、更に、明治以後の近代日本文学は、熱心に輸入された十九世紀以来の西欧文学に対する一種の「脚註」であるかの如き観を呈するにいたる。ブリリアントな「脚註」は次々と書かれるが、日本文学の「本文」はいまだに数行しか書かれていない。ぼくらが通常傑作と称するのは、これらブリリアントな「脚註」のことであるが、これで満足しているのは半ば専門的な極少数の文学鑑賞家達丈で、一般の読者は空虚な心情をどうすることも出来ずにいる。一方、西欧的な美意識で培われた文学鑑賞家達の審美感は、手つとり早い「脚註」の出現を要求せざるを得ない。

このような悪循環は、ぼくらが如何にして新らしい小説を書くことが出来るか、などという強迫観念にとりつかれている限り絶ち切ることが出来ないので、我国の不毛な文学風土の上に開花した文壇なるものの隆盛は、かようなめまぐるしい悪循環を示しているものにすぎない。

文学青年という人種が軽蔑されるのも、結局は、現実にありもしない亡霊を信仰しているからであつて、健康な生活人の感覚が自然にそのようなからくりに反撥を覚えるのである。彼らが文学に求めるものがあれば、それは積極的には生活の知恵であり、消極的には娯楽であろう。我国では、前者を満足させるのは翻訳という形での外国文学であり、後者を満足させているのが、所謂大衆文芸である。文学に利害関係のない健康な人間は、架空な「美」などには驚ろかされないので、どうせ架空なら外国で本当であつたものの方が気が利いているのは当然である。

しかし、このような病的な現象に気づいていた作家がいなかつたわけではない。先程の比喩を借りれば、近代日本文学の本文は、かかる作家達によつて書かれて来たのであつて、彼らの共通な性格は、彼らが一様に鋭敏な文明批評家であつたという所にある。二葉亭にはじまり、鷗外、漱石、更には、荷風といつたような作家は、その青春に於て、我国の文学風土の貧しさ、殊に、近代の支配的文学形式である小説を構成するに足る現実の乏しさを、痛切に感じさせられた人々である。しかも、彼らは舶来の影の薄い懐疑に歓喜するためには、それらの懐疑の祖国を知りすぎていた。ヨーロッパの風土で成育した「懐疑苦悶」の本来の重量を自らの掌の上に感じすぎていた。こうして、彼らは、作家であるより先に、何らかの意味に於て、文明批評家にならざるを得ない。文学にたづさわるために、文学以前の問題を無視し去ることの出来ないのは、我国の特異現象である。日本に近代市民社会などというものはなく、したがつて、近代意識を持つた芸術家などという種類の人間の、殆ど棲息不可能なのが明治以後の日本であることを、ぼくらは物の見事に失念している。芸術の価値が、時間や場所を超えて人を感動させるものであるにせよ、それを創造する人間は、先づ、自らの時代に充分生きていることが必要なので、近代的な芸術などという奇妙な言葉は、この間の事情をからくも表した言葉なのであろう。近代的な意匠と前近代的な周囲の現実との間に生じる炎症がぼくらの皮膚を焼いている時、平然と芸術を信じていられる人間がいるとすれば、それは如何なる種類の幸福な種族であろうか。ともあれこういう便利な錯覚が社会通念になる丈、近代の日本も化け上手になつたのである。

右にあげた数人の作家は、日本の風土と所謂「文明開化」との間にかもし出される不協和音の世界に、唯一の書かれ得べき現実を見ていた。彼らの視点が、これら二つの要素を同時に見渡せるものであつた以上、その位置が傍観者的であり、非文壇的であり、反流派的であるかのような観を呈したのは当然のことである。そして彼らは、この孤独な視点を近代ヨーロツパ文化の、独自な、殆ど肉体的な理解で支えていた。先に述べた炎症現象が、恐らく唯一の書くに足る日本の現実であることを知るためには、このような理解がどうしても要求されるので、ここでぼくらは、最も辛辣な文明批評家達が多く当時のハイカラ連中であつた、という歴史のアイロニイをふたたび味うわけである。

しかし彼らを軽薄なハイカラ連中から距てているのは、これらの作家達が自らの鋭敏な感受性を西欧の風土に激突させて深刻な傷をうけていたという事実である。この激突は、二葉亭の場合はロシア語による、ロシア小説の耽読の間に、鷗外、漱石、荷風などに於てはそれぞれの外国留学中に行われたと見るべきで、私見によれば、彼らのうちで最も致命的な傷手をうけたのは、夏目漱石であつた。この意味で、漱石のロンドン留学は、極めて重要な意味を持つている。それは、いわば一種の生体実験であつて、あらゆる幻想をはぎとられた日本人が、裸のまま、英国社会とぶつかり得た点で、極めて有益な結果をもたらしたものであつた。ドイツに留学して、ドイツ人になり切ることの出来た社交家鷗外にも、フランスに魂の故郷を見出した荷風にも、このような結果を求めることは不可能である。漱石は恐ろしく不器用な人間であつて、外遊して、擬似西洋人になつたような演技の出来ない人間であつた。この種の人間が神経衰弱になるのは、当然だが、又一方、ぼくらの周囲にはこの種の不器用人が極めて乏しいのである。ロンドン時代の漱石の内部では、後年の作家によつて書かれるべき問題が最も赤裸々な形で相克を演じているし、彼の神経病の背後には傷々しい涸渇した苦悩が隠されている。これをフロイデイズム的解釈や、彼が苦しんでいた極度の貧困に帰することはやさしい。しかしそれは、結局、漱石の複雑な内面の葛藤を一つの規準で整理しようとする試みにすぎないので、重要なことは、そのような原因に誘発されて彼の精神を襲つた暴風の性質を見極めることである。生理的並に物質的要因が人間の精神に与える影響は少くない。しかし精神は、又、それらの影響によつて始動したとしても、尚独自の軌跡を描くということを忘れるわけには行かない。

漱石の苦悩は、「文明開化」の時代に外来思想に陶酔し得ず、自らの両の眼で、自らの周囲の現実を見つめ通さざるを得なかつた人間の孤立無援な苦悩であつて、近代日本文化についての一切の妄想や自己満足を排除した時、このような苦悩は、ぼくらのものともなるのである。不愉快な真実を心ならずも回避していた作家達の「殖民地文学」と、漱石の達成しようとしていた仕事との根本的な性格の相違はこのような事情によつている。この性格の相違は、そのまま、例えば「破戒」の主人公と、「それから」の主人公との本質の相違に他ならない。前者は藤村の観念の中で周到に夢見られた亡霊にすぎないが、日本の知識階級は、芥川のいうようにいまだにどこかしら代助に似ているので、このような人間が描かれぬ限り、ぼくらは手ばなしで日本文学を信用することは出来ないのである。

ここにいたつて、ぼくらの好奇心は、漱石の透徹した視点を支えている彼の内面の劇に向けられねばならない。「破戒」や「蒲団」の作者達の劇が悲痛な喜劇であつたのに対して、これは、極めて残酷な悲劇の相貌を呈している。

三

《The sea is lazily calm and I am dull to the core, lying in my long chair on deck. The leaden sky overhead seems as devoid of life as the dark expanse of waters around, blending their dullness together beyond the distant horizon as if in sympathetic solidity. While I gaze at them, I gradually lose myself in the lifeless tranquillity which surrounds me and seem to grow cut of myself on the wings of contemplation to be canveyed to a realm of *vision* which is neither aethereal nor earthy, with no houses, trees, birds and human beings. Neither heaven nor hell, nor that intermediate stage of human exsistence which is called by the name of *this* world, but of vacancy, of nothingness where infinity and externity seem to swallow one in the oneness of existence, and defies in its vastness any attempts of description.》

明治三十三年十月初旬のものとされる、この断片は漱石の英国留学の途上、プロイセン号の船中で書かれた。先程、漱石の低音部といつたのは、このような世界を指すものであつて、ここに描かれた心象風景が、晩年の漢詩の、「仰臥人如唖。黙然見大空。大空雲不動。終日杳相同。」といい、「碧水碧山何有我。蓋天蓋地是無心。」といつた趣向と不思議に似かよつているのは注目すべき事実である。デッキチエアに横たわつて、印度洋の水を眺めていたこの時の漱石の心は、恐らく二ケ年の英国留学中最も平静であつたに違いない。

こうした、瞬間は、修善寺の大患をまつまでもなく、しばしば漱石に訪れていたものと思われる。彼自身の回想によれば、すでに少年時代に彼は「懸物の前に独り蹲踞《うづく》まつて、黙然と時を過すのを楽《たのしみ》とし」ていた。「ある時は床の間の前で、ある時は蔵の中で、又ある時は虫干の折に」、南画などに見入つている子供の姿は、異常であつて、ぼくらは幼い南画鑑賞家の孤独な姿の裏に、彼を傷めつけつづけた不幸な家庭生活を想像せずにはいられない。懸けられた画幅は、少年金之助にとつては、もう一つの世界へ向かつて開かれた窓であつた。この世界への憧憬が、やや成長した彼に次のようにいわせるのである。

《或時、青くて丸い山を向ふに控えた、又的皪と春に照る梅を庭に植へた、又柴門の真前を流れる小河を垣に沿ふて緩く繞らした、家を見て――無論画絹の上に――何うか生涯に一遍で好いから斯んな所に住んで見たいと、傍にゐる友人に語つた。友人は余の真面目な顔をしげしげ眺めて、君こんな所に住むと、どの位不便なものだか知つてゐるかと左も気の毒さうに云つた。此友人は岩手のものであつた。余は成程と始めて自分の迂濶を愧づると共に、余の風流心に泥を塗つた友人の実際的なのを悪んだ。》(「思い出す事など」二十四)

漱石の内部にあつて、この低音部は多くの場合漢詩とか、南画とかいつた東洋趣味の表徴を持つていたが、本章の冒頭に引用した断片が英語で書かれているのは、興味深い。彼は、極内密な告白を彼の最も熟達していたこの外国語でひそかにする傾向を有していた。ロンドンから帰朝して以来、彼が書いたいくつかの英詩は、そのような性質のものであつて、その代表的なものは、次に掲げる抒情詩である。

I looked at her as she looked at me:
We looked and stood a moment,
Between Life and Dream.

We never met since:
Yet oft I stand
In the primrose path
Where life meets dream.

Oh that Life could
Melt into Dream,
Instead of Dream
Is constantly
Chased away by life!

この女は、初期の作品、「薤露行」のエレーン、「幻影の盾」のクララの原型であり、「三四郎」の広田先生が、たつた一度逢つた女の原型でもある。吉田六郎氏の、「作家以前の漱石」によれば、この女は漱石の魂の故郷であることになつているが、ぼくらの注意したいのは、この女のいる場所のことである。

漱石の心象の中で、先程引用した断片の風景は、英詩に表現され、英国の中世を舞台として書かれたロマンテイツクな作品に描かれた世界と、南画、漢詩的な世界との蝶番の役目を果していると思われる。女は、恐らくこの蝶番の上に立ち、そしてあの空漠とした「無」の世界に呑み込まれていつたのだ。詩の中で彼が primrose path に立つた、といつているのも意味のある象徴であり、この女の心象が彼の愛した南画的風景と近しいことを示している。こうして、彼の Dream の世界は、「永遠の女性」の存在をその奥底に暗示することによつて、漱石の心のかくれ家となる。《oh that Life could/Melt into Dream》という憧憬をぼくらは彼の生涯を通じての低音部に聴く想いがするのだ。

管絃楽の低音部がセロとコントラバスによつて奏でられるように、漱石の低音部にも二種類の楽器の音色が聴かれるのであつて、その最低音は、東洋趣味的な表徴を持つ世界によつて奏でられている。この世界は、いわば「則天去私」以前の「則天去私」的風土なので、漱石の文人風の趣味性の故郷である。セロのパートを受持つのは、英詩にはじまり、「薤露行」、「幻影の盾」、「倫敦塔」といつた系列の中世風なロマンテイツクな作品となつて結晶し、更に「夢十夜」に至る世界である。しかも、この世界は、前の最低音の世界を識つていた人間が、その追憶の故に傷つき、崩壊する、といつた反復するライトモテイーフをひそかに有していて、更に、ある種の沈痛な「罪の意識」で黒くふちどられている。その美しさの主な属性は、陰微な被追跡者の不安以外のものではない。彼が職業作家となつてから書きつづけた長篇小説の世界は、これら二つの楽器によつて奏される低音部の世界と、極めて崩れ易い平衡をなしている。芥川龍之介が「或阿呆の一生」の中で、次のように書いた時、彼はこのような、漱石の精神構造を洞察していたのではなかつたか。

《彼は大きい槲の木の下に先生の本を読んでゐた。槲の木は秋の日の光の中に一枚の葉さへ動かさなかつた。どこか遠い空中に硝子の皿を垂れた秤が一つ、丁度平衡を保つてゐる。——彼は先生の本を読みながら、かう云ふ光景を感じてゐた。……》

漱石が長生きして、自ら全集を編んだとすれば、彼は、前に引用した《Oh that Life could/Melt into Dream,/Instead of Dream/Is constantly/Chased away by life!》という詩句を第一巻の巻頭にエピグラフとして掲げたかも知れない。この四行詩はいみじくも、作家の精神の生涯の存在形態を表わしているものと思われるのだ。

通常、極めて倫理的な主題を有し、いかに生きるか、という人間的な問題を追求したものとされる漱石の長篇小説の世界にも、この低音部の反響はあるので、それは「猫」以来一貫して彼の作品を彩つている、反人間的な姿勢となつて表われている。妥協を許さぬ高い倫理感なるものは、実は人間嫌いの、《chase away》して来る人生に対する復讐に他ならない。プロイセン号船上で書かれた断片が示すように、漱石の最低音部の世界は人間の存在しない極地であつて、時として僅かに彼自身と、彼の「永遠の女性」の影が長く投じられているにすぎない。彼の心のかくれ家とは、実にこのような風土だつたのである。

ロンドン留学は、彼の心からの閑寂且内密な風土を奪い取つた。すでにプロイセン号船上の人となつた時から、彼は一個の déraciné だつたので、彼の焦燥は、

《唐人と洋食と西洋の風呂と西洋の便所にて窮窟千万一向面白からず、早く茶漬と蕎麦が食度候。》(明治三十三年九月十九日、香港発高浜虚子宛)

などという書簡にも表われている。これに類した愚痴を、ぼくらは当時の漱石の手紙のいたる所に見ることが出来るが、丁度一年後に、寺田寅彦に与えた書簡の、

《僕の趣味は頗る東洋的発句的だから倫敦抔にはむかない支那へでも洋行してフカの鰭か何かをどうも乙だ抔と言ひながら賞翫して見度い》

という、甘つたれた、洒落のめした語調の中には、逃避の場所を求めて怒号している彼の焦慮が一層ありありと感じられる。

このような希求は単純な郷愁に似ていて、しかも、それとはいささか異質なものであることはいうまでもない。郷愁は、現に存在する場所への憧憬であつて、生理的には習熟した生活様式への反復作用であるが、漱石の憧れる場所は地図の上には見出せない。故国日本は、彼の欲する土地への媒体にすぎないので、土地それ自体ではない。英国人との交際を極力避けて、シェイクスピア学者クレイグの個人教授をうける以外は、大学にも図書館にも行こうとしなかつた彼は、ロンドン在留の日本人との交際も好んでいなかつた。このために、彼は後に発狂したという風説を立てられることにすらなるが、西洋便所が気に入らなくて、フカの鰭が喰いたい丈のことなら、漱石は、これら日本人ともつと積極的な交際をするはづであつた。相手が少し位厭な奴でも、旅行者は共通の郷愁のようなものを頼りに案外たやすく打ち解けもするのである。漱石がそうしなかつたのは、「地獄」を買つたりして金をつかいまくる同国人への倫理的反撥以上に、彼の求めるものが、自らの孤独な内部風土に関するもので、単なる日本趣味とは異質なものであつたことを意味する。異郷で日章旗を見て感激の涙を流す、といつた態のものではない。

このような彼が、胸襟を開いて語り合つた唯一の日本人は、同じく留学生としてしばらく下宿を伴にしていた化学者池田菊苗である。この二ケ月間は、漱石のロンドン生活のうちで一番愉快そうに見うけられる時期であり、彼は池田の中に、自らの見失なつた低音部と和する音が存在するのを知つて狂喜しているかのように見える。当時の日記に、

《池田氏ト英文学ノ話ヲナス同氏ハ頗ル多読ノ人ナリ》《池田氏と世界観ノ話、禅学の話抔ス氏ヨリ哲学上ノ話ヲ聞ク》《夜池田氏ト教育上ノ談話ヲナス又支那文学ニ就テ話ス》《夜池田ト話ス理想美人の description アリ両人共頗ル精シキ説明ヲナシテ両人現在の妻ト此理想美人ヲ比較スルニ殆ド比較スベカラザル程遠カレリ大笑ナリ》

とあるのは、ぼくらの臆断を裏附けるものである。池田が去つた時、漱石はふたたびもとの孤独の中に取り残されるが、池田は彼に、彼自身の内部風土を漠然と再認識させる役割を果したことになるので、世上有名な「自己本位」の確立というものは、漱石が自分を拘束する内部風土の限界を卒直に承認せざるを得なかつたことを示している。元来、「自己本位」なるものは、漱石自身の信じているほど積極的な意義を有しない。それは一種の自分に対する apology の色彩を帯びているので、当時の作家の精神状態や仕事ぶりをつぶさに見れば、「私は此自己本位という言葉を自分の手に握つてから大変強くなりました」(私の個人主義)という後年の言葉をそのまま額面通りにうけとることは出来ない。

ロンドン時代の漱石の精神状態は、むしろ水から上つた河童、或は独房中の囚人のそれに類したものである。逃避すべきかくれ家を奪われ、しかも現実逃避の熾烈な欲求を禁じ得ない彼の前には、あらゆる意匠をはぎとられた観念が乱舞している。これらの観念を彼は頭脳の中でよりも、自らの肌の上にありありと感じ得ていたので、この鋭敏な感受性は、留学費の欠乏や、彼の寂寥に対する妻鏡子の無関心によつてより一層傷つかねばならない。

ロンドンでの漱石は、鏡子によつて孤独を回避し、妻からの来信に他には求められぬ安息を求めようとしていたように思われる。明治三十三年九月以降、頻々として鏡子に書き送つた手紙はこの証拠となるもので、翌三十四年二月二十三日、高浜虚子宛の端書には、「吾妹子を夢みる春の夜となりぬ」という句が見うけられる。この点では、彼も又妻君の中に理想の女性——恐らくは先に引用した英詩の中の女——の幻影を追おうとした不幸な男の一例にすぎない。鏡子はしばしばの夫からの懇望にもかかわらず、ろくろく便りをしなかつた。これには岳父中根重一の失脚その他のことがあつて、鏡子の怠慢を一概に責めることは出来ない。しかし、森田草平氏が漱石の要求していたのは鏡子の側に於ける「濃厚な」愛情の表現だとしているのは俗見も甚しいので、仮りに漱石の夫人が鏡子以外の女であつた所で似たような結果が生まれたものと思われる。彼は鏡子から鏡子以上のものを求めていた。こうした夢想と、現実の鏡子の性格との齟齬が以後の彼らの夫婦関係を規定しているのである。彼の長篇小説の中で常に問題にされる結婚生活のさまざまな危機の例は、この不幸な関係の変奏なのだ。漱石の心の奥底にあつたのが、「銀杏返しにたけながをかけた」、眼医者で逢つた所謂初恋の女であつたか、あるいは小泉信三氏が「臆説」として指摘する嫂への追憶であつたのか、更には幼少にして死別した母親に対する慕情であったかは、今論ずる余裕がないが、彼は一生この幻影に捕えられつづけるのである。「明暗」の清子は、この系列の女性の最後のものであろう。ロンドンから帰った漱石は、妻子の面前で、自ら書き残して行った、「秋風の一人をふくや海の上」という句の短冊を物もいわずに引き破った。この時、彼は、鏡子が自らの低音部を共有しない、別種類の女であることを痛切に知っていたのである。ぼくらはこの幻滅——恐らく彼の生涯での最大の幻滅を嚙みしめていた、ロンドンの客舎の彼に帰らねばならない。惟うに、このような幻滅を基点として彼の文学に対する疑惑はますます熾烈なものとなるからである。

英国留学の直接の所産である「文学論」の、最も重要な部分は、私見によればその序文であるが、その中で漱石は次のように言っている。

《余は少時好んで漢籍を学びたり。之を学ぶ事短かきにも関らず文学は斯くの如き者なりとの定義を漠然と冥々裏に左国史漢より得たり。ひそかに思ふに英文学も亦かくの如きものなるべし、斯の如きものならば生涯を挙げて之を学ぶも、あながちに悔ゆることなかるべしと。……春秋は十を重ねて吾前にあり。学ぶに余暇なしとは云はず。学んで徹せざるを恨みとするのみ。卒業する余の脳裏には何となく英文学に欺かれたるが如き不安の念あり。……翻って思ふに余は漢籍に於て左程根底ある学力あるにあらず、然も余は充分之を味ひ得るものと自信す。余が英語に於ける知識は無論深しと云ふ可からざるも、漢籍に於けるそれに劣れりとは思はず。学力は同程度として好悪のかく迄に岐かるるは両者の性質のそれ程に異なるが為めならずんばあらず。換言すれば漢学に所謂文学と英語に所謂文学とは到底同定義の下に一括し得べからざる異種類のものたらざる可からず。》

この卒直な告白の意味するものは甚だ大きい。ここで図式化を敢えてすれば、漱石に於ける漢文学とは、彼の低音部、Dreamの世界に属するものであり、英文学とは彼を追跡するLifeの世界のものであった。吉田健一氏は「夏目漱石の英国留学」の中で、英国の文学と漢文学とでは文学が別物だなどという馬鹿な話があるわけがない。漱石は実は英文学も支那文学も同じように意味本位の雑な読み方をしていたのだ。という意味のことをいっているが、この序文は、漢文学と英文学との本質の相違を述べているのではなくて、作家の内部風土の表徴としての適否を示している文章にすぎない。漢籍に没頭した彼は、とりも直さず南画に見入っている彼であって、漢文学の風土とは孤独な彼を周囲の現実から逃避させる場所であった。文学がこのようなものなら生涯を捧げても悔いないと思うのも当然である。しかし、彼はここで重大な錯誤をおかした。それは「文学」という字の両義性を無視したことで、当時の彼は、「文学」と'literature'が必しも同一でないことに気づいていなかったのである。吉田氏の指摘にもかかわらず、漱石は彼の漢文学と、彼の英文学に相当異ったた味覚を感じていたので、彼はそれを素朴に告白した丈の話であり、このような彼が「英文学に欺かれたるが如き不安の念」に追い立てられたのは当然であるといわねばならぬ。自らを圧迫する現実の生活から逃れて、自己の孤独な世界「青くて丸い山を向ふに控へた、又的皪と春に照る梅を庭に植へた」静寂な世界に没入しようとした彼を、英文学は、逆に人事百般の俗世に引戻そうとする。しかもそれは彼の選んだ一生の仕事であり、彼の野心はこの分野での赫々たる成功を命ずる。こうして、彼の英文学、ひいては文学一般に対する疑惑とは、自らの心の傾斜とは反対の方向に絶えず引かれていなければならぬ性急な野心家の不安に基因したものに他ならなかつたのである。

しかし、この疑惑こそは、文学史的に誠に珍重されるべき疑惑であつた。このような文学に対する反省は、彼以前には勿論、彼以後にも一度もなされたことがなかつたことを想起しなければならない。日常生活の間にあつては、拡散していて、さしたる現実感を持たぬ観念が、幽閉された人間の前では四囲の壁の圧力で白熱し、その心を焼き尽すように、ロンドンの客舎で、彼の疑惑は殆ど漱石をとり殺しそうにまでなる。文明開化にうかされた日本の現実の中では、漠然たる危惧であつたものが、ロンドンの都会生活の現実を背景にして生死の問題に成長する次第をぼくらは見るわけであるが、このように観念を相手取つて死闘を演じた人間の例は、ぼくらの周囲にそう多くはないのである。かくれ家はすでに奪い去られていて、彼はこの濃密な現実から逃避する術を持たない。憑かれたように英文学の研究書などを読み漁つている漱石の姿は、やぶれかぶれに周囲の状況に直面しようとしている傷ついた虎の姿である。彼の肌は黄色く、ふところに金はなく、道で行き逢う女達は彼を指して least poor chinese だという。彼は日記に書きつける。

《西洋人ハ執濃イ事ガスキダ華麗ナ事ガスキダ芝居ヲ観テモ分《ママ》ル食物ヲ見テモ分ル建築及飾粧ヲ見テモ分ル夫婦間ノ接吻や抱キ合フノヲ見テモ分ル、是ガ皆文学ニ返照シテ居ル故ニ洒落超脱ノ趣ニ乏シイ出頭天外シ観ヨト云フ様ナ様ニ乏シイ又笑而不答心自閑ト云フ趣ニ乏シイ》（明治三十四年三月十二日）

漱石が最初に下宿した家は陰惨な不幸を秘めた無気味な家である。後年彼が「永日小品」の中に描いたように、彼の最も嫌悪する「執濃イ」現実はその身辺にまで押寄せようとする。このような状態は、まさに「あざやかに暗い地獄」であつて、あらゆる退路を絶たれた彼は、厭応なしにこの「地獄」に向かいあつていなければならぬ。彼の神経衰弱は、異常な感受性に恵まれた人間が、裸にされた「生」に触れた時における一種の痙攣現象で、これは一生涯癒されることがない。おおむね、彼のような人間の眼に映ずる「生」などというものは、無細工な陰惨なものであるが、漱石の場合、前述の痙攣は、英国及英国人への無差別な敵意や同国人への痛烈な批判となつて表面にあらわれている。日記の書簡に散見される優れた文明批評的スケツチは、彼の眼に映じた耐え難い、裸の人生の様相に対する反撥の所産なのだ。しかし、これを凝視している彼の異様に鋭敏な眼は「深刻」な人生の発見に狂喜した所謂自然主義作家達の眼とは全く別種類のものなので、彼らは西欧作家の眼で見られた現実を演じていたが、漱石は自らの狂せんばかりの意志の力で見ていたのである。花袋が「蒲団」の告白をした時、彼は「文学的真実」のために、自らの内奥を傷つけることなく醜態を曝すことが出来た。漱石には、最初からこのようなミューズはいない。彼に告白が出来なかつたのは、そのような行為が自らの心臓をえぐり取る程のものであることを知つていたからで、「道草」を書いた時でさえ、彼は慎重に二重構造の告白を行つているのである。病人の肉体は病んでいるが、だからといつて、その精神までが同様に腐蝕しているとは限らない。かえつて健康な人間の見落して平然としているものを、病人の眼はとらえることが出来るので、人はこの視線を病的と呼ぶのである。当時の漱石の神経衰弱の性質を理解するためには、右のようなことを知る必要がある。病人の孤独とは、自分の見ているものの醜怪な形を他人に知つてもらえぬ者の焦燥——夜の魔におびえた子供が大人の無感動に対して感じる不信に似ている。この孤独が漱石の内部に発酵させた数々の毒の内、ことにぼくらの注意をひくのは、文学に対する猛烈な敵愾心である。

《近頃は英学者なんてものになるのは馬鹿らしい様な気がする何か人の為や国の為に出来そうなものだとボンヤリ考へてゐるコンナ人間は外に沢山アルダロウ……》(明治三十四年六月十九日藤代禎輔宛)

《学問をやるならコスモポリタンのものに限り候英文学なんかは橡の下の力持日本へ帰つても英吉利に居てもあたまの上る瀬は無之候小生の様な一寸生意気になりたがるものの見せしめにはよき修業に候……僕も何か科学がやり度なつた》(同年九月十二日寺田寅彦宛)

《近頃は文学書は厭になり候科学上の書物を読み居候当地にて材料を集め帰朝後一巻の著書を致す積なれどおれの事だからあてにならない》(同年九月二十二日夏目鏡子宛)

《小生不相変碌々別段国家の為にこれと申す御奉公を出来かねる様で実に申訳ない》(同年十一月二十日寺田寅彦宛)

右のような言葉には、「文学は男子一生の業にあらず。」とか何とかいう二葉亭四迷の有名な警句を思わせる激越な調子があるが、これは、彼の疑惑と現実の英文学研究との間の断層がますます耐え難くなり、孤独な読書三昧の生活が漱石を不幸にしている事実を示すものに他ならない。英学なんぞをやつていてもろくな御奉公は出来ない、といつているのは、彼の文学不信が極点に達し、「私は此世に生れた以上、何かしなければならん、と云つて何をしていいのか見当が付かない。」(私の個人主義)といつた焦燥に応えるものを彼がそこに見出せなくなつていることを意味する。「何かしなければならん」といつた時、漱石の心にあつたものは、恐らく社会的な光栄をもたらすような仕事であつて、社会的に影響力を持たぬ仕事に、彼は最初から何の魅力も感じていなかつたのである。この種の野心が外国の現実に触れ、ふり返つて「文明開花」の日本を見た時、文学研究などが微々たる些事に思われて来るのは自然であり、「人の為、国の為」になる直接的効用を有する仕事をしなければならぬ、という切迫した使命感にかられるのも不思議ではない。すでに漱石は文学などを信用してはいないが、彼はその上信用していない文学の正体を極めようとするので、このように執拗に作用する好奇心は、漱石という人間に於て極めて特徴的な性格である。病理学者や細菌学者が、正体の判らぬ病原体に対して殆ど愛情に近い執着を以て接するように、漱石は信用し得ぬ文学を、綿密なる「社会的、心理的」方法を駆使して搦め取ろうとするのである。「文学論」を書いていた漱石には自らの復讐の対象である文学の触感を楽しんでいるような、奇妙に倒錯した姿勢がある。

以上の指摘から明らかなように、「文学論」の著述を企てていた漱石は、通常誤解されているような文学研究者ではなかつた。彼はむしろ社会科学者のように文学を見ているので、「文学論」の著者である彼にとつては、文学は他の社会現象と同一の次元に置かれた、一つの社会現象以上のものではなかつたのである。こうした方法によつて、彼が文学の本質までも究め得ると信じていたとすれば、それはとんでもない妄想にすぎない。彼の意図が実現させるものは、文学の輪廓の決定にとどまるのであつて、それなら何故Aの作品がぼくらを魅了し、Bの作品がそうでないのか、というような問に答えるものを右の方法から抽出するのは不可能だからである。この点に関する限り吉田健一氏の次の見解は極めて妥当なものだと思われる。

《文学作品が如何にして我々を動かすかを科学的に説明しようとする場合に厄介なのは、我々が一つの文学作品に先ず動かされるのでなければ、我々がその作品から受ける作用が理解出来ないばかりでなくて、その文学作品は存在しないのも同様であるということで、科学で扱う物質と同じ意味で客観的に存在する文学作品などというものはもともとないのである》（「夏目漱石の英国留学」）しかし、ついでながらつけ加えると、吉田氏の漱石の留学生活に関する見解には右に引用したものを除いて承服し難いものが多い。氏によれば、漱石が英国に行つて英国の生活を知ろうと努力もせず、大学や図書館に出入もせず、英語もろくろく知らずに「文学論」などという得体の知れぬものを書いていたのは愚の骨頂で、漱石は英文学も理解せず、文学の何たるかも知らなかつた、ということになる。これは、上つ面丈を撫でて通つた浅薄な偏見であり、ぼくらの必要とするのは、そのような一見不経済で間抜けな留学生生活を送らざるを得なかつた漱石の内面の劇の性質を知ることにすぎない。漱石が英国人の読むように英文学を読んでいなかつたから英文学のイロハも知らなかつたというような非難に対しては、「批評を差し控えるのを礼節と心得る他ないのである。」英国留学が漱石の一生に、如何に大きな影響を及ぼしたか、ということを吉田氏は全く見過している。彼が作家になつたのは、英国に行つたからだとまで言つてもよいので、英国に留学しなかつた漱石などというものは、変屈な学校教師で一生を終えたに違いないのだ。

一歩を譲れば、吉田氏の誤解の如きは、畢竟、漱石の言葉の字面を真正直にとりあげてかかつた所から生じている。であるから、ぼくらはあの有名な、《凡そ文学的内容の形式は(F＋f)なることを要す》という「文学論」巻頭の公式などにあまりかかずりあいすぎてはいけないので、この書物の興味は、議論自体の価値よりも、顧みて他を語るような自己表白や、文学に対する倒錯した姿勢に、漱石の孤独な横顔がふと瞥見されるような所にかかつている。極言すれば、「文学論」は学問的衣裳をまとつた自己説得の書であるかのような観を呈している。ここにあらわれた漱石の姿が「自己本位」を発見して大悟徹底した人間の姿だなどという通説は、およそ他愛のないものでしかない。彼の計画は間もなく挫折しなければならないし、搦めて取ろうとした英文学は逆に作家となつた漱石に復讐する。その事実を、ぼくらは後年の彼の作品の中に、かなり明瞭に見てとることが出来るのだ。

こうして、ロンドンの孤独な客舎で漱石の心を把えた「文学論」完成の壮図は完全な失敗に終る。文学の正体を見極めようとして、その第一歩から方法を誤り、社会科学者にも、文学研究者にもなり切れずに、中途半端な議論を反復して神経衰弱を昂進させる。「文学論」は学術研究書でもなければ、文芸評論のジャンルにも属さない、世にも奇怪な畸形児でしかない。それなら、この不名誉な労作は漱石の全集から削除さるべき性質の書物なのか？　或は、この書物にぼくらは何を見るべきなのか？

このように考える時、ぼくらの耳には執拗に反復される単調なモティーフが聴こえて来る。それは、漱石の内部で絶えず反芻されつづけていた深刻な文学への疑惑——更に深くは、人生自体への疑惑——の暗い諧音であり、その彼方には、本章でぼくらのたどつて来た、彼のロンドン生活のあらゆる忌まわしい追憶が拡がつている。ぼくらは「文学論」を読みながら、実はその奥に、この雑然たる書物に収斂している漱石の心のパースペクティヴを見ているのだ。重要なのは、彼の心を痛めていた、文学とは何なのか、という疑惑の存在であつて、「文学論」の価値はこの一点からのみ決定されるべき性質のものである。彼自らの熟知していたように、これは「頗る大にして且新らしき」疑問であつた。同時に又、これは西欧文学の生々しい感動に酔つていた、当時の日本の文学者達が唯一人として自らに問いかけようとしなかつた疑問であつた。彼らは、この狂人めいた文部省留学生に比べてはるかに西欧文学の魅力に忠実だつたので——即ち、日本の現実に盲目だつたので——それだからこそ、ドストイエフスキイを読んで、小説が何であるかを教えられて「破戒」を書いたり、ズーデルマンの描いた劇中の主人公になりすまして「蒲団」を書いたりすることが、さほどの抵抗もなく可能だつたのである。ロンドンに行つて、「ハイカラ」になり切ることも出来なかつた漱石には、こうした器用な変身は無縁なものであつた。先程、無器用な人間の功徳を説いたのはこの意味に於てである。こうなると、当時、「文学が判らぬ」ということのために如何なる才能が必要とされたかが判然とする。後に作家となつた漱石の作品は、すべてこの天才的な疑惑に濾過されているので、このために、彼の同時代者の一般的風潮、ひいては今日にいたる日本の作家達の共通な病弊である所の、小説という形式にこしらえ上げるために小説を書く、という逆立ち現象を危く免れているのである。生来の厳格な構成家であつた漱石は、その長篇小説の創作にあたつて、メレデイスなどの英国作家に学ぶ所が多かつたが、この影響関係は、通常ぼくらが文学史上に見る、本来の意味での影響関係であつて、漱石のように外国作家の影響を受け得た作家は、ぼくらの周囲に決して多くない。所謂自然主義作家に於る外国文学の影響なるものは、正しくは影響というより、正宗白鳥氏のいうように「猿真似」に近いものであつた。思えば、当時、明治三十年代の日本ほど漱石の精神をおびやかしたような疑惑の必要とされた時代はない。ぼくらにしてみれば、このような時代に、文学とは何か？　などという問題をまともに考えていたのが二葉亭や漱石のような人達丈だつたなどということは、むしろ腑に落ちかねることである。日本の現実を把握した、最も近代的な文学が、これらの、文学に不信を表明していた作家達によつて書かれていた、という不幸な逆説めいた現象をぼくらは今一度真剣に考えてみる必要があると思われる。ぼくらの日常生活は様々の恐るべき錯覚の上に成立しているので、例えば、'literature' が「文学」とイクオールであつたり、'novel' と「小説」がイクオールであり、'love' が「恋愛」とイクオールであつたりするのがこの例であるが、漱石のロンドン留学は、これらの言葉の間に横たわる断層に、彼の敏感な精神を投入することでもあつた。日本の現実を把握するということは、ある意味では 'love' と変愛との相異に気づくことと一般である。夏目漱石のロンドン留学は、この点からしてもまことに文学史的意義を有するというべきである。

四

小説作家としての漱石を考える時、ぼくらは、彼にとつて小説の創作がかならずしも唯一最大の関心事ではなかつたことに注意する必要がある。芸術作品の創造とか、作品の全き完成のためにのみ、自らの生活を捧げ尽すような作家がいるものだ。こうした作家に接する時、彼らが作家以外の職業についたとしたら、どういうことになるだろうか、などという疑問は浮かばないものである。芸術が彼らの生活を併呑している。ぼくらは、彼らの伝記を作品の片隅に書き加えられた註釈のようにしか読まない。

漱石はそのような作家ではない。彼が自分を芸術家だと思つていたかどうかにもはなはだ疑問があるので、彼が大学の英文科にはいつたのが一つの偶然であつたように、彼に創作の筆を執らせたのも同様な偶然のなせるわざだといつて差支えがない。彼の前には、どのように生きたらよいか、という問題が絶えず掲げられている。そして、これは彼の眼には近代日本の病弊に対して如何なる解答を見出さねばならぬか、という焦燥として映じている。そういう漱石にとつて、あの厖大な著作が果してどれ程の意味を持つていたのであろうか。ぼくらは「高慢と偏見」や、「マンスフィールド・パーク」を思い浮かべることなしに、ジエイン・オーステンを考えることは出来ない。しかし、「猫」や「それから」や「明暗」は喪章をつけてうなだれた漱石の影にかくされていて、ぼくらは作品より、むしろ明治の時代を生きた代表的な日本の知識人としての彼自身に興味を感ずるのだ。漱石のような大作家をこのようにしか見ることの出来ないのは不幸なことである。しかし、ぼくらと芸術との関係はそれ程不幸なものなのだ。仮りに百年の後に漱石が残るとしても、彼は「草枕」や「坊ちゃん」の作者として残るのでは更にない。彼は、作家でもあつた文明批評家として残るのであつて、日本で偽物でない文学を志す人間はこのことを肝に銘じておかなければならない。

　こうして、漱石が作家になつたのが、ぼくらにとつては幸運な偶然であつたとして、彼の創作の直接の契機となつたのは明らかに例の神経衰弱である。「文学論」の序文で、《英国人は余を目して神経衰弱と云へり。ある日本人は書を本国に致して余を狂気なりと云へる由。賢明なる人々の言ふ所には偽りなかるべし。……帰朝後の余も依然として神経衰弱にして兼狂人のよしなり。親戚のものすら之を是認するに似たり。親戚のものすら之を是認する以上は本人たる余の弁解を費やす余地なきを知る。たゞ神経衰弱にして狂人なるが為め、「猫」を草し「漾虚集」を出し、又「鶉籠」を公けにするを得たりと思へば、余は此神経衰弱と狂気とに対して深く感謝の意を表するの至当なるを信ず。余が身辺の状況にして変化せざる限りは、余の神経衰弱と狂気とは命のあらん程永続すべし。永続する以上は幾多の「猫」と、幾多の「漾虚集」と、幾多の「鶉籠」を出版するの希望を有するが為めに、余は長しへに此神経衰弱と狂気の余を見棄てざるを祈念す。》と彼がいつているのは、この事情の皮肉な告白である。彼の神経衰弱の原因をなしたロンドン留学の影響を考えれば、ロンドンが作家漱石の出現のために如何に大きな役割を果したかが明瞭になる。彼の作家的生涯はロンドンでの生活に大きく規定されているので、「神経衰弱と狂気」のつづく限り、名声赫々たる作家の背後には、パンを噛りながら薄ら寒いロンドンの公園を歩き廻つていた黄色い顔の日本人留学生の姿がつきまとつているのだ。

　漱石の初期の作品のうち、「吾輩は猫である」と、「漾虚集」の諸短篇の間にはある種の対立関係があり、「鶉籠」は「猫」と、「漾虚集」の一部の作品のそれぞれのヴァリエィションであると思われるが、「猫」を「ホトトギス」に連載していた当時の漱石がそれと併行して「漾虚集」の諸作を書いていたという事実には、著しくぼくらの好奇心をそゝるものがある。先程述べた彼の実生活とその低音部との相互作用がここには明瞭にうかゞわれるので、「猫」の冷酷な諷刺の背後から浮かび上つて来る孤独な作者が、「漾虚集」のある作品の中ではその内面をたち割つて、自らの内部に暗く澱んでいる深淵をさらけ出しているのである。殊にこの深淵は英国を舞台とした作品にあらわれている。「倫敦塔」といい、「幻影の盾」といい、「薤露行」といい、「カーライル博物館」といい、それらの作品に描かれた世界はいずれも夜の暗黒に満たされている。どのような真昼の情景が描れても、その読者に与える効果は名状し難く暗く不吉なものでしかない。過去の亡霊と好んで会話を交わしている漱石の周囲には屍臭がたゞよつている。そして屍臭にひたされた夜の闇から、醜怪な生の要素のような、湿潤な牢獄の壁に生ずる青く冷いかびのような人物が浮かび出ては消えて行く。英国史上の、あるいは伝説的な名前を与えられている此等の人物は実は漱石の内部に潜んで、彼の生命と感受性をおびやかしている醜悪な生の元素に他ならない。「倫敦塔」の中で、「人の血、人の肉、人の罪が結晶して、馬、車、汽車の中に取り残されたるは倫敦塔である」。と作者は書いているが、これは只の修辞ではないので、漱石はこれらのものを、自らの身体を蝕ばむ不吉な病菌の存在を感じるように感じていたのである。「倫敦塔」は、恐らく「琴のそら音」を除くこの短篇集に収められた作品のすべてに不気味な投影を与えているのだ。

　片岡良一氏によれば、このような色調を濃く現わしているのは「倫敦塔」や「カーライル博物館」のような作品で、「幻影の盾」や「薤露行」は「夢の世界を築こうとした、……明るくめでたいもの」だということになつているが、この見解はこれらの作品のプロットにとらわれすぎていていさゝか浅薄なきらいを免れない。「めでたい」どころか、「盾」や「薤露行」は、全く「倫敦塔」と同様の sinister な雰囲気を持つた作品なので、このことは作者の用いている修辞上の技法、――殊に形容語の選択を見れば明瞭である。漱石はこれらの作品で同質の心象を展開している。その一様性に留意するなら、例えば「盾」の happy ending などにまどわされたり、「一心不乱と云ふ事を、目に見えぬ怪力をかり、縹緲たる背景の前に写し出さうと考へて、此趣向を得た。」などという作者の言葉を重視するような混乱がおこるわけはない。

　これらの作品で最も支配的な色彩は黒である。「黒い」、「闇」、「夜」、というような言葉を作者は好んで使用するが、その筆致には極めて偏執的なものがある。しかもこの黒に対照して、作者は白を作中のかなり重要なモチーフに与える。このようにして「漾虚集」のエキゾテイックな諸短篇は、さながら銅版画のような沈んだ効果を読む者に与えるのだが、漱石が単に美的効果のためにのみ、これらの黒く彩られた影像を用いたとは思われない。例を「倫敦塔」にとるなら、作者がロンドンの現実を離れて、「此門を過ぎんとするものは一切の望を捨てよ。」という塔の門を潜るや否や、すでに黒のモチーフが現れる。即ち、「左手の鐘塔」には「真鉄の盾、黒鉄の甲が野を蔽ふ秋の陽炎の如く見え」るし、その鐘は「星黒き夜、壁上を歩む哨兵の隙を見て、逃れ出づる囚人の、逆しまに落す松明の影より闇に消ゆるとき」鳴らす鐘である。ここに用いられた「星黒き夜」などという語法は決して慣用的な語法であるとは思われないので、漱石がある種の特別な愛着を「黒さ」に感じていなかったなら、書かれ得ぬはずの言葉である。同様に「塔」の歴史の影に出没する幻影の人物は好んで黒い衣をまとっている。「白き髯を胸迄垂れて寛やかに黒の法衣を纏へる」のは「大僧正クランマー」であり、処刑されんとする二王子は「烏の翼を欺く程の黒き上衣を着て居」て、その獄房の窓外には、「百里をつつむ黒霧の奥にぼんやりと冬の日が写る」光景がある。そして彼らの顔色はあくまでも「白く」、その寝台の蒲団は「雪の如く白い。」更に、二王子に逢いに来る、エドワード四世の王妃エリザベスは「黒い喪服」を着ているし、彼女は「黒き塔の影、堅き塔の壁、寒き塔の人。」と云ひながら」さめざめと泣く。こうした黒衣の人の群像の最後には、「夜と霧との境に立つて朦朧とあたりを見廻す」黒装束の二人の刺客の姿がある。そして、やがてこれらの黒い群像は、「翼をすくめて黒い嘴をとがらせて人を見る」五羽の烏に変身し、その影像は時折、首斬り役人の斧の白い刃で中断され、子供を連れた女の頸筋の白さと対比させられる。

このような色調は他の色彩をすべて呑みつくしてしまうので、例えば、大僧正につづいて描かれている、「青き頭巾を眉深に被り空色の絹の下に鎖り帷子をつけた」サー・トマス・ワイアットや、「黄金作りの太刀」をはいたウオルター・ローレイの影像は不鮮明なものでしかない。唯一の効果的な肉感を以て暗く浮き出しているのは点綴される「血」の紅である。暗い湿つた背景からにじみ出る「血」の赤さに戦慄している作者は決して単純な怪奇趣味に溺れているのではない。このようなマチエールによつて、作者の秘かに描いているのは、実は「道草」に書かれたそれなどよりはるかに直接的な自己表白の世界なのだ。言葉に限定される以前のカオスのような漱石の内部が、「漾虚集」の諸作品にたゞよう不気味な雰囲気として描き出されている。「倫敦塔」、「カーライル博物館」などはいうまでもないが、「幻影の盾」、「薤露行」のような作品も、一つのプロットを持ち、モラルをもつた短篇小説としてより、むしろ一種の印象的な詩的散文として理解されるのが至当である。最初に漱石の内部のカオスがあり、その混濁した雰囲気が、異つた題材によつて若干のヴァリエィションを与えられながら、尚一つの共通な世界を表現している。このことは右に例示した「倫敦塔」を、「薤露行」や、「幻影の盾」と比較すれば更に明瞭だと思われる。

ここでも、「白夜の城」・「夜鴉の城」というような、対立した概括的なイメージが設定され、出没する人物はこの二つの城の影を暗くうけているし、その中心にはゴルゴン・メデューサに似た「夜叉」の顔を鋳出した「幻影の盾」がある。そしてこの「夜叉」は「蛇の毛」を持つていて、「薤露行」のギニギアの「冠の底を二重にめぐる一疋の蛇」のモチーフと照応している。このように陰欝な主調を背後に控えているために、「盾」の happy ending の南国のイメージは、さながらグレコの画にあらわれた、不吉な、輝く人物のような効果を与えるにすぎない。物語は happy ending になるが、作者の内面の楽音は依然として滅の和絃を奏しつづけているので、むしろ重要なのは、この楽音に耳を傾けることでなければならない。黒のモチーフは「薤露行」の中でも極めて印象的に用いられる。その典型的な例は、モードレッドによつて己が不倫の罪を責められたギニギアが、倒れようとする段りに見られるので、

《此時館の中に「黒し、黒し」と叫ぶ声が石堞に響きを反して、窈然と遠く鳴る木枯の如く伝はる。やがて河に臨む水門を、天にひゞけと、錆びたる鉄鎖に軋らせて開く音がする。室の中なる人々は顔と顔を見合はす。只事ではない。》

というように唐突に用いられた黒の evocation は、その生々しい肉感でぼくらを慄然とせしめるものを持つている。このような場所からはからずも漱石の黒い内部が噴出しているのだ。

　更にこれらの作品をつなぐ糸として、エレーン・クララ、ジエイン・グレイといつた女性の影像がある。これらの女性の形作るパースペクティヴの最も遠方には、先程引用した英詩の primrose path の女の姿があることは、いうまでもない。そしてこの女が、消え去つたように、クララは幻影の中の影であり、ジエインやエレーンは死ぬ。彼女達の白い顔も又、グレコに描れた天使のように、暗い背景から茫然と浮かび出た ephemeral な美しさをたゞよわせているが、その美しさを呑みこんで行くのは、墓の中のような黒い世界以外のものではない……。

　このような漱石の黒への偏執や湿潤な心象への趣味を翻訳する仕事は、精神分析学者に任せておけばよい。それがどのような性的な抑圧や陰微な衝動に起因するものであろうとも、ぼくらにとつて重要なのは、「猫」の作者が、右に引用したような、醜怪且不吉な心象を使用しなければ自己の内部風景を描けぬような心理状態にあつたという事実である。「猫」の随所に見られる人生一般や人間に対する反撥の姿勢の底には、「生」そのものに対しての殆ど生理的な嫌悪の感情があるのだ。「猫」に表れた作者の痼癪はこの嫌悪感との照応関係に於てとらえられなければならぬ。漱石も又、アントワーヌ・ロカンタンのように、マロニエの根を見て嘔吐をもよおす類の精神作用の持主なのである。しかし、一方彼は、ロカンタンより遥かに旺盛な生活者であつた。漱石は、ラグタイムの中の、《Some of these days, You'll miss me honey》という歌声に「完璧な時間」を見出すかわりに、「生」自体に対する反撥の眼で、自らの日常生活を規定するものをおひやらかしてのけようとする。彼は「猫」と「漾虚集」の世界を同

時に見渡せるような位置にはいないので、いわば、「漾虚集」の世界を見ている漱石と、「猫」の諷刺を書いている彼とは背中合わせになつているのだ。

彼が、単に、エキゾテイシズムの故に右の諸短篇の舞台を英国に借りたとは思われない。一つには作者のいうように、これらの「趣向とわが国の風俗が調和すまい」と思つたからであるかも知れぬ。あるいは、ロンドンでの幾分ロカンタン風の生活の回想が、そのような内部風景を英国の現実と不可分なものとして喚起したのかも知れない。更に彼の心を占めていた嫌悪感を表現するに足る濃密な現実を英国以外の風土に求めることが出来なかつたのかも知れぬ。しかし、それらの理由にもまして、彼は、この種の自己表白を現実の日常生活とは全く異つた次元で行おうとする、ある種の抑制し難い衝動を感じていたもののようである。「夢十夜」の冒頭の、「こんな夢を見た。」という設定を彼に強いたこの衝動が、「漾虚集」の多くの作品の舞台を英国に移させている。これは、あるいは生活者漱石が無意識に行つた操作であつたかも知れない。彼が直面している「深淵」は、彼の存在を呑み尽しかねないのであつて、漱石はこのような世界を自らの意識下に極力陰蔽しようとしている。彼はこの「深淵」を飛び越えて、ともかくも生きなければならなかつた。その努力の記録を、ぼくらは「道草」の中に見、その一種の生活技術的調節作用を「猫」の執筆の中に見るわけである。

「吾輩は猫である」の諷刺の世界は、「深淵」の上に浮いている。奇妙なことに、作者の暢達な筆致を支えているのは、この低音部に投影されているいくつかの人物の影であるらしく思われる。漱石の書いた英国十八世紀作家論の中で出色のものは、いうまでもなくジョナサン・スウィフトに関するものであるが、スウィフトは必しも、漱石のいうように「不満足」に徹した人間ではない。彼の激越な諷刺には裏返しにされた孤高な理想の匂いが感じられるので、ぼくらはあの有名な、《only a woman's hair》という警句を吐いた時の、この聖パトリック寺院副監督の顔を想像してみる必要がある。一筋の女の髪の毛が、スウィフトの氷つた怒りを支えていたように、女性諷刺家漱石を支えているのも、ジエイン・グレイやエレーンの影である。苛烈な厭人家などというものはいつも理想を背にかついでいる。これらの女達が、作者を戦慄させる生の元素にとりまかれている故に一層美しかつたように、「生」への嫌悪感に誘発された彼の痼癪は、これらの女達の追憶によつて更に激烈なものとなる。即ち、彼の傷いた心に刻みつけられた、「絶対の愛」の如きものへの憧憬を踏みにじる、(と彼には思われた)近代日本の社会への批判が展開されるのである。以後の彼が、この畸型な社会にある故に一層救いなく、醜悪に展開される我の問題を生涯の問題とせざるを得なかつたことの裏には、このような傷けられた理想があるのだ。「首くくりの力学」といつたような身の毛のよだつような冷酷な文章は、そのような理想家によつてしか書かれ得るものではない。

ここで、ぼくらは漱石内部の古井戸から、ふたゝび地上の世界に戻る。「猫」の世界には、「漾虚集」に見られるような夜の暗黒はない。ここでは作者は、地上の硬質な世界、日常生活によつて明瞭な輪郭を与えられた人間のみを相手どつている。ここで苦沙弥先生を戯曲化しているこまつしやくれた「猫」は、いわば、生活者漱石の平衡感覚の象徴である。しかも苦沙弥は決して作者の自画像ではない。作者は、もつと奥から時折姿を現わすにすぎないので、彼のいる場所は、むしろ「漾虚集」の世界なのだ。苦沙弥と漱石の間の距離は、ほゞ「猫」と「幻影の盾」との距離に等しく、苦沙弥をカリカチユアライズしている作者は、そのことからいささかの傷もうけていない。そうでもなければ、「猫」をあれ程の筆力で自由自在に書き続けていられたわけがない。後に漱石を所謂「批評家」として非難した人々は、暗々裡にこのことに気づいていたのである。

「猫」で、恐らくは無意識のうちに彼が行つていたのは、彼自身の影である苦沙弥及びその周囲に集つている知識人達の社会的位置の考察である。最初は極気軽な、カリカチユアとしてはじめられたこの作品が、巻を追うにつれて露骨に文明批評的性格を表して行く過程には、単純な人間一般へのおひやらかしが、当時の日本の知識人達の脆弱な位置の認識に深められて行く作者の創作態度の転化がうかゞわれる。「猫」以前にこのように一つの社会的集団としての知識人——後に「知識階級」という名を与えられる——が描かれた例をぼくらは寡聞にして知らない。漱石は、知らぬ間に、劃期的な仕事をしていたのであつて、二葉亭の「浮雲」の主人公内海文三などは、当時の一般読者にとつては只の「変人」で片附けられたかも知れないが、苦沙弥、迷亭、寒月、東風、三平、鈴木の藤さんというような様々な生活を持つている人物が、実は共通な位置を持つた一つの社会的集団の個々のヴァリエィションであることを描いたのは、この作品が果した大きな功績である。作者のここで用いている方法は、彼の意図に極めてよく適合している。「猫」の粉本をスタアンの「トリストラム・シャンデイ」に求めようとするのは、いさゝか早計であるといわねばならぬ。漱石がスタアンと共有しているのは、そのペダントリーと滑稽趣味丈で、スタアンにあるあの独特な digression や sexual な偏執は「猫」の中には全く見られない。むしろ「猫」の作家は先程のべたようにスウィフトに近い諷刺家なので、そのヒユーマアの質もスウィフトに近い。しかし、それにもかゝわらず、スタアンの奇怪至極な文体が彼の心の完全な表現であり、彼にとつては冒し難い完全な文体であつたのと同様に、「猫」の方法や文体は、漱石が描くことになつた知識人の戯画化のためには、殆ど完全な表現であつたといえるのである。

中村真一郎氏によれば、「猫」は、

《第一に、主人公をはじめとして、登場人物の性格がない。……人物の心的傾向がヴィヴィッドに描かれてゐない、極端に言へば、あの先生の客間で交される気焔や議論は、その客間に現れるどの人物の口から語られても良いほどの、無性格なものである。……これは長篇小説としては、明らかな欠点である。第二に、構成がない。たゞ挿話が偶然的に連続してゐる丈である。第三に主題の発展がない。性格、構成、主題は、一つの長篇を構築する、不可欠な根本的な条件であり、これを欠いてゐることで真の長篇とは言はれ難い》(漱石とフイクション)作品であり、又、片岡良一氏の所説によると「猫」の「底の浅さ」は、「この作品がもともと可笑しみをねらうのを建前とした俳諧文として極めて軽い気持の戯れ書きとして書き起されたもの」で、「その点からの制約を最後まで脱けきれなかつた結果」であるということになつている。しかしこれらの尊敬すべき評家達によつて代表される否定的な見解には、「猫」が今日いまだにぼくらを魅了するのは何故なのか、という問に対する解答が含まれていない。一体、「猫」は何故面白いのか？ 今日のように面白くない小説が氾濫している時、こうした単純な問を発することは無意味ではない。「猫」の無性格は――仮に登場人物の性格が描き切れていないとして――我国の知識階級一般の無性格に起因していはしないか。ぼくらは、その言葉の西欧的な意味に於ける character なるものを自分の周囲に見出すことが出来るような社会に棲息しているであろうか？ 惟うに、日本の作家達はそうおいそれとは characterization を行つたり出来ぬような負目を荷つているので、彼らは「性格」に似たものを創造する為にガラス細工の部屋に閉じこもり、現実を犠牲にしなければならない。「猫」のように無意識的に――しかし充分鋭敏に――書かれた小説の中で、作者は期せずして単に長篇小説構成の美学的規準のみをもつて律するわけには行かぬ我国近代小説の根本的問題に触れていたのではないか。ぼくらはこの問題に対する記念碑的な解答を、やがて「それから」の主人公の創造に於て見るわけだが、一方「猫」の登場人物達は、「心的傾向」は「ヴィヴィッドに描かれてゐない」にせよ、巧妙な対話によつて極めてリアルに描かれているのだ。これがこの作品の魅力の一つである。そして又、そうした魅力を感じること自体ぼくらが、おたがいの間にたかだか苦沙弥と迷亭、寒月と鈴木の藤さんの間に存在するような相違を持つているにすぎぬことの、一つの証明であるのかも知れぬ。

　同様に、「猫」が無構成であるように、日本の近代社会も支離滅裂な分裂を来たしていて、それを統一するに足る理念などは持合わせていない。鷗外が「普請中」といつた、雑然たる状態の中で、知識人という奇妙な犠牲者は、それぞれの絶望的な孤独を背負つて、クラゲのように浮遊しているにすぎない。それらのうちのある者は、理野陶然や立町老梅のように発狂し、又ある者は、迷亭のように、「首懸の松」の枝ぶりを見て「首がかゝつてふわふわする所を想像して見ると嬉しくて堪らん。」と思つたりする。このような状態を、作者は単に各挿話の中心をなす文明批評的な主題によつてのみならず、無性格、無構成な得体の知れぬこの小説の組成それ自体の中に捕えているので、「猫」はこの点で我国の近代小説の持つ宿命的な限界と、逆にある種の可能性を暗示している作品なのである。

片岡氏の指摘にもかゝわらず、「猫」の執筆態度に見うけられる安易さは、只、コッケイな俳諧文の作者に課した「制約」のみに由来しているのではない。「猫」の作者は、正宗白鳥氏の言うようにニル・アドミラリに徹している人間ではない。漱石のニル・アドミラリは、その知識階級に対する甘いイリユージョンと同居しているので、知識階級を「太平の逸民」めいた存在に見ることにすでに、このイリユージョンが附着している。「猫」の「底を浅く」しているのは、苦沙弥らと、金田一党を対立させて能事足れりとしているような、作者の幻想の故である。このために、痛烈に皮肉られているはずの苦沙弥の神経性胃弱までが、むしろ甘い自己満足にふち取られて見えるような現象がおこる。漱石にとつて、知識階級は士君子の如きものだつたので、彼が、こうした前近代的な迷夢から覚めるには、尚一層の人生的経験が必要であつた。「それから」で、彼は、ひとまずこの甘い幻想から目覚めたのである。しかしながらぼくらは不徹底を好む国民である。「猫」にある漱石のイリユージョンが、通俗的読者には抗し難い魅力となつているのは確かであつて、これは、逆に言えば、作者の通俗な倫理的設定が、多くの読者に訴えかけるものを持つていることを意味し、知識階級の士君子意識が、この国では動かし難い社会通念となつて今日に至つていることをも意味する。閑つぶしに「猫」を読んでニヤニヤしているぼくらの胸中に、俺達も結局こんなものだ、という一種の安堵が浮かぶのは否み難い。その後で、サルトルを読もうが、マルクスを論じようがそれはぼくらの勝手次第で、ぼくらの生活ではゆかた掛けで昼寝をしていたのが、「イギリス風」の紳士に一変して銀座に車を走らせるようなことが日常茶飯事となつているのと同じことである。文学史家の努力は、「猫」から漱石の問題や苦悩の如きものを抽出して列挙することに集中されているかのような感があるが、数多い「猫」の読者は勿論、知識人諸氏といえどもそのようなものを楽しんでいるのではない。残酷なことを、巻を追うにつれてますます平気な顔でペラペラしやべりまくつている、作者の異常な才気や軽口に興味があるので、通俗な倫理感や「底の浅さ」などはこうした興味を助長する役割を果している。「底の浅い」ものを喜んで読むぼくらは「底の浅い」人間であつて、漱石を一つの時代精神を体現した国民的作家にしたのは、とりもなおさず、ぼくら「底の浅い」日本人大衆の共通感覚である。

「猫」発表当時、作者に対する非難の多くは、このヒューモリストが「不真面目」で「遊び半分」だということに集中された。彼の才気縦横な軽口を「不真面目」と見たのは自然主義作家達であつたが、上田敏なども、自分のように積極的に文学をやつているものをさておいて、片手間にものを書いている漱石如きがもてはやされるのは怪しからん、という意味の言葉をもらしていたということである。これは重大なことなので、これら二派の西欧主義者に対して漱石が如何なる位置に立つていたかを暗示している。彼が「文学」に対して或意味で「不真面目」であつたのは事実である。しかし彼は、自己の生及び生活に対しては充分に真面目であつた。「猫」は文学作品という既成概念にあてはめて書かれた文学的作品ではなく、創造されたものが優れた文学作品になり得ていた、という現象の、我国に於ける稀有な実例である。真剣に文学する、などということは、漱石にとつては真剣に生きる、ということに比べれば卑小な問題にすぎなかつた。「漾虚集」の暗示するあの「深淵」の意識からも明らかなように、当時の彼にとつて——そして彼の生涯を通じて——それを飛び越えて生きる、ということはそれほどまでに困難且深刻な問題だつたのである。要は、真剣に生きようとする意志を持つている人間の文学を世間がそれとはさだかに知らずに歓迎したということなのだ。後に大学を辞して職業作家となつた漱石は、彼を歓迎するこれら世間一般の読者を信頼して書いた。この点で彼は一種の「大衆作家」であり、漸く文壇を形成しはじめていた「文学の鬼」達や高踏的な芸術派から分離した孤独な「俗物」だつたわけであるが、読者の側から見れば、信用するに足る真面目な生活者に見えたのである。漱石に対する人気には、大学教師をやめて文士になつた人間に対する事大主義的な崇拝感情がなかつたわけではない。しかし生活者の鋭敏な触角は、自らの求めるものを正確に探知する。所謂大衆が、entertainment としての文学しか喜ばぬなどという迷信はこの上なく下等なものなので、漱石は「猫」——及びそれ以後の作品——の中で、その同時代者のみならず後代に至るまでの、「教育ある且尋常なる」読書子のそうした欲求を満たしているのである。

このように考えると、「吾輩は猫である」を傑作にしているのは、ほかならぬその「無性格」、「無構成」、「無発展」、「底の浅さ」、などの諸要素だということになりかねない。先程の中村真一郎氏の小説美学的あるいは芸術作品としての長篇小説の定義にしたがえば、「猫」はまさしく長篇小説でも、芸術作品でもない。とすればぼくらが「猫」を読んで感ずる面白さや感動は、中村氏の定義する美学的あるいは芸術的感動以外のものでなければならぬ。ある意味で近代的な芸術以前の作品が何故面白いのか？　その面白さは小さんの落語の面白さと同質のものにすぎないのか？　それは駄洒落の面白さかそれ以上のものか？　「猫」発表当時の「猫」の人気には、この作品の持つ斬新奇抜な趣向に対する驚嘆がまじつていなかつたとはいえない。しかしすでにこの作品は半世紀以上の生命と名声を博しつづけて来ている。そしてその読者は中学生から老年の読書家にまで及んでいる。所謂「ベストセラー」小説の面白さと「猫」のそれが異質なことの証明にはこれらの動かし難い事実があるのであつて、少くとも、ここにある種の永続的な人生的興味があるのでなければ、このような現象がおこるはずはない。即ち、「尋常なる」日本の読書人達は、長篇小説を芸術作品として成立せしむる諸要素よりは、自らを圧迫している近代日本文明の現実を反映している粗雑な戯画を好むのである。西欧的近代小説観からすれば、これは愚にもつかぬ現象でしかない。しかし、ふたゝび注意すれば、ぼくらと芸術作品との間の関係はかくも不幸なものなのである。「猫」の成功と「猫」の粗雑さがはしなくも物語っているように、日本の現実は西欧的手法の小説芸術に適さない。そして日本の「教育ある且尋常なる」士人は自らの日常生活の端々にまで浸透している近代日本文明の不自然さ、コッケイさ、「底の浅さ」、不安定さの一様な被害者であり、その内心の空虚さをかゝえて、それを満たすものに対する切迫した希求を有している。それが芸術作品であろうとなかろうと、そんなことは二の次であることを「猫」の成功は示しているので、又、それ程の成功と、自己を制約する現実を犠牲にするのでなければ、この国で芸術的小説というむなしいガラスの城を造ることは不可能なのである。

「猫」が芸術作品でなく、作者漱石が芸術家でないとした所で、ぼくらがこの文章の最初の章で前提した所によれば、これが文学であることには疑問の余地がない。仮りに美学的に不完全であり、粗雑であるにせよ、その作品の書かれた言語を使用する民族の間で絶えざる新しさを保ちつづけ、生きつづけるような作品は文学である。日本の社会が現在のようなものである限り、「猫」は半永久的に日本の現代小説としての重要な役割を果しつづけると思われる。日本の「不愉快」極まる社会がそれを可能にしているので、これは芸術的価値として美術や音楽などとの照応関係に於て美学的に抽出され得るものが、文学の広い宇宙の中のほんの一部分を占めるものにすぎないことを暗示するものですらある。少しく視野をひろげて、小説一般の歴史をふり返つて見ると、所謂純粋な小説、芸術作品として自己完結する小説というような概念が生れたのは、近々七八十年のことにすぎない。即ち、それは、前世紀の七・八十年代に於て英国の作家、批評家及び読書人大衆の意識に次々とのぼり、ジェイン・オーステンの亜流を輩出せしめた所の概念であつて、我国では、これら英国の作家及びロシア十九世紀の大作家達の影響をうけたジッドの流行を通じて輸入され、文壇に刺激を与えた概念である。先に引用した中村真一郎氏の定義は明らかにこの系統を引いているので、氏及び氏の同調者をはじめとして戦後十年の間に世に出た多くの新進作家達の作品の特徴は、このような概念に即した完成を目標にしている所にある。つまり近代的小説芸術の輸入移植ということなので、彼等はこれを以て日本の自然主義的伝統を克服しようとした。しかし、これらの有能な青年作家達の見落している重要なことは、我国の自然主義的純文学者達によつて書かれて来た私小説というジャンルが、やはり一種独特の方法を持つた純粋小説だ、ということであり、これら相反する二つの流派は、自己の周囲の多様な現実の受容を拒絶し、架空の芸術的城壁をめぐらして、その内部の閉鎖された世界を守ろうとする点では全く軌を一にしている、ということである。彼等の間の相違は趣味の相違であつて、恐らく本質の相違ではない。漱石が「猫」で暗示しているものは、これとは根本的に異質な一つの可能性なのだ。それは、日本に於て、たとえ「芸術」や「小説」が不可能であるにせよ「文学」は可能だ、ということであり、散文作品などというものは、どのような形式でどのように書こうが作者の勝手だということの再発見である。小説というもののそもその成立ちがそういう性質のものであつたことを、ぼくらは忘れている。ジエイン・オーステンの構成美や均整の妙を支えているものが、彼女の苛烈な倫理感や稀に見る洞察に富んだ人間に対する興味以外のものであるはずがない。それが唯一の文学を文学たらしめる価値であることを知るためには、彼女の六篇の小説と、ヘンリイ・ジエイムズの後期の作品を読み比べて見ればよい。構成のための構成、性格のための性格、小説のための小説というが如き妄想は、すべて頽廃的な匂いがする。半狂人の書いた「吾輩は猫である」はこれらの妄想を抱いている徒輩の小説よりはるかに健康な文学であつた。

しかし、この可能性は漱石自身によつても充分に究め尽くされはしなかつた。若し彼がより意識的に、より積極的にこの可能性を探究し、彼の弟子達が、鈴木三重吉のような安易な耽美派や、森田草平のようなコミックな人間や、「夏目漱石」という石膏細工を作り上げた小宮豊隆のような熱烈な崇拝者以外の人間で占められ、それらの人々が漱石を水源とするこの流れに加わつていたとするなら、近代日本文学は、現在アメリカ文学が——その正体にはかなりいかゞわしいものがあるにせよ——ヨーロッパ文学に対して占めているような位置を世界文学の中で占めるようになり得たかも知れぬ。即ち、硬質化し、多分に頽廃の徴候を見せているかのような西欧の現代小説に対して、近代文明の恩恵をここ一世紀間に最も積極的に享受し、同時に又その最も積極的な被害者でもあつた唯一の実験例である、日本の近代社会の批判という生々しいスリリングな方法によつて、ある種の生気を注入し得たかも知れないのである。こうした想像が単なる感傷でないことの証拠には、西欧人が必ずしも、彼らの周囲の現実の最上の理解者ではないという事実がある。日本の貧困な文学的現実は、西欧的方法による小説の構成を不可能にする。しかしそれは決して日本の現実がそのまゝ貧困だということを意味しない。自らを制約する風土に不忠実であり、しかも、その自らに与える影響に敏感でない所から、真の世界性が生れるはずはない。同様に、風土に埋没する所から真の地方性は生れ得ない。ぼくらにとつて必要なことは、恐らく、ぼくらの独自な方法のためには無限の宝庫であるはずの、近代日本の現実を発見することである。人が世界人となるためには、先ず、日本人であり、英国人であり、ロシア人であることを要する。マーク・トウエィンがアメリカの現実を新たに発見したという点で、殆どコロンブス的な業績を果した真のアメリカ人であつたように、「猫」を書いた漱石は、殆ど彼の周囲にある現実を発見しかけていた。彼は、その豊かな才能と、異常に鋭敏な、自己を圧迫する現実に対する感受性とによつて、夏目金之助という一個の日本人に課せられた近代日本社会の病弊を、最も誠実に、正面から享受することで、この劃期的な仕事を自らはさだかに知らずに果しかけていたのである。

しかし、「それから」で、漱石のぼくらに提示している問題はいさゝか異質なものである。即ち、ここで、彼は「猫」に暗示された可能性をひた押しに追求するかわりに、日本の現実自体を素材とした、構成的な小説の可能性を究めようとしている。「虞美人草」以来、職業作家となつた彼は、最後の大作「明暗」にいたるまで、この問題と苦闘しつゞけたが、このために、彼が「猫」で示していたような、かなり広い視野に立つた、日本近代社会のパースペクテイヴの、文明批評的な戯画化の多様な可能性は少からず犠牲にされざるを得なかつた。ぼくらが次章で試みようとするのは、この間の事情の検証である。

五

「猫」と、「それから」と、「明暗」を、三つのモニユメンタルな塔として、その間に他の作品を排列して見ると、漱石の作家的業績の一応の展望が出来上る。しかし、「それから」を起点として「明暗」に至る、整然とした、殆ど方法的な眺望に比べると、「猫」から「それから」に至る風景はかなり雑然としているように思われる。この風景の中に、「猫」が自己解体し、そこにあつた多くの要素が切り捨てられて行くのを、ぼくらは見るわけであるが、この過程で見逃せないのは、「草枕」と「虞美人草」、及び「夢十夜」の創作である。

「草枕」という、この奇妙な小説の中で最も人口に膾炙されているのは、恐らく冒頭の、《智に働けば角が立つ。情に棹させば流される。意地を通せば窮屈だ。兎角に人の世は住みにくい。》という一節であろう。片岡良一氏によれば、「正に世界に類のないユニックなもの」であり、吉田精一氏によれば、「一つの芸術理論をのべるために小説の形をかりた、『開闢以来』の小説」である所の、この作品にとつて、この事実は皮肉極まることだといわざるを得ない。つまり、「猫」のそれと同様に数多い「草枕」の読者は、作者の「非人情」芸術論などを素通りして、この名文句丈を心にとどめるのだ。作者が、これに続けて、

《住みにくさが高じると、安い所へ引き越したくなる。どこへ越しても住みにくいと悟つた時、詩が生れて、画が出来る。》

といおうがいうまいが、そのようなことはさしたる問題ではない。このような名文句によつて最もよく記憶されているということは、非常に重大であつて、要するに尋常な「猫」の読者はこの作品をそのような読み方で読んだのである。そして又作者自身も、この小説を脱稿するや否や自らの溺れた趣味の世界に嫌悪を感じて、次のようにいわねばならなかつた。

《只一つ君に教訓したき事がある。是は僕から教へてもらつて決して損のない事である。僕は子供のうちから青年になる迄世の中は結構なものと思つてゐた。旨いものが食へると思つてゐた。綺麗な着物がきられると思つてゐた。詩的に生活が出来てうつくしい細君が持てて、うつくしい家庭が〔出〕来ると思つてゐた。もし出来なければどうかして得たいと思つてゐた。換言すれば是等の反対を出来る丈避け様としてゐた。然る所世の中に居るうちはどこをどう避けてもそんな所はない。世の中は自己の想像とは全く正反対の現象でうづまつてゐる。そこで吾は世に立つ所はキタナイ者でも、不愉快なものでも、イやなものでも一切避けぬ否進んで其内へ飛び込まなければ何にも出来ぬといふ事である。只きれいにうつくしく暮らす即ち詩人的にくらすといふ事は生活の意義の何分の一か知らぬが矢張り極めて僅少な部分かと思ふ。で草枕の様な主人公ではいけない。あれもいいが矢張り今の世界に生存して自分のよい所を通そうとするにはどうしてもイブセン流に出なくてはならない。……俳句趣味は此閑文字の中に逍遥して喜んで居る。然し大なる世の中はかゝる小天地に寝ころんで居る様では到底動かせない。然も大に動かさざるべからざる敵が前後左右にある。苟も文学を以て生命とするものならば単に美という丈では満足が出来ない。……僕は一面に於て俳諧的文学に出入すると同時に一面に於て死ぬか生きるか、命のやりとりをする様な維新の志士の如き烈しい精神で文学をやつて見たい。》（明治三十九年十月二十六日、鈴木三重吉宛）

「草枕」は「猫」と同様に「漾虚集」とある種の関係を持つている。しかし、それは「猫」との場合のような対立関係ではなく、主題の発展の関係であつて、「一夜」が「倫敦塔」や「薤露行」に対して有する関係を、「草枕」も、やゝ稀薄に、あの暗い「深淵」に対して有しているのだ。「一夜」で彼が描いたのは、「深淵」の裏側の世界である。「猫」と「一夜」は、「深淵」を間にはさんで、それぞれ反対の方向に表れた漱石の姿勢の表徴であり、「草枕」は、「一夜」のやゝ俗悪な発展にすぎない。

《ことに西洋の詩となると、人事が根本になるから……いくら詩的になつても地面の上を馳けあるいて銭の勘定を忘れるひまがない。……うれしい事に東洋の詩歌はそこを解脱したのがある。……独坐幽篁裏、弾琴復長嘯、深林人不知、明月来相照。只二十字のうちに優に別乾坤を建立して居る。》彼にといつた漱石は、幼い時南画に見入つていた彼である。彼にとつて生への嫌悪が激しくなり、殆ど生理的に耐え難いものとなる度に、漱石はこのような静寂を憧れた。「草枕」を書いた当時の作家が大真面目で「非人情」芸術を説こうとしたとは容易に考えられないので、彼は只、自らの憧憬する世界を出来る丈けんらんと描き、その存在を確めようとした丈の話である。「非人情」芸術論についていえば、このような態度は一種の文学否定論で、作者のソフイステイケイションを真にうけて漱石の「低徊趣味」とか、「余裕派」とかいう言葉を考え出した文学史家は、よほどのお人よしであつた。

先程、この作品の読者に与える効果が、冒頭の例の名文句で決定されるといつたように、「草枕」でぼくらを魅するのは、決してはんらんしている俗悪な支那趣味ではなく、随所に見られる主人公の画家の、二十世紀文明一般に対する反撥の姿勢である。漢詩の中には「別乾坤」があるといつたあとで、

《此乾坤の功徳は「不如帰」や「金色夜叉」の功徳ではない。汽船、汽車、権利、義務、道徳、礼儀で疲れ果てた後、凡てを忘却してぐつすり寝込む様な功徳である。二十世紀に睡眠が必要ならば、二十世紀に此出世間的の詩味は大切である。》

といい、

《足がとまれば、厭になるまでそこに居る。居られるのは幸福な人である。東京でそんな事をすれば、すぐ電車に引き殺される。電車が殺さなければ巡査が追い立てる。都会は太平の民を乞食と間違へて、掏摸の親分たる探偵に高い月俸を払ふ所である。》

《岩崎や三井を眼中に置かぬものは、いくらでも居る。冷然として古今帝王の権威を風馬牛し得るものは自然のみであらう。》

などというのがその例で、一般読者はこのような箇所にはなはだ非「非人情」な作者の姿を生々しく感じながら、自分は「非人情」の世界にいるのだと錯覚しているにすぎない。この限りに於ては、「草枕」は消極的な「猫」である。そして、作者の惑溺している趣味性の世界は、逆に彼の最も内奥な世界を冒瀆している。自らのソフイステイケイションに自ら傷ついた彼が、鈴木三重吉宛の自己否定的な手紙を書いたのは当然で、例の「非人情論」などは、女主人公の顔に「憐れ」が出たから絵になつた、というこの小説の結末ですでに否定されていると考えてよい。この作品のやゝ安価なイリユージョンを展開して漱石の得たものは、極めて高価なデイスイリユージョンであつた。かつて学生の頃、彼の所謂「漢文学」を好んで、文学がこのようなものなら一生を捧げてもよい、と思つたその期待は、あのロンドン生活を経たあとでも完全に消え去つてはいなかつた。「草枕」を書いて、彼ははじめて、そうした幻想の無益なことを知つたのである。文学は決して彼の諒解する所の「漢文学」の如きものではなかつた。「只きれいにうつくしく暮らす即ち詩人的にくらすといふ事は生活の意義の何分の一か知らぬが矢張り極めて僅少な部分かと思ふ。」と書いた時漱石は、切実に、「生活の意義」をことごとく包含し得るような文学のことを思つていたに違いない。以後の彼は、二度とふたゝび「草枕」的な世界を文学にしようとはしなかつた。それは彼の激烈な神経症の対症療法としてなされた書画や漢詩の世界でのみ表現されたので、このことは、ここで彼の経験した幻滅や自己嫌悪が並々でなかつたことを示している。そして、この幻滅は、「それから」を経て「明暗」に至る彼の一貫した我執の主題の追求の一つの原動力となつている。「草枕」の開巻劈頭から極めて人間臭

い体臭をたゞよわせていた作家は、やはり審美家たらんとして、審美家の「別乾坤」に安住し得ぬ「生に追跡される」人であつた。

漱石は、朝日新聞社員となつて、定期的に長篇小説を書き出してから、「小説」に対して従来より厳格な概念を抱き出したように思われる。それ以前にも、彼は自分の作品を「小説」と呼んでいる。しかし、「虞美人草」の執筆以来、彼は一変して既成の「小説」に対する概念に忠実になり、長篇小説の方法を積極的に英国の作家達——主としてメレデイス及びオーステン——から学ぶようになつた。こうして漱石はより多く「芸術家」に近づき、より少く、「猫」で示された多様な可能性を自己の問題とすることになつたのである。新聞小説を書かねばならぬというさし迫つた必要が、そうさせたのであるが、ここで注意しておかねばならないことは、彼が決して芸術的小説を書きたいという欲求を持つていたわけではない、ということである。漱石の仕事は一貫して日本の現実を描くことであり、「構成的」な小説はそれを、彼の相手とする朝日新聞読者により効果的に提示する方便にすぎなかつた。当時の彼が何よりも欲していたのは職業作家としての成功である。賭事などをあまり好まなかつた漱石が打つた、大学教授の椅子を袖にして一介の新聞記者になる、という大ばくちがそれを要求していたのである。この極めて俗物的な意図は、しかしながら、貴重な実験の結果をぼくらに提供することとなつた。即ち、「虞美人草」から「明暗」にいたる漱石のすべての長篇は、西欧的な手法による長篇小説が、どの程度に近代日本社会の現実を把え得るかという問に対する、得難い解答を暗示しているのである。しかしこの解答は、私見によればかなり否定的なものであつて、「それから」が代助という優れた性格の造型に成功しながら、その構成の美学的快感よりも、むしろ作家の以前より確実になつた文明批評的態度によつて傑作となり、「明暗」を書いた頃の漱石が、「猫」執筆当時の自由自在な筆力を失つていたというような事実は、作家が決して通俗に信じられているようには、この困難な仕事に成功していなかつたことを物語つている。自然主義的な批評家の、漱石の小説はこしらえたものだ、という批評は、漱石の眼に映じていた現実と、彼の採用した方法との宿命的な断層を、期せずして言いあてたものであつた。もつと自由に書きたいという欲求は、作者に、やがてジエイン・オーステン風な視点を夢見させるまでになる。先に述べたように、「則天去私」の方法論的価値は、もつと重視されなければならない。漱石が我執に倦んで、小我を去ることを知つた、などという一方的な解釈には身もふたもありはしない。

所で、「虞美人草」と「それから」と、「明暗」は、お互の間に一直線上の三つの相似形のような関係を持つている。漱石の長篇小説の根本的な方法論は、「虞美人草」の構成や人物の characterization の中でことごとく展開されていて、以後の作品は、その発展的なヴァリエィションにすぎない。「草枕」のような挿話的な作品が漱石の「芸術論」を表わしたものとされ、「虞美人草」の方法論が無視されているのは、文学史の皮肉というべきである。したがつて、代助は、「虞美人草」の小野及び甲野の変身であり、「明暗」の津田は代助の発展であるということになるので、このような相似関係はすでに幾人かの学者によつて指摘されているが、只、例えば代助が小野のみの後身だとするような見解は浅薄である。亡父の肖像画を掲げた書斎に閉じこもつてのらくらしている「哲学者」甲野さんは、非社交的な代助以外のものではない。代助と甲野の相違は、代助が甲野のふりまわす優越意識の倒錯した人格主義などというものの馬鹿馬鹿しさを熟知している人間だという所にある。代助は既に甲野の人格主義が一つの我執であることを知つている。彼の悲劇は我執の醜さを知つたものが、自らもその中に巻き込まれて行くという性質のものなのだ。

　このような相違はどこから生じるか？　それは明らかに作者の人間観の発展から生じたものであつて、このことを知るためには、「虞美人草」と、「猫」及び「坊ちゃん」との関係に注目しなければならない。

「猫」で漱石が知識人を士君子視していたことについては既に述べた。この甘いイリュージョンが「坊ちゃん」では、坊ちゃん及び山嵐というような人物に結晶している。勿論、坊ちゃんは世話にくだけた士君子だが、このような人物を赤シャツ一党と対比させた所に、この作品の成功の秘密があるので、これは更にはぼくら一般の読者の知識階級意識の性質を暗示してもいる。つまり、知識階級とはいまだに、坊ちゃん若しくは山嵐的行動をかなり真剣に憧れながら赤シャツ又は野だいこ的生活を余儀なくされている集団なのである。諷刺は坊ちゃんという、現実には存在し得ぬ「妖精」の設定によつて、成功している。そして又、それは坊ちゃんの「妖精」的性格が、読者の暗黙の諒解事項になつていることによつて成功している。一度、坊ちゃんが現実の人間になつた時生ずる愚劣さは論をまたないが、漱石は、その愚を「虞美人草」の宗近という人間の設定に於て冒しているのだ。

《宗近の如きも、作者の道徳心から造り上げられた人物で、伏姫伝授の玉の一つを有つている犬江犬川の徒と同一視すべきものである。》（作家論、夏目漱石）

といつたのは、正宗白鳥氏だが、これは頗る当を得た見解で、こうした人物を設定せざるを得なかつたのは、明らかに作者が例の知識階級に対する幻想から覚めていないことを示している。宗近は一種の deus ex machina である。我執の問題が、こんな人間の出現で解決出来ると、作者が信じていたとは思いたくないが、後年作者がこの作品を極度に嫌つたという所を見ると恐らくそうだつたのであろう。「猫」の苦沙弥や迷亭を基点として、「坊ちゃん」、「虞美人草」と継承されて来た宗近的人物の系譜は「坑夫」の安さんや、「三四郎」の広田先生にうけつがれている。それが、何故に「それから」で代助という典型的人物の創造に飛躍し得たか？　作者の人間観を深化せしめた原因は何処に求めるべきであるか？

一つにはそれは、西欧的手法による長篇小説創作が、「虞美人草」乃至は「三四郎」で彼の援用したメレデイス的な技法の限界を認識させたという事実によつている。当時の漱石のノートのいたる所に散見する小説の方法論の研究は、この間の事情を物語つているが、「坑夫」の、《近頃ではてんで性格なんてものはないものだと考へて居る。よく小説家がこんな性格を書くの、あんな性格をこしらへるのと言つて得意がつてゐる。……本当の事を言ふと性格なんて纏つたものはありやしない。》という「性格」否定論は、「虞美人草」で彼が用いたメレデイス風な性格に対する反省であつて、「性格」を否定して「意識」につこうとする主張ではない。「坑夫」は、より true to life な性格を描こうとして書いたエチユードなので、中村真一郎氏のいうような、ジョイス若しくはプルースト風な「意識の流れ」の小説などではない。中村氏の見解は、単純に日本作家と西欧作家との表面的な類似点をとり出して、誰れ的などと称する軽率な悪習のあらわれである。そのような比較が可能なためには、日本の現実が世界の現実の一部分としてそれとの対比に於て把握されていることが第一条件なのだ。漱石のこの意図は明治四十年頃のものとされるノートに明瞭にあらわれている。ここで彼は、小説のcharacterization の考察を行つているが、それが、「それから」ではじめて一応の成功をおさめたのであつた。

更にここで、ぼくらはふたゝび漱石の内部で鳴つている主調低音に耳を傾けなければならぬ。以上に述べたような作家の方法論的発展は、その内部世界の低音部との複雑な和絃を奏でながら達成されたものだからである。「漾虚集」で、セロの暗い諧音を奏していた、低音の主題は、明治四十一年六月、大阪朝日新聞に連載された小品「文鳥」でふたゝび反復され「夢十夜」、「永日小品」へと持続して行くのだ。

「文鳥」は、恐らく彼の数多い作品の内で最も美しいものの一つである。この小鳥は漱石のかくれ家からの使者であつて、先に引用した英詩の中の女の化身でもある。漱石は文鳥のいる鳥籠の中に、自らの求める世界の幻影を見ている。鳥のイメイジと女のイメイジとの交錯は、この作品の最も美しい部分である。

《明る日も亦気の毒な事に遅く起きて、箱から籠を出してやつたのは、矢つ張り八時過ぎであつた。……それでも文鳥は一向不平らしい顔もしなかつた。籠が明るい所へ出るや否や、いきなり眼をしばたゝいて、心持首をすくめて、自分の顔を見た。昔し美しい女を知つて居た。此の女が机に凭れて何か考へてゐる所を、後から、そつと行つて、紫の帯上げの房になつた先を、長く垂らして、首筋の細いあたりを、上から撫で廻したら、女はものう気に後を向いた。其の時女の眉は心持八の字に寄つて居た。夫で眼尻と口元には笑が萌して居た。同時に恰好の好い頸を肩迄すくめて居た。文鳥が自分を見た時、自分は不図此の女の事を思ひ出した。》

文鳥の声をきいている漱石の姿は、傷ましく孤独であり、文鳥を殺した家人に対する怒りには涙がまじつている。同時に、この作品は彼の日常生活と、その低音部の最も内奥な部分との稀有な交流の記録なので、文鳥と「紫の帯上げでいたづらをした女」の関係や、文鳥と「佗びしい事を書き連ねている」漱石との関係、更には、これらのものと「残酷」な家人との関係には、極めて象徴的な意味があるのだ。英詩の女が夢の中に歩み去つたように、文鳥は死んだ。そして、「漾虚集」の短篇が表わしていたような、漱石の、生の要素への殆ど生理的な嫌悪感――実存感覚ともいうべき――は、「夢十夜」に於て、更に複雑な変奏となつてあらわれるのである。

「夢十夜」が「人間存在の原罪的不安」を主題にしている、という伊藤整氏の見解は、漱石の内部の、あの「深淵」の存在をよく洞察し得ている。この一連の小品に描れた世界は、決して片岡良一氏のいうように「草枕」や「一夜」の系譜を引いた世界ではない。ここに描かれたのは、「漾虚集」のそれよりも、もつと暗く、生々しく彩られた漱石の内部のカオスの世界である。そして又、「倫敦塔」や「幻影の盾」にあつた「黒」の心象はここでも同じようにくりひろげられている。屍臭がたゞよい、蛇のイメイジがあり、全体の雰囲気が澱んだ湿潤なものであることも、ある種の暗合の存在を物語るものである。しかも、ここでは、「薤露行」や「幻影の盾」にあつた造型的な意志が薄弱になつていて、それ丈、逆に、彼の内部世界のどろりとした触感を露わにしている。更に、この上に、「夢十夜」に特徴的な一つのモチーフがある。それは、「裏切られた期待」のモチーフであつて、期待する側は作者を象徴する人物であり、それを裏切るのは、常に、その人間の意志の及ばぬ運命的な力である。そしてこの関係にはしばしば女が重要な因子として登場する。

例えば、最も象徴的な「第三夜」では、自分の子と思つて背負つて歩いていた盲目の子供が、実は百年前に殺した盲人であつた、という形でこのモチーフが表われる。ここでは「おれは人殺であつたんだな」、という陰微な罪悪感が閃光のようにひらめいて、不気味な挿話が閉じられる。「第四夜」では、手拭を蛇にする、といつた爺さんが河の中に消えてしまい、「自分は爺さんが向岸へ上がつた時に、蛇を見せるだらうと思つて、芦の鳴る所に立つて、たつた一人何時迄も待つて」いる。しかしこの魔法使めいた爺さんは「とうとう上がつて来なかつた。」「第五夜」では、捕虜になつた男が、殺される前に一眼恋人に逢いたいと思い、鶏が夜明を告げる前に女が到着するなら、という条件で死刑を猶予される。しかし、女は裸馬を疾走させるうちに、偽の「天探女《あまのじやく》」の鳴声によつて「深い淵」に呑まれてしまう。このモチーフは、「第六夜」では、木から（埋まつている）仁王を彫り出そうとして失敗する、という形で、「第七夜」では、得体の知れぬ不気味な船から身を投げて、後悔する、という変奏をもつて、反復される。この「第七夜」の船の心象は、何処かしら、幽霊船めいた不吉なものを感じさせずにはいない。この幽霊船自体も、「波の底に沈んで行く焼火箸のような太陽」を追跡しながら、「決して追附かない。」いさゝか想像をたくましくすれば、この船は、漱石の眼に映じていた人生の象徴であり、「黒い」水は、死の象徴であるより先に、彼を呑み込みこもうとしている例の「深淵」の象徴であるように思われる。更に、このライトモチーフは「第八夜」でも、「第九夜」でも、「第十夜」でも繰り返される。唯一の明瞭な例外は「第一夜」で、ここでは、百年経つたら必ず逢いに来るといつて死んだ女が、百合の花になつて百年目に男の前に現われる、という話が語られている。これは最も楽観的な例であつて、「第二夜」の悟ろうとして悟り切れぬ武士が、悟つた上で和尚を殺してやろうと思う話になると、もう「第一夜」のような happy ending だとはいい難い。章を追うにしたがつて、作者の絶望的姿勢はます／＼明瞭にうかゞわれるように思われる。

　このように考えると、先程ぼくらが「裏切られた期待」といつたライトモチーフは、更にその奥を探るなら、ある絶対的な力、超越的な意志に対立する、人間の無力感の如きものに帰着する。

「原罪的不安」なるものは、いわばこの成就されざる人間的意志の無力感の転移なのだ。運命的な、得体の知れぬ力が、常に人間の期待を拒否する。その力に合体も出来ず、さりとて、その前で自らを否定することも出来ぬ故に、人間は、自らの呪わしい、どうすることも出来ぬ「我」の存在をひつさげて立ちつくしていなければならぬ。こうして、「夢十夜」でひそかに自らの内部世界を展開している漱石は、《Le silence éternel de ces espaces infinis m'effraye,》といつた時の、パスカルを思わせる人間である。しかし、パスカルはこの名文句の「恐怖」を材料にして、人を神の方へ向き直らせようとした。人が神のもとにおもむく時、このような「恐怖」は消え去る、とおそらくパスカルはいう。所で、こうした神の方向への転換こそ、漱石の最も承服し難いものであつたことをぼくらは忘れてはならない。ここに、又、漱石の最も貴重な誠実さが見うけられるのである。元来、パスカル流の論理は古くから唯一神を所有している西欧人のものである。神の前で自己を否定出来たり、芸術家の進歩が self-sacrifice や絶えざる depersonalization によつて達成出来る（T・S・エリオット）などという芸当はこのような種族に特有なものでしかない。ぼくら日本人の特質は、究極に於てぼくらが、彼らの神と無縁だという所にある。漱石の「夢十夜」にあらわれた絶望的な姿は、護教論を持たぬパスカルの姿であつて、ぼくらもすべてパスカルの所謂神に対してはこのような浅薄な関係しか有しない。西欧人が、「無限の空間の永遠の沈黙」と向かいあつた時、彼らの胸には、反射的に――殆ど条件反射的に――神若しくは神の追憶の観念が去来する。しかしぼくらの胸にはそのような性質のものが何も浮かばない。これは決定的な相違である。神を所有する西洋人を「ねたみ」、彼らの神を輸入することからはじめねばならない、という一部の評家の精神的人種改良論は、この本質的な相違を無視した、至極楽天的な便宜論であるように思われる。

　このような日本の社会には、西欧的な意味での人間の対立関係や、人間と社会との関係は生れない。又西欧的な意味での近代的自我の如きものも存在しない。したがつて、そのようなものの存在の上に成立している西欧的な小説の方法論を、日本に適用しようとすることは不可能である。それを敢えてしようとすれば、作家は日本の現実を無視して架空の世界を創り出さねばならぬ。しかし、西欧的な自我の存在しない世界にも、「我執」はある。更に又、西欧的な自我は本来神との対立の上にある所の自我である。それは、神の前での depersonalization の可能性を留保している自我である。所が、漱石の眼に映じていた「我執」はこの可能性を持つていない。この「我執」は神を通じて人間関係を成立させることも出来なければ、他者の前で自己を消滅せしむることも出来ない。ぼくらの棲息する社会に於て、「我」の問題は、仮りに神が死んだにせよ、いまだその追憶を残している西欧社会に於けるよりもはるかに赤裸々な様相を呈している。そしてこの「我」は、明治以後の西欧の自我意識の一面的な輸入によつて、更に複雑化されている。漱石が「我執」を問題にし、近代文明の病弊を自我の過度な主張に求めた時、西欧的自我と、彼の所謂「我執」との相違に気がついていたとは思われないが、日本の近代社会に特徴的な、救済され得ざる原罪、神という緩衝地帯を有せざる「我執」の存在は、適確にとらえられていたのである。

「夢十夜」その他を材料にして、漱石の内部世界のフロイデイズム的解釈を行つたものには、荒正人氏の「漱石の暗い部分」という研究がある。それは一つの解釈であつて、それの当否については今ここで論ずる余裕がない。しかし、ぼくらの論述の上で必要なことは、漱石の内部世界の客観的意味を知ることではなく、その、作家自身への影響の過程を知ることである。問題をこのように限定して考えると、「夢十夜」で露呈された低音部の反響は、「三四郎」の「無意識の偽善《アンコンシアス・ヒポクリシィ》」とか、「迷羊《ストレイ・シープ》」とかいう観念に、先ず聴かれるように思われる。しかし、この作品では、作者の深刻な原罪意識と、士君子的な知識階級を夢見るイリュージョンとが雑然と混入して、作品の創作意図を分裂せしめている。この退屈な小説では「猫」よりも現実的に描かれている知識階級の風俗的戯画と、当時としては極めて勇敢に述べられた社会批評のみがぼくらの興味をひくのだ。

「三四郎」の執筆と、「それから」の執筆までの間には、約十ケ月の間隙がある。この間に書かれたのが「永日小品」であるが、この中には作者のロンドン時代の回顧がある。「寒い夢」、「下宿」、「過去の匂ひ」、「霧」、「クレイグ先生」などがそれでここにも、「倫敦塔」を思わせるような心象が、点在しているのは注目すべきである。惟うに、このような回顧の濾過器を通じて、漱石の前述の如き原罪意識は、知識階級の優越感を否定し去る所まで深化したのではないか？　「それから」の中には、「夢十夜」で最も明瞭にうかゞわれた、作家の暗い人間存在についての意識が浸透しているように思われる。あるいはここで、はじめて「三四郎」以前の作品では、二種類の別個な主題としてとらえられていた、文明批評と、「我」の暗い執念とが、長井代助という典型的人物の中に融合する。そして、これ以後、漱石は二度と、「夢十夜」や「漾虚集」のような作品を書かない。同時に「三四郎」に至る迄「漱石」の特色であつた、ヒューマアが以後の作品からは姿を消す。いわば長篇の中に浸出して来た彼の深淵の感覚が、それを併呑しているのだ。そして、その代りに、作家の最も内奥のかくれ家である、南画的な世界への憧憬が、長篇の世界と対立して、「思ひ出す事など」や「硝子戸の中」を書かせ、傷ついた彼を文人趣味に遊ばせるようになるのである。

「虞美人草」以来、漱石が苦慮して来た西欧的方法による長篇小説構成の問題と、彼の内部的な「我執」の意識が共に発展して、「それから」の世界に合流していることは、以上に述べた通りだが、彼の扱つている「我執」と西欧的「自我」の本質の相違は、この作品を、ギクシャクとした不自然なものにしている。代助の像は鮮明に浮き出して来るし、それは確かに芥川龍之介の指摘するような、近代日本文学史上に稀有な典型的人物である。しかし、ここには決して中村真一郎氏のいうような、「緊密で美学的な快感」などはないし、この作品の成功の原因は「長篇小説として均衡を得」ているためでもない。このような要素は、武者小路氏の評したように、「それから」を「運河」のような人工的なものにしている丈である。代助の現実的な姿は、こうした人工的な背景から奇妙にずれている。ぼくらはここでも、長篇小説の美学的構成以外の所に、この作品の成功——それが仮りに成功しているとして——の原因を見るのだ。

「それから」での漱石の作家的な進歩は、その文明批評を、代助という人物の創造を通じて行つている所にある。これは、一歩を進めれば作家が自らの傷ついた内部を通じて、近代日本社会の病弊をえぐり出していることになるので、結局、この作品がぼくらを魅するのはそれ以前にはなかつた作家と作中人物との緊密且明瞭な関係が存在し、この人物に集約されたぼくら自身の戯画を見得るからである。そして、漱石が幾つもの幻滅を経験しつつ、ここに到達したように、代助の歴史も又幻滅の歴史なのだ。

代助が、「人格主義」の馬鹿馬鹿しさを熟知した甲野の如き人物であることについては、すでに触れた。つまり、この高等遊民は、かくあるべき——士君子の如き——知識階級などというものを信じない。彼は自らの正しさを以つて、他人の非をなじるような姿勢に、本能的な嫌悪感を覚える人間である。漱石が「夢十夜」などで露わにしている原罪感覚のようなものは代助の心中にも澱んでいる。その点で彼は決して選ばれた優越者ではない。同時に、この男は、そのような意識を持つていることに逆に一種の正当さを見出そうとしている。自らが正当でないことを知つている人間の正しさ、という幻想がこの主人公を捕えて、彼を nil admirari の中に惑溺させる……。「それから」の主題は、代助がこの種の幻想から急転直下にすべり落ちる所に発見されるべきである。

「我執」の醜さを識つている代助は、かつて自分のひそかに愛していた女を友人平岡に譲つた。彼にとつて、これが英雄的な行為であつたことはいうまでもない。彼は、犠牲的行為をした自らを正しいと信じ、その優越意識の故にそうしたのである。しかし数年経つて、全く落ぶれた平岡夫婦が彼の前にあらわれた時、事態は全く一変する。偽られていた「我執」が活動しはじめ、代助の幻想をはぎ取る。彼は三千代を平岡から奪わねばならぬ。彼は平岡に対して不誠実であつたわけでもなく、三千代に対して誠実でなかつたわけでもない。代助はその信ずる所では充分正当に行動している。しかしかつての犠牲的行為なるものを彼に保証する彼以上の力はない。つまり、代助は彼の「我」を一時的に留保したにすぎなかつた。彼を三千代に近づけるのは、彼の意志の制御し得ぬ運命的な力である。消去され得ぬ我を留保したまゝに行われた犠牲的行為——義侠心——の正当さを信じていた代助は、そのような中途半端な「良心」を信じた故に、破局へと追いやられる……。

これは完全な戯画化の過程である。かくあると信じていた自己の姿と、実際にそうである自己の姿との落差の大きさが、代助の姿をヴィヴィツドにしている原動力の一つであることはいうまでもない。こうしたデイスイリユージョンの過程を描いた芸術的小説としてぼくらは、ジエイン・オーステンの「エンマ」を持つている。「それから」とこの小説とは、かなり似通つた情況を有している。所で、「それから」は如何に、オーステンの小説と異つているか？　第一に、「エンマ」の女主人公の幻滅を支えその性格を支えているものは、小説の構成自体に存在する性格間の相互牽引作用である。しかし代助の幻滅を浮き出させ、この典型を描くために作家の用いた支柱は、この作品の中の文明批評乃至は文化論である。正宗白鳥氏が、「小説の中に雑録がまぎれ込んだのぢやないか」と評したこのような部分が、より多く、代助の性格——若しそれを性格と呼ぶならば——を支えている。いわば、代助は「文明批評乃至は文化論」性格なので、代助と三千代との恋愛心理や、例の「我執」の問題は、彼のこうした性格の影になつて、さほど明瞭には見えない。「三四郎」にあつた主題の分裂現象は、ここでも以上のような形で現れている。しかも、漱石はここで明らかに代助の創造に成功し、代助は典型的人物にまでなり得ている。そして、代助はその中に分裂した主題を併せ持つ所の典型的人物である。こうした性格の二面性——一方に於て社会的類型であり、他方に於て「我執」に取り憑かれた個人である——はジエイン・オーステンの主人公には見当らない。これは作家の才能の相違であるよりむしろ彼らの見ている現実の質の相違というべきであつて、代助のような典型を生む現実から、エンマのような純粋小説の主人公は造型し得ないことの証明でもある。漱石は、「それから」で代助の創造に成功したことによつて、逆に、日本に於ける西欧的長篇小説の限界を明らかにしているのである。

「それから」以後に於ても、漱石の長篇小説構成の努力は、幾度となく失敗を繰り返す。「門」はそのような失敗作であつた。笑止の沙汰というより他はない、主人公の参禅などは作者の苦しい姿勢を物語つている。「彼岸過迄」、「行人」、「こころ」の三部作では、探偵小説的前半と後半の独白が遊離している。彼の構成的な努力が成功しているのは、前半に於てであり、後半では、種明かしのような型で、「我執」の主題が反復され、その間には目に見えぬ断層がある。これは中村真一郎氏の定義によれば、恐らく長篇小説としての致命的欠点であろう。ある意味で、漱石の作品中最も高い芸術的完成を示している「道草」では、作家は、三部作の前半に見られる探偵小説的手法を用いて成功した。しかし出来上つたのは、傑作であるが一種の私小説的作品であつた。「明暗」で、作家は、「我執」の主題に集中している。この大作は他のどの作品よりも顕微鏡的世界を取扱つている。そしてその故に、極めて緊密な密度を有している。更に注目すべきは、「道草」及び「明暗」で、作者が、地名の明示をやめたことである。それを一例として、ここにはことごとに一種象徴的な雰囲気が漂つている。いわば、「漾虚集」や「夢十夜」の暗い内部世界は、それまでに作家の心を浸蝕したのであつた。

こうして年毎に暗さを増して行く作家の対人間的姿勢から逃れ出ようとするかのように、「思ひ出す事など」や「硝子戸の中」のような、美しい小品が書かれた。漱石の最も奥深いかくれ家である、この静寂を夢想している時、おそらく、彼の「我執」は慰められたのである。「則天去私」とは、人生に傷つき果てた生活者の自らの憧れる世界への逃避の欲求をこめた、吐息のような言葉でもあつた。

「明暗」を書き終えずに死んだ漱石が、あと十年乃至十五年の生命を得ていたら、再び、「猫」のような作品を書いたろうとはしばしば言われる言葉である。「明暗」はそのような可能性を秘めている。しかし実際には、第二の「猫」は誰によつても書かれていない。「白樺」は決して漱石の継承者ではなかつたし、芥川龍之介は漱石という大きな湖水から流れ出た一条の清冽な流れにすぎなかつた。漱石の系譜は絶えたかのように見える。それにもかかわらず、今日、漱石のぼくらに提示している問題は、以上のように大きいのである。ぼくらの試みたこの小論は、漱石とぼくらとの間に存在する、いまだに極めて生々しい関係に触れようとして書かれた。その意図の幾分かが達成されているなら、望外の喜びである。

昭和30年12月号

演劇の回復のために

——新劇を創った人々へ

浅利 慶太

あさり・けいた
（昭和8年～平成30年）
慶應義塾大学文学部仏文科在学中に劇団四季を結成。昭和30年に山川方夫の勧めで「演劇の回復のために」を「三田文学」に発表。ミュージカル文化を日本に定着させた。

既成劇壇の先輩のかたがた。僕らと貴方がたの間には、或る決定的な断絶があります。

僕はここで明らかにしたいと思うのは、僕ら、つまり新しく一つの劇団に拠つて演劇の仕事をしようとする一群の二十代の青年と、貴方がた、つまり築地小劇場の伝統を受けつぎ、吾が国の写実主義演劇の完成を目標にしながら、既成劇壇とよばれる、商業演劇を完成した人達との間にあるこの断絶のことなのです。

築地小劇場以来貴方がたの歩いて来た道はたしかに苦難の連続でした。貴方がたは、経済的困難、人々の無理解、無関心、それに政治権力の加えたさまざまの抑圧とたたかいながら、新劇とよばれる現代演劇に献身的情熱をかけ、今日の隆盛をきずき上げました。今日の新劇は、観客の増加によつて経営の黒字を実現し、商業放送の発達によつて生活を優に支え得る収入を得、ジャーナリズムの貴方がたに対する高い評価によつて、人々の関心を貴方がたの仕事に注がせるようにし、全てすばらしい安定の時代に入りました。もはや新劇には昔日のうすよごれた屈従と苦難の面影はどこにも見あたりません。貴方がたは勝利の証しとして、築地小劇場を出て以来の宿願だつた俳優たちの小劇場の建設に成功したのです。その努力は確かに偉大なものです。貴方がたの足跡は、この国で演劇の仕事をしなければならない者の直面する多くの困難を僕らに教え、僕らも又、この仕事をやりとげた貴方がたの情熱に尊敬を惜しまないものなのです。

けれども、それにもかかわらず僕らと貴方がたの間には決定的な断絶がある。僕らが偉大な成功を博した貴方がたの舞台にみるものは、尊敬と共に空虚さと不毛、つまり危機にさらされた演劇の姿なのです。

卒直にいいましよう。僕らが感じるこの断絶の理由は簡単です。それは、今まで僕らが、貴方がたの創つたどんな舞台からも、如何なる種類の感動も受けなかつたし、又これからも受けないだろうというただ一つの事実にあるのです。僕らが演劇に求めるものは貴方がたのそれとは根本的に相違しています。貴方がたの舞台をみて僕らの感じるものは、自分と関係のないところに展開される現実を傍観する焦だたしさと空しさ、退屈と嫌悪感だけです。僕らは貴方がたの舞台を観ていると息がつまつて苦しくなるか、馬鹿々々しくて笑い出したくなるかどちらかです。要するに僕らが僕らなりに生に不可欠のものとして求める演劇の魅力を貴方がたの舞台がなにも感じさせてはくれないということです。

けれども、不毛と断絶を宣言するだけでは貴方がたのうちに僕らがみる演劇の危機は救えません。既成劇壇とそれをとりまく小劇団のうちに共通してある、或る危機についての僕らの発言を解つていただくことは出来ないでしよう。大切なのは語りかけてみることです。たとえそれがいつものように誤つた無視と、滑稽な冷遇を受けるにしても。少くともそれは僕らの立場を明らかにすることにはなるのですから。僕らはここで、「演劇の危機」について、僕らから貴方がたへのおそらくこれが最初になり、最後になるだろう語りかけをしたいと思うのです。

なにから始めましよう。この二つの世代のへだたりは明らかです。この世代の間では「演劇」と云う言葉さへ違つた意味を持つのですから。誤解を受け易い言葉から解放されることが必要です。とすれば僕らはまず演劇の問題から離れなければならないでしよう。結局のところ演劇とは僕らにあつてはボートに於けるオールのようなものです。オールを動かすことが船を動かすことでありながら、目的はいつもオールを動かすことにはない。船を動かすことにあるのです、船とは人生です。僕らの、生きること、です。人生から話し始めましよう。そして、僕らの「人生」を通じて、僕らが「演劇」と呼ぶ名に与えるはつきりした意味ずけを明らかにしましよう。

何よりもまず僕らは、僕らがこの世界に生れて来たことの背理性に鋭敏な感覚を持ちます。背理とはこの世界と僕らの間にどんな合理的なつながりも認められないということです。この世界は僕らのためにあるとは思えないし、僕らも又この世界に生れて来た何の必然もない。僕らは何の存在の価値も与えられず、人生を生きるのだ。これが僕らの人生に対する唯一共通の態度です。人生は僕らにとつては、重たいだけで何の足しにもならない迷惑至極な贈りものにすぎず、この人生の中で僕らが感じるものは絶対的な孤独だけです。乏しい僕らの人生体験について語ることはしたくないし又必要ではありません。けれども僕らは生きることの中からこの倫理を学んだと云いたいのです。それが倫理とよばれるのなら、人生にとつて唯一の倫理である世界と人間との関係、僕らの生の背理性を。

僕らの生は無目的だし、どう生きても全ての行為は無償なのだ。生のうちから僕らがこのことを学びとつたとすれば、後の問題は唯一つ、この荷物を担うか否かを定めることです。けれど、この問題もなかなか簡単ではない。というのは、それが解つたからといつて生きる苦しみはなくなつてはしまわないからです。むしろ解つて生きるということは僕らの生が無償であることの空しさと、不安を一身にひきうけ、自分が神の位置に立つて全てを決定しなければならないことの負担を意味するからです。けれども僕らはいつも生の方を撰びたい。僕らはこの苦しみをたえることのよろこびを見出したいと思うからです。これは本来空しさの裏側にあるよろこびであり、絶望に隣り合せる希望なのかもしれない。というよりむしろ空しさであり、絶望であるものを僕ら自身がよろこびと希望として感じるのかも知れません。しかし、生の根本にあるこの背理と僕らが余計者であるこの世界になお生きることを僕らが固執するとすれば、これが人生に与える最高の意味ずけなのです。生が無償であり無目的だから死ぬということは、生の無償が自明である限り不毛な論理です。僕らはここに、虚妄の殿堂を打ちたてたいのです。そしてその仕事に生き甲斐を見出したいのです。「生きるということは生き甲斐を感じること」なのです。

人間に全ゆる先験的な価値がないこと、これは云いかえてみれば、人間が根源的に自由だということです。如何に生きるべきか、この問に答えるどんな至上命令も存在しません。人生が無目的であり、しかも生きることを人間が撰ぶとすれば、人生に意味を与えるのはもはや人間をおいてはないのです。人間は、この果てない自由の中で自分を撰ぶことによつて自分を決定することが出来る。つまり、自分を造ることが、自分自身になることが出来るのです。撰ぶということは勿論、行為することです。人間は自由な存在です。そして、この自由だけが人間の持ち得る唯一のものであり、人間の本質を規定するものなのです。人間の生とはこの自由の実現に向う全ての行為であり、もし生きることによろこびがあるのなら、その中にこそあるのです。

青くさい人生論はやめろ等と云わないで下さい。僕らは何も年代記を書くためにこの文を書いているのではない。このことからひき出される全ゆる帰結が、貴方がたと僕らとを明らかに区別することになると思うからです。例えば、人間が何者でもなくみずから造るものだという考え方は、僕らも演じ、貴方がたも演じるだろう舞台上の全ての人間像が、作家の主体性にのみ依拠し得る存在であり、決定論的な心理主義の支配する全ゆる一般的人間像を拒否して、貴方がたの方法論の根底に異議をさしはさむことになるのです。

僕達の「人生」は明らかになりました。問題を「演劇」にうつすことにしましょう。

僕達は、人間が生きることそのもののうちに演劇を求める何かの必然があると思うのです。生きている限り人間にとつて演劇というものは、必要であるという何かの理由が。

人生の現実とはその根本に、対立的なドラマを内包するということを僕らは明らかにしました。ドラマとは背理です。決して融合し得ない相対の地獄のことです。人間が何者でもなく、決断と行為によつて自分自身をつくるという自由と、如何に生きようと全ゆる人間的努力は無償であり、人生は無目的な浪費にすぎないという絶望との対立です。演劇とはこの根本的なドラマの反映であると僕らは思うのです。

人生が無償であり、人間は理由もなくこの世界に生れ、この世界の現実に生きやがて死ぬということは生にとつて唯一の絶対であり、これが人間の条件です。これは人間にとつて如何にしようと、どうにもならないものつまり人間を超えるものです。人間の生とはこの絶対をひきうけ、この条件に立つてぎりぎりまで自分の自由を主張しつづけるということ、つまり人間が人間をこえるものによびかけることなのです。演劇も又この人生のドラマの反映であると僕らは思う。歴史をみてもそのことは明らかです。演劇は吾が国を問わずヨーロッパを問わず、数千年の歴史を持つている。時間と空間のひろがりを超えて、人間と共に生きつづけて来たのです。このことは演劇が、時代によつても、民族性によつても変らない人間の根源的な条件が人間にもたらす何かの要求に根ざしていると云わねばなりません。いついかなる時でも演劇は人間にとつて不可欠のよろこびだつた。何故演劇がよろこびだつたのか、演劇の機能はそこに求められねばなりません。

演劇的機能の本質をカタルシスにあると断じたのはアリストテレスです。カタルシスとは生理的な排泄と同じような精神の病毒をとり去る作用のことを指すのです。人間は生きることを撰ぶ。生きる場は勿論この現実です。人間はその現実に働きかけ、そこに自分を実現しようとします。ところが現実は重苦しいし、耐えられない繁雑な日常の連続です。日常は人間の上に重くのしかかり、人間はこれに一つ一つ向いあつて生を実現してゆかなければなりません。人間は日々人生に内在する様々の背理にぶつかります。そうしているうちに人間には、丁度、水槽に水あかがたまるように、或る病毒がたまつて来るのです。病毒とは無気力です。無気力は人間の生活をしばり、どうにもならない非人間化の方へ人間を押しやつてしまうのです。仕方なく空虚なまま人生という時間をよぎつてゆく。何も為すことなく時に流され、やがて死ぬ。これほど人間の尊厳を傷つけるものがあるでしようか。それは、人間の基本的な尊厳である自由の実現を妨げるものです。演劇に於けるカタルシスとは、この病毒をとり去る作用のことをいうのです。人は劇場に教えを受けに来るのではありません。自分自身を癒やしに来るのです。癒すのは、日常の重い壁の中にかくれた人間の生の根本の位相を見、人間の見出した生き甲斐を確認することによつてなのです。

ギリシャ悲劇に例をとりましよう。そこにみられるものは人間と宿命との対立です。人間にとつて唯一先験的であり、普遍的である人間の条件は、創造主ジュピテルのもたらす宿命という形で人間たちの前にあらわれるのです。この人間をこえるものと人間との対立。ギリシャ人たちのドラマはそこにあります。ジュピテルによつて父親を殺し、母親と寝る宿命を負わされたオイディポースが、決してその宿命をのがれることが出来ず、最後にその宿命をうけ入れて自分の眼をえぐり、王位をすてて流浪の旅に出、やがて野の果てに死ぬ。そこにあるものは背理的な世界と人間の自由、人間と人間を超えるものの対立なのです。ギリシャ人たちはそのドラマのうちに根本の位相で捉えられた人間の現実、生の悲劇性を感じとり、人間の真の姿をみて、皮相的な現実の支える苦痛や馬鹿らしさ、不毛や空しさを超え、生きることの歓びを、充実した生を、つまり人間の自由を感じとることが出来たのです。アリストテレスはアッチカのギリシャ悲劇のうちからこの断定をみちびきました。

現代に於ても演劇のこの効用は変りません。演劇はそれが人間の生にとつて必然のものであるという点に於て、現代に於ても演劇以外の目的を持たないのです。演劇は直接的な現実に目的を持つものではない。もし人々を啓蒙することが目的なら、それは教育がやるでしよう。でなければ劇場はスライドをうつしながら講義する教室と何の変りもなくなつてしまいます。もし人々に知らせることが目的なら新聞がやるでしよう。もし人々に変つたものをみせ、好奇心を満足させることが目的ならきつとサーカスがその役目を果してくれるでしよう。劇場はそれらの直接の効用をこえた偉大な効用、つまり人がそこで生き甲斐を感じるという大きな効用を持つものなのです。演劇に於ける効用は、知らないものを教えることではなく、知つていることを謳うことそしてその意味を確認することの中につねにあるのです。劇場に来る人々は俳優に自分を托し、作家の言葉に身をまかせることによつて、そこに典型的に提出された人生を生き、確認してよろこびを感じるのです。このことは劇場というものがみせる場ではなく、一堂に会した人々が共に謳う場であることを明らかにします。最初サチュロス劇に於ける劇形態の発展をみましよう。最初サチュロスとその従者たちのともどもの踊りであり、祈りであつたこの劇は、次第に群衆を代表して、群衆に問いかけるサチュロスとそれに答える群衆に分離することによつて、俳優と観客という劇形態の発展を暗示します。コロスとしてそれに答えた群衆のうちから、次第にサチュロスに応える相手役、つまり能におけるワキがあらわれ、コロスは一歩しりぞいて観客になつてゆく。この演劇史上周知の事実は、演劇というものが、近代に於ていかに分業がたくましくなつたとしても、本来集つて一体になつた人々の謳いあげ、カタルシスにあることを示すものです。分業はまず俳優と作家との分離からおこります。やがて近代に来て俳優は再び演出者と分離し、演出者は装置家や照明家舞台監督などの、所謂裏方とよばれる人たちに分離してゆくのです。しかしいつの場合でもそれぞれの場に於て、演劇人たちの仕事は、演ずる主体である観客に奉仕することにあるのです。作者はオリヂナルに描くのだ。それは作者のオリヂナリティを犯すものだと人はいうかもしれません。しかしそれは間違つています。アリストテレスはこう云つています。悲劇の重要性は「脚色」すなわち「すじ」にあると。すじとは行為です。行為が重要だということは、この世界に於て、人間が行為によつてしか示されず又ドラマの根源にあるものは行為であることを意味するのです。行為は人間により自由のうちに決定されることに於て、書く人、つまり作家の主体の中に依拠するものです。それはあくまで、オリヂナルなものです。演劇に於ける作家とはつまり観客に行為を与えるものなのです。ある行為の帰結に導びき出されるものは、生の根本の位相でなければならない。観客はそれに参加し、カタルシスを得るのです。この行為が普遍的であるか否かは、つまり観客が共感して俳優によつて媒介されるその行為に身をまかせ、カタルシスを感じるか否かは、それが、人間の根本的諸条件を正しく反映しているか否かにあるのです。もしそれが根本に於て、自由の場に立ち、人間をこえるものに働きかけている行為ならば、それは全ての人の心をひきつけ、共通の苦悩、共通の歓びをよびさますことが出来るでしょう。大事なことはそれが自由実現の行為であるか否か、つまり作家の人間的諸条件に対する認識が正しいか正しくないかにかかつているのです。演劇に示される全ての人間の行為は、唯一の主題、つまりこの自由の主題をもつていなければなりません。

演劇が現実に直接の効用をもつものではなく、一堂に会した人々が生のよろこびを確認し、生にうつせきした悪血をとりさり、生き甲斐を感じるために行う、偉大な浄化の祭典であることはこれによつて明らかです。

以上僕らはきわめて図式的ではありましたが、僕らが人生とよび僕らが演劇とよぶものを明らかにしました。

人間と世界の関係は背理的である。人生は無償であり、同時に人間は自由を感じる。人間のよろこびは自由にある。生の先験的な諸条件は、この自由に対立的であり、それは人間をこえる。人生は人間と人間をこえるもの対立のドラマとしてとらえられる。演劇はその反映であり、演劇の効用はこれの生の根源の位相を明らかにし、人に真の人生をひきうけようとする勇気を与え生き甲斐を与える秘儀のうちにあり、決してそれ以外の目的をもつものではない。全ての演劇はこの唯一の主題、自由をもつていなければならない、と。この上に立つて僕らは、いささか、不遜と思われる貴方がたとの断絶を表明したのです。僕らはこれが演劇の真のあり方であり、真のよろこびだと思うのです。けれど貴方がたの舞台は何らそれを感じさせてくれない。「どんな舞台からも、如何なる感動も」与えてはくれないのです。その理由は簡単です。非常に多岐に分れているように見えても、貴方がたは、或る一つの方法によつて人間を規定しようとしている傾向、そしてそれに盲目的に反抗しようとする一つの傾向をもつているからです。その方法とは、19世紀的な決定論によつて人間を規定するという方法です。貴方がたの決定論は、性格や心理に於て人間をとらえ得ると断定する。ドラマの根源にある行為は、人間の自由な撰択の結果としてあらわれるのではなく、性格や心理の帰結としてあらわれるのです。けれどもそれは間違つていると僕らは思う。人間にとつては自由であり全ては人間が自分自身で造るものだという真理以外に真理はないし、人間をその行為によつて捉えるしか、人間を規定する方法はないのです。貴方がたの決定論的合理主義や実証主義は19世紀科学の産物です。依然として貴方がたは、ゾラやイプセンの用いた方法で人間を捉えようとしているか、結局は妥協である、無力で、まとはずれで、無意味な反抗をくりかえしているにすぎないのです。20世紀に入り科学の世界でも決定論は破産しました。けれども貴方がたの決定論に対する信仰は、教主を失つた宗教のようにちつとも変らない。貴方がたの創る舞台が僕らを感動させないのはそのためです。

問題は貴方がたの自然主義と写実主義とがよつて立つものに及ばなければならないでしょう。

ギリシャには確かにあつた劇の真の魅惑がどうして失われていつたかを、僕らは歴史に於てみることが出来ます。

ギリシャの詩人たちの時代が終り、その役目がローマの詩人たちの手にひきつがれるようになると、本来人間と人間をこえるものとの間にあつた劇の対立は、次第に人間と人間との間の対立におきかえられて来るのです。次第に風俗が描かれ、心理が問題にされ、行為に参加することのカタルシスに代つて生活を模倣することのよろこび、うまく再現された生活をみることのよろこびという俗流のカタルシスにと演劇は変貌して来るのです。やがてこの衰退は、ヨルダンの岸辺から海を渡つてユダヤ教がヨーロッパ全土をおおう中世の暗黒時代になると決定的になつてしまいます。

中世。それは演劇にとつておそるべき凌辱の時代でした。唯一神の時代とよばれる無責任な時代、神にとらえられた自由の時代、人間の虚妄をおおいかくそうとした空しい努力の時代に、本来自由をうたう演劇が受けたはずかしめは、徹底しています。この時代は供覧された現実以外に演劇とよばれるものはなかつた。こんなものは演劇ではありません。

人間にとつてと同様、演劇にとつても長い暗黒時代がつづきます。やがて、千年の後、演劇の歴史に不朽の名をとじめた天才達、シエイクスピア、モリエール、ラシーヌとよばれる詩人たちがあらわれて再び演劇の名に民衆の同意と共感をよびさます古典主義の時代がやつて来るのです。ルネッサンスに遠因をもつこの時代は、演劇に於ても中世的なものへの反逆として決定ずけることが出来ます。この時代に於て劇の対立である人間と人間をこえるものの対立は、唯一神の秩序と、人間の自由の対立と云う形をとつてあらわれました。モリエールは神の掟を嘲笑するタルチュフを描き、ラシーヌは許し難い姦通の女を描き、演劇は久しぶりに反逆の名に於て花開いたのです。しかしこの隆盛の時代も、我儘者のルイ14世がそろそろ自分の行為に不安を感じ、神の手に救われようとした時、その幕をとじることになります。一度神の側に立つたルイ14世の目に、ラシーヌやモリエールの芸術がおどろくべき破倫の声とうつつたのは当然です。彼はかつては自分もよいしれた歌声に弾圧を加え沈黙を強いることになるのです。この時ラシーヌの芸術もモリエールの芸術も終焉することになり、幸福なモリエールはこの時に死に、ラシーヌは筆を折つて以後は、一介の年代記の作者としてその名をとどめることになるのです。

ヴォルテールとアンシクロペディストの18世紀がこれにつぎます。18世紀を支配したヴォルテールの功績は、世界をおおう神の摂理の無効を宣言したことにあります。神の権威は打ちくずされました。そこでは、唯一神の鉄鎖をのがれた演劇が、再び自由の主題を謳うかにみえるのですがそうではなかつた。生の不安を仮托するためにユダヤ人のつくり出した唯一の神を失つたアンシクロペディストは、根源的な人間の現実、無のうちからこの世界に姿をあらわし、他人と出会い、生きてやがて死に、再び無のうちに消え、しかも人間は何者でもなく、人間を証す何者もなく、人間は自由であると云う人間の現実に直面して当惑し、始めて神の意味をみとめたのです。こうして時代は、貴方がたに決定的な影響を与えることになつた19世紀の決定論の時代に入ります。この空しい理神論の時代に、科学の決定論がかつこうの夢を提供してくれます。人間は普遍的な法則の上に立つて各自の個有のものを持つものだ。19世紀のリアリスト達は決定論的人間像を仮定し、人間を分析し再び綜合することによつてそこに到達することが出来ると信じたのです。テーヌは環境、生理、遺伝によつて人間を決定出来ると信じました。作家の努力は法則の具現である現実の人間をとらえ、環境をしらべ、生理を理解し、遺伝を追求して、その結果出来上る性格を描き、実地に検証して人間の本当の姿を描いたと錯覚しました。本来何者でもなく行為においてしかとらえられぬ人間に「法則」を夢想したのです。ゾラはクロード・ベルナールという生理学者の教科書にかりて、人間を解剖することが人間の真の姿を明らかにし、人間に裨益し得ると考えました。小説の時代がやつて来る。

「小説の圧倒的勝利の理由は、その心理分析の手法が、小説の本質に根ざしていると共に、近代的人間観の本質に根ざしているという事実を措いて他のどこにもみいだすことが出来ないのである。」やがてプルーストが分析の果てに見たものは、分析されつくしてばらばらになつた人間像、つまり不毛だつたのです。分析しつくした果てに人間は何者でもなかつた。そこにはただ不確定性があつただけです。決定論的人間像はなかつた。

近代劇は小説を模倣しました。演劇の世界は決定論と因果律の網の目にとらえられ混乱のうちにその効用を失つてゆきます。再び風俗と心理が描かれることになる。環境と性格がこのロンドに参加することになるのです。俗流のカタルシスは、科学の実証精神と結びつき、近代的人間像と結びついてかの酸鼻をきわめる19世紀写実主義の時代を現出するのです。リアリスト達は、本来、人間の生の問いかけの場として自由なひろがりを持つ舞台を、四枚の壁でとりかこみました。そしてその中に住宅を建て、人を住まわせ、出来るだけ本当らしく仕上げて最後にその一枚の壁をそつと持ち上げ、観客にその中をのぞく権利を与えてくれたのです。人がそこにみたものは「ありのままの現実」であり、生活を見まわせば成程いるかもしれない人間達であり、それ以上の何者でもありませんでした。そんなものをみるためなら何で人は劇場に来るでしよう。かれらはそこにいくぶんの社会正義をおりこみ、こんな現実があるのは不正だと主張したのです。なる程それは不正だつたかもしれない。けれど人々はそんなことなら劇場に来て教えてもらわなくても生活の中でいやというほど感じているといつたでしよう。社会に於けるどんな悪も、演劇にあつては自由の主題のうちに捉えられぬ限り意味を持たないのです。

演劇は失われました。


「このごろ劇場においでになりますか」

「いいえ、全然」

「実は私も」

たしかに、これがこの時代の演劇の姿だつたのです。

20世紀に入つてもこの演劇の喪失は回復されません。アントワーヌが、この上もなく不自由な「自由劇場」を創設し、ロシヤの劇聖が、過去を舞台に再現するため博物館に資料を求めに出かけて行くのです。要するにリアリスト達の劇場は、大学と新聞社と博物館とサーカスと演説会場の役割はものの見事に果してのけたけれど、劇場の真の役割を果すことは出来なかつたのです。アントワーヌの決定的な反逆者として、歴史における役割を果したジュヴェの写実主義に対する徹底した憎悪を引用して歴史を終りましよう。

「それは精密科学に心を奪われ、証明可能な且つ検証し得る真理のみを念頭に置く、奇妙千万な世代であつた。この世代は、自転車や蓄音機とともに、「問題劇」や「社会劇」を発見し、「思想劇」を生んだ。真実でありたいという欲求から、本物の門、本物の窓を備え、本物の植物で飾られ、本物の動物を登場させる装置によつて征服された、かの自由劇場の自由ほど不可思議なものはない。演劇術の本領は、舞台に本物の雨を降らせ、肉屋をあらわすに本物の動物の屍を以てし、船艙をあらわすに本物の石炭を以てし、居酒屋をあらわすに下着の洗える水を以てし、洗濯場をあらわすに本物の亜鉛の立飲場を以てするにあるかの如くであつた。ありとあらゆる脚本が正真正銘の植物や動物を舞台へ連れ出した。人を小馬鹿にしたような自然らしさの中に配置されたジェラニュームと羊、葦と牛、牝鶏や鴨や兎などが、演劇の祭典に顔を出し、労働者の闘争、ストライキの風景、家族制度や姦通や離婚、さては梅毒やフェミニスムなどがもつぱら論ぜられる、晴れの儀式に参加したのであつた。」「演劇は、正確さと本当らしさのために、その真実性を失つてしまつた。演劇の真の幻覚は息の根を止められ、永久に消滅しようとしていた。精神的なるものの時代は終りに近ずきつつあつた」

これが写実主義の姿です。そしてジュヴェは演劇の真のあり方を次のように語りつぎます。「若し今日の演劇が或る方向に進むとすれば、……偉大なる世代の演劇的関心への復帰かの永遠の問題への復帰、一堂に会した人々の間に秘密な了解、共通な、互に頒ち合える快楽を創り出し、其処に感受性と共感とを交換し、呼びかわそうとする人間的な配慮への復帰、ただこればかりしかない。それは演劇の真の伝統への復帰である。」

貴方がたの演劇はヨーロッパ近代劇の伝統をうけついで出発しました。貴方がたは小説を模倣した演劇の伝統を受けついで出発したのです。病気にかかつた演劇が貴方がたによつて受けつがれたのです。築地小劇場の出発に当つてロシア・リアリズムの演劇が決定的な影響を与えたことは明白です。そして今でもその影響は厳然として残つている。僕らが貴方がたのうちの最良の批評家にさへ不満を感じるのはそれです。貴方がたはドストエフスキイの側からではなく、スタニスラフスキイの側から出発したのです。貴方がたの演劇の王道は、演劇に於ては生命を持つことが出来ない写実主義の盲目的なくり返しにすぎないのです。

貴方がたの方法とよぶものを問題にしましょう。そこで問題になるのはスタニスラフスキイ・システムです。

スタニスラフスキイ・システム。何と飽くことなくこの名がよび交されたことか！　既成劇団であろうと、小劇団であろうと、自立劇団であろうと学生劇団であろうと、この教義に従わぬものは演劇ではないような云い方を貴方がたは平然としています。この教義、現代の名優と呼ばれる人たちから映画のニューフェイス、放送劇団の研究生までを縛りつけているこの教義は、貴方がたによればそもそも何なのですかと僕らは問いたい。そこにあるものは小説に於てすでに破産した方法の、演劇に於ける適応以外の何ものでもないのです。芸術家としてのスタニスラフスキイは偉大だつたかもしれない。ゾラやバルザックやフロベールが、方法論に於て誤つてもなお作品に於て偉大だつたように。けれどもスタニスラフスキイの方法は間違つている。それははつきりした決定論にしたがう実証主義の方法だからです。それは不毛の方法です。「自然が新しい現象を生物学的に創造するにしろ、想像力によつて創造するにしろ、法則が有機的自然を規制していることを確信するだろう。君たちがその真理を理解しなかつたり、自然を信頼しなかつたり『新原理』や『新根柢』や、『新芸術』を考案したりしようとさへしないならば、君たちは道に迷うことはあり得ない。自然の法則は例外なく一切を繋縛している、それを破るものこそ禍なるかな。」こんな法則なぞ僕らが人間を証す何のたしにもなりません。スタニスラフスキイの方法は常に人間に普遍的な心理的法則を予想しています。例を上げましよう。「もしもの魔術」を云うものです。リアリスト達にとつては舞台上の人間の行為というものが、本来、人間の諸条件の認識の上にえらばれている点に於て常に観客にも俳優にも内面にある人間ではなく、客観世界の見知らぬ人のものなのですから、それを行うためにその人になりきることが常に必要です。ここで俳優は自分に問う。「もしも自分なら。」この問いが成り立つためにはまず人間が他人と共通の法則を持つことが必要です。ところが人間にそんなものはない。貴方がたが最大公約数に頼るとしても、最大公約数の壁をふきぬけるすき間風が、もしも自分ならああはしないというきわめて簡単な結論を生み出してしまうのです。

スタニスラフスキイの方法は常にドラマに於ける人間の行為が、性格から出発し、古典心理学によつてその帰結に導き出されるという空しい断定に先立たれている点に於て本来無効のものです。その方法とは、行為の源として考えられる性格というもの、つまり心理に於て決定的であり、個に於て自律的である人間像に、他者としての俳優がなり代り、その行為を真似る技術にすぎないからです。行為は決して心理や性格によつて測ることは出来ません。行為の果てにあるものは性格ではなく、その行為を撰んだ唯一の態度であり、演劇にあるものは行為だけで、性格や心理により決定的な人間像があるのではない。俳優は性格になり代るものではなく、態度を自己を媒体として開示するものなのです。人間は何者でもなく、そして自由な存在です。古典心理学は虚偽であり性格は仮空の夢にすぎない。とすれば生憎な話ながらこの方法はドラマに於ては完全に無効であり、その体系はリアリズムの巨大な墓標を示す以外の何の意味をも持たないのです。

俳優にとつて重要なことは唯一つ、自己を開示する能力を得ることに他なりません。開示するとは、演ずる主体である観客と合体すること、観客を自己のうちに迎え入れ、共に行為することそれだけです。作家は行為を与える。俳優は行為を自己を媒体として開示する。作家の呈出した行為に、人間の諸条件の正しい認識が必要ならば、俳優にもそれが必要なのです。俳優は何よりも自由な人間でなければなりません。自由は俳優にとつて鏡の役割を果すものです。自由の鏡に照らすことによつて、俳優は作家の呈出した、条件の具現である状況と、そこで撰ばれた行為とを理解し、実感することが出来るのです。俳優にとつて重要なことは常に方法を学ぶことではなく、資格を得ることです。俳優の資格とは自由を告知する知性と、その後に多くの人々を自己のうちに迎え入れる豊かな感性をもつこと、それをおいてはありません。くり返して云いましよう。俳優にとつて重要なことは方法でも技術でもない、知性と感性、唯それだけです。貴方がたは、貴方がたもかつてそのドラマに参加したことのある作家が「芝居はイデエだ。イデエなくして何のドラマツルギーぞや。何の舞台技巧ぞや。何の職人的作劇経験ぞや。」という時、その言葉をどう聞くのですか。

貴方がたはよく僕らにこう云います。「性格が描けていない」性格とは何でしょう。人間は性格によつては捉えられない。行為によつてしか捉えられないのです。人間の行為は性格や心理によつて説明出来るものではない。行為とは全ゆる世界に対して人間が決定する態度のことなのです。貴方がたの性格とよぶものは、行為の後でその結果を漠然と綜合したものにすぎない。人は性格によつて悪者になるのではない。行為によつて悪者になるのです。貴方がたが悪者たちの最大公約数で性格というものをつくり上げるにしても、そんなもので僕らが舞台に表現する行為を測るのはお門違いです。僕らの舞台を批判しようとするのなら、常に作家が呈出した行為の意味を僕らが実感しているか否かを裁く立場に於てのみ、観客と一体になるために自分よりよく開示し得ているか否かを裁く立場に於てのみ僕らを責め批判しなければなりません。それ以外の立場からのどんな忠告も僕らにとどくことはないでしょう。この上にもし貴方がたが作家の呈出した行為の意味を理解することが出来ないとすれば、それはもう論外です。

現代演劇の危機は、写実主義の病気が演劇の機能そのものを脅やかしている点にあります。けれどももしそれだけなら、問題はそれほど複雑ではありません。一番の危機は無目的な反写実主義の害毒と、演劇をみせものに堕落させる商業主義の害毒にあるのです。貴方がたの或る人は僕らにこう云います。「もうリアリズムは駄目だ。演劇はもつと本質的な魅惑をとりもどさなければ。」なるほどたしかにその通りです。しかしその人たちの云うことをきいているとどうも額面どうりに受けとれぬ節がある。大抵の場合その人たちのは、リアリズムに飽きたのでそれをまぎらわす媚薬を新しい演劇に求めている。その人たちの云う台詞はきまつています。「面白味《シャルム》」であり、「詩情《ポエジー》」であり、「幻想《ファンタジイ》」なのです。その人たちは劇場を現実逃避の場にしようとしているのです。それはとんでもない間違いです。劇場は大学でも新聞社でもない代りに断じて阿片窟ではないのです。阿片窟であるよりは未だ大学の方がましです。

演劇は人間と人間をこえるものの対立だと僕らは断定しました。現代に於ては、政治的権力、社会のメカニズムの持つ強圧も人間をこえます。人間はさまざまの先験的条件と共にそれらの条件に対しても対立的です。現代がこのドラマを持ち、僕らが現代に生きるとすれば、現代のドラマは避け難くその反映でなければなりません。劇場の使命は現実を逃避し、現実を忘れることの中にあるのではなく、現実を確認し、そこに生き甲斐を見出すことにあるのです。上演される作品の価値は、それがもつ「詩情」や「面白味」や「幻想」の度合によつて決定されるのではなく、作家が生きた現実の生々しい実感の露呈のうちに求められねばなりません。新しい演劇の魅惑は散文にリズムを足しただけのものではないのです。

現代演劇にはそうした危険な遊びが流行しています。或る劇壇出の新進作家は、ただそれを書くためにだけリアリスト達が心理的必然とよぶロジックを無視したドラマを書きました。それはリアリスト達に反逆するという点で意味があるかもしれない。けれどそれだけのことです。その人は常に自分の立場をあいまいにしています。主題をあかさない。人間はたしかに行為にしか示されない。しかし行為は常に態度のあらわれである限り、一つの立場に帰着出来るものです。丁度生きられて後初めて人生が明らかになるように、行為は必ず軌跡によつてあらわれる。軌跡の果てにあるものは、その行為をなした人の撰んだ唯一の立場であり、主題であり、生の根源にあるものが明らかになるのもその立場を通じてなのです。立場をあいまいにすることはどんな意味からも撰ばないということであり、それは現実に対する態度保留、卑怯な自己韜晦、現実に対して目をそむける逃避的な態度のあらわれとみなければなりません。もし一つの立場を撰らばなければ、行為はあり得ず、ドラマはあり得ない。その人の書くものはドラマではなく、ドラマ以前、つまりドラマを書かずに作家であることを主張しようとする虚栄の日記帳にすぎないのです。それは演劇ではなく唯の遊びにすぎません。リアリスト達は驚いて目をみはる。それが「面白味」であるのなら僕らはそれを、素朴で低俗なナルシスムとよぶでしょう。

「詩劇」と称して言葉のリズム感、音楽性をのぞむ人があります。詩劇とはそれが根本において劇である限り、人間の行為を描くものに他ならないと僕らは思います。詩劇とドラマの違いは、ドラマに於ては言葉が常に手段であるのに比して、そこでは言葉がある目的性を帯びて来るものだということです。詩劇は抽象的です。勿論このことは詩劇を否定することにはなりません。僕らはここで様式の問題には触れていないのですから。唯僕らの云いたいことは現実に於て詩劇は不可能だろうということです。詩劇というものは常にある安定した言葉を持つ時代に初めて可能になるものです。言葉の安定がなければ言葉に目的性を与えることは出来ないのです。現代は様式を喪失しています。現代のように動揺のはげしい社会に生きて詩劇を求める人がいるならばその人は悲劇的です。その人は時代を誤つて生れて来たアリストクラートなのですから。その人たちには僕らは、詩劇を捨てなさいと忠告します。僕らが問題にしたいのは、詩劇、詩劇と云いながら、言葉のリズミックな列べ方に大いに興味をもつて熱中しはかない脱出の希望を、言葉の音楽性と幻想、リズム感と面白味、つまりその人たちの詩情《ポエジー》とよぶものの全てに見出し、陶酔しようとしている人達のことです。その人たちは演劇を失つています。その人たちのつくるものはいつでも装飾された逃避的なリリシズムでしかないのです。

装飾は全ゆるところに見つけられます。例えば舞台装置の中に。リアリスト達の舞台は現実そのままの環境をそこに再現することにあります。演劇にあつてこの無意味さは自明です。ところが最近の舞台装置には妙にケバケバしい様式化の傾向があらわれて来ました。一部の人を除いて舞台装置家がそうするのは明らかにリアリズムの舞台に飽きて来たからです。それは単なる飽和、リアリズムの派生的傾向であつてその根本に於てそれ以外のものではないのに如何にも新しい演劇の段階の如く示されています。リアリズムに於ける舞台装置の堕落が、日常生活の綿密な模倣によつて観客の想像力の経済を企て、常に普遍的な生の問いかけの場であるべき舞台を具象の中にひき下し、観客を疎外させて傍観者の立場へおき演劇本来の歓びを見失なわせたことの中にあるのなら、真の回復は再び舞台に普遍性をよみがえらせることにある筈です。装置家も又俳優と同様の知性を持たねばなりません。そして作家の呈出した行為を実感し、作家の立場に立つて舞台を構成しなければなりません。舞台装置における如何なる構成も、配色も、作家のもつ主題からの規定をうけねばならないのです。もしその正しい主題にもかかわらず、作家が自分の書斎の模様変えの趣味のように舞台にさまざまの日常的指定をおくとすれば、その主題の名において作家の馬鹿げた趣味を無視する正当な理由が装置家にはあるのです。主題の視点から行われる視覚的な構成、これを措いて舞台装置の方法はなく、これを持たない簡略化、様式化は単なる遊びとしか云うことは出来ません。こうした遊びはかぞえ上げればきりがない。これらの遊びは全て、演劇の危機を救い難くするものだと、僕らは思います。これが僕らのいう、盲目的な反写実主義の害毒です。

商業主義の害毒とは、演劇を単に、報酬を得るためだけの手段にし、演劇本来の効用を衰失させてしまうことにあります。そこでは演劇はみせものであり、それ以外のなにものでもありません。商業主義は貴方がた全てにみとめられます。貴方がたの商業主義にあつては、どんなドラマも貴方がたの立場の反映はみられない。それは、年々うつり変るファッションのように、商業的成功を予定するコマーシャルデザイン以外の何ものでもないのです。貴方がたのレパートリイの系列はそのことを物語つています。貴方がたは「新芸術」や「新根柢」は拒絶するようにしつけられている。だのに貴方がたのレパートリイ系列にはそうした「新根柢」を持つた作品が平気で顔を並べているのです。貴方がたはそれらの作品を上演する何の必然性も持たない。そうした無節操な混乱は観客をドラマ本来のよろこびから疎外し、作家を絶望におとす点に於て計り知れぬ害毒を持ちます。

貴方がたの商業主義にあつてはリアリズムさへ商標にすぎないのです。リアリズム演技の確立を目指した貴方がたの「演劇アカデミズム」も、現在ではこの商業主義の泥沼に落ちこんでしまつていると僕らは思います。けれど演劇は失われたのです。俳優の食生活はたしかに保障されたでしよう。

貴方がたは職業俳優を生産しようとして俳優学校をつくつた。

けれどもそこから生れたものは唯、話すことと動くことをもつて職業俳優を任じ、ナルシスを気どる小紳士たちだつたのです。貴方がたは俳優が学校で育つものだと信じた。その誤りは問わないにしても、貴方がたが教養として教えたリアリズムを生徒たちが信じながら方向を失つたのは当然です。貴方がたの舞台はそれさへ示し得ていないからです。現在の貴方がたの方法はリアリズムではない。素朴な経験主義にもとずく生活の模倣、ただそれだけです。貴方がたの舞台の何処に「細部の真実性の他に、典型的な情勢における典型的な性格の表現」がみられるでしよう。貴方がたの舞台は模倣によつて物語を展開し、観客を行つてみたことのない花園に遊ばせる見世物に堕してしまつているのです。時たま貴方がたは「社会劇」にリアリストの良心を示す。貴方がたはよく、反ナチレジスタンスや、アメリカ南部作家の作品を上演する。僕らは社会におけるどんな悪も演劇にあつては自由の主題に於てとらえられぬ限り、意味をもたないことを明らかにしました。しかしもし貴方がたがリアリズムの方法論を徹底させるなら、何故無名の新人の、力弱いものでもいい、アメリカ帝国主義のメカニズムに支配された日本の現実を描くドラマを撰ばないのでしよう。ナチスドイツの暴虐よりは、日本という現実で捉えられるアメリカ帝国主義の暴力の方が、より複雑で、悲惨をもたらすことは貴方がた自身がよく知つている筈です。もし貴方がたがそのリアリストとしての道を徹底させて来たのなら、貴方がたは作品の弱さをカバーするだけの力と、良心を持つている筈です。貴方がたが、反ナチレジスタンスでお茶をにごすとすれば、それはリアリズム自身に対する侮辱だろうと僕らは思います。勿論、僕らは妥協を否定しているのではありません。現実に対して妥協するということはいつでも必要です。けれども貴方がたの場合は、妥協にも限度があると云いたいのです。それは妥協ではなくはつきりした商業主義のあらわれだと僕らは思います。

貴方がたの演劇は現代の商業主義にのつて堕落し、全ゆる逃避的傾向と結びついて演劇の危機を救い難くしました。リアリズムと盲目的反リアリズム、そして商業主義、これが僕らのいう演劇の危機なのです。

「演劇の危機」は明らかになりました。僕らの語りかけは終りました。

最後に僕らは、それを救う道はどこにあるかということを考えてみたいのです。これは非常に難しい問題です。その解決はまず貴方がたがそれに気づいてくれることになければなりません。その上に、これが致命的である作家の不足が問題になるのです。現在僕らが劇作家とよべる人はほんとうに数少い。作家の創作意欲を刺激することが大切です。そのためには満足な上演をもつてこれに応えなければなりません。次に外国のものでもよい、演劇の根本の機能と効用を果し得る作品と飜訳上演すること。可能性をもつ新人の作家の作品をどんどんとりあげ舞台にかけることが大切です。それが作家の不足を救う道であり、現実に考えられる危機を救う道なのです。

僕らはこの文を通じ、唯一つのことを云いつづけて来ました。僕らは語りかけました。もし貴方がたがこの語りかけを無視し、この危機を理解しないとすれば結果は唯一つ、僕らと貴方がたとの断絶は決して救われません。僕らは絶望するよりないでしょう。「貴方がたが創つたどんな舞台からも、如何なる種類の感動も受けなかつたし、これからも受けることはない」のですから。僕らは再び故加藤道夫氏が僕らの拠る劇団に遺した言葉を確認し、僕らの演劇に対するたえざる努力をつづけるより他ありません。

「彼等が現在の新劇に何物も誇るに足る美点を見出し得ないとすれば、その点にこそ彼等の希望がある。生きる権利がある。」

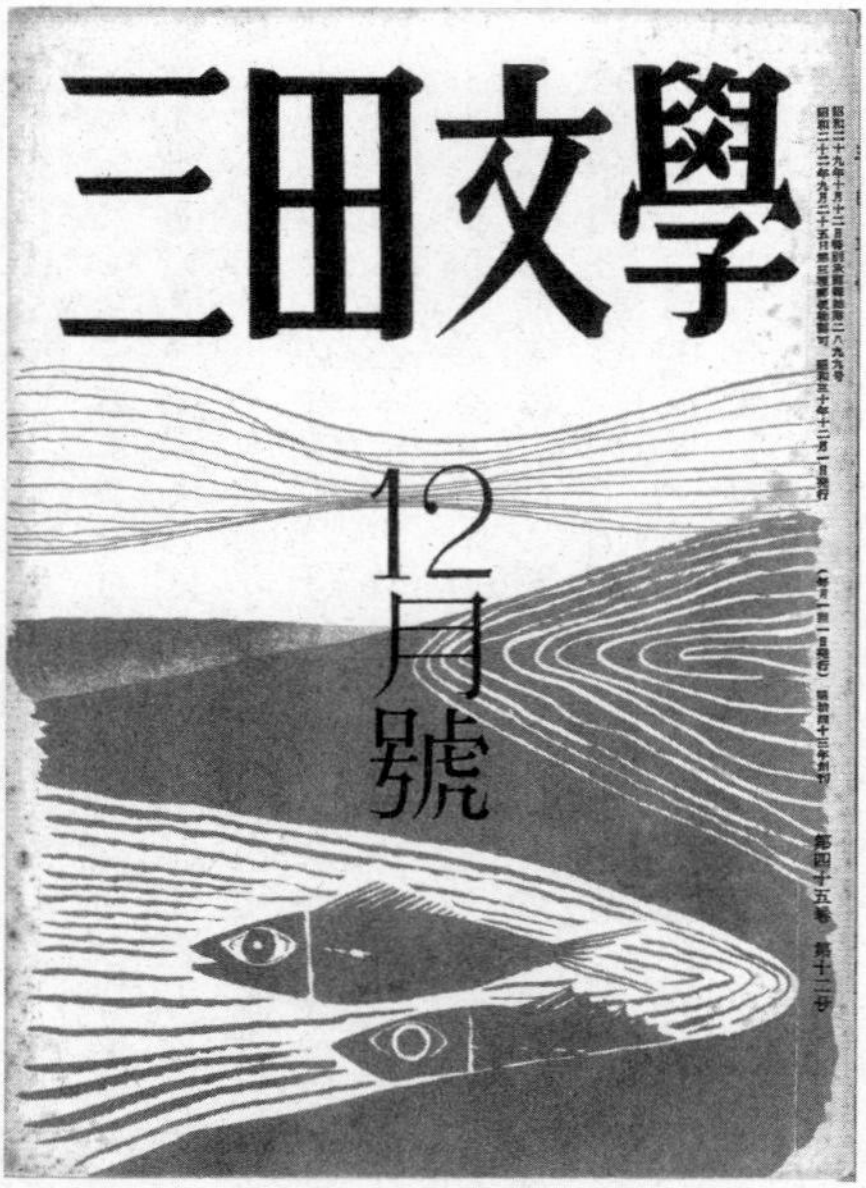

昭和30年12月号表紙

短歌原論を夢見て

平成28年夏季号〜平成29年秋季号

岡井 隆

©Akira Soda

おかい・たかし
（昭和3年〜令和2年）
慶應義塾大学医学部卒。内科医師。昭和31年に第一歌集『斉唱』を出版。代表作に『禁忌と好色』（迢空賞）や『ウランと白鳥』（詩歌文学館賞）がある。

一

短歌——うた、あるいは歌《うた》と言いならわしている——を作っては、諸雑誌に発表している。つまり歌人ということだが、そう単純でもないのは、歌や詩や詩歌人の生涯や詩歌人の生き方について、また、時には、散文作品についてまで、評論を書いているからだ。うたを作ると共に、文を書いている。それらを総体として自分の生活の内に含んでいる。

短歌ってなにか。五音七音五音七音七音という一定の音数律をもった一行の詩、などといった定義によって説明できる部分は、意外に小さい。歌という詩を作り、それについて書く生活経験の中で、短歌という定型短詩がうごめいているわけだ。たとえば、

をりをりは四大仮合《しだいけがふ》の六尺を真直《ますぐ》に竪《た》てて譴責《けんせき》を受く　森鷗外「我百首」

は「時々は、この身体をまっすぐに立ててお叱りを受けることがある」といった意味だ。語釈として「四大仮合」という佛教語を調べて、なぜこんな言葉を鷗外は歌の中で使ったのか考えてみる。鷗外は小説「ヰタ・セクスアリス」を「スバル」に載せて発禁処分になった時陸軍次官石本なにがしから戒飭《かいちょく》（謹慎処分）を受けたと伝えられる。しばしば上官と対

立した自分を、イロニーをこめて右の歌の中に描き出したということができる。この時、鷗外は短歌という道具を使ったのである。「我百首」を書いた頃の鷗外は陸軍省医務局長という官職にあった。鷗外の略伝ぐらいはかたわらに置いて読まないと、一首の歌を愉しく鑑賞することはできない。意外に、歌は、小さい割に面倒な存在だ。

たまきわる内村ヨナタン鑑三は信《しん》を得て疑《ぎ》を増やしたりけり
島田幸典《ゆきのり》『駅程』

現代の短歌のいくつかを例示してみる。島田は京都大学教授で政治学者であるが、わたしの友人で「神楽岡歌会」という無記名互選歌会を月一回開いており、その中心人物だ。今、四十三歳。例歌は三十代の頃の作品で「ヨナタン　序詞の試み」というタイトルのもと五首が並ぶうちの最初の歌だ。序《じょ》詞《ことば》は、枕詞と同じく古典詩歌のレトリックの一つだが、ふつう「たまきわる（たまきはる）」は、五音であるから枕詞に分類されるところを、島田は「序詞」だといっている。わざとそういっているのは何故か。「たまきわる」が「うち」を引っぱり出すところから内村鑑三がよび出されたのはわかるが、内村と鑑三のあいだにヨナタン（クリスチャン・ネーム）が挿入されて、第二句が八音に近くなっているあたりの韻律分析もやってみたくなるところだ。「信」つまりキリスト教徒としての信仰をえたこと（洗礼名がそれを暗示している）によって、いよいよ「疑」を深めたとは何か。鑑三の、よく知られた『余は如何にして基督信徒となりし乎』（鈴木俊郎訳）を再読してみたくなるではないか。この一首から、古典和歌のレトリック論議が始まってもおかしくないし、内村ヨナタン鑑三を材料にして宗教論または無教会派のクリスチャンの、日本という風土に容易に根付かない理由を考えこみつつ、島田幸典という少壮政治学者のことを思うのもわるくない。

両脚《ママ》は池を渡つて来るやう《ママ》だ閲覧室のしじまを抱きに
魚村晋太郎『銀耳』

京都の「神楽岡歌会」のメンバーの一人魚村の、比喩（喩法）の目立つ歌を挙げてみた。「両脚《ママ》」とか「抱」くとかいうのは何か生物を思わせる喩法だが、喩法が現代短歌の技法の一つとなったのをこの歌あたりをとっかかりに考えてみるのもいいだろう。

午後ずつと歩いてゐたり音たてて耳の中をゆく水路に添ひて
河野美砂子『ゼクエンツ』

神楽岡歌会の仲間の一人河野はプロのピアニスト。そのことは外に置いてこの歌の喩法を、島田や魚村の歌と比べながら喩法の論点を深めることもできる。

二

歌を作り始めて、それほど時が経っていない一九五一年に、塚本邦雄の歌に出会った。一番、奇異に感じた技法は、句またがりであった。短歌は、五音七音五音七音七音という音数律からできており、初句から結句までの五つの句は、きれいに分かれているものと思っていた。ところが、

革命歌／作詞家に凭り／かかられて／すこしづつ液化／してゆくピアノ　　邦雄

のように、各句の区切りを越えて次の句へとまたがっていく――意味の上でまたがっていくわけだが、これはすでに明治末に、西洋詩学で〈またぎ〉（アンジャンプマン）として知られて紹介されていた。しかし、これを実際に多行定型詩（ソネットやバラッド）に応用する人はいなかったし、まして、短歌の各句のあいだに応用する人はいなかった。

塚本邦雄の句またがりの例をもう一つあげておこう。

盗賊の／むれにまじりて／若者ら／ゆき果樹園に／せまりくる雨季　　邦雄

「盗賊に」ではなく「盗賊のむれ」。下の句の「ゆき」を「通りすぎつつ」などとしたら、句の境はたもたれるかわりに、「果樹園に」が入らなくなる。つまり句またがりは、正調の和歌では入らないような字句を入れるための仕掛けとして働いた。その代り、正調の和歌のリズム（音数律）は犠牲にされるという技法である。

一九八七年俵万智の『サラダ記念日』が出て、口語調の歌の句またがりの力を世に示した。句またがりという、古典和歌では考えられない、現代の短歌の技法を定着させた。

ハンバーガー／ショップの席を／立ち上がる／ように男を／捨ててしまおう　　万智

愛人で／いいのとうたう／歌手がいて／言ってくれるじゃ／ないのと思う　　万智

特に分析する必要のないほど明解な歌だ。古典和歌の句構成なら、入るはずのないフレーズが二句三句とまたがることによって歌の中へ入ってしまう。意味の要素が増加するかわりに、韻律の美しさは損なわれるが、そういう破壊的な手法の、こわし方のおもしろさも加わってのことだろう。

句またがりは、それほど烈しくない形で、せいぜい一箇所だけまたぐ位のところではあるが、現代の若い世代にも引きつがれている。ごくあたり前のレトリックとなっている。

もう一つ、これは正岡子規によって導入された、反古典和歌的な――つまり近代特有の技法、というか、習慣がある。それは「連作」という習慣である。

歌は、近世までは、一首完結の詩であったが、それを数首つなげて、物語性を生むという、和歌からみれば異端の方法が案出された。もと俳人である子規には、連歌俳諧や連句の習性があり知識があった。数首の歌をつなげて、一首では言えないことを言う方向へ踏み出す契機はあったろう。

それと、もう一つ大きいのは、句またがりと同じく、西欧の詩の翻訳あるいは知識が明治になって大量に輸入されたことである。

一例をあげる。（有名な「瓶にさす藤の花ぶさ……」を例示するのは、また次の機会にする。）

明治三十三年（一九〇〇年）

秀眞に（五月十日）

今日ゆのち新聞おくる新聞の月々の代は払ふに及ばず

原千代子《はらちよこ》きのふ来《きた》りてくさぐさの話ききたりかすてら喰ひつつ

たて川のさちをよべ来てくさぐさの話ありたり君が身につきて

なりはひも大事《だいじ》なりけりつきあひも大事《だいじ》なりけり名をあぐるにしかず

たしかに四首あってこそ一つの話、物語が成り立つ。それにしても親しい同志のうわさ話ばかりで、内向きだ。連作によって得るところも多かったろうが、失うものもまた、あったのではないかと思わせることだ。

三　円空と良寛

名古屋市の企画した〈ナゴヤ面影座〉の第一回の文化祭によばれて円空（江戸時代の奇人といわれ、円空仏とよばれる木彫仏で有名な僧）について、松岡正剛氏と共に話し合ったり松岡氏に教えられたりした。わたしの主として話したのは円空の作った短歌についてであった。

心から　覚《まな》べはよしと　云《い》ふ道の　もろこしまでも　事はからじ　　円空

天地《あめつち》も　清き御舟の　池ならば　法《のり》の蓮《はちす》の　世に浮かぶらむ

楽しまん　心と共に　法の道　月の京《みやこ》の　花の遊びか

わたしは『円空』（長谷川公茂）から引用している。句と句のあいだに一字あけがある。「法《のり》」とか「覚《まな》べは（ば）」とか、特殊な約束のよみ方や、書き方がある。内容は、仏教の「法《のり》」の道に精進する一人の僧の思いが、決して巧みではない技法によって歌われている。作者に巧みへの指向がないわけであるが、それはどうしてなのか。

自分の歌をみがき上げるため、技巧・レトリックを駆使する、現代のわたしたちの歌とどこが違うのだろうか。宗教心とか宗教思想をうたう現代短歌は、決して多くないが、しかし、老いのふかまると共に、宗教的な絶対者（神とか仏とか）に向かって祈る歌が、ひそかにふえていっている筈だ。しかし、現代短歌は、このテーマを、今までのところ、生活詠や思想詠や政治詠の外に、置き忘れて来たように思える。

二万体あるといわれ、愛知県にもっとも多く残っている円空仏の「微笑み」をうかべた顔を荒子観音寺で眺めながら（拝みながら）いわゆる道歌（仏道をうたう歌）といわれて来た円空の歌を読んだり論じたりしているうちに、現代短歌がさけて来た分野について考えることになったのだ。

『梁塵秘抄』

ほとけは常にいませども

うつつならぬぞあはれなる

人のおとせぬあかつきに

ほのかに夢にみえたまふ

中世の歌謡の中に、成熟した宗教思想をうたうことのできた日本人。五七調四行の中に、つねにそばにいて下さるにもかかわらず目には見えない神仏（絶対者）を起承転結の技もあざやかにうたい上げている。

しかし、これに匹敵する歌は、和歌はあっただろうか。近代になってからは、いろいろと試みた人はあるが、やはり、道歌っぽくなってしまう。『梁塵秘抄』の歌謡に負けないぐらいの濃い宗教歌があってもいいではないか。

ここで思いうかぶのが、僧良寛の歌である。良寛の前に西行もいるという人もあるだろうが、近世も幕末に出て来た歌僧である良寛は、円空の道歌と対照的な歌い方だから、おもしろいだろう。

かすみたつながきはるひをこどもらとてまりつきつつこのひくらしつ
鉢の子をわが忘るれどもとる人はなしとる人はなし鉢の子あはれ
たらちねのははがかたみとあさゆふにさどのしまべをうちみつるかも

いかにもリズム、韻律のゆたかな歌いぶりである。同じ母親をうたった次のような円空の道歌とくらべて、ため息をつきたくなる。木曽川の氾濫によって死んだ母を少年の記憶の中にしまって歌っている。

わが母の　命に代る　袈裟《けさ》なれや　法《のり》のみかげは　万代《よろづよ》をへん　円空

朝夕に佐渡の島をみている良寛との違いはなんだろう。どちらも寺僧とならず、一生を修業についやしたことでは同じなのであるが、と思いに沈むのである。

四

富山市にある、高志の国文学館の企画で「風土と詩心」というテーマで話をしたときに、万葉の歌人大伴家持ゆかりのイベントの中で行《おこな》ったのだから、家持の歌にも触れないわけにはいかなかった。

振仰《ふりさ》けて若月《みかづき》見れば一目見し人の眉引《まよびき》思ほゆるかも　（巻六　九九四）

という家持十六歳（数え年）の若書きがある。「振り仰いで三日月を見ると、ただ一目見た美しい人の眉の様子が思い出されることよ」(中西進訳)というのだが、人によれば「一目見し」に「一夜を共にした」意味をよみとることもある。「見る」という言葉は、たしかに深浅、遠近、心と行為いくつかのうけとり方がありうる。

この家持の歌のすぐ前には、家持の叔母さんの坂上郎女《さかのうえのいらつめ》作の歌がのっている。

月立ちてただ三日月の眉根《まよね》掻《か》きけ長く恋ひし君に逢へるかも　(巻六　九九三)

「新しい月になってたった三日のような眉を掻きつつ、日々長く慕って来たあなたにお逢いしたことよ」(中西訳)

「眉根掻き」というのは、漢詩から来た表現みたいで、眉のあたりがかゆいのは恋人に逢う前兆なんだそうな。

叔母さんから甥の家持へ、すんなりと影響が移っていく。こういうのは大伴一門のサロンの中で、ごく普通に生じているのだろうなどと思いつつ、わたしは、今の歌壇の、結社や同人誌の中でも、同じことが、生じているのを思い出すのだ。

わたしが「アララギ」に入会した十八歳のころでは、先生の作風を真似るのは、ごくあたりまえのことで、先輩のすぐれた作品を真似る、ものまね競争が行われていた。大伴一族でも、そういうことは充分にありえた。

そこで、千三百年ほど、時がすぎた。

齋藤茂吉は、昭和十二(一九三七)年に次のような歌を作った。

きさらぎの二日《ふつか》の月をふりさけて恋《こほ》しき眉をおもふ何故《なにゆゑ》　『寒雲』茂吉

なにやら、千二百年前の家持や坂上郎女の歌に似ている。

塚本邦雄の『茂吉秀歌『白桃』『暁紅』『寒雲』『のぼり路』百首』を読むと、こんなことを言っている。

「一読して即座に、これが万葉巻六、大伴家持の名作(中略)の、かなり忠実な、かつ露骨な本歌取りであることがわかろう。ただ露骨ではあっても、その写し方は決して幼稚ではなく、従って不快感や拒絶反応を誘いはしない。結句の倒置法疑問形が、甘くなり終る懼《おそ》れのあるこの恋歌に、悲痛な翳りをほんの少少ではあるが、確実に齎《もたら》した。」

塚本の批評は、鋭く、まことを言うことで有名だから、右のような批評は、茂吉の「本歌取り」を、肯定しているといっていい。

わたしは『寒雲』の、「近作十首」の中にこの恋歌が、堂々と、しかし、他の八首とはまったくかかわりがないかのように発表されたことを面白くおもっている。たとえば、この「きさらぎの」の前には、

リユクルゴスの回帰《くわいき》讃ふるこころにもなり得ず吾は子にむかひ居り

がある。「リユクルゴスの回帰」とは、早くいえばスパルタ教育の復活である。子に向かう父茂吉の姿の反時代性を示している。

ヴエネチアに吾の見たりし聖《きよ》き眉おもふも悲しいまの現《うつつ》に

が続いていて、「眉」を歌いつつ、微妙に題材をかえている。

短歌というのは、少くとも千数百年の昔の歌人を相手どって、技を競い、本歌を越えようといそしむ詩型なのであることを、あらためて、この家持の赴任地、越《こし》の国へ来て、わたしは痛感させられたのであった。

五

神奈川県立音楽堂（横浜市）という、それだけきけば、短歌とは余り縁のないような場所で、「歌人の語る詩と音楽」という、いかにも漠然としたタイトルの話をすることになったとき、いくつかの話題が思いうかんだ。

音楽を聴く。わたしの場合、それはクラシックの音楽だが、若いころから、たとえば、パブロ・カザルスの弾くベートーヴェンのチェロソナタ第三番に、無量の慰めを得て来ている。しかし、それは、わたしが短歌を作ったり、読んだりする体験とは、まったく別の話である。〈短歌原論〉と銘打った本論とは、何のゆかりもなさそうにみえる。

しかし、全く無縁と言い切っていいものかどうか。無縁という縁もありうる。

たとえば、その講演の時、わたしが例にあげた葛原妙子の短歌、

「老辻音楽師《ライエルマン》」歌ひつつくる霧の人もと軍人《いくさびと》山をくだると

をとりあげて考えてみよう。

シューベルトの「冬の旅」は、わたしも、二十代のころ、大学受験を前にした、苦しい日々に聴いた。たぶん、ゲルハルト・ヒュッシュの唄うそれで、レコードに針をおとしながら聴いた。

歌集『橙黄』の中にある、この短歌に、葛原妙子が、どんな思いをこめたのか。それをわたしは、塚本邦雄の評論集『百珠百華―葛原妙子の宇宙』（二〇〇二年）にある解説を、一つの手がかりとして、音楽と短歌を、結びつけようとした。

塚本は、今あげた「辻音楽師」の出てくる歌と並べて、妙子の歌三首をあげていた。

将校は私服となりてちかづけり霧深き谷に靴音ひびく　妙子
ちかぢかとあなちかぢかと戦争に吹き寄せられし顔すれちがふ　同
すべての人すべての日は去りけらしつめたき部屋を明け放ちおく　同

「老辻音楽師」の出てくる歌の中の「軍人《いくさびと》」（旧軍人）と、「引用三首中の「将校」や、「戦争に吹き寄せられし顔」が、果して同一人格であるか否かは分明ではない。」と塚本は書いた。

「だが、昭和二十年晩秋初冬、打ち拉がれ、途方に暮れつつ

も、なほ、敢へて生き直さねばならぬ人人が、決然と、あるいはふてぶてしく居直つて、何処かをさし、踏み出す風景が、そしてそこに描き出される神聖喜劇が、この数首の背後にはある。なかんづく、この「もと軍人《いくさびと》」は象徴的な存在であつた。」と塚本の文は、続いている。

もとはといえば、シューベルトの歌曲集「冬の旅」の中の、二十四番目の(最後の)曲「老辻音楽師」を、原語で、口遊《くちずさ》みながら、山を下ってくる男がいた。そして、その唄を聴きとめて、その感動を、一首の歌にまとめた人がいた。そして、唄っていたのは、昭和二十年(一九四五年)、敗戦国となった日本の、一人の旧軍人なのであった。

歌の話になれば、当然、軍人を「いくさびと」と読むこと、その韻律上の得失を論ずることになる。しかし、すべては、あの年の晩秋初冬の日本人の、旧軍人の体験に、収斂される。それを解説する塚本の口ぶりにも、濃厚に、塚本自身の、戦争体験と戦後体験が反映している。

短歌は、たとえば、現代において「冬の旅」を聴いて愉しんでいる体験を、反映する一首にはなりうるだろう。しかし、その時でも、つねに、それを聴いている作者の、私的体験を語ることなしには、音楽を語ることはできない。それは、シューベルトの晩年の孤独とは、また別の話なのであるが、塚本の解説は、あくまで、自身の体験にふかく入っていく。その観点からのみ、妙子の歌も、解読されるのである。

六

短歌には、家族詠、社会詠など、○○というテーマについて詠《よ》まれた歌を、総括して呼びならわす癖があるらしい。わたしの見るところでは、俳句には、こういう癖はない。現代詩には、もとより、そんな癖はない。

近代の歌人として高名であるし、わたしの先生の先生であるので、関心を持ち続けて来た一人に、土屋《つちや》文明《ぶんめい》(一八九〇—一九九〇)がいる。その文明、三十六歳の時の〈家族詠〉に次のような歌がある。

家かりてうから睦《むつま》しく住まむため語らむとして帰り来にしを

むづかる児見ぬがごとくに食《くら》ひ居る妻に罵《ののしり》をはきかけにけり

連作の最初の二首だが、作者=主人公は妻にののしりを吐きかけたと言っている。もっとやわらかな言い方もあったろうに。最高の侮辱を加えている。そういう行為に快感を覚えてるんじゃないのかと思いたくなるほどだ。「食ひ居る」なんてのも相当なものだ。

調べてみるとこの時、文明家の家族は、文明と同年齢の妻テル子と、長男夏実四歳、長女草子《かや》三歳である。文明は、職業(教師)上の悩みを持っていた時期だったと伝えられる。しかし、それをこうした作歌に、ぶちまけてもいいものか。

それを読んだ文明の弟子たち、「アララギ」の仲間はどう思ったか。そんなことは皆、よく知っていて、こう歌っている。それが自分が今まで「アララギ」を通じて追求してきたリアリズム、現実を写生するという文学理念に忠実だと信じているのだ。文明百年の生涯は、実は、その信条と、その実践によって貫かれていた。

同じような歌を並べてみよう。

罵《の》らるればふくるる妻も老いにけりかくしてわれもすぎはてむとす

ほころびを縫はざる妻を毒づきてあけ近き蚊帳《かや》に蚊を焼《や》切《き》り居り

読んでいるうちに、これは、実は妻への、愛情の表現だったのではないかと思われてきた。逆説的といってもいい。烈しくののしり、怒るとは、それだけの信頼感が、妻とのあいだに確かめられていたからこそなのかも知れない、のではないか。

しかし、あくまでこれは、文学的表現者の作った歌の話である。文明は、「アララギ」だけでなく、歌壇の歌人たちの中にあって、自分独自の表現をしなければならない。自分だけの努力と工夫によってオリジナルの、いわば〈文明調〉〈文明らしさ〉を発揮しようとしたのである。

誰でも知っているように、夫と妻、また恋人同士の間には、他者からはうかがい知れないような心理的、生活的な関係がある。これをプライバシーといえば、そのプライバシーをおもんばかりつつ、歌は作られる。文明の家族詠が、このような形をとった原因としては、いくつかの複合的な要素があった。それを探りながら読むこと。文明の家族詠のおもしろさは、そこにもあろう。

文明は、二女梅子が生まれた一九二六年に次のような、父親らしい歌を作っている。

はるの日の枝にふふめる白梅のすがしかれとの父のねがひぞ

また、これは、ずっと後のことだが、一九八二年、妻テル子が、九十三歳で亡くなった時に、しみじみとした挽歌を作った。

黒髪の少しまじりて白髪のなびくが上に永久のしづまり

終りなき時に入らむに束の間の後先《あとさき》ありや有りてかなしむ

文明は、実際は「束の間の後先」ではなく、妻のあと八年を生きて、百歳で亡くなった。家族詠の種々相も、また、歌の原論を示唆する。

紫色の花は夕暮時

平成30年秋季号

©Akira Soda

長谷川　郁夫

はせがわ・いくお
（昭和22年〜令和2年）
早稲田大学文学部卒。在学中に小沢書店を創業し、多くの文芸書の出版を手掛ける。その後は大学で教鞭を執りながら日本編集者学会の初代会長に就任。代表作に『吉田健一』などがある。

堀口大學が佐藤春夫とともに、はじめて永井荷風を訪ねたのは明治四十三年の六、七月のことである。

南国・新宮出身の春夫、雪国・長岡から上京した大學はともに與謝野鐵幹・晶子の新詩社に入門、この年の六月に第一高等学校の受験に失敗した。二人は語らって慶應義塾文科予科の補欠募集に応じることにして、その意志を大學が鐵幹に伝えると、鐵幹は喜んで、永井荷風への紹介状を書いてくれた。それを携えての大久保余丁町訪問だった。

慶應文科進学について、堀口さんは「勿論、荷風先生のお人がらと文名を慕ってのことだ」と回想する（「恩師永井荷風先生」）。春夫もまた、「やつぱり永井荷風のゐる学校といふ魅力があつたから」だ、と記す（「わが永井荷風」）。

慶應義塾の文科はこの年の二月に永井荷風を主任教授に迎え、刷新を図り、五月からは荷風を編集兼発行人として「三田文學」を発行していた。

……一高の時とはちがつて、三田の文科へは、是非とも入りたかつた。鷗外、敏の両博士を顧問に、小山内薫、馬場孤蝶、野口米次郎、戸川秋骨と、当時の文学青年にとつて魅力百パーセントの名を教授陣に連ね、月々新鮮味溢るるばかりの「三田文學」を発行してゐる三田の文科へは、何とかして入りたかつた。

とは、堀口さんの回想である（「恩師永井荷風先生」）。じつは、このときの受験生は春夫と大學の二人だけで、二人は九月に無事、補欠編入学して、第二外国語にフランス語を選んだ。教室には四月に入学していた学生が一人いるだけだった、という。

荷風、三十歳。大學、十八歳。ここに、荷風と大學との、荷風晩年に至るまでのながい交流が始まる。

その頃（明治四十三年）、三田の丘の上には、建物はまだまばらで、いたずらに銀杏の大樹だけが品川沖からの海風につやのよい葉をひらめかせていた。塾監局と呼ばれている教務兼教員室と教室のある建物とは、渡り廊下でつながれていたが、或る日、いつも一緒の佐藤春夫君と僕は、そこの腰板によりかかって、日向ぼっこをしていた。たまたま通りかかられた荷風先生は、僕らがそこにいるのをごらんになると、立ちどまりになって、あの持ちまえの、露したたらんばかりと形容したいほど、温情のこもった微笑と一緒におっしゃったものだ、「君たちは『スバル』に書いているんだってね。今度何か出来たら見せてくれ給え、『三田文學』にものせたいから」

（傍点・引用者）

「こうして僕らの幼稚な詩文が、こともあろうに、当時の文壇の檜舞台、『三田文學』に掲載されたりしたのである」とあるが、大學の詩が「三田文學」にはじめて掲げられたのは、四十四年六月のことだった。回想は、「五十余年をすぎた今日、僕があの時の先生のお声を、空から落ちて来た天使の声のように、大切に耳の奥にしまっているのに不思議はあるまい。春夫君とて、おそらく同じ思いであろう」とつづく（「師恩に思う」）。

春夫と大學との友情は、文学史上に稀れな美しい例として名だかいものだが、荷風と大學との師弟関係もまた、美しいと形容するほかないような貴重な例であった。かつて私は、「これに比することのできるのは、川端康成と三島由紀夫、河上徹太郎と吉田健一の例くらいである」と記したことがある（「堀口大學」）。

堀口さんには、荷風は最後まで「温情のこもった微笑」を湛えた存在だった。「温情と義理固さの塊りだった」という記述もある（「賜った序文」）。だが、数多くの逸話が示すように、偏屈、狷介な性格、奇癖の一面に触れて、荷風から離れていく文学者が何人もいた。佐藤春夫にしても、さまざまな確執を抱え、ついには「妖人」呼ばわりするに至る。志賀直哉が、荷風を「被害者意識が強すぎる」としたことなどもひろく知られるところかも知れない。そんななかで唯一人（と、私には思われる）堀口さんだけが、「美しい」関係を保ちえたのである。なぜか。それを問うことが、この短い考察の主眼となる。

*

堀口さんの慶應予科在学の期間は短い。外交官である父・九萬一に命ぜられて、任地・メキシコに赴き、公使館で暮らすことになったからである。四十四年七月、横浜港を出帆した。メキシコ滞在は一年半。「年譜」には、「継母がベルギー婦人であり家庭の公用語がフランス語だったという理由もあって、この間、教師のマドモアゼル・カマチョにつき本腰を入れてフランス語を勉強、一年ほどでにわかに上達する」とある。九萬一は長城と号した漢詩人、詩文を愛好する随筆家としても知られる。堀口さんは生母とは三歳のときに死別。父は十二年前にベルギー婦人・スチナと再婚していた。「年譜」の記述は、「一方、父の手引きでモーパッサンの小説やパルナシアンの詩を読み始め、訳詩を試みる」とつづく。ヴェルレーヌの詩を知ったのも父の教えによるという。「明星」「スバル」の少年詩人はメキシコから「三田文學」へ宛てても(荷風に宛てて、と記すべきかも知れない)、詩や短歌作品をおくっている。

大正二年四月、堀口さんは父とともに一時帰国、八月にベルギーを経由して父の新任地、スペインへ赴く。出発間際の七月三十一日、荷風宅へ暇乞いに訪れた。「四時頃堀口大學氏来訪被致い。縁先に少しばかり桔梗の花咲き出でたるを見て紫色の花は夕暮時黄なる花は小雨の降る日殊に美しなぞ語られい。八月上旬には白耳義《ベルジック》園へ御出発の由」と、荷風の「大窪だより」は伝えている。礼儀ただしい、節度のある青年の態度が彷彿される。「師恩に思う」の一篇に、「荷風先生は気むずかしい方だった。礼儀にきびしいお育ちなことが、おはがきの文言のひとふしにも知れる。それにまた、礼儀にもいろいろ種類がある。そして異質の礼儀の或るものは、先生には、非礼と感じられたようだ」との記述があったのを思い出されるところである。重要な指摘といえる。堀口さんは荷風との礼儀の同質性に気づいていたのだろう。

荷風の父・久一郎は米国留学の経験がある元官僚で、文部省会計局長を務めた。荷風のアメリカ、フランス滞在は、父の命令に従ったものだった。外交官を父にもつ大學への理解と同情が、荷風にあったといえるかも知れない。久一郎が禾《か》原《げん》の号をもつ漢詩人、つまりは男性型詩語の詩人であったことも忘れてはならない。

「師恩に思う」には、「師と仰ぐ先生に咫尺して、嬉しさと恐ろしさに気も顚倒、申上げるべき事に窮して、あのような、夕暮時の紫の花だの、小雨の日の黄いろい花だのと、愚にもつかないきざなことを口ばしったのにちがいない」と回想されている。しかし、「愚にもつかない」ことを書き留めた荷風を思えば、この折りの会話が優美《グレイスフル》な女性的詩語の交歓であったことが察せられるのである。

大正二年の四月といえば、荷風の訳詩集「珊瑚集」が出版された月である。籾山書店発行の美本。「その価値においても意義においても、『海潮音』に次ぐ位置を有する」(吉田精一「永井荷風」)とされる名訳詩集なのだが、上田敏の「海潮音」とは異なり、荷風の嗜好、偏愛を示す一書となっている。

フランス近代詩からボードレール七篇、アンリ・ド・レニエ十篇などの詩が収められ、優美でデリケートな詩語には、荷風の女性型言語感覚がもっとも顕著にあらわれている。

ひろくやさしき
しずけさの
降《お》りてひろごる夜《よる》の空《そら》
月《つき》の光《ひかり》は虹《にじ》となる。
ああ、うつくしの夜《よ》や。

（ヴェルレーヌ「ましろの月」の最終連）

七月三十一日夕刻の荷風の心境が偲ばれるような気がする。「月の光」「虹」の二語は大學詩の抒情性のシンボルでもある。集中にアルベール・サマンの一篇があるのに注目される。サマンはこの後、堀口さんによって積極的に訳出されることになるからである。

堀口大學訳のグウルモン「シモーン」が「三田文學」に掲げられたのは大正三年十二月号のことだった。

二年後、堀口さんはマドリッドに亡命中のマリー・ローランサンと出会い、アポリネールの存在を知る。エスプリ・ヌヴォーに触れ、「堀口大學」が誕生するのである。

＊

大正五年三月、荷風は慶應義塾教授ならびに「三田文學」編集長を辞任した。大學青年との間に手紙のやりとりは頻繁に交わされたものと推察されるが、現存する荷風書簡は「全集」に収められた十二通だけである。そのうち最も古い一通は大正五年三月二十一日にマドリッドの日本公使館気付で送られたもので、そこに、

……御送付の御草稿はパンの笛始皆無事手元に届き居候最近サマンの御飜訳も拝誦致候扨私儀此の二月にて慶應義塾並に三田文學と関係を断ち少し心静に勉強致度存居候処又々人に勧められ籾山書店より文明と申す小雑誌発行致す事と相成申候四月より第一号売出申候サマンの詩は文明第二号に頂戴致すつもり此儀何卒御許被下度願上候文明は小生一個の経営にて籾山君と久米君との外は目下の処誰も深き関係無之候折々御寄稿の程何卒願上申候

などという記述が見られる。「三田向の御草稿」は直接「三田文學」へ送るように、とある。言葉通り、サマンの訳詩は「文明」第二号から翌六年一月の第十号まで、八回にわたって分載される。「三田文學」にはグウルモンの訳詩他数々の詩歌作品が掲載された。堀口大學が荷風の〝秘蔵っ子〟となったことは疑いない。東京とマドリッド（ヨーロッパが荷風にとっては望郷の地であったことは記すまでもないだろう）、この距離感が師弟関係をより麗しいものにしたとも考えられる。

*

大正六年一月、大學青年は外交官試験受験のため帰国。準備に専念して臨んだものの、十月三日の三次の口頭試問の折りに喀血、受験は不首尾に終わる。十一月に帰国した父・九萬一は七年、特命全権大使に任ぜられ大學青年を伴って九月、新任地・ブラジルに向けて神戸港を発つ。この間、四月に堀口さんの最初の著書となる訳詩集「昨日の花」が籾山書店から出版された。

「断腸亭日乗」には、「堀口大學」の名前が度々登場するが、その最初の記述は、大正七年「正月二十日。堀口大學来訪。其著昨日の花の序を請はる」という一行だった。ついで「正月廿三日。（中略）寒気甚し。夜堀口氏詩集の序を草す」とある。

……そもそも君はこの年月かれ等西欧詩家の住みける都に同じく住みて朝な夕なその人々の眺めうたひたる同じき雲と水と同じき御寺の塔と町の花園とをまた同じき近世の悩みと歓びとを以て打眺めたまひし詩人なり。西詩の飜訳いかに難しとするとも君が手によりてこれをなさばなどか其のまゝの面影をつたへずと云ふことあらんや。異るもの唯その言葉とその形とのみその心とその調にいたりて更に変るところなき恰も美酒の味その移し入るゝ甕の形によらざるにひとしかるべし。

「詩集昨日の花のはじめに」にみられる文言である。あたかも堀口さんの仕事の上に、荷風自身の見果てぬ夢が重ねられたかのような印象である。「ふらんす物語」当時のこころの情調が甦ったのだろうか。

はじめての訳詩集が「昨日の花」と題されたのは興味ぶかいことと思われる。たんに、夕べの花の意で星菫派ふうに名づけたものなのだろうか。しかし、サマン詩抄、グウルモン詩抄を柱に、象徴主義の詩篇を並べた一書は、二十世紀の新精神《エスプリ・ヌヴォー》と出会った大學青年には過ぎ去った時代への花束だったのかも知れない。それなら、「珊瑚集」を過去のものとする意図があったとも読み取れる。このラディカルな意志こそ、じつは温和な詩人が生涯を通じて内面に抱えつづけていたものだった。同時に、青年らしい反抗心をそれと知りながら許容した荷風の寛大な態度を思うのである。

大正八年一月一日付で堀口さんの第一詩集「月光とピエロ」、第一歌集「パンの笛」の二冊が籾山書店から自費出版される。うち「月光とピエロ」には荷風による序文が掲げられた（因みに「パンの笛」の序は與謝野寛による）。「断腸亭日乗」をひらくと、七年八月三十一日の件りに「堀口大學来訪。近日南米に渡航すべしといふ」、また「九月廿四日。風雨終日歇まず。（中略）堀口氏詩集月光とピエロの序を草す」とある。

……君は何故におどけたるピエロの姿としめやかなる月の光とを借り来りて其の吟懐を托し給へるや。新しき世の感情のあらゆる紛雑と破調とまた諧和とは皆こゝに在るを知らしめんがためか。われひそかに思ふ君はこれ月下仮装舞踏の曲にヴェルレーヌが『言葉なき歌』をしのばむとする詩人にあらずんば恐くはかの鬘かぶりしフィーガロと共に泣きつゝ笑はんとする諷刺の士にあらざるなき歟。（傍点・引用者）

（「月光とピエロ序」）

御座なりなものではない。ヴェルレーヌの件りは、音楽に過敏であった荷風を偲ばせる。深読みすれば、荷風の諧謔・風刺、優美な詩精神が、あたかも青年詩人の詩業にバトンタッチされたかのようにも印象される。「月下仮装舞踏会」の語がのちに「月下の一群」の書名に生れ変るのである。

アンリ・ド・レニエは荷風鍾愛の詩人・小説家である。その長篇小説の一つを堀口さんが訳刊した。「燃え上る青春」、大正十三年三月、新潮社刊。「断腸亭日乗」十二年十月十六日に、「燈下堀口大學氏翻訳小説青春の焔の序を草す。深夜雨を聞く」、「十月十九日。災前堀口氏より依頼せられし序文を浄書して郵送す」とある。

……レニエーの著作の余に於けるや其感化恰良師に見ゆるが如し。而して堀口君の余に於けるや其親善当に兄弟に比すべし。今レニエーが好著の飜訳堀口君の手によつて成れるを見る。余の喜何ぞこれに若くものあらんや。

（「燃え上る青春の叙」）

堀口父子は愛書、蒐書家だった。堀口さんの「年譜」にブラジル在住以来のこととして、「ガリマールの図書予約登録を依頼したり、小出版社へは別注などして、新刊書を入手」などとの記載がある。

荷風もまた古書通として知られる。この「叙」には、「堀口君（中略）其外遊中レニエーが新作の市に出るを見るや必一本を購つて郵寄せらる。欧州大乱の時吾国学芸の士皆船載の新書を獲るに苦しみたり。然るに余は独堀口君の海外に在るの故を以て愛好の新書を手にすること毫も太平の日に異ならざることを得たり」とも記されている。堀口さんが荷風の好みの新刊書を送ったり、また荷風の要望に応えて取り次ぐ役割を果たしていた様子が、「断腸亭日乗」や荷風からの書簡によって窺える。

「昨日の花」「月光とピエロ」「燃え上る青春」と、上記の三著に荷風から序文が贈られた。荷風歿後の昭和三十四年、堀口さんは、「そのいずれにも慈父の情があふれている。海のものとも山のものともまだ知れない青二才の未熟な仕事に、他の何人がこのような冒険的な正札を署名入りで貼ってくれるだろうか？　僕は知らない」と記して、深い謝意を捧げたのだった。

＊

〝幸福な詩人〟とされる堀口さんにも、戦時下、現実の苛酷は容赦なく襲いかかった。興津に疎開中、不在を理由に江戸川アパートが接収され、大量蔵書のすべてを手放すことになる。

蔵書の行方について、興味深い逸話が残されている。まず、「断腸亭日乗」昭和十九年二月二十八日の一節を読む。

……矢来町の角よりバスに乗り穴八幡を過ぎ戸塚に至る。此道未だ来りしことなき処なり。一言堂を尋るにバスの停留場の側なり。ブローベル《（ママ）》全集皮綴あり。六百円なりとぞ。ゾラ、カーライル仏蘭西訳本を購ふ。蔵書印大學過眼とあり。堀口大學の蔵書なりしなり。

荷風は堀口さんの旧蔵書が「一言堂」で売られているとの情報を得ていたものと考えられる。ここでは荷風がほかに何を求めたかは明らかでない。昭和六十二年に「堀口大學全集」の月報に寄せられた中村眞一郎の「堀口大學頌」が、その一つを示してくれる。ながい引用になるが紹介しておきたい。中村眞一郎は「堀口さんから受けた大恩」の一つとして記す。

……戦争のはじまった頃、堀口さんが田舎へ疎開することになり、その蔵書を早稲田の古本屋に一括して手離した時だった。何しろ堀口さんはn・r・f社の創立以来の全出版物を取り寄せていたので、その古本屋の店は身動きならないほどの本の山だった。しかも開戦しばらく前から為替事情で洋書の輸入は停っていて、大学生の私はフランス書の飢餓におちいっていたので、知らせと同時に、そこに駆けつけた。しかし最大のお目当てだった、ジード監修のドストイェフスキー全集は、一足ちがいで永井荷風の手に落ちていた。私は口惜しまぎれにメレディス全集を買ったが、これはやはりタッチの差で買いそこなった中野好夫先生に、翌日、強権発動をされて巻き上げられてしまった。その代り、私は中野家の全蔵書を自由に持ち出す権利を取得したのである。

その時、私が「大學過眼」という印をタイトル頁に押した本を同時に手当たり次第に買ったのは、百冊に余るので、紐でしばって、両手にさげて、立ったまま市電の床に、その荷物の底が触れたほどだった。

中村眞一郎は、「私が詩の魅力に目覚めたのは、恐らく『月下の一群』によってではないかと思う」と記していた。「戦後に仏詩選集に、アポリネールの作品の二、三の訳を依頼された時」という、十七歳の夏休みに「カリグラム」を「全訳」した。「この二十年前のノートを引っぱり出して見たら、その調子はそのまま使えたのは、堀口さんの訳文の影響のせいだったろう」などとある。
本という生き物は、静かな声で同好・同類の士に語りかけるものである。それは本好きであれば、誰れもが知覚するところだろう。本の発信を通しての、堀口さんと荷風との繋がりを思う。「大學過眼」の印が捺された書籍の頁を繙く荷風の姿を連想するのである。

詩集「他人の空」によって戦後現代詩の牽引役を担った詩人・飯島耕一もまた、「第二次大戦の戦後まもなくの時機に、『シュペルヴィエル詩抄』や『フランス詩集』にはじまって、眼に触れた限りの堀口大學訳フランス詩に突き動かされ、フランス文学の道にも入ったし、自身詩作をはじめていまや三十年余にもなった」と明かしている（「荷風・大學・ヴェルレーヌ」）。

飯島耕一「永井荷風論」（昭和五十七年）は、ことば（日本語）と文体の変革を軸に、荷風文学の情調に着目してボードレール、ヴェルレーヌらフランス詩との関係を捉えたユニークな試みだった。論述の底流に「明星」「スバル」の詩人の影が揺らいでいたことはいうまでもない。「高雅」「のびやか」などという評語が頻出するのである。

*

戦後にも、荷風と堀口さんの交流はつづく。「荷風・大學・ヴェルレーヌ」の記述を借りたい。

……昭和二十四年三月二十六日、不在中の荷風を堀口大學は訪ねている。戦中に「果樹園」や「檳榔樹」をまとめ、「ボオドレエル詩集」を二十四年の二月十日に、「ランボオ詩集」を同年の三月十五日に出したばかりの堀口氏であった。以後、間を置かず、氏は戦後の荷風を訪ねている。同じ二十四年の九月十日の「日乗」には、「午前堀口大學氏来話」とあり、荷風は夜小岩に行っており、翌二十五年の四月十六日にも「朝堀口大學氏来話」とあり、夜になって荷風は浅草へ行き、ロック座女優津田紅子らと会っている。荷風は六月にはロック座で軽演劇「渡り鳥いつかへる」をやることになっていたのだ。

「こういう時代の荷風とも、堀口氏は慇懃につき合っていた」と、飯島耕一は記しているが、たしかに、堀口さんは〝エロス〟の詩人であり、恋多き男であったにせよ、自身は官能的享楽に耽る生理的性質をもたない。デカダンの文士との間に節度ある交際が守られていたのだった。堀口さんは戦後、高田市に留まっていたが二十四年三月、「晶子全集出版のため遺族と出版社の求めに応じて上京」（「年譜」）、二十五年六月、高田での生活を引き揚げて葉山町に移住する。

昭和二十六年五月十三日、昭和二十七年十二月二十七日にも、大學は荷風を訪ねて歓談しており、昭和三十一年十二月二十七日には不在中に訪問、葡萄酒を贈っている。

荷風の死は、それからわずか二年四ヵ月のちのことだった。

（「荷風・大學・ヴェルレーヌ」）

「二人の文人はフランスの詩の話をしたであろう」、荷風は「戦火の昭和十八年にも原書で『アルコール』などを読んでいたから、堀口氏と話が合わないわけはない。さらに戦後の荷風は驚くべきことにシュペルヴィエルもアラゴンも読んでいる。シュペルヴィエルを読んだのは明らかに大學の影響というか、すすめによるものであろう」、「しかし中でもこの二人の文人はヴェルレーヌの詩について語り合ったようにわたしは想像する」と、飯島耕一は記す。あたかも「シュペルヴィエル」が二人を結びつける装置の一つであったかのように、である。話題はほかにも九萬一の思い出などいくつかあったことと考えられるが、つきつめて一言でいえば、そうであったに違いない、と私も思う。荷風にとって堀口さんは、若き日の憧れであり、いまもこころに懐かしい異邦の薫りをもたらす使者なのだった。

堀口さんの回想は、荷風文学の内容に及ばない。分をわきまえてのことだろうと考えられるが、友である佐藤春夫と荷風との関わりを慮ってのこととも推察される。また、荷風の文章に堀口さんが表向きに登場することはない。いわば影の存在として、荷風文学の詩情を支えつづけたといえるだろう。大學詩の理解者でもあった国文学の吉田精一は「永井荷風」のなかで、「荷風の随筆や小品文は、ゆかいなでの詩人の詩よりも一層豊かなリリシズムにうるおっている。『濹東奇譚』のすぐれているのも、客観的な散文精神に立つよりは、一本調子に自己の主観をむき出しにしているところにあるが、この詩的な情趣が、ともすれば旧式になりがちな彼の客観体小説にも、独特な味をもたせるのである」と記している。「荷風文学にふき渡る一抹の秋風」という評言が、なぜかあの大正二年七月三十一日の「紫色の花は夕暮時」などと口にした堀口さんの言を想起させるのである。

いま私には、荷風不在の玄関先に置かれた葡萄酒の瓶が一つの墓標であるかのように目に浮ぶ。

昭和21年4・5月合併号

ぽーぶる・きくた

田中　千禾夫

たなか・ちかお
（明治38年〜平成7年）
慶應義塾大学仏文科卒。予科二年の時、岸田国士らの新劇研究所の研究生となる。文学座創立に参加し、戦後は俳優座を中心に戯曲を提供して、新劇の中心的な作家の一人であった。

遥か海原を見渡す丘上の小さな平地。

周囲を盛り土したために八分通り地中に埋れてゐるやうな瓦葺きの小屋が、後方、下手寄りにあり、手摺りのついた梯子で登る見張りの櫓が附属してゐる。全体を割り竹の網で偽装されたこの監視哨は、既に荒廃しかかつてゐる。小さな電柱が傾いて立つてゐる。

下手は傾斜になつてゐて、そこからは川口の港や畑などが覗かれる。

上手は雑木や石塊を取り除けて開いた畠で、そこには南瓜がたつた一つ残つてゐる。作り主の姿は見えない。谷を隔てて向ふにも丘がある。

櫓の上で頬杖ついて海を見る工員風の若い男、下手の傾斜面に寝ころんで空を見る開襟シャツに背広、鳥打ちに下駄の中年の男。二人共ちつとも動かない。ただ工夫が一人、小屋の屋根の上で、鼻唄を歌ひながら電線を取り外してゐる。

晴れて澄み切つた秋の午後。

どこかで虚空を切る空気銃の音。工夫だけがそれを眼で追ふが、また仕事にかかる。また音がする。

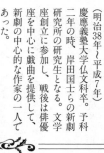

工員風の男、櫓から降りて来る。買物籠を抱いてゐる。すべて面倒臭さうである。雑草を意味なくむしつたり、空を大仰に仰いだりしながら上手にかかる。ふと、南瓜に目をつける。あたりを見廻す。採らうとするが切れない。やつと長い蔓の途中で切つて籠に入れ、去らうとして立留り、そのまま後退する。

菊太、水桶を天秤棒で担つて、現はれる。桶を下す。天秤棒を左手に、凝と男を見る。南瓜を返せと右手を差し出す。男は、にや〱と笑ひながら、ポケットから金入れを出し、拾円札を菊太の掌に乗せる。菊太、憤然として札を相手に叩きつけ、矢庭に天秤棒を振り上げる。男は叫んで飛びのく。菊太はしかし、静に、棒を下し、何事もなかつたかのやうに、その男の存在を無視しながら、南瓜の蔓や葉を片附け始める。

男と、そして工夫は呆気にとられてしばらく眺めてゐる。

男　ぢや、拾円だぜ、文句ないやろな、ええ商売や、百姓は、全く。

菊太　（なにつ、と云はんばかりに男をにらみつける）

男　足らんのか、一枚ぢや。（金入を出す）

菊太　（諦めたやうに、また仕事にかかる）

男　（近寄つて）欲しけりやあるぜ、何枚でも。

菊太　（返事なし）

男　な、あんた、米ないかな。米がなけれや、大豆でも、小豆でも。な、卵ないか、卵。な、な。

菊太　邪魔だい。愚図々々吐すと……（天秤棒をとりに行く）

男　もうようし、ようし。（勢に呑まれて逃げ去る）

工夫　（大声で愉快さうに笑ふ）

背広の男　どうしたんです。

工夫　どうしただかな、はは………

背広の男　え？

（菊太は、蔓などを片附け始めてゐる。）

工夫　金貰つただか？

（菊太は、何を訊かれても唖のやうに黙つて答へない。）

工夫　あの南瓜なら一貫目近いな。参円だによ、一つ。だけどこの山の上で出来ただ、拾円でも高いこたあないな、菊太。へへへ………何蒔くだあ、こんだ………大根かあ、白菜かあ………お前もまあ粋興な男だのう。これから冬になつて寒うなつたらどうするだ。やつぱり麓から水運び上げるのけ？　たつたこれつばかりの畠、何がお前そないに大事だだ。え？　村中の笑ひ者になつてるの知らんだか？昔なら、戦争の最中なら、それや、自給自足ちうて、少しでも空いた所にや作らにやならん。だけど、戦争はすんで、格好だけの無理仕事はすべて払ひ下げだ。え、お前の家に行けや、ええ畠や田圃がいくらもあるだに。増産ならそこでやるがええだ。本当の畠でよ。え、菊太、お父つあん、何も云はんだか。………分らん、お前の腹あ。………監視哨は御覧の通り空つぽだ、誰も住んどりやせん。そのうちにや、この小屋も取りこはされる。跡形も無うなる。一体、お前、何のために………

菊太　（重苦しく）住んどるで………住んどるで。

工夫　え？

菊太　住んどると云つてますだ。

工夫　何云うとるだ、お前。

菊太　うらの、うら達の魂が住んどります。

工夫　？

菊太　その小屋が無うなつても、うら達の魂はなうなれやしません。

いつまでも残ります、この山の上に。（云ひ棄てて小屋の中には入つてしまふ）

工夫　さうけえ？　ま、いつまで続くか見とるだよ。（外し終つた電線をたぐりよせ、腕に巻いて屋根を下りる。始終、鼻唄を歌つてゐる。）帰るとするか。（帰り支度にかかる）

背広の男　（これまでの会話を聞いてゐたのであるが）誰です、一体？

工夫　へ？

背広の男　（顎で小屋を指す）

工夫　ああ、あれかね。何、村の若い者だがね、先月までこの監視哨で見張りをしとつただ。

背広の男　ああ、さう！

工夫　真面目な奴でな。他の奴は皆、煙草ふかしたり、若い娘といちやついたり始めただが、こいつだけはああやって……

（「早くいらつしやあい」と叫ぶ子供の高い声が遠くに聞える。）

工夫　ああやつて一日も欠かしたこたねえ。皆が作つとつた畠の世話だ。麓から態々水運んでさ。何のためだとおら云うだ。分らねえ。ぢや御免なんせえ……菊太、おら帰るで。

（帰りかける）

（「お母様」と子供の声。工夫はふと何かに気付いて立止る。）

工夫　あれあ！　（拾円札を拾ひ上げる）菊太、ここに落ちとるが。しまつとけいや。ほらよ、拾円札。とりに来いや、ここに置いとくで。（畠の上に置いて去る）

（空気銃の音が直ぐ近くで聞える。「お母様、早く〱」と子供の声。やがて復員服の男、無帽、手に空気銃を持つて、後の雑木の間から登つて来る。畠を横切らうとして、さつきの拾円札を認める。あたりを見廻す。「どうしたんだらう」と独語する。そのままにして斜面の方に行く。）

背広の男　やあ。

復員服の男　今日は。

背広　また逢ひましたな。

復員服　いい気持ですね、ここは。（坐る）

背広　いい気持ですな、ここは。

（この間、菊太は鍬や種のはいつた袋、灰の籠などを持つて小屋から出て来て仕事にかかる。拾円には目もくれない。ばた〱と子供が、上手から駈けて来る。水筒を肩から下げてゐる。振り返り、「一等、万歳！」と叫び、斜面の上まで走つて行く。海を見る。）

背広　何か獲れたですか。

復員服　え？

背広　百舌でも。

復員服　いや、鳥なんかどうでもいいんです。

背広　はあ。

復員服　ただ打つ放すだけですよ、玩具ですよ、自分の。

背広　はあ。

復員服　こいつあ、なか〱いい物でしてね、少しさびたけど。小学校の五六年の頃でしたかな。姉が、もう死んぢやつたですが、空気銃か本かどつちか買つてやると云つたんです。本でも拾円位の豪華版でしたが、僕は空気銃を選んだです。

背広　男の子だからな。

復員　さうです。

背広　男の子は冒険心がなくちやいけませんな。

復員　は？

背広　アヴァンチュウルですよ。御覧なさい、あの広々とした海を、例へば小さな小舟に乗つて希望の島へ漕ぎ出す。どこでもいい。知らない所へ、何か新しいものを求めてね。男の子の生命はアヴァンチュウルにあるんですよ。もう私みたいになつちやいけませんな。はは……

復員服　しかし、自分は、僕は雀を打つて赤い、まつかな血を見てこいつから離れました。何だかもう本も見る気もしません。中学では野球の選手になりました。勉強も怠つたです。何だか割り切れぬ気持でずつと通して来ました。この春、予科練には入つてからも……

（上手で、「ああ、やつと来たわ」「あら海が見える」、「元気ね、坊っちやんは」などと女の声がする。大分、息切れがしてゐる。

子供は、いつの間にか櫓の上に登つてゐる。女達、話しながら出て来る、何れもモンペ。京子はパーマネントに小学生の履く黒い運動靴。友子は藁草履。各々手製の手提袋を提げてゐる。）

友子　（汗を拭きながら）御免なさい、こんなところに引つ張り上げて。（歩いて行く）暑かつたでしよ。

京子　でもいい気持ですわ。

友子　おくたびれになつたでしよ。

京子　いいえ。これが監視哨ですのね。

友子　ええ、さうよ。

京子　佗びしいわ。

友子　敗残の姿ね。

京子　思つたより高いんですのね。

友子　道が嶮はしいんですものね。慣れててもくたびれるわ。

京子　でも久し振りのハイキング。

友子　眺めはいいんですのよ。

京子　ほんと。

子供　お母様、ここよ。

京子　ああ。

友子　危ないわよ。（お蝶夫人の一節を歌ふ。「或る晴れた日に……」）ほんとにいつ来てもここはいいわ。（態と気取つて）では一通り御説明申し上げます。ええ、あれなる海は名も高き日本海、晴れた日には彼方に遠く、あなたの背の君が残り居ります朝鮮半島が見えます、なんてこれはどうだか。

京子　（笑ひながら）あなたはほんとにお変りにならないわ女学校時代と。

友子　あの島が翁島、海水浴場で有名。

京子　あなたのお宅は？

友子　ええと、ほら、あすこに汽車の線路が走つてるでせう、川の傍を。あれが見当だから……あなたの今ゐらつしやるとこは……

子供　あ、舟が見える。
京子　さう。汽船？
子供　うん。
友子　また朝鮮からかしら。
京子　さうでせうね。
友子　気の毒な人達が多勢……
（京子は近くの石の上に腰をかける。）
友子　内地の模様を知つたらびつくりするでせうね。何とかならないもんかしら。
（京子は手提から乾パンを出す。）
京子　いかが？
友子　あら、もう沢山よ。（腰を下す）大事にしといた方がいいわ。汽車の中でお食べなさいよ。
京子　あるんですよ。坊や、どう？
（子供はパンをもらひに降りて来てまた櫓に登る。この間、二人の会話は続けられてゐる。）
友子　やつぱり東京へ行らつしやる、明日。
京子　さうしますわ。父はもう一軒あるから当つて見ると云ふんですけど……今迄の例で行けば無駄だと思ひますの。血のつながつてない親類だし、便りなんかずつとしてなかつたんですもの。これが故郷つてものかなあつて。がつかりしてますわ。でも仕方がない、日本は負けたんですもの。食べ物がこんなに無いんですから、人の世話どころぢやありませんわね。
友子　いいえ、それはね、大体、この土地がさうなんですの。ここはね、気候風土が陰気で冷いやうに人情も冷いの。けちんぼで自分本位なんですの。親類だなんて云つたところで当てになれやしませんわ。
菊太　（聞き耳を立て、何か云ひ出さうとして止める）
友子　いやなところだわ、（笑ひながら）いやに悪口云ふでせう。多分、私の性に合はないのね。
京子　友子さんみたいな朗な人ゐさうにありませんわ、ここには。
友子　疎開で来てからもう二年ですけど、本当に住み着いたといふ気がしない。何かに反抗しながら暮してますの。お聞きになつたでせう、あの言葉。「何だあ——、それでよお——」。やけに母音を引つぱるのよ。まだるつこいたらないんですわ。
京子　（くすくす笑つてゐる）
友子　考へるといや、いや。東京へ帰りたいな、私も。戦争がすんだらもうたまらないわ。
京子　行らつしやいよ。
友子　行きましよか。駄目々々。家の宿六は結局ここの土地つ子よ。何だあの方よ。
京子　あんなこと。云ひつけますわよ。
友子　いいわ。喧嘩してでも行きたい位。
京子　お仲のおよろしいこと。
友子　おせんべが食べたいなあ。ね、朝鮮にもありますか、おせんべ。

京子　何でもありますわ。朝鮮つてまるで田舎のやうに思つてゐる人がゐらつしやるけど、内地と同じですのよ。

友子　さう。(急に)でも、いつかは行きますわよ。先にいらしてゝね。

京子　えゝえゝ。その時は私がお世話する番ですわ。

友子　あらそんなこと。

京子　あなたがここにいらしたおかげでどんなに助かつたかしれませんわ。でなかつたら今頃ひぼしになつてるところよ、私達。

友子　ひどいわ、あなたのその御親類。

京子　何日立つのかつて訊くんですの。出て行けがしに。私達、もうお米がないでしよ、さうしたら、一升卅五円なら融通するつて……

友子　へえ。何とかするわよ、私の家で。

京子　有難う。朝鮮では一升五円でいくらでも手に入れてましたわ。

友子　ふーん。

京子　あの従兄に頼つて行けばどうにかなるだらう、父はもう年寄りですから自分の郷里で余生を送るつもりでしたのに……

(間。遠く船の汽笛の音。)

京子　地位も財産も何もかも一ぺんに亡くなして身一つで辿り着いて見れば乞食扱ひされる。今朝もね、あの子が一寸お部屋の中走り廻ると、障子を破らんようにして下さい、その紙は一枚いくらで買つたんだからつて……私口惜しくて涙が出ましたのよ。

友子　お察しするわ。これから続々海外から引き揚げて来る人が、あなた方みたいな目に逢ふのね。何とかならないのかなあ政府の手で。旦那様が早くお帰りになれるといいわね。

京子　ええ、後十日もしたらと云つてましたけど。

友子　御心配ぢやない？

京子　朝鮮人がねえ……

友子　どうして朝鮮人がそんなに……。あなたの旦那様は官吏でせう。官吏は憎まれるんぢやありません？

京子　そんなことない筈ですのよ。

友子　内鮮融和なんて叫ばれてゐただけ、それだけに本当はその反対だつたんですね、きつと。総督政治の失敗なんですわね。

菊太　(凝と聞いてゐる)

京子　さあ、私なんかには……

友子　私達が思つてる程日本人つて偉い人種ぢやないのかもしれないなあ。

京子　さうでせうか。

友子　大体、日本人なんて……

子供　(櫓の下で)お母様。

京子　なあに。

子供　帰りませう。
京子　帰りませうか。
友子　さうね、明日のお仕度もあるから早い方がいいわね。
京子　さう定まると気が楽になりましてよ。（立上る）
友子　今夜もまた召上りにいらしてね。御馳走するわ。
京子　すみません。
（両人歌ひながら斜面の方へ行く。）
友子　夕空晴れて秋風吹き。
京子　月影落ちて鈴虫鳴く。
両人　思へば遠し故郷の空。
友子　（上手へ行きかけた子供に）あ、坊つちやん、坊つちやんこつちから帰りませう、お池のとこ廻つて。そこも景色がいいんですのよ。ここの取り得は景色だけ。気をつけてね、少し危いから……（斜面から下り始める）
（三人の姿消える。）
友子の声　思へば遠し……どつこいしよ。大丈夫？　故郷の空。
両人の声　ああ吾が父母何処に……
背広　なか〱喋りますね。
復員服　引き揚げの兵隊も可哀想ですが、一般の人は尚気の毒だなあ。
背広　はあ………ところで朝鮮の漬け物は旨いですね。
復員服　旨いですか、漬物が。
背広　それやあなた、日本の漬け物の元祖は朝鮮ですからね。漬け物の中に色んな物、肉だの何だのごたまぜに入れるんです。さういふ瓶を沢山持つてる人程金持なんですよ。何とか云つたな名前を、朝鮮語でね……チョンがアぢやなし……いや旨いですよ。大体、日本人は朝鮮人を軽蔑しますが、昔は朝鮮の方が先生だつたんですからな。
復員服　それあさうです。
背広　朝鮮のおかげで文化も発達した、今の漬物の如しです。日本人は漬け物がありさへすれやいいなんて実に旨いものだと思つてるけど、旨いのは日本だけぢやないですな。そのまた朝鮮の先生が支那ですよ。こんな話は私なんかよりあなた方が詳しいでせう。吾々だつて朝鮮人の血が交じつてるかも知れませんぜ、案外。
復員服　さうですね。この辺は殊に朝鮮に近いし……
背広　はは……威張れませんな、あんまり。威張るのが好きですな、日本人は。だから憎まれる。朝鮮人がどうとかつて今の女の人達は云つてましたけど、向ふに云はせりや、それやほんの鳥渡したお返しだつて云ふでせう。
復員服　しかし実際に困難な事に逢つて来た人達にしてみれば……
背広　無理もありません。でも感情論ぢや事の真相は分らんぢやないでせうか。
復員服　ええ。
背広　私なんか、それや涼しい顔した傍観者で、無責任で、だから呑気さうなことも云へるんだし、また自然かうやつて山の上に寝そべつてぽかんとしながら日も送れるんでせうが……おこりましたね。

菊太（憤懣の面持）

復員服　いや。（苦笑する）自分だつて……

背広　お前は一体戦争中何をしとつたかと訊きたいでせう。痛いですよ、それは。……吾々四十代の者の悩ですね。しかしこれは何も戦争だからでなくて、戦争前から既に附きまとつてた。今に始まつたことぢやないです。つまり実行力がないつて奴ですね。考へたり喋つたりはする。しかしそれだけで何もせんのです。だから深く考へ、高く考へて収まり返つてゐればゐるだけ、地上から足が離れる。朧気にそこに気がついてゐながら目前の自己保存に忙しくて、固定して了ひ、動きがとれなくなつてゐる有様です。自分の拠り所である僅かの才能でさへ、終ひには重荷に感じられてやり切れなくなつて来る。辛いですな、さうなると。いや、御免なさいよ、偉さうなこと云つて。インテリを一人で背負つてるみたいでせう、はは……

復員服　一体、あなたは何をして居られるんです。

背広　私ですか……別に改めて云ふほどの者でもありません。一介の勤人で東京を焼け出され、今ぢやこの村で百姓してます。なか／＼今忙しい時なんですがね、女房に任せつ切りでかうやつて遊んでばかりです。面目もありませんな、お若い方に。

復員服　帰りたいんぢやないですか、東京に。

背広　図星だ。いや、ですがね……

復員服　素人には無理ですよ、百姓は。

背広　図に乗るからそんな同情はしないで下さい。私の田はほんの二町位のものですがね、一段位なら何とか家族の者だけで出来さうですよ。それや夏の暑い時なんか全く閉口だけど、実際やつて見ると面白くて、それに土地に対する愛著も湧いて来ますしね。

菊太（さうだ／＼と喜ぶ）

背広　尤もこれは自分の土地だからといふ我欲のなせる業かもしれませんがね。

菊太（変な顔をする）

背広　ほら手頸が曲つてるでせう。曲つたきりでね、鍬など満足に握れないんです。工場のベルトが外れましてね……

復員服　工場？

背広　町にありました。ヨ第二〇二五工場つて。部分品を作る小さな工場ですが、徴用逃れに這入りましてね。

復員服　そして実際は事務。

背広　いやところが左に非ず。現場なんですよ。現場の所謂産業戦士になりました、憧れのね。だけど私みたいなものに一体何が出来ませう。お茶を濁しながらやつと一月たつかたたないうちに、やられました、ここを（と見せながら）ベルトでいやといふ程叩かれましてね。あの時は延びちやつた。

復員服　危なかつたですね。

背広　天罰覿面ですね。徴用逃れと、更にいけないのは自分に対してです。
復員服　自分に対して？
背広　ええ。つまり。頭を使はない仕事、手足を動かして働く仕事をすることによつて所謂実行力を見出さうとしたんです。といふよりも、さうした激しい肉体労働によつて我を忘れたい、さうして行き詰まつた自分を救ひたいと浅はかにも企んだのです。戦争傍観者で終りたくないといふ誘惑にも多少は迷ひました。しかし、直接に生産に従事して国家に寄与する、そんな思ひ上つた……
菊太　（考へ込む）
背広　どうもそいつはくすぐつたくてね。柄ぢやありません。尤も表向き、世間に対してはその名目を否定はしない。他人がさうとればとられてもいい。そんなことより。問題は、実行を試みてその実、逃避にあつた、さういふ良心への偽瞞なんです。自分に対してといふのはそれなんです。ここをやられた時、悪いことは出来んと最初に思ひました。
（笑ひながら）逆の意味で戦争犯罪者の一種になりませんかな、甚だ狡猾な。
復員服　（空気銃で狙つたりして弄んでゐたが）どうもよく分らんですが、厳密な意味で、戦争に無疵であり得た、つまり……いや何と云つていいか、きれいな身体、そんなものがあり得たでせうか。
背広　さあ、ありますまい。自由主義なんてものも名前ばかりぢやありませんかね。私など、得意さう、面白さうにも見えませうね。一寸貸して下さい、それ。（空気銃を受け取る）しかし寂しいのですよ、本当は。……弾丸がありますか。あの樹の上に何かゐるでせう。どうせ当りやしないから……（狙ひながら）あなた方廿代の人は、（放す）一本気で進んで行けるからいいなあ……
復員服　（苦笑する）
背広　工場に行つた目的も結局駄目、それや終戦になつてほつとはしました。一先づ良心の苛責から免れてね。一先づですよ。時がたてば麻酔は醒めて了ふ。良心からの自由にはなかなかなれません。死ぬまでなれますまい。自由主義なんて未来の夢ですね。もう百姓するより外仕様がないぢやないですか。この土地は寒くていやなとこだけど、東京には行きませんよ。あなたはこれから？
　学校へ帰りますか。
復員服　帰りません。闇屋にでもならうかと思つてます。
背広　はは……
復員服　学校を出たところでどうなるでせう。僕は伯父の厄介物ですし、此際、すつぱり縁を切つて自活したいんです。
どうしたらいいでせう。
背広　こみ入つた事情がおありなんですね。
復員服　僕が予科練には入つたのも、あなたが工場には入られたのと同じ様な工合でした。面倒臭かつたのです、家が。いざこざを忘れるためでした。天皇陛下のためだの、国家のためだの、そんなことはどうでもいいんで、半ば虚無的になつてましたよ、実は。

背広　いや、その時既に日本の状態そのものが虚無的になつてたんぢやないのですか。

復員服　さうかもしれません。我々はドカ練と云ひましてね、毎日、穴掘りばつかりやらされてゐたのですが、友達の二人三人、訳の分らぬ死に方をし、一人は半気狂ひになりましてね、仲間の半分は敗戦を信じてゐた位です。ただ天皇のゐる国家のために空しく引きづられてゐたのですね。あなたは勿論、天皇制を否定されるでせうね。

背広　どうして勿論です。否定も肯定もしません、ただ時の流れが自然に……

復員服　狡い。結局、それでは支持だ。

背広　まあさうせつかちにならんでもいいでせう。私はただ人為的な烈しい嵐を欲しないだけでね。

復員服　あなたの言葉の魔術みたいなものはもう沢山ですよ。自己満足の堂々廻りは僕は御免です。失礼ですが、あなたの日和見主義は、やはりあなたが地主階級だからです。天涯孤独の僕なんかには、天皇なんてどうでもよくなりました。若し僕が政治家なら寧ろ打倒を叫ぶでせう。

菊太　（たまりかねて）黙れ。黙れちうだ。

背広
復員服　}（びつくりして振り返る）

菊太　貴様あ、共産党だな。貴様あ、自由主義か。うら情ねえ。貴様達あ、日本がどうなつてもええだか。戦争に負けて口惜しかあねえだか。

復員服　何だ、君は。

背広　まあ、まあ。

菊太　日本人を廃業しただか。え？　さつきの女郎もさうだ。ここに登つて来る奴等、どいつもこいつも日本の悪口云ふだ。うら貴様達みてえに学は無え。だけど、だけど、日本が負けたからちうて、手の裏返すみてえに……無理もねえ。貴様達みてえな奴等がゐたから日本は負けただ。天皇様がお可哀想でならねんだ。情ねえ、うら情ねえ……

復員服　何にも知らん。成程日本は有難い国だよ。

背広　この人はね、ここで、（暗くなつて来たので空を見上げる）雲が出て来たな。

菊太　うらあ、馬鹿かもしれん。だけど、うら達がしとつたことが馬鹿だつたとはどうしても思はれねえだ。

復員服　さうですかねえ。今の日本の現状を見て、あんた、ちつとも疑問は持たないんですかね。

菊太　………え？　何を疑ふだね。さうぢやねえか。自慢ぢやねえけど、眠い目こすりながら、来るなら来やがれ、只では通さねえぞ、さう念じて見張りについとつたうら達には、親もねえ兄弟もねえ、日本が勝つて、日本がよくなり、そいでみんながよくなりや……

復員服　ふふ……

菊太　（ぎよろつと見て）それこそ、それこそ本望だ。さうぢやねえか。大したこつたぞ、これや。勤務はちつとも辛いこたあなかつた。嬉しかつた。麓からの水運びもひでえ仕事だが楽しかつただ。こんなに一生懸命なれるのも天皇様のおかげだ。有難え、有難え……

復員服　はは……もうたまらん。（傍を離れる）

菊太　ええだ。ええだ。笑ひなんせえ、うら承知だ。戦争がすんだ。仲間の者あやけ糞になつて荷物まとめて山あ下りただ。うらあ翌朝、自分の家で目が醒めた時、はつとした。小屋には未だ神棚が残つてゐたでなあ。こら大変だ。朝飯も食はいでうら、山あ駆け上つただ。

（間。）

（汽船の汽笛の音。いつの間にか陽が陰つて慌しく雲が流れてゐる。丘の上は日光による明暗の縞である。）

背広　それで？

菊太　ええなあ山は。漸く東の空が白んで来てよ。山の上は未だ白い靄の中に浮いてゐただが、段々にそれが消えて行くとなあ、夜露に濡れた向ふの山の樹の青いのが、冷い風にとけこんで目ん中あ流れて来る。口に入れて食べたいやうだよ、全く。海は未だどつしりと寝てござる。鳥がチーチク鳴いとる。うら、いつものやうに、たつた一人、東の方に向つて頭を下げ、……

復員服　一つ軍人はですか、あゝあ！

背広　まあ〳〵。

菊太　皆の分とも奉唱した。監視哨の勤の中で、何がええつて、朝のこの朝礼の時位、ええものはねえ。身も心も洗ひ去つた、ほんに涼々しい心持でなあ。うらが監視哨好きで離れられねえのもこの朝礼があるからかもしれねえ、はは……

背広　うん〳〵。成程ね。（復員服に）とてもいいぢやないですか。

復員服　…………

菊太　そいから小屋には入つて、神棚を下ろさうとした。だがうら止めた。成程、敵機はもう来んだらう。だけえ神様がいらんと云ふことはあるめえ。毎朝ここに来て、今迄と変りなく朝礼やるだ。さう定めてそれから毎日山登り欠かしたこたあねえ。この畠もずつとうら一人でやつて来た。うらのしてるこたあ何のたそくにもならんことかもしれねえ。だけどこれ以外に、うら一体何をしたらええだ、一体。

復員服　それはね……（切腹の真似をしようとして）まあ止さう。

菊太　下界に下りたら、うら力が抜けて了ひさうだし、でなかつたらさつきみてえに怒鳴つてばつかりゐなくちやならねえだらう。

背広
復員服｝（空を仰ぐ。片手を出す。雨である）

菊太　毎日々々、様々な人間がここに登つて来ちや、様々な話、面白うおかしう喋つては下りて行くだ。敵が来たら日本刀で叩き切つて自分も死ぬぞと力味返つてゐた奴が、今ぢやどうしたらチョコレートでももらはうか企んでるだ。

顔に墨塗つて山奥さ逃げ込んだ娘が、口紅塗つてパーマネントして会話の練習してるだ。

復員服　臨事軍事費に拍手した代議士が、デモクラシイに早変りか。

菊太　情けねんよ、全く。うら、口惜しまぎれだと云はれても構はねえ、意地でも頑張るだ。あんた方あ天皇様のこと何とでも云ふがいいだ。勝手な真似するがええだ。（畠に戻つて鍬をとる）

背広　いい奴なんだがなあ。

復員服　ここにも一人、気の毒な戦争犠牲者。腹を切れと云つたら切り兼ねないや。

背広　ああいふ見事としか云ひ切れぬ青年を、国家は何人殺して来たでせうなあ、精神的にもですよ。あなたもその一人ですかな。ははは……

復員服　天皇の名に於てね。

背広　いやそれはね……

復員服　降つて来ましたぜ。

背広　時雨ですよ、直きまた晴れませう。だからと云つてですね、仮に此際天皇制を……

（一陣の山風。雨強くなる。しかし海の方の明るさには変りはない。）

背広　これやいかん、あすこで雨宿りしませう。（小屋に逃げ込む）（復員服もつづく、「濡れるよ」と菊太に声をかけるが、菊太は返事もしない。

下手の斜面からリユツクサツクを膨らました洋装の若い元気さうな娘が二人、はしやぎながら登つて来て小屋に駆け込む。つづいて上手から、商人風の男、野菜のはみ出した買物籠を両手に持つて、後を振り向きながら駆け込む。つづいてそのお神さんらしい、とても肥つたのが大きな風呂敷包を背負つて、はあ〳〵云ひながら小屋の中に消える。

小屋の中では何だか分らないが話し声がする。以下はその大体の暗示である。）

小屋の中の会話……海の方は明るいから……とても混むわ……十七時廿三分……そしたら焼いて食べますわ……米の方がいいですなあ……廿五円、うわあ（笑ひ声）

（菊太は雨の中をつづけてゐたが我慢し切れなくなつて、小屋の中には入らうとする。足許の拾円札を拾ひ、手に持つたままで。然しこの笑ひ声で、釘付けになつて了ふ。）

小屋の中の会話……だから政府が無能で……インフレは、独逸みたいに、女房が門の所で待つてましてね……天皇陛下がね、こんな時にこそ……天皇だつてうちらみたいと同じお米を召し上るし……あんまり、だから天皇陛下だつて……（大きな笑ひ声）

（菊太は憤然として、拾円札を丸めて小屋の中に投げ込み、櫓に駆け上る。笑声、急に止む。

小屋から、商人風の男、拾円札をつまんで目の前にかかげながら出て来て、あたりを見廻す。）

（菊太は櫓の上で、手摺りに頭をのつけて俯向いてゐる。悶えてゐるのか、泣いてゐるのかであらう。

陽がさつと差す。雨はぱら〳〵になる。）

商人風の男　狐の嫁入かあ……こら、木の葉に化けるのとちがふか。（札を見てゐる）

——幕——

人　物。

工員風の男（卅位）。背広の男（四十四五）。工夫（五十位）。菊太（十七八）。復員服の男（廿三四）。子供（八九歳の男）。友子、京子（共に卅位）。若い娘、二人。商人風の夫婦。

『樋口一葉』和田芳恵著

本誌に約一年半連載された樋口一葉（樋口一葉の探究と改題）を本論とし、それに新たに書き卸した「性格への序章」と代表作三篇を収録してゐる。

代表作三篇で著者が試みてゐる一字一句も内容を変へることなく、「たけくらべ」「にごりえ」「わかれ道」を現代小説を読む親しさにせまらうとしてゐるやうに、総ての努力は、あげて若いひとたちのための樋口一葉の橋渡しとしてなされてゐる。

自然主義文学が発生するまでの明治の古典文学が、江戸時代文学の流れとして研究されてゐたのは、文学史的に見て正しい事ではあつたが、しかし現代文学との間に大きな溝をつくつてしまつてゐたのである。

その障害を著者は大胆に突きやぶつて、現代を立脚点として逆に考へを押しすすめてゐる。その結果、今、生きて、働き、考へてゐる人たちがたしかに感じ得る点だけを忠実に追求してゐるので、新らしい樋口一葉が生きた姿で再現される事になつたのであらう。

著者がひとつの仮説に立つて類推し、臆測しながら、女流作家の成長を跡付けてゐるのであるが、これは批評すると同時に作家論を作りあげてゐる。

一巻を通読すれば評論の形式は借りてゐるが読後感は小説「樋口一葉」である。

どこまでも、ひたむきに樋口一葉に追ひ縋る主観の激しきはともすれば理論の煩はしさを飛躍し過ぎる弊はあるとしても、人間一葉の作家精神の高さに十分にせまつてゐる。

「性格への序章」でその性格と環境に触れ現代小説の立場から代表作三篇を選びだし、本論で人及び芸術家としての樋口一葉の全貌に触れてゐる。

三田文学が産んだ新鋭にふさはしい高雅な装幀である。（定価二円八十銭・十字屋書店）

〈昭和十七年二月号「新刊巡礼」〉

熊野

昭和30年5月号

三島由紀夫

みしま・ゆきお
（大正14年〜昭和45年）
東京大学法学部卒。在学中に『花ざかりの森』を刊行。「熊野」は謡曲を舞台劇にしたいという中村歌右衛門の依頼を受けて執筆された。昭和30年2月初演。『近代能楽集』の「熊野」とは別の作品。

役名

平　宗盛
清水《きよみづ》の僧正　湛心《たんしん》
侍僧　清円《せいえん》
侍女　早蕨《さわらび》
侍女　若菜《わかな》
朝顔
熊野《ゆや》

宗盛館の場

〽夢の間《ま》惜しき春なれや
夢の間惜しき春なれや
咲く頃花を尋ねん

ト舞台中央に、これまで、華美なる打掛を被ぎて午睡をなしゐたる平宗盛、やゝ武張つたる拵へ、忽ち、打掛をうちやりて、午睡よりさめ、大あくびをなし

宗盛　イヤうららかな春ぢやなあ、庭前《ていぜん》のかげろふに目を凝《こ》らしてゐたあひだに、いつのまにやら、うつらうつらとこの体《てい》ぢや。誰《たれ》かある、誰《たれ》かある、（ト扇で手を拍つ）

「ハハア」と声して、下手より侍女早蕨《さわらび》、侍女若菜、

登場平伏なすを

宗盛　コレサ、この平の宗盛が館《やかた》には、そのやうなしかつめらしい顔つきは禁制々々《きんぜいきんぜい》、都の花のうはさのかずかず、睡気《ねむけ》ざましにきかしてくれい。

早蕨　仰せとあらば下々《しもじも》の

若菜　花見踊りの

両人　一《ひと》ふしを。

宗盛　オオ舞へ、舞へ。

〽花と恋とに憎まれて
ほんに〳〵、ほに〳〵
名に負ふよすが
鐘撞《かねつき》ぼん様
見よや濁世《だよくせ》の野暮すらに
示さん為に御仏《みほとけ》の
濡《ぬれ》有難き御《おん》姿
半ばは花に隠れます
風に漂ふ幕の内
てりこそてりぬか、てりましこ
鳴く音《ね》かはゆき山雀《やまがら》の
おのが秘曲の羽も軽く
よい〳〵〳〵〳〵やさ

（元禄時代俗謡集「松の葉」に拠る）

ト はじめ両人、踊るに、半ばより宗盛立ちて踊るに、両人踊りをやめて見戍る、宗盛一人、不器用に、早間《はやま》の踊りを踊り抜く。両人「やんややんや」と囃す。

宗盛　面白い事ではある。今日は花も見頃であらうに、かうしてゐても詮ないこと、イザ花見に出かけよう。

両人　ハハア。

宗盛　熊野《ゆや》にも早う仕度をと申せ。

両人　ハハア。

宗盛　さいつころ遠江《とほとほみ》の国、池田の宿より連れて上《のぼ》りしかの熊野ぢやが、老いたる母のいたつきとて、たびたび暇《いとま》を乞ひはすれど、この春ばかりの花見の友、熊野がなくては興がない。さて、装束を改めて、清水《きよみづ》へ遠出とまゐらう。熊野にも仕度を。

両人　熊野どのに

宗盛　ウム熊野になう。

〽熊野《ゆや》に熊野にと、声高《こわだか》に
春を気儘の馴れ衣《ごろも》

ト 三人上手に入る。（一人が打掛をもちて入る）

〽旅の衣の日も添ひて

夢も数添ふ仮枕
都に着きし朝顔が

ト下手より朝顔（やゝ鄙びたる美少女）登場。上手より早蕨、再び出で、舞台中央にてゆきあふこと。

早蕨　どなたでございます。

朝顔　はい、私は遠江の国池田の宿の朝顔と申す者でございます。

早蕨　さては熊野どののお里の方《かた》。

朝顔　その熊野どのをお迎へに、はるばる都へ上《のぼ》りました。

早蕨　熊野どのを？

朝顔　はい、このほど老母の病重《おも》り、たびたびお迎への人を上げましたが、更にお下《くだ》りもございませぬ故、このたびはこの朝顔が、お迎へに参じました。シテ熊野どのは？

早蕨　はい。

朝顔　さてはもうお下《くだ》りか？

早蕨　いいえ。

朝顔　ハテなあ。

早蕨　ここでお待ちあそばしませ。

トつい居る、唄になり

〽春前《しゆんぜん》に雨あつて
花の開《ひら》くること早しとや
四条五条の橋の上
老若男女《なんによ》貴賤都鄙《とひ》
色めく花衣《ころも》
袖を列《つら》ねて行く末の
雲かと見えて八重一重
咲く九重の花ざかり
名に負ふ春の景色かな

ト花道揚幕より熊野出で、七三にて、大らかなる晴朗なる振《ふり》のうちにも、哀感のにじむ趣、本舞台へ来り

朝顔　熊野どの。

熊野　オオ朝顔か、なつかしい、

早蕨　（仲を隔てて）熊野どの、只今殿様が、清水《きよみづ》へ花見にお出かけなれば、早々《はや〳〵》とお仕度をあそばしませ。

熊野　（きいてゐず）朝顔、母様《はわさま》の御容態はェ？

朝顔　はい、ここに御文《おんふみ》が。

熊野　うれしや御文《おんふみ》。

早蕨　熊野どの、殿様がお花見に……

熊野　御文はやう。

早蕨
朝顔　熊野どの、

ト両人、熊野の両側にゐて、おのおのこなし、朝顔は文をさし出す、熊野はそれを読む、早蕨は上手へ走り去る。

〽うれしと思ふ文のうち
頼みすくなき墨の色
涙《なんだ》の簾をたれこむれば
読みがたきも理《ことはり》や

ト上手より装束を変へたる宗盛、侍女二人を従へて出で

宗盛　熊野よ、何とて遅いぞ。
熊野　これなる朝顔が、池田の宿より、母の文《ふみ》をもて参じました。
宗盛　ナニ、母の文とナ。（ト合引にかけること）
熊野　これなる文でございます。（ト文をさし出す）
宗盛　見るまでもなし、それにて高らかに、読むがよいぞ。
熊野　ハ、ハア。（ト謡がかりにて文をよみ出す）『甘泉殿《かんせんでん》の春の夜の夢、心を砕く端《はし》となり、驪《り》山宮《さんきう》の秋の夜の月終りなきにしもあらず。』

ト唄になり

〽末世一代教主の如来も
生死《しやうじ》の掟をば遁《のが》れ給はず

熊野　何とやらんこの春は

〽年古りまさる朽木桜
今年ばかりの花をだに
待ちもやせじと心弱き
老の鶯逢ふことも涙に咽ぶばかりなり

熊野　『ただ然るべきはよきやうに申し、暫しの御暇《おんいとま》を賜はりて今一度《いまいちど》まみえおはしませ、返す返すも命の内に、（ト泣き）命の内に今一度《いまひとたび》、見参らせたくこそ候へとよ。』

〽老いぬればさらぬ別れのありといへば
いよいよ見まくほしき君かなと
古言《ふること》までも思ひ出の涙ながら書きとどむ

ト熊野、文を読みをはり、黙して打枕む。

朝顔　おそれながら殿様へ、老母の命は旦夕《たんせき》にせまり、熊

野の悲しみもこの有様、どうぞおいとまを賜はつて、東《あづま》に下れと仰せあるやう、私からもお願ひ申します。

宗盛　ウム老母の痛《いた》はりはさる事ながら、この春ばかりの花見の友、暇《いとま》をくれるわけには行かぬ。

熊野　お言葉を返すはおそれながら、花は春毎に咲きますもの。今に限りはいたしませぬが、これはあだなる玉の緒《を》の、永き別れとならうもしれず、お暇《ひま》を賜はりたう存じます。

宗盛　今年の花は今年限り、人の命と何を選ばう。この世に生きて花を見るは、今日《けふ》只今の大事《だいじ》であらうぞ。老母の命も、この宗盛が命も、同じ露の命なれば、今生《こんじやう》の花の宴《うたげ》は、欠かすわけにはまゐらぬわい。

熊野　人の命と、花のいのちと……

宗盛　花のいのちも、はや旦夕ぢや。

朝顔　涙をかくす花見とは……

宗盛　イヤ時分《じぶん》の花は、また熊野の花、今日《けふ》を措《お》いては、かへらぬ花ぢや。心弱いことではいかぬ。いかにも心を慰めの、花見の車同車にて、ナ。

〽ともに心を慰さまん

宗盛　牛飼車を、早う寄せい。

〽牛飼車寄せよとて

これも思ひの家《いへ》の内
はや御出《おんい》でと勧《すす》むれど
心は先に行きかぬる
足弱車の力なき花見なりけり

ト朝顔を制して、宗盛、熊野を引立て、侍女二人これに従う体《てい》よろしく、ツナギ幕。

清水寺の場

上手は来世の悟りを、下手は現世の快楽を表徴せる舞台。幕あくと、下手の緋毛氈の上に、宗盛、侍女二人に酌をさせ、花の下にて、酒を酌みゐる。

宗盛　熊野はどこへまゐつた。

若菜　まだ御堂《みどう》にをられます。

宗盛　（上手を見て）まだ御堂《みどう》にか。……（急に心いら立ちて）早くと申せ。花のもとの酒宴《さかもり》に、熊野がなくては酔もまはらぬ、早くと申せ。

若菜　ハハア（ト上手の段のところへ行き）熊野どの、熊野どの、はや花のもとの御酒宴もはじまりました。殿が召します。早う。早う。

ト唄になり

〽急《せ》かされし
花の面輪のやつれがち
熊野は祈誓《きせい》も、そこそこに

ト熊野しづしづと上手奥より段を下りて来り、宗盛の前に手をつく。

宗盛　清水《きよみづ》の観世音に祈願をこめたか。

熊野　はい。

宗盛　それでよい。それで母御もやがて本復、ここはまづ、日暮れぬうちに、盃の数をあげるが肝要、熊野よ、いざ。

ト盃事あり、ト唄になり

〽折から清水《きよみづ》の
眉雪《びせつ》の高僧
侍僧をともない、立ち出づる

ト上手の壇上に、高齢の僧正湛心、若き侍僧清円を伴ひ出づ。

清円　御師匠様には、何ゆゑここへ。

湛心　さきほどより由ありげな女性《によしやう》の祈誓、面《おもて》には悲しみが溢れてみえたが、なほも濁世《じよくせ》のきづなを絶ちかね、悩みわづらふ姿を見て憐愍《れんみん》の心を起したのぢや。

〽和顔愛語《わげんあいご》のこだはりなく
仰せに解くや纜《ともづな》も
熊野を渡すか弘誓《ぐぜい》の舟

清円　お師匠様、いつ見てもこの清水の御堂《みどう》の花は、見事な眺めでございますな。

湛心　わしらにはあの衆生《しゆじやう》のやうに、あわただしい花見のつとめも要らぬ。いつも花のかたはらに居るのだから。

清円　み仏のかたはらに、でございますね。

湛心　さうぢや清円、わしらの花は、いつかなうつろふ時がないのぢや。（ト坐り、両人読経する）

ト忽ち賑やかな囃子になり

〽こなたは御気色《みけしき》うるはしく
宗盛卿がほがひ歌《うた》

宗盛　（吟詠）花檻前《はなかんぜん》に笑《ゑ》んで声いまだ聞かず、とや（ト舞ふ）

〽それ朝《あした》に落花を踏んで相伴《ともな》つて出で

夕《ゆうべ》には飛鳥に随つて、一時《いつし》にかへる。
九重に咲けども花の八重桜
幾代の春を重ぬらん
（所出「西行桜」）
トこれより侍女二人からみ
〽酒をたうべて、たべ酔うて
たふとこりんぞや、まうでくる
なよろぼひそ、まうでくる
たんな、たんや、たりやらんな
たりちりら、たりちりら
（所出「催馬楽」）
ト舞ひ納め、宗盛大いに笑ふこと。トしめやかなる
唄になり、上手の両僧の読経の声の心にて
〽観自在菩薩
行深般若波羅蜜多時《ぎやうじんはんにやはらみつたじ》
照見五蘊皆空《うんかいくう》、度《ど》一切苦厄
ト又、賑やかなる囃子になり
宗盛 コレサ熊野、お身が心を慰めんと舞うたゆゑ、今度
はお身が、わがためにナ。
早蕨 熊野どの、一《ひと》さし。
若菜 舞をあそばせ。
宗盛 あら面白の花や、熊野よ、舞へ。舞へ。
熊野 仰せなれば（ト憂ひをこめて立上り）花前に蝶舞《ま》ふ。
紛々《ふんぷん》たる雪
〽柳上《りうしやう》に鶯飛ぶ、片々《へんぺん》たる金《きん》
立ちいでて峯の雲、花やあらぬ初桜の
祇園林《ばやし》下《しも》河原
南を遥かに眺むれば、大悲擁《おう》護の薄霞
忽ち左の如くしめやかなる唄になると共に、熊野は
上手へ誘はれゆきて、悲しげに経文に合はせて舞ふ。
〽色《しき》不異空、空不異色《しき》
色即是空、空即是色
受想行《ぎやう》識、亦復《やくぶ》如是《によぜ》
又忽ち、花やかなる曲になり、熊野下手へ移りて花
やかに舞ふ。
〽熊野《ゆや》権現の移ります御名《みな》も同じ今熊野《いまくまの》
稲荷の山の薄紅葉の

青かりし葉の秋また花の春は清水《きよみづ》の
ただ頼め頼もしき春も千千《ちぢ》の花盛り

又、しめやかな経文の唄にて上手へ誘はれゆく。されど、このたびは、心澄みて晴れやかに静かに舞ふ。

〽無無明《むむめう》、亦《やく》無無明尽《じん》
乃至《ないし》無老死、亦《やく》無老死尽
無苦集《しふ》滅道、無智亦《やく》無得

又賑やかに、下手へ来て

〽山の名の音羽嵐の花の雪
深き情を人や知る

又上手。

〽以無《いむ》所得故《こ》、菩提薩埵《ぼだいさつた》
依《え》般若波羅蜜多故《こ》、心無《しんむ》罣礙《けいげ》

下手より宗盛立上り、賑やかに連舞になり、踊りは速度を増し、最高潮に達する。

〽いつも見たいは、君と杯と、春の初花
いつも見れども、面向不背《めんかうふはい》か、花の盛りか
花に嵐の、吹かば吹け吹け、君の心の
よそへ散らずば。よいそのせ

（所出「隆達節小歌集」）

ト風音になり、花夥しく散ること、熊野ハタと踊りを止め

熊野　俄かに村雨《むらさめ》のして、花の散りましたのは……
宗盛　いかにも村雨が花を散らしたわ。
熊野　いかにせん。

〽都の春も惜しけれど
馴れし東《あづま》の花や散るらん

宗盛　ウム馴れし東の、花や散るらん。……熊野。
熊野　はい。
宗盛　それほど東に下《くだ》りたいか。
熊野　はい。（トうづくまりて泣く）
宗盛　（やゝ考へてのち、急に）いや、道理ぢや。はやばやと暇《ひま》とらす。東へ即刻下《くだ》るがいい。
熊野　え、本当においとまを？
宗盛　ウム、はやばやと下《くだ》るがいいぞ。
熊野　ありがたうございます。

宗盛　また都へ連れかへれば、変りやすいこの宗盛の心が
また変らうもしれぬゆゑ、花とそなたに名残を惜しんで、
ここで別れるが、上分別。
熊野　はい、今更ながらお名残が……
宗盛　又来る春まで、息災で、ナ。
熊野　宗盛さまにも……
宗盛　ウム、熊野よ、さらばぢや。
〽花を見捨てて宗盛は
都へかへる雁がねの
翼に露をや宿すらん
ト宗盛、憂ひのこなしにて、侍女二人を伴ひて、花
道を入る。
熊野　ありがたや、これも観世音の御利生《ごりしよお》か。
〽熊野は御堂《み》を伏し拝み
東路《あづま》さしてゆく道の
やがて休らふ逢坂の
関の戸ざしも心して
明け行く跡の山見えて
東に帰る名残かな、東に帰る名残かな
ト喜び舞ひつゝ花道を入るとき、僧二人は段を下り
て舞台正面に来り、熊野を見送る。唄の切れにて暮
夜の鐘鳴りひびく。
湛心　何も知らずに東《あづま》へいそぐか。
清円　と仰言いますのは、
湛心　清円。……熊野の母の定命《じやうみやう》は、熊野がかへる前に尽
きるのぢや。
二人沈黙、又鐘鳴る。
湛心　おお、日が暮れるな。御寺《みてら》へかへつて看経《かんきん》にいそし
まうわ。
清円　はい、御師匠様。
ト二人又段を上つてゆく。花散るうちに。
——幕——

食後の歌

木下 杢太郎

昭和43年7月号

金粉酒

Eau-de-vie de Dantzick.《オオドギイドダンチツク》
黄金《こがね》浮く酒、
おお五月、五月、小酒盞《リキユウルグラス》、
わが酒舗《バア》の彩色玻璃《ステエンドグラス》、
街《まち》にふる雨の紫。

をんなよ、酒舗《バア》の女、
そなたはもうセルを着たのか、
その薄い藍の縞を？

©日本近代文学館

きのした・もくたろう
（明治18年～昭和20年）
東京大学医学部卒。本名太田正雄。「明星」「スバル」などに参加。明治41年北原白秋等と「パンの会」を結成。医学研究と文学活動の両面で活躍。洗練された詩風で、詩集に『食後の唄』などがある。

まつ白な牡丹の花、
触《さ》はるな、粉が散る、匂ひが散るぞ。

おお五月、五月、そなたの声は
あまい桐の花の下の竪笛《フリウト》の音色《ねいろ》、
若《わか》い黒猫の毛のやはらかさ、
おれの心をとらかす日本《にっぽん》の三味線。

Eau-de-vie de Dantzick.《オオドギイドダンチツク》
五月だもの、五月だもの——。

両国

両国の橋の下へかかりや
大船《おほぶね》は檣《はしら》を倒すよ、
やあれそれ船頭《せんどう》が懸声《かけごえ》をするよ。
五月五日のしつとりと
肌に冷《つめ》たき河の風、
四ツ目から来《く》る早船の緩《ゆるや》かな艪拍子や、
牡丹を染めた袢纏の蝶々が波にもまるる。

灘の美酒、菊正宗、
薄玻璃《うすはり》の杯《さかづき》へなつかしい香《か》を盛つて
西洋料理《レストウラント》の二階から
ぼんやりとした入日空《いりひぞら》、
夢の国技館の円屋根《まるやね》こえて
遠く飛ぶ鳥の、夕鳥の影を見れば
なぜか心のみだるる。

珈琲

今し方《がた》
啜つて置いた
Mokka《モカ》のにほひがまだ何処《どこ》やらに
残りゐるゆゑうら悲《かな》し。
曇つた空に
時々は雨さへけぶる五月の夜《よる》の冷《ひや》こさに
黄いろくにじむ華電気、
酒宴のあとの雑談の
やや狂ほしき情操の、さりとて別に之といふゆゑも無
けれど
うら懐《なつ》かしく、
何《なん》となく古《ふる》き恋など語まほしく
凝《ぢつ》として居《ゐ》るけだるさに
当《あて》もなく見入れば白き食卓の
磁の花瓶にほのぼのと薄紅《うすくれなゐ》の牡丹の花。
珈琲《カフエエ》、珈琲《カフエエ》、苦《にが》い珈琲《カフエエ》。

五月

五月が来た。郊外を夕方歩《ある》きや
家々の表《おもて》で藁を燃《も》すにほひ、
林の櫟《くぬぎ》に新芽が出《で》、
葉茶店に新茶、
伯爵家の別荘に罌粟が咲いた。

人をたづねに街《まち》を行けば
酒屋の電燈《でんき》が薦《こも》の銘を照し、
みすぼらしい小間物屋にも夏帽子が出《で》、
そして呉服屋で暖簾を取込む。
五位鷺がなく原を通つて小川に沿《そ》つてゆき
早くお前とあいたい、いつもの所で、
五月が来た、五月が来た、
一年経《た》つてまた五月が来た。

一私窩児の死

堀口　大學

大正3年2月号

エテルと阿片とコカエンと………
私窩《ごく》児の女王ピイレット・フルウレエよ！
貧しきわが歌を受けよかし！
墓の下にて。

「エテルと阿片とコカエンと………
私窩児の女王ピイレット死す！」
もの皆は余《あま》りに整《ととの》ひすぎ、

ほりぐち・だいがく
（明治25年〜昭和56年）
慶應義塾大学中退後、メキシコやヨーロッパの各地を転住。「パンテオン」「オルフェオン」創刊。訳詩集『月下の一群』は日本を代表する名訳詩集。昭和54年文化勲章受章。詩集『人間の歌』、翻訳にボオドレエル『悪の華』、メリメ『カルメン』など。

あまりに平凡に、
あまりに原因は結果を生む
千九百十三年の今日《けふ》にありて
君が死の報《しらせ》ばかり
怪くも力強く
わが感激を打ちたるはあらじ。
そを聞きてわれは叫びぬ！
「幸運なる一私窩児の死の
法王の死よりも安けき可笑《をかし》さよ」
酒杯を上げてまた叫びぬ！
「君が死はよき芸術なり
美しきわが憧憬《あこがれ》の芸術なり」
そはげに今の世にありては
いと珍《めづら》しき矛盾なり。
如何にその矛盾のわが感激に親しきよ。

昔少女は恋に死す！
されど今！
恋にあき、
男も夢に誘ひ得ざる肉もてる

うら若き巴里の私窩児の女王
ブロンドのわがピイレットは
エテルの阿片のコカエンの
酩酊の過剰に死す！
思ふ、死ざまの月の如美くしき
君が過去の日にふさはしきを！
げに君が二十二年の一生は
エブの林檎にも増して美味なりき。
地上の夜の夜なる
輝ける巴里の歓楽場の夜。
美服と快楽と浮気なる色恋と。
たはれが男の膝《ひざ》の上！
世紀末の歓楽の女王よ！
その夜君は夜更けて劇場を出で
美貌なる若き銀行家に
送られて家に帰へりぬ。
かくてその夜も
君が夜毎の習はしの如く
エテルと阿片とコカエンと…

かつ酔ひかつは睡りぬ！
朝なりき！　その夜に次げる。
美しき金色《こんじき》の、九月の秋の
日は已《すで》に巴里の上に
午《ひる》近く輝ける時、
真白き床の上に、
つつましき君が侍女は
驚きの眼に見出でたり、
香料に匂へる床の上に、
エテルの阿片のコカエンの………
美くしき夢のまにまに、
昏々たる君がねむりを………。
さむる時なき君がねむりを、死を、
美くしく半ばひらける
君が眸《まぶた》に見出たり。
数知れず男を抱《いだ》きし君が腕《かひな》は
昨日の如くなほふくよかに、
多の唇にふれし君が唇は
昨日の如くなほ紅かりき！

君がブロンドのよき髪《かみ》は
美くしくなが〳〵と
こともなきあさごとのごと
枕の上にひろがりぬ。
罪の多を包める肉体も
安けき聖母の死の如く
死の手によりてねてありぬ！

さらばわがピイレット！
世紀末のわがサロメ！
さらば受けよかし！
墓の下にて！
東洋の詩人が刻む墓誌銘を！
——太陽の如《ごと》美くしきかな君が死は！
——君が死は美の宗教なり！
新らしき君が墓には
シャンパンの酒をそそがん！

雪

レミー・ド・グールモン
堀口大學 訳

大正3年12月号

シモンヌ、雪はお前の襟あしの様に白い、
シモンヌ、雪はお前の両ひざの様に白い。

シモンヌ、お前の手は雪の様につめたい、
シモンヌ、お前の心は雪の様につめたい。

雪を溶かすには火の接吻《くちづけ》、
お前の心を解くには別れの接吻《くちづけ》。

雪はさびしげに松の木の枝の上、
お前の前額《ひたひ》はさびしげに黒かみのかげ。

シモンヌ、お前の妹《いもうと》雪は庭に眠つて居る。
シモンヌ、お前は私の雪そして私のお宝《たから》。

白鳥

マラルメ
上田 敏 訳

大正4年12月号

純潔《じゆんけつ》にして生気《せいき》あり、はた美《うる》はしき「けふ」の日《ひ》よ、
勢猛《いきほひたけ》き鼓翼《はばたき》の一搏《ひとうち》に砕《くだ》き裂《さ》くべきか、かの無慈悲《むじひ》な
る湖水《こすゐ》の厚氷《あつごほり》、
飛《と》び去《さ》りえざりける羽影《はかげ》の透《す》きて見《み》ゆるその厚氷《あつごほり》を。

この時《とき》、白鳥《はくてう》は過《す》ぎし日《ひ》をおもひめぐらしぬ。
さしも栄多《はえおほ》かりしわが世《よ》のなれる果《はて》の身《み》は、
今《いま》こゝを脱《のが》れむ術《すべ》も無《な》し、まことの命《いのち》ある天上《てんじやう》のこと
わざを
歌《うた》はざりし咎《とがめ》か、実《みのり》なき冬《ふゆ》の日《ひ》にも愁《うれへ》は照《て》りしかど。

うえだ・びん
（明治7年〜大正5年）
東京帝国大学在学中に「帝国文学」の創刊に参加し、小泉八雲に学ぶ。「文学界」「明星」等で活躍。訳詩集『海潮音』はフランス高踏派と象徴主義を日本に紹介した画期的業績。ほかに遺稿詩集『牧羊神』など。

©国立国会図書館「近代日本人の肖像」
https://www.ndl.go.jp/portrait/

かつて、みそらの栄《はえ》を忘《ばう》じたる科《とが》によりて、
永《なが》く負《おは》されたる白妙《しろたへ》の苦悶《くもん》より白鳥《はくてう》の
頸《くび》は脱《のが》れつべし、地《ち》、その翼《はね》を放《はな》たじ。

徒《いたづら》にその清《きよ》き光《ひかり》をこゝに託《たく》したる影《かげ》ばかりの身《み》よ、
已《や》むなくて、白眼《はくがん》に世《よ》を見下《みさ》げたる冷《ひや》き夢《ゆめ》の中《なか》に住《ぢゆう》し
て、
益《やう》も無《な》き流竄《るざん》の日《ひ》に白鳥《はくてう》はたゞ侮蔑《ぶべつ》の衣《きぬ》を纏《まと》ふ。

私が驢馬と連れ立つて天国へ行く為の祈り

フランシス・ジャム
堀口大學 訳

大正10年7月号

おお神さま、私があなたの所へ参ります日には
村々がお祭で、埃《ほこり》の立つ日にして下さい。
昼間《ひるま》でも星の出てゐる天国へ参りますに、
この世で何時も私がしたやうに、
気の向いた道から行くようにしたいものです。
私は私の杖を持つて広い道から参りませう、
そして私の友の驢馬たちに云ひませう、
「おれはフランシス・ジャムだ、これから天国へ行く
　所だ
何故なら神の御国《みくに》には地獄がないからだ」と。また、
「青天井のやさしい友だちよ、可哀いいあはれな動物
　よ、
耳を素早く動かして、蠅《はい》を追ひ、虻《あぶ》を追ひ、蜂を追つ
　てゐる君たちよ、
私と一緒に来るがよい」と。

どうか私がこれ等の獣《けだもの》にとりまかれて
あなたの前に現はれるようにして下さい。
私は驢馬を愛するのです、何故と云ふに
彼等は静かに頭を下《さ》げ
人の慈愛にすがるやうに音なしく
小さな両足を組み合せるからです。
数千の驢馬の耳を従へて私は参りませう。

両腹に花籠を積んだのや
または箒《ははき》やバケツを乗せた車を引いたのや
旅芸人の荷車を引いたのや
でこぼこな空罐を積んだのや
革嚢のやうに腹がふくれて行き悩む孕《はらみ》驢馬や
青光《あほびかり》のする傷のまはりにうるさく蠅《はい》がたかるので
それを防ぐ為めに小さな猿股《さるまた》をはかせたのや。
どうか天使たちが安全に私たちの一行を
少女のにこやかな肉のやうに滑かな桜桃《さくらんぼう》がゆれてゐる
茂つた小川の岸へ導くやうにして下さい。
そしてこの魂の安息所にうなだれて、
あなたの神々しい水の上に、
彼等の心まづしさと貧乏さを
無窮の愛に写した時の驢馬のやうに
私もなり得るようにして下さい。

われ山上に立つ

野口　米次郎

大正15年4月号

かくてわれ山上に立ち、
生命と沈黙の勇者……勝ち誇り、
空に眼《まなこ》をむけ、突立ちあがり、
没せんとする太陽《ひ》を見て微笑み、麗しく悲しき告別を
歌ふ。
夕《ゆふべ》は神秘にてわれをとり巻き、
その香気は伝統の如くかんばし、

のぐち・よねじろう
（明治8年〜昭和22年）
慶應義塾大学中退。渡米しウォーキン・ミラーのもとで詩を学ぶ。「ヨネ・ノグチ」の名で英詩を発表し米英で活躍。帰国後、慶大英文科教授となり、海外詩人との交流の会「あやめ会」を主宰。詩集『二重国籍者の詩』など。

ああ、われにしのび寄る諸々の思想は、
譬ふれば、外国《とつくに》の微風《かぜ》の如く或は蛇の如し。
人若しわが山上の姿を見なば、
静に飛ばんとする詩神にて、
われに黄金の快調あり気高き風貌ありといふなるべし。
げに、われは都会の剣《つるぎ》を嫌ひ、
その狂暴なる威嚇をののしつて立つものなり。

太陽《ひ》は重も重もしくはるかに沈み、
甘き誘惑と暗明の手にわれを残しゆく。
夕はながながとその影を払つて西方へと過ぎ、
西方へ過ぎゆく夕と共に、樹木の長き影は消ゆる……
如何に無言に沈黙の歌はわが魂にしのび込まんとするよ。
われは、蟋蟀の間、
星が歌に響かする幽玄のなかに依然として立ち、
如何に柔にその身が夕に鎔けゆくかを見んとするなり。

月は徐々として上る……わが影は
夢の如き夢の逍遥を地上に描く。
空に微笑み無言の歓迎を述ぶる一箇の人間あり、
そはわれにあらざるわれなりと知り給へ。

体裁のいゝ景色

西脇 順三郎

人間時代の遺留品

大正15年11月号

にしわき・じゅんざぶろう
（明治27年〜昭和57年）
慶應義塾大学理財科卒。英国留学中に英文の詩を発表、慶大教授、同文学部長、三田文學編集委員を歴任。ダダ、シュルレアリスムの運動を牽引した。詩集『Ambarvalia』『旅人かへらず』など。

（1）

やつぱり脳髄は淋しい
実に進歩しない物品である

（2）

湖畔になる可く簡単な時計を据付けてから
おれはおれのパナマ帽子の下で
盛んに饒舌つてみても
割合に面白くない

（3）

郵便集配人がひとり公園を通過する
いづこへ行くのか
何等の反響もない

（4）

青いマンゴウの果実が冷静な空気を破り
ねむたき鉛筆を脅迫する
赤道地方は大体に於てテキハキしてゐない

（5）

快活なる杉の樹は
どうにも手がつけられん
実にむづかしい

（6）

鈴蘭の如き一名の愛妻を膝にして
メートルグラスの中にジン酒を高くかざして
盛んに幸福を祝ふ暴落は

三色版なれども我が哀れなる膏薬の如き
壁に垂れたること久し
青黒き滑稽なる我が生命は
鳳仙花のやうに可成り貧弱に笑ふ

（7）
結婚をした女の人が沢山歩いてゐる
気の弱い人は皆んな驚く

（8）
頭の明セキといふことは悪いことである
けれども上級の女学生はそれを大変に愛する

（9）
ミレーの晩鐘の中にゐる青年が
穿いてゐるズボンの様に筋がついてゐないで
ブク〳〵して青ぼつたいのは
悪いことである

（10）
女の人が富裕な重苦しい世界を
到る処へ運んでゐなければならないことは
今一つぺん真面目に考へてみなければならない

（11）
銅銭を氷に漬けてから使用する方が
礼節に富んだ世界である
然し
沈黙は軽薄なことである
影はあまりに鮮明で面白くない
山の中で寂莫が待つてゐるとは
厄介なやつである

（12）
随分ナマイキな男が
ステツキを振りまはしつゝ
木造の家へ入つて行つてしまつた

（13）
夕日が親戚の家を照らしてゐる
滑稽な自然現象である

（14）
一箇の丈夫な男が二階の窓から
自己の胸像をさらけ出して
桜んぼの如き惨憺たる色彩を浴びる

(15)

夕暮が来ると
樹木が軟かに呼吸する
或はバルコンからガランスローズの地平線をみる
或は星なんかが温順な言葉をかける
実になつてゐない組織である

(16)

秋といふ術語を用ゐる時間が来ると
草木はみな葉巻の様な色彩になる
なんとキモチの悪い現実である

(17)

気候がよくなるとイラグサの花が発生してゐる
三メートル位の坂をのぼつて
だん〳〵と校長の方へ近づく

(18)

シルクハツトをかむつて樹木をみてゐると
頭が重くなる

(19)

洋服屋の様にテーブルの上に坐つて
口笛をふくと
ペルシアがダン〳〵と好きになる
なにしろバラの花が沢山あり過ぎるので
窮迫した人はバラの花を駱駝の朝飯にする
なにしろガスタンクの中にシアーベツトを
貯蔵して夕暮が来ると洗濯をしたり
飲んだりするなんて
随分真面目になつてしまふ

(20)

進軍ラツパをとどろかしてからフチなし眼鏡をかけて
パイプに火をつける瞬間は忽然たるものである
さうして自画像が極端によく出来てゐる

(21)

王様の誕生日にハモニカを吹奏して
勲章をもらつた偉人は
サマルカンドの郊外に開業してる得業士である
彼の親父はアラビアに初めて
茄子を輸入した公証人であつた

(22)

蒸し暑い朝の十時頃路端の草の上に
腰かけて女優の絵葉書を五六百枚位懐から出すことは

大体に於て嵩高なる魔術師である

(23)
薄弱なる頭髪を有する男の人物が
モミヂの樹に小さいセミが附着してゐるのを
聴えてゐる
なんと幸福なる緑の弊害である

(24)
真赤なクツシタを穿いてブラ〳〵散歩に出たけれども
公園に廻り我が余りに清きクツシタをはきかへる
其の崇厳なる音楽

(25)
カイロの市で知合になつた
一名のドクトル・メヂチネと共に
シカモーの並木をウロ〳〵として
昨夜噴水のあまりにヤカマシきため睡眠不足を
来たせしを悲しみ合つた
ピラミツドによりかゝり我等は
世界中で最も美しき黎明の中にねむり込む
その間ラクダ使は銀貨の音響に興奮する
なんと柔軟にして滑《ナメ》らかなる現実であるよ

(26)
古い帽子の内面を淋しがるやうぢあ
駄目だ　まだ精密でない
ツクシンボウの中で精霊の夢をみんとして
寒暖計の水銀球を愛するのである
何んにつけても
愛らしき春が革靴の下で鳴るのである

(27)
牧場の様にこと程そんなに質素な庭に
貿易風が吹く頃は
尖んがつた頭蓋骨と顎が
整列する
こんなものはおれの兵隊には不適当である
又彼等はおれの軍楽隊に入つて貰ふには
余りにムラサキのヒゲがある
それから第一に彼等はメロンが好きでないから困る

(28)
女性的にクニア〳〵とした空を
菩提樹が足をハリ上げて蹴る強烈なる正午に
若き猶太人をのせた自動車が

凱旋門を通過し伊太利料理へと進行す
キアンテイよ汝は………

(29)

脳髄の旋転が非常に重い
さうして異状的に渋いのは海岸線である
太陽太陽が出るのである
香水の商売をしてゐるヘブライ人が
ナギのいゝ砂漠の上に額をこすりつけて
礼拝をする

(30)

《熱帯の孤島にある洋館の一室
中央にただひとり藤椅子の上に
船長のほそ長い顔した令嬢が坐つてゐた
崇厳なる処女の無口とその高価なる大絨氈のため
一青年は紙煙草の灰を落す場所なく遂に
自殺をした》
なんたる猛烈なる日中であるよ
しかしさうでもないよ

(31)

死人の机の中から
紙煙草の銀紙で造つた大なるボールを発掘した
なんたるハイマートクンストであるよ

(32)

平らべつたい山脈に
フロツクコウトをきて立つ
さうしてシノヽメを待つ
三脚と杖は
実に清潔なる影を投げることになる
なんと偉大なる感情家で天然の法則はある

(33)

世界がつまらないから
泰西名画を一枚づつみてゐると
遂に一人の癇癖もちの男が
郷里の崖《ガケ》に祝福を与へてゐる

(34)

割合に体裁のいゝ景色の前で
渾沌として気が小さくなつてしまふ瞳孔の中に
激烈に繁殖するフユウシアの花を見よ
あの巴里の青年は
縞の帽子の中で指を変に屈折さす

郵便局と樹があるのみ
脳髄はデコボコとして
痛い

酒、歌、煙草、また女 三田の学生時代を唄へる歌

佐藤 春夫

昭和3年1月号

ヴィカスホールの玄関に
咲きまつはつた凌霄花
感傷的でよかつたが
今も枯れずに残れりや

秋はさやかに晴れわたる
品川湾の海のはて
自分自身は木柵《さく》に
よりかかりつつ眺めたが

ひともと銀杏葉《いてふ》は枯れて
庭を埋めて散りしけば
冬の試験も近づきぬ
一句も解けずフランス語

若き二十《はたち》のころなれや
三年《とせ》がほどはかよひしも
酒、歌、煙草、また女
外に学びしこともなし

©国立国会図書館「近代日本人の肖像」
https://www.ndl.go.jp/portrait/

さとう・はるお
(明治25年~昭和39年)
慶應義塾大学中退。与謝野寛、生田長江に師事。永井荷風らの影響を受ける。「病める薔薇(のち「田園の憂鬱」)」で作家としての地位を固めた。詩集『殉情詩集』、小説「都会の憂鬱」など。

孤蝶、秋骨、はた薫
荷風が顔を見ることが
やがて我等をはげましつ
よき教ともなりしのみ

我等を指《さ》してなげきたる
人を尻目に見おろして
新らしき世の星なりと
おもひ傲れるわれなりき

若き二十は夢にして
四十路に近く身はなりぬ
人間ふままにこたへつつ
三田の時代を慕ふかな。

私の食卓から

津村　信夫

昭和6年12月号

「モーパサン」とお前は美しく発音する、

草叢の中でよく私が話したやうに
モーパサンを読んで居ると
いつの間にか私達は月光を感じて居る、

お前は優しい伯母を持ち
いつも貧しい食卓でアルミニウムのスプウンを動かせ
る、

Ⓒ日本近代文学館

つむら・のぶお
（明治42年〜昭和19年）
慶應義塾大学経済学部卒。室生犀星に師事。「四季」の有力な詩人。モダニズムの影響のもとに典雅華麗な詩を書く。信州戸隠の風土を愛した。詩集『愛する神の歌』ほか。散文集『戸隠の絵本』など。

僕には世界が嫁取りの日の様に明かるく　蝶々の縫取りのあるナプキンによく御飯の粒をこぼす、
ほんとに、なんと云つたらよいのだらふ
私達の心に月光が忍びこまなくなり
「モーパサン」とお前が口元に美しい皺をよせなくなつたら、
アルミニウムの食器や黒光りのする柱時計にお別れを云ふ日が来たら。

漁家

三好　達治

昭和8年4月号

漁家

街と街との間から　山が見える　青い靄がかかつてゐる
家と家との間から　川が見える　……舟がゆく
渚から　黒い猫が帰つてくる
南天の実で遊ぶ子ら　靴の踵をかみつぶして

平津

黒く光つた柱に　春が来た　その柱暦に
堤は遠く枯れたまま　あれ　犬が走る
枯れた蘆間を　犬が走つてゐる

みよし・たつじ（明治33年〜昭和39年）東京帝国大学卒業。「詩と詩論」「四季」の創刊に参加。詩集に前衛詩集『測量船』、四行詩集『南窗集』などがある。萩原朔太郎から大きな影響を受けた。

飛びたつ鳥もない……

村の犬

かすかな木魂さへそへて　犬が啼いてゐる　静かな昼
の村
私はそこに立ちどまる　「庭の隅　蔵の前だな?」
一つの屋敷の奥で　犬が啼いてゐる
川向ふの葱畑から　またひよいと犬がとび出して　耳
を傾ける

揚げ雲雀

雲雀の井戸は天にある……　あれあれ
あんなに雲雀はいそいそと　水を汲みに舞ひ上る
雲もない青空の　あちらこちらに　あれあれ
聴いてごらん　井戸の樞《くるる》がなつてゐる

卵形の室内

瀧口　修造

昭和13年7月号

戸外では絶えず風が言葉をはためかす
消えた薔薇が
鏡の下に一つの眼を氷らせてゐた。

＊

睫毛のない巨大な眼の青空

たきぐち・しゅうぞう
（明治36年～昭和54年）
慶應義塾大学英文科卒。ブルトン『超現実主義と絵画』を翻訳。戦後、芸術集団「実験工房」を結成し、シュルレアリスム運動の進展に大きく貢献した。著書に『今日の美術と明日の美術』など。

明日も
真紅の漂流物が流れるだらう。

＊

手のやうに拡げられた花
眼のやうに閉ぢられた結晶
おまへはその間でくつろいでゐる。

＊

おまへの頬の闇
大きな季節の中に
純白な薔薇の血。

＊

曇りのない夜
曇りのない鏡
その中からおまへは自由に歩み出る。

＊

挿絵のある世界
夜明のやうに知らずにめくられる
夢はまだ栓を抜かない酒瓶である。

＊

菫光線に照された風
卵の中に忍び込む太陽
春の解剖図の中で衣服を着た女たち。

＊

風が帆の中で死んでゐる
旅行者は立ち去つた
別な燈火の方へ
大きな五月の眼の方へ。

海景

堀田　善衞

昭和25年4月号

ほった・よしえ
（大正7年〜平成10年）
慶應義塾大学仏文科卒。草野心平らの「歴程」の同人となる。戦後、上海で「祖国喪失」「歯車」を書き、「広場の孤独」「漢奸」で、昭和27年に芥川賞を受賞し、遅くやってきた戦後派と称された。他に評伝『ゴヤ』など。

——夜　水満ちたる虚無に沈む者
暗く　青白い微光に彩られて
水は水に踊り
光つては　消えてゆく
何者かが触れ　翳さされば
自らは光らぬ発光虫

なめらかな黒い獣の背にゆすられる船溜り
ヨツトの腹を叩く音
鈍い　木の音　中空の反響
それにしても水が時間がヨツトの腹を嘗める音の
その何といふ微妙なことであらう

それは海を眠らせる……

しかもその海も
小波の白鴆は砂浜を束の間に啄み
束の間に失ふ　失つて獲る
その無窮動の外へ出ることはない……

圏外へ出る……
別のものを見る……
つねに誘はれ惑はされてゐたいといふ
われらは誰の夢を見てゐるのであらう

風は限りなき点より鋭く走り来り
青緑の森は葉裏をかへしひるがへし
潮騒はまたその後を追つて来る
眼醒め瞬前の潮騒の音
眠りの退《ひ》いてゆく汀の轍のあと
――そこに何者が交替するのか
うらはらな充実　交替の間
その一髪の間に上り来る太陽

水波は渚の鏡を永遠に磨き
純粋な青空を映す
詩は水泡《みなは》はそこに生れそこに失はれる
海の嵩《かさ》大き力が運び　遺していつた
美しき架空の真珠
潮風は行手ありげに架空を奪ひ去り
一瞬　薄い水肌は戦慄する……

山の酒

西脇　順三郎

昭和26年6月号

にしわき・じゅんざぶろう
（明治27年～昭和57年）
前掲参照。

この山へ来たのは
すもゝがなつていた季節だつたが
今日は狐色の雑木林が四月の雨にぬれている
かたむいた庭は谷の底までつゞく
山のさびれは深い

馬酔木《アセビ》は真白い花を冠つている
岩石に黄色い苔がたれている
極度にやせたひとが
マンドリンをひく家に
一夜をあかしたのだ

北海道から来た女アメリ
神奈川から来た女カサンドルは
灰色の酒をついで歌つた
土人の哀調は竹藪の中のおばけのように。
つかれた友人はみな眼をとじて
葉巻をのみながらねむつていた
認識論の哲学者は
その土人女の説によると
映画女優のなんとかという女に
よく似ているというので
礼拝してほろよいかげんに
石をつたつてかあちゃんのところへ
帰つたのであつた
ゴーラの夜もあけた

縁先の古木には
鳥も花も去つていた
アセビの花
霧
岩の下に貝のような山すみれ
が咲いていたが
だれも気がつかなかつた
山の政治と椎茸の話ばかりだ
ツルゲネーフの古本と
まんじゅうを買つて
また別の山へもどつたのだ
あすはまた青いマントルを買いに
ボロニヤへ行くんだ。

「編輯後記」より

▽勝本清一郎君が此月の二十日にドイツに留学する事になつた。多年の宿望が実現して本人の愉快はさる事ながら、こゝにもまた三田の一勢力が加はる事は何ともいへず心強い限りである。幸にして遠路風雨波静かに、身体を健全に研学あらん事を望むや切である。

〈昭和四年十月号、和木清三郎〉

薔薇

金子 光晴

昭和28年4月号

かねこ・みつはる
（明治28年～昭和50年）
早大、慶大をいずれも中退。大正5年から詩作を開始。放浪生活の後ヨーロッパ遊学、帰国後結婚し、妻と再び海外放浪。実存の痛みを詩に込めた。詩集に『落下傘』『こがね蟲』『鮫』『蛾』など。

石とブリキを喰べて育つた木は
ギプスをかけられながら
桎ぢくれた十本の指から
鮮血を噴《ふ》いた！

薔薇よ。鉄枷《てつかせ》のなかで喘ぐ
かよわい花よ。
むしられることで、むしつた人の心に
復讐するよりてだてがないものよ。

――私はねむられなかつたんです。
――胸の芯を虫が這つて……私は
朝がこわいんです。
君の手鏡に、むなしい紅《くれない》の流れ、漲《みなぎ》るそらに

神々はもうゐないで
ぬぎすてた衣裳ばかりが狼籍に
ところ狭く散らばつてゐるばかり。
それにしても、世界は出血が多すぎた！

死者の庭

田久保　英夫

昭和33年7月号

たくぼ・ひでお
（昭和3年〜平成13年）
慶應義塾大学仏文科卒。山川方夫らと「三田文学」編集に携わる。昭和44年、『深い河』で第61回芥川賞を受賞。他作品に『辻火』（川端康成文学賞）『髪の環』（毎日出版文化賞）『海図』（読売文学賞）『木霊《こだま》集』（野間文芸賞）など。

きみたちが撒く花の下で　死者たちは一枚の皿であつ
てもいい　一本の橋であつてもいい
死者たちにとつて　きみたちは充たされぬ旅にすぎな
い

かつてかれらが　歩いていく影であつた日　きみたち
は影をうつす砂であつた　かつてかれらが　一つの存
在にむかつて匍つていこうとした時　きみたちは線を
失つた世界であつた

*

沈む陽は　きみたちの今日を裸にする　そして　海の
彼方に落ちることで　あらたな夜を統べようとする
それは明日　昇るだろうか　明日はまた今日であろう
か
暗のなかを羽虫は飛び　草の根がなにかを摑もうと身
もだえする　どこへ行くのか　野末をわたり　冲の白
い波頭を砕いて吹きすぎる風は
卓子のうえに孤独な灯をすえ　きみたちは夕餉をした

ためる　温みのきえぬ空いた椅子は　なにを待つのか
きみたちの頬をてらす光はまづしく　そのまづしさの
ゆえに　影は光を追つてやつてくる
河岸に　雑木林に　山峡に　港　それらの巨大な夜の
壺に　ちぎられた雲母のような　時間の切り口がまば
たきする
光と影　墜ちるものと昇るもの　そして死者たちとそ
うでないものたち

梢で梟は見はりをつづけ　小路で犬は脅えたように遠
吠えする　うす目をあけて　眠つている小鳥は　みて
いるのか　雲のなかにある　おびただしい水滴の世界
を
函のなかに函があり　種子のなかに種子があり　世界
のなかに世界があり　目にみえぬどんなものも　それ
自身容れものである　という　そんな夢も信ぜずに
存在のなかに存在があり　風もなく唸りもなく　ただ
無限の速さでうごいている　単調な気流のなかに気流
があるとすれば
世界は一人の女であつてもいい　男であつても　また
永久に氷河のうえを彷徨う獣であつてもいい　太陽は
その脚先からのぼる　背中からも　腿からも　睫毛の
あいだからものぼる
いつかきみたちが　とおく遊星のもの音に耳をすます
時　とつぜん　光の氾濫が　きみたちの眼を灼くかも
しれない
光と影　墜ちていく時間と昇つていく空間　死者たち
とそうでないものたち

*

きみたちが掬り土の下で　死者たちはいつ眼覚めても
いい　いつ巣立つてもいい
死者たちにとつて　きみたちはかよい慣れた庭にすぎ
ない

会話の柴が燃えつきて

伊達得夫に

大岡 信

昭和36年4月号

会話の柴が燃えつきて
ぼくらがひっそり夜の中で黙ったとき
ひとりの男が荘厳な死体となって
眼の前のさわれない河を
くだっていった
さわれないぼくらの親友
さようなら
君は遠ざかるにつれて
細長い猫背をとりもどし
燃えている空の一角を横切ってしまった
もうぼくらとは逢えない湖水を
君はひとりで泳いで渡り

©Akira Soda

おおおか・まこと
（昭和6年〜平成29年）
東京大学国文科卒。読売新聞記者を経て、明大、東京芸大で教授。平成15年文化勲章。詩集に『記憶と現在』『春 少女に』、評論に『紀貫之』（読売文学賞）、『折々のうた』（菊池寛賞）など。

形而上学も恋愛もない
不在によって存在する
あのふしぎな領土へ入ってしまった
君はもう逢わないだろう
つくろうそばから破れてしまう心臓を
素知らぬ顔して文字で覆う少年や
傷ついた眼を神経の森でかくしている
疲れた俳優
旅行中の女の家を訪問するのが大好きな
悩ましい太った詩人
ねそべってるとき最も速く移動する
車のいらないやせた詩人

恋愛沙汰をききたいのに
ほんとは聞くのが辛いような
美しい女たち
君はかれらに逢わないだろう
みんながいちどに涙を流して
君の骨に別れをつげた日
あの日から
君はもう

サンダウン

飯島 耕一

昭和36年4月号

ころがるようにして山をかけ下りたときも
きみはいた
木々のしげみがかれの姿をかくしても
じきにかたむきかかった日の光が

思い出の中の人物となり、
君が愛した純粋なものの思い出のような
光あふれる酒の中へ
薄い涙が溶けこんで
かすかにそれを苦くし
ぼくらを悪酔いさせるのを
君はもう
知りはしない。

いいじま・こういち
（昭和5年〜平成25年）東京大学仏文科卒。明大、國學院で教授。詩集『他人の空』で注目され、シュルレアリスムの旺盛な活動を展開。『飯島耕一詩集』（藤村記念歴程賞）、『夜を夢想する小太陽の独言』（現代詩人賞）など。

かれを
岩かげにあらわに浮びあがらせた
かれがいないということは
どういうことか

呼んでもきこえないふりをしているのか
それとも何もかもなくなって
しまったのか
長すぎる手足をもてあまして
何もしないで
そつと立っているだけなのだろうか
自分によく似た影を引いて
大勢で歩いて行った
あれは
あざむくことになれている
あの　夢なのか
　サンダウン
　　サンダウン……
おれたちはまだ此処にいて
匙で食物をとり
揺らいでいる

木々の
ざわめきをきいている
かれのように
何もしないで
立っていてみる
日の光はまぶしいのに
わたしの口の思い出すのは
Sundown
という
スペル
の
ことば
ことばとともに
日が次第に今度は
かげってくるのではないか
　（一月死んだ、伊達得夫のためにうたう）

月と河と庭

岡田　隆彦

昭和36年10月号

暗がりを吼えたてる犬が長い旅をつづけ
張り裂ける寸前に
とどまっているコンクリートが伸び
幼い草樹がゆるい風にゆらいでいる夜
鎧戸がのろくきしむ音のこだまが
ここまでやってきたままたゆたいつづく
荒寥としてすさんだ都市の平面の上の家に
ミイラはなく
ボロボロの夢を抱いたをとこが
肝臓の奥から縁のミイラに
成っていくのを計りながら
細い細い水が霧のようにそぼ降って
光っているものさみしい庭をみる
幾重にもとまどいが連なり
慣習ととまどいとの間に恋は落ち
内言語にさえも吃るをとこの
円い月上る暗い庭に
始祖鳥が舞い戻り
実に　くすんだ黄金色の脚で！
をとこの心臓のま上を撃ち
羽ばたいて羽ばたき羽ばたいて
羽ばたき真赤に燃えあがる
　暗い庭が割れ
ことばの力及ばぬ幼い日の

©Akira Soda

おかだ・たかひこ
（昭和14年〜平成9年）
慶應義塾大学卒。吉増剛造らと「三田詩人」復刊、「ドラムカン」創刊。詩集に『史乃命』『わが瞳』『生きる歓び』。美術評論に『眼の至福 絵画とポエジー』など。昭和62年から四年間「三田文学」編集長。

曇った広い河が流れ
水が流れ流れて
始祖鳥の灰の後から
ボロボロの詩が流れ
こんなに夥しい言葉を識らなかった遠い記憶の庭に
流れが流れて経験が流れ
月のあおい光の下でをとこは庭を孕んで泣く
やがて月は殺戮の陽の光にかわり
未だに破裂しないコンクリートの
落書された粒子までが露わにされて
自転車に商品を積んだ元気なひとが戸口をたたく
ことばを交わし吃り金をわたす
自転車に揺れる純粋な後姿は
み、みどり色になっていて

早い朝の向こうの街に消える
暗くなるとエネルギーを売りつくして
騒がしい街のかれの家に帰っていくだろう
明るい自然の光はをとこを鋭く痙攣させ
形にならない孤独と狂気の奥の
思考の糸をたぐりきらぬまま時は過ぎる
過多の望みと恐れとに震動する理性が
映像の前での認知を呪いのなかに捨て
病んだ映像はひとをじくじくさいなみ
時代の疲れがひとの恣意を意識下に溶かす
庭を孕んだをとこが長い旅へ出発し
呪いにとらわれたやさしいをとこたちや
おんなたちの住む街に入って雌鶏の上に
新らしい呪いを捜す

「編輯後記」より

△去る三月八日、水上氏から「三田文学」基本金にと、千三百円手交された。

月々尠からぬ御迷惑をかけてゐる矢先、また、かうした御厚志に何と感謝すべきかを、僕は知らない。いよいよ、責任の重大を痛感するばかりである。何か「三田文学」発展のためといはれる水上氏の主旨に添ふやう、御教示を得たいものだと思ふ。

〈昭和五年四月号、和木清三郎〉

晩年

村野　四郎

昭和41年8月号

萎れた花のような顔があり
つぶれた苺のようなのもある
食器棚からころげおちた陶器のように
破壊のために
青ざめたのもある
そういうのが　みんな
言葉をなくして懸っている

およそ人生とは
化石になった表情の歴史であり
そして人間の終末は
とおい伎楽の奈落の時間である

だが　壁のむこうには
なまめかしい春の夜があり
闇の中で
やわらかいスミレのようなものが
そよいでいる

むらの・しろう
（明治34年～昭和50年）
慶應義塾大学理財科卒。実業界にいながら俳句や詩作を続ける。『体操詩集』では新即物主義による斬新な詩風が高く評価された。他に詩集『亡羊記』（読売文学賞）、詩論『現代詩を求めて』など。

孤独なオートバイ

吉岡 実

昭和41年11月号

海岸の砂地より少し高い平面を
廻っている
円形のコンクリートの床？
それは原色のヒトデのように
夏へ向う
青年の赤いマフラー
同心円が猛然と回転する
妊婦の多量発生の
春の終りへ感情移入！
よごれた個人の下着の見える
やがて夕暮れだ
機械の棒で操作される魂の中心を
一台のオートバイが走っている
一サイクルのスピードで
一サイクルのなかに
試みられる
円の癒着性！
孤独なオートバイの裸体
合成塗料のなやましい匂い
円の迷路へ
なだれこむ黄色いアネモネ
高鳴る水
〈くださいアスピリンを二錠〉
走る車輪

©Akira Soda

よしおか・みのる
（大正8年〜平成2年）
本所高等小学校卒業後、医学出版社・南山堂に奉公。戦争を経たのち、筑摩書房に勤務、のちに取締役。代表作に詩集『僧侶』（H氏賞）や『サフラン摘み』（高見順賞）『薬玉』（藤村記念歴程賞）など。

箇をぬける鳥
まず換気弁がぬれる
それから処女性のシリンダーが
潜在しているのがわかる?
機械がつくるさびしい関係を告知せよ
走る車輪の下のまだ青いバナナ
ささやくエンジンの愛
あるときは見える
検眼パネル
しゃべるしゃべるガソリンの口
しゃべらない沈黙の電気
走る気体
モーターの内部で
やわらかい真紅の絹はグラスをつつむ
白いヘルメットをかぶり
とてものしい衝突?
細いけむりが出る
精霊たちの裂かれるパンツ
そのはるか下を
四つんばいの父母の像
つるつるの頭の上で
読みあげる
孔の数
ベビーの死亡　出生率
貸借対照表
宗教の方眼紙の彼方へ
ばらまかれるレンゲの花
そして胆汁
抱きあった恋人たちが立ちさり
気まぐれな猫がはらみ
あるものが来る
あるものの他のものが見え
記号や畝のように
スタンドの青いサボテンのとげの絵
さかさまのサソリの鋏
ゆっくりひらき
切られる短形の咽喉
すでにない前方から泡がこぼれる
ガラガラくずれながら
積まれてゆくビールの罐

全部叩かれる
男女の悲鳴！
水車に沿って
マンドリンの腹へ沿って
オートバイが走っている闇へ
次はマリンバや太鼓
まわる車輪へ白髪が発生し
ゴムのタイヤの象皮性を見せよ
ようするに破壊でもなければ
再構成でもない
空間を予想する
雨にぬれるオートバイ
グッドバイ
野獣のなかの締められたバルブ
少年の腰をだきたくなる
少女の脱脂綿にふれたくなる
孤独なオートバイのサドル
試みられる精神・金属の羞恥度
時間とはどんな白線？

同心円の反復から
停止する半円の透明度
出ていかないカニ
海岸へだれも近づくな！
走る心で
うしろへ戻って
ある日の暁まで廻るハンドルへ
美しい血が循環する
寒暖計
皮下溢血！
超スピードで出てゆくガラス
月光いっぱいにいま入ってくるイカ
女のオナニズムの
欲望のモーターの内部で
ホット・ケーキがつぶれるんだ
葬儀人夫の
わけのわからぬ連禱唱
テンテンテン……
孤独なオートバイが走る

賭博者

寺山　修司

昭和42年4月号

——でも、何に賭けるんです、祖母さん？
——ゼロだよ、ゼロだよ
またゼロに賭けるんだよ。
ドストエフスキー

サラブレッド五才一三〇万下の条件レースに賭けた
おれと二人の男
サントリーの壜をテーブルの上に
亡霊のように立たせて取囲み
合意の略奪性をたのしみに
中古のラジオのスイッチをひねる
かつてはアメリカの大統領ケネデイの声を流したス
ピーカーから
昂ぶったアナウンサーの声が　第八レース
のスタートを告げる
スタートは横に一線　内からはコキトールダンサー
グロリアース
アリオンワードにシンミツル　フェーンターフだ
馬は一団となってダートコースの砂を蹴散らしてゆく
　ふいに一頭　その馬群を抜けて何かに脅えたように
逃げはじめたのはティエポロの仔のシンミツルだ
　おい　シンミツルが逃げたぜ
と一人がスミスの電気剃刀で頬をこすりながら　お
れの顔をうかがう

てらやま・しゅうじ
（昭和10年〜昭和58年）
早稲田大学中退。「チェホフ祭」50首で「短歌研究」新人賞。ラジオドラマの脚本や戯曲でも活躍。「天井桟敷」を主宰、前衛演劇の活動を展開した。代表作、歌集『血と麦』、叙事詩『地獄篇』など。

逃げたって無駄だ
とおれは考える
たかゞ一分四十五秒の逃亡で　何から脱けだすこと
が出来るもんかね

するとおれは
一人の男のことを思い出す
十一月のさむい夜　市電道路を横切って遊園地にゆ
き
そのまゝ帰って来なかったおれの叔父さんの
経験としての逃亡
あゝ　無駄だ　結局はなにもかも思い出にかわって
しまうのだ　憎しみも愛も
闘争史も銀行の起源も
二コーナーをまがるとき
逃げるシンミツルが少し外にふくれて
その内からフェーンターフが脱け出した
シンミツルとフェーンターフが　憑かれたように逃
げるあとから　三馬身もおくれてアリオンワード　ク
リボウ　がつゞいた

コキトールダンサーはそのあとだ　砂をかぶっての
めくるようにおれの脳裡をかすめていった
おふくろが言ったっけ
おまえは嘘つきだ
口では嘘ばっかり吐いているんだから
せめてすることだけは　まともにしなさいと
たまねぎの味噌汁と共産党の好きだったおふくろも
便所の中で心臓麻痺で死んじまった
いまじゃ「朝日のあたる家」はおれの一人ぐらし
家具といえばおれの言葉ぐらいのもんだ
おれの好きな言葉　予言　魂　偶然　偶然
そう何もかも偶然だ
政治的古典主義者のたくらみも　食堂の椅子に生え
たキノコも　おれとあの女との出会いも
おふくろが死んだのも偶然だ
歴史的必然だって偶然だ　そうだろ？

三コーナーから四コーナー
逃げるシンミツルが、坂下でバテるのはお決まりの
展開だ

だが、今日のペースはスローだ
シンミツルがバテない
少しづつコキトールダンサーが馬群にわりこみ加賀騎手の手が動き出す
しかし四コーナーから直線へかけて、シンミツルはぐんぐんとばす
マークしていたフェーンターフさえも　少しずつ差をあけられる
テーブルの上に中折帽を置いて
瞑目している男　おれの友だち
「世の中には　偶然のない人生というのもあるのです」
という一〇〇年も前の教訓よ

さあ、どうした？
走れ、コキトールダンサーよ
そのクイーンカヌートの血統よ　長い足よ　地下映画館のスクリーンから消えて行った
「偶然のない人生」の一人のために
おれは思わず立上ってこぶしをふりあげる　夢のつまずきをはげますために
たった二百円の馬券に賭けた午後三時のブルースのために
おれの愛したスクリーンのヒロイン
新高恵子の思い出のために

鏡の町または眼の森

多田　智満子

昭和42年5月号

ただ・ちまこ
（昭和5年〜平成15年）東京女子大を経て慶應文学部英文科卒。「たうろす」「饗宴」の同人。詩集に『蓮喰いびと』（現代詩女流賞）、『長い川のある國』（読売文学賞）など。訳書にMユルスナール『ハドリアヌス帝の回想』。

1

町は鏡ばかりである
鏡は眼ばかりである
眼には葉脈がひろがり
町は鬱蒼たる眼の森である

*

樹々は腕組みあわせて法典を編む
そして誇り高い角をかざした鹿のように
枝の網目に捕われた影

ふるえている裸かの水
沈黙のひこばえのなかには
すでに華やかな睫毛に縁どられた眼の群落

*

枝分れする道　ひびわれる鏡
神経の迷走する町を
血迷って　ひたはしる足
網走までも歯舞までも
歯ぎしって走っても掌のうち
しわよった掌の奥の細道

2

私のまわりにたくさんのドアが生える
温室は畸型児を育てる
丈高い夢は一晩で枯れ
草の種はみな羽根を生やして旅に出る
この町の工場では
私に消せて　無数の私がつくられている

これが私の眼に属する私の町
壁ぎわに植えこまれた人々は
地下にやさしいひげ根の齢をたくわえる
そして正午
ふくれたまぶたの殻を破って
熟れすぎたさや豆がはじけ出る
これが私の眼に属する私の町
私はたぶん別の木から生れた

この小さな町で　毎日殺人がくりかえされる
窓という窓はつんぼになる
あるいているのは殺人者ばかりだ
そして彼らはみな尿意をもよおしている

数列のようにならんで

いっせいに輝く抛物線を放射すること
それが彼らの願いだ
ときにパトカーが通りすぎる
優雅なサイレンの音をひきずりながら
その裳裾にふれるのは彼らの無上の快楽だ

うっとりとふるえながら
今日も彼らは街をさまよいあるく
共同便所をさがして

水から這いあがる女を
水の中に突きおとす
それが聖職のつとめ
たそがれの系統樹に
紫の静脈を接ぎ木する
殺人者をつなぐために
白薔薇の鎖を編む

それが聖職のつとめ
眼帯をして
黒い袖をまくりあげて
鏡から出てくる女を
鏡の中に突きもどす

3

鏡のなかには
むかし　巨人が住んでいた
人間の顔面を好んで啖らった　百眼の巨人
彼が死ぬと
眼は種まかれ
森を生じた
見れば見るほど暗い森
その夜の奥にすわると
今でも　咀嚼する大臼歯の地ひびきがきこえる

秋に

渋沢 孝輔

昭和49年11月号

わたしは忘れた………
この街のあらゆる面を吹き過ぎる力弱い風
あるいは生きあるいはくだり
このうえもなく広大な夢の中味を読む術も
燠と灰の道も　この囲い地のつかの間の時
ひとしなみに誰が越えてゆけるか
沖積土の島々を緑の水のほうへと導きながら
この年の秋の嵐の最後のうねりに
懸崖のかなた　精神のように薄く鋭利な刃がふるえて
　いる方角へと
しばらくは夕暮のなかに立って
単純な太陽と静穏な死を惜しむ時をあたえよ
すでにあの囲い地の金属製の路地を喰い破り

片足で苛立っていた熱烈な壊疽　熱烈な道化たち
やがて激しい哄笑の朝に　かれら
ひとつの暗礁のほうへと　おのれの影の
舳先を向けていた者たちが戻ってくるまでは………
このように言い　言いながらわたしはさらに忘れてい
　った

この街のあらゆる面を力弱い風が吹き過ぎるとき

©Akira Soda

しぶさわ・たかすけ
（昭和5年～平成10年）
東京外事専門学校卒。東大大学院修士修了。「XXX」「オルフェ」「歴程」同人。詩集に『廻廊』（高見順賞）、『啼鳥四季』（読売文学賞）、『行き方知れず抄』（萩原朔太郎賞）など。評論集『詩の根源を求めて』など。

花を吹き付ける

財部 鳥子

昭和63年秋季号

ひる。どこからか破れはじめた時間のために私は呼ばれて距離をはかっている。回廊の欄干が落下しようと待ちかまえているとき、中庭で黒煉瓦の敷き石をはがしている。敷き石のしたには豚の血がしまわれ、中庭の空気は腹腔のように臭っている。中庭はいつも三分の一以上が日陰である。中庭は九十個の窓に見つめられている。中庭にはいっぽんも樹木がない。というようなことを書き込む作業票を私はもっている。つまりこれは私のたましいの問題だったから。

長方形に区切られた中庭の空を複葉機がぼんやりと過ぎていった。六歳のころ、私はあの飛行機に乗っていた。

東側の一階の窓がひとつ開かれて、油性のペンキで花柄模様を描いた壁と、ベッドに転がった百歳の阿片吸飲者丁老人がちらちらと見える。この客桟では三年にいっぺん九十個の室の壁を塗り替える。窓に網戸がはめこまれる季節に、ペンキ職人がバケツと脚立と梯子をもって廊下をねりあるく。

中庭で抱きすくめられた。水に。水が好きだ。

客室の壁はいつでも花柄模様である。永劫不変、だが花の種類は三年ごとに違う。百合、梅、アネモネ、グラ

たからべ・とりこ（昭和8年〜令和2年）満州で育ち、昭和21年に日本へ引き揚げた。代表作に『中庭幻灯片』（現代詩花椿賞）『烏有の人』（萩原朔太郎賞）『氷菓とカンタータ』（高見順賞）など。中国現代詩の翻訳でも知られる。

ジオラス、さまざまな色合いの菊、牡丹、向日葵、薔薇、桃の花。職人は汚れた布で覆面して、不吉な使者のようにフマキラーの噴霧器をもっている。揮発性の毒を壁に吹き付ける。

朱塗りの柱がいっぽん轟然と中庭へ落ちてくる。ちょうど私の左足の甲へ。六歳のころそんな事故があった。

丁老人はうつらうつらと壁の花を眺めているが、ほんとうは猛スピードで青空を走っているのだ。轟音も痛みも彼に置き去りにされる。燻蒸の阿片の甘い匂いとペンキの臭いにまじる細い胡弓の音いろだけが彼に追い迫って、しずかにその首をしめている。しずかに……。

壁には花の型紙が掛けわたされ二人のペンキ職人が噴霧器で花を吹き付けている。まるで春の女神のように薄い毛脛をみせて脚立によじのぼり、天井にも花を吹き付けている。丁老人には白い大きなシーツがかぶせられている。消えのこった雪のように。

中庭からこの窓を覗くと、つまり私からこの窓を見れば叫ぶ口か虚ろな目のようである。きっとそんな窓を私は持っているのだろう。覗いてみれば四方から天井までラッパ型の白い百合で埋められているのだけれど、誰にも龍の姿は見えないだろう。

ラッパ型の白百合。型紙をあてて毒性のペンキを吹き付けて描かれたラッパ型の白百合。

そして、子供たちが数人、光のなかから水へ入ってきた。くさっていく好奇心を捧げもって朱塗りの欄干から階段を通っていく。中庭では今夜の豚がころされている。ころされる子供のような断末魔の悲鳴が数度三階をするどく刺して、明日の落下のために朱塗りの柱をふるわせ、欄干にひびを入れている。これはもちろん私のたましいの問題なのだけれど。

明日、柱が落下するまえに、いそいで河のように長い豚の腸が引き出され洗われる。ていねいにしずかに洗われる。丁老人の百年のように厳粛に糞は洗いながされる。

私のたましいのように中庭はときには血だらけに、ときにはさっぱりと洗いながされる。

私は傷めた足を引きずって歩きまわり、首を振り、結局、こう作業票に記すほかはない。長方形に区切られた中庭の空を複葉機がまだ旋回していると。

九十個の窓が覗きこむ中庭の敷き石が豚の血を入れてもとへ戻される。朱塗りの柱が三階で少しずつ傾いている。東側の第二番目の窓が開かれて壁に新しい花柄模様が吹き付けられている。

カタバミと地黄だ。

昭和63年秋季号表紙

道中記――「モロッコ詩篇」より

井上輝夫

平成24年春季号

いのうえ・てるお
（昭和15年～平成27年）
慶應義塾大学仏文学科卒。ニース大学で博士号。慶大教授。在学中に吉増剛造らと詩誌「ドラムカン」を創刊。雑誌「三田詩人」でも活躍した。詩集に『夢と抒情と』、訳書に『千夜一夜物語 ガラン版』など。

むかし　むかし
シェヘラザードの紅の唇は
夜ごとにささやく　命をかけて
「土占いの魔術師ひとり
日の沈む国《マグレブ》から旅だって
アラジンをたぶらかしにやって来た」
今は　そのマグレブの大都
「白い家」と呼ぶ喧噪の街
炎を吐く夕日　かもめを赤くそめて
大海原の西にすべり落ちるころ
金属のロク鳥にのってやって来た

あした　なおも旅の神にさそわれて
列車にのる　アトラス山脈の方角へ
眠たげな眼の底に
レンガづくりの箱の家、家、家、走りさり
光塔《ミナレ》のある村、村、村、走りさり
風に揺れる麦の穂がどこまでも走りさり
小川の甘露を飲むロバ一頭が走りさり
草を食む羊の群れは走りさり
乳房のような赤い丘も走りさる
車内では口喧嘩がはじまり
私服だという大男が仲裁する
かなたのサボテン畑　ゆっくり流れ

地平線に墨色の雲　ゆっくり流れ
眠気がゆっくりと瞼をふさいだ

レールのリズムで見る夢は
恋に上気した夕空のひろがり
シェヘラザードよ、女人はすべからく月と海
ささやく海　荒れ狂う海　月光のきらめく海
御身らの深い夜にいだかれて旅に死す
神隠しの誘いに古里も忘れて
いまや旅案内も手からずり落ち
熟れすぎた無花果のように落ちる首

旅には、明日も昨日もありはしないさ
夢うつつの刹那刹那の首飾り
オリーブ畑のはるかかなた
紫にかすむアトラス山脈せまり
夢やぶる　ブレーキきしませる列車
「マハッタ・マラケッシュ」
「マハッタ・マラケッシュ」
朦朧として安ホテルにたどり着くころ
驟雨
ブーゲンビリアの紅の唇に接吻した

俳句

小草

わが前の松のゆらぎも暮れそめたり　山頭火
曇り重たくうなだれし若葉鐘わたる　井泉水

〈大正五年六月号〉

深緑

加藤楸邨

梅雨深き戦場便の折目のばす
子の中に肩骨さすり更衣
苺くふや人には言わね誕生日
蟻はしり朝焼はしり崖の相
深緑やおもふに友は多く征旅

〈昭和十六年八月号〉

紫陽花

清崎敏郎

墨堤の残花に兵の日曜日
葉桜や防空服で書斎に居る
産土《うぶす》神《な》は武神に在《おは》す軒菖蒲
門衛が軒に菖蒲を葺いてをる
弟があとを守りて代田掻く
神棚の燈《み》明《あか》し涼し喜雨休み

千葉軍人療養所にて

傷兵の歩に従ひて夏の蝶
朝涼の奉仕の草を刈りすゝむ
山梔《くち》子《なし》の花の匂へる警報下
紫陽花や日々を静に学ぶ幸《さち》

〈昭和十八年六月号〉

©日本近代文学館

種田山頭火
たねだ・さんとうか
（明治15年～昭和15年）
早稲田大学中退。実家山口で父と酒造業を営むが破産。のちに出家。荻原井泉水に師事し「層雲」で活躍。西日本を放浪しながら一万二千句の自由律俳句を残し、四国松山にて急死。句集『草木塔』。

©日本近代文学館

荻原井泉水
おぎわら・せいせんすい
（明治17年～昭和51年）
東京帝国大学言語学科卒。河東碧梧桐の新傾向俳句運動に参加。俳誌「層雲」を創刊。のち、自由律俳句の代表的人物となる。門下に尾崎放哉、種田山頭火。句集に『自然の扉』『原泉』『長流』『大江』など。

加藤楸邨
かとう・しゅうそん
（明治38年～平成5年）
東京文理科大学卒。水原秋桜子に師事し「馬酔木」同人となる。苦学と戦禍の経験を経て人の内面に根ざす作風となり、人間探求派と呼ばれた。のちに「寒雷」を主宰。句集に『寒雷』『野哭』など。

清崎敏郎
きよさき・としお
（大正11年～平成11年）
慶應義塾大学国文科卒。高浜虚子、富安風生に師事し、「ホトトギス」同人となる。風生の後継として「若葉」を主宰。客観写生を句作の理念とした。句集に『安房上総』『島人』、ほかに『俳諧と民俗学』など。

不浄—五十首

与謝野 晶子

大正元年12月号

家に入り十日《とをか》になりぬ何せしぞ今日《けふ》も昨日《きのふ》もはかなさばかり

子を思ふ不浄の涙身をながれわれ一人《ひとり》のみ天国を堕つ

ともすれば世にめでたかる人としてひかるる人の恋のなしざま

子を思ひ一人《ひとり》かへるとほめられぬ苦しきことをほめ給ふかな

今さらにわれくやしくも七人《ななたり》の子の母として品《しな》のさだまる

マルセイユいとあわてたる心地して相乗りしたるいやはての馬車

水いろの船にかくろひくろ髪の人かへりきぬすてられにけむ

去年今年ひがごと多くなり行くやさばかり老の近きならねど

一人居て身のうらめしさまさる時わがくろ髪に蛇のう

©国立国会図書館「近代日本人の肖像」
https://www.ndl.go.jp/portrait/

よさの・あきこ
（明治11年〜昭和17年）
夫鉄幹主宰の「明星」で活躍。『みだれ髪』では官能的な恋愛を情熱的に歌い、明星派を代表する歌人となった。歌集は二十冊を超える。また『源氏物語』『和泉式部日記』などの現代語訳も残した。

まるる

うつくしき戯《たはぶれ》仇《がたき》　若衆をば見まく欲りしてかへると云はむ

うらみつつ泣きつつ恋を心をばにびいろに染め青色にそめ

わがいのち男の恋の心よりあやふきものとかねておもへり

われならでまた誰かはと思ふこと子の上にのみあるははかなし

いとくらき夢と覚えてあやしけれ鏡の中のやつれし女

断ちがたき親子の中のおもひより帰りきつるに外ならねども

子の方にかい放ちたる心もて君と別れしわれならなくに

悲しみを中に生まむと見えざりしわがこころざしおん志

われ一人《ひとり》ものおそろしき大海《おほうみ》をかへりきにけり鬼にかあらむ

今さらにおもかげ身をば離れずとなにしに云はむしか思ふとも

阿子《あこ》と云ふ草青やかにうちしげる園生にまろび泣寝すわれは

よその君少しく近くよりもこよ人香《ひとが》をかがんみだれ心地に

帰ることさしもいそがず船に居しその日のままのむなしき心

心より外にさ云へどやみがたき親のおもひをわれもしにけむ

われさびし有情《うじやう》のものの相よりて生くる世界のうちに居ながら

ありしやうくはしく云はば神の代の恋人たちと思ひ給はむ

またさらに語らひ初めて新しき妹背つくりぬまた見ぬ夢に

いみじかる恋の力にひかれ行く翅負《はねおひ》ごこち忘れかねつも

思ひてきわがあやまちに子の死ぬと子の父死ぬと何れをきかむ

客人《まらうど》はわれをさばかり哀れなる人とおもはず語りてかへる

別れこし港の朝のけしきなど片はし語り涙ながせり

朝夕《あさゆふべ》おのれをなみすことごとに下の心のもりて見ゆれば

哀れにも心もとなき遠方にいのちをおける汝《な》が母かへる

子にくるは咎《とが》なきことと思ふ人面やつれして病まむものかは

ああおのれ末のこの世にふさはざる火の恋をして短命にはつ

のどかなる恋を知らざる味気なさ月いくつまで堪へんいのちぞ

ある時ははるかに人のもてなせし女のむれもわがおもひぐさ

いかならん何とならんと明日の日のやすからざるも恋すればこそ

しろがねのかめにささましわが愁《うれひ》銀杏《いてふ》のいろの三十路のうれひ

まことにはいまだ死ぬべきうれひなく十が一つに髪ほそりけり

いつのまになせしことぞと驚くはかへりつるをか別れこしをか

かへりくと言《こと》ずてなにも文をしぬ書かばつきじな君見む日まで

けふあすを過したひらにしづやかに君を思はむ思ひ死せむ

恋と云ふ根もおのれてふ枝も葉も殺す阿子《あこ》なるやどり木のため

あなかなしあるまじきことさせつるも皆外ならぬわれの心ぞ

物ぞおもふかしこき母と云ふごときききもならはぬことききながら

いだけるは唯一つなる恋ながらかひあるさまに生涯を見む

たちかへりわれかのさまにあることは西に東に人にしられじ

なげかれぬいのちか恋かしらねども終りちかづく心ならひに

朝夕におのれあやふく思へるは病める身よりも病みたる心

すぎさればありのすさびに咎おはせあるべき世ぞと思ひやれども

春寒抄

吉井勇

昭和16年4月号

つぎつぎに友の誰彼《たれかれ》死にゆきて
京のわび居《ゐ》も寂しきかなや

思《おも》ふこと多くは過ぎし昨日《きのふ》のみ
いまは世になき人のうへのみ

比叡《ひえ》いまだ斑《はだ》らに雪を残したり
春は来れども寒しこのごろ

寒げにも障子《さうじ》鳴らすはまたしても
知る人の訃をつたへ来る風

©日本近代文学館

よしい・いさむ
（明治19年〜昭和35年）
早稲田大学中退。「明星」を経て耽美派の拠点となる「パンの会」を結成、のちに石川啄木らと「スバル」編集に参加。「ゴンドラの唄」の作詞者。歌集に『酒ほがひ』、戯曲集に『午後三時』など。

人みなに悔《く》ゆることある寂しさも
昨日《きのふ》や今日《けふ》のことならなくに

酒《さか》みづき傘《さん》雨は酔ひてありきとよ
うき消息《せうそく》をわれに聴かすな

己《し》ひとりのものと思《おも》はず酒やめて
おのが命をいたはりて居り

はるかなる思ひ——長歌幷短歌十四首

釋　迢空

昭和19年9月号

しゃく・ちょうくう（明治20年〜昭和28年）國學院大学卒。慶應民俗学の祖、国文学者折口信夫の歌人としての号。「アララギ」を経てのち「日光」同人に。歌集に『海やまのあひだ』『春のことぶれ』など。小説作品に『死者の書』。

半日

今の間《マ》は　静かにいませ―。
そむきしが還り来ずとも、
み心は、いつか和《ナ》ぎなむ。
たゞ暫し帰り来たりて
家ごとの変《カハラ》ふ見れば、
おちつかぬ日々《ヒビ》の　思ほゆ―
いとさびし　かゝる家屋に、
独り棲む君を残して、
また　我はいくさに向ふ―
洋中《ワタナカ》の島の守りに、
つれ〴〵と　日々を送りて
ことあらば、玉と散る身ぞ。
辛く得しひと日の　いとま
さは言へど、君をし見れば、
時の間に　やつれ給へり。
背きしが来む日ありとも、

行きて 我かへらざるべし。
然《シカシ》覚りて 君やほゝ笑む—。

行く方《カタ》も告げぬ旅ゆゑ、
　草の戸に 君を見残し
いさみつゝ出で征《タ》つ下《シタ》の心 知れりや

　反歌

ひたすらに堪へてもいませ。生きて 世に 我を思
はむ君と たのむに

白

梢《ウレ》高き轆轤木《ロクロギ》の 花
下枝深き常山木《クサギ》の花
　花低く這ふ烏瓜
　卯月の村は、せつなきほど白くて、
　　さらになほ 白じろと咲きつゞく。
空木《ウツギ》の花の赤く褪変《カヘ》りたるが、
稀まれに いと安けくて、
村びとの心を 悲しがらしむ。

出陣歌

昭和十八年十一月廿二日発表。
十九年八月廿三日、一部刪拾。

教へ子をいくさに立てゝ、
明日よりや 我は思はむ。
今日すでにかく むなしきを—。
　教場の窓 研究室の扉
　あくれども とづれども—、
然《シカ》静かなる我と なれるを。
わが学徒 みなから若く
　眉あげて あげつらにしも、
　傾頭《ウナブ》し 思ひ沁みしも、
　　ますら夫の心鋭《ココロド》たもつ今日の日の ためなり
けらし。

国つ道興らむ時
ぬきいでゝ　身をしつくせと
　をしへ遺《オ》く学びの祖《オヤ》の
いちじるく　浄き言立《コトダ》てー。
　その詞高く名のりて、
虚言《ムナゴト》も　醜《シコ》の名立つな。

たまきはる　命もたえよ。
神のため　汝《ナレ》はたゝかふー。
君のため　汝《マシ》はたゝかふー。
　生き死にの現《ウツ》しき界《ヨ》超《コ》え
　とこしへの魂とぞ現《ア》れむ。

汝が命生けらむかぎり
いそしみて　いさをを立てよー。
　国の為　民族の為。
　虔々《ウヤ〳〵》し　勅《ミコト》のまにま。

　この心　甚深《シミ》に思ひて
忘れざる汝《ナレ》と　信頼《タノ》みて、

青雲の向臥《ムカブ》す国土《コクド》
　はるかなる洋の辺陲《ソキヘ》に
出で征《タ》たむ汝をし送るー。
出でたちの汝《イマシ》が姿　よろこび瞻《マモ》る。
一万の学徒をこぞる
いくさ人《ビト》　哮《タケ》びをあげよ。
天《テン》もとゞろに

反歌

天地の四方に離《ソ》きゐるおのが身と疎漫《オホ》に勿《ナ》おもひそ。ますら夫の件《トモ》

山上

療養所の窓に　あたる日
窓がらすを　膚に突き刺し
ちか〳〵と　視力を損ふ。

療養所　冬にしあれば、
山肌とおなじ　枯れ色

荒壁に 雪ぞ散り来る。

兵隊ら こゝに眠りて、
零度下の外気を呑吐す
よき夜と、今しなり行く

独逸には 生れざりしも

あはれ 我がめづる
　りるけの集《シフ》。
ひとの集ゆゑに 悔いなくて、
我は 読みけり。
この年の いたるまで

この年にして なほたのし
　りるけの集
ひとの集のよろしさ。
悲しめど 悲しみ淡く
よろこべど、むさぼることなし。

若き日のぼへみやを 悲しめる
歌こそは、あはれなれ。
麦の原《フ》に 木立《コダ》ちまじり、
風車 青空にめぐる
あゝ音や。時過ぎてなほ 聞え、
見わたしの国原《クニナカ》は、
髣髴《オモカゲ》に 人を哭かしむ。

どいつには 生れざりしも、
我は知る。りるけの愁ひ—。
我は知る。りるけすら思ひ得ざりし
ちえこ すらばきや人《ビト》の
とこしへなる歎きを

ゆき

きさらぎの小野の雪。
静かなる夕凍《ジ》みに、
人ゆきて還らざる

道に出でゝ　もの思ふ。
きさらぎの夕じみに、
道のべの　ほの白く
　あわ雪の消えのこる
思ひこそ　はかなけれ。

あわ雪の消えなくに、
ほの〴〵と　積み来たる
けはひこそ　かそかなれ。
　夜に入れば、はてもなし

父の島　母の島

たらちねの　母が島
ちゝのみの　父の島
みむなみのわたのみ中に、
父母の島ぞ　立つ見ゆ。

　恋しけくわが見る島の
　父の島　父やと言はゞ、
海阪《ウナザカ》の彼方《ヲチ》ゆ　こたへよ。
母が島　母ぞと頼む。
我が子らを　真実《サネ》。

国の崎々

かゝる時　かならず出現《ア》れて
国《クニ》つ讐《アタ》とほく追ひ伐ち
八洲国《グニ》清くはらひて、
神々の使命《ヨサシ》を遂げし
いにしへの代々《ヨヽ》の英雄
英雄のいとゞ　恋しき。
みむなみの洋《ワタ》の防人《サキモリ》
その血汐　巖《イハ》にたばしり
しゝむらは　空に飛び散れ、
波《ナミ》の際《ホ》のむくろ死なずて、

―遠々《トホダヽ》し 皇土《ミカド》の護り
七生《ナヽヨ》まで完《ヲ》へむ―と哮《タケ》ぶ。
富むまゝに たからを蕩尽《ツク》し、
人の世の道を蔑《ナミ》して、
ひたぶるに亡びに向ひ、
他《ヒト》をすら 亡びに誘《サソ》ふ。
かの憎き醜《シコ》の奴輩《ツブネ》に
酬《ムク》いせぬ神やは あらむ。

この堅き八洲の護り
祖々《オヤヽヽ》の世より伝へて、
我《ワレ》どちぞ 今したもてる。

神々よ。今はいでませ。
英雄よ。今は現《ア》出れなむ。
大八洲国の崎々 讐寄せめやも

反歌

大八洲 国の崎々。うち出でゝ見れども飽かず。

国の崎々

みむなみの 遠《トホ》の皇土《ミカド》の防人の命を思ひ、 こよひね
むらず
数十万 機翼つらなめ寄せ来たれ。 戮《ト》り尽すべき海《ウミ》
の上《ウヘ》にぞある

松風の村

松風の丘にのぼれば、
松風ぞ さびしかりける。
松風の村をよぎりて、
静かなる昼を 来にしか。

日の光り 道に澄みつゝ
白じろと 月夜の如し。
鶏のねむれる土に、
幾幹《モト》の松ぞ うつれる。

土のうへに　鼻すりつけて、
大き犬　過ぎ行きし後《ノチ》、
やゝ遠くなりたる声に、
ひと声を　鳴きあげにけり。

松風は　畷を過ぎて、
一人行く我を吹きつゝ
秋涼し。灌溝《ウナテ》の水は、
踏み越ゆる道に　溢れぬ。

荒草の穂に出《デ》し道に
蝶一つ　叢いでゝ
　高々と　空に入り行く。
松風の丘にのぼれば、
　松風ぞ　身に沁みにける。
松風の村を見おろし
あゝたゞひとり　いづこか　行かむ

「編輯後記」より

大東亜戦争の終結は敗戦といふ冷厳な現実として立ち表れた。われわれ文化人に責任はないであらうか。私は云ひたい。我々の責任は敗戦といふ事実にあるのでなくして戦争を阻止し得なかつた事実の中にある。いや寧ろ阻止するなんらの努力をもなさなかつた事に存する。文化への努力は永遠の平和への努力である。永遠の平和は人間の空しき夢であるかも知れぬ。だが、平和への夢は人間の生命力の源泉であり、枯渇することなき生命の泉である。我々の認識が現実を停止したもの、即ち現象として立ち現れた事象を真の現実と考へる低劣な現実主義に陥入ることなく、人間の夢を包含する動き行くものとして現実を眺め、永遠の平和へと文化的努力に邁進せねばならぬ。

〈昭和二十一年一月号、片山修三〉

紅茶の後《あと》

永井荷風

明治43年5月号

春の日光を一面に受けた書斎の障子を閉切《しめき》つて、机にもたれて、烟草を呑んでその青い烟が座敷の中に渦巻くさまを見てゐた――単調なる、平和なる、倦怠し易い、然し忘れられぬ程味ひのある我が夢想の生活の午後《ひるすぎ》に、自分は突然黒い洋服を着て濃い髯のある厳しい顔立の紳士の訪問を受けた。

この紳士は平素自分の書斎へ遊びに来る連中とは全く階級の違つた人である。臣民の義務として所得税をも収める人だ、手紙を出せば必ず幾時間の中に返事を寄越《よこ》す人だ、往来を真直に歩く人だ、ぼんやり風の音を聞いたり、雨の降るのを眺めるやうな暇のある人ではない。だから自分は焼焦《やけこが》しのある羽織を着換へて、いつも横坐《よこずわ》りしてゐる坐住居《ゐずまひ》をさへ直して挨拶した。

其の次の日から自分の生活に多少の変化が生じた。

市中を走る電車の中には諸処の梅園の案内が出てゐた。二長町の市村座には延寿太夫が梅川忠兵衛の「道行故郷の春雨」の出語りをしてゐた。有楽座には毎夜歌沢芝金と新内の加賀太夫が出ると聞いた。然し自分は遂に一度も行く事《こと》が出来なかつた。自分は所謂忙《いそが》しい人《ひと》になつたのだ。

その頃自分は銀座の裏通りに立つてゐる英吉利風の倶楽部で幾度か現代の紳士と晩餐を共にした。マロツク皮の大きな椅子に腰をかけ石炭の焔が低い響を立てる煖炉を前にして大勢の人と葉巻を喫しながら話をした。

非常に風の吹く午後《ひるすぎ》から、春寒の火桶を囲んで観潮楼の一室に自分は我が崇拝する鷗外先生と談話する機会を得た事を喜んだ。京都から帰つて来られた「渦巻」の著者と嘗て巴里のブールヴァールを歩いたやうに夜の銀座を散歩した事をも忘れない。

殆ど毎日自分は芝の山内を過ぎて三田まで通つた。通ふ一日毎《ごと》に自分は都の春色の次第に濃《こまやか》になつて行くのを認めた。燕《つばめ》の来るのを待《ま》つて、水鳥の群はまだ北へ帰らずにゐるお濠《ほり》の土手には、いつか柳の芽が嫩緑《わかみどり》の珠を綴つた。霊廟《おたまや》の崩《くづ》れた土塀のかげには紅梅が咲いた。東京見物に出て来る田舎の人の姿が諸処に見られる。桜が咲いた。

自分は手紙を沢山書いた。車に乗つて今まで訪《たづ》ねた事《こと》のない人々を訪《たづ》ねた大方《おほかた》は本郷小石川のはづれか牛込の奥で、杉垣つゞきの分りにくい番地は村園門巷多相似、処々春風枳穀花の句を思はせる。明治の文人墨客は重に電車の終点を離るゝ事幾丁、冬ならば霜解、春ならば雨の泥濘《ぬかるみ》のなか〳〵乾かない新開の町の彼方《あなた》に潜んで想をねり筆を磨いてゐるのであつた。

自分はまた誠に適度な高さから曇つたり晴

れたりする品川の海を眺望する機会を得た。房州の山脈は春になるに従つて次第に鮮に見えて来た。品川湾はいくら狭くても矢張り海である。満潮の夕暮広く連なる水のはづれに浮ぶ白い雲の列は自分をして突然遠い処へ行つて仕舞ひたいなと思はせる事があつた。Chateaubriand が小説 René の篇中に去ると云ふ堪へがたき羨望を抱く事なくして行く舟を眺る能はずと云つた一句を思ひ出す。

　文芸雑誌「三田文學」は斯《か》う云ふ小時間の進行の間に兎に角世に出る事になつたのである。

　如何なる動機、如何なる必要、如何なる目的から「三田文學」が発行さるゝに至つたかは自分の知る処でない。自分は唯雑誌編輯人として雑誌がうまく売れるものか否かを心配せねばならぬ地位に立つてゐる事を、種々なる事情と条件の下に自覚すべく逼まられてゐるのに心付くばかりである。売らん哉、売らん哉、これが飢えた狼を闇夜に活動させる根本の力である。売らんが為めには先づ自己を臆面なく極点まで推賛する必要が生ずる。この必要の下に生じた一種の技術が乃ち「広告」と称するものだ。「広告」は何等の論拠も実証もなくして無責任に自分勝手に広告せんとする其ものゝ価値の絶体無限を説く事である。明白に内容の空虚不真実な事が知れてゐながら平然として大法螺を吹く事である。道徳は永世不変のものでなくて時代と共に変化するものだと云ふ一説は信ずべきものであるらしい。現代の社会は広告術を欺偽の罪悪とした程憎んでもゐないやうである。人間の美徳として謙遜、清廉、正直等を説くのは古い時代の古い道徳であつた。人は其の生きつゝある現代を感ずる程悲しい事はない。

　クラブ洗粉御園白粉を使はなければ美人になれない。この意味に於て「三田文學」を読まないものは文学を知らないものである。

　有楽座で四月の初めに俳優学校の試演があつた。鈴木鼓村氏作「帰農」ヘルマン、バアル作森鷗外氏訳「奥底」イエツ作小山内薫氏訳「砂時計」千葉卓氏作「三等病室」と云ふ一幕物が四種演ぜられた中に、舞台上の俳優の技芸から見て評すれば「砂時計」と「三等病室」とが比較的肩を張らせなかつたもので、「奥底」と「帰農」との技芸の価値は皆無であつた。殊に「奥底」の一幕に至つてはあれ程無味無法に演じのけて仕舞つても猶且つ吾人の感興を引く事の一番強かつたのを思出して坐《そゞろ》に其の原作脚本の価値あるに驚くのみである。幕間に北村季晴氏が夫人の洋琴伴奏によつて独唱を二回試みた。「亡友を憶ふ」の一曲は聞き漏したが其次の「賤機《しづはた》」は最初から熱心に傾聴するの光景を得た。和蘭模《おらんだも》様《やう》の壁紙を背景にしてフロツクコートを着た美髯の紳士と庇髪《ひさしがみ》に結つた華美《はで》な裾模様の令夫人とを明い footlight の前に眺めた自分は最初 Schumaun の lied か何かを聞き得る事と思込んだのも満更無理ではあるまい。然るに〳〵これはこの年月長唄に聞古《きゝふる》せし「賤《しづ》機《はた》」と申すものゝ改良曲であつた。北村氏は必ず何か深い自信があつて所謂現代の新しい試みをなされたに違《ちが》ひない。長唄を地にして節付《ふしづけ》の中には清元がゝつた処もある。謡《うたひ》で行く処もある。薩摩琵琶歌らしい処もある。そして其れをば西洋の声楽式に練習した音声で歌つて行くのである。だから声が楽に出て息《いき》のよく続く工合《ぐあひ》は如何《いか》にも心持よく立派なものであつたが、然し長唄の改良だけにどうかすると一本調子の太《ふと》い咽喉《のど》が歌舞伎座の伊十郎を思ひ出させる処が無いでも無い。

　誠に新しい大胆な試みである。北村氏は全く異なる西洋音楽と日本音楽との二ツを打つて一丸となす意気込みであらうけれど、いつも斯る英雄に対して崇拝心の少い自分は氏の芸術の前途を悲観するものである。坪内逍遥氏の新振事「初夢」を見た時と同じやう、長唄とか常磐津とか凡て日本在来の音楽を基礎として其から新しい何物かを作出さうとしたものは自分の耳にはどうしても醇なる原作に比較して劣るとも優つては聞えぬ。労して功なき無駄骨折りとしか思はれぬ。何故と云つて非常な労力を費して諸派の特徴をつぎ合した新作曲中、常磐津がゝり長唄がゝりの節付《ふしづけ》のいゝ個所を聞くにつけ、若しあゝ云ふ新曲を沢山製作してあゝでも無《な》い斯《か》うでもないと音羽屋《おとはや》風《ふう》に趣味性を練磨し凝《こ》りに凝《こ》つて行つたならばつまりは原《もと》の古い物に帰るべきものと思ふからである。長唄の「賤機」は河東節に隅田川、清元にも同じく新作隅田川なぞの類例があるが若し其の作曲の取材上から当然聴者の感動すべき心持を考へて見ると淋しい武蔵野を流れる隅田川のほとりに梅若丸の故事を伝へる質朴古雅な叙情詩的哀傷を一番よく示すものは矢張原作の謡曲隅田川であらう。この極めて古いものから極めて新しいものを産み出さうとするのに其の中間に立つ三絃音楽の長唄を取つたのは其の意を得ぬ事である。江戸時代に完成した凡ての三絃音楽は極端なる「技巧の為めの技巧」以外には深さも力も何にも無いものである。うるさいほどに繊巧な装飾を加へた霊廟の建築を見ても、又は自然なる人体美に満足せずして文身を施した様な流行を見ても江戸時代ほど不健全に傾いた技巧主義の時代はあるまい。この時代の音楽をたよりにして其れから更に新しいものを産み出さうとするのはいかゞなものであらう。

黄昏《たそがれ》の空気《くうき》が紫がゝつて見えるやうになつた。冬とは全く異《ちが》つて街頭《がいとう》の燈火が何とはなく柔に優しく輝く。銀座通りの暮方を散歩したついでに丁度初日の歌舞伎座を覗《のぞ》いた。

木戸前の左右には恐しいほど高く正宗の樽と大学白粉の箱とが積んであつて、両側の茶《ちゃ》屋《や》には渦巻《うづまき》模様の花暖簾ばかりか、活動写真の広告然たる色々の旗までが下《さ》げてあつた。然し昔の江戸錦絵に見たやうな幟は一流もない。三越呉服店の自転車小僧から思ひ付いたらしい洋服姿の広告隊が四五人歌舞伎座の定紋を勲章らしく胸に下さげ、自転車のハンドルを揃へて絵看板の下に立つてゐた。

一幕見の三階へ上ると、舞台は丁度鞍馬山だんまりの幕が明いた処で上下《かみしも》の揚幕から大薩摩の連中が出る。見物は手を拍つた。男振のいゝ六左衛門がすぐさま鍛《きた》へ上げた撥音《ばちおと》を聞かして呉れた。それはよいが、見れば長唄連中いづれも袴をはいてゐるには驚いた。大薩摩は着流しの五紋で出て、三味線弾が足台へ掛《か》けた片足の脛《すね》を見せ、唄うたひは片手《かたて》を懐に少《すこ》し反身《そりみ》になつてゐなければならぬ。歌舞伎座は団十郎桜痴居士の創立時代からして妙に上品がつて喜ぶ処である。出方も立付《たちつけ》袴《ばかま》などをはいて決して毛脛や腕の文身《ほりもの》を見せては呉れぬ。所謂出方《でかた》らしい下等な処を見せない。自分は江戸時代に出来たお芝居を見物するには決して舞台の演劇ばかりでは満足せぬ。舞台と同時に見物から出方から凡て劇場の内部一般の空気から、滅びた時代の匂ひを嗅ぎたく思ふのである。この点に於いて自分は茶屋の若衆出方男衆への御祝儀、役者の御挨拶、付け届、連中の義理なぞと云ふ芝居道に関係した種々なる旧弊の情実に対する改良案を否定する。寧ろ悪弊の保存を主張する。何故と云つて其れ等の悪弊は決して現代的でない、余に懐しく江戸的である。市川の流の源に溯つて芝居道と共に発展し来《きた》つた深い因縁があるからである。

吉原を遊廓として生理的に道徳的に警察的

に看るのは明治の見方である、文明の見方である正しい見方である。然し此れを江戸時代が浮世絵に描き、清元に歌ひ、助六に仕組んだやうに今日も猶吉原を芸術の天地として見やうとしたならば、廓《くるわ》は乃ち廓《くるわ》として飽くまで其の危険なる悪風を継続させて置かねばならなかつたのだ。御内所の虐待に堪へずして行燈に書置をかいて裏梯子で女郎の縊首する事も時には大に必要である。何故と云つて其れからは怪談と云ふ Légende が産れるし、博徒や破落戸《ごろつき》の跋扈をも許して置かねばならぬ。何故と云つて彼等の背倫と不道徳とは直ちに生きたる『くるわ』の Tradition である。写真の張店《はりみせ》と切符の揚代は甚だ便利で安全であらう。然し此の文明的便利と安全とは一時あれまでに芸術化された遊廓を見るに堪へぬほど俗悪にしてしまつた。田舎者が撲《なぐ》られもせずぼられもせず大門を潜り得るやうになつては、所謂『くるわ』の特色は消滅して仕舞つたのである。

　自分はこれと同じ理由を以て旧劇を演ずる劇場と其の周囲の改良進歩を憎むものである。退歩と改悪を夢みるものである。「鞍馬山だんまりの場」を見て自分はそも何を一番強く感じたか。大薩摩の三味線も百日鬘の六法も鞍馬山の背景も、此れ等は一ツとして自分の心には現在と又未来の何物をも語る芸術ではない。今日猶歌舞伎劇が科学と懐疑の世に生れた自分の心を些《いささ》かでも慰める力のあるのは唯だ江戸時代、滅びた時代、過去の名残と云ふ悲しい情調からばかりである。然らばこの情調を猶一層深く強くさせるには舞台ばかりでなく其の周囲の空気が最も必要ではないか。出方の文身《ほりもの》も必要である。茶屋との関係も面倒でなければならぬ。電燈を廃して百目蠟燭を点じて貰ひたい。それでこそ旧芝居は永遠に旧芝居として、イプセン劇に対抗して近世に生きる価値が出るのである。

　役者はよろしく不品行なるべし。家柄と系図を重ずべし。交際《つきあひ》をはでにすべし。名題相中三階の階級を厳にすべし。稲荷様と成田様に奉納の石垣手拭絵馬燈籠を献上して永遠に基督教に反抗する迷信芸術の美観を保護すべし。これ切に我輩が音羽屋橘屋紀の国屋播磨屋の親方衆に望む処である。

　四月発行の『昴《スバル》』に『片恋』と題する北原白秋氏の詩がある。

　　あかしやの金《きん》と赤とがちるぞえな。
　　かはたれの秋の光にちるぞえな。
　　片恋の薄着のねるのわがうれひ
　　「曳舟」の水のほとりをゆくころを。
　　やはらかな君が吐息のちるぞえな。
　　あかしやの金と赤とがちるぞえな。

　自分は此の詩を三誦した。関西地方の方語を取つたらしい「ちるぞえな」の套語(refrain)は能く其の地方の緩《ゆるやか》なる情景を眼前に髣髴たらしめ、自分をして明かに大阪の街を流るゝ溝渠と太棹の糸の響を思はせた。

　ロベエル・ド・スウザは La Poésie Populaire et la lyrisme sentimentale の一巻に於て、象徴派の詩人が田園の俗謡を取り来つて仏蘭西の詩壇に全く新しい叙情的詩形を創造した事を説き、専ら此の方面からして象徴主義の詩の真価値を世に紹介しようと試みた。そして仏蘭西近代に於ける俗謡調の新叙情詩の類例はヴエルレーヌ以前にも見られない事はなかつたが、然し自然なる粗野なる内的感激と洗練されたる芸術的情緒との完全なる音楽的調和を示したのはヴエルレーヌの詩であると云つて先づ Romances sans Paroles 中の

　　O triste, triste êtrit mon âme
　　A cause à cause d' une femme.

の詩を上げ、それから Camille Maclair だ

のJean MoréasだのJules LaforgueだのMaurice Maeterlink, Paul Fortなぞ云ふ人の、いづれも俗謡体に習つた詩幾篇を例に引いてゐる。

其等の詩の中には恋に死んだ田舎の乙女を夜明けと共に村人が歌を唄ひながら葬りに行く処を詠じたのもある。若武者の戦さに出て行く処もある。月の夜に田舎の踊りの騒しいさまも歌つてある。夕の野に鐘の音を聞いて聖女マリヤを念ずる乙女の心も歌つてある。雨の夕暮都の大通にガスの灯《ひ》の咽《むせ》び泣くさまも歌つてある。花はなぜ散るのか。地に落ちて虫に喰はれる為めに散るのだと云ふやうな情調も伺はれる。

かゝるnaive《ナイヴ》な優しい感情を発表する点に於て日本の俗謡は頗る見事な作例に乏しくない。わが現代の新しい詩人の群は宛ら虱の行列を見る如き『……《ポツ〳〵》』ばかりを沢山に並べ又は向島に大学のボートレースを見物する如く、蛮音を振つて赤、白、青と徒らに色彩を呼号する事を以て事足れりとする時、自分は端無《はしな》くも北原白秋氏が『片恋』の一篇を見出して、此れを三誦し得た事を喜ぶ。

漱石先生と私

中勘助

大正6年11月号

私が一高の一年の時、今からもう十四五年もまへのことである。これまでの英語の先生が辞職してかはりの先生がくることになつた。そのうち誰がどこできゝだしてきたのか、今度の先生は生徒をいぢめる点では今迄の先生より一枚上ださうだといふやうな噂がたつた。今迄いゝかげん弱つてゐた皆はこれをきいて大抵気を腐らしてしまつたであらう。いつも教室では殆んど誰とも口をきかずに黙りかへつてゐた私は、はたでその話を小耳にはさんで怖気をふるつてしまつた。愈その先生に見参の日がきた。それが夏目先生であつた。私は畏つてかたづを呑みながら、どんな人だらうといふ好奇心と前の噂が生んだかなりな恐怖をもつて、新来の先生を迎へたにちがひない。その時何より先に気がついたのは、髭や髪の毛がはいからに捲きあげてあることであつたといふことを覚えてゐる。教科書は前からのひき続きでじよんそんのらせらすであつた。先生が新にはじまる章の最初の言葉を読みはじめた時のその特色のある発音を忘れはしない。それは所謂恐ろしく気取つた……それだけ正確な……発音のしかたで、少し鼻へぬける金色がゝつた金属性の声であつた。初対面の犬のやうに五官の神経を極度にまで緊張させてゐた私はその鶴の一声をきいて、常に先生といふ優勝者に虐げられてゐる生徒といふ劣弱な動物の敏感を以て、はやくもこの新来者の何者なるかを直覚して、こいつはたまらないぞ、いぢめられるぞ、といふやうに頗る警戒心を加へた。先生は人の噂と私の先見にたがはずいゝ加減いぢめはしたが、ちつとも毒気のないやり方なので生徒に不快を与へるやうなことは少しもなかつた。間もなく試験がきた。先生の試験のはじまるぢきまへに同級生の一人が多分私の室へきて……私は寮にゐたので……先生は単語を出してその反対の意味の言葉をかけなぞといふ問題を出すかもしれないといつた。それは先生が平生そんな質問をすることゝ先生の授業日数が少いので問題の出しやうに困るだらうといふことから思ひついたあてづつぽうではあるが、かなり根拠のある説であつた。そして私よりもよつぽど忠実でもあり、たんねんでもあつたその人は、先生が授業中にちよい〳〵きいたり教へたりした単語を一々書きとめてもつてゐた。私は急に狼狽して、その場でそれにひと通り目をとほさせてもらつて試験場へ出た。果してさういふ問題が出た。まあよかつたと思つた。先生は一所懸命答案を捏造してゐる生徒の机の間をまはりはじめた。単語で弱つてる者があるらしい。前の方で先生はある一人の書いてゐる答案を見ながら、

「こんな字はありませんよ。お直しなさい。」

といつたやうなことをいつてゐる。私は面白い先生だと思つた。と同時にかなりな恐慌を起した。それはさうして注意してくれることは誠に有り難いけれど、私がもしさういはれたらどうしよう。もと〳〵うろ覚えなんだからちつとも自信がない。直せといはれたつてそれが出来るだけの智慧はありはしない。先生は机の行に沿うてとう〳〵私のところまでやつてきた。立ちどまつてぢつとみてゐる。私は小さくなつて心に無事を祈つてゐた。先生は黙つて通りすぎた。私はほつとした。しめた、当つてたなと思つた。

　猫が評判になつたのは私達が先生の手からはなれた二年か三年の時であつた。世間で評判なとほり寮内でも非常な評判で、私の室にも誰が買つたのか借りたのか、猫の載つてゐるほとゝぎすがおいてあつた。併しその頃の私は詩歌ばかりを愛読して散文といふものは見向きもしなかつたのみならず、寮の室内では教室とはうつてかはつた饒舌家、諧謔家……であつたにかゝはらず、作物のうへの諧謔滑稽に対しては嫌悪をさへもつてゐたので、「吾輩は猫である」はその表題からして私の顔をそむけさせるに十分であつた。その後私が大学へはひつて、猫なぞはもうよほど古くなつてからやつとはじめて猫を手にとつてみたが、はじめの百頁内外で厭きてやめてしまつたきり、いまだにその先を知らない。やはり寮の室で人にすゝめられて「まぼろしの楯」を読みかけたことがあつたが、なんでも最初の書き出しに不快を感じてやめてしまつた。「遠き世の物語である。パコンと名乗るものゝ城を構へ濠を環して人を屠り天に驕れる昔に帰れ。今代の話ではない。」これである。今でも気に入らないことは同じである。昔ほど強い反感をもたないだけのことで。

　紀念祭のまへには校門から寮へかけて様々な広告（?）のびらが貼られる。「南寮六番歓迎」といつたやうな無能なのから、一世一代の智慧をしぼつたかと思はれる念入りの、しかもなか〳〵上手なのにいたるまで。猫が評判になつてからはそれにちなんだのが沢山あつた。中に一つ、それはどういふ意味であつたかなかつたか、ぴんと髭を張つた猫が……多分先生に似せてかいたのだらう……容体ぶつてる下にいろんな獣が集つてゐるやうなところをかいた絵があつた。私は通りがゝりに例の猫だなと思つて何気なく見てゐたが、ふと気がついたら先生が教員室のはうからこちらへくるところなので、私はすた〳〵

と歩きだした。そしてふり返つてみたら先生はそのびらの前へ立つて、おんなじやうに髭をはねあげてふゝんといつたやうな、併し軽蔑でも皮肉でもない面白さうなおかしさうな笑ひ顔をして眺めてゐた。

　大学の英文科へはひつてからは始終先生の授業をうけるやうになつた。久しぶりではあるし、ことに前にはほんの少しの間だつたので殆んどはじめてといつてもよいほどの気持であつた。それで大体は前から知つてるとほりの先生に相違なかつたけれど、細い点では色々新規に見つけだし、気のついたところもあつた。先生は身体の小さいに似合はない、わるく底力のあるかなり大きな声で講義をした。先生は講義中に今まで知らなかつた奇癖を数々見せた。片つぽうの口もとをへんてこに捩ぢあげたり、へんに首をくね／＼やつて草稿を見たり、下唇を口の中へ曲げ込んで口をあきながら天井を見あげてゐたり、何かいひながら机の上に白く積つてゐる埃《ほこり》を人さし指の先へ二度も三度もくつゝけてみたり、むちやくちやに顔をしかめて頭をかいたあとで、指を鼻先へもつてつて丁度犬が非常な臭いものをかいだ時のやうに、鼻を噴かないばかりに鼻の上へ皺をよせてみたり……よく皆をくす／＼笑はせることがあつた。そんな時に先生は気がついて一緒に笑ひだすこともあつたし、真面目な顔で講義を続けることもあつた。先生の講義は十八世紀の英文学の評論とてむぺすとであつた。前者の最初の部分は評論をする時の態度といふやうなことであつた。私は筆記の必要を感じなかつたので、屡先生のすぐ前に席を占めながらつひぞぺんをとつたことがなかつた。先生は一寸それを気にするやうにみえた。そしてとう／＼私と名ざしてはいはなかつたが、「書かなくちやいけない。」といふ意味のことをいつた。併し私は必要も義務もないと思つたので、その部分のすむまでかなり長い間全くぺんをとらずにしまつた。それがすむと、次には本論に入る前に背景として当時の英国の社会の状態か何かの話があつた。其頃もまだ詩歌にのみ没頭して他を顧みなかつた私は、最も散文的な十八世紀文学のそのまた背景としての散文的な社会の状態なぞには些の興味も必要も感じなかつたので、一時間のうちに僅三行五行の心覚えをするばかりであつた。間もなく私はこの私にとつては不必要な講義に見切りをつけて、愈本論に入るまで欠席してしまつた。本論に入つてからも私を喜ばせるやうな作家が一向出て来ないので、かなり大儀な講義だつたけれど、ともあれ多少の興味と必要を感じて筆記をしはじめた。先生は合版の西洋紙の草稿を一枚づゝとりあげてみながら、ねつゝり／＼と捏ちあげてゆく。調子が調子なり題材が題材なり、その上そのまた草稿が何でも一行の罫の中へ小さな字で二行に書いてある様子で、それが一時間に一頁半か二頁位の割合（？）で進んでゆく。それは退屈な時には一層堪へがたいもので、せめて草稿の頁でもはやくかはつてくれゝばと思はせた。私は高等学校時代から或種の講義をきく時の私の癖として、他人のやうに先生の顔を見あげたりのうとの上にかゞんだりしずに、窓をとほして向うの空や青葉なぞを見るともなくぢつと見つめながらきいてゐた。これは私にとつていちばん楽《らく》な愉快な姿勢、しかたであり且講義をよく呑みこむ上からも必要であつた。そんなことゝは知らない先生は私が何に見とれてゐるのかと疑ふやうに一寸ふりむいて窓の外を見たことがあつた。それから後ある時先生は「外のはうを見て講義をきいてゐないのかと思ふときいてゐる人がある。」といつたやうなことをいつた。先生はかういふ風ないゝ意味の、或は悪い意味のさらにないあてつこすりを時々私にいつた。それから私は一層遠慮なくさういふ風にした。なぜならばそれが先生に気に入るといらないとはさておいて、兎も角私が講義を聴いてゐるといふことは先生に分つてゐるのだと思つたから。私はさうしながら先生の説の腑に落ちないこと、了解しかねることがあると殆んど無意識に一寸首をかしげた。そんな時に先生はきつと弁明をつけ加へたり……先生はよく「ちよつとをかしいやうですが。」といつた。……同じ言葉をくり返してくれたりした。……先生はよく「分りませんか。」といつた。私ははじめそれが多分私のためであるとは知らなかつたが、あまり自分に都合のいゝ時にさういふことがあるので、ふと気がついて試みにわざと首をまげてみたりした。そして幾回かの試験の後先生は平気で講義してるやうにみえながら学生の一人が一寸首をかしげるのにさへよく気がつくのだといふことを確めた。その時分には私は前とちがつてかなり後ろの方へ席をしめる習慣になつてゐたにかゝはらず、同様に先生は私が先生の引証する英文の中に出てくる言葉の綴りがわからないでつかへてゐると、必ず綴りをいつてくれた。そして一度なぞは、

「この位の字を知らなくちやいけませんよ。」

なぞといつた。私はいゝ先生だと思つた。

　沙翁の方は私が英文科に籍をおいてゐる間にてむぺすと、おせろ、まあちやんと、おぶ、うえにすと進んでいつた。この方の講義は文学評論とはよほど調子がちがつて、面白味、をかし味沢山のものであつた。私がてむぺすとやおせろには少し不都合な調子だと思つて最初のうち多少の不満をさへ抱いたくらゐに。先生のこの寧ろ冷い批評的な態度は其頃すゐんばあんのあたらんたをやつてゐた上田敏先生のといゝ対照であつた。先生ははしやいで（？）気儘に諧謔を弄した。私は先生の訳の自在なこと語彙の豊富なことに感心もし羨しくも思つた。

　先生は講義の間によく誰それがねといつたやうな調子で人の噂、人のいつた自分の噂なぞを世間話のやうに話した。ある他の先生が先生になんでも人間は植物のやうに生きてゆけばいゝんだとかいふ説があるといつて、「君なんぞもその方だらう。」といつたといふ話をしたことがあつた。そして先生は、「人を馬鹿にしてる。」といつてをかしさうに笑つた。植物になるのがあんまり嫌《いや》でもなさゝうに。また別の先生が猫を評して自分はあの中の人物や事件を知つてるから面白いが、さうでない人にはさほどでないだらうといふやうなことをいつたといふ話をして、「そんなんぢやない。」といつた。また遠方の知らない人がそつくり猫のまねをして書いたものを送つてよこしたといつた。そして「なるほどよくまねてあつたが、そんなことしたつてつまらないぢやありませんか。」といふやうなことをいつた。先生は独創がなくてはいけないといふことを度々いつた。かういつたやうな挿話や批評や思ひつきや冗談やは私が記憶しているだけでも少くはない。

　先生はなにか人を笑はすやうなことをいつた時、自分でもをかしさを噛み殺すやうに歯を出さずに、下唇をかむやうにして梅干をこしらへて、罪のない笑を含んだ凹んだ感じのする眼でぢつと学生の顔を見つめることがあつた。そして学生がそれに誘はれて笑ひ出すと、一緒になつて笑つた。先生の笑ひ顔は不機嫌な時の無愛想にひきかへて可愛らしい顔だつた。ぎつしりと押し合つて全体が少し前へ押し出されたやうな感じを与へる歯を出して、口の中へ何か頬張つてるやうに笑ひ声の大部分を鼻から排出する笑ひ方であつた。先生は随分身のまはりに気をつけるらしかつた

けれど、その割に風采はあがらなかつた。洋服の時にも和服の時にも。先生は背が低くて身体の貧弱な割に顔が大きくひねてゐた。そして額の広い割合に顎が短かゝつた。皮膚が黄色くて弾力を欠いてゐた。そしてあまり目にたゝぬほどのうすいあばたがあつた。……併し顔だけとつてみればそれは真面目な、智的な、さういふ意味での立派な顔であつた。かう書いてきて私は昔先生が文科大学の廻り梯子をあがつて、廊下を、あの二階のまん中の何番とかいふ教室へ、鳥打帽を被つて少し弾力的に急ぎ足に歩いてきたその様子を思ひ出す。そして或日いゝ加減降る雨の中をその頃あつた仮正門の前で駈けよる俥夫をしりぞけて、外套の襟を立てゝ洋傘をさゝずに千駄木の家へ帰つていつた先生の姿を。

学年の終に学科修了の証明をしてもらふ時に、私は皆と一緒にごた〳〵と先生の机のところへ行つて、聴講簿に署名をしてもらつた。私が聴講簿を出した時に先生はその表紙にかいてある私の姓名を見て、

「中君ですか。」といひながら夏の字を花押にしたやうなものを無造作に鉛筆で書いてくれた。その後先生は大学をやめ私は国文科へ転科したので、先生と私とは全く縁故がなくなつてしまつた。私が「鶉籠」を読んだのはこの前後のことであつたらうか。就中「草枕」を非常に面白く読んだ。そしてなんでもその文章、ことに語彙の豊富な点に最も心をひかれたやうに記憶してゐるが、併し先生が常に、若しくは屢、耳を無視することに対してはいつも不満であつた。先生は確に耳を無視してゐた。と同時に一つには、先生の折々の言葉と先生を最よく知つてる者の評から考へても、一つには先生自身あまりいゝ耳をもつてゐなかつたのだらうと思ふ。先生が朝日に小説をかきはじめてから私は時々気まぐれに拾ひ読みするほかには、全く先生のものを読んだことがない。近頃は別として、これまでも、私にとつて詩歌は殆んど唯一のもので散文はよほど詩的なものでないかぎりあまり読む気にならなかつたから。

その時分からか私の友人の中の二三の者は度々先生のところへ行くやうになつた。それで自然友人との話の中に先生の噂がくり返されるやうになつて、いつとはなしに私は先生と大分心安くなつたやうな気がしてゐた。私は何といふ訳もなしに友人をとほして先生に、自分が持つてゐた安物ではあるが巧く出来てゐる可愛い坊主つくりの裸人形を贈つたことがあつた。それは先生のとこで要領を得てゐるといつて評判がよかつたといふこと、そして先生がそれをどこかにおいてゐるといふやうなことをきいた。このほかに友人をとほして私のところから先生のはうへ何か通したものがあるとすれば、それは私が元気にまかせて随分勝手に無遠慮に併し私一個にとつては偽りも間違ひもなく先生の作物に対して放つた罵倒であつたであらう。

私は大学を卒業した年の秋から翌年の春へかけて半年ほどの間病床にゐた。挙句、夏になつて病後の保養の為に小田原にある親戚の別荘へ幾月か厄介になつてゐた。その間に先生の最初の胃潰瘍が起つた。私は電報で修善寺へ御見舞を出した。その晩だつたらう、夜なかに地曳網の曳手を呼び集める呼手の法螺貝のやうな声に呼びさまされて、先生はどうかしらと思ひながら松山を越えて海岸へ降りてみた。月がかう〳〵と照つてゐた。冷い浜に幾人かの曳手が時をおいてえんえんと小さな声をかけながら、少しはなれて見てゐる私の眼には只影法師がゆれてゐるやうに網を曳きあげた。折角ひきあげた網には魚が一匹もゐなかつた。一人二人失望の声をあげたばかりで物をいふものもない彼らをあとに、私は

伊豆のはうの山を見ながらまた松山を越えて家へ帰つた。幾日かのゝち私は先生がよほどいゝといふことを知つて、野暮ではあるが美しく彩色した蝶形の麦藁細工の籠にいろんな色紙や千代紙でこしらへた折物やちり〳〵なぞを入れて先生のところへ送つた。小宮の代筆かなにかで手紙がきた。鷺、福良雀なぞと目録を読みながら先生の枕もとへ列べるところかなにか書いてあつた。先生はそれを見て「この中に中のこしらへたのは一つ二つしかないんだらう。」といふやうなことをいつたといふ。まつたく私の造つたのは蓮花と鶴だけだつたかもしれない。今でもそれつきりしか折り方をしらないから。その翌々年の夏私は信州の湖畔へ行つて「銀の匙」を書きあげた。これは先年病床で書いておいたものに手を入れたので、その夏福岡で死んだ妹の病床のそばで少し書きかけてゐたかと思ふ。私がその湖畔から出した絵葉書に対する返事にであつたか、「どうしてそんな寒い所へ行きましたか。早くお帰りなさい。」といふやうなことが、書いてあつた。それからその時かまた別の時か、私が見て下さいと願つておきながら原稿を送ることのあまり延引するのを申訳したのに対して、いつ迄と約束した訳ではないからそんなに義理がたくして無理をしないやうにといふやうなことが書いてあつた。とにかく私はそこで「銀の匙」を書きあげて、一里あまりはなれた隣村の郵便局から先生のところへ送つた。私は十月の半頃帰京した。そして先生の都合をきゝあはしたら、原稿はまだ見てないが遊びにならくるがいゝといふやうなことであつた。私がはじめて先生のところへ行つた時のつれはたしか安倍だつたかと思ふ、私はその日先生のとこへ行くつもりもなくぶらりと安倍のとこへいつたら、これから一緒に行かうといふことになつて、かなりみつともない着流しのまゝで出かけた。先生は多分午睡中であつた。暫く茶の間の方で待つたのち、安倍の後ろから先生はどんなになつたかしらと思ひながら怖々はひつていつたら、先生ははじめての者には一寸珍奇な感じを与へるあの和洋折衷のがらんとした座敷に寝起きの頗る無愛想な顔をしてちよこんと坐つてゐた。私はちらりと一目見て、先生が大変な白髪になつたことゝ、顔がなんだかひどくいかつくとんがつた感じを与へるやうになつたことに気がついた。先生は一寸号令をかけるやうな具合に指で指図をして、並べて敷いてある座蒲団のうへに二人を坐らせた。先生は私をぐるりと一わたり見まはして、私の汚いみなりに注意するやうであつたがしづかに、

「中君はちつともかはらないね。」といふやうなことをいつた。れいの口をあんまり動かさない無性らしいいひ方で。私は畏りつゝもやつぱり先生をぐるりと一つ見まはした。そして先生の顔のいかつくなつたのは髭を刈込んだせゐだと思つた。先生は前掛をしめてゐた。これは私の予想しなかつたことであつた。私が先生のそばにある薬瓶に目をつけて何かいつた時、先生はちよつと瓶の頭をもつて、「なにこりや始終なんだよ。」といふやうなことをいつた。その時にはさつきの寝起きのむづかしい顔が大分和いでゐた。私が先生の白髪になつたことをいつた時に先生はそれが病気の後からだといつた。先生は「いつか君がくれた蝶々の箱がまだとつてあるよ。」といふやうなことをいひながら、ふりかへつてそのとつてあるところを見るやうな風をした。……この日私はあらたまつた時にする私の癖で首を少し左へかしげるやうにして、左の眼で余計先生の顔を見るやうな姿勢をとりながら、ぢつと先生の眼を見つめて話したりきいたりした。私は大学以来そのまゝの色々

な先生の癖を見出して、久しぶりだといふ感じがした。

その次の時のつれは野上だつた。私がいたづらな心から……先生が此前眼をつけたので……わざとこの前の時と同じ見すぼらしい袷に袷羽織を着ていつたことから考へると、それは最初の時からあまり日数のたゝないうちのことであつたにちがひない。私たちよりも先に一人お客さんがあつて書斎のはうに坐つてゐた。先生は机に向つて何か原稿らしいものを読んでゐた。私はその人が何かの原稿をもつてきて、先生に見てもらつてゐるのだと思つた。私たちは隣の客間の方へ通されて待つてゐた。暫して先生はそれを読み終つて、お客さんと一緒に客間の方へきた。挨拶がすんですぐであつたか何か。二言三言いつた後であつたか、先生はやゝ唐突に「ありやいゝよ。」と例の口を動かさないいひ方でいつた。先生は私が今日来ることを予報しておいたので、まだ読みきつてなかつた私の原稿をお客様を待たせておいて丁度今読み終つたのであつた。私は心のうちで恐縮した。先生は予想外に「銀の匙」をほめた。落ちついた書き方だといつた。大変口調がいいといつた。私は文章が時に稚気を帯びてやしまいかと思ふといつたら、先生は寧ろその反対を考へてゐるらしい口吻をもらした。先生はまた正直に書いてあるといつてそのあとで、「あゝいふ意気地のないことを……」といひかけたが遠慮するやうな風にしてちよつと言葉をきつた。なにか意気地のないといふことが非常な悪いことででもあるかのやうに。そして私がそんな子供であつたことを赤面でもするかのやうに。先生はかうした私をよく知らない為の勘違ひから、その後も話の間にそんなつまらないことについて時々親切な遠慮をしてくれたやうに思ふ。先生が私の文章に源氏物語のやうなところがあるといふやうなことをいつたのには、少し非難の意味があつたかと思ふ。それから原稿が汚くて読みにくいこと、誤字の多いこと、仮名を「めちや／＼」に沢山使ふことを非難した。それは事実であつた。仮名を多く使ふことについては、一つは私の或主義から一つは漢字に好悪があるので嫌な漢字を出来るだけ使はない為にさうするのであつたが、私はその時格別そんな弁明はしなかつた。併し先生はいつか友人からでもその理由をきいたのでもあらうか、その後「銀の匙」の後篇に私は全く遠慮なしに仮名を用ゐたけれど先生はなんともいはなかつた。私はそれをそんなたいした訳もない単なる他人の好悪のやうなものをさへ出来るだけ尊重するといふ先生の寛容、深切からであると解してゐる。先生はまた「銀の匙」を平面的だといつて、廻り燈籠みたいにいろんな事件人物が出てくる間に自然に主人公の性格……といつたらう……が別るやうになつてるんだねといふやうなことをいつた。先生が「ありやいゝよ。」をもう一遍くり返した時に私はすかさず、「よければまだ先があります。」といつた。先生はちよつとたじ／＼とした様子で、「もう沢山だ。」といつた。がすぐにもり返して反対に攻勢をとつて、「中々面の皮が厚いな。」といつた。皆が笑つた。私も一緒に。先生は「銀の匙」の中に出てくる小学校の先生が主人公に向つていつた言葉を覚えてゐて、さそくのきてんに用ゐたのであつた。先生はこんな言葉戦の駈引は手に入つたものであつた。先生は自分のかいた絵を出して見せた。頗る朦朧とした墨絵だつたやうに思ふ。私はその下の方に白く丸つこくて細長い頸のついたものを徳利かしらと思つて見てゐた。そして何か俳句にでもあるんだらうと思つて。意外にもそれは鵞鳥か何かだつた。そしてよく見ればなる程さうだつた。先生の画は字よりもよつぽど下手だつた。私の知つてる限りでは。それから寺田さんの発議で……お客さんは寺田さんであつた……その時読売新聞社かに開かれてゐたふゆうざん会へ行つた。洋服をきた寺田さんと先生は先に、和服の私たちはとかく後にはなれがちに。この日私は博多で買つてきた安物の円錐形の水入れを先生にあげるつもりで袂へ入れてゐたのだけれど、とう／＼それを出す機会を失つてしまつて後で安倍にやつた。ふゆうざん会から池の端の何かの博覧会へ行つた。博覧会を出た時だったか、先生は耳のとんがつた黄色つぽい大きな犬が人にひかれてくるのをみて、「強さうだな。」といつた。私はその後上野へ住むやうになつてから度々この犬に出遇つて、よくその日のことを思出した。

多分その翌春私は原稿のことで一人で先生のところへ行つた。先生は銭湯に出かけるところだつた。先生のいふまゝに私は上つて待つてゐた。この日は書斎の方へ通された。小さな人が出てきて何かいたづらをしながら私と話してゐた。先生は帰つてきて小さな人を見て笑ひながら、「お前がお相手をしてゐたのか。」といつた。先生は気分がよさゝうに見えた。そして小さな人にいろんな冗談をいつた。「貴様は乱倫不逞の徒だぞ。」なぞといつて何のことだか別るかといふ。小さな人は芋虫みたいに身体をくね／＼しながらつまらなそうに、「わーかーらーなーい。」といふ。先生はをかしさうに歯を出して笑つた。先生は小さい人を茶の間の方へかへして、原稿について話しはじめた。「銀の匙」は先生の推薦によつて朝日に載ることになつた。先生は作物に対する批評以外に私の便宜の為に色々注意もし心配もしてくれた。その時であつたか、私は私が先生の面会日でない日にばかりくることがすまないといふ気がするといつたら、先生は「でも君は人にあふのが嫌なんだらう。」といつて、「忙しい時は困るが……大抵午前中に（?）小説を書いてしまふから……」といふやうなことで、結局うやむやに許されてしまつた。私はその後とても面会日に行つたのは私が先生と話した最後であつたその晩よりほかにはなかつたであらう。私は何かの話から、人間といふものが死ねばなくなつてしまふと別つてるものなら私はいつでも死にますといふやうなことをいつたら、先生は一寸驚いた様子で、「さうかね。」といつたが、半分冗談のやうに「そりや無論なくなつちまうんだよ。」といつて、自分だつて死ぬのは何でもないが、手続きが面倒だから死なゝいといふやうなことをいつた。これも半ば冗談ではあつたが、私はそれをきいて手続きの面倒がなかつたとしても先生はさう無造作に死ねさうもないと思つた。私が実は「銀の匙」は自分にはそれほど気に入つてゐないといつた時に先生は意外らしい顔をして、「ぢあどういふのが気に入るのかね。」といふやうなことをいつた。私はこれ迄書いたものゝ中では、いつぞやの「島の日記」が一番気にいつてゐるといふことをいつて、もしそれがいつか活字になつたら見て下さいといつた。私は最初安倍と先生を訪ねた時であつたか、湖の中の小島に舟もなしに一人きりで暮してゐた話をした。その時も先生は一寸驚いた……といふよりはあきれたのかもしれない……らしい顔をした。夕食の時がきた。私が帰らうとするのを先生は飯を食べて行かないかと二三度とめるやうにしたけれど、私は帰つた。「銀の匙」は先生の小説がすんでから先約の晶子氏のが出てその後に載せられる筈だつたのを、晶子氏の都合で私のが先になることになり、それが先生の病気のため急に先生の小説の中止される後へすぐ出ることになつた。私は友人から先生が病床で「銀の匙」

を読んでゐるといふこと、仮名を少くしたといふ私の言葉に対して、あんまり少くもなつてゐないといふ意味のことをいつてゐるといふことをきいた。この後私は久しい間先生のところへ行かなかつたやうに思ふ。その間に私は友人から先生が先生の前で人々のいふ「銀の匙」に対する非難に対して一人で弁護してゐるといふことをきいた。そしてひよつとすると先生は私自身があるよりも「銀の匙」が好きなのかもしれないと思つた。

いつであつたか先生は「銀の匙」を評して、「あゝいふのはせんちめんたるつていふんぢやない。」といつた。私は誰かゞさういつて非難したんだらうと思ひながらきいてゐた。また先生は「銀の匙」を本にして出したらどうかといふやうなことをいつて、なにか出すぎたことでもいふやうに遠慮深く躊躇しながら自分が序文を書いてもいゝといつた。私は一冊にするにはあまり少いといつたら先生は「夢の日記」を一緒にしたら……いやならしかたがないけれど……といふやうなことをいつた。先生は私が前にある雑誌にかいた「夢の日記」を読んで、そして私がそれをいやがつてゐたことを知つてゐたのである。併し両方あはせても量が足らないので、本にすることは沙汰やみになつた。私はどういふ訳でか遊びといふことについて先生と話したことが幾度かあつた。多分私が謡や碁……などを非常に好きでゐながらやらないといふやうなことからだつたらう。私はさうした遊び事は何でも好きだけれど、あまり真剣に身を入れて、またさうしなければ満足出来ないので、遊びが遊びでなしに重荷になつてしまふのでみんなやめてしまつたのだといふ意味のことをいつた。

安倍といつた時のことであつたか、左手の壁に朦朧とした小さな達摩か何かの画がかけてあつたことがあつた。私が珍しい画だなとか変な画だなとか思ひながら見上げてゐた時に、安倍がそれは先生の画だといつてどう思ふときいた。それまでその画の巧拙をさへきめるのに迷つてゐた私は先生のときいて急に安心して、「暗い処だからいくらかよく見える。」と答へた。先生はあまり異存がありさうもない様子で、「冗談いつちやいけないよ。」といつた。

「銀の匙」の出た次の年の夏私は叡山でその後篇……つむじまがり……を書きあげて先生のところへ送つた。私は帰京してからそれに対する先生の手紙を受取つた。それには私の原稿をほめたうへに、どうとかいふ訳で尊敬するといふやうなことさへ書いてあつた。もと〳〵「銀の匙」と同じやうなものだから先生の気に入らないことはないとは思つてゐたけれど、自分にとつては「銀の匙」よりも全体として一層気に入らないものであつたので、先生のこの「銀の匙」の時よりも寧ろ深くなつたかのやうに見える賞讃は私にとつて反つて案外なものであつた。私は私の作物に対する先生と私の態度がどこかであべこべになつてゐることに気がついた。私の原稿は再び先生に御迷惑をかけて朝日へ掲載されることになつた。

安倍といつた時であつた。胃病の話から私が自分の経験談として胃が悪くなると疳癪が起るし、疳癪が起ると胃が悪くなる。そんな時自分は重曹を少し呑むといゝあんばいに酸が中和して(?)直つてしまふといふ話をしたら、先生は己のことをいふなといふやうな笑ひ方をしてきいてゐたが、自分は少しひどい時にそんなことをすると胃嚢の中に戦が起つて、とてもたまらないといふやうなことをいつた。この時であつたか安倍が何かの礼として或処から三円受取つたといふ話が出た。私は三円あれば二十日間たべられるといつた。先生は途方もないことをいふといつたやうに、「たべられるもんか。」といふやうなことをいつた。安倍はそばから「でも中はそれでたべてるんですよ。」といふやうなことをいつた。私は先生に納得の出来るやうに私の暮し方のあらましを話した。それから先生は或処で講演をしたらお礼だといつて十円包んできたといふ話をして、その講演の中で個性を尊重しなければいけないといふことについて私の「銀の匙」の後篇の或部分を例にひいたといつたので「ぢやその十円は私の方へ下さい。」といつたら先生は「一寸例にひいたばかりだよ。十円はやらないよ。五十銭位ならやる。」といつて笑つた。そしてあとから「五十銭で幾日たべられるかね。」とつけ加へた。何かの話から私が自分のことを「これでも中々愛想のいゝこともあるんです。」といつたら先生は意外だといふやうな顔をした。先生はこんな点でよほど私を知らないところがあつた。知るほどの機会もなかつたのだけれど。先生が私が全然孤独……世間と没交渉といつたかもしれない……でゐられることについて寧ろ滑稽を感ずる位だといつたのもこの時であつたらうか。私はそれをきいてさうだ、先生にはとても私のやうな孤独は守れないと思ふと同時に、先生は私が孤独を愛しまた事実孤独である半面ばかりをしつてそれとは全然反対に一方甚だしく孤独に遠ざかり、また事実誰よりも孤独でない半面のあることをしらないのだと思つた。やはりこの時のことであつたらうか。先生は私が自分のためにまた二三の人に見せる為に筆をとるといふやうなことをいつたことを思ひ出して、「見せるつて一体誰に見せるんだね。」といつて私が見せさうだと思ふ者の名をあげたが、当つてゐなかつたので、「ぢあ安倍かね。」といつた。私は傍に坐つてる安倍を見ながら、「安倍なんぞ見せて頂けないんです。」といつた。安倍も私の言葉に裏書をした。先生は愈不可解らしい顔をして「ぢあ誰かね。」といつた。私が「眼識はなくとも私にとつて大切な人に見せます。」といつたら先生はにやりと笑つた。

いつであつたか「銀の匙」の話が出た時に先生は後篇の方が文章の彫琢が少いだけいゝ、前篇のやうに彫琢に苦労する必要がないといふやうな意味のことをいつた。私は後篇に彫琢が少いのは内容が彫琢を要する場合が少いからであらうといふ意味のことを答へた。私のいはうとしたのはかうであつた。彫琢の多少はそのまゝでは必しも価値に関係することではない。前篇には彫琢を必要とし、またゆるすやうな場合が多く後篇は之に反してゐただけのことである。そして私としては寧ろ前篇の方が書きがひもあつたし好きでもある。なぜといへば前篇の方が全体としてより詩的であるから。私はいつか先生に日本語、ことに現代の日本語では殆んど不可能である長詩を断念して散文に筆をとるやうになつたのはよいことであつた。私は最初それに屈辱をさへ感じたけれど。そして本来私に最も適当した形は結局やはり詩であるけれども。といふ意味のことを話しかけたことがあつた。先生はまた子供の時のことを書いたものといへばとむぶらうんやばつどぼういがあるが書いてある方面がちがふ。谷崎氏の「少年」はあゝいふもので「銀の匙」とは少したちがちがふし、「銀の匙」のやうなものは見たことがないといふやうなことをいつた。先生は綺麗だといつた。細い描写といふことをいつた。また独創があるといふことをいつた。私は独創といふ言葉をきいて大学以来だなと思つた。先生はあれほど彫琢が施してあつて、しかも真実を傷けないのが不思議だといふ意味のことをいつた。私は真実の為の彫琢が真実を傷けないとて不思議はないと思つた。誰とかゞ「銀の匙」をちつとも面白くないといつたといふ話から、先生は面白がらないらしい人たちの名前をあげて、誰それには一つの水蜜を二人で食つたといふやうなことしか面白くないのだといふやうなことをいつた。また誰それにはちつとあゝいふものを読ましてやるがいゝなぞといつた。ある人の面白がるものを他の人が面白がらないといふことがよほど不都合なことでゞもあるかのやうに。先生はまた「阿部にも別らない。」といつてそこにゐた安倍に向つて、「君にも別らないだらう。」といふやうなことをいつた。私は先生が思ひちがひをしてると思つた。安倍は阿部も自分も興味をもたなかつたことはないといふ意味のことをいつて、私にさういふ風に予想しなかつたかと尋ねたから私は肯定的に答へた。先生は一寸案外な様子で安倍に向つて、「君達には人生とか何とかいはなくちやいけないんぢやないのかね。あゝいふ呑気な、問題のない……いや問題はあるが……」といふやうなことをいつた。私はさうだ、問題がちがふのだと思つた。先生は「銀の匙」の中に出てくる私の自然に対する感情をとても自分には分らない、こしらへものかと思ふ位だといふやうなことをいつた。それから滝のある川のところの叙景は潤色してあるのかと私にきいたから私は写生だといつた。先生は写生とは思へないといふのを安倍が昔はあゝだつたんでせうといふ意味のことをいつたら、先生は「冗談いつちやいけない。あすこはもとから僕の縄張内なんだ。」といふやうなことをいつた。先生はそこをよく知つてゐるのである。私はなるほど今の私が見るならばやはり写生とは思へないが、その当時私があつたやうな子供の眼には実際あゝいふ風に見えたのだといはうとしたら、安倍が先に同じ様なことをいつたので、私は黙つてゐた。「銀の匙」が出た時分のこと先生はその縁日のことを書いたところに、あまりくどく同じ様なことがくり返してあるといふことを非難した。私はよくも覚えてゐなかつたゝめか、さういふことがあまり問題にならなかつたゝめかなにかで、唯きゝ流しにしておいた。その後先生はまたそのことを注意した。私はまたきゝ流しておいた。それからある時ふと思ひ出してそこを読みかへしてみた。そして先生の非難が当つてゐると思つた。先生は私がいつもきゝ流しにするので、私がまだ気がつかずにゐると思つたのか、この時もまたそのことをいひ出さうとした。私は先生が二言三言いひかけた時に「あ、あれは別りました。」といつた。先生はすぐに「あ、さうか。」といつてその話をやめてしまつた。こんなところが大変よかつた。

その次に私が一人で行つた時に先生は私のみなりをじろ〳〵見て、「五円で食べてる人のやうぢやないね。」といつた。私はこの前の時私の食料は一ケ月五円あれば足りるといふことを話したのである。そしてその日私はちやんと着物を着かへて行つたのだ。先生はよく人のみなりに目をつける。さういふ意味のことをいつた私の言葉に対して先生は私の友人に「中だつてよく見る。」といつたさうだ。先生はこの前話した私の暮し方によほど驚いたとみえて、この日もまたその話をし出して私にもう一度くり返させた。そして私が冬台所へ蓙をしいて精進料理で冷飯を食べるのは身体が冷えていけないといふやうなことをいつた時に、先生は手まねをしながら冷飯には熱い湯をかけて一旦流してからまた湯をかけてたべるといゝなぞと、私が何にもしらない子供でゞもあるかのやうに教へた。先生は私の現にやつてゐる甚しい簡易生活、不摂生にちかい粗食、しかもそれが私自身の経験したものゝうちの最悪の生活ではないといふことをきいた時に先生は驚くといふよりは寧ろあきれた。そしてそれは私が最も閑静な住居を望むために寺院を撰んだこと、寺院の掟をみださない為にはさういふ生活に甘んじねばならぬこと、そして自分がかたく掟を守つてるといふところにも愉快があるといふことをいつた時に、先生はそれはさうだらうけれどよした方がいゝといふやうなことをいつた。先生は私が身体を悪くしはしないかと懸念するらしかつた。また実際悪くしたかもしれないけれど。私は先生にさうはいつたものゝ、私の望むやうな静な住居はつひに得られなかつた。人間のゐるところに喧噪はあり醜悪はある。私のこの肉の鼓は人に触れ物に触れて醜く喧しく音を出さずにはゐない。私の意味するやうな静な住居が私に得られるならば、私は十指をすてることをも厭はないといふことを先生は知らなかつたであらう。

いつのことか先生は私の友人に「僕も変人だけれど中は随分変人だね。」といつたといふこと、また中のやうなむきなものは自殺でもしやしないかといふ気がするといふやうな意味のことをいつてゐたといふことをきいた。先生の眼に映つた私は如何にもさうであつたにちがひない。そしてそれも確に正真正銘の私である。けれどももし先生がもつと十分に私を知つたならば、恐らくもう少し違つたいひ方をしたであらうと思ふ。

安倍といつた時のことである。私は先生の前へ坐ると間もなく不注意と無性から一寸した無作法をやつた。そしてあつと思つて先生の顔を見たら先生は下を向いて少し嫌な顔をしてゐた。私はしまつたと思つた。私は同じことをもう一度行儀よくやり直してみた。そして先生を見たら先生は平気な顔をしてゐた。私はかうすればいゝのだなと思つた。さうしたら間もなく安倍が私と同じやうな無作法をやつた。先生はまた一寸嫌な顔をした。話してるうちにまた安倍が同じことをやつた。私がはつとして先生を見たら先生はぢつと不快をこらへるやうにして少し赤い顔をしてゐた。そしてよそ事のやうにそれとなく安倍に気をつけさせるやうなことをいつた。安倍は気がつかずにまたくり返した。先生はとう〳〵癇癪を起して「僕はそれが嫌でしようがないんだがやめられないかね。」といつた。私がはじめて見た怖い顔であつた。それから葡萄酒が出た。先生は人がくれたのだといつた。罎は多分はじめ盆にのつて出なかつた。それで盆のくるまで何かゞ間に合せに盆の代りをした。安倍が酒をついでからその上へおかずにぢかに敷物の上へおいた。先生は不機嫌な顔をして「その上へおいてくれたまひ。」といつた。多分私が自分の洋盞へついだ時に盆がもつてこられた。綺麗な盆であつた。私は半分は念の為に半分は意地悪に、「この上へおいてもよござんすか。」といひながら盆の上に罎をさゝげるやうにしてゐた。先生はさつきからの不機嫌を取消さうとするかのやうに殊更和げた調子で、「あゝ、いゝ〳〵。」といつた。私はなんだか先生が可愛かつた。先生も私たちも一二杯呑んで話してるうちに先生は気がついて私に、「君は呑むんだつたね。自分でついで呑みたまひ。」といつた。前から度々酒はやめましたといつてあるのだし少し滑稽だなと思ひながらも、久しぶりでうまいので話しながらついでは呑みついでは呑みするうちに、八分目ほどあつた葡萄酒を大分へらしてしまつた。私はもう度胸をすゑて、「みんな呑んでもよござんすか。」といつたら、「いゝとも〳〵。」といつた。それから話してる間に先生は酔つたかしらとか酔つたなとかいふ顔つきで罎と私の顔を見くらべた。私はとう〳〵罎をあけてしまつた。……しまひに先生は今迄の不機嫌やら何かをうめ合せるほどに快活に話した。

私が先生と言葉を交へた最後の日、それはなんでも寒い時であつたから、先生の歿くなつた前の年の冬から翌年の春へかけての間のことであつたらう。私は久しぶりでしかも珍しく木曜の面会日の晩に一人で行つた。私は用事のない時には随分思ひきつて御無沙汰をする方で、それに数へるほどしかない私の訪問のうちには先生の病気のために玄関から帰つたことも多かつたので、半年以上も先生と顔を合さないことは珍しくはなかつた。その私にとつて最後の晩私が例の客間へ通されて挨拶した時に先生はいつになく……恐らくははじめてかもしれない……機嫌のいゝ微笑をして挨拶を返した。私はそれを「勉強して面会日に来たな。」といふ顔だと見た。私は多人数ことに知らない人の集つてる席でいつもするやうに沈黙を守り勝ちであつた。先生は私に何か話のきつかけを与へようとするやうに、自分が本を買ふ買はないの話をしてゐたところから私に向つて、「君の買はうつていつた本はいくらとかいつたね。」といつた。

私は先生にとつてそんなことはどうでもいゝのだとはしりつゝも、やはり調子をつけるために私のほしいと思ふ部分だけで三百何十円、全部なら千円程のものだといふやうなことを答へた。それから志賀氏の作物の話が出た時に私が「留女」の中の何かゞ大変面白かつたことを覚えてゐるといつたら、先生は行き方が私とはまるでちがつてるといふやうな理由で一寸解せぬらしい様子であつた。私は自分とちがつたからとて面白くないといふ訳はないといはうとして、何かの都合でいはなかつた。それから武者小路氏のものゝ書きかたが気に入らないといふ意味のことをいつたら、先生は「そりやさうだらう。中のは絹漉し豆腐だし、一方は豆腐でさへあれば石灰がはひつてゝもかまはないといふんだから。」といふやうなことをいつた。べるもつとか何か出て皆が一杯宛呑んだ。先生は黙り込んでしまつた。私は一寸気にかけてゐた。一人が「お疲れになつたんですか。」ときいた。先生は酔つたのであつた。私は一杯の酒に酔ふ先生が可愛かつた。

その次にまた久々で先生のところへ行つた時に、先生は一両日前から少し不快といふので面会が出来なかつた。それから幾日もたゝないうちに誰からであつたか、先生が重態といふことをきいて御見舞に行つたが、勿論面会は出来なかつた。私はさし迫つてゐた旅行をのばした。その旅行に立つ筈であつた日に小宮から危篤の報を得た。私は先生の息のある間に行つた最後のものであつた。先生はかすかに絶え〱に息の残りをついてゐた。

私は自分の性格からして自分の望むほど先生と親しむことが出来なかつた。寧ろ甚だ疎遠であつた。私はまた先生の周囲に、また作物の周囲にまゝ見かけるやうな偶像崇拝者になることも出来なかつた。唯先生は人間嫌ひな私にとつて最も好きな部類に属する人間の一人であつた。そして先生は私の人間とまではいはずとも、私の創作の態度、作物そのものに対して最も同情あり厚意ある人の一人であつた。

貝殻追放

水上瀧太郎

大正7年1月号

はしがき

古代希臘アゼンスに於ては、人民の快《こゝろよ》しとせざるものある時、其の罪の有無を審判することなく、公衆の投票によりて、五年間若くは十年間国外に追放したりといふ。牡蠣殻に文字を記して投票したる習慣より貝殻追放の名は生れしとか。

今日人《こんにち》は此の単純野蛮なる審判を、吾等には無関係なる遠き世のをかしき物語として無関心に語り伝ふれども、熟々《つら〳〵》惟《おも》みるに現在吾々の営める社会に於ても、一切の事総て貝殻の投票によりて決せらるゝにはあらざるか。厚顔無恥なる弥次馬がその数を頼みて貝殻をなげうつは、敢てアゼンスの昔に限らず、到る処に行はると雖も、殊に今日の日本に於てその甚しきを思はざるを得ず。その横暴に苦しみつゝ、手を束ねて追放を待つは潔《いさぎよ》きには似たれどもわが生身の堪ふるところにあらず、果して多数者と意向を同じくするや否やはしらずと雖も、然かず進んで吾も亦わが一票を投ぜんには。（大正六年冬）

新聞記者を憎むの記

大正五年秋十月。

八月の中旬に英京倫敦を出た吾々の船は、南亜弗利加の喜望峯を廻り、印度洋を越えて、二ケ月の愉快な航海の終りに、日本晴といふ言葉が最も適確にその色彩と心持とを云ひ現す真青な空を仰いで、静な海を船そのものも嬉しさうに進んで行く。左舷には近々と故郷の山々が懐を開いて迎へてゐる。自分は暁から甲板に出て、生れた国の日光を浴びながら、足掛け五年の間海外留学の為に遠ざかつた父母の家を明瞭に想ひ浮べて欣喜した。

勿論自分は後にして来た亜米利加、英吉利、仏蘭西に楽しく過した春秋を回顧して、恐らくは二度とは行かれないそれらの国に、強い悔恨と執着を残した事は事実であつた。けれども、過ぎ去つた日よりも来るべき日は、より強く自分の心を捕へてゐた。常に晴れわたる五月の青空の心を持ち、唇を嚙む事を知らずに、温い人の情愛《なさけ》に取囲まれて暮す世界を描いてゐた。而してその光明と希望に満ちた世界を、形に現したのが目前の朝日の中に聳ゆる故国の山河であると思つた。

船はもう神戸に近く、陸上の人家も人も近々と目に迫つて来た。昨夜受取つた無線電信によると九州から遥々姉が出迎ひに来てくれる筈である。東京では父も母も弟も妹も、九十に近い祖母も待暮してゐるに違ひない。その人々にも今夜の夜行に乗れば明日の朝は逢へるのである。日本人には珍しい狡猾卑劣な表情を持つてゐない公明正大な父の顔、憎悪軽侮の表情を知らない温情の象徴のやうな母の顔が、瞭然と目の前に並んで浮んだ。常に何等か自分の心を打込む対象が無くては生きてゐる甲斐が無いと思ふ自分にとつて、自分程立派な両親を持つ者は世界に無いと思ふ信念に心のときめく時程純良な歓喜は無い。その父母の家に明日から安らかに眠る事が出来るのだ。幾度も〳〵甲板を往来《ゆきき》して足も心も踊るやうに思はれた。

午前九時、船は遂に神戸港内に最後の碇を下した。船の廻りに集つて来る小蒸汽船の上に姉と姉の夫と、吾々の家の知己某氏夫妻が乗つてゐて遠くから半巾を振りながらやつて来た。約三年間音信不通になつてゐた梶原可吉氏も来てくれた。久々ぶりの挨拶を済してから、此の二月の間、寒い夜、暑い夜を過して来た狭い船室にみんなを導いて、心置き無い話をし始めた。

其処へ給仕《ボオイ》が二枚の名刺を持つて面会人のある事を告げに来た。大阪朝日新聞と大阪毎日新聞の記者である。勿論自分は面会を断るつもりだつた。折角親しい人々と積る話をしてゐるところへ、見も知らぬ他人の、殊に新聞記者が割込んで、材料《たね》取りの目的で欧洲の近状如何などといふ取とめも無い大きな質問をされては堪らないと思つた。然し自分が給仕に断るやうに頼まうと思つた時は、既に二人の新聞記者が船室の戸口から無遠慮に室内を覗き込んでゐた。二人とも膝の抜けた紺の背広を着て、一言一行極端に粗野な紳士であつた。勿論吾々の楽しき談笑は此の二人の侵入者の為に中断されてしまつた。彼等は是非話を承り度いと、殆んど乞食の如く自分の前後に立ちふさがる。

兼て神戸横浜の埠頭には此種の人々がゐて、所謂新帰朝者を悩ますとは聞いてゐたが、それは知名の人に限られた迷惑で、自分の如きは大丈夫そんなわづらひはないと思つてゐたので、同船の客の中に南洋視察に行つた官立の大学の教授のゐる事を告げて逃げようとした。けれども彼等は承知しない。五分でも十分でもいゝから自分の話を聞き度いと言ひ張る。話は無い、話し度い事なんか何にも無いと云ふと、そんなら写真丈撮《うつ》させてくれと云ひ出した。

これは一層自分には意外な請求だつた。誰人も名さへ知らない一書生の写真を新聞に掲げて如何するのだらう。自分は冗談では無いと思つて断つた。すると傍の姉夫婦が口を出して、写真を撮して貰ふかはりに談話の方は許して頂いては如何だと口を入れた。自分も之に同意した。談話より時間の短い丈でも写真の方が楽だし、且は此の粗野なる二紳士を一刻も早く退散させ度いと願つたからである。其処で自分は甲板に出た。梶原氏が付添になつて来てくれた。

ちやんと用意して待つてゐた各新聞社の写真係りが、籐椅子を据ゑ、いかにも美術的の趣向だといふやうに浮袋を側に立てかけ、扨て自分を腰かけさせた。

馬鹿々々しい事だと思つた時は、もう写真は撮つてゐた。それでおしまひだと思つて立上らうとすると、新聞記者は最初の約束を無視して是非とも話をしてくれと追つて来た。約束が違ふではないかと詰つても、平気で、値うちの無いお低頭を安売りするばかりである。しまひには一分でも二分でもいゝと、縁日商人のやうな事を云ひ出した。それでは五分丈約束するから、その五分間に質問してくれと云つて、自分はかくしから時計を出して掌に置いた。

二人の中のどつちが朝日の記者で、どつちが毎日の記者だつたか忘れてしまつた。後日の為に名刺丈は取つて置いたから机の抽出しでも探せば姓名は判明するが、それは他日に譲らう。兎に角此の二人は、他人の一身上に重大な関係を惹き起すやうな記事を捏造する憎むべき新聞記者であつた。

五分は瞬間に過ぎた。時計の針が五分廻る間に自分が質問された質問と、答へた返答は左の如きものであつた。

第一の問。貴下は外国では何を勉強して来ました。経済ですか。

第一の答。私は雑学問をして来たので、何といふ一科の専門はありません。但し学校では経済科の講義を聴講しました。

第二の問。文学の方はやりませんでしたか。

第二の答。私は学問として文学を修めた事は日本にゐた時も外国にゐた時も、全くありません。

第三の問。今後職業を択ぶに就いては保険事業をお択びですか、又は慶應義塾の文科で教鞭をおとりになりますか。

第三の答。私の父は保険会社に勤めてゐますが、それも家業といふのではなく株式会社の事ですから息子も必ずその為事をするといふ事はありません。慶應義塾になんか行つたつて教へる学問がありません。

第四の問。貴下の就職問題に就いての御尊父の御意見は。

第四の答。父は私の撰択に任せるでせう。

第五の問。外国の文芸上新運動に就いて何か話して下さい。

第五の答。別に新運動なんてものは無いでせう。日本の方がその点では新しいでせう。

恰も五分たつたので自分は最後の一句を冗談にして立上らうとした。するとたつたもう一つ質問し度いと云つて引止められた。

第六の問。今後も創作を発表しますか。

第六の答。気が向けばするでせうが、兎に角自分なんか駄目です。以前書いたものなんか考へても冷汗です。

傍から梶原氏が、あれは既に作者自身が葬つたものであると、自分の小説集『心づくし』の序文を引いて説明してくれた。

右の如く簡単な質問に対する簡単な返答で苦痛の五分が過ぎた時、自分は後には何も気がかりな事の残つてゐない爽快な心持で姉や知人の群に帰つた。梶原氏は自分の新聞記者に対する応対が意外に練れてゐると云つて称讃し、これを海外留学の賜とする口吻をもらした。『君はなかなかうまいなあ。』と云つて彼は自分の肩を叩き、自分も『うまいだらう。』と云つて笑つた。

船の人々に別れを告げ、上陸してからは先づ湯にでも這入つて、ゆつくり食事でもしたらよからうといふ人々の意見に任せて、神戸の町の山手の或料理屋につれて行かれた。姉夫婦は今夜大阪まで、梶原氏は京都まで同行しようと云つてくれた。

事毎に新鮮な印象を受ける久々の故郷は、自分を若々しくした。姉は自分をつくづく見て、何時迄たつても小僧々々してゐると云つて笑つた。

楽しい食事の後で、自分は姉夫婦と話しながら夕方迄その家に寝転んでゐた。新聞記者の事なんか全然《すつかり》忘れてゐた。

三宮駅から、夕暮汽車に乗る時に、何気なく大阪毎日新聞の夕刊を買つた。その二面に麗々《れいれい》と自分の写真が出てゐて、『文学か保険か』と大きな標題《みだし》の横に、『三田派の青年文士水上瀧太郎氏帰る』と小標題《こみだし》を振つて、十七字詰三十八行の記事が出てゐた。その中に書いてある事は自分が想像もしなかつた意外千万なもので、殊に自分を驚かしたのは所謂青年文士の談話として、自分が廃嫡されるかどうかといふ問題を自ら論じてゐる事であつた。

今此処にその長々しい出たらめの新聞記事を掲げて、一々指摘してもいゝけれど、第一の問題たる廃嫡云々が、自分の如き我家の四男に生れたものにとつて、如何して起るかと反問する丈でも十分その記事の根拠の無い事を証明する事が出来ると思ふ。自分には尚二人の兄が現存して居る。その中の一人は既に分家して一家の主人になつてゐるけれど、当然我家を相続すべき長兄を差措いて、どうして自分が廃嫡される資格があらう。自分はこれを廃嫡される権利と云はう。その廃嫡される権利を獲得するには、先づ我家の嫡男なる長兄が廃嫡されてゐなければならない。

あまりの事のをかしさに自分は抱腹して、その新聞を梶原氏及び姉夫婦に見せた。

何処からどういふ関係で、自分に廃嫡問題なるものを結び付けたかは、その時はあまりの馬鹿々々しさに存外気にもかけなかつた。自分はたゞその記事の、今朝の甲板上の五分間に取交した問答に比べて、あまり手際のい、譃であるのを憤つた。しかし故意《わざ》と機嫌よく些末な記事の誤りのみを人々に指摘して笑つた。

第一にをかしかつたのは『氏は黒い頭髪を中央から劃然《くつきり》と左右に分け、紺セルの背広服を着けたり』と書いてゐるが、自分は曾て頭髪を中央から分けた事は一度もない。その日も中央から分けてゐなかつた事は、該記事の前に掲げた写真でもわかるのであつた。『劃《くつ》然《きり》と分け』といふのも事実相違で、自分は人々に自分の頭を指さし示して笑つた。日本風の油でかためて櫛の目を劃然と入れた分け方を嫌つて、自分は油無しのばさばさの髪を故意《わざ》と女持の大きな櫛で分けてゐる。『紺セルの背広服を着けたり』とあるが、自分はその日黒羅紗の服を着てゐた。

記者は先づ自分と父との間に職業問題に就き『意志の疎隔を生じ居れりとの風説』を糺したと云つてゐるが、彼は自分にむかつて、そんな質問をした事は無い。自分は父の寵児ではあつても父との間に意志の疎隔などを生じてはゐなかつた。しかし狡猾なる記者は、その失礼な質問に対して、自分が平気で返答をしてゐるやうに捏造した。『併し私の趣味が既に文学にあるとすれば、保険業者として私が父の如く成功するや否やは疑問です』と洒々として新帰朝の青年文士は述べてゐる。

幸か不幸か自分は其の後某保険会社の一使用人として月給生活をする事になつた。自分と雖も会社に於て、出世をするのはしないよりも結構である。それが『成功するや否やは疑問です』などとふてくされた事を云つてゐると思はれるのは、第一出世の妨げであり、同僚諸氏に対しても甚だ心苦しい次第である。

次に上述の廃嫡問題が出て、その廃嫡を事実にしようと運動してゐるのは『三田文学』の連中で、青年文士はその運動者に対して『私はその好意を感謝するものです』と云つてゐるのである。

想ふに此の記事の筆者は極めて想像の豊富な人であらうと思ふ。第一文章がうまい上に、知らない人が読むと如何にも真実《ほんと》らしく思はれる程無理が無く運んでゐて、此種の記事にはつきものの誇張を避けたところなどは、譃詐《うそいつはり》の記事では黒人に違ひない。

殊に最後へ持つて来て『父の業を継いで保険業者になるか、友人の尽力によつて文学者になるかそれは帰京の上でなければ分らず、未だ未だ若い身空ですからね。一向決心がつきません。ハハハハと語り終つて微笑せり』といふ一文で結んだところは、全然自分の会話の調子とは別であるが、知らない人には面目躍如たりだらうと思はれる。若しこれが他人の身の上に起つた事だつたら、自分も此の記事を信じたに違ひない。自分は此の如き達者な記者を有する大阪毎日新聞の商売繁昌を疑はない。

　自分はいかにもをかしな話だといふやうにわざと平気な顔をして人々にその記事を見せたが、梶原氏も姉夫婦もひどく真面目な顔をして自分を見つめてゐるのであつた。

　汽車が大阪に着くと姉夫婦は其処で下りて、自分は梶原氏と二人で残つた。さうして京都迄の小一時間に所謂水上瀧太郎廃嫡問題なるものの由来を同氏によつて伝へられた。

　此の無責任極まる記事は初め東京朝日新聞に出たのださうだ。憎む可き朝日新聞記者の一人は我家を訪ひ、父に面会を求めてその談話と共に、無理に借りて行つた自分の写真とを並べ揚げて、世人の好意を迎へたのださうだ。

　自分はその朝日の記事を知らない。しかし元来自分が廃嫡の権利を持つてゐない限り問題となる可き事柄で無いから、我が父の談話といふのも勿論恥を知らぬ記者の捏造したものに違ひないけれども、その記事を読む人間の数を思ふ時、自分は平然としてはゐられなかつた。

　殊に自分を怒らしたのは、その朝日新聞の下等なる記者が、老年病後の父に対して臆面も無く面会を求め、人の親の心を痛める事を構へて、之を問うたといふ一事である。自分の帰朝期日の予定より早くなつたのも、父の健康が兎角勝れず、近くは他家の祝宴に招かれた席上昏倒したといふ憂ふ可き事の為であつた。物質的に酬はれる事の極めて薄かつたにも拘らず、日本の実業家には類の無い、責任感の強い父が一生を捧げた事業から退隠した時、最も父を慰めるものは吾々子等の成長であるに違ひない。その子等の一人の、長らく膝下にゐなかつた者が、幾年ぶりで帰つて来るといふ矢先に、不祥なる噂を捏造吹聴され、天下に之を流布すべき新聞紙の記事に迄されたといふ事は、親として心痛き事であると同時に、世の親に対して、如何にも無礼暴虐である。彼をおもひ之をおもふ時、自分は心底から激怒した。

　京都で梶原氏に別れると直ぐに手帖を取出して、先づ大阪毎日新聞に宛て、夕刊記載の記事の捏造である事、その記事を取消すべき事、その捏造を敢てしたる記者を罰すべき事を書送るつもりで草案を書き始めた。先づ目に触れたものから、溯つて朝日の記事一読の後は、それにも一文を草して送り詰らうと思つたのである。

　自分が久しぶりで帰つた故郷の第一日は、かくて不愉快なものになり終つた。新聞社へ送る難詰文を書き終り、手帳をとぢて寝台に這入つても、安《やすら》かに眠る事は出来なかつた。

　翌朝、愈々東京へ近づいて行く事を痛切に思はせる旧知の景色が、窓近く日光に輝いてゐるのを見た時、自分は再び爽かな心地で父母の家にかへりゆく身を限り無く喜んだ。口漱ぎ、顔を洗ひ、髯を剃つて、一層晴々した心持になつて食堂へ這入つて行つた。

　何処にも空いた食卓は無く、食卓があれば必ず知らない人がゐた。つかつかと進んだのが立停つて見渡して、駄目だと思つて引返さうとすると、一隅の卓にゐた若い紳士が自分を呼び止めて、その卓に差向ひではどうだと云つてくれた。自分は喜んで会釈して席に着いた。

　給仕に食品の注文をして、手持無沙汰でゐると、既に最後の珈琲迄済んだその紳士は、いきなり自分に向つて話しかけた。『貴方は今朝の新聞に出てゐる方ではありませんか』

と、訊ねるのである。自分は驚いて彼の顔を見た。紳士は、かくしから一葉の新聞を出して自分に見せた。大阪朝日新聞である。『文壇は日本の方が』といふ変な題が大きな活字で組んであつて、傍に――ズツト新らしい――と註が這入つてゐる。此の題を見て自分は肌に粟を生じた。世の中に洒落の解らない人間程怖ろしいものは無いと云つた人があるが、此の記事の筆者の如き最も洒落の解らぬ人間であらう。自分は記者両人の愚問を避ける為に、文芸上の新運動如何の問に対して新しいのは日本だと答へたが、その時の自分の語気から、それが其場限りの冗談に等しいものだつた事は、誰にもわかる筈であつた。馬鹿に会つてはかなはないと思つた。

けれども更に考へてみると、此の記者も亦記事捏造の手腕に於ては、大阪毎日の記者に勝るとも劣らない黒人芸である。或は自分の言葉は勿論まともに取る可きものとは思はなかつたが、一寸標題として人目を引き易い為、わざとそのまゝ載せたのかもしれない。怖ろしいのは洒落の解らない奴よりも、責任感の無い奴が一層だと思はざるを得なかつた。

此の記事によると、初めて自分の廃嫡問題なるものを捏造掲載した時の標題は『廃嫡されても文学を』といふのであつた。浅薄な流行唄の文句のやうなこんな標題で、ありもしない悪名を書き立てられたのかと思ふと、自分の心は暗くなつた。

あまりにくだくだしい捏造指摘は自分ながら馬鹿々々しいから止めるが、日本新聞界の両大関と自称する毎日朝日の記者が、一人の口から出た事を全然違つて聴取つた事実を、此の二つの記事を対照して見る人はあやしまなければならない筈だ。二人とも全然自分勝手な腹案を当初から持つてゐて、記事の大部分は自分に面会する前に原稿として出来上つてゐたのだらうと思ふ。たゞ彼等が一致した事は、自分の黒い衣服を紺背広だと誤記してゐる一事ばかりであつた。毎日記者は『ハハハハハと語り終つて微笑せり』と結んだが、朝日記者は『苦し気に語つて人々と共に上陸した』と記してゐる。人を馬鹿にした話である。二人揃つてやつて来て二人で質問しながらお互によくも平気で白々しい出たらめを書いてゐられるものである。馬鹿、馬鹿、馬鹿ツ。自分は思はず叫ばうとして、目の前の紳士の存在を思つて苦笑した。

『どうも新聞記者といふものは譃を書くのが職業ですから困ります』と云ひながら、その新聞を持主に返へした。『それでも貴方のお話を伺つて書いたのでせう』と若い紳士はいかにも好奇心に光る目で自分を見ながら聞き出した。自分は不愉快な気持で食事も咽喉を通らなくなつたが、簡単に神戸港内の船中で二人の記者に迫られて四五の問答を繰返したのが、こんな長い捏造記事になつたのだと説明した。さうして肉刀をとり、肉叉をとつて話を逃れようとした。すると相手は給仕を呼んで菓物とキュラソオを命じ、巻烟草に火をつけて落ついて話し出した。食後のいい話材を得た満足に、紫の烟は鼻の孔からゆるやかに二筋上つた。

自分が如何に説明しても、彼は矢張り新聞の記事を信じるらしく、少くとも廃嫡問題の将来に最も興味を持つ心持をかくしてもかくし切れないのであつた。『兎に角才能のある方がそれを捨てるといふのは惜しい事ですから』などと一人合点で余計な事をいふのである。自分は苦笑しながら食事を終つた。

東京に着いて、母や義妹や親類、友だちに久々で逢ふ時、自分はもう悄気てゐた。誰しも自分を異常なる出来事の主人公と見做してゐるらしく思はれてしかたがなくなつた。あれ程心を躍らして待つた父母との対面にも、自分は合はせる顔が無いやうに思はれた。自分が東京に着く前に既に関西電話が伝へられて、毎日朝日と同じやうな記事が都下の多くの新聞に出てゐた。

その日から我家の電話は新聞社からの電話で忙しく鳴つた。玄関に名刺を出すごろつきに等しい新聞記者を一人々々なぐり倒したくいきまく自分と、それらの者の後日の復讐を恐れる家人との心は共に平静を失つてしまつた。老年の父母が、自分が憤りの余り、更に一層彼等から急地の悪い手段を以て苦しめられる事を気づかふのを見てゐると、遂々自分の方が弱くなつてしまつた。

社へ宛てて書いた難詰文も破いて捨てなければならなかつた。

あまりに多数のごろつき——自分は此処にごろつきといふ文字を新聞記者と云ふ文字と同意義に用ゐる——の玄関に来るのを歎く母の乞ひを容れて、中の一新聞を択んで面談し、事実を語る事を承知して、折柄電話で会見を申込んで来たタイムス社の記者と称する者に丈け逢ふ事に決めた。

二人のタイムス記者と称する者が大きな風呂敷包を持つてやつて来た。自分は勿論ヂャパンタイムスと信じてゐたので、そのつもりで話をしてゐた。彼等は巧妙に調子を合せてゐる。自分は教はりはしなかつたが、慶應義塾の高橋先生は今でもタイムスに筆を執つて居られるか、といふ問にも然りと返事をしたのである。さうして約三十分は過ぎた。すると二人の中の一人は俄に話をそらして、実は今日は別にお願ひがあると云ひながら、その持参の風呂敷を解いて、「和漢名画集」といふものを取出し、それを買つてくれと云ひ出した。創立後幾年目とかの紀念出版だといふのである。自分は勿論断つたが、それならお宅へお買上を願ふから取次いでくれといふので、為方なく奥へ持つて行つた。母は買つてやつて早く帰した方が無事だと云ふのである。馬鹿々々しい、こんな下らない物をとは思つたが、母の心配してゐる様子を見ると心弱くなつた。とう〳〵自分はなけなしの小遣から「和漢名画集」上下二冊金四拾円也を支払はされた。

ところが後日聞くところによると、このタイムス社は、ヂャパン・タイムス社ではなく、日比谷辺りに巣をくつてゐる人困らせの代物であつた。自分は自分の人の好さをつくづくなさけなく思ふと同時に、かゝる種類の人間の跋扈する世の中を憎んだ。

新聞雑誌の噂話に廃嫡問題の出る事は尚しきりに続いた。大正二年の春、憎むべき都新聞は三日にわたつて『父と子』なる題下に、驚くべき捏造記事を掲げた事があつた。その記事の記者は自分が曾て書いた小説を、すべて作者の過去半生に結びつけて、ありもしない恋愛談迄捏造した。厚顔にしてぼんくらなる記者は、その記事の最後に、『彼は今英国のケムブリツヂにゐる』と書いて、御叮嚀にも剣橋大学の写真を掲げた。当時自分は北米合衆国マサチユセツ州のケムブリツヂといふ町にゐたのである。

その都新聞の切抜を友だちの一人が送つてくれた時、自分は随分怒つた。しかし考へてみると、あと形も無い恋愛談も、あと形もない廃嫡問題よりは、少くとも愛嬌がある丈けましであつた。自分は自分が如何に此の下等愚劣なる賤民、即ち新聞記者の為に其後も屢々不快な思ひをさせられたかを述べる前に、ついでに出たらめの愛嬌話を添へて僅かに苦笑しようと思ふ。

大正五年十月二十七日発行の保険銀行時報といふ新聞には、二つの異なる記事として自分の事を材料とした捏造記事が出てゐる。記者はさも消息通らしい筆つきで書いてゐるのが寧ろ気の毒な程愛嬌があるけれども、書かれた者にとつては、矢張り憎む可き記事であつた。

第一は『保険ロマンス』といふ題下に、『此父にして此子』といふ標題で、例の廃嫡云々が噂に上つてゐる。その記事によると或人が例の廃嫡問題を、我父に質問したといふのである。如何に父の齢は傾いたと雖も自分の四男を嫡男だと思ひ違へるわけが無い。然るに此の記事によると、父も亦その問題を事実起り得るものとして返答をしてゐるのである。記事の捏造である事は敢て論ずる迄もあるまい。

もう一つは『閑話茶談』といふ題で身に覚えの無い艶種である。『三田派の新しい文士に水上瀧太郎といふのがある。それにカフヱ・プランタンの（春の女）と（秋の女）が競争でラヴしてゐたことなどは文壇では夙に誰も知りつくしてゐたが、一般の世間はまだ余り知つてゐない』といふ冒頭で、同じく廃嫡問題に言及し、最後に『それにつけても余計なことだが、彼の派手な華やかな明るい感じを持つた（春の女）と寂しい静かなおとなしい（秋の女）は君の帰朝したことを知つてゐるかどうか、今は誰もその姿を見た者もない』と結んだ。

自分はカフヱ・プランタンといふ家に足を踏入れたのは前後三回きりである。一体に日本のカフヱに集る客の様子が、自分のやうな性分の者には癪に障つて堪らず、殊に一頃半熟の文学者に限つてカフヱ辺りで、しだらなく酔払ふのを得意とした時代があつたが、そんなこんなで自分はカフヱを好まない。プランタンといふ変な家もその開業当時友人に誘はれて、一緒に食事をした三回の記憶以外に何も無い。第一（春の女）（秋の女）などといふ女は当時はゐなかつた。これも亦自分は惚れられる権利を持つてゐないので、記事の捏造なる事は疑ひも無い。

驚く可き事は、初め憎むべき東京朝日新聞の記者の捏造した一記事が、それからそれと伝へられて、真の水上瀧太郎の他にもう一人他の水上瀧太郎が人々の脳裡に実在性を持つて生れた事である。此の水上瀧太郎は某家の嫡男で、その父と父の業を継ぐか継がないかといふ問題から不和を生じ、廃嫡になるかならないかといふ瀬戸際迄持つて来られた。勿論物語の主人公だから世にも稀なる才人である。新聞記者の語をかりて云へば天才といふものなのである。

ところが真の水上瀧太郎は新聞記者の伝へた都合のいゝ戯曲的場景の中に住んではゐなかつた。彼は天才でもなんでもない。彼はもつたいない程その父にその母に愛されて成人した。彼が小説戯曲を書いて発表したのは事実である。しかも曾て文筆を持つて生活しようと考へた事は一度もなかつた。彼の持つて生れた性分として、彼は身の囲《まはり》に事無き事を愛し、平凡平調なる月給取の生活を子供の時から希望してゐた。勿論自分自身十分の富を有してゐたら月給取にもなり度くなかつたらう、恐らくは懐手して安逸を貪つたに違ひない。彼は落第したり、優等生になつたり出たらめな成績で終始しながら学校を卒業し、海外へ留学した。父が保険会社の社員だつたといふ事は彼の学ばんとする学問には何の影響をも持つてゐなかつた。父とも約束して、彼は経済原論と社会学を学ぶつもりで洋行した。しかし学校の学問は面白くなかつた。学者となるべく彼はあまりに人生に情熱を持ち過ぎてゐた。時にふと気まぐれに保険の本を買ひ集めたり、図書館へ通つて研究する事もあつた。しかしそれが彼の留学の目的ではなかつた。足かけ五年の年月の欧米滞在中彼が学んだ事は何であるかといふと、それは人間を愛する事と人間を憎む事である。最もはげしい愛憎のうちに現るゝ人間性を熱愛する意志と感情の育成に他ならない。彼は不幸にして他人を愛する事が出来なかつた。そのかはりにその父母兄弟姉妹を、自分自身よりももつと愛する嬉しい心をいだいて帰朝した。それだけの人間である。

自分は自分を第三者と見て、上述の如き記述をした。しかしその真の自分を知つてゐる者は自分以外には数人の友人の他に誰もない事実を思ふと、流石に寒い心に堪へ難くなる。一度東京朝日新聞の奸譎邪悪憎む可き記者の為に誤り伝へられてから、自分の目の前に開かれる世界は暗くなつた。或学者は人間の愛を説いて、愛とは理解に他ならないといふ。それを愛の一部だとかしか考へない自分も、無理解の世界誤解の世界には生きてゐられない。見る人逢ふ人のすべてが、新聞によつて与へられた先入観念で自分を見る世界が、自分にとつてどんなものであるか、恐らくは人をおとしいれる事を職とする憎む可き程浅薄低級なる新聞記者には理解出来まい。

自分を知らない人で、朝日その他の新聞の捏造記事を見た人は、殆どすべて彼の記事を真実を語るものと思つたに違ひない。友だちの中にも、知已の中にも、彼の記事を信じた人がある。自分は屢々初見の人に紹介される時『例の廃嫡問題の』といふ聞くも忌はしい言葉を自分の姓名の上に附加された。打消しても打消しても、人は先入の誤解を忘れなかつた。甚しいのになると、自分に兄のある事を熟知してゐながら、尚且廃嫡問題が自分の身に起らんとしてゐるのだと考へる粗忽な人も多かつた。否その粗忽な人ばかりだと云つてもいい程、人々は憎む可き記者の捏造の世界に引入れられてしまつた。たとへその記事を全部は信じなかつた人も、多少の疑念をいだいて自分を見るやうになつた。自分を見る世界の目はすべて比良目の目になつてしまつた。幸にして自分は衣食に事欠かぬ有難い身の上であつたし、幸にして奉公口もあつたから、その点は無事であつたが、若しまかり間違つたら、此の如き記事によつて人は衣食の道をさへ求め難きに至る事は、想像出来ない事ではない。

幸にして自分は独身生活を喜んでゐるから、その点は心配はなかつたが、仮りに自分が配偶を探し求めてゐるとしたら、恐らくは廃嫡問題の為に、世の中の娘持つ嫡の親は、二の足を踏んだに違ひない。

要するに自分は、世間の目から廃嫡問題の主人公としての他、偏見無しには見られなくなつてしまつたのだ。多数の人間の集会の席に行くと、あちらからもこちらからも、心無き人々の好奇心に輝く目ざしが自分の一身にそゝがれ、中には公然指さして私語する無礼

「消息」欄より

■久保田万太郎氏、五月中旬より慶應義塾大学部作文講師として就任、同時に国民文芸会理事に挙げられたり。尚、大場京子氏と伉儷の約成れる由。

〈大正八年六月号〉

な人間さへある。

如何に寛容な心を持ちたいと希ふ自分も、かかる世の中に身を置いては、どうしても神経の苛立つ事を止めかねた。どいつも此奴も癪に障ると思はないではゐられなくなる。さうして自分は一日と雖も、新聞記者を憎む事を忘れる事が出来なくなつた。

自分は決して新聞記者を、社会の木鐸だなどとは考へてゐないが、彼等が此の人間の形造る社会の出来事の報告者であるといふ職分を尊いものだと思ふのである。然るに憎む可き賤民は事実の報告を第二にして、最も挑発的な記事の捏造にのみ腐心してゐる。さうして新聞記者といふものに対して、適当なる原因の無い恐怖をいだいてゐる世間の人々は、彼等に対して正当の主張をする事をさへ憚つてゐて、相手が新聞記者だから泣寝入りのほかはないと、二言目には云ふのである。それをいゝ事にして強もてにもてゝゐる下劣なるごろつきを自分は徹頭徹尾憎み度い。同時にこれらの下劣なるごろつきの日常為しつゝある悪行を、寧ろ奨励してゐる新聞社主の如きも人間社会に対する無責任の点から考へれば、著しく下劣なる賤民である。自分は単に自分自身迷惑した場合を挙げて世に訴へようとするのではない。それよりも一般の社会に悪を憎み、これに制裁を加へる事を要求皷吹し度いのだ。

根も葉も無い捏造記事の為に、幾多の家庭の平和を害し、幾多の人の社会生活を不愉快にし、幾多の人の種々の幸福を奪ふ彼等の行為を世間は何故に許して置くのか。

繰返して云ふ。自分は新聞記者を心底から憎む。馬鹿馬鹿馬鹿ツ、その面上に唾して踏み躙つてやる心持で、この一文を草したのである。

千駄木の先生

小山内 薫

大正11年8月号

鷗外先生は青年を愛した。

先生の愛は狭かつたかも知れない。併し、深かつた。くだいて言へば、「贔負強い」人だつた。一度贔負をした以上は、どこまでも、それを持ち続けるといふ風があつた。亡くなつた先生の令弟三木竹二氏も、やはりさういふ人だつた。

先生には、鋭い直覚があつた。人の風貌を一度見るか、人の作物を一遍読むかすると、直ぐその人の歩いてゐる道がはつきり分かつた。

亡くなつた医学士大久保栄も先生に愛せられた青年の一人である。貧しい俳人大塚甲山もその一人であつた。吉井勇が「浅草観音堂」を書いた時なども、大変喜ばれた。上田敏や永井荷風に対しては、「尊敬」をさへ払つてをられた。

先生自身の芸術に対する趣味は、絢爛より

は簡素だつた。併し、「筋」の好いものなら、自分の趣味との同異を論ぜず、嘆賞を吝まなかつた。鏡花、漱石、荷風、潤一郎などの作物に対する態度がそれだつた。この意味から言へば、先生は決して狭い人ではなかつた。

私も先生に愛せられた一人である――自分の実価以上に、先生に愛せられた一人である。私は常に思つた。そして、今でもさう思つてゐる――先生は私を買ひ冠つてゐると。

私は妹と一緒に三木竹二氏を通して、先生の知遇を得た。妹などは、先生の知遇なしには、終に文学の人とならずに済んだかも知れない位である。

私が始めて先生に接したのは、千駄木の楼上に「萬年草」の会合があつた時だつたと覚えてゐる。席には笹巻の鮨が出てゐた。私はまだ大学の学生だつた。

私は当時「なでしこ」と号する無名の文学青年だつた。書いたものを、始めて先生に見せたのは、モオパツサンの短篇を英語から訳した「墓」と題するものだつた。先生は直ぐそれを「萬年草」に載せて呉れた。

私は、殆ど有頂天になつて、英詩の飜訳だの、レオパルヂイの対話詩の訳だの、マアテルリンクの「群盲」などを次ぎ次ぎに送つた。「群盲」が「萬年草」の巻頭に載せられた時などは、嬉しいと言ふよりは、寧ろ恐ろしかつた。

先生の可愛がる若い者を、先生の亡くなられた母堂が、又必ず可愛がつた。私も私の妹も、先生の母堂に愛せられた。妹が岡田三郎助のところへ嫁ぐ事になつたのも、先生の母堂の斡旋であつた。

「萬年草」の発行が中絶したのは、先生が日露戦争に出征せられた為であつた。先生は戦地から、私のやうなものにまで、三日に上げず、端書を呉れた。

私が小説の創作を始めた時分が、丁度又先生の第二期小説創作時代であつた。先生は、私の書いたどんな詰まらぬ作をも、きつと読んで呉れてゐた。私が余り多作をすると、その心配までして呉れた。

先生の作に「不思議な鏡」といふのがある。その中に、かういふ詞がある――

「まだ若いが、小山内君なんぞも、もう立派な符牒を附けられてゐる。「才の筆だ。只それ丈の事だ。ふうん」と云つたやうな調子で、鑑定は済んでしまふ。」

私は昔から「才」の一字で、どんなに鞭うたれて居たか分からない。その当時、先生のこの同情あるアイロニイは、どんなに力強く、私を絶望と自棄とから救ひ上げて呉れたか分からない。

今でも、四十歳を越した今でも、やはり私を「才」の一字で片づけてしまはうとする人がある。例へば、「明星」に毎号劇評の筆を執つてゐる畑耕一などがそれである。「不思議な鏡」は、いつまでも、私の慰めになり、私の力になるだらう。

私は或時期から、段々先生に疎遠になつた。と言ふ意味は、単に先生を訪問する機会が少くなつたといふ事である。

私の「心」は、依然としていつも先生の側にあつた。創作でも、飜訳でも、講演の筆記でも、考証でも、およそ先生の世に発表せられる限りのものは、必ず私に、或知慧を与へて呉れた。道を開いて呉れた。

私は、手紙で幾度も幼い質問を出した。先生はそれらに対して、丁寧な答を書いて呉れた。私が蔵してゐる先生の手紙は、大抵その種のものである。

私の頼む事を、大抵先生は欣諾して呉れた。先生の承諾して呉れた事で、終に果されずにしまつた事は、私が国技館で左団次に試みさせようとしたホフマンスタアルの『エヂプス王』の飜訳と、私の訳したイプセンの『皇帝とガリレヤ人』の序文とである。この序文は、エルナアの評論の飜訳の筈だつた。

先生が軍医であつた事、私が軍医の子である事も——私から言へば——先生と私とを結びつける一つの縁であつた。

勿論、私の父は先生よりずつと年上であつた。「あの時分、僕はまだ一本筋だつた。」と、先生はよく言はれた。それでも、私は先生に対すると、何となく自分の父に対してゐるやうな気がした。

私の親戚には軍医が多い。それらと先生との官途の上での関係もあつた。今、広島師団で軍医部長をしてゐる私の従兄中村緑野は、先生の第一師団時代に、先生の副官をしてゐた。私の伯父で、もう今では御用を終へて、大久保に隠居をしてゐる藤田嗣章は、先生と同僚だつた。この伯父の次男が、今巴里で絵をかいてゐるFoujitaである。

藤田の長女が田原といふ軍医のところへ嫁に行つた時、先生は医務局長だつた。富士見軒でその披露のあつた時、先生が祝辞を述べられた。その祝辞は極めて簡潔でしかも情義を尽してゐた。私は生れてから、今までに、あんな気持の好い祝辞を聞いた事はない。

私が西洋から帰つて来た時に、築地の精養軒で、先生が述べて呉れた挨拶にも、忘れ難い一句がある。

それはかういふ事だつた。「諸君は小山内が何かすると思つてはいけない。小山内は何もしないでも好いのである。」さういつた意味の詞であつた。

先生は謹直な人であつた。「乱れる」とか「崩れる」とかいふ事の絶対にない人だつた。「上機嫌」といふ程度の感情さへ、めつたには見られなかつた。

ところが、私はたつた一度先生の稍「上機嫌」に近い場合を見た。

私の古い作に「大川端」といふ小説がある。あの中に出て居る「福井」と云ふ粋人のモデルである、深川木場の数井市助が、ふとした気紛れから、先生に一度会ひたいと言ひ出した。

鈴木春浦が使者に立つと、先生は快く承知して呉れた。場所は浜町花屋敷の大常磐で、陪賓は島崎藤村と中沢臨川だつた。先生は陸軍省の帰りに、軍服で参られた。

取りとめてどういふ記憶はないが、この時の先生は、確に「上機嫌」だつた。無意味な会合が、却つて先生の気に入つたのであらう。

その時、先生が筆をとつて、春浦の酔態をSilhouetteで描かれたのを、私は覚えてゐる。

春浦はあの影絵をどうしたらう。若し、保存してあれば、天下の珍品である。

先生に就いて、思ひ出す事、書きたい事は、まだ／＼沢山ある。

併し、まだ私は、どうしても先生が本当に亡くなつたとは思へないでゐる。追憶めいた事を書くのは恐ろしいやうな気がする。

三田文学に頼まれたから、「明星」「新演芸」「新小説」などに書かなかつた方面の事を、いや／＼これだけ書いた。先生に叱られなければ好いと思つてゐる。

三田山上の秋月

岩田　豊雄

昭和2年9月号

◎徳田秋声氏のこの頃の小説は、文学的分類上かなり珍奇に考へられる。昔、田山花袋氏の「布団」などといふものがあつたが、文学以外の事情が世間へ知れたのは相当後の話ではあるし、そんな内幕に通ぜずとも有髯男子が移香残る掻巻をかぶつて秋雨の室に歔欷し、当時の詩情は理解できないことはなかつた。しかし秋声氏の何子物とか呼ばるゝものは、まづ最初に新聞の雑報で梗概が発表され、それから一二ケ月経つと、赤黒二度刷表紙の大雑誌の創作欄に詳報と云つたやうな小説が掲げられる。その男主人公が作者であり、女主人公が何子であることを、読者の推測を待たずして、作者自ら指示してる趣がある。二人の主人公がその小説の出てゐる雑誌の締切日と締切日の間に、さまざまな新行動を起す。げんに此間の「和む」といふ一篇のなかでは、女主人公が男主人公に対して、あたしのことを書いてくれちや生活に脅威を感じるから、今後一切書かないといふ証書を入れろと捻込んでゐる。かうなるとその迫真力が一種物凄い調子を帯びてくる。芸術か現実か——フイクシオンかリアリテか——調子が地味なだけに、ピランデエロの鬼面よりも遥かに人を脅すものがある。だから僕もひとつ——小説を書いてみようなぞと云ふのでない、一私人の一私学に対する私的交渉の過去を散歩してみるのだ。辛乏人の多いわが読者諸賢は、黙々として僕を看過してくれるに相違ない。

◎そこでいよいよ稲荷山の秋の月だ——。山番はアバタだ。プロフェッサア・ヴイッカアスは大股に歩む。名一塁手時任さんの顋はながい。倶楽部のサンドウイチは五銭に七銭だ。演説館の海鼠壁をパブロ・ピカソが好むだらうといふやうな事は知らなかつた。金の七ツ銅、半ズボンの僕が、幼稚舎の帰宅日毎に坂の上の小幡篤次郎先生のお宅へ行き、モミヂのやうな手を支へて御挨拶するのは可愛らしかつた。

◎洗濯屋に豊前屋、食料品店に豊前屋が今でも残つてゐる。僕の家も或る意味に於て豊前屋の一軒である。豊前中津——僕も二三辺行つたことがあるが、あの奥平藩のしみつたれた城下町から福沢諭吉といふ大きな機関車に引張られて僕のオヤヂも東京へ走つた。どちらかと云へば、オヤヂは小幡篤次郎先生の方に親しんでゐたらしい。小幡先生は僕の両親の媒妁人であり、僕が産れた時には洗濯屋並みに豊の字を与へてくれた人だ。しかし福沢先生の経済学的倫理はオヤヂの一生を支配した。うちの書架の福沢全集の金字を憶出すまでもなく、塾に学んで後官吏にも会社員にもならず、一介の貿易商人として終つたかれの頭のなかに、絶えずドクリツ・ジソンの電飾が輝いてゐたに相違ない。福沢先生の葬式の帰りに、オヤヂは失明し、一二年して没した。僕は学校とは他にないもののやうに幼稚舎へはうりこまれ、自来一度も入学試験の心配なく過したのは、オヤヂの三田主義の余慶と感謝してゐる。

◎普通部以上――つまり山の上の学校のことを、幼稚舎の子供は本塾と呼んでゐた。本塾には可怖いマツポーが沢山ゐたが、それでも一日も早く長いヅボンをはいて自由に浴したかつた。しかしその本塾生となつて家庭から通学する夢も徒となり、忽ち川合貞一先生の家へ預けられることになつた。先生の家で一学期辛乏するうちに、先生の坊チャンを高いところから落して放逐され次の学期は神戸彌作先生のところへ預けられたが、二階の窓から放尿したのを先生に発見されてお払箱となり、またぞろ川合先生の家へ舞戻つた。その頃先生は前の夫人を喪はれた後で、四人の学生が二階へ机を並べてゐた。飯時には先生も一所に茶の間で喰ふのだが、食前に日本酒のなかへ氷砂糖を混じたものをアペリチフとして採られたが、子供心にもあまり旨さうには思へなかつた。食後にはタカジアスターゼと、その当時流行した糖燐酸といふ滋強剤を欠かさず先生はのんでゐた。模倣で、同宿の政治科の矢野君といふ人が肝油をのんだ。僕もスコット乳果を一壜買つてみたが、半分ものめずに捨てた。先生の養生法はなほ毎夕一時間の散歩と云ふものがあつて、それが一分の遅速なき一時間であつたがゆゑに僕等も毎夕正確に一時間宛復習をサボることができた。雨が降ると番傘をさして矢張り一時間の散歩に行かれたものだつた。――二本榎西町、近くに屠牛場と蕎麦屋があり、夜よく二銭のもりかけを喰ひにでかけた。

◎二度目の川合先生の家のころを一際思出すわけは、そこに、実に早慶戦といふものがあるからである。早慶戦は日露戦争と並んで、明治少年の二つの大きな興奮であつた。

◎早慶戦と云つても桜井さんがプレエトに立ち、林田さんといふ近眼の人がマスクをかぶつてるころは、さまで夢中にならなかつたが、こつちの体全体を持つてゆかれたのはあの中止の年の試合である。

◎その年の暑中休暇に僕は神戸まで子供の一人旅をやつて、帰りに家のものたちの行つてる沼津静浦の保養館へ寄つた。そこにその頃塾の教授だつた福田徳三先生が山県繁三とか近権内とか云ふその年卒業の塾の秀才と共に来てゐた。福田先生はその頃余り憎らしくもなかつた僕を非常に可愛がつてくれて、山県繁三がヤキモチを焼いた。繁さんといふ人は非常な理財科の秀才で、且甚だ奇嬌な人物で、なかなか学校で幅の利いたものだつたが親類同志に関係があつて前から僕と知つてゐた。その頃福田先生は女嫌ひといふ評判であつたらしく、僕はいつも先生と共に湯へ這入つたゆゑ、繁さんとか近さんとか云ふ連中がよく僕に聞いた。「豊公、先生にキンタマがあつたかい?」それに対して僕が「あるよ、ずい分大きいよ」と報告して、皆に笑はれたことがあつた。その保養館生活――保養館といふうちはブル専門の旅館でさういふところの子女が沢山来てゐたが、さういふ連中が朝夕口誦むところの歌が実に「……ここに立ちたるワシントン……」といふのだつた。疑ひもなく当時のフレエシユな流行歌であつたもので、殊にメロデイが耐らなくよかつたと云へば今の人は吹出すだらう。実際甘い悲壮ない丶気持を誘はれたことは確かで、その時繁さんといふ人が同じ避暑客のある令嬢に恋したが、感極るごとく「……ワシントン……」をやつてゐたかれの声は今なほ耳底にある。

◎やがて秋がきて学期の始まる前、僕は繁さんに連れられて牛肉店今福の一室で飯を喰つた。繁さん一人ではない、その頃の塾で最も幅の利く仲間——蹴球部端艇部の主脳、即ち早慶戦応援団の幹部が、一所に飯を喰つてる。但し一座は頗る緊張してゐて、僕のごとき小僧は隅で小さくなつて箸を動かしてるのだ。「じやあ、ワシントンにしよう」「さうだ、それがいゝ」。先輩たちは応援歌の譜に「ワシントン」をとるべく一決したやうだつた。それならば譜だけはよく知つてると内心僕は喜んだ。それから彼等はまた話続けた——大事を語るものものしさで、「で青木君はどうだ？」「すてきによくなつた——猛烈なドロツプだ」「福田は？」「寧ろ林田君よりいゝね、いゝ球をはうるぜ、セコンドへ……」

◎中止の年の第一回戦は早稲田のグランドだつた。絵のやうな秋晴だつた。燦々たる日光のもとで、河野は水車のごときボデイ・スキングをやつた。それは憎らしく且美しかつた。神吉のところへ球がゆくと必ずトンネルした。にもかゝわらず塾は勝つた。早稲田的場末の夕靄の湿める頃、われ等はゴム球のごとく歓喜に弾み大隈邸前で万歳を唱へた——たしかに悪かつた。

◎第二回戦——即ち最後の前期早慶戦は、十一月三日の天長節であつた。第一回戦に引かへて悲しい曇日であつた。開戦前に号砲を放ち、満場が君ケ代を合唱した。その声が低い雲に響き、なにもかも悲しかつた。僕はお多福風邪をひき、医者に外出を禁められたが時間がくると家にゐられなかつた。早稲田の応援隊は塾よりずつと多かつた。前夜芝園橋で夜営したといふ話だつた。一面に海老茶の三角小旗がなびき、撰手は非常に元気だつた。きつと塾が負ける——と僕は子供らしい恐怖の予感を持つた。いよいよ始ると、僕はスタンドの低いところに座つてゐたので少し首をあげないと全フイルドが見渡せなかつた。それをわざと首を縮めて、前に立つてる人の間隙から一部分だけを眺めた。負けるのを見るのが可怖つたからだ。ピツチヤもキヤツチヤもみえずたゞその間の球道だけみえた。そこを通る河野と青木の球にはえらい相異があつた。弾丸のやうなのが河野で。太鼓橋のやうなのが青木だつた。そらまた青木さんの遅い球が行つたと思つて身を縮めると、カーンと打たれて海老茶の旗が狂乱した。果して塾は負けた。こんどは福沢先生の家の玄関で海老茶の旗が万歳を唱へた。

◎さてそれからだ——。第二回に妙に萎縮してしまつた塾の撰手は、負けてかへつてさつぱりしたやうに、大変元気づいた。第三回は如何しても勝つ——さういふ決意は撰手ばかりでなくわれわれ普通部の子供まで行亘つてゐた。朝一二時授業を済ますと皆外へ飛出して応援の練習をした。イイ先生は休んでくれ、ワルイ先生と雖も稲荷山から起る轟々たる応援歌のために授業などできはしなかつた。掲示場は檄文で占領され紫の小旗は毎日持参するやう応援団長から命令された。それが三日も四日も続いた。常識から云へば学校の当局が中止を命じたのは無理もない。中止の噂が拡つて学生は一層興奮した。早稲田の外に学校当局の保守派といふ新敵が現れたわけだ。綱町運動場の学生大会で慷慨悲憤の演説が幾番もあつた。まだ学生だつた高橋誠一郎氏は真打といふ格で最後に壇上に立つて頗る辛辣な調子で当局を冷罵した——題はたしか「錯覚」といふのだつた。昂奮は学生のみでなかつた。有島武郎氏によく似た伊沢といふ普通部の先生は、天よわれに自由を与へずんば死を与へよ（この文句をこの時覚へた）と大きな声で叫んで、熱烈な主戦論を吐いた。それに反対して非戦論を以て論理的に学生の分を説いたのが林毅陸先生だつた。するとその後にでつぷりした青木徹二先生がスタンドの一段高いところへ上つて、ここは討論会ではないのであると大きく見得を切つたのは頗る面白かつた。

◎学校中が動揺してるなかに再三教員会議が開かれた。最後の決定的な会議の夜――われわれ四人の寄宿生は川合先生の二階で眠ることができず、先生の帰宅を待つた。十二時になつても一時になつても先生は帰らない。秋の夜のしら〳〵あけ――恐らく先生の空前絶後の朝帰りの姿をわれわれは見た。大変揉めた会議だと後で聞いた。疲れて沈んだ先生の顔をみると政治科生の矢野君が直ちに聞いた。「先生如何なりました?」「やらん」「如何してもやらんですか?」「やらん」「先生、それアあンまり……」矢野君が悲しい声を出した。僕は発言権がなかつたから、力を籠めて「チエツ、チエツ」と云つた。先生はそんなことにかまはず次の間へ行つて寝てしまつた。その時先生が試合を止めさせたやうに憎かつた。

◎あの頃の普通部の撰手に、僕は水上瀧太郎氏を思出す。水上さん――これはその頃の名前ではなかつたから阿部さんと云はう。その阿部さんは、青白い細面の美男子で、常に黒メリンスの兵子帯をユニフォームの上に締め、二塁手であつたに係らずミツトを持ち、足袋はだしで練習してゐた。打撃も走塁も失礼ながらあまりお上手の方ではなかつたが、守備はなかなか堅実で滅多にトンネルなぞしなかつた。たゞモオションはかなり緩漫で、一塁へ投げる時なぞは大弓を引く趣があつた。しかしそれはその頃のロマンチック・ベースボールの趣味のひとつで、本撰手の青木、吉川なんていふ人も同型の投方をして、悠揚迫らずと褒められたものだ。塾の野球も佐々木勝麿あたりから次第に科学的になつて来たと思ふ。だから阿部さんの野球もその当時に於ては侮りを受けるべきものでなかつた。さなきだに蒼白な真面目な風貌と質素な扮装にかの雄大なるモオションを加へて、僕はてつきり阿部さんは優等生ときめてゐた。実際阿部さんの印象はさうした「堅い書生さん」だつた。近時仙波均平さんのところから「貝殻追放」の一冊を借りて来て読むと、阿部さんは渡辺のブウさん等といふひとの仲間だつたので一驚を喫した。

◎その阿部さんがやがて三田文学へ小説を書くといふことを聞いて、始めは本当にしなかつた。その頃僕はもう一つぱし文学少年であつて、原月舟、高田瓜鯖、それから後に文科へ入つて死んだ水野三郎といふ男なぞと「魔の笛」といふ回覧雑誌をこしらへてゐた。阿部さんのやうな野球をやる人が小説を書くわけがないと思つた（その僻自分も野球をやつてゐた）。しかしそれが真実とわかつてから、僕等は半分ヤキモチで、一躍三田文学へ掲載される阿部さんの作品を眺めた。それは誰の作品よりもアラが拾ひ易かつた。なぜならさういふ様な経路で顔を知つてる作家といふものは大変与しやすかつた。なかでも「ぼたん」といふのをわれわれは酷評した。その後阿部さんが大雑誌へ書くやうになつても、依然として感心しなかつた。その後長い月日が経ち、僕は外国から帰つて匆々三田文学講演会で阿部さんの顔を他所ながら見て頗る驚いた。青白い細面の阿部さんは、いつかまんまるな赤ら顔に変つて、髭跡が濃い人になつてゐた。そして僕は「大阪の宿」といふのを井汲清治から借りて読み推服した。「貝殻追放」はもつと好きだと云へる。思ふにそれらは赤くなつてからの阿部さんが書いた作品に相違ない。あの当時の作品といまの作品とは、たしかにスペクトルの青と赤の距離だけある。

◎しかし三田文学創刊——藤島武二の書いた表紙、上等な紙質、作者の名を末尾に組むこと、無広告、それから永井荷風の雰囲気。岸田か福島かどつちかの書店で、初号を手にとつた時の印象は今だに忘れられない。なんていゝ雑誌かと思つた。しかし三号四号となつて、荷風のエピゴオネンの臭気はむしろ文科に対して反感を抱かせた。荷風氏その人の作品も「紅茶の後」を除き次第に振はなかつた。僕は「すみだ川」あたりまでと、「おかめ笹」以後の荷風氏に傾倒する。とにかく一時の文科及び文科生の気分は、まつたく嫌ひだつた。江戸がなんとか云ひながら、その実ひどく田舎臭いものだつた。少くとも三田風とは大変縁遠いものだつた。

◎久保田万太郎氏が赤いエボレットをつける中隊長として普通部にゐたことは、不思議に印象に残つてゐない。寧ろ大場白水郎氏をわれ等の小隊長として記憶してゐる。文科生の久保田氏はいつも饅頭形にしたソフトを阿弥陀にかぶり、袴を下腹にはく人だつた。その頃本科生は皆和服を着てゐた。しかし久保田氏は文科生作家のうちでわれわれの仲間に一番評判のいゝ人だつた。それはその頃既に一家の文体を氏が持つてゐたセイもあつたらう。しかし一番われわれの魅せられたのは氏のハイカラ主義だつた。当時の氏には明星、スバルのスノビズムが多分にあつた。行文の間に原語が屢々はさまり、清新な短歌なぞを書かれた。一寸揚足をとりにくい独自の風があつた。「遊戯」なぞといふ作品は、今読んでもハイカラではなからうかと思ふ。久保田氏も三田文学講演会でお目に掛り、その極端な肥満に驚いた。しかし阿部氏の肥満とは大に趣がちがふ。僕はむしろ下腹へ袴をはいてたころの氏のスノビズムへもう一度帰つてもらつた方がいゝ。必ずしも原語を文章へ入れてくれなくてもいゝ。

◎三田文学も変つた。西脇マジョリイといふ人の表紙絵をのせるくらゐアヴン・ギャルドのものになつた。三田山上の秋月も灯入りの月でなくなり、G・E・Cかなんかが照明を引受けたやうで大慶である。

作家と家について

横光利一

昭和2年9月号

物の書けないときは、光線を背後に受けると良い。と近頃僕は考へ出した。光りを前方に眺めては意識が散逸して、ともすれば、「文芸は男子一生の仕事ではない、」などゝうつつをぬかすやうになる。多分、二葉亭の書斎は彩光が非芸術的に出来てゐたのに相違ない。

僕は佐藤春夫氏の文章を読んでゐて、感覚

的な要素を殆ど見たことがない。愈々あれは情感の文章で意識の尖端を這ひ廻つてゐる。あの人は恐らく人が幾人ゐやうとも意識を散逸さすなど丶云ふ不恰好な真似はしないだらう。素晴らしく我の強い文章だ。同じ我の強い文章でも志賀直哉氏の我の強さは常に感覚的である。飛躍ばかりだ。その点佐藤氏にいたつては、翩翻としたかと思ふと、早くも、「こゝで一つ、」と云ふ意識が見える。此の意味でも佐藤春夫氏は飽くまでも構成派で、志賀直哉氏は徹底的に感覚派だ。無論、此の場合どちらが優れてゐるかと云つてゐるのではない。谷崎潤一郎氏のもので、また僕は感覚的な作物を殆ど見たことがない。室生犀星氏には時々感覚的なものを散見するが、様式が氏の感覚を殺して了つていまだに僕は氏の輝いたものを眺める機会を失つてゐる。これは多分佐藤春夫氏の様式に氏は封塞されてゐるが故にちがひない。近時室生氏の様式には芥川氏の様式が加味されて来たのを発見する。が、とにかく室生氏にはそれ自らの感覚から割り出された独自の様式がないと云ふことは不幸である。優れた家財道具は有りながらいまだに借家だと云ふことは、不運を物語る証拠である。此の作家はいつまで佐藤春夫氏と芥川氏との家の間で攻められてゐるのか僕には好箇の注目点だ。しかしながら、家財道具を持ちながら、いつまでもだらしない借家住ひをしてゐる人々の多いことを思ふとき、氏のごとき優れた作家には一日も早く立派な家を持たしたい。優れた作家で家のない人には宮地嘉六氏がある。宇野浩二氏の家は古怪極まる。女流作家で家のある作家にはまだ逢はない。どうして女流作家にはいつまでも様式がないのであらうか。これは心理学的な問題である。様式とはその作者の個性の最も特長である一点が、その時代の最も特長である一点と合するときに現れるものである。してみれば独自の様式がないと云ふことは、その時代に対してその者が鈍感であつたか、若しくはその者の個性に独自性がなかつたか、或ひはその者自身が薄弱で他の個性に対して圧倒されてゐるかのどちらかに違ひない。が、そのいづれにしても、もしその者が他個よりも別して強烈な個性の所有者であるならば、必ずどこかにその者自らの様式が現れるに違ひないのだ。それがないと云ふことはその者の不名誉であるばかりではなく、その者の存在価値さへ疑はれるのが当然なことである。たゞ単に此の点から見ても、優れた教導者は必ずその子弟に対して、自分の様式に反逆させる子弟を造る。自分の中に子弟を入れやうと努力する教師はやくざ者にちがひない。夏目漱石の豪かつた第一の原因は子弟の特長を明確に判別した所にある。氏の子弟で氏の作風に似つかはしい作家は一人もない。それは氏が本当の教師であつたからだ。自分の出店を造ると云ふことは自分を殺し子弟を殺す最も最良の方法である。師とは飽までも子弟のための師でなければならぬ。此の意味からしても、師は眼光紙背に徹するの師以外に、師とは殺人機以外の何者でもあり得ない。

様式にはその作者が生れながらにして備へたものと、不断の努力から生れたものとの二つあるが、不断の努力から生れたものは、その作者の聡明さを物語る。そのどちらがより天才の所有者かと云ふ判別は出来難いが、不断の努力をなし得られるものは自己の欠点についてそれだけ敏感でなければならない素質をより多分に持つものであるが故に、天才の量に於ては多分である可き筈である。努力は此の故にでも、努力出来得るものをして天才の価値を与へしめる。

こゝまで書いたとき、芥川氏が自殺をし

た。原色が一つ無くなつた感じがする。然も赤だ。佐藤春夫氏が青なら里見氏は黄色である。赤、青、黄、此の三原色が鼎立して既成文壇を様式的に安定せしめてゐた感があつたが、今は芥川氏に代るべき赤がない。然もそれは殆ど絶対的にない。赤のない構成は活動力が衰へる。此の見方からしても、芥川氏の死は重大な影響を与へるに相違ない。

短夜の頃

島崎藤村

昭和3年8月号

毎日よく降つた。もはや梅雨明けの季節が来てゐる。町を呼んで通る竿竹売の声がするのも、この季節にふさはしい。蚕豆売の来る頃は既に過ぎ去り、青梅を売りに来るにもやゝ遅く、すゞしい朝顔の呼声を聞きつけるにはまだすこし早くて、今は青い唐辛の荷をかついだ男が来はじめる頃だ。住めば都とやら。山家生れの私なぞには、さうでもない。むしろ住めば田舎といふ気がして来る。実際、この界隈に見つけるものは都会の中の田舎であるが、でもさすがに町の中らしく、朝晩に呼んで来る物売の声は絶えない。

普通の物売ともちがひ、狭い路次々々の奥までも入り込んで来て、あたりに響けるやうな声で呼んで通る鋏研ぎがあつた。もう老人だ。どういふ過去の背景があるかは知らないが、この世の辛酸をなめつくした人のやうにも思へる。その声は実に鋭くて、強い。窓の格子先に来て立つこんな鋏研ぎがあるなぞも、何となく町中に住む思ひをさせる。しばらく私はあの声を聞かない。あの鋏研ぎもどうしたか。

どれ、そろ〳〵蚊帳でも取り出さうか。これはまだ梅雨の明けない時分のこと、五月時分からもう蚊帳を釣つてゐると言つてよこした人への返事に、わざと書いて送らうと思つた私の戯れだ。この手紙を呉れた人のやうに、五ケ月もの長い間蚊帳なしに暮されないと聞いては、うるさく思ふのも無理はない。しかし、せい〳〵一月か一月半ぐらゐしかその必要もないこの町中では、蚊帳を釣るのはむしろ楽みなくらゐである。蚊帳の内に蛍を放して遊ぶことを知つてゐた昔の俳人なぞは、たしかに蚊帳党の一人であつたらう。それほどの物数奇な心は持たないまでも、寝冷えする心配も割合にすくないところに足を延ばして、思ふさま長くなつた気持は何とも言はれない。枕に近く、髪に届く蚊帳の感触も身にしみる心地がする。蚊帳は内から見たばかりでなく、外から見た感じも好い。内にまぎれ込んだ蚊を焼くと言つてあちこちと持ち廻る蠟燭の火を青い蚊帳越しに外から眺めるなぞも、夏の夜でなければ見られない趣きだ。

古くても好いものは簾だ。よく保存された

古い簾には新しいものにない味がある。簾は二重にかけて見てもおもしろい。一つの簾を通して、他の簾に映る物の像を透かして見る時なぞ、殊に深い感じがする。

　団扇ばかりは新しいものにかぎる。この節の東京の団扇は粗製に流れて来たかして、一夏の間の使用に耐へないのすらある。円い竹の柄で、全部の骨が一つの竹から分れて行つてゐるやうな丈夫なものはあまり見当らなくなつた。扇子にもまして、もつと一時的で、移り行く人の嗜好や世相の奥までも語つて見せてゐるものは団扇だらうか。形も好ましく、見た眼も涼しく、好い風の来るのを選び当てた時はうれしい。それを中元のしるしにと言つて、訪ねて来る客などから貰ひ受けた時もうれしい。

　この節の素足のこゝちよさ。尤も、袷から単衣になり、シャツから晒木綿の繻絆になり、だん〳〵いろ〳〵なものを脱いだ後で、私達はこの節の素足にまで辿り着く。私は人間のからだの中で一番足が眼につくと言つた足袋屋のあることを知つてゐる。それほど職業的な意味からでなく見ても、足の持つ性格の多種多様なのには驚かされる。素足の表情ほどまた夏の夜の生気をよく発揮するものはあるまい。

　蚊帳、簾、団扇、それから素足なぞと順序もなくこゝに書いて来た。自分の好きな飲料や食物のことなぞもすこしここに書き添へよう。

　茶にも季節はある。一番よくそれを感ずるのは新茶の頃である。ところが、新茶ぐらゐ香気がよくて、またそれの早く失はれ易いものもすくないかと思ふ。三度ばかりも湯をつぐうちに、吸子の中の嫩葉がすつかりその持味を失つてゐることは、茶好きなものゝよく経験するところである。新茶の頃が来ると、私はそれに古茶をまぜて飲むのを楽みにしてゐる。六月を迎へ、七月を迎へするうちに、新茶と古茶の区別がなくなつて来るのもおもしろい。

　新茶で思ひ出す。静岡の方に住む人で、毎年きまりで新茶を贈つて呉れる未知の友がある。一年唯一回の消息があつて、それが新茶と一緒に届く。あんなに昔を忘れない人もめづらしい。私の方でも新茶の季節になると、もうそろ〳〵静岡から便りのある頃かなぞと思ひ出して、それを心待ちにするやうになつた。

　簡単な食事でも満足してゐる私達の家では、たまに手造りの柳川なぞが食卓に上るのを馳走の時とする。泥鰌は夏のものだが、私はあれを好む。年をとるにつれて殊にさうなつた。

　蓴菜、青隠元、瓜、茄子、すべて野菜の類に嫌ひなものはないが、この節さかりに出るものはその姿まで涼しくて好ましい。冬の頃から、私の家では到来物の酒の粕を壺に入れ、堅く目張りをして貯へてゐるが、あれで新しい茄子を漬けることも、ことしの夏の楽みの一つだ。

　この短夜の頃が私の心をひくのは、一つは黄昏時の長いにもよる。あの一年のうちの半分が昼で、半分はまた夜であるやうな北の国の果を想像しないまでも、黄昏と夜明けのかなり接近して、午後の七時半過ぎにならなければ暗くならない夜が、朝の三時半過ぎか四時近くには明け放れて行くと考へることは楽しい。まだ私達が眠りから醒めないで、半分夢を見てゐる間に、そこいらはもう明るくなつてゐると考へることも楽しい。

　短夜の頃の深さ、楽しさ、空しさは、こゝに尽すべくもない。そこにはまた私の好きな淡い夏の月も待つてゐる。夏の月の好いことは、それがあまりに輝き過ぎないことだ。

独逸の本屋

森 茉莉

昭和8年9月号

露に濡れた芭蕉の葉からすゞしい朝の雫の滴り落ちるやうな時もやつて来た。あの雫も、この頃の季節の感じを特別なものにする。あれを見ると、まことに眼の覚めるやうな心地がする。長い梅雨の続いた時分には、私はよく庭の芭蕉の見えるところへ行つて、あの嫩い夢でも湛えたやうな、灰色がゝつた青い巻葉が開いて行くさまなぞをぢつと眺めながら、多くの時を送つたこともあつた。

そこは伯林だつた。黒ずんだ、紅い、桜の実の成つてゐる風の荒い、若い娘が赤い体に白いきものを着て、金色の髪の毛をそよがせてゐる伯林だつた。さうして黒い緑に蔽はれた伯林だつた。伊太利の、桶の外側の水苔のやうな、古い樹木の苔のやうな、柔かみと黄色みのある緑とは違つて堅い、どこか暗いがはつきりした、鮮やかな濃い緑、それはリンデンの葉蔭だけでなく、店の外側なぞに乱暴に塗つてある色もそれだつた。木の葉が黒い緑なので独逸の町にはいつからとなく、それと同じ調子の緑が氾濫して来たのだといふやうに、私には思はれた。そこから、独逸の色は緑だ、といふやうな感じが私には来てゐた。伊太利も想ひ出すと濃い緑が頭へ来た。動かない、澱んでゐる運河の濃い緑、木の葉むらの、運河の中に立つてゐる杭の水苔の、運河の両岸に建つてゐる家々の破風なその濃い緑、伊太利も緑の多い国だつた。しかしその緑は独逸のそれと同じではなかつた。独逸の国の人間の性質が深さ、強さなぞの渋味を持つてゐても、どこかはつきりした透明さのやうなものがあるやうに、独逸の町の緑は暗かつたが、その暗さの中には鋭さがあり、鮮明さがあつた。伊太利の緑の、どこか中世紀風な、懶さのある、得体の知れぬ罪悪の町といふやうな、頽廃味のある緑とは違つてゐた。ふてぶてしくて鈍い、犯罪性の人間の眼のやうな、そんな重い色とは違つてゐた。独逸には怪異的な分子がある。プラアテルの見世物が証明してゐるやうに、変態なセケジュアリテ発狂者の頭の中に興味をもつといふやうな、陰惨なものが、独逸の中には含まれてゐる。しかしその陰惨なものにはつきぬけてゐる明るさがあつた。明らかな、科学性があつたのだ。健康な、明るい光りの中で調べる科学性がそこにはあつたのだ。伊太利の底に沈んだ、ぬぐひ切れない暗さ、とは違つてゐたのだ。この二つの緑の違ひはどこか鈍い、甘い音をもつた、最後から一つ前の音を長く引張る伊太利語の響きと、強くて歯切れがよく、庭の木々の間を吹く風の音のやうな独逸語の響きとの、違ひでもあつたのだ。伯林の町の緑はリンデンの葉蔭と、店の外側にぬられた色ばかりではなかつた。不器用に染められた木彫の人形にも、木の四角い植木鉢にも、通る男達の外套や帽子にも、その深い緑はあつた。壊れかかり、老ひ朽ちて、黴の匂ひに息づまるやうな、父の本の入つてゐる「お倉」の内部が、それを見る度に頭に拡がつて来、そこはかとない淋しさを感じさせる伯林の本屋の内部、そこに並んでゐる本の色にも、この濃い緑があつた。伯林の町は黒い緑で一杯であり、緑の外に眼立つ色は黒と、代赭と、赤とであつた。原色に近い色の眼立つ伯林の町は、洗練されないよさがあり、いろいろなものの形にも単純な、野生的な趣きがあつた。木も、幹が消し炭のやうに黒く、葉はうす緑で柔かな中にすつきりとした巴里の木々とは違つて、幹も褐色をしてゐて、葉も深々と、黒い緑をむらがらせてゐた。

英吉利の旅行を経て七月の終りにこの伯林に来た私は、巴里の町とは又違つたこの伯林の渋い味のある町の中で、快い日日を暮したのだつた。しかし倫敦で父の死を知つて間もなく伯林に来た私はその快さの中にやはらかに揺られてゐる事は出来なかつた。その快さの中に浸り切つてゐる事は出来なかつたのだ。その快さの中には、ひよいとした冷たさがあつた。どことない淋しさがあつた。いろいろな時にふいふいと私の後から襲ひかかつて来るその冷たさ、その淋しいやうな心持は、軽かつたが、根は深いところに、あるやうに思はれた。その根は死であるやうに思はれた。父がそこにゐる為にその底深い、薄藍色の場所は、私にはどこかはつきりと見透かされる、一つの所のやうにはつきりとして来てゐた。父がそこにゐる為に、私にはその一つの場所が、どこかで見えてゐるやうな気がしてゐたのだ。うす藍色の空気の中のやうなその場所、そこから冷たさは来てゐるやうに思はれた。冷気はそこからはひ上つてくるやうに思はれた。事にふれてふいと軽い調子で浮び上つてくる冷たさ、淋しさ、それは或深さをもつてゐた。その深さは限りが無かつた。その場所がどこかに見える事は私をぞつとさせた。そこへ感じの行く事は私にはどこか切ないことだつた。いろいろな事が、いろいろな厚みのある現実の出来事が、私をとり巻き、深さ、濃さ、面白さの味ひが私をとり囲んでゐる。その間々にやつぱり隙間のある事が感じられた。子供の時、明るい電燈のあかるみの下で人々に囲まれ、障子はぴつたりと閉ぢてある、さういふ空気の中で、体を固くしてゐても、人から聞いた幽霊はやつぱりどこかの隙間から匐ひ込んで来る、と思はれて、ぞつとした時の事なぞが思ひ出された。喜びの世界にも悲しみのしのび込むすきまはあり、悲しみの洞穴にもどこか楽しさの匐ひ込むすきまはあつた。絶えず現実の中に、いろいろの出来事の中に閉ぢこめられてゐる生活の部屋にも、扉のすきまはあつたのだ。どこかにすきまはあつたのだ。冷気はそこから入つて来た。うす藍色の気はそこから流れ入つて来たのだ。若い女にはいろいろな喜びや、面白いことがあつた。その冷気をすつかり忘れてゐる時は多かつた。暖い、明るい、生きてゐる人間の世界のまん中に、私は入つてゐたのだ。その時は多かつた。さうして長くつづいてゐた。しかし晴れ渡つた青い空の一角に、ふいと出てくる雲の切れのやうに、厚くもくもくと重り合つた木の葉を見てゐて、ふいとその一枚の葉の裏に、並んでついてゐる虫の卵を見つけたやうに、淋しさは思ひがけない時に私の頭に浮んで来、その淋しさはふと、藍色の場所を私に覗かせるのだつた。そこへ頭の落ちて行く時私はいひやうのない淋しさのやうなものを覚えた。そんな時私は人間の一生の短かさを考へた。父が大変に淋しい所にゐるやうに思はれ、もう生きてゐる人間達の仲間ではなくなつた父が、可愛さうに思はれた。その藍色のうすい雲の中にゐる父を考へる事は、私にはどこか恐しい感じでもあつた。そのうす藍色の空気の中に父がゐるといふことは考へながら、その場所は恐しくかんじられた。父がそこにゐると思ふ時、父さへ何か恐しいものに思はれた。父を考へ出す冷たさ、淋しさの中には、どことなく恐しさがまぢつてゐた。父を考へる時、父の周囲にはうす藍色の空気があつた。父を考へる時父のうしろには死があつたのだ。

私は夫と一緒に時々、伯林の本屋の中へ入つて行く事があつた。伯林の大きな、暗い、倉庫のやうな本屋の中に立つてゐる時、私はどこからかおそひ寄つてくる懐しさのやうなものを感じた。どこか湿り気のある、黴の匂ひのするなつかしさで、それはあつた。その懐しさはヒヤリとした冷たさを伴ひ、広いガランとした本屋の隅々から湧き出してくるやうに思はれた。グレエトヘンガ寺院の中で悪霊の声に責められる時、大きな寺の隅々の柱がだんだんに狭まり、寄つて来たやうに、暗い四方の隅々から或なつかしさが、私の方へ匐ひよつてくるやうに思はれた。それはひたひたと寄せて来た。暁の波のやうに、それは静かによつて来た。高い暗い天井までぎつしりと詰められてゐる無数の本は、独逸の書物特有の渋い重さと、高い威厳とを漂はせてゐた。そばに行つて本の標題をみてゐると、その中に「ゲーテ」「フアウスト」等の字がはつきりと読まれた。私はその度に大好きな人の名を見つけたやうなたまらないうれしさで、その字をぢつと見詰めた。その字は私にとつて忘れる事の出来ない、深い親しみをもつた字だつた。その字を見てゐると父がそこに居るやうに感じられて来る字だつた。私は見上げても見えない程高い本棚のを、そのあたりの暗がりを、飽かずに見てゐた。

本棚の上の方は暗かつた。高い、暗い本の棚を見上げてゐると、暗いところにある本の頁が、静かに操られるやうに、私には思はれた。その頁は一つ一つに黴の匂ひを含み、父を想ひ出させる或ものを、パラパラとこぼすやうに私には思はれたのだ。フアウストの書斎に現れた、胸の金の飾のついてゐる赤いきものを着たメフィストフェレス、それが頁の間から狡さうな身振りで、抜け出してくるやうに思はれた。ヴァレンチンとフアウストとの果し合ひの間々に鳴るメフィストフェレスの剣の音が、頁の中に聞え、グレエトヘンの、白いきものに包まれた美しい胸が、柔かな味

「編輯後記」より

俄然！　当局の雑誌検閲の方針が厳重になつて、いろいろの雑誌が続々と発禁の禍にあつたやうだ。本誌も、呼出されて注意を受けた。前号の「ダンス断面」「恋のない花」「切支丹大名記」がいけないといふのである。だから、編輯も大いにその方面に気を配らねばならなくなつた。寄稿諸家におかれても、その点殊に御配慮に預りたい。

〈昭和四年十一月号、和木清三郎〉

を含んで、私の頭に浮んだのだ。版画でみてゐたゲーテ、シルレル等の独逸の古い文豪の姿が、塑像のやうにどこかに見え、フォンテヌブラウの森の木の葉のむらがりが、どこかにみえる。泉水の蓮が、さうしてそれらのものをゆする風のそよぎが、それらの像と一しよに感じられて来たのだ。

無数の古い書物の群は、ぢつと鎮まりかへつてゐた。鎮まりかへつてはゐたが、その書物の群は、無言の中に何かをかくしてゐるやうに思はれた。父が探り、究め、触《さは》りあてやうとした、独逸の文豪の息吹きが、それらの書物の中に閉ぢこめられ、どこからか立登らふとしてゐるのが感じられるやうに思はれた。又それらの書物の堆積は、黴の匂ひに満ちた父の「お倉」を思ひ出させ、その冷たい入り口の石や、鉄の扉を思ひ浮べさせた。父のいのちが、それらの書物の中に吹込まれ、とぢこめられて、永遠にそこに居るやうにも私には思はれたのだ。さうして父を考へた事は私に、父のまはりにあるうすい煙のやうな色の空地を覗かせたのだ。どこか冷え冷えとしたものが漂ひ、ゲーテの塑像も、シルレルの細く彫られた美しい顔も、亡霊のやうになつた。父の姿は遠くの方につかまへられないやうな遠い所に、薄寒く、かんじられて来て、何ともいへない淋しさがふと起つて来た。独逸の文豪の書物を山のやうに読み破つて、少ししか眠らないで飜訳をした、父の意慾が、その力強さをかんじさせればかんじさせる程、果敢ない、弱い、哀れなものに思はれて、父の一生といふものが何もしなかつた人の一生より、どんなにか淋しい一生のやうに思はれるのだつた。人間が智識に対して、仕事に対して慾求を持つ時、その慾求は満たし尽せるものではないのだ。人間の一生は短かくて、人々の慾求は中途で止められてしまふのだ。その満たされなかつた、慾望はどこかに残つてゐるのだ。木の葉が木から落ちて土の上で腐蝕しても、その強い繊維の網目は最後まではつきりと残るやうに、人間の意慾はどこかに残つてゐるのだ。美しい女が死ぬ。透つた蠟のやうになつて死んだ美しい女の顔が、花のやうな皮膚も、影のある眼も、うすあかい唇も、何もかもがまざりもつれて溶け朽ちても、その雲のやうな髪の毛だけはいつまでも残るやうに、その意慾は、どこかに残つてゐるのだ。さうしてその人間を想ひ考へる人の頭の中に、その意慾は哀れに、切なく感じられるのだ。本棚の暗がりのどこかに匐ひ漂つてゐるやうに思はれた父の意慾は私の胸を、切なく、重く、圧しつけた。さうしてそれは、父を想ひ出すと必ず父のまはりについてゐた。うす藍色の冷たさ、父のうしろにある死の冷たさと一つになり、四方に私を囲んでゐる本棚の中に立つてゐる私を、一時だが、いひやうのない淋しさの中に置いたのだ。

本棚の上の方に高い梯子を掛けて、暗いので、木の虫をとつてゐる植木屋のやうな丹念な、かんじで眼を本に近づけては、買ふ本を探してゐた夫が下りて来て、大きな頑丈な掌を打ち合せて手のほこりを払ひ、「さあいかうか」といふと、私はどこか楽しい現実の世界にかへり、夫の右の肱に腕をかけて本屋を出た。外へ出ると、暑い伯林の太陽が、舗道の敷石を黄色を含んだ灰色に照らしてゐたり、ふと涼しい、夕方の風が吹いて来たり、リンデンの並木の向ふに赤い夕やけが見えたりして、私の心は父から離れうす藍色の場所から離れて生きてゐる自分達の世界にかへるのだつた。自分の仲間の、まだ生きてゐる人間達の世界に、かへるのだつた。

水上瀧太郎讃

宇野浩二

昭和15年10月号

私が水上瀧太郎の小説を初めて読んだのは『山の手の子』で、それも、「三田文学」で、読んだのであるから、私は水上の処女作が最初に発表された時からの愛読者である。その時、私は二十一歳であつた。私は、この小説に刺戟されて、自分も追憶小説のやうなものを書きたいと思つた。

『山の手の子』は、つまり、三十年程前に読んだきりであるから、抒情的な追憶小説であつたとしか覚えてゐないが、その後、私が目につく限り読んだ水上の小説は、次第に抒情などとは反対の、冷たいのか暖かいのか分からない客観的な傾向になつて来た。然も、それは、ただの客観でなく、皮肉のまじつた観察眼を働かせてゐる、水上独特の小説である。しかし、それ等の小説は、安心して読める代りに、常識的なところがあり、危なげがない代りに、何か物足りないところがある。しかし又、それが水上の小説の長所であり短所である。しかし、それにも拘らず、私は、水上の小説は、殆ど欠かさず、読んでゐる。それは、かういふ小説でも、固より、外に類がなく、水上独得のものであるからである。

ところで、四五年前であつたか、私が殆ど文句なしに感心した水上の小説がある。それは、彼の作としては短い方であつたけれど、『遺産』といふ小説である。それは水上の多くの作品は、文章は平明であり、欠点のなさ過ぎるのが欠点のやうなところがあり、ながら、言葉数が少し多過ぎたり、批評眼が幾らか光り過ぎたり、する難があるのに、この小説(『遺産』)にはさういふ難が殆どないからである。さうして、僭越なことを云へば、大抵の作品にはなかなか頭から感心しない私も、この小説には頭を下げたのである。

私は、また、水上の『貝殻追放』の昔からの愛読者で無論、この文章にも、言葉数の少し多過ぎるところや、好悪の感が幾らか強過ぎるところや、その他、欠点はあるけれど、強ひて褒めて云へば、その短所が長所になつてゐるので『貝殻追放』は、本になる毎に買ひ、第五集まで買つた。さうして、その第六集にあたる『親馬鹿の記』は著者から贈られた。私は、それを贈られた時、愛読者が、著者から、思ひがけなく、本を送られたやうな嬉しさを感じた。

貝殻追放の作者

斎藤　茂吉

昭和15年10月号

水上瀧太郎氏の文学は、第一流の実業家として活躍せられた阿部章蔵氏からすれば、余技と謂ふべきであらうけれども、その実質に於て既に優秀な専門家的文学であつたのみならず、三田文学から出現した文人中最高峰の一人であることも、もはや普く人が知つて居る。特に、円満な意味に於ける「紳士」を端的に反映した随筆文学「貝殻追放」三巻の如きは、氏の人格を俟たなければ到底出来難い比類無きものであつて、寺田寅彦博士の随筆文学とはまた別種の、人間的に内容深く匂ひの高いものであつた。かの温雅な水上氏が、紅蓮洞を弔つた一文の如きは、まさに都会人として、また其時代を背景としてはじめてあらはるべき稀有の名文である。また、晩年に於けるをりをりの旅行小記若干章は、実業家阿部氏の体に触るるが如き感味の豊かなものであつて、世の実務に専らなる人々にとつても見逸し得ざる珠玉の如き小文の一聯である。

水上瀧太郎のこと

徳田　秋聲

昭和15年10月号

私の水上氏のことについて語る資格をもつてゐるとも思へないし、又正直なところ何の材料もない。それ程水上氏と交渉は薄かつたのである。

しかし丸きり路傍の人といふ訳にはいかない。既に文学にたづさはつてゐる以上、何等かの関心をもつのが当然で、又氏のごとき其の行動の一般文学者と異つた人においては、それだけでも何か知ら感じてゐたに相違ない。

私が水上瀧太郎といふ名を見たり聞いたりする度に想ひ出されるのは、氏が外国から帰つた当時新小説に掲載されたあの一作である。その表題も内容も今は記憶に残つてゐないが、兎に角その時代に擡頭した新人の清新な姿の一つで、文章は華麗に内容はロマンチツクで、私のやうな干からびた頭脳には、ちよつと、噎《む》せるやうな香気があつたやうである。今読んだら何うかわからないが、私の目に華々しく映《うつ》つたことは事実で、感心したものである。しかしそれ以来、文壇では氏の姿を見ることができず、何うしたのかと時々憶ひ出してゐたものだが、後に氏が厳父の業をついで明治生命に勤めてゐるといふことを耳にして、意外の感に打たれた。あの才藻に恵まれた青年が、時代の文学の洗礼を受けながら、おとなしく保険会社の仕事に従事してゐるなどとは、思ひも設けぬ事だつたのである。この青年には反逆の精神が少しもなかつたのであらうか。それとも厳父の仕事を継ぐべき宿命のもとに、しばらく節を屈して、時機を待つて畢生の仕事に乗り出し、文学生活に没頭するつもりであつたのであらうか。勿論氏は最近は明治生命の事実上の社長格であつたさうで、或る人はやがて一生の大作に取りかゝる心構があり、徐々に実現の機を窺つてゐたともいふから氏の志は、実業会社の椅子にかゝりながらも、絶えず文学の道にあり、事務を見るあいだにも日夕文学の精神をもつて、環境に対処してゐたものかとおもはれ、文学の魂で保険事業に当り、保険事業をもつて、時々刻々文学を体験してゐたものかとも思はれ、その苦行が想像されると共に、これは我儘な金持の坊ちゃんなぞには、迚も真似のできない事だと尊敬の念を禁じ得ないものもあり、私は偶に逢ふ度に頭の下がる思ひがしてゐたのである。

しかし氏と逢つたのは、公会の席上なぞでの二三度きりで、氏の内面については殆んど知るところがない。従つて実業界方面のことは勿論、三田派の重鎮として、文壇人の尊敬の的であつたほど、勢力のあつたことについても知るところは少く、たゞ鏡花君中心の九九会とか、鏡花君のお弔ひのとき初七日の晩とかに親しくその声咳に接したゞけであり、その外面の印象からいへば、実業家三分、文学者七分とでもいつたところで、やはりあの頃の江戸ツ児の文学青年らしい気分に接するのであつた。

氏は鏡花君の有力な、しかも尤も理解のある支持者で、その愛情は贔屓役者に対する熱心なファンのそれに比《ひと》しいものがあり、鏡花君の文学生活が、氏の愛護によつて何れだけ安全であつたか、想像するに余りあり、それだけでも氏の文学に対する憧憬と熱意を覗ふに足るものがある。鏡花君が数ケ月氏に先立つて死んだことは、鏡花君の大いなる幸福であるが、水上氏自身の死は余りに早過ぎもしたし、慌忙しくもあつて、何と言つても惜しい。茲に謹しんで弔詞を申しあげたいと思ふ。

所感

正宗　白鳥

昭和15年10月号

水上瀧太郎氏の小説は、処女作を発表当時に読んで以来、をり〳〵着目してゐたが、どれも読みかけるとしまひまで読通されて、途中で投出したことはなかつた。兎に角面白く読まれるのである。面白いばかりでなく、氏の作品からは、作者が真直ぐに、世と人とを見てゐるやうな感じを受けた。そして、氏はのび〳〵とした筆でおだやかに描写し叙述しながら、案外短い観察力をきらめかしてゐる所もある。

「貝殻追放」は、社会批評文学批評として、他に類のないやうな特種の味はひを有つてゐる。眼界が広く、物の見方に片寄つたところがなく、そして自己の所信を堅く保つてゐる手強さもある。一般の読者が教養の書として読むに価ひしてゐる。

氏の作品は本職の激務の間の筆すさみといふのではなく、小説でも評論でも、そこに自分を生かすつもりで書かれたのであらうと思はれる。

散ればこそ

白洲　正子

昭和21年6月号

朝、起きぬけに電話がかかつて近衛さんの死を知らせて来た。十二月十六日のこと。

暖い小春日和の好い日曜日だが、私達は東京へ行かなければならない。玄関、と云つても百姓家だから土間の入口の事なのだが、——瓦を敷きつめた靴ぬぎの上に立つて、ふと私は思ひ出した。

この春、近衛さんが遊びにいらつしやつた時、ちようど此処のこの所に立つて、八つになる家の腕白坊主におつしやつた。

——どうだい、おぢ様といつしよに行かないか。

——やだい、無理言ふなイ。

さすがの近衛さんも、といふよりも近衛さんだけにこの返答が大さう気に入つて、中々去らうともなさらなかつたが、…………この家にいらつしやるのもあれが最後だつた、と思へば何やら「さだめなきは人の命」とでも言ひたい様な気持にかられて、深く厚いかやぶきのむかふの空を眺めやつた。

空は晴れ渡つて一てんの雲もなかつた。だが私達は口数が少なかつた。

——こないだの晩サヨナラを言つた時、僕の肩に手をかけて長いことずつと見つめてゐたが、…………あの時もう決心はついてたんだね。

そんな事を耳にしても何だかひどく昔の話を聞いてる様な気がして、何も考へられないうつろな目に、白い薄の穂や黒い肌をあらはにみせた田甫、雑木林などが、次から次へと何の印象も残さず映つては消えてゆく。

近衛さんはとう〳〵やつた！　その事実がかうまで私を虚無的な気持にさせるのか。いや、決してさうではない。私個人にとつて近衛さんといふ一人の人間を失ふ事は何でもなかつた。勿論、多くの「おぢさん達」の一人を失ふその悲しみは感じられたが、それ以上に心をつきさす何物もない。洩れ聞くところによればその政治的才能は、世間に伝へられるより以上に繊細で敏感であつた様だが、面と向つては、(少くともこの私にとつては)きはめておほ味な人だつた。特に興味を持たない政治の話は、時には面白くはあつてもその場かぎりで、それだけにこれといふ印象の深い思ひ出も私にはないのである。それにもかかはらず、この個人的には無関心な気持に反して、心の底から次第にもりあがる一種のやる方ない憤懣が感じられる。その上に、故知れぬ自責の念さへ湧いてくるとは、——

いつたい誰が殺したのだ?!　たしかにアメリカではない。軍部でもなく、マッカーサーでもない。誰が？

誰が？　と思つたとたんにはつとした。故知れぬ自責の念と言つたが、その直感はあたつてゐた。近衛さんを死に至らしめたのは、実にこのあたし、我々日本人なのではないか。この手をもつて、…………しかも己が手を血でもつて汚す事なしに、じわ〳〵首をしめたのは！　それだのに私達は平気で生きてゐる。否生きて行かねばならないのだ。「どうだい、一緒に行かないか」とさそはれても、私もやつぱり「やだい」と答へるだらう。おそろしい事だ、あさましい事だ、生きるといふのは辛い事だ。

たしかに近衛さんはもう過去の人だつた。過去のまぼろしにすぎなかつた。その肉体は終戦と同時に死んだも同然であつたけれども、しかしあの聡明な智恵を、あの誇り高い貴族の心を、どこの誰が、今、持つてゐる事だらう。そして、あれ程実行力のないと言はれた人が、最期においてのみ、かくも完全な死に方をした、——これは動かす事の出来ぬ事実である。コノウエフミマヨウなんどと言はれもし、言ひもしたが、…………ざまア見やがれ!!

近衛家では人の出入がはげしく、しかしそれも思つた程ではなく、…………泣いた顔、怒つた顔、無表情な事務的な顔が、入れかはり、立ちかはり目の前にあらはれては過ぎてゆく。中でも最も立派なのは千代子夫人であつた。問題なく群をぬいて一番立派な態度だつた。

近衛さんは寒さうに青白い静かな顔で白いものの中に寝ていらつしやつた。その顔はつめたく、

——もう俺は知らないよ。

といつた様にとりつく島もなかつた。あの明敏な頭脳も、それからさなだ虫も、この肉体の中で差別なくもろともに滅んだのであらう。あつけない事だ。

人は皆不安にかられてゐるといふのに、近衛さんも、その智恵も、その肉体も、まるで羨しい程其処で安心しきつてゐる。藤原時代から纏綿とつゞいたこの国のアリストクラシーの最期。何だかその死はひどく美しい。（又が、おそらく新聞はさう書きはしまい。書く事も出来ないだらう。）そしてこの死は多くの人々にとつて永遠に不可解な謎であらう。何故死ななければならなかつたといふ事。——それは、「貴族」（公爵や伯爵の事ぢやない）だから、の一言につきる。しかしこんな事はいくら説明してもはじまらない。その最期の言葉もおそらく人には何の印象もあたへないかも知れない。そして忙しい人達は七十五日待つまでもなく、すぐに忘れてしまふだらう。忘れて、そして忘れ果てた頃きつと人は思ひだすに違ひない。「神の法廷において裁かれるであらう」といふあの最期のひと言を。

ようするに私はうんざりしてゐたのだ。安心しきつた死顔を見ても、たゞもううんざりするばかりだつた。——そしてそのまま私は染井の能楽堂へとまはつた。

六平太の鉢木と六郎の乱、それが今日の番組である。

始まるまで三四十分あるので私はその間にお弁当をたべようとした。けれども、つめたい、かたくなつたサンドウィッチは只さへ喉までつまつてゐるものをしづめる役はしなかつた。無理に半分程のみこんだその時幕の中から「しらべ」の音がたゞよつてきた。落ついた、とは言へない程病的にまでしつとり沈んで暗い染井の舞台に、それはあけぼのの様なほのかな生命の動きをあたへるのであつた。

お能は、無論見るのもたのしみだが、始まる前と終つた後の空気が好きだ。芝居の様に色めきたつた一種特別の情緒はないけれども、さや／＼さや／＼と羽二重のすれ合ふ様なささやきの中に、鼓や笛の音がどこからともなく聞えてくる、何といふ事もないが、それがいい。その調べは音楽とは言へないかも知れないが、何かかう弥勒菩薩的なものを感じる。期待とか希望とかいふはつきりしたものではなしに、来るかも知れない又来ないかもしれない縹渺とした未来へのあこがれとでも言ひたいような。——

やがて白茶の喜多六平太の源左衛門常世が橋掛りにあらはれた。何のたくみもないその姿は、お能でもなく、芝居でもなく、私達の周囲に見出せる極くふつうの人間、そんな常世である。「あゝ、降つたる雪かな」。何のたくみもないその謡は謡ではなくて、ひとり言だ。………

舞台にはいつしか雪が降りしきる。面白くない世の中だなあ、と常世は両の手をかきあはせながら嘆息の白い息を吐きつつそのまゝすつと舞台へ入つた。

この、何もない事のよさ。実際この世の中は色んな事がありすぎる。立体的に／＼と自らつみあげて重荷をふやし苦しむ事をもつてのみ尊しとする、………だが、こんな事は忘れて六平太を見よう、何もかも忘れてしばしの時をたのしもうではないか。

鉢の木は白い能である、色があつてはならないのだ。六平太は最期までそれを守り通した。ことに、——常世が古への華やかな思ひ出にふけりつゝ、何事も邯鄲の一すゐの夢といふ述懐は地謡にまかせて、だまつて下に居るあひだの姿は実に美しい。さうかと云つて立ちあがつてする仕ぐさも又捨てがたい。いざ鎌倉といふ時は痩せたりといへどもこの馬に乗り、さびたりと云へどもこの長刀をひつさげてさん〲に敵を打破る、——次第にかかつてくる地謡に、のらず、そらせず、ひとつ〱おさへてはやつつけてゆくその間の気合には、仮想の敵、たとへば自分といふものさへも、小気味よくやつつけられて胸がすく………

さうだ、私は胸がすいたのだ。朝から胸につかへてゐたこのものを、六平太は見事退治してみせた。かたきをとつてくれたのだ。そして、乱の前にこの白く清々しい能を見たのは仕合せであつた。シテも、見物も、舞台も、この私の気持も、乱と名づける曲のみにむかつて、すべてはととのへられたのである。

乱は、猩々といふ海に住む妖精が酒に酔ひつつ浪の上に舞ふといふ、正覚坊と、類人猿と、人間と、子供の、その中間にある不思議な能であるが、浪といひ、水といひ、舞といひ、すべて「陶酔」をもつて主題とする。自ら酔つて人を酔はせるこの曲は、はでといつたら又これ程はでな能はない、鉢の木の白に対するこれは赤と金の乱舞である。

お酒が飲めない私は、せめてお能にでも酔はない事には身体がつゞかない。中でもほんとうの陶酔を味はせる筈のこの能の傑作が一度見たいものとかね〲願つてゐた。だいたい双之舞にきまつてゐるのだが、二人の舞はよほどの名手が揃はぬかぎり互ひに遠慮しあふ為にいつもどこかに窮屈な感じがつきまとふ。たとひ一人がどれ程上手であらうとも、その一人はいつでも他の為に気をつかふであらうし、他の一人はしじゆうのび上つて追ひつかうとする事に忙しく、それ故ちつとも酔へないのである。今日は思ふ存分一人で舞台一杯に舞つてほしいものだ。とは思ふものの六郎は舞の人ではない。六郎の芸はつねに凄

休刊と復刊

戦時下の昭和十九年、「三田文学」は十・十一月合併号を出したあと休刊状態となった。

復刊したのは、ほぼ一年後の昭和二十一年。しかしこの年の一月号（復活号）は本文全四十九ページ、復活第二号は八十一ページ、第三号は四十九ページにすぎず、また、この年は合併号も目立った（しかし四・五月合併号にはたとえば加藤道夫の戯曲「なよたけ」の連載も始まっている）。

それでも翌二十二年に入ると、用紙不足もあって三月号から五月号までふたたび休刊。その直後の六月号に原民喜の小説「夏の花」が掲載されたものの、翌月からはまた休刊となり、戦後の不安定な雑誌刊行が一応の落ち着きをみせるのは、やはり昭和二十三年になってからである。そして昭和二十三年七月号には、「水上瀧太郎賞」の設定も告知されている（水上瀧太郎賞の発表は翌二十四年一月号）。

艶の気をふくむ犯し難い気品は持つけれど、その繊細な神経がわざはひするのか、その負けじ魂が邪魔するのか、骨の髄までとろかしてしまふ様な能には、いまだかつて出会つたためしがない。ぴしり、〳〵、碁石をおく様に、一つ〳〵きめつけてゆくそのあざやかさ、気持よさは、六郎が「型の人」である事をおもはせる。それは、型にはまつた、といふ意味ではない。たとへば蕪村の句にも似た、絵のやうに鮮明な印象をあたへる、と同時に同じ様なつめたさも持つ。——その芸はどこまでも文学的ではなく絵画なのである。今日も私はその様なものを期待してゐた。が、その期待はみごとはずれた。

六郎ははじめから人間ではなく妖精だつた。陶酔の精、であつた。幕があがるや幕はもう其処になかつた。其処に見たのは、河の底から水のおもてにゆらゆらと浮び出た一匹の妖精が、身体中で水を切つてゐる姿である。

舞台に入つて、と——いふのは浪打際の事なのだが、其処で左右左と扇をつかふ。又さゆうさと扇をつかふ。

その扇の先から、水がしたゝる様なゆたかな美しさが流れ出す。とろ〳〵とろ〳〵流れ出る。

赤は赤でも、これはひとねりもふたねりも煉つた深い〳〵朱の色だ。金も金ではなく、火影にみるいぶしのかかつた鈍金だ。「秋風は吹けども〳〵更に身には寒からじ」とかしらを振つてイヤ〳〵をする。又、「月星はくまもなき」と、空をあほいでイヤ〳〵をする。受けとめようとしても四方八方へ飛び散る金と朱のしぶき。

ありあまる事のよさ。あゝ、ありあまることのよろしさ。

海面の事とて、足を蹴りあげながら舞ふその舞は、浪の象徴とでも言ふのだらう、生きものの様に妖しげに透きとほつた足が、はじめおだやかに、そしてだん〳〵荒く、——寄せては返す波の線をゑがきつゝ、そのうねりにのつてあちらへ流れ、こちらへ流れ、浪のまにまに浮き沈む。光琳の、………いゝえ、これは光悦の浪だ。次第々々に荒くなり高くなつて、さうして最期にくづれ、とん〳〵とろりと水泡の様にくづれ果てゝ、妖精は自らゑがいた浪の底に没してゆく………

幕。

お酒も飲まずに私はしんから底からよつぱらつた、ぐでん〳〵になると、おそらくこんな気持ちだろう。けたたましい省線の警笛もただ芦の笛とのみ。電車のひびきもただ浪の音としか聞えない。

停車場についてどうして降りたか更におぼへはない。が、空には月がかがやいてゐた。潯陽の江ならぬささやかな小川にそふ野中の一本道をたつた一人で行く事も少しも淋しいとは思へない。ほてつた顔に師走の夜風はつめたく、心地よく………空をあほいでは、「月星はくまもなき」朱と金の酒に酔つた。思はずあの妖精のした様に私は頭を振つた。そして始めて気がついた。あの頭を振るのは、水を切るのでもなく、否定をあらはすでもなく、ただこれ満足を表現する大きな肯定の意味であると。そして、「すべてはいい」、「すべてはいい」と思ひつゞけた。——あたしはほんとに幸福だつた。

近衛さんもよかつた。立派に死んだ。近衛さんといふよりも、最期の貴族の死に際が気に入つた。貴族なんてもの、ほんとはとつくの昔にないものだ。名ばかりの、——あれはショウ・ウインドウにぶるさがつてる着物みたいに中身がない。………歩きながら、私は遠い昔の貴族達の冥福を祈つた。曰く世阿弥、曰く芭蕉、曰く利休、推古の仏像天平のうた、はては遠いギリシャの彫刻に至るまで、誇り高い過去のすべての立派なものに今日のお能はまことにふさはしい手向けの花であると思つた。

　わづかひと時で永久に消えてなくなる能の芸術は果かないこの世のまぼろしである。一日の終りの如く静かな、そして夕焼の如く華やかなこの芸術もいつかは滅びるにちがひない。しかし、いたづらに去るものは追ふまい。お能が、あさくひろくうすく地球の表面に印刷されてゆく望みなど私は断じて持たない。ねがはくは、

　この真に貴族的なるものよ、たつた一人で行け。私達地上のものには目もくれず、天をあほいで一人で行け。

　落日のやうにおごそかに、
　落花のやうにうつくしく。

詩を書く迄
（マチネ・ポエチックのこと）

中村眞一郎

昭和22年11月号

　僕が詩を書き始めたのは二十歳にならうとしてゐた頃だった。それまで一冊の詩集も読んだことがなく、又、雑誌に散見する現代日本の詩人たちの仕事にも何の関心も持ち得なかった僕は、十八歳の夏、『悪の華』を手にするに及んで、心の底から揺り動かされた。詩とは此のやうな見事な新しい世界を開示する力を持つものか！　此の驚きは、続いてマラルメの自選小詩集『詩句と散文』（エドガァ・ポォの翻訳を含む）を訳すにつれて、更に一層深められた。大型白色表紙本文二色刷のイペリオン版『悪の華』を、ホイッスラァ筆の著者肖像を口絵に持つ、空色表紙の『詩句と散文』とは、僕にとつて一刻も手離せない書物となつた。「我が神秘の花冠を編むには、凡ての時、凡ての宇宙が要る」とか、「恋人よ、妹よ、輝かしい秋の、沈み行く陽の、束の間の優しさであれ」とか、「処女なる、生気ある、美しい今日」とか、「遥か風信子の下、千の泡に祝はれた、勝利の日々の廃墟を」とか云ふ詩句は、絶えず僕の念頭に昇った。

☆

「此の水精らを永遠化したい！……」

　僕はその詩句の祝祭の記憶を永遠化したいと思つた。そして僕はその感動を捉へるために自分で詩を書き始めた。それは詩人の仕事ではなく、素人としての小児染みた、自然の欲求だつた。僕は極めて無邪気に、僕の精神に浮び出て来る、気に入つた詩句を写しとつた。然し相変らず僕は周囲の友人達や先輩の詩には感心しなかつた。（萩原朔太郎と中原中也と立原道造とは、少数の例外だつたが）一方、現代の西欧詩人達、アポリネェルやシュペルヴィエルや、R・M・リルケやT・S・エリオットは、次々と新しい世界を僕に開示した。郷国の詩に感動し得ず、異国の詩

に感動する理由が僕には判らなかつた。此の謎は詩を書きつつある僕を悩ませた。そして最後に、甚だ滑稽な幻滅が来た。即ち、僕自身の詩も、その創作時の感動が消滅すると、友人の作品と同様に、無意味になると云ふ、発見だつた。そして僕は当然詩作を廃した。

☆

書くことをやめた直接の動機は、大学の教室で、鈴木信太郎先生の指導に従つて、マラルメの短詩を、一篇ずつ、一行ずつ、一語ずつ、一時間に quatran 一つ tevza 一つと云ふような割合で、（空白・編集部註）や，に至るまで、一いち徹底的に分析し、可能な限りのヴァリアントとの比較によつて、詩人の創造過程をなぞることから、正しい意味を把握しようと試みたことにあつた。僕はその時、極めて単純な事実を認識した。即ち、現代日本に行はれてゐる詩の書き方は、西欧の近代詩の作り方とは全く異つてゐる。我々の方法は寧ろ散文のそれである、と。我々は通常、詩を我々の意識の導くまゝに逐語的に書いて行く。西欧では詩句の出来上つて行く順序は、完直後の語の順序とは関係ない。日本の詩人は意味によつて語を選び、西欧の詩人は語の組み合せから新しい意味を作る。

☆

僕は西欧の近代詩の創作の秘密（どうすればボォドレェルのやうな詩が書けるか？）を更に深く追求したくなつた。ヴァレリイの『詩集』と『エウパリノス』との並行的な研究は多くの問題を啓示してくれた。詩は詩人自身の宇宙《コスモス》の表現であり、世界（現実）と詩人との関係が照応的な大宇宙《マクロコスモス》と小宇宙《ミクロコスモス》との関係にある。世界（現実）は描かれるものとして詩人の外部にあるのでなく、発見されるものとして内部にある。その発見は、意味からでなく語そのものの音楽性と視像との追求によつて行はれる。此の象徴主義詩論は次第に僕に、体験的なものとして把握されて来た。そして西欧に於いても、浪曼主義運動までは、未だ詩人は主として、象徴的でなく描写的であること、従つて日本の近代詩はラマルチーヌ的であり、却つて新古今や蕉門の詩人達の方が、近代西欧詩人と、作詩法に共通するものが多いと云ふ事実にも目覚めた。僕はフランス近代詩の源泉を知らうとして、文学史を遡り始めた。そして古典主義を通過して、遂に十六世紀プレイアド詩派に到達した。ロンサァルとデュ・ベレェとは、古代文学の伝統をフランスに導入するための凡ゆる実験を行つてゐた。僕もまた此処から始めることで、日本語の近代史が書けるのではないだらうか。

☆

僕はまた符を作り始めた。今度は意味だけが観念的に先行するのでなく、最も素朴な第一歩からだつた。素人としてでなく、専門的技術の第一歩から。僕はいはば島崎藤村的詩境を、易しい不定形詩から、次第に厳格な韻律を持つ定形詩へ引締めて行く実験を、繰り返し行つた。その時、僕は自分の以前の詩にも、又、日本の伝統的な作品にも、既に韻律が可能性のまゝ眠つてゐたことを発見した。僕の実験は京都の九鬼周造博士の体系的な労作に接することで、更に一段と飛躍することが出来、新しい作詩法は僕自身の宇宙《コスモス》の表現手段にまで高まつた。

僕は、始めて詩人として、歌ふことが出来るやうになつた。そして数人の友人達もその新しい仕事に参加して来た。それが僕達の詩のグループ「マチネ・ポエチック」となつた。

伊東先生

庄野潤三

昭和31年3月号

小学二年生になる長女が、

「これは何といふ字？」

と聞くので、その方を見ると、僕の娘は掘り炬燵の上に置いてあつた井伏鱒二氏の「白鳥の歌」といふ新しい本を手に取つて見てゐるのだつた。

娘が指で示してゐるのは、「歌」といふ字である。

「シロトリの、何？」

と聞くから、僕は、

「それはシロトリと読まないで、ハクチョウとよむのだ」と注意してから、「その字はウタだ。見たことあるだらう？」

と云ふと、娘はすぐに、ウンとうなづいた。

「それがウタといふ字だ。長いこと、よく見ておきなさい」

娘は僕に云はれた通り、外箱の上に朱色で書かれた「歌」といふ字をぢつと見てゐた。

僕はそんな風に命じておいてから、すぐに思ひ出した。新しい漢字を覚える時には、その字をぢつと長い間見つめるやうに生徒に命じた伊東静雄先生のことを。

僕が大阪の住吉中学で伊東先生に教はつたのは、一年生の時だけだつた。その時僕は先生が「偉い詩人」だといふ評判を、まだ知らずにゐた。

「乞直」という渾名で、背が小さく、身体は痩せてゐて、頭が稍々大きく、いつも黒い服を着てゐて、チョークの箱と出席簿を脇にかかへてつまらなさうに、しかし眼だけキラキラツと光らせて廊下を歩いて居られる姿が印象的だつた。

その先生が、新しい漢字を生徒に覚えさせるのに、「書いて覚えようとするな。ただ、いつまでも、ぢーつとその字を見てをれ」と云はれた。

どんな字劃の多い、難しい字でもさうだつた。

「字といふものは、さうして居ればひとりでに覚えてしまふものだ」といふのが、先生の持論であつた。初めてその方法を云はれた時、僕は奇異に感じたが、僕はそれを実行した。

先生は方法を教へただけで、そのわけを説明されなかつたが、今になつてみると、僕は先生の心が少し分るやうな気持がする。難しい漢字を前にして、いつまでもそれを見つめてゐるといふことは、飼犬の鼻面をいつまでもいつまでも撫でてやるのと同じことなのかも知れない。

さうしてゐると、犬の心はわが心、といふ気持になつて来るし、そんな時はきつと犬の方でも同じ気持になつて、撫でる人の心に寄り添うて来るものだ。

伊東先生が云はれたのは、そこのところだと考へられる。いつまでも一つの字を見続けるといふことは、愛するといふことなのだらう。

機械的に反覆して書き写すことより、「愛」によつて字を知ることを先生は教へられたのだと思ふ。

当用漢字をこしらへた文部省の役人には、一つの字をいつまでもぢつと見てゐるやうな人が居なかつたから、何でも略してしまふのがいいと考へてあんな不細工で不自然な文字を考案したのだらう。

二十年も前に詩人で国語の教師であつた伊東静雄先生から教はつたことを、僕は無意識のうちに娘に云ひ聞かせてゐたわけである。

その伊東先生は病気で亡くなられて、今年の三月で満四年になる。このお正月には、遺児の夏樹君がつくつた木版画の猿の絵をおした年賀状を頂いた。

沖縄らしさ

島尾　敏雄

昭和34年3月号

沖永良部《オキエラブ》島にはじめて行ってみた。大島から徳之島、沖永良部島と南に移るにつれて、より多く沖縄に似ているだろうと私は大まかに考えていたが、それはそのようでもあるが又ちがっているとも思う気持をいだいた。沖縄といっても、まだ私はそこを見ていないので私が意味するそれは、沖縄らしさ、というほどのことだ。しかしその沖縄らしさをもとめて、南の果ての方の島まで行ってみたい。ちかごろは私は今住んでいる（大島）本島にはもう沖縄らしさがのこっていないと悲しんできたが、永良部を見て帰ってくると、悲観することなどないどころか、私は今まで大島のどこを見ていたのかとかえりみられたほどだ。まだまだ大島からは沖縄らしさをくみとることができる。ただ大島のなかの沖縄らしさは、古くて形がととのっていないために地の底にすいこまれてしまいがちで、持続して感じとるには、こちらにひどく緊張が要求される。一方、永良部の沖縄らしさは、そうとは予想しなかったのだが言わば乾燥していたのだ。多分それは様式化されたあとの沖縄が直接にはいりこんでいるからだ。そのことは同時に、このあたりの島々が本土を指して言う所のヤマトに対してもそれに似た状態にあったのだろうと思われる。村落のたたずまいの本土風なしぶさを、私は大島でよりも永良部の方で感じとった。永良部は中世の沖縄にもいち早くかたむき、また近世のヤマト（差当っての鹿児島）の様式にもなじみやすかったのだろうか。同じ経緯において、大島はねじ曲り分裂して行ったのだろうと思う。そのようなことを考えたので、大島からもまだ多くの沖縄らしさをくみとることができるのだと、ほっとした気持になったのだ。しかしどちらの島に住む人々も、じぶんたちの生活としきたりの中から沖縄の要素をとり出されることには気乗りがしない。それはなにか持病をもつ人の挙措に似たあとずさりがあるように思えてならない。それはふしぎな状況だ。大島は思いきって言うと、程よくは南の島らしくないのだが、永良部は期待の中の南島とちょうどうまく重なってくれる。湾曲のない単調な海岸線の孤島が、島の外からの侵入を誰とても寄せつけぬふうに、黒く固く無口にとがった珊瑚岩礁をそのまわりによろっているが、島じたいはなだらかな丘状であって、白く荒れた波濤なら一方の浜辺から島の背を越して反対側におおいかぶさってしまいそうだ。通りすがりの私が島の生活にあずかれるわけがないので、私は島に滞在していたあいだ公共の建物としくみの中からだけ、おしなべて本土と一様に単調な開発に地ならしされてしまった便宜の配当を受けるにとどまって、多分島のすがたの何ひとつ見ることができなかったと思えるが、島のラジオが受取る電波の半分が琉球放送であったこと、決して上手ではなかったが永良部の人たちだけで組んだ沖縄芝居の一座が少くとも一つはあったこと、バスの中でふときいたほろ酔いの人のうたった島うたが果して沖縄のそれにより近かったこと（島は二つの行政区劃に分れていても、小さな島の中はすべて「一部」だという過剰な連帯の気持が島のうたをなつかしいが悲しいものにする。その人のさびしいうたをきいているあいだぢゅう、私はバスの窓越しに、ゆるやかな丘の弧の先の白い波の穂を見ていた）、沖縄の北山王の王子の墓と築城の趾が残っていたことが私の渇をいやしてくれた。それは或る充足感を伴うので、じぶんでもこの心的現象をすっかりは理解できない。とにかく、沖縄に行ったことがないのだから、せめて沖縄らしきものにふれると、心の中にスイッチがきられ組織が活発に活動しだすような気がする。私の長女のマヤが小学生になった近頃とみに沖縄の容貌になってきて私はじぶんのからだがふくらむような気がしている。多分妻の祖先は沖縄から渡ってきた人だという伝承が、私をそういう気持に誘って行くのかも知れぬ。

新しい出発
—戸板康二の直木賞受賞

池田　弥三郎

昭和35年2月号

——その時にパッタリ出会った人がいるんだ。誰とだと思う。エエ？

と、戸板康二は、話の途中で、こういう質問をさしはさむ。こちらがよく聞いているかいないかをためそうとするような、意地の悪い質問ではなくて、自分で自分が話していることが、おもしろくてたまらないからである。もちろんこちらは、わからないよというより仕方がない。すると彼は、うれしそうにニコニコして、何某だ、というように解くのである。三十年近い彼とのつき合いの間に、私はこの「誰だと思う」に、何度ぶつかったか知れない。そしてこのごろでは、そう言われた時には、もう次の、彼が絵解きをする時の、何とも言えぬうれしそうな顔を思いうかべて、こちらまでがたのしくなって来る。戸板の話を聞いていると、いい友だちだな、この男は、と思う。

そういう、話の途中での自問自答に近い質問を「松風の記憶」の中で竹野記者がしているのを読んで、やっぱりやってるなと、楽屋落ちの楽しさを味わった。友人が小説を書き出したということはいい。

戸板康二とは、今も言った通り長いつき合いだが、まさか直木賞の対象になる仕事を彼が始めようとは、つい二三年前までは思ってもいなかった。じょうだんみたいに書き始めた推理小説が、たちまち一冊の単行本となったのだが、「車引殺人事件」におさめられた短篇を、次次に雑誌で読んで行くうちに、一作ごとに、私にはよさが増して来るように思われた。もちろんおとろえを見せることはないが、たるみも生じなければ、文章に少しもなれの悪さも出て来ない。こりゃ本ごしでやってる仕事だな、と私が気づいた時には、彼は東京新聞の連載というところまで行ってしまった。もうじょうだんごとではなくなったのである。

彼は自分では余技だと自分に言いきかせたりしているが、そのために「車引殺人事件」などは、出版祝いを二十人ほどの小会にしたくらいだったが、もうそうそうテレてはいられなくなって来た。私は直木賞受賞の祝辞を新聞に求められて、その文章の題を、はじめ「ザマヲミロ、戸板康二」としたのだが、筆者との個人関係を知らない多くの読者には、ちょっと言い方が奇妙すぎると思ってやめた。しかし本とうの処、直木賞をもらって、彼の仕事が先輩の作家に認められた以上、もう彼はテレてなどはいられない。そしてそのことを望んでいた私にしてみれば、彼が受賞ということによって、そういう立場に立たざるを得なくなって来たことのよろこびを、親しづくで乱暴に表明すれば、ザマヲミロということになるのである。

ふしぎというのも当らないかも知れないが、彼のごくそばにいる私などにも、小説を書き出してからの彼のうえに、微妙な変化がおこり始めたことに気がついている。このことをくわしく言うと、言わば、今までの彼の欠点を数え上げることになるが、戸板は昔から、子どもっぽい勝手さがあった。自分の行きつけの宿屋はいい宿屋であり、自分の推薦する女性はいい女性であり、自分の行きつけのバアはいいバアである。同時に戸板とつき合っている池田も、当然自分のいいと思っている処や人は、いいと思うべきであるとして押しつけて来る。さいわい、戸板は悪趣味ではないし、押しつけられても別にそういやでもなし、ことに妥協家の私は、彼がいやがるところへ無理につれていこうとするよりも、こっちがつき合ってしまうのだが、このごろの彼の勝手さは、だいぶ本当の勝手きままになって来た。子供っぽさがぬけて来た。だから、勝手は勝手でも、押しつけられなくなって来た。他人の思わくを考えている余裕がなくなって来ての、自然の変化かも知れないが、キチンと整理され清書された日課表が、つじつまが合わないので、その代り、二十四時間が三十時間ぐらいに使われる日もまじるようになって来たようだ。つき合う人に与える、あの戸板のきゅうくつさが、このところだいぶ薄れて来たのは、彼が小説を書き出してからの変化だ。これで彼も、他人の人生への思いやりが深くなって来るだろうと思う。

同時に戸板は、われわれ周囲の者の期待どおり、四月から、慶應義塾文学部の講師をもつとめることになった。従来の演劇評論家という肩書に、作家という名が加わり、さらにそこへ、大学の講師の肩書がつけ加わることになった。戸板がそれをどう使い分けるかというようなことには、私は別に興味はない。劇評をする戸板も推理小説を書く戸板も演劇史を講ずる戸板も、要するに一人の戸板康二であって、一人の人間の才能がさまざまな形式で発動しているにすぎない。どれが本職でどれが余技だということにこだわることもないはずだ。ペンネームを持つ二重人格者でなく、影武者もいない彼が、どの方面の仕事も勝手気ままにしてくれることが、われわれにとっては一番願わしいことだ。そしてうらやむべきは、彼が自分の力で、そういう権利を確保したことである。

江藤淳著「作家論」

小島 信夫

昭和35年3月号

この「作家論」の「あとがき」は「私は数年来関心を抱いて来た原理論に、あるあき足りなさを感じはじめていた」というふうに書かれ、普遍的な原理よりも個々の作家の存在の原理の方が大切に思われてきた、とつづけている。

このことをいいかえると、江藤淳は、自分の原理からハミ出すものを、どう扱ったらいいか、そのことで、ひそかに闘いをつづけていたように思われる。ある時期までは、江藤の原理論は、文学的であることと結びついていた。それが結びつかなくなった。江藤が「作家は行動する」の中で書いている原理論はマチがってはいないが、作家の「行動」にからむ微妙さが、江藤を裏切りはじめ、「行動する」というような言葉で処理するとき、かえって混乱をきたしたり、あるいは少しも核心をつきはしない、といった状況がおとずれてきたように見える。つまり言葉が彼に復讐し、それによって彼は彼のいう「はしか」にかかったのだ。ところで私は率直にいって、この「あとがき」の前後に「これら一連の仕事を育ててくれたのは、主として中央公論編集部の青柳正美氏である。また一本にまとめるにあたっては、……記して心から謝意を表したい」という文章を読むと、何か翻然としないものがある。私には彼は、最初から「はしか」にかかっていたのではないか、という疑問である。ただし、この場合の「はしか」とは前の「はしか」とは本質的にちがうことはいうまでもない。

作者は、「石原慎太郎論」の中で、シンポジウムの会で、同世代の連中が、ほとんど自分とは通じない歌をうたっている模様を書いて、この人達とは袂を分つより仕方がない、というような意味のことを書き、人のことばかりけなすが、自分がひとりよがりになっていることを鋭くついている。そういうことをつく資格のあるのは、同時代の自分だ、という意味もふくめてである。私はこの人達の座談もよんだが、江藤淳のいうことはもっともである。しかし、どうして江藤だけが、こんなに物分りがいいのか、(私たちにとってだが)私はふしぎでならなかった、ということも事実である。

この人はたしかに、ある卓抜な才能をもっている。私は前々からそう思っているが、この「作家論」を読んで一層その感をふかくした。つきつめると、「はしか」にかかりかたの見事さかもしれない。

たとえば、「永井荷風論」を読む。読み進んで「生きながら死んでいた彼は、屍骸となってにわかに生き出した。このことをついた川端康成氏の批評ほど辛辣なものはない」とのべて、川端氏の「……ドガの冷い絵にも、言い知れぬ哀愁と憂鬱とはただよってゐる。しかし日本人の荷風氏らのそれとはちがふ。いや見方だけだけれども、それにやや近づき迫らうとするのは、荷風氏のうつぶせの亡骸の写真のやうなものではないだらうか」

で終る文章を引用している。

私はここまできたときに、この川端康成の意見は、江藤淳を喜ばせるものであることは当然だ、と思ったばかりでなく、江藤淳はこの川端康成の言葉によって、「永井論」の骨格を確認し得たのではあるまいか、と思ったほどだ。

「武田泰淳論」については、私はこう思う。武田泰淳の「なにもあくせく『憤る』ことはない。どうせ生きているのはいいことに決っているじゃないか」という態度にもとづいたこの作家の小説はたしかに生彩をかくが、こういう小説を、いわゆる「存在物」をうち出してみせる、おなじ作家の小説とのかんけいを、このように鋭く明解についたものはなかった。私もまったく江藤淳に同意見である。ところで「どうせ生きているのはいいことに決っているじゃないか」という態度を「処生」とこの批評家は見ているが、いったい、この「処生」という言葉を私が文壇的にはじめて目にしたのは、「声」に書いた中村光夫の「森と湖のまつり」論の中であった。中村光夫は武田泰淳の「処生」を勇気をもって残酷な言葉つきで書いた。この「処生」とくらべると、江藤の方の「処生」の意味はずっと深められていることはいうまでもない。

それでいて、私にこういう想像がわく。それは中村光夫の「処生」についての発言によって、江藤淳は彼の評論の中心を確認したのではないか、と。私は江藤淳は、私の勝手な仮設からすれば、中村光夫の「処生」についての名をここのところでハッキリ出すべきであったと思う。私がほかの批評家のものなら、はじめからそういうことについて問題にしないが、江藤淳だから敢ていうわけだ。

「武田泰淳論」はよく核心をついているし、よく作者の意図をつらぬいている見事なものだ、と思う。しかし、それでいて私は首をかしげる。この文章のモメントになるものは、江藤淳の意見というより、既成の作家や評論家の意見ではないだろうか。私が「はしか」を問題にするのは、そのためだ。私は近ごろ、このようなことを考え、混乱し、ある陶酔にふけったことは、あまりない。そして最後におちつくことは、江藤の卓抜な才能ということだ。

　たとえば「組織と人間をこえるもの」という文章は前から興味ふかく読み、実に時宜を得たものが、と今度も思った。しかし最近、C・ウイルソンの「敗北の時代」を一読し、江藤がのべる知識人の「敗北」や「愛」が、このイギリスの若い批評家の意見と軌を一にしたものであることに気がついた。江藤淳は憶測するにこの外国の作品を読み、しかも十分に自分のものとなっているので、ウイルソンのことなど忘れてしまっていたにちがいない。そして私は（憶測にもとづいているのだから、事実と違っていたら許してもらいたい）「組織と人間をこえるもの」がまったく江藤の意見であることを少しもうたがわない。しかし私は一言（たちまち江藤に反撥されるようなことだが）江藤淳は「優等生だな」といいたくなる。もし江藤がウイルソンと無縁であったとしても、おなじことだ。

　私は前に別のところで、この「作家論」には穴がない、と書いた。いうまでもなく美点だ。たいていの批評家の文章には、それがあって弱点ともなり、そこを通して作家も穴へもぐり、共通によごれた満足を得ることができる。穴がないのはどうしたことか、今まで書いたこととつながりがあるのか、ないのか、私は早急に結論を下すことができないのが、残念だ。


（中央公論社刊）

三田文学の思い出

丹羽　文雄

昭和41年8月号

　三田文学に早稲田派の私の小説をのせてもらったのは、昭和七年であった。和木清三郎さんの編集であった。それから三篇ほど、三田文学の世話になった。あるとき寄稿した連中と雑誌の責任者と写真をとったことがあった。水上滝太郎、小島政二郎、美川きよ、古木鉄太郎、上林暁、戸川エマのみなさんに私であった。当時の上林、古木両君の小説の記憶はないが、いっしょに掲載されたのであろう。三田文学に四篇ものせてもらったのにかんじんの早稲田文学には一度か二度しかのせてもらえなかった。そのことが私には不満であった。当時の早稲田文学の編集はだれであったか、よくおぼえていないが責任者は谷崎精二さんであった。

　先日、水上滝太郎さんの息子さんに会った。面影は、お父さんに似ていると思った。水上さんといえば、一度その自宅に招かれたことがあった。泉鏡花の遺書を水上さんが整理されているときのようなことを聞いたようにおぼえている。

　私を三田文学に推薦してくれたのは丸岡明、庄野誠一の両君ではなかったかと思う。写真にも丸岡君がうつっていたかも知れない。丸岡君はあのころのまま年を経て、書いていったようである。庄野君は才能のあるひとであった。杉山平助の毒気にあてられたように聞いている。文壇には庄野潤三君がいるが、庄野ときくときまって私は誠一君のことを思い出すのである。

　先日、古木鉄太郎君の単行本を贈られた。なつかしい思いがした。古木君とは学級同人雑誌の仲間でもあった。

　昭和初期に無名の私のものを四篇ものせてくれた和木さんには、私は大いに感謝している。いまのように小説に追われているのとちがい、自分の小説を発表したくてむずむずしていたころ、場所を提供してもらったことが、どんなにはげみになったか。後年そのときの小説を改作して、単行本におさめるようになったがこういう初期のころは、だれにしてもなかなかわすれられないであろう。

　三田文学が今度は十二分に用意をして、再出発するという。由緒のある三田文学である。早稲田文学も新庄嘉章君らがきもいりで、また出るらしい。いったん再出発した以上は、万難を排して維持してもらいたい。雑誌のいのちは、月々刊行されていくことにあると私は考えている。先日文壇人のゴルフのコンペがあったが、責任者の石坂洋次郎君から再建三田文学のことをいろいろと聞いた。石坂君も大いに力をいれているので、たのもしく思った。

犬の私

中上健次

昭和51年6月号

　実際、われながらあきれるほどの奇妙な習性なのである。犬が自分の領域から離れて他所へ出むくときの様子に似ている。同じ場所、同じ人間、同じ物でなければ不安でならない。つまり新しいこと目先の変ったことがいやだ。旅行がいやだ。行ったこともない飲み屋食い物屋喫茶店がいやだ。すでに知っている場所、長いことつきあっている人間でなければ、いらいらする。むちゃくちゃやりたくなる。

　私が自分のことを、自閉症で病気だ、と言うと、きまって人はわらう。そのわらいを見て当の私は安堵するのだが、正直ここで告白するなら、私は超内向のグチャグチャの男である。いつも集計用紙にしか言葉を書けない。同じ万年筆でしか書けない。朝、同じコースを自転車で通らざるをえないと思い込んでいる。T字路は車が通るのでそこだけ、神社の敷地を通る。神の声が聴こえる。「ありがとう」と、私は声に出してつぶやく。国立駅前の小さな喫茶店で、二十三で結婚していらいこの方、肉体労働やっていた時もやめた時も、同じ隅っこで、ものを書きつづける。狂っているのだろうか？　と疑う。

神、つまり地霊のようなものだが、それに縛られていると思う。地霊が、私の書くことと生活を継いでいる。言ってみれば、私の書斎は、私の工房は、地霊の棲むところなら、どこでもよいのだ。

変にムジュンしている。もちろん、ムジュンこそ私の身上ではある。新しい人に会いたくないのに、会いたい。ここでしか駄目なのにどこでもよい。ムジュンの最たるものは、その書斎、工房たる喫茶店である。活字にしたどれひとつとして、喫茶店以外で書いたものはない。歌謡曲、ポピュラー、クラシック、ジャズ、それらがいつも流れている場所だ。勝手に曲は流れている。人の話は、耳をそばだてると聴こえる。しかし聴こえない。人はいるが、誰もいない。私一人だ。

「コーヒーひとつ」とウェイトレスに頼む。「ホット」と言う時もある。その時から、区切りをつけて店を出るまで、私は一種の催眠状態にいる。催眠術にかかりやすい体質である。

物を書いている時、飯も酒も受けつけない。だから小説を書くとやせる。物を書いていないと肥る。恋に焦れて身も細るとは乙なものであるが、この工房から離れていると体は肥り、万年筆と集計用紙もってここへ通いはじめると身は細る。工房とは断食道場でもある。私は、工房の奴隷ではなく、スサーナ歌うところの、愛の奴隷になりたい。小説が、何故、こんなになれなれしく私を縛るのか、不思議である。正直、分からない。

ところで書斎とはいやな言葉だ。工房とはいい言葉だ。工房で物を書くとは、紙と万年筆で読者のはらわたを吹っとばす爆弾を作っている気になる。読者諸賢、喫茶店でうつむいて紙に細かい字を書きとめている者をみても、ゆめゆめ油断めさるな。紙と万年筆の使いようで、ニトログリセリンができる。私は、そう確信している。

フランス文学科第一回卒業生

白井 浩司

昭和60年春季号

昨年ほど大勢の知友から、喪中につき年賀は欠礼するという通知を貰った年はいままでになかった。私の知友が四十代の終りから六十代の人に多いことの証拠であるが、私の義母も昨秋八十二歳で身罷った。ずっと病気知らずで元気にとびまわり、髪も黒々としていたのだが、突如高熱を発して入院し、二か月足らずで呆気なく不帰の客となった。膵臓ガンで手術は手おくれの状態だった。

それから一か月ほどして、長い間慶応のフランス語の先生だった横部得三郎さんが亡くなられた。横部さんは、西脇順三郎先生の従弟で、若いころ横部家に養子になったものだが、西脇先生を順さまと呼んで敬愛していた。西脇先生が元代々木の家を改築なさったとき、数か月横部家に寝泊りしておられたので、私が西脇先生に最後にお眼にかかったのはそこでだった。故郷である新潟の小千谷から送ってきた日本酒を御馳走になった。「越の寒梅なんかより、このほうがずっとうまいんだ」と先生は自慢しておられた。酒をめぐる数限りない逸話の持主である横部さんは、西脇先生の前に坐ると、まさに借りてきた猫のようにおとなしくなるので、それがおかしかった。

一昨年の三月、堀口大學先生の三回忌の法要の帰り、家が近いので横部さんを送る役目を引受けたのだが、家のそばの鮨店に寄ると言ってきかず、一緒にビールを飲んだのが、最後の出会いとなった。すでに足許が危く、摺り足でしか歩けなかった。その年の秋ごろから完全な呆け老人となり、言葉を発することも解することもできず、万年床を敷いた畳の上を、ごろごろところがるだけとなった。一度お見舞に参上したが、人の気配を感じてか、虚ろな眼をこちらにむけて、探るような様子を見せたものの、すぐにうしろに身体を倒し、手枕をして横になってしまった。こうして意識を回復することなく、あの世へと旅立ったのだが、数年前、夫人に先立たれてから生活にけじめがなくなり、堀口、西脇の両先生を喪くしてからは前よりもよけい酒に溺れて、寂しさを紛らしていたのではなかろうか。一月元旦、横部さんが眼を覚ますと、隣りの床の夫人が冷たくなっていた、という。すべてを夫人に頼って、まるでわがまま息子のように生きてきた横部さんは、長いあいだ途方に暮れていたらしい。横部さんには子どももがいなかった。

横部さんは、大正十三年三田のフランス文学科を卒業した。フランス文学科の第一回の卒業生で、たったひとりだった。当時の文科は、理財科の陰にかくれて振るわなかった。「三田文学」を創刊した永井壮吉（荷風）はすでに職を辞し、文学部が哲、史、文の三類にわかれ、その文学科もそれぞれ専攻別に細分化されるようになったが、フランス文学科の教授たちは、研究室をつくり、後進を育てることなど考えもしなかったようである。佐藤朔先生がフランス文学科で初めて教えるようになったのが、昭和十六年からである、という事実からも、当時のフランス文学科の教授の考えが推察されよう。学生が、多くて五、六名という少数で、その学生の大半は道楽のようにフランス文学をえらんだという事情もあったかと思う。横部さんはフランス留学後、名古屋で教職につき、昭和十年代には慶応に戻っていた。私たちがある教授の排斥運動を起こしかけたとき、塾監局を上ったり降りたりする姿を思いだすからである。戦後、講演会なり研究会なりを催すと、横部さんの話は、いつも序論の序論で終ってしまうのだった。スタンダールの日記の翻訳という仕事も、横部さんのところで途切れ、結局陽の目を見ることがなかった。

横部さんは酒席でもほとんど絶対に自分を語ったことがない。堀口、西脇の両先生のすべてに心服し、自分を空しくしていたとしか思われない。私が知ってからの横部さんはそのような人であった。昭和五十五年ごろに作られた、つぎの句がある。

葛の花これより先きは家もなし

剝製の子規

阿部　昭

昭和60年春季号

暖冬と言われるこの冬、二月の最後の日曜日だったが、なにしろいい天気なので、久しぶりに海岸へ出てみた。これも久しぶりに手にするカメラにフィルムを詰めて持って出て、むやみにシャッターを切る。富士山などばかに綺麗に見えた。

砂浜にたむろしているのは例によって、サーフィンの関係の連中ばかりで、いい年をした大人はあまり見当たらない。渚づたいに辻堂から鵠沼、片瀬西浜へと歩いて、適当な所で折り返し、帰りは海岸道路から一本内側の路地を抜けてくる。連れ込みホテルが並ぶ裏道なら少しは静かかと思ったら、ここもひっきりなしに車が往来して、散歩どころではなかった。それに、路地はどこまで行っても日陰つづきで、歩いているうちにだんだんまた寒くなってきた。

「なにがしバード」

途中、ペンキでそう書いた小さな看板が出ているのが目にとまった。バード？　バードとは鳥のことか、と自問する隙もなく、金網を高々と張りめぐらした鳥小屋が現われたので、「あ、そうか」と思った。通りすがりにちらっと覗いた感じでは、白いふつうの鶏の他に雉子がいたようだ。鶉もいたかもしれない。奥の止まり木には何か尾の長いやつがとまっていたような気がする。気心の知れない連中！　どうも鳥というやつは苦手だ。それにしてもいつの間にこんな場所にこんな店が出来たろう。そう思ってもう一度看板を見直したら、店名のわきに一行の標語が書き添へてあった。

「卵からはく製まで」

ちょっと見にはそれは「ゆりかごから墓場まで」といふスローガンによく似ていた。しかし似て非なるは、こちらは営業種目について言っているのであろう。親鳥に卵を産ませてそれを孵《かえ》してみせよう、死骸を持ってくれば剝製にしてみせよう、当方は鳥類の捕獲人にして飼育者、鑑定家にして剝製師なりと、そんなことを言つているのだろう。

卵から剝製まで、とはよく言ったものだ。なるほどこの世のものはすべて「卵から剝製まで」と言えなくもない。人間というやつ、然り。文化文明とやらも、また然り。みな卵に始まって剝製で終る。文学作品ももちろん例外ではあり得ない。

「作品は人をおもしろがらせなくなって、やがて存在を失う。——彼らは第二次の生命を得て、しばらく、教育用として用いられることもある、——また第三次の生き方として参考用に。

最初は楽しまれる。——ついで技術を教え、——最後は記録になる、これが作品の運

命だ」（ヴァレリー、堀口大學訳）

ずっと若い頃、初めてこの言葉に出くわした時には、なんとも辛辣なとか、なんとも底意地の悪いとか、そんなふうにしか思わなかったものである。しかし今はそうではない。それがきわめて穏当な見解であること、いかなる大作者の名作といえども完全にはその運命を免れていないことがわかる。ましてや凡百の作品の上には、早くも作者の存命中に剝製師の魔手がおそいかかること、請け合いである。若い時分にはまた、何か調べごとに首を突っ込んで、古文書とまでは言わずとも、埃まみれの記録や資料をあさったりすることを、年寄じみたことと思っていた。ところが、人は生命を享楽する能力が弱まるにつれて、皮肉にもわれ知らず剝製のようなものに心ひかれて行く一面もあるらしい。

たしかに剝製にも剝製の強味がある。「なるべくお早目にお召し上がり下さい」と注意書きのついた食品のように、作品も腐りやすい部分から腐りはじめる。ある種の文章、特に小説のたぐいは傷みが早いから、よほど塩を利かしておかなくてはならない。しかし、あくまで腐敗に抗するには、ミイラか剝製にしてしまうに如くはない。そのまま放って置けばたちまち腐敗して悪臭をはなつにちがいない生ぐさい文章の、その皮をはぎ、肉や内臓を抜き去り、代りに綿を詰め、防虫防腐処理を施して縫い合わせ、永遠に生きているように見せかける。無味乾燥、これも不朽の一種である。

鳥の剝製といえば、寝たきりの正岡子規が書いている。最晩年の『病牀六尺』のある日の断章に、「押入の奥にあつた剝製の時鳥を出して見たらば、口の内の赤い色の上に埃がたまつて居つた」と。そこだけ読むと、なんだか思わせぶりで、しんみりした調子だが、そんな感傷は子規には無用のものだったろう。同じ筆で彼は、「上野の動物園の駝鳥は一羽死んださうな。その肉を喰ふて見たらば鴫《しぎ》のやうな味がしてそれで余り旨くなかつたが、その肉の油で揚物をこしらへて見たらこれはまた非常に旨かつたといふ事である」と、さも相伴でもしたかったように記している。

この剝製のホトトギスは、『墨汁一滴』によると、「何がしの君が自《みずか》ら鷹狩に行きて鷹に取らせたるを我ためにかく製して贈られたる者ぞ」であり、それに向かって詠んだ歌も十首ばかり載っている。

逆剝《さかはぎ》に剝ぎてつくれるほとゝぎす
　生けるが如し一声もがも
うつ抜きに抜きてつくれるほとゝぎす
　見ればいつくし声は鳴かねど　等々。

その子規の最も初期の作品『筆まかせ』が、つい最近抄録ながら文庫本になった。青雲の志に燃えて上京した子規十八歳から二十六歳まで九年間の見聞、体験、思索を、筆にかかるはしから「汽車も避けよふといふ走り書きで文章も文法も何もかまはず」書き綴った、随筆ともノートともメモとも何とでも呼べそうな、要するに若い精神の燃焼の記録である。合間には、同い年の夏目漱石との丁丁発止のコレスポンデンスも挟まっている。帰省中の子規が高等中学英文科生の漱石にやり込められる場面もある。

「御前兼て御趣向の小説は已ニ筆を下したまひしや　今度は如何なる文体を用ひ給ふ御意見なりや　委細は拝見の上遂一批評を試むるつもりに候へども　とかく大兄の文はなよ〳〵として婦人流の習気を脱せず　近頃ハ篁《こう》村《そん》流に変化せられ旧来の面目を一変せられたるやうなりといへども　未だ真率の元気に乏しく従ふて人をして案を拍《うち》て快と呼ばしむる箇処少きやと存候　総て文章の妙は胸中の思

想を飾り気なく平たく造作なく直叙スルガ妙味と被存《ぞんぜられ》候」

むろん子規漱石と同日の談ではないが、作家志望の文学青年はつい昨日まで、みなそんなふうな問答をしたものである。「今度は如何なる文体を用ひ給ふ御意見なりや」だの「委細は拝見の上遂一批評を試むるつもりに候へども」だのと、二た言目には文体が飛び出したものである。そしてそれは少しも間違ってはいなかった。ただ、そのように空しい文体談義に明け暮れている間は、決して自分の文章らしいものは書けぬというのも、同じ真理の半面であったが。

とにかく、二十歳前後の子規が寝ても覚めても文章とか文体とかいうものを考えていたことは『筆まかせ』でもよくわかる。彼はまだ小説を書くことを諦めてはいなかった。諦めるどころか書き出してもいなかった。やがて二十五歳で『月の都』なる空想のロマンスを書き上げて幸田露伴を訪ねるが、その後まもなく創作そのものを断念する。露伴に認められなかったからと言えば話は簡単だが、それだけではどうして子規がそんなにあっさりと小説を見捨てたのかの答えに十分でない。子規自身の口からもそれは明かされない。友人への手紙にも、「拙著ハ、まづ。世に出《イツ》る事。なかるべし」とか「僕ハ小説家トナルヲ欲セズ詩人トナランコトヲ欲ス」とか「人間よりハ花鳥風月がすき也といふ位の事に有之候」とかいった弁明が散見するだけである。

子規は生来、天然自然のものが好きで、万事に簡単な趣味の持主だった。彼の文章論の根柢にあったのも、「余は文章は簡単ならざ

『風の系譜』野口冨士男著

小器用に纏まつただけの、新人らしからぬ新人の作品が続出してゐる現在のやうな時代に、このやうに誠実な、真の意味での新風をはらんだ作品のあることは、何としても欣こばしいことである。

苛烈な現実の前に幾度か押しひしがれ、心も肉体も傷だらけになりながら、なほ、より高い生きかたを求めて、一途の道を転けつまろびつする芸妓の半生を描いてゐるのだが、此処に現はれる現実の峻烈さと、それにも拘らず高きに往かうとする人間の精神の壮烈さは今日の我々に大きな感銘と誤差を与へずには置かない。しかも、新人とはいへこの作者の苦節十年の文学修業が物をいつて、作者のきびしく高邁な精神は洗錬された流麗な文章で飾られてをり、その適確な表現によつてこの作品は豊かな艶のいゝ肉体をもつて我々に迫つてくる。

これを書いてゐるときは、まだ芥川賞の銜が終つてゐないのでわからないが、かういふ傑れた作品にこそ、報ゆるところがなくてはならぬと思ふ。とにかく、最近輩出する群書の中にあつて唯一の良書であり、推薦して悔ひなき秀作である。（青木書店版・定価二円）

〈昭和十五年九月号「新刊巡礼」〉

るべからず、最《もっとも》単なる文章が最面白き者なりとの議論をあくまで主張する者なる故云々」という、すこぶる割り切った考え方であった。しかし、小説の文章というものはそう一筋縄では行かないだろう。単なる文の長短や繁簡ということだけでは片づかないだろう。また、青年漱石の謂う「胸中の思想を飾り気なく平たく造作なく直叙スル」だけでも足りないだろう。小説という名の作文には、こう言ってよければ、何か人をたぶらかす声色乃至腹話術のような芸当も含まれるからである。それでこそ男性作者が平然と女言葉をあやつって女を描かけるのだし、女性作者もまた同様にして男が描けるというわけだろう。

そういう文章上の芸当にたけているというだけで、彼もしくは彼女が偉いことには勿論ならない。ただそれだけのことならば、むしろつまらない技能の一種、子規も言う「末技」と見られてこそ当然かもしれない。後年子規は『松蘿玉液』で述懐して、文学者として読めば小説ぐらいつまらぬものはないと大抵出だしだけ読んで放り出していたが、このごろ病床の憂さ晴らしに何となく読んでみると、小説はたしかに薬よりも効く、などと言っている。そこに隠された或る種の悪感情は割引くとしても、いかにも正直な言葉と聞える。小説についてもあまりに理詰めに考え過ぎた人の場合、それが当然の帰結であったろうという気がするのである。

三田時代――サルトル哲学との出合い

井筒 俊彦

昭和60年秋季号

私ぐらいの年輩の慶応人なら誰でもそうなのかもしれないが、「三田文学」が復刊されると聞いたとき、私は自分の三田時代を思い出した。三田で学び三田で教えた若い日々。「三田文学」華かなりし頃。太平洋戦争を中にはさむ幾年月。いろいろなことを経験した。なかでも私の思想形成のプロセスを決定的に色づけた経験、サルトルの哲学との出合いが、鮮かな形象の連鎖となって心に甦る。終戦後、私が最初にぶつかったヨーロッパの新思潮で、それはあったのだ。

終戦。熱に浮かされたようなあの解放感、興奮。ただ、もう、有頂天だった。まわりの現実が、まるで夢幻の濃霧のなかに揺曳する存在の影のように頼りなげに見えていた。霧の垂れ幕の向こう側には、懐かしいヨーロッパがあるはずだった。巷に流れるラジオの安っぽい西洋音楽のメロディを耳にしただけで、もう涙があふれてくる、といった有様で。戦争を経たヨーロッパは一体どんなになっているだろう。みんなが西洋にたいして感傷的になり、西洋的なものに飢えていた。そんなとき、サルトルの文学と思想が、突然、入って来たのだった。

戦争が終結してしばらくたった頃、妙な噂が、誰いうとなく拡まった。私たちが何も知らないでいた間に、パリで、サルトルとかいう耳慣れぬ名の天才が現われ、彼をめぐってヨーロッパの文学や哲学の世界が騒然となっている、という。その男が、最近、『存在と虚無《レートル・エ・ル・ネアン》』というすこぶる深遠で難解な哲学書を著わした。その本がただ一冊だけ、もう日本に持ちこまれていて、森有正氏の手もとにある。現在、森氏が、ひそかにそれと取りくんでいる。誰にも見せてくれない。見せてやっても、あまりむつかしすぎて、普通の日本人にはとても理解できまい、と森氏が誰かに洩らした、とかなんとか。嘘か本当か、とにかくそんな話だった。

この噂は、私の好奇心を猛烈に煽り立てた。丸善が洋書の輸入を始めるのを待ちかねて私は注文し、一日千秋の思いで到着を待った。だが、本はなかなか届かなった。何ヶ月もの空白が続き、名伏し難い焦燥感が、その空白を埋めた。

そんな或る日、大学の講義——その頃、私は言語学を教えていた——を終えて、三田の街を田町の駅に向って歩いていたとき、ふと、本屋の店先に積み上げられた『嘔吐』が目に入った。サルトル著、白井浩司訳。紙装丁のまっ赤な色が印象的だった。二日二晩かけて読み通した。外国の作品はすべて必ず原語で読むべきである、などと生意気なことを常々口にしてきた私も、もうこうなっては、そんな主義や原則など構ってはいられなかった。こうして私は始めてサルトルの実存主義なるものの片鱗に触れたのであった。

だがそれにしても、この作品の面白さは、期待をはるかに上まわっていた。小説としてよりも、むしろ全く新しい形の哲学書として、私はそれを読んだ。特に、全体の思想的原点ともいうべき「嘔吐」体験のあの不気味な生々しさ。口やかましいヂルソン教授すら、くやしまぎれに(?)「下へ向う神秘主義」(つまり、天上を志向するカトリック的聖寵の祝福された神秘主義に対して、無神論的地底を志向する呪われた神秘主義)とよんで、一応は貶《おとし》めながら、それでも結局はその哲学的意義を認めざるを得なかったサルトル的存在論の極所。それをサルトルが、実存主義的渾沌のヴィジョンとして描き出す並々ならぬ手腕に、私はいたく感心した。

古来、東洋の哲人たちが、「無」とか、「空」とかいふ存在解体的概念の形で展開してきたものを、サルトルは実存的に「嘔吐」化し、それを一種の言語脱落、つまり存在の言語的意味秩序崩壊の危機的意識体験として現代哲学の場に持ちこんでくる。この主体的アプローチの斬新さが私を魅了した。それは、当時、ようやく私のうちに形成されつつあった意味分節理論の実存的基底が、東西文化の別を越えた普遍性をもつことを私に確信させた。それ以来、私の思想は、ある一つの方向に、着実に進み始めた。

ヨーロッパでも日本でも、最近の思想界の動向は目まぐるしく移り変る。服装や化粧品のやうに、哲学もまた、今では流行現象である。だが、流行とは、もともと、その名のごとく移り気なものだ。戦後の日本の知識人たちをあれほど熱狂させたサルトルも、今はもうすっかり「時代遅れ」になり、現在の日本思想界の最前線では、サルトルの実存主義的現象学など問題にする人は、ほとんどいない。フーコー、ラカン、メルロー・ポンティ、デリダ、ドゥルーズ、ガタリ等の名が脚光を浴びて飛び交う華麗な舞台の裏側の闇に、サルトルの名は沈んでいく。

しかし本当に、サルトルの哲学は、今日という時代、あるいは来るべき時代に語りかける力を失ってしまったのだろうか。私はそうは思わない。おそらく私はこの先も、長くサルトルとつき合っていくだろう。「三田文学」が復刊されたように、私の小さな「思想史」のなかで、サルトルの哲学も、いつかきっと復刊される日がくるだろう。

今、私の仕事机の上には、『成唯識論述記』とならんで『存在と虚無』が置いてある。現代的「知」の常識からすれば、唯識的深層意識論の書物とならべて置かれるべきヨーロッパ思想の本ということなら、ラカンの『エクリ』などのほうが、ずっと似つかわしいはずであるのだが……。

みつめるもの

大庭みな子

昭和61年春季号

最近、あるお金持の子供のない人が、今まで住んでいた立派な家を売って、長い間に買い溜めた家具やら衣裳やら、その他今まで大切にしていたようなものを、みんな他人にやってしまいたい気分になって、ほんとうにそうしてしまった、という話を聞いた。

「どうせ、税金にとられてしまいますからね、向うの言い値で売ってしまいましたよ。

そしていろんなものを、人にあげると言いますとね、ほんとに貰ってもらいたい人は、――そうですか、では、――などと言っても、なかなか来てくれませんが、やりたくもないような人は、直ぐとんで来るんですよ。ははは」

とその人は笑った。

べつに生活に困ってそうすることにしたというわけではなく、また、もう老いさらばえているからというのでもなく、ただもう、いろんなことがわずらわしくなって、二間ばかりの借家棲いをして、手を伸ばせば要るものはそこに在る、というような暮しに切り換えたくなったからだと言う。

「ものはできるだけないほうがいいですよ。邪魔になるだけです」

とその人は言ったが、わたしもどうやらその心境に近い。実際にまだそうしないのは、その人ほどはお金持でないからであろう。わたしはまだ、明日のことを思いわずらって、暮しているのであろう。

しかし、むかし、どうしてあんなものが欲しかったのかしらと、可笑しく思うことはよくある。物質に限らず、人間関係、その仕組みにまつわる執着めいたものを含めて、生きた年月は欲望の種類を変える。

ごく若い頃は人並に着るものや飾るものも欲しくて、無理をしてでも洋服や装身具を買い込んだりした。

抽出しの奥に、もう長いこと身につけたこともない指環やブローチやネックレスがころがっていて、ときどき、ぼんやり眺めて、それらを買い込んだときのことを思い浮かべる。

そういう欲望のあったことを今になって蔑んでいるわけでは決してないが、何か妙な驚きがある。こんな話は、若くなくなった証拠だと言われるだろうが、やっぱりとても不思議な気持だ。

ずっと昔、アフリカや、アラスカの果ての文明社会とは隔絶された未開の部落を訪ねたとき、彼らはその頃まだ若かったわたしの身につけているものをしげしげと眺めて、自分たちの身につけているものと見比べて、驚き呆れた眼つきをした。

その娘は大層若くて、その村の人気者である様子だったから、欲望の種類が違うのは、老若のせいばかりでもあるまい。

あるものに関心がないのは、そのものと自分の存在とのかゝわりが見出せないからである。ものの価値とは、畢竟、人の心が創り出すものに過ぎない。ある人にとっては意味のあるものでも、他の人にとっては無意味なものである。

美の基準といったものもそれに近く、ある風土や共同体で、長い年月人々の間で培われた、快く訴えるものをさして人は美しいというのであろう。とは言え、人間という種は最低限、似通った性質を生物として持っているのであろうから、どんな社会でもある程度の共通性はある。置かれた環境によって、欲望の性質が異るということもまた、生物としての本能とも言える。

この環境、周囲の状況は人間の場合、時代の歴史によって様々に様相を変える。それは単に一つの国の同じ文化を持つ人間だけの仕業とも言い難い、さまざまな人為的行為を含めて、自然界のすべてと複雑に絡み合った、あらゆる存在のありようがお互いに連鎖し合ってつくり出される変化である。

ある時、突然、むかし自分はなぜあんなものに、あれほど執着したのであろう、と気づくのは、そのような周囲の状況の変化に啞然とするからである。

貧しさから脱け出して、富を得た者が、あばら家で飢えていたときとは違う心境になるのは当然といえば当然だが、さりとて全ての富者が己れの力で富のむなしさに吐息をつくとは限らない。

昔話に、神様から願いごとをそのときどきに一つずつ叶えてやろうと言われ、あばら家から気持のよい家を望み、気持のよい家から豪邸を、豪邸から御殿を、御殿の王様から皇帝を、皇帝から天帝を、天帝から神になりたいと願い、その途端に何もかも消え去って、気がつくと、再び海辺のあばら家で暗い波の打ち寄せる茫茫と果てのない海原を前にうずくまっていたという物語が残っている。

まあ大方の人は、孤独に自分の見出す世界と、世俗的上昇志向の間を往きつ戻りつして生きているのであろう。

何れが敗者かと判ずるのも、難かしく、共に永遠に繰り返す人の姿のように思われる。何れもその身をその場に置いた上でなければ、わからぬ道の選び方で、他人の生きようをあげつらうのは易しいが、自分が道を選ぶ段階では、自己の意志というよりは、妙な力に推されて、気づく前にそんな事態になっているといったほうがよい。

文学の野に身を置いたりするのは、多くの人びとにとってはわけのわからない奇業というべきである。

文学者、作家の姿も時代によって世に受け入れられ方が違う。わたしの幼年時代には、文士志望などと言えば「三文文士」という言葉に代表されるうらぶれた響きが強かった。

文士に限らず、ジャーナリストなどにも「新聞屋」といった言葉があって、侮りを込めた胡散臭い眼を向けたものだ。

しかし、戦争があって、戦争に敗け、世の気風も仕組みも変ってくると、表現する者たちは潮流に迎えられて、市民権を得たような感じもある。

実際に、小説家や絵描きや音楽家の中には経済的に恵まれた暮しのできる人びとの姿も浮上してきたので、自ずと社会的な地位もまんざらではないと思う人も出て来たであろう。

けれどこれもまた一時代の現象であって、芸術を司る詩神から見れば、滑稽なことかもしれない。

世の風潮とは流行の衣裳に似て、あっという間に古くなり、あっという間に新しいものがとって替る。新しい芽生えの奥にあるものには、永遠の命の息吹が秘められているが、目にあらわれるものになった段階、商品化されたときには、すでにみず〱しさを失っていることが多い。

抽出しの奥に放りこまれたものを眺めて、なぜあのとき、こんなつまらないものが欲しかったのだろうと思うときの悲しみは、うつろう運命のつまらない商品にとびついた自分自身への嘆きである。

だから、その中に、今もなお愛着を捨て切れない美しさをたたえているものを見出したりすると、少しばかり自信をとり戻して、ほっとする。うつろうものの中に、何となく残るものもある、いったいこれは何であろうと、そのものの背後にある影をみつめる気分になる。

物質に限らず、人間関係も同じことだ。利害関係のある仲では親しく理解し合っていたように思っていた人でも、その状況が無くなれば遠い人になってしまうことが多いが、お互いの状況が変ってもものなつかしく、いつまでも心を通わせ合える人もいる。そのときになってやっと、惹き合っていたものの実体に触れるような気がする。

幼い時代の友人が生涯の友になることが多いのは、遷り変る利益社会にかかわらないところで求め合ったものが、いつまでも古びないからであろう。言い換えれば、幼い心は、表面にまとうものの意味を知らないし、中にひそむものにのみ敏感だからである。

どういうわけか、長く外国に暮した間に得た友人や、めぐり逢った人たちの姿は、今もまざまざと眼に甦る。また実際、日常生活には何のかかわりあいもないのに、その後も折にふれて音信を交し合っている人もいる。

長い年月を経て、眼に焼きつく姿を残している人とは、つまり、そのときも、そのほんとうの姿を見つめていたということだ。だが一時期毎日のように会って話をしていた人であっても、時を経て、その印象が消えてしまう人とは、その人の持つ表皮の姿かたちだけとの交わりしかなかったということであろう。

わたしはある時期から文学作品を発表し始めたので、それを機に何人かの友人を失ったり、新しく得たりした。

わたしが全く無名の間、わたしという人間を好んでくれた人、わたしの無意識的に洩らす言葉に耳を傾けてくれた人びととはその後も長く友情が続いているが、わたしの装ってとりつくろっているところでだけ、わたしを評価していた人たちとは、いつの間にか離れてしまった。わたしは多分その人たちが無視したがったところでこそ、表現をしたがっていたのだった。わたしはどちらかと言えば、自分とは全くべつの種類の仕事をしていて、お互いに相手の身分を知らないで、話を続けられるような人を好ましいと思う。なぜなら、そういう関係は、人間として必要最小限度以外の余分のものをとり除いたところで、頷いたり、耳を傾け合っているのであって、いつ変るとも知れぬ状況によって興をそそられているのではないという安心感があるからしい。
そういう人とは多くを語らなくても、お互いに相手の顔の中に何かを読みとることができる。幼な子や動物が敵を見分ける本能に似ている。

今日は良い一日であった

宇野千代

昭和62年秋季号

おかしいことを言うようであるが、私はときどき、平凡とはどんなことを言うのであろう、と思うことがある。面白半分に辞書を引いて見ると、「特にすぐれた点のない、ありふれたこと」と書いてある。ああ、そうか、と私は思った。

私は満九十歳になる今日まで、平凡に暮すと言うことは、なかなか難しいことだと思って来た。この世に生れて何事もなく、一生を平凡に暮せたら、どんなに仕合せなことだろう、と特に最近は思うようになった、と言ったら、人は不審に思うかも知れないが、私は若いときに好き勝手な生活をして来たので、そう言う人間は、却って平凡な生活に憧れるのかも知れない、と分ってくれる人もあるだろう。

今日、茨城県から、知り合いの母と娘が私を尋ねて来た。地方の開業医の家族の人たちである。娘さんも息子さんも医大に合格して、二人とも現在大学で勉強している、とのことである。

母親は毎日家事のことから、入院患者の世話で明け暮れているとのことであるが、その母親が言うのには、「私が掃除をしてますと、尋ねて来た人が、おくさんはいらっしゃいますか、と言いますので、私がはい、と答えますと、三四回目くらいにやっと気がついて、あ、おくさんですね、失礼いたしましたと言うのですよ。今日は、こちらへも伺いますので、ちょっとお洒落をして来ました。」と言って笑った、そのときの笑顔の美しさに驚いて、これも平凡と言うものの素晴しさではないか、と私は思ったものである。

一緒に来た娘さんも、医大の二年生であるが、卒業して国家試験に通ったら、町医者として一生送りたい、と言うのが念願なのである。「私は小さい病院でも、父のように患者との心のつながりのあるような医者になりたいのです。大きい病院では、なかなかそれを実現するのは難しい事がありますから、」と話してくれた。私はこの話を聞いて、また、嬉しい話だと思ったものである。母と娘が仲よく帰って行く後姿を見て、私は何とも言えない喜びを感じたものである。

夕方、女優の山本陽子が尋ねて来た。私とは仲よしなので、仕事の合い間などに、ときどき寄ってくれるのであるが、今日はいつもより生き生きした顔をしている。ＮＨＫの「ご入学」と言う連続ドラマに三ケ月近くもかかって、今日でやっと撮り終ったとのことであった。

「橋田寿賀子さんの作品で、科白が長くて、辛いときもありましたが、一生懸命でやりました。先生、放映されたら、是非、見て下さいね、」と言った。「普通の家庭の子供が学校へ入学するまでの話で、この仕事で、私もいろいろ勉強になりました。子供を一人前にすることは、ほんとうに大変なことなんですね。」

と言って、ちょっと深刻な顔をした。私も陽子さんも、子供を育てたことがないので、これでは、平凡な家庭とはちょっと違うのかも知れない。夏休みを一週間ばかりとって、病気がちだった母と、二三日過してやる積りだ、と言って、山本陽子は帰って行った。

みな、それぞれに自分の仕事、自分の生活に忠実に暮しているのだな、と思って、私はまた、暖かい気持になったものである。

それにしても、九月になると中央公論の女流文学賞の選考の会がある。それまでに、今年の選ばれた作品を読んで置かなければならない。九十歳にもなると、小さい字は天眼鏡を使って読まなければならない。

みなが帰ると、私はまた机に向って、その仕事を続けたのであるが、今日は気持の好い人たちに会ったせいか、とても楽な気分で本を読み続ける事が出来た。今日はほんとうに良い一日であった。

顔の話

岡本 太郎

昭和63年夏季号

「どうして、いつもそんなに眼を描くんですか」と聞かれることがある。確かに私の絵には、大きく見ひらいた眼が目立つようだ。

眼は顔の中心であるばかりでなく、宇宙に通じる穴だ。私にはそれが存在の核のように思えるのだ。

そのせいだろうか。ポートレート写真でも、私のはカッと目をいっぱいに見ひらいたのが多い。

これは撮られるとき、普通にしているとカメラマンが「すみません。例のように、キッとこちらを見て下さい」。たいてい、ギョロッと眼をむいた顔を撮りたがる。どうもそうでないと〝岡本太郎〟らしくないという、固定したイメージが出来あがっているらしい。つい、そういう顔ばかりが流布されるので、ますますそれが増幅されてしまう。

パリで親しかった友人の写真家ブラッサイ

がいつか言っていたが、「ピカソのポートレートを見ると、とても眼が大きいという印象を受けるだろう。だが彼の眼は決して大きくはないんだよ。ただ、カメラをにらむと、瞼がキュッとひろがって、白眼がとっても光るんだ。だから強い。君の眼もそうだな」。

ピカソの顔を沢山撮って、史上に残る名作を幾つも残しているブラッサイの観察が面白かった。

実際、眼によって顔の印象はおそろしく左右される。

絵でも彫刻でも、私が表現したいあらゆるものに顔がある。ということは眼が、にらんでいるということだ。

そう思っている私だが、この頃、顔のない人がふえているような気がしてならない。

もちろん、社会人ともなれば、一応もっともらしい様子で、喋ったり、眼鏡をかけたりしているが。

私はよくパーティなどで知らない人に名乗られる。いま向きあって、挨拶して、ふっと横を向いてまた顔をあわせると、もう全然わからない。見覚えがないというより、見覚えるべき特質がつかみとれないのだ。

ラッシュアワーで駅からはき出されてくる人波はその極致だ。無表情。個はまったく識別できないような、揃って面白くもなさそうな面《つら》つきで、ゾロゾロッと流れてくる。無意味としか言いようがない。

〝仮面のように無表情〟という言葉があるが、仮面ははるかに表情がある。むしろ、なまなましい。能面でも、伎楽や舞楽の奇怪な超自然のマスクでも、獅子、猿、狐など動物面でも。日本ばかりではない。エジプト、中南米のミイラの面。アフリカ原始芸術のまるで抽象彫刻のような造型。南太平洋のも、凄い。

みんな、まぎれもない〝存在〟であり、宇宙観を凝縮してそこにある。

近代文明になって、個性尊重を何よりも大事なことのように言いだしてから、逆に顔が存在感を失い、ただのインプットパネルになってしまったというのは皮肉だ。

「三田文学」のこと・『昭和の文人』のこと

奥野　健男

平成元年秋季号

「三田文学」という雑誌は子供の頃から表紙だけはなじみ深かった。庭続きの母方の祖父母の家に行くと、いつも「中央公論」や「キング」や「サンデー毎日」と一緒に、「三田文学」が茶の間の台の上に置かれていた。祖父が当時明治生命の役員をしていたので、専務であった阿部章蔵こと水上滝太郎との関係で、場違いな「三田文学」が毎月贈られて来ていたのだろう。「新潮」や「文藝春秋」など知らない頃から「三田文学」という雑誌は知っていたことになる。分厚い水上滝太郎追悼号には祖父の文章も載っていた。

敗戦の翌年の昭和二十一年春、自分で買い求めた「三田文学」復刊第三号の印象は強烈だった。僅か四十八頁の薄い雑誌だがその内容は充実し、輝いていた。冒頭に釋迢空の『野山の秋』という長篇詩が載り、山本健吉の『美しき鎮魂歌――「死者の書」を読みて――』さらに石川淳の『明月珠』原民喜の『忘れがたみ』の二つの小説が載っている。ぼくは今もこの「三田文学」を大切に蔵っている。

一九五三年暮〝「近代文学」の功罪〟という遠藤周作司会の大座談会に島尾敏雄、小島信夫、安岡章太郎などと参加してから「三田文学」に近しく関係するようになり、一九五四年四月号に「安岡章太郎論」十二月号に「太宰治論」などを載せた。山川方夫、田久保英夫、桂芳久の編集スタッフとは一時期、日鉱ビルの編集室で会っては毎晩のように銀座を飲み歩いた。田町でひらかれた公開合評会にも毎回出席した。江藤淳、坂上弘も続いて編集スタッフに加わり、一九五七年六月号まで続いた。北杜夫の『霊媒のいる町』などの原稿の掲載を頼んだり、ぼくも仲間の一員のようなつもりの親近な関係だったが、一九五七年六月の休刊以後、一九八九年の今日まで三十年以上ただの一度も「三田文学」に書く機会がなかったのも不思議である。

今度刊行された江藤淳の『昭和の文人』の冒頭に昭和三十一年（一九五六）秋にたった一度だけ平野謙氏の自宅を訪問したことが書かれている。それで思い出したが同じ一九五六年まだ大学在学中で三田文学編集員の江藤君が恵比寿のぼくの自宅にもたった一度だけ来られたことを思い出した。用件は「夏目漱石論」のことか、「三田文学」の編集のことかよく憶えていないが、「三田文学」に掲載されていた漱石論を読んでいたせいもあって、齢下にもかかわらずものおじしないはっきりしたもの言いに、これはかなわない、大変な評論家があらわれたと肝に銘じたものだった。

それ以来、江藤淳の本は殆んど目を通し、その度ごとに刺激を受けて来た。その中でも『昭和の文人』は殊におもしろく、佐々木基一の「私のチェホフ」（「群像」連載中）と共に、文芸評論の醍醐味を久しぶりに味わった。なにより具体的な事実と文章に執拗なまで喰いつき、平野謙、中野重治、堀辰雄という昭和の文人たちのそれぞれ方法は異なりながら〈一身にして二生を経るが如く、一人にして両身あるが如し〉という維新時代の福沢諭吉の言葉を用いて昭和時代の苛烈な体験と出自を隠した変身願望を鮮かに摘出して見せた。ぼくは作者江藤淳自身の〈一身にして二生を経るが如き〉体験をも、その中に探りつつ、ほとんど息を呑む思いで、夢中になって読んだ。近頃の若手の評論家の観念的哲学的用語を羅列するだけで何ら具体性のない、それこそホニイ評論と何という違いであろうか、ぼくも具体的な批評こそ文芸評論の大道だと身に沁みて感じている故に、江藤淳の意図というか志しが痛いほど伝わって来る。中野重治はもちろんのこと、ほとんど否定している平野謙にも、堀辰雄にも魂の底では愛情と共感を抱いているのが快かった。

この欄は随筆的なページであるらしいから『昭和の文人』に対する本格的批評は別の機会に書くことにして随筆的に思いついた感想を若干書いてみたい。

平野謙の『島崎藤村』あとがき」の文章は感動的であるが、父が真宗の寺の住職であったことを、自分が坊主であったことをなぜあれほど隠したかはこの本を読んでもまだ謎である。藤村はじめ文学者の実生活に対し平野探偵と呼ばれたほど旺盛な好奇心を持っていた。「下司なかんぐり」と中野重治に言われても仕方がないほどであるが、中野が糾弾した平野の批評、杉本良吉と岡田嘉子の越境事件を〈奇怪なものと断じたい〉と書き、〈小林多喜二と火野葦平とを表裏一体とながめ得るような成熟な文学的肉眼こそ必要なのだ〉と書きハウスキーパーという制度を批判する。ぼくはその頃の平野謙の反措定的評論を読みなおし、磯田光一の『左翼がサヨクになった時』や小林秀雄と蔵原惟人を表裏一体に見るなどの一時期のアクロバット的発想に酷似していることに気がつかざるを得なかった。そう言えばあの詮索好きの磯田光一が自分が結婚していることを親しい友人にまでひた隠しに隠していたのも不思議である。

中野重治の『五勺の酒』をはじめて読んだときぼくは共産党員がこんな保守的なこと、特に天皇への愛情をここまで書いてかまわないかと心配したものだった。しかしニュース映画に出て来る帽子を冠ったりとったりして国民に接している天皇の姿を見て映画館の〈二階左側席から男の声で大笑いがおこった。(中略)二十前後から三十までの男の声で十二三人から二十人ぐらいの人間がいてそれがうわははと笑っている。〉主人公の老中学校長はそれを聞いて〈道徳的インポテンツ。へどを吐きそうになって小屋を出て帰った〉と怒り、絶望を感じたと書いている。そのところを読んでそのげらげら笑いをした二十歳前後の青年は、まさにぼくたちだと思った。戦争中現人神として精神的支柱にしてそのため生命を犠牲にしようとした天皇の、敗戦後のみじめな姿を見て自嘲というか、笑う以外にどうすることもできない傷を負っていたのだ。それは老校長や中野重治より更にいたたまれない恥しさなのだと作者に大声で訴えたい気持になった。そこに中野重治との断絶を感じた。ぼくは一九六〇年一月十九日の「産経新聞」夕刊に「中野重治氏への直言」という題で書いたことがある。江藤淳はこの映画館のくだりをどのように感じたであろうか。

堀辰雄に関しては、ぼくも戦中から戦後しばらくの間憧れをこめて読みふけった時期があったが、一九四八年六月、太宰治が自殺した頃から全く読まなくなり、堀辰雄については一度も論じたことがない。しかし下町育ちの日常的生活と西欧的ハイカラ趣味の並存と矛盾について中村真一郎、福永武彦氏らから聞かされて、芥川龍之介と似ているなと思ったことがある。

そして江藤淳に中野重治と堀辰雄の「驢馬」を通しての共通の師、芥川龍之介、萩原朔太郎、そして何よりも室生犀星という存在に注目して欲しいとぼくは思った。昭和二年(一九二七)七月二十四日の芥川龍之介の自殺は二人の信頼する弟子がひとりはプロレタリア文学に、ひとりは新感覚派文学に分裂して走り、芥川の立っていた大正的近代文学の地盤が崩壊したと感じたからではないか。芥川の死と共に昭和ははじまった。そして二十一年後の一九四八年太宰治が自殺、更に二十二年後の一九七〇年に三島由紀夫が自殺、この時、実質的に昭和は終ったと考える。それはともあれ、中野重治と堀辰雄の二人の文学者を育て、この二人に太宰治を加え、「小説三羽鶴」と呼び高く評価した室生犀星という怪物に、ぼくはこの『昭和の文人』を読んでいよいよ興味をそそられるのであった。

『葉隠』のこと

秋山駿

平成4年秋季号

いま織田信長について書いているが、いちばん困ったのは、昔の人の心がよく分からぬことだ。ことに、どうしてああも勇んで戦いに往き、壮烈に死んでゆくのか、少しも分からない。

私は生れつきが病弱だったせいか、生きることは受苦である、というと飾った言葉になるが、すべてを忍耐することだと思っている。人と戦おうと感じたことが、かつて一度もない。私の少年時の生のテーマは、道端の石ころ、であった。それは、打ち棄てられ、黙殺され、人に踏まれて存在する。そういう存在とは何か、と問うたとき、私は初めて生の発光を視た。そういう人間だから分からないのか。

そこで、レッスンという意味でもないが、『葉隠』を読む。軍記物ではなく、戦う人の心持について細々と書いてあるからだ。しかし、やはり、分からぬ事が多い。

〈古老曰く、「軒を出づれば死人の中、門を出づれば敵を見る。」となり。〉（「聞書第十一」）

どういうことか。覚悟の意味か。私は半信半疑である。この言葉は暗い。敗戦時の心持なのか。戦国時代の戦士は、もっと明るく、闊達、強烈に戦ったのではなかろうか。自己実現というような意思を賭けて。

実は、ずっと前に読み飛ばしたとき、永禄の古兵は格別、元亀・天正の戦士はまだ盛んだが、慶長・元和の武士に至って「槍先が下がつてゐる」、という一条があったと記憶し、今回、戦争の方法の変化に伴う戦士の心理の変化、という例で引用するつもりだったが、記憶違いか見当たらなかった。代わりに、こんなのが面白かった。

〈敵城の強弱見様「煙霞《ニ》如《ク》レ見《ル》二春山《ヲ》一雨後《ニ》如《シ》レ見《ル》二青天《ヲ》一」といへり。澄み渡りたるは弱なり。〉（同前）

もっとも、たいへん知恵ある言葉なのだろうが、よく分からない。

『葉隠』は、むしろ却って、「恋」の処が深い。

〈……恋の至極は忍恋と見立て候、逢ひてからは恋のたけが低し、一生忍んで思ひ死する事こそ恋の本意なれ。歌に

　恋死なん後の煙にそれと知れつひにもらさぬ中の思ひは

これこそたけ高き恋なれと申し候へば、感心の衆四五人ありて、煙仲間《けむりなかま》と申され候。〉（「聞書第二」）

また、こうも言う。

〈命の内にそれと知らするは深き恋にあらず、思ひ死の長けの高き事限りなし。たと

へ、向より、「斯様にてはなきか。」と問はれても、「全く思ひもよらず。」と云ひて、唯思ひ死に極むるが至極なり。〉（同前）

ドナルド・キーン氏が、日本近代文学の発端を見て、日本人は欧米の近代文学に出会って、「恋愛」を発見した、と言っているのは、はなはだ興味ある指摘であった。その恋愛とは、プラトニック・ラヴとか、女性を女神のように尊敬する絶対的恋愛のことである。なるほど戦国時代に編纂された日葡辞書では、日本の「恋」は、ほとんど「みだらな慕情」と解されている。

しかし、私は、この『葉隠』を例に、極めて精神性の高い恋愛が日本の武士のところには存在したのだ、と思うのだが、どうであろうか。

著者の山本常朝、もし次のような声が肺腑からのものなら、『徒然草』の末流に立つ、極めて興味ある人物だ。

〈幻はマボロシと訓むなり。天竺にては術師の事を幻出師と云ふ。世界は皆からくり人形なり。幻の字を用ひるなり。〉（「聞書第一」）

或る夜の西脇先生

安東　伸介

平成6年冬季号

もう三十五年も昔の話である。当時慶應義塾の常任理事だった石丸重治先生が、一夕、西脇順三郎、小林秀雄のお二人を、三田のキャンパスの近くにあった久松という料亭に招かれ、その宴に、塾の助手になったばかりの、西脇研究者・鍵谷幸信君とD・H・ロレンスの研究家・海野厚志君、それに私の三人をよんで下さったことがある。石丸先生は西脇先生の古いお弟子で、晩年には三田文学会の理事長も一時務められた。小林さんとは一中時代の同級生である。一中同窓生のお二人が、後年（大正十三年）、富永太郎、永井龍男らの諸氏と「山繭」という同人誌を刊行し、これが昭和四年、通巻三十六号まで続いたことは知る人も多いだろう。「山繭」の寄稿者には、堀辰雄、河上徹太郎、中原中也、西脇順三郎、滝口修造、青山二郎といった方々の名前が見え、最後の頃には、毎号、梅原龍三郎氏の口絵が載った。もし日本の同人誌の歴史というようなものが書かれるとしたら、「山繭」にはかなりの頁が割かれるに違いない。

当夜の若い三人は、そろって西脇先生の教室に学んだ弟子達であったが、小林さんとは初対面だった。石丸先生には、私たちのために、小林さんにゆっくりおめにかかる機会を作ってやろうというお考えがあったのであろう。

海野と私は、小林さんの著述を殆どすべて読んでおり、小林さんに尋常でない尊敬の気持を持っていたから、すっかり堅くなってしまい口もきけない。小林さんと石丸先生の会話をききながら、ただもう夢中で盃を重ねている内に、西脇先生が遅れておいでになった。かなりお酒のまわった小林さんが、

「西脇さん、私は知っている人の書いた文章は、新聞でも読みますからね、あなたのもの読んでますが、あなたの文章は相変らずおかしいね。いや、おかしくはないんだ、と思って読み返してみると、やっぱり一寸おかしいですなあ」と言って笑われた。西脇先生も楽しそうに笑って、

「やっぱりおかしいのかなあ。意識しておかしく書くこともあるが、文法的に間違った文章をつい書いてしまうのです。編集者が直してくれればいいのに、あれは西脇独特の詩的スタイルだから、と思い込んで直してくれないのですよ。散文がおかしいと言われるのは、実に困るのです」と仰ったが、あまり深刻に困っておられる様子でもなかった。

「西脇さん、T・S・エリオットの詩劇はどう思われます。私はあんなもの、つまらんね。何です、あの『コクテル・パーティ』なんていうのは。イプセンの後であんなもの書いたって意味はない。……でも詩はいいですな。あの『荒地』の言いまわしなんていうものは実にうまい」

「いや小林さん、エリオットは詩劇も詩もダメなのです。大したものではありません」

「エリオットはダメですか。なるほど。わかりました」

　これでエリオット談議は終りかと思っていると、しばらくして小林さんは、突然、

「西脇さん、あなた慶應の塾長におなりなさい。そしてエリオットを日本に連れていらっしゃい。日本にエリオットを呼べるのはあなただけです。エリオットを呼ぶだけで塾長の仕事は充分です」と言われた。

　意表をつかれたように、西脇先生はすっかり黙りこんでしまわれたが、小林さんは石丸先生に向かって、

「石丸、理事には絶対権限があるんだろ、西脇さんを塾長にしろ。西脇なら日本にエリオットを呼べる。ところで塾長の任期は何年なんだ」石丸先生が「四年」と答えると、小林さんは、

「うーん、四年か。四年はちょっと長いなあ……。西脇さん、一年、あなた一年だけ塾長をおやりなさい。それでエリオットを呼んでらっしゃい」

　こんな会話の合間に、小林さんと石丸先生の間で骨董についての何とも激しい舌戦が交わされて、西脇先生が仲裁されるという一幕もあり、「山繭」時代の小林さんの、伝説的な舌鋒とはこんなものだったのかも知れない、と思わせる瞬間もあった。小林さんの舌鋒は私達にも向けられた。「君ら、ちゃんと勉強してるのか。イギリスの女をひっかけたこともないくせに、何が英文学だ。西脇を見ろ、君らは西脇みたいに勉強しているのか」すると西脇先生は、かなり酔っておられたのに、急に真面目な顔つきになり、「そうだ、君達はもっと勉強すべきです」と講義風に説かれるのであった。

心の通い合う場

若林　真

平成7年冬季号

「三田文学」もこの号で四十号を数え、十周年を迎えるという。もうそんなになったのかと、今更ながら月日の経過の速やかさに驚くのだが、人事の交替に思いをいたすだけでさもありなんと得心する。理事長は安岡章太郎さんから遠藤周作さんに移り、編集長も高橋昌男さんから岡田隆彦さん、坂上弘さんを経て現在は四代目、古屋健三さんである。

いろんなことがあったなと思う。復刊前年のいつであったか忘れたが、ある日とつぜん私は石川忠雄塾長の呼び出しを受けた。何あらんとおどろいて塾長室に出頭すると、くつろいだお顔の塾長が、由緒ある「三田文学」が休刊中なのは残念である、再刊助成の用意があるから、その下準備をするようにとの唐突なご指示であった。

私は一瞬あっけにとられた、そのころ石川塾長は義塾の整備拡張のために多種多様なプロジェクトに同時に取り組まれ、そのあまりの速度に義塾社中には息切れの厭戦気分さえ見られたからである。そんな状況で不急不要の「お遊び」と言われかねない「三田文学」とは、と私は度肝を抜かれたのである。寄付を要請される卒業生のなかには、またかと渋い顔をなさる人も少なからず出るはずだった。

しかし、塾長は涼しいお顔で「三田文学」編集室用の施設を指示され、ただちに一億円の募金を開始したのだった。それに呼応して、私も「三田文学」の先輩諸氏を歴訪して、塾長の意思を説き、協力をお願いして歩くことになった。

こうして翌年五月の、交詢社における復刊パーティと相成った次第であるが、安岡理事長の挨拶のお姿はいたいたしくて、いまだ強烈に私の脳裡に焼きついている。当時メヌエル氏病に苦しんでおられた安岡さんはまっすぐに身体を起こしていることがかなわず、テーブルの隅に片手をついて辛うじて身体を支え、面を伏せたまま、文学の問題とは心の問題、真の心の交流の問題にほかならず、「三田文学」だって、ただ出せばいいというようなものではない、そこは生きている心と心が触れ合い血を流す場でなければならない、とまるで独白のようにボソボソとつぶやいたのである。

たしかに文学とは個々の人間の心の営みの場であり、その意味からすれば「三田文学」や「早稲田文学」などは大学をバックにし、大学自体の自己表現たろうとするような気配がどこかにあるから、文学活動としては邪道といえなくもない。だが、そこまで堅苦しく考えるには及ばない、と私は思う。大学を昔年の王侯貴族のような文化的スポンサーと割り切ってしまえばいいのだから。「三田文学」だって、たしかに慶應義塾の同学同窓の人たちの文学的集まりではあるものの、さりとて過去においてただのいちども他校の出身者に排他的であったことはなく、時の編集長の文学的個性が強く主張されてきただけで、門戸はつねにおおきく開かれていた。

復刊以来のこの十年をふりかえれば、高橋さんにはじまる歴代編集長は自己の個性に徹しつつ実によくやったと思う。高橋さんの「三田文学」は私小説の流れを汲むいかにも玄人好みの雑誌であったし、岡田さんのには現代詩人の匂いが濃厚に立ちこめていた。坂上さんのは内向の世代の手だれにふさわしい、小説と批評が一体になったような趣の文章が多かった。今の古屋さんのにはどこかそこはかとないアカデミズムが漂っている。それでいながら、四人の「三田文学」から共通して、三田のキャンパスのたたずまいのようなもの、つまりは「三田文学」のアイデンティティがくっきりと浮かびあがってくるのである。

ダンテの人ごみ

須賀 敦子

平成7年春季号

くるくると空回りする旗のうしろから、ぞろぞろ歩いている魂の群れを見て、旅人ダンテが、いったいあれはなんだろうと訝る場面が神曲の地獄篇にある。それを見て彼は「死が、これほど多くの人々を滅ぼし去っているとは考えもしなかった」と述懐するのだが、私はながいこと、この箇所をそのすぐあとにくるアケロン川の渡しの場面と混同していて、魂が、ちょうどバスの乗り場で私たちが待っているときみたいに、いつか冬の日に通りかかったヴェネツィアの船着場でつめたい川風に吹かれて乗合が来るのを待っていた旅行者たちのように川岸に群がっている風景を想像していた。待つ、とはいっても愉しいことを待つのではなく、永劫の苦しみに落ちる瞬間を待っているのだから、どの魂も、青い顔で歯をがちがちいわせて泣いたり、いらいらしたりしている。

想像は想像を生んで、不謹慎なことに私は、なんとなく人がこみあっているような場所に行きあわせるとダンテを思い出すことがある。夕方、百貨店の食料品売場で人波をかきわけかきわけ自分の行きたい店舗にたどり着こうとあせっていたり、朝、地下鉄の駅の長いエスカレーターを登っていて、反対側のエスカレーターから一段のすきもないように通勤の人たちが降りてくるのを見ていて、ふとダンテの魂たちを考えてしまう。地獄だから恐ろしいはずなのに、私にはなぜか彼らがなつかしい。

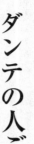

空回りする旗のあとを追う魂の群れのなかに、ダンテが知った顔をいくつか見つけるのは、そのあとだ。なかのひとりは、教皇ケレスティヌス五世と呼ばれる有名な人物である。もともと山中で隠遁生活をしていたのを選ばれてしかたなく教皇になったのだが、政争に巻きこまれ揉みくちゃにされたあげく、たった半年で退位した。フィレンツェを生涯追放になって、ほうぼうの領主の居候になるようなつらい日々を自分が送ることになったのは、なにもかもこの教皇が無責任にも後のことを考えずに退位したからだ。そうダンテは思っていて、彼を地獄に入れてしまう。

　いくらなんでもそんなひどいことを、と思うのは私ひとりではないらしく、ケレスティヌスの側に立って、この教皇を擁護しようとした作家や詩人たちがこれまでにも何人か、いた。しかし、イタリア人ぜんたいの大勢からいうと、どうもこの教皇の旗色はよくない。むかしから、ダンテのいったことならすべて、と無条件に受け入れさせてきた学校教育のせいかも知れないが、私には、あとひとつ理由があるように思える。

　ケレスティヌスを自分が糾弾するのは、彼が「卑怯」な男だったからだとダンテは書いている。そして、教皇といっしょにぐるぐる回りの旗を追っている連中のことを、ダンテは、人生をほんとうに「生きたことのないやつら」と非難するのだが、私にはそれがどこか、おそろしく政治好きで目立ちたがりやの平均的イタリア人のせりふに聞こえることがある。政治がいやで、教皇という栄誉にかがやく仕事を棄てるなんて、ぺっぺっ、男らしくもない、というのが、彼らがケレスティヌス五世を嫌う理由であるにちがいないのだ。ネオレアリスモがいい例だが、映画でも小説でも、政治的な発言のない作家は、現代のイタリアでもとかく無視され敬遠されやすい。また、たとえば虚構にすべてを托したペトラルカは、どうも彼らにとって、しちめんどうくさい存在らしいのだ。ペトラルカの影響はフランスやイギリスにすぐれた詩人を生んだが、イタリアのペトラルキストたちは、形式の模倣に凝るばかりで、どうも不毛が目だつようだ。そういえば、先頭に立つ空回りの旗は、虚構とも読めはしないか。

　地下鉄半蔵門線永田町駅の果てしなくつづくエスカレーターを登りながら、きょうも私は考える。たしかにこの世は、ダンテが思っていたよりずっと多くの「卑怯者」に満ち満ちている。空回りもいいじゃないか、と心のどこかでうそぶいている私自身も、ずいぶん多くの大切な友人たちももちろん、そのなかにいるのだが。

「編輯後記」より

石坂君の「若い人」もいよいよゴール目がけて突進をつづけてゐる。本月は六十枚。
〈昭和十二年三月号、和木清三郎〉

石坂君の「若い人」は既報の如く改造社から上巻が発売された。そして、期待に逆かず売行好況である。当然の事とはいひながら、同慶の至りである。
〈昭和十二年四月号、和木清三郎〉

死を予告した手紙
―原民喜と遠藤周作のこと

大久保 房男

平成11年冬季号

第二次世界大戦に出征して、戦没した「還らざる学友の碑」が三田の慶應義塾々監局の前に建立され、除幕式が十一月七日の午前十時から行はれた。当時在学した者が招かれ、私も参列した。

予報が雨のその日は幸にも降らなかつたが、雲が厚く、三田の丘の上はひどく寒かつた。私は式の三十分も前に着いてしまつたが、塾監局の前の広場には既にかなりの人数が集つてゐた。当然のことながら、みな老人ばかりだ。ベンチに掛けると、戦争の話をしてゐた見知らぬ人が、同じ時代に、共に学び共に戦つた仲間といふ気安さがあるのか、私にも戦争の話をして来た。その人は、戦争は、死なずに還つた者にとつては、この上ない貴重な体験をさせてくれましたね、と言つた。確かにさうだ。

同じ出版社に入つて、一緒に小泉信三塾長を訪ねて行つたことのある友人の姿が見えたので、ベンチを離れて呼び止めた。図書館脇に吉野秀雄の歌碑、久保田万太郎の句碑、佐藤春夫の詩碑が建つてゐるから、見てゐないのなら案内しよう、と連れて行つた。友人は、いいものを見せてもらつた、今日は来てよかつた、と言つた。

今、塾監局の前に集つてゐる私たちが学生の頃は、みな幻の門から出入りした。幻の門を入り、石段を登り切つて右に折れ、図書館を左に見て細い路を入ると歌碑があり、その奥に句碑、そのまた奥に詩碑、そのまた奥に小山内薫の胸像が建つてゐる。現在は南側に広い正門が出来て、みなそこから出入りしてゐるから、もしかしたら塾生も碑の存在を知らないのではないか。案内の看板もないし、銀杏の大樹が空を覆ふそんな小暗いところへ入る用もないだらうから、何度も学校へ行つたことがあると言ふ塾員でも、その存在を知らないのを、私はかねてから残念に思つてゐたのだ。

銀杏の大樹の下で陽がよく当らないからか、詩碑の側にマロニエの樹がひよろひよろした姿で立つてゐるのを、あれは関口町の佐藤春夫邸に聳えてゐるマロニエの種から千代夫人が育てたものだ、などと説明しながら友人と塾監局の前に戻ると、白井浩司さんと小野田政さんとが話し合つてゐる姿が見えた。私は小野田さんに、三つの碑があるのをご存知かと訊くと、知らないといふから、この白井さんが、先輩の歌碑と句碑が出来たが詩碑がない、それでそこに佐藤春夫の詩碑を建てて塾に寄付してほしいのだが、君、骨折つてくれないか、と言ふので、佐藤春夫氏の会である「春の日の会」が母体となつて金を集めて建立したことを話すと、小野田さんはすぐ見に行つた。

私はその詩碑の設計を谷口吉郎博士にお願ひに行く時、心に臆するものがあつた。多忙の中をやつていただく上に、設計料をあまり払へないといふことを言はねばならないのだが、そんなことを言ふのは初めてではないのだ。八年前にも私は谷口博士に原民喜の詩碑の再建をお願ひに行つて、設計料をあまり払へないのですが、と言つたのだ。谷口博士は二つの碑ともほとんど設計料なしでやつて下さつたばかりでなく、博士の顔で、材料費、工事費、すべて安くやつてもらうことが出来た。


塾監局の前で除幕式の始まるのを待つてゐる人々は、それぞれ還つて来なかつた学友のことを偲んでゐるのではないかと思ひながら、私も、予科からずつと一緒で、共に国文科に進み、研究旅行にはいつも一緒に参加した河面正雄君の笑顔を思ひ浮べてゐた。いつも笑顔のおとなしい小柄な河面君は、十人ほどの国文科の仲間の誰にも告げることなく、第三期海軍予備学生を志願し、少尉に任官してから戦艦武蔵に乗り組み、レイテ沖で戦死した。

学徒出陣で海軍に入るために、下宿を引き払ひ、もう二度とここには戻れないのだ、と思ひながら、三田の丘の学舎を感傷的な気持で見納めにした日のことも思ひ浮んで来た。その一週間ほど前、渋谷の宮益坂の古本屋で、大正十四年郷土研究社刊『おもろさうし』の三巻本を見つけ、戦争から帰つたら沖縄の言葉を勉強して読むつもりで買つた。戦争から生きて還るつもりと、生きては還れないといふ思ひとが胸の裡に起きたり消えたりして、その矛盾に自分でも気付きながら、覚悟も定まらずに私は出征して行つた。


戦争が終つて一週間後に復員し、故郷の紀州熊野に還つた私は、早く復学したくて、九月半ばに学校の様子を見に来た。三田の丘の上は出征の時に見納めにした風景とは随分変つてゐた。大ホールは崩れ落ち、校舎は迷彩で汚され、人影のあまりない校庭の真中の銀杏の大樹の下には、学友と掛けてよく語り合つたベンチがあつたのに、それもない。荒れ果てた感じがして、ひどくわびしかつた。

事務室へ行つて復学の手続を訊ねると、新学期は十月から始まり、私たちは二年生になつて二ヶ月間講義を聴いただけで戦争に行つてしまつたのに、新学期からは三年生になつてゐると言はれた。

新学期が始まつて登校すると、三田の丘にも少し活気が蘇つてゐた。戦後の最初の講義を聴くために折口信夫先生の教室に入ると、出征前にわづかな間だけ一緒に講義を聴いて顔に見憶えのある下級生が三人ほどゐたが、同級生を探しても誰もゐなかつた。戦争に行かなかつた者は卒業してしまつてゐたし、戦争に行つた者はまだ復員してゐないか、戦死もしくは戦傷で出て来られないのかもしれないのだ。わが家は東南海地震で津波にあつたが、戦災にはあはなかつたため、制服、制帽に黒の短靴で登校出来たが、上か下かが軍服、上下とも軍服、上下とも制服でも靴だけが編み上げの軍靴といふ服装の学生が少なくなかつた。


戦争中の空白を取り戻すべく、私は折口信夫先生や奥野信太郎先生の講義は前の方に席をとつて熱心に聴いた。その頃の私は至極真面目な学生だつた。

十一月に入ると、翌年一月に復刊する「三田文学」の復活記念文芸講演会の掲示が出て、復興への動きが頼もしく感じられた。講演会は広い教室で行はれ、席は学生で埋つてゐた。その脇を通つて、三つ四つ歳上の背広の数人が前の方の椅子に坐つた。いかにも文学をやつてゐるといふ様子の人たちだつた。その中の二人の顔を憶えてゐたが、後によく奢つてもらつた柴田錬三郎さんと片山修三さんだつた。講師は三田の外からも来て、亀井勝一郎氏が人的資源といふ言葉をとりあげ、人間を物のやうに扱つてゐた戦時中の当局を批判したのを憶えてゐる。

翌年の春、休暇が終つて教室に入ると、若い女の子が数人ゐるので驚いた。これはどういふことだと下級生に訊いたら、女子学生をとるようになつたの、御存知ないんですか、と言つた。私たちが谷口のおばさんと言つてゐた海軍々人の奥さんである聴講生と、もう一人いつも和服の三十近い女の聴講生を見かけるだけで、ほとんど女気のなかつた丘の上に女子学生が入つて来て、花やかになつた。戦争に負けて、世の中は変るんだ、と私はしみじみと思つた。後に女子学生が「三田文学」を手伝ふやうになるとはゆめにも考へなかつた。

その年の九月に卒業した私は学問を続けるつもりで、折口先生の講義のある火曜日と木曜日には登校してゐたが、気紛れと言つてもいいやうな、深く考へることもなく、創刊したばかりの「群像」の編集部に入つてしまつた。編集者になつた私を「三田文学」の人たちに引き合せて下さつたのは奥野先生だつた。先生の講義を聴く学生はいつも十人足らずで、支那文（当時）の学生よりも熱心に聴いてゐる国文の私を先生は憶えてゐて下さつて、何くれとなく指導して下さつた。

「三田文学」の発行元で、丸岡明さんが社長をしてゐる能楽書林へ私はよく行くやうになつた。編集に携つてゐる原民喜さんと親しくなり、他人とは滅多に口をきかぬ極端に無口な原さんも私となら話すのを、不思議がられるやうになつた。原さんがその絶筆「心願の国」にも書いてゐる可憐な少女Uとデートするのに、ひとりでは行けないので付き添ひで行つてやつてくれ、と丸岡さんに頼まれ、そんな馬鹿らしい役目なんか厭です、と断つても、気の弱い原君のためにどうしても行つてやれと言ふ丸岡さんに根負けし、能楽書林から九段下の電車道を渡つて、客の誰もゐない陰気な喫茶店で何とも滑稽な役目を果したこともある。

戦時中に休んでゐた「三田文学」の紅茶会が昭和二十一年の十月に復活して、三田の教室で開いてゐたらしいが、二十三年の秋から新宿の紀伊國屋書店の喫茶室で開くことになつた。当時の紀伊國屋は今のやうなビルではなく、新宿の大通りから少し引つ込んだところにあつて、その手前の左側に木造の喫茶室があつた。私は岡野先生に連れられて紅茶会へ行くと、入口に制服を着た背の高い学生が会費を徴収してゐた。先生はその学生を、評論家志望の遠藤周作君です、と紹介してくれた。実に生真面目さうなその学生は、小説家よりはいかにも評論家を志してゐるさうな顔をしてゐた。遠藤君に対する私の第一印象は丸で見当外れだつたことを知るには、大して時間がかからなかつた。

紅茶会では名をなした先輩が三十分ほどスピーチをするのだが、勝本清一郎さんが戸川秋骨の樋口一葉に対する恋情について話したことがあり、それをじつと聴いてゐる戸川エマさんの美しい横顔を眺めて、どんな気持で聴いてゐるのだらうかと思つた記憶がある。

紅茶会の後は奥野先生と丸岡さんを中心に十数名で飲みに行くのだが、最もよく行つたのはプチ・バー「ちとせ」であつた。清酒やビールは貴重品で出まはつてもゐなかつたから、主に糟取り焼酎を飲んだ。紅茶会の後でなくても、三田の関係で何かの集りがあつた後は、必ず飲みに行つた。その支払ひをしたのは多分奥野先生か丸岡さんか原稿の売れる先輩で、若い私たちは一銭も出したことはなかつた。いつ、どこへ行つても必ずゐるのが遠藤君で、収入がないのが強味の遠藤君は一銭の金も使はずに、ねえ先輩、と言つては先輩の後にくつついて、毎晩飲み食ひしてゐる、と言はれてゐた。丸岡さんが力を入れて、能楽書林から出てゐた頃の「三田文学」を取りまく先輩後輩は一族のやうなもので、金の入る先輩たちは若い後輩たちを養つてくれてゐるといふ感じがなくもなかつた。

そんな中で、どうしてだか、私が特別に親しくなつたのは原民喜さんと遠藤周作君だつた。夜の街で都電のスパークが青く光ると、いつでも原さんの体がぴくんとするのは、瞬間的に原爆の閃光が蘇るのだらうと解してゐたが、原さんは原爆の話は一切しないので、遠藤君も私も原爆体験を訊ねることもなく、三人で夜の新宿や神田をよくうろついた。ねえ先輩、と言つて遠藤君が安くて感じのいいバーがあるから行きませう、と原さんと私を新宿の三越裏のバーへ連れていつたが、そこが暴力バーで、騙した遠藤君が一番怯えてゐたこともあつた。遠藤君はしよつちゆう嘘をつき、みんなから、ウソツキ遠藤、と言はれてゐた。それはサービス精神から出た人畜無害の嘘だつたから、騙されても怒る者はゐなかつた。

原さんは「三田文学」の自殺三人男の第一にあげられてゐた。最も自殺しさうな人だとふざけて言つたのは、誰もが自殺などするとは思つてゐなかつたからだ。

能楽書林の六畳間を提供されてゐた原さんが、昭和二十五年一月に吉祥寺の素人下宿に越し、遠藤君はその年の七月にフランスに留学したので、三人でうろつくことがなくなつた。原さんとは一緒に埴谷雄高さんを訪ねたりしたこともあつたが、以前のやうに頻繁に会ふことがなくなつた。

その年の暮近く、原さんから手紙が来た。便箋一枚に小さい綺麗な字で書いてあり、漢字は略字を使はず、すべて正字で、清書したやうに一字の訂正もない。

> 群像の合評會のところを今度は讀みました　三人とも厚意ある批評だと思ひました　瀧井さんにしろ泰淳にしろ僕のものを讀んで知つてゐるだけに　怕いと思ひます　「齒車」のことを瀧井さんは云つてゐますが　僕も芥川の作品のなかではあれが一番心惹かれてゐるものなのです　しかし「火の子供」を書くときにはそのことは念頭になかつたのです　僕が「齒車」を書けばやはり自殺することになるでせう　しかし芥川の場合は暗い宿命觀と彼の近代精神とが嚙みあつて挫折したのですが
> 僕にはもう宿命觀はないやうです
> だから假りに僕が自殺したとしても
> これは單なる事故のやうなものになるでせう
> 僕にユーモアの文學を書けと云つてくれる人がときどきあります　僕に限らず日本文學で一番缺けてゐるのはユーモアかもしれませんね
> いい年をお迎へ下さい　原民喜
> 大久保房男様

合評を今度は読んだといふのは、「群像」の二十四年八月号の「鎮魂歌」が北原武夫、中野好夫、林房雄の三氏による創作合評で、特に北原さんから否定的批評を受けたことを聞いてゐたから読まなかつたが、二十五年十一月号の「火の子供」の瀧井孝作、河盛好蔵、武田泰淳の三氏による合評は読んだ、といふことである。

この手紙をもらつてから二ヶ月ほどして、原さんが突然訪ねて来たが、別に用があるわけでもないらしく、十分ほど雑談して帰つて行つた。何のために来られたのかとちよつと変に思つたけれど、あまり気にはしなかつた。その日から十日ほどして原さんが自殺した。原さんに自殺されて、あの手紙は自殺の予告で、先日訪ねて来られたのは、あの世に旅立つ暇乞ひだつたのだ、と気がつき、おれはなんて鈍感な人間なんだ、と悔んだ。

原さんの死をすぐ遠藤君に知らさねば、と思つたが、原さんのことで私にはなすべきことがいろいろ出来て、告別式の日の朝、やつと手紙を書いた。その前の日、義弟である佐々木基一さんに、原の下宿に僕と君への荷物があるやうだから取りに行かう、と誘はれて行つた。押入れの中に、表に私の名、裏に、ちよつといいでせう、と書いた白い荷札のついた紺の風呂敷包みがあつた。中に私への形見のネクタイ、遺書、「心願の国」の原稿、それに遠藤君への航空便に書いた遺書が入つてゐた。

佐々木さん宛の遺品は大きな行李で、中には原さんの著書や作品の掲載誌や原稿やノートなどが整理されて入つてゐた。何篇かの詩を原稿用紙に清書したのもあつて、佐々木さんが、形見として君の好きなのを取つておけよ、と言はれたので、私は「碑銘」と題したのを戴いた。

原さんが亡くなつた翌年の命日に原さんを偲ぶ会を催し、それを毎年催すべく花幻忌と名付けた。「碑銘」の詩の最後の「花の幻」からとつたのだ。遠藤君は第一回には在仏のために出席出来なかつたが、二回目から出席して、原さんと親しい一番歳下の後輩といふことで幹事にされた。遠藤君は幹事として晩年までよく花幻忌の世話をしてくれた。

花幻忌より前に、亡くなつた年の十一月に原さんの詩碑が広島の城の石垣の前に建立された。谷口吉郎博士の設計で、加藤唐九郎氏が私の持つてゐる「碑銘」を拡大して陶板に焼き付けたのを碑の前面に、佐藤春夫氏の「原民喜詩碑の記」を明朝体で銅板に刻んで裏にはめ込んだ。ところが陶板を標的にして、碑のまはりに敷いた玉砂利を投げて子供たちが遊んだらしく、無残に毀れ、裏の銅板は金になるので剝ぎ取られてしまつた。花幻忌の会ではそのままにしてはおけないといふことになつて、碑を別の所へ移転といふよりは、再建するといふことになつた。最初の詩碑の時は「碑銘」の原稿を貸しただけで、私は何もしなかつたが、再建の時はいろいろ働かねばならなかつた。田辺耕一郎氏を初めとする広島の文化人の援助も得て、遠藤君と私がその場所を決めるために広島へ行き、原爆ドームを背景にした平和公園の中に建てることにした。この再建のために私は初めて谷口博士を訪ねたのだ。

世田谷文学館で昨年四月「遠藤周作展」を開くため、学芸員が遠藤君の手紙を借りに来た。編集者への文士の手紙は、借金の申込か、原稿の約束を果せぬ言訳か、残されては困るものばかりだから、文士のために保存するな、といふのが編集者の心得であつた。だから読むとすぐ処分してしまふのだが、私の中学の教師をしてゐたことがあるため、私を特別の目で見て下さつてゐた中山義秀氏が、君のところへ来た手紙は文芸史の貴重な資料だから大事に保存しておけ、と言はれたことがあつて、以後そのやうに心掛けた。「群像」を退く時に机の引出しを整理したら、だらしのない私が処分し忘れた文士の古い手紙がぞくぞく出て来た。社をやめる時にそれをボール箱に入れて持ち帰り、整理もせずにそのままにしておいた。その中から遠藤君の手紙を探し出して学芸員に見せると、二通借りて行つた。それを機にすべての手紙を発信人別に分けて袋に入れた。

先日、本棚から本を引き出したら、封書が出て来た。遠藤君の手紙だつた。遠藤君のはすべてその名を書いた袋に入れたはずなのに、と思ひながら中味を読んでみた。

少し春めいてきました。本日は結構なワカメとヒジキ、本当に難有うございました。私も七十になつてまたまた難病にかかり、もうこの世におさらばしたいとさえ考えています。長い間本当にお世話になりました。大久保さんはいつまでも長生きしてお孫さんの御成長を楽しんでください。吉行は入院、近藤も元気なく、我々もすつかり老いました。我々の葬式の時はよろしくお願いします。

まずは御礼まで。　　　　遠藤周作

大久保房男様

封筒には九四年三月一日の消印がある。遠藤君からもらつた最後の手紙だ。私はこの手紙をもらつたことをすつかり忘れてゐた。多分私は、遠藤君はまたふざけて、と思つて本の間にでも置いたにちがひない。「いつまでも長生きしてお孫さんの御成長を楽しんでください」といふところに私はからかひの気配を感じたのだろう。パンダを見せてやるために、ビデオカメラをぶら下げて、就学前の孫娘を連れて上野動物園へ行つたら、赤坊を抱いた遠藤龍之介君夫妻に会つた。あツ、これはまづいことになる、と思つたのだが、案の定、遠藤君から早速電話がかかつて来て、あんた、にたにた顔して孫のお守りに動物園へ行つたりしてるんですつてねえ、いいおじいさんになりまして、よかつたですなあ、と嬉しさうな声で言つた。それだけぢやなく、私を知る作家や編集者や後輩たちに、あの鬼の大久保がいいじいさんになつて、孫のお守りをして動物園へ連れてつたりしてゐるんだよ、と言ひふらしたらしく、あちこちでそのことを言はれた。そんな経験を持つ私はそこのところを素直に読まなかつたのだと思ふ。「長い間本当にお世話になりました」といふ紋切型の言葉も「我々の葬式の時はよろしくお願いします」といふ文言も、私は素直に読まなかつたにちがひない。これまで、死んだふりをしたり、人を心配させるやうなことを大袈裟に言つたりしてゐたからだ。

私は改めてその手紙を読み直し、誠にすまないことをした、と思つた。私はよく病気をする遠藤君のつらさを本当には理解してゐなかつたのだ。滅多に病気をしない人間には、病気勝ちの人の身になつて考へることは不可能なのではないか。我が身を抓つて他人の痛さを知れと言ふが、我が身を抓ることは出来ても、我が身をわざわざ病気にすることは出来ないから、病人のつらさは本当には解らないのだ。

この手紙は遠藤君の死の三年半前に書かれたものだ。この頃には、死が訪れるのもそんなに先ではないと覚悟した遠藤君は、カトリツク教徒としてこれからをいかに生きるか、どのやうに死を迎へるかを真剣に考へて、着々と死支度を調へてゐたのだと思ふ。火葬にした帰り途、夫人から最後の様子を詳しく聞いたが、癌になつたら恐いから告知するな、とか、子供の時に地獄絵を見た恐しさが今でも消えずにゐて死ぬのが物凄く恐いんやねん、と言つてゐたあの恐がり屋の遠藤君が安らかに天国へ行つたのは、すつかり心の死支度を調へてゐたからであらう。

終戦後のどさくさの中で、どういふわけだか特別に親しくなつた原民喜さんと遠藤周作君が、それぞれ死を予告した手紙をくれたのに、私はその両方ともに気付かなかつた鈍感さを今心から恥ぢてゐる。

原さんが死んだ直後は、もしあの手紙を自殺の予告と解つたら、あゝして上げたら自殺しなかつたかもしれない、かうして上げればよかつたんだ、などと悔んでばかりゐた。

遠藤君が死んでからは、ただ淋しくなるばかりだ。死んだ直後よりも、時が経つほど淋しくなる。老年の淋しさといふのはかういふ淋しさをいふのだらうかと考へながら、遠藤君の最後の手紙の封筒に目を落してゐたら、私の名の房は戸冠に方なのに、戸冠に力と書いてゐる。電話をかけて、散々厭がらせを言つてやらうとしてもその相手がゐないと思ふと、一層淋しくなる。

キンモクセイ

岩松 研吉郎

平成14年秋季号

木犀の中には、(私はみたことがないが)ウスギモクセイ、別名シキザキモクセイという変種もあり、季をさだめずにさくのだという。節操のない話である。

花や木に原則をもとめても仕方ないようなものだが、理屈がとおっていると、えらいといいたい気にもなる。たとえば海棠だ。

東京あたりを目安にいうと、四月上旬、それも後半に満開になるのがきまりで、寒暖晴雨、春の気候と関係がない。一九九七年の四月一日になかばひらいた例が、私の実見記録三〇年余ではもっともはやく、この年は桜も二週間ばかり早咲だったが、さらに桜がはやかった今年でも、三田の大学の中庭の海棠は、四月四日に七・八分というところだった。

桜の方も理屈はきちんとしているのであって、冬から春の積算温度が一定の線をこえるとひらく。開花の遅速は、要するに寒暖できまるわけだが、海棠の基準は、昼間のながさ・光度にあるらしい。これは、(黒点変動の影響以外には)太陽暦で年ごとのゆれはまずない。したがって開花日にほとんど暦日のずれがないわけで、やはり桜よりもいっそう立派だとおもえる。

夏の間とりとめもなくさいている百日紅にも、開花日平年値というものはあって、『理科年表』気象部の「生物季節」表によれば、東京で七月一七日である。そんなものか、とおもいつつ、サルスベリにどういう原則があるか、まだかんがえたことはない。

木犀は、——一般的なキンモクセイのことでいうが、まったくいい加減である。右の表にもみえないし、歳時記類でも「秋の彼岸頃から」「九月下旬から十月」などと曖昧だ。この五年ほどでも、九月中旬になるやならずですでに、という年があった一方、去年は一

○月一〇日すぎだった。さきだつ天象・気候と無関係に、いつときめる理屈もなくさきはじめるようである。

キンモクセイは、もともと開花を問題にしていない、ともかんがえられる。あの、いわゆる芳香が、花の小粒な様子にさきだって感じとられる以上、気づいてみればさいていただけのこと、理屈も何もいらない、ということかもしれないのである。花言葉なるものは木犀にもあって、「謙虚」なのだそうだが、謙虚さとは、しばしばいなおりの卑下慢でもあるとすれば、納得できぬこともない。

しかし、キンモクセイの無原則さは、より本質的である。

たとえば、一九七九年刊の加藤楸邨選『季寄せ・草木花』に、

> 東京をはじめ都会地では、近年キンモクセイも……花が咲かなくなったという声を聞くが、おもな原因が自動車の排気ガスを含んだ空気らしいことは困ったことである。

とあるように、六〇年代末から八〇年代のいつ頃かまで、（東京でいうと）環状七号道路、さらには八号道路の内側にキンモクセイの花も香もなし、といわれた時期があった。それが、今日ではもとにもどったどころか、大仰には倍旧の旺盛なにおいをはなっているのである。

当時の「公害」が今様に「環境破壊」と呼名あらたまった間に、東京でも汚染対策がす

「編集後記」より

▽今号は新編集体制による初めての刊行です。表紙はデザイナーの服部一成さんに斬新なイメージで表現してもらいました。これから服部さんの繰り出す表紙、どうぞお楽しみに。

▽今号ではこのほか、学生創作セレクションを復活できました。頁の倍増した新同人誌評、初めての試み「合評会」、今後の展開をご注目あれ。〈平成二十九年夏季号、関根謙〉

▽遠藤周作未発表小説の衝撃、加藤宗哉元編集長から伝えられたのは五月下旬、校了まで一ヶ月もない時でした。必死の確認作業と原稿起こしを経て蘇った傑作です。実は僕自身文革直前の大連で暮らした経験があり、作品の母への想いを紡いだ大連の鮮烈な描写に胸が詰まりました。戦後第五次三田文學を率いた遠藤周作編集長、五十年の時空を超えた大きな贈り物です。「アスハルトの道を歩くな」胸に刻みます。〈令和二年夏季号、関根謙〉

▽昨年の未発表小説に続き、遠藤周作の重要な日記を掲載させていただきました。『死海のほとり』の取材旅行や、病と死についての思索、三島由紀夫自決の衝撃など、作家の肉声をお聴き取りいただけます。〈令和三年秋季号、粂川麻里生〉

すんで、ひと頃ほどでなくなったのは事実だろう。けれどもキンモクセイの、花の数はみてもわからないが、香は、(これも尺度ではかれないにしろ)いっそ臭気といいたいつよさでひろがっている、というのが私の印象なのだ。何か頑強な品種へ、東京のキンモクセイがうえかえられてきた形跡もないとすれば、生じたことは、必要をこえた回復、——周囲の条件への過剰適応だったわけである。

うまく禁煙できた人が口うるさい嫌煙論者になる。転向すると、昨日までのイデオロギーへの狂熱的な反対派として活動する。禁煙や転向はときにおこりうるし、理屈もあれこれとありうる。けれども、その上での過剰な適応を他にしめしつづけるのは、みぐるしい無節操というものだ。

沈黙は金なり金木犀の金(有馬朗人)

花木に何かを論じかけても、たしかに仕方もないが、「条理」も「節」も、もとこれ木に発する文字なのであって、私としては、「沈黙の春」とも秋ともいっていられない。季節ごとにぶつくさとせわしくすごす他ないのである。

あの日・あの時

——小山内薫追悼

水木京太

昭和4年3月号

ヴイカアス・ホオル

私は大正二年、小山内薫、永井荷風両教授ある故を以てまつすぐに三田の文科を目ざして上京した青年だつた。ことに志は早くから演劇の上にあつのたので、規則の網をくゞつて、予科一年の時から小山内先生の教室に出入し、卒業までの五年間、忠実な聴講生として先生に親炙し得ることをこの上ない幸福として来た。

先生が文科の教職に就かれたのは、「三田文学」の生れた明治四十三年のことだから、久保田さんあたりがその初代の聴講生で、もぐりの私などはその五代目位の新顔として教室におづおづ這入りこんだわけである。——水上さんや小泉信三さんなども其初期に於けるもぐり同志で、理財科から熱心に通ひ詰めたとのことである。

これよりさき私は自由劇場の「寂しき人々」の上演に際して「新思潮」の奥附を頼りに佃島の海水館気附で、郷里から中学生らしい祝辞を送つたことがある。それには、明治四十四年十月二十九日附、下渋谷一七九九番地の先生から既に短い御返事をいたゞいてあつたので、三田でお目にかゝつても初対面といふ気がしなかつた。もう私にとつては、それだけでもはじめから特別の先生になつてゐた。

ヴイカアス・ホオル、――慶応義塾の構内に残されてあるもとの外人教師の居宅――その古びた木造洋館の二階の三四室が、当時の文科教室だつた。そして建物がまるで官僚式でないと同様、授業も頗る私塾気分で行はれてゐるのだつた。

今日でも大入満員にはなつてゐない三田の文科の、しかも創世期のことゝて学生の数もごく少かつた上に、小山内先生の講義は本科二三年に限られた課目だつた。更に学生の気風が点取に出席するのではなく好きな物だけに凝るのだつたから自然演劇研究の常連だけが顔を見せることになり、私達はまるで私講師の教へを受けると同然だつた。

これは後年のことだが、私が本科二年になり立派に有権者となつて聴講した頃は、相棒は殆んど一級上の三宅周太郎君だけだつた。先生はこの二人を相手に雑談をする時は、西洋と日本との演劇の話題をそれぞれに忙しく振り分けてくれる心遣ひまでしてくれるのだつた。

「僕はまだ見てないが、今度の浪野はどう。――一体あの人はシイッ、コンかね、コン、シイッかね。」

それが吉右衛門の毛剃の噂だといふことがわかるだけで、先生が三宅君に話しかけるのをぼんやり私が聞いてゐると、一くぎりついて今度はこつちに顔を向けてくれる。

「ジョン・パルマアのあの本に対して、シドニイ・グランデイが駁論を書いてるが、読んだかい君。」

こんな風だつた。そして如何なる本を探し出して読んで行つても、即座に先生の意見や批評が聞かれるので、生徒として当然勉強心を鼓舞されるのだつた。口下手な上に劇界の事情にも通じてゐない久留米絣の私も、本さへ読んでゐれば崇拝する先生から親しく個人的にお話をしていたゞけることが私にはこの上なく有り難い御褒美に思はれた。――そのうち三宅君が卒業すると、お話相手がまるで私一人になつた。先生を独占するよろこびはあるが、勿体ないのと少々こわいのとで、今松竹に勤めてゐる一級下の潮崎佐一君を、よく近所の下宿へ引つぱり出しに行つたものである。

その頃はだんだん熱心な生徒が少くなつたせゐか先生もよく休まれた。私が麻布森元に先生と同町内に下宿してゐた頃は、講義のある日には玄関で御都合を伺つた上で学校へ行くことにしたが、私が越してからは先生の方からわざ／＼欠席をお知らせ下さることもあつた。

「明二日は市村座の初日の為休校仕度、二年の人達へは伝言宜しく願上候。九日はきつと出席仕るべく候。――いづれ四日の会で会ひます。」

これは大正七年五月一日の日附で、四日の会とは多分三田文学茶話会の事であらう。――ところが同月八日に、続いてまた先生から端書をいたゞいてゐる。

「又あしたの木曜が都合の悪い事になりました。親類の法事でやむを得ずその方へ出ます。どうか二年の人に伝へて下さい。十六日からはきつと出ます。」

勿論私はこのお知らせをいたゞいて、先生欠席をいふ私にとつて重大な報道を同級生や二年の人達に伝へ、「十六日からはきつと来られる」と附言することも忘れなかつたにちがひない。しかしその十六日にも或は御都合が悪くなかつたかどうか――その頃の日記を調べて見なければわからない程度に先生はよく休まれた。

しかし教室以外では先生に近接する資格を持つてゐない私は、待ちぼけを承知で根気よく教室へ通ひつゞけるより外なかつた。たゞいかにも残念でならないのは、私の在学中の最後の講義に先生が休まれたことである。もぐり時代から本当にまる五年、親しく先生の温容に接する光栄を得た上にその談片からどんなに有り難い講義や啓示を得て来たかわからない。私はその最後の授業が終つたら、先生の前へ出て満腔の謝意を披瀝したいと思つてゐた。

「もう先生の教室へも出られない。」

それは私にとつては、講義が聞けなくなるだけでなく先生に御目にかゝつてお話する機会がもうなくなる事かも知れなかつた。――志を樹てゝ演劇の方面を勉強はしたが、戯曲を書くことも舞台監督をすることも、勉強すればするほどむづかしいものとわかつて手が出せなかつた。だからその方面で卒業後自活なんか出来るわけもないし、当時学校を通じて就職を交渉中だつた呉服店の番頭の口が駄目だとなれば、雪深い郷里の家へ帰るばかりになつてゐた。――それに商人になんかなつては、先生と演劇のお話をする資格なんかなくなるだらう。

「もう先生のお顔も見られない。」

その前夜は五年間の先生の印象が入り乱れて頭に浮んで殆んど眠りを成さなかつた。そして明日授業を終つたら、どこで御挨拶したものだらう。教壇の前へ進んでやるのは何だか芝居がゝつて嫌だ。では先生が教壇を下りたら。或は出口へ向つた時、扉口で。それもわざとらしくて可笑しい。廊下で先生に従つて歩きながら。――それは至極自然だが、口下手の自分は歩きながらでは衷情を満足に現し得ず、先生に軽く聞き流されるか知れない。またこの御挨拶は途上でなく教室で正しく申し上ぐべきだ。では何処で、いつ……。

そんな風に心を砕いて緊張した気持で登校したが、私にとつては清水の舞台から飛び下りる程の勇気を要するその感謝御挨拶も、先生のお休みで無駄な心配に終つて了つた。

私の聴講した五年間に、先生は演劇理論や演劇史のことも講義されたが、主としてやられた戯曲の訳読が一番私達に有益だつたと思はれる。今程に整備してゐない当時の三田の文科では、戯曲研究の講座さへ独立して設けられてゐず、先生程の劇文学者に英文科の一課目を受持つて貰つてるに過ぎなかつたので、訳読は必然的に英語だつた。しかしそれは文法の講釋でもなければ、単に舌に滑らかな美辞麗句の連続でもなかつた。先生は講義で座右の字典を引くことさへあつたが、その筆にされる飜訳と同じやうに、せりふが一々舞台的に生きて来るのだつた。乏しい語学力で朧に意味だけ下読みして来た私達に、色や匂や味やイキといふものをはつきり暁らせてくれる訳読だつた。――換言すれば戯曲を本当に戯曲として読むことを教へる、尊い臨床講義に外ならなかつた。

中でも思ひ出されるのはチエホフの「桜の園」のことである。私達はカルデロンの英訳を手にして講義を受けたが、先生はそのせりふの微妙な陰影をあますところなく伝へてくれた。当時世に流布してゐた瀬沼夏葉女史、伊東六郎氏の邦訳や、英独の訳本に就いても時々批評の言葉を加へられた。

更に最初の外遊で傾倒されたモスコウ美術座の舞台を追想されながら、役の性根や言葉の解釈をするに当つてクニツペルやカチヤロフの演伎に就いてもくわしく語られるのだつた。序幕のガアエフの引つこみに球をつく身振りをする、続いてフイルスがこれを真似る科をしながら小刻みに首を振つて蹤いて行く。――黒天鵞絨の服をつけた白晰秀麗な先生の顔が、小暗い教壇の上でよぼよぼな老人の表情をしその科までして見せた。

築地小演場が三度繰りかへしてしかも観衆を魅了した「桜の園」は、云ふまでもなく先生の演出にかゝるものである。私はその舞台に接して教室に於ける先生の姿をなつかしく憶ひ出したが、実に先生はさきの日の訳読に於て、この名演出を見た時のやうな感銘を戯曲から読み取らせようと努められたのである。――「いかに戯曲を味読すべきか」を教へられたことで、三田に学んだ私達は教師たる先生に第一に感謝しなければならない。ましてそれは同時に「いかに戯曲を書くべきか」の暗示を与へられた事になるから、猶更といふべきである。

澤木梢君

――澤木四方吉追悼

小泉信三

昭和6年1月号

澤木君とは、度々病床を訪れて、もつと話をしたり話を聴いたりして置くべきであつた。それを油断して怠つてゐる中に澤木君は死んだ。十一月七日の朝、塾監局からの電話で、澤木先生が鎌倉でおなくなりになりましたといふ報知を聞かされた時にはたゞ痛恨に堪へなかつた。

澤木君とは久しい交りである。級は一年私の方が下であつたが、普通部時代から面識はあつた。大学卒業前後から親しくなり、明治大正の交、水上君、久保君而して澤木君自身の文壇出世時代から更に頻々往来するやうになつた。四国町の澤木君の下宿に、右の二君、其外岡田四郎君松本泰君等と押しかけては、誰れが買つて来たものか澤木君の許に預けてあつたアブサントを嘗めて見たりした。明治四十五年即ち大正元年に澤木君は独逸、水上君は亜米利加、私は倫敦へ、相前後して洋行した。別々に渡航したものが旅先で一所になり、暫らく同宿した――倫敦では大英博物館に近い、タギストツクスクヱヤの下宿、巴里では拉典区の一隅のオオギユストコントの胸像を前にしたセレクトホテルに――こともある。別々に伊太利旅行に出ると、また図らず旅先の羅馬で邂逅した。――羅馬で逢つた時は愉快であつた。欧洲大戦が起つた翌年の秋のことで、町々には Tedeschi sempre avanti（独逸軍益々前進）などゝいふ新聞社のビラが貼つてあつた。フイレンツエを見て来た澤木君は当時学問的、芸術的感興の絶頂に居たやうであつた。羅馬好みの袖もズボンもカツチリ身に附いた背広を着て、健康も好かつた。ルネサンス文化に対する傾倒憧憬感激は同君を限りなく雄弁にした。多く私は傾聴する方に廻つたが、話は何時迄も尽きなかつた。水に豊かな羅馬の町を諸所に噴水の音をきゝながら夜晩くまで歩るき廻り、三鞭酒の杯などを重ねて、夜明けまで話したこともあつた。たしか澤木君が仏蘭西に帰り、私がナポリに去る前の日も、明け方の町で握手して別れたのであつた。

それからまた相前後して帰朝して更に十数年の歳月を忙しく送迎する中に澤木君は健康を害した。併し同じ下宿に起臥してゐた頃よりも、同君が病気になつて余り度々顔を合はす機会のなくなつた晩年に、却てしみ〴〵話をしたやうに思ふ。澤木君は鎌倉に家を構へ、講義の担任時間を少なくして、一週僅に一二回しか出て来なくなつた。その一二度の機会に顔を合はすと、澤木君はいかにも愉快さうに話しかけた。食堂や教員室の一隅での立ち話同様の談話であつたが、短い閑に色々の話をし合つた。私は重に健康を尋ねる。同君は健康はあまり問題にしないで、塾の事学問の事、又自分の仕事の事を語るのが常であつた。その中に又再び同君の顔を見なくなつたのに気が付いた。

今年の一月になつて、澤木君の主治医でたしか私が紹介した武久医学士から会ひたいといふ伝言があつた。早速往つて見ると、澤木君は四月の新学年から是非共講義をするやうに言つてゐるが到底無理だから、然るべく止めて貰ひたいといふことであつた。而して容態は楽観出来ないと附け加へた。後できけば、澤木君は医師に向つて仕事が出来なければ生きてゐても仕方がないと言つたさうである。数日置いて出直して見舞に行くと、澤木君は予想したよりも、元気よく、私の持つて行つた餅菓子を食べながら面白さうに話をした。併しもう此時はベッドを離れることは出来なかつた。例に由て此時も、多くは学校の事学問の事を話した。学問の事に就いては、病床で様々の考案を練つてゐたらしい。慶応義塾を学問の府にしなければならぬともいつた。口癖の「ね、君、さうだらう」を繰り返した。起きられるやうになつたら、奈良や京都を主題にした文章を書くから見てくれ給へともいつた。日本の「美術の都」を著す計劃を持つてゐたやうである。つく〴〵学界文壇の好尚の変遷の急激なことを痛感して、感慨に堪へないやうな口吻を漏らしてゐた。併しまた変遷を実際よりも遥に急速なものと即断してゐるやうなところも見えた。小宮豊隆氏の作であつたか、某誌に掲載された芭蕉論の事に言及して、まだあゝいふものも雑誌に載せられるのかと意外に感じた、とも言つた。自分が病臥してゐる間に、偉大なる過去の詩人や芸術家を全く捨てゝ顧みないやうな世の中になつたものと思ひ込んでゐるやうな所もあつた。日本の「美術の都」を書けば識者は必ず愛読するに違ひない、といふ私の証言をきいて喜んだやうに見えた。

「また話しに来る」といつて別れたのであつたが、これが澤木君と交ぢへた最後の談話になつて仕舞つた。其時同君は横臥の儘読書するのに、本を支へる腕が草臥れて困るといふことであつたから、丁度其の少し前に見た文藝春秋代理部の広告を憶ひ出して「寝ながら読む見台の廉いものがあるから買つて送らう」と約束して来たが果たせなかつた。帰京して文藝春秋社に手紙で照会すると同社代理部から「あの見台は具合があまり宜しくないやうですから御勧め致し兼ねます」といふ返事があつた。私は此の正直な答へを面白く思つて、友人に托して其儘澤木君に伝へて置いた。少し高く出せば、相当に「具合の宜し」いものが有るだらう。有つたら其を送らうと思ひつゝ兎角して日を過ごす中に、澤木君は重態に陥つて仕舞つたのである。塾監局からの電話をきいて、駆け付けて見ると、遺骸は見舞に来て話をした書斎から移されて、奥の洋間に寝かされてあつた。長い年月の看病が虚しくなつたみね子夫人の顔を私は見るに堪へなかつた。翌日夕刻再び弔問すると、丁度読経最中で、それが済むとこれから直ぐ遺骸を火葬場に送るといふ事だつたから、親族の人々の自動車に便乗して棺の後に随いて行つた。火葬場は鎌倉から逗子へ通ずる街道の隧道を抜けると直ぐ左側の山の半腹にある。吾々は提灯に足許を照らしつゝ杉林の間の稍々急な石径を登つて行つた。棺を納め、長兄再吉氏が火葬場の者に注意さるゝ儘に四五本固ためて燐寸をすつて竈に火を点ずるのを見て一行は引上げた。

告別式が済んだ数日の後改めて澤木君の処女作「美術の都」を取り出して読んだ。小冊ながらこれは久しく後の人にも読まるべき一の傑作である。同篇に溢れてゐる感激も随処に窺はれる文化史美術史に関する学識も、後の澤木君から見れば或は幼なきものに見えたであらう。併し澤木君其人の持つ最も好きもの、最も特色的なるものは、此一巻に傾けられてゐる。此書の価値は十年二十年の歳月に依つて失はれるものではない。芸術学問を愛する人、又伊太利を愛する人、広く人類の文化に尊敬を払ふ人は、必ず「美術の都」一巻を読んで其著者の早世を惜しむであらう。此書を読んで、今更の如く、久しい間の宿願たる伊太利旅行の準備を倫敦の下宿で整へてゐた澤木君を想起する。当時欧洲戦争の開戦後満一年で、飛行船来襲の噂が漸く伝へられ、海峡の渡航も危険になり始めた頃であつた。吾々は虚弱な澤木君の為めに旅行の危険と不自由とを懸念したが、平生、下宿の料理の油が悪いためにも不消化の苦情をいふ程の澤木君が、此旅行の為めには如何なる艱苦欠乏も意とするには足らぬと、動かし難い決心を見せた。澤木君は聖地巡礼の途に上る信徒の如く倫敦を立つた。澤木君が如何にジエノワ、ピイザ、フイレンツエ、羅馬を見たか。それは此等の各地から水上、萱野、木下の諸君に与へた通信に現れてゐる通りである。私は羅馬で会つた澤木君の気力横溢別人の如くなるを見て、たゞ羨しく思ふのみであつた。

春の都としてのフイレンツエ、秋の都としての羅馬を描きたたへた二作（「花の都」「羅馬の秋」）は、当に後の文集にも収めらるべき名篇である。前者が中央公論に発表された時、私は余りに美しく書かれ過ぎて厭味だなどゝ無遠慮な事を人に言つた覚へがある。思ふに、雑誌の政治論文や娯楽記事の間に介まれた此文が余りに高く芳香を放ち過ぎて周囲と不調和であつた為めであらう。今読み返して見れば、澤木君がフイレンツエの為めにこれ丈けの文学を尽すのは当然である。此処まで書かない位なら書く甲斐がないと思つたであらう。今私は、ミケランジエロが作るメヂチの墓碑を描いた、

「上壁の窓から洩れる薄明は全室を領し、舗石は冷たい雰気を吐く。壁の白と長押や柱の黒との単色《モノクロオム》の構造である。垂直線と、水平線と、弧線と斜線とは、巨人の脳中に解かれて、結ばれて生命を賦せられて、こゝに建築の管絃楽《オルケストラ》を奏でる……」

以下の数節を繰り返して読んで曾遊を想ひ起した。

私が殊に愛誦するのは秋の羅馬の郊外を描いた数行の文字である。

「ポルタ・サン・ジョヴンニ（羅馬城壁の東南の門）を出ると、曠野は忽ち海の如く豁けて、遠くアルバノ山脈に限られてゐる」

「何たる雄大な眺めであらう。亦何たる心を傷ましむる情景であらう。吾等が辿りゆく野道の左に蜿蜒と延びたるフエリチエの水道橋と、其前なる宏壮なクラウデョの水道橋の廃址が断えては続き、隆起《たち》ては隠没《かく》れ、傷まし

くも大羅馬盛時の残影をとゞむる外には、鳥の巣くふべき杜さへ見えない荒涼たる野は、無限の哀愁を包んで寂しく秋の高空の下にひろがつてゐるのである」

澤木君は又羅馬の町中の秋を描く。賑やかな夏の夜の町の景色を叙述した後、「恁ういふ濃い夢の如き情景は秋が更けると共に少くなつて行く。もう外套が欲しい位な底冷たい夜気を厭うて、佇む人影もない広場《ピヤツア》は蒼く照らす街燈に却て荒涼たる趣を呈し「永遠の都」を誇る讃唱の譜ともきゝなされた水勢凄じい噴泉の響も一層寂寥の感を高むるのみである。車馬の音から隔つた裏街なぞを通ると、往々地の底から起る虫の鳴く音を聴くことがある。これは北欧では絶対にきかれぬものである。自分は故国の秋を偲ぶ為めに幾度かその懐かしい音に足を停めた」とある。私が羅馬に入つて澤木君に邂逅したのも丁度此頃の事であつた。

澤木君の後に復た誰が羅馬の秋を描くであらう。ゲエテの伊太利紀行は固より不朽の文学であらう。私も一本を携へて旅中に繙いた。而かも如何にせん吾々にはゲエテの原文をこの澤木君の文章ほどには楽しむことが出来ないのである。澤木君としては、塾又は帝大で試みた美術史講義案が其主力を注いだものであつたかも知れない。而かも吾々は澤木君が始めて出した此一冊を今後も永く愛読するであらう。

澤木君とは専攻の学問も違ひ、趣味も違ひ、交友の範囲も違つたから、自分が澤木君の価値のよき評価者であるとは思はない。而も長い同僚生活の間に、同君が、「学者の気概」ともいふべきものの片鱗を、数次の機会に示してくれたのは多とせざるを得ない。某学者を罵つて、「あの男は処世といふことより外の事は考へてゐない」といつたこともある。少しく憤慨し、少しく上機嫌の時には、よく「馬鹿にしてやがらあ」といつた。洋行前の澤木君は、典雅優美を愛する人で、服装などにもさういふ趣味が現れた。当時はオスカア・ワイルドやホフマンシュタアルを愛読しよく芸術の為めに倫敦の気候が変つたとかいふワイルドの言葉を紹介して、幾分それに同感の意を表してゐた。専攻の学問に就いても、哲学か美学か美術史か充分確信が付いてないやうであつた。それが洋行してブルクハルトを読み、ミュンヘンのヴェルフリン教授に従学してから、一生の仕事に就いての決心が定まりそれから頓みに自信ある、力強い足取りを以て歩み始めたやうに見えた。身体は依然としてかぼそかつたが、其趣味に堅剛を愛する一面が顕れ出した。而かも偽せ物を斥け、Charlatanism を憎む精神は始終不変であつた。転々時尚を追ふてコケ威しの説を唱へ、或は附和雷同して自分にも分つてゐないことを主張する学者芸術家の如きは、彼れの最も深き軽蔑の的たるのみであつた。

澤木君に就いて思出される事は尽きないが、彼れが口角泡を飛ばしつゝ意気軒昂として流俗を罵り、而かも自ら罵り得て佳しとした時の上機嫌の顔（彼れといふ言葉も上機嫌の彼れが屢々話の間に介む言葉であつた）が殊に懐しく思ひ出される。此瞬間に、澤木君は平生の気むづかしさを忘れて、地方名家の末子として成人した、その子供らしい人の好い一面を露呈するのが常であつた。さういふ上機嫌の折りに、これも留学中の事だか、「日本に帰つたら、何とかして早く長と名のつく者に成りたいもんだね。外に見込みはないから、僕は体育会弓術部長を運動するつもりだ。」と笑談を言つた。澤木君は洋行前に少し弓を引いた事があるのである。併し到頭その弓術部長にもならずに終つた。現部長西村富三郎君は、こんな有力な競争者が隠れてゐたことは未だ知らずに居るだらう。

最初の人——南部修太郎追悼

川端 康成

昭和11年8月号

「修道院の秋」に次ぐ、南部修太郎氏の第二創作集「湖水の上」の批評を「新潮」に書いたのが、私の最初の原稿料となつた。また、私が最初に会つた文学者も、やはり南部修太郎氏であつた。当時まだ田舎の中学生であつた私が、文学を志してよいかどうか、手紙で教へを乞ふた、ただ一人の先輩は南部氏だつたからである。私の従兄が紹介してくれたのだつた。

南部氏とこの従兄とは、中学の友人だつたらしい。科はちがふが、同じ三田に入学した。私は肉親が一人もなくて、親戚の世話になつてゐたので、文科へ進むには、従兄の許しがなければならなかつた。一度南部氏に相談してみよと云はれたのだつた。私は不安でならなかつた。見も知らぬ田舎中学生の文学的才能や将来を、南部氏がどうして判断出来るか。私の決心は固かつたけれども、南部氏から反対意見が出ると、従兄との間に無理を通すことにならぬとも限らなかつた。自分の前途の運命が、不当にも南部氏の掌中に握られてゐるやうで、私は不服でもあつた。従つて、私の手紙はこの不服まじりの哀願状であつたことだらうと思ふ。ところが思ひがけなく、南部氏の返書は親切な言葉に溢れ、寧ろ私を励ますと受け取れるものであつた。その時の喜びを忘れることは出来ない。文学を志さうとする少年のいろんな不安は、一時に吹き払はれた思ひであつた。

文学を志すことに合せて三田の文科に入学することの可否を、私は南部氏に問ひ合せたのだつた。その頃の文士は早稲田出身が圧倒的に多く、文学といへば早稲田のやうであつたので、私も中学の二三年頃から早稲田へ入学することにきめてゐたのだが、それを慶応に変へたのは、南部氏が三田にゐたためであつた。従兄の友人といふだけのことながら、私にとつてなにかのつながりのあるただ一人の文学者の魅力は、田舎少年の私にそれほど強かつたのである。無論私は「三田文学」にも親しみを覚えて読んだ。復活後間もなくの「三田文学」に小島政二郎氏、三宅周太郎氏、井汲清治氏、水木京太氏などの新人が轡を並べて、世に出ようとする頃であつた。処女作の頃の南部氏を私は貪り読んだ。

三田志望がまた変つて、一高に入学した私は、先づ南部氏を訪ねた。三月に中学卒業で七月に入学試験といふその頃の学制で、私は三月ほど受験勉強のために上京してゐたのだが、その間に南部氏のところへ行つたやうな記憶がないから、受験生の気持では先輩の文学者を訪れることなど出来なかつたのだらう。やがて石浜金作氏や鈴木彦次郎氏など、一高で文学の友達が出来るにつれて、私は追々彼等を南部氏の家へ誘つて行くやうになつた。これが五六年続いた。菊池、久米、芥川などの諸氏を知つたのは、南部氏より数年後れてである。

南部氏へ初めて手紙を出した頃の私は十八九であつたが、南部氏も今の私よりも多分十歳以上若かつたのであらう。その頃の南部氏はロシア文学に熱情を傾けてゐた。クウプリンの「ヤアマ」を「三田文学」に連載してゐた時の、直接訳の苦心のありさまなど、昨日のことのやうに思ひ出される。小宮豊隆氏に学んでゐたと覚える。私と共に最も頻々と南部氏のところへ行つたのは石浜金作氏だつたが、二人は南部氏のロシア文学の蔵書に刺戟されたものであつた。南部氏は器用な短篇も書いたけれども、根はさうでなく、ロシアの大作家達のやうな長い道を歩んで大成しようといふ、真摯な野心を抱いてゐた。南部氏の書く批評文にも、さういふ態度が現れてゐた。まだなにも書いたことのない学生の私達を、真面目に相手にしてくれた。その頃からずつと今の龍土町の家であつたが、あの家は私の文壇生活の発足地のやうになつかしい。

去年の初め従兄達が上京した時に、久しぶりに南部氏に会ひたいとのことで、南部氏の「S中尉のアヴァンチュウル」のモデルになつた人も加つて、帝国ホテルで会食した時や、私の入院中は南部氏が二三度見舞つてくれた時など、最近の思ひ出だが、日頃は御無沙汰勝ちであつた。向うはまだものが云へないけれども、こちらの云ふことは分るやうになつたと聞いたので、それではよくなられたか、もう見舞に行つても差支へないかと、出向いて見ると、再出血して多分今夜いけなくなるだらうと奥さんの言葉なので、私は呆然として帰つた。

かの子の栞

——岡本かの子追悼

岡本一平

昭和14年8月号

巴里の植物園の中に白熊が飼つてある。白熊には円い小桶で飲み水が与へられる。夏の事である。白熊は行水したくなつたと見え、この飲み水の小桶へ身体を浸さうとする。桶は小さいので両手を満足に入れるのも覚束ない。

それでも断念しないで白熊はいろ〳〵と試す。小桶は歪んでしまつたが、白熊の入れる道理が無い。すると白熊は両手を小桶の水に浸したまゝ薄く眼を瞑つてしまつた。気持の上では、とつぷりと水に浸つたつもりであらう。

私はいぢらしい事に思ひ伴れのかの女に見せた。それからいつた「カチ坊つちゃん（かの女の家庭内の呼名）よ。君がその気質や性格やスケールで世俗に入らうとするのはちやうどこれだよ。君は白熊で世俗は小桶だよ。中へ入るまでには桶が曲るか白熊のおしりがはみ出しかするよ」

かの女はふだん動物に擬へられるのをひどく嫌つたが、このときばかりは面白がつて声を立てゝ笑つた。白熊は動物の中でかの女の好きなもの丶中の一つであつたにもよるが、私のこの比喩はかの女にしみ／＼身に覚えがあるからでもあらう。

白熊は横に寝ると片一方の後肢のさきを前肢で摑む所作がある。かの女が疲れを休めるため、ころりと横になり右肘で頬杖すると左の手は自づと左の足尖を摑んだ。もつとも女の事だから摑むのは足を後へ曲げての上の事である。「どうしてさういふ白熊の形をするの」と私が訊くと、「どうしてだか」と自分でも不思議がつてゐた。この事に就て書いたかの女の小品文もある。

蟇もかの女は嫌ひではなかつた。うちの庭に一疋ゐて夏の頃はかの女が作らせた池のまはりから築山へかけてよく姿を見かけた。「お福さん」かの女は椽向の座敷に据えた机で書いてゐる原稿か短冊の筆を止めてかう呼びかける。私たちは、また、かの女が誰人を呼んでゐるのかと思つて覗いたほどはたに気兼なしの、相手に対して、かの女がいはゆる「愛《かな》しき」気持を溢らしたまゝの声で呼びかけるのであつた。

こどもがある時期には自然や無生物に向つても自分同様生物視し感覚や感情を賦与する。成人の後までこの性能が残つたものが詩人なのだとかの女は生理学的心理学を研究してゐた時代に私に語つた。知つてか知らないでか、かの女自身その詩人なのだつた。かの女は、またかく生みつけられた詩人は幸でもあり不幸でもあると語つた。私は紅梅の花が咲いたのに向つてひとり満惶の涙を垂れてゐるかの女を見た。実に詩人は幸でもあり不幸でもある。

かの女はこどものとき蛙と綽名されてゐた。スローモーで無口で大きな眼をした少女だつたからである。馬鹿正直なことは、よく他に乗ぜられた。小学校で何かの式があるときにかの女の学友たちは、かの女の総てに優位なのを嫉んで恥を掻かす企みをした。「明日の式には揃つて綿服を着ることになつたのよ」とかの女に告げた。翌日かの女はその通りにして行つた。学友たちは綺羅を飾つて登校した、そして綿服のかの女を眼ひき袖ひきして嗤笑した。そのときは身を噛む思ひをしても、かの女は人を疑ふことをすぐ取落してしまふのであつた。繰返して幾度となく騙された。

優秀なものを持つため嫉まれ、お人好しと気位の高いためはたからのその迫害は容易く奏効する。この経験はかの女が後年近くまでかの女は嘗め続けた。私とて根から騎士の性質の男ではない。のみならず申訳ない次第だが、新婚数年の間は無理解と迫害に於て決してひけを取らないユダの役を勤めた。しかしあまりにも見兼ねた。せめて物質的騎士でもと思ひ立たせられた。

かの女はかういふ矢に対しては聖セバスチアンの像のやうに、たゞ刺されてそしていぢらしく自分の血を眺めて天を仰ぐ。かの女に取つて天として仰ぐものは何としても自分では認めざるを得ない自分の中なる優質の自分である。かの女はいざといふときこの自分の中に立籠る術を覚へた。一方かの女の「ある時代の青年作家」の中で妹が兄人に向つていふ「強くなりませうよ」の解案に達した。かの女のある作品中には「自己陶酔症《ナルチスムス》」があると見られ、また加虐被虐両性がありと見られるのもこゝに起因してゐやう。

かの女が蟇を愛するのも自分の前身の遺物のやうに感ずるからかも知れない。

小鳥のやうなものは関心を持たなかつた。総て小さなものはいかに精巧で貴重品でも、かの女の言葉でいへば「小《ち》っちくさい」として感銘しなかつた。

かの女はどこの家へ越しても必ず築山と池を慥へた。古老いはく「池を掘る女はその家に福を授ける女だ」かの女の母親も私にかの女を呉れるときいつた「岡本さんこの娘は福を持つて行く女ですよ」と。これはどうなのか諸人の判断に委せるとして、私は庭の平板を嫌ふ事はかの女の戯曲的立体的多面の性格を反映するものと考へてゐる。かの女は池の水の清澄を好んだ。ある初夏、池を作り変へて水が稍く濁つた。かの女の懊悩の様子は自分の心が濁りでもしたやうにはたで見てゐても苦しさうだつた。そこで家中総がゝりできれいな水に入れ替へてやつた。

かの女自身、聖の性と魔の性と奥の方で同根になつてゐるその意味でかの女にはドストイエフスキーに近いものがある。だが、かの女は小説の作品はトルストイの方を推賞してゐた。格の正しさや躾の良さなどに旧家出の素質に通ずるものがあつてか。

かの女がいざといふとき自分の中なる優質の自分に立籠ることは後年近くまで続いたらしい。近頃かの女の著書を整理してゐると、「鶴は病みき」の原著の一冊の扉に自分が自分にデヂケートしたものを発見した。

　「つゝしみておくる
　　かの子へ
　　かの子より」

「鶴は病みき」の原著は昭和十一年十月の発行であるからその頃までも充分かの女はこの愛惜を保持してゐたことが判る。この書はかの女に取つて小説家として最初の著書である。いろ〳〵の想ひで自著をまづ自身に捧げたであらう。これはかの女に就て時間をかく慎重に研究すべきことだが、たつた一つ即言できることがある。かの女を理解するものはかの女以外に無いほど微妙と複雑を単純の中に蔵してゐる。その理解をこの時代までかの女は誰にも諦めてゐたことである。

　誰が誰をば云ひ得るものぞ
　　われよ
　　あまりにわれをも
　責むるなかれ

これは大正十四年五月発刊の歌集「浴身」の頁に出てゐるかの女の箴言詩である。かの女ほど自責や自己批判の強い女も珍らしい。この詩に於ては劣質の自分が優質の自分に向つて暫の宥恕を求めてゐる。

しかし後年に入つてはこの劣質の自分と優質の自分とがかの女に於て調熟し始めてゐる。世評にいふ白牡丹のやうな女性として撩爛を始めた。大きな生命が地下水のやうに噴湧して来てもはや自分の中に些末な自汝の区別なんか立てゝゐられなくなつたからであらう。中川一政画伯がある会合の席でかの女を見た印象を話して画家的の言葉を用ゐ「確かに女史は化《ば》けかけてゐた」といつた。人間としては超特高の円熟に孵りつゝあるのをかく形容したのである。しかし私からみれば私が同棲して見たところの二十八年間のかの子は全部まだ劣のかの子である。残念ながら私の凡眼はそれしか映らなかつた。かの子をしてしかく云為行動せしめた脊後に真に優のかの子がある。私は前のを小かの子といひ後のを大かの子と呼ぶ。私の凡眼の見たのは鯨の吹く潮だけである。かの子の偉大な鯨の本体はまだ私から隠されてゐる。さればといつて噴く潮の太さ高さ以外今では鯨の本体を計る目量が無い。私は二十八年の小かの子を仔細に探究してその実体の大かの子をいくらかでも摑み度いと思つてゐる。かの子はその童女型の女性の姿に於て何か深奥幽玄なものを蔵してゐた女である。私は今更、その片鱗、寸翳を拾ひ集めて懐ひ出し愕さに撃たれる。

とにかくかの女と現世的に共に在つたときは、一たいどのくらゐ青春の気で私も共に無限に生き延びて生活して行くのか図り知られなかつた。かの女は何を言葉に出して言ふわけでもないが、そこに励ましがあり、希望があり、憩ひがあつてそれがみな絶対的なものなので、私は手一杯働けた。かの女の眠りに遇つて一時それ等を総て失つた。だがこの頃、かの女の本体の存在に気付き、再び前のものを取戻し始めた。

かの女に一ばん無かつたのは糠味噌臭いしみつたれた世帯根性だ。私は気持だけにしろいかなる世界の富豪に負けない豪奢な生活を送つた。

かの女はマダム、マレイの作つた夜会服を着てカフェ、ド、ラ、パリで晩餐を摂り、グランドオペラを見に行くときも、うちで、かの女の口振りの「おみつちい（味噌汁）におひもの（干魚）」でご飯を食べ、帝劇へ映画を見に行くときも悦びと気品は少しも変らなかつた。私はこの女のスケールは一たいどのくらゐなのだらふとあらためて見返した。

かの女はある貧しい青年に月々金を補助してやつていた。その青年は勤口が見付かつたが薄給なので、かの女からの補助の断絶を心配してゐた。かの女は知らん顔をして送金を継続した。青年は気に咎めてある日かの女の気持を探りに来た。かの女はそれを察して、わざと蓮つ葉に「あたしゃ江戸つ子よ、いつまでも威張らして頂戴ね」さういつて、また、さういへたのが愉快だつたと笑ひ崩れた。

かの女の胸中の地理観はまた一種独特のものだつた。本郷へ用事といふと少くとも三日は何とかかんとかいつて愚図ついてなか／＼行かなかつた。巴里は隣のやうに思ひ和服で草履で神戸埠頭から船に乗込み、同じ服装、同じ表情でシャンゼリゼーを青山通りのやうに歩ゐた。むす子に世話されてそれから洋装を調べ始めた。本郷はどうして億劫なのか判らない。

かの女の第二歌集を「愛の悩み」といふ。かの女は一生あらゆる愛に就ては殉身の態度を示した。かの女は致命的な打撃を受けて人を憎みにかゝる。憎みが底に徹するとかの女には慈しみの愛が湧いて来るのである。「あーあ、これまでにされても相手を憎み切れないのかなあ」かの女の第二段の嘆きはいつもそれなのである。

かの女にむかし愛人があつた。かの女はその相手と座敷で対座して二時間も自分の瞳を見入らせ続けた。少くともこの時間の間は双方は少しも他の感情を交へず純粋の念思の持続が出来るといふのである。かの女の第一義を望む苦しき愛の修道は、他の種の愛に就てもこれに似たものが幾つもある。

かの女が諸行無常を愛し取つて自分のものにしてしまつたのはかの女の逞しい愛の生命の最後の勝利である。

影を追ふ——水上瀧太郎追悼

鏑木 清方

昭和15年5月臨時号

阿部さんと私とのつきあひは、泉さんといふものを中心に置いての、九九九会といふまどゐにはじまつてゐる。

それより前に何の席であつたか、芝の紅葉館で、これもたぶん泉さんが主賓であつての、と思ふが、里見さん、久保田さん、などと一緒に、その時は漆黒の髪、紅頬の、元気に充ちた若々しい水上瀧太郎君を、泉さんに引き合はされたのが初対面であつた。

その水上さんをいつか阿部さんと呼ぶやうになつて来たのは、九九九会の席上皆さんがさう呼んでゐるのに慣れてといふことのほかに、当の阿部さんが、依然水上瀧太郎であることにかはりはなくても、阿部章蔵の存在がだん〳〵明白に、さうして重々しく、世間のことに一向疎い私などにも、阿部さんの量感が、水上さんのそれよりどつしりと応へて来た、さういふ気もちがおのづと、阿部さんと呼ぶことをごく自然に思ふやうになつたのであらう。

阿部さんが今度のやうに突然亡くなつてみると、たゞ漠然と大きいと思つてゐた阿部さんの量感といふものが、とても測りきれないひろがりと、底の深さを持つてゐて、阿部さんがなくなつたゝめ、そこにポカンとあいた大きなうつろは、自分の何の気もなく踏みしめて立つてゐた地面が、ひどくたよりなくそこまで崩れてくる不安を感じるほどの出来ごとであつたことに気がつく。

阿部さんがゐるといふ、たゞそれだけのことが今となつてみるとどんなにか力強いことであつたらう。いまのところでは深い浅いにかゝはらず阿部さんを知つてゐるものだけがさういふことを考へるのだが、あの人が六十を過ぎた時分にはもつともつとひろい世間に私たちが寄せてゐた信頼と同じ信頼をあの人に持つ時がきつと来たに違ひないと思つて、私どもはどんなにかさういふ機の来ることを待つてゐたことか。

力をもつ人も世間にゐないことはない。だがその力とは多くの場合横車を通すことであつたり、持たれて困るものが力の所有者であることがあまりに多い。阿部さんのもつてゐたやうな力こそ存分に揮つてもらひたい力であつた。

文を愛するものには水上瀧太郎の名の目の触るゝ折のすくなくなることは淋しかつたが、会社の重役としての阿部さんは、その仕事の為めにはとう〳〵命を縮める因をなしたことも意とせずにつとめた、残念はいふまでもないがやつぱり阿部さんだつた、一生いゝかげんなことはせずに通した。

私は空下戸で、二つ三つの盃にすぐ赤くなつて了ふほどだけれど、酒を呑んでみだるゝことのない人の、斗酒なほ辞せずといつたふうを見てゐると、いかにも頼もしい気がして自分までが愉快になつてくる。

阿部さんの酒がさういふ酒で、逞しい手に盃を把つて並々注がせてゐる、ものに動ぜぬ姿はいかにも頼もしげに見えた。また世にも頼もしい阿部さんを端的に容に示すものでもあつた。

ある時もうお酒も随分まはつた時、ふと私は徳利をとりあげて、これを猪口へ注いでいく猪口あるだらう、と誰にともなく云ひかけた。言に応じて阿部さんは、新しく一本と命じて、居あはした酌人とたがひちがひに、一盞また一盞、そこの主婦は正直もので一合ははいりますまいといふ、時を移さずすつかり干した阿部さんは、十三と少々、一合たつぷりあります、と私に応へた。

去年の春あたり、長い旅から帰つて見えた阿部さんの、双鬢に白いものがひどく目立つて来たと同時に、心にわだかまりあるものには正視することの出来なさうなあの大きい眼のふちに、俄にいくすじかの皺を加へたのを見出して、そゞろ淋しい思ひをとゞめ得なかつた。家へ帰つて、阿部さんが急に老けて来たと云つたことがある。

私どもの内輪のことで昨年の春から阿部さん御一家と別な親しみをもつ関係になつて、今までよりもつと身近かに阿部さんを感じるやうになつたことを、家内などはどんなにか力強く思つたであらう、どんなことでも話せる男の方と、阿部さんのことを常に云つてゐた。

自分のうちのこと、またよそのことでも、こんなことをすると阿部さんに叱られる、とか、阿部さんにきかせたら何といふだらう、とか、いまだに阿部さんを引合ひに出すことは止まない。それがついぞほめられるだらうといふ時のないのを見ると、世の中には阿部さんに叱られることばかりころがつてゐるやうである。

先生の思ひ出

——水上瀧太郎追悼

柴田錬三郎

昭和15年5月臨時号

私が水上先生にお会ひしたのは、ほんの二三回である。それも、何かの会席に於てゞある。したがつて、この追悼号に先生の思ひ出を書く資格はなさゝうである。ところが、絶対にある。是非書かねばならぬ、といふ気持——、この気持はあるひはわれわれ仲間以外の人には鳥渡わかつてもらへないかも知れない。説明しがたいし、敢へて説明する必要もあるまい。たゞ、三田文学の若い連中に共通にある気持だ、と誰に憚かるところなく断言し得る事実である。これは、先生が三田文学を復活させ発展せしめた功労者であるといふだけの感謝に依つて生れた、所謂植つけられた気持では毛頭ないのである。勿論、われわれ三田の末席を汚すものですら、慶應義塾の文学活動の大ならんことをねがひ三田文学を砦として出発する時先生の恩顧を忘れることが出来ないのは今更言を俟つまでもない。もつとも、かゝる恩顧は、世の常として屡々言葉に現す場合にのみひき出されるを例とするのであるが、われわれの先生に対する気持は、そんな遠い距離を持つ性質のものではないのである。

　たとへば、何かの会合で、われわれは必ず会費に足を出すのであるが、先生が出席されてゐるとすつかり安堵してゐる。足りない分を出して頂くのが当然のやうに考へるのである。それは先生が富裕だからと、他の人が単純にきめてかゝるのはあたらない。親から為替が来るのを当然のやうな顔をしてゐる学生宛然に、われわれは先生に親身な頼りかたをするのであつた。殆どお会ひしたこともなければ、まして膝を交へてお話しゝたこともないくせに。

　一度は、足りない分を出して頂いた上で、また飲み過ぎてしまつた。流石に気が引けて誰も尻ごみをした。つひに、私は図々しい役を買つて出て、先生の座席へ行つた。口の中をもぐもぐやつて頭をかくと、先生は笑ひ乍ら、――やあ、どうも済みませんでした、と云つて、こちらが額を云はない裡に、まだ充分飲んでありあまるくらゐ渡されたのであった。私は、面喰ふばかり恐縮して引下つたものであつた。先生は、さつき出された分がすくなくて済まなかつたと仰言つたのであらうか、それともこつちに恥をかゝせないやさしいお心づかひから出た言葉であつたらうか。今はたゞ、先生のゆかしい人柄をしのぶよすがでしかない。

　先生の人柄が如何に尊敬すべき、沁々人の胸にしみる、教養高いものであつたか、その作品随筆が明瞭に物語つてゐる。「貝殻追放」の中、芥川龍之介の死を悼む文章を見ると、「久保田さんが電話で「芥川さんが薬を嚥んで死にました」といつたのに対して「自殺ですか」ときゝかへした事が変に気になつた。あたりの人を、はゞかる心づかひではあらうが「薬を嚥んで死にました」といふのは、いかにもおもひやりの深い言葉だ。それ丈で自殺といふ事は、はつきりわかつたが、私はつひ「自殺ですか」と露骨にたしかめた。なんといふ言葉づかひの荒さか。恐らく私が久保田さんと位置をかへてゐたら、私はいきなり「芥川さんが劇薬を嚥んで自殺しました」という言葉で電話をかけたであらう。私は久保田さんの奥床しいひとゝなりに比べて、いかにもがさつな自分を恥ぢた」とある。これは、とりも直さず、水上先生の奥床しい心をつたへるものなのだ。かういふ一瞥なんでもないやうな言葉づかひにさへ気をくばり反省される先生の生活は、どんなに端然たるしかも人間味ある厳しさをそなへてゐたか思うてあまりある。

　如何なる作家の文章も何処か自己媒介的な衒つた臭気があるものであるが、先生にはそれが微塵もない。のみならず、平易且々云はんとする所を澱みなく述べてゐる。鳥渡読むと、すぐ書けさうな気がする。どうしてとんでもない、物を書く者にして痛感する困難である。

　先生は、日常生活に於て完き人格者であつたと同時に、作家としての自己をあくまで見失はなかつた稀に見る一人である。

　ともあれ、あれだけの立派な社会的地位にあつて、猶もわれわれにいたる若い連中の文学修業にまでふかく留意して居られたことは、感謝の言葉もない次第である。

真に自己の生命まで託して、この人の為ならば水火もいとはぬとまで心服する人物に生涯たゞ一度会へるといふことは、殊にかゝる多岐亡羊の世相に生きる時、なんといふ幸せであらう。先生を語る人々の悉くが、先生を知ることの幸せを先づ誇らかにつたへるのは、この美しい真実の存在を明瞭にするものではなからうか。

鎮魂歌のころ
——原民喜追悼

埴谷　雄高

昭和26年6月号

昭和二四年の夏のことである。

私達は、真夜中近い神田を歩いてゐた。私達といふのは、佐々木基一、野間宏、平田次三郎、それに私の四人であつた。その日は、野間君の詩集『星座の痛み』の合評会があり、また、月曜書房のひと達との野球の試合があつた。私達の「近代文学」チームには、捕手に大井君がつれてきた早大出のレギュラー某君と岡本太郎、投手には椎名君がつれてきたレギュラー、その他「世紀」の若いひと達が加つてゐて壮観であつたが、その内容たるや寄せ集めの弱体チームで、佐々木、平田、私などは三振またはピーゴロといふ貧打ぶりを示して、観戦の大井廣介、梅崎春生、安部公房、及び私の女房などの失笑と哄笑を買つたのみであつた。殊に、この日、大井君に私達の醜体を見せつけたのは不覚の至りで、以後、同君の前では野球について一言半句も広言をはけぬことになつてしまつた。その日の夜である。月曜書房から出た佐々木、平田、私の三人は、らんぼうで野間君に会つた。そして、四人でまた飲みはじめたのであつた。

私達は、真夜中近い神田を歩いてゐた。野間君は私達に遅く会つたので別れたがらなかつた。私達は暗い大通りで立ち止つたが、このあたりに三田文学のひと達がよく行く店があると佐々木君が想ひ出して、すでに寝静まつた通りを探しながら進んだ。その店は、やがて、見つかつた。龍宮といふ店である。その店の二階へあがつて飲みはじめたとき、恐らく半時間もたたない裡に、まず急に野間君が倒れ、次に、平田君がのびてしまつた。もはや帰ることは不可能であつた。佐々木君と私は、大柄な女中さんを相手に三田文学のひとびとの消息を話しながら飲んでゐたが、いちばん話のでたのは、遠藤周作君であつた。遠藤君はよくこの女中さんをからかつてゐると思はれた。そして、次に話が出たのが、原さんである。「さうだ。原さんはこのそばにゐるんだね。呼んでこよう。」すると、この気の好い大柄な女中さんは、もう十二時過ぎだから騒がせてはいけないと私をたしなめたが、私はきかなかつた。なにか会合があると き、ひとりで黙つてのんでゐる原さんのそば へ行つて、何時も意識的に喋りまくる癖が私 にあつた。原さんの無口は、あたりのものに そんなふうにさせるやうなところがあつた。「いや、酒を一緒にのむんだから、何時だつて好いさ。案内してくれ。」私は原さんがその 頃ゐた能楽書林の場所を知らなかつたのであ る。私の勢ひに押された女中さんは、仕方な ささうに私の先に立つた。私は、深夜の大通 りが好きである。電車も人通りも絶えてしま つた深夜の大通りを歩いてゐると、世界の果 てまで、何処までも歩いてゆけさうな気がす る。学生時代、その魅力にひかれて、東京の ここかしこ、殊に隅田公園の附近を夜通し歩 いてゐたことが何度あつたらう。私達が能楽 書林に行つたときは、一時少し過ぎてゐたら しい。偶然丸岡さんの弟さんがまだ読書しな がら起きてゐて、表で騒いでゐる私達に、窓 をあけた。その窓は硝子の上下窓で、外側に は鉄の格子がはまつてゐたが、その鉄の格子 の上方は切れてゐた。丸岡さんの弟さんは勿 論私と初対面で不審の色を浮べたが、酔つて ゐた私は、いきなりその高い鉄格子を乗り越 えて部屋へはいりこんでしまつた。このこと

は、その後、丸岡家に埴谷雄高に関する伝説 をこしらへてしまつたらしい。埴谷といふの は、時をかまはぬ乱暴な酔つぱらひで、やや フランソワ・ヴィヨンに似た男といふことに なつてしまつたらしい。私が構はず廊下を奥 へはいりこむと、起きてゐたのは弟さんだけ であつたが、幸ひなことに私は真直ぐ風呂場 へつきあたつた。すると、さらに幸ひなこと に、そこには風呂から上つたばかりの原さん が、どかどかはいつてくる私に、原さんの特 徴であるあの無口な微笑を浮べながら、猿又 の紐をしめてゐるところであつた。そのこ ろ、原さんは『鎮魂歌』を夜晩くまで書いて ゐて、死を思ふほど行きなやんでゐたときで あつた。

私は、原さんを有無を云はせずつれだし た。人通りのまつたくなくなつた神田の大通 りを私がひとりで喋り原さんは微笑しながら ついてきた。龍宮の二階では、佐々木君が心 配しながら待つてゐた。義弟である佐々木君 は、何時も、無口な原さんを気づかひながら 見守つてゐるといふ風があつた。私達が、野 間君と平田君が隅にひつくりかへつてゐるそ の部屋でまた飲みはじめると、原さんは次第 に元気になつて珍らしく言葉多く話しはじめ

た。三時半頃まで話して「ぢやあ、」と元気好 く帰つて行つたが、この夜の宴会は、私達の 想像以上に原さんを喜ばせたらしかつた。あ とで大久保君に聞くと、行き悩んでゐた『鎮 魂歌』もそれ以来ぐつと立て直つたらしかつ た。このことは、原さんがはたから勝手に面 倒をみれば気持をぐつと立て直す性質である ことを示してゐる。そして、そのことは、ま た、私に悲しい心残りでもある。

翌年春、原さんは吉祥寺に越してきた。私 のところから二、三丁の近くである。原さん が越してきてから間もなく私は軀を悪くして しまつた。夏、小康を得た私は久しぶりで会 合に出てゆき、その帰りに、原さんと二人で 吉祥寺の駅前でまた晩方の三時半まで飲ん だ。原さんはそのとき女給を軽妙にからかつ て、私を感心させた。ところが、その酒宴が 原因で私はまたまたぶり返して、その後、ず つと寝こんでしまつたのである。そのため、 近くにゐながら、私は原さんと一ケ月に一度 くらゐしか会はず、しかも、訪ねてくれる原 さんに死の気配をまつたくさとらなかつた。 原さんは殆んど哲人のごとく静かに死へ移つ て行つたが、それにしても、鎮魂歌のとき元 気づけたことがあつたのだから、せめてもう

一度、深夜の街をひきずりまはすほど元気づけることが出来なかつたことは、すぐ近所にゐただけ、私の最も深い心残りである。

折口信夫氏のこと——折口信夫追悼

三島 由紀夫

昭和28年11月号

折口信夫氏は日本のウオルタア・ペイタアと謂ふ処を持つてをられた。芸術家の魂を持つた学匠であり、直感と豊かな想像力が学問的正確さと見事に融け合つた稀な方であつた。

　ペイタアが次第に忘られ背かれてゆく古代異教世界の神々の姿とその儀式や習俗のさまを「享楽主義者マリウス」の中にゑがいたやうに、折口氏の「日本文学の発生序説」を読むと、貴種流離譚の中に姿をとどめる幼な神や、平安朝以後の伝記小説の中に再びあらはれる妣《はは》の国の主題などに、日本の古代の神々が辿つた運命が、明瞭に看取せられる。日本にはかの基督教文化の醜悪低俗なる暴力が、古代文化を覆へした最大の不幸がなかつたところから、氏は「金枝篇」のフレイザアのやうな、煩瑣な実証主義にも陥らず、ペイタアのやうな、マリウスをして新興の基督教に開眼せしめる常套にも与《くみ》せず、日本の民族に今なほのこつてゐる神々の面影に憑かれ、現代に生きながら、同時に、古代世界に生きる生涯を終られたのであつた。西欧の希臘主義者、異教主義者には、どうしてもキリスト教の異端といふトゲトゲしさやうしろめたさが一条の尾を引いてゐるが、ゲーテ、ヴインケルマン、ペイタア、の如きが、漸く、円満な古典家の風格に近づいてゐる。もし折口氏の業績が西欧にひろく紹介されるときは、二十世紀にかくも健康な「古代人」が生きてゐたことに驚かれるにちがひない。たとへば愛児の死をいたむ多くの短歌や抒情詩には、古代人の憂愁があふれ、近代の抒情詩人に見られる感受性の腐敗や過敏や衰弱が、そこには少しも見られない。この憂愁は日本の神話のもつ憂愁の正統な継承であり、古希臘抒情詩時代のアッテイカ的憂愁や、ケルト伝説のセルテイツク・ツワイライトに比肩する。

　その氏が、日本神話（氏は日本の民俗信仰の特殊性から「神話」といふ語を避けられたが）の憂愁と死の面にのみ敏感で、資質上、笑ひの面にはうとい方のやうに思つてゐた私は、ある年、戸板康二氏の出版記念会で、折口氏作の石切梶原のパロデイの仁輪加に爆笑を禁じ得ず、改めて氏の生ひ立ちの中に、洒脱濶達な上方文芸の伝統のあることを痛感して、一驚を喫したのであつた。

「死者の書」と共に——折口信夫追悼

加藤　道夫

昭和28年11月号

暗い「死」の季節の中で、折口先生の「死者の書」は特に僕の心をとらへた。あれは多分僕の青春を圧倒した唯一の日本の小説だらう。日本の小説に構想力と詩の貧困をかこつてゐた僕にとつて、「死者の書」の出現は何か沙漠の中のオアシスに似た救ひだつた。

青磁社の初版本が出た頃、我々の青春は暗い「死の淵」をみつめることを余儀なくされてゐた時代だつた。だから、あの生けるものと死せるものとの魂の交りが織りなす美妙な幻想図は当時の僕の心に拭ひ得ぬ実在となつて刻み込まれたのであらう。眼を覚まされたと言つてもいゝ。言はゞ、僕の青春の心があの書物の中に今迄に感じたことのない彼岸の世界の秩序のやうなものを感じとつたわけである。

幽界によみがへる滋賀津彦の「声でない言葉」に始まつたあの古い世の物語りは、併し、手法の上では、全く僕には新しかつた。僕は釋迢空にプルーストやフオークナアとの手法の上での近似性を発見して、得意になつて友人達に触れ廻つたものだつた。当時、ランボオや、リルケやヴァレリィが僕の心を占領してゐた詩人達だつたが、日本の釋迢空も彼等と並んで同じ席を占めてゐた。実際、僕はあの余りにも日本的な詩人を日本人であるが故にさうしたヨーロッパの詩人達と差別出来なかつた。要するに、それら詩人達の内面が同じやうに強く僕の心を惹きつけたのである。

「死者の書」のあの幻の鮮かさ、美の実在感は決して空しい錯覚ではなかつた。作者の高い眼は、僕に現世と霊界の見えざる境界を月光の丘の上に照らし出してくれたのである。

遠々に　我《ア》が見るものを、
たかだかに　我《ア》が待つものを、
処女子《ヲトメゴ》は　出で通《コ》ぬものか。
よき耳を　聞かさぬものか。
青馬の　耳面刀自《ミミモノトジ》。
刀自もがも。女弟《オト》もがも。
その子の　はらからの子の
処女子《ヲトメゴ》の　一人
一人だに、わが配偶《ツマ》に来《コ》よ。

死罪に問はれ、磐余《イワレ》の池で落命した滋賀津彦が、死際にひと目みて心残した面影、その幽界《カクリヨ》の目に映るおもひびと、耳面の刀自は、……時過ぎた現つ世では奈良の京《ミヤコ》の藤原処女、南家の郎女《イラツメ》であつた。そして、世々の藤原の一《イチ》の媛に祟ると云ふ天若みことは、人の世、魂の世に見えざる宿命の糸を手繰る「執心」の象徴であらうか。……だが、その滋賀津彦も、今は、……唯、暗い岩窟《イハヤ》の中にひとりごちする立ち枯れの木に過ぎない。——

恐らく、古き世の人々の墓や、当麻路《タギマジ》の二上の山や、「山越弥陀」の絵図が、折口先生の心裡にあの見事な奔放な空想図を生んだものであらうと思はれる。深い学殖に裏付けられた先生の空想は異常なまでに鮮明な実在感を以て僕の心に迫つて来た。

そして次第に高まつて行く郎女の心。——いとなみは既に始められてゐた。段々と、限りない高みへたかまつて行く郎女の心は、遂に、当麻路の天二上の山上に待ちのぞんでゐた奇蹟をみる。みほとけの面影！……見えざる糸に手繰り寄せられた滋賀津彦の魂と藤原南家郎女の心とは、遂に……あみだほとけに重なり合つて奇蹟にも似た創造を生んだ。その神秘を窺ひ知るものは、唯生み出されたあの「絵」である。あの金色に燦めく仏身——『山越弥陀』の絵である。従つて、先生の空想の一切はあの絵に賭けられた。貴重な、大胆極まる追体験の文学と言へよう。

「死者の書」は僕の青春にとつてかけがへのない貴重な書物となつた。僕の愛著は深く、此の書は数冊の愛読書と共に僕の南方出戦の荷物の中に納められた。……陰鬱なジャングルの中の野戦病院の掘立小屋の片隅に、烈しい熱病に憔悴しきつた身体を横たへてゐた時も、「死者の書」は僕の枕頭にあつた。死の誘ひがそんなにも間近にあつた時、あの死のフアンテジイは不思議に僕に安堵感を与へるものだつた。或ひは僕は「死者の書」を通して死の世界と親しく交感し合つてゐたとも言へよう。僕は目前に死と向ひ合つてゐたが死への恐怖は殆どなかつた。……それに、身も心も腐りきつてしまふやうなニューギニアの雨期が続いてゐた。唯肉体のみを生きることは耐へがたい倦怠と苦痛以外の何物でもなかつた。夢想と幻想だけが衰へた僕の生を意味づけるものだつた。ジロウドウの戯曲とランボウの詩と「死者の書」が当時の僕の生を支へてゐたのである。

× × ×

今、僕はそのぼろぼろになつて色あせた青磁社の初版本を文箱の奥からとり出して頁を繰つてゐる。之は僕の暗い青春の形見だ。……烈しい湿気の為に装釘の膠がはがれ、不体裁な麻ひもでとぢ直してある。後半の数頁が落ちて無くなつてゐるのは、郎女が海の中道を歩く夢の個所である。

僕は高熱にうかされながら、好んで此の個所を読んだものだつた。疲れた眼を閉すと、よく白玉の照り輝く神秘な水底《ミナソコ》の幻影を見た。さうした幻の時間が僕の肉体の苦痛を鎮めるのにどれほど役に立つたか知れないのである。

……夢のやうに戦争が終り、僕はやがてまた「死者の書」を抱へて懐しい故国へ帰つて来た。だが、住み慣れた東京の街は荒れ果て、人の心はすさび、道往く同胞の姿はうらぶれ、巷には悪と禍が充ちてゐた。僕は執拗な熱病に困憊して、暫くは呆然と何事も為すことなく、犬のやうに唯徒らに無為の日々をやり過してゐた。……だが、或る日、何気なく店頭に求めた「四季」の一冊に尊敬する詩人の詩《ウタ》を見出した時、僕は何やら喪はれた生命感が不図蘇つて来るのを覚えた。僕は、生きねばならぬ、と思つた。

詩人は敗戦を悲しみ、過ぎ去つた青春を悔ひ、清らかな恋を謳ひ、頽廃の世の相を嘆いてゐた。老詩人の怒りは気高く、正しきを希ふ願望は強く烈しく僕の心を打つた。その詩は、「やまと恋」と題されてあつた。

……………………
をみな子よ。すこし装はね——。戦ひに負け寂しさ
国びとの瞳《マミ》さへ　萎み　侘しさは　骨に徹れり——。

あゝ骨に透る――悔い哭き――。
しかすがに 然うらぶれて
をみな子は 道行くべしや――。
若き日は いとも貴し。若き日に復や還らむ。
かぐはしき深き誓言《コトアゲ》 日の本の恋の盛りに
――。
女子と物言ひ知らず 無用《イタヅラ》に過ぎにしわが名
懇《ネモゴ》ろに悔いつゝ言ふを 空言《ムナゴト》と聞くこと勿れ。
をみな子よ――。恋を思はね。
美しく 清く装ひて 誇りかに道は行くとも、
倭恋 日の本の恋 妨ぐる誰あらましや――。
恋をせば 倭の恋
美しき 日の本の恋。恋せよ。処女子

荷風先生を悼む
――永井荷風追悼

梅田晴夫

昭和34年6月号

個人の内面生活に立ち入られることをなによりも嫌われた永井荷風先生の個人的内面生活について、あれこれとあげつらうことがひとつの流行となり、生前あまり先生のお気に召さなかったと思われる人々までが、我こそは荷風四天王のひとりだとばかりあたりをへいげいしている図は正に漫画的光景であろう。

先生について吝嗇だったという説がある。たしかに押入れの中に山とつまれた舶来コーヒーや舶来タバコを決して他人にはすすめずおひとりで賞味されるような先生ではあったが、いわれなき他人にいわれなき恵みを与える必要はないのである。僕はそのことを大変さわやかな真似の出来ないことと感じた。

先生について大変金ばなれのよいお大尽だったという説がある。若き日の料亭待合での豪遊や老境に入られてからの踊子に対する法外なお小遣《チップ》について言われることであろう。

しかしこれだって先生にとっては決してバカ金を費うというようなものではなかったにちがいない。恐らく作家としてまた人間としての先生が「必要経費」だと考えられた支出であったことはまちがいない。

ヴァレリイのテスト氏はあらゆる日常的な機械人形をしめ殺して純粋な人間になろうとこころみたが先生は現実の生活の上で一切の日常的機械人形をしめ殺し、しかも楽々と生きつづけておられた。今日はもお早うも、今日はよいお天気でも、皆さんお元気ですかも一切ない生活ということは、つまり他人を拒否した生活である。気のよわい、意志のよわい人間には決して真似の出来ないことであろう。しかし人間は誰しもそういうわずらわしさから解放された生活を夢みている。

そんなわけで先生の生活というものは僕には全く興味がなかった。ある日のこと、どこかの小屋から出て来られる先生が今日で「巴里の空の下セーヌは流れる」を八回見たことになると呟かれたときのことを僕はいまでもはっきり覚えているけれど、それは先生がコーヒーの中に山もりになるほどお砂糖を入れられるのと同じで、ただ好きなものはあくまで貪るというわがままな人のやることで、だから胃かいようで亡くなられたのであろう。

先生の中で大切なのは書かれたものだけである。書かれたものはすべて実行され、書かれた約束は凡て果たされているのだから、先生の個人的内面生活の記録は凡て全集と日記の中に収められているわけである。それ以外の思い出話は凡て先生の作品を解くに足るようなものではなく、とるに足りない落穂にすぎない。もしそんな冗らない思い出話から先生の奇行や不羈な生活に感心するくらいなら「西瓜」を読んでびっくりすればいいのである。一切は作品の中に出つくしている。よくひとは先生が藤蔭静樹さんと別れるに際して言われた、生涯とも再び妻はめとらないという言葉がついに生涯守られたといって感心するけれども、もしいつかその信念がぐらつきそうだったらそんなことは言われなかったろうし、また書かれなかっただろうと思う。ちかごろの人間があんまり自分の言ったり書いたりしたことに責任をもたなさすぎるために先生のそのことがいやに賞められたりけなされたりすることになるのだろう。

先生の没後あらゆる週刊誌は先生のために数頁をさいて、好奇心にみちみちた荷風山脈の探険をこころみた。そしてそれらの文章はハンで押したように「文豪のかくれたる一面」をあばこうとした。そのためにどの文章もみんな似たりよったりになってしまって少しも生彩がなかった。それというのも先生の生活がよくよくしらべてみるとその作品ほどに面白くなかったということであろう。これからも様々な形の荷風人間論が語られ書きつづけられることと思うが、その人間論のカギが作品の中になく、片々たる日常的断片の中にあるとすれば、それらの文章はおよそよむにたえないものであろう。

僕は生前の小西茂也氏から先生の奇行の数々をうかがったことがあるが今考えてみるとそれは少しも先生の本質とはかかわりのないことだったように思われる。きいている間は面白いとも思い、また感心もしたことだったがやはりそれくらいなら「濹東綺譚」の中で先生が怪しい古着やかなにかとまちがえられ交番に引立てられたとき、やおら懐中から戸籍謄本かなにかをとり出して身のあかしを立てられたというような、いかにも先生らしいアネクドートを拾い上げてみる方がよっぽど先生に近づくことが出来ると僕は思う。思い出話は沢山である。それをきくひまがあっ

永井荷風追悼号

昭和三十四年六月号（全一〇八頁）は、すべて荷風追悼となった。追悼文の主な執筆者は、本書に収録の梅田晴夫、奥野信太郎の他は以下の通り。佐藤春夫、堀口大學、中河与一、小堀杏奴、青柳瑞穂、三木露風、吉井勇、和田芳恵、渋井清、丸岡明、戸板康二、山本健吉、白井浩司、結城信一。

たら僕は先生の全集か日記を一頁でもいいからよみたい。

永井壮吉教授

——永井荷風追悼

奥野信太郎

昭和34年6月号

自分の迂潤さ加減をさらけだすことになるけれど、そもそも三田の文科をめざしたというのは、永井教授がずっとひき続いて教壇に立っていると思いこんでいたからであった。それがなんと大正九年のことである。永井教授は大正五年に三田を去っているのであるから、すでに四年もたっているということをてんで気がつかなかったということは、われながらあきれた次第である。

しかし上には上があるもので、まるで学校に出席しなかったくせに四年間だか五年間在学していたSという男は、震災の年になってもまだ在職中であると信じ、卒業論文はぜひ永井教授に提出するのだと力んでいた。あんまりおかしいのでそのままにしておいたが、それもかわいそうだと思って、永井教授塾を去って年ありということをいったところ、Sは悄然として、そうかといったきりまるで元気をなくしてしまった。それからまもなく中途退学してしまった。

塾の古い記録をみると、永井教授の就任は明治四十三年二月であり、退職は大正五年二月となっている。まる七年間の在職という勘定になる。現在は二月新任退職ということはまず特別の事情がないかぎりあり得ない。外来講師でも四月新任というのが例であるが、そのころにはこういうこともあったとみえる。

この六年間というものを、永井教授の年齢に比定してみると、三十二歳から三十八歳までの間であって、前年海外から新しく帰朝したばかりの教授は、鷗外柳村の推挙もさることながら、その教壇にたった風貌は、まさに想見するだに颯爽たるものと感じさせられる。

明治四十三年二月五日、三田文学第七回講演会が三十二番教室で催されたおり、「生活の興味」と題して講演をしたのが、永井教授の慶應義塾における第一声であった。この三十二番教室はもちろん木造建で、そののち日吉にその建物が移された。ふしぎなことに三十二番教室というと、昔から今にいたるまで大教室の番号である。これはもとより偶然であって、なんの理由もないことではあるが、おもしろい因縁である。

当日挨拶をした義塾幹事石田新太郎は教育学を専攻した人である。永井教授を三田に迎えるについては、学校との間にたっていろいろ折衝の労をとったのはこの石田幹事であった。当日の挨拶の内容については、学報その他になんら伝えるところがないのは残念であるが、おそらく教授就任についての経緯にもかならずや触れたことと思う。

馬場孤蝶は「新興文学の意義」与謝野寛は「和泉式部の歌」上田敏は「三田文学」田中喜一は「現代及将来の芸術としての象徴主義の意義を論ず」と題して講演し、永井教授は最後に「生活の興味」と題する講演を行った。この日午後一時開会六時終了、しかも八百名の聴衆が集ったという。

試みに同年三月十五日発行の慶應義塾学報第百五十二号をみると左のような梗概が掲載されている。

世には人世の意義を見出さんとするに汲々として、其結果反って厭世に陥るものなり。

されど人生を傍観し見れば、恰も一種の芝居の如きものにして其所に大なる興味を存するものなり。されば人生なる芝居を、各人が感ずるままに描写するこそ真の芸術にして、かかる芸術は決して主義等のために拘束せらるるものに非ずと論じ、文豪ドーデーを例に引きて其講演を結べり云々。

教授の歓迎会は二月二十六日午後四時から三田の東洋軒で開かれた。これは同時に卒業生の送別をも兼ねたものであって、この年の新卒業生として小林澄兄等四名、在学生として小沢愛圀、井川滋、松本泰等九名、あわせて十三名出席した。東洋軒は義塾の旧正門前の横丁をはいったすぐ右側にあった洋食店であった。

永井教授の担当課目については「文学評論・仏語・仏文学　永井壮吉」という一項が学報第九十二号に出ている。大正二年七月以前の学科課程の詳細記録が現在塾に欠けているので、はっきりとその時間数その他を知ることができないのは残念であるが、現行の教授責任時間数週八時間の制度はかなり古くから行われていたから、かりにその当時もまたほぼ同じであったとみるならば、特殊研究にある文学評論二時間、概説にあたる仏文学二時間、演習にあたる仏語四時間、計八時間で、当時の単位の数えかたでいうと四単位であったのではなかろうか。

永井教授の授業が厳正であったことは、塾においても語り草となっているところである。

振鈴から振鈴までの授業を、かならずおろそかにしなかったということだけでも、これは並大抵のことではないと思う。永年教師をやっているだけにこの話にはまったく頭が下がる思いがする。

永井教授の就任は、他の大学における教授の就任とすこぶる異った意味をもつものであった。それは教壇に立つとともに、また一方で三田文学主幹としての活動が附帯していたからであった。教授がそのためにいかに熱情を傾け、また後進の誘掖に力を注いだかということは、いまここでいうまでもなく、明治末期から大正時代へかけての文学史がよく語っているとおりである。

「大窪だより」はその当時の教授の生活記録として珍とするにたるものであるが、そのなかに「小生儀三田文学より月々若干か頂戴致居候お蔭を以て日頃読度しと思ふ書籍も心安く購ひ読み見たき芝居も替目毎に見物でき候事此れ皆三田文学ある故にて常々非才の身に取り無上の高恩と感ずる事挙げて数ふ可らず。（中略）この後とも万一三田文学以外に小生の文芸に関する談話筆記または類似のもの出で候折は皆わざと無責任にていやいや致したる儀と御承知被下度願上申候」とあるのをみても、いかに深く三田文学の為事にうちこんでいたかがわかるであろう。

義塾へ出勤するに際しては、四谷塩町乗換えで、青山一丁目から霞町経由で古川橋三之橋へ出たほうが飯倉経由の路線よりも多かったらしい。というのは出入に塾の裏門を利用した記述がしばしばあるからである。

たとえば出勤の秋の日の朝、裏門の坂路を蔽う大木のなかでも、榎の落葉の雨がいちはやいことに感傷を催したり、またその帰途には表門から三田通りに出て、牛屋の今福の横丁の古本屋を漁ったりしている。帰途はきわめて自由に白金辺の古寺から目黒の不動尊あたりまで歩いたり、二本榎の歌川豊国の墓に詣うでたり、日和下駄さながらの散策を試みた。

明治四十四年二月四日午後一時から、第九回三田文学講演会が催され、永井教授はふたたび公開講演を行った。演題はその記録が分明しないのでこれを欠くが、内容については「中古以来の建築と現代の建築とを比較し、明治時代を代表すべき好個の建築なきは畢竟芸術家に熱心なきと従来の慣習に囚われたるに外ならず」と論じたということが学報第六十三号に報じられているところからみると、これは美術論であったらしい。美術論といえば、当時塾で美術史を担任していた岩村透もまたその日岩野泡鳴、平出修等とともに演壇に立ったのである。

大正二年八月五日、塾では大阪で公開講演を催した。会場は東区南久太郎町の浪華小学校で、この日永井教授は「ゴンクールの浮世絵研究」という演題を掲げている。宿泊したのは大阪でなかったことは「大窪だより」に「慶應義塾大阪講演会へ参る為め今朝東京出発。琵琶湖上に夕陽を眺め三日月沈む頃京都に下車して丸山のほとり目立たぬ一旅亭に宿泊仕候」と書いてあるから、京都に一泊して大阪に赴いたものであったとみえる。

この年の一月、中央公論に「浮世絵の鑑賞」を発表しているところからみると、あるいはその講演は、さらにこれを敷衍したものではなかったろうか。

慶應義塾における永井教授の在任は、七年間であるから、かならずしも長年月というものではなかった。しかし近代文学史からいって、この在任期間はきわめて大きな意義をもつものであった。それは永井教授が、教授であると同時に、文学運動の指導者をも兼ねるという特異な立場におかれたからである。

今後はこうした教授の出現はおそらく跡を絶することであろう。それを思えば寂しいことである。

小泉さんのこと——小泉信三追悼

吉田 健一

昭和41年8月号

最初にお目に掛ったのがいつだったのか思ひ出せないのは、それ程前のことだったのに違ひない。いつの間にか小泉さんを存じ上げてゐるものの一人になってゐて、お見掛けすれば寄ってお話ししたものだった。これも思へば不思議なことで、仕事の性質は違ってゐたし、慶應に縁がある訳でもなくて、要するに、何となくそのお人柄に惹き付けられてゐる形だった。

お書きになったものを最初に読んだのは、戦後に欧米を旅行なさった時の紀行だったやうに覚へてゐる。言はば、普通の紀行文であって、別に記憶に残る程のことが書いてあった訳ではないのに、つい終りまで読んでしまって、読んでゐる間の時間が楽しかったのはそれが名文だった証拠である。併しこれは今日の日本では誤解されさうに思はれる。何も書いてなくて、ただ名文であるだけといふ風に取られることになるのであるが、名文だからそのことが他のことを押しのけて記憶に残るので、これはヨーロッパやアメリカで誰もがやるやうなことをやってゐる小泉さんといふものがそのどの一行にも確実にあることを意味する。そこに小泉さんがゐるといふことが文章の魅力をなしてゐて、その魅力があるから名文なのであり、学者であっても言葉を使ふ必要がある以上、それが生きた言葉、つまり、名文でなければならないことも知ってゐる小泉さんは少数の学者の一人だった。それは当然、自分の専門と着実に取り組んでゐることでもあって、経済学のことは全く知らないが、小泉さんの文章から察してこれが一流の経済学者だったと考へる。

小泉さんはオールド・リベラリストといふものだったことになってゐて、方々に出た追悼文でもこの言葉が使はれてゐるのを見た。併しこれはどういふことを意味するのか。これを古い自由主義者と訳す時、恐らくそこには自由主義といふのはもう古くて、我々は新しい共産主義を信奉するものであるといふことが含まれてゐる。その共産主義は解るが、自由主義などといふものが一体あるのかどうか。もしあるならば、自由も一つの主義になってしまへば下らないものに決ってゐて、下らないものが古いか新しいかを詮索するのも御苦労なことである。小泉さんは自由といふのがどういうものか知ってゐて、それに即して行動することでその一生を貫いた人だった。これは新しいことでも、古いことでもなくて、ただ非常に勇気がなければならない一つの根本的な態度なのである。小泉さんはその勇気があった。

勝本氏を悼む

——勝本清一郎追悼

中村　光夫

昭和42年6月号

勝本清一郎氏の名を僕らが知ったのは、昭和初年、まだ学生の時分です。平林初之輔、大宅壮一などと並んで、左翼の評論家の花形でした。

当時の氏の評論にどんなものがあったか記憶しませんが、そのうちベルリンに行ってから、改造その他によせた通信はよく覚えてゐます。ドイツ共産党の活動を中心に、ベルリンの労働者たちの生活をきびきびした才筆で紹介したもので、共産党が合法の存在として現実政治に力を振ふ社会は、夢の国のやうな印象をあたへられました。

氏と同じころベルリンに行った友人がゐたせいかも知れません。

それだけに氏が帰国と同時に、左翼の立場を捨てることを宣言したときは、衝撃を与へられました。しかし氏の声明文はそれほど悲痛でも、卑屈でもなく、今後は自由主義の立場をとるが、日本があまり現代ばなれのした野蛮のなかに陥って行くのは防ぎたい、もう少し文明な顔をしたらどうですか、くらゐのことはいいたいといってゐました。

本気か、それとも皮肉なのか、僕にはわかりませんでしたが、その後の氏の立場は、戦後も自由主義で一貫してゐました。

戦争中氏と一度だけあったことがあります。そのころ氏は那須高原に疎開してゐて、かなり不自由な生活を送ってゐたらしく、ドイツ人である奥さんが、適当な浴場がないために、一年ほど風呂に這入ったことがないといってゐました。また戸籍面が寄留になってゐると村の人から余所者扱ひされるから、自分は本籍を移した。本籍をまた東京に戻すのは簡単だが、村の人たちはそれで安心するらしいと笑ってゐました。

氏の明治文学にかんする資料蒐集はそのころから有名で、氏はひとつにはそれを守るために早目に東京をはなれたやうです。

あとで、氏からかなり長い手紙をもらひましたが、そのなかに日本の敗戦を見透したやうな言葉があり、自分は那須野ヶ原から世界情勢を睨んでゐるつもりだとも云ってゐて、氏の鬱屈《ウックツ》した気持の一端を見せられるやうでした。

戦後氏に会ったのは、岩波の「文学」の座談会のときでした。しばらくの間に、すっかり白髪になってしまったのに驚きました。そのころ氏は透谷全集の編集その他で、明治文学研究者として独自の立場を築きあげてゐて、座談会の席上でもファイルに入れた分厚な資料を見ながら発言してゐました。

勝本氏は一種徹底した合理精神の持主で、文学の研究も、あくまで実証的なのが特色です。氏が異常な熱意《ネツイ》で蒐集した資料も、その実証をうらづけるためですが、僕が氏の言説や文章を面白く思ふのは、その合理性や実証性にどこか正常の範囲を逸脱したところがある点です。

氏は妥協が嫌ひで、敵もよくつくったやうですが、氏に云はせれば、さういふ争ひは氏の合理的主張を相手が容れないから起るので、合理性も度をこえると、人間の世界ではしばしば逆なことになるといふ世俗《セゾク》の論理が、氏には納得《ナットク》できないのです。

この点氏の知性はどこか日本人離れがしてゐます。実証主義も同じで、好きな作家に関する事実となると、軽重の差別なく夢中になってしまふやうなところがありました。文学の実証的研究は、今後ますます盛になりさうですが、氏のやうに底に狂気をひそめた実証家は、めったに出ないでせう。見馴れた灯火がまたひとつ消えた寂しさを感じます。

奥野先生と私──奥野信太郎追悼

村松　暎

昭和43年3月号

とりとめもなく、やたらに、いろいろのことを思い出す。言いたいことも山ほどあるような気がする。だが、筆をとってみると、少しも、まとまらない。私は、先生によりかかりすぎていた。教授になっても、先生がいるから、と思って、自覚らしいものも持たなかった。

「気楽なものさ」

と、人に言ったりもした。そんな私の気持は、先生にもわかったらしい。

「しっかりしてくれたまえ。僕はそのうちにいなくなるんだから」

そんなことを、時々言われた。それは、停年制が間もなく施行されることに関連しての話だった。

「はあ」

と答えながら、私はいつも、ヘラヘラ笑った。現役を退いても、講師としては学校に残られるはずだった。実質的には大した違いはない。私はそんな風に思っていた。面倒なことは先生に相談すればいい。──「いなくなる」という意味を、それくらいにしか考えなかった。先生だって、この世にいなくなる、というつもりでなかったことは確かだ。それにしても、いつまでものんきにフラフラしている私のことを心配しておられたに違いない。

先生はお丈夫だった。弟子の私どもの方がダラシがなかった。それでも、ここ数年は、高血圧で倒れたり、痛風を起したりした。だが、そのたびに、驚くほど早く回復された。

「不死身だね、先生は」

私たちは、そんなことを話しあった。

最近は体にも注意して、好きな酒もほとんどやめ、煙草の量にも気をつけておられた。「体に注意するようになったから、かえってよかったのかも知れないよ。あんまり悪いところがないと、ああいう丈夫な人は、ポックリいくことがあるからね」

私たちは、どこまでも楽観的だった。

それだけに、先生の死は、まったく青天の霹靂だった。昨朝八時すぎ、仕事で明け方に寝た私は、まだ熟睡していた。

「奥野先生が亡くなりましたよ」

妻の叫び声に起された私の口から、

「ワーッ」

という甲高い悲鳴のようなものが、飛んで出た。今思うと不思議な気がするが「まさか」という疑いを全然持たなかった。つづいて、無闇に涙が流れて来た。あの時やこの時の先生の顔が、次から次へと浮かんで来た。

先生も、小さくなって固まってしまったように見えた。淋しがりの先生が、行き倒れ同然に、救急病院で、ひとりきりで亡くなった

と思うと、たまらない気がする。この前に発作があった後に、

「いやどうも苦しいもんだよ。息を吸うことが出来ないんだからね。これで、おしまいかと思った」

　と話された。お宅から遠く離れた両国辺で発作に襲われた時、先生の頭の中に、どんな思いが浮かんだろう。淋しがりであると同時に、孤独を愛された。ただひとり死んで行かれたのが、先生にふさわしい幕切れであったような気もする。

　眼を閉じ、口に綿をつめられて、表情をなくした顔は、先生の顔ではなかった。見ない方がよかったとさえ思った。先生が大きな眼を、キラキラ光らせると、必ず面白い話が出て来た。なんでも面白がったし、先生にかかると、なんでも面白くなった。それも聞けなくなってしまった。ものを面白く見る視覚は、真似ることの出来るものではなかったが、人生の見方を教えられた。

　葬儀屋が、白い帷子を着せ、棺に入れた。箱に入れられるというのも、先生に似つかわしくなかった。これはもう、先生ではない。最後まで、ほっつき歩いていたのが先生だ。遠くへ行ってしまわれたのだという実感が、棺に入れられた先生を見いるうちに、しみじみ湧いて来た。

　最後にお目にかかったのは、亡くなる四日前の十一日だった。妻の弟の結婚式で、披露宴に出席して下さった。ロビーのようなところで、しばらく話をしてすごした。私は幼稚園に行っている娘をつれていた。この娘が生まれた時、名前が思いつかず、先生に相談した。先生は「菜」という字がいいと言われた。佳菜子とつけた。先生は佳菜子を見ると、

「なかなか美人だよ」

　と褒めて、

「ちょっと笑ってごらん。小父さん、気になることがあるんだから」

　と言った。このごろしきりに、笑った時に歯ぐきの出る女の子は興ざめだ、と言っていた。ふと、そのことを思い出されたらしかった。娘ははにかんで、なかなか笑わなかった。先生は、

「ほら」

　と言って、頬っぺたをふくらませ、眼を丸くして見せた。娘がちょっと笑うと、

「大丈夫だよ。よかった」

　と、私に言われた。そのあとで、私どもの専攻の人事問題を話され、

「僕がいるうちに、これだけは片づけておく。あとのことは君がやるんだぜ。しっかりしてくれたまえ」

　この時も、つけ加えて言われた。人事のことは、前にも伺っていた。しっかりしろと言われて、私はまた「はあ」と返事をして、ヘラヘラ笑った。先生がいる——。私はいつものように、そう思って、さほど真剣に聞いてはいなかった。

　もちろん、先生は御自分の死を意識しておられたわけではあるまい。だが、私がのんきに考えていたよりは、本気で心配しておいでだったのに違いない。今になると、そういう気がする。私はどこまでも、先生によりかかって、それがいつまでもつづくような気がしていたのだ。

　急に、心棒がはずれた。不意に足もとの、磐石だと思っていた大地が、くずれてしまった。不心得な私は、度を失うばかりで、考えもまとまらない有様だ。事が起らなければ自覚しない。今になって、もっと先生を安心させてあげればよかったと後悔している。


（一月十七日）

「熊のおもちゃ」——丸岡明追悼

河上徹太郎

昭和43年11月号

丸岡の最近の随筆集、「港の風景」を取出し、とりとめもなく読んで見る。死なれて見ると又別の感慨が湧くものである。

文中思はぬ所でチョクチョク私の名前に出会った。思へば長いつき合ひである。ひと頃には一番の酒友だったといへよう。近年やゝ疎遠だったのが悔まれるが、飲み友達は相手が酒席から遠ざかるとつき合ひも遠ざかるのを如何ともし難い。然しこの随筆の中でも、酒をやめたので釣り友達ともつき合ひにくゝなると自分で書いてゐたので、諒してくれるだらう。病院へ見舞に行くなんてきぶさいものので苦手だ。

最後に会ったのは、去る七月七日、盆暮会といって年に二回仲間で何となく飲む会だったが、彼はそこへ病院を抜け出して出席し、一人前に振舞ってゐた。然し白井浩司君が心配して、帰りには病院まで送り届けた筈である。

私が青山二郎などとよく飲んで歩いた頃、彼は飄々とどこからともなく現れて、又いつの間にか消え去る。私たちは彼のことを「熊のおもちゃ」と呼んでゐたが、それを「熊のおもちゃを拾った」とか「落っことした」とかいふ風に表現した。それ程前触れも後腐れもなくつき合ってゐた。彼が「エート」、「エート」と口ごもってゐるうちに、一座の話題はもうどこかへ通り過ぎてゐるのである。

随筆にも、知り合ひの結婚披露に行って見ると、時計が狂ってゐて一時間半早過ぎたとか、会合へ出て見ると一日日を間違へてゐたとかいふ話が書いてある。そんな時にも彼は、後悔もしなければ、弁解もしない。まことにアッパレである。

私の猟について歩いた話が出てゐたので、思ひ出した。それは前の晩銀座で飲みながら約束したのだったが、翌日時間になって私が犬を連れ銃を持って柿生駅で待ってゐると、も一人の同行者藤沢閑二君がまるで山スキーへ行くやうな格好で現れた。やがて定刻から大分待たされて彼も着いたが、見ると洋服も靴も、背広と黒の短靴で昨夜の通りである。明らかに一夜あけて銀座から直行と見受けられた。その日は山陰にまだ残雪があるやうな日だった。私のすぐ後に藤沢君はついて来るのだが、彼の姿が見えない。崖っぷちから覗いて見ると、谷の中腹で木の枝につかまって登らうとするのだけど、雪で靴が滑って登れないのだ。顔を真赤にして上を仰ぎ、気持だけはわれわれの傍へ早く辿りつきたいといふ表情を真剣に現してゐたのには、心から同情出来た。早目にきり上げて、うちでビールなど飲んでゐると、漸く彼の気持もほぐれて来たやうだった。

かつて奥さんがいったさうだ。「河上さんはゴルフや鉄砲で体を鍛へてゐるからいいけど、あなたはお酒だけつき合ってゐては殺されてしまひますよ」と。いやどうして、彼は仲々芯はタフなのである。酒の上では、エート、エートでまるでたわいがないやうな彼に、あれで仲々正義派気質みたいなものが強くて、それが人情になってゐた男だった。戦死した弟や原民喜のことなんか書いた作品にそれがよく出てゐる。それから亦、生活や趣味の上でのエステティックな潔癖性といふか、それは専ら彼の育ちによるものだが、そんなものが彼を支へて仕事をさせてゐたといへよう。彼のやうな丸い人間を創るのは、今のやうな時代ではもう出来ないであらう。愛すべき、惜しい男だった。

和木清三郎さんのこと

——和木清三郎追悼

戸板康二

昭和45年7月号

ぼくがはじめて劇評を書いたのは、昭和十年五月号の「三田文学」で、その時の編集長が和木清三郎さんであった。丸善で「学鐙」を作っていた水木京太さんの紹介だつた。今は亡き水木さんは小山内薫の高弟である。

和木さんとの初対面は、麻布の竜土軒の紅茶会の時で、その会のスピーチに、十返肇が立ち上って、丹羽文雄さんの「鮎」の話をしたのをおぼえている。学生服ではじめてそんな席に出て、ぼくは上気していた。

和木さんはその日球を撞いていた。水木さんに紹介されたぼくをじろっと見て、キューにしきりにチョークを塗つた。

和木さんは、直木三十五そっくりだといわれた。直木さんと同様、おしゃれで、銀座の豊玉ビルのたもとにあった編集室には、さりげなく花が飾ってあったりした。

一度その部屋にはいった時、レコードが鳴っていた。それがバッハの組曲二番だったのを記憶している。当時、和木さんは芝の西久保巴町にいられたのではないかと思う。

和木さんの「三田文学」は、水上瀧太郎という先輩のバック・アップで、活気にみちた雑誌であった。毎号、水上さんは「貝殻追放」を寄稿した。石坂洋次郎さんの「若い人」が連載されたのも、ぼくの学生時代で、ほかに、三田以外の系統の作家も、いろいろな小説をのせた。

ぼくの同世代の仲間では、柴田錬三郎がいるだけで、末松太郎も塩川政一も、南川潤も田中孝雄も、みんな死んでしまったが、これらの作家は、和木さんに激励されて、小説を書きはじめたのである。ぼくよりすこし若い作家では、後藤逸郎が書き、鈴木重雄が書いたが、今は作品を発表していない。

昭和十三年の夏に、「三田文学」で、劇談会というものをはじめた。三田系の演劇人が、月評をするので、座長は久保田万太郎、ほかに三宅周太郎、水木京太、三宅三郎、大江良太郎といったメンバーである。時には、ゲストを招いたこともある。この会に、ぼくも出してもらって、先輩を知ったのだが、和木さんは、会場の慶應倶楽部でみんなの顔が揃うと、そっと席をはずした。

和木さんは、芝居はあまり好きでなかったやうである。いちばん好きなのは、六大学野球で、毎年雑誌の後記に、勝っても負けても、試合のことを書いた。いかにも慶應に対するひいきぶりがおもしろいといって、菊池寛が文藝春秋の「話の屑籠」に、和木さんの文章を挙げているくらいである。

和木さんは神宮球場のネット裏に、塾の試合のある時は、欠かさず顔を見せた。いつもソフトを冠っていられた。昨年まで、それは変らず、遠くから、和木さんだとわかった。

昭和十五年に、水上さんが急死した時の和木さんの悲嘆を、忘れがたい。和木さんは声をあげて、慟哭していた。

戦争になり、和木さんは大陸に渡って、やがて帰国した時は、「三田文学」がすでに別の人の手で復刊されていた。和木さんとしては、ちぐはぐな思いだったらしく、その後、同人を誘って「新文明」を創刊した。

「新文明」を毎月続けるというのは、大変なことであったろう。毎号の表紙を鈴木信太郎さんが描いているが、鈴木さんは、和木さん時代の「三田文学」の表紙を描いた人だ。つまり、「新文明」に、和木さんは往時の夢を托していたのだと思う。

和木さんは熱情家だった。大陸で見た広野の赤い月の色について語る時、涙をこぼさぬばかりであった。

和木さんの魅力も、じつは直情径行という点にあったといってもいいだろう。「新文明」でも、若い人たちに、いろいろな仕事をさせた。水上さんの嗣子である阿部優蔵君の「小芝居の研究」といった労作は、和木さんが推進したものである。

「新文明」では、しばらく、池田弥三郎、加藤守雄と三人で、よもやま話を連載、その後毎月、ゲストを招くことになった。久保田万太郎、奥野信太郎をはじめ、おもしろい速記を残したが、古川緑波をゲストにした時、どうした手ちがいでか、速記者が会場に来ず、それで座談会も中絶してしまった。和木さんが、多分てれくさくなったのだろうと推察した。

和木さんはひところよりは丈夫そうになり、パーティーでも、水割りのグラスを手にしたりして、赤い顔をしては、辛辣な言葉を洩らしたりした。毒舌が和木さんの健在を示していたのだが、万国博見物をして、短い入院ののち、忽然と亡くなられた。歿年を聞いて、七十をとうに越えていたと知っておどろいたが、ついに老人らしくならずに終ったといってもいいだろう。

和木さんの訃報が新聞に載った日、慶應は法政に大勝した。和木さんがこの試合を見たら、雑誌に「塾生チームの面目発揮、欣快にたえない」と、きっと書いただろうと思った。

美しき鎮魂歌——山本健吉追悼

佐藤　朔

昭和63年夏季号

　私が山本健吉の名前に深く印象づけられたのは、戦争直後の「三田文学」に発表された折口信夫の『死者の書』の読後感を書いた一文であった。私も戦前に彼の師匠である折口信夫を、極めて独創的な古典文学者として畏敬しており、その講義にもときたま出席していたが、その先生が豊かな学殖を自由に駆使した小説を書いて、他の雑誌に発表していたことは全く知らなかった。数年たってから昭和十八年の青磁社版で読んで、私はこの古代風俗に造詣の深い折口の深遠な詩的小説にひどく感動した覚えがある。しかし、私の方に素養が不足していたために、よくわからない章句や時代背景などが多くあった。私は、その頃フランスの近代詩や現代詩を専門にしていたので、この小説もどこか「超現実的」なところが面白いと思っていた。まるで折口信夫の「風土記」の講義を漫然と聴講していたあのときと同じ感興に浸ることが出来た。要するにあの頃の私は、折口信夫という大学者のファンの一人で、その先生が書いた「小説」というわけでわけもわからず感心していたのである。

　小説の冒頭の数ページで、大津皇子のミイラが深い眠りから醒める描写が続いているが、この部分などはコクトーの『永眠序説』ヴァレリーの『若きパルク』などよりもはるかに神秘で、深遠で、しかも詩的であるように感じていた。

　山本健吉のこの小説についての感想文は、これより数年後に「三田文学」の復刊号に掲載されて、「戸川秋骨賞」を受賞した。彼は折口信夫の高弟であり、すでに文芸評論家として頭角を現している頃だった。だからこの「美しき鎮魂歌――『死者の書』を読みて――」(単行本では「鎮魂歌」)では、詩的小説としての文学的価値の瑞々しさを十分に認めた上で、師匠の古代研究に関する学問的な奥行の深さを縷々と述べてあり、いささか学術論文の趣きさえあった。禅林寺の山越し弥陀図(現行の文庫本の挿絵になっている)や、大伴家持の心境などについての国文学者ならではの解釈があり、それが私には目新しく、なかなかの好論文と思った。

　その後、山本健吉は柿本人麻呂や松尾芭蕉の研究者として知られ、数々の論文を発表しているが、他方彼が殊に歳時記編纂に熱心であり、日本人の自然観、自然と文学、芸術との微妙な関連に注目していることに私は気がついた。私も歳時記は日本人の近世文学の詞華集の役割を果しながら、日本人の生活感情を一望のもとに知らせる世界に類のない書物であると思っていた。日本の季節の変化、行事の盛衰、環境の異変などを知るためには、その時代の俳句を見るに如くはなく、われわれにとって歳時記は貴重な資料のように考えられた。しかし、俳句作品はますます殖えるし、表現が変化して行き、農作物は人工栽培の進歩のために季節感がなくなり、日常生活や行事も文化も変動が絶え間なくなって来た。これは歳時記編纂者にとっては誠に不都合であり、また古句の解釈にも困難が増すようになった。そこで、山本健吉は次々に各種の歳時記を工夫して編纂し、季語の説明を次第に詳しくするなどの苦心をしていた。彼は私が歳時記に関心があると知ってか、新しい編纂書や改訂本をよく贈ってくれたものだが、こうした労苦は彼の国文学者としての原点に係ることなので、季語の解釈や、例句の蒐集には他の研究者以上に気を配っていたようであった。

　山本健吉の万葉集や芭蕉などの研究書は、どれも学問的に貴重であるが、著書の中から強いて一冊選べとなったら、私は『いのちとかたち』（昭和五十六年）を採る。これには「日本美の源を探る」という副題があるが、それから見ても、この著述は彼の初期の「美しき鎮魂歌」につながる。山本健吉が生涯を通じて問いかけていた文学上のあらゆるテーマがこの書物の中に凝集されているが、ここで彼はそのすべてについて結論にまで達したというわけではない。そのことが反ってこれがいかに貴重な書物だと思わせるのだが、「たましひ」にせよ、「軽み」にせよ、さらには「かたち」であれ、彼にとってもまただいろいろと考えつづけるべきことがたくさんあったのにちがいない。それらはいずれも私たちのつぎに来る日本人にあたえられた課題といっていいものだからである。

　山本健吉には『詩の自覚の歴史』という長文の好著があり、他の研究書でも彼は古来日本の詩人たちが文学的な個の自覚の確立のためにいかに苦心を重ねて来たかをつねに説いていた。しかし現代詩人については、歌人、俳人に比べると万遍なく考察したとは言いかねるが、三好達治、室生犀星などについて、印象深い論文を残している。

　山本健吉は、西脇順三郎との対談集で見ると、西脇の「諧謔」と山本の「軽み」の解釈で、かなり意気投合していたようである。そしてまたその山本健吉が現代の流行歌や演歌をほとんどすべてといっていいくらい暗誦していたということは、このすぐれた古典文学者は、日本の詩歌について、ことにするどい感受性を持っていて異常なほどであったと思わざるを得ない。謹んでここに鎮魂歌を捧げる次第である。

「編集後記」より

▽編集部の念願かなって、井筒俊彦氏と安岡章太郎氏の対談が実現した。井筒氏は、いうまでもなくイスラーム学の権威であるが、それ以上に世界的な知を代表する一人といっていい。お二人は初めての顔合わせ。くつろいだなかにも鋭い知見のゆきかう豊饒な対談である。〈昭和六十三年秋季号、邱〉

佐藤朔先生の思い出

——佐藤朔追悼

遠藤　周作

平成8年夏季号

戦争が終った年、私は日吉から三田の仏文科に進学した。それまでドイツ語のクラスにいてフランス語を知らない私が仏文科を選んだのには一つの理由があった。予科時代は軍事教練と勤労動員ばかりで、講義はほとんどなく、その日も工場の帰りだった。

たまたま立寄った下北沢の古本屋で『フランス文学素描』という本を見つけた。その事がそれからの私に大きな影響を与えることになるとは、その時には夢にも考えていなかった。本には三田の仏文科の講師佐藤朔と言う名が書いてあったが、私はそれまで佐藤朔先生のお名前も知らぬほど不勉強な学生であった。ただ自分の進む文学部の先生の本だという理由だけでその本を買って戻った。

その夜、私は一気にその本を読んで了った。それ程、その本は面白く充実していた。人生は偶然の機会でどう方向を変えるか判らない。この先生の一冊の本で、それまで勉強嫌いであった私が二十世紀フランスカトリック文学に非常な興味をもったのである。三田には佐藤朔という先生がおられる。自分はこの先生の許で勉強したいとその夜、私は仏文科進学を即決したのだ。

ところが翌年、三田の本科に進学してみると、佐藤朔先生はご病気の為、一年間、休講とのことで、授業科目からはずされていた。佐藤朔先生のおられぬ仏文科は、私には全く意味がなく、悩んだ末、思いきって佐藤朔先生に手紙を書いた。自分の気持を素直にのべ、先生のお宅に伺ってご指導を受けたいという内容だった。先生からはすぐにご親切なお手紙を頂き、「いつでも遊びに来給え」というお言葉だった。

それ以後二週に一度、私は永福町にあった先生のお宅にお邪魔した。

初めて伺った日、「これを読め」と渡されたのはシャルル・デュボスの『フランソワ・モーリヤック』という本であった。この本が又猛烈に面白かった。ドイツ語しか知らぬ私は一カ月かかって一頁一頁、辞書を引きながらこの本をやっと読みあげた。この時から私は勉強に熱中しだした。それは佐藤先生が次から次へと手品師のように私の心を刺激する本を貸して下さったからであった。読んだ本の印象を申し上げ、次の原書を又、拝借する。つまり永福町の先生のお宅が、以後、二年間、私の大学となったのである。私が大学三年の時に、先生は久々に三田の仏文科に戻られ、アンドレ・ジイドの講義をされた。卒業後の身のふり方についてご相談に伺うと、「ものを書けばいいじゃないか」と突き放すような言い方をされた。「もの書きでは、一人前になるまで、飯が食えません」と申しあげると、

「じゃあ、筆で早く飯が食えるようになればいいじゃないか」ととりつく島もなく、私は困じ果てた。そんな私を、先生は鎌倉文庫の嘱託に推薦して下さった。その後、三年間のフランス留学をおえ帰国し、「近代文学」に発表した『白い人』で芥川賞をもらった。早速、先生のお宅へご報告に伺うと「これからが大変だぞ！」ときびしい言葉を頂いた。以後、私の書くものはくだらぬ雑文までほとんど全部、読んでおられ、お目にかかる度に、いつもきびしいご批判の言葉を頂戴していた。

一昨年の秋の終り、芸術院で、会員の方々の生の声をビデオに残す企画がもち上った。その第一号として佐藤朔先生から色々お話を伺う役目を仰せつかり、久々に先生にお目にかかった。先生も私も杖をついていたが、先生はすこぶるお元気で、学問を語り、人生を語り、詩を語りつきることがなかった。

あの秋、芸術院の玄関先で先生のお車をお見送りしたのが、まさか先生とお目にかかる最後になるとは思ってもみぬことであった。

その後、昨年初めから暮れにかけて、私は三度、入退院をくり返し、三度、生命の危機に遭遇し、辛くもそれをのりこえて今日に至っている。一年間に三度、私の命を救った大きな力の意思がどこにあるのか、今はまだわからないが、与えられた使命を全うした後、あの世で又、先生の温顔にまみえる日が必ず来ると確信している。

「これからが大変だぞ！」と又、先生のお声が聞こえるような気がする。

「編集後記」より

▽本誌前号は、二度にわたる増刷をへて完売となりました。心より御礼申し上げます。また、ご購読の申し込みをいただいたにもかかわらずお届け出来なかった方々へはあらためてお詫び申し上げます。

その号に掲載した小説「アパシー」（片山飛佑馬氏の遺作）については、お問い合わせをふくめてこれまでに千通を超えるメールとお手紙を頂戴しました。新聞やインターネットもこの作品をくり返し取り上げたように、たしかに片山氏の作品に示される「鬱病」「自殺」「過労」はきわめて今日的なテーマでしょう。しかし、この作品は死ぬことではなく生きることを記した小説であり、編集部に寄せられたお便りの多くにも、「これを読んで生きようと思った」という文面が目立ちました。文学がたとえ世の中の役に立たないものであるとしても、「小説の力」を信じつつ、今後の編集作業に携わっていきたいと願いました。

▽昨年秋の三田文学スペシャルイベント「江戸の粋を聴く――文人に愛された岡本文弥の新内節」（弾き語り・岡本宮之助、講演・林えり子）は、百余名の会員・定期購読者参加のもと、好評のうちに終了しました。

〈平成十九年冬季号、加藤宗哉〉

さようなら、岡田

——岡田隆彦追悼

井上 輝夫

平成9年春季号

平成九年二月二十六日木曜日、午後二時、岡田隆彦は埼玉県富士見市下南畑にある三浦病院で妻の優呼さんに見とられながら永眠した。同日、夕刻七時半ごろ車で病院を出発し、「鴫立つ沢」にほど近い大磯の自宅へ運ばれた。私がその知らせを受けて深夜の国道一号線を「早く早く」と車で下り、岡田宅に駆けつけたのは午前一時だった。

去る二月二十三日、三浦病院に岡田を見舞い、熱っぽい彼の手をとって握手したのが最後となった。病状からおして永遠《とわ》の別れと覚悟し、心中「さよなら」を告げていたけれども、自宅に安置された彼の顔を見るなり、思わず「良かったね、もう苦しまなくてもいいからね」と語りかけていた。それほど岡田の全身は病魔に蝕まれていたのだった。

三月二日通夜、三日告別式が神道にのっとり信濃町の千日谷会堂でとりおこなわれた。

岡田とのそろそろ四十年になろうかというつきあいを語ろうとすれば尽きない。

大学一年の頃、日吉キャンパスに残っていたかまぼこ校舎の一室（そこが文連所属「文芸部」で「慶應文芸」を刊行していた）で出会って以来、共有した時間は少くない。岡田も私も「慶應文芸」に作品を発表していたが、「三田詩人」を復刊したり、三田に移ってからは、桂芳久さんのもとで「三田文学」の編集を手伝ったり、吉増剛造、鈴木伸治、会田千衣子とともに「ドラムカン」を創刊したり、あるいは共に進んだフランス文学科の教室で席を同じくした。そんな青春の一齣一齣を書き出せば切りがない。お洒落で（私は「アル・カポネ風」とからかったものだ）、都会的で早熟な岡田は、すでに彼独自の詩の文体を確立していた。世情は安保闘争とその余波で騒然としていた頃だったけれど、モダン・ジャズに傾倒していた岡田とともに渋谷にあった「デュエット」でブルー・ノートを聞くということもあった。どこか彼には充されぬ心があって、ヴァン・ジャケットできめこんだ痩せた胸中には寂しいものをしまいこんでいた。そのせいか、友達づきあいもかならずしも上手ではなかったらしく、岡田の御母堂に六本木の喫茶店に呼び出されて、そんな彼の不安定な気持について相談を受けたこともあった。

岡田家は名門であった。「アル・カポネ風」の青年は同時に「殿様」でもあったのだ。突然、赤坂の家から居なくなって雲隠れしても、吉増、吉田武史、私といった悪童連は「どうせ箱根の向うまでは越えられやしないさ」と殿様の行動についてはタカをくくって待っていた。三田の旧図書館の地下に陣どって、（ある時期、そこが私たちの詩座だった）他人の原稿に朱を入れる岡田のプロぶりと、寂しがり屋の「殿様」ぶりは仲々見物であった。他人の原稿については細いディテールまで文句をつける権威を装いながら、何やかやと生活上の愚痴を葉書に書いてよこす可愛い所が何ともおかしかった。

そんな性格は最後まで変らなかった。不思議にゴシップ好きで、人に対して好悪がはげしかった。一旦「ああ言う奴だ」と評価が決ると頑固に変えなかったし、何ともウンザリする位その理由を細々と語るのだ。けれども、そんな「奴」が予想に反し、岡田の琴線に触れようものなら「驚ろいちゃった」と嬉しそうに笑うのだった。世間を知っているようで、世間知ラズの「殿様」。そしてこの「殿様」が処女詩集『われらの力・19』(思潮社)と『史乃命』(新芸術社、たちどころにつぶれた)を刊行して、若い詩人たちの先陣を切ったのだ。

そんな岡田と、ある時は逗子で、軽井沢で、仙石原で、パリで、ニースで時間を共にした。おたがいに私生活の深い所までさらけだしてつきあうという事はなく、適当に嘘もついて(すぐバレるにもかかわらず)体面も保つようなつきあいだったが、それでも確実な友情が続いていた。平成二年からは慶大湘南藤沢キャンパスの同僚になったので、時々おたがいに「元気でいるな」と姿が確認できればそれで良かった。ソフト帽をかぶり、色鮮やかなネクタイをしめてキャンパスを歩く岡田はどこか洒脱な紳士姿で、若い頃も五十歳をすぎても、「殿様」変らずだった。

そんな彼が昨年、伊勢原の東海大病院に入院したという知らせを受けた時、「まずいな」と思った。母校に就任する以前、「三田文学」編集長時代にすでに大病を患っていたからだった。十二月も後半になって、大山の見える病室に見舞うと、その頃はまだ頭脳もしっかりしていて、またしても人の噂を細々とするのだった。しかも自分が入院していると云うのに、「井上は元気だな、でも気をつけろよ」とひとのことを心配してくれる。「そうでもない、中古車が湯気を立てて走っているようなものだ」と答えると、「病気はふいに来るからな」と妙に説得力のある言葉だった。そう云えば、「この年になると、いかに欲を捨てるかだ」とキャンパスで語っていた言葉も忘れられない。

岡田は「生命」「力」「夢」といった言葉を詩作品や著作のなかに多く書きこんだが、それは詩人の明るみの方向を示すものだった。早熟だったこの詩人は生涯明るい純粋な生命《いのち》に憧れつづけていたにちがいない。生命の美しさのようなものを求め、最近ではその流れとして樹々の緑の鮮やかな瑞々しさを讃えていた。そんな岡田が悪童連のなかで一番先に永劫の旅に出立してしまうとは何という皮肉だろう。天は人が求めるものを決して与えないとでも言うかのようだ。

岡田の言葉に残されたそんな憧れは、しかし、現代詩人の美しい核として残されることだろう。それが詩人の運命に対する挑みなのだ。岡田よ、ついに君の肉声はもはや私の耳にとどくことはない。しかし、君の残した詩篇は確実に私の手元にある。君の言っていた「言葉の力」、その証明がここにある。どうか安らかに天の明るみのなかを旅してくれ。それから、安息の地に到着したら先達に少し頭を下げてくれ、「殿様」の新たな事始めだよ。

さようなら、岡田。

見ぬ世の人　江藤淳

——江藤淳追悼

加藤典洋

平成17年冬季号

江藤さんが亡くなって五年になるという。しかし私にはこの人の不在がありありと感じられるばかりで、その五年の実感は薄い。たしかに彼はもういないのだが、「いない」ということのリアリティが、いまも生き生きと自分の中に、あり続けている。

よく考えてみると、私はほとんど江藤さんとはお会いしていないし、はっきりと江藤さんと批評その他の問題でやりとりを交わしたというおぼえもない。この人が亡くなられたおりに書いたことだが、私の第一作「アメリカの影」をめぐってお手紙をいただき、ごく早い時期に一度、竹田青嗣氏を加えた鼎談の席で、ご一緒させていただいた、ということのほかには、その後、著書等にふれハガキでのやりとりが数度あったというだけが、私と江藤さんとの交渉のすべてである。それなのに、なぜか、私は自分が江藤さんと近い位置にいると感じてきた。いまとなってみると、私と江藤さんの間の距離はずいぶんと遠い。それは私の、江藤さんから見てずいぶんと迷惑な、勝手な思い込みだったかも知れないと、いまは考えている。

しかし、こうは書きながら、それでもどこかでなお、私には、批評を書く者として、自分が江藤さんと近い、というか、江藤さんに影響を蒙ってきた、ということを強く感じているところがある。うまく人にわかってもらえるかわからないが、それは、別に言うなら、同業者としての敬意が消えない、といったようなことだ。これは、余人にはわからない、批評にかかずらっている者だけが感じるだろう、ある同業者意識に端を発する、敬意である。

たとえば、一つ言うなら、江藤さんは批評を書く者として、誰よりも、愚かという形容がつくほど、正直だった。むろん私など及びもつかない。そう思ってはいるが、江藤さんがある高名な編集人にかみついた「ユダの季節」であるとか、文壇の権力的な人間関係に関して行った「人事部長」発言、影の黒幕「X」（であったか）などにふれた批評文を読み直すと、あるいは思い浮かべるだけで、私は思わず、顔がゆるむ。「バカだなあ」と、言ってもよいし、「おっかしいなあ」と言ってもよいのだが、とにかくそのとき、私の中にある声があがる。おお、という形容がつくような。それは、賛嘆の声である。

江藤さんは正直だった。その大立ち回りはけっして今風のパフォーマンスではなかった。だから、ばっかだなあ、とか、いや、それは違うよ、という声が自分の中にあがるときでも、私は批評の活気をそこから受け取っている。誰かワケ知りの人が出てきて、イヤ、それは実は書かれているようなことじゃないのだ、と教えてくれるということが、これまであったように、今後再びあろうとも、実はそういうことは関係がない。そのような種類の正直さ、というものが、批評にはあるのである。

いつも誰かが一人、そういう役割を引き受けなければ、批評というものは死ぬ。江藤さんはそういう役割を果たした。灯台の火、あるいは、新人が大砲を打ち込む時の、目印。江藤さんは、そういう暗殺者の群れにつけねらわれる者の孤独を、よく知っていた。

私は最近、昔に書かれた文章をよく読む。近年の人々、特に同時代の人々の考えることは、地球が狭くなったせいか、少なくともメディアに乗って耳に届くものの限りで、だいたい目星がついてしまう。それよりは違う時代の人の考えのほうが、驚きが大きい。考えが自分に近いということが、そこでは、また驚きのもととなる。たとえば、吉田兼好などが最近の私の貴重な知己の一人だが、その兼好が、「ひとり、燈のもとに文をひろげて、見ぬ世の人を友とするぞ、こよなう慰むわざなる」と、書いている。彼の『徒然草』には、中国の古典から日本の古典まで、さまざまな「見ぬ世の人」の文への言及がある。江藤さんを同時代人として失い、私たちはたぶん、「見ぬ世の人」としての江藤淳を獲得している。私の中で、江藤淳が、没後五年、そのような存在に変わっていることに、私は、こうして書いているうち、徐々に気づきはじめているようだ。

安岡章太郎の存在感

——安岡章太郎追悼

三浦　朱門

平成25年春季号

戦時中は文学的には息苦しい時代だった。私はその中で、ほとんど名の知られていなかった若い作家、太宰治、織田作之助、坂口安吾たちが、無名であるが故のお目こぼしか、ひそやかに非時代的な、つまり戦争を意識しないかのような作品を書いていることに、共感を覚えていた。

しかし彼らは芝居でいえば一枚目、三枚目といった役柄である。敗戦の後、彼らがもてはやされて、いわば二枚目になっていった。それはある意味では彼ららしくなかった。織田は大衆的人気作家になり、太宰は文学青年の教祖になった。また社会的スターにまでなった坂口は、それでも昭和三十年まで生きたが、他の二人がいわば自滅するような形で、この世を去ったのも、無理からぬことであったかも知れない。

彼らの文学的活躍の時代は、敗戦から五年ほどの期間であった。その後から文壇に登場したのは、戦時中は単なる文学志望者であった人たちで、非民主的な戦時中の政治体制への批判を、革命礼賛をも含めて主張する作品や、事実上、鎖国状態にあって戦時中の日本には知られなかった、ヨーロッパの新しい文学思潮に則った作品などを発表した。それらに共通するのは、従来の日本の文学は西欧の規準に照らして、本格的な文学ではない、という点にあった。

私はこの風潮に不満であった。そのような時に安岡章太郎の『宿題』という作品に接した。「文學界」昭和二十七年二月号に、新人特集という形で発表されたのである。他に小山清と武田繁太郎、そして私がその号に載った。小山清は太宰の内弟子的な存在で、業界ではある程度知られていたから、新人という感じではなかった。武田のテーマは被差別部落問題で、関東ではこれはとうの昔に解決された問題という意識があったせいか、私は時代錯誤的印象さえ受けた。

だから安岡の作品に、私は仲間意識を覚えた。戦時中の無名時代の太宰、織田、坂口の仕事を継承する作家、という印象だったのである。

昭和二十七年に戦中派——という言葉はなかったが——の文学青年に呼びかける人たちがいて、定期的に集まるようになった。政治団体が背景にあったのか、傾向が面白くないと脱会したのが、阿川弘之、島尾敏雄、庄野潤三、吉行淳之介や私で、自然交友関係に発展したが、後に小島信夫や安岡も加わって、第三の新人といわれるようになった。その中でもっとも自分の個性にこだわったのが、安岡章太郎であったと思う。

彼の処女作ともいうべき『ガラスの靴』は、そのころ如何にもスマートに見えた米軍に接収された家の留守役の娘と若者の、そこはかとない交渉が書かれていて、それはいかにも慶應ボーイらしいオシャレな面があったが、私の趣味ではなかった。私は『宿題』を読んでファンレターをだしたのだが、『ガラスの靴』を先に読んでいたら、それほどの関心は持たなかっただろう。

とにかく妙なことからできた、ダメ青年たちの第三の新人は、年に何回か会合もしていたが、次第にそれぞれの書斎に籠もるようになった。安岡はそういう動きの中で、特に自己の内面を深く探求するようになった模様である。戦後の社会的環境に違和感を覚えたのか、家族の血、一家の出身地である土佐にこだわってゆく。『海辺の光景』はじめ、中期以後の彼の作品は、そういう彼の精神の軌跡を示している。

彼の個性はまず、第三の新人たちと共に、先進的空気を歓迎する新しい文学的潮流への反発を強めた。さらに優れた芸術家のあり方がそうであるのだが、集団と距離を置き、自分の個性に沈潜して、多くの秀作を産んだのであった。

本書は、三田文学創刊一〇〇年の折に刊行された『創刊一〇〇年三田文学名作選』をもとに、あらたに小説・詩・随筆等二十一作一五一頁分（※付記参照）を加えた最新版の選集である。すなわち、明治四十三年五月発行の第一号「三田文学」から、令和五年五月発行の創刊八二〇号までのすべての掲載作品のなかから、原則として、

①四百字原稿用紙五十枚以内のもの、

②物故者の作品、

を条件に選出・収録した。掲載の形態は原則「初出時のまま」としたため、今日では敬遠される表現・用語もそのままとなったが、作品が生まれた時代をご考慮いただき読者諸賢のご理解を賜りたい。

今回増補した二十一作については、旧字については、人名など以外は新字に、旧カナについては、可読性の低い箇所は促音を小さくするなどの変更を加えた。また、明らかな誤字脱字とされる箇所は、後世の全集などを参照のうえ適宜修正を加えた。

なお、前回の創刊一〇〇年版のもととなった創刊九〇年版名作選の編纂にあたったのは、高山鉄男（仏文学）、坂本忠雄（元「新潮」編集長）、松村友視（国文学）、武藤康史（文芸評論）、佐谷眞木人（国文学）、五味渕典嗣（文化研究）、加藤宗哉（「三田文学」前編集長）の七名。創刊一〇〇年版における追加作品の選定には、坂本忠雄、室井光広（作家）、林えり子（作家）、佐谷眞木人、田中和生（文芸評論）、加藤宗哉の六名があたった。今回の創刊八二〇号版における追加作品の選定には、田中和生、笠井裕之（仏文学）、杉本徹（詩人）、加藤宗哉、粂川麻里生（「三田文学」編集長）の五名があたった。

※付記（新たに掲載した作品）

小説……安岡章太郎・坂上弘・津島佑子・立松和平・車谷長吉・室井光広・高橋昌男。

評論……浅利慶太・岡井隆・長谷川郁夫。

詩……大岡信・飯島耕一・吉岡実・財部鳥子・井上輝夫。

随筆……秋山駿・大久保房男・岩松研吉郎。

追悼文……井上輝夫・加藤典洋・三浦朱門。

増補版 三田文学名作選 創刊八二〇号

二〇二三年四月十五日 初版第一刷発行

編集 三田文学編集部

発行 三田文学会

〒一〇八―八三四五

東京都港区三田二―一五―四五

慶應義塾大学内

ＦＡＸ 〇三―三四五一―九〇五七

発売 慶應義塾大学出版会

〒一〇八―八三四六

東京都港区三田二―一九―三〇

電話 〇三―三四五一―三五八四

装幀 服部一成

印刷 株式会社精興社

ISBN978-4-7664-2886-5